HEYNE BÜCHER

SCIENCE FICTION

Herausgegeben
von Wolfgang Jeschke

Von Hans Dominik erschienen in der Reihe
HEYNE SCIENCE FICTION & FANTASY:

Unsichtbare Kräfte · Band 06/3254
Die Spur des Dschingis-Khan · Band 06/3271
Himmelskraft · Band 06/3279
Lebensstrahlen · Band 06/3287
Der Befehl aus dem Dunkel · Band 06/3319
Der Brand der Cheopspyramide · Band 06/3375
Das Erbe der Uraniden · Band 06/3395
Flug in den Weltraum · Band 06/3411
Kautschuk · Band 06/3429
Atomgewicht 500 · Band 06/3438
Atlantis · Band 06/3447
Das stählerne Geheimnis · Band 06/3456
Ein neues Paradies · Band 06/3562
Der Wettflug der Nationen · Band 06/3701
Ein Stern fiel vom Himmel · Band 06/3702
Land aus Feuer und Wasser · Band 06/3703
Als der Welt Kohle und Eisen ausging · Band 06/3754

HANS DOMINIK

DER BRAND DER CHEOPSPYRAMIDE

DIE MACHT DER DREI

DAS ERBE DER URANIDEN

Drei
Science Fiction Romane
in einem Band

herausgegeben
von
Wolfgang Jeschke

WILHELM HEYNE VERLAG
MÜNCHEN

HEYNE SCIENCE FICTION & FANTASY
Band 06/4677

2. Auflage

Redaktion: Wolfgang Jeschke

Printed in Germany 1990
Umschlagbild: Dieter Rottermund
Umschlaggestaltung: Atelier Ingrid Schütz, München
Gesamtherstellung: Ebner Ulm

ISBN 3-453-03910-6

Inhalt

DER BRAND
DER CHEOPSPYRAMIDE

DER BRAND DER CHEOPSPYRAMIDE

Von der großen Uhr her drei helle Schläge. Ein Viertel vor elf ... die Londoner Börse eröffnet. Die Makler für Kohlenwerte und Kraftwerkshares traten auf ihren gewohnten Plätzen zusammen, fingen an, ihre Orders zu vergleichen und die ersten Kurse festzusetzen.

Nichts Besonderes. Der Markt versprach nicht anders zu werden wie an den vorangegangenen Tagen.

Plötzlich an einer Stelle ein Makler, große Verkaufsaufträge in Kohlen- und Kraftwerten ... unmittelbar danach an einer anderen Stelle ein zweiter ... dem folgend ein dritter. Und dann mit einem Schlage bei allen Maklern ein riesenhaftes Angebot in diesen Papieren. Eine ungeheure Aufregung im Raum. Tausend Stimmen durcheinander ... Ein Börsenmanöver? Baisse! ... Ein Coup von nie dagewesenen Ausmaßen?! Baisse? Auf den ersten Blick schien es so ... Hausse? Vielleicht die im Hintergrunde? Von wem ging das Manöver aus? ...

Rätsel. Alle möglichen Vermutungen wurden laut, keiner, der etwas Bestimmtes zu wissen schien.

Die Kurse der Kraft- und Kohlenwerte fingen an zu sinken ... Sanken immer mehr, je stärker die weiteren Verkaufsorders drückten. Die Makler standen in dem Gedränge der Börsenbesucher wie in einem Strudel. Anderthalb Millionen Shares waren schon umgesetzt, die Kurse teils bis zu 40 Prozent gewichen.

Da plötzlich begann bei einem Makler ... dann bei einem zweiten ... bei einem dritten der Kursstand sich zu halten, zu heben. Im Nu war es in den weiten Börsensälen bekannt.

»Eine Hausse! Nichts anderes steckt dahinter!« Einer hatte es geschrien.

Die Kurse stiegen, stiegen immer weiter. Telegramme jetzt von den anderen Börsenplätzen, von Berlin, Paris, Petersburg. Überall die gleichen Erscheinungen.

Jetzt wurden den Maklern die Verkaufsorders fast aus den Händen gerissen. Sensation! Der alte Kursstand wieder erreicht. Ein Taumel hatte die Börsenbesucher ergriffen. Höher, immer höher gingen die Kurse.

1 Uhr 43 Minuten: »Elias Montgomery gestorben! . . .« Ein Schrei aus dem Telegrafenzimmer.

Sekundenlange Stille ... Die Stille vor dem Sturm. Dann brach

das Unwetter los. Wie auf ein gegebenes Zeichen stürmte alles auf die Makler zu. Verkaufen! ... Verkaufen!

Eingekeilt in die sich wütend drängenden Massen die Makler ... unfähig, sich zu rühren, die Orders entgegenzunehmen. Der weite Raum ein Anblick, als ob diese Tausende plötzlich in Tobsucht verfallen seien. Man schrie auf die Makler ein, zerrte, stieß sie. Jeder wollte der erste sein, der seine Orders an den Mann brachte. Heiser, mit verzweifeltem Angstgeheul brüllte alles durcheinander. Die Hintenstehenden, die nicht zu den Maklern durchdringen konnten, schwangen in wahnsinniger Wut ihre Verkaufszettel in der Luft ... eine Katastrophe, wie sie die Londoner Börse seit ihrem Bestehen noch nicht erlebt ...

Wieder drei Schläge der großen Uhr. Börsenschluß. Das Schreien und Toben war schwächer geworden. Nur hier und da noch ein Angebot. Fluchtartig hatten die meisten die Börse verlassen. Kaum einer, der nicht Tausende oder alles verloren hatte.

Elias Montgomery gestorben! In den Straßen aller Hauptstädte der Welt schrien die Verkäufer die Extrablätter aus, brüllten die Lautsprecher von den Dächern der Zeitungspaläste und Hotels die Worte wieder und immer wieder in die Ohren der Passantenmassen. Überall bildeten sich Gruppen, die in lebhaftester Unterhaltung das Ereignis besprachen.

Elias Montgomery gestorben! Von Mund zu Mund gingen die drei Worte. Der Name ... kaum ein Bewohner der zivilisierten Welt, der ihn nicht kannte. Schon bei seinen Lebzeiten ein Sagenkreis um ihn. Elias Montgomery, der große Erfinder, dem es gelungen, das Problem der Atomenergie zu lösen.

Die Atomenergie, jene riesenhafte, über alle Vorstellungen gewaltige Energiequelle ... schon seit Jahrzehnten das höchste Ziel der Erfinder in allen Kulturstaaten der Welt. Elias Montgomery hatte das Problem gelöst, mußte es gelöst haben. Schon seit Jahren waren die Beweise dafür unbestreitbar. Freilich, er selbst hatte niemals das Geringste über seine Erfindung veröffentlicht oder auch nur im Gespräch mit anderen offenbart. Erst als Vorkommnisse geheimnisvollster Art sich häuften, deren Erklärung jeder menschlichen Erkenntnis spotteten, als sich Erscheinungen wiederholten, die nur mit der Atomenergie zu erklären waren, gewann der Verdacht feste Gestalt, daß die Lösung dieser Rätsel in Montgomery-Hall, jenem alten, noch aus der Stuartzeit stammenden Schloß im schottischen Hochmoor, zu suchen sei.

Doch Elias Montgomery blieb mit seiner Erfindung im Dunklen.

Er wünschte weder Störungen noch Besuche. Er umgab sein Haus mit einem System raffiniertester und wirkungsvollster Sicherungen. Elektrische Wechselspannungen zwischen scheinbar harmlosen Pfosten und Bäumen, die auf jeden, der die Lücke passierte, einen tödlichen Blitz warfen. Später noch, als überzudringliche Besucher sich nicht scheuten, von oben her einzudringen . . . sich aus stillstehenden Hubschraubern in die Höfe des Schlosses niederzulassen versuchten, auch in der Höhe ein hochgeladenes Netz, das tötende Funken auf jedes Fahrzeug warf.

Ein vollkommenes Sicherungssystem, durch welches das Geheimnis unbedingt gewahrt wurde. Und nun war es doch einem gelungen, gegen den Willen des Erfinders einzudringen. Der Knochenmann war gekommen und hatte ihm die Hand auf die Schulter gelegt. Hatte ihn mitten aus der Arbeit an dem kleinen Apparat hinweggerissen, der das Geheimnis barg.

Als sicher galt es, daß er das Geheimnis bis zu seinem letzten Atemzuge für sich bewahrt hatte. Mitten in seiner Arbeit war er verschieden, ganz plötzlich, vom Herzschlag dahingerafft. Am Arbeitstisch, die Hände noch an dem Wunderapparat, hatte man den Toten gefunden. Sonst, man traute es ihm wohl zu, hätte er vielleicht beim Herannahen des Todes noch im letzten Augenblick den Apparat, mit dem er die Wunder vollbrachte, zerstört . . . die Erfindung mit ins Grab genommen.

Jetzt! . . . Der Meister tot . . . Sein Werk unversehrt da . . . Der Augenblick gekommen, es in den Dienst der Welt zu stellen . . . die Periode des Kohlenzeitalters vorüber! Alle Energiequellen, die die Menschheit bisher kannte, jämmerlich klein, verschwindend gegen die neue Energiequelle, die der Zertrümmerung der Atome entsprang. Die Reaktion an allen Börsen der Welt gab den anschaulichsten Beweis dafür. Alle Kohlenwerte . . . die Aktien aller Kraftwerke so gut wie wertlos.

Wieder war es wie damals, als die ersten Gerüchte von Montgomerys Entdeckung in die Welt drangen, als die Politiker und Volkswirtschaftler die Köpfe zusammensteckten . . . berieten, wie dem Chaos zu begegnen sei, das bei der Umstellung auf die neue Energie entstehen mußte.

Wirtschaftskrisen schwerster Art, Krisen, wie sie die Menschheit bisher kaum je erlebt, waren zu erwarten. Und . . . bedeutete die Erfindung nicht auch gleichzeitig eine fürchterliche Waffe, die in gewissenloser Hand schrecklichstes Unheil über die Menschheit bringen konnte?

Damals schon, gleich nach dem ersten Bekanntwerden von Montgomerys Entdeckung, waren in den Parlamenten Stimmen lautgeworden, die den Erfinder unter staatliche Aufsicht stellen wollten. Schien doch das Problem, die Erfindung anzuwenden, noch viel schwieriger als das, die Erfindung zu machen.

Jetzt, beim Tode des Erfinders, tauchten alle diese Fragen und Ideen wieder von neuem auf. Und von Tag zu Tag spannte sich die Erwartung. Von Tag zu Tag hoffte man auf die Nachricht aus Montgomery-Hall:

»Die Kräfte des geheimnisvollen Apparates sind erkannt, es ist gelungen, ihn in Tätigkeit zu setzen.« Doch die Tage verrannen, und keiner brachte die Nachricht.

Wohl hörte man, daß es gelungen sei, das Sicherungssystem auszuschalten, in das Gebäude einzudringen und die Arbeitsstätte des Verstorbenen zu versiegeln. Wohl hörte man, daß eine Kommission der hervorragendsten englischen Physiker mit der Hinterlassenschaft des Erfinders beschäftigt sei. Aber die Nachricht, die man mit steigender Ungeduld erwartete, blieb aus.

Es war ein Paradoxon stärkster Art. Da stand der Apparat, und keiner Hand war es gegeben, ihn zu bedienen. Es schien der letzte Trumpf dieses ironischen Spötters und Menschenverächters zu sein, daß er der Welt sein Werk unversehrt hinterließ, und daß es doch ebenso war, als hätte er es vor seinem Tode vernichtet.

Die Presse wurde mit Zuschriften überschüttet, sollte Erklärungen darüber geben, wie das möglich sei. Sie wußte nichts anderes, als ihre Leser zur Geduld zu mahnen.

Und je weiter die Zeit vorschritt, desto geringer wurde die Hoffnung, desto mehr zerrannen die Träume, die sich an das große Problem der Atomenergie knüpften. Eine neue Welt sollte sie bringen ... ein Paradies auf Erden, den Beginn eines neuen Zeitalters. Das Ende der Kohlenzeit ... neues Leben, neue Lebensmöglichkeiten, den Beginn einer neuen Wirtschaft. Möglichkeiten, die das Auge blendeten, Möglichkeiten, die die kühnste Fantasie übertrafen, bot ja der Besitz dieser Energie. Doch wenn nicht ein Wunder geschah, war die Erfindung Montgomerys der Menschheit verloren.

Unbegreiflich, unverständlich ... unsinnig nannten die einen die Handlungsweise des toten Erfinders. Wie konnte er das einmal Erreichte, das durch Glück und Geschick Gefundene wieder in Vergessenheit geraten und der Menschheit verlorengehen lassen?

Er erschrak vor den Folgen seines Werkes, sagten die anderen. Alle Kohlengräber der Welt brotlos! Alle Kohlenzechen, alle Kraft-

werke der Welt wertlos. Vielleicht durch die mit der Atomenergie so eng verbundene Umwandlung der Metalle eine allgemeine Goldinflation schlimmster Art?

Fragen und Möglichkeiten, die auch die Optimisten nachdenklich stimmen konnten. Man entsann sich der prophetischen Worte, die Lord Ramsay vor beinahe 100 Jahren gesprochen hatte: Hoffentlich ist die Menschheit weise genug, wenn ihr diese Erfindung einmal gelingt. Man begann die Gründe zu begreifen, wenigstens zu ahnen, die Elias Montgomery zur Geheimhaltung seiner Entdeckung veranlaßt hatten.

Aber der Apparat war einmal da. Man wußte, daß er gearbeitet hatte, und unablässig versuchte man es, ihn in Betrieb zu bringen. Einmal mußte es gelingen. Über den Gebrauch der Erfindung ließ sich immer noch reden, wenn man sie erst wieder hatte.

Am Osterley-Park in London die geschmackvolle Cottage der Jolanthe von Karsküll. Die Teestunde ging ihrem Ende zu, und schon begannen hier und da Teilnehmer der Gesellschaft sich zum Aufbruch zu rüsten. Hier wie überall in ganz London der Zauberkasten Elias Montgomerys Hauptgegenstand des Gespräches.

Ein Bedienter schob die Portiere zurück:

Sir Arthur Permbroke!

Jolanthe von Karsküll erhob sich und ging am Arm der Lady Permbroke dem Eintretenden entgegen, empfing und erwiderte freundschaftlich seine Begrüßung, blickte ihn fragend an, während er seine Gemahlin begrüßte.

»Meine Damen, ich will Sie nicht länger in Ungewißheit lassen. Ich kann Ihnen die angenehme Nachricht bringen, daß es mir gelungen ist, auch für Sie die Erlaubnis zum Besuch von Montgomery-Hall zu erlangen.«

Ein Aufleuchten der Befriedigung lief über die Züge der Baronesse.

»Oh, Sie haben die Erlaubnis, Sir Arthur? Meinen herzlichsten Dank.«

»Ich habe Sie. Es war nicht einfach, sie zu bekommen. Jetzt habe ich sie. Aber sehen Sie, mit welchen Formalitäten.« Er zog ein amtliches siegelgeschmücktes Schreiben aus der Tasche und las mit halblauter Stimme: »Jolanthe von Karsküll, 28 Jahre alt, Tochter des verstorbenen Obersten Alexander Baron von Karsküll und seiner Ehefrau Sinaide, zur Zeit wohnhaft in London, Osterley-Park 12,

erhält hiermit die Erlaubnis, Montgomery-Hall in Begleitung von Sir Arthur Permbroke am 15. Juni zu besuchen.

Sie sehen, wie formal man hier vorgeht. Selbst Damen gelten als verdächtig, dürfen den Zauberkasten nur unter Wahrung aller Vorsichtsmaßregeln besichtigen. Auch der Umstand, daß ich die Ehre habe, Sie schon von Moskau her seit meiner Tätigkeit bei der dortigen Botschaft genau zu kennen, wäre allein noch nicht hinreichend für die Erteilung der Erlaubnis gewesen. Mußte ich doch auch für meine Gattin einen solchen Passierschein ausstellen lassen.«

Wiederum griff Lord Permbroke in die Tasche, und Jolanthe von Karsküll überflog ein zweites, dem ihrigen ganz ähnliches Dokument: Lady Ellen Permbroke, Gemahlin des Lord Arthur Permbroke, right honorable usw.

»Ich sehe, Sir Arthur, es ist nicht einfach gewesen, die Erlaubnis zu erhalten. Desto mehr freue ich mich auf diesen Besuch. Außerordentlich gespannt bin ich auf den Erfolg, den Professor Syndham mit seinen neuen Arbeiten haben wird. Ich hörte, daß der Professor schon wieder seit acht Tagen in Montgomery-Hall sitzt. Er soll sich recht hoffnungsvoll ausgesprochen haben. Ich bin geneigt, diese Hoffnung zu teilen. Ist er doch einer unserer fähigsten Gelehrten.«

Lord Permbroke schüttelte den Kopf.

»Ich muß Sie leider enttäuschen. Nach den letzten vertraulichen Nachrichten scheint auch Professor Syndham mit seiner Kunst am Ende zu sein. Es ist schon so weit gekommen, daß man alle diese Versuche geheimhält, um die Öffentlichkeit nicht noch mehr aufzuregen und zu enttäuschen. Mißerfolge, Mißerfolge und immer wieder Mißerfolge . . . eine einzige lange Reihe von Mißerfolgen sind alle diese Versuche unserer klügsten Köpfe, das Rätsel von Montgomery-Hall zu lösen.«

»Aber wie ist das möglich, Sir Arthur, daß es keinem gelingen will, das Erbe Montgomerys . . .?«

»Wie es möglich ist . . . ich weiß es nicht. Fast möchte ich mich der Ansicht einiger Gelehrten zuneigen, die behaupten, dieser hinterlassene Apparat wäre überhaupt nicht der, mit dem Montgomery die erstaunlichen Wirkungen erzielt hat.«

Ein Schatten flog über die Züge der Baronin.

»Sollte das wirklich möglich sein, Sir Arthur?«

Lord Permbroke zuckte die Achseln. »Noch kann ich mich der Ansicht nicht anschließen, daß Elias Montgomery doch noch Zeit fand, seine Erfindung vor seinem Tode zu vernichten, und uns nur einen Vexierapparat zurückließ. Aber schließlich, unsere englischen Physi-

ker haben stets einen guten Ruf in der Welt gehabt. Ich finde keine Erklärung dafür, wenn sie jetzt den Apparat nicht in Betrieb zu setzen vermögen, mit dem schon so lange erfolgreich gearbeitet wurde.«

»Sir Arthur! Das wäre aber doch . . .«

»Es wäre ein schwerer Schlag für Großbritannien, Baronin. Nach meiner Meinung bleibt uns nur noch die ultima ratio, andere europäische Gelehrte zur Lösung des Rätsels heranzuziehen. Ich denke in erster Linie an die Physiker der Riggers-Werke, die seit Jahren auf dem gleichen Gebiete arbeiten. Wäre es auch nur zu dem Zweck, um festzustellen, ob wir den wirklichen Apparat Montgomerys vor uns haben oder nur ein Vexierstück, das dieser . . . dieser Sonderling uns hinterlassen hat.«

»Ich kann mir denken, Sir Arthur, daß unsere Regierung sich zu einem solchen Schritt nur sehr ungern entschließen würde. Bedeutet er doch zum mindesten für unsere Physiker das Eingeständnis einer Schlappe. Ganz abgesehen von anderen Gründen, die gegen einen solchen Weg sprächen.«

Lady Permbroke, die der Unterredung bisher schweigend gefolgt war, mischte sich jetzt ins Gespräch.

»Und ich kann nicht einsehen, weshalb man diesen Weg nicht schon längst beschritten hat. Bei der ungeheuren Wichtigkeit, die der Besitz der Erfindung für Europa, ich betone: nicht nur für ganz Europa, sondern für die ganze Welt hat, dürfte es doch ganz einerlei sein, wer das Geheimnis löst.

Aber da haben wir wieder einmal das jämmerliche Schauspiel der europäischen Uneinigkeit, der Eifersüchteleien kleinlicher Köpfe. Der Gedanke, daß es sich heut bei den politischen Weltkonstellationen nicht mehr um England oder Deutschland oder irgendeinen anderen Teil des europäischen Staatenbundes dreht, sondern nur noch um Europa auf der einen, die anderen Weltteile auf der anderen Seite . . . der Gedanke ist leider immer noch so vielen fremd geblieben. Selbst die Besetzung Spaniens bis zu den Pyrenäen durch das mauretanische Reich hat es nicht vermocht, die europäischen Staatsmänner zu europäischem Denken zu erziehen.«

Lord Permbroke lächelte, aber es war ein bitteres Lächeln.

»Du bist wieder bei deinem beliebten Thema, Ellen. Aber so recht du auch hast, eher wird die Themse aufwärts fließen, ehe die Mitglieder des europäischen Staatenbundes europäisch denken lernen, ehe sie ihre Interessen auf das eine gemeinsame Interesse der Erhaltung und Festigung Europas vereinigen.«

Die Worte Lord Permbrokes waren nicht geeignet, den Eifer der Lady zu dämpfen. Noch lebhafter fuhr sie fort:

»Es ist ein Jammer, Arthur. Hier das uneinige, in sich zerrissene Europa und dort als unmittelbare Nachbarn in Afrika und Asien die drei mächtigen islamitischen Reiche. Mit welcher Freude hat man seinerzeit die ersten Schritte zur Einigung Europas begrüßt! Welche Hoffnungen setzte man auf die Gründung des europäischen Zollverbandes, der alle Industrien Europas zu einem einzigen mächtigen Block verschmelzen sollte! Was erwartete man alles von einem europäischen Staatenbund!

Und jetzt ...? Seit fünf Jahren ist Spanien in maurischer Hand. Seit beinahe fünf Jahren sitzen die Diplomaten Europas und Mauretaniens in Rom zusammen. Sitzen und verhandeln ... doch nur, um eine Phrase, eine Formel zu finden, die den bestehenden Zustand sanktioniert, ohne der Ehre Europas allzuviel zu vergeben.

Das Schicksal bot uns eine Chance. Die Erfindung Montgomerys umfaßt auch die Mittel, Spanien von mauretanischem Joch zu erlösen. Anstatt alle Kräfte Europas heranzuziehen, anstatt mit allen nur erdenklichen Mitteln das Geheimnis des Toten schnellstens zu lösen, verschließen wir seinen Apparat hinter Panzermauern. Wachen eifersüchtig darüber, daß nur ja niemand ihn sieht, der ihn vielleicht in Betrieb setzen könnte ...

Und darüber verstreichen Wochen und Monate ... und die Welt lacht über das schwache Europa.«

Jolanthe von Karsküll war den temperamentvollen Ausführungen der Freundin schweigend gefolgt. Nur ein leichtes Nicken des blonden Hauptes drückte bisweilen ihre Zustimmung aus. Jetzt sprach sie.

»Sie haben recht, Lady Ellen. Nur allzu recht. Europa, das alte morsche Europa spielt dem afrikanischen Kalifenreich gegenüber keine gute Rolle. Bisweilen überkommen mich Zweifel an seiner Zukunft. Dann muß ich mich fragen, ob seine Rolle als führender Weltteil nach einer dreitausendjährigen Geschichte nicht vielleicht ihrem Ende entgegengeht, ob nicht andere, jüngere, kräftigere Reiche an seine Stelle treten sollen.«

Lady Ellen fuhr auf.

»Nein, Jolanthe, nein und nochmals nein. Noch liegt die Führung der Welt bei den Europäern. Als eine Gabe des Schicksals betrachte ich diese Erfindung des Toten. Aber wehe uns, wenn wir die Gabe nicht zu nutzen wissen.«

Lord Permbroke näherte sich seiner Gattin.

»Es wird spät, Ellen. Wir müssen gehen. Diese Fragen, die dich . . . die uns alle bewegen, werden wir heute abend nicht mehr beantworten können.«

Er wandte sich an Jolanthe. »Gnädigste, wir treffen uns am kommenden Mittwoch morgen auf dem Flugplatz in Wembley.«

Die letzten der Gesellschaft waren gegangen. Jolanthe von Karsküll stand am Fenster und beobachtete die Abfahrt ihrer Gäste. Sie sah den Kraftwagen mit Lord und Lady Permbroke fortfahren. Ihre Blicke folgten, bis das Gefährt entschwand. Dann trat sie in den Raum zurück. Ein tiefer Atemzug . . . wie eine Befreiung.

»Der erste Schritt!«

Ein rasender Nordoststurm jagte über die niedersächsische Heide, riß an den Zweigen der Bäume und rüttelte an den Mauern und Dächern der zerstreuten Gehöfte. In tiefem Dunkel das alte Heidedorf, nur in dem einsamen Haus dort neben dem Erlenkamp noch Licht. Weithin fiel sein warmer Schein durch die klappernden Läden in die Dunkelheit.

Ein Wanderer, der dem Dorfe zuschritt, warf einen scheuen Blick dorthin, schien froh, als er daran vorbei war. In Verruf war das Haus gekommen, seit der darin hauste. Ein blühender Hof einst, der Ellernhof, ein reiches Anwesen mit weiten Feldern und Wiesen. Bis auf die Frankenzeit führten die Eisenecker vom Ellernhof ihren Ursprung zurück. Als Meier des Großen Karl sollten sie einst hierher in die Heide gekommen sein. Viele Jahrhunderte hindurch hatte das Geschlecht auf dem Ellernhof geblüht, hatte Kriegsstürme und schlimme Zeiten glücklich überstanden.

Doch als der vorletzte Besitzer starb, weilte sein Sohn in der Ferne, in Ländern, die man hier in der Heide kaum dem Namen nach kannte. Fremde Hände verwalteten den Hof . . . verwalteten ihn schlecht, bis eines Tages der Sohn zurückkam. Aber auch dann wurde es nicht besser. Der Letzte aus dem Geschlechte der Eisenecker war kein Heidebauer mehr. Ein geheimnisvolles . . . unheimliches Werk schien der da zu betreiben. Ein Werk, bei dem der Ellernhof zugrundeging. Einen Acker nach dem anderen, eine Wiese nach der anderen verkaufte er, bis ihm schließlich nur noch der Hof blieb. Leer die Ställe, verrottet das Inventar, verfallen das Haus. Unheimlich das Ganze. Jahre waren darüber verstrichen.

An einem mit Retorten bedeckten Tisch saß in dem einzigen erleuchteten Raum ein Mann. Die hohe Gestalt weit vorgebeugt über einen rohgearbeiteten hölzernen Kasten, zu dem zahlreiche Drähte

führten. Ein ungepflegter Bart wucherte um das Kinn des Einsamen. Seit vielen Monaten schien keine Schere an sein Haupthaar gekommen zu sein. Mit zitternden Händen löste er die Schrauben des Deckelverschlusses. Weit geöffnet strahlten seine Augen in übernatürlichem Glanz, starrten auf den Kasten, harrten, was der geöffnete Kasten enthüllen würde. Jetzt schoben seine Finger den Deckel zurück. Frei lag der Inhalt vor seinen Blicken, und ein Schrei entfuhr seinen Lippen. Die hagere, hohe Gestalt taumelte empor, wankte zurück.

»Gold! Gold!« Er schrie es. Noch einmal mit einem Sprung war er wieder am Tisch, griff nach dem gleißenden Stück, hob es empor und sah, wie die Strahlen der Lampe sich darin in gelbem Schimmer brachen und spiegelten. Und dann, als ob die Last des Goldes ihn erdrückte, stürzte er zusammen, den schimmernden Klumpen krampfhaft an die Brust gepreßt.

So lag er, bis das Licht der Morgensonne in den Raum drang, bis die Sonnenstrahlen, glänzend und schimmernd von dem Metall zurückgeworfen, ihn zwangen, die Augen zu öffnen. Schwerfällig richtete er sich empor. Sah den Metallklumpen. Wollte ihn mit einer gleichgültigen Fußbewegung zur Seite stoßen. Der rückte nicht. Er beugte sich, hob den schweren Brocken auf und warf ihn in eine Ecke zu allerhand zerbrochenem Gerät und Gerümpel. Schritt dann zum Arbeitstisch. Seine Hände umfaßten den schmucklosen Kasten, hoben ihn hoch, drückten ihn an sich mit einer Inbrunst, die unbegreiflich. Wiegend, als hätte er das köstlichste Kleinod im Arm, trug er ihn durch den Raum.

Triumph jeder Schritt, jeder Blick, jede Geste!

So ging er in den Nebenraum. Hier standen noch die Speisen vom gestrigen Abend. Heißhungrig stürzte er sich darauf. Erst jetzt kam es ihm zum Bewußtsein, daß er seit vielen Stunden keinen Bissen genossen hatte. Gierig aß er das schlecht zubereitete Mahl. Dann sprang er auf. Vor einem gesprungenen, erblindeten Spiegel betrachtete er sich selbst. Schäbig ... verwildert ... abgemagert!

Er lachte auf: »Ohne Kunst aufs beste verkleidet!«

Aus einem Album zog er eine Fotografie, hielt sie gegen das Licht, betrachtete die Züge, die sie darstellte.

Wie alt war das Bild? ... Vier Jahre ... wie hatten die vier Jahre ihn verändert ... vier Jahre, in denen er Tag und Nacht nur auf ein einziges Ziel hingearbeitet.

Gold? ... Das Gold dort in der Ecke? ...

Nein! Einem höheren ... einem unendlich viel höheren Ziel

strebte er nach. Einem Ziele, welches das Gold wertlos machen, der Menschheit anderen, viel reicheren Segen bringen mußte. Einem Ziele, das ihm wie eine reife Frucht in den Schoß fallen mußte, nachdem das Gold nun da war.

Ein Zeitungsblatt lag neben der kärglichen Mahlzeit auf dem rohen Eichentisch. Der Anzeiger der nächsten Kreisstadt.

Seine Augen überflogen die Zeilen. Nachrichten aus London ... Elias Montgomery gestorben. Alle Versuche der englischen Gelehrten, den hinterlassenen Apparat in Betrieb zu setzen, bisher ergebnislos ... wahrscheinlich für immer hoffnungslos.

Seine Augen hingen an den Worten. Immer wieder überflog er die wenigen Zeilen. Dann lachte er laut.

Wär's möglich? Montgomerys Erbe, keiner, der es zu heben vermag! Er drehte das Blatt um, sah nach dem Datum. Es war schon über eine Woche alt.

Die Welt! Europa! Was hatten die dazu gesagt ... die Riggers-Werke ... Harder, der Generaldirektor der Werke. Er? ...

In heftiger Erregung durchmaß er das Zimmer.

Montgomery! Elias Montgomery! Der Mann, der das Problem der Atomenergie gelöst. Der die Energie beherrschte ... und sie der Welt verbarg ... vorenthielt.

Weil der nicht die Kraft besaß, die Aufgabe zu lösen ... die schwerere ... die größere, das Errungene der Welt zu geben, ohne die Wirtschaft aus den Fugen zu reißen ... Statt des Paradieses ein Chaos zu stiften.

Das allein der Grund. Deshalb Elias Montgomery der Sonderling! Er verstand ihn wohl. Er ...! Seine Blicke gingen zu der kleinen hölzernen Truhe. Er schritt darauf zu. Verschränkte die Arme, starrte lange darauf. Segen und Fluch ...

Die Arme fielen nieder. Der Körper sank in sich zusammen, die Schultern krümmten sich.

Segen allein? Last ungeheure! Der trug sie nicht! ... Ich? ... Beim Klang der Worte ging es wie ein Ruck durch die Gestalt. Der Körper reckte sich ... den Kopf zurückgeworfen, das Auge wie in weite Fernen gerichtet, die Lippen zusammengepreßt, Energie, Kraft in jedem Muskel ...

»Ich will's versuchen!«

Die alte Wirtschafterin trat ein. Hielt ihm ein amtliches Schriftstück hin. Er las ... und lachte ... lachte aus vollem Halse.

Da stand geschrieben, daß der Ellernhof am nächsten Mittwoch zur Versteigerung kommen würde.

Er schrie das alte, halb taube Weib an: »Ich muß verreisen!«... Bedeutete ihr, einen Koffer vom Boden zu holen, irgendwo sonst zu suchen, riß selbst die Tür eines wackligen Schrankes auf, der seine karge Garderobe enthielt.

Da hing eine Hose . . . ein prüfender Blick darauf . . . Nein! . . . Unmöglich, weg damit! Die war ja noch schlechter als die, die er jetzt trug . . . Ein heller Rock . . . ein weißer Rock, mit dem er früher . . . lange war es her . . . zum Tennisspiel gegangen war . . . da eine schwarze Hose, die er früher einmal beim Examen getragen . . . schwarze Hose . . . weißer Rock . . . nein! unmöglich! Aber der Schrank war leer . . . halt! . . . Da noch eine grüne Joppe . . . noch vom Vater her . . . sie war ihm reichlich weit, aber das mußte gehen.

Er packte ein paar Habseligkeiten in den Rucksack. Prüfend wog er den Goldbarren . . . zehn Kilo . . . genug, um die Schuld zu bezahlen . . . und genug blieb noch für die nächste Zeit darüber hinaus übrig.

So verließ Friedrich Eisenecker zum erstenmal nach vier Jahren sein Haus. Am nächsten Tage war er zurückgekehrt. So verändert, daß ihn die alte Wirtschafterin kaum wiedererkannte. Bart und Haar gestutzt, mit einem guten neuen Anzug bekleidet. Er nickte der Alten ein Willkommen zu, drückt ihr einen Zettel in die Hand . . . die Versteigerung des Ellernhofes aufgehoben . . . die Schuld bezahlt . . .

Während die Alte noch auf den Zettel starrte, saß er schon längst wieder oben bei seinen Retorten und Apparaten. War auch seine Aufgabe in der Hauptsache gelöst, galt's doch noch, die letzte Hand an seine Erfindung zu legen, das Werk zu vollenden. Nicht viel war's und keine schwere Arbeit mehr. Wenige Wochen nur.

Und dann war auch das getan. An Stelle des rohen ungefügen Kastens stand eine zierliche kleine Kassette auf dem Arbeitstisch. Bequem und leicht mitzuführen.

Jetzt fort! Morgen schon wollte er hinaus . . . hinaus in die Welt.

Die Nacht . . . Feuerlärm durch das stille Heidedorf. Noch bevor die freiwilligen Helfer sich sammelten, bevor sie die lecke Feuerspritze in Tätigkeit setzen konnten, brannte der ganze Ellernhof in hellen Flammen . . .

Sein Besitzer stand dabei . . . ruhig, unbewegt und sah mit unveränderter Miene, wie das alte väterliche Heim in Asche sank.

Mit Staunen . . . mit Mißtrauen blickten die Dörfler auf ihn. Schon lange war er ihnen unheimlich, jetzt wurde er ihnen rätselhaft. Sie wußten, daß er nicht versichert war . . . nicht mehr die Mit-

tel gehabt hatte, die Versicherung zu bezahlen. Sollte ihn die Not so abgestumpft haben, daß er das Unglück nicht mehr empfand? Das Unglück, das hier mit wabernder Lohe seine letzte Habe verzehrte . . .

Als ihre Gäste sie verlassen, trat Jolanthe von Karsküll in ihr Boudoir, drückte auf einen Klingelknopf und klingelte in bestimmten Intervallen. Ihre alte Dienerin erschien. Europäisch oder nicht europäisch? Etwas Fremdländisches lag in ihren Zügen, aber nur ein sehr genauer Kenner der asiatischen Rassen hätte wohl den Typus der Georgierin darin zu entdecken vermocht.

»Zobeide, ich wünsche ungestört zu sein, bis ich dich wieder rufen lasse.«

Die Alte verneigte sich stumm und verschwand. Jolanthe von Karsküll schloß die Tür hinter ihr und schob den Riegel vor.

Das villenartige Wohnhaus stand auf drei Seiten frei in einem ziemlich geräumigen Garten. Nur mit der einen Seite lehnte es sich an das Nachbargebäude. Jolanthe von Karsküll nahm den Hörer von einem Tischapparat, sprach ein paar Worte hinein und legte ihn wieder auf. Dann trat sie an einen großen in die Wand eingebauten Spiegelschrank und öffnete die Tür. Der Schrank war dicht mit Kleidungsstücken gefüllt. Doch auf einen Knopfdruck schwangen die Messingstangen mit den Kleidern zur Seite, und die Hinterwand lag frei. Ein Druck auf einen anderen, kaum sichtbaren Knopf, und die hintere Schrankwand rollte sich jalousieartig auf.

Die Wand dahinter war hohl. Eine zweite Holzwand wurde dort sichtbar. Auch diese Holzwand teilte sich.

Eine Hand streckte sich ihr entgegen und geleitete sie in den Raum. Es war das Privatkabinett des maurischen Botschafters Midhat Pascha.

»Zu Ihren Diensten, Gnädigste. Ich bin entzückt, Sie hier zu sehen.«

Der Botschafter beugte sich über ihre Hand und führte sie zu einem Sessel.

»Ihr Besuch . . . ich lese in Ihren Mienen . . .«

»Ja, Exzellenz, ich freue mich, Ihnen einen weiteren Erfolg melden zu können. Am Mittwoch früh fahre ich mit dem Ablösungsschiff nach Montgomery-Hall.«

»Prächtig, meine Gnädigste!« Midhat Pascha war aufgesprungen und schüttelte die Hand der Jolanthe von Karsküll.

»Ich brenne darauf, die Nachricht nach Fez melden zu können.

Unser Herr, der Kalif, drängt in einer Weise, die mir schlaflose Nächte macht. Meine Stellung hier . . . ich gestehe es offen . . . hängt vom Gelingen unseres Planes ab. Deshalb auch meinen herzlichsten persönlichen Dank, gnädigste Baronin. Nun, da unser erster Schritt so gut glückte, habe ich die feste Zuversicht, daß uns auch das Ganze gelingen wird.«

»So ganz vermag ich die Hoffnung Euer Exzellenz nicht zu teilen. Ich weiß nicht, ob meine geringen physikalischen Kenntnisse genügen werden, die raffinierte Art des Sicherungssystems zu begreifen, so daß ich unseren Mann instruieren kann. Ich habe mich zwar in der letzten Woche Tag und Nacht mit dieser mir ziemlich fremden Materie beschäftigt, aber . . .«

»Keine Zweifel, Gnädigste! Die bewundernswerten Proben Ihrer Intelligenz während der letzten . . .«

»Keine Schmeicheleien, Exzellenz. Sie wissen, ich hasse das. Bin ich ein Weib wie . . .«

Der Botschafter fiel ihr in die Rede.

»Es waren die Worte, die unser Herr, der Kalif, selber gebrauchte, als er mir in seinem letzten Brief befahl, die Angelegenheit zu beschleunigen.«

Eine leichte Röte huschte über das Antlitz der Jolanthe von Karsküll. Der feste Zug um ihren Mund wurde weich, ein Schimmern der Freude blitzte in ihren Augen.

»Sie haben recht. Es muß gelingen. Halil Rifaat alias Macolm muß mein physikalisches Kauderwelsch verstehen! Er ist ein fähiger Kopf, der sicherlich auch in jeder anderen Position Großes leisten würde.«

»Halil Rifaat ist ein treuer Diener seiner scherifischen Majestät . . . wie Sie und ich. Die Zeit wird kommen, wo unser Herr belohnen wird . . . ihn . . . und auch Sie . . kein anderer, keine andere im Reiche Abdurrhamans, die sich mit solcher Huld erfreuten wie Sie . . .«

Abwehrend hob sie die Hände.

»Lassen Sie, Exzellenz! Kommen wir zu etwas anderem. Die Börsenengagements Edhem Paschas, unseres Finanzministers, dürften allmählich gelöst sein. Ein Coup von solchem Umfange ist wohl in der Geschichte der Londoner Börse noch nicht dagewesen. Der Gewinn für den maurischen Staatsschatz . . .«

»Die Kassen Edhem Paschas schwimmen im Golde. Unser Staatsschatz hat sich innerhalb einer Stunde vervielfältigt. Ein Erfolg, den selbst der größte Optimist kaum erwarten durfte. Die Börse ist und bleibt unberechenbar. Der Schrei dieses Narren: ›Es steckt eine

Hausse dahinter!‹ brachte das Unerwartete, selbst in kühnen Träumen nicht zu Erhoffende, daß die Kurse trotz unseres riesenhaften Angebotes stiegen, bis über den ersten Stand hinaus stiegen. Dadurch erst wurde die Deroute hinterher so ungeheuer.«

»Und man ahnt immer noch nicht, von wem das Manöver ausging?«

»Nein! Die Engagements waren trotz der kurzen Zeit so geschickt untergebracht, daß niemand den geringsten Verdacht schöpfen konnte, auch kaum jemals schöpfen wird.«

»Hat der Tod Saids nicht Anlaß zu weiteren Nachforschungen gegeben?«

»Nein! Seine Leiche ist bis zur völligen Unkenntlichkeit verbrannt. Schade, sehr schade um den Mann.«

»Haben Sie sich jetzt ein klares Bild über die Vorgänge jener letzten bedeutungsvollen Tage machen können?«

»Ich denke: ja! Sie wissen, es war uns verhältnismäßig leicht gelungen, Said unter dem Namen Sniders als technischen Hilfsarbeiter letzten Grades in Montgomery-Hall unterzubringen. Monatelang warteten wir vergeblich auf Nachricht von ihm. Auf die Nachricht, daß es ihm gelungen wäre, Elias Montgomery seine Erfindung abzusehen, den Apparat selbst nachzukonstruieren.

Jetzt, da sich die besten englischen Physiker in wochenlangen Versuchen vergeblich bemüht haben, das Geheimnis Montgomerys zu ergründen, kommt mir unser eigener Plan naiv vor. Said war wohl ein guter Techniker, aber seine physikalischen Kenntnisse lassen sich mit denen der englischen Gelehrten nicht vergleichen. War es ein Fehler, so ist er jedenfalls zu entschuldigen. Die Auswahl bei uns ist naturgemäß nicht groß. Die weiteren Ereignisse müssen sich folgendermaßen abgespielt haben.

Durch einen Zufall kam Said an jenem Tage zuerst in das Laboratorium Montgomerys. Er sah den Erfinder tot neben dem Apparat liegen. Nun bewies er einen hohen Grad von Umsicht. Ohne den Bewohnern des Schlosses Nachricht von dem Tode des Erfinders zu geben, telegrafierte er mir sofort in unserem Geheimcode das Ereignis. Ich gab es schnellstens in die Heimat weiter und wies darauf hin, daß Said bestimmt hoffte, den Tod des Erfinders bis in die Börsenstunden hinein geheimhalten zu können. Edhem Pascha faßte den Wink richtig auf und entrierte jenes berühmte, selbst für die Londoner Börse außergewöhnliche Manöver.«

»So ging der Gedanke dazu von Ihnen aus, Exzellenz? Ich gratuliere. Die Idee war glänzend.«

Der Botschafter zuckte die Achseln.

»Mag sein. Diese Vermehrung des Staatsschatzes ist ein bedeutendes Aktivum für den Kalifen. Seine nächste Depesche erkannte das auch an, wies aber gleichzeitig darauf hin, daß der Besitz des Apparates selbst nicht durch hundert solcher Börsentransaktionen aufgewogen werden könne.«

»Darüber besteht wohl kein Zweifel, Exzellenz. Aber wie erklären Sie sich weiter den Tod Saids?«

»Es gibt nur eine Erklärung. Bei der allgemeinen Verwirrung, die nach dem Bekanntwerden von Montgomerys Tod im Schlosse ausbrach, hatte Said unzweifelhaft die Absicht, den Apparat kurzerhand fortzunehmen ... damit aus Montgomery-Hall zu fliehen. Dazu mußte er zuerst die Sicherungsanlagen wirkungslos machen. Den Versuch, dies zu tun, hat er mit seinem Leben bezahlt.«

»Ihre Worte machen mich besorgt, Exzellenz. Was Said nicht gelang, der monatelang in Montgomery-Hall gelebt hat, wie sollte es mir und Halil Rifaat gelingen?«

»Es wird gelingen, Baronin! Schon einfach deshalb, weil Sie dabei sind. Nein, nein, es ist so! Das ist keine Schmeichelei. Ich stelle zum Beweis für meine Worte die Frage: Ist uns schon jemals ein Unternehmen fehlgeschlagen, bei dem Ihre kleine Hand im Spiele war? ... Sie schweigen, Baronin ... und doch sagt mir die Sprache Ihrer Augen, daß sie mir recht geben.«

»Und der Kalif ... ist der Kalif Abdurrhaman derselben Meinung?«

Der Botschafter machte eine bejahende Verbeugung. Jolanthe von Karsküll hatte sich erhoben. Einen Augenblick stand sie, die junonische Gestalt hochaufgereckt, stumm. Das Auge wie verloren in weite Fernen gerichtet. Dann, als habe sie Mühe, sich in die Wirklichkeit zurückzufinden, sprach sie. Langsam ... stockend ... mit Unterbrechungen.

»Wenn es gelingt, Exzellenz ... wenn uns der letzte große Wurf gelingt ... wäre es möglich ... ginge es, daß ... ich selbst den Preis dieses Kampfes ... die Beute dieses Unternehmens unserem Herrn ...?

»Unmöglich!« Der Botschafter hob beschwörend die Hände empor. »Unmöglich, Baronin. Ihr Verschwinden nach solch einem Ereignis ... es wäre möglich, daß der Schimmer eines Verdachtes ... nein! ... Das darf nicht sein. Auf keinen Fall. Es tut mir sehr leid, Ihnen diese Bitte abschlagen zu müssen, wenn ich auch ...«

»Sie haben recht, Exzellenz. Mein Wunsch war töricht. Ich begreife selbst nicht . . . auf Wiedersehen denn.«

Der Botschafter drückte seine Lippen auf ihre Rechte und geleitete sie zu der offenen Wand. Noch einmal eine tiefe Verneigung des Mauren. Das Knacken einer Feder, das Rauschen eines Verschlusses. Jolanthe von Karsküll stand wieder allein in ihrem Boudoir.

Eine Sitzung in den Riggers-Werken zu Berlin. Der Generaldirektor Harder hatte alle Herren telegrafisch hierherbestellt, die auf der kleinen Nordseeinsel Warnum dort draußen am großen Problem der Atomenergie arbeiteten. Da saßen sie um den großen Konferenztisch herum, die geschicktesten Physiker, die klügsten Köpfe der Riggers-Werke, die sich seit einem Jahrzehnt mit dem weltbewegenden Problem der Atomenergie herumschlugen. Gesichter, in die unablässiges Forschen und Spüren . . . in die durchsonnene Tage und durchwachte Nächte, in die so viele Enttäuschungen ihre unverlöschlichen Runen eingegraben hatten.

Schon damals, als die Nachrichten von den ersten Erfolgen Montgomerys nach Deutschland drangen, waren die Sitzungen der Riggers-Werke in recht erregten Formen verlaufen. Da gab's oft mutlose Stimmen in der Versammlung, die fragten, wozu überhaupt noch einen Draht schalten, eine Klemme festschrauben, wenn ein anderer das Problem schon gelöst hat. Bedurfte es doch einer ganz besonderen Hingabe, auf dem einmal beschrittenen Wege weiterzugehen, weiterzuarbeiten und ein Ziel zu erstreben, das jener schon erreicht hatte. Die Kunde vom Tode Montgomerys, die Nachricht, daß seine Erben die Erbschaft nicht zu heben vermochten, war hier mit einem Gefühl der Erleichterung aufgenommen worden. Jetzt hatten die Riggers-Werke auf dem Gebiete der Atomenergie wieder die Spitze. Jetzt konnten sie vielleicht als die ersten das Ziel erreichen, das der übrigen Welt unerreichbar war.

Schon seit einer Stunde waren sie versammelt und erwarteten mit immer noch steigender Spannung das Erscheinen ihres Generaldirektors. Jetzt riß der Diener die Tür auf. Harder trat ein. Mit einem kurzen Nicken begrüßte er die Versammelten und nahm am Konferenztisch Platz.

»Meine Herren, in Erwartung einer wichtigen Nachricht habe ich mich verspätet. Bitte, entschuldigen Sie das. Meine Zeit ist jetzt so stark in Anspruch genommen, daß ich nicht selbst nach Warnum kommen konnte, sondern Sie hierher bitten mußte.

Es handelt sich in diesen Tagen in erster Linie um unsere Stellung

zu der englischen Erfindung und ... zu der englischen Regierung ...«

Gespannt blickten die hier Versammelten auf ihren Chef. Da war es ja wieder. Jenes Thema, das sich in dem einen Namen Montgomery zusammenfassen ließ, und das ihnen allen schon so viele Tage voller Aufregungen, so viele Stunden inneren Zweifels gebracht hatte. Der Generaldirektor sprach weiter.

»Sie wissen, daß die Presse es der englischen Regierung seit dem Tode Montgomerys sehr nahegelegt hat, Physiker der Riggers-Werke zum Studium und zur Inbetriebsetzung des Apparates heranzuziehen. Ich kann Ihnen weiter sagen, daß auch unsere Regierung mit einem derartigen Schritt an die englische Regierung herangetreten ist. Heute morgen kam die Antwort: Nein!

Meine Herren, die Gründe dafür sind durchsichtig genug. England steht auf dem Standpunkt, daß der Apparat Montgomerys nur durch englische Physiker in Betrieb gesetzt werden darf. Es betrachtet jede fremde Mitarbeit als eine Schmälerung ihres Erfinderruhmes. Nach dem bisher Erlebten bin ich überzeugt, daß die europäische Presse, wenigstens die des Festlandes, diesen Standpunkt auf das schärfste bekämpfen wird. Die Antwort der englischen Regierung wird im Laufe des heutigen Tages bekanntgegeben, und wir werden danach mit einer Hochflut von Pressestimmen gegen die Eigenbrötelei der Einzelstaaten des europäischen Staatenbundes zu rechnen haben.

Natürlich, meine Herren, in meiner Eigenschaft als Leiter der Riggers-Werke bedauere ich diese Entscheidung durchaus nicht ...«

Fragende Blicke aus der Versammlung richteten sich auf den Generaldirektor. Der fuhr fort.

»Ich halte es für durchaus möglich ... ja für wahrscheinlich, daß es uns gelingen könnte, den Apparat Montgomerys in Tätigkeit zu setzen. Was hätten wir damit erreicht? ...«

Die Faust Harders fiel schwer auf den Tisch.

»Wir hätten das Werk unseres gefährlichsten Konkurrenten zu glücklichem Ende gebracht. Wir hätten die Früchte unserer eigenen jahrelangen Arbeiten vernichtet. Die Lösung des Problems bliebe dann für immer ein Erfolg der britischen Naturwissenschaft.«

Zustimmung sprach aus den Mienen und Blicken der Versammelten.

Harder fuhr fort.

»Meine Herren, das Schicksal schenkt uns noch einmal eine Frist. Aber wir wissen nicht, wie lang sie sein wird ... was morgen oder

übermorgen schon geschehen kann. Wir müssen unsere Arbeiten so forcieren, besonders die magnetischen Felder so verstärken, daß wir die von der Theorie verlangte Größe schnellstens erreichen . . .«

Er sah, wie der eine oder andere aus der Versammlung den Kopf schüttelte.

». . . dieser Gang der Versuche mag manchem von Ihnen gewagt erscheinen. Aber es muß gewagt werden. In spätestens vier Wochen müssen wir unser Ziel erreichen, falls uns . . . nicht schon früher der Erfolg beschieden sein sollte . . .«

Erstaunte Blicke richteten sich auf den Sprecher. Was meinte er mit diesen rätselhaften Worten?

»Jawohl, meine Herren, falls uns der Erfolg nicht schon früher in den Schoß fällt. Ich hege ernstliche Zweifel, ob Montgomery die von der Theorie verlangte magnetische Feldstärke überhaupt erreicht hat. Ich halte es nicht für ausgeschlossen, daß wir die Atomenergie schon durch eine ganz geringe Verstärkung unserer jetzigen Versuchsanordnungen freimachen können.

Darum nochmals, meine Herren, jetzt rücksichtslos und mit allen Mitteln an das Problem heran. Es handelt sich darum, daß wir es schnellstens lösen. In vier Wochen muß es gelöst sein . . .«

Der Generaldirektor Harder schloß. »Ich fahre auf einige Tage nach Biarritz, werde aber in vier Wochen wieder zurück sein. Während meiner Abwesenheit vertritt mich Herr Direktor Larsen für die Arbeiten auf Warnum. Wenden Sie sich in allen Zweifelsfällen an ihn.«

Ein kurzes Kopfnicken. Der Diener schloß die Tür hinter dem Generaldirektor.

Mette Harder war im Garten bei den Blumen beschäftigt. Langsam schritt sie durch das Rosenparterre, das sich wie ein einziger üppiger Flor um die Villa am Bismarckdamm legte. Hier und dort blieb sie stehen, trennte mit geschicktem Schnitt eine erblühte Rose vom Strauch und legte die Blume zu den anderen in ein Körbchen. In ihre Beschäftigung vertieft, hatte sie das Anschlagen der Hausglocke überhört. Jetzt ließ ein Stimmengewirr sie aufhorchen.

Der Gärtner sprach mit einem Fremden, der an der Pforte stand.

»Der Herr Generaldirektor sind nicht hier. Sie müssen später wiederkommen.«

»Ausgeschlossen, lieber Mann. Meine Sache hat Eile. Ich muß den Herrn Generaldirektor schnellstens sprechen. Wann wird er denn kommen?«

Die energische Weise des Besuchers schüchterte den Gärtner ein. Verlegen kraulte er sich hinter dem linken Ohr.

»Der Herr Generaldirektor werden ... ich weiß nicht, wann er hier sein wird.«

»Ich muß ihn aber sprechen. Es ist sehr wichtig. Er hat mich hierherbestellt. Ich werde also hier warten.«

Mette Harder horchte auf und näherte sich dem Gartentor. Als der Fremde sie erblickte, trat er auf sie zu. Er war mit nachlässiger Eleganz gekleidet, die schlanke sehnige Gestalt, das gebräunte Gesicht verrieten den Sportsmann.

»Ich habe das Vergnügen, Fräulein Mette Harder begrüßen zu dürfen? ... Mein Name ist Iversen ... Malte von Iversen. Beachten Sie den Vornamen Malte, bitte! Gewesener Leutnant, gewesener Kaufmann, jetziger Hauptberuf Sportsmann.«

Mette starrte den Fremden halb unwillig, halb besorgt an. Was wollte der Mensch?

»Ich habe die Ehre, durch ein Dutzend Nadelöhre mit Ihnen, gnädigstes Fräulein Mette, verwandt zu sein. Onkel, Vetter, Neffe, wie man will. In ähnlichen Fällen schwer definierbar verwandtschaftlicher Beziehungen wähle ich den Titel nach dem vermutlichen Datum der betreffenden Taufscheine. Wenn ich Sie jetzt, Fräulein Mette, gegen alle Gesetze der Galanterie als Base begrüße, so nur deshalb, weil es mir zu schwer fällt, mich in die Onkelwürde einzufühlen.«

Mette reichte dem Besucher mit einem kühlen Lächeln die Hand. Die saloppe Art seines Wesens mißfiel ihr. Sie war nicht gewöhnt, daß ihr die Herren der Gesellschaft anders als mit der ausgesuchtesten Hochachtung begegneten.

»Ich begrüße Sie, Herr von Iversen. Sie wollen meinen Vater sprechen. Der Diener wird Sie nach oben führen. Mein Vater muß gleich zurückkommen.«

»Bitte tausendmal um Verzeihung, meine gnädigste Base, wenn ich es vorziehe, hier in der Gesellschaft der schönsten Rosen den Herrn Onkel zu erwarten.«

Er machte eine überkorrekte Verbeugung vor Mette, um über den Sinn seiner Worte keinen Zweifel aufkommen zu lassen.

»Stubenluft ist nur im Notfall für mich akzeptabel.«

Unbekümmert, ob es Mette genehm oder nicht, ging er an ihrer Seite durch die Anlagen. Und je länger er neben ihr ging, desto mehr schwand bei ihr das Gefühl des Mißbehagens. Die unbekümmerte Selbstverständlichkeit, mit der er unaufhörlich Fragen stellte und Mette zwang, an der Unterhaltung teilzunehmen, sein liebens-

würdiges Plaudertalent, ließen ihre Zurückhaltung mehr und mehr schwinden. Sie überhörte völlig das Herankommen des Wagens, der ihren Vater zurückbrachte.

Als Harder, vom Diener gewiesen, sie im Garten aufsuchte, erstaunte er, das helle Lachen Mettes durch die Büsche klingen zu hören. Seit jenen Tagen von Warnum glaubte er Mette niemals so lachen gehört zu haben. Als er näherkommend den Besucher erkannte, wich der frohe Ausdruck seiner Mienen. Es war ihm offensichtlich nicht angenehm, Mette in Gesellschaft Iversens zu sehen.

»Ah, mein teuerster Onkel! Ich begrüße Sie, Herr Generaldirektor! Es war mir ein ausgezeichnetes Vergnügen, in Gesellschaft von Base Mette die Schönheit Ihres Gartens bewundern zu dürfen.«

Harder reichte Iversen die Hand.

»So nehmen Sie es mir nicht übel, wenn ich Sie warten ließ?«

»Im Gegenteil. Ich muß es fast bedauern . . .«

». . . daß ich nicht länger auf mich warten ließ, Herr von Iversen?«

»So ungefähr«, lachte Iversen. »Ich vergaß Zeit und Raum, sogar des Auftrages . . .«

Ein deutlicher Augenwink Harders ließ ihn verstummen.

»Verzeih, Mette! Eine dringende geschäftliche Angelegenheit zwingt mich, Herrn von Iversen deiner Gesellschaft zu entziehen. Vielleicht, daß später . . .«

»Auf Wiedersehen, Herr Vetter Malte. Es war mir ein Vergnügen, die verwandtschaftlichen Beziehungen mit Ihnen aufzunehmen.«

Während die Herren sich in das Haus begaben, ordnete Mette die Rosen, die sie gesammelt hatte, zu einem Strauß. Ging dann auch ins Haus zur Bibliothek, sie in eine Vase zu stellen.

Da hörte sie die Tür zum Nebenzimmer aufgehen und den Vater mit dem Besucher eintreten.

Sie wollte die Bibliothek wieder verlassen, als sie plötzlich wie angewurzelt stehen blieb.

Der Name! . . . den ihr Vater soeben gerufen . . . nein, geschrien hatte. Eisenecker! Der Klang ließ sie erbeben. Es zuckte in ihren Mienen. Wie von einem inneren Zwange getrieben, näherte sie sich der Portiere, die das Nebenzimmer von der Bibliothek trennte.

Ihr Vater schritt erregt auf und ab. Immer wieder murmelten seine Lippen den Namen.

»So hat meine Vermutung nicht getrogen! Eisenecker ist es er hat den Barren verkauft . . . kein anderer konnte es sein.«

»Und es war für mich sehr angenehm, daß Sie mir diese Spur gaben, Herr Harder. Sonst wäre es mir schwer gefallen, oder es hätte jedenfalls länger gedauert, den Herrn als den Verkäufer des Goldbarrens festzustellen.«

»Warum, Herr von Iversen?«

»Der Mann, der den Goldklumpen verkaufte, war äußerlich ein ganz anderer als der, dessen Fotografie Sie mir gaben.«

»Wieso? Hatte er sich verkleidet?«

»Keineswegs. Er kam nach Hannover, so, wie er war.«

»Ich verstehe Sie nicht, Herr von Iversen.«

»Oh, sehr einfach, Herr Harder. Der Eisenecker vor vier Jahren hat nicht die geringste Ähnlichkeit mit dem von heute oder vielmehr mit dem von gestern.«

»Was soll das heißen?«

»Nun, Eisenecker hat die letzten Jahre unter dürftigsten Verhältnissen gelebt und dabei Tag und Nacht gearbeitet. Sie selbst würden ihn nicht wiedererkannt haben.«

»So, so. Haben Sie sonst noch irgend etwas von Bedeutung ermittelt?«

»Jawohl, Herr Generaldirektor. Es dürfte Sie zweifellos interessieren, daß Herr Eisenecker im Begriff steht, Europa zu verlassen. Er hat auf dem übermorgen abgehenden Flugschiff nach Amerika einen Platz belegt. Ich bin deshalb sofort hierhergekommen. Wollen Sie ihn weiter im Auge behalten, so muß sofort telegrafisch ein zweiter Platz auf dem Schiff belegt werden.«

»Selbstverständlich, Herr von Iversen. Natürlich müssen Sie ihn dauernd überwachen. Wir dürfen den Mann nicht aus den Augen lassen. Das Interesse der Riggers-Werke erfordert es.«

Malte von Iversen tat nachdenklich ein paar Züge aus seiner Zigarre. Erstaunt betrachtete er den Generaldirektor. Die Erregung, die aus dessen ganzem Wesen sprach, war ihm nicht verständlich.

»Ihr ganzer Auftrag ginge also dahin, Herr Harder, daß ich Eisenecker auf den Fersen bleibe, wohin er sich auch wendet, und Ihnen von seinem Tun und Treiben Bericht gebe.«

»Jawohl, Herr von Iversen.«

»Hm . . .«

»Sie meinen, Herr von Iversen?«

»Hm . . . ich meine, daß ich dazu keine Lust habe.«

»Keine Lust? . . . Jede von Ihnen unterzeichnete Kostenrechnung wird an unserer Kasse honoriert.«

Iversen machte eine abwehrende Handbewegung. In seiner Stimme lag eine leichte Schärfe, als er dem Generaldirektor antwortete.

»Geld? Herr Harder! Ich weiß nicht . . . ich glaubte, Sie würden mich besser kennen. Glauben Sie wirklich, ich hätte Lust, zur Abwechslung Privatdetektiv gegen Honorarzahlung zu werden?

Ich habe die Nachforschungen nach der Herkunft des Goldbarrens und nach Eisenecker angestellt, weil ich sah, daß Sie an der Sache großes Interesse hatten . . . kurz gesagt, um Ihnen einen Gefallen zu tun. Die Sache ist erledigt. Sollten Sie jedoch die Absicht haben, diesen Herrn Eisenecker weiterhin auf Schritt und Tritt verfolgen zu lassen, so wäre es doch gegeben, Sie nähmen einen Berufenen dazu, einen Privatdetektiv. Eventuell die Polizei, wenn etwa Herr Eisenecker sich gegen das Strafgesetzbuch vergangen hat.

Mein Interesse an der Angelegenheit . . . verzeihen Sie, Herr Generaldirketor . . . ist nicht groß genug, um mich der Unbequemlichkeit einer solchen Aufgabe zu unterziehen.«

Der Generaldirektor war aufgesprungen und ging auf und ab.

Iversen betrachtete ihn verstohlen.

Hm! Es fällt ihm anscheinend schwer, seine Karten aufzudecken . . . scheint da ein kleiner Haken dahinterzustecken . . . bei dem interessanten Fall . . . na, geben wir ihm eine kleine Aufmunterung!

»Wirklich, Herr Generaldirektor! Es tut mir leid, daß ich Ihnen meine Hilfe abschlagen muß. Es hat zu wenig Interesse. Hätte Eisenecker etwa einen Harderschen Familienschmuck geraubt . . . dann vielleicht . . .«

»Interesse!« Der Generaldirektor blieb mit einem Ruck vor Iversen stehen.

»Der Fall kein Interesse, Herr von Iversen, der Fall Eisenecker interessiert Sie nicht? Ich wüßte bei Gott keinen interessanteren. Wenn Sie wüßten, welche unendliche Wichtigkeit der Fall Eisenecker für mich . . . für die Riggers-Werke hat, so würden Sie . . .«

»Ich zweifle nicht, möchte aber doch nochmals anheimstellen, einen Privatdetektiv mit der Aufgabe zu betrauen.«

Harder wandte sich ab. »Gewiß, Herr von Iversen! Sie mögen von Ihrem Standpunkt gesehen recht haben. Aber ich habe ein Interesse daran, daß gerade Sie die Aufgabe übernehmen.«

Er blieb vor Iversen stehen und sah ihn an. Der zuckte abweisend die Achseln.

»Gut, Herr von Iversen, ich sehe, es muß sein. Es ist vielleicht das beste, wenn ich Ihnen volle Aufklärung gebe. Wenn Sie alles wis-

sen ... Hören Sie also! Der bewußte Barren ist chemisch reines Gold.«

»Was wollen Sie damit sagen, Herr Harder?«

»Ich will damit sagen, daß dieses an sich vollwertige Gold nicht in der Natur gefunden wurde, sondern ein Laboratoriumsprodukt des Herrn Eisenecker ist.«

»Donnerwetter!« Iversen war aufgesprungen und sah den Generaldirektor mit offenem Munde an. Es war ihm unmöglich, seine gewöhnliche Selbstbeherrschung zu bewahren.

»Alle Wetter! Eisenecker ist also in der Lage, Gold zu machen? Gold, soviel er will? ...«

Harder nickte.

»Alle Wetter ... alle Wetter!« Iversen schlug sich mit der Rechten auf den Schenkel. »Der Fall fängt an, mich zu interessieren. Der jahrhundertealte Traum der Alchimisten wäre also in Erfüllung gegangen?«

»Gewiß, Herr von Iversen. Allerdings auf einem Wege, an den keiner von denen auch nur im entferntesten gedacht hat. Aber das ist nebensächlich ...«

»Was? Nebensächlich? Das soll nebensächlich sein, Herr Harder? Eisenecker wäre also theoretisch der reichste Mann der Welt? Unausdenkbar die Folgen, wenn Eisenecker ...«

»Eisenecker denkt nicht daran, sich zum reichsten Mann der Welt zu machen und sich etwa ein massivgoldenes Haus zu bauen.«

»Ja aber, Herr Generaldirektor ...«, stotterte Iversen.

»Gewiß, Eisenecker wird sich für seine persönlichen Bedürfnisse den nötigen Vorrat Gold herstellen. Aber nur, um geldlich unabhängig zu sein. Sein Ziel ist ein ganz anderes.«

Harder machte eine Pause. Unruhig schritt er im Zimmer hin und her. Dann plötzlich mit einem Ruck blieb er vor Iversen stehen.

»Das Problem der Atomenergie ist Ihnen, Herr von Iversen, wohl als das aktuellste Problem der Gegenwart genügend bekannt.«

Iversen nickte.

»Hören Sie weiter. Montgomery hatte es gelöst. Darüber ist kein Zweifel möglich. Wir arbeiten in Warnum seit Jahren daran — alles, was ich Ihnen sage, alles unter strengster Diskretion! — und sind nicht mehr allzuweit vom Ziel entfernt. Noch an manchen anderen Stellen in der Welt wird daran gearbeitet, doch dürften alle Versuche noch in den Kinderschuhen stecken.

»Aber ...« Harder stockte, als würge er an den Worten. »Doch

gibt es einen zweiten Menschen, außer Montgomery, der das Problem gelöst hat ... und das ist Eisenecker.«

»Ah! ...« Iversen war in den Sessel zurückgesunken. »Dieser, beinahe hätte ich gesagt, Hungerleider im Besitze von Erfindungen, die ihn zum Herrn ... zum Beherrscher der Welt machten? Unmöglich!«

»Es ist so! Ich will mich nicht auf lange wissenschaftliche Erklärungen einlassen. Ich gebe Ihnen die Versicherung, daß es so ist.

Doch weiter! Friedrich Eisenecker war jahrelang Mitarbeiter der Riggers-Werke. Vor vier Jahren schied er aus persönlichen Gründen aus. Seitdem hatte ich ihn aus den Augen verloren. Hätte vielleicht nie wieder an ihn gedacht, wenn sich nicht folgendes ereignet hätte.

Wir brauchen für unser hiesiges chemisches Laboratorium dauernd Gold, da es bestimmte Arbeiten auf dem Gebiete der organischen Goldsalzverbindungen durchführt. Vor zehn Tagen wurde dieser Barren hier wie stets von der Diskontobank bezogen und dem Laboratorium übergeben. Die erste Untersuchung ergab, daß der Barren aus chemisch reinem Golde bestand. Schon das machte unsere Chemiker stutzig. Meistens pflegt das Barrengold mit einem geringen Prozentsatz Kupfer oder Silber legiert zu sein.

Noch größer aber wurde das Staunen, als das Atomgewicht dieses Goldes von demjenigen des üblichen Handelsgoldes eine sehr merkliche Abweichung zeigte. Ich brauche Ihnen wohl kaum zu sagen, daß das für den Wert und die Echtheit des Goldes keinerlei Bedeutung hat, daß es aber gerade die Wissenschaftler, die sich mit der Atomtheorie und der Zerlegung der Atome beschäftigen, auf das äußerste frappieren muß.

Der Vorfall wurde mir sofort gemeldet. Die Versuche wurden wiederholt und bestätigten die erste Feststellung. Mein nächster Weg ging zu der Bank, von der wir den Goldbarren bezogen hatten. Goldbarren sind keine allzu häufige Handelsware, und sehr schnell konnte festgestellt werden, daß der Barren vor 46 Tagen bei der Diskontobank in Hannover verkauft worden war. Ich betraute Sie mit der Ermittlung des Verkäufers.

Nun, Herr von Iversen, wir haben viele Jahre hindurch Millionen in die Aufgabe gesteckt, das Problem der Atomenergie zu ergründen. Eisenecker hat lange bei den Versuchen mitgearbeitet. Ich nehme es als sicher an, daß er sich die bei uns gesammelten Erfahrungen bei seinen eigenen Arbeiten in weitestgehendem Maße zu Nutze gemacht hat ... daß er seine vertraglichen Abmachungen uns gegenüber verletzt hat. Er hat zwar, das habe ich nebenher feststellen

können, bisher kein Patent angemeldet, aber es ist doch zu erwarten, daß er dies tun wird. Da heißt es eben für mich, die Interessen der Riggers-Werke unbedingt zu wahren. Daher mein Auftrag für Sie, alle Schritte Eiseneckers aufs schärfste zu überwachen. Sind Sie jetzt nach meinen Mitteilungen dazu bereit?«

Iversen blies nachdenklich den Rauch seiner Zigarre in die Luft.

»Noch eine Frage. Ich bin zwar absoluter Laie auf diesem Gebiet. Aber es ist doch nie die Rede davon gewesen, daß Elias Montgomery in der Lage war, Gold zu machen. Sollte Eisenecker nicht vielleicht doch einen anderen Weg eingeschlagen haben . . . als Montgomery . . . und als die Riggers-Werke?«

Iversen sah Harder fragend an. Ein Schatten der Betroffenheit zuckte blitzschnell über das Gesicht des Generaldirektors. Er räusperte sich kurz.

»Es ist kaum möglich, Herr von Iversen, Ihnen — Sie sagen ja selbst, daß Sie Laie sind — eine bündige wissenschaftliche Erklärung zu geben. Es möge Ihnen genügen, daß gerade auf physikalischem Gebiete eine ganze Anzahl bedeutender Erfindungen so nebenher gemacht worden sind, während man ein ganz anderes Ziel im Auge hatte. So ist es hier auch mit Eisenecker gewesen.«

»Gut, jetzt bin ich bereit, Ihren Auftrag anzunehmen.«

In der Begleitung des Generaldirektors verließ Malte von Iversen den Raum.

Mit klopfendem Herzen hatte Mette der Unterredung gelauscht. Jetzt ging sie mit müden Schritten zu einer Ruhebank und vergrub ihr Gesicht in die Kissen. Die Wunde, im Laufe der Jahre verharscht, blutete von neuem. Als fühle sie körperlichen Schmerz, preßte sie die Hand auf das pochende Herz. Wirre Erinnerungen durchkreuzten ihre Sinne . . . war's nicht doch Feigheit gewesen . . . die letzte dumpfe Regung der Alltagsseele, die vor dem Äußersten zurückschreckt?

Ihre Gedanken flogen zurück, eine lange Zeitspanne bis zu jenem Sommer vor fünf Jahren. Der einzige Sommer des Glücks in ihrem Leben.

Vor fünf Jahren war es, auf Warnum, dem Eiland da draußen in der Nordsee. Die neuen Anlagen der Riggers-Werke dort gingen der Vollendung entgegen. Ihr Vater, dem es zu langsam ging, blieb fast den ganzen Sommer auf der Insel, um den Bau zu beschleunigen und die Erfolge der ersten Versuche zu sehen. Sie wohnte mit ihm in dem einfachen Direktionsgebäude.

Hier lockte die See. Schwimmen, Segeln ihre Leidenschaft von jeher. Schrankenlos gab sie sich ihr hin. Ein starker Sturm. Mit Mühe und Not hatte sie den rettenden Strand erreicht. Da verbot ihr der Vater, allein nur mit dem kleinen Fischerjungen auszufahren. Ein junger Physiker des Laboratoriums, in allen Segelkünsten erfahren, sollte sie auf größeren Fahrten stets begleiten.

»Erst sehen!« hatte sie lachend dem Vater geantwortet.

Am nächsten Morgen war ihr Eisenecker vorgestellt worden. Die hohe, kräftige Gestalt in elegantem Segeldreß. Unter der blauen Seemannsmütze der schmale Kopf. Das scharfgeschnittene Gesicht. Die klaren stahlblauen Augen.

Dieser Kraftmensch mit den eleganten Umgangsformen des Weltmannes . . . das war einer von den Laboratoriumswürmern, wie sie die dort beschäftigten Herren scherzend nannte? Weit eher hätte sie ihn für einen Seeoffizier gehalten, für den Nachkommen irgendeines berühmten mittelalterlichen Seehelden.

Sekundenlang hatte sie die Augen zur Seite gewandt, kaum fähig, ihre Überraschung zu verbergen. Fast befangen war sie neben ihm her zur Anlegestelle geschritten. Und dann waren sie gefahren . . . der Wind war schwach geworden. Das Steuer festgemacht, hatten sie sich von der leichten Brise treiben lassen. Er hatte ihr von seinen Reisen und Arbeiten in fremden Erdteilen erzählt. In lebhafter Unterhaltung waren die Morgenstunden wie im Nu vergangen . . .

Und der Sommer war verstrichen.

Die letzte Fahrt. Schon beim Absegeln hatte der Himmel ein drohendes Gesicht gezeigt. Doch keiner dachte an Umkehren. Noch ehe sie die Insel ganz aus dem Gesicht verloren, war das Unwetter losgebrochen. Der Sturm kam vom Lande her. Unmöglich, dabei gegen Warnum hin anzukreuzen. Einzige Zuflucht Barsum, das in der Windrichtung lag. In wilder Sturmfahrt waren sie auf den Strand zugeschossen. Mit eherner Ruhe hatte Eisenecker das kleine Fahrzeug durch die Brandung gebracht, es auf dem Rücken einer großen Woge auf den Strand gesetzt. Ehe die nächste kam, hatte er Mette aus dem Boot gerissen und in schnellem Lauf ein Stück landeinwärts getragen.

Da stand er keuchend. Sie wollte sich aus seinen Armen lösen. Er hielt sie fest, riß sie an sich. Sie hatte sich seinem herrischen Ansturm willenlos hingegeben, hatte sich in seiner Umklammerung

zurückgebogen, als er sie küßte, und alles um sich herum vergessen ...

Sie waren zur nächsten Fischerhütte gegangen, hatten sich am Feuer trocknen lassen.

Als das Wetter nachließ, waren sie ins Freie getreten. Als sie allein waren, als er sie wieder an sich ziehen wollte, hatte sie ihn sanft abgedrängt. Und dann hatte Mette mit leiser Stimme, fast ohne Aufregung gesprochen.

Von dem anderen da unten im Süden, der ihr Wort hatte ... Jugendfreund ... Herzenswunsch der beiderseitigen Eltern ... am Sterbebett der Mutter hatte sie dem zum Verlöbnis die Hand gereicht ... seit Monaten war er im Süden, reiste von einem Sanatorium zum anderen, Heilung zu suchen.

Eisenecker war stehengeblieben, hatte sie angestarrt, als müsse er sich überzeugen, daß sie es wirklich war, die diese Worte sprach. Einen kurzen Augenblick hatte er die blitzartige und stechende Empfindung, daß er fliehen ... daß er, ohne einen weiteren Blick auf Mette zu tun, davonstürzen müsse. Dann hatte er sich zu ihr umgewandt, ein unbändiges Feuer loderte aus seinen Augen. Die geballten Fäuste gegen sie erhoben, als wolle er sie niederschlagen.

»Ein Spielzeug war ich dir! ... Ein Spielzeug deiner Laune, das man wegwirft, wenn es nicht mehr paßt! Das, das war ich dir?«

Mette hatte sich an ihn geklammert und den Kopf an seine Schulter gelegt, ihm ihre Seelenpein verraten, ihn hineinschauen lassen in ihr zuckendes, sich abringendes Herz.

Da kam er wieder zur Besinnung. Qual und Wut wichen aus seinen Mienen. Fest drückte er die Zitternde an sich. Liebkosend glitt seine Hand über ihr feuchtes Haar.

»Mette, warum sollen wir uns opfern? Für wen? Du liebst den anderen nicht ... kannst ihn nicht lieben. Und doch willst du ...«

»Er liebt mich mit der eigensinnigen Leidenschaft des Schwerkranken. Nähme ich mein Wort zurück, er würde sterben ...«

Stumm, mit fahlem Gesicht, war er von ihr zurückgewichen.

»Wenn ich gehe, ist alles aus.«

»Friedrich!«

»Feige, grausam bist du!«

»Friedrich, bist du bei Sinnen? Ich habe dich lieber als jeden anderen Menschen in der Welt! Schon seit jenem ersten Tage, wo wir zusammen fuhren ...«

»Geh, ich glaube dir nicht!«

Da schrie sie in ihrer Seelennot laut auf, warf die Arme um ihn, preßte ihn mit aller Gewalt fest an sich.

»Ich habe dich lieb bis in den Tod, du ... du ... doch an ihn muß ich denken, an ihn, der mir vertraut. Kann das Bild des Kranken nicht aus meiner Seele bannen. Seinen Tod auf dem Gewissen, keine frohe Stunde würde ich an deiner Seite verleben.«

Nach Warnum zurück. Mette erkrankte schwer. Ein schlimmes Fieber warf sie nieder. In wirren Träumen rang sich immer wieder der Name Eisenecker von ihren blutleeren Lippen.

Harder, in heftigster Erregung, stellte Eisenecker zur Rede. Der verschwieg ihm nichts. Offenbarte ihm rückhaltlos alles.

Harder verfiel in eine maßlose Aufregung. Halb sinnlos vor Schmerz und Wut zieh er Eisenecker in brutalem Tone der stärksten Undankbarkeit, verbot ihm sein Haus, versagte ihm jeden Verkehr mit Mette, kündigte ihm sofort die Stellung bei den Riggers-Werken.

Der war gegangen. Nie wieder war Kunde von ihm zu ihr gedrungen ...

Jener einzige Sommer des Glücks in ihrem Leben.

Sie stöhnte leise. Für sie gab es keine Brücke mehr zum Glück. Und das vertiefte noch ihr Leid, daß sie zweifeln mußte, ob er sie je so geliebt wie sie ihn.

Hatte er sie so wenig verstehen können? Immer, wenn sie an ihn dachte, stand jene letzte Fahrt vor ihrer Seele. Immer noch hörte sie die furchtbaren Worte der Wut, die er damals gesprochen.

Ihr Herz zuckte, ihre Hand machte wirre Bewegungen, als könnte sie das alles fortstoßen ... Und dann begannen wieder die Erinnerungen an die seligen, frohen Stunden auf dem Meere alles Trübe zu verscheuchen.

Ruhiger wurden ihre Gedanken. Kehrten von den Erinnerungen einer glücklichen Vergangenheit zur Gegenwart zurück.

Was hatte sie eben gehört! Ihr Vater gegen Eisenecker. Was hatte er getan, wollte er tun? Des Vaters schwerer Verdacht gegen ihn ... wo war hier Recht und Unrecht ...?

Ein glühendheißer Junitag hatte sich geneigt. Die volle Mondscheibe stieg von Osten her über die Bogentürme der Alhambra, stieg höher und höher, bis ihre Strahlen voll in die Höfe des alten maurischen Königsschlosses fielen.

Die Nacht des 17. Juni zog herauf. Zum fünften Male jährte sich

die Eroberung der iberischen Halbinsel durch die maurischen Waffen.

Am Brunnen im Löwenhof im Glanze der elektrischen Lampen eine festliche Tafel. Da saßen sie, die Großen des maurischen Reiches. In dem bunten Gewimmel der vielfarbigen Uniformen hier und da der schwarze Rock des Staatsmannes, des Gelehrten. Fast alle Rassen des maurischen Völkergemisches waren vertreten. In der Mehrzahl die hohen, schlanken Gestalten der Berboaraber. Neben Negertypen auch helle, ganz europäisch anmutende Gesichter.

Den Vorsitz an der Tafel führte Prinz Ahmed Fuad, der Bruder des Kalifen, dessen Statthalter in Spanien. Ihm zur Seite Fürst Iraklis, der Gouverneur von Madrid, vor fünf Jahren Führer der maurischen Vorhut. An der Spitze seiner Truppen war er damals in einem einzigen beispiellos kühnen Vorsturm bis zu den Pyrenäen durchgedrungen. Hatte sofort die wichtigsten Pässe besetzt und in zähem erbitterten Kampfe die von Norden her anrückenden Hilfstruppen zurückgeworfen.

Der ganze maurisch-spanische Krieg eine lange Kette kühner Taten. Ceuta, der letzte europäische Besitz in Nordafrika! Durch die weittragenden Geschütze der spanischen Küste geschützt, hatte es immer wieder den maurischen Angriffen getrotzt. Bis der Tag kam, an dem die Gegner ähnliche Geschütze besaßen, an dem nach furchtbaren Land- und Luftkämpfen die weiße Flagge auf den Werken Ceutas wehte.

Das Gespräch kreiste und brachte die Erinnerung vergangener Taten. Der Fürst ließ die Bilder jener Tage wieder aufleben.

»Heute vor fünf Jahren . . . die Sonne war im Atlantik versunken. Zu beiden Seiten der Straße von Gibraltar flammten die riesigen Scheinwerfer auf, erhellten glänzend die nächtliche See, ließen in ihren Lichtkegeln die fürchterlichen Bilder wieder erscheinen, die der verzweifelte dreitägige Kampf um die Meerenge auf afrikanischer und europäischer Seite gezeugt hatte.

Bis zum letzten hatten sich die im Norden gewehrt. Erst um die Mittagsstunde des dritten Tages waren sie von der Übermacht des Südens zurückgeworfen worden. Bis weit ins spanische Hinterland hinein tobte der Kampf. Jetzt in der Nacht des 17. begann sich die mächtige Luftflotte des Maurischen Reiches in Bewegung zu setzen. Wie von Zauberhand geleitet fuhren sie rüber und hinüber, und kein feindliches Flugschiff, das ihrer Fahrt Abbruch tat. Als der Morgen des 18. kam, da standen die maurischen Krieger zu Hun-

derttausenden auf dem ersehnten Boden Spaniens. Vorwärts ... vorwärts, immer vorwärts. Kein Feind, der sie aufhielt.

Und wieder eine Woche später. Hier im Löwenhof der Alhambra war's ...«

Während er lebhaft und immer lebhafter sprach, hatte der Fürst sich erhoben, deutete mit der Rechten auf den Mondschatten, den die Säulenhalle dort auf den steingetäfelten Boden warf ...

»Dort stand unser Herr. Dort stand der Kalif, als meine Boten ihm die Nachricht brachten: ›Die Pyrenäenpässe fest in unserer Hand. Keine feindliche Armee mehr auf spanischem Boden, die unseren Tapferen noch standhielte. Spanien liegt zu deinen Füßen.‹«

Das Surren eines Propellers unterbrach die Erinnerungen des Generals. Ein Hubschrauber senkte sich aus mondlichter Höhe in einen der Höfe der Alhambra.

»Dort stand Abdurrhaman, unser Kalif, unser Herr, als meine Boten ihm den Sieg meldeten«, fuhr der Fürst in seiner Erzählung fort, als das Wort ihm stockte.

Aus dem Schattendunkel des Säulenganges trat eine hagere, hohe Gestalt. Über dem schmalen gebräunten Gesicht hob sich eine auffallend helle Stirn. Das rötlich-blonde Haar war kurz geschnitten. War er 50 ... war er erst 30 Jahre alt? Auch ein aufmerksamer Beobachter hätte es kaum sagen können. Das war Abdurrhaman, der Kalif des neuen großen Maurenreiches. In schnellem Fluge hatte ihn der Hubschrauber aus seinem afrikanischen Reich über das mondschimmernde Meer hierhergebracht.

Der Herrscher wollte nicht fehlen beim Erinnerungsfest ... beim Siegesfest seiner Getreuen, die ihn jetzt jubelnd umringten. Ein Wink von seiner Hand, und die elektrischen Lampen erloschen. Nur noch im hellen Lichte des Mondes lag der alte Hof, lag die schimmernde Tafel.

»Das Gestirn Allahs ... gepriesen sei sein Name ... es soll uns allein leuchten.« Ein zweiter Wink, und die Teilnehmer der Tafelrunde kehrten zu ihren Plätzen zurück.

Der Kalif hatte sich am Ende der Tafel niedergelassen. Während die Gäste weiterplauderten, winkte er Abd ul Hafis, den Professor von der Universität Kordova, an seine Seite, ließ sich mitten im Trubel der Tafel einen Vortrag von ihm halten. Einen Vortrag über die Frage, die jetzt alle Gelehrten der Welt bewegte, die Frage der Atomenergie. Unterbrach den Vortrag:

»Warum, Abd ul Hafis, warum sind wir nicht ebensoweit auf diesem Gebiete gekommen wie die Europäer?«

Abd ul Hafis verbeugte sich.

»Herr, wir sind erst seit fünf Jahren hier in Spanien. Lange Kämpfe, ein schwerer Krieg liegt hinter uns. Es waren nicht Geld und Zeit für diese Dinge übrig. Die in Europa arbeiten schon seit Jahrzehnten an dem Problem und haben ihr Geheimnis so sorgfältig gehütet, daß kein Spion es zu entschleiern vermochte.

Überdies, Herr, Spione, wie sie gewöhnlich verwendet werden, versagen in diesem Falle. Es müßten wissenschaftlich gebildete ... hochgebildete Männer sein, die diese Spionage erfolgreich betreiben könnten. Solche aber werden nur schwer, werden vielleicht niemals Eintritt in die europäischen Werke finden.« Der Kalif fragte:

»Wäre überhaupt einer unserer Gelehrten imstande, das Arbeiten der Apparate und die Lösung des Problems voll zu verstehen, wenn er in eins der europäischen Werke käme?«

»Ganz gewiß, Herr. Unsere Gelehrten sind klug genug, das Verfahren zu begreifen und die Versuche zu verstehen, wenn sie ihnen nur beiwohnen könnten.«

»Aber«, warf der Kalif ein, »wie kommt es dann, daß die englischen Gelehrten das Erbe von Elias Montgomery nicht verstehen, daß sie sein Geheimnis nicht ergründen, seinen Apparat nicht in Tätigkeit zu setzen vermögen?«

Abd ul Hafis schien nachzudenken. Er zögerte, bevor er die Antwort fand.

»Vielleicht, Herr, vielleicht hat es seine Gründe darin, daß die englischen Gelehrten sich mehr und mehr von dem Problem zurückzogen, als die plötzlichen und überraschenden Erfolge Montgomerys bekannt wurden. Die Engländer sind praktische Leute. Sie hielten es vielleicht für überflüssig, noch einem Ziele nachzustreben, das ein anderer schon erreichte.«

Der Kalif nickte zustimmend. »So könnte es wohl sein, Abd ul Hafis. Es könnte wohl sein, daß es an der Beschaffenheit dieser Gelehrten läge.«

»Das ist meine Meinung, Herr, das wollte ich damit sagen. Ich möchte annehmen, daß andere, die sich schon lange mit dem Problem beschäftigen, den Apparat Montgomerys früher oder später in Betrieb setzen würden, wenn ihnen nur Gelegenheit gegeben wäre, Versuche damit anzustellen.«

Geraume Zeit schwieg der Kalif nachdenklich. Dann sprach er weiter. Leiser, gedämpfter als bisher.

»Glaubst du, Abd ul Hafis, daß der eine oder andere Gelehrte

meines Reiches imstande wäre, die Aufgabe zu lösen, wenn er den Apparat von Montgomery in seinem Besitz hätte?«

Einen kurzen Moment zögerte der Gefragte mit der Antwort. Dann sprach er:

»Herr, du verlangst die volle Wahrheit von mir. Ich würde freveln, wollte ich es wagen, sie dir vorzuenthalten. Ich sage sie frei und offen. Im Bereiche deiner scherifischen Macht gibt es wohl niemand, der das vermöchte. Wohl aber in Ägypten. Die Gelehrten an der Universität Kairo . . . in erster Linie Ibn Ezer . . . der Große. Seine Leistungen haben das größte Aufsehen in der Welt erregt.«

»Ibn Ezer! . . .« Der Kalif murmelte den Namen mehrmals vor sich hin . . . »Iben Ezer würde es verstehen . . können . . . aber . . . sage mir die reine Wahrheit, Abd ul Hafis . . . wie lange würde Ibn Ezer brauchen, das Geheimnis zu ergründen?«

»Diese Frage meines Herrn vermag ich nicht zu beantworten. Ich weiß es nicht. Auch Ibn Ezer selbst wird darauf keine Antwort geben können. Es kann Wochen dauern . . . vielleicht Monate . . . vielleicht Jahre . . . wer kann das sagen?«

»Jahre?« Der Kalif schüttelte das Haupt. »Zu groß die Frist . . . zu groß . . . Ali Bei! . . .«

Am anderen Ende der Tafel erhob sich eine hohe Gestalt. Die Uniform ließ erkennen, daß der Gerufene zum engeren Gefolge des Kalifen gehörte. Gleichzeitig mit ihm stand Abdurrhaman auf, trat in den Schatten der Brunnenmauer, sprach lange mit ihm, ging dann mit ihm in die erleuchtete Halle hinein.

Eine Viertelstunde später tönte Propellersausen durch die Luft. Ali Bei war auf dem Fluge nach Ägypten.

Abdurrhaman kehrte in den Kreis seiner Getreuen zurück, das Gedächtnisfest des Sieges mit ihnen zu feiern.

Die ›Sutherland‹, das große Schottlandschiff, lag startbereit in der Halle zu Wembley. Wohl über eine Länge von 200 Meter erstreckte sich der mächtige Rumpf aus schimmerndem Leichtmetall. Lord Permbroke schritt nervös auf dem federnden Gummipflaster neben dem Schiff auf und ab. Zum zehnten Male zog er das Chronometer aus der Tasche, warf einen zerstreuten Blick darauf, um es danach wieder in die Tasche zurückgleiten zu lassen. Jetzt blieb er neben dem Laufsteg zum Schiffe stehen.

»Ich begreife unsere Freundin nicht, Ellen. Noch zehn Minuten bis zum Start. In fünf Minuten werden die Laufstege eingezogen.

Sie wird zu spät kommen, und sie war doch so begierig auf diesen Ausflug.«

Bevor Lady Ellen antworten konnte, kam ein eleganter Kraftwagen durch die große Hallenpforte, fuhr in schnellem Tempo die mittlere Straße entlang und hielt unmittelbar neben dem Laufsteg.

Jolanthe von Karsküll sprang aus dem Wagen, begrüßte Lady Ellen und Sir Arthur, entschuldigte die Verspätung mit einem unvorhergesehenen Aufenthalt auf dem Wege hierher.

»Alle Passagiere an Bord! Alle Fremden von Bord!« dröhnte die Stimme eines Offiziers der ›Sutherland‹ durch die Halle. An der Seite von Lady Ellen ging die Baronin Jolanthe über den Steg. Lord Permbroke folgte. Unmittelbar hinter ihnen wurden die Laufbrücken fortgezogen und die metallenen Pforten hermetisch verschlossen.

Dumpfes Dröhnen aus den Maschinenräumen. Ein Erzittern des ganzen gewaltigen Schiffsrumpfes. Die ›Sutherland‹ war im Fluge und stieg dabei unaufhörlich. Längst hatte das Schiff die dicken über London lagernden Wolkenbänke durchstoßen und schoß im hellen Sonnenglanz nordwärts. Immer noch stieg es dabei bis hinauf in jene Höhen, in denen es keine Stürme und Regengüsse mehr gibt, in denen die dünne und immer unbewegte Luft den Höhenflugschiffen eine ideale Straße bietet.

Jolanthe von Karsküll saß mit Lord und Lady Permbroke im Parlourroom an der Backbordseite der ›Sutherland‹. Zu sehen war für die Passagiere bei solchem Höhenflug kaum etwas. Weit im Westen blitzte hin und wieder ein Schimmer des Atlantik auf. Sonst nur Wolken und immer wieder Wolken. Da blieb während der Stunde der Fahrt wohl Zeit für die Unterhaltung. Bald war das Gespräch in vollem Gange, drehte sich zuerst um Elias Montgomery, den toten Erfinder, und um das Vexierstück, das er ganz England hinterlassen. Dann flogen die Erinnerungen zurück nach Moskau, wo sie sich zuerst kennenlernten, wo zuerst jene Freundschaft zwischen Jolanthe und Lady Amelie, der Schwägerin Lord Permbrokes, entstand, die weiter zur Freundschaft mit den Permbrokes führte.

»Es war auch in Moskau schön, Sir Arthur, aber noch besser gefällt es mir hier in England. Geht alles, wie ich hoffe, dann bringe ich nächsthin auch meine Schwester Modeste nach London mit.«

Lady Ellen griff den Faden auf.

»Ihre jüngere Schwester, Jolanthe . . . Ihre Stiefschwester, wenn ich nicht irre. Damals war sie noch nicht mündig. Der Vormund

hielt sie auf den livländischen Gütern ihres Vaters in sicherer Obhut . . .«

Jolanthe lachte.

»In sehr sicherer Obhut, Lady Ellen. Unser gemeinsamer Vormund, der alte Baron von Keddern, ist noch ein Mann aus der alten Schule. Er hielt es für seine Pflicht, seine Mündel zu bewachen wie . . . wie . . . sagen wir, wie eine Henne ihre Kücken bewacht. Und da ihm das bei mir so glänzend mißlungen war, führte er es bei meiner Schwester mit doppelter Gewissenhaftigkeit durch. Ihre schönsten Jugendjahre mußte sie auf dem einsamen Tirsenhof verbringen. Da hatte ich's im Hause meines Großvaters, des Fürsten Iraklis, doch angenehmer.«

Lord Permbroke mischte sich dazwischen.

»Aber eigentlich, eigentlich hätte Ihr Vormund doch auch Sie damals zu sich nehmen, nach Livland bringen müssen.«

»Eigentlich, Sir Arthur. Gewiß! Er hatte auch die besten Absichten dazu. Hat es öfter als einmal versucht. Aber meine Großeltern sträubten sich, und ich wollte es noch viel weniger. Bedenken Sie doch, meine rechte Mutter war lange tot. Ich hatte kaum noch eine Erinnerung an sie. Eine ganz flüchtige nur noch an meinen Vater . . .«

Jolanthe strich mit der Hand über die Stirn, als ob sie trübe Gedanken verjagen wolle.

». . . Mein armer Vater. Bald hierhin, bald dorthin trieb ihn die Pflicht durch das weite Rußland. Bis er endlich den Dienst quittierte, sich auf seine Güter zurückzog und zum zweiten Male heiratete. Meine Stiefschwester war eben erst ein Jahr alt, als er sich mit seiner Gattin auf den Weg machte, mich heimzuholen. Und dann kam die Katastrophe, der Sturm auf dem Schwarzen Meer . . .«

»Es war ein tragisches Schicksal, das Ihnen am gleichen Tage den Vater und die neue Mutter raubte.«

»Schicksal, Sir Arthur? Man hat von der Besatzung und den Passagieren jenes Schiffes niemals wieder etwas gehört. Nur Trümmer wurden an den Strand geworfen.« Wieder fuhr sie mit der Hand über die Stirn.

»Lassen wir das. Es ist vorbei. Das alles liegt hinter uns.« Jolanthe zwang sich zu einem Lächeln.

»Nie werde ich das erstaunte Gesicht des alten Herrn von Keddern vergessen, als ich plötzlich vor ihm stand und mich ihm als ein inzwischen mündig gewordenes Mündel präsentierte . . . und doch, Sir Arthur, als ich dann auf dem Tirsenhof, dem alten Stammgut

unserer Familie, stand, als ich meine junge Schwester zum ersten Male in die Arme schloß, da begannen die Bilder des Kaukasus zu verblassen. Ich spürte es an tausend Dingen, daß ich hier doch in der rechten Heimat war ... und bald wurde ich auch heimisch. Zuerst freilich kamen sie mir recht frostig entgegen, die lieben Nachbarn von Jurgensburg und Ogershoff. Aber bald schwand die Zurückhaltung, und schon nach einem Monat war es so, als hätte ich immer auf dem Tirsenhof gelebt.«

Lord Permbroke lächelte.

»Aber der Tirsenhof hat Sie trotzdem nicht lange festhalten können, Baronin.«

»Nein, Sir Arthur, vorläufig noch nicht. Später ... vielleicht einmal. Wer weiß?

Solange man noch jung ist, nicht zu lange an derselben Stelle.« Bei diesen Worten erhob sie sich von ihrem Sessel.

»Man wird steif und lahm, Sir Arthur, wenn man zu lange an derselben Stelle hockt. Ich merke es hier schon, obwohl die Sessel recht bequem sind.«

In scherzhafter Übertreibung dehnte und reckte sie die Glieder. »Lassen Sie uns die letzte Viertelstunde zu einer Promenade durch das Schiff benutzen.«

Gemächlich schlenderten sie das breite Promenadendeck entlang, das sich rechts und links von dem großen Mittelsaal durch die ganze Länge des Schiffes hinzog. Es war nicht unbelebt. Offiziere der mit der ›Sutherland‹ anfliegenden neuen Wachttruppe, Mitglieder der Regierung und ihre Damen. Lord Permbroke mußte hier und dort stehenbleiben, grüßen, ein paar Worte wechseln.

»Immer noch Wolken, Sir Arthur, kein Blick auf den Erdboden möglich?«

»Wir werden ihn gleich zu sehen bekommen, Baronin. Das Schiff steht vor der Landung.«

Das Klirren der Maschinentelegrafen drang durch den Raum. Der Bug der ›Sutherland‹ neigte sich leicht nach unten, und in schrägem Fluge schoß das Schiff abwärts. Der Sonnenschein verschwand, und die trübe Stimmung eines schottischen Nebeltages breitete sich aus. Schon wurden die altersgrauen Mauern von Montgomery-Hall sichtbar. Jetzt noch klein wie ein Spielzeug, doch nun schnell groß und immer größer werdend. Immer langsamer sank das Schiff. Tief und immer tiefer, bis es auf dem Boden des großen Schloßhofes leicht aufsetzte.

Die Pforten des Schiffs öffneten sich, Treppen wurden herangeschoben, die Passagiere verließen das Schiff.

Dort die Truppen, die hierhergebracht wurden, um die alte Wachmannschaft abzulösen. 30 Mann mit ihren Offizieren. Erlesene Mannschaften. Erst vor 24 Stunden waren sie nach einem geheimen Schlüssel aus verschiedenen Truppenteilen herausgezogen und zu einer neuen Wachtmannschaft zusammengestellt worden. Man wollte durch diese Maßnahme jede Möglichkeit ausschließen, daß etwa von irgendeiner interessierten Stelle her bestimmte Personen in die Wachmannschaft hineingeschoben wurden, wollte dadurch jeden Anschlag, jedes möglicherweise geplante Komplott gegen Montgomery-Hall im Keime ersticken.

Die neue Wachmannschaft formierte sich und marschierte unter der Führung ihrer Offiziere zu dem Teil des Schlosses, in dem sich die Räume für die Wache befanden.

Lord Permbroke war Lady Ellen und Jolanthe von Karsküll beim Verlassen des Schiffes behilflich.

Nun standen sie auf dem Schloßhof, gingen zum Portal und traten in die Räume des alten Normannenbaues ein. Lange gewölbte Korridore. Eine mächtige Halle im Erdgeschoß. Größere Fenster nach dem Hofe zu. Kleinere, mehr an Schießscharten als an Fenster erinnernde Öffnungen nach außen hin.

»Man meint, mehr in einer Festung als in einem Schlosse zu sein«, sagte Lady Ellen.

»In der Tat, Ellen«, pflichtete Lord Permbroke bei, »unser verstorbener Freund wählte ja gerade deshalb diesen abgelegenen Bau für seine Versuche. Hier konnte er sich von aller Welt abschließen, mit einfachen Mitteln gegen jeden Angriff verteidigen. Er übernahm unverändert, was die normannischen Baumeister vor 800 Jahren errichtet hatten, und fügte von sich aus noch etwas hinzu, wodurch die alte Burg auch für moderne Mittel völlig unangreifbar wurde.«

»Sie sprachen von den wunderbaren Sicherungen, Sir Arthur?« sagte Jolanthe.

»Ich gestehe, daß ich darauf fast noch neugieriger bin als auf den Apparat selbst. Man erzählt sich Wunderdinge davon.«

»Ich werde Ihnen die Anlage zeigen, Baronin. Nur . . . es ist eigentlich nichts daran zu sehen. Sicherlich ist Ihnen gar nichts aufgefallen, als wir durch das große Portal hineinkamen.«

»Nein, Sir Arthur, aber vergessen Sie auch nicht, daß ich von der Technik und der Physik absolut nichts verstehe.«

»Auch ein Physiker hätte kaum etwas Auffallendes bemerkt, Baronin. Ein matter, kaum sichtbarer Metallstreifen an jedem der beiden Türpfosten. Wir konnten unangefochten hindurch, weil die Sicherungen abgestellt sind. Wären sie es nicht, so würde in dem Augenblick, in dem ein Mensch sich zwischen den Pfosten befindet, ein tödlicher Funke zwischen diesen überspringen und den Eindringling niederschlagen.«

Jolanthe blieb stehen und strich mit der Rechten über die matt glänzenden Metallstreifen.

»Das ist interessant, Sir Arthur. Aber ich glaube, nicht ganz ungefährlich. Wenn man nun einmal vergißt, eine dieser Sicherungen abzustellen. Ich hörte, daß solche Sicherungsanlagen sich nur allzu leicht gegen den eigenen Besitzer kehren . . . und zwar um so leichter, je vollkommener sie zu sein scheinen.«

»Ihr Einwurf ist nicht unbegründet, Baronin. Montgomery sah diese Gefahr voraus und begegnete ihr auf eine meisterhafte Weise. Die Ein- und Ausschaltungen der vielen Sicherungsanlagen des Schlosses . . . es sind mehrere hundert solcher Hochspannungssicherungen . . . sind in einem einzigen Hebel zusammengefaßt, der sich im Schlafzimmer des Verstorbenen befindet. Mit einer einzigen Handbewegung konnte Montgomery alle diese Sicherungen aus- oder einschalten. Er vermied dadurch die Gefahr, daß etwa die eine oder andere übersehen wurde. Auch in dieser Anlage offenbart sich das technische Genie des toten Erfinders.«

»Dann, Sir Arthur«, fiel Jolanthe von Karsküll dem Lord in die Rede, »wäre es doch für irgendeinen Bewohner des Schlosses ein leichtes, aus dem Gebäude herauszukommen, indem er heimlich den Universalschalthebel umlegt und dadurch sämtliche Sicherungen ausschaltet.«

Lord Permbroke lächelte. »Nein, Baronin, so einfach ist die Sache nicht. Montgomery wußte sich noch besser zu schützen. Die Tür zu seinem Schlafzimmer ist mit unzähligen Nagelköpfen verziert. In einem dieser Köpfe hatte er eine besondere magnetische Sicherung angebracht. In dem siebenten Türnagel der vierten Reihe. Wir hätten das Geheimnis niemals gefunden. Glücklicherweise hatte Montgomery es bei Lebzeiten seinem alten Kammerdiener anvertraut. Erst wenn man einen Magneten an diesen Kopf bringt, wird eine besondere Sperrung des Türschlosses aufgehoben. Erst dann kann man schließen und in das Schlafzimmer hineingelangen.«

»Das ist interessant, Sir Arthur. Aber wenn man dies Geheimnis nicht wüßte, wenn man – es wäre doch vielleicht nach dem Tode des

Erfinders das Nächstliegende gewesen – wenn man diese Tür mit Gewalt aufgebrochen hätte, so wäre man doch auch in das Zimmer gekommen.«

»Nein, Baronin, man wäre schon bei dem Versuch, die Tür zu zerstören, von der Hochspannung erschlagen worden. Erst durch diesen unscheinbaren Nagelkopf wird die Sondersicherung der Schlafzimmertür ausgeschaltet.«

Jolanthe von Karsküll biß sich auf die Lippen.

»Ich sehe, Sir Arthur, Elias Montgomery wußte sich wirklich gegen unerwarteten Besuch zu schützen.«

»Er wußte es in der Tat, Baronin. Selbst dann noch, wenn irgend jemand doch in das Schlafzimmer eindrang, wenn er etwa die fast meterstarken Wände durchbrach, war er immer noch nicht am Ziel. Er hätte den Schalthebel immer noch vergebens gesucht. Oh, Montgomery war ein Genie. Er wußte sich zu schützen.«

Während Lord Permbroke seine Erklärungen gab, waren sie weitergegangen.

Ein hoher Raum jetzt. Eichenbalken von mächtigen Abmessungen trugen die Decke. Durch Butzenscheiben fiel das Licht in allen Farben des Regenbogens in das Innere. Lange Tische, mit Hunderten von Apparaten bedeckt, zeugten hier von der Lebensarbeit des toten Schloßherrn.

In der Mitte des Raumes auf einem besonderen Tisch der Apparat. Da stand er, der Wunderkasten, der jetzt die ganze Welt in Aufruhr versetzte. Ein Kasten, wohl sechs Fuß lang, drei Fuß breit und ebenso hoch. Seine Wände wurden von schimmernden Spiegelscheiben gebildet, die an den Kanten durch starke Bronzeleisten zusammengefügt waren. Das geschliffene Glas reflektierte zum Teil die Bilder der Umgebung. Man mußte nahe herantreten, um den Inhalt des Kastens genau zu erkennen. Ein Gewirr von Spulen und Kondensatoren, Schaltern und Maschinen. Völlig rätselhaft für den Laien, unenträtselbar auch bis jetzt für die Gelehrten.

Als Lord Permbroke dicht an den Apparat herantrat, erhob sich ein Greis, der auf einem Schemel regungslos davor gehockt hatte. Seine Züge drückten tiefste Mutlosigkeit aus. Nur langsam glätteten sich die Falten auf seiner Stirn, während er mit Lord Permbroke einen Händedruck wechselte. Und Sir Arthur unterließ jede Frage. Ein Blick auf dieses entmutigte Antlitz bewies ihm zur Genüge, daß auch Professor Syndham mit diesem verzauberten Kasten nicht zu Ende kam, daß alle seine Versuche fehlgeschlagen waren. Mit müden Schritten verließ Professor Syndham den Raum.

Jolanthe von Karsküll stand vor dem Apparat. »Wie der Sarg Schneewittchens!« kam es von ihren Lippen.

Lord Permbroke ließ ihr geraume Zeit, ehe er zum Weitergehen mahnte. »Was sehen Sie an dem unnützen Kasten, Baronin? Wir wollen das alte Schloß besichtigen. Es wird Sie sicherlich mehr interessieren.«

Noch immer stand Jolanthe wie hypnotisiert vor dem Kasten.

»Das also ist der berühmte Apparat, mit dem Montgomery die Atomenergie beherrschte? . . . um den sich jetzt alle Welt den Kopf zerbricht?«

»Er ist es, Baronin . . . wenn er es ist. Wir wissen bis heute noch nicht sicher, ob er es ist oder ob Montgomery einen Vexierapparat hinterließ, um die ganze Welt damit zu narren. Ich würde das letztere glauben, wenn nicht der Tod so ganz unvermutet und so plötzlich über Montgomery gekommen wäre.«

»Sie meinen also, Sir Arthur, es ist doch der richtige Apparat, den wir hier vor uns sehen?«

»Ich muß es meinen, Baronin. Aber warum widersteht er dann allen unseren Bemühungen?«

»Warum? . . . ja, warum?« flüsterte Jolanthe, und mit ihr taten Tausende, ja Hunderttausende in aller Welt die gleiche Frage.

Aus dem Laboratorium schritten sie durch einen hohen Kreuzgang und stiegen die steinerne Wendeltreppe zu den oberen Stockwerken empor. Auch hier alles in altem normannischem Stil. Große Säle, enge Kammern. Endlich eine schwere Eichentüre. Aus starken Bohlen gefügt, mit gewaltigen Bändern aus geschmiedetem Eisen beschlagen, mit Nagelköpfen verziert. Sie war verschlossen. Lord Permbroke hatte den Schlüssel dazu bei sich. Umständlich schob er dieses Meisterstück frühmittelalterlicher Schmiedekunst in die Schlüsselöffnung hinein.

»Sehen Sie, Baronin, durch keine Macht der Welt ließe sich der Schlüssel jetzt drehen. Man würde eher den Bart abbrechen.«

Er zog einen kleinen Magneten aus der Tasche und setzte ihn auf den siebenten Kopf der vierten Reihe. Gleichzeitig drehte er mit der anderen Hand den Schlüssel leicht herum. Die Tür bewegte sich in ihren Angeln und schlug auf.

»Aber so . . . so geht es.«

Sie standen im Gemach, dem Schlafgemach des toten Erfinders. Bescheiden, fast dürftig die Ausstattung. Ein einfaches eisernes Feldbett, ein bescheidener Waschtisch. Alte wurmzerfressene Eichenschränke. Ein mächtiger alter Kamin. Auf den groben Hau-

steinquadern der Wände zahlreiche elektrische Leitungen. Jolanthe blickte sich im Gemach um.

»Interessant! In der Tat interessant, Sir Arthur, aber . . .«

»Aber Sie vermissen den Schalter, von dem wir sprachen?«

Bei diesen Worten näherte sich Lord Permbroke einem in Form eines Armes an der Wand befindlichen Beleuchtungskörpers. Es war eine alte Kunstschmiedearbeit, ein Rankenwerk mit Tannenzapfen.

»Versuchen Sie es, Baronin, diesen untersten Zapfen zu bewegen.«

Jolanthe trat hinzu und bemühte sich vergeblich. Fest und unverrückbar schien auch dieser Zapfen mit dem Schmiedestück verbunden zu sein.

»Das ist unmöglich, Sir Arthur.«

»Aber es wird möglich, Baronin.«

Wieder trat der kleine Magnet in Tätigkeit. Lord Permbroke brachte ihn an den Zapfenstil, und im gleichen Augenblick gab der Zapfen unter Jolanthes Händen nach. Leicht ließ er sich zur Seite biegen. Im gleichen Augenblick ein leises Knarren in der Quaderwand neben dem Bett. Eine der Quadern sprang wie eine Tür nach außen auf, und da in dem Hohlraum in der Wand wurde ein einziger Schalthebel sichtbar.

»Sehen Sie, Baronin, jetzt sind wir am Ziel. Dort ist der Nerv, der alle Sicherungen betätigt. Jetzt steht der Hebel waagerecht, steht von der Wand ab. Legt man ihn nach oben um, dann sind alle Sicherungen in Tätigkeit. Kein lebendiges Wesen kann dann in das Schloß hinein oder aus ihm heraus.«

Jolanthe von Karsküll ließ ihre Blicke zwischen dem Wandarm und dem Schalter hin und her wandern.

»Ich bin eigentlich etwas enttäuscht, Sir Arthur. Ich glaubte, man müßte ein hervorragender Physiker sein, um die Sicherungen bedienen zu können. Nun ist das alles so einfach . . . das müßte doch jeder Laie auch können.«

»Gewiß, Baronin! Jeder Laie kann es, wenn er das alles weiß, was wir jetzt wissen. Aber zu Lebzeiten Montgomerys wußte es nur der Schloßherr selbst und sein Diener.«

Mit diesen Worten drückte Lord Permbroke gegen die Quader. Leicht drehte sie sich wieder in ihre frühere Stellung zurück. Ein Schloß schnappte. Verschwunden war der Schalter, nur die glatte Wand ohne jedes Merkmal sichtbar.

Beim Verlassen des Zimmers fast das gleiche. Ohne jede Schwie-

rigkeit ließ die Tür sich jetzt schließen. Kein Magnet brauchte dabei in Tätigkeit zu treten.

Die Besichtigung des Schlosses ging ihrem Ende zu. Sie waren auf den Schloßhof hinausgetreten, wo die ›Sutherland‹ lag, als Jolanthe sich auf etwas zu besinnen schien.

»Meine Tasche ... ich habe sie im Parlourroom liegen lassen. Einen Augenblick bitte.«

Noch bevor Lord Permbroke ihr seine Dienste anbieten konnte, war sie über die Treppe in das Schiff geeilt. Der Lord benutzte den unfreiwilligen Aufenthalt, um seiner Gattin die altertümlichen Steinbildereien im Schloßhofe zu zeigen. Uralte Steinmetzarbeiten. Hochrelief in einer naiven und allen Gesetzen der Perspektive Hohn sprechenden Anordnung. Szenen aus der Geschichte jenes sagenhaften Königs Malcolm, der zuerst normannisches Recht und normannische Art in Schottland einführte. Er war noch beim Erklären, als Jolanthe schon zurückkam, die Tasche am Arm. Lord Permbroke warf einen Blick auf die Uhr.

»Es ist bald Zeit zum Abfahren.« Er sah sich nach dem Flugschiff um, auf dem schon die ersten Vorbereitungen zur Fahrt getroffen wurden. Da! Ein Matrose kam taumelnd die Schiffstreppe herab. Schritt schwankend wie ein Betrunkener über den Hof dem Revier der Schloßwache zu. Glasig sein Blick. Wie fiebergerötet seine Haut.

Der Lord winkte einen Offizier heran.

»Was ist mit dem Mann?«

»Ein Fieberanfall, Eure Lordschaft. Wahrscheinlich Malaria. Der Mann war früher Seemann.«

»Hm.«

Lord Permbroke stand einen Augenblick zweifelnd. Dann, als hätte er einen Entschluß gefaßt.

»Entschuldigen die Damen einen Augenblick? Ich will nach dem Mann sehen. Wäre möglich, daß der hierbleiben muß. Es wären dann einige kleine Formalitäten zu erledigen ... immerhin ein überzähliger ... ein nicht vorgesehener Insasse von Montgomery-Hall.

Schon riefen die Sirenen der ›Sutherland‹ die Passagiere wieder an Bord. Schon marschierten die abgelösten Wachmannschaften über die Laufbrücken in den Schiffsrumpf, und auch für Lord Permbroke und seine Damen wurde es Zeit, an Bord zu gehen.

Lady Permbroke und Jolanthe von Karsküll standen wartend auf dem Schloßhof. Sir Arthur blieb lange aus.

Jolanthe von Karsküll stampfte ungeduldig mit dem Fuß auf den Boden.

»Diese Formalitäten! . . . Wie überflüssig!«

Da kam der Erwartete zurück.

»Leider ist es nicht möglich, den kranken Matrosen auf der ›Sutherland‹ mitzunehmen. Der Arzt hatte des außerordentlich hohen Fiebers wegen zu starke Bedenken.«

Noch wenige Minuten, und die ›Sutherland‹ wurde von ihren Hubschraubern senkrecht in die Höhe genommen. Im dämmernden Abend blieb Montgomery-Hall tief hinter dem enteilenden Schiff liegen.

Die ›Potomac‹, das große Transatlantikschiff, war auf dem Fluge nach Amerika. Es war ein Sonderflug zu den Niagarafällen anläßlich jenes gewaltigen, von William Jefferson vorgeschlagenen Experimentes, das seit mehreren Wochen alle Welt in Atem hielt. Des Nachmittags um drei Uhr hatte die ›Potomac‹ den Hamburger Hafen verlassen. Nach einer Fahrzeit von genau zwölf Stunden sollte sie fahrplanmäßig am folgenden Tage bei den Fällen landen. Die Zeitdifferenz von sieben Stunden zwischen Europa und Mitteleuropa kam ihr bei dem Westflug zugute.

Unabhängig von Land und Wasser, von Wind, Wetter und Eis folgte die ›Potomac‹ dem kürzesten Kurse, der über Nordschottland und Südgrönland geht und die Niagarafälle von Kanada her anschneidet. Das Schiff war überfüllt, jede Kabine, jeder Platz jeder Stuhl besetzt. Während die ›Potomac‹ schon in dreißig Kilometern Höhe über Nordschottland dahinschoß, waren die Stewards immer noch eifrig beschäftigt, neue Sessel und Liegestühle aus den Vorratsräumen herbeizuholen.

So erhielt Malte von Iversen endlich im Speisesaal der ›Potomac‹ eine Sitzgelegenheit, auf der er seine Glieder strecken konnte. Er war gerade noch zurechtgekommen, als man bereits die Laufplanken der ›Potomac‹ einziehen wollte, um mit einem letzten gewaltigen Satz an Bord zu springen.

Jetzt saß er, streckte und verschnaufte sich. Die nächsten zwölf Stunden gehörten ihm. Hier konnte ihm Eisenecker nicht entkommen.

Aber bei dieser Völkerwanderung zu den Niagarafällen, von der die Überfüllung der ›Potomac‹ einen kleinen Vorgeschmack gab, würde es ihm nicht leicht sein, seinen Mann in der unübersehbaren Menge an den Fällen selbst im Auge zu behalten.

Indes vier Augen sehen mehr als zwei, und zehn Augen sehen noch mehr. Darauf hatte Iversen seinen Plan gebaut und sich tele-

grafisch mit amerikanischen Detektiven ins Einvernehmen gesetzt. Ein unmittelbares Verschwinden sollte dem Beschatteten bis zur Unmöglichkeit erschwert werden.

Auch hier im Speisesaal der ›Potomac‹ bildete das bevorstehende Experiment William Jeffersons an allen Tischen den Hauptgegenstand der Unterhaltung. In allen Sprachen Europas wurde darüber debattiert und stellenweise recht absprechend geurteilt. Seit Monaten hatten ja bereits die Zeitungen darüber berichtet und die Möglichkeiten eines Erfolges erörtert. Manche Blätter hatten das Ganze als eine richtige Yankeeidee bezeichnet. Diese groteske Idee, die fünfunddreißig Millionen Pferdestärken der Niagarafälle konzentriert auf ein Becken mit einhundert Kilogramm Quecksilber wirken zu lassen. Einige Gelehrte hatten sogar von einer hemdsärmeligen Physik gesprochen, wie man in früheren Zeiten wohl ähnlich von der Diplomatie zu sprechen pflegte. Die Mehrzahl der Zeitungsstimmen hatte auf das Problematische des ganzen Versuches hingewiesen.

Aber die Wirtschaft und besonders die Börse war nervös geworden, wurde immer nervöser, je näher der Tag des Experimentes heranrückte. Von Tag zu Tag gaben die Kurse der Gold- und Energiewerte nach. Der schwarze Donnerstag, der Todestag Montgomerys, war noch nicht vergessen.

Iversen hatte einen Platz in der einen Ecke des Saales bekommen, von dem aus er den ganzen großen Raum gut übersehen konnte. Während er dort saß, hier und da Gesprächsbrocken über das Thema William Jefferson auffing und einzelne Passagiere musterte, trat Eisenecker ein. An einem Tisch in der Mitte des Saales fand er Platz und ließ sich das Schiffsdiner servieren. Von seinem Winkel aus konnte Iversen das Gesicht des Mannes in aller Ruhe studieren, und er tat es gründlich. Geübt, in den Physiognomien der Menschen zu lesen, verfolgte er jeden Zug dieses Gesichts. Er studierte dieses Antlitz wie ein Buch.

Verbarg sich da nicht etwas, das den äußeren Schein Lügen strafte? Welche geheimen Pläne woben hinter dieser breiten, kantigen Stirn? Welches Ziel hatten diese leuchtenden, willensharten Augen?

Der ganze Mensch ein Rätsel, ihm. Warum nutzte er nicht unverzüglich seine Erfindungen aus?

Die Atomenergie . . . sollte die Erkenntnis der Macht, die sie ihrem Beherrscher in die Hand gab . . . sollte diese Erkenntnis solche rätselhaften Wandlungen hervorrufen? Schon die bizarre Weise, in der Elias Montgomery sein Leben umgestellt hatte, nachdem ihm

die Entdeckung gelungen, gab der Welt reichlichen Grund zum Kopfzerbrechen. Hier schien sich der Fall, wenn auch in anderer Weise, zu wiederholen. Auch dieser hier schwieg über seine Entdeckung. Zwar vergrub er sich nicht in seinem Haus, schloß sich nicht hermetisch von jedem Verkehr ab, aber im Erfolg war sein Tun das gleiche. Er floh in die Welt.

Flucht . . . ja Flucht war's, die Eisenecker in die Ferne trieb! Flucht vor den quälenden Zweifeln, die ihm Herz und Sinn beschwerten. Die Erkenntnis der ungeheuren Tragweite dessen, was ein günstiges Geschick ihm nach mühevoller Arbeit in den Schoß geworfen, wuchtete wie eine ungeheure Last auf seiner Seele. Mit allen Kräften des Geistes und des Körpers rang er dagegen, um nicht niederzubrechen.

Durch ein einfaches Versehen waren damals in seinem Hause Energiemengen von unbeabsichtigter Größe frei geworden, der alte Ellernhof war bis auf die Grundmauern niedergebrannt. In diesem Augenblick war ihm die gefährliche Größe seiner Entdeckung klar vor die Augen getreten. Gleichgültig, ohne Bedauern hatte er zugesehen, wie das jahrhundertealte Gebäude ein Raub der Flammen wurde.

Ein Wink des Schicksals war ihm diese Feuersbrunst, die ihm das Obdach raubte, die ihn aus enger Einsamkeit hinaus in fremde Welten trieb. Neue Kräfte sammeln im Getriebe der Welt! Neue Kräfte, um das Errungene so auszubauen, so zu verwerten, daß es Segen für die Menschheit wurde. Nicht ein blutiger Sieg, bei dem unzählige Existenzen die Opfer der gewaltigen Umstellung werden mußten.

Eine neue, ganz große Aufgabe. Sie mußte gelöst sein, bevor er Europa, der Welt die neue Energiequelle in die Hand gab.

Wohin sich wenden? Amerika . . .? Seine Industrie die bestentwickelte, zugleich die am straffsten organisierte der Welt. Hier die neue Energiequelle zur Anwendung gebracht! Hier mußten die Folgen am deutlichsten zu sehen sein. Hier hatten sich auch bereits ernste Köpfe mit dem Problem beschäftigt, wie einem so umwälzenden Ereignis, wie der Entdeckung der Atomenergie am besten zu begegnen sei.

Der Versuch Jeffersons . . . die Riesenenergie der Niagarafälle auf ein wenig Quecksilber loszulassen . . . er lächelte bei dem Gedanken daran.

Der Kaffee wurde serviert. Mechanisch folgte Eisenecker dem Beispiel der meisten anderen Gäste und griff nach dem Radiohörer, der

neben jedem Sitz hing. Neueste Nachrichten aus der Welt . . . vier Jahre hatte er einsam auf dem Ellernhof gehaust, in seine Arbeit vertieft, abgeschnitten von jedem Verkehr. Was vier Jahre hindurch in der Welt geschah, war ihm fremd geblieben. Es würde einige Zeit benötigen, die Lücke wieder auszufüllen. Wahllos ließ er den Einstellhebel über die Metallscheibe gleiten.

Kairo: Attentat auf die ägyptische Staatsbank. In der heutigen Sitzung des ägyptischen Parlamentes machte der Innenminister folgende Mitteilung:

Von einer weitverzweigten internationalen Bande ist ein Attentat auf unsere Staatsbank versucht worden. Man hat von einem gegenüberliegenden Gebäude aus unter der Straße hinweg mit der Aushebung eines unterirdischen Ganges begonnen. Die ägyptische Polizei, die schon seit langem unterrichtet war, griff heute mit schnellem Schlag zu und konnte mehrere Mitglieder der Bande verhaften.

Doch nun kommt das Außergewöhnliche, woran unsere Hörer vielleicht zweifeln werden. Es war nicht beabsichtigt, den Bankschatz zu rauben. Man wollte ihn nur vernichten. Es war beabsichtigt, hundert Zentner der brisantesten Sprengstoffe unter die Bankkeller zu bringen, um das ganze Bankgebäude, das ganze Stadtviertel von Grund auf in die Luft zu sprengen. Über die Täter schweigt sich die Polizei vorläufig noch aus.

Der Minister teilte dem Parlament darauf den folgenden, jedenfalls nicht gewöhnlichen Entschluß des Gesamtministeriums mit, den Bankschatz bis auf weiteres in den Totenkammern der Cheopspyramide unterzubringen. Das vollkommen freie und übersichtliche Gelände um die Pyramide herum wird in einem Umkreis von drei Kilometer gesperrt werden. Um die Sicherung durchzuführen, beabsichtigt die Regierung zunächst, einen Militärkordon um die Pyramiden zu legen. Später soll der Schutz noch durch elektrische Sicherungen verstärkt werden. Diese Nachricht wird bei denen, die in diesem Jahre einen Besuch Ägyptens und der Pyramiden vorhaben, sehr gemischte Gefühle auslösen. Viele werden den Besuch sicherlich unterlassen, da die Pyramiden ein Hauptziel für die Touristen sind.

Eisenecker rückte den Hebel weiter: Bern, Sitzung des europäischen Staatsrates. Rede des deutschen Delegierten über die europäisch-maurischen Verhandlungen in Rom.

Die Brauen des Hörenden schoben sich halb unwillig, halb drohend zusammen. Noch immer der Feind auf europäischem Boden! Seine Gedanken flogen zu der spanischen Halbinsel, flogen zurück

durch die Jahre. Zurück zu der Zeit, als er dort die großen Kraftwerke in Segovia, in Zamora und bei La Roda baute. Ein Name besonders ging ihm durch den Sinn. Gonzales ... Pionierhauptmann damals in Segovia ...

Er hörte nichts mehr von dem, was aus dem Radiohörer klang. Alle seine Gedanken und Erinnerungen weilten bei dem Hauptmann Antonio Gonzales. Damals in Segovia war er zu ihm gekommen, sich Rat wegen einer technischen Erfindung zu holen. Eisenecker war erstaunt gewesen, in dem einfachen Soldaten einen glänzenden Techniker kennenzulernen. Aus der Bekanntschaft war schnell eine Freundschaft geworden ... Wo mochte Gonzales jetzt leben? ... Wenn er noch am Leben war. War er vielleicht in den maurischen Kämpfen gefallen?

Ein Schüttern ging durch den Rumpf der ›Potomac‹ und unterbrach seine Gedanken. Das Schiff hatte während der letzten Stunden das Eismeer zwischen Island und Grönland überflogen und mußte sich jetzt etwa in der Höhe von Christianland befinden. Schon seit einiger Zeit schien es Eisenecker, als ob der Lauf der Maschinen unregelmäßiger geworden wäre. Jetzt konnte kein Zweifel mehr sein. Die Maschinen setzten aus. Man hatte es zweifellos mit einer Betriebsstörung zu tun.

Von allen Seiten her klangen jetzt aufgeregte Stimmen durch den Raum. Überall war man auf das Versagen der Maschinen aufmerksam geworden und suchte die Gründe dafür zu erfahren. Widersprechende Nachrichten zuerst ... ein Defekt an der Kühlung. Ein Undichtwerden des Gasraumes ... heißgelaufene Lager.

Die ›Potomac‹ ging im Gleitflug nach unten. Jetzt standen die Maschinen für die Horizontalpropeller ganz still. Tiefer und tiefer ging es hinab. Die Wolken wurden durchstoßen. Die Erde wurde sichtbar. Die ›Potomac‹ befand sich über dem grönländischen Inlandseis ... Fast stoßfrei setzte sie jetzt auf einer glatten Gletscherfläche auf.

Es war eine Notlandung. Schon begann die Schiffsstation zu senden und Hilfe herbeizurufen. Ein Tenderschiff vom nächstgelegenen Stützpunkt in Reykjavik mit Monteuren, Werkzeugen und vor allen Dingen mit neuem Betriebsstoff. Denn das war ja ganz unzweifelhaft die Ursache der Notlandung. Eisenecker erkannte den Grund, als er aus einem der Heckfenster die lange, breite, schwarzschimmernde Spur sah, die das ausfließende Teeröl auf dem Eise hinterlassen hatte. Nur ein Tankdefekt konnte es gewesen sein, der

vorzeitig die Betriebsstoffe der ›Potomac‹ erschöpfte und sie hier zum Niedergehen zwang.

Da lag das Schiff in der eisigen Einöde. Hilfe war bereits zugesagt, aber es würden Stunden vergehen, bevor sie da sein konnte. Es wäre nicht schlimm gewesen, wenn man Brennstoff gehabt hätte. So aber fehlte jede Heizung der ›Potomac‹ durch Auspuffgase oder heißes Wasser von den Maschinen her. Schon begann die grönländische Kälte sich auch im Schiffsinnern fühlbar zu machen. Die Reisenden waren nur mit leichter Sommerkleidung versehen. Alle möglichen Decken und Hüllen aus den Beständen der ›Potomac‹ wurden zusammengesucht und mußten zum Schutz gegen die Kälte dienen.

Trotz alledem wäre es immer noch ein lustiger Mummenschanz gewesen, wenn nicht das Unwetter hinzugekommen wäre. Von Minute zu Minute verstärkte sich die Gewalt des eisigen Sturmes, der von Norden her über die Gletscher hinraste. Aus dem Sturm wurde ein Schneesturm. Immer dichter füllte sich die Luft mit feinen Eiskristallen. Schon war die Hügelkette, die kaum einen Kilometer vom Landungsplatz der ›Potomac‹ entfernt den Gletscher im Norden säumte, durch den dichten Schleier der wirbelnden eisigen Schneemassen nicht mehr zu erkennen. Wie aufprallender Hagel fast hörte es sich im Schiffsinnern an, wenn der Sturm in immer neuen wütenden Stößen den Schnee gegen die eisernen Flanken der ›Potomac‹ schleuderte.

Immer schneidender, immer eisiger die Kälte im Schiffsraum. Schon drängten sich Gruppen von Passagieren eng aneinander, verkrochen sich zusammen unter Kissen und Decken, um dem schweren Frost besser Widerstand leisten zu können.

Eine andere schwere Gefahr dabei im Hintergrunde. Es war fraglich, ob das Hilfsschiff bei diesem Unwetter landen konnte, ob es die ›Potomac‹ in diesem Schneesturm überhaupt finden würde.

Etwa zwei Stunden waren seit der Notlandung der ›Potomac‹ verstrichen. Was erst ein verhältnismäßig harmloser Zufall zu sein schien, drohte nun eine Katastrophe zu werden. Zu allem Überfluß brach jetzt auch die kurze nordische Nacht an. Immer dichter legte sich die Dämmerung über das vereiste Land, während der Nordsturm mit ungebrochener Kraft die stiebenden Schneemassen vor sich herjagte.

Mittschiffs hatte man inzwischen eine Luke geöffnet und den Laufsteg ausgelegt. Die Maschinisten waren hinausgegangen, um den Defekt zu untersuchen und womöglich auszubessern. Elektri-

sche Fackeln beleuchteten die Arbeitsstätte. Fantastisch brach sich ihr Licht in den unablässig niederwirbelnden Schneemassen. Das Kreischen von Bohrern und Sägen wurde hörbar. Schwere Hammerschläge ließen den Rumpf der ›Potomac‹ erdröhnen. Die Ausbesserungsarbeiten kamen in Gang. Aber was konnte es helfen, wenn nicht rechtzeitig das rettende Tenderschiff kam und Wärme in diese Eiswüste brachte.

Iversen hatte sich, so gut es gehen wollte, in einen dicken Smyrnateppich eingewickelt. Trotzdem zitterte er vor Frost. Mechanisch schaute er durch das Fenster den Maschinisten bei ihrer Arbeit zu. Sah verwundert schärfer hin. Stand dort nicht ein Passagier bei den Maschinisten? War das nicht die Gestalt Eiseneckers, die dort im Scheine der Fackeln sichtbar wurde?

Da sah er ihn auch schon wieder eintreten, sah ihn zu seinem Gepäck gehen und sich damit beschäftigen.

Malte von Iversen hielt es für geboten, sich möglichst wärmefest in seinem Smyrnateppich zu verkriechen, denn die Kälte wurde schlimmer und schlimmer.

Eisenecker sah, daß die Komödie im Begriff stand, sich zur Tragödie zu wandeln. Verstummt die Scherze über den Mummenschanz. Verklungen das Lachen über die wunderlichen ... grotesken Bilder, die einzelne da in den Verkleidungen boten.

Wie lange würde es noch dauern, bis das Hilfsschiff kam? Selbst bei günstigster Fahrt mußte es noch Stunden dauern. Stunden, in denen vielleicht schon manchen der Passagiere der eisige Tod weggerafft ... Und kam es gar, ohnmächtig, gegen den wahnsinnigen Sturm, der über die Eisfläche brauste, anzukämpfen, erst am nächsten Morgen ... keinen einzigen von der Besatzung der ›Potomac‹ mehr ... einen Sarg würde es finden.

Weit draußen auf dem Eise. Eisenecker war's, der dort gegen den Sturm ankämpfte, die Taschenlampe in der einen, den Kompaß in der anderen Hand, Schritt für Schritt vordrang. Oft mußte er stehenbleiben. Atem schöpfen, neue Kraft sammeln.

Immer wieder warf der Sturm ihn zu Boden. Er nahm die Lampe zwischen die Zähne. Keuchend kroch er geblendet von den Schneeflocken vorwärts. Immer wieder drohten die Kräfte ihn zu verlassen. Eine tiefe Schneewehe. Er stürzte hinein. Die Lampe entglitt ihm. Die starren Hände tasteten nach ihr, fanden sie nicht ... das Ende?

Mit letzter Kraftanstrengung warf er sich zur Seite, den Rücken gegen eine Schneewehe gelehnt. Hier traf ihn der Sturm weniger.

Eine unendliche Müdigkeit ... unendliche Ruhe überkam ihn ... Ah! Wie tat das wohl, hier zu liegen. Die Augen fielen ihm zu. Schlafen ... schlafen ... Ruhe!

Und so lag er, und wie im Fluge glitt sein Leben, alles was er getan, an ihm vorüber ...

Barsum! ... Der Tag, der die Wende bedeutete. Wie ein krankes Tier hatte er sich nach jenem Furchtbaren in seine Höhle ... in das fast vergessene Vaterhaus zurückgezogen. Hatte gewartet, sich in Sorge und Liebe um Mette Harder verzehrend, daß irgendein Lebenszeichen zu ihm dränge. Ein halbes Jahr verstrich darüber. Da las er in der Zeitung von der Verlobung Mettes mit dem anderen. In tage- und nächtelangem Kampf hatte er mit sich gerungen. Er hatte geglaubt, zugrunde gehen zu müssen. Zwecklos jede Lebensstunde ohne Mette an seiner Seite.

Der Herbst war ins Land gegangen. Eine Schar Zugvögel in langer Kette über seinem Kopf nach Süden steuernd ... ihnen nach! Reisen! In die weite Welt! ... Vergessenheit suchen!

Schon hatte er mit einem letzten Blick Abschied nehmen wollen vom Vaterhaus. Da war ihm der alte Wahlspruch der Eisenecker, der oben im Querbalken des Tores tief eingehauen stand, in die Augen gefallen:

Holt fast und kolt Isen!

Er hatte ihn gelesen, wieder und wieder, bis sich unbewußt seine Lippen öffneten, er die harten Worte laut vor sich hinsprach, sie schrie.

Da war es ihm klar geworden: Halt fest! Gib's ihnen!

Und dann war er an das große Werk getreten ... das Werk, das ihn ... gelang es ... zum Herrn der Welt machen mußte, Tag und Nacht ... Jahr um Jahr hatte er gearbeitet. Das jahrhundertealte Besitztum der Eisenecker war dabei zugrunde gegangen. Schon das Dach über seinem Haupte bedroht. Da war der gleißende Klumpen aus dem Kasten gesprungen, der Bote des Sieges ...

Der Kasten! ...

Seine Hand fuhr zur Seite. War's denn möglich? Hier lag er, den Tod erwartend, und der Retter hing ihm zur Seite.

Holt fast!

Die Hand klammerte sich um den kleinen Kasten. Er fühlte, wie die Schrauben und Spangen nachgaben. Sein Werk ... Zepter und Krone! Herr über die Menschen ... über die Natur! Die Hand, die den Kasten umspannt. Eine wohlige Wärme daran zuerst ... immer

stärker werdend. Schon zuckte die Hand zurück. Unbeabsichtigter Zufall! Es arbeitete darin.

Mit einem Sprung stand er da. Kinderspiel! Ein König, der nicht wußte, wie weit seine Macht ging. Da lag die Lampe. Er ergriff sie, schaltete sie ein. Mit neuer Kraft warf er sich dem Sturm entgegen. Drang weiter, weiter vor, bis er das Ziel erreicht ... eine Felsenwand. Zum Teil Granit, zum Teil Basalt. Durch den älteren und längst erstarrten Granit mußte viel später wohl ein glühender Basaltstrom in vulkanischem Ausbruch seinen Weg gebahnt haben. War dann auch erstarrt und hatte bei der Abkühlung eine weite und tiefe Höhle gebildet.

Eisenecker trat in die Höhle, schritt weiter und weiter in sie hinein, bis er das Ende erreicht hatte. Mit der Taschenlampe leuchtete er um sich. Seine Blicke musterten die Wände, den ganzen Höhlenbau.

»Ein guter, solider Stollen. Zum mindesten so gut wie der des Herrn Jefferson. Wie geschaffen für den Versuch!«

Er ergriff die Kassette, setzte sie durch einen Fingerdruck in Betrieb und stellte sie in einer Felsspalte nieder. Die Taschenlampe in der vorgestreckten Rechten haltend, strebte er eilig dem Ausgang zu.

Daß er nicht zu schnell ging, zeigte der warme Luftstrom, der plötzlich hinter ihm herfegte, stärker und wärmer wurde. Ihn heiß umspülte, ihn mit Gewalt aus dem Höhlenmund ins Freie warf.

Da lag er ... stand er. Der Schnee um den Höhlenmund taute schnell weg. Das massive Gletschereis hier geriet ins Schmelzen. Schon bildeten sich Wasserlachen, wo eben noch klirrender Frost das Eis gebannt.

Er stand und lauschte, bis ein Dröhnen wie der Klang einer schwachen Detonation aus dem Höhlenmunde herausdrang.

»Gut so!« Er lächelte dabei. »Den Apparat findet keiner mehr, wenn sie später einmal in der Höhle suchen sollten. Energie nur an seiner Stelle ... keiner, der sie sehen ... messen kann.«

Zurück zur ›Potomac‹! Der warme Sturm, der ihn trieb, brachte ihn schnell zum Schiff. Da lag es. Tot? ... Schon ein Sarg? Durch den Montageraum kroch er ins Schiff.

Ein Bild des Grauens. Wo noch Leben? Wo Tod? Zu Haufen zusammengedrängt, in starrer Ruhe die Insassen des Schiffes ... kein Laut ... keine Stimme. Friedhofsstille ...

Er sprang zum Kabinenfester, riß es auf, daß sie eindrang, die Retterin ... die warme, linde Luft.

Er stand und schaute. Und dann begann es sich zu regen. Stimmen wurden laut. Rettung? Hilfe? Was ist?

Der Kapitän der ›Potomac‹ sprang auf die Füße, schaute wirr um sich. Schritt taumelnd zu einer Luke. Seine Hände umkrampften den Rahmen des Fensters. In tiefen Atemzügen sog er den warmen lebensspendenden Hauch in die Brust ein. Einmal ... zweimal ... dann erinnerte er sich seiner Pflicht. Laut klang seine Kommandostimme durch das Schiff. Und wie, wenn sie Tote zum Leben zurückrufen? begann es sich zu regen. Einer nach dem anderen. Die Besatzung sammelte sich um ihn.

Was ist's? Wo sind wir? klang's wirr aus dem Haufen.

Das Hilfsschiff? Ist es da? ... Nein! ... Nichts ist da ... Wetterumschlag! ...

»Zu den Passagieren«, kommandierte der Kapitän.

Eine Viertelstunde nach der anderen. Lange ... lange schienen alle Bemühungen bei einzelnen Passagieren vergeblich zu sein. Dann war es doch getan ... geglückt. Alles zum Leben zurückgebracht.

Und dann drang alles nach außen ... heraus aus dem Schiff. Statt des eisigen Schneegestöbers ein leichter warmer Regen. Sie achteten nicht, daß er sie durchnäßte. Froh jauchzend boten sie sich dem Wunder dar.

Unfaßbar! ... unerklärlich! Was war es?

Das herannahende Tenderschiff erlöste die Harrenden, brachte neue Gedanken. Der Schaden war schnell repariert, schnell wurden die Tanks wieder aufgefüllt. Dann rief die Sirene alles an Bord. Die Laufstege wurden eingezogen, die Luken geschlossen. Die Schiffe stiegen auf. Nach Osten, nach Reykjavik setzte der Tender seinen Kurs, nach Westen, nach Kanada die ›Potomac‹.

Verlassen blieb die eisige Einöde zurück. Noch waren die weiten Eis- und Schneeflächen in Sicht, da schossen Feuerströme fontänenartig aus dem Gestein des Basaltberges. Vermischt mit riesigen Dampfsäulen erhitzten Wassers.

»Ein Erdbeben! Ein Vulkanausbruch!« Viele hundert Stimmen schrien es gleichzeitig. Nur so konnte es sein.

Malte von Iversen stand in der Nähe Eiseneckers. Seine Blicke sogen sich an dessen Mienen fest. Ein unbestimmter Argwohn in ihm. Der da! Der Eisenecker. Dessen Mienen ruhig, unbeweglich! Nur einmal, als der Ruf: Ein Erdbeben! erklang, glaubte er ein belustigtes Lächeln über dessen Züge huschen zu sehen. Aber das konnte vielleicht auch eine andere Erklärung haben.

Iversen grübelte und kombinierte. Der letzten einer war er gewesen, die die Mannschaft ins Leben zurückbrachte. Kostbare Zeit verstrich, wo er jenen nicht beobachten konnte.

Und er fragte und fragte. Den und den. Die Besatzung . . . die Offiziere . . . den Kommandanten . . .

». . . Herr Eisenecker? . . . Hm! Jawohl! Gewiß . . . ich erinnere mich. Er war der ersten einer . . . wohl gar der erste . . .«

Malte von Iversen sann lange, kombinierte hin und her . . . verwarf alle Kombinationen . . . gab dem Generaldirektor Harder telegrafischen Bericht von dem, was geschehen.

Wochenend an den Niagara-Fällen. Alle Gasthöfe überfüllt. Unmöglich, die Massen in den engen Mauern zu beherbergen . . . und immer neue noch, die zu Wasser, zu Lande und zu Luft herbeiströmen. In selbstgebauten Zelten, oft aus den unmöglichsten Dingen errichtet, lagerten Tausende und aber Tausende in Erwartung jenes Moments, von dem man in den Staaten, ja in der ganzen Welt schon seit Wochen sprach. Sie erwarteten jenen Augenblick, an dem Punkt 12 Uhr mittags alle Wasserkräfte des Niagara mit ihren 35 Millionen Pferdestärken auf jenen Versuch Jeffersons konzentriert werden sollten. Auf jenen wunderbaren Versuch, von dessen Erfolg für das Wirtschaftsleben der ganzen Welt so unendlich viel abhängen konnte . . . wenn er gelang.

Das südliche, amerikanische Ufer der Fälle war seit einer Woche gänzlich abgesperrt. Dort hatte man in den massiven Fels der hohen Ufermauern unterhalb der Fälle einen Stollen gesprengt, der den Versuchsraum bilden sollte. Auf dem anderen, dem kanadischen Ufer, staute sich die neugierige Menge. Staute sich und starrte, obwohl kaum etwas zu sehen war. Nur der betonierte Stolleneingang, in den ein paar mannstarke Kabel hineinführten.

Um 12 Uhr sollte das Experiment stattfinden. Jetzt war es 11 Uhr. Schon begannen die in Flugzeugen Kommenden sich möglichst gute Plätze in der Luft zu sichern. Etagenweis stand die ungeheure Menge der Flugzeuge im Äther über den Flußufern aufgebaut.

Die Fälle selbst donnerten jetzt am Sonntag mit kaum geschwächter Kraft in die Tiefe, wie sie schon vor Hunderten und Tausenden von Jahren niedergestürzt waren. Unendliche Wassermassen, die über die Felskante fielen und Gischt und Nebel 100 Meter hoch warfen. Denn so war es ja jetzt geregelt. Wenn am Samstag die großen Kraftwerke den größten Teil ihres Betriebes stillegten, wenn nur noch ein Teil der Energie für Beleuchtungs- und Verkehrs-

zwecke gebraucht wurde, dann schloß sich allmählich eine der Kanalschleusen nach der anderen, und die Wassermassen, deren Energie im Augenblick nicht mehr benötigt wurde, durften sich im freien Sturz im alten Bett austoben. Ein majestätisches Schauspiel für die Besucher, die jeden Sonntag zu den Fällen kamen. Ein Schauspiel, das jedesmal bis zum Montag morgen währte, an dem sich die Schleusen wieder öffneten und die Wassermassen zu den riesigen Turbinen leitete.

Heute trat diese Veränderung schon am Sonntag um 11 Uhr vormittags ein. Eine Schleuse nach der anderen wurde geöffnet, ein Kraftwerk nach dem anderen nahm den Betrieb an dem sonst so heilig gehaltenen Sonntag voll auf, um seinen Beitrag an Energie für das Experiment liefern zu können. Schwächer und schwächer wurden die Wassermassen, die noch über die Felskante stürzten. Nur noch ein leises Rieseln schwacher Rinnsale. Jetzt ist der kanadische Fall fast völlig trocken, jetzt auch der Horseshoe-Fall auf der anderen Seite. Die Ziegeninsel in der Mitte, Goats-Island, trockenen Fußes von beiden Ufern her erreichbar. Alle Kraft der Fälle arbeitete in den Werken, bereit, im entscheidenden Augenblick durch eine einzige Schalterbewegung in jenen in den massiven Fels eingesprengten Experimentierraum geleitet zu werden. Eine druckfeste Wanne dort tief im Felsen, gefüllt mit einigen wenigen Zentnern reinen Quecksilbers. Um 12 Uhr würden sich 35 Millionen Pferdestärken auf dieses Quecksilber stürzen, würden es ... wie die Physiker erwarteten ... zertrümmern ... in Gold ... in Helium ... in Nichts. Selbst wenn das Experiment nicht in seiner ganzen Größe gelang, wenn die Atomenergie des Quecksilbers noch nicht freigemacht werden konnte, so erwartete man doch mit Sicherheit die Zerlegung und Umwandlung des Quecksilbers in einfachere Elemente.

Ein Mann in besten Jahren, einfach gekleidet, vielleicht ein Arbeiter aus den Kraftwerken, suchte sich durch die dichtgedrängten Menschenmassen am kanadischen Ufer nach vorn zu schieben. Was ganz unmöglich schien, nach und nach war's ihm gelungen, sich bis zu den vordersten Reihen durchzudrängen. In nächster Nähe eines hochgewachsenen blonden Mannes hielt er plötzlich an. Betrachtete den Minuten hindurch mit größter Aufmerksamkeit. Murmelte dann zu den Umstehenden etwas von Unwohlsein und begann sich wiederum hastig nach rückwärts durch die Massen zu drängen.

Jetzt blieb er wieder stehen. Stand in der Nähe eines anderen, mit äußerster Eleganz gekleideten Herrn unbestimmten Alters. Machte

dem, für die Umstehenden gar nicht bemerkbar, ein Zeichen mit den Fingern, und sofort begann auch dieser andere seinen Platz zu verlassen, sich aus dem Gedränge nach hinten hin zurückzuarbeiten, wo der Platz freier, mehr Beweglichkeit möglich war. Dort stand der Elegante, holte ein Taschentuch aus der Brusttasche und breitete es umständlich aus. Es war ein weißes großes Tuch mit einem gezackten blauen Rand. Er wischte sich damit den Schweiß von der Stirn und legte es genauso umständlich wieder zusammen, wie er es entfaltet hatte. Dann, als ob ihm das noch nicht genug, zog er ein rotseidenes Tuch heraus, mit dem er sich Luft zufächelte, als wäre ihm die Hitze ganz unerträglich geworden, entfaltete er ein neues weißes Tuch und führte auch das ans Gesicht. Dann sprang er in einen der hier stehenden Kraftwagen und fuhr in Richtung der Stadt davon.

Im gleichen Augenblick begann sich einer der in der obersten Flugschiffreihe stehenden Hubschrauber aus dem Verband zu lösen, flog über den Fluß und nahm ebenfalls den Kurs zur Stadt.

Der Apparat Iversen arbeitete. Seine Spürhunde hingen an Eiseneckers Fersen und würden ihn auch hier in dieser Riesenmenge bestimmt nicht aus den Augen verlieren.

Je näher die Mittagsstunde kam, desto höher stieg die Erregung der vieltausendköpfigen Menge. Sinnlos schoben die Massen immer weiter nach vorn. Auch das umfangreiche Polizeiaufgebot vermochte nicht mehr, die befohlene Ordnung aufrechtzuerhalten. Schon gab es Verwundete und Ohnmächtige in dem gefährlichen Gedränge. Die Sanitätsmannschaften hatten alle Hände voll zu tun. Immer gewaltiger der Lärm, immer wilder die Stimmung.

Da endlich 12 Uhr! ... Ein Kanonenschuß erdröhnte ... sekundenlange Stille folgte. Alles starrte wie hypnotisiert auf das gegenüberliegende Ufer.

Ein leichtes Dröhnen und Brausen drang durch die Luft. Ein Zittern ging durch den Erdboden. Dann ein befreiender Aufschrei aus hunderttausend Kehlen.

Bravo! ... Hurra! ... Händeklatschen ... die Massen kamen in Bewegung. Ihr Johlen und Schreien wetteiferte mit dem immer stärker werdenden Dröhnen in den Felsen des anderen Ufers.

Doch stärker und stärker wurde das Dröhnen, wurde zum Donnern ... und dann ein häßlicher markdurchdringender Klang. Ähnlich etwa, wie wenn das eiserne Rad eines schweren Wagens auf der Straße einen Ziegelstein zermalmt. Aber vieltausendfach stärker, millionenfach kreischender. Ein Klang, bei dem es den Hunderttau-

senden auf dem gegenüberliegenden Ufer kalt über den Rücken rann.

Die Menge stand starr, stierte in höchster Spannung auf das gegenüberliegende Ufer, auf jene Stelle hin, wo die meterstarken Kabel in den Fels eintraten. Starrte und sah, was geschah.

Die ganze gewaltige Felswand dort drüben geriet in Bewegung, schwankte wie im Erdbeben und klaffte in immer größer werdenden Rissen auseinander. Leichter Dampf schoß aus den Spalten. Wassermassen folgten. Immer mächtiger, immer gewaltiger brachen sie aus der Felswand. In breitem Schwall sprudelten sie aus den Klüften, stürzten schäumend und donnernd in die Tiefe.

Was war das? War eine verborgene Wasserader angeschlagen? Nein! . . . Wie ein Lauffeuer ging es durch die Tausende.

Eine Katastrophe hatte sich ereignet, eine Katastrophe für die Kraftanlage. Die riesige Energie, tief im Felsen auf einen einzigen Punkt konzentriert, hatte sich gewaltsam Luft gemacht. Sie hatte die Eingeweide der Felswand zerstört, zerbrochen, zermalmt. Die Turbinenschächte, die von den oberen Stromschnellen her das Kraftwasser zu den Werken führten, waren aufgebrochen und verschüttet, alle Kraftanlagen tot . . . unbrauchbar.

Die sinnlose Menge sah es und jubelte beim Bilde dieser Zerstörung. Was kam es noch weiter auf die Kraftwerke an. Das Experiment mußte ja gelungen sein . . . mußte ganz sicher geglückt sein. Und dann, im Besitze der neuen Energie, der Atomenergie . . . was brauchte man da noch die Wasserkraftwerke des Niagara.

Und wenn es etwa nicht vollständig gelungen war, wenn die Atomenergie noch nicht entfesselt war . . . das mußte doch zum mindesten geglückt sein, die Umwandlung des Quecksilbers in Gold. Und mit dem Golde, damit konnte man ja leicht neue bessere Turbinenschächte bauen, wenn man die Kraftwerke vorläufig doch noch brauchen sollte.

Die große Menge war bei diesem Schauspiel jedenfalls auf ihre Kosten gekommen und machte ihrer Begeisterung in unendlichem Toben und Lärmen Luft.

Das Experiment William Jefferson war zu Ende. War es wirklich gelungen? Erst nach Tagen, vielleicht nach Wochen würde man darüber etwas wissen können. Dann erst, wenn die entfesselten Wassermassen wieder abgelenkt, der Zutritt zu dem Versuchsstollen wieder frei sein würde. Dann vielleicht, wenn die tobenden Fluten den ganzen Apparat nicht etwa mitgerissen und alle Ergebnisse fortgeschwemmt hatten. Jetzt wußte man noch nichts darüber. Aber

schon jetzt war es für jeden Fachmann klar, daß es viele Millionen und lange Arbeit kosten würde, um die verhängnisvollen Folgen dieses Experimentes zu beseitigen und den alten Zustand der Kraftwerke wiederherzustellen.

Abendgesellschaft im Königsschloß von Madrid. Schimmernde Uniformen hoher Offiziere mischten sich mit dem schwarzen Kleid der obersten Beamten und Diplomaten. Wie ein bunter Flor dazwischen die vielfarbigen glänzenden Toiletten der Damen.

Der neue Hof. Die ganze neue Gesellschaft, die sich um diesen Hof scharte. Darunter wohl einige schiffbrüchige Existenzen der alten Gesellschaft . . . Alles war versammelt. Trotzdem offensichtlich eine gewisse Auswahl unter den farbigen Vertretern getroffen war, sah man doch so ziemlich alle Typen des nordafrikanischen Völkergemisches. Hier der stolze gelassene Maure, dort der schlanke rassige Berber. Neben dem eleganten Tunesier der blonde, blauäugige Rifkabyle. Dazwischen die Kreuzungen aller dieser Rassen. Mischlinge aus europäischem und afrikanischem Blut.

Unter den Damen die gleichen Erscheinungen. Die entblößten Nacken und Arme blitzten von kostbarem Schmuck, übergossen vom Sonnenglanz der elektrischen Lampen.

An der Seite der Fürstin Iraklis, welche für die fehlende Hausfrau die Honneurs machte, Prinz Ahmed Fuad, der Bruder des Kalifen. Das Antlitz schwach gebräunt, unter den schweren Lidern ein paar dunkle Augen. In ungezwungener Haltung begrüßte er jeden Gast mit ausgesuchter Liebenswürdigkeit.

Jetzt verweilte er lange bei einem hohen Offizier, dem der linke Ärmel leer an der Uniform hing. Das war Fürst Murad Iraklis, der berühmte Führer der maurischen Vorhut. Sein Haar war stark ergraut, doch straff die Haltung, ungebeugt die Gestalt. Das ebenmäßig geschnittene Gesicht, die helle Hautfarbe ließen ihn durchaus als Europäer erscheinen. Fürst Iraklis, der Georgier, der Kaukasus seine Heimat. Doch nach einem Zwist mit Soliman el Gazi, dem Kalifen des neuen asiatischen Reiches, war der Feuerkopf außer Landes gegangen, war der Paladin des maurischen Kalifen geworden.

An seiner Seite ein junges blondes Mädchen. Nordländischer Typ unverkennbar. Bewundernd blickten die blauen strahlenden Augen auf das glänzende Bild dieser Gesellschaft . . . und doch wäre ein gewisser müder, abgespannter Ausdruck in den feinen Zügen dem aufmerksamen Beobachter kaum entgangen. Es war Modeste von

Karsküll, die Schwester der Baronin Jolanthe. Die schöne Russin, wie sie in der Madrider Gesellschaft genannt wurde.

Erst seit kurzem weilte sie hier. So überraschend und verwirrend war alles gekommen. Vor wenigen Wochen noch in Livland auf dem einsamen Tirsenhof. Und dann plötzlich diese Reise nach Spanien, hier die Einführung in die Gesellschaft und bei Hofe.

Jolanthe hatte sie von dort geholt. Wollte sie der Einsamkeit entreißen, ihr die Schönheiten Europas zeigen.

Das Reiseziel? Alle Hauptstädte Europas standen auf dem Programm. Der Tod des alten Fürsten Iraklis warf es über den Haufen.

Ein gewaltiger Besitz hatte seinen Herrn verloren. Zwar ging der bedeutendste Teil davon an den Fürsten Murad, aber große Liegenschaften fielen auch an Jolanthe. Eine Auseinandersetzung war notwendig. So ging sie nach Spanien, und so kam Modeste von Karsküll nach Madrid. Herzlich hier die Aufnahme der Schwestern im Hause des Gouverneurs.

Aber dann ... Modeste hatte die Gründe dafür nicht recht verstehen können ... dann mußte Jolanthe plötzlich in einer wichtigen Angelegenheit nach London fahren. Auf kurze Zeit nur, hieß es. Täglich wurde sie jetzt zurückerwartet. Inzwischen boten die Verwandten alles auf, um Modeste den Aufenthalt so angenehm wie möglich zu machen, ihr durch Zerstreuungen und Unterhaltungen aller Art über die Trennung hinwegzuhelfen.

Prinz Ahmed Fuad, der Regent, kam öfters in das Haus des Gouverneurs. Hier sah er Modeste das erstemal. Tief war der Eindruck, den Modestes taufrische Jugend, in blonder Schönheit blühend, auf den maurischen Fürsten machte. Tief die Leidenschaft, die das Blut des reifen Mannes entflammte. Immer häufiger wurden die Besuche des Prinzen, so häufig bald, daß ihre Ursache dem Fürstenpaar nicht länger verborgen bleiben konnte. Auch in der Gesellschaft huldigte der Prinz der jungen Baronin in solcher Weise, daß es vielen auffiel.

Modeste, betäubt und berauscht von dem glänzenden Leben dieser Hofkreise, in das sie so plötzlich getreten war, ließ sich seine Huldigungen ahnungslos gefallen. Die vornehme, unaufdringliche Art, in der Prinz Ahmed sie mit den Beweisen seiner Ergebenheit umgab, schmeichelte ihr.

Erst allmählich gelang es ihr, den klaren Blick wiederzugewinnen. Mit Erschrecken hatte sie wahrgenommen, daß die Worte und Blicke des Prinzen mehr bedeuteten als die üblichen Huldigungen des galanten Kavaliers. Was sollte sie tun? Sich der Fürstin Iraklis

anvertrauen, diese um Rat fragen? Sie ließ den Gedanken bald wieder fallen.

So ganz anders stand sie ja der Familie des Gouverneurs gegenüber als Jolanthe, die durch enge Blutsverwandtschaft mit dem Fürsten Iraklis verbunden war. Ihr wollte es nicht gelingen, ein wärmeres Gefühl für die Fürstin zu fassen. Zu vieles schied sie innerlich von der Frau, die auf seiten der Gegner des europäischen Vaterlandes stand.

Gegner des Vaterlandes? Modeste begann in diesen Wochen, da Jolanthe in London weilte, über die Verhältnisse nachzudenken. Fürst Murad, der rechte Oheim Jolanthes, der Eroberer Spaniens, das Schwert des Kalifen. Jolanthe, die Schwester? Fühlte die noch für das europäische Vaterland, oder stand ihr Herz auf der Seite der maurischen Eroberer?

Modeste erschrak bei dem Gedanken. Sie fühlte, daß sie hier allein stand, ihre Sache allein auskämpfen mußte. Bis die Schwester wiederkam, bis sie dies Land verlassen, nach Europa zurückkehren konnte. Zurück, wenn es sein mußte, selbst in die enge Stille des Tirsenhofes.

Sie nahm sich vor, sich dem Prinzen gegenüber so reserviert wie möglich zu verhalten, seine Nähe, so gut es ging, überhaupt zu meiden. Und erreichte damit doch nur das Gegenteil. Mehr denn je bemühte er sich jetzt um sie und zeichnete sie vor aller Welt in einer Weise aus, daß kein Zweifel an seinen Gefühlen bestehen konnte. Jetzt wieder, als der Prinz so auffällig lange bei ihr verweilte, glaubte sie zu spüren, wie die Blicke der Gesellschaft auf ihr brannten, glaubte das Geflüster zu hören, das von Mund zu Mund durch den Saal ging.

Da brandeten die Wellen der Musik durch den weiten Raum. Eine tiefe Verbeugung des Prinzen. Er reichte Modeste den Arm und eröffnete mit ihr den Ball. Röte und Blässe wechselten in ihren Zügen. Schwankend ging sie an seiner Seite. Fast körperlich glaubte sie jetzt die Blicke der Gäste zu fühlen. Diese Auszeichnung vor den Augen der Hofgesellschaft. Kaum, daß sie Kräfte fand, die freundlichen Worte, die der Prinz zu ihr sprach, zu erwidern.

Erlöst atmete sie auf, als der Rundgang beendet war und der Prinz sie zu dem Fürstenpaar zurückführte. Wie hilfesuchend wollte sie sich an den Arm des Fürsten hängen, doch die erhobene Hand fiel zurück, als sie das strahlende, vielsagende Lächeln in deren Mienen sah. Hier war es vergeblich, Beistand zu suchen. Alleinsein der einzige Wunsch.

Mit unsicheren, zitternden Gliedern gelang es ihr, sich aus dem Gedränge der Gäste zu entfernen. In einer Ecke des großen Wintergartens sank sie erschöpft auf eine Bank nieder. Die Stille, die kühle Luft hier beruhigten sie. Allmählich gelang es ihr, ihre Selbstbeherrschung wiederzugewinnen. Sie wollte sich erheben, in den Saal zurückkehren, da stand der Prinz vor ihr.

»Verzeihung, Baronin ... Ihr Entfernen ... Sie fühlen sich nicht wohl? ... Ich bin besorgt.« Er blickte in ein farbloses Antlitz, das sich abzuwenden versuchte. Wie abwehrend hob Modeste die Hand. Der Prinz ergriff sie, hielt sie fest.

»Baronin ... Modeste, ich glaubte Ihr Vertrauen zu besitzen ... ich fühle, daß Ihre Freundlichkeit gegen mich geringer ... habe ich Sie gekränkt?«

»Nein, ich fühle mich nicht gekränkt ... ich wüßte auch nicht, daß ich mich irgendwie geändert hätte.«

»O doch! Sie sind ganz anders in der letzten Zeit geworden. Die schöne Freundschaft, die Sie mir am Anfang unserer Bekanntschaft gönnten, die mich so sehr beglückte, ist verschwunden ... habe ich das verschuldet?«

Der Prinz stockte. Modeste fühlte den zitternden Unterton seiner Stimme, fühlte, wie er immer fester ihre Hand umklammerte.

»Modeste ...?« Drängend, werbend klang der Name ihr ins Ohr. Mit aller Kraft versuchte sie den Bann zu brechen, in den die Stimme sie zu zwingen drohte. Nach einer Pause kam ihre Antwort.

»Was wünschen Königliche Hoheit?«

Ihre Stimme klang fest. Das scharf hervorgehobene Wort ›Königliche Hoheit‹ im Gegensatz zu seiner vertraulichen Anrede brachte ihn ein wenig zu sich.

Mit einer raschen Bewegung machte Modeste ihre Hand frei.

»Verzeihung, Baronin ... wenn ich irrte, wenn ich glaubte ...«

Noch einmal suchte er ihre Hand zu erfassen. Sie barg sie hinter sich, wandte sich wie zur Flucht.

Er vertrat ihr den Weg.

»Noch eine Frage, noch die letzte, Baronin ...«

»Königliche Hoheit!« Die Stimme seines Adjutanten klang vom Eingang her. Ahmed Fuad zuckte zusammen. Mit drohender Miene wandte er sich um. Der Adjutant kam auf ihn zugeschritten.

»Was ist?« Die Stimme des Prinzen klang heiser vor Zorn.

»Das Telegramm aus England, Königliche Hoheit!«

In der Stimme des Offiziers klang etwas, das den Prinzen aufhorchen ließ.

»Das Telegramm?«

»Jawohl, Königliche Hoheit. Ich glaubte die Nachricht unverzüglich . . .«

»Gewiß! . . . Natürlich . . . Sie sind vollkommen entschuldigt. Rufen Sie den Fürsten Iraklis sofort in mein Arbeitszimmer. Die Gesellschaft . . . entschuldigen Sie mein Fernbleiben, gnädigste Baronin. Die Staatsgeschäfte zwingen mich, dem schönsten Fest den Rücken zu kehren.«

Er reichte Modeste den Arm und führte sie zum Ballsaal zurück. Am Eingang beugte er sich über ihre Hand. Sein Blick suchte ihr Gesicht, es war abgewandt.

»Die Frage . . . Baronin, später werde ich sie . . .«

Noch ehe er den Satz vollendet, war Modeste von seiner Seite verschwunden. Er verfolgte sie mit den Blicken, sah sie im Gewühl der Gäste zur Fürstin Iraklis eilen. Der Adjutant riß ihn aus seinen Sinnen.

»Das Telegramm aus England, Königliche Hoheit.«

Fürst Iraklis saß dem Prinzen gegenüber. Die chiffrierte Depesche lag auf dem Tisch zwischen ihnen. Trotzdem niemand außer ihnen in dem großen Raum war, sprachen sie nur flüsternd miteinander, als fürchteten sie, daß die Wände Ohren hätten. Beide befanden sich, es war unverkennbar, in starker Erregung. Aber ihre freudigen Mienen verrieten, daß die Nachricht nicht nur wichtig, daß sie auch gut sein mußte.

Der Prinz sprach.

»Und wem verdanken wir diesen wichtigen Erfolg? Einzig und allein Ihrer Nichte, Fürst. Ohne sie wäre es wohl niemals gelungen.«

»Ich bin beglückt, daß es ein Mitglied meiner Familie war, dem unsere Sache das zu verdanken hat.«

»Sie dürfen stolz darauf sein, Fürst Murad. Der bewundernswürdige Geist Jolanthes . . . sie hat schon manche Probe gegeben, das hier ist das Beste, was sie je geleistet. Die Art und Weise, wie sie alles vorbereitet . . . die kühne und glückliche Ausführung dann . . . es verdient uneingeschränkteste Bewunderung und Anerkennung. Mein Bruder, der Kalif, wird mit den Beweisen seiner Huld nicht zurückhalten . . . soweit es möglich ist, ohne Jolanthes Verhältnis zu uns zu decouvrieren.«

Es ist meine ständige Sorge, daß eines Tages die Mission Jolanthes bekannt würde. Die Folgen für sie wären unausdenkbar.«

». . . unausdenkbar. Das muß in jedem Falle vermieden werden.«

»Ich habe ihr schon mehrfach Vorstellungen gemacht. Sie zu größerer Vorsicht gemahnt. Sie lacht mich aus. Ich kenne Jolanthe aus ihrer frühesten Kindheit. Sie war stets ein streitbarer, schwer zu bändigender Charakter. Tollkühn, waghalsig, jedem Sport zugeneigt, der Gefahren in sich barg. Sie bedauerte es immer, nicht als Mann auf die Welt gekommen zu sein. Stundenlang konnte sie von den großen Taten schwärmen, die sie dann ausrichten würde. Als der letzte Krieg ausbrach, war sie eines Tages aus meinem Hause verschwunden.«

Der Prinz nickte.

»Ich hörte davon. Sie soll es fertiggebracht haben, als Freiwillige ... nein, als Freiwilliger in das Heer Solimans einzutreten.«

»Sie hat es in der Tat fertiggebracht. Wir mußten lange Zeit suchen, bis es uns gelang, sie zu finden. Soliman el Gazi ließ sie sich vorstellen. Sie fiel ihm zu Füßen und bat, im Heere bleiben zu dürfen. Er schlug es ihr natürlich ab. Als sie bei ihrer Bitte beharrte, machte ein Adjutant scherzend den Vorschlag, sie möchte doch die gegnerischen Kriegspläne holen und uns bringen.

Ich sehe noch, wie Jolanthe aufhorchte, überlegte, dann plötzlich, als hätte sie einen Entschluß gefaßt, aufsprang und davonlief. Die anderen lachten. Ich, der Jolanthe kannte, äußerte Bedenken. Doch Königliche Hoheit kennen ja die Geschichte von früher her.«

»Ich hörte davon sprechen ... andeutungsweise.«

Der Prinz schüttelte nachdenklich den Kopf.

»Es ist nicht gut für uns ... gefährlich für Jolanthe, wenn diese Geschichten zu vielen bekannt werden. Ich hörte nur, daß sie auch hier das Unmögliche möglich machte.«

»So war es in der Tat. Vier Wochen nach jener Szene stieß ein Flugzeug im türkischen Hauptquartier nieder. Jolanthe trat heraus. Sie hatte es selbst gesteuert, verlangte, zum Sultan geführt zu werden. Zufälligerweise war es derselbe Adjutant von damals, der sie empfing und lächelnd nach den Kriegsplänen fragte.

Statt der Antwort legte sie ein umfangreiches Paket auf den Tisch. Man glaubte immer noch an einen Scherz. Man öffnete es, und es waren die Abschriften der Feind-Pläne. Wie sie das zuwege gebracht hat? Man muß es aus ihrem Munde selbst hören. Wenn sie wiederkommt ...«

»Wann denken Sie, daß wir Jolanthe wieder hier haben werden?«

»Das hängt von unserem Londoner Botschafter ab. Er allein kann die Situation klar beurteilen.«

»Sie wird ihre Schwester Modeste später mit nach London nehmen?«

»Sie hatte die Absicht.«

Ein Schatten lief über das Gesicht des Prinzen.

»Ich würde das sehr bedauern ...«

»Gestatten Sie mir gnädigst ein offenes Wort?«

»Bitte, Fürst Iraklis, sprechen Sie.«

»Die Auszeichnung, mit der Königliche Hoheit Modeste von Karsküll begegnen ... so ehrend sie auch ist, ist doch geeignet, in den Augen der Gesellschaft ...«

Der Prinz richtete sich hoch auf.

»Die Gesellschaft? Wer wagt es, Modeste ...?«

»Ich bitte, niemand wagt es ... doch dürfte es genügen, die Gesichter der einzelnen zu beobachten, um zu wissen, wie man darüber denkt.«

Der Prinz war aufgesprungen und schritt erregt auf und ab.

»Die Gesellschaft!« Ein bitteres Lachen begleitete die Worte. »Ja, ja, die Gesellschaft. Ich hätte sie besser kennen sollen. Nichts ist dieser sensationslüsternen Menge heilig. Nichts bleibt von ihren unlauteren Gedanken verschont ...«

Ein Zug zweifelnder Freude glitt über sein Gesicht. Sollte es das gewesen sein, was Modeste so verwandelte? Sollte die Furcht vor dem Urteil der Menge, der Meinung ihrer Umgebung die Ursache sein? Daher vielleicht der Zwiespalt ihrer Gefühle, daß sie über die Lauterkeit seiner Pläne in Unklarheit geraten?

Er trat an den Fürsten heran und legte ihm leicht die Hand auf die Schulter.

»Sie selbst, mein Fürst, haben, ich bin dessen gewiß, niemals geglaubt, daß ich aus anderen als rein freundschaftlichen Gefühlen heraus den Verkehr in Ihrer Familie gepflogen habe. Schon meine hohe Achtung vor Ihnen dürfte Ihnen Gewähr geben, daß es mir fern liegt, der Ehre Ihres Hauses zu nahe zu treten ...«

Der Prinz stockte, als würde es ihm schwer, die Worte zu finden, sprach dann langsam weiter.

»Ich selbst habe es eine Zeitlang nicht vermocht, mir über meine Gefühle klare Rechenschaft zu geben. Die verschiedenen Verhältnisse ... politische Erwägungen ... Sie verstehen.

Jetzt bin ich mir vollständig im klaren. Hören Sie! Ich habe bei meinem Bruder als dem Oberhaupt der Familie angefragt, wie er sich zu meiner Heirat mit Modeste stellen würde.«

Fürst Iraklis war aufgestanden und beugte sich tief über die Hand, die der Prinz ihm entgegenstreckte.

»Ich verhehle Ihnen nicht, Fürst Iraklis, daß es von der Seite des Kalifen aus gesehen Gründe gibt, die dagegen sprechen. Ich hoffe jedoch, daß er sich meinen Darlegungen nicht verschließen und meiner Bitte ein gnädiges Ohr schenken wird. Bliebe nur das Wichtigste: wie wird Modeste meinen Antrag aufnehmen?«

»Ich hoffe, daß meine Nichte die hohe Ehre genügend zu schätzen weiß.«

»Mein lieber Fürst, ich weiß es nicht. Ja, ich muß sagen, daß ich über Modestes Gefühle gegen mich in Unklarheit und Zweifeln bin.

Es wäre mir sehr angenehm, wenn Jolanthe recht bald nach Madrid käme. Ihr Einfluß, ihr diplomatisches Geschick würden mir die Bahn ebnen. Mein Vertrauen zu ihr ist unbegrenzt.«

»Ich glaube kaum, daß Jolanthe vor einer Woche nach Madrid kommen wird. Ich werde es mit allen Mitteln versuchen, ihre Rückkehr zu beschleunigen. Man könnte die Erbschaftsangelegenheit benutzen ... ihr vielleicht sogar durch das englische Auswärtige Amt Nachricht zukommen lassen, die ihre Reise hierher als unbedingt nötig und eilig erscheinen läßt. Ich will versuchen, es auf diesem Wege zu erreichen.«

Der englische Staatsrat war versammelt. Der Ministerpräsident kam zum Schluß seiner Ausführungen.

»Die Hoffnung, daß es Professor Syndham gelingen würde, den Apparat in Betrieb zu bringen, hat sich nicht erfüllt. Es war unsere letzte Hoffnung. Ich halte es danach für ausgeschlossen, sich noch länger dem Drängen aller europäischen Bundesstaaten zu widersetzen ...«

Murren, halblaute Zwischenrufe in der Versammlung ... ›unmöglich ... unerhört ... eine Blamage vor ganz Europa‹ ...

Der Ministerpräsident wartete, bis die Unruhe wieder abebbte, sprach dann weiter.

»Ich verstehe Ihren Widerspruch. Aber für die außen- und innenpolitische Lage Europas ist die schnelle Lösung des Montgomeryschen Rätsels von unendlicher Wichtigkeit. Eine weitere Verzögerung könnte bedeutsame Wendungen bringen, über deren Charakter ich mich wohl nicht näher auszulassen brauche.«

Wieder zwangen lebhafte Zwischenrufe den Redner, eine Pause zu machen. Mit erhobener Stimme fuhr er danach fort:

»Das Ministerium hat daher einstimmig beschlossen, der europäischen Bundesregierung ihre Bereitwilligkeit zu erklären, den Apparat Montgomerys durch andere von den Regierungen in Vorschlag zu bringende Physiker untersuchen zu lassen. Es kämen da die Sachverständigen der Riggers-Werke in Betracht. Ich hoffe, daß der Staatsrat zu diesem Vorschlag des Ministeriums sein Einverständnis geben wird.«

Eine überaus lebhafte Debatte begann. Stundenlang stritt man in heftigem Für und Wider.

Eine ungeheure Blamage. Ein vernichtendes Armutszeugnis. Immer wieder kam der Ruf aus dem Mund der Redner. Je weiter die Zeit vorrückte, desto unsicherer wurde der Erfolg einer Abstimmung.

Noch einmal erhob sich der Ministerpräsident, um die Argumente der Gegner zu widerlegen. Kaum hatte er seine Rede begonnen, als ihm durch einen Sekretär eine Depesche überbracht wurde. Er hielt kurz inne und überflog die wenigen Worte.

Was war das? Was war von solcher Wichtigkeit, daß man ihn damit in seiner Rede störte?

Die ganze Versammlung starrte auf den Präsidenten, der . . . ja, was war mit dem? Irgendeine persönliche Angelegenheit? Das Gesicht des Ministers war so weiß wie das Blatt in seiner zitternden Hand. Seine Lippen bewegten sich tonlos. Mechanisch tupfte er mit dem Taschentuch über die Stirn, als wäre es ihm zu heiß. Immer wieder irrten seine Augen verstört über die Depesche.

Eine peinliche Pause. Was hatte er, was stand in der Depesche?

Endlich! Der Präsident gab sich einen Ruck.

»Meine Herren!« Seine Stimme stotterte, als hätte er sie noch nicht in der Gewalt. »Meine Herren . . . eine Mystifikation . . . die Nachricht hier . . . aus Montgomery-Hall . . . der Apparat . . . er ist . . . er soll verschwunden . . . gestohlen sein! Ich kann es nicht . . .«

Als hätte der Blitz in die Versammlung geschlagen, war die Wirkung dieser Worte. Sie saßen alle starr, schauten mit schreckensbleichen Gesichtern auf den Minister. Dann . . . ein Aufruhr, allgemeiner Tumult.

Sie sprangen von ihren Sitzen, stürzten auf den Präsidenten zu, umringten ihn, bestürmten ihn mit Fragen . . .

Einer riß ihm die Depesche aus der Hand. Zehn Hände streckten sich danach, um sie ihm zu entreißen. Doch der entfaltete das Papier und las mit lauter Stimme.

»Montgomery-Hall, den 18. Juni, 10 Uhr vormittags.

Leutnant Steffenson und Mac Ivor öffneten um 9.30 Uhr das Laboratorium. Die Tür ordnungsgemäß verschlossen und gesichert. Im Laboratorium alles in Ordnung. Der Apparat Montgomerys verschwunden. Sämtliche Sicherungen des Schlosses revidiert. Alle eingestellt, in Ordnung. Unmöglich, daß der Apparat aus dem Schloß entfernt ist. Alle Räume des Schlosses durchsucht, nichts gefunden. Die Nachforschungen werden fortgesetzt. Leutnant Steffenson, Mac Ivor.«

Der Ministerpräsident hatte seine Fassung wiedergewonnen.

»Meine Herren!« Seine Stimme schallte durch das Getöse und den Wirrwarr im Saal. »Meine Herren, wollen Sie sich auf Ihre Plätze begeben. Die Angelegenheit erfordert, daß wir mit größter Ruhe und Überlegung die Schritte beraten, die zu tun sind. Vorerst verpflichte ich Sie alle zur strengsten Verschwiegenheit. Die Öffentlichkeit darf nichts erfahren, bevor der Tatbestand nicht völlig klargestellt ist.

Zur Sache selbst beantrage ich, daß eine sofort zu wählende Kommission sich im Flugschiff nach Montgomery-Hall begibt. Scotland Yard stellt dazu drei ausgewählte Detektive. Die Professoren Syndham und Farland werden aufgefordert, sich anzuschließen. Keiner jedoch erfährt den Zweck vor dem Betreten des Schlosses.«

Der Antrag wurde ohne Debatte angenommen. Unverzüglich wurde zu seiner Ausführung geschritten.

Dreimal vierundzwanzig Stunden später. Alle Lautsprecher der Welt schrien es der Menschheit in die Ohren:

Montgomerys Apparat aus Montgomery-Hall verschwunden!

Die Welt hielt den Atem an. Schwer war es zu sagen, welche Nachricht stärker in ihrer äußerlichen Wirkung, die von Montgomerys Tode oder die vom Verschwinden des Apparates. Rätselhaft war das Vorkommnis. Immer unlöslicher wurde das Rätsel, je mehr man nach einer Erklärung suchte, je länger die Untersuchung sich hinzog.

Die Regierung hatte einen schweren Stand. Die Zentralregierung, die Regierungen der Einzelstaaten, die gesamte Presse luden ihr die Verantwortung auf. Das Kabinett trat, dem allseitigen Druck weichend, zurück.

Der europäische Staatsrat trat zu einer Sondersitzung zusammen. Nur einen Punkt hatte die Tagesordnung: Der Diebstahl des Apparates.

Hier sprach man nicht mehr von einem Verschwinden. Man setzte

ohne weiteres voraus, daß der Apparat von interessierter Seite entwendet worden sei ... trotz aller Sicherungen und trotz aller Wachen gestohlen worden sei. Es regnete Vorwürfe gegen die Vertreter und die Regierung, die die Erfindung für sich behalten wollte. Nach einer heftigen Rede des französischen Delegierten erhielt der deutsche Vertreter das Wort. Er machte der englischen Regierung den Vorwurf der Fahrlässigkeit. Sicherungen und Schutzmaßregeln, die einen Diebstahl nicht unmöglich machten, seien eben keine ausreichenden Maßnahmen. Ausgeschlossen sei es, daß etwa ein europäischer Staat an dem Diebstahl beteiligt sein könne. Zweifellos sei der Apparat von einer Europa feindlichen Seite entwendet worden. Unausdenkbar wären die Folgen, wenn es dieser Stelle auch noch gelänge, den Apparat in Tätigkeit zu setzen. Der Redner fuhr fort:

»Die Hoffnung Europas klammerte sich an diesen Apparat. Bot er doch die Möglichkeit, dem Kontinent das alte Übergewicht wieder zu schaffen. Jetzt ist nicht nur das Übergewicht, sondern auch das Gleichgewicht dahin. Dieser Apparat, diese Riesenenergie ... es war das, was uns helfen konnte. Es versprach uns neue Lebensmöglichkeiten, Gelegenheit, unseren Menschenüberfluß unterzubringen. Es hätte uns auch die Möglichkeit gegeben, einen neuen Waffengang gegen die Eindringlinge in Spanien mit der Aussicht auf besseren Erfolg zu versuchen, die iberische Halbinsel für Europa zurückzugewinnen.

Meine Herren, stellen Sie sich vor, der Apparat wäre in maurischen Händen. Der Gedanke wäre nicht auszudenken. Unsere an sich schon übermächtigen Feinde im Besitz des Apparates, es wäre das Ende Europas.«

Gewaltig war der Eindruck dieser Rede auf die Versammlung. In aller Schärfe war hier ausgesprochen, welche fürchterliche Gefahr der Besitz des Apparates für ganz Europa bedeutete. Der englische Vertreter nahm das Wort, um die Erregung zu dämpfen. Er gab zur Entschuldigung seiner Regierung eine genaue amtliche Darstellung der Verhältnisse und Sicherheitsmaßnahmen in Montgomery-Hall. Er verwies auf die bisher freilich leider negativen Ergebnisse der Polizei, und er schloß: »Mag's gestohlen haben, wer will, in Betrieb wird den Apparat niemand setzen können. Was der Blüte unserer Wissenschaft nicht gelang, wird auch keinem anderen gelingen.«

Ein Murren ging bei diesen Worten durch die Versammlung. Noch einmal nahm der deutsche Vertreter das Wort.

»Ich kann die Ansicht meines Kollegen nicht teilen. Die deutsche

Regierung hat es als einen Affront empfunden, daß man ihr Anerbieten, deutsche Gelehrte zur Mitarbeit heranzuziehen, glatt ablehnte. Ich spreche ja kein Geheimnis aus, wenn ich sage, daß auch bei uns auf dem gleichen Gebiet gearbeitet wird. Die Versuche der Riggers-Werke sind noch weit vom Abschluß entfernt. Man hat bei uns erst bedeutend später mit diesen Arbeiten begonnen. Aber trotzdem hätte es das Interesse Europas erfordert, daß man mindestens einige Physiker der Riggers-Werke zur Lösung der Aufgabe mitherangezogen hätte. Ich glaube, daß eine Lösung des Problemes mit vereinten Kräften wahrscheinlicher gewesen wäre, und ich kann England den Vorwurf nicht ersparen, daß es durch sein Verhalten diese Möglichkeit vereitelt hat.

Dieser gestohlene Apparat ist jedenfalls zu Lebzeiten Montgomerys in Betrieb gewesen. Die Möglichkeit, ihn wieder in Betrieb zu setzen, besteht. Wehe unserem armen Europa, wenn das von feindlicher Hand geschieht.«

Die Sitzung des Staatsrates ging ihrem Ende zu. Blitzartig hatte sie die schwere Gefahr erhellt, die ganz Europa aus der gegenwärtigen Situation erwachsen konnte, wahrscheinlich erwachsen mußte. Wirksame Mittel zur Abhilfe konnten auch die in diesem Rat versammelten Staatsmänner nicht schaffen. Von Tag zu Tag steigerte sich die allgemeine Nervosität. Wer konnte den Apparat haben? Wer hatte das größte Interesse daran, ihn in seinen Besitz zu bringen?

Kein europäischer Staat! Das wurde allgemein angenommen.

Aber wer sonst? . . . Amerika? Die Vereinigten Staaten von Amerika? Kamen die ernsthaft dafür in Betracht? Man erinnerte sich, daß jenes gewaltige Experiment Jeffersons erst am 18. Juni stattfand, während der englische Apparat schon einen Tag früher entwendet wurde . . . Da war es wenig wahrscheinlich, daß Amerika seine Hand dabei im Spiele hatte.

Das japanische Inselreich? Nach früheren Erfahrungen und Vorkommnissen war man geneigt, ihm auf dem Gebiet der Spionage und selbst der Eskamotage mancherlei zuzutrauen. Aber es fehlte jede Spur eines Beweises. Bisher hatte Japan äußerlich wenigstens noch nicht das geringste Interesse an dem großen Problem der Atomenergie gezeigt.

Blieben drittens und letztens die neuen islamitischen Reiche in Nordafrika und Asien. Das mauretanische Reich Abdurrhamans, das ägyptische Kalifat und das große islamitische Reich in Asien, welches die Länder vom Suez-Kanal bis nach Turkestan umfaßte. Die

hätten alle drei wohl Grund gehabt, sich des Apparates zu bemächtigen, um in dessen Besitz desto kräftiger und feindlicher gegen Europa aufzutreten. Aber auch hier führte kein Weg vom Verdacht bis zum Beweis.

Das Rätselraten ging weiter. Alarmierende Nachrichten durchliefen die Presse der ganzen Welt. Bald hier, bald dort vermutete man den verschwundenen Apparat. Detaillierte Berichte über seine an diesem und jenem Orte der Welt beobachteten Wirkungen schwirrten durch die Spalten der Weltpresse. Besonders findige Berichterstatter wollten Leute gesprochen haben, die den gläsernen Kasten Montgomerys sogar gesehen hatten.

Aber immer wieder war es blinder Alarm. Die Wirkungen, die man dem Apparat zuschrieb, stellten sich stets als ganz natürliche Vorkommnisse, als Seebeben, Vulkanausbrüche oder Wirbelstürme heraus, die man auch schon vor Montgomerys Erfindung beobachten konnte.

Die Wochen verstrichen darüber, und immer dichter, immer undurchdringlicher wurde der mysteriöse Schleier, der über dieser Affäre lag. Im Gedächtnis der großen Menge begann das Ereignis zu verblassen, von anderen neuen Geschehnissen verdrängt zu werden.

Zwei Männer aber lebten in Europa, die es nicht vergaßen. Der Generaldirektor Harder, der jetzt sein Versuchswerk auf der Nordseeinsel Warnum mit Sicherungen spickte und verschanzte, zehnmal so undurchdringlich und zehnmal so todbringend wie die von Montgomery-Hall . . .

Und außerdem Friedrich Eisenecker.

Der 18. Juni . . . ein Schicksalstag für Europa und für Amerika. Noch fieberte Europa in der Aufregung über das Rätsel von Montgomery-Hall, als die amerikanische Regierung schon eine Armee von Arbeitern an die Fälle warf, um wiederherzustellen, was die entfesselte Energie dort zerstört hatte. Eine schwere und gefährliche Arbeit, da ja die Kraftwerke stillagen, die Energie für den Betrieb der Baumaschinen und die Beleuchtung der Baustelle behelfsmäßig erzeugt werden mußte.

Aber schon in der Nacht vom 18. auf den 19. Juni begannen sich dort die Trommeln der ersten Betonmischer zu drehen und den Baustoff zu liefern, mit dem man das geborstene Gebirge wieder flicken und verkitten konnte.

Acht Tage und Nächte heißer, unermüdlicher Arbeit. Acht Tage

und acht Nächte, in denen die Presse sich in Vermutungen und Prophezeiungen überbot.

Europa ... das altersschwache Europa, was hatte es denn geleistet. Nichts! ... Wenigstens nichts Greifbares. Montgomerys Apparat verschwunden! Die Riggers-Werke immer noch im Stadium der Vorversuche.

Von Amerika mußte das Heil kommen. Nur hier war es zu erwarten. Im Stollen Jeffersons dort in der Felswand an den Fällen, da würde man die Lösung des Problems finden.

Und nun war es soweit. Jetzt endlich waren die zerklüfteten Felsen geflickt und gestützt. Jetzt konnte man es wagen, in den Stollen einzudringen. Eine kleine, sorgfältig von Washington zusammengestellte Kommission. Regierungsbeamte und Physiker. Sie alle eidlich zur absoluten Verschwiegenheit verpflichtet.

Die schimmernde Juninacht lag über dem Strom. Meilenweit dröhnte der Donner der frei herabstürzenden Wassermassen durch das Land, als die Kommission beim Licht der Scheinwerfer in den Stollen eindrang. Ein schmaler, gewundener Felsgang, so niedrig, daß sie sich bücken mußten, als sie ihn durchschritten. Rauh und rissig die Felswände. Und dann nach einem Weg von 100 Metern, am Ende des Ganges die eigentliche Arbeitskammer, in der die riesige Energie gewütet hatte. Glasig waren die Felswände hier zusammengeschmolzen. Gelblich goldig schimmerte das Gestein unter den Strahlen der kräftigen Scheinwerfer. Es blendete und verwirrte die Augen und Sinne derer, die es betrachteten.

Was war das? ... Gold? ... War es doch geglückt? War es Jefferson doch gelungen, wenigstens das Quecksilber in Gold zu zerschlagen? Hatte der unter dem Überschwang der Energie entweichende Golddampf sich hier auf den schmelzenden Felswänden niedergeschlagen und diese Märchengrotte geschaffen? Mit Gewalt rissen die Männer der Wissenschaft sich von dem zauberhaften Eindruck dieses Bildes los. Mit den unbestechlichen Mitteln ihrer Wissenschaft prüften sie das schimmernde Mineral.

Das Gold war Truggold. Unter der übermächtigen Gewalt der entströmenden Energie erglühend und verdampfend, hatte sich das Kupfer des Apparates mit dem Schwefel des Felsens zu jenem goldgleißenden Mineral verbunden, das schon so manche Goldgräber narrte und trog.

Das stand nun fest. Aber wo war das Quecksilber geblieben? Wie hatte die Riesenkraft der Fälle darauf gewirkt? Sie forschten und suchten weiter, und ein Zufall war ihnen günstig. Dort, in einem

Winkel der Felskammer, wo der Boden eine Tasche bildete, fanden sich Überreste des flüssigen Silbers. Wenig nur. Aber das wenige unverändertes reines Quecksilber. In der Gluthitze, die der Strom hier erzeugte, war es verdampft. Als der Fels zerriß, als die Wasser hier einbrachen und Kühlung brachten, hatte der Quecksilberdampf sich wieder niedergeschlagen. Unverändert, unverwandelt trotz der Höllenenergie, die hier tobte.

Aber es war kaum der zehnte Teil jener Quecksilbermengen, die Jefferson in den Stollen gebracht hatte. Wo war der Rest geblieben? War er dampfförmig durch die Risse des aufgespaltenen Gebirges entwichen? Hatten die einbrechenden Wassermassen ihn mit hinweggespült? . . . Oder war der Versuch hier doch gelungen? Waren etwa doch die Atome dieser fehlenden Quecksilbermenge in leichtere Metalle zerschlagen worden? Steckten sie doch vielleicht dort in dem Truggold der Wände?

Die Kommission konnte die Antwort auf diese Fragen nicht geben. Sie mußte sich pflichtgemäß an das halten, was erweisbar vorhanden war. Und so lautet ihr Urteil: Der Versuch Jeffersons hat keinen Erfolg gehabt. Auf dem Wege, den er vorschlug, ist die Atomenergie nicht zu gewinnen.

Eine Woche noch gelang es der amerikanischen Regierung, dies Gutachten geheimzuhalten. Dann gelangte es auf unkontrollierbaren Wegen zur Kenntnis der Öffentlichkeit und wirkte sich an den Börsen der ganzen Welt aus. Die Kurse der Kohlenwerte, der Kraftwerte, seit Wochen wankend und nachgebend, wurden plötzlich fest und gingen sprunghaft in die Höhe. Nur noch ein kurzes Zwischenspiel schien vielen jetzt das große Problem der Atomenergie zu sein. Ein Intermezzo freilich, bei dem an den Börsen Milliarden verloren und gewonnen worden waren.

Eine bescheidene Wohnung in der Calle del Prado in Madrid, in der Antonio Gonzales, pensionierter Oberst der ehemaligen spanischen Armee, seine Tage verbrachte. Heute war Friedrich Eisenecker bei ihm, war plötzlich und überraschend aufgetaucht, war als alter Freund herzlich empfangen worden. Der dunkle Wein von Alicante stand zwischen ihnen und ließ alte Erinnerungen lebendig werden. Don Antonio sprach.

»Da lagen wir unter den zerschossenen Kanonen, dezimiert von dem feindlichen Feuer, das großenteils aus europäischen Geschützen kam. Oh, die Toren, die nie die Stunde begreifen. Wie hat unsere Regierung gewarnt, gebeten und immer wieder gewarnt.

Beim Stab der dritten Division der Hauptarmee lagen wir bei Cordova. Der Donner der weittragenden Geschütze, die fürchterlichen Luftkämpfe, bis endlich unsere eigene Luftflotte vernichtet, wir wehrlos den feindlichen Fliegergeschwadern ausgesetzt waren, die Tod und Verderben auf uns niedersandten.

Und während das alles geschah, berieten sie noch in den europäischen Kabinetten, wer den Oberbefehl über die Truppen führen sollte, die sich in Frankreich zu versammeln begannen. Während sie noch debattierten und feilschten, da kam, was ich fürchtete, und was bei uns doch kaum einer geglaubt hatte. Da wiederholte sich der Tag von 711. Da kamen sie über die Meerenge herübergezogen, unter dem Wasser, auf dem Wasser, durch die Luft. Wie Heuschreckenschwärme ergossen sich ihre Scharen über unser Land.

Immer noch berieten die in Europa, und als sie endlich mit ihren Beratungen fertig waren, da stand schon der Feind an den Pyrenäenpässen und sperrte der Hilfe jeden Weg. Der Guerillakrieg in den Bergen! Gewiß, unser stolzes Volk wollte sich nicht widerstandslos ergeben. Aber die Zeiten hatten sich geändert. Was früher einmal möglich war, dem machten die maurischen Flugzeuggeschwader bald den Garaus.«

»Mein lieber, alter Freund, wir lasen davon in den europäischen Zeitungen. Lasen zwischen den Zeilen, daß Europa sich scheute, den Kampf bis aufs Messer mit der gewaltig gewachsenen maurischen Macht aufzunehmen.«

»Mit der maurischen Macht? Das war's nicht allein, Señor Eisenecker. Sie fürchteten ... sie wußten in Europa, daß die islamitischen Reiche verbündet waren. Sie wußten, daß sie gleichzeitig Nordafrika und einen Teil Asiens gegen sich haben würden. Darum wich Europa vor der drohenden Geste Abdurrhamans zurück. Darum liegt unser Vaterland heut noch in Knechtschaft. Eine Schmach für uns, eine Schmach für Europa.«

Der Oberst schwieg. Eisenecker blickte sinnend auf sein Glas, in dem ein verlorener Sonnenstrahl sich blutrot brach. Seine Augen hingen an dem Purpurschein, als hätte er eine Vision. Langsam und stockend begann er zu sprechen.

»Es wird nicht so bleiben, Don Antonio. Ich sehe ... ich sehe den Tag, an dem die Massen wieder nach Süden zurückfluten. Einen Tag, an dem die maurische Herrschaft dahinschmilzt wie Märzenschnee. Einen Tag, an dem die Sonne Spaniens wieder hell leuchtet ... auf den Tag, Don Antonio!«

Er hob sein Glas und trank dem Freund zu. Der tat Bescheid.

»Ich trinke mit! Mag der Tag kommen. Bald kommen, daß wir ihn noch erleben.«

»Der Tag wird kommen, Don Antonio ... bis dahin ... muß die maurische Herrschaft ertragen werden. Die Geschichte der letzten hundert Jahre zeigt Beispiele viel schlimmerer, viel drückenderer Okkupationen.

Wer nicht scharf hinsieht, merkt kaum etwas von der Besetzung des Landes. Die Verwaltung liegt in den Händen Ihres alten Beamtenapparates. Spanische Ritter urteilen nach spanischem Recht und in spanischer Sprache. Das Volk geht seinem Erwerb wie früher nach ...«

»Das ist es ja, Señor Eisenecker. Das ist ja das Schlimme. Dieser kluge Abdurrhaman vermeidet alles, was auch nur den Anschein einer Bedrückung erwecken könnte. Unsere religiösen Einrichtungen und Sitten, unsere bürgerlichen Gebräuche, Spiele und Feste, alles wie früher! Jeder kann unbehindert seinen Geschäften nachgehen. Auch die Steuern nicht höher als früher, nur mit dem Unterschied, daß sie jetzt in maurische Kassen fließen. Strengste Manneszucht der Truppen. Größte Zurückhaltung des Militärs im öffentlichen Leben. Das ist ja die teuflisch schlaue Politik des Kalifen, alles zu vermeiden, was Unzufriedenheit erregen könnte.

Das Volk in seiner Masse spürt kaum etwas von dem Wechsel der Gewalt, von dem Wandel der Dinge. Den Fremden, die aus Europa in unser Land kommen wollen, werden nicht die geringsten Schwierigkeiten gemacht. Sie finden Gelegenheit, alles mit eigenen Augen zu betrachten. Wenn sie objektiv sind, müssen sie zugeben, daß die wirtschaftliche Lage des Landes in keiner Weise schlechter geworden ist. Die maurischen Eroberer vermeiden alles, was etwa das Interesse der übrigen Welt an den so sehr veränderten Zuständen erregen könnte.

Gelegentlich ein paar Putsche ... das kommt wohl vor, wird aber immer schnell und mit größter Energie unterdrückt, dringt kaum in die Öffentlichkeit ...«

Ein Lärm von der Straße her unterbrach den Oberst, ließ auch Eisenecker aufhorchen und ans Fenster treten. Ein Gebrüll wie von Betrunkenen. Das Geheul der Volksmasse. Jetzt ein Schuß ... jetzt der Gleichschritt heranmarschierender Truppen. War es einer dieser Putsche, von denen Antonio Gonzales soeben gesprochen hatte?

Iversen hatte Eisenecker nicht aus den Augen verloren. Von den Niagara-Fällen war er ihm nach Frankreich und Spanien gefolgt,

hängte sich auch hier in Madrid an seine Fersen. Jetzt stand er abwartend in der Calle del Prado, vertrieb sich die Zeit, indem er Beobachtungen machte, und amüsierte sich über zwei Betrunkene.

Ein spanischer Polizist versuchte die beiden Opfer des Alkohols von der Straße zu bringen, und wurde mit ihnen nicht fertig. In seiner Verlegenheit rief er eine gerade vorbeimarschierende maurische Wache um Hilfe an, und im Augenblick verwandelte sich die Szene. Das Vorgehen des Polizisten, Fremde gegen seine Landsleute aufzubieten, erregte allgemeinen Unwillen. In wenigen Minuten waren die maurischen Soldaten von schreienden, gestikulierenden und drohenden Gruppen umringt. Und nun nahm die Angelegenheit eine dramatische Wendung, denn irgendwo fiel aus der Menge ein Schuß und wirkte wie ein Alarmsignal. Sofort eilten aus den Seitenstraßen andere Truppen herbei und riegelten den Platz ab. Ehe Iversen die Entwicklung der Dinge noch recht begriffen hatte, fühlte er eine schwere Hand auf seiner Schulter, und der barsche Befehl: Zur Wache! drang an sein Ohr. Das gesamte, am Tatort befindliche Publikum, wohl an 30 Personen, mußte, von den Truppen eskortiert, den Weg zur Polizeiwache antreten.

Es war höhere Gewalt. Jeder Widerstand unmöglich. Das sah Iversen wohl ein und fügte sich in das Unvermeidliche. Was sollte ihm auch schließlich passieren? Seine Papiere waren ja in bester Ordnung. Sein Paß enthielt einen besonderen empfehlenden Vermerk des maurischen Generalkonsuls in Berlin.

Der Weg zur Wache war etwa zehn Minuten weit. Der Zufall brachte Iversen dabei an die Seite einer jungen hellblonden Dame, und mit wachsendem Interesse musterte er die Gestalt seiner Leidensgenossin. Ganz offensichtlich keine Spanierin. Zweifellos germanisches Blut. Engländerin? ... Skandinavierin? Oder vielleicht auch Deutsche? Iversen überlegte noch, wie er die Herkunft seiner Begleiterin ermitteln könne, als aus der Reihe der hinter ihm Gehenden, mehr im Scherz als im Ernst gemeint, eine Bemerkung fiel: Wer jetzt keinen Paß hat, dem geht es schlecht. Ein Lächeln flog über Iversens Züge. Selbstzufrieden strich er mit der Hand über die Brusttasche, in der er seinen Paß wußte. Ganz anders war die junge Dame. In sichtlicher Aufregung begann sie in ihre Handtasche zu suchen, während deutsche Worte von ihren Lippen fielen: »O Gott, mein Paß, wo ist denn nur mein Paß geblieben!«

Also doch eine Deutsche! Iversen hielt es für geboten, sich ins Mittel zu legen.

»Nur Ruhe, meine Gnädigste. Wenn Sie ihren Paß bei sich hat-

ten, so muß er auch jetzt noch da sein. Sehen Sie Ihre Tasche nur in Ruhe durch. Ah, sehen Sie, da ist er ja schon.«

Erleichtert atmete die Dame auf. Abgebrochen kam es von ihren Lippen:

»Gott sei Dank, daß er da ist . . . das hätte doch unangenehm werden können . . .«

Sie beherrschte das Deutsche zwar fließend, sprach es aber mit dem etwas harten Akzent der Balten.

»Seien Sie unbesorgt, meine Gnädigste. Der Zwischenfall ist für uns alle nicht angenehm. Aber schließlich wird es mit einer kurzen Prüfung unserer Papiere sein Bewenden haben. In einer halben Stunde werden sich die Besitzer von ordnungsgemäßen Pässen zweifellos wieder im Genusse voller Freiheit befinden . . .«

Unverwandt ruhten die Blicke Iversens dabei auf den Zügen seiner Begleiterin. Er hätte gern noch weiter gesprochen, wenn der Zug nicht inzwischen bei der Wache angekommen wäre.

Hier ging es schnell voran. Kurze Kommandos: Alle Personen ohne Pässe in diesen Raum! Alle Personen mit Pässen in dies Zimmer.

Der Polizeikommissar . . Iversen konnte nicht recht klug daraus werden . . . war es ein Spanier, ein Spaniole oder ein Maure? Er drängte sich vor, hielt dem Beamten seinen Paß vor die Nase, deutete mit dem Finger auf den Vermerk.

»Hier mein Paß, Herr Kommissar. Hier eine besondere Empfehlung Ihres Generalkonsuls in Berlin.« Der Kommissar warf kaum einen Blick darauf.

»Warten Sie, Señor! Erst die Damen!«

Damit wandte er sich der blonden Begleiterin Iversens zu und nahm den Paß in Empfang.

»O Señora, entschuldigen Sie bitte . . . Verzeihen Sie bitte! Ein peinlicher Mißgriff . . . die Beamten wußten nicht . . .« Mit vielen Verbeugungen gab der Kommissar der Dame ihren Paß zurück, begleitete sie selbst unter nochmaligen Entschuldigungen aus der Wache. Kam dann zurück, die Ausweise der übrigen zu prüfen, und war wieder genau so barsch und kurz angebunden wie vorher.

»Hier mein Paß, Herr Kommissar. Ich habe eine besondere Empfehlung Ihres Generalkonsuls.«

»Interessiert mich nicht. Tragen Sie eine Waffe bei sich?«

»Nein, Herr Kommissar.«

Ein kurzes Betasten der Kleidung Iversens, ob nicht doch irgendwo eine verborgene Waffe steckte.

»Gut, Sie können gehen.«

»Freut mich. Danke! Beinahe hätte ich gesagt auf Wiedersehen.«

Er verließ die Wache und schlenderte nachdenklich durch die Straßen. Diese blonde Dame, sie ging ihm nicht aus dem Kopf. Wer war sie? Was für einen Paß ... was für einen ganz besonderen Ausweis muß sie besitzen?

Unablässig spann sein Gehirn immer neue Gedankenreihen, während er automatisch weiterschritt. Den breiten Paseo del Prado entlang, am Jardino Botanico vorbei und da ... da schritt sie ja vor ihm, die, mit der seine Gedanken sich unablässig beschäftigten. Vorsichtig und unauffällig folgte er der vor ihm Schreitenden, gelangte schließlich an der Estacion del Mediodia vorüber in einen villenartigen Vorort, und sah sie dort in einem Eckhaus verschwinden.

Das Schild an der Tür ... ein maurischer Name. Kein Anhalt von Bedeutung. Vergeblich versuchte er immer neue Kombinationen. Ist sie etwa deutsche Erzieherin in einem maurischen Hause? ... Das wäre kein Grund für die auffallende Höflichkeit dieses Polizeikommissars ... oder ... ist sie vielleicht die Geliebte eines maurischen Großen? Das würde das Benehmen des Polizeimannes eher erklären. Aber aus anderen Gründen — Iversen war sich über deren Art selber nicht klar — verwarf er diese zweite Hypothese schon in dem Augenblick, in dem er sie aufgestellt hatte.

Grübelnd und sinnend schritt er um das Eckhaus herum und betrachtete die Einzelheiten des Gebäudes. Hier in dieser Nebenstraße noch ein zweiter kleinerer Eingang, anscheinend nur für die Dienerschaft bestimmt. Schon war er im Begriff, die Nachforschungen aufzugeben, schritt wieder der Sraßenecke zu, als eine Autohupe ihn aufblicken ließ. Ein Kraftwagen fuhr an ihm vorbei und hielt vor jenem kleineren Eingang.

Er drehte sich interessiert um. Ein Auto, das vor dem Eingang für Dienstboten hielt. Das mußte er sich näher besehen. Näher, aber unauffällig.

Ein böiger Wind wehte ihm entgegen, gab ihm Gelegenheit, einen Trick anzuwenden. War es der Wind oder war es Iversens Hand? Jedenfalls flog sein Hut ihm fort und rollte auf den Kraftwagen zu. Er eilte ihm nach. Aber er tat es absichtlich ungeschickt, denn er wollte ihn erst hinter dem Kraftwagen erreichen.

In diesem Augenblick öffnete sich der Wagenschlag. Dem Gefährt entstieg eine hochgewachsene blonde Dame, ein Gegenstück ... fast ein Ebenbild jener anderen, die Iversen vor kurzem in das Haus gehen sah. Sie trat auf den Bürgersteig und hielt den her-

anwirbelnden Hut mit dem Schirm auf, so daß Iversen ihn bequem aufnehmen konnte. Mit einer tiefen Verbeugung bedankte er sich für die Gefälligkeit, musterte gleichzeitig mit Blitzesschnelle alle Einzelheiten seines Gegenübers. Die Kleider von spanischem Schnitt. Eine Mantilla um die Schultern. Und doch keine Spanierin. Das blonde Haar sprach zu deutlich dagegen.

Während er seinen Hut abstäubte, hörte er sie dem Chauffeur eine kurze Weisung geben: ›Kommen Sie um 8 Uhr wieder!‹ Sah, wie sie ein Schlüsselchen aus der Tasche zog, den kleinen Eingang selbst öffnete und im Inneren des Hauses verschwand.

Alle Wetter! Ein blondes Kapital! Was waren das für Leute? Wer waren die Bewohner dieses Hauses? Das mußte doch herauszubekommen sein. Er trat in einen nahegelegenen Laden und schlug das Adreßbuch auf. Ein spanischer Graf als Eigentümer. Aber am Hause selbst stand doch ein maurischer Name. Ah, so! Das Adreßbuch war schon drei Jahre alt.

Er fragte den Ladeninhaber selbst. Der konnte nur mangelhafte Auskunft geben.

»Das Haus ist das Kavaliershaus des anstoßenden Palais Almeira, jetzt Palais Iraklis. Gegenwärtig wohnen zwei Ausländerinnen darin.« Das war alles, was der Mann wußte. Iversen mußte es auf andere Weise in Erfahrung bringen.

Jolanthe saß dem Fürsten Iraklis gegenüber an der anderen Ecke des Kamins.

»Wenn man dich hört, Jolanthe, könnte man denken, du wärest dir der Größe deines Erfolges nicht ganz bewußt.«

»Nun, was war es denn groß, nachdem ich durch Lord Permbroke selbst auf die einfachste Weise hinter das Geheimnis der Sicherungen gekommen war. Halil Rifaat war auf seinem Posten. Als ich zum Flugschiff zurückging, meine vergessene Tasche zu holen, half er mir eifrig beim Suchen. Wir waren ganz allein. Ich konnte ihm das System der Sicherungen gut und deutlich erklären.

Den Kranken spielte er virtuos. Mit den Reizmitteln, die er versteckt bei sich trug, hielt er sich ständig in hohem Fieber.

Das Schwierigste, nachts zur verabredeten Stunde unbemerkt das Lazarett zu verlassen und in Montgomerys Räume zu dringen, gelang ihm glänzend. Er schaltete die Sicherungen aus, daß euer Hubschrauber seinen Spähkorb in den hinteren Schloßhof hinablassen konnte. Er legte Montgomerys Apparat hinein. Der Korb wurde hochgezogen.

Halil Rifaat eilte zurück, stellte die Sicherungen wieder ein und legte sich wieder in sein Bett im Lazarett. Die einfachste Sache der Welt!«

Der Fürst lächelte. »Einfach! Du nennst einfach, was für jeden anderen eine harte Nuß ... wahrscheinlich überhaupt unmöglich gewesen wäre. Selbst der Kalif zweifelte manchmal an der Möglichkeit. Er wird dir selbst seinen Dank aussprechen.«

»Der Kalif?«

»Ja, gewiß. Er wird in diesen Tagen erwartet.«

»So werde ich Gelegenheit haben, ihn zu sehen?«

»Unbedingt, Jolanthe. Er will das kostbare Beutestück selbst sehen, ehe es ...«

Das Eintreten der Fürstin und Modestes unterbrach ihn. Er erhob sich und räumte seinen Platz der Fürstin.

»Ich werde vielleicht schon heute Genaueres über die Ankunft unseres Herrn erfahren. Ich gehe jetzt zum Vortrag beim Prinzen.«

»Könnten wir ihn nicht heute abend bei uns sehen?« fragte die Fürstin, »er wird vielleicht auch gern Näheres von Jolanthe selbst erfahren wollen.«

Der Fürst zögerte, unschlüssig, mit einem Blick auf Modeste.

»Ich weiß nicht ...«

»Ein andermal, vielleicht morgen«, unterbrach ihn Jolanthe.

Kaum, daß sich die Tür hinter dem Fürsten geschlossen, verließ auch die Fürstin den Raum. Eine Zeitlang herrschte Schweigen.

»Willst du nicht hier am Kamin Platz nehmen, Modeste?«

»Gewiß, Jolanthe! Es drängt mich, mit dir über unsere Abreise zu sprechen. Ich habe deine Ankunft mit Ungeduld erwartet.«

»Ich bin erstaunt, Modeste. So schnell bist du des schönen Madrid überdrüssig geworden? Ich glaubte, nach dem eintönigen einsamen Leben auf dem Tirsenhof würdest du dich hier ganz besonders wohlfühlen. Was mißfällt dir an dem Aufenthalt hier?«

»Mißfallen? ... Der Ausdruck ist vielleicht etwas zu stark, Jolanthe. Ich möchte eher sagen, ich fühle mich nicht wohl hier. Mag sein, daß es der schroffe Wechsel zwischen dem Tirsenhof mit seinen kleinen harmlosen Freuden und der großen Weltstadt hier ist. Zweifellos trägt auch dazu bei, daß ich das Gefühl nicht los werde, mich hier auf feindlichem Boden zu befinden.«

»Spanien feindlicher Boden? Modeste, ich verstehe nicht ...«

»Gewiß, Jolanthe! Natürlich meine ich nicht die spanische Bevölkerung, ich meine die Herren des Landes, die Mauren.«

»Ah, siehe da, die kleine Patriotin! Fühlst du so ganz als Paneuro-

päerin?« Jolanthe lachte hell auf. »Doch im Ernst, Modeste ... du brauchst mich nicht so erstaunt anzusehen ... ich glaube genügend Einblick in die spanischen Verhältnisse gewonnen zu haben, um zu behaupten, daß die große Masse sich schon stark mit den neuen Verhältnissen abgefunden hat. Weshalb willst du spanischer sein als die Spanier?«

»Du willst oder kannst mich nicht verstehen, Jolanthe. Aber glaube mir, es dürfte nicht viele Spanier geben, die nicht den Tag herbeisehnten, an dem die maurische Fremdherrschaft fällt.«

»Und du selbst an erster Stelle!« Jolanthe stieß ein hartes ironisches Lachen aus. »Ha, wenn das Prinz Ahmed wüßte.«

»Prinz Ahmed?« Modeste wandte ihr Gesicht ab. Vergebens suchte sie die aufsteigende Röte zu verbergen. »Du berührst damit eine Sache, Jolanthe, die mich seit einiger Zeit stark beunruhigt.«

»Ah! Was ist das? Modeste? ... Wohl gar ein süßes Geheimnis?«

»Jolanthe, ich bitte dich, scherze nicht mit Dingen, die wenig geeignet dazu sind. Höre mich erst an.«

»Bitte, Modeste, ich bin aufs äußerste gespannt.«

»Prinz Ahmed steht, wie du weißt, dem Fürsten sehr nahe und kommt oft in dessen Haus. Sein liebenswürdiges Wesen, seine einfache schlichte Art machten ihn mir zu einem, ich sage es offen ... gern gesehenen Gesellschafter. Später ...« Modeste stockte in peinlicher Verlegenheit.

»Nun, später ... änderte er sein Benehmen, oder was meinst du?«

»Ja, du sagst es. Ich verstand zunächst nicht und glaubte, mich zu irren. Aber bald zeigten mir die Blicke der anderen, daß ich recht gesehen.«

»Und was war es? Was sahest du?«

Modeste zögerte, als koste es sie Überwindung, zu sprechen.

»Der Prinz wurde in einer Weise vertraulich, daß es ... es war klar, daß er sich um meine Gunst bemühe.«

»Ah, endlich! ... Und was weiter?«

Modeste starrte die Schwester fragend an.

»Jolanthe, ich verstehe dich nicht. Du scheinst die Sache als Bagatelle zu behandeln «

»Keineswegs, meine Liebe! Was du sagst, ist von größter Wichtigkeit und erfüllt mich mit stolzer Freude. Du, ... Gemahlin des Prinzen Ahmed! Schon die Aussicht ... ich muß dich beglückwünschen.«

Jolanthe war aufgestanden und zu ihrer Schwester getreten. Ihr Arm legte sich schwer um den Nacken Modestes.

»Und du? Was tatest du?«

»Ich übte die größte Zurückhaltung, suchte ihm zu verstehen zu geben, daß seine Bemühungen umsonst, sein Werben aussichtslos . . .«

»Was? Das tatest du? . . . Unmöglich?« Jolanthes Hand grub sich so fest in die Schulter Modestes, daß diese schmerzhaft zusammenzuckte.

»Jolanthe! Was ist dir?« Modeste war aufgesprungen und schaute die Schwester fragend an. »Du bist erregt über . . .?«

»Über dein unglaubliches Verhalten. Gewiß, das bin ich. Du . . . du wärest imstande, einen Antrag des Prinzen Ahmed Fuad, des Bruders des Kalifen, zurückzuweisen? Bist du dir auch nur im entferntesten über die Tragweite deines Handelns klar?«

Modeste hatte sich wieder am Kamin niedergesetzt. Ihre Stimme klang kühl und gelassen.

»Ich bin mir klar darüber, daß ich keine Liebe für den Prinzen empfinde . . . und daß Motive anderer Art mein Handeln niemals beeinflussen können.«

»Modeste! Du bist nicht bei Sinnen! Du willst die Hand des Prinzen zurückweisen? Die Hand, die vielleicht später einmal das Zepter des maurischen Reiches führen wird? Der Kalif ist ehelos . . . möglich, daß er es bleibt! Prinz Ahmed als nächster Agnat der präsumtive Thronerbe. Das alles sollte dir gleichgültig sein?«

»Jolanthe . . . du hast es selbst früher so oft gesagt, daß unsere Naturen völlig verschieden sind. Für dich mag die Aussicht, Prinzessin Fuad zu werden, verlockend sein. Bei dir mögen alle Gründe, die dagegen sprechen, zurücktreten. Ich denke anders!«

»Dein Denken und Fühlen geht wohl . . . auf . . . irgendeinen livländischen Landjunker? Vielleicht gar hat schon einer dieser Braven dein Herz gewonnen?«

»Dein Spott trifft mich nicht, Jolanthe. Ich bin nicht gebunden.«

»Um so besser! Dann hoffe ich bestimmt, daß du dich besinnst . . . daß du nicht eine Chance von dir weist, die sich dir in deinem ganzen Leben nie wieder bietet. Ganz abgesehen von seiner hohen Stellung, Prinz Ahmed vereinigt die höchsten Mannestugenden in sich.«

Jolanthe schaute eindringlich auf das schöne Mädchen, das zart und hoch vor ihr stand.

»Das leugne ich nicht! Aber ich liebe ihn nicht, werde ihn niemals lieben können.«

Ein harter Zug legte sich um die Lippen Jolanthes.

»Liebe! Immer wieder das Wort! Ich dachte, in diesem Falle wären derartige . . . feinere seelische Essenzen überflüssig «

»Genug, Jolanthe! Du verschwendest deine Worte! Es wird dir nicht gelingen, meine Gefühle zu beeinflussen . . .

Es liegt mir unter diesen Umständen daran, Madrid recht bald zu verlassen. Du wirst es begreiflich finden . . .«

Jolanthe warf den Kopf zurück.

»Dein Wunsch wird sehr bald in Erfüllung gehen. Ich sagte dir schon in Livland, daß unser Aufenthalt in Madrid nur vorübergehend sein würde. Wir werden jedoch nicht direkt nach England gehen, sondern für einige Zeit in Biarritz Station machen. Meine Nerven sind nicht ganz intakt. Ich hoffe von dem wunderbaren Seeklima in Biarritz schnelle Erholung.«

»Sehr schön, Jolanthe! Ich freue mich darauf.«

»Doch denke nicht, daß ich damit meine Hoffnungen bezüglich des Prinzen aufgebe. Du bist jung . . . sehr jung, hast noch die Ideale der Jugend. Mit der Zeit wirst du lernen, kühler über seelische Affektion zu denken. Heute kommst du dir noch groß vor, wenn du solche idealistisch klingende Aphorismen aussprichst . . . du könntest nicht ohne Liebe heiraten? . . . morgen wirst du darüber lachen.«

Wenig befriedigt war Iversen in sein Hotel zurückgekehrt. Ein Blick auf die Schlüsseltafel in der Portierloge zeigte ihm, daß Eisenecker inzwischen zurückgekehrt und auf sein Zimmer gegangen war. Der war ihm also sicher. So ließ er sich in der Halle nieder, bestellte einen Whisky mit Soda und begann das Ergebnis seiner heutigen Beobachtungen zu überschlagen, seinen Bericht für den Generaldirektor Harder zu überlegen. Das eine schien außer Zweifel, Eisenecker unterhielt keine Beziehungen zu maurischen Behörden.

Sein Bericht inhaltlos wie meist. Schon längst hatte er bereut, den Auftrag übernommen zu haben.

Was hatte Harder veranlaßt, ihn hinter Eisenecker herzuschicken? Die Angst, daß Eisenecker seine Erfindung unter Benutzung der Erfahrung der Riggers-Werke gemacht habe? Nun etwa das Resultat seiner Arbeiten zum Nachteil der Riggers-Werke anderen in die Hände gab?

Ja! War er denn so sicher, daß Eiseneckers Erfindung überhaupt

auf den Erfahrungen der Riggers-Werke basierte? So ganz wollte ihm das nicht einleuchten. Die Sache mit dem Gold wollte ihm gar nicht aus dem Kopf. Da war doch niemals auch in der Presse die Rede davon gewesen, daß bei der Erschließung von Atomenergie nach dem Verfahren von Montgomery oder der Riggers-Werke Gold gewonnen werden konnte.

Er erinnerte sich immer daran, wie Harder doch recht nervös wurde, als er eine diesbezügliche Frage stellte. Je länger er darüber nachgedacht, desto mehr war ihm das alles in verändertem Licht erschienen. Manchmal wollte es ihn dünken, daß die Pläne und Absichten Harders nicht so ganz lauter wären. Gekränkter Ehrgeiz, Neid, daß ein anderer ihm auf anderem Wege die Frucht jahrzehntelanger Arbeit weggenommen!

Jäh wurde er in seinem Nachdenken unterbrochen. Eine Hand legte sich auf seine Schultern.

Ein Herr stand neben ihm, in der anderen Hand das Iversen wohlbekannte Erkennungszeichen der politischen Polizei.

»Bitte folgen Sie mir recht unauffällig! Stören Sie die anderen Gäste nicht.«

Iversen spürte eine Art von Galgenhumor. Vor einer Stunde erst entlassen, jetzt zum zweiten Male verhaftet. Der Tag schien ja allerhand zu versprechen. Ingrimmig faßte er nach seinem Hut und folgte dem Beamten zur Wache. Zu derselben Wache, die er vor kurzem verlassen, zu demselben Kommissar, von dem er eben erst Abschied genommen hatte.

»Herr Kommissar, darf ich mir eine Frage erlauben?«

»Bitte sehr, mein Herr, fragen Sie.«

»Ich möchte gern wissen, warum man mich hier noch einmal auf dieselbe Wache schleppt, auf der ich mich bereits einmal vor kaum einer Stunde ausreichend legitimiert habe?«

»Das geschieht darum, Herr von Iversen, weil sich inzwischen Dinge ereignet haben, die uns an den Angaben Ihres Passes zweifeln lassen. Nach Ihrem Paß und nach Ihrer Eintragung im Fremdenbuch Ihres Hotels sind Sie hierhergekommen, um für die deutsche Presse tätig zu sein. Das erscheint uns nicht mehr recht glaubhaft.«

»Und ich weiß nicht, Herr Kommissar, was Sie dazu berechtigt . . . nein, von Berechtigung kann gar keine Rede sein . . . was Sie dazu veranlaßt, an meinen Angaben zu zweifeln . . .?«

»Mancherlei, Herr von Iversen. Es gibt für einen Pressevertreter eine ganze Menge sehenswerter Dinge in Madrid. Gärten, Paläste,

Theater, Museen und dergleichen. Aber es ist uns unverständlich, was ein Pressevertreter in einer abgelegenen Vorortstraße zu suchen hat . . .«

»Ist es etwa verboten, eine öffentliche Straße zu betreten, auch wenn sie zufällig still ist und in einem Vorort liegt?«

»Das nicht, Señor. Aber es erweckt eben Zweifel an der Richtigkeit Ihrer Angaben.«

»Das ist Schikane, Herr Kommissar. Niederträchtige Schikane! Ein schreiender Mißbrauch der Gewalt gegenüber einem harmlosen Reisenden.«

»Ihre Auffassung dieser Angelegenheit interessiert mich sehr wenig, Herr von Iversen. Jedenfalls muß ich Sie bis auf weiteres hier festhalten. Wollen Sie bitte Ihre sämtlichen Papiere und Wertsachen hier auf diesem Tisch deponieren.«

»Das ist Gewalt, Herr . . . Ich protestiere dagegen. Ich verlange, daß man mir sofort Gelegenheit gibt, mit unserem Botschafter zu sprechen.«

»Diese Gelegenheit soll Ihnen selbstverständlich gegeben werden. Vorläufig ersuche ich Sie, meiner Weisung nachzukommen und Ihre Sachen dort zu deponieren. Ich würde es bedauern, wenn ich Gewalt anwenden müßte.«

Dabei drückte der Kommissar auf einen Knopf. Ein Schreiber und mehrere Polizisten traten in den Raum.

»Setzen Sie sich dorthin, Don José, und nehmen Sie ein genaues Verzeichnis der Papiere und Wertsachen dieses Herrn hier auf.«

Iversen zitterte vor verhaltener Wut. Einen Augenblick schoß es ihm durch den Sinn, daß das Manöver vielleicht von Eisenecker ausging, der sich seiner auf diese Weise entledigen wollte. Doch nein. Diesen Gedanken verwarf er bald wieder. So konnte sich seine Menschenkenntnis in dem doch nicht getäuscht haben.

Er leistete dem Befehl Folge. Seine Papiere, seine Brieftasche . . . Briefe von Harder an ihn, Eisenecker betreffend . . . seine Uhr, seine Ringe, . . . alles wanderte auf den Tisch, und sorgsam notierte der Schreiber jedes Stück davon. Zusammen mit dem Protokoll schloß der Kommissar die Sachen umständlich in einem Safe ein.

»So, Herr von Iversen, wollen Sie jetzt diesem Herrn da folgen?« Dabei deutete der Kommissar auf einen Polizisten.

»Was soll das, Herr Kommissar, was fällt Ihnen ein? . . . Ich will mit dem Botschafter sprechen! . . .«

»Später, Herr. Folgen Sie jetzt dem Beamten!«

Eine schwere Hand legte sich auf Iversens Schulter. Ein zweiter

Polizeibeamter trat hinter ihn. Eine Minute später fiel die schwere eisenbeschlagene Tür einer Gefängniszelle hinter ihm ins Schloß.

Der schöne Trick mit dem Hut, den der Wind dem Auto Jolanthes von Karsküll zuwehte ... der Trick, auf den Iversen innerlich so stolz gewesen, war sehr danebengelungen. Dem scharfen Blick Jolanthes war das Gemachte dieses Manövers nicht entgangen.

Ein Verfolger?! Schon der Verdacht rechtfertigte peinlichste Untersuchung.

»Herein!« Eisenecker rief es vom Schreibtisch her und drehte sich um, als eine fremde Stimme an sein Ohr drang.

»Sind Sie Herr Friedrich Eisenecker?«

»Ja, was wollen Sie?«

Wieder das kurze Blinken der ominösen Erkennungsmarke.

»Ich bin von der politischen Polizei und möchte Ihren Paß einsehen.«

»Bitte sehr, bedienen Sie sich.«

»Gut, Señor! Ihr Paß ist in Ordnung. Trotzdem muß ich Sie bitten, mir für kurze Zeit auf die Polizeistation zu folgen.«

Ein flüchtiges Lächeln huschte über die Züge Eiseneckers.

»Es hätte wenig Zweck, der politischen Polizei eine Bitte abzuschlagen. Ich stehe zu Ihrer Verfügung, mein Herr.«

Sie standen vor dem Kommissar.

»Sie sind Herr Eisenecker aus Deutschland.«

»Jawohl, Herr Kommissar.«

»Bitte, wollen Sie Platz nehmen! Sie waren schon früher im Lande, Herr Eisenecker. Noch vor dem Kriege?«

»Jawohl, Herr Kommissar.«

»Sie bauten damals hier das große Kraftwerk bei Segovia ...!«

»In der Tat, Herr Kommissar!«

»Sie machten heute einen längeren Besuch bei dem Obersten Gonzales?«

»Jawohl, Herr Kommissar. Der Oberst Gonzales stand damals als Hauptmann in Segovia. Ich bin seit langem mit ihm befreundet.«

»Gut, Herr Eisenecker, unsere Akten unterstützen Ihre Aussagen. Sie standen damals im Dienste der Riggers-Werke und haben diese Dienste wohl inzwischen verlassen?«

»In der Tat, Herr Kommissar. Ich tat es vor vier Jahren. Aber ich verstehe nicht recht, aus welchem Grunde ...«

»Sie werden es sehr bald verstehen, Herr Eisenecker. Bitte, überlegen Sie sich recht genau, was Sie antworten wollen ... Glauben

Sie, daß es Gründe geben könnte, welche die Direktion der Riggers-Werke veranlassen könnten, einen Privatdetektiv hinter Ihnen herzuschicken?«

»Was? ... Was? Einen Privatdetektiv hinter mir? ... Die Riggers-Werke? Ist das wahr?«

»Es hat den Anschein!«

»Und welche Anhaltspunkte haben Sie dafür?«

»Darüber möchte ich mal zunächst nichts sagen.«

»Gestatten Sie, daß ich einen Augenblick darüber nachdenke. Die Nachricht ist eine große Überraschung für mich.«

»Bitte!«

Eisenecker sann lange nach. Der Wechsel der Gedanken spiegelte sich in seinem Gesicht. Zuletzt ein Lächeln.

»Herr Kommissar. Von meinem Standpunkt aus gesehen gibt es keine Gründe für ein derartiges Vorgehen der Riggers-Werke.«

»Des Generaldirektors Harder, meinen Sie.«

»Gewiß, Herr Kommissar. Das bedeutet dasselbe. Der Generaldirektor Harder. Ja! Vielleicht, daß er aus einem falschen Verdacht heraus ... das erscheint mir wiederum recht unglaubwürdig ... Aber immerhin ... vom rein menschlichen Standpunkt aus wäre es begreiflich ... Also glaube ich Ihre Frage dahin beantworten zu können. Ja! Es wäre möglich, daß Herr Generaldirektor Harder mir einen Privatdetektiv auf die Fersen gesetzt hätte.«

»Näher wollen Sie sich nicht auslassen?«

»Nein!«

»Dann, Herr Eisenecker, bleibt nur noch übrig, Sie mit diesem Herrn zu konfrontieren.«

Dabei winkte der Kommissar einem Soldaten im Hintergrund. Die Tür öffnete sich, und von einem Sergeanten geführt, trat Iversen in den Raum. Beim Anblick Eiseneckers verhielt er den Schritt und starrte ihn verwundert an. Der Kommissar, der ihn scharf beobachtete, hieß ihn Platz nehmen.

»Herr von Iversen, kennen Sie diesen Herrn?«

»Jawohl, es ist Herr Friedrich Eisenecker.«

»Herr Eisenecker, kennen Sie den Herrn?«

»Nein, ich habe ihn nie gesehen. Jedoch erinnere ich mich des Namens. Es bestehen da, soviel ich weiß, verwandtschaftliche Beziehungen zwischen Harder und Iversen.«

»Hm!« Der Kommissar kraulte sich hinter dem Ohr und überlegte lange.

»Die Briefe!«

Sie wurden gebracht. Der Beamte durchlas sie mit der größten Sorgfalt. Entnahm dann einen und gab ihn Eisenecker.

»Wollen Sie bitte lesen!«

Der warf dabei einen Blick auf Iversen, der mit hochrotem Kopf dasaß, augenscheinlich in größter Verlegenheit war. Eisenecker schob den Brief zurück.

»Ich habe keine Neigung, mich in fremde Korrespondenz zu mischen.«

»Wenn Sie nicht wollen ... ich kann Ihnen jedoch versichern und auch Ihnen, Herr von Iversen, daß es sehr erwünscht wäre, wenn Herr Eisenecker diesen Brief läse. Vielleicht, daß dann gewisse schwere Verdachtsmomente gegen Herrn von Iversen entkräftet werden könnten.«

Eisenecker schaute zu Iversen hinüber. Auf dessen Gesicht war deutlich zu lesen, daß er in sichtlicher Bedrängnis war.

»Gestatten Sie, Herr von Iversen?« Eisenecker deutete dabei auf den Brief. »Ich möchte Ihnen helfen.«

Der kämpfte lange mit sich.

»Bitte!« Fast tonlos kam es von seinen Lippen. Eisenecker las den Brief. Gab ihn dann dem Kommissar zurück.

»Herr Kommissar, ich habe nach der Lektüre dieses Briefes nicht den geringsten Zweifel an der Identität dieses Herrn.«

Der Kommissar wiegte den Kopf.

»Es wäre sehr günstig für Sie, Herr von Iversen, wenn es so ist, wie Herr Eisenecker sagt.«

Einen Augenblick sah der Kommissar die beiden prüfend an.

»Noch einen Moment, meine Herren.« Er ging in den Nebenraum, wo sich der Hut Iversens befand, und maß mit einem Stahlband dessen Weite. Dann warf er einen Blick auf das Signalement Iversens ... und nickte wiederum. Der Hut war in der Tat eine Nummer zu klein. Es war möglich, daß wirklich ein Windstoß ihn zur Erde geworfen hatte.

Er kehrte in den großen Raum zurück.

»Herr von Iversen, Sie haben Glück gehabt. Wollen Sie Ihre Sachen wieder an sich nehmen? Meine Herren, Sie sind beide entlassen. Die Angelegenheit, um derethalben wir Sie hierherbemühen mußten, ist aufgeklärt.«

Mit einer leichten Verbeugung verließ Eisenecker die Wache.

Vierzig Kilometer von der friesischen Küste entfernt liegt die kleine Insel Warnum in der Nordsee. Eigentlich nur eine große Hallig. In

vergangenen Jahren die Heimat einiger weniger Fischer. Dann kamen die Riggers-Werke, kauften die Insel und verlegten dorthin ihre riesigen Laboratorien für das Studium der Atomenergie.

Seit jener Zeit war das Werk auf Warnum das Lieblingskind, aber auch das Schmerzenskind des Generaldirektors Harder.

»Ich gehe auf einige Wochen nach Biarritz.« Mit diesen Worten hatte er sich neulich in Berlin von den Physikern des Werkes verabschiedet. Wer von Berlin nach Biarritz will, der muß nach Süden fliegen. Warnum in der Nordsee liegt nicht an seinem Wege. Als aber die Privatjacht des Generaldirektors, die ihn und Mette nach Biarritz bringen sollte, am Bismarckdamm aufstieg und den Kiel nach Süden reckte, ergriff er das Telefon und befahl dem Piloten, den Kurs über Warnum zu nehmen und dort zu landen.

Der Gedanke, daß nicht nur der eine, der Tote, das erreicht hatte, was dort immer noch vergeblich erstrebt wurde ... nein, weit mehr noch der andere viel quälendere, daß nun auch der zweite ... der Lebende, es besaß, der Gedanke raubte ihm die Ruhe bei Tag und den Schlaf bei Nacht. Der Gedanke trieb ihn noch einmal hierhin, bevor er zur Erholung nach Süden flog.

Leicht senkte sich der große graue Vogel auf die leise atmende See und schwamm, bis er dicht neben der Mole von Warnum lag. Taue wurden festgemacht und Planken herangeschoben.

Und dann stand Harder zwischen seinen Physikern und Ingenieuren, die ihn längst weit im Süden wähnten. In ihrer Begleitung schritt er durch die weiten Hallen, von Station zu Station, von Prüffeld zu Prüffeld. Hörte ihre Berichte, und immer düsterer wurde sein Blick, immer faltiger seine Stirn.

»Wie stark das Feld hier?«

Der Oberingenieur warf einen kurzen Blick auf den Zeiger eines Meßinstrumentes.

»Vier Millionen Gauß, Herr Generaldirektor.«

»Zu wenig! ... Zu wenig!« Harder stieß es zwischen den Zähnen hervor. »Die Veränderungen? Was haben Sie beobachtet? Wie verhält sich das Eisen in diesem Felde?«

»Starke Atomveränderungen, Herr Generaldirektor. Chrom, Titan, Kalzium sicher nachgewiesen. Die Heliumlinien bei der Spektraluntersuchung unverkennbar ...«

»Das ist nicht genug, Herr Doktor. Das genügt mir nicht ... bei weitem nicht ... das muß ganz anders werden.«

»Herr Generaldirektor, wir haben trotz mancher ... ich muß es

offen aussprechen, recht schwerer Bedenken die Feldstärke in einem anderen Stand weitergetrieben. Dort drüben in Stand sechzehn.«

»Wie weit? ... Wie stark ist das Feld?«

»4,2 Millionen Gauß, Herr Generaldirektor.«

»4,2 Millionen ... und die Erfolge?«

»Der Gehalt des behandelten Eisens an dem von mir genannten Stoff ist dort erheblich stärker. Es ist außer Zweifel, daß in diesem stärkeren Felde mehr Eisenatome aufgebrochen werden. Wir hatten dort in chemisch reinem Eisen, nachdem es fünf Minuten im Felde war, einen Chromgehalt von fünfzehn Prozent.«

»Und dann? ... und was weiter? Was war nach zehn und zwanzig Minuten? Bitte, Herr Doktor, halten Sie mit Ihrer Wissenschaft nicht hinter dem Berge.«

»Der Chromgehalt nahm weiter langsam zu, Herr Generaldirektor. Aber nicht mehr so schnell wie in den ersten Minuten des Versuches.«

Harder schlug mit der Faust auf einen Werktisch, daß die Gläser und Retorten auf ihm durcheinanderfielen und in Splitter gingen. Die Adern seiner Stirn schwollen drohend an.

»Und das nennen Sie nach meinen Anordnungen handeln, Herr Doktor? Habe ich nicht ausdrücklich bei unserer letzten Zusammenkunft gesagt, daß wir schnell und zielbewußt weiterkommen müssen? ... Habe ich Ihnen damals nicht die Gründe auseinandergesetzt, weswegen das für uns unter allen Umständen notwendig ... geradezu eine Lebensfrage für die Riggers-Werke ist? Schnell und zielbewußt habe ich gesagt, Herr Doktor. Hier ist weder von Schnelligkeit noch von einem Ziel etwas zu merken.«

Der Gescholtene schwieg. Er wußte aus langer Erfahrung, daß in diesem Zustande mit dem Generaldirektor nicht gut Kirschen essen war.

»Das ist Ihre größte Feldstärke, Herr Doktor?«

»So ist es, Herr Generaldirektor.«

Harder drehte sich kurz auf dem Absatz herum und ging in das Konferenzzimmer.

»Bitte, Herr Doktor, die anderen Herren auch hierher!«

In kurzer Zeit war der ganze Stab des Warnum-Werkes um den Gewaltigen versammelt. Mit finsteren Blicken musterte er die Versammelten. Sie senkten den eigenen Blick davor, denn sie sahen, daß das Barometer auf Sturm stand. Dann sprach er. Rauh und abgebrochen kamen die Worte von seinen Lippen.

»Meine Herren! Für das, was ich heute hier gesehen habe, gibt es nur zwei Erklärungen. Unfähigkeit . . . oder Feigheit.«

Ein dumpfes Murren ging durch die Runde.

»Jawohl, Feigheit, meine Herren. Die Möglichkeit besteht, denn an einen solchen Grad von Unfähigkeit kann ich kaum glauben.«

Wieder wollten sie aufbegehren, und wieder traf sie ein Blick, der alles schweigen ließ.

»Ich sagte Ihnen bereits in Berlin, daß der theoretische Wert der Feldstärke bei fünf Millionen Gauß liegt. Sie haben hier die technischen Mittel, um diese Feldstärke zu erreichen. Warum wurde sie noch nicht erreicht? Bitte, Herr Doktor.« Er wandte sich an den Oberingenieur. »Bitte, Herr Doktor, wollen Sie oder will einer der anderen Herren mir darauf eine klare Antwort geben.«

Ein drückendes Schweigen. Dann raffte sich der Oberingenieur zur Antwort zusammen.

»Sie sagten selbst, Herr Generaldirektor, bei unserer letzten Konferenz in Berlin, daß Montgomery die Atomenergie vielleicht schon mit schwächeren Feldern gewonnen hat. Deshalb . . .«

»Ich sagte: vielleicht, Herr Doktor. Ich stellte es als eine entfernte Möglichkeit hin, daß sich das Ziel vielleicht schon früher erreichen ließe.

Wenn das aber nicht der Fall ist . . . und Sie sehen doch, daß es nicht der Fall war . . . dann mußten Sie eben die Feldstärken sofort erhöhen. Mit allen Mitteln erhöhen, bis die erwarteten Erscheinungen sich zeigten. Anstatt dessen tasten Sie ganz vorsichtig innerhalb sicherer Grenzen umher, in denen nichts passiert . . . nach der Theorie ja auch nichts passieren kann. Aber natürlich, die Angst um das liebe Leben . . . es könnte vielleicht schneller Energie entfesselt werden, als erwartet . . . das veranlaßt die Herren, gegen meine klaren Anweisungen zu handeln.«

Harder hatte sich bei den letzten Worten erhoben. Hoch reckte sich seine Gestalt, seine beiden Fäuste stemmten sich auf den Konferenztisch. »Wir müssen kämpfen, meine Herren, wenn wir unser Ziel erreichen wollen. Solche Kämpfe sind nicht immer ungefährlich . . .«

Eine Idee schoß ihm durch das Gehirn. Eine historische Erinnerung . . . die Anrede Friedrichs des Großen an seine Offiziere vor der Schlacht bei Leuthen.

»Meine Herren, ist etwa einer unter Ihnen, der sich scheut, diese Gefahren auf sich zu nehmen, der kann noch heute ohne jeden Ta-

del von mir seine Entlassung ... oder seine Versetzung in ein anderes Werk erhalten.«

Schweigen in der Runde. Es meldete sich niemand. Nach einer langen Minute fuhr Harder fort.

»Von denen aber, die hier bleiben ... an der großen Aufgabe weiterarbeiten wollen, von denen verlange ich, daß meine Anordnungen ohne jedes Zögern ... ohne jede Abweichung von den gegebenen Befehlen durchgeführt werden. Die Anordnung lautet: Die theoretische Feldstärke von fünf Millionen Gauß ist schnellstens zu erreichen. Mit dieser Feldstärke sind die Arbeiten weiterzuführen. Ihren umgehenden Bericht darüber, Herr Doktor, erwarte ich in Biarritz.«

Ein kurzer Abschiedsgruß an die Versammlung. Harder schritt über die Mole seinem Flugschiff zu.

Da stand Mette im hellen Schein der Vormittagssonne im leichten Jachtkostüm. Die Hand schützend über den Augen, blickte sie nach Westen, wo dicht an der Kimme wie ein blauer Hauch die Düne von Barsum zu erkennen war. Weit zurück flogen ihre Gedanken bis zu jenem Sommer, zu jener Sturmfahrt nach Barsum, die ihr Schicksal wurde.

Die Schritte ihres Vaters rissen sie aus dem Sinnen.

Schweigend schritt sie an der Seite des Vaters zum Flugschiff.

Fürst Iraklis stand vor dem Kalifen im Königsschlosse zu Madrid.

»Mein Herr hat Hoffnung, daß Ibn Ezer Erfolg haben wird?«

Abdurrhaman erhob sich und schritt ungeduldig hin und her.

»Die Hoffnung ist gering, Murad. Recht gering leider. Ich ließ ihn nach Fez kommen und habe ihn gehört.

Natürlich ... ihn erfüllt ganz der Gelehrtenehrgeiz. Er wird sich die größte Mühe geben. Aber ... und das ist das Schlimme ... er sagte es offen, wenn nicht ein gütiges Geschick ihm zur Seite steht, wenn es ihm nicht gelingt, das Geheimnis Elias Montgomerys im ersten Angriff zu ergründen, dann wird er wahrscheinlich lange, lange Zeit brauchen.

Inzwischen ist zu befürchten, daß das Problem von anderer Seite gelöst wird. Ein Teil des Erfolges wäre damit hinfällig.«

»Ich hoffe, mein Herr sieht zu schwarz. Mein Herz vertraut auf Ibn Ezer. Was er bisher geleistet hat, läßt mich auf ihn vertrauen.

Jedenfalls ... den Vorteil hat der Streich für uns gehabt ... wir haben die Möglichkeit, uns in absehbarer Zeit der Kräfte der Atomenergie zu bedienen, während Europa nur noch auf die Erfolge ...

die unsicheren Erfolge der Riggers-Werke hoffen darf. Das Kräfteverhältnis hat sich damit doch sehr zu unseren Gunsten verschoben.«

Abdurrhaman nickte zustimmend. Der Fürst fuhr fort.

»Wir mußten fürchten, daß es den europäischen Gelehrten doch in absehbarer Zeit gelingen würde, den Apparat Montgomerys in Tätigkeit zu setzen. Schon war ein englischer Regierungsantrag so gut wie beschlossen, die Gelehrten der Riggers-Werke heranzuziehen, ihnen die Lösung des Geheimnisses zu überlassen.«

Der Kalif unterbrach ihn.

»Ja, Murad! Ich weiß es. Midhat Pascha meldete es. Berichtete zu meiner großen Freude auch immer wieder, daß man in England noch nicht den leisesten Verdacht hat, daß der Apparat in unserer Hand. Das heißt, man rät, besonders in der Presse, unter den vielen Interessenten auch auf uns, aber außer diesen Vermutungen hat man nicht den geringsten greifbaren Beweis, daß wir da irgendwie im Spiele sind. Jolanthe hat wieder einmal gute Arbeit geleistet. Ich will sie sehen, ihr meinen Dank abstatten.«

Der Fürst warf einen Bick auf die Uhr.

»Meine Nichte dürfte zurückgekommen sein . . .

»Darf ich . . .?«

»Bitte, mein lieber Fürst!«

Einen Augenblick später trat Jolanthe ein. Das Auge des Kalifen ruhte mit ungeheuchelter Bewunderung auf der hohen, stolzen Gestalt, die in dem dunkel herabfließenden Gewand gleich einem Bild in altvenezianischem Stil in dem geschnitzten Türrahmen erschien. Er eilte auf sie zu und beugte sich tief über ihre Hand.

»Wie soll ich Ihnen danken.«

»Sire, Sie beschämen mich.«

»Baronin Jolanthe, Ihnen allein verdanken wir diesen Erfolg.« Der Kalif legte ihren Arm in den seinen und führte sie zu dem Sessel am Kamin. Sprach dann weiter. »Sie haben mir eine große . . . eine ungeheure Last von der Seele genommen. Seit dem Tode Elias Montgomerys mußte ich Europa wieder fürchten. Wären die englischen Gelehrten hinter das Geheimnis des Apparates gekommen, Europa hätte das wirtschaftliche Übergewicht gehabt. Das allein schon eine schwere Gefahr für uns, der zu begegnen unmöglich. Aber nicht nur das. Die Atomenergie wird bei weiterer Entwicklung auch eine furchtbare militärische Waffe werden. Diese Waffe in der Hand Europas, und die Tage unseres militärischen Übergewichtes und unserer Herrschaft in Spanien wären gezählt. Oh, ich unter-

schätze die Größe des Dienstes nicht, den Sie unserer Sache . . . den Sie mir erwiesen haben. Aber ich weiß nicht, wie ich Ihnen den schuldigen Dank dafür abstatten kann.«

Auf Jolanthes Wangen schien ein Widerschein des Kaminfeuers zu brennen. Mit rascher Hand schob sie den Kaminschirm zwischen sich und die Glut, ihr Antlitz damit beschattend.

»Ich danke Eurer Majestät für die liebenswürdigen Worte . . . Sie dürfen überzeugt sein, daß mir die Freude über den glücklichen Erfolg allein genügt, um mich für jede Mühe völlig zu entschädigen.«

Wieder flog es wie dunkle Glut über ihre Wangen, während sie die Worte sprach.

»Als ein geringes Zeichen meiner freundlichen Gesinnung, die ich für Sie im Herzen trage, will ich meine Einwilligung für eine Verbindung zwischen meinem Bruder, dem Prinzen Ahmed, und Ihrer Schwester Modeste geben.«

Ein heller Freudenschein glitt über das Gesicht Jolanthes.

»Sire, die Gnade, die so unverhofft . . .«

Sekundenlang hatte die gewohnte Selbstbeherrschung sie verlassen. Mit Mühe unterdrückte sie einen Ausdruck jubelnder Freude, vergaß ganz die Unterredung mit Modeste.

Abdurrhaman versenkte seine Blicke in die Jolanthes.

»Ich hoffe, durch diese verwandtschaftlichen Bande die so herzlichen, freundlichen Beziehungen unserer Familien noch enger zu knüpfen . . . besonders Sie selbst noch stärker an mich zu fesseln . . . Sie, die mir so notwendig sind.«

Vergeblich versuchte Jolanthe dem Blick des Kalifen zu begegnen, darin zu lesen . . . ein flammendes Funkeln zwang sie, die Augen zu senken. Ihr Herz schlug in starken Schlägen.

»Die Mitteilung, die ich Ihnen soeben machte, Baronin Jolanthe, wollen Sie bitte als ganz vertraulich behandeln. Auch den Beteiligten gegenüber.«

Er ergriff ihre Hand und hielt sie fest in der seinen.

»Es trieb mich, wenigstens einen kleinen Teil der Dankeslast mich zu entledigen, die mein Herz so stark beschwert. Ich will hoffen, wünschen, daß sich bald Gelegenheit finden wird, mein Herz noch stärker von der Schuld zu entlasten. Wenn das andere in Erfüllung gehen wird. Der Traum, den Apparat Montgomerys in Tätigkeit zu sehen. Dann . . .« Seine Blicke hingen fest an denen Jolanthes. Ein heißer Strom durchrann sie.

Ihre Hand zuckte. Sie entzog sie ihm.

»Hatte Ibn Ezer schon Gelegenheit, den Apparat zu sehen?«

»Noch nicht, Baronin. Er soll morgen den ersten Versuch daran machen.«

»Und wenn es ihm nicht gelingt, Sire, nicht sogleich gelingt?«

»Dann«, die Züge des Kalifen verfinsterten sich, »muß der Apparat nach Ägypten geschafft werden, wo Ibn Ezer alle Hilfsmittel zur Verfügung hat. Und dann . . . kann es vielleicht viele Monate dauern, bis das Geheimnis gelöst wird. Wir müssen uns bescheiden. Können wir vorläufig die Kräfte des Apparates nicht bedienen, so ist doch auch Europa die Möglichkeit verschlossen, das Geheimnis zu lösen.«

»Sollte es nicht möglich sein, Sire, den einen oder den anderen durch hohe Summen zu bestechen und sie zu gewinnen, für uns zu arbeiten?«

»Unmöglich! Diesen Gelehrten ist mit Gold nicht beizukommen. Außerdem, die Zahl der Leute, die das Verfahren wirklich beherrschen können, ist gering. In erster Linie der Oberingenieur auf Warnum und natürlich der Generaldirektor Harder.

Der weilt übrigens zur Zeit in Biarritz. Sie werden vielleicht Gelegenheit finden, ihn kennenzulernen, wenn Sie selbst demnächst nach Biarritz kommen.«

Jolanthe starrte sekundenlang in das verlöschende Kaminfeuer. Eine Idee war in ihr aufgezuckt. Als hätte sie die Gegenwart des Kalifen vergessen, warf sie sich in den Sessel zurück und schloß die Augen. Zitterndes Zucken der Gesichtsmuskeln verriet das angestrengte Nachdenken.

Abdurrhaman starrte mit verhaltendem Atem auf die Gestalt Jolanthes, die wie von hypnotischem Schlaf befallen regungslos in dem Sessel lag . . . endlich hob sich ihre Brust unter tiefen befreienden Atemstößen. Sie strich sich leicht mit den Händen über Stirn und Schläfen, ihre Augen öffneten sich, gingen suchend in die Runde, bis sie den Blick Abdurrhamans trafen. Ein stilles, leises Lächeln legte sich über ihr Gesicht. Langsam erhob sie sich, stand vor dem Kalifen.

»Ein Plan, Sire. Ein neuer Plan. Er wird vielleicht zunächst bizarr . . . unmöglich erscheinen. Aber das Unmögliche hat mich bei großen Unternehmungen stets am meisten gereizt. Eine verzweifelte Situation erheischt verzweifelte Mittel.

Das Mittel, das zu versuchen ich vorschlage, ist, ich sage es offen, verzweifelt. Schlägt es fehl, dürften die Folgen nicht angenehm sein. Aber es wird nicht fehlschlagen, es wird gelingen, muß gelingen.«

Abdurrhaman grub seine fieberhaft glänzenden Blicke in die ruhigen, entschlossenen Züge Jolanthes.

»Sie spannen meine Erwartungen aufs höchste. Ein Mittel! ... Sie wissen es? ... Doch ehe ich höre ... ich scheue, um einen Erfolg zu erzielen, vor nichts ... Ihre Person aber, Baronin Jolanthe, darf dabei nicht im geringsten gefährdet sein!«

Ein flüchtiges Rot schoß über Jolanthes Gesicht, ihre Blicke gingen ausweichend zur Seite.

»Die Besorgnis um meine Person, Sire ... dürfte nach dem Plan, den ich mir erdacht, unnötig sein. Ich selbst werde ganz im Hintergrunde bleiben.«

»Dann bitte ohne Umschweife, Baronin! Ich ertrage die Spannung nicht länger. Ihr Plan ist? ...«

»Ist ... das Geheimnis des Apparates durch den lösen zu lassen, dem es von allen Physikern der Welt am leichtesten gelingen würde ... durch ... Harder, den Generaldirektor der Riggers-Werke.«

Abdurrhaman trat einen Schritt zurück, starrte Jolanthe ratlos an.

»Baronin ... Baronin Jolanthe, ich verstehe Sie nicht. Aber ich kann nicht annehmen, daß Sie scherzen. Ihre Idee ist so ungeheuerlich ... ich weiß nicht ...«

Der Kalif schritt schwer atmend im Gemach auf und nieder.

»Sire, darf ich bitten, mit mir zu dem Apparat zu gehen.«

Der Kalif erhob sich und folgte wortlos Jolanthe.

Im Bibliothekszimmer eine schwere Truhe maurischer Arbeit. Der Kalif öffnete, schlug den Deckel hoch. Da stand das Erbe Montgomerys. Der unscheinbare Kasten, in dem das Welträtsel der Atomenergie gelöst war.

Wie von einem inneren Drange getrieben, hob Abdurrhaman den Deckel des Apparates. Seine Augen starrten wie gebannt auf das Gewirr der Drähte und Spulen. Seine Finger glitten zag, vorsichtig über die winzigen Hebel und Schrauben. Jolanthe folgte mit leisem befriedigtem Lächeln jeder Bewegung des Kalifen.

»Nun möchte ich meinen Plan kurz entwickeln, Sire. Harder ist in Biarritz. Ich werde seine Bekanntschaft machen. Wir werden zusammen Ausflüge machen. Ein Ausflug geht in die baskischen Berge. In dem noch immer unruhigen Grenzgebiet wird die Gesellschaft überfallen und auf spanisches Gebiet entführt. Derartige Überfälle mit dem Zweck, Lösegeld zu erpressen, sind dort schon mehrfach vorgekommen. Harder wird in schonendster Weise nach einem sicheren Ort gebracht. Der Apparat ist, das muß die Voraussetzung für alles andere sein, von spanischen Patrioten entwendet, um mit seiner Hilfe Spanien zu befreien! Die erforderlichen Personen für die Rollen der spanischen Patrioten werden sich finden lassen. Das alles ...

ich habe die Einzelheiten noch nicht genügend durchdacht ... doch das ist alles nicht schwierig.

Erst wenn das erreicht ist, beginnt die Schwierigkeit. Harder und der Apparat!

... trotzdem ... ich fühle es ... ich habe die Gewißheit, daß es gelingen wird. Der Apparat wird von den sogenannten spanischen Patrioten ... es müssen sehr gewandte Leute sein, die auch einen guten Namen tragen ... Harder in die Hand gegeben. Wie sich Harder auch sonst zu dem Bisherigen stellen mag, in dem Augenblick, wo er den Apparat Montgomerys in der Hand hat, vergißt er jedes Bedenken. Seine eigenen Arbeiten ... ich hörte, sie sind noch weit vom Abschluß entfernt. Sein Gelehrtenehrgeiz wird der Versuchung unterliegen.

Ich sehe ihn ... den Apparat flüchtig betrachten. Sehe ihn mit immer größer werdendem Interesse die Einzelheiten studieren, sehe ihn mit allen seinen Kräften darauf stürzen, sein Geheimnis zu lösen, ihn in Tätigkeit zu setzen ... Und dann sehe ich ...«

Jolanthe hatte den Oberkörper weit nach vorn geneigt und sah dem Kalifen fest in die Augen.

»Weiter! Weiter!« drängte Abdurrhaman. Erregung sprach aus seinen Zügen.

». . . sehe ich den Tag kommen, wo das Geheimnis gelöst ist, der Apparat arbeitet. Wir im Besitze der Atomenergie! ... die Welt uns untertan!«

»Jolanthe!« Abdurrhaman rief es mit erstickter Stimme. Er beugte sich über ihre Hände, preßte seinen Mund darauf. Sie zuckte vom Kopf bis zu den Fußspitzen. Sie sah ihn mit weitgeöffneten, entrückten Augen an. Dann senkte sie die Augen nieder und blieb unbeweglich.

»Jolanthe! Wie soll ich dem Schicksal danken, das Sie mir gab. Sie müßten über Kräfte herrschen, die Ihnen gleichen. In ihrer Nähe schwinden alle Sorgen. Keine Gefahren, kein Hindernis, das schreckt.

Sagen Sie mir, was ich für Sie tun kann!«

Er wollte sich wieder über ihre Hände beugen. Sie entriß sie ihm, trat zurück, stand da wie eine bleiche Flamme.

Mit einem heißen Blick umfing sie seine ganze Gestalt, zeigte ihm ihre unbegrenzte, flammende Leidenschaft. Sie stand da, fast körperlos, ganz tiefgeheimste Seele, ihr Innerstes unverhüllt seinen Blicken preisgegeben.

Ein Schauer ging durch die Glieder des Kalifen. Er wollte spre-

chen. Das Wort erstarb ihm auf den Lippen. Er wollte zu ihr eilen und hatte nicht die Kraft, einen Schritt zu tun ...

Die Scheite im Kamin fielen prasselnd zusammen. Ein Funkenregen stob in das Gemach. Durch die plötzliche Unterbrechung der Stille, die wie das Ende einer Bezauberung war, aufgerüttelt, wandte er sich instinktmäßig ab.

»Kommen Sie! Wir wollen sofort das Erforderliche mit dem Fürsten besprechen.«

Schwer atmend kamen die Worte aus seinem Munde. Jolanthe lächelte mühsam. Ihr Herz klopfte gegen ihre erstarrte Brust wie ein Hammer. Dunkler Schatten umgab sie. Müden, schweren Schrittes folgte sie dem Voranschreitenden.

Ein sonniger Julimorgen in Biarritz. Auf dem breiten, flachen Badestrand und den Uferpromenaden ein mondänes Leben und Treiben. Tief stahlblau das schwach bewegte Meer. Eine leichte Brise kam von der See her, trug Kühlung durch die geöffneten Fenster und spielte mit den Vorhängen des Hotelzimmers, in dem Harder am Schreibtisch saß. Vor ihm der letzte Bericht von Warnum.

Mit einer ärgerlichen Gebärde schob er ihn beiseite. Immer wieder! Keiner von der Gesellschaft, der Mut hat. Dieses übervorsichtige, feige Herumtasten.

Fernsteuerung. Der alte Vorschlag, wie überflüssig.

Er öffnete einen zweiten Brief mit dem Stempel Madrid. Von Iversen. Hm, nun, was würde der berichten? Wahrscheinlich ebenso inhaltlos wie die früheren Berichte auch. Was war mit Eisenecker, wozu dieses Herumfahren in der Welt? Der Mensch, die Erfindung, er mußte sie vollendet haben. Das heißt, auch das Letzte, das Höchste erreicht haben. Sonst! ... Er säße sicherlich noch in seiner Heide. Ah ... dieser Eisenecker und seine Arbeiten.

Der Barren Gold, ständig sein gleißender Glanz vor seinen Augen. Der Barren! ... Wie ein Schlag von ungeheurer Wucht hatte ihn das getroffen. Wie ein Alp lastete es auf ihm. Zuerst glaubte er zusammenbrechen zu müssen. Schien doch alles, was er selbst, was seine Werke in jahrelanger Arbeit geleistet hatten, dadurch mit einem Schlage wertlos. Nur schwer hatte er sich wieder aufgerichtet, durchgerungen zu dem Entschluß, die Arbeiten in Warnum weiterzuführen.

Mit tausend Gründen immer wieder hatte er sich zu beweisen versucht, daß das Verfahren Eiseneckers auf denselben Grundlagen basierte wie die Arbeiten der Riggers-Werke und die Elias Mont-

gomerys, daß auch er mit elektromagnetischen Feldern arbeitete. Montgomery! Das Schicksal seiner Erfindung. Ein Unstern schien darüber zu schweben. Der Apparat war gestohlen, geraubt. Von wem? . . . Wer hatte ihn? Aus welchem Grunde? Etwa um selbst damit zu arbeiten? Ausgeschlossen. Wo in der Welt gab es Physiker, die . . . ihm war keiner bekannt, der irgendwelche Aussichten gehabt hätte. Blieb also nur die Erklärung, der Zweck des Raubes war, Europa die Waffe aus der Hand zu schlagen . . . Der Gefahr, die den Riggers-Werken von Montgomerys Apparat gedroht hatte, glaubte er enthoben zu sein.

Aber Eisenecker . . . Das Gold, dieser verfluchte Barren, er schien allerdings der Beweis dafür, daß Eisenecker auf anderem . . . elektrostatischem Wege ans Ziel gekommen war. Und das wieder wollte und konnte Harder nicht zugeben. Schien es doch aller physikalischen Erkenntnis zu spotten.

Fast ein Menschenalter hindurch hatte er alle Möglichkeiten studiert, alle Wege zu ergründen versucht, die zum letzten Ziele, zur Gewinnung der Atomenergie, führen konnten. Das elektrostatische Verfahren umöglich. Auch noch später, als er längst auf dem Wege Elias Montgomerys schritt, hatte er doch immer wieder diese andere Möglichkeit erwogen . . . immer wieder verworfen . . . unmöglich! Der Weg war nach dem Stande der Wissenschaft für jeden ausgeschlossen. Vielleicht, daß spätere Generationen ihn einmal gehen könnten.

Der Barren . . . der verfluchte Barren! Wo kam der her? Wie war der gewonnen? Wie ein unverrückbares, unüberschreitbares Hindernis störte dieser Goldklumpen immer wieder die Schußkette seines mathematischen, streng logischen Denkens.

Der Boy überreichte ihm eine Karte. Harder warf einen Blick darauf. Wie? Wer? Malte von Iversen. Er sprang auf, schritt selbst zur Tür, öffnete.

»Iversen, Sie hier? Eben noch las ich Ihren Bericht. Was ist! Sie haben Wichtiges zu melden, sicher, sonst undenkbar, daß Sie hier wären, Ihren Posten verlassen.«

Er schloß hinter Iversen die Tür.

»Setzen Sie sich, reden Sie!« Sein Blick hing erwartungsvoll an dem Besucher.

Iversen vermied es, Harder anzusehen. Seine Stimmung war offensichtlich nicht die beste.

»Sie erwarten etwas Wichtiges, Herr Harder. Wichtig gewiß, allerdings anders, als Sie erwarten. Um es vorwegzunehmen, Eisen-

ecker ist bekannt, daß ich in Ihrem Auftrage ihn seit seiner Abreise überwachte.«

»Ah, wie unangenehm! ... Ah, solche Ungeschicklichkeit! Wie war das möglich? Sie müssen die Schuld daran tragen, anders nicht denkbar. Wie konnte das passieren?«

»Gestatten Sie, daß ich etwas weiter aushole. Gewiß, die Ursache bin ich, aber schuldlos.«

Iversen gab dem Generaldirektor eine Schilderung jener Vorkommnisse auf der Polizeiwache in Madrid.

»Sie sehen«, schloß er, »daß irgendein Verschulden meinerseits nicht vorliegt. Ein unerklärlicher, mir heute noch unbegreiflicher Zufall muß da mitgespielt haben.«

Der Generaldirektor stand auf, schritt zum Fenster. Es kochte in ihm. Auch das noch! Er stampfte mit dem Fuß auf. Unerträglich, was heute alles auf ihn einstürmte. Und dann, um seinem Ärger irgendwie Luft zu machen, wandte er sich um, ging auf Iversen zu.

»Ihre Offizierslaufbahn war ja allerdings von kurzer Dauer. Aber immerhin, so viel müßten Sie wenigstens dabei gelernt haben, daß man seinen Posten nicht verläßt, ohne Weisung des Auftraggebers. Es bestand doch für Sie die Möglichkeit, mir das per Code mitzuteilen und mir damit Gelegenheit zu geben, meine Dispositionen zu ändern, eventuell einen anderen auf den Posten zu stellen.«

Iversen erhob sich, ging langsam auf Harder zu. »Herr Harder, Herr Generaldirektor, ich dächte, Sie suchten sich einen anderen, um Ihre Mißstimmung auf den abzuladen. Ich bin mir dessen wohl bewußt, was ich tat, habe es auch reiflich bedacht. Wenn ich's tat, tat ich es in erster Linie Ihrethalben, in zweiter Linie Herrn Eiseneckers halber und dann erst meiner Person halber.«

Harder trat unwillkürlich einen Schritt zurück. »Sie! ... Meinethalben! ...«

»Gewiß, Herr Harder. Ich will versuchen, Ihnen meine Beweggründe auseinanderzusetzen. Sie erinnern sich, daß ich zunächst nicht geneigt war, Ihren Auftrag anzunehmen. Sie sprachen dann von dem großen Interesse, das Sie und die Riggers-Werke daran hätten, über alle Schritte, alles Tun Eiseneckers unterrichtet zu sein, wobei im Hintergrunde etwas dunkel angedeutet wurde, daß Eisenecker gegen die Vertragstreue verstoßen hätte.

Ich machte Ihnen schon damals in meinem Laienverstand Einwände, die Sie aber als belanglos verwarfen. Ich glaubte es auch.«

»Und welche Gründe hätten Sie heute, das nicht mehr zu glau-

ben? Eiseneckers Gold? Dessen Herkunft? Wissen sie etwa was Neues, was anderes darüber?«

Iversen zuckte die Achseln. »Auf welchem Wege er das geschaffen hat, weiß ich auch jetzt nicht.«

»Also, was wollen Sie dann! Welche Gründe hätten Sie?«

»Gründe . . . Ich habe Friedrich Eisenecker kennengelernt.«

»Und was weiter?«

»Weiter nichts. Ich habe ihn gesehen, habe ihn sprechen hören, das hat mir genügt, um zu der Überzeugung zu gelangen, Eisenecker ist frei von Fehl. Der Mann die Riggers-Werke schädigen!« Er schüttelte mit dem Kopf.

Harder lachte höhnisch auf. »Ah, Sie unübertrefflicher Menschenkenner, Gedankenleser. Sie sahen ihn, hörten ihn, und alles, was ich sagte, war plötzlich wertlos.«

»Eine Frage, Herr Harder, offen und ehrlich. Von Ihrer Antwort wird es abhängen, ob ich mich schuldig bekenne. Sind Sie, Herr Generaldirektor Harder, ehrlich fest überzeugt davon, daß . . .« Mit einer wütenden Gebärde unterbrach ihn Harder.

»Wie, Sie wagen es, an der Aufrichtigkeit meiner Erklärung zu zweifeln!«

»Ich wage es, Herr Harder. Das Wort des Mannes, nicht das des Industriekapitäns, des Erfinders . . . das Wort des Mannes will ich von Ihnen. Haben Sie wirklich Grund, Eisenecker zu mißtrauen? Ein Mann, ein Wort.«

Iversens Augen senkten sich fest in die des Generaldirektors. Der stand . . . hielt den Blick nicht aus. Iversen drehte sich kurz um, schritt zur Tür.

»Ich weiß genug.« Er drückte sie auf, da trat ihm Mette entgegen.

»Ah, Herr von Iversen, welche Überraschung, Sie hier?« Der Gedanke an Eisenecker durchzuckte sie. War da irgend etwas Wichtiges, Schlimmes oder . . . Gutes? Ihr Blick flog von Iversen zu ihrem Vater. Der stand noch da, in der Mitte des Gemaches, schwer atmend, totenblaß, die Hände zur Faust geballt.

»Was ist, Vater, Herr von Iversen, was ist?« Sie schloß die Tür, stürzte auf ihren Vater zu, umschlang ihn.

»Vater, was ist dir? Herr von Iversen, was ist hier vorgefallen? Vater, ich bitte dich, deine Aufregung, entsetzlich, beruhige dich, komm zu dir.«

Sie legte die Hände um seinen Kopf, strich ihm über die Stirn. Die war in Schweiß gebadet.

Iversen trat näher.

»Herr Generaldirektor, ich bitte Sie, verzeihen Sie mir. Die Ereignisse der letzten Tage . . . Sie werden begreifen, daß die Situation für mich über die Maßen peinlich . . . niederschmetternd für mich war. Dazu jetzt Ihr Vorwürfe . . . Ich ließ mich hinreißen . . . verzeihen Sie, was geschehen. Ich selbst begreife, entschuldige, verstehe alles.«

Er ergriff die Hand Harders, die er ihm willenlos ließ.

»Geh, Mette, laß mich allein«, stoßweise kamen die Worte aus seinem Munde, »geh mit Iversen zum Strand, ich . . . ich komme dann nach . . . komme später.«

Vom Pic d'Ory fällt der Pyrenäenstock schroff nach Norden hin ab. Jäh stürzen die Wildwasser hier in die Tiefe und liefern die Kraft für die Werke von Rallain und für die Eisengrube von Sainte Marie aux Chaines. Etwas oberhalb der Gruben ein altes verfallenes Schlößchen im Zopfstil des Rokoko. ›Mon Repos‹ ließ sich noch mit Mühe aus den verblichenen und verwitterten Bronzelettern an der Fassade entziffern, die früher einmal im Schmucke reicher Vergoldung geglänzt hatten. Jahrzehnte hindurch hatte der Bau unbewohnt gestanden, bis Eisenecker ihn für ein Billiges erwarb. Ihm war diese weltabgeschiedene Lage gerade recht. Hier konnte er ungestört am Ausbau seiner Erfindung arbeiten. Die Unsicherheit in diesem Grenzgebiete schreckte ihn nicht. Die Lage, so dicht an der maurischen Grenze, war ihm im Gegenteil gerade recht.

In dem in den Felsen eingehauenen Untergeschoß war eine kleine Werkstatt eingerichtet. An einer Werkbank Eisenecker, den Blick auf den Drehstahl gerichtet.

Die Wendeltreppe, die von oben herunterführte, kam der Diener hinab, den ihm Gonzales beigegeben hatte. Ein alter, schnauzbärtiger Sergeant der früheren spanischen Armee. Das grimme, von Narben durchsetzte Gesicht zu einer freudigen Grimasse verzogen.

»Er ist gekommen, Señor!«

»Schon da?« Eisenecker warf einen Hebel herum und folgte dem Alten nach oben.

»Ah, guten Abend, Don Antonio! Der Weg über die Berge? . . . Gut verlaufen?«

Der Oberst deutete lächelnd auf seinen Hut, der an einem Haken hing.

»Das Loch darin! Sonst weiter nichts.«

Gonzales warf sich in einen Stuhl und trank in langen Zügen einen Becher Alicantewein.

»Sie waren scharf hinter mir her. Ich mußte mich beeilen. Nun, einerlei! Der Zweck meiner Reise . . . ich brauchte nicht weit zu gehen, um sie zusammen zu haben . . . die hundert Getreuen, die wir brauchen. Wollte auch nicht in die Ebene steigen. Die aus den Bergen sind härter, gewandter im Gebirgskampf.

Die meisten davon schon bei den letzten Guerillas dabei! Sie alle harren, warten mit Ungeduld auf den Ruf. Keiner weiß natürlich etwas von den neuen Waffen. Es ist ihnen genug, daß sie wieder einmal einen Anführer haben, der sie gegen den Feind führt.

Ich selbst . . . verzeihen Sie meine Ungeduld!

Der Tag! Ich kann es nicht erwarten, bis der Tag kommt, an dem der letzte Blitz zuckt.«

Eisenecker lächelte.

»Ich verstehe Sie vollkommen, lieber Freund. Der Tag . . . Ihr Tag . . . er ist nicht mehr fern.

Ich sehe schon das Morgenrot. Ihre Leute mögen sich rüsten!«

Der Oberst wollte sprechen. Da zuckte das elektrische Licht ein paarmal auf und erlosch. Sie saßen im Dunkeln.

»Was ist das, Don Frederego?«

»Voraussichtlich eine Störung im Kraftwerk. Ich werde meine Notbeleuchtung ein . . .«

Ehe Eisenecker den Satz vollendet, drang das dumpfe Grollen einer Explosion in den Raum.

»Was ist das, Don Frederego?«

Eisenecker hatte sich zum Schreibtisch getastet und einen Schalter bewegt. Eine Stehlampe flammte auf und erleuchtete den Raum. Sie lauschten.

Als ein reißender Bergstrom kommt der Oberlauf des Oleron vom Pic d'Ory brausend hinab, bis ihn 500 Meter über Rallein die großen eisernen Druckrohre des Kraftwerkes aufnehmen und die Wasser gebändigt hinab zu den Turbinen des Kraftwerkes führen. Während Eisenecker mit Gonzales im Gespräch saß, stand dort oben an den wirbelnden Wassern ein Mensch. Unmöglich, in der Dunkelheit sein Gesicht zu erkennen. Nur undeutlich leuchteten im Sternenlicht die weißschäumenden Wirbel, die das Wildwasser hier zum letzten Male aufwarfen, bevor es in die Rohre einströmte.

Der Fremde hier bewegte den Arm, warf etwas, das klatschend

auf das Wasser fiel, im nächsten Moment von den Wellen ergriffen und in das erste Rohr hineingerissen wurde. Er stand und lauschte. Eine Minute . . . noch eine . . . die dritte Minute.

Aus der Tiefe des Tales drang der Donner einer Explosion nach oben. Die erste Bombe hatte ihr Ziel erreicht. Vom Wasser mitgerissen, war sie mit elementarer Gewalt gegen die Schaufeln der ersten Turbine geschleudert worden, und die Aufschlagzündung hatte gewirkt.

Noch einmal ein Wurf und dann ein dritter. Auch die beiden anderen Rohre hatten die todbringende Sendung verschluckt und führten sie mit der Schnelligkeit des stürzenden Wassers den Maschinen des Kraftwerkes zu.

Der Fremde wartete den Erfolg nicht ab. Eilig schritt er einen schmalen Pfad bergauf. Trotz der Dunkelheit verfolgte er den halsbrecherischen Steg mit einer wunderbaren Sicherheit zur maurischen Grenze hin und war schon tief in den Bergen, als das Dröhnen der nächsten Explosion sein Ohr erreichte. Die Werke von Rallain wurden gemordet. Gemordet auch die sechstausend Mann der Belegschaft in St. Marie . . .?

Eisenecker stand neben der brennenden Lampe. Noch einmal ein fernes Donnern.

»Was ist das, Don Frederego?«

Eisenecker preßte die Lippen zusammen. Lauschte, bis das Grollen einer dritten Explosion an sein Ohr drang.

»Santa Maria, was ist das, Don Frederego?«

»Ich glaube, Don Antonio, das waren drei Explosionen, durch welche die drei Maschinensätze des Kraftwerkes von Rallain zerstört wurden.«

»Zerstört? Ein Unglücksfall? Ein Verbrechen?«

»Sie vergessen, Don Antonio, daß wir hier nah an der maurischen Grenze sitzen.«

»Ah! Was ist das? Sie meinen also, daß maurische Hand . . .?«

»Ich nehme es an.«

»Wozu? Warum?«

Eisenecker hatte sich abgewandt. Die Frage brachte ihn selbst zur Tat.

»Ste. Marie aux Chaines!« Gonzales schrie es. »Die Werke vernichtet! Die Belegschaft?! Dreitausend die Schicht! Sie ist verloren. Undenkbar eine solche Schandtat! Don Frederego!«

Er war auf Eisenecker losgestürzt.
»Sie? . . . Was . . .«
»Ich werde versuchen . . .«

Drei schwere Explosionen im Kraftwerk von Rallain. Die drei großen Turbinen zerschmettert. Zerbrochen die eisernen Käfige, die das Wildwasser zwangen. Mit Gewalt brach das befreite Element sich Bahn. Schäumend und wirbelnd überschwemmte es im Augenblick alle Räume des Kraftwerkes.

Schon schrillte von den Eisengruben her das Telefon.

»Wo bleibt der Strom? Strom her! . . . Kraft her!« Der Ingenieur schrie es mehr, als er sprach.

»Unmöglich! . . . drei Explosionen . . . alle Maschinensätze zerbrochen.«

»Strom her! In Gottes Namen Strom her . . . unsere Maschinen stehen. Die ganze Belegschaft ist verloren.«

»Unmöglich . . . wir können nicht. Gott helfe euch . . .«

Der Hörer wollte dem zitternden Zecheningenieur aus der Hand sinken . . . da . . .

»Der Strom kommt!«

Es war eine andere . . . eine ganz fremde Stimme, die dem Ingenieur in Sainte Marie aux Chaines aus dem Apparat ans Ohr drang.

»Wer spricht dort? Wer ist da in der Leitung?«

»Ich gebe Strom für eine Stunde. Bringt die Belegschaft aus den Gruben.«

»Wer spricht dort? Wer ist in der Leitung?«

»Für eine Stunde nur, richtet euch danach.«

Die Stimme ließ sich nicht wieder hören. Nur verworrene Rufe von Rallain her.

Der Ingenieur in Sainte Marie umklammerte den Hörer, als wolle er ihn zerbrechen.

Eben noch warf die flackernde Kerze der Notbeleuchtung unsichere Reflexe durch den Raum. Jetzt glühten die elektrischen Lampen wieder auf. Volle Helligkeit flutete durch das Gemach. Jetzt brannten auch die großen Lampen auf dem Zechenhofe wieder.

Narrten ihn seine Sinne? Trieb jemand sein Spiel mit ihm?

Er schrie nochmal in den Apparat.

Keine Antwort mehr. Er stand starr. Die Knie wankten unter ihm. Unfähig, einen Entschluß zu fassen.

Die Muschel des Apparates noch mechanisch gegen das Ohr ge-

preßt. Nur das Dröhnen rauschender Wassermassen, die dort in Rallain in die Zentrale des Kraftwerkes einbrachen. Ein Gurgeln ... ein Brausen ... dumpf und immer dumpfer. Mit grauenhafter Deutlichkeit vernahm er hier alle Einzelheiten der Katastrophe, die sich dort abspielte.

Jetzt erreichten die Wasser dort oben das Mikrofon. Überschwemmten es, verdarben es. Der Apparat lag tot und stumm.

Der Ingenieur preßte die Fäuste in die Augen. Er fürchtete, wahnsinnig zu werden ... schon zu sein. Das brennende Licht. Strom. Woher der?

»Eine Stunde!« hatte die unbekannte Stimme gesagt. »Eine Stunde gebe ich euch Strom.«

Seine Augen hingen an dem großen Schalthebel.

Generalalarm?

»Eine Stunde gebe ich euch Strom.« Als ob die Stimme nochmals ertönt wäre. Da riß er den Hebel herum, stürzte aus dem Raum. Dort ... kam dort nicht ein Mann auf den Hof gestürzt ... ein zweiter ... ein dritter nach ihm? Leute vom Kraftwerk, die hierhergestürzt kamen. Vom rasenden Lauf erschöpft, durch die Katastrophe erschüttert und verwirrt, kamen sie daher. Mit aufgerissenem Mund, mit erhobenen Händen taumelten sie auf den Ingenieur zu.

Was ist hier? Strom? Das Kraftwerk zerstört? Von den entfesselten Wassermassen überflutet. Alles in dunkler Nacht.

Hier Kraft?! ... Licht?! Ein unfaßbares Wunder.

Der Ingenieur lief zum nächsten Schacht. Da schnellte gerade die Förderschale empor. Aus ihren Türen entquoll der erste Satz der Belegschaft.

Der Hebel für den Generalalarm. In der Sekunde war er herumgerissen, flammten an hundert Stellen tief unten in den Gruben die roten Lampen auf, schrillten die Glocken, die alles Lebendige zu den Förderschalen riefen.

Rastlos arbeiteten die Maschinen. Schwer beladen kam Korb um Korb zutage. Schwarz quoll es aus den Schächten. Schwarz wimmelte es bald auf dem Zechenhofe.

Immer größer die Menge hier, im wildem Aufruhr durcheinanderwogend, schreiend. Die Zeit verrann. Eine Viertelstunde nach der anderen. Der letzte Korb! Der letzte Mann der Belegschaft gerettet!

Wenige Minuten noch ... die Stunde war um! Finsternis ... tiefste Nacht. Sekundenlange Stille unter den Tausenden.

Ein gellender Schrei aus dem Munde des Ingenieurs durchbrach sie.

Wie vom Blitz getroffen war er zusammengebrochen.

»Ich will es versuchen!« Mit diesen Worten war Eisenecker aufgesprungen und in den Nebenraum gegangen. Der Oberst Gonzales blickte ihm erstaunt nach. Was wollte der Deutsche? Er hörte ihn sprechen ... in das Telefon offenbar. Hörte einzelne Worte, konnte aber den Sinn nicht verstehen. Ein Lichtschein ließ ihn aufblicken. Es zuckte in den Lampen, und dann brannte das Licht wieder.

Eisenecker kam zurück.

»Also doch nur eine vorübergehende Störung im Kraftwerk, Don Frederego.«

»Nein, Señor, das Kraftwerk von Rallain ist vollkommen zerstört!«

»Unmöglich, Don Frederego ... wie könnten dann die Lampen brennen?«

»Ich gab den Strom!«

Iversen hatte geendet. Mette, die neben ihm im Sande lag, richtete sich auf. Reichte Iversen die Hand.

»Dank, Malte, tausend Dank.« Ungehemmt ließ sie die Tränen über ihre Wangen fließen. »Seit Monaten die erste frohe Stunde. Wenn Sie wüßten, wie schwer ich litt seit dem Tage, wo ich unfreiwillig Zuhörerin Ihres Gesprächs mit meinem Vater war. Das ganze Verhalten meines Vaters ... wie gut und schön Sie es entschuldigen. Ich selbst vermag es nicht so, vermag nicht Ihre Gründe mir zu eigen zu machen. Und auch das, was Sie über Eisenecker sagten, wie Sie ihn verteidigten ...«

»Eisenecker ... kennen Sie Friedrich Eisenecker?«

Mette wandte den Kopf zur Seite, schaute lange über die weite blaue Fläche.

»Ja ... ich kenne ihn, kenne Friedrich Eisenecker ... Es war zu der Zeit, als Warnum aufgebaut wurde, er dort tätig war ...«

Und dann erzählte sie ihm leise, tonlos, die Geschichte jenes Sommers.

Sie hatte geendet.

»Mette«, er reichte ihr die Hand, drückte sie fest. »Alles wird noch gut werden. Diese beiden Männer, jeder eine Herrscher-, eine Kraftnatur, nur erfüllt von dem Gedanken an ihre Arbeit, ihr Ziel, Gegner heute noch ... einer, der die Segel streichen muß, einer, der

Sieger sein wird ... Eisenecker wird es sein. Bei ihm der höhere Geist, die größere Kraft, er der stärkere Mann. Und du, du wirst dem Sieger folgen, wenn er kommen wird, dich zu holen. Du vergaßest ihn nicht. Er! Der Mann, in dessen Leben die Liebe nur einmal tritt, der Mann, der nicht vergißt.« Er ergriff ihre Hand, küßte sie. »Wer könnte Mette Harder vergessen?«

»Ah, treffen wir Sie hier, wir suchen Sie so lange schon am Strande.«

Iversen schaute empor. Zwei Damen vor ihm. Mit Mühe unterdrückte er einen Ausruf des Erstaunens. Die beiden blonden Damen aus dem Villenvorort von Madrid. Mit einem Sprung war er hoch, half Mette auf.

Nur mit halbem Ohr hörte er die vorstellenden Worte Mettes. Seine Augen hingen an der jüngeren der beiden.

Modeste von Karsküll, so hieß sie also?

Jolanthes Blick ruhte lange und forschend auf ihm. Kaum, daß sie auf das Geplauder Mettes achtete, die neben ihr herschritt. Sie richtete ihre Aufmerksamkeit auf das lebhafte Gespräch, das zwischen Iversen und Modeste sich entsponnen.

»Und Sie erkannten mich auch wieder, gnädigste Baronin?«

»O gewiß, Herr von Iversen. Halfen Sie mir doch so freundlich, meinen Paß zu suchen. Sie wurden auch natürlich bald entlassen.«

»Gewiß.« Es schwebte Iversen auf der Zunge, seine nochmalige Verhaftung zu erzählen, doch irgend etwas hieß ihn schweigen.

Da kam es von Jolanthes Lippen zurück.

»Ah, Sie waren auch in diesen Tagen in Madrid?«

»Jawohl, meine Gnädigste, und hatte dort das Vergnügen, mit Ihrem gnädigen Fräulein Schwester auf der Straße verhaftet und zur Polizeiwache gebracht zu werden.«

»Weshalb Sie natürlich Madrid in schlechter Erinnerung haben, Herr von Iversen.«

»Nun ja«, erwiderte er lächelnd, »angenehm war meine Situation gerade nicht.«

»Nun, Sie konnten sich doch legitimieren, Sie hatten doch Ihren Paß.«

»Gewiß, aber hm ...«

»War er nicht in Ordnung, oder als was reisten Sie?«

»Ich war ... ich hatte einen Auftrag für ein großes deutsches Blatt, ein paar Zeitungsberichte über Madrid zu bringen und die dortigen Verhältnisse.«

»Ah, Sie sind Korrespondent, Journalist.«

»Hm, nur so mal bei Gelegenheit, nicht gerade von Beruf. Beruf ... Mette, du weißt ja, versuchte mich so in allerlei Berufen schon.«

In lebhafter Unterhaltung erreichten sie die Strandbrücke. Hier trennten sich ihre Wege.

Beim Abschied. Jolante fragte: »Sie bleiben wohl längere Zeit hier, Herr von Iversen? Werden Sie unseren Ausflug auch mitmachen?«

»Was für einen Ausflug, Baronin?«

»Ah, Sie wissen von nichts ... Wir alle wollten morgen einen Ausflug in die baskischen Berge machen zu dem berühmten Schäfer Arriava.«

»Schäfer? Arriava? Nie gehört. Was ist mit dem?«

»Nun, der Mann ist doch bekannt durch seine prophetische Gabe.«

Iversen zuckte die Achseln und verzog den Mund.

»Gnädigste Baronin, sind Sie auch sicher, daß seine Prophezeiungen nicht post festum kommen?«

»O nein, Sie irren, Herr von Iversen. Der Mann, das steht fest, hat des öfteren anderen gegenüber von der Zukunft gesprochen, die ihm in Träumen sich offenbart.«

»Und die Träume sind auch richtig in Erfüllung gegangen?! Das noch am Ende des 20. Jahrhunderts!«

»Lachen Sie nicht zu früh, Herr von Iversen. Vielleicht, daß Ihre Ungläubigkeit schneller bekehrt wird, als Sie denken.«

»Selbstverständlich, ich werde mitkommen. Wäre es auch nur, um einen schönen Stoff für einen Zeitungsbericht zu haben.«

Am 18. August brachten die europäischen Zeitungen an hervorragender Stelle die folgende Nachricht:

Bern, den 17. August. Heute vormittag um 11.30 Uhr begab sich der maurische Geschäftsträger zum Minister des Äußeren und übergab dem Minister die nachstehende Note:

Die Regierung Seiner scherifischen Majestät lehnt es ab, der Einladung zu einer neuen Versammlung der römischen Konferenz Folge zu leisten. Nach dem bisherigen Verlauf dieser Verhandlungen kann die Regierung Seiner scherifischen Majestät nicht zu der Überzeugung gelangen, daß die Wiederaufnahme zu einem glücklichen Resultat führt.

Sie kann sich der Ansicht nicht verschließen, daß auf europäischer Seite der ernsthafte Wille fehlt, den Verhandlungen einen Abschluß

zu geben, der die völlige Wiederherstellung freundschaftlicher Beziehungen zwischen den beteiligten Staaten gestattet.

Die offizielle Telegrafenagentur meldet hierzu eine Stunde später:

Die Erklärung Mauretaniens kommt der europäischen Staatsregierung völlig überraschend. Die europäische Regierung wird nicht verfehlen, bei der mauretanischen Regierung Aufklärung zu fordern. Es erscheint der europäischen Staatsregierung undenkbar, daß die mauretanische Regierung damit die ständige Besetzung Nordspaniens oder gar die Annexion aussprechen will.

Kurz vor Schluß der Redaktion ging folgendes Manuskript der Telegrafenagentur ein:

Die Notiz eines hiesigen Mittagsblattes, daß die so plötzlich veränderte Sprache der scherifischen Regierung aller Wahrscheinlichkeit nach darauf zurückzuführen sei, daß der Apparat von maurischer Seite geraubt sei und sich im Besitz der maurischen Regierung befindet, dürfte jeder Begründung entbehren.

Am nächsten Tag ein neues Telegramm der offiziellen Agentur:

Die gestrige Abendmeldung der Agentur ist leider durch einen Übertragungsfehler entstellt worden. Die Erklärung der Agentur lautet natürlich:

Die Behauptung, daß der englische Apparat in maurischer Hand sei, *entbehrt* jeder Begründung.

Der starke Kraftwagen Harders rollte die Landstraße entlang, die von Bayonne aus dem Laufe der Nive folgt. In hundert Windungen und Krümmungen eilt der reißende Bergstrom zu Tale, bis er dicht bei Biarritz das Meer erreicht. Bald zu seiner Rechten, bald zu seiner Linken, ihn oft auf kühnen Brückenbogen überschreitend, dringt die Straße in das Gebiet der Hochpyrenäen ein. Majestätische Berge zu beiden Seiten des Weges. Die Gipfel schon stellenweise mit ewigem Schnee bedeckt. Tief unten im Tal grünglasig schimmernd die wirbelnden Wasser der Nive. Über dem Ganzen der Azurhimmel Südfrankreichs. Bezaubernd die Landschaft, verlockend die Fahrt.

Im breiten Fond des Wagens Mette Harder. Zu ihrer Rechten Modeste von Karsküll. Auf den Vordersitzen Harder und Iversen.

Enger wurde jetzt das Tal. Steiler und schroffer traten die Gebirge zusammen, in schäumenden Kaskaden stürzten die Wasser der Nive über gewaltige Felsblöcke.

Iversen warf einen Blick auf die Uhr.

»Noch etwa zehn Minuten, Herr Harder, dann dürften wir am

Ziele sein. Ich bin neugierig, was der Wundermann uns erzählen wird.«

Harder kräuselte spöttisch die Lippen.

»Dieser Besuch ist eine Laune meiner Tochter, Herr von Iversen. Noch genauer gesagt, eine Idee der Baronin von Karsküll. Die Baronin machte zuerst den Vorschlag. Sie erzählte so viel von dem Wundermann, bis auch Mette ihn durchaus kennenlernen wollte. Und als sie mich dann endlich breitgeschlagen hatten, als der Ausflug beschlossen war und der Wagen vor der Tür stand, hielt sie ein wichtiges Telegramm in Biarritz zurück. Erbschaftsangelegenheiten, wenn ich richtig verstand. Die beiden anderen Damen wollten den Ausflug nicht aufgeben. Meinetwegen. Ich für meine Person habe für diese modernen Propheten und Wundertäter sehr wenig übrig.«

Iversen zog ein Zeitungspapier hervor.

»Es kann doch ganz interessant werden, Herr Harder. Haben Sie den letzten Aufsatz im Miroir de Bayonne gesehen?«

Er faltete das Blatt auseinander und deutete auf eine fettgedruckte Überschrift: Arriava, der wunderbare Seher von St. Jean le Miracle.

Harder lachte.

»Warum schreiben sie nicht lieber der wunderbare Schäfer. Ich habe es mir in Biarritz sagen lassen. Es ist ein alter verschrumpfter Baske, der hier oben in der Nähe von St. Jean seine Schafe hütet und daneben den Leuten allerlei unkontrollierbare Sachen erzählt.«

Iversen gab seiner abweichenden Meinung Ausdruck.

»Ich glaube, Herr Harder, so einfach läßt sich die Sache doch nicht abtun. Der Aufsatz hier führt eine Reihe von Fällen an, in denen die Prophezeiungen des Mannes ganz merkwürdig eingetroffen sind.«

»Mir fehlt der Sinn für solche Dinge, Iversen. Das zweite Gesicht. In meiner westfälischen Heimat spukt das schon immer.«

Er machte eine abweisende Handbewegung. Iversen lachte.

»Warten wir es ab, Herr Harder, vielleicht gelingt es dem Sieur Arriava, Sie zu bekehren.«

Nach einer letzten steilen Serpentine erreichte der Wagen St. Jean und hielt auf einem kleinen Platz zwischen den wenigen Häusern des Fleckens.

Ein Eingeborener wies ihnen den Weg, einen schmalen, steinigen Fußpfad den Berghang hinan. Sie mußten hintereinander gehen, sorgfältig auf den Weg achten, um nicht fehlzutreten. Dazu die Hitze des Augusttages. Öfter als einmal blieb Harder stehen und trock-

nete sich die Stirn. Jetzt endlich war das Ziel erreicht. Eine ärmliche Hütte, roh aus aufeinandergeschichteten Feldsteinen errichtet. Ein fließender Brunnen daneben, der seinen Strahl in eine steinerne Tränke fallen ließ. Weidende Schafe an den Hängen. Ein Hund, der sie umsprang.

Auf der Bank vor der Hütte ein steinalter Mann. Bastsandalen an den Füßen, die Unterschenkel mit Fellen und Riemen umschnürt, den breiten baskischen Hut auf dem Kopf, einen verwitterten ausgeblichenen Mantel trotz Sommerhitze um die Schultern.

Iversen trat näher und grüßte in französischer Sprache. Regungslos, wie geistesabwesend blieb der Alte sitzen. Nur ein paar unverständliche baskische Worte kamen von seinen Lippen. Harder zuckte die Achseln.

»Unsere Expedition läßt sich nicht sehr aussichtsvoll an, Iversen.«

Noch bevor Iversen antworten konnte, trat ein jüngerer Mann aus der Hütte. Auch er in der Hirtentracht der Basken. Der sprach ein erträgliches, wenn auch mit zahlreichen baskischen Worten gemischtes Französisch.

»Sie wünschen zu hören, was Arriava Ihnen zu sagen hat. Sie müssen einzeln an ihn herantreten, ihm in die Augen sehen ...«

Wer sollte der erste sein, der es unternahm? Ein Streit erhob sich in der Gesellschaft. Keiner wollte. Iversen versuchte ihn zu schlichten.

»Die Damen zuerst! Bitte, gnädiges Fräulein, wer von Ihnen will den Vortritt nehmen?«

Auch hier noch ein kurzer Streit, bis Modeste von Karsküll entschlossen vortrat. Sie versuchte den Alten anzuschauen und sah in leere, glanzlose Augen, die wesenlos über sie hinwegblickten. Wohl eine Minute stand sie, dann begannen die Lippen des Greises sich zu bewegen. Baskische Worte. Der Jüngere daneben übertrug sie in das Französische.

»Ein Großer ... ein Mächtiger ... dunkel sein Gesicht. Er begehrt dich. Du fliehst ihn. Er läßt dich nicht. Hüte dich, wenn dein Weg sich wieder mit dem seinen kreuzt.

Gefahren werden dich umgeben. Dann wird er kommen, der dich aus den Flammen löst. Ihm wirst du folgen ...«

Der Alte schwieg. Vergebens wartete Modeste von Karsküll, vergebens warteten die anderen auf ein weiteres Wort.

Harder lachte leise in seinen Bart.

»Jungen Mädchen die Myrthe zu versprechen ... dazu bedarf es

keiner besonderen Sehergabe. Bitte, Mette, laß dir die Gelegenheit nicht entgehen. Laß dir auch den Myrthenkranz versprechen.«

Mette Harder trat vor den Alten hin, sah und blickte auch in dieses tote Auge.

Die Antwort kam schnell und war kurz.

». . . eine blühende Myrthe . . .«

»Bravo! Gut gemacht, alter Schäfer!« Harder lachte es heraus.

Mette hängte sich an den Vater, eine helle Röte auf ihren Wangen.

»Nun, du, Vater! Jetzt mußt du! Du bist der nächste.«

Mit leichtem Zwange schob Mette ihren Vater vor den Alten hin. Einmal in diese Stellung gedrängt, versuchte Harder, dem Schäfer in die Augen zu sehen. Jetzt eben noch glanzlos leer, jetzt wieder ein kurzes Blitzen darin.

»Ich sehe ein Feuer. Ein großes Feuer auf dem Meer. Es brennt . . . es kocht . . . es verschwindet . . .«

Langsam Wort für Wort wiederholte der Jüngere französisch, was der Alte in baskischen Lauten sprach. Harder war erblaßt.

»Weiter! Weiter . . . Continuez!« Er stieß es hervor. Der Alte sprach langsam weiter, der Jüngere verdolmetschte.

»Ein anderes Feuer, ein großes Feuer im Süden.«

Vergebens wartete Harder auf mehr. Der Alte war zu Ende.

Als letzter blieb Iversen. Der trat jetzt vor, tat wie die anderen, blickte den Alten an. Aber der hatte die Augen geschlossen. Sah Iversen nicht mehr, sprach wie im Traume weiter.

»Ich sehe . . . ich sehe Krieger von den Bergen steigen . . . ich sehe Flucht . . . Flucht nach Süden . . . sie fliehen . . . sie fliehen über das Meer . . .«

Er wollte noch weitersprechen. Da, ein furchtbarer Krach, dem langrollender Donner folgte. Alle waren zusammengefahren.

Was war das? Kein Wölkchen am Horizont. Stahlblau der Himmel. Ein Gewitter? Eine atmosphärische Entladung oder eine Explosion? . . . Eine Sprengung?

Eisenecker und Gonzales schritten der Grenze zu.

»Hoffentlich ist die Luft rein, Don Antonio. Ich fürchte . . . Ihre häufigen Besuche bei mir . . . einmal werden Sie den Grenzwächtern doch in die Hände fallen.«

»Keine Angst! Ein Hirt zeigte mir einen neuen Pfad. Zwar etwas halsbrecherisch, aber unbedingt sicher. Doch wie wäre es jetzt?«

Er sah sich um.

»Wir sind weit genug von ›Mon Repos‹ und bewohnter Gegend entfernt. Die Probe, die Sie mir versprachen!«

»Ich bin bereit! Ein Ziel!«

Er schaute sich um. »Wo wäre eins?«

Der Oberst suchte mit einem Feldstecher die Gebirgshänge ab.

»Da! Dort! Die Felswand! Sie liegt in vollem Sonnenlicht. Eine Bergziege weidet daran ... Dort ... zu weit! Unmöglich, ein Geschoß zielsicher dort hinzutragen.«

Eisenecker nahm den Feldstecher, sah nach der Wand. Ließ das Glas sinken.

»Zu weit! Können Sie immer noch nicht verstehen, Don Antonio, daß dieses Wort für meine Waffe nicht gilt? Nehmen Sie das Glas, sehen sie dorthin.«

Er selbst nahm ein Militärgewehr von der Schulter, lud es mit einer Patrone, die sich äußerlich in nichts von der üblichen Munition unterschied.

»Jetzt passen Sie auf!«

Er legte an.

»Nun, was wollen Sie tun?«

Gonzales trat neben ihn. »Die Ziege für das bloße Auge unerkennbar! Selbst im Glas nur ein winziger Punkt.«

»Winzig? Eine Fläche von hundertsechzigtausend Quadratmeter? Die ungefähre Mitte davon! Es genügt.«

Er legte das Gewehr an, zielte lange, schoß. Der kurze blecherne Ton des Mündungsknalles. Sekunden verstrichen ... Da blitzte es dort drüben an der Felswand auf. Sekundenlang stand sie in bläulichem Feuer.

»Die Ziege! Sie stürzt!« Gonzales schrie es, das Glas an die Augen gepreßt. »Schon unten am Hang! Da! Sie prallt auf! Stürzt in den Abgrund.«

Er wollte sich zu Eisenecker wenden, als ein krachender Donner ihn zusammenfahren ließ. Es war derselbe Donner, der die Besucher vor der Hütte des Schäfers Arriava so jäh erschreckte.

»Da drüben an der Felswand!« Iversen deutete zu dem Berghang im Süden. »Da drüben war's! Ich sah plötzlich einen bläulichen Schimmer darübergebreitet. Zuckte wie Blitze ... nach allen Seiten!«

Harder wandte sich an den jungen Hirten.

»Ist dort eine Grube? ... Ein Steinbruch? Wird dort gesprengt?«

Der schüttelte verständnislos den Kopf.

»Nichts! Da drüben ist unzugängliches Gebirge, wo keines Menschen Fuß hinkommt.«

Harder schüttelte den Kopf.

»Sonderbar das alles!« Dann, als wolle er sich von allem Grübeln freimachen:

»Kommt! Wir wollen weiter. Noch ein ganzes Stück zur Kapelle von St. Jean.«

Sie mußten den schmalen Weg wieder ein Stück hinabsteigen, um einen breiteren Seitenweg zu erreichen, der zur Kapelle St. Jean le Miracle führte. Dort konnten sie nebeneinandergehen, und Iversen nahm die Unterhaltung wieder auf.

»Wie hat Ihnen der Wundermann gefallen, Herr Harder?«

Harder fuhr sich ein paarmal über die Stirn, bevor er die Antwort fand.

»Was weiß der alte Mann von der Insel Warnum? . . . Was kann er von Warnum wissen? . . . Nur Warnum kann er meinen . . . wenn seine Worte überhaupt einen Sinn haben.«

Iversen zuckte die Achseln.

»Es gibt Dinge zwischen Himmel und Erde, Herr Harder, von denen . . .«

»Keine abgegriffenen Zitate, Herr von Iversen! Geben Sie mir eine Erklärung für das, was wir eben hörten.«

»Wenn man es erklären könnte, Herr Harder, wäre es nicht mehr so wunderbar.«

»Es muß sich erklären lassen, Iversen. Versuchen Sie es, eine Erklärung zu geben.«

»Unmöglich, Herr Harder. Wenn ich es versuche . . . es werden doch immer wieder Worte . . . Umschreibungen . . . das zweite Gesicht . . . es findet sich öfter in der baskischen Bevölkerung. Man sagt, sie sehen weit über Raum und Zeit hinweg, sehen entfernte und zukünftige Dinge in voller Klarheit. Aber erklären . . . erklären, Herr Harder, kann man diese wunderbare Gabe nicht.«

Mit Gewalt mußte Harder den Eindruck abschütteln, den die Worte des Alten auf ihn gemacht hatten.

»Unerklärlich . . . jedenfalls unkontrollierbar. Also warten wir ab, ob die Zukunft den Worten des Mannes recht gibt. Hoffentlich verläuft der zweite Teil unseres Programms in angenehmerer Form.«

Iversen war ein paar Schritte zurückgeblieben, ging jetzt neben Modeste von Karsküll. Sah, daß auch sie blaß und erregt war.

»Gnädige Baronin, waren Sie mit ihrer Prophezeiung zufrieden?«

Eine Minute verging, bevor Modeste antwortete.

»Es ist wunderbar, Herr von Iversen ... nein, nicht wunderbar, es ist furchtbar. Wie kann der Alte das alles wissen?«

»Was ist Ihnen, was haben Sie, Modeste?« Mette Harder stellte die Frage. »Ihr Orakel, nehmen Sie es so ernst? Es scheint ja fast, als ob der Alte richtig orakelt hat. Sieh da!«

Modeste wandte die Augen von Mette zur Seite. Da traf ihr Blick den Iversens, der wie in stummer Frage auf ihren Zügen haftete. Eine dunkle Röte schoß ihr ins Gesicht.

»Ach, es ist ja alles Scherz, Mette! Lassen wir das alles!«

Während sie so sprach, war Harder mit schnelleren Schritten vorgegangen. Seine Gedanken gingen von dem Schäfer nach Warnum, hin und her. Wie ein Zwang lag es auf ihm. Vergeblich suchte er sich davon freizumachen. Nur Warnum konnte mit der brennenden Insel gemeint sein.

Er erbebte bei dem Gedanken, daß die dort, folgend seinem Gebot, mit allen Mitteln zum Ziele strebend ... die Feldstärken steigernd ... zur Katastrophe? ... zweihundert Menschenleben verloren ...

Ein eisiger Schauer durchrann ihn. Fernsteuerung ... dieses Wort? Immer wieder kam es von seinen Lippen ... Fernsteuerung! Dann wenigstens kein Menschenleben gefährdet. Noch heute sollte der Befehl abgehen.

Der Weg führte jetzt über ein fast ebenes Gelände. In der Nähe wurde die kleine Kapelle sichtbar, die das Ziel dieses Ausfluges bildete. Ein schmächtiger, altersgrauer Bau. Iversen suchte die gedrückte Stimmung zu verscheuchen, die der Besuch bei Arriava wenigstens bei zwei Mitgliedern der kleinen Gesellschaft hervorgerufen hatte. Er begann von der Geschichte der Kapelle zu erzählen.

»Die Überlieferung berichtet, daß schon römische Baumeister der Provinz Gallien die Grundmauern dazu errichtet hätten. In den Stürmen der Völkerwanderung, in den jahrhundertelangen Kämpfen zwischen Goten, Franken und Mauren waren öfter als einmal Brand und Zerstörung darüber gekommen. Doch immer wieder hatten fromme Hände den kleinen Bau hier dicht an der Grenze zwischen Spanien und Frankreich von neuem errichtet. Ein uraltes Marienbild sollten die Mauern bergen, das wie durch ein Wunder alle Zerstörungen der ewigen Grenzkriege überstanden hatte. Ein Gnadenbild, zu dem jetzt noch die Bevölkerung aus Frankreich und auch von der spanischen Seite her wallfahren ging.«

Er sprach, erzählte, wurde warm bei seiner Erzählung und merk-

te, daß auch die Stimmung seiner Zuhörer sich wieder zu heben begann.

Da plötzlich! ... Rauhe Rufe ... der barsche Befehl stehen zu bleiben. Im Augenblicke strömte es hinter Klippen und Bäumen der Umgebung hervor. Sechs Männer, der Tracht nach Basken ... baskische Räuber!

Harder stand still ... wie dumm! Wie unvorsichtig dumm von uns. Unablässig ging ihm dieser Gedanke durchs Gehirn. Hatte man nicht in den Zeitungen in Biarritz genug von der Unsicherheit an der französisch-maurischen Grenze gelesen. Wurde da nicht ständig von Räubereien und Überfällen berichtet? Wie konnte er sich nur zu einem Ausflug in diese unsichere Gegend verleiten lassen. Schwer fiel es ihm jetzt auf die Seele.

Doch es blieb nicht lange Zeit zum Nachdenken. Die Basken hatten die kleine Gruppe jetzt umzingelt. Ihr Anführer forderte sie auf, ihnen ohne Widerstand in die Berge zu folgen..

Was tun? Die Banditen bis an die Zähne bewaffnet, die Touristen ohne jede Waffe. Jeder Widerstand gegen die Übermacht zwecklos.

Der Anführer trat vor Harder hin.

»Sie sind der Generaldirektor Harder aus Deutschland?«

»Jawohl! Der bin ich! Und wer sind Sie? Was wollen Sie von uns?«

»Nun! Das wird sich finden. Vorläufig sind Sie unsere Gefangenen.«

Harder wollte aufbegehren. Der Anführer ließ ihn nicht zu Worte kommen.

»Keine unnützen Fragen! Sie werden nicht beantwortet werden. Folgen Sie uns! Nichts weiter.«

Der Trupp setzte sich in Bewegung. Die beiden Frauen bestürzt und verwirrt. Harder seinen Leichtsinn verwünschend, Iversen zähneknirschend.

Jetzt sah der, wie einer der Banditen Modeste von Karsküll am Arm packte, um sie schneller vorwärtszuziehen. Hörte, wie die grobe Berührung ihr einen Schmerzensschrei erpreßte ...

Wie ein Tiger sprang er den Banditen an, hob ihn hoch und schleuderte ihn auf den Felsboden.

Im nächsten Augenblick fielen die anderen über ihn her. Der Anführer setzte schon die Mündung seiner Waffe auf seine Brust. Da warf sich Modeste mit einem Schrei dazwischen.

»Schont ihn! Gnade!«

Der Anführer sah Modeste einen Augenblick prüfend an.

»Es ist gut!« Zu seinen Genossen gewandt, »führt ihn weiter.«
Dichter schloß sich der Trupp um die vier Gefangenen.

So schnell wie möglich ging der Marsch weiter einen Pfad hinauf in das Gebirge. Immer enger und düsterer wurde die schmale Kluft. Kein Sonnenstrahl verirrte sich hierhin. Zur Linken in der Tiefe ein tosender Bergbach, zur Rechten wie Kulissen hintereinandergeschoben Felsklippen. Feucht und schlüpfrig der Pfad in kühler Dämmerung.

Je weiter der Marsch, desto langsamer der Schritt der Frauen. Stundenlang schon waren sie unterwegs. Mette am Arm ihres Vaters, Modeste an den Iversens gehängt. Der Führer merkte, daß es bald nicht mehr weiterging. An einem Seitenpfad blieb er stehen, überlegte einen Augenblick.

Er sah die beiden Frauen, bleich, zitternd, völlig erschöpft.

»Zur Hütte Josés! Hier den Pfad hinauf! Nur noch ein kurzer Weg, meine Damen. Eine knappe Viertelstunde, dann werden Sie Gelegenheit haben, sich auszuruhen.«

Endlich war die Hütte erreicht. Sie war leer. Es war anscheinend ein altes Zollhaus, das aber nicht mehr benutzt wurde. Der Anführer stieß die Tür auf. Zwei Räume zu ebener Erde. Sonst nichts! Darin ein Tisch, ein paar morsche Bänke als einzige Ausstattung.

»Wir werden hier über Nacht bleiben. Ich würde Ihnen gern einige Bequemlichkeiten zur Verfügung stellen, wenn ich sie nur hätte. Ich selbst werde mit meinen Leuten draußen kampieren.«

»Und Essen und Trinken?« Iversen fuhr ihm in den Weg. »Sie sehen, die Damen sind völlig erschöpft.«

»Wird sofort besorgt werden«, antwortete der Anführer in beinahe höflichem Tone. Er ging hinaus und kam auch bald mit einem anderen wieder, der auf den Tisch ein Abendessen hinstellte. Kalte Küche, aber mit auffälliger Sorgfalt zubereitet und zusammengestellt. Ein Krug frischen Quellwassers dazu.

Fürst Iraklis stand vor dem Kalifen.

»Ich komme soeben von Ibn Ezer.«

»Ich sehe es an Ihren Mienen, auch ihm ist es nicht gelungen, im ersten Ansturm den Apparat zu bezwingen. Ich habe es auch nicht erwartet.«

»Und doch ist die Meldung, die ich zu bringen habe, nicht ungünstig. Er hofft, in absehbarer Zeit wenigstens hinter das Geheimnis Montgomerys zu kommen.«

Der Kalif sprang auf.

». . . absehbarer Zeit . . . Wochen . . . Monate . . . unerträglich dieses Warten auf unbestimmte Zeit.

Harder! Jolanthes Plan, die einzige Rettung, so abenteuerlich auch das ganze Unternehmen ist. Wäre es nicht Jolanthes Gedanke, ich würde mich kaum darauf eingelassen haben. Und doch wieder, wenn man den Plan scharf durchdenkt . . . vieles, was für den Erfolg spricht. Zumal Jolanthe selbst alles bis aufs kleinste geordnet.«

Eine Uhr schlug die sechste Stunde.

»Könnte schon Nachricht da sein?« fragte er den Fürsten.

»Es wäre möglich. Ich will selbst gehen.«

Abdurrhaman lehnte sich zurück, schloß die Augen.

Jolanthe! Welch ein Weib! Tag und Nacht seine Gedanken bei ihr seit jenem Abend im Madrider Schloß.

Schon seit der Zeit, da er sie zuerst gesehen, sie für ihn zu arbeiten begann, hatte sie sein ganzes Interesse gehabt. Ihre ungewöhnlichen Leistungen! Die Leidenschaft, mit der sie das gefährliche Spiel spielte. Maßloser Ehrgeiz, Machthunger, Freude am Außergewöhnlichen. Alles Eigenschaften des Mannes, der den Drang zu großen Taten in sich spürt. Nichts Weibliches schien in ihr zu sein. Kein Herz, das für Liebe empfänglich.

Es war ja auch unmöglich, wo sie alle Gefühle und Gedanken auf ihre Aufgaben konzentrieren mußte. Und wie sehr war sie doch von der Natur begnadet, Männerherzen zu entflammen. Alles schien doch in ihr vereinigt, was den Reiz des Weibes ausmacht.

Und dann . . . der Abend im Madrider Schloß. Niemals würde er das vergessen, was er sah. Wie sie vor ihm den innersten Schrein ihres Herzens geöffnet, ihre geheimsten Gedanken entblößt. Dagestanden, ganz Liebe, ganz Leidenschaft.

Da stob das Feuer zu seiner Seite, Funken um ihn sprühend. Der Bann gebrochen! Die Bezauberung gelöst . . . Und doch, er fühlte es in sich mit zwingender Gewißheit . . . ihrer beider Schicksal miteinander verknüpft mit unlösbaren Banden. Ein Weg für sie zu Sieg und Tod . . .

Fürst Iraklis trat in das Gemach. Mit frohem Gesicht, eine Depesche in der Hand.

»Darf ich lesen?« Der Kalif nickte. Der Fürst las.

»Auftrag ausgeführt. Auf spanischem Boden.«

Abdurrhaman neigte das Haupt. Der erste Schritt gelungen! Das andere? . . . Jolanthes Hand. Sie versagte nie.

Kaum berührt standen die Speisen auf dem Tisch in der Zollhütte.

Der Überfall! Die Ungewißheit ihres Schicksals ... Was würde der kommende Tag bringen? ... Waren sie in Räuberhand? ... Lösegeld von ihnen zu erpressen? Welche Gefahren noch, die ihnen drohten?

Immer wieder hatten Harder und Iversen den Frauen Mut zugesprochen, sie mit baldiger Befreiung zu trösten versucht. Nur schlecht war es ihnen gelungen. Glaubten sie selbst doch nicht fest daran. Bis endlich Harder Mette und Modeste zwang, sich auf diesem schlecht und recht zubereiteten Lager niederzulassen, um Kräfte für den anderen Tag zu gewinnen.

Er selbst mit Iversen immer wieder das Unglaubliche des Geschehens besprechend ... Räuber, die ein Lösegeld erpressen wollten? Keiner fand eine andere Antwort. Was würde der nächste Tag bringen? Wie lange würde es dauern, bis sie zurückkehren konnten?

Die Sonne war längst untergegangen. In der Hütte war es schon Nacht. Die kleinen vergitterten Fenster genügten selbst bei Tage kaum, den Raum notdürftig zu erhellen.

Versuchen, auch zu schlafen? Schlafen! Wer konnte da schlafen?

Da ... den Bruchteil einer Sekunde war's auf einmal, als wenn die Hütte in Flammen stände. In bläulich-weißen Schein alles getaucht. Dann ein fürchterliches Krachen ... Betäubt standen sie. Mit einem Schrei waren die Frauen emporgefahren.

Ein Gewitter! Ihre Worte wurden verschlungen von dem Rollen des Donners, der, sich brechend an den Berghängen, im Echo den Hall verhundertfachte.

Ein Gewitter? Immer wieder die Frage. Der Schlag mußte in unmittelbarer Nähe getroffen haben.

Iversen sprang zur Tür, rüttelte daran.

»Diese Schurken! Weshalb öffnen sie nicht? Wären sie doch selbst erschlagen!«

Mit aller Macht warf er sich dagegen. Sie wich nicht. Er versuchte ein Fenster aufzureißen ... es zerbrach unter seinen Händen.

Finsterdunkle Nacht. Der Mond verdeckt durch eine breite Wolkenwand. Er glaubte Schritte zu hören. Sie kamen näher ... zur Tür. Der Riegel wurde zurückgeschoben. Mit einem Sprung stand er neben Harder, der eben die Tür aufwarf.

Vor ihnen an den Stufen eine dunkle Gestalt. Einer der Wächter?

»Was war das? War das ein Gewitter? ... Ein Blitzschlag?«

Sie traten näher an den heran. Eine hochgewachsene Gestalt. Die Kappe des Poncho hochgeschlagen. Das Gesicht nicht zu erkennen.

»Ihr seid frei! Folgt mir!«

Die Worte im Dialekt der französischen Basken gemurmelt, ließen sie zusammenfahren.

»Frei! . . . Wir sind frei? Warum? . . . Wer ist er, der uns Freiheit gibt? . . . Die Räuber? . . . Wo sind sie?«

Er deutete hin zur Felswand.

»Sie sind tot.«

Da lagen die Sechs. Ruhig, unbeweglich. Wie in tiefem Schlaf. Das Bild! Unverständlich!

Harder schritt darauf zu. In ihre Decken gehüllt lagen sie da. Er beugte sich über den ersten, tastete ihm ins Gesicht. Er war tot. Tot auch die anderen.

»Der Blitzschlag, der sie getötet?«

Der Fremde nickte.

»Ein Gottesgericht!« rief Iversen. Eilte zur Hütte. »Fort! Fort! Wir sind frei! Der Blitz hat sie erschlagen.«

»Sie? Wer sind Sie?« Harder trat an den Fremden heran. »Was wissen Sie von denen . . . von uns?«

Der schüttelte den Kopf, als hätte er nicht verstanden. Wies mit der Hand nach Norden, zurück zur Grenze.

Iversen war mit den Frauen herangekommen. Er drängte neben den Fremden, der schon ein Stück vorangeschritten. Bestürmte ihn mit Fragen.

»Schnell, ehe die anderen kommen!« Die einzigen Worte. Dann blieb er stumm.

Der Marsch folgte demselben Weg, den sie gekommen. Bald waren sie an der Schlucht angelangt. Einen Augenblick zögerte der Fremde, als wolle er sich trennen, sie allein gehen lassen. Er warf einen Blick auf die Frauen, die müde und matt von dem doppelten anstrengenden Weg erschöpft an den Armen ihrer Begleiter hingen. Dann drehte er sich um, schritt weiter vor ihnen her.

Das Mondlicht, das immer wieder von den Wolkenbänken verdeckt wurde, ließ nur stellenweise den schmalen Pfad erkennen. Immer wieder mußte der Führer stehen bleiben, die Flüchtlinge erwarten, die ihm nur mit Mühe zu folgen vermochten . . .

Da endlich! Die Felswände zur Seite öffneten sich. Vor ihnen der Weg, der zur Kapelle führte.

Sie traten heraus. Da lag sie. Jetzt nur noch die kurze Strecke zum Dorfe, wo sie ihren Wagen verlassen. Der Fremde deutete dahin, wandte sich zur Kapelle.

Harder eilte ihm nach.

»Nicht so, bester Freund! ... Ohne unseren Dank! ... Wie könnten wir Sie so ziehen lassen, dem wir so großen Dank schulden.«

Der Fremde hob den Arm ... Abwehr ... Gruß ...?

Der Kragen des Poncho fiel durch die Bewegung zurück. Einen Augenblick traf das Mondlicht seine Züge.

»Friedrich Eisenecker!« Ein Frauenmund hatte es geschrien.

Der war davongeeilt ... im Schatten der Kapelle verschwunden.

Längst war Mitternacht vorüber. Noch saß der Kalif vor seinem Arbeitstisch. Schriftstücke vor ihm. Er las, unterschrieb sie ... mit halbem Geiste nur dabei.

Nachricht von der Grenze? Von den Gefangenen? Wo blieben sie?

Die zweite Meldung, von dem Führer Almeiras: Daß die Frauen ermüdet, er nicht weiter konnte. In einem alten Zollhaus die Nacht verbringen wolle.

Abdurrhaman hatte sofort Befehl gegeben, daß von Alpera aus Maultiere mit Tragsesseln dorthin geschickt würden, die die Gefangenen noch bei Nacht weiter ins Innere transportieren sollten. Hatte dies auch Almeiras mitteilen lassen.

Doch der ...? Hatte er die Botschaft nicht bekommen? Alle Versuche, mit ihm in telegrafischem Verkehr zu bleiben, unmöglich.

Was war passiert? Was war vorgegangen? Waren sie von französischer Seite verfolgt worden? Ihnen die Gefangenen entrissen?

Nein! Undenkbar ... unmöglich. Das würden die französischen Behörden niemals gewagt haben, selbst bei solchem Bandenüberfall die Grenze zu überschreiten.

Ein Schatten fiel vor das Licht. Sein Kammerdiener stand vor ihm, überreichte ihm eine Depesche. Hastig riß er sie auf. Vom Führer des Hilfstrupps:

»Am Zollhaus angekommen. Almeira mit Genossen tot. Die Hütte leer.«

Die Depesche zitterte in seinen Händen. Er sprang auf.

Er schrie seinen Sekretär herbei.

»Verbindung mit Jolanthe von Karsküll!«

Die Gäste des großen Hotels Esplanade in Biarritz seit Stunden schon in heller Aufregung. Der Generaldirektor Harder mit seiner Begleitung war am Morgen mit seinem Wagen in die Berge gefahren. Um sechs sollte er zurück sein. Der Wagen war nicht zurückgekehrt.

Jolanthe und der Direktor des Hotels hatten schon längst besorgt miteinander erwogen, wie dies Ausbleiben zu erklären. Hatten schließlich nach peinlichem Warten mit dem Maire von St. Jean Verbindung bekommen. Die Antwort war dort erst recht beunruhigend. Der Wagen immer noch im Orte, wartend auf Harder und seine Gäste.

Die Biarritzer Polizei in Bewegung gesetzt. Der Maire von St. Jean angewiesen, sofort Leute auszuschicken, die Verlorenen zu suchen ... alles vergeblich ... keine Spur von ihnen ... keine Erklärung, wo sie geblieben ... in Räuberhand? ... Abgestürzt? ...

Die Nacht war herangekommen. Jolante hatte sich in ihr Zimmer zurückgezogen.

Gelungen! Sie sind über die Grenze geschafft ... in seiner Hand. Unerträglich, daß ich nicht jetzt dort sein kann. Ich darf nicht fort hier. Muß die Komödie zu Ende spielen.

Sie entkleidete sich und warf sich auf ihr Lager. Griff nach einer Zeitung, suchte vergeblich, sich zu zerstreuen. Ihre Gedanken waren da drüben, wo sich jetzt der zweite Akt ihres Planes abspielen sollte. Da glühte neben ihr das Signal des Empfängers auf. Sie riß den Hörer ans Ohr. Ein Gespräch auf der verabredeten Welle im Schlüssel. Sie beherrschte ihn so, daß sie des helfenden Stiftes entbehren konnte.

Die Stimme Abdurrhamans! ... Die Hörmuschel in ihrer Hand begann zu zittern. Mit weit geöffneten Augen hörte sie, was er sprach ... Immer starrer ihr Blick.

»Die Gefangenen frei! Hierherkommen! Sobald wie möglich!«

Die Lampe erlosch. Der Hörer entsank ihrer Hand. Betäubt fiel sie in die Kissen zurück, noch unfähig, den Inhalt voll zu begreifen. Erst langsam wurde ihr die Bedeutung klar.

Und dann ... mit einem Schrei der Wut warf sie den Oberkörper vor. Ihre Hand umkrampfte die Spitzen des Nachtgewandes. In Fetzen zerriß es.

Wer war's, der das tat?

Mit dem Sprung einer Tigerin war sie vom Lager auf. Ihre Augen starrten in dem Raum umher, als suchten sie den, der das getan.

Ein Mensch? Unmöglich! Ein Gott? Ein unartikuliertes Lachen brach aus ihrem Mund. Der Mensch, der das getan ...

Einer ... viele ... einerlei ... Das Todesurteil über die gesprochen ... über den! Vertilgt, ausgelöscht mußte der werden, der es gewagt ... getan. Wie eine Rasende schritt sie in dem großen Raum

auf und ab. Unhörbar wie die Pranken einer Tigerkatze glitten ihre nackten Füße über den Teppich.

Sie stieß vor den großen Spiegel. Prallte zurück vor dem Bild, das ihr Auge traf. Das lange, blonde Haar zerwirrt, zerwühlt vom Kopf herunterhängend ... das Nachtgewand zerrissen. Arme und Brust nackt ... bloß.

Eine rasende Mänade! Sie erschrak selbst.

Kaltes Blut! ... Kaltes Blut, Jolanthe ... Das Geschehene ist nicht zu ändern. Nichts ist zu tun ... als zu wissen, wer das Spiel zerstört. Wer ihr in den Arm gefallen. Kein Versteck der Welt, wo sie ihn nicht suchen wollte. Keine Macht der Welt, die ihn retten würde.

Schlaflos verbrachte sie die Nacht. Sie lag auf dem Bett, halb bewußtlos, wie im Fieber. Der Morgen dämmerte.

Es klopfte an die Tür. Der Direktor des Hotels:

»Die Vermißten sind soeben in St. Jean eingetroffen. Fahren im Wagen fort.«

Jolanthe hatte sich aufgerichtet. Sie mußte dem antworten. Mit Mühe vermochte sie es, den Mund zu öffnen, ihre Freude kundzutun.

Der hatte noch gerufen: In zwei Stunden werden sie hier sein. War dann fortgegangen.

Sie hatte ein kaltes Bad genommen, sich sorgfältig angekleidet. Immer wieder hatte sie vor dem Spiegel ihr Gesicht studiert, bis sie keine Spur der Erregung mehr zu sehen glaubte. War dann in die Halle gegangen, hatte es vermocht, mit dem Direktor und den anderen Gästen zu plaudern.

Der Wagen war vorgefahren. Alle hatte sie in die Arme geschlossen, begrüßt. Harder den Kreis der Neugierigen, die ihn mit Fragen bestürmten, schnell durchbrochen. War mit den anderen zu ihren Zimmern gegangen. Hier hörte Jolanthe alles, was geschehen. Bald an den einen, bald an den anderen sich wendend, faßte sie schnell alle Einzelheiten zu einem geschlossenen Bilde.

»Unglaublich! Unerhört die Frechheit dieser Banditen! Solche Zustände! Wie können die geduldet werden? Mich schaudert bei dem Gedanken, was noch passieren konnte, wenn dieser rätselhafte Fremde nicht kam.

Ein göttliches Wunder, daß er gerade dort vorbeikam ... nein! Schon vorher muß er euch gesehen haben in den Händen der Banditen. Denn er fragte euch doch nicht, wie ihr hierhergekommen. Si-

cherlich hat er den Überfall gesehen, ist euch gefolgt. Darauf wartend, euch irgendwie zu Hilfe zu kommen.

Und er gab sich nicht zu erkennen, der Fremde? Vielleicht ein Feind der Banditen, der aber selbst seine Gründe hat, eine Ladung vor den Richter zu vermeiden.

Verriet nichts an ihm Stand und Nation?«

Sie schüttelten den Kopf. Nur Modeste antwortete.

»Als der Fremde ging, glaubte Mette beinahe einen Bekannten von früher in ihm wiederzuerkennen. Sah aber später ihren Irrtum ein und mußte selbst über die Verwechslung lachen.«

»Ah! Sie sahen mehr von ihm, Fräulein Harder?«

»Nein! O nein, ich sah nicht mehr als die anderen. In der Erregung durch all das, was passiert, hatte ich ein Trugbild gesehen.«

Sie tauschte einen Blick mit Iversen, der befriedigt nickte. So hatten sie es beide unterwegs verabredet.

Das unscheinbare Mienenspiel! Jolanthe hatte es gesehen. Wandte sich jetzt direkt an Mette, daß sie ihr in die Augen sah. Fragte lächelnd.

»Wer war denn der, mit dem Sie den Fremden verwechselten? Wie hieß der?«

Mette zögerte einen Augenblick. Wollte ausweichen. Doch sie entrann dem lächelnden Blick, in dem etwas Zwingendes, Bannendes lag, nicht.

»Eisenecker«, kam es halblaut von ihren Lippen, »ein früherer Angestellter der Riggers-Werke.«

»Und Sie kannten den? . . . Gut?« sprach Jolanthe weiter.

»Ich kannte ihn kurze Zeit.« Mette wandte sich ab und verließ den Raum.

Ein einfaches Gemach. Die Wände fugenloses Urgestein, als wäre es ganz in massiven Fels gehauen. Elektrisches Licht. In der Mitte auf rohem Holztisch der Apparat Montgomerys. Der Glaskasten entfernt. Frei lagen die Schaltungen zutage.

Ein Mann in mittleren Jahren saß davor, maß, notierte lange Reihen von Zahlen. Ein anderer, ein Greis, vor einer schwarzen Tafel an der Wand, die mit unzähligen Kreideziffern bedeckt war.

»Ein Fehler!«

Der Greis rief es mit zitternder Stimme. Die Kreide entfiel seinen Händen, fiel zu Boden.

»Ein Schaltungsfehler, der die Spannungen verwirrt!«

Der am Kasten war aufgesprungen, lief zu dem Alten hin.

»Wo, Ibn Ezer? Wo?«

Der deutete auf einen Punkt in dem weißen Zahlengewirr.

»Hier, Abd ul Hafis! Hier ist falsch geschaltet!«

Abd ul Hafis hielt seine Zahlentabelle daneben. Sein Auge glitt von der Tafel zu den Tabellen und wieder zurück. Jetzt fand er die Stelle, eilte zu dem Apparat zurück. Der Alte folgte langsam.

Abd ul Hafis hatte eine helle Glühlampe in den Apparat gehängt. Mit einer starken Lupe untersuchte er die verdächtige Stelle der Schaltung. Plötzlich ein kurzer freudiger Aufschrei.

»Hier, Ibn Ezer! Hier! Siehst du diesen winzigkleinen Tropfen Lötmasse?«

Ibn Ezer sah durch das Glas, nickte.

»Es ist die falsche Schaltung.«

Er trat zurück. Die beiden sahen sich an.

»Wer tat das? Wer brachte den Fehler in die Schaltung? Elias Montgomery selbst?«

»Kaum anzunehmen. Wollte er den Apparat unbrauchbar machen, hätte er ihn ganz vernichten können. Und doch! Wer könnte es sonst gewesen sein? Einer von den Gelehrten, den Physikern? Ebenso ausgeschlossen.«

»Das Rätsel möge ungelöst bleiben«, rief Abd ul Hafis. »Jetzt!« Triumphierend reichte er dem Alten beide Hände. »Jetzt wird es nicht lange dauern, bis Elias Montgomerys Apparat von Ibn Ezers Hand gemeistert. Ibn Ezer, der Erbe, der Sieger über europäische Wissenschaft!«

Der Alte wandte sich um.

»Du wolltest mir nicht glauben, Abd ul Hafis, daß die Lösung des Rätsels nur auf dieser Tafel zu finden sei. Jetzt heißt es, die richtigen Zahlen ermitteln, sie einzusetzen, und wenn die Rechnung stimmt, dann arbeitet der Apparat. Doch hüte deine Zunge, Abd ul Hafis! Den Boten des Kalifen sei diese Nachricht verschwiegen. Er wälzt große Pläne. Schwere Sorgen lasten auf ihm. Auf uns . . . auf den Apparat baut er. Seine Pläne wurzeln in diesem Gemach. Nicht eher darf er etwas erfahren, als bis uns der Erfolg ganz sicher.«

»Ist die politische Lage so gespannt, Ibn Ezer?«

Der strich sich den langen weißen Bart.

»Ist sie's nicht heute, kann sie's morgen werden.«

Auf der Düne von Baltrum erhob sich das neue Schalthaus. Massiv, in Beton gegossen. Ein trutziger Bau, viel eher einer mittelalterlichen Festung gleichend als einem modernen Haus der Technik. Aber

wohl geeignet, den wilden Winterstürmen der Nordsee standzuhalten.

In den Sälen lange Reihen schimmernder Schalter. Hunderte von Meßinstrumenten an den Wänden. Gewaltige eiserne Gestelle bis zu den hochgewölbten Decken emporragend, von oben bis unten mit Automaten besetzt, die wie von Geisterhand bewegt schalteten, Stromkreise verbanden und wieder trennten, jeden Hebeldruck, der hier auf Baltrum ausgeführt wurde, sofort als ein elektrisches Manöver nach der Insel Warnum weitergaben, deren Silhouette sich in blauer Ferne schwach vom Horizonte abhob.

In einem der Räume drei jüngere Ingenieure bei den Schaltern. Einer von ihnen las die Angaben der Meßinstrumente ab, der zweite trug sie in das Versuchsprotokoll ein. Der dritte stand jetzt müßig.

»4,8 Millionen Gauß. Keine Wärmeentwicklung, keine elektrische Spannung. Wir sind genau so klug wie vorher.«

»Sagen Sie lieber, so dumm wie vorher«, unterbrach ihn der zweite. »Jetzt haben wir das Vergnügen, nach Warnum zu fliegen und das Eisen zur Untersuchung hierherzubringen. Ich möchte nur wissen, wie der Alte auf die Idee gekommen ist, uns hier nach Baltrum zu setzen und mit Fernsteuerungen arbeiten zu lassen.«

Der erste fiel ihm in die Rede.

»Danken Sie ihrem Schöpfer, daß er die Idee endlich gehabt hat. Es ist ihm allmählich wohl doch vor seiner eigenen Gottähnlichkeit bange geworden. Sie kennen ja die Warnungen und Befürchtungen, die immer wieder . . . namentlich in letzter Zeit von sachverständiger Seite ausgesprochen worden sind. Das hat dem Generaldirektor wohl doch zu denken gegeben. Ich bin jedenfalls froh, daß es so gekommen ist.«

»Sind Sie so ängstlich um Ihr wertvolles Leben, Herr Kollege?«

»Aber ganz bestimmt. Wären wir auf Warnum geblieben, ich hätte meine Stellung kurzerhand gekündigt.«

»Aber warum denn? Was soll denn passieren? Wir haben die Feldstärke genau in der Gewalt. Wir gehen nur Schritt für Schritt vorwärts. Jedes Freiwerden von Atomenergie wird sofort durch die Apparate angezeigt. Was sollte denn da passieren können?«

Der Gefragte zuckte mit den Achseln.

»Wenn man das wüßte, brauchte man ja nicht so vorsichtig zu sein. Vielleicht haben Sie recht . . .«

»Gewiß habe ich recht.«

». . . oder Sie haben unrecht. Vielleicht geht die Entfesselung der Energie plötzlich ganz revolutionär vonstatten . . .«

»Ganz ausgeschlossen!«

»Und dann, Herr Kollege, ist es besser, wir sind hier zwanzig Kilometer davon ab.«

Das Gespräch wurde durch den Eintritt des Oberingenieurs unterbrochen. Der hatte eine Depesche in der Hand und sah erregt aus.

Die Depesche hatte er auf den Tisch fallen lassen. Einer der Assistenten warf einen Blick darauf. Es war ein brutaler Befehl Harders, die Feldstärken rücksichtslos zu erhöhen.

Der erste, der sie gelesen, schob sie den anderen zu. Sie sahen sich gegenseitig fragend an. Im Sturm vorgehen? Was kam Harder bei? Heute die Entscheidungsschlacht . . .

Ein Fieber ergriff sie. Sieg?! . . .

Vergessen Montgomery! . . . Vergessen das Rätsel: wo war sein Apparat geblieben? Anders als Montgomery wird Harder handeln. Den Sieg ausnutzen . . .

Weltwende, wenn Warnum arbeitete.

»An die Arbeit, meine Herren! Schalten bis auf fünf Millionen.«

Im Nu war jeder auf seinem Posten. Die Hände, die Hebel schalteten, bewegten, zitterten. Relais begannen zu klappern und zu schalten. Der Zeiger des ferngesteuerten Magnetometers begann schnell und immer schneller über die Skala zu kriechen.

4,8 Millionen . . . 4,9 Millionen . . . 5 Millionen Gauß. Die befohlene Feldstärke erreicht. Zitternd hing der Zeiger des Magnetometers über der Zahl.

Sie traten zu dem Oberingenieur, der vor den Meßinstrumenten stand. Mit enttäuschten Gesichtern blickten sie auf die Skala . . . Nichts! . . .

Der Sturm war mißlungen. Sie starrten auf den Oberingenieur.

Der stand blaß, die Augen zusammengekniffen . . . überlegend.

Dann. »Weiter, meine Herren! Erhöhen wir die Feldstärke . . . bis 5,2 Millionen!«

Die standen schon an ihren Schaltern. Arbeiteten.

Der Oberingenieur war vor das Magnetometer getreten. Seine Augen hingen an dem Zeiger. Der ging langsam weiter. 5,1 Millionen . . .

5,2 Millionen . . .

Der Oberingenieur prallte zurück.

In jähem Ruck raste der Zeiger des Fernthermometers über die

ganze Skala. So hart war der Anschlag am Ende, daß der stählerne Zeiger wie ein Strohhalm zerbrach. Die gleiche Erscheinung jetzt am Elektrometer, und dann fiel der Zeiger, der die Feldstärke angab, auf Null zurück.

Die Ingenieure starrten sich an, starrten auf die zerbrochenen Instrumente.

»Sehen Sie! . . . Warnum!« Einer schrie es, der zufällig durch das Fenster gesehen, und alle wandten den Blick dorthin.

Wo oben noch verschwommen blau die Umrisse der Insel am Horizonte, stand jetzt eine mächtige Wolke und wurde von Sekunde zu Sekunde immer größer, immer gewaltiger. Rauch oder Dampf? Es war von hier nicht zu unterscheiden. Schwarze Rauchschwaden schienen sich mit weißen Dampfwolken zu einem schmutzigen Grau zu mischen. Häßliche gelbe schwefelfarbige Schwaden dazwischen.

Sie standen und starrten.

Warnums Sieg . . . und Tod! Entfesselt die Energie, doch nicht beherrscht, wandte sie sich gegen den Befreier. Riß ihn mit ins Verderben.

Sie sahen, wie die gräßliche Wolke dort in der Ferne immer höher stieg, sich in der Höhe wie die Krone eines Pinienbaumes nach allen Seiten hin ausbreitete. Sahen rote Blitze in der Wolke zucken. Starrten wohl eine Minute fast, als der Donner von Warnum her an ihr Ohr schlug. Krachender, polternder, grollender Donner, der sie zwang, sich die Ohren zuzuhalten.

Noch standen sie und starrten, als es von Warnum her über die See wie eine hohe Wand herangebraust kam. Eine gigantische Flutwelle. Immer steiler, immer höher, immer drohender, je näher sie der Küste von Baltrum kam. Senkrecht wie eine grünglasige Wand lief es jetzt die Düne hinauf. Hohl wurde die Wand und weiß ihre Krone.

Dann brach die Wand. Donnernd stürzten die Wassermassen zusammen, begruben das Schalthaus bis über den Dachfirst in strudelnden, schäumenden Gischt.

Dunkel wurde es im Hause. Eine grüne Dämmerung, die kaum noch Umrisse erkennen ließ. Die Fenster brachen unter dem Anprall. Wassermassen stürzten in die Räume. Aber das Haus selbst, ein einziger in sich gefügter Betonblock, hielt der verderblichen Flutwelle stand.

Minuten verstrichen. Da wurde es wieder heller. Die Wasser der Welle begannen zu verströmen, liefen ab, füllten die Niederung hinter der Düne, hier einen weitgestreckten See bildend.

Klarer wurde die Sicht, und mit Schaudern sahen die, die hier im Schalthause auf Baltrum standen, daß Warnum ein feuerspeiender Berg geworden war. Drohend und düster hing dort die gewaltige Wolke. Unaufhörlich zuckten grelle Blitze aus ihr, unaufhörlich stießen rote Flammengarben von unten her durch die schwarzgrauen Massen. Unaufhörlich dröhnte es wie Donner einer schweren Kanonade von Warnum her über die See.

Was war geschehen? Sie wußten es alle, die hier im Schalthause auf Baltrum standen. Atomenergie war plötzlich und revolutionär freigeworden, als die Feldstärke den kritischen Punkt überschritt. Unendliche Wärmemengen mußten dort drüben plötzlich aufgetreten sein, im Augenblick noch gestaut, aber sich nun mit Gewalt freie Bahn schaffend.

Höher stieg die Wolke. Heller wurde es unter ihr, wo Warnum lag. Erst rot, dann gelb, und jetzt schon hellweiß.

Wie schmelzendes Eisen schimmerte es von der Insel her.

Sie standen, starrten und sahen. In schwerer Dünung wogte die empörte See. Jetzt zeigten sich Schaumkronen, die von Baltrum weg auf Warnum zuliefen. Eine Brise kam auf. Wurde stark und immer stärker, wurde zum Sturm und dann zum Orkan.

Von allen Seiten her strömte die Luft nach der glühenden Insel hin. Immer größer die Wogen, immer gewaltiger die Wassermassen, die der wachsende Sturm von allen Seiten her auf das glühende Eiland warf. Im Moment des Auftreffens versprühten und verdampften sie. Doch immer neue Wogen warf der Sturm in rasendem Schwall dorthin. Das unendliche Meer selbst nahm den Kampf mit dieser Glut auf.

Weiß wurde die Wolke, die eben noch schwarz über Warnum stand. Immer weiter breitete sich der milchige Nebel aus, immer stärker verhüllte er den schimmernden Glanz der glühenden Insel. Einem riesenhaften Bergkegel vergleichbar stand die Nebelbank über Warnum. Man sah es deutlich von Baltrum, wie der Orkan die Nebelmengen von allen Seiten her zusammenfegte, sie wie die weißen Haarsträhnen eines mächtigen Hauptes kämmte und in unendliche Höhen emportrug.

Weiß schimmerte von innen her der Lichtschein der glühenden Insel durch diese Dampf- und Nebelbank.

Die Stunden verrannen. Da begann das Wasser allmählich des Feuers Herr zu werden. Da endlich machte sich die kühlende, löschende Wirkung der von allen Seiten her auf das Eiland stürzenden Meeresfluten bemerkbar.

Schwächer wurde das Leuchten der Nebelmassen. Gelblicher und schließlich rötlich der Schein.

Blutrot jetzt die ganze Masse, als ginge dort im Westen die Sonne schon unter. Schwächer und schwächer der Schein. Schwächer auch der Orkan. Jetzt nur noch ein Sturm, jetzt nur noch ein Wind.

Jetzt wagten sie sich aus dem festen Schalthause heraus. Über den zerrissenen, zerwaschenen Strand hin gingen sie bis ans Meer. Zagend noch und vorsichtig schöpfte da einer eine Handvoll Wasser und fühlte, das Meer war lauwarm. Das unendliche Meer hatte den Atombrand gelöscht, hatte diese unendlichen, als Wärme freiwerdenden Energiemengen in sich aufgenommen und war auf meilenweite Entfernung hin dadurch erwärmt worden.

Der letzte Schimmer dort drüben verglomm, und die Nacht zog herauf. Ein neuer Tag kam mit hellem Sonnenglanz. Da lag es noch, Warnum, dort drüben an der Westkimme, aber es war nicht wie sonst. Kleiner, viel flacher war die Silhouette der Insel geworden. Wie abgeplattet, wie abgeschmolzen sah das Eiland von hier aus.

Ruhig wie ein Spiegel lag die See. Kaum ein Lüftchen regte sich. Da wagten sie es. Im schnellen Motorgleitboot fuhren sie hinüber. Kamen näher ... immer näher, und ihre Mienen versteinerten, ihre Blicke erstarrten.

Nichts mehr von dem, was gestern noch auf Warnum stand. Kein Turm, kein Haus, kein Baum, kein Strauch. Verschwunden alles, geschmolzen ... gefressen von der entfesselten Energie. In hartes, klares Glas verwandelt der weiße Dünensand. Glasiger Fels der ganze Strand. Eine schimmernde, flache Lavakuppe, wo früher Warnum lag, wo gestern noch das Riggers-Werk stand.

Weithin war der Donner der Katastrophe gehört worden. Bis an die Küste des Festlandes war die riesige Flutwelle gelaufen, Zerstörung ... Vernichtung mit sich tragend. Von weither hatten Schiffer und Flugschiffführer die Fackel des Brandes leuchten sehen. Von allen Seiten her schwirrte es durch den Äther. Fragen ... Gerüchte ... Vermutungen.

Sie jagten sich, überschlugen sich, stürzten die Welt in Verwirrung.

Bis die erste Depesche von Baltrum an die Riggers-Werke kam: 5,2 Millionen. Atomenergie frei. Warnum verbrannt.

Jolanthe und die Fürstin Iraklis saßen am Teetisch. Jolanthe rührte mechanisch mit dem Löffelchen in der Schale. Nur mit Mühe bewahrte sie äußerlich den Gleichmut.

»Fürst Murad muß jeden Augenblick kommen. Er ist seit gestern unaufhörlich in Bewegung. Ständig in Verbindung mit der politischen Polizei.«

Jolanthe nickte mechanisch.

»Und wann fuhren sie zur Jagd? Abdurrhaman und Ahmed Fuad?«

»Heute morgen. Sagte ich dir das nicht schon?« erwiderte die Fürstin.

Der Löffel entfiel Jolanthes Hand und klirrte zur Seite.

»Mag sein. Ich überhörte dich wohl. Zur Jagd, sagst du? Vielleicht, daß doch etwas anderes, Wichtigeres . . .«

»Ich glaube nicht, Jolanthe. Sie fuhren allein, nur in Begleitung des Jagdpersonals. Prinz Ahmed war heute morgen hier. Es war ihm sichtlich nicht angenehm, heute zur Jagd mitfahren zu müssen. Er schien Wert darauf zu legen, dich zu sprechen.«

Jolanthe zwang sich zu einem Lächeln.

»Ah! Er wollte gute Botschaft von mir hören.« Sie wiegte den Kopf. »Ich habe zwar in der letzten Zeit die Angelegenheit mit Modeste wenig betrieben. Ich habe da überhaupt nicht allzu große Hoffnung mehr.«

»Oh, Jolanthe! Das wäre aber . . .« unterbrach sie die Fürstin.

»Das Ganze müßte, wie ich Modeste kenne, anders angefaßt werden«, fuhr Jolanthe fort. »Ihr kühles Blut vermag sich nur schwer zu entzünden. Prinz Ahmed . . . wie ein Feuerbrand müßte er über sie kommen, daß sich an seiner Glut ihr Herz entflammt. Die Maske sollte er fallen lassen. Ihre Kälte muß schwinden, wenn sie den Brand in seinem Inneren schaut.

Wann sie zurückkommen, ist ungewiß?«

»Ja. Wenigstens wußte Prinz Ahmed nicht.«

Die Tür ging auf. Fürst Murad trat ein. Die Frauen erhoben sich.

»Gehen wir gleich in mein Arbeitszimmer, Jolanthe, ich habe dir vieles zu berichten.«

Stundenlang hatten sie da zusammengesessen. Zäh bestand Jolanthe auf ihrem Verlangen.

»Lebendig müssen sie in unsere Hand kommen! Besonders der eine, der Deutsche!«

»Er wird sein Geheimnis nie preisgeben, wird eher sterben.«

»Du magst recht haben. Aber was verschlägt's, ob er früher oder später stirbt. Vielleicht findet sich auch in ›Mon Repos‹ genügend Material, um damit weiterarbeiten zu können ohne ihn.«

»Ich gebe nur mit Widerstreben nach. Einen solchen Mann lebendig zu fangen! Ein ungeheures Wagnis.«

»Es muß sein!« Jolanthe schnitt ihm das Wort ab. »Und wär's auch nur, um ...« Sie sprach nicht mehr, was sie dachte ...: um den in meiner Gewalt zu sehen, der mir den ersten Stein auf meinen Weg warf.

»Vergiß nicht, immer wieder warne ich dich, die ungeheure Macht, die der Mann besitzt. Es kann doch keinem Zweifel unterliegen, daß die Rettung der Werke von Ste. Marie sein Werk war.

Ich habe im Auftrag des Kalifen mit Kapazitäten der physikalischen Wissenschaft gesprochen. Nur eine Erklärung, Atomenergie! Dieser Fall mit Almeiras und seinen Leuten. War's seine Tat? Er besäße die Atomenergie aufs höchste entwickelt. Anscheinend kaum einer, der mehr darüber weiß. Verschwindet er, niemand wird sich darum kümmern.«

»Er wird verschwinden! Wenn morgen nicht, dann später. Erst wenn ...«

Sie stand auf und schritt zum Fenster. Ihre Hände krampften sich in die Vorhänge. Erst nach einer Weile drehte sie sich um.

»Vielleicht fällt er auch im Kampf, und alle deine Bedenken sind überflüssig.«

Iversen und Modeste von Karsküll traten aus dem Hotel. Sie hatten Mette zur Kurpromenade abholen wollen. Die hatte abgelehnt.

Der Schlag von Warnum hatte den Vater schwer getroffen. Seine kräftige Natur war ins Wanken geraten, sein Zustand besorgniserregend. Vergeblich hatte Mette dem Vater geraten, einen Arzt heranzuziehen. Der hatte es schroff abgelehnt. Sie wagte es nicht mehr, den Vater allein zu lassen.

Iversen und Modeste gingen die Rue Antoine entlang. Ihre Stimmung war gedrückt. Es wollte kein rechtes Gespräch aufkommen.

»Die arme Mette! Sie hat jetzt schwere Tage«, sagte Modeste, »sie täte besser, mit dem Vater fortzureisen. Mich selbst duldet es auch nicht mehr recht hier. Wäre Jolanthe nicht notwendigerweise nach Madrid, würden wir sicher auch Biarritz schon verlassen haben.«

»Sie wollten nach London?«

»Ja. Jolanthe besitzt dort ein eigenes Haus. Viele Bekannte in der Gesellschaft. Sie erzählte mir so viel Angenehmes und Schönes darüber, daß ich eigentlich nur deshalb einwilligte, als sie mich vom Tirsenhof holte.«

»Ob Sie sich in London so wohl fühlen würden?«

»Oh! Warum? Kennen Sie die Londoner Verhältnisse?«

»Gewiß! Ich kenne sie sehr gut.«

»Was mißfällt Ihnen daran?«

»Mißfallen?« Iversen wiegte den Kopf. »Ich will durchaus nichts Ungünstiges sagen, aber ich glaube nicht, daß Sie, Fräulein Modeste, so besonderen Gefallen daran finden werden.«

»Oh, mir scheint, Sie wollen damit sagen, daß das Gänschen vom Tirsenhof auf dem glänzenden Parkett des Londoner Highlife eine schlechte Rolle spielen wird. Sie irren, Herr von Iversen.«

Iversen schaute ihr lachend ins Gesicht. »Auf die Gefahr hin, mir Ihre Ungnade zuzuziehen, ich irre mich nicht . . . wäre ein schlechter Menschenkenner.

In den nächsten Wochen beginnen in London die großen Tenniswettkämpfe um die englische Meisterschaft. Ich werde nicht verfehlen, als Zuschauer daran teilzunehmen. Ich werde dann Gelegenheit haben, Sie wiederzusehen . . . wiederzusprechen.«

»Gut! Sprechen wir uns wieder, Herr von Iversen.«

Sie waren auf der Kurpromenade angekommen. Um sie herum das bunte Treiben des eleganten Weltbades. Sie kamen am Musikpavillon vorbei.

Ein Hotelboy . . . der sich nach allen Seiten umschaute. Jetzt hatte er sie gesehen. Kam auf sie zugelaufen, schwenkte in der Hand ein Telegramm, überreichte es Modeste.

»Von Jolanthe wahrscheinlich.«

Sie traten in einen Seitenweg. Modeste riß es auf, las es. Stand still. Die Brauen zusammengezogen, einen ärgerlichen . . . ängstlichen Ausdruck in ihrem Gesicht.

»Keine gute Nachricht von Ihrer Schwester? Es geht ihr nicht gut?«

Modeste schüttelte den Kopf.

»Das Telegramm betrifft mich.« Sie sprach mit leiser, stockender Stimme.

»Sie? Was kann das sein?«

»Lesen Sie selbst!« Sie reichte Iversen das Telegramm. Der überflog die wenigen Zeilen:

»Bin gezwungen, voraussichtlich die nächsten Tage hierbleiben zu müssen. Wünsche sehr, daß Du schnellstens hierherkommst.«

»Hm!« Iversen faltete das Telegramm zusammen und gab es ihr zurück. Sein Blick ging dabei über Modestes Gesicht, die bedrückt . . . in trübem Nachdenken neben ihm herschritt.

»Ich würde es ja sehr bedauern, wenn die Tage unseres Beisammenseins ein so schnelles Ende nehmen würden ... Gefiel es Ihnen so wenig in Madrid, daß Ihnen der Wunsch Ihrer Schwester so unangenehm? Verzeihen Sie, wenn ich es ausspreche, doch verrät Ihr Gesicht nur zu deutlich die Abneigung, die Sie dagegen haben.«

Sie waren aus den Anlagen herausgekommen. Der Strand breitete sich vor ihnen aus.

»Gehen wir zu unserem Strandkorb. Wär's möglich, daß ich Ihnen in irgendeiner Weise behilflich sein könnte? Entschuldigen Sie meine Freiheit, Baronin Modeste. Ich will mich keineswegs in Ihr Vertrauen drängen ...«

Modeste wandte den Kopf zur Seite, als wollte sie ihm ihr Gesicht verbergen.

Iversen beugte sich vor. »Zürnen Sie mir?«

Er sah, wie zwei Tränen über ihre Wangen rollten. Sie schüttelte heftig den Kopf, preßte ihr Taschentuch vors Gesicht.

»Nein! Nein! Das ist es nicht.«

»Modeste!« Iversen ergriff ihre Hand. »Die höchste Bitte, die ich an Sie stellen kann. Schenken Sie mir Vertrauen. Vielleicht, daß ich Ihnen helfen könnte. Nichts, was mir mehr am Herzen läge, als Sie ... Modeste.«

Mit stillem Entzücken sah er die feine Röte, die bei seinen Worten an ihrem Nacken emporstieg.

Modeste blieb stumm. Er sah, wie es in ihr kämpfte.

»Modeste! ... Ich glaubte ... Ihr Vertrauen ...? Oh, wie mich das kränkt.«

Da wandte sie sich ihm voll zu. Ein warmer Strahl brach aus ihren Augen.

»Wie könnte ich Sie kränken wollen? ... Sie! ... Ich ... Nur zu gern möchte ich Ihnen alles anvertrauen, was ... doch ich weiß nicht, ob ich darf. Geht es doch nicht mich allein an. Jolanthe! ... Wie würde sie ... o Gott! Niemals, niemals darf ich Ihnen das sagen.«

»Ihre Schwester ... Jolanthe! Steht sie Ihnen nicht ganz zur Seite?«

»Nein! ... Nein! Sie denkt anders als ich, und ist doch die einzige auf der Welt, an die ich mich wenden könnte. Die mir am nächsten steht.«

»So wollen Sie also fahren?«

»Nein! Auf keinen Fall! Niemals wieder betrete ich Madrid.«

Widerstrebende Gefühle spiegelten sich in Iversens Mienen. Er

freute sich, daß sie bliebe, war enttäuscht, daß sie sich nicht offenbaren wollte.

Sie sah es. Ergriff seine Hand.

»Sie sind mir böse, Herr von Iversen? Nein, das dürfen Sie nicht. Wie gern möchte ich Ihnen alles erzählen ... alles ... doch es betrifft mich nicht allein.«

In schwindelnder Höhe überschreitet der Paßweg von St. Jean her aus dem Norden kommend den Kamm der Pyrenäen, um dann den Quellen des Aragon nach Spanien hinein zu folgen. Tiefe Schluchten, in die selten ein Sonnenstrahl dringt. Schäumendes Wildwasser in der Tiefe. So schmal der Pfad, daß kaum zwei Saumtiere sich auf ihm ausweichen können.

Hier ... schon auf maurischem Gebiet, ein kleines Seitental. Breit ausladend ein flacher Talkessel im grünen Schmuck üppiger Almwiesen. Ein Blockhaus auf der Wiese. Hier hauste Juan Pagano. Korporal unter Gonzales, hatte er den maurischen Krieg bis zum bitteren Ende mitgemacht. Sich dann in diese Felseinsamkeit zurückgezogen, wo er von den Erträgnissen einer Almwirtschaft lebte. Aber nach wie vor blieb der Veteran seinem alten Führer Gonzales mit Leib und Seele ergeben, und seine Hütte hier war der verschwiegene Platz, an dem Gonzales und Eisenecker sich in den letzten Wochen schon öfter als einmal gesehen hatten.

Von Norden her kam Eisenecker den Saumpfad hinab, bog jetzt in das Seitental ab und trat in die Hütte.

»Da bin ich, Don Antonio.«

Der Oberst hatte auf der Bank neben der Feuerstelle gesessen. Jetzt sprang er auf.

»Seien Sie mir willkommen, Don Frederego. Sie wünschten mich zu sehen?«

Eisenecker stutzte.

»Gewiß, mein Freund, ich hatte den Wunsch, Sie zu sehen. Doch die Einladung kam diesmal von Ihnen.«

»Von Ihnen!«

»Von mir?«

Der Oberst Gonzales zog ein Billett aus der Tasche und gab es Eisenecker. Der warf einen Blick darauf und preßte die Lippen zusammen. In der Tat eine Einladung in der neutralen und nichts verratenden Form, wie sie sie ein für allemal für diese Zusammenkünfte hier verabredet hatten. Kopfschüttelnd zog er ein ganz ähnliches

Billett hervor und legte es neben das des Spaniers. Der warf einen Blick darauf und zuckte zurück.

»Verrat?« kam es von Eiseneckers Lippen.

Der Oberst hob die Hand. »Verrat? Die Hand soll im Feuer verdorren, wenn uns einer der Unseren verriet. Wer weiß, wie sie hinter unser Geheimnis kamen?

... doch ... was sollen wir tun? Was wird geschehen? Was plant man gegen uns? Will man uns hier fangen? Sind wir umstellt, in einer Falle?«

Er sprang zur Leiter, die zum Dach führte, kletterte hinauf. Suchte mit dem Glas die Runde ab. Pagano war ihm nachgeeilt, stand neben ihm.

»Da unten!« Aus dem Tale blitzte es wie Waffen. Der Oberst schaute hin. Richtig! Da kamen sie. Nochmals ließ er das Glas durch die Runde schweifen.

Ja ... Jetzt! Da! ... Da! ... »Richtig ... wir sind umstellt. Die Falle ist zu.«

Er ging zu Eisenecker zurück.

»Sie hörten's? ... Jeder Ausweg versperrt! ... Und wir waffenlos. Ah!«

Er warf sich auf die Bank. Ein bitteres Lachen kam aus seinem Munde.

»Das das Ende? ... Alles umsonst? Und Sie ...?«

Eisenecker trat zu ihm, legte die Hand auf seine Schulter.

»Nicht den Mut verloren, Don Antonio! Bin ich doch nicht ganz waffenlos. Vielleicht, daß wir, wenn das Glück uns günstig, doch Sieger bleiben.«

»Was?« Der Oberst war aufgesprungen. »Was? ... Was ist's, was uns retten könnte? ...«

Der alte Pagano kam zur Tür hereingestürzt. »Ein Parlamentär, Herr Oberst! Ein Offizier mit einer weißen Flagge nähert sich.«

Die beiden gingen zur Tür, erwarteten ihn.

Der trat heran, grüßte.

»Im Auftrage meiner Regierung habe ich Sie zu verhaften. Das Haus ist von allen Seiten umstellt. Entrinnen unmöglich. Ergeben Sie sich gutwillig! ...

Wenn nicht, muß ich Gewalt anwenden.«

Eisenecker fragte: »Haben Sie einen schriftlichen Befehl, Herr Offizier?«

»Nein!«

»Sie wissen auch nicht, weshalb man uns verhaften will?«

»Nein! Ich führe nur den Befehl aus, der mir erteilt ist. Die Gründe sind mir unbekannt.«

»Nun, so gehen Sie zurück und melden Sie Ihrem Auftraggeber, daß wir nicht gesonnen sind, uns zu ergeben. Daß wir ... hm ... erforderlichenfalls Gegenmaßregeln ...«

Eisenecker drehte sich um und trat, von dem Oberst gefolgt, in das Haus. Der Offizier kehrte zu seinen Leuten zurück.

Unmittelbar darauf löste sich aus dem Ring des Kordons ein kleiner Trupp, der unter Führung eines Offiziers ausgeschwärmt gegen die Hütte vorging. Kurze Zeit danach begann der ganze Ring sich auf das Gebäude hin zusammenzuziehen, wurde enger und enger.

»Was wollen Sie tun, Don Frederego?« Während er die Frage stellte, blickte Gonzales zu Eisenecker hin, sah dessen Züge sich verändern. Hart der Mund. Aufeinandergepreßt die Lippen. Die Brauen drohend zusammengezogen.

Gonzales sah, wie Eiseneckers rechte Hand sich bewegte. Und plötzlich! ... Was war es? ... War es Taschenspielerei? Trotz allen Hinstarrens hatte Gonzales nicht gesehen, wie es geschah. In der vorgestreckten hohlen Hand Eiseneckers lag plötzlich ein glühender Fleck. Glühte hell und immer heller auf. Wuchs von der Größe einer Erbse bis zu der einer Kirsche. Leuchtete jetzt in grellem, blauweißem Licht.

Und jetzt! Weit aus breitete Eisenecker die Hand, bis die hohle Fläche sich nach oben wölbte. Langsam entglitt ihm die schimmernde Kugel. Rollte über die Fingerspitzen hinab und blieb in der Luft schweben. Rollte und schwebte weiter, während sie noch zu wachsen schien. Bewegte sich vorwärts.

Gonzales stand wie erstarrt. Wie fasziniert hingen seine Augen an den Kugeln, die sich in rechtem Winkel zueinander auf den Vortrupp und die Schützenlinie zu bewegten. Sie setzten ihren Weg immer noch gradlinig fort.

Jetzt hatte die erste den Vortrupp, der schon auf hundert Meter heran, erreicht. Gonzales sah es deutlich.

Ein paar wichen zurück. Einer stieß mit dem Gewehrkolben danach. Sie blieb daran hängen, schob sich wie tändelnd höher und höher. Der Soldat ließ das Gewehr fallen.

Die schimmernde Kugel blieb daran, erreichte das Eisen.

Und dann war's geschehen. Einen Augenblick alles in wabernde Lohe gehüllt. Ein furchtbares Krachen ... wie stärkster Blitzschlag ... Der Vortrupp erschlagen am Boden.

Die andere Kugel: Schon hatte auch sie die Kette der Soldaten er-

reicht. Die standen still, starr ... betäubt von dem, was da vor ihren Augen mit dem Vortrupp geschehen. Unfähig, sich zu rühren, zu fliehen.

Da war die zweite am Ziel. Einen Bruchteil einer Sekunde der ganze Ring der Soldaten ein feuriger Kreis. Aus der kleinen Kugel ein fressender Blitz, der alles dort Stehende und Lebende in eine Flamme hüllte.

Auf den Blitz der Donner! So ungeheuer die Stärke der Entladung, so gewaltig der Luftdruck, daß Gonzales gegen den Pfosten der Tür zurückgeworfen wurde, sich festklammern mußte, um nicht niederzustürzen. Betäubt, empfindungslos, die Augen geblendet, verharrte er minutenlang ...

Dann löste er seine Hände. Richtete sich auf. Sah Eisenecker mit einem entsetzten Blick an. Wankte in die Hütte, sank auf der Bank zusammen, vergrub seinen Kopf in den Händen.

Die Macht dieses Mannes! Ihm graute. Was war da geschehen? Der ...

Mit der bloßen Hand schleuderte er Tod und Verderben. Wo war die Fantasie, die das erträumt?

War das noch ein Mensch? — — Kam der vom Himmel — kam er aus der Hölle? —

Der starke gläubige Mann ... seine Finger gingen zur Brust. Er bekreuzigte sich.

War's Gott oder der Satan, der ihm das gab?

Neben ihm Pagano auf den Knien vor dem Heiligenbild ... versuchte zu beten. Nur unartikulierte Laute brachte er über die Lippen.

»Auf, Don Antonio! Gehen wir, ehe andere kommen!«

Gonzales erhob sich. Mit leichenblassem Gesicht starrte er den Freund an.

»Don Frederego!« ... Seine Stimme klang heiser, »... die Kugeln? ... Wo kamen die her? Wer gab sie Ihnen? Menschenwerk? Sagen Sie's!«

»Mein Werk, Sie Ungläubiger! — —

Doch jetzt fort hier! Raffen Sie sich auf! Wir müssen eilen.

Kein Kugelblitz mehr, den ich senden könnte. Ich wäre gänzlich waffenlos.«

»Und Sie können auch keine Vermutung aussprechen, Herr Generaldirektor, wer der Mann war, der die Tür der Zollhütte aufschloß und Sie und Ihre Leute herunter nach St. Jean geleitete?«

Harder . . . Die Hand Mettes, die seine hielt, preßte sich krampfhaft zusammen . . . er holte kurz Atem.

»Nein! . . . Wie sollte ich auch? Bin ich doch fremd . . . hier . . . erst recht in den Bergen dort.«

Der Kommissar nickte mit dem Kopf.

»So bliebe also nur die eine Annahme. Der Mann . . . ein früherer Komplice der Banditen . . . jetzt ihr Feind, hat Gründe, im Verborgenen zu bleiben. Nun! Ich hoffe, daß die energischen Schritte unserer Regierung in Madrid Veranlassung geben, alles zu tun, um diesen mysteriösen Vorfall aufzuklären.«

»Ich halte das für sehr erwünscht, Herr Kommissar. Daß solche Zustände hier im Grenzgebiet überhaupt noch möglich sind, ist ein Skandal, dem bei gutem Willen der beteiligten Regierungen bald ein Ende gemacht werden könnte.«

»Sie können versichert sein, Herr Generaldirektor, daß man unsererseits nicht versäumen wird, gelegentlich dieses unglaublichen Falles das Nötige zu tun. Doch noch eine Frage. Es wäre sehr erwünscht, wenn wir die Person dieses geheimnisvollen Retters feststellen könnten . . .

Der Mann schlug, als er Sie verlassen, den Weg nach der Kapelle St. Jean le miracle ein?«

Harder nickte.

»Hm! Daraus wäre zu schließen, Herr Generaldirektor, daß der Mann Franzose ist, oder wenigstens in Frankreich wohnt, sich hier aufhält. Einen anderen Weg über das Gebirge nach Spanien außer jenem, auf dem Sie herunterkamen, gibt es nicht in dieser Gegend.

Leider ist niemand von Ihnen in der Lage, eine einigermaßen genügende Beschreibung dieses Mannes geben zu können. Sonst wäre vielleicht seine Ermittlung, sofern er auf französischem Boden wohnt, möglich.«

Sie waren wieder in das Hotel zurückgekehrt. Harder warf sich mit mürrischem Gesicht in einen Stuhl.

»Hoffentlich war das die letzte Vernehmung! . . . Ich bin dieses ewigen Verheimlichens über. Warum soll ich nicht sagen . . . warum hast du nicht auf die Frage des Kommissars gesagt, du hättest geglaubt, in dem Fremden einen früheren Bekannten wiedererkannt zu haben. Ich zweifle nicht, daß dann die Aufklärung dieses unerhörten Überfalles schneller gelänge. Wer weiß, ob . . .?«

»Vater!« Mette schrie es fast. »Sprich es nicht aus! Der Gedanke ist deiner nicht würdig.«

Sie stand vor ihm. Das Gesicht weiß, kein Blutstropfen in ihm.

Ihre Lippen bebten. Ihr Blick suchte den des Vaters. Der mied ihn, sah brummend zur Seite.

»Weshalb wir alle den Namen Eisenecker nicht nannten? ... Iversen war es, der mir zuerst den guten Gedanken gab. Eisenecker will ... das ist klar ... will im Verborgenen bleiben. Seine Gründe kennen wir nicht, aber wir müssen sie achten. Schon allein die Dankbarkeit verlangt es. Wer weiß, wie es uns ... dir ... ohne seine Hilfe ergangen wäre.

Oder glaubst du etwa, deinet- ... meinethalben hätte er nicht gekannt werden wollen ...?«

Ein kurzes, bitteres Lachen kam aus ihrem Munde. Harder war aufgestanden, schickte sich an, das Zimmer zu verlassen.

»Es ist merkwürdig, mit welchem Interesse du diesen Mann verteidigst, Mette. Ich dächte, die Erinnerung an ...«

»Die Erinnerung an jenen Sommer in Warnum! Entsetzlich! Ja! Und doch ... mit welch namenlosem Entzücken denke ich daran. Wieder und immer wieder.«

»Mette!« Der Generaldirektor Harder hatte sich zu ihr gewandt. »Mette! Was ist dir? Die Ereignisse der letzten Tage ... du bist maßlos erregt. Diese Worte aus deinem Munde! Du? ... Du? ... Liebst den noch?«

Mette war ein paar Schritte zurückgewichen. Einen kurzen Moment vor dem drohenden Blick, der aus ihres Vaters Augen schoß, schwankte sie ... dann! Sie warf den Kopf hoch empor.

»Ja! Du sagst es. Ich liebe ihn noch immer!«

Harder stand da. Schwer atmend ging seine Brust. Dann strich er sich mit einer müden Bewegung über die Augen.

»Der! Alles hat er mir geraubt ... Nun nimmt er mir das Letzte ... dich, Mette!«

Noch stand sie da, unfähig, ein Wort der Erwiderung zu finden. Da war der Vater ins Nebenzimmer gegangen, hatte die Tür hinter sich verschlossen. Vergeblich hatte Mette daran gerüttelt, um Einlaß bittend. Die Tür blieb verschlossen.

Und dann hatte Harder allein mit sich und seinen Gedanken den schweren Kampf gekämpft. Seine Gedanken waren zurückgewandert zu der Zeit, wo Friedrich Eisenecker in seinem Laboratorium arbeitete.

Mehr als einmal hatte Eisenecker den Vorschlag gemacht, die Aufgabe auf elektrostatischem Wege zu lösen. Hatte sich erboten, die nötigen Vorarbeiten selbst zu machen. Doch er hatte die Idee ebensooft verworfen.

Aber die Idee war unbewußt in ihm hängen geblieben. Auch später, als er schon fort war, war sie immer wieder von Zeit zu Zeit lebendig geworden. Immer wieder hatte er sie zur Seite geschoben.

Der Goldklumpen! Als er ihn gesehen . . . die Analyse nachgeprüft. . . . Wie Bergeslasten hatte es sich auf ihn gelegt. Der Weg, von ihm verworfen . . . ein anderer hatte ihn beschritten! . . . War auf ihm zum Ziele gelangt!

Wer war er? Eine innere Stimme schrie es immer wieder ... Friedrich Eisenecker!

Vergebens hatte er sich dagegen gewehrt ... Der! ... Der ... mußte es sein!

Und dann hatten sie ihn gepackt, die bösen Geister. Neid . . . gekränkter Ehrgeiz . . . Haß! Kaum war er sich der Schritte bewußt gewesen, die er dann unternommen. Er hatte Malte von Iversen hinter ihm hergejagt . . . nachdem er ihn belogen.

Er hatte seinen Mitarbeitern in Warnum schnellstes Vorgehen befohlen, unbekümmert um die Gefahr. Hatte in krankhaftem Trotz sich der inneren Stimme verschlossen, die mahnte, in den Apparat sichernde Sperrkreise zu legen . . .

Der Tod Warnums . . . seine Schuld! . . . Alles die Frucht des bösen Triebes.

Und jetzt . . . was ihm bisher nur Verdacht . . . in dieser Nacht war's ihm zur unumstößlichen Gewißheit geworden, die Rettung der Werke von Ste. Marie . . . der Tod der Banditen das Werk Eiseneckers.

Und jetzt . . . verglich er sein Werk mit dem des Elias Montgomery, mit dem Friedrich Eiseneckers . . . Wie groß der! . . . Wie klein er!

Ein übermächtiger Gegner . . . unwiderstehlich, seine Macht auch, die ihm Mette nahm. Und den Mann, den er mit seinem Haß und Neid verfolgt . . . Mette . . . die liebte ihn.

Da waren die eisernen Nerven des Mannes gerissen. Dies Letzte gab ihm den letzten Stoß.

Der nächste Morgen. Des Vaters Platz am Teetisch blieb leer. Mette eilte in verzweifelter Angst zum Hoteldirektor. Der ließ die Tür öffnen.

Harder lag zu Bett. Tödliches Fieber raste in seinen Adern. Mette wich nicht von seiner Seite. Tag und Nacht. Kaum, daß sie Iversen gestattete, sie abzulösen.

Der Kranke in furchtbaren Fieberphantasien tobend . . . Friedrich

Eisenecker! ... Der Name. Bald laut geschrien, bald geflüstert kam er von seinen Lippen.

Der Kampf der Nacht! ... Im Fieber wiederholte er sich in fürchterlichster Weise ... daß, die an seinem Bette saßen, erstarrten vor Furcht und Schmerz ...

Der Kampf war schwächer geworden ... die Kräfte Harders erlahmt. Der Name kam immer noch von seinen Lippen ... Doch jetzt lallend ... bittend ..., daß denen die Herzen mitbebten in Leid und Jammer.

In einer verzweifelten Stunde war Iversen zu Mette getreten.

»Nur einer, der uns helfen kann, Mette. Eisenecker! Ich suche ihn!«

Das Rätsel von Montgomery-Hall gelöst! Diese Worte mit Fragezeichen ... mit Ausrufungszeichen am Kopf der Zeitungen. Der Apparat in Spanien!

Kein Zweifel mehr, nachdem trotz strengster Pressezensur die Nachricht von dem rätselhaften Tod der 300 maurischen Soldaten in die europäischen Zeitungen gelangt war.

Der einzige überlebende Augenzeuge dieses Ereignisses ein Soldat, der wegen einer Fußverletzung dem Marsch der anderen nicht hatte folgen können und ein Stück zurückgeblieben war. Er hatte das Fürchterliche aus der Ferne gesehen. Sinnlos vor Furcht und Schrecken war er davongestürzt, hatte es hie und da Landsleuten, die ihm begegneten, erzählt, bevor er zur nächsten militärischen Stelle kam.

Ste. Marie aus Chaines. Der rätselhafte Tod der sechs Banditen, die den Generaldirektor Harder geraubt, der Tod der dreihundert maurischen Soldaten, – die Kette geschlossen, keine andere Erklärung, der Apparat Montgomerys hatte hier gearbeitet.

Einige auch, die den mysteriösen Vorfall bei der Notlandung der ›Potomac‹ im ewigen Eis mit dem Apparat Elias Montgomerys in Verbindung bringen wollten. Doch dann wäre ja der Apparat an Bord der ›Potomac‹ gewesen, die an jenem Tage in Hamburg aufgestiegen und ohne Zwischenlandung auf dem Wege nach Amerika war. Der oder die Räuber dann also Europäer. – Wann ... wo hatten sie das Geheimnis Montgomerys ergründet? Und warum dann mit dem Apparat nach Amerika? ... Warum später mit ihm nach Spanien? Hier versagten alle Erklärungsmöglichkeiten.

War das große Rätselraten über den Verbleib von Montgomerys Apparat beendet, so begann jetzt ein neues, die Köpfe und Sinne al-

ler noch mehr erregendes, verwirrendes. Wer — — — wer — — — hatte ihn, wer hatte sein Geheimnis gelöst?

Ein geringer Anhaltspunkt. Diese dreihundert maurischen Soldaten hatten den Auftrag gehabt, einen früheren Oberst der spanischen Armee, Antonio Gonzales, in der Hütte eines Almbauern Pagano zu verhaften.

Sollte der Oberst Gonzales es sein, der den Apparat besaß? — Wenn nicht er selbst, dann vielleicht mehrere andere mit ihm zusammen? Noch während man über diese Möglichkeit stritt, kam die Bestätigung. Die maurische Regierung veröffentlichte in allen Zeitungen, an allen Orten des Landes eine Bekanntmachung, wonach auf den Kopf des Obersten Gonzales ein Preis von einer halben Million Peseten ausgesetzt wurde. Europa, die ganze Welt ein Gedanke nur: Wann würde der Schleier, der über diesen geheimnisvollen Vorgängen schwebte, sich lüften?

»Unerträglich diese peinigende Ungewißheit, fast raubt sie mir die Arbeitskraft. Ich kann, will es nicht glauben, daß noch ein anderer, ein Größerer lebt, der das Problem löst.«

Der greise Ibn Ezer schüttelte den Kopf. »Keine andere Möglichkeit, Abd ul Hafis, vergeblich wehrst du dich gegen den Gedanken, ein anderer, ein Größerer lebt, der das Geheimnis beherrscht. Auch der Kalif nicht mehr im Zweifel —«

»Der dann unser Feind! — Was wird die Zukunft bringen?«

»Wer weiß es, Abd ul Hafis — — Doch jetzt weg mit diesem unfruchtbaren Grübeln und Sorgen«, er war aufgesprungen, reckte die gekrümmte Gestalt hoch empor, sein Auge blitzte, »zu unserem Werk, mit all unseren Kräften. Großes ist uns schon gelungen, Größeres wird uns gelingen, so Allah uns gnädig — und uns Zeit gönnt.«

Er stand an dem Apparat. Seine Rechte glitt über Hebel und Knöpfe. Grünlichbläulich flammte es auf. In knatternden Funken suchte die hochgespannte Elektrizität, die dem Apparat entströmte, durch die Luft hin ihren Ausgleich.

»Unbegreiflich, daß weder die englischen Physiker noch Harder an den sichernden Sperrkreis gedacht.«

»Sie alle waren Elias Montgomery nicht ebenbürtig, — deshalb nicht würdig, Montgomerys Erbe zu heben. Ibn Ezer, er allein der Würdige.« Er beugte sich und küßte ihm den Saum des Gewandes.

Mette Harder stand auf der Terrasse des Hotels. — Der Vater schlief. Ihre Augen gingen nach Süden. Schon seit zwei Tagen war

Iversen fort. – Würde er ihn finden, Friedrich Eisenecker? – Der, was wollte der dort in den Bergen? Warum gerade dort? . . . Ihre Gedanken weilten bei dem. Sie ließ sich in einen Korbstuhl nieder, schloß die Augen – – –

Ein Wagen rollte an der Terrasse vorbei. Jetzt hielt er jäh. Der Sand stob unter den festgebremsten Rädern. Sie sah auf. Einer stieg aus, winkte, kam auf sie zugeeilt. Sie sprang auf.

»Sie sind's, Malte?! . . . Sie bringen Gutes?!«

Iversen schob die Lederkappe zurück von der erhitzten Stirn.

»Ja, Mette, es ist mir gelungen . . .« Er reichte ihr den Arm und führte sie zu der Bank zurück. »Ja, Mette, soweit wär's gelungen. In einem kleinen Schlößchen, fast eine Ruine, tief in den Bergen, haust Friedrich Eisenecker. Fast hätte ich es gewagt, bei ihm einzudringen, ihn zu bitten, mit mir zu kommen. – Doch die Furcht, daß er meine Bitte abschlüge . . . ich ihn gar damit verscheuchte, hielt mich noch im letzten Augenblick ab.«

»Ah, Malte! Sie verharren dabei, daß ich mitgehen muß? Ich ihn bitten muß, zum Vater zu kommen?«

»Unbedingt, Mette!«

Sie waren aufgestanden, an die Balustrade getreten. Sie kämpfte innerlich einen schweren Kampf. Immer wieder bebte sie vor dem Schritt zurück . . . der doch unvermeidlich schien.

Die beste Hilfe für den Vater – der einzige Weg, ihm Ruhe zu schaffen von den quälenden Gedanken. – Eisenecker!

Iversen war zu ihr getreten.

»Sie müssen sich entschließen, Mette. Ich kann durchaus begreifen, daß es nicht leicht sein wird, den Mann zu bitten, der im bösen von Ihnen schied.

Und heute noch! . . . Wer weiß, wo er morgen ist?«

Mette sah ihn erstaunt an.

»Wie soll ich Sie verstehen, Malte? Wird er abreisen?«

Iversen zuckte die Schultern.

»Es könnte sein, Mette! Ich glaube, ich habe bei den Nachforschungen nach seinem Aufenthalt einen Blick in das rätselhafte Dunkel getan, das ihn umgibt. Wenn nicht morgen . . . dann doch bald wird er wohl kaum noch diesseits der spanischen Grenze sein.«

»Malte! Sie erschrecken mich! Was sollen Ihre dunklen Andeutungen? Fürchten Sie, daß die maurische Regierung hinter sein Geheimnis gekommen . . . ihn gar gewaltsam über die Grenze holen könnte?«

»O nein, liebe Mette!« Iversens Gesicht zeigte ein vielsagendes

Lächeln. »Ich glaube, die maurische Regierung könnte sich nichts mehr wünschen, als daß er nicht in ihr Land käme.

Ah! . . .« Er reckte seine elastische Gestalt hoch auf, »könnte ich doch dabei sein!«

»Malte! Es ist wenig schön von Ihnen, mich mit solchen unklaren Worten zu quälen. Schweigen Sie, wenn Sie mir nicht sagen wollen, um was sich's handelt.«

Iversen lachte.

»Ich täte es, Mette, wenn ich nicht dächte, ein anderer sagte es Ihnen bei nächster Gelegenheit. Doch jetzt gilt's dem Vater. Sind Sie bereit, in zwei Stunden mit mir zu fahren . . . dann schlagen Sie ein!«

Er hielt ihr die Hand hin.

»Ich bin es, Malte! Aber . . .«

»Kein ›Aber‹, Mette! Die Fahrt in die Berge . . . und das, was ich dort sah . . . mir ist so wohl ums Herz! Ich glaube, die nächste Zeit wird manche frohe Überraschung bringen.« — — —

Zwei Stunden später rollte der Kraftwagen Harders den Pyrenäen zu. Jetzt fand Iversen Gelegenheit, Mette zu berichten, wie es ihm gelungen, Eisenecker aufzufinden.

»Ich hatte viel Glück dabei«, schloß er, »das gestehe ich offen. Wenn mir auch«, er lachte in heiterer Selbstironie, »meine früher als Privatdetektiv erworbenen Erfahrungen von bestem Nutzen waren.

Ah! . . . Die Szene beim Madrider Polizeikommissar . . . es schüttelt mich noch, wenn ich daran denke. Damals schwur ich mir: Ihrem Vater Bericht geben! Ihn dann für lange Zeit nicht wiedersehen. Nach England wollte ich damals sofort, in scharfen sportlichen Wettkämpfen diese schlimmste Schlappe meines Lebens vergessen . . .

Und . . . nun bin ich immer noch hier . . . bin sogar wieder auf den Spuren Friedrich Eiseneckers. Ja! . . . Sie sehen, Mette, man soll sich nichts vornehmen.«

Mette reichte Iversen die Hand.

»Ich bin Ihnen so dankbar, Malte! . . . Immer wieder muß ich's sagen . . ., daß Sie so freundlich und aufopfernd bei uns ausgehalten haben.« — — —

Eine Stunde schon, daß sie den Kraftwagen verlassen. Auf schlechten, bisweilen kaum gangbaren Wegen strebten sie dem Ziele zu. Die Sonne war schon hinter den Bergspitzen verschwunden,

als die grauen Mauern von ›Mon Repos‹ zu ihren Füßen auftauchten.

Sie standen still.

Mette sah mit schwachem Lächeln zu Iversen hin. Jetzt, wo nur noch wenige Schritte sie von Eisenecker trennten, bedurfte es noch einmal der größten Überwindung. Iversen entging es nicht.

»Mette! Es ist für Ihren Vater. Kommen Sie! Nehmen Sie meinen Arm! Der Weg hier runter wird halsbrecherisch. Ich mußte diese Route wählen, weil sie uns am schnellsten zum Ziele führte. Der andere bessere Weg ist viel länger . . .«

Und dann standen sie vor der Pforte der Gartenmauer. Iversen klopfte mit der Faust gegen die altersschwache Tür.

Sie lauschten. Da nahten Schritte. Ein Riegel wurde zurückgeschoben. Der alte schnauzbärtige Diener stand da, fragte nach ihrem Begehr.

»Wir möchten Ihren Herrn sprechen, ist er zu Hause?«

Der Alte brummte ein paar unverständliche Worte in den Bart, schloß die Tür und verschwand . . .

Nach einer Weile wieder das Geräusch von Schritten. Doch ein anderer mußte es sein, der da kam. Kräftiger, fester trat er auf.

Da war er an der Pforte. Der Riegel flog zurück, die Tür ging auf.

»Friedrich Eisenecker!« Die Überraschung trotz allem so groß, daß Mette den Ruf nicht zurückhalten konnte.

»Fräulein Mette Harder? . . . Sie wollen zu mir? . . .«

Er stand im Eingang . . . mußte sich besinnen, ehe er den Eingang freigab . . . Er übersah Iversens Gruß. Seine Augen hingen an dem Munde Mettes.

»Bitte, treten Sie ein!« Seine Stimme klang ruhig, gelassen. Nichts verriet den Sturm, der in seinem Innern tobte.

»Ja! Herr . . . Eisenecker . . . ich komme zu Ihnen. Die Sorge um meinen Vater ist's, die mich hierhertreibt.«

Sie schritten dem Hause zu. Vor dem Portal eine steinerne Bank. Mette . . . kaum, daß ihre Füße sie trugen, sank darauf nieder.

»Ihr Vater, Fräulein Harder, ist krank?«

Mette nickte stumm.

»Und Sie kommen deshalb zu mir, Fräulein Harder?«

»Ja! Zu Ihnen.« Sie deutete neben sich auf die Bank. Er setzte sich. Und nun, da er nicht mehr vor ihr stand, sein Auge nicht mehr auf ihr ruhte, fühlte sie sich freier.

»Die Ereignisse der letzten Zeit, der Überfall bei St. Jean – der

Unglücksfall auf Warnum, ich verstehe, auch für die Nerven eines Starken eine harte Probe.«

Mette schüttelte den Kopf.

»Wär's das allein, ... er würde es schneller überwinden. Seine Krankheit ... andere Ursachen ... gefährlicher, tiefer. Sie verwirrt ihm den Verstand. Läßt ihn nicht zur Ruhe kommen Tag und Nacht. Das Schlimmste droht, wenn ... Sie nicht helfen ... Sie.«

»Ich? ... Fräulein Harder! Wie soll ich ihm helfen können? Sie täuschen sich in mir ... in Ihrem Vater. Er würde Ihren Schritt wohl nie gebilligt haben, wenn er's wüßte.«

»Er weiß es nicht. Ja! ... Würde es auch nie erlaubt haben, wenn sein Geist gesund.«

»Und doch ...«

»Und doch komme ich zu Ihnen. Durch Sie kam das Leid über ihn. Nur durch Sie kann er genesen.«

Ihre Stimme hatte den bebenden Ton verloren. Laut, wie anklagend klangen die Worte.

»Fräulein Harder! Ich begreife ... verstehe nicht ... Sie klagen mich an. Was tat ich Ihrem Vater?«

Mette wandte sich ab. Ihr Kopf sank in die Hand.

»Sie taten ihm nichts.« Leise, fast flüsternd kamen die Worte aus ihrem Mund. »Und doch haßt er Sie ...«

»Warum der Haß?«

»Er haßt Sie, wie der Kleine ... der Geschlagene den Großen ... den Sieger haßt. Sie, der in wenigen Jahren erreichte, was er in der Zeit eines Menschenalters vergeblich erstrebt hat.«

»Sie kommen vergebens, Fräulein Harder. Ich kann ihm nicht helfen ... Will es auch nicht. Der Sieger soll zu dem Geschlagenen kommen? Tät ich's ... hinausjagen wird er mich gar!«

Er stand auf.

»Sie wollen gehen? Nein! Sie dürfen es nicht! Dürfen meine Bitte nicht abschlagen. Der letzte verzweifelte Versuch! Wüßten Sie, wie schwer es mir geworden, hierherzukommen.«

Unfähig, ihre Stimme zu beherrschen. Ein haltloses Schluchzen. Sie vermochte nicht weiterzusprechen.

Sie schwankte. Er reichte ihr den Arm. Willenlos legte sie ihren hinein.

Er schritt mit ihr durch die Wege des Gartens. Wußte nicht die Antwort zu finden.

Mette Harder an seinem Arm! Wie lange war's her ...?

Warum ... Mon Repos ... in Biarritz ... da ... die Gedanken

hasteten fort. Was würde der sagen, sähe er Mette an seinem Arm hier ...?

Wieder wie damals? ... Nein! ... Vielleicht doch nicht. Ein leichtes stolzes Lächeln trat auf seine Züge.

Heute! ... Das Blatt hatte sich gewendet. Und doch ... die letzte Fahrt in Warnum ... Er vor dem Alten ... die Erinnerung ließ sich nicht bannen.

Zu tief die Wunde, die ihm damals geschlagen ... von ihr. Wie schwer es ihr geworden ... sie sprach es selbst ... und er verstand sie wohl, die stolze Mette Harder.

Und während er sann, überkam ihn ein weiches Gefühl ... des Mitleids. Er zog ihren Arm fester in den seinen. Er spürte, wie sie zusammenzuckte ... da ließ er wieder los.

Sie blieb stehen. Im grauen Dämmerlicht war ihr Gesicht bleich wie der Tod.

Es schien eine fremde Stimme, die aus ihrem Munde klang.

»Sie werden mit mir gehen, Friedrich Eisenecker! Sie werden den, den Sie besiegten, nicht untergehen lassen! Ihren Sieg entweihen!«

Seine Lippen bewegten sich zum Nein. Da trat sie dicht vor ihn hin, daß sie sich berührten. Ihr Blick versenkte sich in seinen. Vergeblich wehrte er sich dagegen.

Die Macht der grauen Augen war stärker, schlug seine Sinne in Banden. Zwang ihn, seine Hand in die ihre zu legen.

Die rätselhaften Vorgänge in Spanien! Die öffentliche Meinung, die Presse der Welt kamen darüber nicht zur Ruhe.

Spanien selbst. Eine dumpfe, schwüle Stimmung im Lande. Trotz strengster Pressezensur drangen immer wieder Nachrichten aus der Welt in die Bevölkerung, steigerten die Unruhe. Besonders der maurische Teil der Bevölkerung wurde davon betroffen. Schien sich das geheimnisvolle Phänomen in erster Linie gegen die maurische Gewalt zu wenden.

Die Truppen selbst ...? Im Madrider Kriegsministerium herrschte starke Besorgnis. — — —

»Ich fürchte, daß eine Wiederholung solcher Vorfälle auf die Disziplin unserer Truppen von ungünstigstem Einfluß sein würde«, schloß Prinz Ahmed seine Rede.

Fürst Iraklis und Jolanthe sahen zum Kalifen hinüber. Der saß, die Lippen zusammengepreßt, düster vor sich hinstarrend. Sprach dann.

»Diese tapferen Soldaten, wehrlos preisgegeben einer unsichtba-

ren fürchterlichen Waffe ...! Auch der Mutigste muß da den Mut verlieren.«

»Und immer noch keine befriedigende Erklärung«, warf Prinz Fuad ein, »wie die Waffe beschaffen, die so ungeheure Wirkung hat.«

Fürst Iraklis breitete ein Papier auf dem Tische aus.

»Hier eine Skizze der Umgebung von Paganos Hütte. Ich nahm sie bei unserem gestrigen Besuch auf. Die Stellen, wo unsere Soldaten getroffen wurden, waren leicht zu erkennen. Der Boden zeigte da starke Brandspuren. Wir konnten die Entfernungen zuverlässig feststellen.

Jolanthe war es, die mich da auf eine Frage von Bedeutung aufmerksam machte. Warum warteten die in der Hütte, bis unsere Leute so nahe heran waren. Er zwar zweifellos ein großes Wagnis. Ein plötzlicher Feuerüberfall von unserer Seite hätte die Hütte mit allem Lebenden darin vernichtet.«

Abdurrhaman horchte auf. Sein Auge hing an dem Fürsten, der weitersprach.

»Die Erklärung, die Jolanthe hierfür zu finden glaubte, erscheint mir wohl zutreffend. Die Waffe des Feindes scheint nur auf kürzere Entfernung wirksam zu sein.«

»Ah!« Prinz Ahmed sprang auf, »gut so! Das wäre nicht ohne Bedeutung. Die Waffe verlöre damit vieles von ihrem Schrecken.«

Eine farbige Signallampe an der Tür glühte auf. Ein Wink Abdurrhamans. Fürst Iraklis ging zur Tür und öffnete sie. Ein Adjutant mit einer Mappe in der Hand.

Der Fürst nahm, legte sie vor den Kalifen. Der schlug den Deckel zurück.

Ein Brief. Er begann zu lesen. Stockte ... wandte das Blatt ... die Unterschrift ... Seine Brauen schoben sich zusammen. Ein düsterer Brand glomm in seinen Augen auf.

»Vom Oberst Gonzales!« Die Worte mit seltsam tonloser Stimme gesprochen, wie ein Blitz trafen sie die anderen. Doch sprach keiner ein Wort. Ihre Augen hingen an dem Kalifen, der das Blatt wieder zurückwendete, weiterlas.

Der ... die Augen stier ... starr auf das Papier gerichtet, das gebräunte Gesicht tief erblaßt, die Hand, die den Brief hielt, in leichtem Zittern ... er las langsam, als könne er den Sinn der Worte nicht fassen, schwerfällig Zeile um Zeile ...

Schloß jetzt die Augen. Die Hand mit dem Brief sank kraftlos

herunter. Die anderen ... ihre Blicke flogen von dem Kalifen zueinander. Bebend in ungeheuerster Spannung ... Erwartung.

Durch die Gestalt Abdurrhamans ging ein leises Beben. Die Hand krampfte sich um das knisternde Papier. Eine Röte stieg langsam empor ... vom Nacken zu den Wangen ... höher zur Stirn ... Tiefrot jetzt sein Antlitz!

Und dann ... die Augen sprangen weit auf ... Ein blutigroter Schein brach daraus. Nichts Menschenähnliches darin ... wie eine Bestie ... zu wahnsinniger Wut gereizt.

Mit einem wilden Satz sprang er auf. Die geballten Hände umkrampften den Brief ... stießen empor.

Ein unartikulierter Laut brach aus seinem Munde. In jähem Wurf schleuderte er das Schriftstück zu Boden. Starrte auf den Papierball ... stampfte mit dem Fuß darauf.

Seine Brust hob sich in wilden Atemstößen. Seine Lippen keuchten in wirrem Gestammel ...

Die anderen sprangen auf ... umringten ihn, als wollten sie ihn halten ... stützen.

»Abdurrhaman ...!« Prinz Ahmed sprach es mit leiser, zitternder Stimme. »Abdurrhaman ...!«

Der, als riefe ihn der Name zurück ... starrte mit wilden Blicken um sich. Sah sie jetzt ... Er schob die Hände, die sich ihm entgegenstreckten, zurück. Stürmte wie ein gefangenes Raubtier durch das weite Gemach hin und her.

Mit Entsetzen verfolgten die anderen das wahnsinnige Gebaren des Mannes. Jolanthe die erste, die den Bann von sich warf. Sie schritt zu dem Papier, hob es auf, glättete es. Las es mit halblauter Stimme ... unterbrach sich immer wieder. Wandte sich zu den anderen, die ihr lauschten.

Der da, was der schrieb ... war es möglich? Die Mauren sollten das Land verlassen? ... Binnen acht Tagen schon sollte die Provinz Navarra geräumt sein ... Die Frist, um unnötiges Blutvergießen zu vermeiden ... schrieb der da ... Sonst Gewalt! Vernichtung! ... Die neue furchtbare Waffe rücksichtslos angewandt ... Das bei Paganos Hütte ein leichtes Vorspiel ... doch genügend zur Warnung ... Beweis, wie stark die Waffe.

Das verhängnisvolle Blatt entsank der Hand. Blaß ... stumm starrten sie sich an.

Wer ... Hilfe ... Rat?

»Acht Tage Frist!« Die Worte kamen von Jolanthes Lippen, »acht Tage! ... wenig ... viel ... für den, der die Zeit zu nutzen weiß.

Der Feind ist in Spanien! Der Deutsche ... Gonzales ... der Preis auf seinen Kopf verzehnfacht! ... Polizei ... Militär, keine andere Aufgabe als ... sie zu suchen!

Und finden wir sie nicht ...« Sie schloß die Augen. Ein leichtes Zittern ging durch ihre Glieder ... »dann kämpfen ... sterben!« Sie stand bewegungslos. Da! In ihren Mienen regte es sich. Leben kam in ihre Gestalt. Ihre Augen, weit geöffnet, schienen in weite Fernen zu dringen. »Ibn Ezer! ... Ibn Ezer!« Sie stieß den Namen aus.

»Ibn Ezer!?« Die Stimme Abdurrhamans schrie es in die Stille, »Was ist mit dem? ... Ha! ... Ha! Sucht ihr da Rettung?«

»Könnte er uns nicht helfen, könnte er uns raten!« rief Prinz Ahmed.

»Rufen wir ihn! In wenigen Stunden könnte er hier sein«, sagte Fürst Murad.

Abdurrhaman zuckte die Achseln.

»Tut es! Wenn ihr glaubt ...«

»Sein letzter Bericht ...« der Prinz sprach ... »so vorsichtig er auch abgefaßt war, er war nicht ungünstig. Der nächste ... vielleicht noch günstiger ... er könnte schon hier sein. Mit jedem Kurier können wir den erwarten.«

Der Prinz ging zur Tür, öffnete sie. Der Adjutant kam.

»Der Kurier aus Kairo ...?!«

»Er ist soeben gekommen.«

»Bringen Sie die Depeschen sofort hierher!«

Die anderen hatten es mit angehört. Schweigend warteten sie.

Der Adjutant kam, legte eine Mappe auf den Tisch, entfernte sich.

Was barg sie? ...

Abdurrhaman ging an den Tisch, schlug sie auf ... blätterte.

»Ibn Ezer! ... Der Bericht! ...«

Die anderen traten heran. Der Bericht!

Abdurrhaman las. Still ... die Lippen bewegten sich, bildeten Worte. Die wurden lauter.

»... nachdem die falschen Schaltungen entdeckt ... sicher, das Geheimnis Montgomerys zu lösen ... Die Versuche ... mit Allahs Hilfe ... der Apparat arbeitet ... wie in den Händen seines Meisters! ...«

Was dann noch dastand ... Sie lasen es nicht mehr. Schauten sich an.

»Allah hat geholfen. Allah wird weiter helfen!«

Verwandelt alle!

Unbeschreiblich die Erregung. Keinen duldete es an seinem Platz. Bewegten sich wirr durcheinander. Der eine zum anderen. Es dauerte lange, bis sie Ruhe ... Selbstbeherrschung wiedergefunden.

Maßlos die Freude in jedem!

Abdurrhaman, als wäre neue Kraft über ihn ausgegossen.

»Nicht mehr wehrlos! Mit gleichen Waffen ihn bekämpfen! Wär's möglich?

In einer Stunde! ... Einer muß unterwegs sein nach Ägypten.«

»Ich fahre!« Jolanthe rief's.

»Wo ist Mette?« Harder fragte den alten Diener. »Sie soll kommen, ... gleich!«

»Das gnädige Fräulein Mette ist vor ungefähr vier Stunden mit Herrn von Iversen im Wagen fortgefahren. Das gnädige Fräulein gab mir den Auftrag, dem Herrn Generaldirektor zu bestellen, sie mache einen größeren Ausflug.«

Harder lehnte sich mißmutig in dem Liegestuhl zurück. Ließ den Diener die Decken, die sich während des Schlafes verschoben, ordnen.

»Wenn Mette kommt, soll sie zu mir kommen.« Er winkte dem Diener, sich zu entfernen.

Mette ... seit vier Stunden schon war sie fort? ...

Nun ja ... sie war gewiß der Erholung bedürftig, Tag und Nacht hatte sie an seinem Krankenlager gewacht, sich um ihn gesorgt ... Wo war sie hingefahren? ... Sonderbar, daß sie es dem Diener nicht gesagt ...

Ein Wagen rollte vor. Sie konnte es sein. Er klingelte dem Diener. »Mette soll sofort zu mir kommen.«

»Es war ein fremder Wagen, Herr Generaldirektor.«

Hm, es war nicht Mette? ... Wo sie nur blieb? ...

»Du weißt nicht, in welcher Richtung sie mit Herrn von Iversen gefahren ist?«

»Nach Süden, Herr Generaldirektor. Ein Hotelchauffeur hörte Herrn von Iversen kommandieren: Richtung Bayonne!«

Der Diener ging. Harder legte sich auf seinem Lager zurück, schloß grübelnd die Augen.

Nach Süden war sie gefahren? ... Da unten, die Pyrenäen. – War sie in die Berge gefahren? ... Was wollte sie da? Eine so weite Fahrt!

Die Erinnerung an jene Fahrt nach St. Jean le miracle wurde wach

... die Prophezeiung des Schäfers – der Überfall – die Rettung durch ...

»Eisenecker!« hatte Mette geschrien, »Eisenecker!« Keiner hatte ihn erkannt, sie allein, sie ... die Augen der Liebe sehen scharf ... Mette liebte ihn, Eisenecker ... den Feind. Hatte es selbst gesagt, daß sie ihn noch immer liebe ... Wie tief mußte die Liebe in ihr wurzeln nach all dem Vorangegangenen ...?

Und dann, als hätte er eine Vision, er warf den Oberkörper nach vorn, seine Hände umklammerten die Armlehne, als wollten sie sie zerbrechen ...

Mette in die Berge gefahren ... zu ihm?! – – Er sah sie in Eiseneckers Armen, den Armen des Mannes, der ihm alles geraubt, Ehre, Ruhm ... sie, Mette.

Er schleuderte die Decken von sich, wollte sich erheben. Die geschwächten Glieder versagten den Dienst. Mit lautem Stöhnen sank er zurück ... unerträglich die Qual des Wartens ... der Ungewißheit.

Da! War es nicht das bekannte Signal seines Wagens? Er schellte dem Diener. »Mette ist zurück?! Sie soll ...« Die Tür öffnete sich, Mette trat ein.

»Mette ... Mette!« Harder schrie es, streckte ihr weit die Arme entgegen.

»Vater, Vater, was ist dir? Du bist ...« Mette war zu ihm geeilt, hatte seine Hände ergriffen, drückte sie an ihre Brust

Harders Atem ging schwer. Seine Augen umfingen mit unaussprechlicher Freude Mettes Gestalt. Sie war wieder bei ihm, seine Mette. .– Ein Trugbild, das seine Augen soeben zu schauen geglaubt. Es konnte nicht sein.

Er rang nach Worten, wollte fragen, wo sie gewesen. Die Gewißheit aus ihrem Munde hören, daß er sich getäuscht.

Mette sah seinen Kampf. Das Geständnis – ein furchtbarer Schlag mußte es für ihn sein. Jetzt erst kam es ihr zu vollem Bewußtsein, wie gefährlich, gewagt ihr Plan, die beiden Männer zusammenzubringen. Sie wollte sprechen, doch die Lippen versagten den Dienst ...

Sie sahen sich schweigend an – dann senkte Mette den Blick.

»Wo warst du, Mette?« Die Stimme des Vaters klang dumpf grollend. Mette antwortete nicht, suchte vergeblich nach Worten.

»Du warst bei Friedrich Eisenecker ... du! Mette Harder! ... Gestehe es, sei nicht feige!« Harder sprach die Worte mit einer fast un-

natürlichen Ruhe, und doch verriet ihr Ton, daß er nur mit Mühe an sich hielt.

»Ja, ja! ich war bei ihm.« Mette schrie es. »Aber nicht meinetwegen ...«

»Nicht deinetwegen?! – Leere tönende Worte, hinter die du dich flüchtest.« Hohn, Haß klang in der Stimme Harders.

»Wärest du doch gleich bei ihm geblieben! ... oder wollte er dich nicht mehr? ...« Ein häßliches Lachen begleitete die Worte.

Mette stand starr, schaute den Vater an, als müsse sie sich überzeugen, daß er es gewesen, der diese Worte gesprochen.

Dann, mit einem Aufschrei schlang sie die Arme um ihn, sprach zu ihm mit bald bebender, bald fester Stimme ... lange.

Harder schien zunächst den Sinn ihrer Worte nicht zu fassen. Stumm hörte er ihr zu. Endlich, als sie sagte, daß Eisenecker mit ihr gekommen sei, mit Harder zu sprechen, kam ihm zum Bewußtsein, was Mette getan ... für ihn. »Mette – was hast du getan? Du hast dich um meinetwillen gedemütigt, hast dich erniedrigt, diesen Mann zu bitten. Unterbrich mich nicht. Wer anders als ich kann die Größe dieses Opfers ganz ermessen ...

Und doch, es war umsonst, dein Opfer! Es kann nicht geschehen! Zu tief die Kluft, die mich von dem trennt!«

»Vater!« rief Mette. »Die Kluft, die euch trennt – wer riß sie auf? – Du, du allein! Schon längst hätte ich dir das sagen sollen. Nur war ich zu feige dazu.

Sollte Eisenecker seinen Geist verdorren lassen, oder sollte er, nachdem ihm die Tat gelungen, zu dir kommen, dir sein Werk zu Füßen legen?! Nein! Nichts bindet ihn an dich!

Ein Zufall wollte es, daß ich Zeuge war jener Unterredung zwischen dir und Malte in unserem Hause am Bismarckdamm. Schon damals war ich von dem guten Rechte Eiseneckers felsenfest überzeugt, hatte Zweifel an der Wahrhaftigkeit deiner Beschuldigungen ... Ich muß es sagen, so weh es mir auch tut.«

Harder wandte den Kopf zur Seite. Was er sich nie mit voller Klarheit eingestanden, in den Worten Mettes lag die Wahrheit, die unumgängliche, unübersteigliche Wahrheit. Aber so ganz wider Erwarten traf ihn, was ein anderer Mund sprach, daß er blindlings zurückflog. Mit ringender Brust atmete er die durch das Fenster strömende kühle Seeluft, um sich von dem erstickenden Herzschlag zu befreien.

Dann, wenigstens körperlich etwas beruhigt, sprach er mit halber Stimme, ohne sich umzuwenden. »Du bist ein Weib, Mette, nie

wirst du verstehen, was ein Mann empfindet, dem nach jahrzehntelangem Ringen ein anderer den Preis entreißt! Diese ungeheure, niederschmetternde Enttäuschung, die Vernichtung meines Lebenswerkes . . .«

»Ein Mann, ein wahrer Mann räumt dem Sieger das Feld, schreitet zu neuer, anderer Tat.«

»Ich bin krank«, sagte er leise. »Krank. Ich leide an dem Mann, denke nichts anderes als an ihn. Er ist in mir wie eine Qual, wie ein Feuer. Ich habe keine Vernunft mehr, meine Kraft ist gebrochen, ich bin unfähig zu neuer Tat.«

»Sprich mit ihm, nur das eine bitt' ich dich, Vater.«

Harder schüttelte stumm den Kopf. »Es wäre die bitterste Stunde meines Lebens . . . ich kann es nicht.«

»Auch dann nicht, wenn er dich bäte, ihm mitzuhelfen bei dem großen Werk, der Menschheit dienstbar zu machen, was sein Geist erdacht? —«

»Er mich bäte? Er . . .? Eisenecker . . .? Ich verstehe dich nicht, Mette. Welcher Täuschung gibst du dich hin? Der Mann, der mit einem Wort die ganze Weltwirtschaft umzustoßen vermag, bedarf meiner Hilfe nicht.«

»Sprich mit ihm, nur das eine bitt' ich dich, Vater.«

Mette rückte näher an sein Lager heran, neigte sich zu seinem Ohr, erzählte mit fliegendem Atem, was sie und Iversen mit Eisenecker verabredet . . .

Ein frommer Betrug. Die neue Organisation der Energiewirtschaft bedurfte langer schwieriger Vorbereitungen. Das große Organisationstalent Harders sollte von Eisenecker zur Hilfe herangezogen werden.

Harder Mitarbeiter Eiseneckers! Es erschien die einzige Möglichkeit, Harder mit allem auszusöhnen.

Je weiter Mette sprach, mit desto größerem Interesse folgte Harder ihren Worten. Seine Brust hob sich in tiefen, befreienden Atemzügen. Jetzt reckte er sich auf. Ein anderer Ausdruck auf seinem Gesicht. Nicht mehr in Qual und Haß verzerrt die Mienen. Er fühlte sich frei von all dem, was seine Vernunft geknebelt zu Boden gepreßt hatte.

»Mette . . . sprichst du die Wahrheit?« Harder hatte sich von ihren Armen freigemacht, schaute sie prüfend an.

»Sie spricht die Wahrheit!« Eine Männerstimme gab die Antwort. Bei ihrem Klang schloß Harder die Augen. Stumm, mit fahlem

Gesicht sank er in sich zusammen, rührte sich auch nicht, als er fühlte, wie eine kräftige Männerhand die seine ergriff, sie drückte.

Mette war aufgesprungen, ihr Gesicht von dunkler Röte übergossen. Höchste Freude, Seligkeit lag in den Blicken, die von einem zum anderen wanderten. Dann war sie aus dem Gemach verschwunden. Hatte in ihrem Zimmer gesessen, in banger Erwartung – lange. Doch je länger sie warten mußte, desto leichter wurde es in ihr.

Die beiden Männer, sie mußten sich gefunden haben! Iversen trat ein. Er reichte ihr die Hand.

»Ein langes Palaver, was die beiden da führen! Sie scheinen ja die ganze Welt auf den Kopf stellen zu wollen, daß sie kein Ende finden.«

»Malte! Ich bin ja so glücklich, daß es gelungen ist. – Und dir das Hauptverdienst.«

Malte von Iversen machte eine überkorrekte Verbeugung und legte die Hand aufs Herz.

»Unendlich geschmeichelt, teuerste Mette! Diese Anerkenntnis aus deinem Munde mein höchster Lohn! . . . Trotz alledem . . . den Kuppelpelz möchte ich nicht missen.«

Sein lustiges, vieldeutiges Augenzwinkern trieb Mette das Blut ins Gesicht. Verwirrt, halb unwillig, halb lachend sprang sie auf, verließ den Raum.

Die Tür zum Zimmer des Vaters . . . wie ein Magnet zog es sie dorthin. Jetzt stand sie davor, preßte die Hand auf das hochklopfende Herz. Dann, leise . . . zag drückte sie den Türgriff nieder, schaute verstohlen durch den Spalt.

Da saßen die beiden in eifrigem Gespräch. – Ein Tisch zwischen ihnen, bedeckt mit Papieren . . . lange Zahlenreihen . . . Pläne . . . Projekte. – Vergessend Zeit und Raum, in gemeinsamer Arbeit an dem großen Zukunftswerk.

»Es wird geschehen, wie du sagst, meine Tochter! So es Allahs Wille ist, daß Mohammeds Söhne das alte glänzende Reich wieder aufrichten, sich die Millionen, die unter fremder Herrschaft leben, wieder um die grüne Fahne des Propheten scharen, wird er unserem Werke gnädig sein. Daß es sich vollendet, bevor der Mond zum sechsten Male zu unseren Häuptern glänzt!«

»Er wird deinem Werke gnädig sein, Ibn Ezer!« Jolanthe griff nach dem Saume seines Gewandes, es zu küssen. »Ich eile, Ibn Ezer, deine Worte unserem Herrn zu melden.«

Im Hinausgehen verhielt sie den Schritt noch einmal kurz vor dem schimmernden Kasten, der Montgomerys Werk barg. Kein Geheimnis mehr darin! Das Rätsel war gelöst, die Kräfte des Apparates dienstbar gemacht. Heute noch für die Einzelnen hier. Morgen der ganzen Menschheit.

Die Blicke Abd ul Hafis' folgten ihr, bis sie in dem Felsgang verschwunden.

»Warum weilst du noch, Abd ul Hafis? Ruft nicht die Arbeit mit lautem Klang?«

Der deckte kurz die Augen mit der Hand.

»Ja! ... Ja! Ich komme gleich! ... Bin schon bei dir.«

»Was ist dir, Abd ul Hafis? Du sprichst so seltsam.«

Er blieb jetzt stehen, die Lider halb geschlossen, den Blick nach innen gerichtet. Ein trüber, düsterer Zug auf seinem Gesicht. Mechanisch, halblaut murmelten seine Lippen die Worte.

»Das junge, schöne Weib! ... Gott gab ihr einen hohen Geist ... eine starke Seele. Und sie dient ihm ... uns mit allen ihren Kräften. Gott wird es ihr lohnen. Wir selbst ...?«

Er schüttelte den Kopf.

»Abd ul Hafis! Rätselhaft sind deine Worte. Welchen Sinn bergen sie? Droht ihr Gefahr? ... Sie spottet aller Gefahren. Nur einmal schuf sie Gott. Eines Herrscherthrones ist sie würdig!«

»Herrscherthron! ... Du sagst es ... ihr Ziel ist's ... und doch ... Ich stellte vorige Nacht ihr Horoskop ... nur zu der ersten Stufe wird sie kommen ... dann ...«

»Und dann? ... Was dann, Abd ul Hafis?«

»Mit Schaudern ... mit Entsetzen sah ich, was die Sterne mir offenbarten ... in Blitz und Feuer ... in die Lüfte gerissen ...«

»Wehe über deine Wissenschaft, Abd ul Hafis, hörte dich ein anderer als ich. Du, der Mann der exakten Wissenschaft, sprichst wie die Sterndeuter auf den Gassen.«

»Magst du mich verlachen, Ibn Ezer! Es wäre das erstemal, daß mich die Sterne betrogen hätten.« —

Hoch über der libyschen Wüste das Flugschiff, das Jolanthe und ihr Hoffen westwärts trug. Dunkler, grauer Nachthimmel über ihr, soweit ihr Auge schaute. Doch in ihrem Herzen ein Leuchten, warm und hell, das Rettung strahlte aus aller Not. Der rasende Flug des Schiffes zu langsam für sie ... für ihre Wünsche.

Gelang es ... und es mußte ja gelingen, das Werk, mit dem sie die Herrschaft des Geliebten vor dem Untergang bewahrte ... dann

... auch der Traum erfüllt, den sie so lange geträumt ... Sie an des Kalifen Seite ... auf dem scherifischen Thron.

Ruhelos wanderte sie durch die langen Seitengänge des Schiffes. Da endlich! Die ersten Strahlen der Morgensonne brachen durch das dunkle Gewölk. Unter ihr ein grauer Schimmer ... das maurische Meer!

Noch eine kurze Weile ... festes Land unter dem Schiff. Jetzt sank der Kiel. Im hellen Sonnenschein die Türme und Dächer Madrids.

Und dann trat sie in das Gemach Abdurrhamans.

»Es ist wahr, Jolanthe?« Mit zitternder heiserer Stimme drängte er sich an die Eintretende, umklammerte ihre Hände, als wolle er sie zerbrechen.

Brennend ... fragend senkte sich sein Blick in den ihren.

»Ist es wahr?«

»Es ist wahr! So gewiß Allah lebt!«

Ein Zucken erschütterte die Gestalt Abdurrhamans, ließ ihn wanken. Wie um sich zu halten, neigte er sich zu ihr, barg den Kopf in ihrem Gewand.

Sie stand wie zu Stein erstarrt. Nur die Rechte fuhr leise über das Haupt des Mannes. Das schönste, wunderbare Antlitz überstrahlt von einem überirdischen Schein des höchsten Glückes. Kaum bewegten sich die halbgeöffneten Lippen. Leise flossen die Worte aus ihrem Munde.

»Ja! Es ist wahr. Montgomerys Erbe harrt unseres Befehls.« Ihre Stimme erhob sich zu lauterem, vollerem Ton. »Doch das nicht alles! Mehr noch! ... Besseres, Schöneres habe ich zu künden.«

Ihre Gestalt reckte sich höher. Wie Stahl, der auf Stahl schlägt, klangen die Worte.

»Unsere Feinde werden sich beugen ... zurückweichen ... fliehen! Aus Montgomerys Erbe werden die Waffen geboren, die uns den Sieg erkämpfen.«

»Jolanthe! Diese Worte! ... Wie soll ich sie verstehen? —«

Abdurrhaman war von ihr zurückgewichen, die Hand wie abwehrend erhoben, als blende ihn ein Trugbild.

»Kein Trugbild! ... Die Wahrheit alles, was ich jetzt noch sagen will! ... Doch still! Wenn je ein Geheimnis gefährlich und tief, dann dieses.«

Der Kalif stand wie gebannt, fühlte kaum, wie ihn Jolanthe beim Arm ergriff ... ihn zu einer Ottomane führte, sich neben ihn setzte,

zu ihm sprach. War es möglich, was diese lächelnden, warmen Lippen ihm ins Ohr flüsterten?

... Montgomerys Apparat in der Konstruktion von Ibn Ezer bis in alle Einzelheiten erkannt ... Ibn Ezer in der Lage, den Apparat jederzeit in beliebiger Zahl und Größe zu bauen ... zwölf Apparate auf Jolanthes Geheiß schon in Arbeit ... in sechs Tagen vollendet ...?!

Und dann ... diese zwölf ... diese zwölf über Europa an verschiedenen Stellen abgeworfen! ... Zwölfmal die Katastrophe von Warnum! ... Doch hier kein Meer, den Brand begrenzend ... löschend!

Europa an zwölf Stellen in wabernder Lohe, die unendliche Fläche des Landes mit allem, was darauf, Städten ... Menschen ... Tieren ... in rasender Glut verzehrt! Der Rest auf ewig krankend an diesen zwölf ungeheuren Brandwunden.

Die Drohung allein ... sie mußte sie zwingen, Gonzales und seine Helfer ... abzulassen von ihrem frechen Unterfangen, die maurische Herrschaft zu bedrohen. Ablassen mußten sie von der Bedrohung! Vor der stärkeren Faust sich beugen ... weichen aus dem Lande.

Die Stimme an seiner Seite schwieg jetzt. Da schaute er auf zu ihr. Sah das schöne Antlitz überstrahlt von hellem Siegesglanz, von freudigstem Glück. Seine Hände gingen zitternd zu diesem Haupt, strichen leise darüber hin, glitten an ihrer Gestalt nieder, bis sie die ihren trafen. Die umfaßte er zart, hob sie zu seinem Mund, küßte sie.

»Jolanthe! Noch kann ich es nicht fassen! Zuviel des Guten, Schönen, das dein Mund mir kündet.«

Er sprang auf, riß sie an den Händen hoch.

»Jolanthe! Bei Allah schwöre ich's dir. An dem Tage, an dem diese Frechen ihre Nacken vor uns beugen, zurückweichen ... an dem Tage sollst du neben mir sitzen. Die Königin meines Landes! ... Meines Herzens, vor der ich und alle Großen der Erde, die Knie beugen werden als vor der, die Allah selbst uns gesandt. Nie sah die Welt eine Königin, schöner, würdiger, einen Thron zu zieren.«

Von unten her dröhnte Schall marschierender Truppen. Jetzt setzten die Klänge der Militärmusik ein. Das aufziehende Wachregiment.

Einer plötzlichen Eingebung folgend, legte der Kalif Jolanthes Arm in den seinen. Schritt mit ihr zu dem breiten Altan an der Front des Schlosses, trat mit ihr an die Balustrade.

Stand kaum, da hatte ihn die Menge von unten erkannt. Laute Jubelrufe der Massen! Salutkommandos der Offiziere!

Und als gebührten die Huldigungen dem Weib an seiner Seite, trat er zurück. Seine Rechte hielt sie mit leichtem Zwang an der Brüstung fest. Sie stand regungslos, das Haupt zurückgeworfen, den Blick in die Ferne gerichtet. Spürte den warmen Strom, der von seiner Hand über ihre Glieder rann. Empfing wie im Rausch den Königsgruß der Massen. Das Antlitz strahlend im Triumph ... in höchster Glückseligkeit.

Nur ein Gedanke in ihr. Jetzt sterben! Auf dem Gipfel des Glückes dahinscheiden! Wenn Allah es wollte, sie wäre bereit.

»Ich stehe vor einem Rätsel, Fräulein Harder. Das Befinden Ihres Herrn Vaters hat über Nacht eine so glückliche Wendung genommen. Kaum erkannte ich ihn wieder, als ich heute morgen zu ihm kam. Irgendeine freudige Gemütsbewegung muß das Wunder bewirkt haben.«

Mette nickte beistimmend. Der Arzt unterdrückte die Frage, die auf seinen Lippen schwebte, als er das heimliche, frohe Lächeln Mettes sah.

»Doch möchte ich, gnädiges Fräulein, vor übereilten Schritten warnen. Ihr Herr Vater brennt darauf, unverzüglich nach Deutschland zurückzukehren. Er behauptet, dort wichtige, unaufschiebbare Arbeiten zu haben.

Das kann ich auf keinen Fall dulden. Ein Rückschlag könnte dem geschwächten Körper gefährlich werden. Ich riet ihm, die Kur hier noch eine Zeitlang fortzusetzen. Doch das will er auf keinen Fall, und ich kann es ihm angesichts der üblen Vorkommnisse nachfühlen.«

»Gewiß, Herr Doktor! Aber was raten Sie weiter? Sie können überzeugt sein, daß Ihre Anordnungen gewissenhaft befolgt werden.«

»Ich empfahl Ihrem Herrn Vater unter anderem einen Aufenthalt in Ägypten. Ortswechsel ... Klimawechsel ... neue Eindrücke ... ich verspreche mir viel davon ...«

»Wenn Sie es sagen, Herr Doktor! Gewiß, ich werde alles tun, um meinen Vater zu bewegen, Ihrem Rat zu folgen.«

Draußen im Foyer stieß Mette auf Malte von Iversen. Er stieg eben aus dem Kraftwagen, mit dem er Eisenecker in die Berge zurückgebracht hatte.

»Die Fahrt glücklich verlaufen, Malte?«

»Aber natürlich, Mette! Bei St. Jean verabschiedete ich mich von ihm. Es war eine genußreiche Fahrt. Ich kenne den Señor Eisenecker doch schon einige Zeit ... wie umgewandelt kam mir der Mann vor. Über tausend Dinge plauderten wir ... du wurdest dabei nicht vergessen, meine teuerste Kusine ...!«

»Oh! Was sagst du? ... Über mich? ... Was hattest du ...?«

»Ich? ... Ich schon weniger! ... Er! ... Er sprach mit Vorliebe von deiner Person ...«

»Malte! Ich bitte dich! ... Seitdem wir das verwandtschaftliche Du eingeführt haben, schlägst du ...«

»... den entsprechenden Ton an! Natürlich Mette! Es bietet den unschätzbaren Vorteil, frei von der Leber weg zu sprechen.«

»Du könntest auch sagen, einem schon an sich losen Mund ganz die Zügel schießen zu lassen.«

»Puh, Mette! Das Gesicht! Gut, daß er's nicht sieht!«

»Malte!« Sie stampfte jetzt wirklich erzürnt auf den Boden. »Laß das! Ich bin nicht aufgelegt, solche ...«

»... Wahrheiten zu hören. Die alte Geschichte, Mette! Kein Mensch will die Wahrheit hören. Doch das will ich dir sagen, du magst es hören wollen oder nicht ... wärest du nicht deines Vaters Tochter ... kein Mensch hätte es vermocht, Eisenecker mit deinem Vater zusammenzubringen ...

Wenn er's tat, dann tat er's deinetwegen. Den schönen Vers, den ich mir darauf mache, den will ich dir nicht auch noch vorsingen ... zur Strafe!«

»Du tust auch sehr recht damit, Malte! Ich verzichte gern darauf. Ich möchte dir überhaupt raten, dich etwas weniger mit meiner Person zu beschäftigen.

Tue das lieber etwas mehr mit Modeste. Das arme Kind! Ich konnte mich in diesen schweren Tagen wenig um sie kümmern. Kaum, daß ich bei den Mahlzeiten ein paar Worte mit ihr sprechen konnte. Sie wird sich sicher einsam und verlassen fühlen.«

Sie mußte innerlich lachen, als sie das so plötzlich verwandelte Gesicht Maltes sah. Im Augenblick war das sorglose, spöttische Lächeln von seinem Gesicht verschwunden. Die Stirn kraus ... ein fast besorgter Ausdruck in den Mienen.

»Du meinst, Mette ... du glaubst ...?«

»Ich glaube, du tätest wohl daran, dich deiner Kavalierspflichten Modeste gegenüber zu erinnern. Solange Vater krank war, hattest du eine gewisse Entschuldigung.«

»Verzeih, Mette! Glaubst du wirklich, daß ich Modeste vernach-

lässigt hätte. Es täte mir sehr leid, wenn sie etwa gar selber das Empfinden hätte ...«

Mette zuckte die Achseln. »Ich weiß nicht, doch Modeste ...«

»Ja, was meinst du denn, was ich tun soll?«

»Nun, ganz einfach! Suche sie auf! Sie wird oben in ihrem Zimmer sein. Geh zum Strand mit ihr ... Mache einen Ausflug ... suche sie irgendwie zu zerstreuen ... Malte! Wie kann man so schwerfällig sein!«

»Ja! Gewiß, Mette ... ich gehe schon ... wir werden vielleicht zum Strand gehen.«

Modeste schien nicht in ihrem Zimmer zu sein. Auf sein Klopfen antwortete niemand. Jetzt klopfte er stärker. Ein schwaches Herein gab die Antwort.

Modeste saß am Fenster, einen Brief auf dem Schoß. Die geröteten Augen verrieten, daß sie geweint hatte.

Mit wenigen Schritten war er bei ihr.

»Modeste! Verzeihen Sie mein Eindringen. Ich sehe, Sie sind ...«

Ihre Schultern zuckten wie von verhaltenem Schluchzen.

»Eine unangenehme Nachricht? ... Sie haben einen Brief bekommen?« Er beugte sich etwas vor. »Ah! Ich sehe es an den Schriftzügen: Er ist von Ihrer Schwester, der Baronin Jolanthe. Der Inhalt? ... Vermute ich recht, sie wünscht, daß Sie nach Madrid kommen?«

Ein leises Nicken Modestes gab die Antwort.

»Und Sie? ... Sie wollen nicht! Aber ich bitte Sie, teuerste Modeste, solch unbedeutende Differenz ... warum diese Erregung? Ich verstehe es nicht. Sie haben geweint! Wie ist das möglich?«

Statt einer Antwort drückte Modeste das Taschentuch vor die Augen.

»Fräulein Modeste!« Er legte ihr leise die Hand auf die Schulter. »Schon einmal das gleiche! ... Schon damals bat ich Sie, mir Vertrauen zu schenken ... mir die Gründe Ihrer Erregung zu offenbaren. Sie weigerten sich.

Jetzt wiederhole ich meine Bitte. Schenken Sie mir Ihr Vertrauen! Ich werde alles tun, was in meinen Kräften steht, um Ihnen zu helfen.«

»Ich kann ... ich darf es nicht!« schluchzte sie leise ... »Ach, was bin ich unglücklich.«

Der wehe Ton ihrer Stimme erschütterte ihn. Mit einem raschen Griff nahm er den Brief von ihrem Schoß. Sie schien es nicht zu merken.

Seine Blicke überflogen die Zeilen.

Ah! Seine Augen öffneten sich weit ... ah! Was war das? ... Was stand dort: Prinz Ahmed Fuad wirbt durch mich offiziell um Deine Hand ...

Er ließ den Brief sinken, stand sekundenlang starr ... las dann weiter: ... Deine törichte Weigerung ... unbegreiflich! ... Ist es möglich, daß Du die Aussicht so gering schätzt, die Gemahlin des Prinzen Fuad zu werden, des Bruders des Kalifen ... des mächtigen Herrschers des großen maurischen Reiches ...

... daß Deine politische Einstellung irgendwelchen Einfluß hätte, ist doch wohl ausgeschlossen ...

... reicht Dein Ehrgeiz nicht weiter als bis zu dem Wunsch, die Frau irgendeines livländischen Kartoffelbarons zu werden ... dann fahre in Gottes Namen auf den Tirsenhof zurück ...

... dann will ich Dich nicht länger halten! Aber unsere Wege sind für immer getrennt ...!

Als Iversen so weit gekommen, entfloh seinen Lippen ein wenig christlicher Wunsch. Er stampfte wütend auf den Boden.

Modeste wandte den Kopf, schaute ihn erstaunt an. Da sah sie den Brief in seinen Händen, sprang auf.

»Herr von Iversen! Unmöglich! ... Sie lesen den Brief ... nein! Sie dürfen es nicht!«

Sie griff nach dem Schriftstück. Er überreichte es ihr.

»Nehmen Sie es nur zurück. Ich kenne seinen Inhalt.«

»Ah! Sie dürfen nicht! Wie konnten Sie? ... Das ist ...«

»Ja, ich weiß. Das ist sehr indiskret von mir. Aber ich bereue es nicht im geringsten. Weiß ich doch nun, daß diese Augen grundlos Tränen vergossen. Ich bin ja so froh, Modeste!

Ja! Ja! Schauen Sie mich nur so fragend an. Ich bin ja so froh!«

Sein Blick, so warm ... so glücklich! Sie hielt ihn nicht aus, wandte sich errötend zur Seite.

»Modeste! ...« Er trat zu ihr hin, suchte ihren Blick zu fangen ...

Da klopfte es laut an die Tür. Mit ärgerlichem Ruck drehte sich Iversen um. Da stand Mette vor ihm.

»Ah! Ihr seid noch da. Wie schön! Ich will mit euch gehen ... doch ...« Sie sah die Tränenspuren auf Modestes Gesicht. »Malte! Was ist hier?«

»Nun, Fräulein Modeste hat einen Brief von ihrer Schwester Jolanthe bekommen, in dem sie sehr eindringlich aufgefordert wird, nach Madrid zu kommen.«

»Nun und ...?«

»Nun, Fräulein Modeste möchte nicht. Sie will nicht nach Madrid ... hat Gründe dafür ...«

»Ja, aber ... warum?«

»Nun ja, Mette! Fräulein Modeste möchte darüber nicht sprechen. Begnügen wir uns!«

»Hm ...«

»Und wie ist's mit unserer Strandpromenade, Mette?«

»O gewiß, wir gehen. Und du? Du gehst doch mit, nicht wahr, Modeste?«

Die nickte und ging zum Nebenraum.

»Ich komme gleich. Möchte mich nur etwas erfrischen.«

Kaum war die Tür ins Schloß gefallen.

»Malte! Was ist hier vorgefallen? Modeste hat geweint! ... Du? Bist du daran schuld?«

»Um Gottes willen, Mette ... ich? Nein! ... Nein! ...

... Der Brief ... Dieser verfl ... Brief! Ihre Schwester ... Jolanthe!« Er zischte den Namen durch die Zähne.

»Du kennst den Inhalt dieses Briefes?«

»Nein! ... Nein ... aber ich kann ihn mir ungefähr denken. Wir sprechen vielleicht später darüber.«

»Malte! Schon Geheimnisse?«

»Mette! Ich weiß nicht, was ... doch mache schnell, ehe Modeste wiederkommt. Wie schon gesagt, sie will auf keinen Fall nach Madrid fahren. Nun bleibt aber ihre Schwester Jolanthe anscheinend noch lange Zeit dort. Modeste befindet sich in einer unangenehmen Lage. Sie weiß nicht, wie lange sie hier noch warten soll, und geht mit dem Gedanken um, nach dem Tirsenhof zurückzukehren.«

»Hm! ... Und das wäre dir nicht angenehm, Malte?«

»Mette! Was willst du von mir? Wir sprechen doch von Modeste.«

»Gewiß, ja! Und du bedauerst, daß der Ausflug Modestes in die große Welt ein so schnelles Ende nehmen soll. Möchtest, daß sie noch mehr davon sähe. Oh! da kann ich sie ja auffordern, in unserer Gesellschaft zu bleiben.«

»Ah, Mette! Das wäre ...«

»Wir reisen in den nächsten Tagen ab. Fahren auf Anraten des Arztes nach Ägypten ...«

»Ägypten! Nach Ägypten fahren wir?«

»Wir? ... Wenn du auch mitwillst, ja!«

»Gewiß! Natürlich! ... War zwar schon dort ... aber höchst interessante Gegend ... sehe sie mir gern noch mal an ...«

»... Besonders, wenn Modeste dabei ist.«

»Mette! Ich bitte dich! ... Diese unbegründeten Anspielungen ... du irrst! Irrst vollkommen!«

»Das wäre schade!« gab ihm Mette mit einem übertrieben ironischen Lächeln zurück. »Doch, wozu dies Reden? Vielleicht will sie gar nicht mit, Modeste. Ah! Da ist sie ja.

Malte, geh nur voran!« Mette trat auf Modeste zu, schlang den Arm um ihre Schulter. Sprach mit ihr eine Weile in warmem, liebevollem Ton. –

Bald darauf stießen die beiden zu Iversen im Foyer. Der hätte am liebsten einen Freudensprung gemacht, als er hörte, wie Mette dem Portier im Vorübergehen zurief: »Wir alle reisen morgen ab.«

»Nach Ägypten«, setzte Malte höchst überflüssig hinzu.

»Allerdings Malte, nach Ägypten.«

»Cheopspyramide, ich grüße dich!« rief Malte, den Hut schwenkend, laut und kümmerte sich wenig um die erstaunten Blicke der anderen Gäste im Foyer.

›Mon Repos!‹ In dem engen Tal die verwitterten Mauern des alten Baues im Abenddunkel kaum zu unterscheiden von den zerklüfteten Felsen, die das Tal umsäumten. Kein Licht, das durch die Fenster schimmerte. Wie tot und verlassen das Haus. Keine Bewohner mehr darin?

Doch! Auf der Eichenbank am alten Kamin Eisenecker, gerüstet zur Wanderung. Harrend des Freundes Gonzales. Zu seinen Füßen zwei Bündel, wohl verschnürt.

Schon längst hätte er hier sein sollen. Doch gewiß war er genötigt gewesen, den Ziegenpfad zu nehmen, der über die Berge führte. Schon seit mehreren Tagen die Grenzübergänge von starker maurischer Truppenmacht besetzt.

Der versteckte Pfad, nur wenigen Hirten bekannt, die einzige Möglichkeit. Er selbst würde nachher mit Gonzales wohl auch den Pfad nehmen müssen hinüber nach Spanien.

Was würde die nächste Zeit bringen? ... Abdurrhaman? ... Wie würde seine Antwort lauten? Würde er sich ihrem Befehl beugen? ... Oder nicht? Würden Hekatomben von Opfern nötig sein, das Land zu befreien?

Noch fünf Tage! Dann lief die Frist ab ... und dann? ... Das andere größere Werk! ... Dies hier ist ja nur eine Etappe.

Seine Gedanken gingen zurück nach Biarritz. Die Unterredung mit dem alten Harder.

Die ungeheuren Schwierigkeiten, kaum überwindbar, die ihm seit Monaten den Kopf heiß machten ... der Alte! Wie wertvoll war ihm Harders Rat gewesen.

Der Weg nach Biarritz! Mettes halber nur war er ihn gegangen ... und doch, wie gut war es für sein Werk gewesen.

Mette! Dort vor dem Gartentore stand sie, als sein alter Diener ihn rief, er es öffnete. Nur mit äußerster Anstrengung war es ihm gelungen, seine Überraschung zu verbergen, als er sie sah ... Mette Harder.

Wie hatte er sich bezwingen müssen, in kühlem, ruhigem Ton mit ihr zu sprechen, die zu ihm kam ... ihn zu bitten. Alles, was er längst begraben glaubte, war da wieder aufgeflammt, wie sie so unverändert in ihrer Anmut und Schönheit vor ihm stand.

Warnum! Die seligen Zeiten, die er damals an Mettes Seite verlebte. Nur an das Schöne, Gute dachte er jetzt. Die letzte schlimme Szene, sie blieb begraben.

Und er würde sie wiedersehen. Die gemeinsame Arbeit mit Harder würde sie wieder zusammenführen ...

»Er ist da, der Herr Oberst Gonzales!« Die rauhe Stimme des alten Schnauzbartes unterbrach sein Sinnen.

Da trat er ein.

»Die Grenze überall gesperrt! Nur der Ziegenpfad allein noch frei!«

»Ich dachte es mir. So müssen wir ihn auch beim Rückweg nehmen ... trotz unserer Lasten ... Hier liegt alles bereit, was wir zu tragen haben.

Gewiß! Ich könnte uns einen anderen Weg bahnen. Aber warum? ... Warum unnütz Menschenblut vergießen, uns die Meute auf den Hals locken?«

Zwei Stunden schon waren sie auf dem Marsch.

»Wären wir doch in ›Mon Repos‹ geblieben! ... Hätten das Gewitter abgewartet ... schon auf dem Hinweg sah ich es kommen. Ohne das Mondlicht ist der Pfad kaum zu beschreiten, und es wird dunkler und dunkler mit jeder Minute.«

»... Und es scheinen mehrere Gewitter zu sein, die sich dort an den Kesselwänden des Val di Toro zusammenballen.«

Die weiteren Worte verschlang der rasende Sturm, der sich plötzlich erhob. Ein scharfer Regenschauer peitschte ihnen ins Gesicnt. Unmöglich, noch etwas zu sehen. Nur durch laute Zurufe konnten sie noch feststellen, wo sich jeder befand.

Immer halsbrecherischer der Pfad! ... Mit Händen und mit Fü-

ßen mußten sie sich festklammern, um über den schmalen Grat zu kommen.

Jetzt! ... Ein Gewitter über ihnen ... um sie! Aus den dunklen Regenwolken prasselten die Blitze nach allen Seiten. Die Augen, eben noch geblendet vom grellen Schein ... dann wieder blind im undurchdringlichen Dunkel. Nur mühsam im Scheine ihrer Handlampen konnten sie dem Weg folgen. An einer Stelle, wo der Pfad sich verbreiterte, blieb Eisenecker aufatmend stehen. Mit lauter Stimme rief er nach Gonzales, der vor ihm war. Keine Antwort! Er mußte sehr weit voraus sein ... oder ... war der abgestürzt, hatte er dessen Todesschrei im Toben der Elemente überhört?

Da! Er hielt das Ohr lauschend vor. Ein Ruf von vorn! ... Sein Name!

Er lebte, Gonzales.

Er hob die Brust, ihm Antwort zu schreien. Da! Der Herzschlag stockte ihm. Ein fürchterlicher Blitzstrahl vor ihm auf dem Pfad in die Felsen schlagend. An der Stelle gerade, von der der Ruf des Freundes erklungen.

»Gonzales?!« Mit ungeheuerster Willensanstrengung schüttelte Eisenecker die Erstarrung von sich, stürmte keuchend den Pfad empor.

»Gonzales! ... Antonio!« Nur schwach entrangen sich die Worte der trockenen Kehle. Da kurz vor ihm ein Aufblitzen der Laterne, die Gonzales trug.

Ein erleichterter Atemzug. Dem Himmel sei Dank! Der war noch da. Er lebte. Er stieß gegen die Hand, die der ihm entgegenstreckte, drückte sie in überquellender Freude.

»Du lebst! ... Ich glaubte dich erschlagen von dem Blitz, der hier niederfuhr.«

Gonzales deutete mit der Hand auf die Ecke des Felsens, hinter der er stand.

»Ein Wunder, daß ich lebe! Da fuhr er nieder! ... Ein paar Schritt weiter, und ich lag zerschmettert im Abgrund ... Dank sei der Madonna!

Unmöglich, hier weiterzukommen! Ich versuchte es. Doch hinter dem Felsen ist's fürchterlich ... der rasende Sturm fegt uns von dem schmalen Pfad, wenn wir es wagen.

Wir müssen warten! ... Wie lange? ... Die Hölle hat sich verschworen, uns hier den Weg zu sperren. Die Gewitter drängen sich hier zusammen, stoßen sich an den Bergen ...«

»Warten? In dieser Unzahl elektrischer Entladungen? Vielleicht

stundenlang? Jede Minute kann uns den Tod bringen. Vergiß nicht, daß wir Waffen bei uns tragen . . . Stahl . . .«

»Wären's gewöhnliche Waffen, wir könnten sie fortwerfen! Aber . . .«

»Menschenkraft gegen Naturkraft! . . . Wir wollen sehen, wer siegt . . . wer stärker!«

»Frederego! Willst du die Gewitter bannen? Willst du sie bezwingen?«

»Ich will es . . . versuchen!«

Eisenecker warf das Bündel von der Schulter, entnahm ihm zwei Gewehre, lud sie. Gab eins dem Freund, nahm das andere selbst in die Hand.

»Zeitzünder! Fünfhundert Meter für mich . . . Siebenhundert für dich! . . . Du nach Süden! . . . Ich nach Südwest. Feuern wir auf Kommando zur gleichen Zeit.«

Sie legten an.

Zwei Schüsse! Der schwache Knall verklang im Toben der Elemente.

Doch nun . . . Im Bruchteil einer Sekunde da von Süden und von Südwesten her Blitze, zuckend nach allen Seiten. Und dann, als hätte die Atmosphäre sich an ihnen entzündet . . . um sie herum alles in brennendem Feuerschein.

Und weiter knatternd, krachend neue Blitze. Der ganze Himmel in bläulich-weißes Licht getaucht. Die Landschaft vor ihnen so hell, als leuchteten zehn Sonnen darauf . . . bis in unendliche Weiten sichtbar zu ihren Füßen.

Und dann ein Krachen! Eisenecker preßte die Hände an die Ohren . . . drückte sie . . . bedeutete den Freund, dasselbe zu tun . . . und doch! Nur ungenügender Schutz gegenüber dem, was dann geschah. Als wäre ein ganzer Erdball stärkster Sprengstoffe explodiert, ein einziges, nicht zu Ende kommendes Toben und Krachen.

Der uralte Fels, auf dem sie standen, wankte wie Rohr im Winde. Erbebte, bis in die Grundfesten erschüttert, daß sie in die Knie sanken, sich aneinander festhalten mußten, um nicht hinabzustürzen in die Tiefe.

Mit bleichen Gesichtern starrten sie um sich.

Jetzt, da unten der Jahrhunderte alte Eichenwald, der sich an den Berghängen hinzog . . . plötzlich, wie die Halme unter der Sense des Schnitters sanken die Riesenstämme zusammen.

Sie schlossen die Augen. Mit letzter Kraft drückten sie die Fäuste an die Ohren. Nichts sehen! . . . Nichts hören!

Wie lange sie da so gekniet ... gelegen ... keiner wußte es. Eine Ewigkeit schien es jedem.

Bis die Augen blinzelnd es wagten, sich zu öffnen. Noch immer Helle? ...

Doch nein! Nicht mehr das bläulich zuckende Feuer der atmosphärischen Entladungen! ... Das sanfte ruhige Licht des Mondes um sie herum ausgegossen.

Da wagten sie, den Kopf emporzustrecken. Über ihnen das unendliche Sternenmeer. Kein Wölkchen am Himmel ... tiefste Ruhe in der Natur.

Sie standen auf. Vor ihnen der Pfad wie ein helles Band am Rande der Felsen im friedlichen Glanze der nächtlichen Gestirne.

Gonzales warf das Bündel über die Schultern, folgte stumm dem Freunde, der mit raschem Schritt den Hang hinuntereilte.

Jetzt! Sie standen auf spanischem Boden. Wie lange noch, und er würde frei sein! Frei von fremdem Joch!

Da lag sie vor ihnen, die Antwort an Gonzales. Jetzt setzte Abdurrhaman seinen Namen darunter, reichte sie Jolanthe.

Die las sie mit halblauter Stimme noch einmal vor. Ohne jede Betonung ... eintönig flossen die Worte von ihren Lippen ... Die Worte, die doch die furchtbarste Drohung in sich schlossen ... Europa, das Land vieltausendjähriger Kultur, halb zur Wüste verbrannt! Der Rest ein schwächlicher Krüppel, der Spielball der mächtigen Nachbarn ... wenn Gonzales und seine Freunde nicht ließen ... von ihrem Wahnwitz ...

Der eine seiner Freunde ... der Deutsche! Der, der ihnen erst die Waffen geschmiedet ... der würde es nicht dulden, daß diese Drohung jetzt zur Wahrheit würde. Er würde ihn verlassen, Gonzales ... zurückkehren ... fliehen ...

»Und dann!« ... Jolanthe sah den Kalifen voll an. »Fürs erste wär's wohl genug! Aber was wird die Zukunft weiter bringen?

Diese Macht in unserer Hand! Welche Möglichkeiten! ... Die maurische Macht Herrscherin der Welt! Wo war er, der ...?«

Der Kalif schloß die Augen.

»Schweig, Jolanthe! Nicht zu weit laß deine Pläne eilen! Denken wir nur an das Heute. Nicht aber wage ich es, dies Schreiben wegzusenden, bevor ich weiß, daß es Ibn Ezer gelungen.«

»Warum die Zweifel, o Abdurrhaman? Es muß gelingen. Er hat die Konstruktion des Apparates voll durchschaut.«

»Du sagst es, Jolanthe. Ich glaube es ... muß es glauben. Und

doch! Ein Druck auf mir ... ich kann mich nicht davon befreien, bis ich sie hier vor mir sehe, die zwölf ...

Eine Bitte, Jolanthe! Fahre! Fahre noch heute zu Ibn Ezer.

Noch ist die Frist nicht verstrichen, die er sich gesetzt. Doch fahre ... fahre schon jetzt. Und wenn du da bist, gib mir Nachricht ... stündlich ... kein Schlaf in meinen Augen, bis ich aus deinem Munde höre, daß sie fertig ... die zwölf!«

Sie hatte sich erhoben. »Mein Flugschiff! Ich fahre sofort!« – Und so ganz gewiß, daß alles gut gehen würde, schlief sie ruhigen Schlaf, bis das Schiff auf ägyptischen Boden stieß. –

Jetzt stand sie vor Ibn Ezer. Schon seine begrüßenden Worte! Wie eine eisige Klammer legte es sich um ihr Hoffen. Diese niedergeschlagene Miene des Alten. Ihre Rechte suchte tastend Halt an der Felswand des Gemaches.

»Was ist's, Ibn Ezer? Du bist ... du hast dich geirrt« ...«

Der schüttelte den Kopf.

»Nein, meine Tochter! Ibn Ezer irrte nicht! Nur ein kleiner, kaum beachteter Umstand bringt eine Verzögerung in unseren Plan.«

»Ibn Ezer! Schnell! ... Willst du mich töten? Sag' mir alles! Wie lange ...?«

Der ging zum Schreibtisch, nahm eine kleine silbernschimmernde Elektrode.

»Hier! Wir glaubten das Material dafür im Lande zu haben. Doch das verrichtet nicht den verlangten Dienst. Nur in Europa ist es in der Vollendung zu haben, die erforderlich.

Doch beruhige dich, meine Tochter. Schon längst sind Flugschiffe unterwegs, es zu holen. Tage ... vielleicht nur Stunden wird es dauern ... dann werden wir es hier haben. Neue Elektroden aus ihm gefertigt, und die Apparate werden arbeiten wie der hier ... der von Montgomery.«

Bei seinen Worten war das Blut langsam in ihre Wangen zurückgekehrt. Sie schöpfte Atem, ihr Blick bekam wieder Glanz.

»Tage ... Stunden ... und dann? Sag mir die äußerste ... die längste Frist! ...«

»Drei Tage längstens.«

»Drei Tage längstens!« Jolanthe murmelte die Worte immer wieder vor sich hin. Drei Tage ... die Frist der Feinde überschritten. Würden sie ohne Verzug zur Tat schreiten? Drei Tage! Wenn die alle Macht anwandten, in drei Tagen Spanien frei! ... ›Kein Maure mehr auf spanischem Boden.‹

Sie ließ sich auf einen Schemel nieder, stützte den Kopf in die Hand.

Der Kalif! . . . Mit Ungeduld erwartete er die erste Nachricht von ihr.

Welche Enttäuschung! Wie sollte sie es ihm sagen? . . . Wie sollte sie es in Worte kleiden? . . . Drei Tage zu spät!

Eine kleine rote Lampe in der Ecke des Felsengemaches war aufgeglüht, Ibn Ezer an den Telefonhörer geeilt. Er lauschte. Sein Gesicht wurde freudiger mit jeder Sekunde.

Da, er warf den Hörer hin. »Das erste Schiff ist schon da, das Material an Bord. Keine drei Tage . . . in zweimal vierundzwanzig Stunden ist es erreicht.«

»Es ist wahr, Ibn Ezer?«

»Ja, meine Tochter.«

Jolanthe sprang auf. Ihre alte Spannkraft war wiedergekehrt.

»Zweimal vierundzwanzig Stunden!«

Gonzales! . . . Er würde doch nicht sein eigenes Vaterland verwüsten . . . verbrennen? So schnell konnte er seine Drohung doch nicht verwirklichen. Die Frist zur völligen Räumung konnte nicht so kurz bemessen sein. Die maurischen Truppen über das ganze Land verstreut, sie sammeln, abtransportieren . . . Tage, Wochen mußten vergehen.

Zeit gewonnen, alles gewonnen! Ja! . . . So konnte es gehen.

Man würde sich den Anschein geben, als gehorche man ihnen. Scheinbar die Rückbewegung der Truppen einleiten. Und dann! . . . Zweimal vierundzwanzig Stunden vergangen! . . .

Dann die gleiche Waffe in ihrer Hand. Dann deren Drohung die stärkere entgegengesetzt!

Der Kalif! Gewiß . . . er mußte enttäuscht sein! Aber . . . Trost, Rettung . . . sie folgten doch sofort.

Mit leichtem Herzen entwarf sie die Nachricht an Abdurrhaman.

Eisenecker und Gonzales standen vor einer kleinen Blockhütte hoch in den Bergen, wohin nur selten einmal ein Hirte kam, der hier oben weidete. Die Sonne war hinter den Gipfeln im Westen verschwunden. In grauem Dämmer lag die karge Alm.

Vom First der Hütte ein Antennendraht zu einer Zirbelkiefer, die auf einem Felsvorsprung wurzelte. Auf dem rohen Tisch vor ihnen der Empfangsapparat. An seiner Vorderwand wie eine Zunge der weiße Papierstreifen des Morseschreibers.

Eisenecker warf einen Blick auf die Uhr.

»Die ersten Meldungen müßten fällig sein. Unser Mann in Burgos . . . ah! Da kommt er schon!«

Der Morseticker begann zu schreiben. Die verabredete Depesche. Hier war alles in Ordnung. Und so ging es weiter, von Viertelstunde zu Viertelstunde. Einer nach dem anderen der Zwölf meldete sich.

Zwei fehlten aus der Reihe. Nummer Vier und Nummer Elf fehlten und kamen auch nicht, obwohl die Viertelstunden sich schon zu langen Stunden häuften.

Gonzales krauste die Stirn.

»Nummer Elf! Hauptmann Rodrigo Almenar! Ein alter braver Frontsoldat! . . . Sollte er eine Unvorsichtigkeit begangen haben?« Er zuckte die Achseln. »Ich kenne ihn nicht näher. Aber der andere! Nummer Vier, José del Segura. Ein Offizier meines alten Regiments. Ein Mann von höchstem Mut und sprichwörtlicher Tapferkeit. Dabei intelligent, verschlagen! Kaum einen besseren hätte ich finden können! Hier stehe ich vor einem Rätsel.

Eine Unvorsichtigkeit Seguras? Ausgeschlossen! . . . Die großen Arsenale in Toledo . . . zweimal müßte er feuern.«

Sie gingen in die Hütte. Gonzales entzündete eine kleine Lampe, breitete einen Plan von Spanien auf dem Tisch aus.

»Bis auf Villa Nueva sind die Angriffspunkte so gewählt, daß große Verluste an Menschenleben nicht zu erwarten sind. Bei Villa Nueva wird voraussichtlich auch die Stadt selbst und gar mancher der Zivileingesessenen schweren Schaden erleiden. Aber es läßt sich nicht vermeiden.

Der Punkt ist für die maurische Macht von allergrößter Wichtigkeit. Gerade diesen Schlag wird der Kalif nur schwer verwinden.«

»Wenn es so weit kommen sollte!« fiel Eisenecker ein. »Ich kann es immer noch nicht glauben, daß Abdurrhaman es aufs äußerste ankommen läßt. Es wäre doch Wahnsinn! Nach diesen Proben, die wir ihnen gaben.«

»Ich bin vollständig der gleichen Meinung, Frederego. Der Kalif, ein einsichtiger, hochbegabter Mensch . . . auch in dem Kreise seiner Vertrauten gar mancher kluge Militär und Politiker . . . vor allem sein Bruder, Prinz Ahmed Fuad.

Ich kann mir nichts anderes denken . . . irgendwie vage Hoffnung, an die sie sich klammern . . . Was? . . . Ich rate es nicht . . . vielleicht waren unsere Proben doch nicht überzeugend genug.«

Eisenecker schüttelte den Kopf. »Wir wissen doch, daß unsere

Gegner sich sehr genau an Ort und Stelle unter Hinzuziehung aller möglichen Sachverständigen über unsere Probestücke informiert haben. Was anderes muß es sein. Doch wozu noch lange grübeln, die Stunde der Entscheidung naht.«

Er ließ seine Uhr repetieren. Mitternacht vorbei.

»Toledo und Barcelona. Ich bin aufs äußerste gespannt.

Es könnte sein, daß irgendein nebensächlicher Umstand es unseren Leuten unmöglich gemacht hätte, zu senden. Ihr Sendeapparat vielleicht nicht in Ordnung. Wir werden bald Gewißheit haben. Ich denke, wir können jetzt unsere Empfänger auf die Regierungswelle umstellen.«

Sie gingen beide ins Freie. Eisenecker stellte die Kondensatoren des Apparates auf die andere Welle, nahm den Telefonhörer ans Ohr. Stille im Hörer. Schon wollte er ihn wieder ablegen, da . . . seine Brauen zogen sich zusammen, er horchte mit gespannter Aufmerksamkeit.

»Toledo«, flüsterte er dem Oberst zu. Der war nahe an Eisenecker herangetreten, starrte den an. Sah dessen Mienenspiel. Ein Unglück?! . . . Sekunden peinlichsten Wartens für Gonzales. Dann legte Eisenecker den Hörer hin. »José del Segura ist tot! Keine andere Erklärung möglich!«

»Was ist geschehen?« rief Gonzales.

»Der Radiobericht ging vom Kriegsministerium aus. Der Inhalt folgender: Der Häuserblock in Toledo, in dem das Polizeigebäude mitten drin, in die Luft geflogen. Furchtbare Katastrophe! Auch die benachbarten Blocks schwer in Mitleidenschaft gezogen!«

Sie sahen sich schweigend an. »Das war José del Seguras Werk«, rief Gonzales, »keine andere Erklärung!«

Was war da geschehen?

»Das Schicksal Rodrigo Almenars wohl dasselbe«, vollendete Gonzales.

Der Zeiger der Uhr war unaufhaltsam weitergewandert. Ein Uhr nachts. Die anderen Zehn, jetzt würden sie es vollbringen. Die Hand, mit der Gonzales den Hörer griff, zitterte leicht. Er hielt ihn ans Ohr, setzte ihn wieder ab, schaute auf den Apparat.

»Verworrene Geräusche! Ist etwas hier nicht in Ordnung?«

Eisenecker riß ihm den Hörer aus der Hand. Ein leichtes Lächeln glitt über seine Züge. »Wir werden keinen Bericht bekommen. Sie senden in Madrid Störungswellen . . . machen jede Sendung unmöglich.«

»Ah, sie haben also triftige Gründe, das Nachrichtengeben zu

verhindern. Aber diese Gründe dürften für uns sicherlich nur angenehm sein«, fuhr Gonzales fort.

Die Katastrophe in Toledo. Das Schicksal José del Seguras. Was war da vorgegangen?

Der Prado Publico in Toledo fast menschenleer. Unter einer hochragenden Tanne lag José del Segura. Ein isolierter Draht von einem hohen Ast des Baumes bis zu ihm, der da halb verborgen im Grase saß. In der Abenddämmerung für einen zufällig Vorübergehenden unsichtbar.

Del Segura öffnete einen kleinen Sendeapparat, schloß ihn an.

Er sah auf die Uhr. Die verabredete Stunde war noch nicht herangekommen. Es hieß warten. – Langsam schlich der Zeiger der Uhr vorwärts. Unerträglich diese Langeweile. Alles in ihm fieberte ... drängte zur Tat. Dort drüben hinter dem Wasserturm das erste Arsenal. Das andere jenseits der Stadt.

Barcelona. Dort sein Jugendfreund Rodrigo Almenar. Waffenbruder in den Guerillakämpfen. Der stand jetzt auch vor seinem Sender, ungeduldig die Stunde erwartend.

Einen Gruß mit ihm austauschen? Es schoß ihm plötzlich durch den Sinn. Er rief an. Der antwortete. Kaum, daß er die Stimme des Freundes vernommen, fiel es ihm schwer auf die Seele ... durfte er das tun, jetzt in diesem Augenblick? War's nicht leichtsinnig?

Hätte er's doch nicht getan! Der Freund erzählte in seiner breiten baskischen Mundart, fand kein Ende. Immer ungeduldiger wurde Segura, gab jetzt das Schlußzeichen.

Er streckte sich lang aus. Warten, noch eine volle Stunde! Nach einiger Zeit richtete er sich auf, sah auf die Uhr. Der Zeiger war eine Viertelstunde weitergelaufen. Er wollte sich wieder hinlegen ... da ... kam nicht einer auf ihn zu? Schnell warf er sich hin. Zu spät. Eine barsche Stimme rief ihn an. Der Lichtkegel einer starken Lampe fiel auf ihn.

»Stehen Sie auf, mein Herr! Ihre Legitimation?«

Während del Segura sich erhob, »Ah!« der Fremde rief's. »Sie waren es, der eben hier gesendet hat. Der Draht, Ihre Antenne. Hm ...« er griff mit der Rechten in die Tasche, zog eine Waffe. »Ihre Papiere, mein Herr.«

Segura sprach kein Wort, zog seinen Paß aus seiner Brieftasche, übergab ihn dem Fremden. Ein Geheimpolizist unzweifelhaft, der seine Sendeeinrichtung durch Anpeilen ermittelt hatte.

»Sie sind der frühere Offizier der spanischen Armee, José del Segura?«

»Der bin ich!«

»Sie sprachen eben mit Barcelona.«

»Gewiß.«

»Der Inhalt Ihres Gespräches?«

»Nun, haben Sie ihn nicht mit angehört?«

»Allerdings.«

»Allerdings? Nun, dann weiß ich nicht, was Sie von mir wollen. Oder vermuten Sie in diesem harmlosen Gespräch irgendein finsteres Staatsgeheimnis?«

Der Polizist stand einen Augenblick überlegend da. »Hier ist nicht der Ort, um uns darüber auszusprechen. Folgen Sie mir zur Wache.«

Del Segura war eben im Begriff, dem an die Kehle zu springen, da sah er zwei weitere Gestalten auf sich zukommen. Der Beamte mochte wohl die Absicht Seguras instinktmäßig gefühlt haben, er hielt ihm die Waffe vor die Brust.

»Folgen Sie mir ohne Widerstand, mein Herr!«

Eine Viertelstunde darauf stand del Segura dem Polizeikommissar gegenüber. »Ich will Sie vorerst nicht danach fragen, welchen Zweck Ihre Radiounterhaltung mit Barcelona hatte, Sie würden mir doch nicht die Wahrheit sagen. Doch eine andere Frage. In Ihrem Besitz eine große Armeepistole, dazu zwei Patronen.«

Er wies auf den Tisch an seiner Seite, wo die Waffe und die beiden Patronen lagen. »Diese Patronen, was ist mit ihnen? Was ist das, was statt des üblichen Mantelgeschosses in der Hülse steckt? Die Patronen sind ungewöhnlich schwer, das Geschoß kann unmöglich aus Blei bestehen.«

»Sie haben recht, Herr Kommissar. Das ist kein Blei. Das ist .. das ist eine neue Legierung, deren ballistische Eigenschaften denen der üblichen Bleigeschosse überlegen sind.«

»Sonderbare Legierung muß das sein.« Der Kommissar hob eins der Geschosse auf. »Mir sind Metalle von solcher Schwere nicht bekannt, mein Herr. Jedenfalls, Sie werden das einsehen, besteht wohl begründeter Anlaß, daß man sich mit Ihrer Person und diesen sonderbaren Geschossen etwas näher beschäftigt. Sie werden daher vorläufig in Haft bleiben.«

José de Segura vermochte nur mit übermenschlicher Willensanstrengung seine gleichgültige Miene zu bewahren. Doch vergeblich suchte er nach einem Ausweg . . . ah, doch einer!

»Ich glaube, Herr Kommissar, meine Angelegenheit wird sich in

einfachster Weise klären, wenn ich Ihnen diese neue Konstruktion der Patronen im einzelnen zeige.«

Der Kommissar zögerte einen Augenblick, dann überwog die Neugierde bei ihm. Er nahm eine, reichte sie del Segura. Der griff sie mit beiden Händen, zog mit einer leichten Kraftanstrengung das Geschoß aus der Hülse.

»Hier, Sie sehen die Hülse, nichts anderes wie die üblichen.«

Er drehte sie um. »Die Treibladung ganz wie gewöhnlich, und hier in meiner anderen Hand das Geschoß. Um Ihnen die Legierung zu zeigen, muß ich den Überzug, der sie wie ein Mantel umgibt, entfernen. Sie haben vielleicht eine Zange.«

Ein anderer Polizist reichte ihm eine solche.

»Sie werden gleich sehen, Herr Kommissar.« Del Segura griff die Zange, trat ein paar Schritte zurück, schlug schnell ein Kreuz, setzte sie an. Das Geschoß, ein leichtes Krachen, wie wenn man eine Mandelschale aufbricht . . .

Plötzlich ein bläulich-heller Schein in dem Raum. Del Segura, als brenne das in seiner Hand, schleuderte es auf die Erde . . .

Und dann — — — Das große Gebäude . . . die ganze Umgebung, als wäre ein Krater darunter ausgebrochen . . . in ungeheurem Getöse flog alles in die Luft. Kein Überlebender, der zeugen konnte, was hier geschah.

Barcelona. Ein kleines Hotel in der Vorstadt. Rodrigo Almenar saß am Fenster seines Zimmers. Unbemerkt hatte er zu einem hohen Obstbaum davor eine Antenne gespannt. Der Anruf des Freundes! Seine Gedanken weilten bei ihm, mit dem er eben noch gesprochen, gingen voraus in die Zukunft . . . wenn sie sich wiedersehen.

Es klopfte an die Tür. Almenar drehte sich um, ein Fremder trat ein. »Ich bitte um Verzeihung, wenn ich Sie störe, mein Herr, ich bin von der politischen Polizei. Sie haben soeben mit Toledo gesprochen. Ihre Antenne, ich sah es von unten, geht zu jenem Baum. Der Inhalt Ihres Gesprächs . . .«

»Verzeihung, mein Herr, der dürfte doch wohl so harmlos wie möglich gewesen sein!«

»Vollkommen Ihrer Meinung, mein Herr. Aber gerade deshalb, weil er so außerordentlich harmlos war, erscheint es mir interessant, über Ihre Person Näheres zu erfahren. Ah, Sie haben einen Paß. Hm . . . doch unsere Unterredung könnte vielleicht von längerer Dauer sein. Folgen Sie mir.«

Bei diesen laut gesprochenen Worten öffnete sich die Tür, ein weiterer Beamter trat ein.

»Nehmen Sie das Gepäck dieses Herrn und folgen Sie uns.«

Zehn Minuten später lief beim Kriegsministerium in Madrid folgende Nachricht ein:

In einem Vorstadthotel früherer spanischer Offizier Rodrigo Almenar wegen verdächtigen Funkens verhaftet. In seinem Besitz eine Armeepistole mit zwei Patronen unbekannter Konstruktion. Das Geschoß von außergewöhnlicher Schwere.

Eine weitere Viertelstunde später brachte ein Flugschiff den gefesselten Gefangenen mit seinem Gepäck nach Madrid.

Dinnerstunde im Splendid-Hotel. Im großen Speisesaal an kleinen Tischen ein internationales Publikum. Die Nachrichtengeber auf den Tischen in unablässiger Arbeit. Immer neue leuchtende Schrift auf den Mattscheiben.

Die wenigsten achteten darauf. Da! Erstaunte Ausrufe! Sie pflanzten sich im Nu durch den weiten Saal fort: Nachrichten aus Spanien. Neuer Aufstand dort? . . .

Plötzlich aller Blicke auf die Nachrichtengeber gerichtet:

Jeder telefunkische, telegrafische Verkehr mit Spanien gesperrt! Briefzensur! Verbürgte Nachrichten leider nicht zu erlangen. Aus mündlichen Berichten von Reisenden folgendes ohne Gewähr zusammengestellt:

In der Nacht vom 6. zum 7. um 1 Uhr morgens gleichzeitig eine Reihe schwerster Attentate!

Die Arsenale in Burgos und Valadolid in die Luft gesprengt! Die großen Pulvermagazine in Badajoz und Lerida explodiert. Das riesige Munitionsdepot bei Villa Nueva in die Luft geflogen, die Stadt selbst durch die Gewalt der Explosion in Trümmer gelegt.

Aus anderen Städten wird ähnliches gemeldet.

Ein Stimmengewirr wie das Summen eines aufgestörten Bienenschwarmes in dem großen Saal. Meinungen hin und her . . . Vermutungen . . . von Tisch zu Tisch ausgetauscht.

Einzelne verließen ihre Plätze. Gruppen bildeten sich. Die Speisen blieben unberührt. Auch das Personal, fast ausschließlich europäisch, vergaß des Dienstes, servierte nicht weiter, besprach die ungeheuerlichen Neuigkeiten.

In dem allgemeinen Aufruhr achtete keiner darauf, daß an dem einen Tisch in der Ecke vier Menschen saßen, die sich wortlos mit verstörten Mienen anschauten.

Iversen, der erste, der die Stille unterbrach. »Sie sind's! ... Sie sind's!« Leise, mit heiserer Stimme stieß er es hervor. »Der erste Streich!«

Harder nickte stumm. Seine Finger trommelten nervös auf der Tischplatte. Mette, erblaßt, ließ ihre Augen von dem einen zum anderen wandern. Jetzt sah sie Iversen bedeutungsvoll an, legte heimlich mit einem Blick auf Modeste den Finger auf den Mund. Gab unter dem Tisch ihrem Vater ein Zeichen, aufzustehen.

Der verstand. Gewaltsam zwang er seine Stimme zu gleichgültigem Ton. »Ich glaube kaum, daß das Dinner weitergehen wird. Gehen wir nach oben. Diese Nachricht hat meinen Hunger gestillt. Hoffentlich geht alles zu einem guten Ende.«

Mit Mühe bahnten sie sich den Weg durch die aufgestörte Menge. Im Foyer dasselbe Bild. Auch hier alles in wirrem Durcheinander.

Modeste hatte sich wohl über das so ganz andere Benehmen ihrer Freunde gewundert, folgte langsam denen, die mit sonderbarer Eile nach oben zu ihren Zimmern strebten.

»Baronin Modeste von Karsküll!« Sie drehte sich um. Ein Hotelboy stand da, hielt ihr einen Brief hin, schaute sie fragend an.

»Ja, ich bin es.«

»Hier ein Brief für Sie.«

Ein Brief ohne Marke an sie. Ah! Sie blieb stehen, stutzte. Das war doch Jolanthes Handschrift.

Die hier? Sie ging zu einem Sessel, ließ sich nieder, riß den Brief auf. Ihre Augen flogen in Eile über die wenigen Zeilen ...

Im Belvedere des Parks um fünf Uhr? ... Ihre Blicke suchten den großen Chronometer im Foyer. Fünf Uhr. Schon hatte der Zeiger die Zahl überschritten. Sie schaute sich nach den anderen um, sah sie nicht mehr.

Ihnen nacheilen? Iversen? ... Nein, vielleicht war es besser, wenn sie gar nichts davon erfuhren. Sie erhob sich und eilte in den Park. Hastig durchschritt sie die breiten Wege.

Das Belvedere ... sie kannte es ... im Hintergrunde des Parks auf einer kleinen Anhöhe erbaut ...

Bald sah sie es vor sich. Noch ehe sie es erreicht ... »Modeste!« Der Ruf aus einem Boskett zur Seite ließ sie stillstehen.

»Jolanthe, du bist's?« Sie zog den Schleier, den sie beim Anruf gelüftet, hastig wieder herunter.

»Nicht so laut, Modeste! Sprich leise! Ich möchte ...« ihre nächsten Worte verklangen undeutlich hinter dem dichten Schleier. Sie

legte ihren Arm in den der Schwester, zog sie weiter in den Park hinein.

»Ich glaube, Modeste, wir haben uns vieles zu sagen. Wollen wir in meinem Wagen ... er steht draußen auf der Straße ... ein Stück spazieren fahren? Wir wären da ganz ungestört.«

Während sie nach dem hinteren Ausgang des Parkes schritten, sprach Jolanthe weiter. »Dein Brief erreichte mich gestern. Ich wollte ihn beantworten ... du schriebst so gut, so lieb.

Mein letzter Brief ... ich war an dem Tage in starker Aufregung, hatte viele Unannehmlichkeiten gehabt. Als er fort war, bereute ich schon, was ich geschrieben.«

»Sprich nicht davon, Jolanthe, wir wollen das alles vergessen sein lassen ...«

Sie waren am Parkausgang angekommen. Da stand der Wagen. Sie stiegen ein, fuhren fort.

Kaum, daß Mette und Iversen eingetreten, als Harder die Tür seines Zimmers hinter ihnen abschloß. Als er sich umdrehte, sah er, daß Iversen Mette um die Schultern gefaßt hatte und in ausgelassenster Lustigkeit ein paar Tanzschritte mit ihr versuchte. Dabei schien er, nach den unartikulierten Lauten zu schließen, die aus seinem Munde kamen, nur mit Mühe ein lautes Jubelgeschrei zu unterdrücken.

Schon unten im Saal hatte Harder sich über die Art und Weise gewundert, in der Mette und Iversen diese Nachricht aufnahmen. Als er jetzt den Freudentanz Iversens sah, wurde sein Staunen noch größer. Er trat auf sie zu. »Was tut ihr da, was wißt ihr denn?«

»Was wir wissen? Mein teuerster Onkel, wir wissen das, was auch Sie wissen.«

»Herr von Iversen, die Sache ist zu ernst zum Scherzen. Ich selbst habe Ihnen nichts gesagt, bin auch überzeugt, daß Herr Eisenecker Ihnen«, er betonte das Wort, »nichts gesagt hat.«

»Mein verehrtester Herr Generaldirektor ... Sie beliebten eben das ›Ihnen‹ zu betonen, meinten ›ausgerechnet Ihnen‹. Hm ... Gewiß, Herr Eisenecker würdigte mich nicht seines Vertrauens. Die Gründe dafür – liegen bei Ihnen. Aber ich habe manchmal einen recht guten Riecher für solche Sachen. Meine in scharfer Detektivarbeit geschulte Kombinationsgabe erlaubt es mir, den Schluß zu ziehen, daß ... ich das weiß, was Sie auch wissen, ohne daß mir's jemand gesagt hat ...

Nämlich, daß Herr Friedrich Eisenecker im Verein mit einigen

spanischen Patrioten den löblichen Versuch macht, diese ganze schwarze Gesellschaft aus Spanien rauszuschmeißen.«

»Iversen!« Der Generaldirektor eilte auf ihn zu, hielt ihm die Hand vor den Mund. »Leise, leise, ich bitte Sie um Himmels willen. Es steht da unendlich viel auf dem Spiel . . . das Leben Eiseneckers nicht zu vergessen.«

»Wie, was sagst du, Vater, Eisenecker ist in Gefahr?«

Harder zuckte die Achseln. »Wie ich ihn kenne, wird er, wenn Not am Mann, seine Person nicht schonen.«

Mette war bleich geworden. Ihre Blicke gingen zu Iversen. Der klopfte ihr beruhigend auf die Schulter. »Keine Angst, Mette. Es wird schon alles gut gehen. Eisenecker dürfte der letzte sein, der sich so ohne weiteres von jemand an den Wagen fahren läßt.«

Und dann setzten sie sich zusammen. In eifrigem Gespräch tauschten sie die Gedanken aus, die ihre Herzen bewegten, konnten dabei kein Ende finden. Wohl schon eine Stunde war vergangen, da erinnerte sich Iversen Modestes.

Ja, wo war sie geblieben? Sie waren zusammen aus dem Speisesaal fortgegangen. In ihrem Eifer hatten sie gar nicht darauf geachtet, daß sie nicht mit heraufgekommen.

»Sie wird in ihrem Zimmer sein«, meinte Mette, »ich werde nach ihr sehen . . . Leider sind wir gezwungen, in ihrer Gesellschaft vorsichtig im Gespräch über diese Dinge zu sein. Malte!« sie legte den Finger auf die Lippen. »Vergiß es nicht!«

Sie ging hinaus, kam bald darauf wieder. »Ihr Zimmer ist leer, Modeste ist nicht da.«

»Nun!« Harder warf es ein. »Sie wird im Foyer oder im Garten sein. Iversen, die Pflicht ruft.«

»Sofort, mein teuerster Onkel, ich eile, ich fliege.«

Geraume Zeit war verstrichen, als er wieder in das Zimmer trat. Unruhe lag in seinem Wesen. »Ich kann sie nicht finden, . . war überall, auch im Speisesaal, habe den ganzen Garten durchstreift, war auch nochmal in ihrem Zimmer, nirgends ist sie.«

Harder unterbrach ihn. »Keine Angst, Iversen! Hier kommen keine Kinder weg. Modeste wird schon wiederkommen.« Der Generaldirektor hatte sich an seinen Schreibtisch gesetzt, die Karte von Spanien aufgeschlagen und studierte dort mit großem Interesse die Lage der Orte, an denen Eiseneckers Hand tätig gewesen.

»Suchen wir zusammen, Malte!« Mette hatte Iversen beim Arm genommen, verließ mit ihm das Zimmer.

Harder, in seine Arbeit vertieft, merkte kaum, wie die Stunden

verrannen. Endlich schob er die Karten zurück, zog die Uhr. »Was, schon so spät! Wo bleiben sie?« Er stand auf, ging nach unten.

Da standen Mette und Iversen am Eingang des Hotels. »Nun, habt ihr ihn gefunden, den Ausreißer?« Das Wort blieb ihm im Munde stecken, als er die erregten Gesichter der beiden sah. Mette legte den Arm in den seinen, führte ihn ein Stück in den Park hinein.

»Wir haben sie nicht gefunden, Vater. Malte wollte gerade mit dem Hoteldirektor sprechen, da brachte ein Boy diesen Brief.«

»Ein Brief von Modeste?« fragte Harder.

»Ja, er ist von Modeste, es ist ihre Handschrift.«

»Nun und, was schreibt sie?« Mette reichte ihm das Schreiben.

Harder las, ließ dann den Brief sinken und starrte einen Augenblick sinnend in die Weite. »Hm! . . . Ich finde doch, das ist eine sonderbare Sache. – Modeste hat da anscheinend jemand Bekanntes getroffen, ist mit ihm fortgefahren oder fortgegangen, schreibt aber gar nicht, wer das ist . . . Sie will bei dem oder den Bekannten ein paar Tage bleiben? . . . Dann wiederkommen. Rätselhaft, höchst rätselhaft.«

»Ja, du sagst es auch, Vater. Wir sind recht beunruhigt. Das alles so geheimnisvoll! . . . Ist doch sonst nicht Modestes Art.«

»Nun, Angst braucht ihr nicht zu haben. Es ist doch wohl ausgeschlossen, daß ihr etwas Ernstliches passiert ist . . . außerdem, du kennst doch ihre Handschrift. Sie hat doch, wie du sagst, den Brief selbst geschrieben, also«, er stemmte die Hände in die Hüften. »Ich sehe keinen Grund, sich große Sorgen zu machen. Selbstverständlich ist das Ganze nicht sehr erfreulich. Es bleibt uns nichts anderes übrig, als zu warten. Sie schreibt ja, sie wird in den nächsten Tagen wiederkommen. Also warten wir, ehe wir da etwa Schritte bei der Polizei oder sonstwo tun.«

Iversen, der bisher geschwiegen hatte, schien in den Worten Harders einen gewissen Trost zu finden. Seine verdüsterten Mienen hellten sich auf. »Ja, Mette, vielleicht hat dein Vater recht, wir sorgen uns unnötig. Warten wir erst einmal die nächsten vierundzwanzig Stunden ab!«

»Du wirst es bereuen, Modeste, wenn du nicht diesen törichten Sentiments beiseite läßt und Vernunft annimmst. – Du willst fort, ich lasse dich nicht fort. Ich kann es, will es nicht glauben, daß du auf deinem eigensinnigen Kopf weiter bestehst. Ich geb' dir noch eine

letzte Bedenkzeit.« Mit diesen Worten warf Jolanthe die Türe zu, schloß sie ab.

Beim Knarren des Riegels hatte Modeste den Kopf erhoben. Die Hand mit dem Taschentuch, das sie bis dahin vor die Augen gedeckt, sank herab.

Was . . was hatte Jolanthe da eben gesagt? Sie wollte sie nicht fortlassen . . .? Wollte die sie mit Gewalt hier halten? Hatte sie nicht eben den Riegel vorgeschoben?

Sie eilte zur Tür, drückte den Knopf nieder — die Tür war verschlossen. Dieser Schlag . . .! Wie vernichtet sank Modeste auf einen Sessel nieder. Diese Enttäuschung, diese ungeheure Enttäuschung über Jolanthe . . . ihre Schwester! Die Schwester war's, die eigene Schwester, die ihr das antat!

Sie konnte es nicht fassen. Ihre Gedanken flogen nach dem Hotel . . . zu den Freunden zurück. Harder, Mette, Iversen, was würden sie denken? Stunden waren schon vergangen, seitdem sie fort. Die würden sich sorgen und . . . sie preßte die Hände gegen die Brust . . . wie lange würde sie hier festgehalten werden?

Sie kannte Jolanthe wohl, kannte ihren starken Willen. Sie, wenn sie nicht nachgab, — — — Jolanthe, was würde sie tun?, aber . . . war Jolanthe auch jetzt die Stärkere . . . sie wollte versuchen, hier einen Ausweg zu finden . . .

Wie hier fortkommen? Modeste sprang auf.

Weg von hier! . . . Fort aus dieser unwürdigen Gefangenschaft!

Die Tür war verriegelt. Sie blickte sich in dem Gemach um. Das einzige Fenster mit einem leichten kunstvollen Gitter versehen. Kräftige Männerarme würden es wohl zerbrechen können. Für sie war's unmöglich.

Sie preßte die Hand vor die Stirn. Wie war sie hierhergekommen? Unterwegs hatte Jolanthe sich beklagt: »Die Fahrt ist nicht angenehm, der Staub, den der Wind mit sich führt, belästigt mich. Fahren wir zu dem Schlößchen am Nil da drüben.«

Modeste hatte gefragt, ob sie dorthin könnten? Hatte mit Verwunderung die Antwort der Schwester vernommen.

»Das Schlößchen gehört der königlichen Familie in Kairo. Durch Vermittlung meines Oheims, des Fürsten Iraklis, ist es mir für meinen Aufenthalt hier zur Verfügung gestellt worden.«

Hatte dann die eigenen Gedanken unterdrückt und dem Wunsche Jolanthes nachgegeben.

Sie waren in den Schloßhof eingefahren. Mit Staunen hatte

sie die verschwenderische Pracht bewundert, die sie beim Eintritt empfing.

Sie waren in diesen Raum gekommen und die . . bei der Erinnerung zuckte sie zusammen, schloß die Augen . . . Jolanthe, die Schwester, wie hatte sie sich plötzlich verändert!

Während der Fahrt war kein Wort über den Prinzen Ahmed Fuad über ihre Lippen gekommen. Hier hatte sie plötzlich ganz unvermittelt begonnen, von dem Prinzen zu sprechen. Hatte nochmals die Vorzüge seiner Person, seiner hohen Stellung ins hellste Licht gesetzt. Sie darauf hingewiesen, welche glückliche Zukunft ihr an des Prinzen Seite blühen würde.

Als Modeste es wiederum kurz abgelehnt . . . da hatte sich das schöne Gesicht Jolanthes plötzlich in Haß und Wut gewandelt. Mit den heftigsten Vorwürfen hatte die Schwester sie überschüttet, sie schließlich als Gefangene hier zurückgelassen.

Gefangen? . . . Gefangen hier!

Es wallte in ihr auf. Da, die Tür zum Nebenzimmer! . . . Vielleicht ist sie offen? Sie eilte darauf zu, daß Schloß gab nach.

Es war ein mit üppigster Pracht eingerichtetes Schlafzimmer. Sie trat hinein. Ein hoher Pfeilerspiegel zeigte ihre Gestalt. Sie sah ihr verweintes Gesicht, tauchte ein Handtuch in das Becken, wusch sich die Augen. Da war's ihr, als hätte sie ein Knarren der Tür des Nebezimmers gehört.

Jolanthe? Sie eilte hinein. Da! Der Schrei, den sie ausstoßen wollte, blieb ihr in der Brust stecken.

Prinz Ahmed stand vor ihr. Abwehrend streckte sie ihm die Arme entgegen. Da war er schon bei ihr, ergriff ihre Hände, sank in die Knie, bedeckte die Hände mit Küssen.

Vergeblich suchte sie, sich ihm zu entreißen. Wie mit eisernen Klammern hielt er sie fest.

»Modeste! Ich kann es . . . will es nicht glauben, daß Sie meine Liebe verschmähen. Es kann ja nicht sein!

Modeste! Ich ertrage es nicht! Ich dürste nach dir! . . . Was soll ich tun! Eine Antwort aus deinem Munde! Alles, was du willst, soll geschehen . . .«

Modeste rang vergeblich nach Worten, vermochte nur abweisend das Haupt zu schütteln.

»Du willst mich nicht erhören! . . . und doch! . . . Ich lasse dich nicht!«

Er führte die Wankende zu einem Sessel, ließ sie sich niedersetzen. Durchmaß den Raum mit großen Schritten. Mit letzter Kraft

überwand Modeste die Schwäche, der sie zu unterliegen drohte. Fand die Sprache wieder.

»Prinz Ahmed! Unmöglich ... Nur eine Bitte ... Lassen Sie mich! ... Lassen Sie mich! ... Niemals! ... Niemals werde ich die Ihre sein.«

Der Prinz trat dicht auf sie zu, streckte ihr bittend die Hand entgegen.

»Modeste! ...«

Sie wandte sich zur Seite. Mit ruhiger, gefaßter Stimme sprach sie.

»Mein Prinz! Ich habe Sie stets als offenen, edlen Charakter geschätzt .. geachtet. Auch noch ...« hier deckte eine leichte Röte ihre Wangen ... »nachdem ich von Madrid abgereist. Ich kann auch nicht glauben, daß meine Schwester mit Ihrem Einverständnis handelte, als sie mich hierherlockte ... hinterlistig ...«

Prinz Ahmed legte beteuernd die Hand aufs Herz.

»Ich weiß nicht! ... Sie hierhergelockt? ... Sie kennen mich ... ich schwöre es Ihnen ... Jolanthe? ... mit keinem Wort hatte sie zu mir ...«

»Ich will es Ihnen glauben, Prinz Ahmed ... Dann aber bitte ich Sie, mir Gelegenheit zu geben, dies Haus sofort zu verlassen und zu meinen Freunden zurückzukehren.«

»Modeste! ...« Seine Stimme klang heiser, das Weiße seiner Augen schien blutunterlaufen. Keuchend sein Atem.

Er stürzte auf sie zu, sank vor ihr nieder, umschlang die zitternde Gestalt mit seinen Armen.

»Ich laß' dich nicht! Du! ... Mein bist du jetzt! Mein wirst du bleiben ...!«

Er riß sie an sich. Vergeblich suchte sie ihn abzuwehren. Ein letzter weher Schrei aus ihrem Munde. Dann verließen sie die Sinne.

Wie lange sie so gelegen, sie wußte es nicht. Als sie wieder zu sich gekommen, lag sie auf einer Ottomane. Jolanthe saß neben ihr, besprengte ihr die Stirn mit Kölnisch Wasser.

»Modeste! Verzeih mir, daß ...«

Bei dem Klang der Stimme wandte sich Modeste ab. Ein Ausdruck unsäglicher Verachtung lag auf ihrem Gesicht.

Jolanthe sprach weiter. Modeste schüttelte abweisend den Kopf.

»Geh! Geh! Verlaß mich! ... Ich kann dich nicht sehen.«

Sie kehrte das Gesicht der Wand zu, schloß die Augen. Noch eine

kleine Weile, dann hörte sie, wie die Tür ging . . . wie dann leise ein Schlüssel gedreht wurde.

Einen Augenblick . . . sie raffte sich auf, ging zur Tür, schob den inneren Riegel vor. Nur gewaltsam war jetzt der Eintritt zu ihr zu erzwingen. Sie eilte in den Nebenraum.

Da! Eine kleine Tapetentür, die von dem Schlafzimmer in einen anderen Raum führen mußte. Sie prüfte das Schloß. Die Tür war verschlossen. Doch . . . Ein Gedanke! Die leichte Tür . . . das Schloß konnte nicht allzu schwer zu öffnen sein.

Sie sah sich um. Auf dem Toilettetisch dort ein silbernes Necessaire. Sie faßte den Metallspiegel. Ein langer Griff daran. Vorsichtig stemmte sie ihn in die Fuge der Tapetentür, bog über. Das Schloß gab nach, die Tür war offen.

Sie schaute in den anderen Raum, Anscheinend eine Bibliothek, der Boden mit einem dicken Teppich bedeckt. Behutsam schritt sie darüber hin, einer anderen Tür zu, die durch eine Portiere verhängt war. Schon beim Näherkommen glaubte sie Stimmen dort drüben zu hören. Jetzt stand sie an dem Vorhang, hielt lauschend das Ohr an einen Spalt.

Die Stimmen Jolanthes und des Prinzen! Schon wollte sie sich zurückwenden, da hörte sie ihren Namen fallen. Wieder näherte sie ihr Ohr dem Vorhang, horchte mit gespannter Aufmerksamkeit. Verstand sie auch nicht alle Worte, so genügten doch die Bruchstücke, um ihr den Inhalt des Gesprächs klarzumachen.

»Es ist unmöglich, sie jetzt zu ihren Freunden zurückkehren zu lassen. Ich werde versuchen, morgen noch einmal mit ihr zu spechen . . . sie zu beruhigen . . .«

Der Prinz schien damit nicht einverstanden . . . sie verstand die Worte nur schlecht . . . schien andere Vorschläge zu machen. Jetzt wieder Jolanthes Stimme.

»So hoffen Sie immer noch, Prinz Ahmed? . . . Sie mit uns nach Madrid nehmen? . . . Wenn die zwölf Apparate fertig . . . wir sie dem Kalifen bringen . . .?«

Die Antworten des Prinzen waren so leise gesprochen, daß Modeste kein Wort davon verstand. Jetzt wieder Jolanthe.

»Gut so, Prinz Ahmed! . . . Ich bin damit einverstanden . . . vielleicht, daß wir den Trotzkopf doch noch brechen . . . Doch jetzt genug davon! Vergessen wir über all dies nicht den Zweck Ihres Kommens . . .

Sie brachten die beiden Patronen, die man dem Attentäter in Bar-

celona abgenommen. Ich möchte vorschlagen, noch in dieser Nacht zu Ibn Ezer zu fahren und sie ihm vorzulegen . . .«

»Ich habe da wenig Hoffnung. Aber wir müssen alles tun, jede Möglichkeit ergreifen, um diesen Schuften ihren Plan zu verderben.«

»Wir werden es! Es wird uns gelingen. Die zwölf Apparate, die Ibn Ezer nach Montgomerys Apparat baut . . . morgen abend sollen sie fertig sein! . . Spätestens übermorgen früh . . . dann wir damit nach Madrid . . . und dann . . .

Das Schreiben des Kalifen an Gonzales und seine Genossen geht in dem Augenblick ab, in dem die zwölf Apparate hier fertig sind.«

»Und dann . . . sagten Sie eben, und dann möchte ich sehen, ob diese Verbrecher es wagen werden, ihre Untaten fortzusetzen . . . wenn sie den Brief Abdurrhamans gelesen, in dem er Drohung gegen Drohung setzt.«

»Ich denke, die werden sich hüten, mein Prinz. Unsere zwölf Apparate, über Europa von unserem Flugschiff abgeworfen . . . zwölf Warnums . . . in hundertfacher Größe . . . halb Europa ein Trümmerhaufen . . .« Sie lachte laut auf. ». . . da werden die Herren das bessere Teil der Tapferkeit wählen. Ihr kühner Mut wird dahinsinken. Ich sehe sie schon bleich werden . . . mit zitternden Knien zurückfliehen, woher sie gekommen.

Keiner wird es wagen, gegen uns zu sein. Der Einsatz wäre zu groß!«

»Jolanthe!« Die Stimme des Prinzen klang laut. »Gott selbst gab Sie uns . . . Nach Ihren Worten kein Zweifel mehr für mich! Wir werden siegen!«

»Nein! Du mußt mitfahren, Malte! Ich kann nicht begreifen, weshalb du dir solche Sorge um Modeste machst. Gewiß, die Sache ist etwas dunkel und nicht geeignet, ganz sorglos darüber hinwegzugehen.

Aber Modeste hat mir doch selbst geschrieben. Du sahst den Brief . . . es war ihre Handschrift . . . daß es ihr wohlgehe . . . wir uns keine Sorge um sie zu machen brauchen . . . sie würde in wenigen Tagen wieder bei uns sein.«

»Ach Mette, ich weiß nicht . . . ich kann nicht so leicht darüber hinwegkommen. Ich sehe Modeste in schwerer Gefahr.

Ich will es dir auch jetzt sagen. Ich habe es bisher verschwiegen, um nicht von dir ausgelacht zu werden. Ich war heute morgen in

Kairo bei der Polizei und sprach mit einem höheren Beamten. Ich weiß nicht . . . dieser Besuch, er hat keineswegs beruhigend auf mich gewirkt.

Der Mann versuchte mich mit tausend Redensarten zu beruhigen. Verwahrte sich energisch dagegen, daß hier in Ägypten etwa Menschenraub oder so etwas vorkommen könne. Dazu in einer von tausend Fremden besuchten Gegend am hellen, lichten Tage . . . Um es kurz zu machen, alles, was er mir sagte, war recht schön und richtig, aber ich wurde den Eindruck nicht los«, hier machte Iversen eine kurze Pause, fuhr dann mit leiser Stimme fort, »den Eindruck . . . als wüßte er darum.«

»Malte, du siehst am hellen Tage Gespenster. Unmöglich, ein solcher Verdacht. Modeste . . . wer kann was von ihr wollen? Sie berauben? Ausgeschlossen! Sie hat keine Wertsachen bei sich. Sie entführen? . . . irgendein verschmähter Liebhaber?«

»Mette!« Malte schrie plötzlich auf, so laut, daß Mette erschrocken zurückfuhr. »Jetzt weiß ich's, weiß ich alles! Deine Worte führten mich auf die richtige Spur.«

»Aber Malte, du sprichst in Rätseln, was habe ich denn gesagt? Entführt! Ja, glaubst du denn wirklich?«

Iversen hatte sich abgewandt, stand am Fenster, schwer atmend.

»Malte! Ich bitte dich, diese Rücksichtslosigkeit, mich so in Schrecken zu versetzen. Du mußt mir mehr sagen! Ich bin jetzt natürlich auch aufs höchste um Modestes Schicksal besorgt.«

Mit leisem Zwang führte sie ihn am Arm zu einem Stuhl. Rückte ihren neben ihn. Als sie ihn anschaute, erschrak sie. Das Gesicht aschfahl, die Augen verstört, der Mann war nicht wiederzuerkennen.

Endlich hatte er sich in der Gewalt, zu sprechen, und dann erzählte er ihr alles, was er bisher Mette verschwiegen. Den Inhalt von Jolanthes Bief. Als er geendet, fand sie selbst auch lange nicht die Sprache wieder. Was sie da gehört, hatte sie tief erschüttert.

Das ungeduldige Hupen des Autos, in dem der Vater schon unten wartete, riß sie aus ihren Gedanken. Sie stand auf.

»Malte, ruhig Blut. Keine Übereilung. Ist es so, wie du argwöhnst, ist allergrößte Vorsicht geboten, wenn von unserer Seite etwas unternommen werden soll. Ich weiß, du denkst jetzt an nichts anderes, als sofort irgend etwas, wahrscheinlich recht Dummes, zu tun, um Modeste zu suchen, zu befreien. Nein, erst machen wir die gemeinsame Fahrt. Sie wird uns beruhigen. Wir werden Gelegen-

heit haben, dabei darüber nachzudenken, was du tun könntest. Komm!« Sie nahm den fast Willenlosen beim Arm, führte ihn hinunter zum Wagen, wo Harder schon ungeduldig wartete.

Schon mehrmals hatte Harder, der neben dem Chauffeur saß, die beiden im Fond des Wagens gefragt, ob sie nun nicht zurückfahren wollten. Die Fahrt durch die Wüste war ihm schon nach kurzer Zeit überdrüssig geworden. Immer dasselbe Bild . . . Sand, Dünen, Felsen, ein paar verlumpte Beduinen. Doch die beiden hatten anscheinend mehr Gefallen daran, wollten die Fahrt immer weiter ausdehnen.

Schließlich war es Harder über. Er sah sich um. Sie waren weit nach Westen abgekommen. Da drüben die Spitzen der Pyramiden kaum noch über dem Horizont.

»Richtung die Pyramiden! Fahr zu!«

Er überschlug die Entfernung. Eine Stunde Fahrt mindestens. Er schloß müde, geblendet von dem hellen Schein des gelben Sandes, die Augen. Als er nach längerer Zeit erwachte, schien er zunächst gar nicht zu wissen, wo er sich befand. Er schaute sich um. Sein Blick fiel auf die Magnetnadel, die neben dem Steuer eingebaut war.

»Du fährst ja falsch! Du fährst ja nach Norden! Auf die Pyramiden sollst du zufahren!«

Der Chauffeur wandte erstaunt den Kopf. »Herr Generaldirektor, wir fahren doch auf die Pyramiden zu. Da liegen sie vor uns.«

»Was, da wären wir also im Süden? Und vorher glaubte ich doch, wir wären nach Westen abgekommen. Sonderbar! Sollte ich mich so getäuscht haben. Ah, da ist ja die Sonne, ah, natürlich, da ist doch Westen. Was ist da nun passiert? Entweder sind die Pyramiden verrückt geworden oder der Kompaß. In dubio muß es schon der Kompaß sein, denn ich wüßte nicht, weshalb die Pyramiden Lust gekriegt hätten, nachdem sie fünf Jahrtausende da stehen, ihren Platz zu wechseln. Wenn wir nach Haus kommen, wirst du sofort einen neuen Kompaß kaufen und diesen wegwerfen.«

Sie näherten sich den Pyramiden. »Nimm den Weg nach Splendid-Hotel links herum! Er ist zwar schlechter, aber kürzer. Diese alberne Absperrung zwingt uns zu dem Umweg.«

Und dann waren sie an den Pyramiden, die jetzt zu ihrer Rechten lagen.

»Nanu! Der Kompaß ist ja nun ganz verdreht! Jetzt zeigt er gar nach Süden.« Er griff nach der Metallkapsel, versuchte daran zu rüt-

teln, schlug mit der Faust gegen die dicke Glasscheibe. Die Nadel zeigte unentwegt nach Süden.

»Das ist ja, als wenn jemand in den Pyramiden den Nordpol installiert hätte! So was ist denn doch unbegreiflich! Und doch, das muß richtig sein. »Denn sie waren inzwischen um die Pyramiden umgebogen, hatten sie im Rücken, der Kompaß, immer noch hatte er die blaue Spitze der Nadel nach den Pyramiden gerichtet, zeigte jetzt nach Westen.

Der Chauffeur, der den Ausführungen seines Herrn bisher mit stillem Vergnügen gefolgt war, sah nicht, wie plötzlich das Gesicht Harders ernster und immer ernster wurde. Wunderte sich nur, wie der ihm zurief:

»Fahr nach Süden und dann im großen Bogen um die Pyramiden herum nach Norden, wieder auf den Weg nach Splendid-Hotel.« Achtete auch nicht, daß Harders Augen unverrückt wie gebannt an dem Kompaß hingen.

Die Magnetnadel. Ständig der blaue Teil des Zeigers auf die Pyramiden gerichtet. Jetzt kommandierte er: »Fahr so nah als möglich an den Truppenkordon heran.«

Der tat, wie ihm befohlen.

»Ah! Die Cheopspyramide!« Harder stieß das Wort zwischen den Zähnen hervor. Da ein starkes, überstarkes magnetisches Feld! Keine andere Erklärung! Aber ein Feld .. von welcher übergroßen Stärke mußte es sein, das seine Kraftlinien so weit in den Raum streute, daß die Magnetnadel hier davon irre wurde.

Er schloß die Augen. Die Stirn zog sich kraus. Die Erklärung hierfür, wo lag sie?

Der Chauffeur sah sich erstaunt um. Harder war halb aufgesprungen, schaute mit wirren Augen um sich, schlug sich mit der Hand vor die Stirn.

»Das ist's! Nach Hause sofort, höchste Geschwindigkeit!«

Der Chauffeur war bestürzt . . . der Generaldirektor mußte wieder krank geworden sein . . . Er riß den Hebel herum, in sausender Fahrt ging es zum Splendid-Hotel.

Ohne sich um die beiden zu kümmern, die in ihrem Gespräch nicht geachtet, wie sie gefahren, stürmte er die Treppe empor zum Sender.

Als Jolanthe mit dem Prinzen Fuad in die Felsenkammer der Pyramide trat, war Ibn Ezer am Werk, die neuen Elektroden durchzuprüfen. Bläulich-magisch schimmerte es um die blanken Metallkör-

per. Das neue Material gab die verlangte Elektronenemission. Als er die Schritte der Nahenden hörte, richtete er sich von seiner Arbeit auf. Wollte unwillig werden über diese Störung. Erkannte dann die Nahenden.

»Noch ist die Frist nicht verstrichen! Bezähmt eure Ungeduld! Oder warum kommt ihr jetzt?«

»Verzeih die Störung, Meister«, rief Prinz Fuad, »wir wissen, jede Minute ist kostbar. Doch nicht ohne Grund kam ich von Madrid hierher.

Du hörtest schon von jenen Gewalttaten, die unsere Feinde gestern nacht verübten.

In Barcelona gelang es unserer Polizei, das Attentat im letzten Augenblick zu verhüten. Der feindliche Agent, ein früherer spanischer Offizier, wurde gefangen, das Instrument, mit dem er den Anschlag vollbringen wollte, ihm weggenommen.«

»Ah!« Ibn Ezer war auf den Prinzen zugetreten, höchste Überraschung, Spannung malte sich in seinen Zügen. »Und du hast das mitgebracht?«

»Ja«, erwiderte der Prinz, »die Waffe ist eine gewöhnliche Armeepistole. Doch die Munition . . .« Er öffnete ein festes Holzkästchen, in dem wohlverwahrt zwei Patronen lagen. »Hier ist sie!«

Mit unverhohlenem Eifer trat Ibn Ezer näher, griff eine der Patronen. In der Überraschung wäre sie ihm fast aus der Hand geglitten . . . diese außergewöhnliche Schwere. Wie wenn er einen kostbaren Schatz in den Händen, so vorsichtig trug er sie zum Arbeitstisch. Besah das Stück von allen Seiten.

War's möglich! Immer wieder schüttelte er den Kopf. Dann wäre der ja den anderen Weg gegangen . . . den Weg . . . ungangbar noch für unsere Wissenschaft . . . für die Wissenschaft der Welt heute . . .

In einem Menschenalter, vielleicht, daß dann die Wissenschaft es wagen kann . . . der andere . . . Gott oder der Teufel mußte geholfen haben!

Mit einem raschen Entschluß zog er das Geschoß aus der Hülse, legte es auf die Waage. Warf ein paar Zahlen auf Papier. Das spezifische Gewicht dreimal das des Platins, des schwersten aller bekannten Stoffe.

Er nahm eine Lupe, beschaute lange das Geschoß. Kratzte vorsichtig mit einer feinen Lanzette daran. Ein Isoliermantel umgab den eigentlichen Kern des Geschosses.

Wer da hineinschauen könnte! ... Die Blicke des Greises flogen zu der Röntgenröhre dort auf dem Arbeitstisch.

Nein ... nein, zu gefährlich. Die Röntgenstrahlung konnte das entfesseln, was dort in der Hülle gebannt lag ... Doch anders konnte es gehen. Die Rechnung mußte zum Ziele führen. Wieder bedeckte er das Blatt da vor sich mit Zahlenreihen. Machte einen Ansatz. Rechnete nochmals ... Das Resultat, eine Million Coulombs ... eine Million Coulombs komprimiert auf den knappen Raum eines Kubikzentimeters. Nochmals rechnete er, immer wieder das gleiche Ergebnis.

Da ließ er die Feder fallen, sank wie geschlagen auf einen Stuhl nieder.

»Es ist kein Zweifel.« Die Worte stockend, gepreßt aus seinem Munde. »Das Geschoß ... kondensierte Elektrizität ... nichts anderes! Wehe über die Welt, wehe über die Menschheit! Die schrecklichste, furchtbarste Naturgewalt in ihre Hände gelegt ... die Hände von Kindern! Nicht Allah ... Iblis, der Böse, tat das, um sie zu verderben ...

Doch ...« Die gekrümmte Gestalt richtete sich auf. Die Augen blitzten in jugendlichem Feuer, »ist's Allahs Wille, daß wir dieses Unheil abwenden ... wir sie und ihr teuflisches Werk zerstören?! ... Ich selbst werde mit euch nach Spanien fahren, euch helfen in dem schweren Kampf.«

Die beiden schauten sich an. Keiner sprach ein Wort. Was der Alte da gesagt, lastete schwer auf ihnen. Jolanthe trat zu dem Arbeitstisch, nahm das von der Hülse befreite Geschoß in die Hand, wog es ein paarmal auf und ab. Dann ließ sie es in die Tasche ihres Gewandes gleiten, war sich unter dem Druck, der auf ihr lastete, dessen gar nicht bewußt, was sie tat.

Prinz Ahmed stand vor dem Kästchen, in dem das andere Geschoß lag. Kondensierte Elektrizität?! Sein Geist faßte es nicht. Er schaute zu Ibn Ezer, der schon wieder an den Apparaten beschäftigt war. Eine Frage schwebte dem Prinzen auf den Lippen. Er wollte den Alten nicht stören. Endlich, er konnte nicht länger an sich halten. Er nahm das Kästchen, trug es zu Ibn Ezer.

»Verzeih, Ibn Ezer! Was ich dir sagen will, es wird dich beleidigen. Doch ich ertrage die Pein dieser Zweifel nicht länger. Gewiß, ich weiß, daß der Kern eines Atoms in höchstem Maße verdichtete Elektrizität ist ... aber, daß ein Mensch mit diesen Kernen arbeitet, sie zu größeren Massen zusammenballen kann, ohne dabei hundertmal getötet zu werden ... das kann ich nicht begreifen. Kann es

nicht glauben, daß der Inhalt dieses Geschosses kondensierte Elektrizität ist. Daß solche unscheinbaren Dinge die Unheilbringer waren, die jene ungeheuren Zerstörungen anrichteten.«

Ibn Ezer schüttelte sein Haupt. »Ich weiß nicht, wie ich dir deinen Unglauben nehmen soll . . . Eine Probe? . . . Die Kräfte entfesseln? Du würdest dich entsetzen, sähest du, welche höllischen Gewalten dabei aus dieser unscheinbaren Hülle entspringen.«

»Eine Probe! Du hast recht. Was ich mit eigenen Augen geschaut, das will ich glauben«, rief der Prinz.

Ibn Ezer, selbst von dem Gedanken gepackt, nickte. »Hätten wir eine Waffe . . .«

»Ich habe eine Armeepistole im Wagen liegen«, unterbrach ihn der Prinz Ahmed, »ich werde sie holen.«

Gefolgt von Ibn Ezer und Jolanthe verließ er die Pyramide – –

Und dann stand der Prinz wieder bei ihnen, öffnete die Kammer der Waffe, lud die Patrone vorsichtig ein.

Ein Ziel? Jedem schwebte die Frage auf den Lippen. Sie schauten sich um. Um die Pyramide im Mondlicht die unendliche Wüste. Ein Ziel? Hier keins zu sehen. Nichts, das geeignet, die Wirkung des Geschosses in vollem Umfange zu zeigen.

Prinz Fuad stampfte ungeduldig auf den Boden. »Wo ein passendes Ziel suchen, finden – – – dort drüben, die kleinste der Pyramiden. Der Truppenkordon noch weit außerhalb derselben. Wo wäre ein besseres Ziel?«

»Die Pyramide, Prinz Ahmed? Was Jahrtausende hier steht, um einer Laune willen vernichten? Frevel wär's!«

»Und doch!« Prinz Ahmed war ein paar Schritte von ihm fortgeeilt, hob die Waffe. Noch ehe Ibn Ezer bei ihm, hatte er abgeschossen.

Einen Augenblick die Spitze der Pyramide in bläulichem Feuer. Dann . . . Minuten mußten vergangen sein, ehe sie wieder zur Besinnung gekommen, ehe ihre Glieder ihnen wieder gehorchten . . . Von der Gewalt der ungeheuren Explosion zu Boden geworfen, hatten sie betäubt dagelegen, nicht vernommen, nicht gesehen, was da weiter geschah. Jetzt, mühsam gewöhnten sich ihre geblendeten Augen an das schwache Mondlicht.

Die Pyramide?! . . . Ein Torso! In zwei Dritteln der Höhe die Spitze wie abgemäht.

Schon seit vierundzwanzig Stunden hatte Harder vergeblich versucht, Radioverbindung mit Eisenecker aufzunehmen. Immer wie-

der hatte er auf der verabredeten Wellenlänge angerufen. Keine Antwort. Je länger es dauerte, desto unruhiger wurde er.

Sollte ihm und seinen Freunden doch etwas zugestoßen sein? Trotz ihrer ungeheuren Machtmittel waren sie bei einem überraschenden Überfall mit Feuerwaffen doch stark gefährdet. Dazu kam, was ihm seit der Fahrt um die Pyramiden auf der Seele brannte.

Als er zurückgekehrt war, hatte er sich in sein Arbeitszimmer verschlossen, hatte in angestrengtester Konzentration noch einmal überdacht, was er da wahrgenommen, versucht, das Rätsel zu lösen. Tausend Kombinationen, alle verworfen, so daß nur die eine blieb, wurde in ihm zur unumstößlichen Gewißheit.

Nach dem Stand der physikalischen Wissenschaft mußten die elektromagnetischen Felder, deren Ursprung in der Cheopspyramide war, auf Arbeiten basieren, die sich mit der Atomenergie beschäftigten.

Wer konnte das sein, welcher Gelehrte? Ohne Zweifel konnte es nur einer von größter Bedeutung, von höchstem Wissen sein. Ein Fremder? Kaum anzunehmen. Hier im Lande konnte nur Ibn Ezer, der berühmte Physiker an der Universität in Kairo, in Frage kommen. Der allein!

Er hatte sofort Iversen nach Kairo geschickt mit dem Auftrag, sich unter der Hand zu erkundigen, wo Ibn Ezer zur Zeit weile. Der war zurückgekommen, hatte ihm gemeldet, daß Ibn Ezer schon seit längerer Zeit von Kairo abwesend, nur hin und wieder mal vorübergehend in seinem Laboratorium in Kairo gewesen sei.

Jetzt bestand für ihn kein Zweifel mehr. Ibn Ezer! Kein anderer konnte es sein.

Aber ... er, Harder war doch genau informiert darüber, welche bedeutenden Gelehrten der Welt sich etwa mit der Atomenergie beschäftigten. Von Ibn Ezer hatte er in dieser Beziehung nie etwas gehört. Und gerade er arbeitete schon mit Feldern von unfaßbarer Stärke. Er schätzte die Kenntnisse Ibn Ezers sehr hoch ... aber das war ausgeschlossen, daß Ibn Ezer, der sich seit so kurzer Zeit mit diesem Problem beschäftigte, jetzt schon solche Feldstärken erreicht haben könnte. Hier eine Antwort zu finden, hatte er lange vergeblich versucht.

Endlich! Blitzartig war die Erleuchtung gekommen. Der verschwundene Apparat Montgomerys! ... Er mußte hier in der Pyramide sein! Mit ihm mußte Ibn Ezer arbeiten!

Er überdachte nicht weiter, wie der Apparat in die Pyramide ge-

kommen, dachte nur mit einem Gefühl der Bewunderung, nicht ganz frei von Neid, daß Ibn Ezer in kurzer Zeit gelungen, was die Blüte der physikalischen Wissenschaft nicht vermocht.

Jetzt, wo er das alles als sicher annahm, war er sich auch über die Tragweite klar ... Eisenecker! Er mußte unverzüglich davon benachrichtigt werden. –

Doch unmöglich, die Verbindung mit ihm herzustellen. Harder fand keine Ruhe. Gepeinigt von innerer Ungeduld, wich er nicht von dem Sendeapparat –

Es war schon spät in der Nacht. Von Müdigkeit überwältigt, war er auf seinem Schreibstuhl eingeschlummert.

Da plötzlich ... ein Gewitter? ... Eine ungeheure atmosphärische Entladung? Er taumelte empor. Das Gemach von bläulichem Schimmer erfüllt. Jetzt ein Donner ... ein Prasseln, als stürzten schwere Felsmassen zu Tale.

Er griff zum Feldstecher, riß das Fenster auf. Suchte die Cheopspyramide. Sie mußte in die Luft geflogen sein, Montgomerys Apparat explodiert, ein zweites Warnum ... doch nein ... Wie das? ... Da stand sie unversehrt. Scharf hob sich ihre Silhouette vom dunklen Nachthimmel ab.

Sein Auge suchte weiter. Ah! Die kleinste der Pyramiden im Hintergrunde. Welch sonderbare Veränderung! Die Spitze wie abrasiert? ... Die Spitze? ... Ein neues Rätsel.

Er achtete nicht auf das Klopfen an seiner Tür, antwortete nicht auf Mettes Ruf ... Das ganze Hotel war ein aufgeregter Bienenschwarm ...

Er stürzte zum Sender. Jubelte beinahe laut auf, als die Antwort kam. Eiseneckers Stimme. Der fragte zunächst allgemein, erkundigte sich nach seinem Befinden, nach Mette.

Harder überhörte alles, unterbrach ihn, erzählte ihm mit fliegenden Worten, was er inzwischen gesehen ... gedacht – Kam dann zum Geschehnis der letzten Minute.

Und dann hatte er geendet, wartete ungeduldig auf die Antwort Eiseneckers. Hörte nur, wie er in erregtem Gespräch mit anderen war. Jetzt, Eiseneckers Stimme klang wieder im Hörer: »Morgen bin ich da.«

»Wir wollen vierundzwanzig Stunden warten, Malte, ehe wir Schritte um Modeste tun!« hatte Mette gesagt.

Iversen hatte eine schlaflose Nacht hinter sich, hatte vergeblich gehofft, Modeste würde zurückkehren. Am nächsten Morgen war er

schon mit der Sonne aufgebrochen. Hatte alle Hotels in der Oase bei den Pyramiden besucht, nach Jolanthe gefragt.

Ein einziger Gedanke, der ihn beherrschte. Wo Jolanthe ist, muß auch Modeste sein. Indes vergeblich all sein Suchen.

Er war nach Kairo gefahren. Dasselbe! Alle Hotels und Fremdenpensionen hatte er durchforscht, keine Spur von Jolanthe.

Ein paarmal hatte er auch vor dem Polizeigebäude gestanden, überlegt, ob er nicht die Hilfe der Behörden anrufen sollte. Immer wieder hatte er den Gedanken verworfen. Immer wieder war das Gesicht jenes Polizeibeamten, mit dem er gestern gesprochen, vor ihm aufgetaucht. Immer tiefer wurzelte der Verdacht in ihm, daß er hinter seinen leeren Reden die Wahrheit verbarg.

Die Hilfe des Konsulats in Anspruch nehmen? ... Überflüssig! Das würde sich ja auch nur der Polizei bedienen können.

Längst hatte die Sonne den Höchststand überschritten. Erschöpft stand Iversen im glühenden Sonnenbrande in der Hauptstraße von Kairo ... Aussichtslos! ... Genug für heute! ... Seine Kräfte waren erschöpft.

Er winkte einem Auto herbei. Stieg ein. »Nach dem Splendid-Hotel!«

An einer Straßenkreuzung mußten die Wagen halten. Als die Passage wieder frei war, sah er neben sich einen Privatwagen kurze Zeit mit dem seinen auf gleicher Höhe. Es war ein schweres, luxuriöses Gefährt. Unwillkürlich schaute er näher hin.

Jetzt sah er das Profil des Chauffeurs ... Die Erinnerung an einen Tag, da er dasselbe Gesicht gesehen? ... Vergeblich grübelte er ...

Und doch! ... Besondere Umstände knüpften sich an die Bekanntschaft mit diesem Gesicht ...

Da! Jetzt wußte er's ... und im selben Augenblick auch, was sich damals damit verband ... Die Dame, die damals darin fuhr ... Jolanthe ... In Madrid war's, in der Calle Alcantara ...

Er beugte sich vor zu seinem Fahrer. »Dem leeren Wagen da vor uns nach!«

Der andere fuhr in schnellem Tempo aus der Stadt heraus über die Nilbrücke und nahm die Route nach den Oasenhotels. Sollte Jolanthe doch da draußen wohnen? ... Vielleicht unter anderem Namen? ...

Es fuhren viele Wagen in der Richtung der Oase. Gut für ihn! So war nicht zu befürchten, daß dem voranfahrenden Wagen seine Verfolgung auffiel.

Aber jetzt. Das Auto bog noch vor der Oase in einen Seitenweg

ab. Wo fuhr es hin? Der Weg führte auf den Nil zu. An dessen Ufer an dieser Stelle nur ein kleines Lustschlößchen der ägyptischen Königsfamilie. Kein anderes Ziel für den Wagen!

Ihm folgen? ... Unmöglich! Er sprang auf, rief dem Chauffeur zu: »Splendid-Hotel! ... Schnell!«

Noch im Fahren warf er dem Führer ein Geldstück zu, sprang heraus, eilte ins Hotel. War mit ein paar Sprüngen beim Fahrstuhl.

»Zum Dachgarten!«

Der Lift sauste in die Höhe. Iversen eilte an die Balustrade, kniff die Augen zusammen, schärfer zu sehen ... sah ...

Da fuhr der andere ... fuhr in das Tor des Schlößchens ein. Während Iversen noch überlegte, sah er, wie sich dort drüben das Tor hinter dem Wagen schloß.

Er überlegte scharf. War dieser Chauffeur noch in Jolanthes Dienst, dann durfte er mit Sicherheit annehmen, daß Jolanthe dort im Schloß wohnte ...

Und Modeste? ...

Er vergaß alle Müdigkeit. Fieberhaft liefen seine Gedanken ... Was weiter tun? ... Wie in jenes Schlößchen kommen? ...

Er erwog tausend Möglichkeiten und verwarf alle. Nur den einen Weg sah er. Ein Boot nehmen, auf ihm den Nil hinabfahren und von der Wasserseite her unbemerkt Beobachtungen anstellen.

Eine halbe Stunde später trieb ein Boot ... dessen Insasse lag ausgestreckt unter dem Sonnensegel ... langsam auf der trägen Flut den Fluß hinab ... an dem Schlößchen vorbei.

Schon zum zweiten Male jetzt! Ganz vergeblich die erste Fahrt! Jetzt war das Boot wieder auf der Höhe des Schlosses angekommen, da warfen es die Bugwellen eines großen Sudandampfers, der stromaufwärts ging, aus seiner Fahrtrichtung. Vergeblich riß Iversen am Steuer. Die Wellen warfen ihn beinahe hart an die Kaimauern des Schloßgartens.

Nur mit Mühe unterdrückte er einen kräftigen Fluch, der ihm auf den Lippen schwebte. Nun war es wieder vergeblich! Die hohe Kaimauer verhinderte jeden Blick auf die Fenster des Baues. Jetzt trieb er unter den tiefhängenden Zweigen einer Tamariske hin. Da hörte er Stimmen von oben. Ein Mann und eine Frau im Gespräch. Sie mußten direkt über ihm an der Balustrade sitzen.

Die Stimme Jolanthes! Er kannte sie von Biarritz her. Der Mann? Hatte er richtig verstanden? ... »Mein Prinz!« redete sie ihn an?

Er griff in die Zweige der Tamariske, hielt das treibende Boot fest, lauschte aufmerksam.

Jetzt sprach Jolanthe wieder. »Schon zweimal versuchte ich mit ihr zu sprechen. Sie gibt mir keine Antwort. Weist mich ab. Mein Brief scheint bei ihren Freunden auch nicht genügend gewirkt zu haben. Das Polizeiamt meldete heute morgen, daß ein Herr aus Harders Gesellschaft dort schon gestern den Vorfall gemeldet und um Unterstützung gebeten habe.

Ich weiß nicht, mein Prinz, ob Modeste ihre Sinne je ändern wird . . .«

»Wollen Sie damit etwa sagen, Jolanthe, daß wir sie zurückkehren lassen sollen? Niemals! Noch gebe ich die Hoffnung nicht auf. Wir nehmen sie heute nacht mit nach Madrid . . .«

Das Weitere, was sie noch sprachen, blieb ihm größtenteils unverständlich. Sie reden von Apparaten . . . von einem Ibn Ezer . . .

Nur der eine Gedanke in ihm, wie hier unbemerkt fortkommen? Seine Geduld wurde auf eine harte Probe gestellt. Endlich hörte er, wie beide aufstanden, sich entfernten. Vorsichtig schob er sich an der Kaimauer weiter, hielt sich so dicht wie möglich am Ufer im Schutze des Röhrichts. Erst eine Strecke flußabwärts wagte er es, zu den Rudern zu greifen. Mit raschen Schlägen trieb er zur Anlegestelle der Boote.

Mette ging am Arm des Vaters durch den Park des Hotels. »Nun auch Iversen verschwunden. Den ganzen Tag schon ist er fort. Ich verstehe nicht, daß er nicht irgend etwas hinterließ. Er kann sich doch denken, daß wir uns über sein langes Fortbleiben beunruhigen.«

»Nun, wo wird er sein? Er wird auf der Suche nach Modeste sein. Und, offen gestanden, sein langes Ausbleiben beunruhigt mich gar nicht. Im Gegenteil, es scheint, als hätte er irgendeine Spur gefunden, die er nun verfolgt.«

»Ich möchte von Herzen wünschen, daß es so ist, Vater. Denn . . . ich habe immer wieder den Brief Modestes gelesen und muß sagen, je öfter ich ihn las, desto verdächtiger kommt mir das alles vor. Es will mir nicht in den Kopf, daß Modeste einen so außergewöhnlichen Schritt getan. Dazu der Verdacht Maltes. Ich habe mich lange gesträubt, ihn für begründet zu halten, wies ihn anfangs als leeres Hirngespinst zurück . . . Jetzt denke ich anders.«

Harder wiegte zweifelnd den Kopf. »Ich habe da starke Zweifel. Nun, Malte wird nicht ewig ausbleiben.« Nach einer Pause fuhr er fort: »Hoffentlich kommt er bald.«

»Hm . . .« Harder sprach die Worte halblaut vor sich hin, »das

meinte ich nicht. Hm ... es würde gut sein, wenn er noch heute käme.«

»Ich verstehe dich nicht, Vater, was meinst du?«

Der, als hätte er schon zuviel gesagt, schwieg ... zauderte ...

»Du weißt, Eisenecker kann in den allernächsten Stunden hier sein ...«

»Weshalb kommt er?«

»Du fragtest mich schon einmal. Ich sagte dir, ich wolle, dürfe darüber nicht sprechen.«

»Vater, warum fängst du jetzt wieder damit an, was hat das mit Malte zu tun?«

Es war Harders Gesicht anzusehen, wie er sich in die Enge getrieben fühlte, nach Ausflüchten suchte. Vergeblich wich er dem fragenden Blicke Mettes aus.

»Ich will nicht sprechen! Es ist nicht mein Geheimnis. Zwar hat Eisenecker selbst mir nichts gesagt, aber wenn ich mich nicht sehr getäuscht habe, dann wäre es möglich, daß hier im Laufe des Abends, der Nacht Dinge passieren ... es wäre möglich, daß wir schon in den nächsten Stunden unsere Koffer packen müssen.«

»Vater, hättest du lieber geschwiegen, als mich durch diese unklaren Worte zu beunruhigen.«

»Laß, Mette! ... Frage nicht weiter! Vielleicht kommt es auch ganz anders ...

Eisenecker kann jeden Augenblick kommen. Dann werden wir alles wissen.«

Zum zweiten Male war die Sonne gesunken. Modeste stand am Fenster, schaute durch das Gitter über die trüben Fluten des Nils.

Festbleiben! Sie hatte es sich zugeschworen. Keinen Schritt weichen! ... Nicht nachgeben! Sie konnte doch nicht ewig als Gefangene hier gehalten werden. So unmenschlich konnte Jolanthe nicht sein, die Schwester mit Gewalt zu der verhaßten Ehe zu zwingen.

Ruhelos ging sie in dem Gemach auf und ab. Unberührt standen die Speisen auf dem Tisch, die ein Diener ihr brachte, um sie ebenso wieder abzutragen.

Die Stunden verrannen. Keine Müdigkeit wollte über sie kommen.

Da! Sie wandte den Kopf zum Fenster. Ein Geräusch ... ein Knacken von außen. Sie lauschte. Es war still –

Jetzt wieder! Entschlossen sprang sie auf. Was konnte das sein?

Sie öffnete das Fenster ... Die Eisenstäbe verbogen?! ... Ihr Mut wollte sie verlassen. Sie wollte schreien ...

»Still, Modeste! Keinen Laut ...«

Beim Klang der Stimme prallte sie zurück. Hatte sie richtig gehört? Diese Stimme! ... Iversen?! ...

Mit einem Sprung war sie am Fenster.

»Ich bin's! ... Iversen!«

Unmöglich, den zu erkennen. Doch, eine Hand streckte sich ihr entgegen. Sie ergriff sie, drückte sie.

Er war's.

Sie klammerte sich fest an seine Hand, als wolle sie sie nie wieder loslassen. Mit Gewalt machte er sich frei.

Wieder krachten die Eisenstäbe, bogen sich, brachen aus der Mauer ... Eine Öffnung, groß genug, sie durchzulassen.

Sie sprang auf die Fensterbank. Zwei Arme fingen sie auf, hielten sie sekundenlang fest umschlungen ... ein Mund flüsterte leise liebe Worte an ihr Ohr.

Die Kräfte verließen sie. Sie fühlte nur, wie starke Arme sie umfaßten, die Treppe hinabtrugen, sanft in ein Boot legten.

Der Garagenaufseher auf dem breiten Dach der Dependance eilte aus seiner Kabine. Ein später Ankömmling. Ein Gast, der im Privatflugzeug gekommen. Jetzt stand der Hubschrauber noch fünfzig Meter über dem Dach, dann sank er senkrecht nieder, knirschend setzten seine Kufen auf den Kies. Ein einzelner Herr entstieg dem Flugzeug. Schritt zum Lift, der nach unten führte.

Harder und Mette saßen in ihrem Zimmer. Harder am Schreibtisch, griff manchmal zu einem Bleistift, entwarf ein paar Zahlen, ließ es dann wieder sein. Mette, eine Zeitung vor sich ... immer wieder entsank das Blatt ihrer Hand. Die Spannung der Erwartung ließ sie nicht zur Ruhe kommen. Immer wieder gingen ihre Augen zur Uhr. Schon die neunte Stunde überschritten!

Harder sprang auf. Er schritt durch die offene Balkontür hinaus. Die Klänge der Abendmusik unten im Hotelgarten drangen rauschend durch die warme Nacht. Seine Augen glitten über den Nachthimmel. Nirgends das weiße Buglicht eines ankommenden Flugschiffes. Er hörte nicht, wie leise an die Zimmertür geklopft wurde.

Mette hatte es vernommen. Er? ... Wie gelähmt ihre Glieder, das Zeitungsblatt entfiel ihrer Hand. Dann ... war sie aufgesprungen, wollte zur Tür eilen ... Da ging sie auf. Er trat ein.

Einen Augenblick standen sie sich gegenüber, stumm. Er ergriff

ihre Hand, hielt sie fest . . . Mette ließ sie ihm, machte auch keinen Versuch, sich zu befreien, als er sie näher an sich zog, die Linke um ihre Schulter schlang, sie an seine Brust drückte –

»Mette!« Harder stand in der Balkontür, starrte mit aufgerissenen Augen auf das Bild vor ihm.

Sie gab keine Antwort, grub ihren Kopf nur fester an die Brust des Mannes.

Fassungslos trat Harder auf sie zu . . . »Mette . . . Herr Eisenecker . . .« Seine Lippen stammelten zusammenhanglose Worte.

Da hob Eisenecker den Kopf Mettes mit leisem Zwang in die Höhe, küßte sie auf den Mund –

»Nun dürfte wohl kein Zweifel mehr bestehen, Herr Generaldirektor! . . .«

Jetzt hatte Harder begriffen. »Allerdings, Herr Eisenecker! . . . Mette! . . . Kein Zweifel mehr über die Tatsache, die sich vollzog, während ich minutenlang den Rücken wendete. Ihr werdet beide zugeben, daß das eine Überraschung für mich war, wie sie größer . . .«

»Und schöner nicht gedacht werden konnte«, unterbrach ihn Mette, die sich freigemacht und in ihres Vaters Arme geworfen hatte –

Eine Stunde war vergangen . . . viel zu schnell für die drei Glücklichen in dem Gemach. Zuviel hatten sie sich zu erzählen. Harder war in Erinnerung an längst vergessene Jugendtage ein paarmal aufgestanden, war auf den Balkon getreten, sie allein zu lassen.

Jetzt bedeutete er Eisenecker, ihm auf den Balkon zu folgen. Flüsternd sprachen sie miteinander. Harder horchte auf. Seine Augen blitzten.

»Wir müssen die Koffer packen, Mette!« rief er in das Zimmer, »ich ahnte richtig! . . . Nein, bleib hier, ich selbst will alles ordnen. Du . . . ihr könnt Abschied nehmen . . .«

Er wollte zur Tür schreiten, da wurde sie aufgerissen. Iversen stürmte mit lautem Jubelgeschrei in das Zimmer, zog Modeste am Arm hinter sich her.

»Da ist er, der Ausreißer! Ich habe ihn gefunden!«

Die im Zimmer standen einen Augenblick sprachlos. Dann, ein wirres Durcheinander, Fragen, Antworten . . . Weinen, Lachen . . . unmöglich für Malte, den genauen Hergang der Befreiung zu schildern. Keiner wunderte sich auch, als er jetzt Modeste in seine Arme schloß und der Errötenden einen lauten Kuß auf die Lippen drückte.

Harder der erste, der den Bann des frohen Augenblicks von sich schüttelte. Wie ein Inquisitor nahm er Modeste gewaltsam beim Arm, ließ sie sich auf einen Stuhl setzen, setzte sich ihr gegenüber,

fragte sie aus. Tauschte dabei mehrmals Blicke mit Eisenecker, dessen Mienen, je weiter Modeste sprach, immer finsterer wurden.

»Genug, genug, Vater!« rief Mette endlich, »siehst du nicht, wie Modeste immer blasser, müder wird? Nach soviel Schrecklichem, was sie erlebt, muß doch dein Inquirieren sie foltern!« Sie eilte auf Modeste zu, hob sie auf, legte sie in Maltes Arme. »Hier, du Ärmste, dein Retter auch dein bester Arzt.«

Harder war mit Eisenecker zur Seite getreten, sprach mit ihm. »Zwölf Warnums! . . . Sie haben gut von mir gelernt«, setzte er in bitterem Tone hinzu . . . »Aber Sie, . . . Sie werden ihren sauberen Plan zum Scheitern bringen . . . Keinen Augenblick gilt's jetzt zu verlieren . . . Was Sie tun wollen, tun Sie's sofort.«

Der trat auf Mette zu, stand einen Augenblick allein mit ihr, küßte sie, ging.

Zur Verwunderung des Garagenwärters stieg der erst kürzlich gekommene Hotelgast schon jetzt wieder, mitten in der Nacht, in sein Fahrzeug, flog fort.

Daß eine halbe Stunde später Harder und seine Angehörigen das Hotel im Flugzeug verließen, nahm ihn nicht weiter wunder. Sie waren ja schon länger hier. Auch zogen es viele Passagiere vor, bei sternenklarem Himmel die Reise zur Nacht zu machen, benutzten je nach Laune die bequemen Kabinen zum Schlafen.

Hätte der Garagenwärter sich nicht gleich wieder in seine Koje zurückgezogen, hätte er wohl mit einem scharfen Nachtglas sehen können, wie jener zuerst abgeflogene einzelne Gast sein Flugzeug zunächst in große Höhen trieb, dann in engen Spiralen über der Cheopspyramide niederging, bis er ungefähr in Höhe der Pyramidenspitze stand, einen kurzen Augenblick in dieser Stellung verweilte – ein Gegenstand wurde über Bord geworfen –, dann wieder höher ging, nach Westen weiterflog.

Eisenecker, der darin saß, gab jetzt ein paar Wellen. Die Antwort folgte sofort. Er griff zum Steuer. Das Flugzeug ging bald rechts, bald links, bald nach oben, bald nach unten, suchte anpeilend das große Flugschiff Harders, von dem ununterbrochen gesendet wurde.

Jetzt sah er die grüne Steuerbordlaterne blinken. Dann war er neben dem Schiff, das sich durch seine Hubschrauben fest an einer Stelle in der Luft hielt. Er legte sein Flugzeug mit ein paar geschickten Steuerwendungen daneben, warf die Hubschrauben aus, rief Harder ein paar Worte zu . . . einen Gruß für Mette, . . . flog dann in rasendem Fluge weiter nach Westen.

Nur Mette, die ihm von der Backbordseite nachsah, bis er verschwunden. Die anderen standen an der Steuerbordseite, starrten mit Nachtgläsern zu den Pyramiden.

Im Altariksaale des Madrider Schlosses eine kleine Gruppe von Militärs. Höhere Offiziere. Darunter der Kalif selbst und Fürst Iraklis. Hinter einem Projektionsapparat ein Adjudant, der Bilder von den gesprengten Depots und Arsenalen auf die Leinwand warf.

»Pamplona!« meldete er jetzt.

»Ah!« Der Kalif, der zur Verwunderung der Generäle bisher auffällig wenig Interesse für die furchtbaren Bilder der Zerstörung, Vernichtung von unermeßlichen Werten gezeigt hatte, trat einen Schritt näher an die Leinwand heran, betrachtete sie mit unverhohlenem Interesse.

Seine Lippen bewegten sich . . . murmelten . . . formten Worte.

»Das ist . . . das übersteigt jede Vorstellung.« Er drehte sich zu den anderen um, wies mit der Hand auf das Bild. »Diese Kasematten . . . mit den modernsten Abwehrmitteln geschützt, selbst für schwerste Bombenabwürfe unverletzbar — kein Sprengmittel, das ihnen was anhaben könnte, hier«, er deutete wieder hin, »ein einziges Trümmerfeld. Bis in ihre tiefsten Tiefen hat die Zerstörung sich ausgewirkt.

Solche Wirkungen dieser unheimlichen Waffe! Niemand hätte das für möglich gehalten.

Welche Aussichten!«

Seine Worte, mit ruhiger, fester Stimme gesprochen, nichts darin, was auf Schrecken, Angst deutete. Die Generäle nickten nur stumm. Die Ruhe, mit der Abdurrhaman gesprochen, wirkte geradezu beunruhigend auf sie. Sie dachten im stillen an die starke Erregung, die durch diese Ereignisse im maurischen Heere entstanden war. Bis in die entlegensten Garnisonen war trotz aller Vorsicht schon das Gerücht gedrungen, hatte die Tatsachen entstellt, vergrößert weitergegeben. Wiederholten sich derartige Dinge, war eine Lockerung der Disziplin unausbleiblich.

Der Kalif hatte indessen ein paar Worte mit dem Fürsten Iraklis gewechselt, wendete sich jetzt zu den anderen.

»Meine Herren! Mein Interesse galt besonders diesen letzten Bildern. Doch nicht allein deshalb ließ ich Sie rufen.

Sie werden von mir wohl Befehle erwarten, die einer Wiederholung derartiger Verbrechen steuern. Doch nicht jetzt. Ich erwarte Sie in drei Stunden wieder. Ich werde Ihnen dann Aufschlüsse geben,

die« . . . ein leichtes Lächeln flog über seine Züge, »ganz sicher geeignet sind, allen Kleinmut zu zerstreuen, den ich hinter Ihren Mienen sehe.«

Mit einem leichten Gruß entfernte er sich in Begleitung des Fürsten Iraklis.

In seinem Arbeitszimmer angekommen, zog Abdurrhaman einen Zettel mit einer Funkdepesche aus der Tasche. Trat in den Schein einer Ampel, las . . .

»Immer wieder muß ich's lesen, was Jolanthe von der Pyramide meldet.

Die Stunden, bis ihre Nachricht einlief von jener ab, in der sie den Aufschub meldete – die Stunden waren wie Jahre fürchterlicher Qual für mich. Ich konnte die Zweifel, ob es Ibn Ezer gelingen würde, nicht los werden, erwartete immer wieder ein neues Hindernis . . . neuen Aufschub. Ihre Depesche:

Alle zwölf Apparate fertig . . . jeder erprobt, teilweise schon verpackt, bald werden wir fahren –

Jetzt kann ich's wagen! Jetzt will ich es!«

Er ging zum Schreibtisch, holte das Schriftstück, das er damals mit Jolanthe entworfen, überflog es noch einmal . . . Ein unbeschreibliches Triumphgefühl in ihm.

»Doch wird es so leicht sein, Verbindung mit jenen zu bekommen?« unterbrach ihn der Fürst Iraklis.

»Das ist doch sicher, daß sie, wenn sie nicht selbst senden oder ihre geheimen Nachrichten empfangen, ihren Apparat auf die Welle des Kriegsministeriums einstellen, um unsere Anordnungen zu hören. Immerhin, du hast recht, es könnte länger dauern, als uns lieb ist«, versetzte der Kalif.

Fürst Iraklis trat zum Sender . . . hatten sie auf Welle Kriegsministerium eingestellt? . . . Er rief, . . . rief wieder und wieder.

Keine Antwort!

Die Zeit verrann. Keiner wagte es, aufzustehen . . . herauszugehen. Ihre Ungeduld wurde immer größer, je länger es dauerte.

Endlich! . . . Es war gelungen. Gut! . . . Gut!

Die Anderen hörten.

Gonzales selbst am Apparat! Der Fürst Iraklis wollte den Brief an ihn verlesen. Abdurrhaman riß ihm das Schriftstück aus der Hand.

»Meine Stimme soll's ihnen künden!«

Langsam, jedes Wort, jeden Satz schwer betonend, las er, was dort stand.

»Ihr habt meinen Befehl gehört?«

»Wir haben deine Worte gehört, Abdurrhaman.« Die Stimme Gonzales' gab die Antwort.

»Und ihr werdet gehorchen?«

»Wir haben deine Worte gehört, Abdurrhaman. Weiter habe ich dir nichts zu sagen.«

Der Kalif legte den Hörer aus der Hand. Seine Augen funkelten in stolzem Triumph.

»Sie können es anscheinend nicht fassen! ... Wollen sich bedenken ... Vergeblich ... Sie müssen gehorchen! Müssen es!

Doch sie mögen sich beeilen, meine Geduld nicht auf eine zu harte Probe stellen! Ich möchte sie bald verloren haben! Und wären sie gar ungläubig, wollten, könnten es nicht glauben — Paris morgen ein zweites Warnum!! Fast wünschte ich, daß es so käme! Bei mir ist jetzt die größere Macht ...

Jolanthe! Wie schön wäre es, wenn sie hier dabei. Diese Stunde! Welcher Triumph!

Sie wird schon unterwegs sein. Wie lange noch wird es dauern, und sie ist hier ...«

Er legte die Hände auf die Schultern des Fürsten Iraklis.

»Murad! Gab es je eine Stunde in meinem Leben, in der ich glücklich war, so ist es diese ... Jolanthe! Ich will versuchen, sie zu sprechen ... ihre Welle! Fürst, stellen Sie ein!«

Er nahm den Hörer ans Ohr.

Was war das? Was klang da aus dem Hörer? ... Verworrene Geräusche ... Schreie ...

Er raffte sich zusammen, rief.

»Jolanthe!« Immer wieder rief er den Namen.

Niemand! ... Keine Antwort ... Immer noch das Getöse, das verworrene Rufen in dem Hörer ... Hilfeschreie jetzt sogar!

Seine Hand ging zu dem Fürsten, klammerte sich an ihn.

»Ein Unglück geschehen? ... Was ist das? ...«

Sein Gesicht war bleich geworden, ein leises Zittern in seiner Stimme. Mit bebender Hand nahm er den Hörer ans Ohr.

»Abdurrhaman! ... Abdurrhaman! ...« Eine fremde heisere Stimme schrie seinen Namen. Wer war das? Jetzt wieder der Name, dieselbe Stimme, die ihn sprach. Die Stimme eines Menschen, einer Frau in höchster Todesnot!

Seine Augen öffneten sich weit. Er wollte fragen, die Lippen gehorchten nicht. . .

Jetzt immer wieder ... »Abdurrhaman! ... Abdurrhaman ...!«

Mit Gewalt zwang er seine Stimme ... rief zurück. »Wer ist da? ... Wer ist es, der mich ruft? ... Wer ?...

Du ... Du? ... Jolanthe? ... Du bist da, Jolanthe ...?

Was ist's mit dir ... sprich ... ein Wort ...«

Sie sprach jetzt. Nur wenige Worte waren es.

»Die Cheopspyramide brennt! ... Alles vernichtet! ...«

»Die ... Cheopspyramide ... brennt!? ...« Der Schrei eines Wahnsinnigen ... der Hörer entsank seiner Hand. Wie ein gefällter Baum stürzte Abdurrhaman zu Boden.

Wie ein riesiger dunkler Vogel hing die Jacht des Generaldirektors Harder unbeweglich in einer Höhe von 2000 Metern unter dem schimmernden Firmament. Eine klare, wolkenlose Nacht. Durch die scharfen Gläser sahen sie den Schein der elektrischen Bryen-Lampen der Hotels am Nil.

Wie kleine leuchtende Pünktchen hier und da die Lagerfeuer des Truppenkordons um die Pyramiden. Die Feuer flammten jetzt heller auf ... Lichter wurden entzündet ... Fackeln glühten und bewegten sich hin und her. Der weite Ring des Lagers alarmiert ... in wildem Durcheinander.

Da, wo der Kordon der großen Pyramide am nächsten, zog er sich auseinander. Die Lichter flohen nach beiden Seiten.

Noch stärker wurde jetzt das Dunkel. Auch das Mondlicht war auf seiner Wanderung nach Westen hinter die Nordostkante der Pyramide getreten. Die Nordfläche der Cheopspyramide ... Der Eingang zur Königskammer lag in tiefem Schatten.

Die laute Stimme Harders ...

»Da! ... Da! Seht! Am Fuße ... beim Eingang ... ein schwacher, rotglühender Schein!«

Sie alle suchten. Nun sahen sie es auch. Wie gebannt starrten sie auf den besonderen Fleck, der größer und größer zu werden schien. Je mehr er wuchs, desto heller wurde er. Jetzt schimmerte er in hellem Gelb. Wuchs dabei immer weiter –

Jetzt ... Er hatte sich schon um den Eingang herumgefressen. Deutlich hob sich aus dem schimmernden Glast die dunkle Röhre des Ganges ab, der ins Innere der Pyramide führte.

Als wenn das Feuer aus sich selbst heraus größere Kraft schöpfte ... die helle leuchtende Fläche dehnte sich mit immer größerer Schnelligkeit aus ... erreichte nun die Kanten zu beiden Seiten. Ergoß sich an einzelnen Stellen darüber hinweg ... die feurigen Zun-

gen flossen zusammen, vereinigten sich. Immer schneller griff der Brand um sich . . . erreichte die Spitze der Pyramide.

Kaum, daß sie's noch sahen . . . Geblendet von dem übermächtigen Glanz, schlossen sie die Augen, deckten sie mit den Händen.

Erst jetzt faßten ihre Sinne dies ganze ungeheuerliche Schauspiel . . . erst jetzt begann die Wucht dieser größten Tragödie des Jahrtausende alten Bauwerks auf sie zu wirken.

Überwältigt von dem Erschauten . . . erschüttert bis in die innersten Tiefen ihrer Seele verharrten sie so.

Iversen schaute auf. Um ihn herum alles taghell wie im stärksten Sonnenschein. Behutsam machte er sich von den Armen Modestes frei, die sich an ihn geklammert. Ging zu Harder, der am Bug stand. Der reichte ihm ein geschwärztes Glas.

»Schaut jetzt dahin!« Er deutete zur Seite, zur Oase.

Neuer Schrecken . . . Das Splendid-Hotel, den Pyramiden am nächsten . . . seine Südseite brannte schon in hellen Flammen. Wehe denen, die sich nicht rechtzeitig in Sicherheit gebracht hatten.

Über die große Nilbrücke ein doppelter Strom von Kraftwagen, Fahrzeugen aller Art in rasender Hast. Immer neue Kolonnen von Kairo her, das sie wie im hellen Sonnenglanze in allen Einzelheiten klar vor sich sahen. Deutlich konnte man in den taghell erleuchteten Straßen der Stadt ein wirres Durcheinander aufgeregter Menschenmassen sehen.

Ein kühler Luftzug strömte über sie hinweg. Wurde stärker, wurde Sturm. Man sah, wie er den Brand immer gewaltiger entfachte . . .

Die Jacht begann leise zu schaukeln. Die Bewegung wurde immer stärker. Nur mit Mühe hielten die sausenden Schrauben das Schiff an seinem Ort.

Der Führer der Jacht trat jetzt auf Harder zu.

»Wir müssen weiterfliegen oder in größere Höhen gehen. Die Propeller vermögen nicht länger dem wachsenden Sturm Widerstand zu leisten.«

Harder ließ noch einmal den Blick über das schaurige Bild da unten gleiten.

»Fort von hier! Nehmen Sie kürzesten Kurs auf Rom!«

Die Propeller sprangen an. Die Jacht stieg in steilem Flug in die Höhe.

Der Brand schien zurückzuweichen. Je weiter er wich, desto freier wurden sie von dem Bann, in den das Ungeheure sie geschlagen. Ihre Zungen lösten sich. Sie fanden die Kraft wieder zur Sprache.

Die Luken der Jacht wurden dichtgemacht. Das Schiff stieg eine Meile höher, jagte durch die verdünnte Atmosphäre nach Nordwesten.

Sie standen am Heck des Schiffes. Längst hätte das glühende Dreieck der brennenden Pyramide unter die Kimme sinken müssen.

Aber? ... Was war das? ... Die Pyramide schien in den Himmel zu wachsen ...

War's ein Spiegelbild? ...

»Glühender Wüstensand!« schrie Harder, »Sand, den der rasende Verbrennungswind da zusammenträgt ... über dem glühenden Herd in die Höhe reißt.«

Die Küste Kretas tauchte vor ihnen auf. Noch immer hinter ihnen der Glutschein im Südosten.

Harder versuchte den Bordsender arbeiten zu lassen. Unmöglich. Keine Verbindung zu bekommen. – Der Äther erfüllt von Tausenden von Funkdepeschen. Auf allen Wellenlängen schwirrte es um den ganzen Erdball hin und her.

Die Neugier erregte die Menschheit in allen fünf Erdteilen. Die ersten Nachrichten waren blitzschnell bis in die fernsten Erdenwinkel gedrungen. – Jeder wollte weiteres über die Katastrophe hören. Alle Stationen von der größten bis zur kleinsten in fieberhafter Arbeit ... Die Überzahl der Depeschen machte jede Verständigung unmöglich ...

»Endlich ... es war kaum zu glauben ... sind die würdigen Häupter der europäischen Staatsweisheit sich doch noch einig geworden. Nach dem wenig versprechenden Anfang hatte ich schon geglaubt, vor Jahresende würde das frohe Ereignis nicht zu erwarten sein.« Harder sprach es, während er in Begleitung Eiseneckers die große Freitreppe des Berner Parlamentsgebäudes hinabstieg.

»Ich bewundere Sie, mein lieber Harder, offen gestanden, das hätte Ihnen so leicht keiner nachgemacht. Die Art, wie Sie mit jenen da umgingen, in den Ausschüssen unsere Sache vertraten ... das war großartig.«

»Nichts zu sagen ... Routine ... wenn Sie einmal so viele Aufsichtsratsversammlungen geleitet haben wie ich, können Sie's auch.«

Sie waren an ihren Kraftwagen gekommen. Harder warf mit einem erleichternden »Uff!« die schwere Aktenmappe auf den Vordersitz.

»Zum Flugplatz!« ... Sie stiegen ein.

Eine halbe Stunde später saßen sie in Harders Flugschiff. Eisenecker stellte den Empfänger ein. Die Berner Welle. Er glaubte zu sehen, zu fühlen, wie die Nachricht von dem glücklichen Ausgang, immer wieder von Bern gefunkt, durch den Äther eilte. Dazwischen die unzähligen Funkdepeschen der Reporter.

Harder-Eisenecker! Das Programm angenommen!

Millionen, die jetzt die Nachricht hörten ... lasen ... verschlangen sie. Die Bedeutung, die in dem kurzen Sinn lag, war für Europa, für die Welt, von gewaltigen Folgen. Träume verwirklicht, die schon seit Jahrzehnten die Menschheit geträumt.

Durch ihn! Die Millionen, die die Nachricht lasen, darüber sprachen – überall sein Name! Während seines kurzen Aufenthalts in Bern war er absichtlich im Hintergrunde geblieben, hatte alle Verhandlungen durch Harder führen lassen ... Trotzdem ständig ein Heer von Reportern an seinen Fersen. Immer wieder ihre Objektive auf ihn gerichtet, die sein Bild um den Erdball funkten.

Für ewige Zeiten an seinen Namen geknüpft der Anfang einer neuen Epoche!

»Ich versuchte mit Mette zu sprechen, der Empfang ist schlecht, die Luft ist verseucht von diesen unzähligen Depeschen. Kaum, daß man die Berner Welle versteht. Sie brachte eben nochmals den wesentlichen Inhalt unseres Programms, funkt jetzt einen Auszug aus den letzten Verhandlungen. Mette wird wohl am Hörer sein, wird so indirekt von unseren Erfolgen erfahren.

Die Frage des letzten Punktes des Programmes wird wohl, ich will lieber sagen, hoffentlich, sobald nicht entschieden werden. Nun ... spätere Sorge. Vorläufig müssen sich Tausende von Händen regen, um die ersten Punkte durchzuführen. Sie, mein lieber Eisenecker, sind der Ansicht, daß eine Hochzeitsreise mit Mette der Mitarbeit dabei vorzuziehen wäre.«

Der lachte. »Würde ich Sie doch andernfalls eines Vergnügens berauben.«

»Vergnügen?«

»Ja, gewiß, Herr Harder. Es gibt wohl keinen Menschen in Europa, der so mit diesem Problem verwachsen ist wie Sie. Ein Blick genügt, um zu sehen, wie alles in Ihnen fiebert, sich in die Arbeit zu stürzen, das Programm durchzuführen.«

»Nun, mein teurer Schwiegersohn, ein so reines Vergnügen dürfte das wohl nicht sein. Vergessen Sie nicht, daß ich noch eine kleine Nebenbeschäftigung habe ... Meine Riggers-Werke umstellen, wird auch viel Arbeit und Sorge kosten!

Besonders unangenehm ist mir der Gedanke an die großen Entlassungen, die doch unvermeidlich sind ... Unzählige brotlos, arbeitslos. Und gerade das, das Arbeiten, das ist das Schwierigste, Bedenklichste. Für Brot ist ja gesorgt.« Er zog aus seiner Mappe ein Schriftstück. »Punkt 2 des Programmes hat da Vorsorge getroffen.«

Er blätterte in dem Exposé und las: »... ›die neue Energie wird bis auf weiteres zu zwei Dritteln des alten Preises an die Verbraucher abgegeben. Die daraus resultierenden Einnahmen werden dazu verwandt, die durch die Umstellung brotlos Gewordenen auf Staatskosten zu erhalten.‹ Ich glaube nicht, daß das allzulange dauern wird. Unsere Produktion muß sich in Zukunft so billig gestalten, daß bald für Millionen Hände neue Arbeit dasein wird.

Punkt 1 ist allerdings sehr einfach. Jedes Land bekommt einen der Apparate. Die großen Leitungsnetze des Landes müssen zum Anschluß an diese Zentralpunkte mehr oder weniger umgebaut werden.

Punkt 3! ... da sollte wohl Ihre Hochzeitsreise nach Grönland Gelegenheit geben, einige Vorstudien zu machen. In Zukunft, nun, es mögen noch einige Jahre darüber hingehen, dürften Hochzeitsreisen nach Grönland mehr an der Tagesordnung sein. – Wenn einmal aus Grönland wirklich das Grüneland geworden ist.«

Eisenecker nickte lächelnd. »Merkwürdig, daß einige Vertreter da Schwierigkeiten sahen. Zweifellos gehört Grönland zu Europa, und es ist doch mit unbedingter Sicherneit zu erwarten, daß sich unter den günstigen Lebensbedingungen, die Europa von jetzt ab haben wird, ein Menschenüberschuß ergeben muß, für den wir Neuland brauchen.«

»Um noch einmal auf die Ansprüche des Auslandes zu kommen«, sprach Harder, »so dürfte uns ein gesunder Egoismus nicht verdacht werden. Es ist doch wohl menschlich begreiflich, wenn wir, das heißt Europa, die Früchte unserer Arbeit erst einmal eine Zeitlang allein genießen. Unseren Industrien, die in schwerem Kampfe mit den Weltindustrien stehen, Gelegenheit geben, neue Kräfte zu sammeln.

Diese Forderungen einiger außereuropäischer Staaten, auch ihnen gleichzeitig die neue Energie dienstbar zu machen, ist leicht verständlich!«

Das Flugschiff hatte sich dem Berliner Hafen genähert und landete in den Riggers-Werken.

In der Harderschen Villa am Bismarckdamm. Die Nachrichten aus Bern lagen vor ihnen. Immer wieder lasen sie die Worte mit freudigen Gefühlen. Wie lange konnte es noch dauern, dann mußten sie beide zurück sein, Harder und Eisenecker.

»Da werden die Zeitungen etwas zu schreiben haben«, rief Iversen, ergriff eine, die vor ihm lag. »Die Überschriften sehe ich schon.

Ah! ... übrigens, hier las ich vorher: von 2 bis 3 Uhr Funkbilder aus aller Welt. Zum Schluß das Bild der Cheopspyramide in ihrer jetzigen Gestalt.«

Er sah auf die Uhr. »Ich werde gleich einstellen: Bilder von dem Übergang der maurischen Truppen über die Meerenge!« Das Zimmer verdunkelte sich, der Schirm leuchtete auf. Ah! Der Fels von Gibraltar. Deutlich und plastisch die alte Felsenstellung auf der rechten Seite des Bildes. Davor die breite Meerenge, am Horizont die Silhouette von Ceuta. Da zog er hinüber und herüber, eine unendliche Kette von Transportschiffen, beladen mit Menschen und Tieren ...

Das Bild wechselte. Ein Kai, an dem Schiffe festgemacht. Ein Gewimmel von Soldaten in den typischen maurischen Uniformen.

Wieder wechselte das Bild. Eine Nahaufnahme schien's. Ein Flugschiff ... zwei Männer traten heran. Prinz Ahmed Fuad und Fürst Iraklis ...

Iversen, der den Apparat bediente, wandte sich nach Modeste um, vergaß ganz, daß er in dem Dunkel nichts sehen konnte.

Seine Hand drehte den Knopf. Versehentlich erwischte er die Berner Welle, die Filmaufnahmen gab. Vor ihnen der weite Saal mit dem Gewimmel der Abgeordneten. Schon wollte er weiterdrehen, da ... man konnte ihn deutlich erkennen ... Eisenecker trat ein.

Hunderte von Armen regten sich im Händeklatschen beim Anblick dessen, der Europa die neue Zeit brachte. Die deutschen Vertreter waren aufgesprungen, winkten mit Tüchern und Händen, jubelten dem großen Landsmann laut zu ...

Und dann verfolgten sie die Verhandlungen mit gespanntester Aufmerksamkeit bis zum Schluß ...

Der Schirm wurde dunkel. Ein neues Bild.

Kairo, der Nil! Und jetzt ... die Pyramiden! Das Objektiv rückte näher heran, konzentrierte das Bild auf die Cheopspyramide. Man wußte ja schon aus den Zeitungsberichten, wie es ungefähr aussah, doch erst das lebendige Bild vermittelte den rechten Eindruck.

Da stand das uralte Bauwerk. Unverändert in seiner Gestalt.

Jetzt rückte das Objektiv noch näher. Und da, da konnte man se-

hen, wie die Glut der entfesselten Energie die Pyramide doch veränderte.

Wie Cheops, der große Pharao, sie einst gebaut, so war sie jetzt wieder erstanden.

Die Flächen in schimmernder spiegelnder Glätte. Ein unerklimmbarer Glasberg. Was die Jahrtausende dem riesigen Bauwerk geraubt, der vierundzwanzigstündige Brand hatte es ihm wiedergegeben. In seiner Glut war die äußerste Schicht zum Schmelzen gekommen, hatte die treppenartigen Vorsprünge überflossen und die ursprüngliche Form in voller Reinheit wiederhergestellt.

Der Brand der Cheopspyramide! . . . Die Worte unglaublich, unfaßbar! Seit jener Nacht Weltgespräch! . . . Millionen, die es nicht glauben konnten, wollten. Brennender Granit?! . . . Undenkbar! Dem einfachen Menschenverstand unfaßbar! Jetzt Millionen Augen, die das Bild sahen.

In neuer und doch ursprünglicher Form stand der riesige Königsbau. Nicht zerstört durch den Brand, sondern geläutert zu neuem vieltausendjährigem Kampf gegen die Zeit. Das gigantische Denkmal, das eine neue Epoche an ihren Anfang setzt!

Das Bild erlosch . . . Verloren in der Erinnerung an die Nacht, da der Brand entstand, saßen sie da.

Als Eisenecker und Harder eine halbe Stunde später in das Gebäude der Reichsbank traten, empfing sie der Präsident mit einem Stab von Beamten. Begrüßte den ihm bekannten Generaldirektor mit freundlichem Händedruck.

Der stellte ihm Eisenecker vor. Die Blicke des Bankgewaltigen flogen mit einem Gemisch von Bewunderung und Staunen über dessen Gestalt hin . . . blieben dann haften an dem unscheinbaren Kasten, den der in der Hand trug.

Er schritt mit Harder voran. »Herr Generaldirektor!« Flüsternd sprach er zu Harder. »So ohne jede Bedeckung? . . . ohne jede Vorsichtsmaßregel!? . . .«

Der schüttelte den Kopf. »Unnötig, mein Lieber! Wir schützen uns selbst besser!«

Sie waren in den unterirdischen Gewölben angekommen. Immer neue Panzertüren geöffnet! . . . Jetzt standen sie in einem kleinen Raum. Die schmale Rückwand ein Tresor.

Harder zog einen Schlüssel aus der Tasche, schloß einen Riegel. Nach ihm der Präsident. Das wiederholte sich noch mehrere Male. Dann öffnete sich die Tür.

Ein winziger Raum nur, den die dicken Wände übrig ließen. Mit Harders Hilfe legte Eisenecker den Kasten hinein.

Die anderen starrten in stummem Staunen, wie die beiden lange Zeit an dem Apparate arbeiteten. . . . Jetzt die Kabel, die dort aus der viele Meter starken Panzerwand hineintraten, anschlossen.

Und dann! Sie sahen, wie Eisenecker aus einer Kanne schimmerndes Quecksilber in den Apparat goß.

»Genug für Deutschlands Energieverbrauch in einem Jahre! . . .«

»In acht Tagen, Herr Präsident, wird der Umbau der Leitungen so weit gefördert sein, daß man einschalten kann.«

Er trat zurück. Die schwere Tür wurde geschlossen.

Er drückte dem Präsidenten zum Abschied die Hand.

»Hier die Quelle, aus der von nun an die Energie der deutschen Wirtschaft fließt!«

Als sie bald darauf durch die Gartenpforte des Landhauses am Bismarckdamm traten, kam ihnen Mette entgegen. Umarmte den Vater, hing sich an Eiseneckers Arm.

»Ihr braucht uns gar nichts zu erzählen! Wir sahen und hörten ja fast alles. Der Jubel, mit dem sie dich empfingen!« . . . Sie barg ihr Gesicht, das Stolz und Freude röteten, an ihm.

Mit stillem Vergnügen sah Harder ihre ungewöhnliche Lebhaftigkeit. Wie sie erzählte . . . von der Pyramide . . . von dem Übergang über die Meerenge . . . wie sie sich dabei immer wieder an Eisenecker schmiegte, dessen Hand das alles vollbracht.

»Spanien! . . . Ja, ein Brief ist gekommen. Von Gonzales, deinem Freunde.«

Sie schritten dem Hause zu. Fern vom Tennisplatz klangen die Stimmen Modestes und Iversens. Die wollten in den nächsten Tagen nach dem Tirsenhof fahren, ihrem künftigen Heim.

Eisenecker öffnete den Brief. Es war ein langes Schreiben. Gar viel hatte der Freund ihm zu berichten. Jetzt spannten sich plötzlich seine Züge, Staunen darin . . .

Die letzten Zeilen . . . dann hatte er geendet.

»Eine Überraschung, die ich euch mitzuteilen habe.

Wir wissen, daß der Apparat Montgomerys gestohlen wurde, wissen aber nicht, wer der Täter war. Wir nicht allein . . . die ganze Welt hat sich über die Frage den Kopf zerbrochen.

Durch einen Zufall ist jetzt das Geheimnis gelüftet worden. Also hört und staunt.

Der Apparat wurde gestohlen auf direkte Veranlassung der maurischen Regierung . . . Durch wen? . . . Und durch wessen Hilfe?«

Fast zögernd kamen die Worte aus seinem Munde.

»Der Urheber des Planes . . . der, der am meisten getan hat bei dessen Ausführung, ist . . . Jolanthe.«

»Jolanthe!« Mette war aufgesprungen, lief zu ihm hin, beugte sich über den Brief, las, wo dessen Finger hindeutete.

»Jolanthe!« Sie wandte sich ab, um ihre Erschütterung zu verbergen.

»Die arme Modeste!« murmelte sie leise. »Jolanthe! Solch ein Weib . . . Ihre Schönheit! . . . Ihr Reichtum! . . . Sie, eine Verbrecherin?!«

»Laß, Mette!« Harder legte beruhigend den Arm um ihre Schultern. »Nach dem, was da in Ägypten vorgefallen . . .« er unterbrach sich . . . »Weiter, Eisenecker!«

Er fuhr fort. »Sie lebte in England mit der ausdrücklichen Bestimmung, für das maurische Reich Spionagedienste zu leisten. Von ihrem Haus, das Wand an Wand mit dem des maurischen Botschafters lag, konnte sie jederzeit durch eine Maueröffnung direkt mit Midhat Pascha in Verbindung treten . . .

Von Moskau her war sie mit Lord und Lady Permbroke eng befreundet. Von Lord Permbroke erfuhr sie gelegentlich eines Besuches in Montgomery-Hall das Geheimnis der Sicherungen. In einem unbeobachteten Augenblick teilte sie das alles einem Matrosen des Luftschiffes mit, der in maurischen Diensten stand . . .

Der versetzte sich durch irgendwelche Mittel in einen hohen Fieberzustand, wurde bei der Abfahrt des Schiffes zurückgelassen. Nachts erhob er sich heimlich von seinem Lager, schaltete die Sicherungen zur verabredeten Stunde aus. Ein maurisches Flugschiff ließ einen Späherkorb in den Hof des Schlosses hinab. Der Matrose legte den inzwischen von ihm geholten Apparat hinein . . .

Das Schiff fuhr ab. Der Matrose schaltete die Sicherungen wieder ein, kehrte zu seinem Lager zurück . . . wurde später als geheilt entlassen und verschwand.

Der Apparat wurde nach Spanien gebracht, maurischen Gelehrten gezeigt, die daran verzweifelten, ihn in Betrieb zu setzen.

Da! . . . Herr Generaldirektor Harder, halten Sie sich fest! . . . entwarf Jolanthe einen Plan, der beinahe unglaublich erscheint . . .

Der Plan war: Den Generaldirektor Harder nach St. Jean le Miracle zu locken, dort zu verhaften und nach Spanien zu bringen. Dort sollten ihm scheinbar spanische Patrioten den Apparat in die Hand

geben ... mit der Bitte, die Lösung des Geheimnisses zu versuchen ... um dann mit Hilfe dieser Energie Spanien zu befreien.«

Die Wirkung dieser Worte war außerordentlich.

Mette hatte sich in Eiseneckers Arme geworfen. »Du! ... Du allein! ... Du warst der Retter!«

Harder lief wie ein gereiztes Raubtier in dem Zimmer auf und ab.

»Das ist zuviel! Das ist zuviel!« stieß er immer wieder zwischen den Zähnen hervor. »Das Teufelsweib! Diese schöne Larve! ... Teuflisch der Plan! ... Welch höllische Fantasie, so etwas zu ersinnen ...

Oder ist das alles nur Fantasie, was der Brief da gibt?«

»Leider nicht! Der Brief stützt sich auf authentische Dokumente ...

Bei der teilweis kopflosen Räumung der maurischen Ministerien in Madrid wurde unter anderem in dem Geheimarchiv des Kalifen in einer Mappe sein Briefwechsel mit Jolanthe gefunden, aus dem das alles klar hervorgeht ... Irgendwelche persönlichen Beziehungen zwischen ihr und dem Kalifen müssen auch bestanden haben ... welcher Art, weiß man nicht ...«

Lange saßen sie da, konnten es nicht fassen, das Unfaßbare ...

»Jolanthe ... wo mag sie sein?« Mette fragte es.

Wieder lag der Löwenhof der Alhambra im schimmernden Schein des Mondes ...

Am Brunnen auf einer Steinbank zwei einsame Menschen.

Die weiten Höfe, Hallen leer.

Das Haupt des Mannes nach vorn gesenkt, sein Blick starr auf die Steinfliesen des Bodens gerichtet.

Die Frau, den Oberkörper nach rückwärts gelehnt, den Kopf weit übergeworfen, starrte wie entrückt zum Firmament. Die weichen Strahlen des Mondlichtes umspielten das wunderbare ... wundersam schöne Gesicht.

Tiefste Stille um sie her. Die Wipfel der Bäume regungslos. Kein Lüftchen, das ihre Blätter zu leichtem Rauschen zwang. Kein Schrei eines Nachtvogels. Erstorben die Natur um sie her ...

Erstorben ihre Seelen ...

In einem Syringengebüsch ... ein leiser Ton ... Die königliche Sängerin der Nacht begann ihr Lied ... immer heller, süßer. Der Gesang ... die Frau senkte den Kopf zur Seite, lauschte ...

Ein unbeschreiblich wehmütiges Lächeln zog über das bleiche Ge-

sicht. Mit verhaltenem Atem lauschte sie, bis der letzte Ton verklungen.

Sie schaute um sich. Der Mann an ihrer Seite ... er atmete schwer. Auch sein Herz getroffen von dem Zaubergesang ...

Mit einer jähen Bewegung warf sie ihre Arme um ihn, schmiegte sich dicht an ihn.

»Unser Hochzeitslied, hörst du's? ...«

Er richtete sich auf. Sein Atem keuchte, seine Brust spürte, wie die Wärme ihres Körpers in seinen überströmte.

Die Frau an seiner Seite: zur Königin hatte er sie machen wollen ... zur Königin des größten Reiches der Welt. Ein Fest hatte er rüsten wollen, wie es kaum zuvor einer Königin dargeboten ...

Die Hochzeitsnacht! Das schöne Weib in seinen Armen!

Vorbei! ... Vorbei!

Er stieß sie zurück, sprang auf. Wie ein wunder Löwe stürmte er durch die leeren Arkaden ...

»Boabdil!« ... Der Name, von seinen Lippen geschrien, hallte schaurig, im Echo sich brechend, durch die öden Hallen. »Ich wollte dich rächen! ...«

Das gräßliche Lachen riß die Frau auf. Mit fliegendem Gewande eilte sie suchend dem Klange der Stimme nach.

Der stand an der Brüstung, die zur Tiefe führte, die Arme weit ausgestreckt. Seine Stimme hallte fernhin durch die stille Nacht.

»Dich, Boabdil, wollte ich rächen ... der Kleine den Großen! ... Mit allen Ehren ... dein Heer unter vollen Waffen ... räumtest du das Land. Ich hier ...« Sein Lachen gellte entsetzlich dazwischen ... »wie geschlagene Hunde fliehen meine Heere nach der Heimat ... waffenlos ... Vor der Übermacht.

Vor der Übermacht?! ...« Wieder das schreckliche Lachen ...

»Vor einem einzelnen Manne! ... Vor einem einzigen Menschen! ...«

In wildem Toben stieß er die Faust zum Himmel.

»Allah! Du da oben ... siehst du deine Söhne nicht? ... Konntest du ihnen nicht helfen? ...

Du! Ha, ha, ha! Du fürchtest wohl auch den? ... Ja! Ja! ... Du fürchtest ihn auch! ...

Und ich ... ich sage mich los von dir!«

Er riß den Ring des Kalifen von der Hand, schleuderte ihn in den Abgrund.

»Abdurrhaman! ... Du bist von Sinnen! ... Du lästerst! ...«

Beim Klang ihrer Stimme war Abdurrhaman zusammengezuckt

... warf wilde Blicke um sich. Sie legte ihre Hände um seinen Kopf, zog ihn an sich, strich leise darüber ...

»Komm! Es ist Zeit! ... Schon neigt sich der Mond.«

Eng umschlungen gingen sie zum Löwenhof zurück, setzten sich nieder auf der Bank.

Jolanthe griff in die Falten ihres Gewandes ... zog die Hand wieder heraus ... Ein dunkles Etwas darin. Sie öffnete die Finger, betrachtete es lange.

»Ist's nicht in offener Schlacht, – wir sahen sie ja nie, unsere Feinde Aug' in Aug‹ – soll's doch durch des Feindes Waffe geschehen.«

Er schaute stumm dahin. Sah, wie jetzt Jolanthe mit einem kleinen Dolch die Hülle zerschneiden wollte. Sie gab nicht nach.

»Das Messer ist stumpf!« Sie warf es von sich. Klirrend fiel es zu Boden.

»Warte! ...«

Abdurrhaman war aufgesprungen, eilte in eine der Hallen ... kam wieder ... schwang ein blitzendes Krummschwert in seiner Hand, rief ihr laut entgegen:

»Das Schwert Boabdils ... als Heiligtum brachte ich es mit hierher ... soll uns helfen ... mit uns in den Tod gehen!«

Er ergriff die Patrone ... wie spielend warf er sie in die Luft.

Jetzt! Die Schwertklinge fuhr sausend um sein Haupt, traf sie in freiem Fall ...

Die Schärfe zerschnitt den Mantel ...

Doch der Arm, mit dem er geschlagen, blieb wie erstarrt in der Luft stehen ...

Was war das? Ihre Augen, in denen schon der Tod stand, starrten auf die Schwertspitze. Eine kleine bläuliche Kugel tänzelte daran ... jetzt wurde sie frei ... Spielend wie ein gaukelnder Schmetterling schwebte sie um sie herum. Bald näher ... bald weiter ... senkte sich, hob sich wieder ...

Das Schwert entglitt der Hand, fiel klingend auf den Stein ... Der Arm sank hernieder.

»Tod! Willst du uns narren?« ...

Jolanthe schrie es. Ihre Rechte raffte das Schwert vom Boden ... Sprungbereit stand sie da. ...

Die Kugel ... die tanzende Kugel ... jetzt war sie wieder näher gekommen ...

Da holte sie aus. Sausend fuhr die Waffe durch die Luft ... traf ...

Der Löwenhof ... die weiten Räume der Burg ... der Berg selbst ... ein bläuliches Feuer, in Millionen von Blitzen sich entladend ... millionenfacher Donner ... minutenlang der Himmel überstrahlt.

Wieder die alte Stille der Natur ...

Wo eben noch die sagenumwobenen Reste des herrlichen maurischen Königsschlosses gestanden – mit ihrem König und ihrer Königin gen Himmel geschleudert. Keine Spur von ihnen auf Erden mehr.

In vielen Liedern sangen die Sänger in Mauretanien noch lange von Abdurrhaman, dem Kalifen, und von Jolanthe, seiner Geliebten.

Sangen von der Tapferkeit des Helden, seinen großen Taten. Seiner größten, wie er sein Volk über das Meer nach Norden geführt, die alten Reiche wieder aufgerichtet.

Von Jolanthe, dem schönen Weib, Dienerin, Geliebte, Königin des Helden.

Von der wundersamen Hochzeit in den Hallen der Alhambra. – Wie sie Allah zu sich genommen in sein Paradies. –

Im Wetteifer um das schönste Lied, andere ... die sangen gar, daß nicht Asrael, der Todesbote, sie geleitet ... sangen, daß sie noch am Leben ... der Stunde harrten, wiederzukommen, ihr Volk zu neuer Herrlichkeit zu führen.

DIE MACHT DER DREI

DIE MACHT DER DREI

Das Mysterium von Sing-Sing! Sondermeldung: »Sing-Sing, 16. Juni, 6 Uhr morgens. Dreimal auf dem elektrischen Stuhl! Dreimal versagte der Strom! Beim dritten Male zerbrach die Maschine. Der Delinquent unversehrt.«

Gellend schrien die New-Yorker Zeitungsboys die einzelnen Stichworte der Sensationsnachricht, die schon vorher über alle Fernseh- und Runfunkstationen ausgestrahlt war, den Tausenden und aber Tausenden von Menschen in die Ohren.

Nur die wenigsten in der großstädtischen Menge hatten eine Ahnung davon, daß an diesem Tage weit draußen im Zuchthaus des Staates New York eine Elektrokution auf die sechste Morgenstunde angesetzt war. Solche Hinrichtungen interessierten das New-Yorker Publikum nur, wenn berühmte Anwälte monatelange um das Leben des Verurteilen gekämpft hatten oder wenn bei der Hinrichtung etwas schiefging.

Im übrigen hatten die Amerikaner niemals allzuviel Aufhebens von solchen Vorkommnissen gemacht. Schon damals nicht, als das Land noch von Präsidenten geleitet wurde, die man alle vier Jahre neu wählte. Viel weniger jetzt, wo es unter der eisernen Faust des Präsidenten Cyrus Stonard stand. Unter der Faust jenes Cyrus Stonard, der in einem fürchterlichen, aber schließlich siegreichen Krieg Rußland in seine asiatischen Grenzen verwiesen und damit die heraufziehende Gefahr endgültig gebannt hatte. Die Folgen im eigenen Lande waren unbeschränkte diktatorische Vollmachten für Cyrus Stonard, die auch den amerikanischen Zeitungen einige Zurückhaltung in allen die Regierung und Regierungsmaßnahmen betreffenden Fragen aufnötigten.

Etwas Besonderes mußte passiert sein, wenn die sämtlichen New-Yorker Zeitungen diesem Ergebnis übereinstimmend ihre erste Seite widmeten und mit der Ausgabe von Extrablättern fortfuhren. – Noch ehe die letzten Exemplare der eben erschienen Ausgabe ihre Käufer gefunden hatten, erschienen auf den Bildflächen der großen Fernsehnachrichtenzentralen der Stadt neue Meldungen:

»Das Rätsel von Sing-Sing! Sing-Sing, 6 Uhr 25 Minuten. Elektrische Station von Sing-Sing zerstört. Der Verurteilte heißt Logg Sar. Herkunft unbekannt. Kein amerikanischer Bürger! Zum Tode verurteilt wegen versuchter Sprengung einer Schleuse am Panamakanal!«

»Sing-Sing, 6 Uhr 42 Minuten. Der Verurteilte entflohen! Die Riemen, mit denen er an den Stuhl gefesselt war, zerschnitten!«

»Sing-Sing, 6 Uhr 50 Minuten. Ein Zeuge als Komplice! Allem Anschein nach ist der Delinquent mit Hilfe eines der zwölf Zeugen der Elektrokution entflohen.«

»Sing-Sing, 7 Uhr. Letzte Nachrichten aus Sing-Sing. Im Auto entflohen! Ein unglaubliches Stück! Durch Augenzeugen festge-

stellt, daß der Delinquent, kenntlich durch seinen Hinrichtungsanzug, in Begleitung des Zeugen Williams in ein vor dem Tor stehendes Auto gestiegen. Fuhren in rasender Fahrt davon. Jede Spur fehlt. Gefängnisverwaltung und Polizei ratlos.«

Mit kurzem scharfem Ruck blieb ein Auto stehen, das in den Broadway an der Straßenecke einbog, wo das Flat Iron Building seinen grotesken Bau in den Äther reckt. Der Insasse des Wagens war ein Mann von unbestimmtem Alter. Einer jener menschlichen Zeitlosen, von denen man nicht sagen kann, ob sie vierzig oder sechzig Jahre alt sind.

Vor dem Gebäude der Polizeizentrale hielt der Wagen. Noch ehe er völlig stand, sprang der Insasse hinaus und eilte über den Bürgersteig der Eingangspforte zu. Seine Kleidung war offensichtlich in einem erstklassigen Atelier gefertigt. Doch hatten alle Künste des Schneiders nicht vermocht, Unzulänglichkeiten der Natur vollständig zu mildern. Ein scharfer Beobachter mußte bemerken, daß die rechte Schulter ein wenig zu hoch, die linke Hüfte etwas nach innen gedrückt war, daß das linke Bein beim Gehen leicht schleifte.

Er trat durch die Pforte. Hastig kreuzte er die verzweigten Korridore, bis ihm an einer doppelten Tür ein Policeman in den Weg trat. Der sechs Fuß lange Irländer mit Gummiknüppel und Filzhelm.

»Hallo, Sir! Wohin?«

Ein unwilliges Murren war die Antwort des eilig Weiterschreitenden.

»Stop, Sir!«

Breit und massig schob der irische Riese sich ihm in den Weg und hob den Gummiknüppel in nicht mißzuverstehender Weise.

Heftig riß der Besucher eine Karte aus seiner Tasche und übergab sie dem Beamten.

»Zum Chef, sofort!«

Mehr noch als das herrisch gesprochene Wort veranlaßte der funkelnde Blick den Policeman, mit großer Höflichkeit die Tür zu öffnen und den Fremden in ein saalartiges Anmeldezimmer zu geleiten.

»Edward F. Glossin, medicinae doctor« stand auf dem Kärtchen, das der Diener dem Polizeipräsidenten MacMorland auf den Schreibtisch legte. Der Träger des Namens mußte ein Mann von Bedeutung sein. Kaum hatte der Präsident einen Blick auf die Karte geworfen, als er sich erhob, aus der Tür eilte und den Angemeldeten in sein Privatkabinett geleitete.

»Womit kann ich Ihnen dienen, Herr Doktor?«

»Haben Sie Bericht aus Sing-Sing?«

»Nur, was der Funk und die Zeitungen melden.«

»Bieten Sie alles auf, um der Entflohenen habhaft zu werden. Wenn die Polizeiflieger nicht ausreichen, fordern Sie Armeeflieger an! Ihre Vollmacht langt doch für die Anforderung?«

»Jawohl, Herr Doktor.«

»Die Flüchtigen müssen vor Einbruch der Dunkelheit gefaßt sein. Das Staatsinteresse erfordert es. Sie haften dafür.«

»Ich tue, was ich kann.« Der Polizeichef war durch den ungewöhnlich barschen Ton des Besuchers verletzt, und dies Gefühl klang aus seiner Antwort heraus.

Dr. Glossin runzelte die Stirn. Antworten, die nach Widerspruch und Verklausulierungen klangen, waren nicht nach seinem Geschmack.

»Hoffentlich entspricht Ihr Können unseren Erwartungen. Sonst . . . müßte man sich nach einem Mann umsehen, der noch mehr kann. Lassen Sie nach Sing-Sing telefonieren! Professor Curtis soll hierherkommen, Ihnen in meiner Gegenwart Bericht über die Vorgänge erstatten.«

Der Polizeipräsident ergriff den Apparat und ließ die Verbindung herstellen.

»Wann kann Curtis hier sein?«

»In fünfzehn Minuten.«

Dr. Glossin strich sich über die hohe Stirn und durch das volle, kaum von einem grauen Faden durchzogene dunkle Haupthaar, das glatt nach hinten gestrichen war.

»Ich möchte bis dahin allein bleiben. Könnte ich . . .«

»Sehr wohl, Herr Doktor. Wenn ich bitten darf . . .« Mac Morland öffnete die Tür zu einem kleinen Kabinett und ließ Dr. Glossin eintreten.

»Danke, Herr Polizeipräsident . . . Daß ich es nicht vergesse! 200000 Dollar Belohnung dem, der die Flüchtlinge zurückbringt. Lebendig oder tot!«

»200000 . . .?« Mac Morland trat erstaunt einen Schritt zurück.

»200000, Herr Präsident! Genau, wie ich sagte. Anschläge mit der Belohnung in allen Städten und stündliche Durchsage über alle Fernseh- und Rundfunkstationen!«

Der Polizeipräsident zog sich zurück. Kaum hatte sich die Tür geschlossen, als plötzlich alle Straffheit aus den Zügen Dr. Glossins wich und einem erregten, sorgenden Ausdruck Platz machte. Mit einem leichten Stöhnen ließ er sich in einen Sessel fallen und bedeckte mit der Rechten die Augen, während die Linke nervös über das narbige Leder der Lehne glitt. Wie unter einem inneren Zwange kamen abgerissene Worte halb geflüstert und stoßweise von seinen Lippen.

»Stehen die Toten wieder auf? Bursfelds Sohn! Kein Zweifel daran . . . Wer rettete ihn . . .? Wer war dieser Williams? Der Vater selbst . . .? Nur der besäße die Macht, ihn zu retten. Doch er konnte es nicht sein . . . Aber wer wüßte sonst noch um die geheimnisvolle Macht? Ah, Jane . . .! Sie könnte es offenbaren. Der Versuch muß

gemacht werden. Unmöglich, jetzt noch nach Trenton zu fahren. Ich muß bis zum Abend warten. Ein unerträglicher Gedanke. Acht Stunden in Ungewißheit . . .«

Nervös fuhr Glossin empor und warf einen Blick auf seine Armbanduhr.

»Ruhe, Ruhe! Noch zehn Minuten für mich.«

Einem kleinen Glasröhrchen entnahm er sorgfältig abgezählt zwei winzige weiße Pillen und verschluckte sie. Beinahe augenblicklich wich die nervöse Spannung aus seinen gequälten Zügen und machte einer friedlichen Ruhe Platz. Seine Gedanken wanderten rückwärts. Bilder aus einer ein Menschenalter zurückliegenden Vergangenheit zogen plastisch an seinem Geiste vorüber . . . Die großen Bauten damals in Iran. Ein kleines Landhaus am Ausläufer der Berge . . . Eine blonde Frau in weißem Kleide mit einem spielenden Knaben im Arm . . . Wie lange, wie unendlich lange war das her, daß er Gerhard Bursfeld, den ehemaligen deutschen Ingenieuroffizier, für die iranischen Unternehmungen gewonnen hatte.

Gerhard Bursfeld war dem Rufe zu solcher Arbeit gern gefolgt. Mit ihm kamen sein junger Sohn und sein blondes Weib. Ein glückliches Leben begann. Bis Gerhard Bursfeld die große gefährliche Erfindung machte. Bis Edward Glossin, in Liebe zu der blonden Frau entbrannt, den Freund und seine Erfindung an die Regierung verriet . . . Gerhard Bursfeld verschwand hinter Kerkermauern. Sein Weib entfloh mit dem dreijährigen Knaben; ihre Spur war verloren. Und Edward Glossin war der betrogene Betrüger; denn die Russen hatten Bursfeld sein Geheimnis nicht zu entlocken vermocht, er war kurze Zeit nach seiner Gefangennahme gestorben. Wie das bei diesem System üblich war, nahm man aber Glossin die Sache übel, und er ging leer aus.

Die Züge des Träumers nahmen wieder die frühere Spannung an. Der Klang einer elektrischen Glocke ertönte. Der Doktor erhob sich und ging, straff aufgerichtet, in das Kabinett des Polizeichefs.

Kurz begrüßte er den Ankömmling Professor Curtis aus Sing-Sing und fragte: »Wie ist es möglich gewesen, daß die Apparatur versagte?«

Stockend und nervös gab der Professor seinen Bericht.

»Uns allen ganz unbegreiflich! Auf 5 Uhr 30 Minuten war die Elektrokution des Raubmörders Woodburne angesetzt. Sie ging glatt vonstatten. Um 5 Uhr 40 Minuten lag der Delinquent bereits auf dem Seziertisch. Die Maschine wurde stillgesetzt und um 5 Uhr 55 Minuten wieder angelassen. Punkt 6 Uhr brachte man den zweiten Delinquenten und schnallte ihn auf den Stuhl. Er trug den vorschriftsmäßigen Hinrichtungsanzug mit dem Schlitz im rechten Beinkleid. Die Elektrode wurde ihm um den Oberschenkel gelegt. Zwei Minuten nach sechs senkte sich die Kupferhaube auf seinen Kopf. Im Hin-

richtungsraum stand der Gefängnisinspektor mit den zwölf vom Gesetz vorgeschriebenen Zeugen. Der Elektriker des Gefängnisses hatte seinen Platz an der Schalttafel, den Augen des Delinquenten verborgen. 6 Uhr 3 Minuten schlug er auf einen Wink des Sheriffs den Schalthebel ein . . . Ich will gleich bemerken, daß dies die letzte zuverlässige Zeitangabe aus Sing-Sing ist. Um 6 Uhr 3 Minuten sind alle Uhren in der Anstalt mit magnetisierten Eisenteilen stehengeblieben. Die weiteren Zeitangaben in den Meldungen stammen vom New-Yorker Telegrafenamt . . .«

Dr. Glossin wippte nervös mit einem Fuß. Der Professor fuhr fort:

»In dem Augenblick, in dem der Elektriker den Strom auf den Delinquenten schaltete, blieb die Dynamomaschine, wie von einer Riesenfaust gepackt, plötzlich stehen und hielt gleichzeitig auch die mit ihr gekuppelte Dampfturbine fest. Mit ungeheurer Gewalt strömte der Frischdampf aus dem Kessel gegen die stillstehenden Turbinenschaufeln. Es war höchste Zeit, daß der Maschinenwärter zusprang und den Dampf abstellte.

Währenddessen saß der Delinquent ruhig auf dem Stuhl und zeigte keine Spur einer Stromwirkung. Erst später ist mir das eigenartige Verhalten des Verurteilten wieder in die Erinnerung gekommen. Er schien mit dem Leben abgeschlossen zu haben, aber sobald er in den Hinrichtungsraum geführt wurde, kehrte eine leise Röte in seine bis dahin todblassen Züge zurück. Als die Maschine das erste Mal versagte, glaubte ich die Spur eines befriedigten Lächelns auf seinen Zügen zu bemerken. Gerade so, als ob er diesen für uns alle so überraschenden Zwischenfall erwartet habe.

Als die Maschine zum zweitenmal angelassen wurde, verstärkte sich diese rätselhafte Heiterkeit. Er verfolgte unsere Arbeiten, als ob sich bei dem ganzen für ihn nur um ein wissenschaftliches Experiment handle.

Beim drittenmal kam das Unglück. Die Maschinisten hatten die Turbine auf höchste Tourenzahl gebracht. Sie lief mit dreitausend Umdrehungen, und die elektrische Spannung stand fünfzig Prozent über der vorgeschriebenen Höhe. Es gab einen Ruck. Die Achse zwischen Dynamo und Turbine zerbrach. Die Turbine, plötzlich ohne Last, ging durch. Ihre Schaufelräder zerrissen unter der ins Ungeheure gesteigerten Zentrifugalkraft. Der Kesselfrischdampf quirlte und jagte die Trümmer unter greulichem Schleifen und Kreischen durch die Abdampfleitung in den Kondensator. Als der Dampf abgestellt war, fühlten wir alle, daß wir haarscharf am Tode vorbeigegangen waren . . .«

Der Polizeichef flüsterte ein paar Worte mit dem Doktor. Dann fragte er den Professor: »Haben Sie eine wissenschaftliche Erklärung für die Vorgänge?«

»Nein, Sir! Jede Erklärung, die sich beweisen ließe, fehlt. Höchstens eine Vermutung. Die Magnetisierung sämtlicher Uhren deutet darauf hin, daß in den kritischen Minuten ein elektromagnetischer Wirbelsturm von unerhörter Heftigkeit durch die Räume von Sing-Sing gegangen ist. Es müssen äußerst starke elektromagnetische Felder im freien Raum aufgetreten sein. Sonst wäre es nicht zu erklären, daß sogar die einzelnen Windungen der großen Stahlfelder in der Zentraluhr vollständig magnetisch zusammengebacken sind. Ein fürchterliches elektromagnetisches Gewitter muß wohl stattgefunden haben. Aber damit wissen wir wenig mehr.«

Eine Handbewegung des Doktors unterbrach die wissenschaftlichen Erörterungen des Professors.

»Wie war die Flucht möglich?«

Der Bericht darüber war lückenhaft. »Als die Turbine im Nebenraum explodierte, suchten alle Anwesenden unwillkürlich Deckung. Ein Teil warf sich zu Boden. Ein Teil flüchtete hinter die Schalttafel. Einige Minuten dauerte das nervenzerreißende Heulen und Quirlen der Trümmerstücke in der Dampfleitung. Als endlich der Dampf abgestellt und Ruhe eingetreten war, merkte man, daß der Delinquent verschwunden war. Die starken Ochsenlederriemen, die ihn hielten, waren nicht aufgeschnallt, sondern mit einem scharfen Messer durchschnitten. Die Flucht muß in wenigen Sekunden ausgeführt worden sein. Erst zehn Minuten später wurde es bemerkt, daß auch einer der Zeugen fehlte.«

Das war alles, was Professor Curtis berichten konnte.

Dr. Glossin zog die Uhr.

»Ich muß leider weiter! Leben Sie wohl, Herr Professor.« Er trat, von dem Polizeichef begleitet, auf den Gang.

»Wenden Sie alle Maßnahmen an, die Ihnen zweckmäßig erscheinen. In spätestens drei Stunden erwarte ich Meldung, wie es möglich war, daß ein falscher Zeuge der Elektrokution beiwohnte. Geben Sie telefonischen Bericht! Wellenlänge der Regierungsflugzeuge! Ich gehe nach Washington.«

Ein Läuten des Telefons im Zimmer des Polizeipräsidenten rief diesen hinweg. Unwillkürlich trat Dr. Glossin mit ihm in den Raum zurück.

»Vielleicht eine gute Nachricht?«

MacMorland ergriff den Hörer. Erstaunen und Spannung malten sich auf seinem Gesicht. Auch Dr. Glossin trat näher.

»Was ist?«

»Ein Militärflugzeug verschwunden. R F. c. 1 vom Flughafen entführt.«

»Weiter, weiter!«

Der Doktor stampfte auf den Boden.

»Wer war es?«

Er drang auf den Polizeipräsidenten ein, als wollte er ihm den Hörer aus der Hand reißen. MacMorland hatte seine Ruhe wiedergefunden. Kurz und knapp klangen seine Befehle in den Fernsprecher.

»Der Verteidigungsminister ist benachrichtigt? . . . Gut! So wird von dort aus die Verfolgung geleitet werden. Wie sehen die Täter aus? . . . Hat man irgendwelche Vermutungen? . . . Wie? Was? . . . Englische Agenten? Sind das leere Redensarten oder hat man Anhaltspunkte? . . . Was sagen Sie? Allgemeine Meinung? . . . Redensarten! Die Herren Chopper und Watkins werden gleich herauskommen und die Nachforschungen leiten. Ihren Anordnungen ist Folge zu leisten!«

Der Polizeipräsident eilte zum Schreibtisch, warf ein paar Zeilen aufs Papier und übergab sie seinem Sekretär. Dann wandte er sich seinen Besuchern zu.

»Ein ereignisreicher Morgen! Innerhalb weniger Stunden zwei Vorfälle, wie sie mir in meiner langen Dienstzeit noch nicht vorgekommen sind . . . Die Meinung, daß die Engländer dahinterstecken, scheint mir nicht ganz unbegründet zu sein. R. F. c. 1 ist der neueste Typ der Rapid Flyers. Erst vor wenigen Wochen ist es geglückt, durch eine besondere Verbesserung die Geschwindigkeit auf 3000 Kilometer in der Stunde zu bringen. R. F. c. heißt die verbesserte Type. 1 ist das erste Exemplar der Type. Ich hörte, daß es erst vor drei Tagen in Dienst gestellt wurde. Die nächsten Exemplare brauche noch Tage, um für den Probeflug fertig zu werden. Der Gedanke, daß die englische Regierung sich das erste Exemplar angeeignet hat, liegt natürlich sehr nahe . . . Es sei denn . . .«

»Was meinen Sie, Herr Polizeipräsident?«

Die Stimme Glossins verriet seine Erregung.

»Es sei denn, daß . . .« Mac Morland sprach langsam, wie tastend ». . . daß ein Zusammenhang zwischen der Entführung des Flugzeuges und der Flucht jenes Logg Sar bestände. Was meinen Sie, Herr Professor?«

»Ich bin versucht, das letztere für richtig zu halten. Es ist ausgeschlossen, mit gewöhnlichen Mitteln eine Maschine wie R. F. c. 1 von dem streng bewachten Flugplatz am hellichten Tage zu entführen.«

»Was ist Ihre Meinung, Herr Doktor?«

»Ich übersehe die ganze Sachlage zu wenig. Trotzdem, Herr Präsident, werden Sie guttun, sich umgehend mit dem Verteidigungsministerium in Verbindung zu setzen und Ihre Maßnahmen für beide Fälle im Einvernehmen und engsten Zusammenwirken mit diesem zu treffen. Guten Morgen, meine Herren.« – –

MacMorland und Professor Curtis waren allein im Chefzimmer des Polizeipräsidiums zurückgeblieben.

»Ein lebhafter Tag heute!«

MacMorland sprach die Worte mit einer gewissen Erleichterung. Der Vorfall mit dem Flugzeug mußte die Sorge der Regierung auf einen anderen Punkt lenken.

Professor Curtis griff sich mit beiden Händen an den Kopf.

»Der zweite Vorfall ist beinahe noch mysteriöser als der erste. Bedenken Sie! Das neueste, schnellste Turbinenflugzeug unserer Luftflotte. Auf einem Flugplatz hinter dreifachen, mit Hochspannung geladenen Drahtgittern. Schärfste Ausweiskontrolle. Fünfhundert Mann als Platzbewachung. Es geht mir über jedes Verstehen, wie das geschehen konnte.«

Der Polizeichef war mit seinen Gedanken schon wieder bei dem Falle, der sein Ressort anging.

»Warum war dieser Logg Sar zum Tode verurteilt? Wir von der Polizei wissen wieder einmal nichts. Sicherlich ein Urteil des Geheimen Rats.«

Der Professor nickte.

»In dem Einlieferungsschein für Sing-Sing stand: ›Zum Tode verurteilt wegen Hochverrats, begangen durch einen verbrecherischen Anschlag auf Schleusen am Panamakanal.‹ Die Unterschrift war, wie Sie richtig vermuteten, die des Geheimen Rats.«

»Ich will gegen diese Einrichtung nichts sagen. Sie hat sich in kritischen Zeiten bewährt, in denen die Staatssicherheit gefährdet war. Aber ... Menschen bleiben Menschen, und bisweilen scheint es mir, ich möchte sagen ... das heißt, ich werde lieber nicht ...«

Professor Curtis lachte.

»Wir Leute von der Wissenschaft sind immun. Sagen Sie ruhig, daß dieser Logg Sar die Panamaschleusen wahrscheinlich niemals in seinem Leben gesehen hat und daß der Geheime Rat ihn aus ganz anderen Gründen zum Teufel schickt.«

MacMorland fuhr zusammen. Die Worte des Professors waren schon beinahe Hochverrat. Aber Curtis ließ sich nicht aus der Ruhe bringen.

»Lassen wir den Delinquenten. Er ist doch längst über alle Berge. Aber brennend gern möchte ich etwas Genaueres über Doktor Glossin erfahren. Sie wissen, man munkelt allerlei ...«

MacMorland überlegte einen Augenblick.

»Wenn ich nicht überzeugt wäre, daß ich auf Ihre unbedingte Verschwiegenheit rechnen könnte, würde ich selbst das Wenige, das ich weiß, für mich behalten. Um mit dem Namen anzufangen, so habe ich begründete Zweifel, ob es der seiner Eltern war. Seinen wahren Namen kennt außer ihm selbst vielleicht nur der Präsident. Seinen Papieren nach ist er Amerikaner. Aber als ich zum erstenmal seine

Bekanntschaft machte, glaubte ich bestimmt, einen starken europäischen Akzent in seiner Sprache zu bemerken.«

»Wann und wo war das?« fragte Curtis gespannt.

»Die Gelegenheit war für Doktor Glossin nicht gerade ehrenvoll. Vor etwa zwanzig Jahren. Ich hatte einen Posten bei der politischen Polizei in San Francisco. Kalifornien war damals von russischen Spionen überschwemmt. Die Burschen machten uns Tag und Nacht zu schaffen. Es war auch klar, daß ihre Unternehmungen von einer Stelle aus geleitet wurden. Einer meiner Beamten brachte mir den Doktor, den er unter höchst belastenden Umständen verhaftet hatte. Aber es war ihm schlechterdings nichts zu beweisen. Hätten wir damals schon den Geheimen Rat gehabt, wäre die Sache wahrscheinlich anders verlaufen. So blieb nichts weiter übrig, als ihn laufen zu lassen. Er soll . . . ich bemerke ›soll‹ . . . ein Agent der Roten gewesen sein. Zu beweisen war hier nichts. Jedenfalls war er einer der ersten, die ihre Fahnen wechselten. Als Cyrus Stonard die Russen mit blutiger Hand endgültig niedergeschlagen hatte, war Doktor Glossin bereits in seiner Umgebung. Er muß dem Diktator damals wertvolle Dienste geleistet haben, denn sein Einfluß ist seitdem fast unbegrenzt.«

MacMorland unterbrach seinen Bericht, um sich dem Fernschreiber zuzuwenden.

»Hallo, da haben wir weitere Meldungen über R. F. c. 1. Versuchen Sie Ihren Scharfsinn, Herr Professor. Vielleicht können Sie das Rätsel lösen. Der Bericht lautet: R. F. c. 1 stand um sieben Uhr morgens zum Abflug bereit. Drei Monteure und ein Unteroffizier waren an Bord. Der Kommandant stand mit den Ingenieuren, die an dem Flug teilnehmen sollten, dicht dabei. Zwei Minuten nach sieben erhob sich das Flugzeug ganz plötzlich. Seine Strahltriebwerke sprangen an. Es flog in geringer Höhe über einen neben dem Flugplatz liegenden Wald. Etwa fünf Kilometer weit. Man nahm auf dem Flugplatz an, daß die Motoren versehentlich angesprungen seien und die Monteure das Flugzeug hinter dem Wald wieder gelandet hätten. Ein Auto brachte den Kommandanten und die Ingenieure dorthin. Vom Flugzeug keine Spur. Die Monteure, in schwerer Hypnose, behaupten, es habe nie ein Flugzeug R. F. c. 1 gegeben. Sie sind zur Zeit in ärztlicher Behandlung.«

MacMorland riß den Papierstreifen ab und legte ihn vor dem Professor auf den Tisch.

»Das ist das Tollste vom Tollen. Was sagen Sie dazu?«

Der Polizeichef lief aufgeregt hin und her. Auch Professor Curtis konnte sich der Wirkung der neuen Nachricht nicht entziehen.

»Sie haben recht, Mr. Morland, es ist ein tolles Stück. Aber, Gott sei Dank, fällt es nicht in das Ressort von Sing-Sing und geht mich daher wenigstens beruflich nichts an. Es wird Sache der Luftwaffe

sein, wie sie ihre Maschine wiederbekommt. Lieber noch ein paar Worte über Doktor Glossin. Ich hatte schon viel von ihm gehört. Heute habe ich ihn das erste Mal gesehen. Wo wohnt er? Wie lebt er? Was treibt er?«

»Sie fragen viel mehr, als ich beantworten kann. Hier in New York besitzt er ein einfach eingerichtetes Haus in der dreihundertsechzehnten Straße. Daneben hat er sicher noch an vielen anderen Orten seine Schlupfwinkel . . .«

»Ist er verheiratet?«

»Nein. Obgleich er keineswegs ein Verächter des weiblichen Geschlechts ist. Mir ist manches darüber zu Ohren gekommen . . . Na, gönnen wir ihm seine Vergnügungen, wenn sie auch manchem recht sonderlich vorkommen mögen.«

»Hat er sonst gar keine Leidenschaften?«

»Ich weiß, daß er Diamanten sammelt. Auserlesene schöne und große Steine.«

»Nicht übel! Aber ein bißchen kostspielig das Vergnügen. Verfügt er über so große Mittel?«

»Es entzieht sich meiner Beurteilung. Ein Mann in seiner Stellung, mit seinem Einfluß kann wohl . . . lieber Professor, ich habe schon viel mehr gesagt, als ich sagen durfte und wollte. Lassen wir den Doktor sein Leben führen, wie es ihm beliebt. Es ist am besten, so wenig wie möglich mit ihm zu tun zu haben. Da Sie gerade hier sind, geben Sie mir, bitte, über die Vorgänge in Sing-Sing einen kurzen Bericht für meine Akten. Wir können nachher zusammen frühstükken.«

Wie griechischer Marmor glänzten die Mauern des Weißen Hauses zu Washington in der grellen Mittagssonne. Aber ein dunkles Geheimnis barg sich hinter den schimmernden Mauern. Lange und nachdenklich hafteten die Blicke der Vorübergehenden auf den glatten, geraden Flächen des Gebäudes. Die politische Spannung war bis zur Unerträglichkeit gestiegen. Jede Stunde konnte den Ausbruch des drohenden Krieges bringen. Die Entscheidung lag einzig und allein dort hinter den breiten Säulen und hohen Fenstern des Weißen Hauses.

Im Vorzimmer des Präsidenten saß ein Adjutant und blickte aufmerksam auf den Zeiger der Wanduhr. Als diese mit leisem Schlag zur elften Stunde ausholte, erhob er sich und trat in das Zimmer des Präsidenten.

»Die Herren sind versammelt, Herr Präsident.«

Der Angeredete nickte kurz und beugte sich wieder zum Schreibtisch, wo er mit dem Ordnen verschiedener Papiere beschäftigt war. Ein Mann mittleren Alters. Eine Art militärischen Interimsrockes umschloß den hageren Oberkörper. Auf einem langen, dünnen

Halse saß ein gewaltiger Schädel, dessen völlig haarlose Kuppel sich langsam hin und her bewegte. Aus dem schmalen, durchgeistigten Asketengesicht blitzten ein Paar außerordentlich große Augen, über denen sich eine hohe und breite Stirn nach vorn wölbte.

Das war Cyrus Stonard, der absolute Herrscher eines Volkes von 300 Millionen. Als er sich jetzt erhob und langsam, beinahe zögernd der Tür zuschritt, bot er äußerlich nichts von jenen Herrscherfiguren, die in der Phantasie des Volkes zu leben pflegen. Nur das geistliche Kleid fehlte, sonst hätte man ihn wohl für einen der fanatischen Mönchsgestalten aus den mittelalterlichen Glaubenskämpfen der katholischen Kirche ansehen können.

Er durchschritt das Adjutantenzimmer und betrat einen langgestreckten Raum, dessen Mitte von einem gewaltigen, ganz mit Plänen und Karten bedeckten Tisch ausgefüllt war. In der einen Ecke des Saales standen sieben Herren in lebhaftem Gespräch, der Verteidigungsminister, der Minister für Auswärtige Angelegenheiten, der Finanzminister, der Chef des Generalstabes und die drei Oberkommandierenden der Armee, der Luftflotte und der Marine. Sie verstummten beim Eintritt des Präsidenten. Cyrus Stonard ließ sich in den Sessel am Kopfende des Tisches nieder und winkte den anderen, Platz zu nehmen.

»Mr. Fox, geben Sie den Herren Ihren Bericht über die auswärtige Lage.«

Der Minister des Auswärtigen warf einen kurzen Blick auf seine Papiere.

»Die Spannung mit England treibt automatisch zur Entladung. Nach der Niederwerfung Rußlands fürchtet England für seine Vormachtstellung in Europa. Seitdem sich außerdem Kanada mit uns in einem Zollverband zusammengefunden hat, sind die Herren an der Themse verschnupft. Die Bestrebungen im australischen Parlament, nach kanadischem Muster mit uns zu verhandeln, haben die schlechte Laune in Downingstreet noch verschlechtert. England sieht zwei seiner größten und reichsten Kolonien auf dem Wege natürlicher Evolution zu uns kommen.

In Asien und Südamerika stoßen unsere Handelsinteressen schwer mit den englischen zusammen. Und auch die Afrikanische Union hält bei aller Wahrung ihrer politischen Selbständigkeit wirtschaftlich fest zu England und läßt nur englische Waren hinein. Unser letzter Versuch, einen Handelsvertrag mit der Afrikanischen Union abzuschließen, ist gescheitert. Meines Erachtens treiben die Dinge einer schnellen Entscheidung entgegen. Die Entführung von R. F. c. 1 gibt vielleicht einen geeigneten Anlaß.«

Cyrus Stonard hatte während des Vortrages mechanisch allerlei Schnörkel und Ornamente auf den vor ihm liegenden Schreibblock gezeichnet.

»Wie denken Sie über die Entführung des R. F. c. 1?«

Er heftete seine Augen auf General Hawkins, den Chef der Luftflotte.

»In der Nähe der Station sind zwei englische Agenten ergriffen worden. Sie leugnen jede Teilnahme.«

»Es gibt Mittel, solche Leute zum Reden zu bringen.«

»Sie hatten den Strick um den Hals und schwiegen.«

»Es gibt wirksamere Mittel ... Wie lange kann sich R. F. c. 1 in der Luft halten?«

»Etwa vier Stunden. Unser Radardienst für den nordatlantischen Abschnitt ist bereits alarmiert worden. Eine Landung in England müßte noch bei Helligkeit erfolgen und würde sofort gemeldet werden.«

»Sie halten es für sicher, daß die Entführung mit Wissen der englischen Regierung erfolgt ist?«

»Ganz sicher!«

»Hm! ... der Gedanke liegt nahe, vielleicht zu nahe ... Und die anderen Herren? ... meinen dasselbe ... hm! Hoffentlich, nein, sicherlich haben sie unrecht.«

Die Minister sahen den Präsidenten fragend an.

»Der letzte Gamaschenknopf sitzt noch nicht! Ich werde erst losschlagen, wenn ich weiß, daß er sitzt. Das heißt, meine Herren ...«

Die Stimme des Sprechenden hob sich. »R. F. c. 1 mag in Gottes Namen in England landen. Für unser Volk wird es verborgen bleiben, bis es so weit ist.«

»Wie weit ist die Verteilung unserer U-Kreuzer durchgeführt?«

»Die ganze Kreuzerflotte liegt auf dem Meridian von Island vom 60. bis zum 30. Breitengrad gleichmäßig verteilt.«

Admiral Nichelson erhob sich, um die Lage der Kreuzerflotte an einem großen Globus zu demonstrieren.

»Wo stehen die Luftflotteneinheiten?«

General Hawkins schritt ebenfalls zum Globus.

»Die Aufklärer patrouillieren zwischen Island und den Faröer. Die Bomberverbände liegen seit drei Tagen auf dem grönländischen Inlandeis.«

»Die P-Flotte ...?«

Ein sardonisches Lächeln lief über die sonst so unbeweglichen Züge des Präsidenten. Seit mehr als Jahresfrist lagen englische Banknoten im Betrage von Hunderten von Milliarden Pfund Sterling in den geheimen Gewölben des amerikanischen Staatsschatzes. Von der Tausendpfundnote bis hinab zu den kleinsten Beträgen. Alles so vorzüglich gefälscht und nachgedruckt, daß selbst die Bank von England diese Noten für echt halten müßte.

Die Aufgabe der P-Flotte war es, sofort bei Kriegsausbruch auf einen bestimmten Geheimbefehl hin, diese Unmengen englischen

Papiergeldes über die ganze Welt zu zerstreuen, wo Engländer Handel trieben und englisches Geld Kurs hatte. Die Tätigkeit dieser P-Flotte – die ein schweres Staatsgeheimnis war – würde die gesamten britischen Finanzen in wenigen Tagen vollständig zerrütten. Dennoch hatten englische Agenten die Existenz der P-Flotte als solche herausbekommen, wenngleich man in englischen Regierungskreisen der irrigen Ansicht war, daß es sich hier um eine Propagandaflotte handele.

»Die P-Flotte übt zwischen Richmond und Norfolk«, sagte General Hawkins trocken.

Cyrus nahm das Wort von neuem.

»Wie lange wird es noch dauern, bis unsere Unterwasserstation an der afrikanischen Küste vollkommen gesichert ist? Die Frist ist bereits seit einer Woche abgelaufen.«

Bei diesen nicht ohne Schärfe gesprochenen Worten erhob sich der Flottenchef unwillkürlich.

»Die Schwierigkeiten waren größer als vorauszusehen war, Herr Präsident.«

»Können Sie ein bestimmtes Datum angeben?«

»Nein. Doch dürfte es auf keinen Fall länger als bis zum Ablauf dieses Monats dauern.«

»Hm ... dann, also, meine Herren ... dann wird man R. F. c. 1 zur geeigneten Zeit in England landen sehen.«

Ein Adjutant trat ein und flüsterte dem Präsidenten ein Wort ins Ohr.

»Gut, ich komme.«

Der Präsident erhob sich, die Sitzung war beendet.

Aus dem blauen Mittagshimmel schoß ein silbern schimmernder Punkt auf das Weiße Haus in Washington zu, wurde größer, zeigte die schnittigen Formen eines Regierungsflugzeuges und landete sanft auf dem Dach des Gebäudes.

Als einziger Passagier verließ Dr. Edward F. Glossin die Maschine. Den linken Fuß beim Gehen leicht nachziehend, schritt er an den martialischen Gestalten der Wachtposten vorbei. Auf den Treppenabsätzen und in den Korridoren standen die baumlangen blonden Kerle aus den westlichen Weizenstaaten in ihren malerischen Uniformen.

Im Vorzimmer traf der Doktor den Adjutanten des Präsidenten und ließ sich melden. Nur eine knappe Minute, dann trat der Gewaltige aus dem Sitzungssaal und stand vor ihm. Nach flüchtigem Gruß hieß er ihn in sein Arbeitszimmer mitkommen.

»Wer ist Logg Sar?«

Dr. Glossin fühlte die unbestimmte Drohung, die in der Frage lag, und trat einen Schritt zurück.

»Logg Sar ist . . . Silvester Bursfeld.«
Tiefes Erstaunen malte sich auf den Zügen Stonards.
»Bursfeld . . . den die Russen gefangensetzten?«
»Nein, sein Sohn. Der Vater hieß Gerhard.«
»Mein Gedächtnis ist gut. Sie haben mir von einem Sohne Gerhard Bursfelds nie gesprochen. Warum nicht?«
»Ich weiß es selbst erst seit drei Monaten.«
»Und ich erfahre es erst heute?«
Cyrus Stonard trat dicht an den Doktor heran. Ein Blick traf ihn, der sein Gesicht noch um eine Nuance blasser werden ließ.
»Erklären Sie!«
»Es war vor ungefähr drei Monaten . . . Ich hielt mich einige Zeit in Trenton auf, um in meinem Laboratorium im Hause einer Mrs. Harte an einem Versuch zu arbeiten. Eines Tages kommt ein junger Ingenieur, der in den Staatswerken von Trenton beschäftigt ist, zu Mrs. Harte und erkundigt sich nach ihren Familienverhältnissen. Dabei stellt sich heraus, daß der verstorbene Mann der Mrs. Harte ein Stiefbruder von Gerhard Bursfeld war.«
»Ihre Erzählung scheint darauf hinauszuwollen, daß der junge Ingenieur der Sohn von Gerhard Bursfeld ist. Warum nannte er sich Logg Sar?«
»Auf Logg Sar lauten seine Papiere. Für die Welt und für ihn beruht alles andere auf Vermutungen. Für mich ist der Beweis erbracht.«
»Liefern Sie ihn mir!«
»Sie erinnern sich an meinen früheren Bericht über die Sache, Herr Präsident. Heute kenne ich seine Fortsetzung. Nachdem Gerhard Bursfeld die unfreiwillige Reise nach Rußland gemacht hat, verschwindet er für immer. Seine Frau flieht mit ihrem kleinen Knaben. Unterwegs schließt sie sich einer Karawane an: Kaufleute, Priester und was sonst in Karawanen nach Mittelasien zieht. Die junge Frau ist den Strapazen des langen Weges nicht gewachsen. Irgendwo unterwegs wurde sie bestattet. Ein tibetanischer Lama, der in sein Kloster zurückkehrt, nimmt sich der Sterbenden an. Ihm übergibt sie ihren Knaben und macht ihm zur Not dessen Namen verständlich . . .«
»Etwas schneller, wenn's beliebt, Herr Doktor!«
»Der Lama nimmt den Knaben mit in sein Kloster Pankong Tzo und erzieht ihn in den Lehren Buddhas. Als der Knabe vierzehn Jahre alt ist, besucht eine Expedition schwedischer Gelehrter das Kloster. Der junge Europäer fällt auf. Von einem der Mitglieder der Expedition, dem Ethnologen Olaf Truwor, wird er mit nach Schweden genommen, wird dort mit dessen Sohn zusammen erzogen und wird wie dieser Ingenieur . . .«
Cyrus Stonard hatte während des Berichtes mechanisch allerlei Arabesken gemalt, wie es seine Gewohnheit war. Jetzt warf er den

Bleistift unwillig auf das vor ihm auf dem Tische liegende Papier. »Weiter . . . weiter!«

»Nur noch einen kurzen Augenblick Geduld, Herr Präsident. Die Kette schließt sich Glied an Glied. Auf einer Rheinreise, die er nach dem Abschluß seiner Studien macht, wird Logg Sar von einem alten Ehepaar angesprochen, dem seine überraschende Ähnlichkeit mit Gerhard Bursfeld auffällt. Die alten Leute sind mit Gerhard Bursfeld verwandt, haben ihn genau gekannt und sind von dieser Ähnlichkeit ebenso frappiert . . . wie ich es war, als Logg Sar mir das erste Mal vor die Augen trat. Ich glaubte damals, Gerhard Bursfeld so vor mir zu sehen, wie er dreißig Jahre früher in Iran vor mir gestanden hat. Die alten Leute machen Logg Sar darauf aufmerksam, daß ein Stiefbruder seines Vaters in Trenton lebt. Logg Sar findet im weiteren Laufe seiner Ingenieurkarriere eine Stellung in den Trentonwerken. Er erinnert sich der Mitteilungen der alten Leute und spricht bei Mrs. Harte vor. Ihr Mann ist tot. Ein Bild von Gerhard Bursfeld findet sich im Hause. Die Ähnlichkeit ist überzeugend.«

Cyrus Stonard blickte den Erzähler durchdringend an.

»Sie tischen mir da eine sehr romantische, aber wenig glaubwürdige Geschichte auf. Es fehlt nur noch das berühmte Muttermal, und die Sache könnte in irgendeinem Kriminalschmöker stehen. Herr Doktor, ich wünsche von Ihnen schlüssige Beweise, keine Phantastereien. Haben Sie irgendeinen wirklichen Beweis, daß Logg Sar und Silvester Bursfeld identisch sind?«

Dr. Glossin spielte seinen Trumpf aus.

»Ein Wort schließt die Kette: Logg Sar.«

»Was soll das heißen?«

»Logg Sar bedeutet im Tibetanischen das Jahresende. Den letzten Tag des Jahres. Den Tag, den die christliche Kirche dem Silvester geweiht hat. Die sterbende Mutter hat dem fremden Priester verständlich zu machen versucht, was der Name ihres Kindes bedeutet: das Jahresende. Der christliche Name wurde vergessen. Seine tibetanische Übersetzung ergab den neuen Namen, unter welchem der Knabe in Pankong Tzo verblieb.«

»Das ist kein Beweis für mich, Herr Doktor. Und ich glaube . . . für Sie auch nicht.«

Dr. Glossin trat einen Schritt näher an den Präsidenten heran.

»Mein letzter Beweis, ein zwingender Beweis! Er kennt das Geheimnis seines Vaters. Es ist ihm überkommen, er hat es ausgebaut in einem Maße, daß . . .«

Die feinen Flügel der Adlernase des Präsidenten zitterten. Zwei lotrechte Falten zogen sich zwischen seinen Augenbrauen zusammen, als er den Satz des Doktors vollendete:

». . . daß er unser werden oder verschwinden muß.«

»Das ist wohl nicht mehr möglich.«

»Nach dem Experiment in Sing-Sing ... ich glaube, daß Gründe vorhanden sind, die mir gestatten, Ihr Konto damit zu belasten, Herr Doktor! Finden Sie einen Weg, auf dem sich die eine oder andere Möglichkeit bewerkstelligen läßt?«

Cyrus Stonard warf dem Doktor einen Blick zu, der diesen erschauern ließ. Ein Wink des Präsidenten, und er war selbst aus der Liste der Lebenden gestrichen, fand vielleicht schon in wenigen Stunden selbst sein Ende auf dem Stuhle in Sing-Sing.

Cyrus Stonard ließ die Lider sinken und fuhr ruhig fort: »Wie sind Sie hinter sein Geheimnis gekommen?«

Der Doktor schöpfte tief Atem und begann stockend zu erzählen:

»Sein Gesicht war mir vom ersten Tage an verhaßt. Auch sonst hatte ich Grund ... seine Anwesenheit im Hause Harte unangenehm zu empfinden ... Er bat mich, mein Laboratorium in meiner Abwesenheit benutzen zu dürfen. Ich erlaubte es ihm. Beim Fortgehen sorgte ich dafür, daß 10 000 Volt an den Tischklemmen lagen, während der zugehörige Spannungsmesser nur 100 Volt anzeigte. Ich kam wieder, um eine Leiche zu finden, und sah ihn unversehrt aus dem Hause treten. Das Lächeln eines Siegers auf den Lippen, der soeben einen großen Erfolg errungen hat. Da wußte ich, daß Silvester Bursfeld der rechte Sohn seines Vaters ist. Er mußte wissen, daß ich ihm die Falle gestellt hatte. Ich durfte mich nicht mehr vor seinen Augen zeigen. Drei Tage später verschwand er ... Unauffällig, wie es üblich ist. Spezialgericht. Elektrokution. Ich glaubte, der Fall sei erledigt. Was weiter geschah, wissen Sie, Herr Präsident.«

»Haben Sie in seinen Papieren gründlich nachgesucht?«

»In jedem Winkelchen. Es sind keine Aufzeichnungen über die Erfindung vorhanden. Ich war dreimal in seinen Räumen. Jedes Stück Papier wurde umgedreht und studiert.«

»Sie haben selbst gesucht ... Lassen Sie unsere Polizei suchen! Die versteht es vielleicht besser ... Zum zweiten Punkt unserer Besprechung. Wer hat R. F. c. 1 genommen?«

»Ich würde sagen, sicherlich englische Agenten, wenn ich nicht ...«

»Wenn Sie nicht ...«

»Wenn ich nicht nach den Vorgängen dieses Morgens fürchten müßte, daß Silvester Bursfeld allein oder mit Komplicen in unserem schnellsten Flugzeug geflohen ist.«

»Allein ist ausgeschlossen! Komplicen? Wer sind sie?«

»Ich weiß es nicht ... Bis jetzt noch nicht. Einer dieser Komplicen ist bestimmt der Zeuge Williams. Von dem dritten, der das Auto steuerte, wissen wir nur, daß er braunhäutig ist ...«

»Es ist anzunehmen, daß die drei zusammenbleiben werden. Drei sind leichter in der Welt zu finden als einer. Nehmen Sie die poli-

tische Polizei zu Hilfe und suchen Sie so gut Sie können. Das Finden liegt in Ihrem eigensten Interesse . . . Suchen Sie, Doktor!« Dr. Glossin stand in unsicherer Haltung vor dem Präsidenten. Zum erstenmal hatte er die ihm anvertrauten, so ungeheuer weitreichenden Vollmachten für die Zwecke einer Privatrache angewendet. Die Blankette und Vollmachten, die er in den Händen hielt, machten es ihm leicht, den jungen Ingenieur aufheben zu lassen. Bis dahin war alles in Ordnung. Aber daß er den Gefangenen sofort auf den elektrischen Stuhl brachte, entsprach nicht der Staatsräson. Solche Leute bewahrte Cyrus Stonard nach bewährter Methode an festen Orten auf und suchte hinter ihre Schliche zu kommen. Dr. Glossin raffte sich zusammen.

»Ich bitte Sie, den Entschluß über Krieg oder Frieden um 24 Stunden aufzuschieben. So lange, bis ich wieder hier bin.«

»Warum?«

»Weil ich dann sicher sagen kann, ob Logg Sar und seine Gefährten das Flugzeug genommen haben oder nicht.«

»Und wenn es mir aus anderen Gründen gefiele, daß englische Agenten es genommen haben? Die Zeit ist reif! Der Zwischenfall könnte mir gelegen kommen.«

»Ich beschwöre Sie, Herr Präsident. Keine bindenden Entschlüsse, bevor wir nicht klarsehen.«

»Was klarsehen?«

»Wohin die Erfindung gegangen ist. Logg Sar im Bunde mit England . . .? Dann können wir den Kampf nicht wagen.«

Der Staatschef schüttelte abweisend das Haupt.

»Das halte ich für unwahrscheinlich. Was sollte er für Gründe haben, sich in politische Dinge einzumischen?«

»Amerika hat ihn, in seinen Augen ohne ersichtlichen Grund, schlecht behandelt. Rache und Haß sind ungeheure seelische Antriebsmittel.«

Cyrus Stonard blickte mißtrauisch auf den Sprecher. Dr. Glossin fuhr fort:

»Das wären immerhin plausible Gründe dafür, daß Bursfeld sich nun an England wendet. Er würde dort sicherlich mit offenen Armen empfangen werden. Auf diese Weise könnte auch R. F. c. 1, vorausgesetzt, daß er die Maschine überhaupt entführt hat, in englische Hände fallen.«

»Das muß umgehend festgestellt werden!« rief der Präsident erregt.

»Ich übersehe die Lage noch nicht. Jedenfalls ist Sicherheit mehr wert als irgendeine Vermutung. In wenigen Stunden kann ich Sicherheit haben. Hat Bursfeld R. F. c. 1 nicht genommen, so ist er noch in den Staaten, und wir haben die Möglichkeit, ihn zu fassen. Solange er frei ist, bleibt er eine Macht, die wir fürchten müssen.«

Ein Schweigen von zwei Minuten. Dann sagte Cyrus Stonard: »Ich erwarte Ihre Mitteilung im Laufe der nächsten Stunden. Unsere Presse und unsere Radiostationen sollen ihre Angriffe gegen England bis auf weiteres unterlassen. Versuchen Sie auf jede Weise, des Erfinders habhaft zu werden. Vermeiden Sie aber jegliche Differenzen mit anderen Staaten. Wir wollen dem Gegner keine Bundesgenossen werben.«

Eine Handbewegung des Präsidenten, und Dr. Glossin war entlassen.

Hinter dichten Bäumen verborgen, efeuumsponnen, stand in der Johnson Street zu Trenton das Häuschen, welches Mrs. Harte mit ihrer Tochter Jane bewohnte. Die Nähe der großen Staatswerke konnte man hier vollkommen vergessen. Die roten Backsteinhäuser der Straße lagen ausnahmslos in geräumigen Gärten. Die Straße selbst war reichlich zehn Minuten von den Werken mit ihrem geräuschvollen Verkehr entfernt. Sie lag auf der entgegengesetzten Seite des Ortes und mündete in einen schönen, von Nordwesten her direkt an das Städtchen stoßenden Laubwald.

Mrs. Harte war Witwe. Ihr Mann war Ingenieur in den Staatswerken gewesen und durch einen unglücklichen Betriebsunfall ums Leben gekommen. Überhitzte Dämpfe eines geplatzten Dampfrohres hatten ihn derart verbrüht, daß sich sein Fleisch tot und weich von den Fingerknochen löste. Der Eintritt des Todes war nur eine Frage von Stunden gewesen. Er hatte noch ruhig nach Hause gehen und seine Frau schonend auf seinen Tod vorbereiten können. Nach zwei Stunden hatte er die Augen geschlossen. »Totale Verbrennung der ganzen Oberhaut, Erstickung infolge fehlender Hautatmung«, hatte das Urteil des Arztes gelautet.

Das schreckliche Ereignis hatte Mrs. Gladys Harte vollständig niedergeschmettert. Monate hindurch fürchtete man für ihren Verstand. Nur ganz allmählich erholte sie sich von diesem Schlage. Doch in demselben Maße, wie ihre geistigen Kräfte sich wieder hoben, nahmen die körperlichen ab. Jetzt war sie fast den ganzen Tag an den Rollstuhl gefesselt, in der Pflege ihrer einzigen Tochter Jane.

Der seltsame Unglücksfall hatte über die nähere Umgebung hinaus Aufsehen erregt. Wenige Tage danach war ein New-Yorker Arzt, Dr. Glossin, nach Trenton gekommen. Aus wissenschaftlichem Interesse bat er um nähere Aufschlüsse über die letzten Stunden des Heimgegangenen. Mit großer Teilnahme bemühte er sich um die beiden von ihrem Schmerz ganz niedergeworfenen Frauen. Er machte Jane Harte ein hohes mehrjähriges Mietangebot auf das Laboratorium, das sich ihr Vater in dem Hause eingerichtet hatte. Im Bewußtsein ihrer unsicheren pekuniären Lage hatte Jane ohne Bedenken zugesagt. Als die Mutter sich wieder erholt hatte, billigte

sie das Abkommen mit dem Doktor gern, zumal dieser selten kam und sich nur immer für kurze Zeit in dem Laboratorium zu schaffen machte.

Es wurde anders, als Logg Sar in diesen kleinen Kreis trat. Nach dem, was der junge Mann vorbrachte, war er ein Verwandter der beiden Frauen. Aber der lebendige Verkehr der Gegenwart ließ alle alten Erinnerungen und verstaubten Beziehungen schnell in den Hintergrund treten. Mr. Logg Sar oder, wie er hier bald gerufen wurde, Silvester, wurde ein lieber Gast im Hause Harte. Nur Dr. Glossin schien darüber nicht erbaut zu sein. Wohl blieb er jederzeit höflich und gestattete Silvester bereitwillig, das Laboratorium zu benutzen. Aber die Gegenwart des Doktors allein wirkte störend und erkältend.

Es kam, wie es das Schicksal mit den beiden jungen Menschen vorhatte. Aus dem Bewußtsein der Verwandtschaft erwuchs bald eine Zuneigung und aus dieser eine immer tiefer und inniger werdende Herzensgemeinschaft. Silvester Bursfeld hätte vollkommen glücklich sein können, wenn Dr. Glossin nicht gewesen wäre. Nicht nur während seiner Anwesenheit, sondern auch noch an den nächsten Tagen, war das Wesen Janes stets verändert. Sie zeigte dann eine so sonderbare Kälte und Zurückhaltung, daß Silvester oft an ihrer Liebe verzweifeln wollte. Erst nach Tagen stellte sich wieder das alte trauliche Benehmen ein, ohne daß ihr diese Veränderlichkeit selbst zum Bewußtsein zu kommen schien.

Ein Zufall brachte Silvester die Lösung des Rätsels. Eines Tages fand er Jane im Laboratorium schlafend auf einem Stuhle. Trotz aller seiner Bemühungen erwachte sie erst nach einer Viertelstunde und leugnete dann, geschlafen zu haben. Da war sich Silvester seiner Sache sicher. Zweifellos brauchte Dr. Glossin Jane zu irgendwelchen hypnotischen Experimenten. Mißbrauchen nannte es Silvester. Er behielt seine Entdeckung für sich, nahm sich aber vor, den Doktor zur Rede zu stellen. Es kam anders. Wenige Tage danach war Silvester verschwunden, ohne vorher von einer Reise gesprochen, ohne Abschied genommen zu haben.

Es war die vierte Nachmittagsstunde des 16. Juni. Vor der Tür im Schatten des alten Nußbaumes saß Mrs. Harte in ihrem Lehnstuhl, neben ihr in einem Korbsessel zurückgelehnt Jane. Das Köpfchen mit dem gleichmäßigen Profil in das Kissen gelehnt, auf welches das lichtblonde Haar reich und schwer niederfiel. Die Sonnenstrahlen drangen durch das Gezweig des alten Baumes und malten auf Haar und Wangen wechselnde Reflexe. Ein reizvolles Bild. Aber alles an dieser Erscheinung war wie hingehaucht. Man konnte vor solcher Zartheit erschrecken, die bei Menschen wie bei Blumen nur den vergänglichsten Blüten eigen ist.

Jane Harte beschäftigte sich mit einer Stickerei. Ihre schlanken

Finger setzten geschickt Stich neben Stich und formten in schwerer Seide das Muster einer roten Rose. Aber ihre Gedanken waren nicht bei dieser Arbeit. Ihre Miene verriet, daß eine Sorge, ein Kummer sie drückte. Die Schatten unter den Augen und die Blässe ihrer Wangen sprachen von durchwachten Nächten. Mit einem Seufzer ließ sie die Arbeit sinken.

»Heute ist eine Woche vergangen, seit Silvester zum letztenmal bei uns war.«

»Du machst dir vielleicht unnötige Sorge, mein Kind. Ich denke, er hat eine plötzliche Reise unternehmen müssen und vergaß in der Eile, uns zu benachrichtigen.«

»Vergessen?«

Ein bitterer Zug zuckte um Janes Mund.

»Jane, was hast du?«

»Laß Mutter! Ich weiß, daß man in den Werken ebenfalls keine Erklärung für sein plötzliches Verschwinden hat. Man glaubt dort ... und ich fürchte es ... eine innere Stimme gibt mir die Gewißheit, daß er das Opfer eines Unglücksfalles oder vielleicht ... eines Verbrechens geworden ist.«

Sie barg ihr Gesicht in die Hände und versuchte vergeblich, die fließenden Tränen zurückzuhalten.

»Unmöglich, Kind. Der harmlose, freundliche Mensch. Wer sollte ihm übelgesinnt sein? Außer uns verkehrte er mit niemandem im Ort. Wie wäre es, wenn wir Dr. Glossin um Rat fragten. Er hat doch für diesen Nachmittag sein Kommen in Aussicht gestellt. Vielleicht kann er uns helfen.«

Jane ließ die Hände sinken.

»Dr. Glossin?«

Ein Zucken ging über ihre Züge. Ihre Augen öffneten sich weit, und ein Beben lief durch den schlanken Körper.

»Dr. Glossin ... ja ... er!«

Beinahe überlaut kam es von ihren Lippen. Grübelnd ruhten ihre Blicke auf dem dichten Blättergewirr über ihr. Die Gedanken jagten sich hinter ihrer Stirn. Sie versuchte, einen instinktartig aufgetauchten Verdacht zu ergründen ... Vergeblich. Sie fand keinen Zusammenhang. Der gespannte Ausdruck ihrer Züge wich dem einer Enttäuschung. Was war das, was da einen Augenblick ganz klar vor ihrer Seele stand und sich dann wieder verwirrte und verdunkelte, so daß alle Zusammenhänge verlorengingen?

Das Einschnappen der Gartentür klang dazwischen und ließ sie auffahren.

»Ah, Dr. Glossin!«

Schreck und Erwartung kämpften in ihren Mienen.

»Sie riefen mich, meine liebe Miß Jane. Da bin ich. Womit kann ich Ihnen helfen?«

»Sie kommen zur rechten Zeit, Herr Doktor«, wandte sich Mrs. Harte an den Besucher. »Seit einer Woche ist Mr. Logg Sar verschwunden. Wir stehen vor einem Rätsel. Helfen Sie uns, es zu lösen.«

Janes Blick hing unverwandt an dem Gesicht des Doktors. Ihre Augen blickten so fragend und angstvoll, als würde von dieser Stelle aus über ihr eigenes Leben entschieden.

»Ja, helfen Sie uns, Doktor«, schloß sie sich Mutters Bitte an.

Es war klar, daß die beiden Frauen noch keine Ahnung von der Affäre in Sing-Sing hatten, und Dr. Glossin handelte danach.

»Oh, Mr. Logg Sar ist verschwunden? Da wäre es doch wohl das einfachste, wenn man sich an die Polizei wendete. Freilich müßte man glaubhaft machen, daß der begründete Verdacht eines Verbrechens vorliegt, denn sonst . . . man reist viel in den Staaten, und eine achttägige Abwesenheit eines jungen unabhängigen Mannes wäre noch kein Grund, den polizeilichen Apparat in Bewegung zu setzen.«

Dr. Glossin hatte seine Züge in der Gewalt. Jane, die ihn gespannt beobachtete, merkte keine Veränderung an ihnen, während er ruhig fortfuhr: »Ich will mich selbst mit der Polizei in Verbindung setzen, aber . . . aber vielleicht hat Mr. Logg Sar triftige Gründe . . .«

»Doktor! Was soll das heißen?«

Jane rief es mit fliegender Hast. Sie schaute den Besucher mit großen, klaren Augen an. Doch nur auf Sekunden. Vor dem magnetischen Fluidum, welches aus den funkelnden Augen des Doktors auf sie überströmte, senkten sich ihre Augenlider schwer und furchtsam.

»Ich bin nur gekommen, um eine Kleinigkeit, die ich bei meinem letzten Hiersein vergaß, aus dem Laboratorium zu holen. Ich muß gleich wieder abreisen.«

Im Umdrehen suchte er nochmals den Blick Janes zu fassen, den diese beharrlich zu Boden gerichtet hielt. Einen Augenblick nur dauerte der stumme Kampf. Dann schaute das Mädchen besiegt zu dem Manne empor. Ihre Blicke versenkten sich ineinander.

»Eine kleine halbe Stunde, dann ist mein Geschäft erledigt.«

Der Doktor schritt dem Hauseingang zu.

»Bring mich ins Haus, liebe Jane. Die Sonne ist hinter dem Dach verschwunden. Mir wird kühl.«

Während Jane die herabgesunkene Decke um sie schlug, strich ihr die Mutter liebkosend über das bleiche Gesicht.

»Mein Liebling, es wird noch alles gut werden.«

»Möchtest du recht haben, liebe Mutter.«

Ruhig, fast eintönig, sprach Jane die Worte. Im Hause bettete sie die Kranke auf eine Couch und wandte sich zum Flur. Leise schloß sie die Tür und stand wie mit sich selbst kämpfend einen Augenblick still. Dann schritt sie dem Laboratorium zu.

Dr. Glossin kam ihr entgegen und führte sie zu einem bequemen Stuhl. Der suggestive Befehl war auf die Minute genau ausgeführt. Noch einmal versuchte sie es, sich zu erheben, aber es gelang ihr nicht. Eine unüberwindliche Kraft fesselte sie an ihren Sitz. Ihr Mund öffnete sich, als wolle sie rufen. Dr. Glossin streckte die Hände über Janes Haupt aus, und kein Ton kam von ihren Lippen. Ohne Kraft und Willen ließ sie ihren Kopf auf die Rückenlehne sinken. Sie war in jenem rätselhaften Zustand, in dem das körperliche Auge geschlossen ist, während die Seele Dinge wahrnimmt, die räumlich oder zeitlich in weiter Ferne liegen. Dr. Glossin zog seine Hand zurück und fragte: »Wo hat Logg Sar die Aufzeichnungen über seine Erfindung gelassen?«

Die Züge Janes strafften sich. Sie schien etwas zu suchen und schwer oder unvollkommen zu finden. Ihre Lippen öffneten sich und formten Worte einer fremden Sprache.

»Om mani padme hum – Om mani padme hum!«

Eintönig wiederholte sie diese vier Worte. Dr. Glossin verstand ihren Sinn nicht. Mit größter Konzentration stellte er die Frage noch einmal und gab den Gedankenbefehl, das Versteck der Aufzeichnungen zu nennen. Die Antwort bestand immer wieder nur aus den vier unverständlichen Worten, die ganz mechanisch, fast maschinenmäßig, wiederholt wurden, so, als ob etwa ein Magnetofonband den gleichen Text ein dutzendmal abspielt.

Der Doktor ließ die Frage fallen und stellte eine andere: »Wo ist Logg Sar jetzt? Können Sie ihn sehen? Können Sie hören, was er spricht?«

Abgebrochen und stoßweise kamen die Worte von Janes Lippen: »Ich sehe . . . Wolken . . . ein Flugzeug . . . Logg Sar! Er trägt einen dunklen Anzug . . . Zwei Männer begleiten ihn . . . Das Flugzeug landet . . . Ich sehe Heidekraut. Die Männer verlassen das Flugzeug . . . Jetzt verschwindet das Flugzeug . . . Logg Sar geht über die Heide . . . Es wird neblig . . . Ich . . . ich sehe nichts mehr . . .«

Atemlos hatte Dr. Glossin Wort für Wort aufgefangen.

»In welchem Lande sind sie? Wo liegt das Land?«

»Ein Land im Norden . . . dunkle Tannen und Heidekraut . . . ein Haus an einem Fluß. Die Nebel steigen . . . Ich sehe nichts mehr.«

Dr. Glossin zwang sich zur Ruhe. Er wußte aus früheren Erfahrungen, daß es vergeblich war weiterzufragen, wenn das Bild sich verschleierte. So setzte er die Nachforschung in anderer Richtung fort. Viel Hoffnung auf einen Erfolg hatte er nicht. Wenn die Vision schon bei Vorgängen abbrach, die, wenn auch weit entfernt, in der Gegenwart stattfanden, war wenig Aussicht, zeitlich zurückliegende Dinge zu erblicken. Aber er beschloß, den Versuch zu machen.

»Gehen Sie in Logg Sars Wohnung!«

»Ich gehe ... die Johnson Street, die Washington Street ... ich bin in dem Hause ... ich trete in das Zimmer ...«

»Blicken Sie sich genau um! Sind alle Gegenstände vorhanden? Oder fehlt etwas? Wurde in der letzten Zeit etwas aus dem Zimmer genommen? Blicken Sie rückwärts.«

Jane hob die Hände, als ob sie sich in einem dunklen Raum vorwärtstastete.

»Ich sehe ... Logg Sar ist fortgegangen. Eine Person kommt. Ich erkenne sie. Es ist Doktor Glossin. Er sucht und findet nichts ... Er geht wieder fort. Zwei andere Männer kommen. Der eine ... ein Riese, blond, mit blauen Augen. Der andere dunkel. Ein Neger? ... Nein, ein dunkler Mann. Sie suchen. Sie nehmen ... Om mani padme hum ... Om mani padme hum.«

Der Doktor ballte erregt die Hände.

Om mani padme hum? ... Schon wieder die sonderbaren Worte. Was bedeuten sie? Geben sie den Schlüssel? Wie finde ich die Lösung? ... Verdammt, daß die Zeit so knapp ist! In kurzer Zeit muß der Präsident seinen Bericht haben.

»Om mani padme hum«, kam es automatisch von Janes Lippen.

»Was nehmen die zwei? Strengen Sie sich an! Versuchen Sie, deutlich zu sehen. Was nehmen die beiden Männer?«

»Papierstreifen ... ich sehe eine kleine Handmühle ... das Bild wird trübe. Die Nebel steigen.«

»Eine Mühle?«

Dr. Glossin zerbrach sich den Kopf. Eine Mühle? Was konnte Logg Sar für eine Mühle haben? Bei der Durchsuchung seines Zimmers hatte Dr. Glossin allerlei asiatische Erzeugnisse gesehen ... vielleicht eine buddhistische Gebetmühle? Gab etwa der rätselhafte Spruch die Lösung nach dieser Richtung?

Dr. Glossin wußte, daß er es heute nicht mehr erfahren würde. Er legte die Hand aufs neue auf Janes Stirn. Im Augenblick vollzog sich eine Veränderung in ihrem Aussehen. Ihre Züge entspannten sich, und wie eine tief Schlafende saß sie in dem Stuhl. Der Arzt ließ sie zehn Minuten in dieser wohltätigen Ruhe. Dann strich er ihr wieder über die Augen und das Haar. Ein Strom mächtigen Willenfluidums drang durch die Nerven seiner Finger. Jane schlug die Augen auf und schien es für die selbstverständlichste Sache von der Welt zu halten, daß sie hier im Laboratorium saß.

»Ich bitte Sie, Miß Jane, lassen Sie alles machen, was Sie für notwendig halten, und legen Sie mir die Rechnungen bei meinem nächsten Besuch vor. Ich möchte, daß das Laboratorium in gutem Zustande gehalten wird.«

»Jawohl, Herr Doktor. Es soll alles nach Ihren Wünschen besorgt werden.«

Jede Erinnerung an den vorangegangenen Zustand des Hellse-

hens war bei Jane geschwunden. So befahl es die retroaktive Suggestion, die Dr. Glossin ihr bei der letzten Berührung erteilt hatte. Sie verließ das Laboratorium mit dem Bewußtsein, eine einfache geschäftliche Unterredung mit dem Doktor geführt zu haben. Aber auch jede Sorge um Logg Sar, ja, jede Erinnerung an ihn war wie weggewischt. Sie stand für den kommenden Tag unter dem suggestiven Befehl Glossins, und war in jenem Zustande, der Silvester früher so oft zur Verzweiflung gebracht hatte. Der Doktor war sicher, daß sie vor dem Ablauf der nächsten vierundzwanzig Stunden kein Interesse mehr an dem Schicksal des Verschwundenen nehmen würde. Obwohl sie ihn liebte, wie es Glossin mit Furcht und Eifersucht beobachtet hatte, obwohl sie sich als Silvesters Verlobte betrachtete, wovon Dr. Glossin noch nichts wußte.

Der Arzt blieb allein zurück.

»Drei Männer sind es. Ein dunkler dabei . . . das stimmt mit unseren Beobachtungen . . . Drei Personen sollen den Kraftwagen in Sing-Sing bestiegen haben . . . Sie sind im Flugzeug entflohen. Es ist kein Zweifel, daß es R. F. c. 1 war . . . Die anderen waren in seiner Wohnung und haben die Aufzeichnungen geholt und mitgenommen. Hier bricht die Spur ab. Ich werde sie an einem anderen Ende wiederaufnehmen . . . Telenergetische Konzentration . . . Gerhard Bursfeld kannte das Geheimnis. Sein Sohn hat es wiedergefunden. Vererbung . . . Zufall . . . Schickung? Wer weiß.«

Dr. Glossin erhob sich mit einem Ruck von dem Schemel.

»Wir müssen klar sehen, bevor Cyrus Stonard den Schlag wagt. Es wäre unmöglich, wenn die Gegner das Geheimnis besitzen.«

Mit 800 Meter in der Sekunde schoß R. F. c. 1 Kurs Nordwest zu Nord über den Lorenzgolf dahin. Land und See lagen dreißig Kilometer unter dem Rapid Flyer. Automatisch arbeiteten die Turbinen, und selbsttätig regelte die einmal eingestellte Steuerung den Kurs und die Höhenlage.

Nur drei Personen befanden sich an Bord. In einem Ledersessel saß leicht ausgestreckt, die Gestalt eines etwa Dreißigjährigen. Die Farbe seines Haupthaares war nicht zu erkennen. Es war ganz kurz geschnitten, wie rasiert. Die Farbe des Antlitzes zeigte eine Nuance ins Gelblich-Rötliche, wie man sie an Menschen der weißen Rasse kennt, die lange in den Tropen gelebt haben. Die hohe Stirn wies auf geistige Bedeutung. Ein schwarzer Anzug von eigenartig schlotterndem Schnitt umschloß die Glieder.

Ein anderer machte sich an den Hebeln zu schaffen, die von der Zentrale aus die Turbinen regulierten. Er war blond, blauäugig, von nordischem Typus. Eine jener hochaufgewachsenen reckenhaften Gestalten, wie man sie bis auf die Gegenwart in den Tälern von Dalekarlien bis hinauf zum Ulea und Tornea findet.

Ein dritter durchspähte am Ausguck der Zentrale mit scharfem Glase den Raum unter dem Flugzeug. Braunhäutig, auch in seiner europäischen Tracht als indisches Vollblut kenntlich.

Die Unterhaltung wurde in wechselnder Sprache geführt. Bald schwedisch, bald deutsch. Bald wurde von allen dreien fließend und geläufig ein reines Tibetanisch gesprochen und bald wieder englisch. Sie wechselten die Sprache in irgendeinem Satz der Unterhaltung, wie gerade irgendein Wort den Anstoß dazu gab.

Silvester Bursfeld war es, der noch im Hinrichtungsanzug mit kahl geschorenem Schädel in dem Sessel ruhte.

Erik Truwor, der Schwede aus altem warägischem Dynastengeschlecht, bediente die Hebel für die Maschinen und die Steuerung. Noch in der ernsten bürgerlichen Kleidung, in der er als Zeuge zu der Elektrokution gegangen war.

Soma Atma, der Inder, stand spähend am Ausguck. Jetzt ließ er das Glas sinken und wandte sich den beiden anderen zu.

»Wir sind durch! Der letzte amerikanische Kreuzer ist hinter uns aus dem Gesichtsfeld entschwunden.«

»Wir sind durch!« Erik Truwor wiederholte die Worte und stellte die automatische Steuerung ein. Mit frohem Lächeln wandte er sich zu Silvester Bursfeld.

»Das schwerste Stück liegt hinter uns! Ich denke, Logg Sar, wir sind in Sicherheit. Wir fliegen im schnellsten Flugzeug der Welt. Ein zweites dieser Type existiert noch nicht. Jetzt haben wir Ruhe und können sprechen.«

Der Schwede trat ganz nahe an den Sitzenden heran und legte ihm die Hand auf die Schulter.

»Wir sind in Sicherheit, Logg Sar. Noch wenige Stunden, und wir stehen auf schwedischem Boden. Armer Freund! Sie haben dir böse mitgespielt. Wir haben es ihnen vergolten. Sie werden in Sing-Sing noch lange an den heutigen Tag denken. Du mußt ihn möglichst schnell vergessen.«

Silvester Bursfeld sammelte sich, bevor er stockend zu antworten begann. Die ungeheure Erregung der letzten vierundzwanzig Stunden führte jetzt zu dem unausbleiblichen Rückschlag.

»Weißt du, was es heißt, mit dem Leben abschließen zu müssen? Den Tod, einen schimpflichen Tod unaufhaltsam heranrücken zu sehen?«

Der Sprecher schauderte zusammen.

»Die Stunden werde ich nie vergessen. Plötzlich gefangen, zum Tode verurteilt. Im Besitze des Rettungsmittels und unfähig, es anzuwenden ... Dann erblickte ich dich unter den Zeugen. Unsere Blicke trafen sich, und ich wagte ganz leise zu hoffen ... Haben die anderen das Geheimnis gefunden?«

Erik Truwor hatte eine faustgroße Messingkapsel zwischen den

Händen, ein reichverziertes mit winzigen Glöckchen behangenes zylindrisches Gebilde. Er hielt die Kapsel in der Linken und drehte mit der Rechten mechanisch einen Knopf.

»Sie haben es nicht entdeckt. Nach dem ersten Besuch des Doktors Glossin kamen wir in deine Räume. Ich suchte, und Atma fand. Er sah den Tschosor . . .«

Der Schwede fiel bei dem tibetanischen Worte wieder ins Tibetanische.

»Atma öffnete die Gebetmühle und sah, daß der Text auf den Streifen nicht vom Kleinod im Lotos sprach. Wir lasen deine Anweisung. Einen halben Tag brauchte ich, um sie zu verstehen. Noch einen halben Tag, um die versteckten Teile zu finden und wieder zusammenzubauen. Dann hatten wir den Strahler! In seinem Besitz, in der Kenntnis des Geheimnisses war es uns leicht, die Maschine zu sprengen.«

Mit zitternden Händen griff Silvester Bursfeld nach der Gebetmühle und streichelte sie liebkosend.

»Das Geheimnis ist gerettet. Alles, was ich darüber schrieb, steht auf den Bändern. Ich will ihnen . . .«

Zorn und Erregung malten sich auf seinen Zügen.

»Ich will ihnen Brände und Stürme schicken, daß sie . . .«

Erik Truwor hob beschwörend die Rechte. Ein goldener Schlangenring von alter indischer Arbeit gleißte am vierten Finger. Ein Stein schimmerte darin in wundersamem Farbenspiel. Bald glänzte er tiefgrün, und dann wieder, wenn ein Strahl der elektrischen Lampe ihn traf, sandte er blutrotes Rubinlicht aus.

Atma trat hinzu. Der gleiche Ring erglänzte an seiner Hand wie an der seines Gefährten. In Überraschung und Staunen weiteten sich die Augen Silvesters. Zwischen den beiden Ringen wanderten seine Blicke hin und her und hafteten dann auf dem leeren Ringfinger der eigenen Hand.

»Die drei Ringe des greisen tibetanischen Abtes . . . Die alte Prophezeiung . . . Vom Anfang des Bogens der Wille . . . Vom Ende das Wissen . . . Von Mitternacht . . . Mein Ring fehlt . . .«

War es das Flimmern der Steine, war es der strahlende Blick des Inders, Silvester Bursfeld hielt stockend inne und schloß die Augen zu tiefem Schlaf.

Atma kehrte auf seinen Beobachtungsposten zurück.

Erik Truwor hantierte am Empfangsapparat. Dann ein Wink an den dunklen Gefährten. Dieser schob und drehte an der selbsttätigen Steuerung, bis die schwarze Marke genau über der Spitze des nordweisenden Kreisels stand, der die Steuerung betätigte. In weit ausholendem Bogen gehorchte das Flugzeug der Steuerung und schoß, über Labrador hin nordwärts gerichtet, auf den Pol zu.

»Amerikanische Aufklärungsgeschwader kreuzen über Grönland

und Island. Wir müssen über den Pol gehen, um die Sperre zu meiden«, erklärte der Schwede.

Der Inder nahm die alte Weissagung da wieder auf, wo Silvester, in den Schlaf fallend, gestockt hatte.

». . . Von Mitternacht kommt die Macht.«

Erik Truwor erschauerte. Er kannte die Weissagung. Der Moment trat ihm vor die Augen, als der greise Abt von Ponkong Tzo ihm den Ring auf den Finger schob und dazu nur die Worte sprach: »Das ist der dritte!«

Erik Truwor war ein moderner Mensch. Er beherrschte das Wissen der Gegenwart und kannte als Ingenieur die Naturwissenschaft seiner Zeit. So hatte er den Ring genommen und hatte ihn mit den Blicken des Naturforschers betrachtet. Der Stein war eine Abart des Chrysoberylls, ein gut geschliffener Alexandrit, der die Eigenschaft besitzt, in natürlichem Lichte grün, in künstlichem rot zu leuchten.

Erik Truwor entsann sich dunkler Überlieferungen aus seinem Vaterhaus. Schon einmal sollten die Truwors vor mehr als tausend Jahren den Völkern in den weiten Steppen Rußlands einen Herrscher gegeben haben. Aber über diese geschichtliche Überlieferung hinaus ging die Legende, daß es nicht das letzte Mal gewesen sein sollte. Er hätte lächeln mögen, wenn er nicht im Fernen Osten Dinge gesehen hätte, die ihm das Lachen verlegten. Dinge, für die das eherene Kausalitätsgesetz seine Wirkung zu verlieren schien. Erscheinungen, bei denen Zeit und Raum ihre Ausdehnung verloren. War es blinder Zufall oder war es irgendeine Fügung, daß sie jetzt infolge der erzwungenen Abweichung vom kürzesten Kurs direkt vom Pol her genau aus Mitternacht in ihre Heimat stoßen mußten?

»Von Mitternacht kommt die Macht.« Wörtlich ließ sich das jetzt auf alle drei zusammen deuten. –

Erik blickte durch die Scheiben nach unten. Wo die Wolken einen Durchblick ließen, wurden unendlich ausgedehnte Eis- und Schneeflächen sichtbar. Die Maschine stand genau über dem Pol. Wohin sie jetzt auch immer flog, sie mußte aus Mitternacht kommen.

Mit fester Hand griff der Schwede in die Steuerung. In weitem Bogen schwenkte das Flugzeug um einen Winkel von fünfundvierzig Grad und schlug den Kurs auf die Ostecke von Spitzbergen ein.

Atma wies auf die Papierstreifen des Hellschreibers, die inzwischen viele Meter lang aus dem Apparat hervorgequollen waren . . . Aufregende Depeschen aus Amerika. Der Krieg mit England war so gut wie sicher. Kühle Auslassungen von Washington. Dann wieder Telegramme der amerikanischen Nachrichtenagenturen. R. F. c. 1 spielte die Hauptrolle darin.

Die amerikanischen Aufklärer sollten seine Landung in Schottland beobachtet haben. Der Äther war voll von gefährlichen Nachrichten.

Erik Truwor las sie während des Fluges. Bald hatten sie das offene Meer unter sich. Das Nordkap kam in Sicht. Gebirge, Fjorde, weite Flächen . . . alles noch in bläulichem Nebel verschwommen. Jetzt schoß das Flugzeug nach unten. Dann senkte es sich im Gleitflug, bis es auf einer weiten, nur mit Heidekraut bewachsenen Fläche aufsetzte.

Atma trat auf den Schläfer zu und strich ihm leicht über die Augen. Silvester Bursfeld erwachte und erhob sich erfrischt. Der magnetische Schlaf hatte die Spuren der erlittenen Anstrengungen und Leiden verwischt. Nur noch das kurze Haar und der unheilvolle Anzug erinnerten daran, daß er vor zehn Stunden zum Tode hatte geführt werden sollen.

Als erster sprang Erik Truwor aus dem Flugzeug und stand fest und sicher auf dem heimatlichen Boden. Sorglich half er auch Silvester beim Aussteigen.

»Willkommen auf heimatlichem Boden! Willkommen, Silvester, im alten Schweden, in unserem Linnais! Ein neues Leben beginnt heute für uns alle. Deine Erfindung, Silvester, ist größer, als du selbst vielleicht denkst und ahnst. Das Schicksal hat uns viel gegeben. Wir werden uns der Gabe würdig zeigen müssen.«

Soma Atma war als der letzte aus der Maschine gesprungen. Seine Frage unterbrach den Gedankenflug Erik Truwors.

»Wohin mit dem Flugzeug? Hier darf es nicht stehenbleiben, die Luft hat Augen.«

»Die Amerikaner sollen es nicht wiederhaben! Ein Andenken sind sie mir für den elektrischen Stuhl schuldig.«

Silvester knurrte es unwillig vor sich hin.

»Du hast recht. Wir können die Maschine selbst gebrauchen. Moralische Verpflichtungen haben wir nach deinem Abenteuer nicht mehr. Das Flugzeug findet Platz in der Odinshöhle.«

Silvester Bursfeld trug an einem Riemen an der rechten Hüfte einen kleinen Kasten aus poliertem Zedernholz. Er griff danach, wie man nach einem Fotoapparat greift. Einige Griffe an ein paar Knöpfen des Apparates, und wie von Geisterhänden berührt, begann das Flugzeug auf dem ebenen Heideboden langsam voranzurollen. So gemächlich, daß seine drei bisherigen Passagiere ihm im bequemen Schritt zu folgen vermochten. Etwa wie ein gut dressierter Hund lief es vor ihnen her, während Silvester Bursfeld es mit seinem Apparat verfolgte wie ein Fotograf ein Objekt, das er auf den Film bannen will.

Nun war das Ende der Hochebene erreicht. Mit steilem Gefälle führte der Weg mehrere hundert Meter in die Tiefe zum Torneaelf

hinab. Sich selbst überlassen, mußte die Maschine auf diesem Pfade ins Rollen kommen, mußte umschlagen oder zerschellen. Aber war sie bisher wie ein Hund gelaufen, so kletterte sie jetzt wie eine Gemse. Vorsichtig wand sie sich dahin . . . und jetzt . . . Silvester Bursfeld neigte seinen Apparat nach oben, und die schwere Maschine hob sich leicht in die Luft. Nun bogen sie seitlich vom Wege in ein Gewirr von Blöcken und Heidekraut am Abhange ein. Noch wenige hundert Meter, und eine große dunkle Öffnung gähnte am Hange. Silvester Bursfeld arbeitete mit seinem Apparat wie ein Künstler. Er hob und senkte, drehte und richtete ihn und kam schließlich gerade vor jene Öffnung. Vor ihm schwebte das Flugzeug. In langsamer vorsichtiger Wendung kehrte es seine Spitze der Öffnung zu. Jetzt tauchte es in die Dunkelheit und war verschwunden. Silvester folgte ihm, während Erik Truwor einen Handscheinwerfer einschaltete und die Höhle mit blendendem Licht erfüllte.

Noch etwa hundert Meter Weg in der geräumigen, hier von Natur in das Urgestein gesprengten Höhle. Eine kurze Schwenkung nach links, und das Flugzeug verschwand hinter gewaltigen Basaltsäulen. Seine Räder berührten den Boden, und das Flugzeug stand sicher auf dem ebenen, mit trockenem Sand bedeckten Untergrund der Höhle. Silvester Bursfeld setzte die Drehknöpfe seines Apparates auf Nullstellung und ließ ihn wieder an seiner Hüfte hinabgleiten.

»So! Hier wird es niemand entdecken! Wenigstens nicht, wenn die Leute in der Gegend noch dieselbe Scheu vor der Odinshöhle haben wie früher.«

»Sie haben sie. Die Schäfer und Waldläufer hier glauben immer noch, daß allerhand Geister in der Höhle hausen.«

Erik Truwor sagte es lachend.

»Selbst am lichten Tage machen sie einen Bogen um die Höhle. So leicht wagt sich niemand hinein, so breit und offen ihr Eingang auch daliegt. Sie haben Furcht davor, und sollte sie nachlassen, so haben wir das Mittel, sie wieder aufzufrischen.«

Er deutete dabei auf den Strahler an Silvesters Seite. Aus dem Dunkel der Höhle traten die drei wieder an den sonnigen Tag, folgten dem Pfade flußabwärts und erreichen das alte Stammhaus der Truwors, das hier aus Birken und Föhren hervor auf den Torneaelf hinabschaute.

»Britannia rules the waves, Britannia rules the winds.« Aus Hunderttausenden von Kehlen drang die alte Melodie mit neuem Text und brauste über die blauen Wasser des Solents. Die Flotte der leichten englischen Luftstreitkräfte war plötzlich am Himmel sichtbar geworden. Ihr Erscheinen bildete den Auftakt und Anfang der großen Wettbewerbe, die von der Aeronautical Federation of G. B. und dem Imperial Aero Club über dem Meeresarm zwischen der Insel Wight

und der englischen Küste veranstaltet wurden. In Geschwader zu je 120 kamen die Flugzeuge angeschossen. Tauchten irgendwo in der Ferne aus dem Blau des Himmels oder des Ozeans auf. Bildeten in der Luft ein lateinisches V, das bekannte Victory-Zeichen, und hielten die Figur genau geschlossen, während sie allerlei Schwenkungen ausführten.

Geschwader auf Geschwader tauchte auf, bis es schließlich fast Tausende waren – bis über hunderttausend Flugzeuge in einer dichten Wolke den Azur des Firmaments mit dem silbernen Schimmer blanken Leichtmetalls durchsetzten.

Die Menge, welche schwarz die Ufer und Klippen des Solents umsäumte, sang spontan das alte Lied. Unbekümmert von aller politischen Spannung waren die Massen hierher gepilgert, um ein sportliches Schauspiel zu sehen. Aber der Anblick der fast unüberwindlichen englischen Luftflotte führte zu diesem elementaren Ausbruch patriotischen Gefühls. Geschickt hatten es die Regierenden verstanden, dem Empfinden der Menge Rechnung zu tragen und sie gleichzeitig von der Schlagfertigkeit und Alarmbereitschaft der Luftflotte zu überzeugen. Die Begeisterung nahm kein Ende, solange noch ein Flugzeug zu sehen war. So plötzlich wie die Flotte auftauchte, war sie auch wieder verschwunden. Von Yarmouth bis zum Atlantik, von den Orkneys bis zu den Kanalinseln stand sie wieder über den Küsten wie ein geschlossener Hornissenschwarm, bereit, jeden Gegner auf dem Wasser und in der Luft mit giftigem Stachel anzufallen und zu vernichten.

Ein Teil des Uferfeldes war von der Menge freigehalten worden. Hier lagen die Luftjachten, in denen die vornehmen Mitglieder der veranstaltenden Klubs zu dem Schauspiel gekommen waren. Dort lagen die wundervollen Luxusjachten der Norfolks, Sommersets, der Cecils und vieler anderer. In der Mitte von allen diesen schimmerte der gestreckte Leib einer eleganten Regierungsmaschine. Sie gehörte dem britischen Luftfahrtminister Lord Horace Maitland auf Maitland Castle.

Lord Horace gehörte auch dem Präsidium des Imperials Aero Club an, und die große Empfangskabine seines Klippers bildete den Treffpunkt für die hohen Gäste.

Diese Kabine bot durch große Zellonspiegelscheiben nach drei Seiten hin freien Ausblick. Nur die vierte Wand war massiv. Zwei schmale Türen führten zu den Privat- und Wirtschaftskabinen des Flugzeuges. Den mittleren Teil der Wand nahm eine Gruppe von Palmen und Blattpflanzen ein. Ein gewaltiger Löwenkopf aus Bronze war etwa in Brusthöhe an der Wand befestigt und warf einen Strahl frischen Wassers in ein Muschelbecken zwischen den Palmen. Sessel und Tische waren dazwischen gruppiert.

Hier saß Lady Diana Maitland im Kreise ihrer Besucherinnen. Wie

die Herren ausnahmslos in Klubanzug oder Uniform erschienen waren, so trug auch Lady Diana den Sportdreß des Aeroklubs. Schlank und rank erschien ihre jugendliche Gestalt in dem enganschließenden Kostüm aus marineblauem Tuch. Mit gespannter Aufmerksamkeit verfolgten auch die Damen die Vorgänge in den Lüften, mit besonderem Interesse Lady Diana selbst. Immer wieder hob sie den Feldstecher empor, um sich keine Einzelheit entgehen zu lassen. Ihre dunklen Augen blitzten erregt. Eine leichte Röte lag auf ihren Wangen und jeder Nerv in ihr vibrierte.

Ein Beobachter hätte unschwer feststellen können, daß ihr Temperament und Wesen nicht englisch waren, daß nicht allein ihre Eigenschaft als Gattin des Luftfahrtministers sie besonders an diesen Vorführungen interessierte, sondern daß ihre anders geartete Natur die Freude an den aufregenden Vorführungen viel stärker zu erkennen gab, als es bei den Damen ihrer Umgebung der Fall war, die auch hier die gewohnte kühle Zurückhaltung wahrten.

Als die letzten Maschinen der englischen Wehrmacht am Horizont verschwunden waren, wußten alle Gäste, daß man das eben gesehene Schauspiel den Anordnungen des Lords zu verdanken hatte, und sie hielten mit ihrer Anerkennung nicht zurück.

»Brillant«, knurrte Kommodore Morrison, »schade, daß die Amerikaner nicht dabei waren. Würden es sich danach überlegen, mit uns anzubinden.«

»Die Amerikaner werden nicht kommen«, bemerkte Mr. Oliver Pykett trocken.

»Wetten, daß sie kommen?« fiel ihm der Viscount Robarts ins Wort. Viscount William Robarts, der nie eine Gelegenheit vorübergehen ließ, eine Wette zu riskieren.

»Ich glaube doch nicht«, meinte Mr. Pykett.

Der Viscount zog die Uhr. »Zehn Pfund darauf, daß das erste amerikanische Flugzeug in fünf Minuten hier ist.«

Lord Horace Maitland stand dicht dabei. Ein Zucken lief über die scharf geschnittenen Züge seines glattrasierten Gesichtes. Er kannte Amerika und die Amerikaner. Heute war er ein angehender Vierziger. Seit drei Jahren Inhaber des Lordtitels. Die Lordschaft war ganz unverhofft durch eine Reihe von Todesfällen an ihn gekommen. Die vorangehenden zehn Jahre hatte er als einfacher Mr. Clinton in den Vereinigten Staaten gelebt. Nicht sehr begütert. Genötigt, im Strome des Lebens zu schwimmen und den Kampf ums Dasein zu führen. Damals hatte er Diana, die eine berühmte Sängerin an der Chikagoer Metropolitan-Oper war, geehelicht, hatte noch eine Zeitlang mit ihr in den Staaten gelebt, bis die Lordschaft an ihn gefallen war. Er brachte in die Stellung des englischen Aristokraten die Lebens- und Menschenkenntnis eines amerikanischen Kaufmanns mit. Was Wunder, daß er bald auch im politischen Leben eine Rolle

spielte und verhältnismäßig jung das verantwortliche Amt eines Luftfahrtministers bekleidete.

Weniger leicht war es seiner Gattin gemacht worden, in der Gesellschaft festen Fuß zu fassen. Schon bei ihren ersten Schritten fühlte sie instinktiv eine von Mißtrauen nicht freie Zurückhaltung heraus, die der gewesenen Sängerin galt. Der Ton der Gesellschaft war wenigstens von seiten des weiblichen Teils auf vorsichtige Duldung eingestellt. Aber Lady Diana Maitland war keinen Augenblick gewillt, sich nur dulden zu lassen. Ein stiller, zäher Kampf begann. Schritt für Schritt eroberte sie sich die Stellung, die ihr nach dem Range ihres Gatten zukam. Und wenn sie heute als eine der ersten Damen des englischen Highlife dastand, so verdankte sie es in erster Linie den eigenen geistigen und körperlichen Vorzügen. Ihre Ehe galt nicht nur als mustergültig, sondern als glücklich, wenn ihr auch Nachkommenschaft bisher versagt war.

Viscount Robarts wiederholte sein Angebot.

»Zehn Pfund darauf, daß das erste amerikanische Flugzeug um viertel elf hier ist.«

Mr. Pykett nahm die Wette an.

»Hundert Pfund dagegen, daß um viertel elf kein amerikanisches Flugzeug hier ist. Fünfzig Pfund dagegen, daß bis Mittag überhaupt keins kommt.«

Die Gedanken Lord Maitlands jagten einander. Mr. Pykett gehörte dem australischen Parlament an. Er mußte genau die Fäden kennen, die sich zwischen Amerika und Australien spannten. Es hatte sicher seine Gründe, wenn er auf das Nichterscheinen der Amerikaner wettete. Aber Lord Maitland empfing auch von Viertelstunde zu Viertelstunde die Telegramme aus Amerika, und er fand, daß die aufreizende Sprache der Presse in den Morgenstunden an Schärfe verloren hatte. Hatte sich Cyrus Stonard besonnen und die Auseinandersetzung aufgeschoben? Er fand keine sichere Antwort auf diese Fragen.

Seine Betrachtungen wurden unterbrochen. Ein Punkt, der in den letzten Sekunden am Horizont sichtbar geworden war, hatte sich schnell vergrößert. Aus unendlicher Höhe stieß er herab und wuchs in jeder Sekunde, bis er sich breit und massig auf die blauen Fluten des Solents legte. Dort wogte das Flugschiff im Spiele der Wellen leicht auf und ab, rasselnd gingen die Anker in die Tiefe und legten den mächtigen Rumpf fest. Flatternd stieg das Sternenbanner am Heck hoch, und wie durch Zauberei spannte sich in wenigen Sekunden der bunte Schmuck der Flaggenparade längs über das Schiff. Cheerrufe aus der Menge begrüßten den Klipper, dem in wenigen Minuten zwei weitere folgten.

Mr. Pykett schrieb ruhig einen Scheck über 150 Pfund aus und legte ihn in die Hände des Viscount Robarts. Während er das tat,

stellte er sich im stillen die gleichen Fragen wie Lord Maitland. Warum ließ Cyrus Stonard noch Passagierflugzeuge hinüber? Hatte er sich im letzten Augenblick besonnen und die Auseinandersetzung aufgeschoben?

Die Atmosphäre war mit Politik geladen. Auch das Gespräch der Damen beeinflußte sie. In einer Pause der Gespräche hörte man deutlich die wohlklingende Stimme der Lady Diana:

»Wie sollten England und Amerika miteinander fechten? Die gemeinsame Sprache verhindert es ja. Sie ist das stärkste Band, das Menschen aneinanderbindet.«

Die Viscounteß Robarts nickte zustimmend. »Ich könnte es auch nicht begreifen, wie Englishspeakers sich gegenseitig morden sollten.«

Die Damen glaubten nicht an die Möglichkeit eines Krieges. Aber sie wußten auch wenig von der Politik und Staatsräson eines Cyrus Stonard.

Draußen begann der Wettbewerb der Tauchflieger. Von großen Höhen schossen die Maschinen herunter, durchschnitten klatschend die Wasserfläche, zogen noch eine kurze Spur quirlenden Wassers hinter sich her und waren dann verschwunden. Als Unterseeboote setzten sie ihre Fahrt fort. Nach den Bedingungen des Wettbewerbes mußten sie unter Wasser eine lange Strecke zurücklegen, eine in fünfzig Meter Tiefe verankerte Boje aufnehmen und innerhalb vorgeschriebener Zeit an einer bestimmten Stelle wieder auftauchen.

Um die Amerikaflugboote tummelten sich die Passagier- und Zollbarkassen. Die Abfertigung dauerte nur kurze Zeit. Einzelne der soeben Angekommenen gingen bereits an Land, um hier Freunde und Bekannte zu treffen. Auf der Bordtreppe der Regierungsjacht wurden Schritte vernehmbar. Neue Gäste kamen. Sir Arthur Vernon, der Vorgänger Lord Maitlands, führte einen Fremden in diesen Kreis ein.

»Herr Dr. Glossin aus Trenton in den Staaten . . .«

Während der Eingeführte sich höflich verbeugte, fuhr Sir Arthur, zu Lord Maitland gewendet, kaum hörbar fort: ». . . ein alter Freund von mir . . . kann vielleicht helfen, die Krise zu lösen.«

Die wenigen Worte genügten, um dem Amerikaner einen Empfang zu sichern, dessen Herzlichkeit noch um eine Note über die übliche englische Gastfreundschaft hinausging.

Dr. Glossin widmete sich besonders der Gattin des Ministers. Zu ihrem Staunen lenkte er das Gespräch sehr bald auf solche Orte und Personen, die sie als Sängerin kennengelernt hatte, ohne doch ihren früheren Beruf auch nur mit einem Worte zu erwähnen.

Lady Diana wurde durch das Gespräch gefesselt und doch wieder innerlich abgestoßen. Sie spürte bei jedem Satz einen geheimnisvol-

len Doppelsinn und konnte sich dem Einfluß dieses Gastes doch nicht entziehen. Eine innere Stimme warnte sie, sich den Mann zu nah kommen zu lassen, und unter einem unwiderstehlichen Zwange brachten ihre Lippen gleichzeitig eine freundliche Einladung nach Maitland Castle zutage. Eine Einladung, die Lord Maitland dringend unterstützte. Es lag ihm daran, mit diesem einflußreichen Amerikaner in Fühlung zu bleiben.

Dr. Glossin dankte für die Aufforderung. Er nahm sie mit Vorbehalt an. Vorerst habe er noch in London zu tun. Danach würde er gern nach Maitland Castle kommen. Krieg und Kriegsgefahr . . . er lachte darüber. Das amerikanische Volk denke nicht daran, sich mit den stammverwandten Briten in einen Krieg einzulassen. Pressezänkerein bedeuteten noch lange keinen Krieg.

Lord Maitland ging gerade auf das Ziel los. Die Aufregung der amerikanischen Nachrichtenagenturen sei durch die Entführung eines Flugzeuges hervorgerufen worden. Amerikas Rundfunk und Presse hätten behauptet, daß die Engländer es entführt hätten. Ob der Zwischenfall klargestellt sei.

Dr. Glossin wurde wortkarg. Die Entführung des Flugzeuges sei noch nicht völlig aufgeklärt. Bestimmte Beobachtungen deuteten aber auf eine bestimmte Spur. Er vermied es, hier in Gegenwart so vieler Gäste mehr zu sagen.

Aber Lord Maitland verstand, daß der Amerikaner ihm unter vier Augen mancherlei mitzuteilen habe, Dinge, die jedenfalls die größte Diskretion verlangten.

Draußen nahmen die Vorführungen ihren Fortgang. Unbelebt dehnte sich die Fläche des Solents. Aber mit den Stoppuhren in der Hand warteten die Preisrichter. Und jetzt . . . Wirbelnd schoß es wie ein Fisch aus dem Wasser, reckte ihm Augenblick des Auftauchens zwei kräftige Schwingen und flog in die Höhe. Der erste Flugtaucher war wieder hochgekommen. Den Bedingungen der Konkurrenz entsprechend, stieg er bis auf 25000 Meter Höhe, ging dann im Gleitflug nieder und legte sich ruhig auf das Wasser. Noch während er niederging, stieg bereits das zweite Boot aus dem Wasser in die Höhe. In kurzen Zwischenräumen folgten die anderen Wettbewerber. Die Konstruktionen gaben sich gegenseitig kaum etwas nach. Die wenigen Sekunden, die das eine Boot etwa länger als das andere nach seiner Boje in der Tiefe hatte suchen müssen, gaben den Ausschlag.

Jeder von den Zuschauern hier in der Jacht begriff, daß England in diesen Flugtauchern eine neue wirksame Waffe besaß. Die Maschinen konnten in gleicher Weise U-Boote und Flugzeuge angreifen. Sie konnten den Ort des Kampfes nach eigenem Belieben über oder unter dem Wasser suchen.

Lord Maitland stand mit Doktor Glossin an einem der Fenster.

»Eine glänzende Erfindung! Ich denke, Sie werden Ihrem Präsidenten davon zu erzählen haben.«

Dr. Glossin lächelte höflich. Die Pläne der Flugtaucher waren längst in Washington bekannt.

»Es gibt etwas anderes, das uns gegenwärtig größere Sorge macht.«

Lord Maitland blickte fragend auf.

»Mein Lord, hörten Sie jemals etwas von telenergetischen Konzentrationen?«

Lord Maitland blickte so naturgetreu verdutzt auf, daß Dr. Glossin einsah, der Lord wisse wirklich nichts davon. Wenn aber der britische Luftfahrtminister von dieser Sache nichts wußte, dann war als sicher anzunehmen, daß auch die englische Regierung keine Kenntnis davon hatte. Doch mußte das zweifelsfrei festgestellt werden, bevor Cyrus Stonard losschlug. Darum war Dr. Glossin hier in England, und darum hatte Cyrus Stonard das schon gezückte Schwert noch einmal in die Scheide zurückgestoßen.

Besaß England das Geheimnis Gerhard Bursfelds, so durfte Amerika den Angriff nicht wagen. Im anderen Falle konnte der Schlag mit guter Aussicht auf ein Gelingen geführt werden.

Die Konkurrenzen gingen ihrem Ende entgegen. Im Wettbewerb um den Höhenflug errang ein Flugzeug den ersten Preis, welches sich unter Zuhilfenahme der Raketenwirkung bis zu einer Höhe von 520 Kilometer erhoben hatte. Aber die Konkurrenten um den Schnelligkeitspreis blieben weit hinter der amerikanischen Type R. F. c. zurück.

Dann war die Konkurrenz beendet. Während die Volksmassen in Booten und Bahnen den Städten zuströmten, erhoben sich auch die Flugzeuge der Gäste in die Lüfte. Die Regierungsjacht des Lord Maitland flog nach Maitland Castle. Dr. Glossin fuhr im Kraftwagen des Sir Vernon nach London.

Die Schollen fielen auf den Sarg, der die sterbliche Hülle von Gladys Harte barg. Ihr Leben war ruhig erloschen wie die Flamme einer Lampe, der das Öl fehlt. Das Ende war seit Monaten vorauszusehen gewesen.

Es war vielleicht durch die Aufregungen beschleunigt worden, die das Schicksal Silvesters in das stille Haus in der Johnson Street erbracht hatte.

Jane stand in einem kleinen Kreise Leidtragender an der offenen Gruft. Hier kam ihr erst ganz zum Bewußtsein, wie einsam sie in diesen letzten Jahren gelebt hatten. Nur wenige Personen gaben der Toten das Geleit. Freunde des verstorbenen Mannes, wie dieser in den Staatswerken angestellt, und einige bekannte Frauen.

Jane war ihnen von Herzen dankbar, daß sie jetzt noch einmal ge-

kommen waren, der Toten die letzte Ehre zu erweisen. Sie fühlte sich grenzenlos einsam und verlassen. Während sie Beileidsworte hörte und Hände drückte, dachte sie daran, daß sie jetzt allein in das leere Haus in der Johnson Street zurückkehren müsse und daß . . . auch Silvester von ihr gegangen sei.

Ein krampfhaftes Schluchzen erschütterte ihren Körper. Sie drohte umzusinken, als plötzlich Dr. Glossin zu ihr trat, sie stützte und behutsam von dem Grabe fortführte. Sorgsam geleitete er sie durch die breiten Wege des Friedhofes, der in voller Junipracht grünte und blühte, als ob es keinen Tod und kein Sterben auf der Welt gäbe.

Willenlos ließ Jane es geschehen. Jeder Mensch, der sich ihrer annahm, war ihr in ihrem augenblicklichen Zustande willkommen. Um wieviel mehr Dr. Glossin, der so lange in ihrem Hause verkehrte, der ihre Mutter genau gekannt hatte, der versprochen hatte, ihr über Silvester Nachrichten zu bringen!

Sie stieg vor dem Friedhof in seinen Kraftwagen und ließ sich von ihm in die Wohnung in der Johnson Street geleiten. Und hier, im Anblick der altvertrauten und heute so ganz verwaisten Räume, kam ihr Schmerz von neuem zum Ausdruck. Fassungslos sank sie auf einen Sessel und drückte das Taschentuch vor die Augen.

Dr. Glossin ließ sie einige Minuten gewähren. Dann legte er ihr sanft die Hand auf das Haupt.

»Meine liebe Miß Jane, versuchen Sie es, sich zu fassen. Ich weiß, es hat wenig Zweck, Ihnen in dieser Stunde trostreich zuzusprechen. Haben Sie Vertrauen zu mir. Folgen Sie meinem Rat. Nehmen Sie meine Hilfe an, und es wird alles gut werden.«

Jane ließ das Tuch sinken und blickte auf. Ein neues Gefühl erwachte in ihr. Ihre Tränen versiegten. Die Welt erschien ihr nicht mehr so völlig leer und trostlos.

»Sie sind der einzige nähere Bekannte, Herr Doktor, den wir hatten, den ich jetzt noch habe.«

»Sagen Sie: der einzige Freund! Lassen Sie sich von mir beraten. Sie müssen aus der alten Umgebung heraus. Aus den Räumen, in denen jedes Stück Sie an Ihren großen Verlust erinnert.«

Jane drängte tapfer die wiederaufsteigenden Tränen zurück und nickte zustimmend.

»Sie haben wohl recht, Herr Doktor! Doch wohin soll ich gehen?«

»Lassen Sie das meine Sorge sein. Die Hauptsache ist, daß Sie sofort für ein paar Wochen in eine andere Umgebung kommen. Ich besitze in Colorado am Ausgange des Gebirges eine Farm. Da haben Sie andere Luft, andere Gesichter und werden schneller das seelische Gleichgewicht wiedergewinnen. Sie sind dort mein Gast, solange es Ihnen gefällt. Mein Personal steht zu Ihrer Verfügung, und ich selbst

werde hoffentlich recht oft die Zeit finden, Sie zu sehen, mich von Ihrem Wohlbefinden zu überzeugen.«

Dr. Glossin sprach langsam und eindringlich. Jane hörte ihm ruhig zu. Zuerst noch leise widerstrebend. Ein Gedanke ging ihr durch den Sinn. Ich werde nicht hier sein. Silvester wird mich suchen und nicht finden.

Dr. Glossin erriet den Gedanken auch unausgesprochen.

»Ich werde die Zwischenzeit benutzen, um über den Verbleib von Mr. Logg Sar etwas in Erfahrung zu bringen. Auch werde ich inzwischen alle Ihre Angelegenheiten hier ordnen. Briefe und was sonst hierherkommt, wird Sie in Reynolds-Farm erreichen. Dort wird die frische Bergluft des Felsengebirges Ihre blassen Wangen bald wieder röten.«

Für einen väterlichen Freund sprach Dr. Glossin ein wenig zu eifrig und lebhaft. Aber Jane achtete nicht darauf. Die Worte des Arztes hatten ihre letzten Bedenken besiegt. Ihr Aufenthalt würde bekannt sein. Alle Nachrichten würden sie an der neuen Stelle erreichen. Hoffentlich recht gute und auch recht bald. Sie nahm die Vorschläge und die Einladung Glossins an.

Der hatte es sich in der letzten Stunde reiflich und nach allen Seiten hin überlegt. Daß er Jane aus einer ganzen Reihe von Gründen mit sich nehmen und unter seinem Einfluß behalten mußte, stand bei ihm fest. Daß er zur Erreichung dieses Zieles seinen hypnotischen Einfluß auf Jane ausnutzen mußte, war ebenfalls sicher. Nur, wie weit er diesen Einfluß anwenden solle, darüber war er noch im Zweifel. Sollte er so weit gehen, ihr überhaupt jede Erinnerung an die tote Mutter wegzusuggerieren? Damit fielen auch für Jane das Gefühl der Verlassenheit und der Grund fort, ihm zu folgen und sich unter seinen Schutz zu stellen. Er mußte dann noch einen Schritt weitergehen und sie durch die Hypnose ganz an sich ketten.

Es widerstand ihm, Jane als einen willenlosen Automaten mit sich zu nehmen. Er wollte aus einer eigentümlichen Stimmung heraus, daß Jane ihm freiwillig und aus einem natürlichen Schutzbedürfnis folge. Aber er mochte auch keine ständig Jammernde und Klagende um sich sehen. So wählte er den Mittelweg. Durch seinen suggestiven Einfluß verstärkte er ihr Schutzbedürfnis und milderte ihren noch so frischen und heftigen Schmerz über den Todesfall.

Der Kraftwagen brachte sie nach dem Flughafen. Jane kannte den Ort. Zu Lebzeiten der Mutter war sie öfters von hier nach Philadelphia oder Milwaukee geflogen und hatte damals bemerkt, daß reiche Leute hier auch ihre eigenen Maschinen landeten.

Jetzt führte sie Dr. Glossin zu einer kleinen, aber ansprechenden Privatjacht. Er bemerkte ihr Staunen.

»Steigen Sie ein, meine liebe Miß Jane. Wundern Sie sich nicht allzusehr, daß wir ein besonderes Flugzeug zur Verfügung haben. Ich

mußte es in New York mieten, um noch rechtzeitig nach Trenton zu kommen.«

Jane dankte dem Arzt mit einem warmen Blick. Wie freundlich von ihm, daß er keine Unkosten scheute, um in dieser Zeit bei ihr zu sein, ihr helfen zu können. Von ihm geleitet, betrat sie die Kabine des Flugzeugs, das sich sofort erhob, um den Flug nach dem Westen zu beginnen. Dr. Glossin ließ sich Jane gegenüber nieder.

»Gestatten Sie mir, meine liebe Miß Jane, daß ich Ihnen ihren zukünftigen Aufenthaltsort ein wenig schildere. Reynolds-Farm heißt mein Besitztum in Colorado. In früheren Jahrzehnten war es auch wirklich einmal eine Farm mit ausgedehnten Äckern und Stallungen, mit Scheunen und Speichern. Eine richtige Farm, wie sie im Buche steht. Heute ist es ein ruhiges Landhaus, in einem nach Osten offenen Tale der Felsenberge gelegen. Bergluft, Tannenduft und Ruhe. Vollständige Ruhe, wie wir Großstadtmenschen sie bisweilen nötig haben, wie sie auch Ihnen wohltun wird.«

Jane hatte mit steigendem Interesse zugehört. Schon die Ortsveränderung, der schnelle Flug, der sie jede Stunde so viele Meilen von ihrem alten Aufenthaltsort entfernte, gab ihren Gedanken eine andere Richtung, ließ sie minutenlang ihren Schmerz vergessen.

»Aber Sie können selbst nur selten dort sein, Herr Doktor. Wer ist dort auf Ihrer Farm? Wer hält das Anwesen in Ordnung? An wen werde ich mich zu halten haben?«

»Vor allen Dingen an meine gute alte Abigail, ein altes schwarzes Faktotum, das dort das Haus in Ordnung hält. Ein gutes, altes, anhängliches Wesen! Ihre Schönheit läßt zu wünschen übrig. Dafür ist sie treu und fleißig, sie wird Ihnen jeden Wunsch von den Augen ablesen.«

Es kam Jane nicht zum Bewußtsein, daß es dort vielleicht noch einsamer sein könnte als in Trenton. Der suggestive Einfluß des Doktors erstickte alle aufsteigenden Bedenken.

Das Flugzeug eilte der sinkenden Sonne nach, bis es sich selbst zu senken begann und die Kette der Felsenberge von Denver bis Cheyenne am gelbglühenden Westhimmel stand. Es landete auf einer freien grasbewachsenen Ebene. Dr. Glossin hatte wohl recht. Hier wehte eine andere Luft als in Trenton, wo die großen Werke trotz aller Fortschritte und Verbesserungen immer noch recht viel Ruß und Staub in die Atmosphäre warfen.

Frische, harzgetränkte Bergluft. Mit voller Brust sog Jane die leichte Brise ein.

Das Flugzeug war dicht neben der Farm gelandet. Auf dem Wege zum Hause kam ihnen schon eine alte Negerin entgegen. Von jener abschreckenden Häßlichkeit, die alte Negerweiber gewöhnlich auszeichnet. Dabei von einer unterwürfigen Vertraulichkeit, die auf langjährige Dienste schließen ließ.

»Guten Tag, Mister Doktor. Die alte Abigail hat alles fertiggemacht. Das Supper ist fertig. Die Zimmer sind fertig ...«

Ein breites Grinsen ließ ihre Mundwinkel bis in die Nähe der Ohren wandern, während sie versuchte, dem Doktor die Hand zu küssen. Dr. Glossin schob sie zurück.

»Gut, Abigail. Ich erwartete es nicht anders. Meine Nichte Miß Harte wird einige Zeit auf der Farm wohnen. Du wirst ihr genauso zu Diensten sein wie mir und dafür sorgen, daß sie sich wie zu Hause fühlt.«

Die Alte hatte während dieser Worte Jane prüfend betrachtet. Sie schien mit dem Ergebnis ihrer Prüfung zufrieden zu sein, denn sie wandte sich jetzt an Jane und versuchte, auch ihr die Hand zu küssen.

»Laß das, Abigail!«

Dr. Glossin sagte es mit einer eigentümlichen scharfen Betonung. Die Schwarze trat zurück und folgte dem Doktor und seiner Begleiterin die kurze Strecke bis zum Farmhofe.

Jane fühlte sich nach dem schweren Leid der vergangenen Tage fast leicht und frei. War es der Einfluß des Doktors, war es wirklich die veränderte Umgebung? Sie begann wieder mit Hoffnungen in die Zukunft zu blicken. In ruhigen Stunden hatte sie schon früher der Möglichkeit ins Auge geblickt, daß die Mutter ihr bald einmal entrissen werden könnte. Jetzt war es geschehen, und sie versuchte es, sich nun mit der Tatsache abzufinden.

So trat sie am Arm Glossins in das neue Heim. Der Doktor geleitete sie in den Empfangsraum, gab Abigail dann einen Wink, sie in ihre eigenen Räume zu geleiten. Ein Boy schaffte die Koffer aus dem Flugzeug dorthin. Jane hatte sich am Fenster niedergelassen und blickte in die dämmernde Abendlandschaft hinaus. Ihre Gedanken weilten bei Silvester.

Die Nachricht von Sing-Sing war natürlich auch in das stille Haus nach Trenton gedrungen und hatte die beiden Frauen aufs äußerste erschreckt. Wohl lasen sie, daß er gerettet worden war. Aber die Tatsache allein, daß er sich des Hochverrats schuldig gemacht haben sollte, daß er in voller Form zum Tode verurteilt worden war, wirkte niederschmetternd. Jane sowohl wie ihre Mutter hatten gänzlich den Kopf verloren, bis ein alter Freund des Vaters sie aufrichtete. Joe Miller war damals zu ihnen gekommen. Fand sie verzagt und lachte.

»Sorge um Logg Sar? ... Vollständig überflüssig ... Alle Wetter, da hat was dazwischengepfeffert und den Schleichern und Angebern das Konzept verdorben. Habe zwar keine Ahnung, was es gewesen ist. Bin aber sicher, daß es prachtvoll gewirkt hat. Angst brauchen Sie jedenfalls um Logg Sar nicht zu haben. Ich meine, der könnte jetzt sogar ganz ruhig in New-York spazierengehen. Seine Feinde würden sich bei einem neuen Angriff noch viel mehr blamieren.«

Diese Worte wirkten tröstlich auf Jane. Das Wunderbare des

Geschehnisses nahm sie gefangen. Durch eine unbekannte mächtige Hilfe war Silvester der Gefahr im letzten Augenblick entrissen worden. Seitdem hoffte sie auf seine Wiederkehr, hatte das sichere Gefühl, daß die Macht, die ihn das erstemal schützte, auch jeden weiteren Anschlag zunichte machen würde.

Die geschwätzige Abigail wollte wissen, welches Kleid die Lady anziehen wolle. Ob sie sich zum Supper nicht schmücken wolle. Der Herr Doktor liebe geschmückte Damen beim Supper. Vielleicht würde er ihr sogar . . . Die Mundwinkel der Schwarzen rückten wieder bis an die Ohren. Jane bemerkte das Mienenspiel nicht.

Anziehen . . . Das einfache schwarze Kleid, das sie trug, schien ihr das richtige . . . Schmücken? Am Begräbnistage ihrer Mutter? Sie gab der Dienerin den Auftrag, die Garderobe in den Schränken unterzubringen, und verließ den Raum, um nach unten zu gehen.

Abigail machte sich daran, den Auftrag zu vollziehen. Stück für Stück nahm sie aus den Koffern. Dabei murmelte sie allerlei vor sich hin:

»Hoho, mein Täubchen . . . sehr einfach, zu bescheiden. Keinen Samt, keine Seide. Nur so einfach . . . Ist nicht der Geschmack von Mister Doktor . . . Liebt feine Damen . . . gelbe, rote Seide. Keine schwarzen Kleider . . .«

Sie begann die Wäsche in die Fächer zu legen und fuhr in ihrem Selbstgespräch fort:

»Wirst dich ändern müssen, mein Täubchen! Waren schon andere vor dir hier. Haben es auch gemußt. Taten alles, was Mister Doktor wollte, wenn Mister Doktor sie anguckte . . . anguckte mit den großen heißen Augen.«

Ihre Worte gingen in ein Kichern über, während sie die letzten Stücke in die Kästen einräumte.

Inzwischen war Jane in den Speiseraum gekommen. Der junge Boy servierte. Glossin wartete, bis er den Raum verlassen hatte, bevor er die Unterhaltung begann.

»Meine liebe Miß Jane, meine Kur beginnt schon zu wirken. Sie sehen viel besser aus als heute früh.«

»Sie mögen recht haben, Herr Doktor. Die Reise hat mich auf andere Gedanken gebracht. Ich könnte beinahe zufrieden sein, wenn ich . . . Gewißheit über das Schicksal unseres Freundes Silvester hätte.«

»Seien Sie zufrieden, meine liebe Miß Jane, daß unser Freund der Gefahr entronnen und jetzt nach menschlichem Ermessen in Sicherheit ist. Wenn Sie ihm etwas bedeuten, wird er gewiß von sich hören lassen.«

»Er wird . . . er muß . . . er soll . . .«

Jane stieß die Worte heftig hervor. Dr. Glossin schwieg, als ob ihn dieser Gefühlsausbruch erschreckt hätte.

»Verzeihen Sie meine Heftigkeit, Herr Doktor. Ich sorge mich um das Schicksal eines Abwesenden und habe Ihnen noch nicht einmal für Ihre Güte gedankt.«

Wenn Dr. Glossin bei allen diesen Reden etwas empfand, so verstand er es jedenfalls meisterhaft, seine Gefühle zu verbergen. Keine Muskel in seinen Zügen zuckte, während er die Unterhaltung ruhig weiterführte. Er sprach von Janes Zukunftsplänen. Eine längere Erholung hier, dann eine Reise nach Europa. Dort müßten ja auch noch Verwandte ihres Vaters leben.

»Ich hörte, Herr Doktor, wir sollen Krieg mit England bekommen. Da kann doch niemand nach Europa fahren.«

Dr. Glossin nickte abwesend.

»Zeitungsgeschwätz, meine liebe Miß Jane. Wir denken nicht an Krieg. Ich selbst fliege morgen wieder nach Europa. War vorgestern erst in England. Man spricht allerlei vom Kriege, weil die politischen Nachrichten uns nervös machen. In Wirklichkeit denkt kein Mensch daran.«

»Ich entdecke immer neue Seiten an Ihnen, Herr Doktor. Ich dachte, daß Sie nur zwischen New-York und Trenton zu tun haben. Dann haben Sie plötzlich noch dies schöne Besitztum in Colorado, und jetzt höre ich gar, daß Sie zweimal in der Woche nach Europa fliegen. Es muß schön sein, so in der Welt herumzukommen.«

»Wenn man zu seinem Vergnügen reisen kann. Nicht wenn man es, wie ich, als Pflichtmensch von Berufs wegen tun muß.«

Ein leichter Seufzer entrang sich den Lippen des Arztes.

»Ich hoffe, Miß Jane, in kurzer Zeit werde auch ich etwas Ruhe finden. Dann fahren wir gemeinschaftlich nach Europa, und ich zeige Ihnen die Schönheiten der Alten Welt.«

Er hob sein Glas mit altem schwerem Kaliforniawein und trank Jane zu.

»Auf baldige gemeinschaftliche glückliche Fahrt.«

Das Mahl ging seinem Ende entgegen. Dr. Glossin benutzte die letzte Viertelstunde, um Jane ihr Leben für die nächsten Tage auszumalen.

»Wir haben hier Pferd und Wagen. Sie können Ausfahrten unternehmen. Bobby« – er wies auf den Diener – »kann nicht nur servieren, er ist auch ein geschickter Fahrer. Er kennt die schönsten Wege in der Umgebung. Benutzen Sie die kleine, aber gute Bibliothek im Herrenzimmer . . . Ich vergaß, sie ist verschlossen. Darf ich Ihnen den Schlüssel . . . nein, noch besser, ich werde sie Ihnen an Ort und Stelle zeigen.«

Er geleitete Jane in das anstoßende Zimmer und schloß selbst die verglasten Regale auf, welche mehrere hundert mit gutem Geschmack ausgesuchte Werke enthielten.

»Das ist die Hauptsache, meine liebe Jane, daß Sie sich nicht in

dem müßigen Stunden von Gedanken und Erinnerungen übermannen lassen.«

Dr. Glossin hatte bei den letzten Worten ihre Hände ergriffen. Ohne daß er ein Wort weitersprach, spürte Jane, daß er für heute Abschied von ihr nahm und fühlte gleichzeitig, wie in verstärktem Maße Ruhe und Wunschlosigkeit über sie kamen.

Dr. Glossin schritt durch den Vorraum des Hauses, um zu seinem Flugzeug zu gehen. Wenn er am nächsten Morgen wieder in England sein wollte, hatte er Grund zur Eile. Abigail trat ihm in den Weg. Verschmitzt grinsend.

»Darf die neue Lady ausgehen, Mister Doktor?«

Es lag eine ganze Geschichte in dieser Frage. Wie viele mochten hier gewesen sein, denen man den Ausgang verweigert hatte. Glossin warf der Negerin einen Blick zu.

»Ich sage dir . . . die junge Dame ist meine Nichte. Wehe dir, wenn du . . .«, sagte er und schritt hinaus.

Sie saßen auf der mit Waldreben umsponnenen Veranda des Truwor-Hauses am Torneaelf. Durch Ranken und Reben ging die Aussicht auf den hundert Meter tiefer dahinströmenden Fluß und die gegenüberliegenden, mit Tannen bestandenen Berge. Zu dritt saßen sie hier: Erik Truwor, der Schwede, Soma Atma, der Inder, und Silvester Bursfeld, aus deutschen Blute.

In diesem Hause war Silvester heimisch. Hier war er zusammen mit Erik Truwor aufgewachsen, und die alten Mauern hatten die Spiele der Knaben und die Arbeit der Jünglinge gesehen. Bis dann die Studienjahre Silvester nach Deutschland geführt hatten. Erik und Silvester hatten sich beide der Technik gewidmet, aber schon die Art ihres Studiums war grundverschieden gewesen. Während Silvester die Wissenschaft und die Beschäftigung mit physikalischen Problemen um ihrer selbst willen betrieben hatte, war für Erik die Technik stets nur ein Mittel zum Zweck gewesen, um das menschliche Leben leichter und angenehmer zu machen und neue, bessere Lebensmöglichkeiten zu gestalten. Die Verschiedenartigkeit war auch äußerlich zum Ausdruck gekommen, Silvester hatte seine Studienjahre ausschließlich in Berlin verbracht, wohingegen Erik nicht nur in Deutschland, sondern auch an verschiedenen ausländischen Hochschulen studiert hatte. Etwas anderes war hinzugekommen. Erik war ein reicher Erbe, Silvester aber – ohne Vermögen – hatte als Pflegesohn im Hause Truwor gelebt. Die von seinem Pflegebruder und Freund Erik angebotene halbe Erbschaft der Truwors nach dem Tode des alten Olaf Truwor hatte Silvester ausgeschlagen und sich lediglich mit einem kleinen Betrag zum Lebensunterhalt bis zur Beendigung der Studienzeit begnügt. Gerne jedoch hatte er das

Anerbieten, das Truwor-Haus jederzeit als sein Vaterhaus zu betrachten und zu benutzen, angenommen. –

Atma hatte seinen Lieblingsplatz auf einer Couch im Hintergrunde der Veranda eingenommen. Dort saß er und gab sich seinen Gedanken hin.

Erik Truwor und Silvester saßen vorn an der Brüstung an einem Tisch. Pläne, Zeichnungen und Schriftstücke bedeckten die Tischplatte.

»Über unserer Arbeit hörte ich noch kaum, wie du, Erik, dich mit Atma zusammengefunden hast. Atma, der in Pankong Tzo mein Mitschüler war, plötzlich mit dir zusammen in Linnais! Nur in dem Strudel der Ereignisse konnte ich es als etwas Selbstverständliches hinnehmen.«

»Wie ich Atma fand? Wie Atma und ich dich fanden? Eine wunderliche Geschichte. Im Frühjahr kam ich nach Pankong Tzo. Der greise Abt empfing mich, blickte mich starr an und sagte: ›Dies ist der Dritte.‹ Aus einem Kästchen nahm er diesen Ring, schob ihn mir auf den Finger und deutete auf Atma. Atma wußte, daß du den gleichen Ring von ihm hattest. Er sagte, wir müßten dich suchen . . . Ich wollte dich wiedersehen. Atma sagte: ›Amerika‹. Wir gingen nach den Staaten. Atma sagte: ›Trenton‹. Wir fuhren nach Trenton. Wir fanden dich nicht. Aber wir fanden Jane Harte. Sie war über dein Verschwinden besorgt. Atma fragte sie. Du weißt, wie er zu fragen versteht. Über Zeit und Raum hinweg. Mit geschlossenen Augen las sie aus weiter Ferne das Urteil, das über dich gefällt war. Mit vier Worten sagte sie, wo deine Aufzeichnungen lagen.

Das andere war leicht. Joe Williams, einer der zwölf Zeugen, wurde im Gasthof in Sing-Sing von uns gefunden. Für tausend Dollar gab er mir seine Zeugenkarte. Mir, dem wißbegierigen Fremden, der eine Elektrokution mit ansehen wollte. Auf diese Weise gelangte ich in das Gefängnis. Atma hielt im Kraftwagen vor der Tür. Das war alles.«

Silvester ergriff die Hand Erik Truwors und drückte sie innig.

»Für mich wirklich alles, Erik. Wäret ihr nicht gekommen, so wäre ich verloren gewesen. Durch Jane . . . durch meine Jane habt ihr mich gefunden.«

»Durch deine Jane? Was ist dir Jane Harte?«

»Meine Verlobte, mein alles!«

Erik Truwor hörte schweigend zu, was Silvester erzählte. Wie er Jane kennen- und lieben gelernt. Doch er vermochte es nicht, sich am Glück des Freundes mitzufreuen. Unbewußt empfand er, daß Silvester sich nicht voll der großen Aufgabe, dem weiteren Ausbau der Erfindung, widmen könne, wenn er durch Gedanken und Sorgen um seine Verlobte abgelenkt wurde.

Sein Blick suchte Atma. Ein stummes Zwiegespräch der Augen.

Atma nickte und wandte sich Silvester zu. Erik Truwor sah förmlich, wie hinter der gefurchten Stirn des Inders die Gedanken arbeiteten, das Hindernis aus dem Wege zu räumen. Er sah, wie Silvester die Hand an die Stirn preßte, als wollte er eine fliehende Erinnerung festhalten.

Die hypnotische Kraft Atmas siegte über die Kraft der Liebe.

Erik Truwor brach das Schweigen.

»Zurück zu unserer Arbeit! Ich habe deine Pläne gesehen und deine Berechnungen untersucht. Gib mir deine Erläuterungen dazu.«

Silvester Bursfeld blickte mit der versonnenen Miene des Gelehrten auf die vor ihm liegenden Papiere.

»Es ist das Problem der telenergetischen Konzentration, dessen Lösung mir gelungen ist. Nimm an, ich hätte hier in unserem Hause eine Maschine, die tausend PS leistet. Es ist klar, daß ich die Energie hier an Ort und Stelle zu allem möglichen verwenden kann. Aber es war bisher kein Mittel bekannt, diese Energie an einem Punkt in beliebiger Entfernung konzentriert wirken zu lassen. Bei jedem Versuche, die Energie auszustrahlen, erfuhr sie eine der Ausbreitung entsprechende Schwächung. Ein zwingender Grund liegt natürlich nicht vor. Es muß den tausend PS ganz gleich sein, ob sie hier oder an irgendeinem anderen Punkte der Erde zur Wirkung kommen.«

Erik Truwor unterbrach ihn:

»Wenn wir hier eine Million, wenn wir hundert Millionen PS hätten, so könntest du sie auf jedem Punkt der Erde in Erscheinung treten lassen?«

»So ist es. Auf jedem Punkte. Ich könnte die Energie an irgendeiner Stelle der australischen Wüste oder des Broadway in New-York auf den Raum einer Haselnuß zusammendrängen. Ich könnte sie auch in der Form ausgedehnter elektromagnetischer Felder auftreten lassen. Jede Wirkung ist möglich.«

Erik Truwor wiegte den Kopf nachdenklich hin und her.

»Hundert Millionen PS auf den Raum einer Haselnuß ... in den Pulverkammern kriegführender Mächte ... das genügt für den ewigen Frieden.«

Silvester Bursfeld fuhr in seinen Erklärungen fort:

»Die Energiekonzentration bildete den Ausgangspunkt meiner Arbeit. Ich überlegte mir weiter ... Warum soll ich die Energie erst an einem Orte erzeugen und an einem anderen wirken lassen, da doch der ganze Raum mit einem Überschwang von Energie, Atomenergie, erfüllt ist ... Ich folgerte, es muß genügen, nur die Steuerwirkung durch den Raum zu schicken. Nur die winzigen Mengen einer besonderen Formenenergie, die an der entfernten Stelle die atomare Raumenergie zur Entfesselung bringen.

Meine Überlegung war folgerichtig. Die Schlußkette zeigte nir-

gends ein fehlerhaftes Glied. Aber die praktische Durchführung wollte nicht gelingen. Soweit war ich, als ich nach Trenton kam. Jede freie Stunde widmete ich dem Problem. Dr. Glossin hatte dort ein gutes Laboratorium und erlaubte mir, darin zu arbeiten. Damals wußte ich nicht, daß er ein Verräter war . . . In seinem Laboratorium nahm ich meine Arbeiten wieder auf . . . Mit Vorsicht, denn seine Neugier war verdächtig. Ich vermied es, unnötige Notizen zu machen. Was ich notieren mußte, schrieb ich tibetanisch.

Plötzlich kam der Erfolg. Über Nacht eine Eingebung. Im Traum sah ich den Strahler für die Formenergie mit greifbarer Deutlichkeit.«

Erik Truwor schüttelte mißbilligend den Kopf.

»Traumlösungen . . . man kennt sie. Es ist alles in Ordnung. Wacht man auf, so ist der Traum vergessen oder die Lösung unsinnig . . . Träume sind Schäume!«

»Nicht immer. Es kommt vor, daß die Seele im Schlaf den Körper verläßt und klar sieht.« Atma machte den Einwurf.

Silvester fuhr fort: »Ich sah die Form und die Schaltung des Strahlers noch mit voller Deutlichkeit, als ich erwachte. Meinen ganzen Apparat hatte ich in einen kleinen Kasten eingebaut . . .«

»Den Mahagonikasten?«

»Eben den. Der Traum ließ mir keine Ruhe. Es war noch früh. Die Dämmerung des Sommertages begann eben erst. Um acht mußte ich ins Werk. Erst am Nachmittag konnte ich ins Laboratorium gehen. Das dauerte mir zu lange. Mit den einfachen Mitteln, die ich in der Wohnung hatte, formte ich den Strahler. Ich machte einen Versuch, und er gelang. Ein Stück Eisen auf meinem Schreibtisch stieg langsam in die Höhe. Ein Trinkglas schmolz zu einem Klumpen. Das Geheimnis war gefunden.

Am Nachmittag kam ich ins Laboratorium . . . Ich wollte einen einfachen Versuch machen. Eine elektromotorische Kraft sollte durch den Apparat zurückgeworfen werden. Ich brachte den Apparat in die richtige Stellung zu den Schaltklemmen des Experimentiertisches. Im selben Augenblick stieg dichter Qualm hinter der Schalttafel und an der Wand auf. Die schwere 10 000-Volt-Leitung des Laboratoriums glühte hellrot auf. Die Isolation verbrannte. Ich riß meinen Apparat zurück. Es war nicht mehr nötig. Die Sicherungen der Hochspannungsleitung waren bereits durchgeschlagen und hatten den Strom abgeschaltet.

Zweierlei wußte ich damals. Mein Apparat arbeitete. Und ein Schurkenstreich war versucht worden. Irgend jemand, der im Laboratorium Bescheid wußte, hatte die lebensgefährliche Hochspannung auf den Experimentiertisch geschaltet.

Drei Tage später fuhr mir auf einem Spaziergang durch den Wald ein Auto nach. Plötzlich hielt es neben mir. Im selben Augenblick

war ich in den Wagen hineingezogen, gefesselt und betäubt. Erst im Gefängnis erlangte ich das Bewußtsein wieder. Als ich unter den Richtern Glossin sah, wußte ich, wer im Laboratorium geschaltet hatte . . .«

Erik Truwor sprang auf. »Weg mit dem! Wir haben die Macht, ihn zu vernichten. Sollen wir uns mit einem einzelnen aufhalten? Weg mit ihm!« Er griff nach dem Apparat. »Mord und Brand über den Ozean! Befreien wir uns von solchem Geschmeiß!«

Silvester wollte antworten, wollte als Forscher und Erfinder auseinandersetzen, daß ein genaues Zielen auf diese Entfernung noch nicht möglich sei, daß Feuer und Sturm neben einem Schuldigen tausend Unschuldige vernichten würden. Er kam nicht über die ersten Worte hinaus. Die ruhige Stimme Atmas unterbrach ihn:

»Sein Schicksal ist mit dem unseren verknüpft. Es wird sich zu seiner Zeit erfüllen . . . Noch ist die Stunde nicht gekommen. Sein Geschick ereilt ihn, wenn der Augenblick kommt. Er ist ein Werkzeug des Schicksals wie wir. Das Ziel wird erreicht werden . . . von uns . . . durch ihn . . . Wenn der Tag kommt, wird sich sein Schicksal vollenden . . .«

Atma sank in stilles Sinnen zurück. Erik Truwor nahm seinen Platz am Tisch ein und betrachtete den Apparat. Seine Erregung ließ nach.

»Was kannst du mit dem Strahler hier machen?«

Silvester Bursfeld ging wieder in seinem Problem auf. Nur als Physiker und Ingenieur sprach er weiter:

»Mit dieser kleinen Apparatur kann ich die telenergetische Konzentration von 10 000 Kilowatt bewirken. Für größere Energiemengen muß der Apparat größer werden.«

Erik Truwor ergriff ein Glas und beobachtete den Bergkamm auf der anderen Seite des Elfs.

»Siehst du die einzelne Tanne über dem Trollstein?«

Silvester nahm das Glas. »Sie ist unverkennbar.«

»Kannst du sie verbrennen?«

Ein Lächeln ging über die Züge Silvesters.

»Und wenn die Tanne in Kanada stünde, wäre es noch möglich. So ist es . . .« Er hatte während der Worte das Kästchen gerückt und ein paar Knöpfe gedreht.

Erik Truwor sah durch das Glas über den Fluß, sah, wie blauer Rauch aus der Tannenkrone aufstieg und helle Flammen aus dem Stamm aufloderten. Nach zwanzig Sekunden brannte der Baum lichterloh. Nach einer Minute war er verschwunden, in ein winziges, unsichtbares Aschenhäufchen verwandelt. Aber das Feuer hatte weitergegriffen. Auch die Kronen der benachbarten Bäume brannten. Im trockenen Juni konnte sich dort ein großer Waldbrand entwickeln. Erik Truwor sah die Gefahr.

»Der Wald brennt, Silvester. Kannst du des Feuers Herr werden?«
Silvester war in seinem Element.

»Eine gute Gelegenheit, um die Wirkung des Apparates auf den Luftdruck zu beobachten. Ich werde in einer senkrechten Linie über der brennenden Föhre Hitze konzentrieren. Die warme Luft muß mit Gewalt nach oben dringen. Kalte Luft muß von allen Seiten herbeiströmen. Der Sturm muß das Feuer löschen.«

Während er die Erklärung gab, drehte er an einem Knopf seines Apparates. Man konnte auch mit unbewaffnetem Auge bemerken, wie die Bäume auf dem Gebirgskamm von einem plötzlichen Sturm gepeitscht wurden. Wild bogen sich die Stämme. Hier und dort wurde eine Krone geknickt. Aber der Wirbelsturm blies den Brand glatt aus. Ein mäßiger Wind hätte das Feuer genährt. Dieser Zyklon pfiff so scharf durch das brennende Geäst, daß er die Flammen im Moment auslöschte, das rotglühende Holz abkühlte. Eine Drehung am Knopf, und Ruhe herrschte wieder in der Natur. Nur der große schwarze Brandfleck da weit drüben über dem Elf verriet, daß etwas Außergewöhnliches passiert war.

Erik Truwor hatte die theoretischen Auseinandersetzungen seines Freundes erfaßt. Er hatte nach dessen Aufzeichnungen den Apparat selbst bedient, um die Maschine von Sing-Sing zu sprengen. Und doch versetzte ihn die Wirkung wieder in tiefstes Staunen. Seine Gedanken gingen viel weiter als die des Erfinders. Silvester Bursfeld war Ingenieur – und nur Ingenieur. Ihn reizte das physikalische Problem und seine Durchbildung. Erik Truwor umfaßte mit einem Blick die praktischen Möglichkeiten, die die Erfindung in sich barg.

Doch auch Erik Truwor war Techniker und rechnete. 10 000 Kilowatt waren vernichtend für den einzelnen, den sie trafen. Aber sie bedeuteten nichts für hundert Millionen Menschen. Viel größere Apparate mußten zur Verfügung stehen. Viele Millionen von Kilowat mußten auf seinen Wink an jedem Punkt der Erde wirksam werden. Nur dann würde er die Macht haben, alles Menschenleben auf Erden nach seinem Willen zu lenken.

Die Unterhaltung der nächsten Stunde wurde über rein technische Probleme geführt. Über die Abmessungen größerer Strahler, über die Mittel zu ihrer Anfertigung, über die Zeit, die ihre Herstellung gebrauchen würde.

Das alte Truwor-Haus war der geeignete Ort dafür. Sechs Jahrhunderte waren über sein Dach dahingegangen. Zwei Stockwerke tief waren die geräumigen Keller in den Granit des Berges gesprengt. Meterstark die Umfassungsmauern der unteren Stockwerke aus den bei der Kellerhöhlung gewonnenen Granitbrocken gemauert. Die elektrische Leitung vom Kraftwerk des Elfs brachte Licht, Wärme und Energie in jeder gewünschten Menge. Das Haus in seiner Abgelegenheit sollte die Werkstatt abgeben, in der Silvester seine Erfin-

dung in großem Maßstabe ausführte, nach dem unverrückbaren Willen Erik Truwors ausführen mußte.

Silvester Bursfeld hatte die Erfindung mit dem Eifer des Wissenschaftlers so gemacht, wie vielleicht auch ein Physiker eine Kanone erfinden kann, ohne an Schußwirkungen zu denken. Er hatte alle Erscheinungen der Konzentration ergründet, aber auf das genaue Zielen, das sichere Treffen vorläufig wenig Wert gelegt. Die energetische und atomphysikalische Seite des Problems interessierte seine Gelehrtennatur viel mehr als die praktische Anwendung der Erfindung.

Erik Truwor empfand diese Schwäche sofort und zwang Silvester durch seine Forderungen und Fragen, nach einer Lösung zu suchen und sie zu finden. Wenigstens in der Theorie ein genaues Zielen zu entwickeln. Nur wenn man das entfernte Ziel sichtbar machen, die Wirkungen der Energie mit dem Auge verfolgen konnte, war die Macht der Waffe voll zur Wirksamkeit zu bringen.

Der Tatmensch zwang den Forscher zu harter, restloser Arbeit, um die große Entdeckung noch größer zu gestalten, aus ihr das Machtmittel für seine weitreichenden Pläne zu formen. Und Silvester ließ sich zwingen. Für Stunden und Tage nahmen ihn die neuen Probleme und Lösungen so völlig gefangen, daß er alles andere darüber vergaß. Bis dann die Lösung gelungen war, bis sich die Nervenspannung löste und der unausbleibliche Rückschlag eintrat.

Maitland Castle, der alte Stammsitz der Maitlands, beherbergte zahlreiche Gäste. Der englischen Sitte entsprechend herrschte nur der Zwang der gemeinschaftlichen Hauptmahlzeit. Die übrige Zeit des Tages konnten die Gäste nach ihrem Belieben verwenden, und die Gastgeber nahmen die gleiche Freiheit für sich in Anspruch, die sie den Gästen gewährten. Sie tauchten einmal bei dieser oder jener Gruppe auf und zogen sich in ihre Privaträume zurück, sobald es ihnen gefiel.

Den dunklen Buchenweg, der schnurgerade von der Höhe des Schloßberges bis zum Gittertor am Ende des Parkes führte, kam Lady Diana Maitland entlang. Die Sonne war schon hinter den hohen Wipfeln der Bäume verschwunden. Es begann kühl zu werden.

Fröstelnd zog Lady Diana den leichten Seidenschal enger um die Schultern zusammen. Sie bog in einen Seitenweg ab, der durch ein Rosenrondell führte.

Von der anderen Seite kam ihr eine Gestalt entgegen, in der sie den Doktor Glossin zu erkennen glaubte. Unwillkürlich hemmte sie den Schritt. Ihr Gefühl riet ihr, einer Begegnung auszuweichen. Schon wollte sie stehenbleiben und sich zu der Allee zurückwenden. Doch der Gedanke, daß Dr. Glossin sie auch erkannt habe, gebot ihr,

den Weg weiterzugehen, dessen Rand mit einer Einfassung der herrlichsten Rosenstöcke besetzt war.

Nun stand Dr. Glossin dicht bei ihr.

»Ich muß gestehen, Lady Diana, daß ich selten so schöne Rosen sah wie diese hier. Sie lieben Rosen?«

»Sehr, Herr Doktor. Doch ihr Anblick ist mir lieber als ihr Geruch. Im Zimmer stört mich der berauschende Duft.«

»Oh, wie schade um die unzähligen Rosenspenden, die Ihnen allabendlich zu Füßen flogen, als sie in der Metropolitan-Oper die Zuhörer entzückten.«

Lady Diana brach eine Rose und steckte sie in ihren Gürtel, ohne die Frage zu beantworten. Sie sprach wohl selbst gelegentlich von ihrem früheren Bühnenleben, aber sie liebte es nicht, von anderen daran erinnert zu werden.

Dr. Glossin schien den Wink nicht zu verstehen.

»Die Stunden, in denen ich Ihrer unvergleichlichen Stimme lauschen durfte, gehören zu den schönsten meines Lebens. In besonderer Erinnerung sind mir die Abende, an denen Sie mit Frederic Boyce zusammen auftraten. Nie klang mir ihre Stimme schöner als damals.«

Ein kurzes Erröten glitt über die Züge der Lady. Solche Worte aus dem Munde eines so neuen Bekannten wie Dr. Glossin konnten nur als grobe Taktlosigkeit aufgefaßt werden oder . . .

Sie witterte den Feind und änderte ihre Taktik.

»Sie sind ein Freund der Musik, Herr Doktor? Vielleicht auch einer der zahlreichen Rosenspender?« Sie versuchte, ihrer Stimme einen spöttischen Unterton zu geben.

»Ich kann es nicht leugnen, Mylady, ich gehörte auch zu Ihren Verehrern. Als ich von Ihrem Abschied von der Bühne las – ich war damals in San Francisco –, war ich drauf und dran, am Tage Ihres letzten Auftretens nach New-York zu fliegen. Wenn ich nicht irre, war es im ›Fidelio‹, dem Hohelied der Gattenliebe.«

»Und warum kamen Sie nicht?«

Lady Diana sagte es mechanisch. Ihre Sinne arbeiteten fieberhaft. Sie fühlte, daß dies alles nur leichtes Geplänkel war. Der Hauptangriff mußte von anderer Seite kommen . . . Aber woher?

»Warum nicht . . .? Ein seltsamer Fall hielt mich einige Tage länger fest!«

Er machte eine Pause.

»Bitte, Herr Doktor Glossin, erzählen Sie, wenn es interessant ist.«

»Interessant . . .? Für die Allgemeinheit am Ende kaum. Wohl aber für die, die es angeht. Wenn ich nicht fürchtete, unangenehme Erinnerungen zu wecken . . .«

»Wozu die Umschweife, Herr Doktor, bitte . . .«

Lady Diana wußte, jetzt würde der Schlag erfolgen. Und trotz der Ungewißheit, aus welcher Richtung er kommen würde, klang ihre Stimme ruhig und fest.

»Wenn es Ihr Wunsch ist, Mylady, nun wohl . . . Als die berühmte Sängerin Diana Raczinska die Ehe mit dem Sänger Frederic Boyce einging, prophezeiten alle, welche die Spieler- und Trinkernatur von Frederic Boyce kannten, ein schnelles Ende dieses im Kunstrausch geschlossenen Bündnisses. Schon nach einem halben Jahr war die Ehe derart zerrüttet, daß die Scheidung eingeleitet wurde. Diana Boyce wartete nur auf den gerichtlichen Spruch, um einen neuen Bund mit Horace Clinton einzugehen . . .«

»Sie wollten mir eine interessante Geschichte erzählen . . . und bringen alte Dinge vor, die mir bei Gott zur Genüge bekannt sind.«

»Die kurze Einleitung war notwendig, Mylady. Ich kam an jenem Abend Ihres letzten Auftretens vom Strand in San Francisco und verirrte mich in dem Häusergewirr des Hafenviertels. Als ich an einer der Schenken vorbeikam, aus der Toben und Brüllen betrunkener Matrosen erklang, öffnete sich plötzlich die Tür. Von rohen Fäusten gestoßen, flog ein Mann die Stufen hinaus und schlug vor meinen Füßen hart auf das Pflaster.

Angewidert von dem häßlichen Auftritt wollte ich weitergehen. Da sah ich im Laternenschimmer, wie sich eine Blutlache um den Körper des Betrunkenen bildete. Das Blut entströmte einer starken Wunde im Nacken, die wohl von einem Messerstich herrührte.

Nach einigem Suchen fand ich eine Patrouille, die den Verletzten nach der Polizeiwache brachte. Da ich den Unfall teilweise mit angesehen hatte, mußte ich meine Zeugenaussage darüber abgeben. Inzwischen hatte der Polizeiarzt dem Verwundeten einen Notverwand angelegt, ihm das Gesicht von Schmutz und Blut befreit. Der Mann war . . .«

»Wer?«

Lady Diana fühlte das Blut in ihrem Herzen stocken. Sie senkte unwillkürlich das Haupt. Jetzt mußte der Schlag kommen, der . . .

». . . war Frederic Boyce, Ihr totgeglaubter Gatte.«

»Frederic . . .«

Lady Diana begann zu taumeln und wäre zu Boden gestürzt, hätte Dr. Glossin sie nicht aufgefangen.

»Fassung, Mylady! Um Gottes willen! Ich bin außer mir. Verzeihen Sie mein Ungeschick.«

Er führte die halb Bewußtlose zu einer Bank und nahm neben ihr Platz.

»Frederic . . . Frederic . . .«

Stoßweise rangen sich die Worte wieder und wieder von den blassen Lippen.

»Frederic Boyce ist tot, Lady Diana.«

»Tot?« Die Augen der Lady öffneten sich unnatürlich weit. »Sie . . . sagten . . . eben . . .«

»Frederic Boyce starb zwei Stunden später. Der Stich war tödlich.«

Ein tiefes Aufatmen. Der Körper Dianas straffte sich.

»Ist es die Wahrheit?« Sie schaute den Doktor an, als wollte sie im Innersten seiner Seele lesen.

Der Doktor entnahm seiner Brieftasche ein Papier und überreichte es ihr.

Lady Diana schüttelte den Kopf und ließ das Blatt sinken.

»Was ist es?«

»Es ist eine Bescheinigung jenes Polizeiamtes in Frisco über den erfolgten Tod von Frederic Boyce.«

»Erzählen Sie weiter, Herr Doktor.« Sie sagte es mit einer Ruhe und Festigkeit, die Dr. Glossin in Erstaunen versetzte.

»Bei dem Toten fand man keine Papiere. Meine Angaben über die Person wurden von der Polizei mit Zweifeln aufgenommen. Hatten doch vor genau zehn Tagen die Zeitungen über den Tod des Sängers Frederic Boyce im städtischen Spital berichtet. Ich blieb bei meiner Behauptung. Nachforschungen wurden angestellt. Sie ergaben, daß der im Hospital Verstorbene nicht der rechtmäßige Besitzer der bei ihm gefundenen Papiere gewesen war. Er hatte sie dem richtigen Eigentümer in der Trunkenheit entwendet. So wurde der richtige Todestag von Frederic Boyce festgestellt.«

Dr. Glossin machte eine Pause, um die Wirkung seiner Worte auf Lady Diana abzuwarten, Vergeblich.

Lady Diana bewahrte ihre statuenhafte Ruhe.

Gereizt fuhr Dr. Glossin fort: »Es ergibt sich die eigentümliche Tatsache, daß Sie mit Lord Maitland oder, wie er damals noch hieß . . . mit Mr. Clinton getraut wurden, während Ihr erster Gatte noch lebte. Nach dem Gesetz kann Ihnen kaum ein Vorwurf gemacht werden, da Sie im Besitz der freilich falschen Sterbeurkunde waren. Aber . . . die Stimme der öffentlichen Meinung wiegt schwer für Angehörige des Highlife . . .«

Lauernd wartete der Sprecher auf die Wirkung seiner Worte.

»Sind Sie fertig, Herr Doktor Glossin?«

Glossin nickte stumm. Lady Diana maß ihn mit einem Blick. »Wieviel verlangen Sie für Ihre Verschwiegenheit?«

Wie von einem Peitschenhieb getroffen, fuhr der Doktor empor: »Mir das? . . . Sie wollen mir Geld anbieten . . . Hüten Sie sich! Ich vergesse eine Beleidigung niemals.«

Lady Diana nickte gleichmütig.

»Was verlangen Sie sonst, Herr Doktor?«

»Ich bitte, nicht weiter in diesem Ton. Ich könnte in Versuchung kommen, das Gespräch abzubrechen . . . nicht zu meinem Schaden.«

»Wozu erzählen Sie mir diese Geschichte, Herr Doktor?«

Glossin biß sich wütend auf die Lippen. Er glaubte, seine Schlinge gut gelegt zu haben. Eine gefälschte Todesurkunde einer Polizeistation . . . für Dr. Glossin war die Beschaffung lächerlich einfach gewesen. Und er hatte Lady Diana damit einer wenn auch unbeabsichtigten Bigamie überführt. Seine Stellung schien so stark, und trotzdem fühlte er sich in die Enge getrieben.

»Es wird der Tag kommen, Lady Diana, an dem Sie diese Worte bereuen. Der Tag, an dem Sie mir freiwillig die Hand zu einem Bündnis bieten werden. Dann werde ich Sie an den heutigen Tag erinnern.

Heute bitte ich Sie nur um eine einfache Gefälligkeit, die Ihnen keine Mühe bereitet, für mich sehr viel bedeutet.«

Lady Diana schaute sinnend auf ihre schlanken Hände. Sie zweifelte, ob sie sie jemals dem Doktor Glossin zum Bündnis reichen würde.

Sie hatte in diesem Kampf gesiegt. Aber innerlich war sie bewegter und erschütterter, als es äußerlich erschien. Wenn sie dem unbequemen Gast mit einer einfachen Gefälligkeit den Mund stopfen konnte, wollte sie es tun.

»Was ist es, Herr Doktor?«

»An sich eine unbedeutende Kleinigkeit. Uns ist vor einigen Tagen aus Sing-Sing ein zum Tode verurteilter Schwerverbrecher entsprungen. Er nennt sich Logg Sar oder auch Silvester Bursfeld. Ich möchte jetzt nicht näher über die Umstände sprechen. Der Mann hatte Komplicen, die ihn in einem bereitgestellten Flugzeug mitnahmen. Nun . . .«

»Das ist doch aber Angelegenheit der internationalen Kriminalpolizei«, unterbrach Lady Diana Dr. Glossin. »Haben Sie denn die Vermutung, daß die Leute nach England geflüchtet sind?«

»Es besteht immerhin eine gewisse Möglichkeit . . .«

»Ja, warum wenden Sie sich denn dann nicht an Scotland Yard? Das wäre doch die gegebene Stelle dafür.«

»Mylady, die gegenwärtigen politischen Spannungen verbieten mir in diesem besonderen Fall eben leider einen solchen Schritt. England könnte die Sache aufs politische Gleis schieben, wofür zwar nicht der geringste Anlaß vorliegt, was aber die Angelegenheit wesentlich verzögern würde. Bitte, Mylady, helfen Sie mir und seien Sie meiner Dankbarkeit versichert.«

»Gut, Herr Doktor, ich werde mit meinem Mann sprechen. Was geschehen kann, um Ihnen die gewünschte Auskunft zu geben, soll geschehen.«

Lord Gashford, der englische Premier, hatte sein Kabinett zu einer Besprechung bitten lassen. Die Männer, welche vor dem Lande und dem Parlament die Verantwortung für den gesicherten Fortbestand

des Commonwealth trugen, waren im kleinen Konferenzsaal in Downing Street versammelt. Lord Gashford blickte sorgenvoll und sah überarbeitet aus. Er eröffnete die Sitzung mit einem kurzen Überblick über die politische Lage.

»Sie wissen, meine Herren, seit der Beseitigung der Gefahr aus dem Osten hat sich die politische Lage grundlegend geändert. Zugegeben – Amerika hat uns geholfen. Aber das ist noch lange kein Grund, daß Cyrus Stonard uns auf Grund seiner Hilfe in ein solches Abhängigkeitsverhältnis zu den Staaten drängen will, wie es in den letzten Jahren in steigendem Maße geschehen ist. Amerika war einst unsere Kolonie. Es hat sich von uns losgesagt und selbständig gemacht. Nun gut, das ist Jahrhunderte her. Derartige Entwicklungen liegen im Zuge der Zeit. Das ist aber kein Grund . . .«, der Ton des Premiers wurde schärfer, ». . . heute uns als Kolonie zu annektieren. Das können wir uns nicht bieten lassen. Es mußte zu Differenzen kommen, die sich in den letzten Wochen bis zur Kriegsgefahr verschärft haben.

Wir müssen stündlich auf den Ausbruch des Krieges gefaßt sein. Wir stehen Erscheinungen gegenüber, die sich in keiner Weise irgendwie vorausberechnen lassen. Auf alle Fälle müssen wir jeden Augenblick in der Lage sein, die Herausforderung anzunehmen und zu kämpfen.«

Vincent Rushbrook, der Marineminister, erhielt das Wort.

»Unsere maritimen Maßnahmen sind in erster Linie darauf gerichtet, den Seeweg nach Australien zu beherrschen. Eine Flotte von achthundert U-Booten liegt tiefgestaffelt auf dem Bogen von Lissabon bis Marokko. Ihre Basis wird durch unsere beiden großen Seefestungen von Gibraltar und Singapore gebildet. Unsere Vorpostenboote haben auf der Länge von Island fremde U-Boote gesichtet. Seitdem – es sind jetzt drei Tage – sind unsere Boote und die Festungen in höchster Bereitschaft. Dieser Zustand läßt sich aber nicht monatelang aufrechterhalten.«

Der Premier ergriff von neuem das Wort: »Lord Maitland, bitte die Lage der Luftwaffe.«

Der Luftfahrtminister gab einen ausführlichen Bericht über den gegenwärtigen Stand der Luftrüstung. Über die gesamte Britische Insel und Irland waren von den Shetland-Inseln bis zu den Kanalinseln Guernesey und Jersey 120 000 Flugzeuge stationiert. An der westafrikanischen Küste standen ebenfalls bis hinab nach Kapstadt 80 schwere und leichte Geschwader mit fast 100 000 einsatzfähigen Flugzeugen.

Die Kabinettssitzung dauerte noch Stunden. Alle Möglichkeiten wurden bis in die kleinsten Detaills erörtert. Ernst und sorgenvoll

brachen die Lenker des Commonwealth zu später Nachtstunde auf.

Und es kam der Tag, an dem sich in Linnais drei Menschen stumm umarmten. Der Tag, an dem die große Erfindung vollendet war.

Tage angespanntester Arbeit in Laboratorium und Werkstatt lagen hinter ihnen. Was jetzt kam, die Arbeit in der Werkstatt, um die Konstruktionen auszuführen, war körperlich leichtes Spiel, geistige Erholung.

Die Hauptarbeit hatte Silvester getan. Hindernisse, die immer wieder unvermutet auftauchten, hatte sein erfinderisches Genie bewältigt. Wenn sich bei den anderen die Zweifel laut oder leise regten, hatte er das Problem mit unbeirrbarer Zuversicht von einer neuen Seite angefaßt. Erik Truwor sah die Arbeit nicht ohne Sorge, denn Silvester war körperlich nicht eben der stärkste. Es kam wohl vor, daß er die Hände auf das in der Entdeckerfreude übermäßig pochende Herz pressen mußte, daß er mit wankenden Knien Minuten ruhen mußte, bevor der Kampf weiterging.

Nach einer letzten durcharbeiteten Nacht warf Silvester mit glückselig stolzem Lächeln seine Feder hin. Das Heureka* des siegreichen Forschers kam über seine Lippen. Dann sank er zusammen und fiel in einen tiefen, todähnlichen Schlaf.

Mit liebevollen Händen betteten sie den Zusammengesunkenen auf seinem Lager.

Atma hielt dort die Wacht.

Erik Truwor litt es nicht länger in den engen Räumen. Mit übervollem Herzen stürmte er hinaus, um allein und im Freien seiner Gedanken und Pläne Herr zu werden.

Gedanken und Pläne von unerhörter Kühnheit, die seit Wochen in ihm brodelten, zerrissen und sich von neuem zusammenballten, wollten sich jetzt verdichten und Gestalt annehmen. Schon eine Stunde stürmte er durch den tiefen Wald und wußte nicht, wie er dorthin gekommen war. Auf steilen Grashalden ging es bergan. Geröll und Felsblöcke zwangen ihn, seine Schritte zu verlangsamen. Als er die Höhe erreichte, rang er nach Atem. Tief unter ihm lag der Strom. Sein Rauschen drang nur noch gedämpft herauf. Dichte Nebelschwaden zogen an den Talwänden. Ein frischer Wind pfiff über die Höhen.

Erik Truwor nahm den Hut vom Kopf und ließ sich die erhitzte Stirn kühlen. Er ließ sich auf einem Felsblock am Rande des Abhangs nieder. So saß er lange still und starr wie der Stein unter ihm.

Die lauten und verworrenen Stimmen der vergangenen Nächte begannen zusammenzuklingen zu einer klaren, starken Melodie. Zu

* Griechisch: ich hab's!

einem unnennbaren Hochgefühl voll Zuversicht, Ruhe und Kraft, das von ihm ausströmte und ihm entgegenstörmte aus den stummen Steinhalden, dem dunklen Grün der Föhren, den Spitzen der fernen Bergkämme.

Als er vor Tagen die Tragweite von Silvesters Erfindung erkannte, als er die Möglichkeit erblickte, mit ihrer Hilfe der Welt neue Gesetze, seine Gesetze vorzuschreiben, hatte ihn die Größe des Gedankens erschreckt und niedergedrückt. Jetzt war es entschieden.

Mit festen Schritten ging er den Weg nach Linnais zurück. Siegesgewiß. Von der Idee an seine Mission erfüllt und getragen. –

Aus langem stärkendem Schlummer war Silvester erwacht. Erfindung . . . Atomstrahler . . . Konstruktionen, alles das lag traumhaft hinter ihm.

Jetzt, da die gewaltigste Arbeit getan, seine Schöpfung vollkommen war, kehrten seine Gedanken ungehemmt zu früheren Dingen zurück. Sie gingen nach Trenton. Sie flogen zu Jane.

Er verstand sich selbst nicht mehr. Wie war es möglich, daß er in diesen Tagen der Arbeit Jane so völlig vergessen konnte? Hatte ihn das Problem verzaubert? War ein anderer Einfluß wirksam? Er wußte keine Antwort darauf.

Er sah seine Verlobte. Sah sie in dem kleinen Hausgarten ihre Lieblinge, die Blumen, pflegen. Er erblickte sie im traulichen Beisammensein im Lichtschein der Lampe. Er sah, wie beim Sprechen ein rosiger Blutschimmer ihre zarten Wangen färbte und wie ihre Augen aufstrahlten. Er sah sie in stillen Abendstunden in leichtem schwebendem Gang an seiner Seite durch die Felder gehen.

Dann sah er Dr. Glossin, und Sorge beschlich ihn. Er mußte zu Jane, mußte sie schützen, mußte sie in Sicherheit bringen. Liebe und Furcht mischten sich in seinen Gedanken.

Mit Ungeduld erwartete er die Rückkehr Erik Truwors. In fliegender Hast trug er ihm seine Pläne und Wünsche vor. Die Erfindung war vollendet. Die Ausführung war kein Problem mehr. Wenn sie ohne seine Mitwirkung etwas länger dauerte, was verschlug das.

Mit unbewegter Miene hörte Erik Truwor die Wünsche Silvesters.

»Um eines Weibes willen willst du fahnenflüchtig werden?«

»Fahnenflüchtig? Was soll dieses Wort von deiner Seite? Aus Janes Munde wäre es berechtigt.«

»Und unsere Mission?«

»Mission? Meine Aufgabe ist erfüllt. Das sagt mir mein Innerstes. Die Erfindung ist vollendet. Was ich zu geben hatte, habe ich gegeben. Die Werkstattarbeit geht ohne mich. Was kommt es auf ein paar Tage früher oder später an?«

»In ein paar Tagen können Tausende von Männern fallen, Tausende von Frauen Witwen werden. In ein paar Tagen kann mehr Elend entstehen, als in Jahrzehnten wieder gutzumachen ist.«

»Du siehst schwarz. Erwartest du schon in nächster Zeit den Kriegsausbruch?«

»Gewiß! Täglich, stündlich können die ersten Schüsse fallen. Deshalb muß der Apparat so schnell wie möglich fertiggestellt werden. Wir sind ausgeruht. Nichts hindert uns, sofort an die Arbeit zu gehen.«

Silvester stand stumm.

Widerstreitende Gefühle kämpften in seinem Inneren. Er sah Jane in den Händen Glossins. Er sah Schlachtfelder, bedeckt mit Toten und Verwundeten . . . Ehre und Gewissen zwangen ihn, seine Liebe zum Opfer zu bringen. Er tat es mit blutendem Herzen.

»Aber . . .« Die tiefe Erregung spiegelte sich in seinen Augen wider . . . »Aber woher nimmst du die Gewißheit, daß der Krieg schon in allernächster Zeit ausbrechen wird? Dein Glaube gründet sich doch nur auf Mutmaßungen.«

»Lies die in den letzten Tagen gesammelten Streifen des Hellschreibers. Es sind die politischen Meldungen verschiedenster Nachrichtenagenturen aus aller Welt. Du wirst schon nach wenigen Minuten erkennen, wie ernst es steht!«

Silvester überflog die Berichte und senkte betroffen das Haupt. Da fühlte er die Arme des Inders sich um seine Schultern legen.

»Der Krieg wird nicht kommen, bevor sich der Mond vollendet.«

»Was sagst du, Atma? Der Krieg ist aufgeschoben?«

Erik Truwor trat näher an den Inder heran. Er hielt den Papierstreifen des Hellschreibers zwischen den Fingern.

»Aufgeschoben. Das würde die veränderte Sprache in den letzten Nachrichten erklären.«

»Aufgeschoben, bis der Mond sich erneuert. Wir haben Zeit, Zeit, deinen Willen zu tun, und Zeit, die Wünsche Silvesters zu erfüllen.«

Erik Truwor traf die Entscheidung. Für achtundvierzig Stunden brauchte er die Hilfe Silvesters noch, um alle Teile der neuen Konstruktion so weit fertigzumachen, daß er sie dann selbst nur zusammenzusetzen brauchte.

Sein Befehl war zwingend. Vergeblich suchte Silvester dagegen zu kämpfen. Atma nahm die Partei Erik Truwors.

»Zwei Tage und zwei Nächte, Silvester. Dann haben wir hier getan, was zu tun ist, und holen das Mädchen.«

Mit einem Seufzer fügte sich Silvester dem Willen seiner Freunde. Von neuem begann ein Arbeiten, ein Schmieden, Feilen und Schleifen. Stahl und Kupfer gewannen neue Formen, und in achtundvierzig Stunden wuchsen die Teile, die den neuen großen Strahlapparat bilden sollten. –

Die Bedingung, an die Erik Truwor sein Versprechen geknüpft hatte, trieb Silvester zu fieberhafter Tätigkeit an. Er achtete kaum der Zeiteinteilung und arbeitete die Tage und die hellen Nächte, nur ge-

trieben von dem einen Wunsch, den neuen telenergetischen Strahlapparat fertig zu haben. »Telenergetische Konzentration« – das bedeutete die höchste Konzentration der im Raum vorhandenen Atomenergien an jedem beliebigen Ort ohne materielle Verbindung, unabhängig vom eigenen Standort. Die Steuerung der Stärke dieser Konzentration war das Wesentliche. Die Patrone im Flintenlauf eines Soldaten konnte man ebenso detonieren lassen wie die schwere Granate in einem Geschütz, ja wie ein ganzes Munitionslager. Ein kleiner Richtstrahl war notwendig, der am gewünschten Ort die berechneten Kräfte frei werden ließ. Die völlige technische Beherrschung eines derartigen Apparates konnte für seinen Besitzer unumschränkte Weltherrschaft bedeuten.

Doch Silvesters Gedanken flogen nicht in solchen Höhen. Ihm war es jetzt vor allem darum zu tun, zu holen und sich zu nehmen, was ihm im Moment das Teuerste war.

In rastloser Arbeit schaffte er, bis das letzte Stück gegossen, die letzte Speiche geschmiedet, die letzte Schraube geschnitten war.

Da ließ er den Drehstahl aus der Hand sinken und wandte sich zu Erik Truwor: »Wenn du wüßtest, in welcher Verzweiflung ich hier gestanden und gearbeitet habe, würdest du meine jetzige Freude verstehen. Doch du . . . du . . .«

»Du . . .? Du weißt nicht, was Liebe heißt, wolltest du sagen.«

Silvester hörte den bitteren Unterton, der in den sarkastischen Worten lag.

»Du, Erik? Du, auch du . . .«

Silvester schwieg. Er sah die tiefen Falten, welche die Stirn Erik Truwors furchten. So hatte auch Erik Truwor, der gegen alle Anfälle des Lebens gefeit schien, ein Geheimnis, einen verborgenen Kummer.

»Verzeih, Erik, wenn ich ungewollt eine Wunde berührte, von der ich nicht wußte. Ich glaubte nicht, daß dein Stahlherz je Frauenliebe verspürte.«

»Kein Mann wird mit stählernem Herzen geboren. Der es besitzt, hat es nach bitterer Enttäuschung und Entsagung erworben. Die Wunde ist verharscht . . .«

Wie mit sich selbst sprechend, fuhr er leise fort: »Ganz verharscht und geheilt seit dem vorgestrigen Morgen. Ohne Bewegung und ohne Bedauern kann ich heute von einer Zeit erzählen, wo ich der glücklichste Mensch auf Erden war . . . und dann der unglücklichste . . . Es war während meines Pariser Aufenthalts.

Die Verleumdung wagte sich an mein Ideal heran.

Ich forderte den Verleumder und traf ihn tödlich. Dann ging ich zu meiner Verlobten. Ich forderte Aufklärung. Ihre Rechtfertigung ging an meinem Herzen vorbei. Ich gab ihr den Ring zurück. Ging fort von Paris, durchirrte die halbe Welt.

Es hat viele Jahre bedurft, bis ich die Ruhe wiederfand. Heute denke ich anders darüber. Wenn ich heute ... Warum davon noch sprechen.

Heute gilt es Mannestat! Was mich heute bewegt, was mir Herz und Hirn erfüllt, schaltet jeden Gedanken an ein Weib aus.

Es gilt einen Wurf, der unsere Welt umgestalten soll ... Wenn du wieder zurück bist, wenn dein Herz frei von der Sorge ist, will ich dir sagen, wozu das Schicksal uns bestimmt hat.«

»Wenn ich zurück bin, Erik. Ich denke an dein Versprechen. Ich habe getan, was ich tun sollte.«

Bevor Erik Truwor zu antworten vermochte, sprach Atma:

»Es ist nicht gut, das Mädchen in der Hand der Gewalt zu lassen.«

Atma saß zurückgelehnt. Seine Augen blickten weitgeöffnet in die Ferne. Die Pupillen zogen sich eng und immer enger zusammen. Seine Hände ruhten auf einem tibetanischen Rosenkranz.

»So sah er aus, als er mir riet ... nein, befahl, nach Trenton zu gehen.«

Erik Truwor flüsterte es Silvester zu. Nach einigen Minuten erschütterte ein tiefer Atemzug die Brust des Regungslosen. Seine Pupillen bekamen wieder ihre natürliche Weite. Er sprach: »Die feindliche Kraft ist am Werke. Glossin hat den dritten Ring. Er sinnt auf Böses. Wir müssen den Ring holen ... und das Mädchen.«

Atma hatte es leise und eintönig, noch unter der Einwirkung des kataleptischen Zustandes, gesprochen. Aber ein zwingender Wille ging von den Worten aus. Unter dem Zwange gab auch Erik Truwor seine Einwilligung.

»So sei es denn. Ihr beide mögt gehen, den Ring und das Mädchen holen. Ich bleibe hier und baue den Strahlapparat! Brecht morgen in aller Frühe auf!«

»Noch diese Nacht. In einer Stunde. Eile tut not.«

Soma Atma sagte es. Der Inder, der lange Tage und Wochen untätig verbringen konnte, der Stunden hindurch, in Betrachtungen seiner Lehre versunken, wie eine Bildsäule saß, während Erik Truwor und Silvester mit Anspannung aller Kräfte arbeiteten, der sonst so tatenlose Inder war jetzt ganz Wille und Tat.

»In einer Stunde brechen wir auf. Die Maschinen sind nachzusehen. Das Flugzeug muß hierhergebracht werden. Den kleinen Strahler müssen wir mitnehmen. Wir könnten ihn brauchen.«

Atma befahl, und die Freunde gehorchten seiner Weisung.

Was Menschenkraft zu tun vermag, geschah in kürzester Zeit. Das Flugzeug lag bald auf der Wiese vor dem Truwor-Haus. Die letzten Vorbereitungen wurden getroffen. Dann ein kurzer Händedruck – und ein silberner Stern schoß in die Wolken.

Die hohe Gestalt Erik Truwors blieb allein auf dem Feld zurück.

Die Strahlen der Mitternachtssonne umströmten ihn. Er stand und sah, wie die Sonne vom tiefsten Stand ihres Bogens in Mitternacht sich hob und stieg.

Langsam schritt er seinem Hause zu, und überdachte die alte Weissagung. Sie verhieß Gewaltiges. Sie gab ihm, der oft willens gewesen, das Leben wie ein unbequemes Gewand abzutun, wieder Daseinszweck.

Er trat ein, ging in die Bibliothek und ergriff den alten Schweinslederfolianten, der dort abseits von den anderen Büchern in einer Truhe lag.

Er enthielt die Geschichte seines Geschlechts. Auf vergilbtem Pergament standen die handschriftlichen Aufzeichnungen seiner Ahnen und Urahnen, zurückgehend bis in das zehnte Jahrhundert. jede große europäische Bibliothek hätte diesen Folianten mit Gold aufgewogen. Er schlug die alte so oft gelesene Stelle auf. In diesem Teile war der Foliant lateinisch geschrieben. Ein schwerfälliges frühmittelalterliches Latein. Der Schreiber gebrauchte lateinische Worte, aber altnordischen Satzbau. Er schilderte die Ereignisse, die sich zweihundert Jahre früher, um die Mitte des zehnten Jahrhunderts, begeben hatten.

»Da schickten die Slawen von Sonnenaufgang eine Gesandtschaft zum Stamme Ruriks. Die sprach: Sendet uns Männer, die uns beherrschen, denn wir können uns nicht selbst regieren. Keiner will dem anderen gehorchen. Zwietracht verheert das Land . . .«

Ein Truwor war damals nach Rußland gegangen. Männer aus Nordland hatten das zwieträchtige Slawenvolk regiert und geeint. Vor tausend Jahren. Die Weltgeschichte wiederholt sich nicht wörtlich. Aber sie wiederholt sehr oft ein altes Thema mit freien Variationen.

Die Eintragungen in diesem Buche gingen bis in die Gegenwart. Als letzte Bemerkung stand dort, von Eriks Hand geschrieben, der Tod Olaf Truwors eingezeichnet. Seitdem stand das Geschlecht der Truwor auf zwei Augen. Auf den beiden Eriks, die jetzt suchend in die helle Nacht blickten, als wollten sie kommende Jahre durchspähen.

Je länger sich Erik Truwor in die Erfindung Silvesters vertiefte, desto gewaltiger erschien ihm die Macht, die sie gewährte.

Immer wieder suchte er mit nüchternen Gründen gegen das Überwältigende der Idee anzukämpfen. Es schien ihm unmöglich, daß eine Erfindung . . . drei – nein, einem einzigen Menschen die unbeschränkte Macht über die ganze Welt verleihen könnte.

Er griff sich an die Stirn, als wollte er einen Traum verscheuchen, der ihn narrte. Er versuchte es zum zehnten- und zwölftenmal von einer anderen Seite aus, und immer wieder brachte ihn die Schlußkette an das nächste Ziel . . .

Er konnte der Welt seine Befehle mitteilen. Der Strahler ersetzte jede drahtlose Station.

Die Welt konnte seine Befehle mißachten. Er konnte Strafen auf die Mißachtung setzen, und er war in der Lage, schwer zu strafen. Ganze Regierungen konnte er einäschern, die Sprengstofflager feindlicher Staaten zur Explosion bringen, eiserne Waffen elektromagnetisch unbrauchbar machen.

Alles konnte er. Nur einen schwachen Punkt hatte seine Macht. Er war ein einzelner, war ein sterblicher Mensch gegen Millionen anderer Menschen. Ein Schuß konnte ihn töten. Eine Bombe konnte ihn in seinem Hause vernichten. Nie durfte er selbst in die Öffentlichkeit treten, nie durften seine Gegner seinen Aufenthalt erfahren. Seine Macht war übermenschlich, solange sie geheim blieb und vom unbekannten Orte aus wirkte. Sie wurde angreifbar, sobald die Gegner ihren Sitz und Ursprung errieten.

Erik Truwor ließ die vergilbten Pergamentblätter des alten Folianten durch die Finger gleiten. Kam vom Pergament zum Büttenpapier und schließlich zu einem Schuß glatten Maschinenpapiers, den Olaf Truwor dem Buche eingeheftet hatte.

Wenige Zeilen in der charakteristischen Handschrift seines Vaters: »Mit seltener Hartnäckigkeit hat sich in unserer Familie die Sage erhalten, daß ein Sproß unseres Stammes der Welt noch einmal Gesetze geben wird. Ein Harald Truwor hat den Glauben an die Legende Anno 1542 mit seinem Kopfe bezahlt. Ich habe es immer vermieden, von dem alten Spuk zu sprechen. Hoffentlich kommt die Sage jetzt endlich zur Ruhe.«

Erik Truwor mußte trotz seiner ernsten Stimmung lächeln. Es war ihm schon klar, wie solche Sagen sich fortpflanzen. In den Dienerstuben wurde davon gesprochen. So hatte er selbst als Kind davon gehört, und die Erinnerung war bis heute haftengeblieben. Auch ohne die Aufzeichnungen seines Vaters hätte er darum gewußt. Etwas anderes erschien ihm wichtiger. War die Sage begründet? Bestimmte das Schicksal die Taten und Leistungen des einzelnen wirklich auf Jahrtausende im voraus? Die Frage quälte ihn, und er konnte die Antwort nicht finden.

Reynolds-Farm, an drei Seiten von steilen Felsen und bewaldeten Anhöhen umgeben, liegt eingebettet in ein Meer von Grün. Die letzten Bäume des Waldes berühren mit ihren Kronen beinahe die Dächer der Gebäude. Einzelne Rinnsale, die aus den Felsen hervorquellen, vereinigen sich nahe der Besitzung zu einem stattlichen Bach. Kurz vor der Farm ist er gezwungen, seinen Lauf zu ändern und sich einen bequemeren Weg durch die breiten Wiesenflächen zu bahnen, die sich nach der Ebene zu an die Besitzung anschließen.

In einem blaßblauen leichten Gewand, den Kopf von einem großen Schattenhut überdacht, schritt Jane über den schmalen Bretter-steg, der den Bach überbrückte. Leichtfüßig begann sie die steinige Anhöhe hinaufzusteigen, auf deren Gipfel eine einzelne riesige Buche ihr Blätterdach weit ausbreitete. Es war ihr Lieblingsort. Zwischen den rippenartig ausgehenden Wurzeln des gewaltigen Stammes hatte sie ein Plätzchen gefunden, wo sie wie in einem Lehnstuhl ruhen konnte. Von hier aus vermochte sie wie aus der Vogelschau Reynolds-Farm und die weite grüne Grasfläche zu überblicken.

Wie anders als in Trenton, wo Qualm und Dunst der großen Staatswerke stets über dem Orte lagen. An den Stamm des Baumes zurückgelehnt, ließ sich Jane die frische Morgenluft um die Stirn wehen, während ihr trunkenes Auge über die weite grüne Landschaft schweifte. Wie glücklich hätte sie sein können! Wie wäre die Mutter in diesem milderen Klima aufgelebt, vielleicht ganz gesundet . . . und Silvester? . . . Wo war er? Lebte er noch? Warum kam kein Lebenszeichen von ihm? . . . Trübe Schatten senkten sich auf ihre Stirn. Sie atmete unruhig. Ein Seufzer hob ihre Brust. Mit ganzer Seele klammerte sie sich an den Gedanken, daß er bald kommen und sie holen möchte.

Dr. Glossin? . . . Gewiß, er war stets liebevoll und zuvorkommend zu ihr. Aber immer wieder tauchten verworrene Gedanken in ihr auf. Beunruhigend, warnend, trübten sie das Gefühl der Dankbarkeit. Der Zwiespalt quälte sie oft so, daß sie den Gedanken erwog, die Farm für immer zu verlassen. Doch wohin? Und würde sie Silvester finden, wenn sie nicht mehr in Reynolds-Farm weilte?

Um sich von dem Grübeln zu befreien, griff sie zu einem Buch, das sie der Bibliothek des Doktors entnommen hatte, und begann zu lesen. Doch nicht lange. Dann entsank es ihren Händen, und ein wohltätiger Schlummer umfing sie. Sie überhörte die Schritte des Doktors, der nach ihrem Weggange gekommen und von Abigail nach der einsamen Buche geschickt worden war.

Glossin stand vor ihr und betrachtete entzückt diese wie von Bildnerhand geschaffene Gestalt, dieses edel und weich gezeichnete Gesicht mit den rosigen Farben und dem sanften Mund.

Er kniete neben ihr nieder, ergriff behutsam ihre Hand und fuhr fort, sie mit seinen Blicken zu umfassen. Dies alles gehörte jetzt ihm, wie er meinte. Gehörte ihm für immer. Niemand würde es ihm mehr streitig machen können.

Dr. Glossin war ein Mann von eiserner Willenskraft und ungewöhnlicher Beharrlichkeit. Das einzige Kraftlose an ihm war sein Gewissen. Tiefere Herzensbedürfnisse hatte er bisher nicht gekannt. Wollte es der Zufall, daß ein weibliches Wesen vorübergehend die Leidenschaft in ihm weckte, so hatte er es sich mit allen Listen einer gewissenlosen Moral willig gemacht. Wären die Mauern von Rey-

nolds-Farm nicht stumm gewesen, sie hätten über manche Tragödie Aufschluß geben können, die irgendwo begonnen und hier ihren Abschluß gefunden hatte.

Nur eine große Leidenschaft hatte Dr. Glossin in seinem Leben gehabt. Damals, als Gerhard Bursfelds Frau seinen Weg gekreuzt hatte.

Als er Jane Harte zum erstenmal sah, hatte er das gute Medium für seine hypnotischen Versuche in ihr erblickt, ein wertvolles Mittel für die Ausführung seiner Pläne. Nur deshalb hatte er an ihrem Schicksal Interesse genommen. Bis er sich durch Silvester Bursfeld in ihrem Besitz bedroht sah und die Flamme einer plötzlichen Leidenschaft in dem alternden Mann aufloderte.

Oft hatte er seine Schwäche verwünscht, ohne doch dieser Leidenschaft Herr werden zu können. Daß das Mädchen ihn, der dem Alter nach recht gut ihr Vater sein konnte, nicht aus vollem Herzen liebte, ja vielleicht nie lieben würde, wußte er. Aber der Gedanke, Jane sein eigen zu wissen, ließ alle Bedenken schwinden.

Dr. Glossin beugte sich über Janes Hand, die in der seinen ruhte, und preßte die Lippen darauf. Mit einem leichten Ausruf des Schrekkens fuhr Jane aus ihrem Schlummer empor. In der ersten Überraschung schenkte sie der sonderbaren Stellung des Arztes keine Beachtung.

»Ah, Sie, Herr Doktor Glossin! Oh, wie freue ich mich, daß Sie gekommen sind. Sie werden mich undankbar schelten, aber ich muß es Ihnen sagen, die Einsamkeit in Reynolds-Farm bedrückt mich.«

»So wünschen Sie, daß ich häufiger komme, daß ich länger bleibe . . . für immer bei Ihnen bleibe, Jane?«

Jane senkte errötend den Kopf.

Die fürsorgliche Liebe, die aus den Worten des Doktors klang, setzte sie in Verwirrung. Sie wollte sagen, daß er sie falsch verstanden habe, daß sie aus Reynolds-Farm weg wolle. Und brachte doch die Worte, die undankbar klingen mußten, nicht über die Lippen.

Von seiner Leidenschaft verblendet, glaubte Dr. Glossin, daß Janes Zurückhaltung ihr nur als Schutzwehr gegen ein wärmeres Gefühl dienen sollte.

»Jane! Darf ich, soll ich immer bei Ihnen bleiben?«

Sie antwortete nicht sogleich. Ihre Hand zuckte in der seinen. Ein Ausdruck flehender Hilflosigkeit kam über ihr Gesicht.

»Ich weiß nicht«, sagte sie tonlos. »Es ist . . .« – sie legte die Hand aufs Herz –, »es ist so fremd hier.«

»Nicht hier allein. Überall in der Welt! Wo der eine ist, soll auch der andere sein. Jane, sehen Sie mich an. Ich will offen mit Ihnen sprechen. Ich verlange nach einem Heim, einem Weib, einer Friedensstätte. Der Blick Ihrer Augen, der Ton Ihrer Stimme, Ihre geliebte Nähe, sie werden mir alles bringen. Wert bin ich Ihrer nicht,

ja ich weiß, es ist unedel, wenn ich Ihr junges Leben an das meine ketten will. Aber ich kann nicht anders, und, Jane, ich liebe Sie mehr, als ich Ihnen sagen kann. Wollen Sie mir folgen, wohin ich auch gehe, als mein Weib? . . . Sie sprechen das Wort nicht, Jane? Sie entziehen mir Ihre Hand und wenden sich ab von mir?«

Glossin schwieg. Seine Stimme war während der letzten Worte immer leiser geworden, sein Atem ging schwer. Er richtete sich auf und starrte auf Jane, welche die Hände vor das Gesicht geschlagen hatte und weinte. Er war enttäuscht und überrascht, aber nicht abgeschreckt, nicht entmutigt.

»Verziehen Sie mir, Jane. Ich habe Sie mit meiner stürmischen Werbung erschreckt. Ich will Ihnen Zeit lassen, eine Antwort zu finden. Sie werden mich näher kennen- und lieben lernen.«

»Nein, nein! Ich liebe Sie nicht, ich werde Sie nie lieben!«

Jane rief es und brach in neue Tränen aus, in leidenschaftliche, unaufhaltsame Tränen, Glossin wurde todbleich.

»Ist das die Antwort? Haben Sie kein Verständnis für das, was ich leide, kein Gefühl, kein Mitleid?«

Seine Augen flammten unheimlich auf, seine Brust arbeitete heftig. Die Leidenschaft übermannte ihn. Er warf sich ihr zu Füßen nieder und flehte um Erhörung.

»Nein, ich will Sie nicht länger hören.«

Jane war aufgesprungen und wich abwehrend vor dem Doktor zurück.

»Ich will nicht . . . will nicht«, und ehe er Zeit hatte, sich zu erheben, hatte sie sich umgewendet und eilte in fliegender Hast den Abhang hinunter.

Mit einem Ausruf, halb Seufzer, halb Fluch, starrte ihr Glossin nach . . . Was beginnen? Mit innerer Qual durchlebte er den Auftritt in Gedanken noch einmal. Und dann überkam ihn mit wütender Scham das Bewußtsein, daß er verschmäht war.

Er schlug sich mit geballter Faust vor die Stirn, als wollte er alle bösen Gewalten hinter ihr wieder erwecken.

»Tor, der ich war! Welcher Teufel verblendete mich? Diesem Logg Sar gilt ihre Liebe, nicht mir. Er soll mir nicht entgehen, und wenn die Hölle mit ihm und seiner Erfindung im Bunde stände!«

Er eilte dem Hause zu. Ohne Zaudern trat er in Janes Stübchen. Er sah durch die halbgeöffnete Tür, die zu dem Schlafzimmer führte, daß Jane vor einer Handtasche kniete und Kleider und Wäsche einpackte.

»Ah, wie ich dachte. Doch nein, mein Kind, nicht wie du willst, sondern wie ich will. Und ich will dich an Reynolds-Farm ketten, fester, als Wächter und Gitter es vermöchten.«

Er streckte die Hand gegen sie aus und trat langsam auf sie zu. Jane drehte sich um und öffnete den Mund, als wolle sie einen lauten

Schrei ausstoßen. Doch kein Laut kam über die Lippen, die sich langsam wieder schlossen.

»Der Morgenspaziergang wird Sie müde gemacht haben, liebe Jane. Legen Sie sich auf den Diwan und ruhen Sie bis zum zweiten Frühstück. Wir werden es gemeinsam in der Laube am Bach einnehmen, und danach werde ich mich zur Abreise rüsten. Wird es Ihnen leid tun, wenn ich wieder fortgehe?«

»O sehr, Herr Doktor! Ich werde traurig sein, wenn ich wieder allein bin . . . ohne Sie.«

Glossin nickte. Ein bitteres Lächeln grub sich um seinen Mund. Er trat an das Ruhebett, auf das sich Jane mit geschlossenen Augen niedergelegt hatte, heran und setzte sich auf dem Rande nieder. Er fühlte ihren warmen Atem. Der Duft ihres üppigen Haares, ihres jugendschönen Körpers umschwebte ihn. Ihre halbgeöffneten Lippen schienen nach Küssen zu verlangen. Er öffnete die Arme, als wollte er sie umschlingen. Doch die Vernunft siegte. Er wandte das Gesicht weg und eilte, ohne sich umzudrehen, hinaus. Seine Lippen preßten sich aufeinander, als habe er einen bitteren Trunk getan.

In der Dunkelheit der kurzen Sommernacht senkte sich R. F. c. 1 aus der Höhe auf den Wald von Trenton hinab. Noch lagen die großen Staatswerke leblos in der Finsternis, die Wege und Stege des Ortes und erst recht des Waldes waren menschenleer. Silvester Bursfeld kannte das Gehölz von seinem früheren Aufenthalt, kannte einen tiefen grabenartigen Einschnitt zwischen alten Eichen, der das Flugzeug bequem aufnehmen konnte, so daß es selbst in nächster Nähe unsichtbar in der Bodenfalte steckte. Zu allem Überfluß rafften sie das vorjährige Laub zusammen, das hier in hoher Schicht auf dem Boden lag, und bestreuten damit Rumpf und Flächen.

Als zwei harmlose und unauffällige Wanderer schritten Silvester Bursfeld und Atma der Stadt zu. Im Schein der Morgendämmerung gingen sie an den ersten Häusern des Ortes vorbei und näherten sich ihrem Ziel. Sie kamen zu früh. Viel zu früh; denn die Uhr der nahen Kirche verkündete eben erst die vierte Morgenstunde. Silvester Bursfeld brannte vor Ungeduld. Er gab erst Ruhe, als sie vor dem wohlbekannten Hause in der Johnson Street standen.

Mit sehnsüchtigen Blicken betrachtete er die grünumsponnenen Fenster des Gebäudes. Am liebsten wäre er kurzerhand über den Zaun gestiegen und hätte die Bewohner aus dem Schlaf geweckt.

Die unerschütterliche Ruhe Atmas brachte ihn wieder zur Besinnung.

»Ruhig, Logg Sar. Keine Übereilung. Wenn das Mädchen noch hier ist, werden wir es auch in drei Stunden aufsuchen können.«

Die Worte des Inders warfen neue quälende Zweifel in die Seele

Silvesters. »Wenn das Mädchen noch hier ist.« Was meinte Atma damit? Wo sollte Jane anders ein als bei ihrer Mutter? Wußte Atma irgend etwas und wollte es nicht sagen? Die Pein der Ungewißheit übermannte ihn. Seufzend folgte er dem Inder und ließ sich neben ihm auf einer Bank in den nahen Parkanlagen nieder. Langsam und bleiern schlichen die Stunden. Vom Kirchturm schlug es fünf, sechs und nach weiteren qualvollen sechzig Minuten sieben Uhr. Silvester sprang auf.

»Jetzt ist es Zeit. Um sieben Uhr ist Jane stets munter, schon in der Wirtschaft tätig.«

Nach wenigen Minuten stand er vor dem Gitter und schellte. Der schrille Ton der elektrischen Glocke war in der Morgenstille deutlich zu vernehmen. Aber im Hause blieb alles ruhig. Dreimal, viermal wiederholte Silvester das Schellen, ohne daß sich etwas geregt hätte.

Atma war ihm nur langsam gefolgt. Bedächtig, als wolle er das erste Wiedersehen der Liebenden nicht stören. Jetzt stand er neben Silvester, deutete mit der Hand auf eine Stelle der Hauswand.

»Sieh!«

Eine kleine weiße Tafel hing dort im Efeugewirr der Hauswand. im unsicheren Licht der Morgendämmerung war sie den Blicken Silvesters entgangen. Jetzt war sie deutlich zu erkennen und auch zu lesen. Die gewöhnliche alltägliche Mitteilung, daß das Haus zu vermieten, das Nähere im Nachbarhause zu erfahren sei. Silvester spürte, wie seine Knie zitterten und ihm den Dienst versagten. Er mußte sich an den Inder lehnen.

»Ich ahnte es, daß wir das Mädchen hier nicht finden würden. Aber wir werden es finden und werden es nach Europa bringen.«

Diese wenigen mit Überzeugung gesprochenen Worte Atmas gossen neue Kraft in Silvesters Seele. Er folgte dem Gefährten, der zum Nachbarhause ging, dort Einlaß begehrte und auch fand.

Die Herren wünschten das zur Vermietung stehende Nachbarhaus zu sehen. Aber gern . . . Es könne sofort geschehen.

An der Seite Atmas schritt Silvester durch die ihm so wohlbekannten Räume. Dort stand der Nähtisch am Fenster. An ihm hatte Jane gesessen, als er sie das letztemal vor seiner Verhaftung gesehen hatte. Ihre Stickerei von damals lag auch jetzt noch dort. Geradeso, als ob die Stickerin eben erst aufgestanden wäre. Wenn jemand ein Haus verließ, um seinen Wohnsitz anderswo zu nehmen, dann würde er sicherlich die Arbeit dort nicht so liegenlassen. Silvester Bursfeld konnte eine Bemerkung nicht unterdrücken.

»Es ging alles so schnell«, erklärte der jugendliche Führer. »Mr. Glossin brachte Miß Jane in seinen Kraftwagen und fuhr sofort mit ihr weg. Sie hatte nur wenig Gepäck bei sich.«

Silvester hatte genug gesehen. Durch einen Blick verständigte er sich mit Atma.

Ob die Herren die Wohnung mieten wollten?

Vielleicht . . . sie würden es sich überlegen. Im Laufe des Nachmittags wiederkommen. Ein kurzer Abschied, und die Freunde gingen die Johnson Street entlang. Silvester schritt wie im Traum dahin. Mechanisch wiederholten seine Lippen wohl hundertmal die letzten Worte des Inders: »Wir werden das Mädchen finden und sicher nach Europa bringen.«

Die eintönige Wiederholung gab ihm allmählich das innere Gleichgewicht zurück. So folgte er Atma, der den Weg zum Bahnhof einschlug.

»Wohin wollen wir, Atma? Was wird aus unserer Maschine?«

»Die liegt gut versteckt. Nach New-York wollen wir. Den Doktor Glossin fragen, wo das Mädchen ist.«

Silvester erschrak.

»Das heißt, den Kopf in den Rachen des Löwen legen.«

Atma blieb unbewegt und erwiderte gleichmütig: »Du trägst den Strahler an der Seite. Verbrenne ihn zu Asche, wenn er dir Böses tut. Aber verbrenne ihn erst, wenn er mir geantwortet hat.«

Dr. Glossin stand im Privatkabinett des Präsidenten. Cyrus Stonard schob einen Stoß Briefe beiseite und ließ seinen Blick einen kurzen Moment auf dem Doktor ruhen.

»Was haben Sie in der Affäre Bursfeld festgestellt? Kennen die Engländer das Geheimnis?«

»Ich bin überzeugt, daß sie es nicht wissen, Herr Präsident.«

»Worauf gründet sich Ihre Überzeugung?«

»Ich habe drüben einflußreiche Leute befragt.«

»Wen?« fragte Cyrus Stonard scharf.

»Ich habe durch die Gattin des britischen Luftfahrtministers, Lord Maitland, engste Verbindungen mit britischen Regierungskreisen aufgenommen, Herr Präsident.«

»Eine Frau haben Sie da eingeschaltet . . .?« Der Präsident blickte mißtrauisch auf den Doktor.

»Ich bin von der Richtigkeit meiner Ermittlungen überzeugt.«

Ein Schimmer der Befriedigung glitt über die durchgeistigten Züge Cyrus Stonards.

»Dann, meine ich, können wir losschlagen, sobald die Unterwasser-Station an der afrikanischen Küste in Dienst gestellt ist.«

»Wir könnten es, Herr Präsident, wenn wir es nur mit dem Commonwealth zu tun hätten.«

Stonard blickte verwundert auf. »Mit wem sollten wir es sonst noch zu tun bekommen?«

Dr. Glossin zögerte mit der Antwort. Nur stockend brachte er die einzelnen Worte heraus:

»Mit den drei Unbekannten . . .!«

Der Präsident zerknitterte den Entwurf einer Geheimdepesche.

»Die Angelegenheit scheint immer rätselhafter zu werden. Neulich war es nur einer, der famose Logg Sar, der so merkwürdig aus Sing-Sing entwischte und unser bestes Flugzeug mitnahm. Wer ist denn jetzt noch dazugekommen?«

»Zwei Freunde, die auf Gedeih und Verderb mit Silvester Bursfeld verbunden sind.«

»Drei Leute also. Drei einzelne schwache Menschen. Sie glauben im Ernst, daß drei Menschen unserem Dreihundert-Millionen-Volk gefährlich werden könnten? Doktor Glossin, Sie werden alt. In früheren Jahren hatten Sie mehr Selbstvertrauen.«

Die Worte des Präsidenten trafen den Arzt wie Peitschenhiebe. Er erblaßte und errötete abwechselnd. Dann sprach er. Erst stockend, dann fließender und schließlich mit dem Feuer einer unumstößlichen inneren Überzeugung: »Herr Präsident, ich habe vor dreißig Jahren gesehen, wie Gerhard Bursfeld mit einem einfachen Apparat, nicht größer als meine Hand, auf große Entfernungen Dynamit sprengte. Ich sah, wie er Patronen in den Läufen weit entfernter Gewehre zur Explosion brachte, und wie er fliegende Vögel in der Luft verbrannte . . . Ich staunte, ich hielt es für Zauberei, und . . . Gerhard Bursfeld lachte und sagte, es wäre der erste Anfang einer neuen Erfindung, ein schwacher Versuch, dem ganz andere, viel größere folgen würden.«

»Gerhard Bursfeld ist seit langen Jahren tot. Sie sagten es eben selbst. Seine Erfindung wurde mit ihm begraben.«

Es sollte abweisend klingen, aber Cyrus Stonards Stimme fehlte die sichere Entschiedenheit, die ihr sonst eigen war.

»Das Geheimnis ist nicht mehr begraben. Es war eingesargt, aber es ist wieder auferstanden. Logg Sar . . . Silvester Bursfeld hat die Entdeckung von neuem gemacht, und . . . er muß Sie bedeutend vervollkommnet haben. Der Vater sprach von der Möglichkeit, durch telenergetische Konzentration an jeder Stelle des Erdballs Millionen von Pferdestärken auf engstem Raume zu fesseln. Er sprach davon, daß seine Erfindung jedem Kriege ein Ende bereite. Der Sohn tritt in die Fußstapfen des Alten. Zu dritt sitzen sie in Schweden am Torneaelf und bauen an der Erfindung weiter. Gelingt es ihnen aber, sie so zu entwickeln, wie der Vater es vorhatte, dann . . .«

Cyrus Stonard hatte sich erhoben. Mit der ausgestreckten Rechten gebot er dem Arzt Schweigen.

»Sprechen Sie es nicht aus, was mein Ohr nicht hören darf. Sie nannten den Ort, an dem die Erfinder ihre . . . bedenklichen Künste treiben. Sie kennen ihn daher wahrscheinlich ganz genau?«

»Genau. Ein abgelegenes Haus an den Ufern des Tornea . . . Acht Kilometer von Linnais entfernt.«

»So befehle ich Ihnen, diese drei Erfinder auszuschalten . . . Aber

gründlich. Das bitte ich mir aus. Nicht wieder Pfuscharbeit wie neulich in Sing-Sing. In vierzehn Tagen ist die Unterwasserstation kriegsbereit. Ich erwarte bis dahin Ihre Meldung, daß mein Befehl vollzogen ist. Unauffällig . . . und gründlich.«

Dr. Glossin war entlassen. Die Gebärde des Diktators war nicht mißzuverstehen. Er ging mit schwerem Herzen. Ein unklares Gefühl lastete auf ihm.

Während das Regierungsflugzeug ihn in eiligster Fahrt von Washington nach New-York brachte, suchte er des dumpfen, dunklen Gefühls dadurch Herr zu werden, daß er seine narkotischen Pillen nahm und einen halbstündigen künstlichen Schlaf genoß. Aber als er durch die Straßen New-Yorks schritt, war das Gefühl wieder da und wurde von Minute zu Minute stärker.

Der Doktor betrat das Haus in der 317. Straße. Der Lift brachte ihn in das zehnte Stockwerk! Er ließ sich von seinem Diener einen eisgekühlten Whisky-Soda servieren. Dann aß er in dem bequemen Schaukelstuhl seines Wohnzimmers und begann zu überlegen. Mit einer Sachlichkeit, als ob es sich um eine dritte, fremde Person handle, prüfte er seine Empfindungen und kam nach zehn Minuten zu dem Ergebnis, daß er Furcht habe.

Dr. Edward Glossin, der Mann mit dem weiten Gewissen, der über Leichen hinweg sich jeden Weg erzwang, hatte zum erstenmal in seinem Leben Furcht. Cyrus Stonard hatte ihm den Auftrag gegeben, drei Menschen auszuschalten. Ein einfacher Auftrag im Vergleich mit so manchem früheren.

Das Rezept war einfach und oft bewährt. Man nahm ein Flugzeug mit einem Dutzend kräftiger Polizisten oder Soldaten, flog bei Dunkelheit nach Linnais, umstellte das Haus, verhaftete die Gesuchten und entführte sie. Ganz einfach war die Sache. Der Doktor hatte sie öfter als einmal praktisch ausprobiert.

Doch diesmal hatte Dr. Glossin Angst. Ein inneres Gefühl warnte ihn, mit Silvester Bursfeld und seinen Freunden anzubinden . . . Aber wenn Cyrus Stonard befahl, gab es nur zwei Möglichkeiten: zu gehorchen oder die Strafe für den Ungehorsam zu erleiden.

Dr. Glossin sann hin und her, wie er sich aus der Zwangslage befreien könne. Ausgehoben mußte das Nest in Linnais werden. Die Gefahr, daß man sich die Finger dabei verbrannte, war nach seiner Überzeugung vorhanden. Aber nur ein inneres Gefühl sagte ihm das. Äußerlich sah das Unternehmen ziemlich harmlos aus. Man mußte es einem Dritten verständlich machen. Aber wem? Wer hatte noch ein Interesse, die Erfinder vom Erdboden zu vertilgen?

So würde es gehen! Eine Möglichkeit tauchte in seinem Gehirn auf.

Natürlich! Das war der richtige Weg. Die Engländer hätten genau

soviel Interesse am Untergang Silvester Bursfelds und seiner Freunde wie die Amerikaner.

Dr. Glossin durchdachte die weiteren Schlußfolgerungen und Ausführungen des Plans, aber das Denken wurde ihm immer schwerer. Es wollte ihm nicht mehr recht gelingen, die Schlüsse der Kette richtig aneinanderzureihen. Er spürte ein fremdartiges Ziehen in den Nackenmuskeln. Ein dumpfer Druck legte sich um seine Schläfen. Er hatte das Gefühl, als ob sein Wille ihm nicht mehr selber gehöre, sondern einem fremden, unheimlichen Zwange folgen müsse.

Mit Gewalt suchte er sich zusammenzuraffen. Er wollte aus dem Lehnstuhl aufstehen. Aber schwer wie Blei waren ihm Hände und Füße.

Mit verzweifelter Anstrengung gelang es ihm schließlich, die Hand von der Stuhllehne loszulösen und bis zum Kopf zu bringen. Er fühlte, daß seine Stirn mit feinen Schweißperlen bedeckt war.

Der Stuhl stand in der Ecke des Arbeitszimmers. Die Türöffnung zum Nebenraum befand sich unmittelbar daneben. Sie hatte keine Türflügel, sondern war durch einen dichten Vorhang mit Perlenschnüren geschlossen. Die Besucher, welche zu Dr. Glossin kamen, wurden von seinem Diener immer zuerst in dieses Zimmer geführt.

Der Arzt spürte, wie ein übermächtiger fremder Wille seinen eigenen zu unterjochen drohte. Und er fühlte auch, daß der Strom des fremden Fluidums von jener Türöffnung her auf ihn eindrang. Verschwommen und dunkel erinnerte er sich, die Hausglocke vor irgendeinem nicht meßbaren Zeitraum läuten gehört zu haben. Ein Willensstrom, viel stärker und mächtiger als sein eigener, stand im Begriff, ihn zu unterjochen.

Der erste Angriff mußte in jenen Minuten erfolgt sein, in denen er so ganz in seinen Plänen und Berechnungen über den Befehl des Diktators versunken war. Während sich seine Gedanken auf diesen Plan konzentrierten, hatte er dem fremden Angriff eine gute Fläche geboten. Sonst hätte er die Wirkung wohl früher spüren müssen, hätte sich sofort dagegen zur Wehr setzen können. So war sie ihm erst zum Bewußtsein gekommen, als es schon beinahe zu spät war. Erst das Erlahmen seiner eigenen selbständigen Schlußfähigkeit hatte ihn den fremden Angriff deutlich fühlen lassen, aber da war die Lähmung durch den fremden Willen schon weit gediehen. Dr. Glossin kämpfte wie ein Verzweifelter. Alles, was er noch an Willensfähigkeit besaß, ballte er in den einzigen autosuggestiven Befehl zusammen: »Ich will nicht . . . Ich will nicht . . .»

Unaufhörlich formte er den kurzen Satz im Gehirn, und empfindlich, beinahe wie ein körperlicher Schlag, traf ihn jedesmal der Gegenbefehl der fremden Kraft: »Du sollst . . . Du mußt . . . Du wirst . . .«

Die Minuten verstrichen. Die feine Porzellanuhr auf dem Kaminsims schlug ein Viertel. Dr. Glossin hörte den Schlag deutlich und raffte sich zu erneuter Anstrengung zusammen. Wenn es ihm nur gelingen wollte, aufzustehen . . . Ganz unmöglich!

Dr. Glossin strengte sich an, freie Bewegungen zu machen. Er blickte auf seine Knie. Er versuchte, den Muskelgruppen seiner Beine den Befehl zu geben, daß sie seinen Körper erheben sollten. Und er spürte schon im gleichen Augenblick, daß der fremde Befehl »Du mußt« mit verstärkter Heftigkeit auf sein Ich hämmerte, daß er seine ganze Persönlichkeit ohne Deckung ließ, sobald er ein einziges seiner Glieder besonders beeinflussen und zur Bewegung zwingen wollte.

Stärker wurde das schmerzliche Ziehen in der Gegend des Genicks. Der körperliche Schmerz griff weiter und verbreitete sich über die ganze linke Gesichtshälfte, über die Seite seines Körpers, welche dem Perlenvorhang zugewandt war.

Einen Augenblick schien es, als wollten die Muskelbewegung und die eigene Maßnahme den fremden Einfluß brechen. Aber nur einen Augenblick. Während Dr. Glossin seinem Körper den Befehl erteilte, sich umzudrehen, war sein ganzes Ich dem fremden Angriff schutzlos preisgegeben. Der Augenblick ohne Deckung hatte genügt. Mit einem Seufzer ließ er den Kopf auf die Brust sinken, die Augen weit geöffnet.

Durch den Perlenvorhang trat Atma in das Zimmer bis dicht an den Schlafenden heran. Auch er sah erschöpft aus. Silvester Bursfeld, der ihm auf dem Fuße folgte, bemerkte es mit Erschrecken. Der Inder trat an den Schlafenden heran und strich ihm über die Augen und die Stirn. Silvester bemerkte, wie der Inder seiner eigenen Erschöpfung Herr zu werden versuchte, wie er sich selbst gewaltsam zwang und von neuem ganze Ströme seines Willensfluidums in den Körper des Schlafenden gleiten ließ. Dann trat er zurück und ließ sich auf einen Sessel fallen. Auf einen Wink von ihm trat Silvester Bursfeld hinter einen Portiere, so daß er den Blicken Glossins entzogen war.

Wieder verstrichen Minuten. Die Uhr hob an und schlug dreimal. Da kamen Bewegung und Leben in die schlummernde Gestalt. Dr. Glossin richtete sich auf wie ein Mensch, der aus tiefem Schlaf erwacht. Er fuhr sich über die Stirn, als müsse er seine Gedanken sammeln. Dann begann er mit sich selbst zu sprechen.

»Was wollte ich . . . Ach ja . . . den Ring muß ich holen. Er ist im Banktresor . . .«

Er warf einen Blick auf die Uhr.

»Dreiviertel . . . Ich komme gerade noch vor Kassenschluß zurecht. Aber ich muß eilen.«

Straff und rüstig erhob er sich aus dem Stuhl und schritt durch den Vorhang hindurch. Er ging an Atma vorüber, als ob der Inder Luft wäre, und verließ die Wohnung.

Silvester hörte die Tür ins Schloß fallen und trat hinter dem Vorhang hervor.

»Wo geht er hin? . . . Was hat er vor?«

»Er geht nach seiner Bank. Er wird den Ring holen und hierherbringen.« Atma sprach es leise und mit matter, vibrierender Stimme. Die Anstrengung dieses hypnotischen Duells zitterte noch in ihm nach. »In einer halben Stunde wird er wieder hier sein. Bis dahin haben wir Ruhe.«

»Und der Diener?«

»Er schläft in seinem Winkel auf dem Flur. Glossin hat Befehl, ihn nicht zu vermissen.«

»Du glaubst, daß Dr. Glossin gutwillig hierher zurückkommt?«

Atma blickte gleichmütig vor sich hin.

»Der Körper Glossins ging hinaus. Seine Seele ist gefesselt. Mein Wille lenkt seinen Körper.«

»Warum fragtest du nicht nach dem Aufenthalt von Jane?«

»Erst den Ring und dann das Mädchen. Laß mir Ruhe. Ich bin erschöpft. Ich brauche neue Kräfte, wenn Glossin zurückkommt.«

Der Inder lehnte sich in seinem Stuhl zurück. Die Muskeln seiner Glieder erschlafften. Er schien jetzt selbst ein Schlafender zu sein. Es blieb Silvester Bursfeld nichts anderes übrig, als zu warten.

Unruhig schritt er in dem Raum hin und her. Weiter krochen die Minuten. Zehn Minuten . . . eine Viertelstunde . . . zwanzig Minuten. Er hörte, wie die Tür geschlossen wurde. Dr. Glossin war zurückgekommen. Er blieb auf dem Flur stehen. Unschlüssig, als ob er etwas suche. Gleich darauf trat er durch den Perlenvorhang in das Arbeitszimmer. Ohne von den beiden Besuchern Notiz zu nehmen, ging er auf den Schreibtisch zu, ließ sich vor ihm auf dem Sessel nieder, zog ein winziges Päckchen aus der Brieftasche und begann es auszupacken. Das Seidenpapier raschelte zwischen seinen schmalen, wohlgepflegten Fingern. Nun kam der Ring zum Vorschein. Ein schwerer goldener Ring. Ein Meisterwerk alter indischer Goldschmiedekunst, genau von der gleichen Form wie derjenige an der Hand Atmas und mit dem gleichen Chrysoberyll geziert. Er hielt den Ring in der Hand und blickte nachdenklich auf den Stein.

Der Ausdruck auf seinen Zügen wechselte. Von Minute zu Minute. Bald glich er einem Träumenden, schien ganz geistesabwesend zu sein. Dann wieder glitt der Schimmer eines Verstehens und Begreifens über seine Züge.

Jetzt machte er Anstalten, sich selbst den Ring auf den Ringfinger der Rechten zu schieben.

Atma sah es, und seine Augen weiteten sich. Mit vorgebeugtem

Halse saß er da, und jeder Teil seines Körpers zitterte vor innerer Spannung.

Dr. Glossin stand im Begriff, die ihm im schwersten Kampfe aufgezwungene hypnotische Suggestion aus eigener Kraft zu durchbrechen. Der Befehl lautete, den Ring zu holen und zu übergeben. Schon das Zögern auf dem Flur war nicht ganz in der Ordnung. Er sollte vergessen, daß er einen Diener besaß. Einen Augenblick hatte er trotzdem gewartet, ob der Bediente ihn nicht begrüßen und nach seinen Wünschen fragen würde. Das kurze Zögern hatte dem Inder die Gefahr verraten.

Jetzt griff er zum stärksten Mittel. Er strich ihm mit beiden Händen über die Schläfen und die Augen.

Die Wirkung zeigte sich sogleich.

Die Bewegung der Linken, die den Ring auf den rechten Ringfinger schieben wollte, wurde langsamer. Dicht vor der Fingerspitze kam sie ganz zur Ruhe.

Dr. Glossin saß mit vorgebeugtem Oberkörper an seinem Schreibtisch. Beide Ellenbogen waren auf die Tischplatte aufgestützt. Die Rechte streckte den Ringfinger vor. Die Linke spielte, kaum ein Zentimeter entfernt, mit dem breiten Goldreif vor der Fingerspitze. Es sah aus, als ginge vom Ringfinger eine magnetische Kraft aus, die den Reif heranholen wollte, und als wirke unsichtbar, aber gewaltig, eine zweite Kraft im Raume, welche die linke Hand immer wieder zurückriß, sooft sie sich zu nähern versuchte. So ging das Spiel leise hin und her, zitternd durch lange Minuten.

Silvester sah es, und siedende Angst kroch ihm zum Herzen.

»Wenn Glossin den Ring auf den Ringfinger schiebt, sind wir verloren.«

Es herrschte völlige Stille im Zimmer. Nur das Ticken der Uhr war zu vernehmen. Aber Silvester empfand die Worte so deutlich, als habe sie ihm irgendeine Stimme laut vorgesprochen.

Er versuchte, sich das Unsinnige des Gedankens klarzumachen. Was konnte es denn für eine Wirkung haben, wenn Dr. Glossin wirklich den Ring auf den Finger brachte? Er faßte nach dem Strahler, den er an der Seite trug. Versagte die Kunst Atmas, so besaß er die Macht und das Mittel, den Menschen dort in einer Sekunde in Atome zu zerreißen, zu verbrennen, in ein Häufchen Asche und eine Dampfwolke aufzulösen. Aber dann . . . ja dann würde er auch niemals erfahren, wohin dieser Teufel die arme Jane verschleppt hatte.

Er ließ die Hand vom Strahler. Er begriff, daß der Sieg Atmas über Glossin notwendig war, sollte sein weiteres Leben noch Wert für ihn haben.

Tausendfach waren die Fäden der Leben miteinander verflochten. Äußere Vorgänge, scheinbare Zufälligkeiten waren oft zuverlässige Zeiger, die das Spiel viel größerer Kräfte dem Sehenden deutlich

zeigten. Und nun kam ihm klare Erkenntnis. In dem winzigen Raume dort zwischen Ring und Fingerspitze kam der Kampf zweier Mächte um die Herrschaft zum Ausdruck. Jeder Versuch von seiner Seite, einzugreifen, war zwecklos. In diesem Kampf mußte er ein stiller Zuschauer bleiben, mußte abwarten, wie das Geschick sich erfüllen würde.

Der Kampf ging zu Ende. Dr. Glossin ließ den Ring auf die Tischplatte fallen. Silvester wollte hinzutreten und ihn nehmen. Ein Wink Atmas scheuchte ihn zurück. Der Inder hatte sich erhoben und war dicht an den Tisch herangetreten. Silvester sah, daß er den letzten Rest seiner gewaltigen telepathischen Kraft zusammenraffte, um dem Gegner seinen Willen aufzuzwingen.

Und nun trat die Wirkung ein. Dr. Glossin wickelte den Ring wieder in Seidenpapier, verschnürte das Päckchen, erhob sich und trat dicht an Atma heran. Ruhig hielt er ihm das Päckchen hin und sagte mit eintöniger Stimme: »Hier bringe ich den Ring.«

Atma nahm das Päckchen in Empfang und begann es langsam und gemessen wieder aufzumachen. Dr. Glossin war nach der Übergabe an seinen Schreibtisch zurückgegangen. Dort saß er ruhig und schaute wie geistesabwesend auf die Schreibmappe.

Atma nahm den Ring und schob ihm Silvester über den Ringfinger der Rechten. Breit und kühl legte sich das Gold des massiven Reifens um das Fingerglied. Silvester fühlte neue Zuversicht in sein Herz dringen, als er den Ring wieder an der Stelle fühlte, an der er ihn so lange Jahre getragen hatte. Alle Ängstlichkeit war geschwunden. Die Zuversicht auf sicheren Sieg erfüllte ihn. Die Stimme Atmas riß ihn jäh aus diesen Gedanken und Gefühlen.

»Wo ist Jane Harte?«

Der Inder sprach es, während sein Blick sich in den des Doktors bohrte.

Ein kurzes Zucken durchlief die Glieder des Arztes. Es schien, als wollte er sich noch einmal aufbäumen. Aber sein Widerstand war gebrochen. Der Ausdruck einer trostlosen Müdigkeit trat auf seine Züge, während seine Lippen die Antwort formten.

»Auf Reynolds-Farm in Elkington bei Frederikstown.«

Silvester sog die Antwort Wort für Wort wie ein Verdurstender ein. Frederikstown in Colorado. Den Flecken Elkington kannte er sogar durch Zufall. Die Farm würde sich finden lassen. Jetzt waren alle Schwierigkeiten überwunden. Noch eine kurze Spanne Zeit, und er würde Jane wiedersehen, würde sie im schnellen Flugzeug allen feindlichen Gewalten entziehen.

Atma stand vor dem Arzt. Mit zwingender Gewalt gab er ihm seine letzten Befehle.

»Du wirst bis vier Uhr schlafen. Wenn du aufwachst, wirst du alles vergessen haben, den Ring, Logg Sar und Atma.«

Der Kopf Dr. Glossins sank auf seine Arme und die Tischplatte nieder. Er lag in tiefem Schlafe.

»Um vier Uhr weckst du deinen Herrn.« Im Vorbeigehen sagte es Atma zu dem Diener, der auf dem Flur schlummernd in einem Sessel saß. Flüchtig strich er ihm dabei über Stirn und Augen. Dann schlug die Wohnungstür hinter den Freunden ins Schloß.

Enttäuscht und verbittert hatte Glossin Reynolds-Farm an jenem Tag verlassen, an dem Jane seinen Antrag abgewiesen hatte. Aber auch Jane war durch diese Erklärung erschüttert und aus einer trügerischen Ruhe aufgescheucht. Sie brauchte jemanden, auf den sie sich stützen, dem sie sich anschmiegen konnte. Nach dem Tod ihrer Mutter war ihr Glossin solche Stütze geworden. Ein väterlicher Freund, dem sie vertraute, in ihrem natürlichen Schutzbedürfnis zu vertrauen versuchte, soweit ein natürliches, ihr selbst unerklärliches Mißtrauen es zuließ.

Die Werbung Glossins hatte das Verhältnis mit einem Schlage zerstört, hatte Jane von neuem in schwere seelische Kämpfe gestürzt. Das Gefühl tiefster Verlassenheit übermannte sie von neuem. Was blieb ihr nach alledem noch auf dieser Erde? Die Mutter tot . . . Silvester verloren und verschollen . . . Glossins Freundschaft falsch . . .

Dazu die Gesellschaft dieser alten Negerin, deren Anblick und Wesen ihr von Tag zu Tag widerlicher wurden. Das Grinsen der alten Abigail hatte jetzt einen besonderen Inhalt und Ausdruck gewonnen, der Jane erschreckte und peinigte. Dazu Redensarten der Schwarzen, die ihr zwar größtenteils unverständlich blieben, aber auch das wenige, das sie verstand und erriet, erschreckte sie.

Sie verließ das Haus nicht mehr. Die Spaziergänge und Wagenfahrten der früheren Wochen unterblieben. Mit müdem Hirn suchte sie die auf sie einstürmenden Fragen zu beantworten.

Was sollte aus ihr werden? Was hatte Glossin mit ihr vor? Weshalb hatte er sie gerade hierher gebracht? Was sollte sie weiter beginnen? Wenn sie irgendwo eine Stellung annähme . . . eine untergeordnete Stellung . . . irgendwo . . . nur fort von hier . . . fort! Wäre sie doch in Trenton geblieben! Kein Brief, kein Lebenszeichen aus Trenton hatte sie jemals erreicht.

Fort! Fort! Warum war sie nicht schon längst fort? Warum hatte sie nicht gleich nach der Werbung Glossins die Farm verlassen?

Wie oft hatte sie sich diese Frage schon vorgelegt. Und jedesmal war sie an einen Punkt gekommen, wo sie keine Antwort auf die Frage fand. Warum nicht? Wie viele Versuche hatte sie schon gemacht, Reynolds-Farm zu verlassen. Warum hatte sie das Vorhaben niemals ausgeführt?

Wie ein schwerer Alpdruck lag es auf ihr. Warum nicht ... Sie wurde doch nicht gefangengehalten? Nicht einmal bewacht oder kontrolliert.

Sie brauchte doch nur ihr Köfferchen zu packen und das Haus zu verlassen. Nur bis zum nächsten Dorf zu gehen, um in Sicherheit zu sein. Sogar ungesehen von Abigail konnte sie das Haus verlassen. Denn das hatte sie schon bald nach ihrer Ankunft hier entdeckt, daß das alte Negerweib der Flasche zugetan war. Gleich nach dem Auftragen des Mittagsmahles verschwand die Alte, und öfter als einmal hatte Jane sich selbst um das Abendessen kümmern müssen. Sie wußte, daß Abigail Stunden hindurch irgendwo in einem Winkel lag. Lange Stunden, in denen sie, von niemandem daran gehindert, das Haus verlassen konnte.

Weshalb hatte sie es nicht getan? Weshalb tat sie es nicht heute?

Ihr Antlitz, schön und jugendlich, aber blaß durch Kummer und Aufregung, erhielt einen entschlossenen Zug. Die Falten zu den Mundwinkeln vertieften sich, ihre Augen bekamen ein neues Feuer. Alle Lebensenergien in ihr drängten zur Tat.

Mit einem plötzlichen Ruck erhob sie sich von ihrem Sitz und schritt nach dem Schlafkabinett. Hastig ergriff sie ein paar der notwendigsten Kleidungsstücke und begann sie in den kleinen Handkoffer zu stopfen. Und erinnerte sich zur gleichen Zeit, wie oft sie das gleiche schon früher versucht hatte und niemals damit zum Ziel gelangt war. Heute ging es viel besser. Kleiderschicht fügte sich auf Kleiderschicht, und mit einem Seufzer der Befriedigung drückte sie den Bügel des Handkoffers zusammen. So weit war sie früher noch niemals gekommen.

Jetzt nur noch zuschließen! Der Schlüssel befand sich in ihrer Handtasche dort auf dem Tische. Sie entnahm ihn der Tasche, wandte sich wieder dem Koffer zu und fühlte, wie die alte Lähmung von neuem über sie kam. Wie Blei wurden ihr die Füße. Nur mit Mühe konnte sie die wenigen Schritte vom Tisch zum Koffer zurücklegen. Endlich war es gelungen, aber nun lag das Blei in ihren Armen. Sie versuchte es, den Schlüssel in das Schloß zu schieben ... Da fiel er klirrend auf die Diele.

Einen Augenblick starrte sie hoffnungslos auf das kleine blinkende Eisen, das da vor ihr auf der Zimmerdiele lag. Dann durchzuckte ein Schluchzen ihren Körper. ». . . Warum . . . kann ich . . . nicht? . . . Warum . . . o Gott! . . . Warum . . .«

Sie fiel vornüber auf die Tasche und blieb Minuten hindurch regungslos liegen.

Eine Macht, ein Einfluß, ihr selbst unerklärlich und unfaßbar, hinderte sie, dieses offene und unbewachte Haus zu verlassen. Sie ging in das andere Zimmer und warf sich auf ihr Ruhebett.

»Die Qual! Warum muß ich diese Qualen leiden? Wo bleibst du,

Silvester? Mutter, ach wäre ich bei dir! Wäre ich doch nur mit dir gestorben!

Sterben . . . jetzt noch sterben? Unterhalb des Hauses . . . da bildet der Bach einen kleinen See . . . da kann ich sie finden . . . die Ruhe . . . die Erlösung von aller Qual . . .«

Sie raffte sich von ihrem Lager empor.

»Ja! . . . ja . . . ja . . .«

Die Festigkeit des gefaßten Entschlusses prägte sich in ihren Mienen aus. Schnell schritt sie zur Tür, um sie zu öffnen. Mochte irgendeine unheimliche Kraft ihr die Flucht aus diesem Hause zu den Menschen hindern, die Flucht in die Ewigkeit sollte ihr niemand verbieten.

Sie griff den Türdrücker und öffnete die Tür.

Die keifende Stimme der schwarzen Abigail drang ihr ans Ohr. Offenbar war die Alte dabei, irgendeinem Besucher den Zutritt zu verwehren, vielleicht einen Hausierer abzuweisen.

»Kann ich nicht einmal sterben?« Sie wollte die Tür wieder leise ins Schloß drücken, da, ihre Hand umkrampfte den Drücker . . . Welche Stimme? . . . Der Fremde . . . Mit einem Ruck riß sie die Tür auf.

»Silvester!« Ein Schrei aus tiefstem Herzen. Mit geschlossenen Augen lehnte sie an dem Türrahmen und streckte die Hand nach ihm aus.

»Silvester! . . .«

Sie sah es nicht, wie Abigail von kräftigen Fäusten beiseitegeschoben, wie ein Mann mit Tigersprüngen die Treppe hinaufdrang; sie fühlte nur, daß sie am Herzen Silvesters ruhte, daß eine leichte, weiche Hand ihr Gesicht streichelte, daß Worte der Liebe und des Glükkes ihr Ohr trafen.

Erik Truwor arbeitete allein im Laboratorium zu Linnais. Nach den Plänen Silvesters baute er den neuen Strahler zusammen. Der Apparat war viel größer als der erste, den die Freunde mit auf die Reise genommen hatten. Der neue Strahler nahm immerhin den Raum eines mäßigen Schrankes ein.

Aber er war geradezu lächerlich klein, wenn man seine Wirkungen betrachtete. Die neue Konstruktion konnte zehn Millionen Kilowatt telenergetisch konzentrieren. Diese Riesenleistung wurde nur dadurch möglich, daß der Apparat die Energie nicht mit den hergebrachten Mitteln erzeugte, sondern nur die überall im Raum vorhandene Atomenergie frei machte.

Es drehte sich um die alte, schon von Oliver Lodge aufgestellte Hypothese, daß in jedem Kubikzentimeter des äthererfüllten Raumes ein Energiebetrag von zehn Milliarden Pferdekraftstunden in gebundener Form vorhanden ist. Etwa so, wie die Pulverladung einer

Mine Hunderttausende von Metertonnen enthält. Der Fingerdruck eines Kindes genügt, um diese gewaltige Energie zu entfesseln. Es ist nur notwendig, daß dieser schwache Druck die Knallkapsel zur Entzündung bringt, die dann die Mine detonieren läßt.

»Das Problem der telenergetischen Konzentration ist praktisch gelöst.« Stolz und siegesgewiß hatte Silvester die Worte gesprochen. Wenige Stunden, bevor er zum Flug nach Westen aufgebrochen war, um von dort sein Liebstes zu holen.

Die letzte Schwierigkeit, die noch zu lösen blieb, betraf das genaue Zielen. Es war notwendig, das entfernte Objekt, auf welches der Energiestrom gerichtet wurde, zu sehen. Erik Truwor fühlte die reine Freude eines geistigen Genusses, als er die Aufzeichnungen Silvesters durchlas. Die aus dem Strahler entstandte Formenenergie reflektierte zu einem winzigen Teil von der Konzentrationsstelle zum Strahler zurück und entwarf hier ein optisches Bild dieser Stelle. Jetzt, da er es las, schien es ihm beinahe lächerlich einfach. Eine bloße Rückmeldung, wie sie in der Technik an zahllosen Stellen seit hundert Jahren gebräuchlich war. Nach der Theorie mußte sich auf der vorderen Fläche eines mit dem Strahlapparat gekoppelten Brownschen Rohres ein genaues Bild des Ortes zeigen, an dem die Energie sich konzentrierte.

Er schaltete den Apparat ein. Nebel wallten auf der Bildfläche hin und her. Es flimmerte durcheinander. Gestalten wollten sich bilden, doch es wurde kein klares Bild.

Noch einmal überprüfte er die Schaltung. Dann machte er sich an die Arbeit. Die Stunden verrannen. Er spürte es nicht. Die Mitternacht verstrich, und der Morgen kam. Niels Nielsen, der alte, noch vom Vater übernommene Diener, fand seinen Herrn im Laboratorium in die Arbeit versunken.

»Herr Erik, Ihr Bett blieb unberührt.«

Erik Truwor winkte ab und riß ärgerlich einen Draht heraus, den er falsch geschaltet hatte.

»Stören Sie mich nicht.« Der Diener ging.

Stillschweigend erschien er wieder und stellte eine Platte mit kalter Küche auf einen Seitentisch.

Erik Truwor hatte die Schaltung vollendet. Er schaltete ein und sah noch weniger als zuvor. Ein schwerer Fehlschlag! Ratlos arbeitete er weiter.

Erik Truwor spürte Hunger. Ein Blick auf die Uhr zeigte ihm, daß er seit vierzehn Stunden im Laboratorium arbeitete.

Automatisch begann er zu essen. Der starke schwarze Kaffee erfrischte ihn. Während er aß und trank, gewann er Abstand zu seiner Arbeit. Er fand die Kraft, völlig von neuem zu beginnen. Er prüfte die Schaltung Silvesters. Hier war eine Verbesserungsmöglichkeit.

Die sekundären Erscheinungen mußten zurückgehalten werden. Es bestand Gefahr, daß sie die beabsichtigte Wirkung überwuchertén.

Erik Truwor arbeitete. Und aß in langen Pausen. Die zweite helle Nordlandsnacht brach herein.

Der Diener kam. »Vielen starken Kaffee!« Mit diesem Befehl jagte ihn Erik Truwor aus dem Laboratorium. Die Vorzüge der veränderten Stellung wurden ihm immer einleuchtender, je weiter er baute und schaltete.

Die zweite Nacht verging und der zweite Vormittag. Er zog die letzte Schraube fest und suchte seiner Aufregung Herr zu werden.

Mit zitternder Hand schaltete er den Strahler ein. Nebel zogen über die Bildscheibe.

Er regulierte an den Knöpfen. Der Nebel löste sich. Blaue und grüne Flächen wurden sichtbar.

Er mußte sich setzen. Die Knie versagten ihm. Dann ein gewaltsames Aufraffen. Ein letztes Drehen an der Feinstellung. Scharf und deutlich zeigten sich die Föhren, die zwanzig Kilometer entfernt am Unterlauf des Tornea standen. Erik Truwor kannte die Stelle.

Der Wurf war geglückt. Das telenergetische Fernbild war völlig klar und einwandfrei. Er stellte den Strahler ab und warf sich erschöpft auf das Ruhebett im Laboratorium.

Mit offenen Augen lag er dort und starrte zur Decke. Die Macht lag jetzt in seiner Hand. Die Macht, die Menschen nach seinem Willen zu zwingen. Zu Asche zu verbrennen, was ihm widerstrebte. Eine Macht, wie sie nie zuvor ein einzelner Mensch besessen hatte.

Er fühlte die furchtbare Verantwortung, die mit der Macht verbunden war . . . und dann wurden seine Gedanken sprunghaft. Die Natur forderte ihr Recht. Die Augen fielen ihm zu. Nach vierzig Stunden angestrengtester Arbeit verlangte der Körper Ruhe.

Es wurde nur ein fieberhafter Halbschlaf. Der Geist war zu erregt und riß den Körper mit.

Er fuhr empor. Drei Stunden hatte er im Halbschlummer gelegen. Im Augenblick war er wieder vollständig wach. Der eingeschaltet gebliebene Hellschreiber hatte in der Zwischenzeit gearbeitet. Er las die Zeichen auf dem Papierstreifen; »Haben den Ring. Gehen nach Elkington, Reynolds-Farm, Jane zu holen.«

Er rieb sich die Stirn. Jane nicht in Trenton? Aus dem Atlas entnahm er die genauen Koordinaten und richtete den Strahlenapparat.

Die Nebel wogten. Jetzt ruhigere Linien. Grünes Feld. Ein Farmhof. Er regulierte und konnte jede Fuge und Maserung der Hoftür erkennen.

Eine Gestalt schritt von links her in das Bild . . . Silvester Bursfeld. So scharf und deutlich, als ob er in Reichweite stünde. Silvester kam allein und hatte nicht einmal den kleinen Strahler an der Seite.

Erik Truwor wollte dem Freund etwas zurufen und vergaß, daß er durch tausend Meilen von ihm getrennt war.

Eine andere Gestalt hob sich auf der Bildfläche ab. Ein häßliches schwarzes Negerweib. Erik Truwor sah, wie sie Silvester vom Hofe zu weisen versuchte, wie der Freund sie zurückdrängte und der Haustür zuschritt. Wie das Negerweib ihn zurückzustoßen versuchte. Wie der sonst so gutmütige ruhige Silvester plötzlich den Arm hob, das Weib weit von sich schleuderte und in das Haus stürmte. Die Tür fiel hinter ihm ins Schloß, und Viertelstunden verstrichen.

Erik Truwor empfand eine wachsende Unruhe. Er vermißte den kleinen Strahler an der Seite Silvesters. Diese winzige, aber furchtbare Waffe, die ihn gegen jeden Angriff geschützt hätte. Und er vermißte Atma. Wo blieb der Inder? Die zweite Frage beunruhigte ihn fast ebenso stark wie die erste. Gewaltsam zwang er sich zur Ruhe.

»Sie müssen packen . . . natürlich . . . es ist ja klar, daß Jane nicht, wie sie geht und steht, nach Europa fahren kann . . . Eine Stunde Zeit gebe ich ihnen . . . dann . . .«

Er betrachtete das Dach des Farmhauses. Ob es wohl gut brennen mochte, wenn er den Strahler auf den Dachfirst wirken ließ? Die Holzschindeln sahen ganz danach aus. Rissig, von der Sonne ausgedörrt. Es mußte ein gewaltiges Feuer werden.

Dann überdachte er die Folgen. Es konnte zu gut brennen. So schnell, daß die Flammen den Ausgang sperrten, bevor die Liebenden die Gefahr erkannten. Er durfte es nicht wagen, die Säumigen durch die Gewalt der telenergetischen Konzentration aus dem Hause zu treiben. So saß er mit steigender Ungeduld. Hoffte vergebens, daß Silvester wieder erscheinen oder Atma auftreten würde.

Ein silberner Fleck am blauen Himmel erregte seine Aufmerksamkeit. Er visierte ihn an.

Kein Zweifel, es war R. F. c. 1, der Rapid Flyer, der dort heranzog. Er erkannte die Formen des Flugzeugs.

Erleichtert atmete er auf.

Atma kam mit R. F. c. 1, um die Säumigen zu holen. Mochte er gesteckt haben, wo er wolle . . . Atma war da. Jetzt mußte alles zu einem guten Ende kommen.

Das Flugzeug kam schneller heran. Hinter dem Farmhaus ging es nieder.

Jetzt entschwand es den Blicken Eriks. Die Silhouette des Farmhauses schob sich dazwischen.

Warum landete Atma nicht auf dem Farmhofe? . . . Vielleicht war der Platz hinter dem Hause für den Wiederaufstieg geeigneter.

Erik Truwor wartete . . . und sah fünf Gestalten über den Hof laufen . . . In das Haus verschwinden.

»Atma ist da . . . Atma kam zur rechten Zeit . . . Es wird noch alles gut.«

Mit diesen Worten suchte sich Erik Truwor zu beruhigen. Er hatte unter den fünf die Gestalt Glossins erkannt. Nach den Schilderungen, die ihm Silvester gegeben. Das Nachziehen des rechten Fußes. Der stechende Blick. Es war unverkennbar. Aber er hoffte, daß Atma mit R. F. c. 1 hinter dem Hause lag. Hoffte, daß der Inder eingreifen und die Widersacher zerschmettern würde.

Minuten verstrichen. Nicht viele. Die Tür des Farmhauses öffnete sich. Einer der Männer trug etwas Helles auf den Armen . . . Jane . . . Ihr Antlitz war weiß. Ihr Kopf lag schlaff und kraftlos auf der Schulter ihres Trägers. Dann zwei andere. Sie schleppten Silvester. Hatten ihn gefesselt und trugen ihn wie ein Stück Holz über den Platz.

Zuletzt Dr. Glossin. Ein Lächeln der Befriedigung auf den Zügen. Lodernder Zorn packte Erik Truwor. Er faßte den Strahler und gab Energie.

Zwanzig Meter hinter dem Doktor glühte der Sand des Hofes hell auf. Schmolz in Weißglut und strahlte Hitze.

Der Arzt warf einen Blick rückwärts und begann um sein Leben zu laufen. Mit schleifendem Fuß jagte er über den Hof und zog einen feurigen Strudel hinter sich her, denn mit dem einen Richtknopf brachte ihm Erik Truwor die Glut des Strahlers nach . . . und zerriß dabei in der Aufregung einen Draht des Fernsehers.

Das Bild erlosch. Tausend Meilen trennten Erik Truwor von Reynolds-Farm. Erst jetzt kam es ihm zum Bewußtsein.

Mit fiebernden Händen suchte er nach dem zerrissenen Draht. Er mußte sich zur Ruhe zwingen. Mußte mit unendlicher Geduld eine Schraube lösen, den Draht fassen, vorziehen und wieder festschrauben. Kostbare Minuten verstrichen darüber. Endlich war die Verbindung wiederhergestellt. Das Bild erschien von neuem. – Der Hof war leer.

Rätsel und Geheimnisse, die er nicht zu lösen vermochte. Hatte Atma eingegriffen, die Gegner vernichtet? Brachte er jetzt Silvester und Jane im Flugzeug heim?

Erik Truwor wußte es nicht. Er war verurteilt, hier zu sitzen und zu warten. Einen Schwur leistete er sich. Das Feuer des Strahlers auf Glossin niederfallen zu lassen, sobald er ihn wieder vor die Augen bekäme.

Im Walde von Elkington lag R. F. c. 1 zwischen Haselsträuchern und Brombeerranken. Wenige Schritten davon entfernt saß Atma im Gras und wartete. Seine Züge verrieten Unruhe. Er war blaß, soweit die dunkle Haut eines Inders zu erblassen vermag, und abgespannt. Die ungeheure Anstrengung seines Kampfes mit Glossin wirkte

noch in ihm nach. Er versuchte sich zu sammeln, neue Kraft aus den Meditationen und Selbstversenkungen seiner Religion zu schöpfen.

Die Sonne warf ihre Strahlen von Westen her schräg durch die Zweige und malte streifige Schatten auf den grünen Grund. Der Inder faßte seinen Schatten ins Auge und beobachtete, wie der dunkle Streifen ganz langsam weiterkroch. Halme, die eben noch lichtgrün schimmerten, wurden ganz allmählich dunkel und farblos. Auf der anderen Seite tauchten Spitzen und Blätter ebenso sacht und allmählich wieder in leuchtendes Sonnengold. Die Betrachtung dieser langsamen Veränderung, des steten und ruhigen Wechsels der Dinge, tat Atma wohl. Sein Nervensystem fand allmählich die Ruhe wieder. Alle seine Sinne konzentrierten sich auf den wandernden Schatten und einen Steinblock, der noch etwa einen Fuß von dem Schatten entfernt war.

»Ich will warten, bis der Schatten den Stein berührt. Ist Logg Sar dann mit dem Mädchen noch nicht zurück, dann will ich gehen und sie holen.«

Er sprach es zu sich selbst, und nachdem er sich so die Zeitspanne gesetzt hatte, verharrte er regungslos, von der Sonne beschienen, in der Betrachtung des wandernden Schattens versunken, und spürte, wie ihm Minute um Minute die alte Kraft und Ruhe zurückkehrten. Die Eidechsen kamen neugierig hinzu und liefen furchtlos über seine Füße. Eine Haselmaus führte dicht vor ihm ihren possierlichen Tanz auf, ohne sich um den regungslosen Körper zu kümmern. Jetzt streifte der Schatten den Stein. Soma Atma erhob sich. Erschreckt flohen die Tiere des Waldes. Ein kurzer Blick auf die Uhr. Zwei Stunden waren verflossen, seitdem Silvester von ihm gegangen war, hinein nach Reynolds-Farm, das Mädchen zu holen . . . zwei Stunden! Atma erschrak. Zwanzig Minuten hätten genügen müssen. Auch dann noch, wenn die Liebenden ein kurzes Wiedersehen feierten.

Mit langen Schritten eilte er der Farm zu. Die Flügel der Hoftür waren nur angelehnt. Er schritt über den Hof in das Wohnhaus und fand es verlassen. Der Vorraum leer. Der große Wohnraum ohne eine lebende Seele. Aber die Unordnung verriet deutlich einen stattgehabten Kampf. Drei Stühle umgeworfen. Die Tischdecke in Falten. Ein Glas zerbrochen am Boden. Und dort Logg Sars Hut. Seine Handschuhe . . .

Während er den Raum verließ und die Treppe weiter hinaufstieg, malte sein Gesicht sich deutlich die Szenen aus, die sich hier abgespielt hatten während der Stunden, in denen er dort draußen im Walde geruht, gewartet und frische Kraft gesammelt hatte.

Es wäre niemals geschehen, wenn er bei voller Kraft gewesen wäre. Dann hätte er mit wachem Nervensystem das kommende Unheil rechtzeitig gespürt.

Nun hatte er das Ende der Treppe erreicht. Ein turmartiger Erker bot Aussicht nach allen Seiten. Atma trat an die Scheiben, durchspähte den klaren Abendhimmel und sah in der Richtung auf Westen einen hellen Fleck seine Bahn ziehen. Ein Flugzeug . . . Zur dieser Zeit? In dieser Höhe? Es konnte nur von Elkington her kommen. Noch war es Zeit. In langen Sätzen sprang der Inder die Treppe hinunter und eilte dem Walde entgegen, wo R. F. c. 1 unter Ranken und Kräutern neuen Flügen entgegenharrte.

R. F. c. 2 hatte Kurs West zu Nordwest. Der Kommandant Charles Boolton stand am Ausguck. In der Kabine saß Dr. Glossin in einem bequemen Ledersessel. Seine Züge trugen die Spuren von Leiden und Kämpfen, seine Augen waren gerötet. Er machte einen übermüdeten und übernächtigten Eindruck. Ihm gegenüber in einem zweiten Sessel lag die zierliche Gestalt Janes, von tiefer Ohnmacht umfangen. In einer Ecke der Kabine, auf dem Boden, mit starken Stricken schwer gefesselt, lag Silvester Bursfeld.

Dr. Glossin erhob sich von seinem Platz. Langsam, als ob jeder Schritt ihm Schmerzen bereitete, ging er durch den Raum auf die Ohnmächtige zu.

Er beugte sich über Jane und fühlte ihren Puls. Mit sanfter Gewalt brachte er ihre Lippen auseinander und flößte ihr einige Tropfen einer Arzneiflüssigkeit ein. Er fühlte, wie der Puls danach stärker ging, wie das Blut die Wangen der Bewußtlosen leicht rötete.

Beruhigt kehrte er zu seinem Platze zurück und nahm selbst ein wenig von der Flüssigkeit. Dann ruhte sein Blick lange auf dem gefesselten Silvester.

Bedingungslose Vernichtung hatte Cyrus Stonard befohlen. Den einen der drei hatte er. Diesmal sollte er der Vernichtung nicht entgehen.

Dr. Glossin überschlug die Zeit. Noch 25 Minuten, dann war das Flugzeug über Montana. Dort am Ostabhange der Rocky Mountains hatte er einen Schlupfwinkel. Und dann . . . dann ging es mit R. F. c. 2 in sausender Fahrt nach Sing-Sing zurück. Der drahtlose Befehl, die neue Maschine dort betriebsbereit zu halten, war längst gegeben. Diesmal sollte die Vollziehung des Urteils schnell und glatt vonstatten gehen. Ohne Zeugen. Nur er wollte dabeisein und sich überzeugen, daß der Strom diesmal auch wirklich seine Schuldigkeit tat. Dann war die alte Scharte ausgewetzt. Dann konnte ihm auch Cyrus Stonard keinen Vorwurf mehr machen.

Dr. Glossin lächelte befriedigt. Die Arznei hatte ihn körperlich erfrischt. Die Hoffnung, daß seine Pläne schnell zu einem glücklichen Ende kommen würden, stärkte ihn.

Sein Gedankengang wurde unterbrochen. Er hörte, wie der Kommandant mit einem Ingenieur sprach:

»Die Leistung beider Turbinen ist gefallen und fällt dauernd weiter. Was ist da los?«

Dr. Glossin wurde aufmerksam. Jetzt ein Defekt, ein Versagen der Turbinen, das konnte seine Pläne stören.

Eine leichte Erschütterung ging durch das Flugzeug. Die Spitze neigte sich etwas nach unten, und im Gleitflug glitt es aus der gewaltigen Höhe hinab.

Die Stimme des Ingenieurs ertönte wieder: »Mr. Boolton, beide Turbinen stehen. Die Kraft ist weg.«

Der Kommandant fuhr auf wie eine gereizte Bulldogge.

»In des Teufels Namen, Wimblington, wollen Sie uns bis auf die Knochen blamieren? R. F. c. 2 ist das beste Flugzeug unserer Flotte. Ich bringe Sie vor das Kriegsgericht.«

Der Ingenieur eilte in den Turbinenraum zurück. Er vergaß es, die Tür hinter sich zu schließen. Das Geräusch von allerlei Werkzeugen und Hantierungen drang in die Kabine. Derweil ging das Flugzeug ohne Motorkraft unaufhaltsam im Gleitflug zur Erde. Nur noch zehn Minuten, und es mußte landen, wenn die Antriebskraft nicht wiederkam.

»Herr Kapitän, der Fehler ist nicht festzustellen.«

Der Kommandant wurde blutrot im Gesicht.

»In Satans Namen, Sir, Sie werden erschossen, wenn wir notlanden müssen.«

Die Dinge erfuhren durch diesen Wutausbruch des Kapitäns keine Änderung. Die Antriebskraft blieb aus. Der Gleitflug in die Tiefe dauerte an. Schon befand sich R. F. c. 2 in einer dichten Atmosphäre nur noch 3000 Meter über dem Boden. Noch vor kurzem waren die Sonnenstrahlen vom Westen her klar und kräftig in den Raum gefallen. Jetzt nicht mehr dreißig, sondern nur drei Kilometer hoch, war das Flugzeug bereits im Dämmerschatten der Erde. Kommandant Boolton durchspähte zähneknirschend die Gegend und suchte einen passenden Landungsplatz. Er bemerkte, daß es ihm gerade noch möglich sein würde, über einen Hochwald hinwegzukommen und auf einer mäßig großen grasbestandenen Lichtung niederzugehen.

Die Aufregung des Kommandanten hatte sich auch Glossin mitgeteilt. Unruhig lief er mit kurzen Schritten in der Kabine hin und her. Sein Blick fiel auf Silvester Bursfeld. Der Gefangene hatte sich herumgeworfen, so daß er Jane sehen konnte, die immer noch in leichtem Schlummer lag. Die Blicke Glossins und Logg Sars trafen sich, und Schrecken kroch dem Doktor ans Herz.

In diesem Augenblick fühlte er, daß der Turbinendefekt keine zufällige Panne war. Er fühlte, daß die unheimliche unbekannte Macht wieder hinter ihm her war. Er hätte einen Eid drauf geschworen, daß dieselbe Kraft, die damals die Maschine in Sing-Sing lähmte, jetzt

auch die Turbinen des Rapid Flyers in ihrer Arbeit anhielt. Mechanisch faßte er nach der Tasche, welche die kleine wirksame Schußwaffe barg.

R. F. c. 2 setzte auf der Grasnarbe auf. Mit vollendeter Steuerkunst hatte Kapitän Boolton das Flugzeug noch über die letzten Hochstämme des Waldes gebracht. Unmittelbar am Waldrande kam es zur Ruhe und wurde von den Schatten der schnell wachsenden Dämmerung umfangen. Boolton ließ das Steuer los und drehte sich um, als ein Geräusch seine Aufmerksamkeit fesselte. Wie zur Salzsäule erstarrt blieb er stehen und stierte durch die Seitenscheiben.

Ein zweites Flugzeug schoß aus der Höhe herab, gewann an Gestalt und legte sich, kaum hundert Meter von R. F. c. 2 entfernt, auf den Rasen. Das von Minute zu Minute unsicherer werdende Licht der Dämmerung genügte noch, um die Formen erkennen zu lassen.

Kapitän Boolton fand zuerst die Sprache wieder.

»Ich will des Teufels Großmutter heiraten, wenn es nicht R. F. c. 1 ist. Es fliegt kein anderer Bau von der Sorte in der Welt. R. F. c. 3 ist noch in der Montage.«

Der Kommandant hatte seinen Ärger vergessen. Die Neugier, wie R. F. c. 1 hier plötzlich auftauchen könne, überwog alle anderen Gefühle. Dr. Glossin stand da, die Hand an der Schußwaffe, und blickte auf das fremde Flugzeug.

Dort drüben regte sich nichts. Unheimliche Ruhe herrschte. Flugkapitän Boolton brach das Schweigen.

»Was brennt hier? Habt ihr Feuer an den Maschinen?«

Er schrie es nach dem Turbinenraum hin.

Auf die Antwort brauchte er nicht zu warten. Dicht neben ihm öffnete sich die massive Metallwand von R. F. c. 2. Das Metall glühte eine Sekunde hellrot, die nächste grellweiß und versprühte dann als Dampf. Noch bevor es Zeit hatte, zu schmelzen und wegzufließen. Die innere Holzverkleidung flammte einen kurzen Augenblick, aber auch sie versprühte und verschwand, bevor es zu einem richtigen Feuer kommen konnte. Nur ein letzter Brandgeruch machte sich bemerkbar.

Schon war die dem neuen Flugzeug zugekehrte Seitenwand von R. F. c. 2 in der Größe mehrerer Quadratmeter verschwunden.

Boolton sah, wie sein Flugzeug sich vor seinen Augen in Dampf und Nichts auflöste. Mit geballten Fäusten stürzte er erbittert auf die entstandene Öffnung zu.

... Und geriet in den sengenden Strahl der telenergetischen Konzentration. Im Augenblick flammten die Kleider an seinem Leibe auf. Er wollte zurück und war doch schon tot, verbrannt, in rotglühende Kohle und stäubende Asche verwandelt, bevor noch der Gedanke, daß er bedroht sei, in seinem Gehirn Wurzel fassen konnte.

Die Flamme des Strahlers fraß weiter. Schon lag die Kabine bloß. Ingenieur Wimblington war nicht gewillt, seine Maschine ruinieren zu lassen. Seine Rechte fuhr nach der Tasche. Schon lag die Präzisionswaffe in seiner Faust. Prasselnd schlugen die Geschosse gegen die Flanken von R. F. c. 1.

Das erste . . . das zweite . . . das dritte . . . das vierte ging darüber hinweg, denn der feurige Strahl faßte den Ingenieur, faßt die Waffe in seiner Hand, fraß die Hand und fraß ihn selbst, bevor er ein fünftes Mal abdrücken konnte.

Mit aufgehobenen Händen sprangen die Monteure durch die Öffnung ins Freie.

Der eine zersprühte und verglühte im Augenblick des Absprunges. Den zweiten traf der Strahl in der Zehntelsekunde, die er in der Luft schwebte. Etwas weiße Asche fiel auf den Rasen.

Dr. Glossin hatte den Sinn der Katastrophe erkannt. Mit Aufbietung aller Kräfte hatte er in diesen Sekunden die Verschlußschrauben gelöst, die die Tür auf der Backbordseite des Flugzeuges verschlossen hielten.

Mit einem Sprung riß er Jane an sich. Mit einem Ruck hatte er auch die Schußwaffe zur Hand. Der Schuß blitzte auf. Aus nächster Nähe war die Waffe auf Silvester gerichtet.

Schmerzlich zuckte der Getroffene zusammen. Eine kräftige Abwehrbewegung mit den eng gefesselten Händen brachte den Doktor ins Wanken. Er wäre gestürzt, hätte er nicht im letzten Augenblick die Waffe fallen lassen und sich an den Türpfosten geklammert.

Jetzt zeigte sich die Kraft, die in diesem mißgestalteten Körper vorhanden war.

Die bewußtlose Jane noch immer auf dem Arm, glitt Glossin von der Plattform der Kabine auf der Backbordseite des Flugzeuges hinaus und lief auf den Wald zu. Im gleichen Augenblick sprang Atma auf der Steuerbordseite in das Flugzeug.

Er sah Silvester gefesselt und durchschnitt die bindenden Stricke gedankenschnell, ließ den Strahler in Silvesters Hände fallen, glitt im selben Moment schon zur anderen Seite des Flugzeuges hinab und stürmte dem Walde zu.

Es war hohe Zeit. Nur noch undeutlich schimmerte Janes weißes Kleid durch die Stämme. Dr. Glossin hatte einen bedeutenden Vorsprung, und die Schatten der Dämmerung wuchsen von Sekunde zu Sekunde. Aber er war alt, und Atma war jung, Dr. Glossin trug eine schwere Last auf seiner Schulter, und Atma war ungehindert.

Der Vorsprung Glossins nahm von Minute zu Minute ab. Durch das Stoßen und Schütteln des Laufens war Jane wieder zum Bewußtsein gekommen und sträubte sich mit allen Kräften. Sie schlug auf den Arzt ein, warf sich wild zurück und behinderte ihn schwer.

Schon hörte er den keuchenden Atem des Inders hinter sich. Da packte ihn die Todesfurcht. Das Verhängnis kam hinter ihm her. Nur noch einmal entrinnen!

Eine kleine Schlucht öffnete sich vor ihm. Er ließ Jane zu Boden gleiten, sprang in die Tiefe und lief die Bodenfalte entlang. Hier herrschte schon Dunkelheit. In seiner dunklen Kleidung war er in dem dichten Unterholz nicht mehr zu sehen. Vorsichtig schlich er von Baum zu Baum weiter, jedes Geräusch vermeidend.

Atma war bei Jane stehengeblieben. Vorsichtig hob er sie auf, trug sie aus dem Walde auf das freie Feld zurück, brachte sie sicher in die Kabine von R. F. c. 1 und sah dann nach Silvester.

Der lag ohnmächtig in sich zusammengesunken. Der Strahler war seinen Händen entfallen. Aus der Wunde strömte das Blut.

Atma kam nicht zu früh. Das Messer, welches vor kurzem die Fesseln durchschnitt, zertrennte jetzt die Gewandung. Die getroffene Seite lag bloß. Eine Schlagader war verletzt. Im Rhythmus des Herzschlages verströmte der rote Lebenssaft.

Es dauerte eine geraume Zeit, bis Atma des Unheils Herr wurde. Endlich stand die Blutung.

Die Wundränder schlossen sich. Vorsichtig trug Atma seinen Jugendgespielen in das andere Flugzeug und bettete ihn mit unendlicher Sorgfalt.

Jetzt wußte Atma den Freund und das Mädchen geborgen. Seine Gestalt straffte sich, und mit dem Strahler in der Hand wandte er sich dem Walde zu. In der letzten Dämmerung des entschwindenden Tages stand dort die Ruine von R. F. c. 2.

Der Strahler wirkte. Jetzt brauchte der Inder nicht mehr so sorgfältig zu zielen und zu konzentrieren. Mit Gewalt explodierten zehntausend Kilowatt in dem Wrack. Im Augenblick glühte der ganze Rumpf hellrot auf. Schnell wuchs die Hitze zu blendender Weißglut. Das Aluminium des Körpers begann zu brennen. Millionen von Funken und Sternchen warf die glühende Masse nach allen Seiten in die Luft. Dann floß sie zusammen. Eine einzige Lache geschmolzener Tonerde, wo noch vor kurzem ein vollendetes Meisterwerk menschlichen Erfindungsgeistes gestanden hatte.

Atma stellte den Strahler ab. Aber die hellrot glühende Schlakkenmasse da drüben gab noch nicht Ruhe. Die Flammen sprangen auf den Waldrand über. Das dürre Gras brannte, einige Grenzbäume fingen Feuer.

Atma sah das Schauspiel, ohne etwas dagegen zu tun.

Mit schnellen Griffen ließ er die Turbinen von R. F. c. 1 angehen. Der Rapid Flyer stürmte in die Höhe. Weit hinter ihm lag der brennende Wald. Atma sah es und lächelte.

»Wenn der Wind gut geht, Glossin, dann lernst du diese Nacht doch noch . . .«

Der Rest erstarb im Brausen der Turbinen.

Atma trat an die Steuerung und setzte das Flugzeug auf reinen Nordkurs. Der Weg gerade über den Pol blieb der sicherste.

Auf der Wiese vor dem Truworhause in Linnais setzte R. F. c. 1 auf. Mit starken Armen trug Erik Truwor den wunden Freund in sein Heim, während Jane am Arm Atmas folgte.

Und dann kamen Tage banger Sorge. Die Verwundung Silvesters war nicht lebensgefährlich. Die Kugel Glossins war an einer Rippe abgeglitten und hatte nur eine Fleischwunde verursacht.

Bedenklicher war das hohe Fieber. Der alte Arzt aus Linnais schüttelte ratlos den Kopf. Keine Wundinfektion, glatt fortschreitende Heilung der Verletzung und trotzdem diese Fieberschauer, die den Kranken bis an den Abgrund der Vernichtung führten. Seine Kunst und sein Latein waren hier zu Ende.

Lange Tage und kurze, hell dämmernde Nächte folgten aufeinander, in denen Jane nicht vom Lager Silvesters wich und Atma sich mit ihr in der Pflege teilte; Atma, der die Dinge anders ansah als der schwedische Arzt. Atma, der die wildesten Fieberträume Silvesters beruhigte, wenn er ihm die Hand auf die Stirn legte.

»In der fünften Nacht wird die Entscheidung fallen.«

Atma hatte es Erik Truwor zugeflüstert, als sie den Verwundeten aus dem Rapid Flyer trugen und auf sein Lager betteten. Jane hatte die Worte gehört, so leise sie auch gesprochen wurden.

Heute war die fünfte Nacht. In dem verdunkelten Zimmer saß Jane am Lager Silvesters und bewachte jede Regung des Kranken.

Es war nach Mitternacht, und das fahle Licht des jungen Tages dämmerte durch die Schatten des Zimmers. Mit Angst und Freude bemerkte Jane eine Veränderung in den Zügen Silvesters. Es zuckte leise darin. Die geschlossenen Augenlider schienen sich heben zu wollen. Der Körper machte schwache Bewegungen.

War das der Tod? Oder war es Erwachen zu neuem Leben?

Die Sorge überwältigte Jane. Sie wollte Atma rufen, doch die Stimme versagte ihr. Rückhaltlos überließ sie sich den Gefühlen, die in ihr stürmten. Sie umschlang Silvesters Hals, sie flüsterte ihm zärtliche Worte zu und drückte ihre Lippen auf seine Stirn. Alle Anordnungen des Arztes, alle Weisungen Atmas waren in diesem Augenblick vergessen.

»Silvester, verlaß mich nicht! Silvester, bleibe bei mir!«

War es der Klang ihrer Stimme so nahe an seinem Ohr? Einen Augenblick hob er die Augenlider, als suche er mit Gewalt die Umgebung zu erkennen. Dann schlossen sie sich wieder. Der Kopf sank tiefer. Er lag ganz still und regunglos.

»Silvester!«

Ein Schrei aus tiefster Not war es. Leise sank sie neben dem Bett auf die Knie und vergrub das Antlitz in ihre Hände.

Atma war in das Zimmer getreten. Seine Augen ruhten forschend auf den Zügen Silvesters.

»Die Seele ist stärker als der Tod . . . Er ist gerettet.«

Er murmelte es leise und trat zurück.

Von neuem öffnete der Kranke die Augen. Diesmal viel freier und leichter. Und sah mit freudvollem Staunen den blonden Kopf an seiner Brust, dessen Antlitz ihm verborgen war.

»Wer . . . was ist . . .«

Jane war aufgesprungen.

»Er lebt, er wird leben!«

Noch erkannte Silvester sie nicht.

»Wer ist . . . wer bist . . .«

»Jane, deine Jane bin ich . . . Jane ist bei dir! Gott hat uns wieder vereinigt.«

Der Schimmer des Verstehens, des Wiedererkennens flog über die Züge Silvesters.

»Jane?«

»Ja, deine Jane . . . fürs ganze Leben!«

»Jane! . . . Jane!« . . . Er wiederholte den Namen, als gewähre ihm das Aussprechen höchste Seligkeit. Er hob die Arme und legte sie um Janes Hals. Er zog ihr Haupt zu sich und lehnte seine Wange an die ihre.

»Meine Jane«, sagte er so leise, daß sie wohl bemerken konnte, wie die körperliche Schwäche ihn zu übermannen drohte.

»Vor Gott schon lange und jetzt auch vor den Menschen.«

Seine Augen schlossen sich wieder, aber das selige Lächeln blieb auf seinen Lippen. Schnell und sanft schlummerte er ein.

Mit unhörbaren Schritten trat Atma neben Jane.

»Dein Geliebter schläft. Die Gefahr ist vorüber. Du armes Kind mußt auch ruhen. Komm und laß mich allein mit Silvester. Zur rechten Zeit will ich dich rufen.«

»Er schläft, er ist gerettet!« wiederholte Jane. Sie sprach es leise. Einen langen Blick warf sie auf den ruhig Schlummernden und folgte dem Inder. –

Nachdem die Krisis überstanden, die Kraft des Fiebers gebrochen war, machte die Genesung Silvesters schnelle Fortschritte. Schon am dritten Tage ging er an Janes Arm über die Wege des parkartigen Gartens, der das Haus umschloß, und jede Stunde des Tages war eine Stunde des Glücks für die Liebenden. Nach einer Woche wagten sie es, den Pfad zum Ufer des Torneaelfs zu wandern, berückt und entzückt von der romantischen Schönheit dieser wunderbaren Landschaft. Ein unendliches Glücksgefühl durchflutete ihre Herzen. In dem dichten Grase am Flußufer ließen sie sich nieder. Silvester lehnte seinen Kopf in Janes Schoß und schloß tief atmend die Augen.

»Wenn ich deine liebe Gestalt nicht fühlte, möchte ich glauben, es wäre nur ein schöner Traum, und würde den Himmel bitten, daß er nie ein Ende fände. Jane, du bist bei mir«, er zog ihre Hände an seine Lippen und küßte sie. »Die guten Feenhände, ihnen verdanke ich mein Leben.«

»O Silvester, wie gern wäre ich für dich gestorben, hätte mein Tod dir Rettung bringen können. Du hast so vieles, wofür du leben mußt. Ich habe nichts als dich. Was sollte aus mir werden, wenn ich dich nicht hätte.«

Ihre Arme umschlossen den Geliebten. Ihre Augen versenkten sich ineinander . . . ihre Lippen fanden sich in einem langen Kuß.

Im Hause Termölen war Geburtstag. Das Geburtstagskind Andreas Termölen trug seine acht Jahrzehnte, so gut ein Mensch sie zu tragen vermag. Schon am Vormittag hatte er den Festrock aus feinem schwarzem Tuch angelegt. Das volle weiße Haar, der starke Schnurrbart gaben dem Gesicht einen energischen Zug. Doch die Jahre machten sich fühlbar. An der Seite seiner Luise, der fünf Jahre jüngeren Gattin, hatte der Jubilar in den Vormittagsstunden die Schar der Gratulanten empfangen. Der Duft von Blumenspenden erfüllte das Wohnzimmer. Der Alte hatte sich aufrecht gehalten. Mit alten Freunden geplaudert und manch Gläschen getrunken. Nach der Mahlzeit war er froh, als er sich behaglich in dem alten Ledersessel ausstrecken konnte. Da konnten die alten Glieder wohlig ruhen und sich lösen.

Die Termölensche Ehe war kinderlos. Die Liebe der alten Leute betätigte sich an Neffen und Nichten. Auch an der dritten Generation, die zum größten Teil schon erwerbstätig im Leben stand.

Der alte Mann wollte sein Schläfchen machen. Aber die Anregungen und Ungewohntheiten des Tages wirkten nach. Er war zu aufgeregt dazu.

»Wat meinst du, Luischen, ob de Jong, de Willem, hüt von Essen röwerkütt?«

»Ich mein', er wird schon komme, wenn er Zeit hat.«

Die Zwiesprache galt dem Oberingenieur Wilhelm Lüssenkamp von den Essener Stahlwerken. Der stand nun auch schon im fünfzigsten Lebensjahr. Aber für die beiden Alten blieb er nach wie vor »de Jong, de Willem«.

Der Alte sann einige Zeit über die Antwort nach.

»Wenn er Zeit hat. Et jibt jetzt mächtig zu don. Et jibt bald Krieg.«

Dann sprangen seine Gedanken zu einem anderen Gegenstand über.

»Wer hätt dat jedacht, Luische, dat aus unser Reisebekanntschaft auf dem Schiff . . . damals hinter Bonn . . . dat daraus wat Ernstlichet werden wird. Ich han mir nachher jedacht, der junge Mann damals

müßte mich für 'nen alen Schwefelkopf halten. Und da kütt dann en Brief aus Amerika. Un dann noch einer aus Schweden. Dat muß ich nochmal lesen.«

Frau Luise Termölen brachte die Briefe. Der alte Mann versuchte zu lesen. Die Hand war zu zittrig, und die Schrift verschwamm ihm vor den Augen.

»Lis du es jet, Luische. Du hast jüngere Augen.«

Frau Luise setzte sich zurecht und las die fünfzigmal gelesenen Briefe zum einundfünfzigstenmal.

Geehrter Herr Termölen!

Ein wunderbarer Zufall hat es gefügt, daß die Hinweise, die Sie mir vor Jahresfrist gaben, mir wirklich ziemlich vollständige Klarheit über meine Herkunft gebracht haben. Ich bin, wie sie aus dem Poststempel ersehen können, in Trenton. In denselben Staatswerken, in denen auch Frederic Harte bis vor zwei Jahren seine Stellung bekleidete. Er verlor sein Leben bei einem Unfall. Aber seine Witwe weiß über die Schicksale der einzelnen Familienmitglieder gut Bescheid.

Ich habe Frau Harte und ihre Tochter Jane kennen- und schätzen gelernt. Nach den langen Unterhaltungen, die ich mit Frau Harte hatte, ist es für mich Gewißheit, daß ich der Sohn von Gerhard Bursfeld bin, der aus Iran nach Rußland verschleppt wurde. Zeit und Ort stimmen genau mit den Angaben überein, die mir von anderer Seite her über das Verschwinden meines Vaters bekannt wurden.

Die Wahrscheinlichkeit, daß zwei Deutsche an derselben Stelle zur selben Zeit in dieser Weise verschwinden sollten, ist praktisch gleich Null. Auch Frau Harte bestätigte die Ähnlichkeit mit Gerhard Bursfeld, von dem sie gute Bilder besitzt. Ich darf Sie danach als meinen Verwandten betrachten und begrüße Sie als

Ihr dankbarer

Silvester Bursfeld.

Der Brief war an den Kniffstellen mehrfach eingerissen und trug die Spuren häufiger Lektüre.

»Wer hätte dat jedacht, Luische, dat die Menschen sich auf Jottes weiter Welt so zusammenfinden. Laß mich och den zweiten Brief hören.«

Frau Luise rückte die Brille zurecht und las weiter. Der andere Brief war aus Linnais und neuesten Datums.

Mein lieber Herr Termölen!

Ich bin der glücklichste Mensch auf der Welt und verdanke Ihnen, daß ich es bin. Hätten Sie mir damals nicht die Nachweise gegeben, wäre ich nie zu Mrs. Harte gekommen. Dann wäre Jane Harte auch

nicht meine liebe Braut und in zwei Stunden mein angetrautes Weib. Es treibt mich, Ihnen von meinem Glück Kenntnis zu geben. Heute nachmittag gehen wir auf die Hochzeitsreise. Italien, Griechenland, Ägypten bis zu den Pyramiden. Jane kennt die Alte Welt noch nicht. Sie hat immer in Amerika gelebt. Auf der Rückreise wollen wir Sie besuchen. Ich lade mich und meine junge Frau auf die Mitte des Monats für ein paar Tage bei Ihnen zu Gaste. Durch Jane, die es von ihrer Mutter weiß, erfuhr ich, daß Sie jetzt Ihren achtzigsten Geburtstag feiern. Wir gratulieren dazu von den Ufern des Torneaelf her und werden unsere Glückwünsche bald mündlich wiederholen.

Ich bleibe

Ihr ergebenster . . .

Frau Luise blickte von ihrer Lektüre auf. Nun war der alte Mann doch eingeschlafen. Die Natur verlangte ihr Recht. Sie ließ ihn ruhig schlummern und bereitete leise den Kaffeetisch für den Nachmittag. Der Junge, der Wilhelm, wurde ja erwartet. Vielleicht kamen auch noch andere Gäste.

Die Hausglocke erklang. Andreas Termölen fuhr aus seinem Schlummer empor. Eine kräftige männliche Stimme im Vorraum. Wilhelm Lüssenkamp trat ins Zimmer. Der blonde Rheinländer begrüßte den alten Oheim herzlich und brachte ihm seine Gabe dar. Einen Korb mit Rosen, zwischen denen die rotgekapselten Hälse von einem Dutzend guter Flaschen verheißungsvoll blinkten.

»Alter Wein für alte Leute, Onkelchen. Meine besten Glückwünsche. Lange kann ich nicht bleiben. Wir arbeiten mit Nachtschicht. Mit List und Tücke bewog ich den Kollegen Andriesen, mich über den Nachmittag zu vertreten. Erwischte einen freien Werkflieger, der mich bis Düsseldorf mitnahm, und da bin ich.«

Andreas Termölen ließ den Wortschwall über sich ergehen. Drückte die Hände seines Neffen herzlich und lange.

»Et freut mich, Jong, dat du noch auf en paar Stündchen den Weg zu deinem alten Ohm jefunden hast. Dafür sollst du och dat erste Stück vom Kuchen haben.«

Sie setzten sich an den Kaffeetisch, griffen zu und ließen sich schmecken, was Frau Luise darbot.

In die idyllische Ruhe dieses stillen Heims kam Wilhelm Lüssenkamp aus dem sausenden Getriebe der großen Essener Stahlwerke, brachte die Unrast und Anspannung harter Arbeit mit und fand bei dem alten Mann freudiges Verständnis. Bis vor fünfzehn Jahren hatte Andreas Termölen selbst eine leitende Stellung in der rheinischen Stahlindustrie bekleidet. Er wußte, was es bedeutet, den Gang der Schmelzöfen zu überwachen und Abstich auf Abstich in die

Kokillen zu bringen. Begierig lauschte er den Erzählungen des Neffen.

Daß das Werk im Laufe der letzten vierzehn Tage die Zahl der Stahlöfen verdreifacht habe. Tag und Nacht wurde mit riesenhaft vermehrtem Personal gearbeitet. Eben trocken, wurden die Öfen schon in Betrieb genommen. Vorsichtig begann die Beheizung. War nach vierundzwanzigstündiger Beheizung die letzte Spur von Feuchtigkeit aus dem Mauerwerk getrieben, dann stieg die Hitze im Ofeninneren in wenigen Stunden auf grelle Weißglut. Dann warfen die Maschinen Charge auf Charge in den Ofen: Gußbrocken, Schmiedeeisen und alle anderen Rohstoffe, aus denen in der Höllenglut der edle Stahl gekocht wurde.

Der warme Betrieb mußte Tag und Nacht durchgehen, weil man die Öfen nicht erkalten lassen durfte. Aber die Produktion war jetzt verstärkt. Sie war schon verdreifacht und sollte noch einmal verdreifacht werden.

»Wat soll dat all? Wo wollt ihr mit der Unmasse Stahl hin?«

Wilhelm Lüssenkamp zuckte mit den Achseln.

»Nicht meine Sorge, Ohm. Das Schmelzwerk hat den Auftrag, soviel Stahl wie möglich zu liefern. Wenigstens aber eine Million Tonnen im Jahr. Da heißt es: Anbauen und sich dranhalten.«

»Et jibt Krieg, Jong. Ick hab' dat schon vorher jesagt.«

»Kann sein, Onkel Andreas. Es sieht so aus. Der Amerikaner kauft Stahl. Der Engländer interessiert sich mehr für fertige Sachen. Im Motorenraum unsere neuen Turbinen . . . ich will mich nicht rühmen . . . aber die haben's in sich und haben's auch den Engländern angetan. Sie sollen schneller sein als die neuesten amerikanischen Typen.«

Die westeuropäische Staatengemeinschaft hatte nach eingehenden Beratungen beschlossen, sich in dem Konflikt zwischen dem Commonwealth und den USA streng neutral zu verhalten. Lieferungen von Halb- und Fertigfabrikaten – mit Ausnahme von Waffen und Munition – sollten aus volkswirtschaftlichen Gründen an beide Parteien zugelassen werden. Schon lag eine riesige Bestellung auf Rohstahl von seiten der USA-Regierung vor, während die britische Regierung einen gewaltigen Auftrag auf Lieferung von Flugzeug-Turbodüsenmotoren tätigte.

Der alte Mann nickte zustimmend.

»Jong, et is jetzt über ein Menschenalter her. Aber der letzte Weltkrieg steht mir noch wie heute vor dem Gesicht. Manchmal scheint et mir noch heut unglaublich, dat ich damals am Leben geblieben bin . . . Et war die Hölle. Et war mehr als die Hölle.« Der Alte schwieg, von der Erinnerung ergriffen. Der Neffe nahm das Thema auf.

»Es war schlimm, Onkel Andreas. Aber jetzt kommt es noch viel schlimmer. Der Krieg, der uns bevorsteht, wird das Entsetzlichste,

was die Welt jemals gesehen hat. Die Industrie der Erde keucht schon jetzt in voller Kriegsarbeit. Neue Mittel, neue Mordmethoden, von denen die meisten Menschen heute noch keine Ahnung haben. Aber . . . es geht nicht um unsere Haut. Die beiden Weltmächte, die übriggeblieben sind, schneiden sich die Kehle ab. Niemand kann die Katastrophe aufhalten. Sie ist unabwendbar. Wenn sie nicht morgen kommt, dann übermorgen. Aber sie kommt. Ich glaube nicht, daß wir noch im Frieden den Kornschnitt erleben. Kein Mensch kann das Verhängnis aufhalten.«

»Kein Mensch . . .«

Der alte Mann wiederholte es nachdenklich. Dann sagte er:

». . . Janz wat anderes, Jong! In zehn Tagen jibt et bei uns Besuch. Einer von den Bursfelds. Ich hab' dir ja erzählt, wie wunderlich wir ihn entdeckt haben. Sein Jroßmutter war meine Schwester. Eine Schwester deiner Mutter. Er wird uns mit seiner jungen Frau besuchen. Sieh, dat du in den Tagen auch mal zu uns kommst.«

Wilhelm Lüssenkamp versprach es. Sah auf die Uhr und bemerkte, daß es die höchste Zeit zum Aufbruch sei. Er mußte eilen, wenn er sein Flugzeug an der verabredeten Stelle treffen wollte. Die siedende Arbeit rief ihn zurück, fort aus dieser ruhigen Feierstimmung in die Gluten und zu den rasselnden Maschinen industriellen Hochbetriebes.

Glockengeläute klang vom Turm der alten Kirche von Linnais. Über die sonnenbeschienen Dächer des Ortes, über bestellte Felder, die in kurzen Sommerwochen spärlichen Ertrag brachten, zogen die Töne dahin, das Tal des Torneaelfs entlang, und verloren sich schließlich in bläulicher Ferne zwischen den föhrenbestandenen Ufern.

In der Kirche herrschte gedämpftes Licht. In hundert Farben spielte es durch die bunten Fenster. Die Kirche war fast leer. Nur einige zwanzig Personen saßen auf den dreihundertjährigen Eichenbänken und in den Chorstühlen.

Die Orgel setzte ein. Die Klänge des Chorals drangen durch den Raum. Es war der Hochzeitstag Silvesters. Der Tag seiner Vereinigung mit Jane.

Die Orgel schwieg. Der alte Geistliche segnete den Bund. Jane im weißen Kleide, den Myrtenkranz im lichtblonden Haar, glich den Engelsgestalten, welche die Kunst eines alten Meisters über dem Altar geschaffen hatte. Silvester, den Arm nach der Verwundung noch in der Binde, war froh und glücklich.

Dicht hinter dem Paar saßen die beiden Zeugen der Zeremonie: Erik Truwor und Soma Atma. Der Inder ruhig, in sich versunken. Der freie Ritus der Zeit erlaubte es ihm, hier als Zeuge zu dienen. Seine Gedanken weilten bei den Lehren der eigenen Religion. An

das Rad des Lebens dachte er, an das wir alle gebunden sind. An das Kämpfen und Leiden aller Kreatur, die erst nach tausendfacher Wiedergeburt und Bewährung zur ewigen Seligkeit des Nirwana eingehen darf.

Erik Truwor saß hochgereckt, jeder Muskel verhaltene Kraft, und er war glücklich beim Glücke des Freundes, doch schon weitere Pläne erwägend und ungeduldig über jede Verzögerung, die seine Lebensaufgabe erfuhr.

Der Priester wechselte die Ringe. Leicht schob sich der goldene Reif auf den schlanken Finger der Braut. Hart und schwer legte er sich an Silvesters Hand neben den Ring von Pankong Tzo.

Atma sah es, und seine Gedanken nahmen einen anderen Lauf.

»Wer schon gebunden ist, soll nicht nochmals binden. Zwei Pflichten kann niemand erfüllen, zwei Herren niemand dienen.«

Der christliche Priester sprach milde Worte. Daß sie nun eins seien. Daß jeder dem anderen gehöre, bis einst der Tod sie scheiden würde.

Atma sah nur die beiden Ringe an Silvesters Hand.

Auch Erik Truwors Gedanken wanderten. Fort aus dem grünen Tal, nordwärts über brandendes Meer und weite Eisflächen zu verschneiten Felsen. Nur undeutlich drangen die Worte des Priesters an sein Ohr. Im Geiste baute er dort nordwärts in eisigen Fernen bereits eine neue Zufluchtsstätte. Ein neues Heim, unentdeckbar und unangreifbar.

Der Geistliche hatte geendet. Segnend legte er die Hände auf die Häupter der Neuvermählten. Ein voller Sonnenstrahl fand seinen Weg bis zum Altar und wob aus goldenem Licht eine Krone auf dem Scheitel der Braut. Die Orgel fiel wieder ein. Die Feier ging dem Ende zu.

Kraftwagen brachten die Teilnehmer zum Hause Truwor zurück, wo das Mahl gerichtet war. Gäste aus dem Ort: der Vogt von Linnais mit seiner Gattin, der Königliche Richter, Besitzer freier Bauernhöfe aus der Umgebung von Linnais mit ihren Frauen. Es war eine schwedische Hochzeit mit den alten Sitten und Gebräuchen.

Seit einem Menschenalter hatte die hohe Halle des Hauses so zahlreiche Gesellschaft nicht mehr beherbergt. Seitdem Erik Truwors Mutter starb und der Vater nur noch seiner Wissenschaft und seinen Reisen lebte.

Jetzt dröhnte der Dielenboden unter den Schritten kräftiger hoher Gestalten. Scherzen und Lachen erklangen und verjagten die Geister.

Amtmann Bjerkegrön führte als Respektsperson den Vorsitz und das Wort an der Tafel. Richter Kongshom sekundierte ihm vom anderen Ende her. Es wurde geschmaust und getrunken. Der Amtmann brachte den Toast auf das junge Paar aus. Der Richter wollte

nicht nachstehen und sprach auf künftige Paare, die in dieser Halle noch Hochzeit halten würden. Der nächste Bräutigam müsse Erik sein. Seit Jahrhunderten stünde das Haus Truwor und sei stets vom Vater auf den Sohn vererbt worden. Also . . .

Er schloß in nicht mißzuverstehender Weise und leerte sein Glas auf die noch unbekannte Braut.

Um drei Uhr hatte das Mahl begonnen. Um sechs Uhr saß man noch. Viele Toaste waren ausgebracht, viele Gläser geleert worden. Die Köpfe waren rot, und die Stimmung ging hoch. Allgemeines Stimmengebraus erfüllte den Raum. Mancher sprach, nur um zu reden, und achtete nicht sonderlich mehr darauf, ob er Zuhörer fand oder nicht.

Erik Truwor hatte in der allgemeinen Lebhaftigkeit unbemerkt seinen Platz verlassen und sich halb rückwärts hinter Atma einen Stuhl hingezogen. Der Inder war ruhig und schweigsam wie gewöhnlich. Während der Richter von künftigen Hochzeiten sprach, ruhte sein Blick auf den altersbraunen Deckenbalken der Halle. Wieder kam ihm in jener Sekunde die unheimliche Gabe des Fernsehens, und er glaubte, verzehrende Flammen um das Gebälk lecken zu sehen.

»Dein brauner Kumpan ist schweigsam, Erik. Wir wollen ihm zeigen, was eine Hochzeit in Schweden ist. Ein Brautführer darf nicht nüchtern bleiben, wenn er der Braut Ehre machen soll.« Der dicke Vogt rief es lachend und kam dem Inder mit einem vollen Pokal vor. Atma tat Bescheid. Dem Vogt und vielen anderen. Nur war der Trunk, der bald goldglänzend, bald funkelnd wie Rubin in seinem Glase schimmerte, kein Wein.

Erik Truwor beugte sich vor.

»In dreißig Minuten muß Silvester aufbrechen, wenn er den Anschluß an die planmäßige Maschine nach Deutschland erreichen will.«

»So laß ihn gehen.«

Atma sagte es ruhig und leidenschaftslos.

»Du kennst meine Landsleute nicht. Sie wollen den Brauttanz. Sie wollen den Schleier der Braut vertanzen, wollen zuletzt aus dem Brautschuh trinken. Ich bedauere es jetzt, daß ich die alten Freunde und Nachbarn eingeladen habe. Es gibt Anstoß, wenn das Paar jetzt aufsteht.«

Atma überblickte die Tafel. Sie waren alle in ihrem Element. Der Richter hielt dem Beisitzer einen Vortrag über einen besonders interessanten Fall aus der letzten Sitzung. Der Vogt machte der Frau Amtmann Komplimente. Der Amtmann begann auf die Regierung zu schimpfen.

»Ich muß mit Silvester noch sprechen. Wir haben ihm eine Woche für seine Hochzeitsreise zugestanden. Ich habe mich besonnen, er mag vierzehn Tage reisen.«

Atma wandte sich aufmerksam um.

»Warum das? Du wolltest ihn zuerst nur drei Tage entbehren. Er hat dir die Woche abgerungen. Warum jetzt Wochen?«

»Weil . . . ich habe meine Gründe, die ich dir später sagen werde. Ich muß das Paar jetzt aus dem Saal herausbekommen.«

Atma ließ seinen Blick von neuem über die Tafel gehen. Er erhob sich und trat an die schmale Wand der Halle. Es sah aus, als ob er dort irgend etwas erklären oder zeigen wolle.

Schon hoben einige aus der Gesellschaft die Köpfe und blickten gespannt auf das dunkle Getäfel der Wand. Die Frau Amtmann fiel dem Vogt ins Wort:

»Sehen Sie . . . das herrliche Bild . . . ein indisches Schloß, wie es scheint. Wie wundervoll! Die bunten Kuppeln im stahlblauen Himmel . . . Unser Erik ist ein charmanter Gastgeber. Er bietet uns einen Extragruß . . . Wohl Bilder von seinen exotischen Reisen . . .«

Der dicke Vogt hob neugierig den Kopf und folgte der weisenden Hand seiner Nachbarin. Eben noch schien ihm weißer Nebel über die Wand zu wallen. Jetzt sah er in strahlender Schönheit den Kaiserpalast von Agrabad.

Er machte den Nachbarn darauf aufmerksam. Und der den nächsten. Wie ein Lauffeuer ging es um die Tafel. Die mit dem Rücken gegen die Schmalwand saßen, drehten sich um. Wo Silvester und Jane nur das dunkle Getäfel erblickten, schimmerte den andern das wunderbare Bauwerk altindischer Kunst in strahlender Schönheit. Aus dem stehenden wurde ein bewegtes Bild. Der Palast zog näher heran. Die staubige, sonnenbeschienene Straße dehnte sich bis in den Saal. Längst hatte der Richter seinen Prozeß, der Amtmann seinen Zorn auf die Regierung vergessen. Gebannt starrten die Gäste auf das Schauspiel an der Wand. Die Elefanten des Königs kamen. Mit vergoldeten Stoßzähnen und purpurnen Schabracken. Es schien ein plastischer Farbfilm zu sein, wie man ihn in allen Filmtheatern sah, ein Film von unerhörter Farbenpracht. Und er blieb nicht an der Wand. Einzelne Figuren liefen bis weit in den Saal hinein.

Lobbe Lobsen zog seinen Stuhl zurück, weil ein staubiger Pilger ihm direkt über die Füße lief. Immer wunderbarer wurde es.

Atma, der eben noch in europäischer Kleidung da war, stand plötzlich im exotischen Gewand unter den Gestalten, begrüßte hier einen, nickte dort einer Figur zu, wurde gekannt und wieder gegrüßt.

Derweil stand Erik Truwor draußen vor dem Hause am Schlage des Kraftwagens und tauschte den letzten Händedruck mit dem jungen Paar.

»Reist glücklich! Genießt euren Honigmond! Die letzten drei Tage seid ihr Gäste im Hause Termölen. Wenn du zurückkommst, hole ich dich vom Flugplatz ab. Farewell!«

Der Motor sprang an. Der Fahrer mußte sich beeilen, um das Flugzeug nach Deutschland noch auf dem Flughafen zu erreichen.

Erik Truwor kehrte langsam in die Halle zurück. Er fand Atma ruhig auf einem Sessel an der Schmalwand der Halle sitzend. Die Hochzeitsgesellschaft starrte mit aufgerissenen Augen auf diese Wand, als ob dort ein besonderes Schauspiel zu erblicken wäre. So ähnlich mußten wohl die Studenten in Auerbachs Keller ausgesehen haben, als Mephisto ihnen edle Weine aus dem trockenen Holz des Tisches fließen ließ. Erik Truwor konnte sich eines Lächelns nicht erwehren.

Atma erhob sich und ging auf seinen Platz am Tisch zurück. Im gleichen Augenblick begann das Bild, welches die Zuschauer so fesselte, zu verblassen. Es wurde neblig, verlor die Farbe, und schon war wieder die dunkle Wand sichtbar. Nur langsam löste sich die Erstarrung der Gäste. Dann entlud sich der Beifall um so lauter.

Herrlich . . . großartig . . . wundervoll! Die Plastik der Bilder. Das Hinaustreten der Figuren in den freien Raum. Sie waren fast alle in Stockholm gewesen und hatten schon Stereo-Farbfilme gesehen – aber so eindrucksvoll noch niemals.

Sie sparten nicht mit ihren Komplimenten für den Gastgeber.

Und niemand vermißte das Brautpaar. Hin und wieder trank ihm einer zu, als ob Jane und Silvester noch auf ihren Plätzen säßen. Sie schmausten und zechten bis spät nach Mitternacht und dachten erst in den Morgenstunden an die Heimfahrt.

Erik Truwor kannte Atmas Künste. Er wußte, daß es dem Inder ein leichtes war, dieser ganzen auf keinerlei Widerstand eingestellten Gesellschaft die unwahrscheinlichsten optischen und akustischen Phänomene zu suggerieren. Aber es erfüllte ihn dennoch mit Erstaunen, als er sah, wie der Amtmann auf den leeren Stuhl von Jane zuschritt, sich feierlich vor einem Nichts verbeugte, mit einem Nichts im Arm durch die Halle walzte und das Nichts wieder zum Stuhle zurückgeleitete, wie die Amtmännin sich mit geschmeicheltem Lächeln erhob und ebenso durch den Raum tanzte in der festen Überzeugung, vom Bräutigam aufgefordert worden zu sein.

Es wirkte auf Erik Truwor, weil alle Gäste diesen Tänzen besonderen Beifall spendeten. Weil sie alle den Schemen sahen, den der Wille Atmas ihnen aufzwang, während er allein der Suggestion nicht unterworfen war und das unsinnig Groteske dieser Tänze voll spürte.

Er war zufrieden, als die letzten das Haus verließen.

Gefolgt von Atma, ging er ins Laboratorium. Dort stand der neue Strahlapparat, gekuppelt mit dem Fernseh-Empfänger.

»Wo mag das Paar jetzt sein?«

Der Inder antwortete nicht gleich. Seine Augen blickten weit geöffnet in die Ferne. Langsam kamen die Worte:

»Im Süden in weiter Ferne . . . über schneebedeckten Bergen.«

»Du meinst im deutsch-italienischen Tourenflugzeug? Wir werden sehen.«

Erik Truwor sagte es mit stolzer Befriedigung. Er richtete den Apparat und ließ einen leichten Energiestrom strahlen.

Ein Bild erschien. Ziehende Wolken, schneebedeckte Gipfel. Die Alpenkette . . . das Gotthardmassiv . . . ein schimmernder Punkt darüber.

Er arbeitete an dem Mikrometerknopf der Feinstellung, richtete und visierte.

Da wuchs der Punkt zum großen Flugzeug. Jede Schraube, jede Niete wurde erkennbar. Er mußte dauernd regulieren, um die schnell fliegende Maschine in dieser Vergrößerung nicht aus dem Gesichtsfelde zu verlieren.

Jetzt stimmten Regulierung und Flugzeugbewegung genau überein. Regungslos verharrte es in der Mitte der Bildfläche. Vorn, dicht hinter der breiten Zellonscheibe der Kabine, standen Silvester und Jane. Hand in Hand, glücklich lächelnd, blickten sie vor sich nieder in die fruchtbare italienische Ebene.

»Alle diese Kriegsgerüchte sind – ich will den Ausdruck unserer Presseleute gebrauchen – stark verfrüht. Die Welt gehört heute den Anglosachsen. Sie wären Toren, wenn sie sich gegenseitig zerfleischen wollten. Der innere, tiefliegende Grund zum Kriege fehlt, und deshalb wird es trotz allen Pressegeschreis und aller Nervosität keinen Krieg geben. Das ist meine persönliche Ansicht . . . und nicht meine Ansicht allein.«

Dr. Glossin sprach in der überzeugenden und beinahe hypnotisierenden Art, über die er so gut verfügte.

Lord Horace Maitland saß ihm in der Bibliothek von Maitland Castle gegenüber. »Ihre Worte in Ehren, Doktor. Aber warum versucht Amerika die europäische Stahlproduktion aufzukaufen?«

Lord Horace ließ die scharfen grauen Augen forschend auf dem Arzte ruhen. Dr. Glossin hatte seine Muskeln in der Gewalt. Es war ja vorauszusehen, daß die Bemühungen der amerikanischen Agenten den Engländern nicht verborgen bleiben würden.

»Es ist eine wohldurchdachte Maßnahme des Herrn Präsidenten, um den Frieden der Welt aufrechtzuerhalten.«

»Ich muß gestehen, daß mir die Zweckmäßigkeit dieses Weges nicht völlig einleuchtet.«

»Eure Lordschaft, ich betrachte es als meine vornehmste Aufgabe, die guten Beziehungen zwischen unseren beiden Ländern zu pflegen . . .

Sie werden einwenden, daß für diesen Zweck die gegenseitigen Botschafter der beiden Mächte vorhanden sind. In erster Linie gewiß! Aber ein Botschafter ist immer eine offizielle Persönlichkeit.

Was er spricht, spricht er amtlich im Namen seines Staates. Vieles darf er nicht sagen, was zu sagen doch bisweilen gut ist.«

Lord Horace strich mit beiden Händen die Zeitung auf dem Tisch glatt. Ein leichter Sarkasmus lag in den Worten seiner Erwiderung.

»Sie dagegen, Herr Doktor, sind nicht mit der Last der Amtlichkeit beschwert, obwohl wir in England ziemlich genau wissen, daß Sie der vertraute Ratgeber des Präsidenten sind. Sie sprechen ganz privatim als Herr Doktor Glossin mit Lord Maitland, der zufälligerweise der englische Luftfahrtminister ist. So meinen Sie es?«

»Genau so, Lord Horace. Und so erwidere ich denn: Wir erfuhren, daß die Agenten Englands auf dem Kontinent Kriegsmaterial in größtem Maße bestellten und kauften. Wir hätten mit gutem Rechte das gleiche tun können. Die Rüstungen beider Staaten wären dadurch bis zur Fieberhitze in die Höhe getrieben worden. Wir zogen es vor, unsere friedliche Gesinnung dadurch zu zeigen, daß wir nur den unverarbeiteten Rohstahl kauften. Es ist uns leider nicht in dem beabsichtigten Umfange gelungen. Ihre Regierung läßt nach unseren Ermittlungen Kriegsmaterial auf dem Kontinent bauen, durch das Ihre Luftstreitkräfte um fünfzig von Hundert verstärkt werden. Die Industrie auf dem Kontinent versteht es leider nur zu gut, aus der politischen Spannung Kapital zu schlagen. Immerhin werden Ihre Rüstungen durch unsere Stahlkäufe in solchen Grenzen gehalten, daß wir selbst nicht zu rüsten brauchen.«

Die Worte Dr. Glossins verfehlten ihre Wirkung auf Lord Horace nicht. Es war richtig, daß Amerika bisher nur Stahl gekauft hatte. Den freilich in ungeheuerlichen Mengen. Noch gab sich Lord Maitland nicht gefangen.

»Sie werden die erworbenen Mengen nach den Staaten bringen und dort selbst Waffen daraus schmieden.«

Erstaunen malte sich auf Glossins Zügen. »Wir denken gar nicht daran, die zehn Millionen Tonnen Stahl, die wir bisher erwarben, nach den Staaten zu bringen. Es genügt uns, daß sie der Kriegsindustrie entzogen sind. Und – vergessen Eure Lordschaft nicht – wir haben schnell gekauft. Haben noch zu erträglichen Preisen gekauft.

Eine Entspannung der politischen Lage wird über kurz oder lang eintreten. Die Völker der Welt werden sich, wie es immer nach solchen Ereignissen geschah, mit erneutem Eifer der Produktion für den Frieden hingeben. Aber das Rohmaterial wird dann teuer sein« . . . Dr. Glossin fuhr mit erhobener Stimme fort: »Dann werden wir über diesen riesenhaften Vorrat frei verfügen. Wir haben es verhindert, daß Waffen daraus gefertigt wurden, wir werden dann landwirtschaftliche Maschinen daraus fertigen lassen. Die Wunden, die dieser Stahl schlagen wird, sollen fruchtbringende Ackerfurchen werden. So ist es die Meinung und der Wille meines . . .«

Er brach jäh ab, als habe er zuviel gesagt.

... meines Herrn, des Präsidenten Cyrus Stonard, ergänzte Lord Maitland die Worte Glossins in Gedanken. Jetzt war er überzeugt.

Der Doktor behandelte die Kriegsgefahr als nicht vorhanden. Das konnte Verstellung sein, zu plump, um einen englischen Staatsmann auch nur eine Sekunde zu täuschen. Aber Dr. Glossin entwickelte gleichzeitig ein Zukunftsgeschäft, das den Amerikanern Milliarden von Dollar bringen mußte, wenn die Spannung sich friedlich löste. Der Größe dieser wirtschaftlichen Aussichten konnte der Engländer sich nicht entziehen.

Eine Meldung des englischen Geheimdienstes hatte Lord Horace darüber unterrichtet, daß Dr. Glossin erst vor wenigen Tagen eine lange Unterredung mit Cyrus Stonard gehabt hatte. Es war außer Zweifel, daß er im Auftrage des Präsidenten sprach. Amerika suchte vielleicht doch den Krieg zu vermeiden, machte dabei aber gleichzeitig ein Milliardengeschäft.

Blitzschnell gingen dem Lord diese Gedanken durch den Kopf. Er prüfte in kurzen Minuten des Schweigens den Plan nach allen Richtungen und fand ihn wohldurchdacht. Das Netz war gut gewoben. Vielleicht wollte Cyrus Stonard doch den Frieden.

Der Luftfahrtminister hielt die Angelegenheit für wichtig genug, um zu einer Besprechung nach London zu fahren. Er überließ Dr. Glossin der Gastfreundschaft von Maitland Castle und der Gesellschaft von Lady Diana. – –

Maitland Castle war in der Tudor-Zeit erbaut. Spätere Umbauten hatten im Innern mehr Luft und Licht geschaffen, ohne das Äußere bemerkenswert zu verändern. Vor der Südfront des Schlosses lag eine breite Terrasse, gegen den Garten durch eine Sandsteinmauer begrenzt, mit Efeu und Monatsrosen übersponnen.

Die Wasserkünste des Schlosses spielten. Aus gewaltigen Löwenrachen schossen die breiten Strahlen in Muschelschalen, fielen, Regenbogen sprühend, von Kaskade zu Kaskade die Mauerhöhe hinab, füllten ein großes Bassin, um schließlich in Form eines schilfumrandeten Baches dem See zuzufließen.

Im Schatten einer Ulme saß Lady Diana in einem bequemen Korbstuhl. Das Buch, in welchem sie gelesen hatte, lag lässig in ihrer Hand.

Ihr gegenüber saß Dr. Glossin.

»Herr Doktor ... Ihr Interesse für meine Person versetzt mich in Erstaunen. Es geht weit über das hinaus, was meine anderen Gäste mir entgegenbringen und ... das ich entgegengebracht haben möchte.

Mein Mann sagte mir, daß Sie im Interesse unseres Vaterlandes nützliche Arbeit tun, um Frieden zwischen beiden Ländern erhalten

zu helfen. Das ist in meinen Augen ein großes Verdienst. Es gibt Ihnen manche Freiheit. Aber jede Freiheit hat Grenzen . . .«

Diana Maitland zeigte Bewunderung, als sie von der Erhaltung des Friedens sprach. Zum Schluß klang ihre Stimme kalt und abweisend.

»Mylady legen meinen Worten einen falschen Sinn unter. Was ich sagte, hängt mit dem Wohlergehen unserer beiden Länder eng zusammen.«

»Herr Doktor, Sie sprechen in Rätseln. Ich kann beim besten Willen keinen Zusammenhang zwischen meiner Mädchenzeit in Paris und dem Wohlergehen unserer Länder finden. Aber ich bewundere Ihre Quellenforschung. Sie sind wirklich recht genau über meine Vergangenheit unterrichtet . . .«

»Ich bin es in der Tat, Lady Diana. Ich bin es noch genauer, als Sie glauben.«

»Bitte, Herr Doktor, ich habe nichts zu verbergen . . .«

Diana Maitland sagte es hart und spöttisch, um einen Überzudringlichen ein für allemal abzuweisen.

»Ich muß Ihnen etwas sehr Wichtiges anvertrauen: unsere beiden Länder sind durch einen mächtigen und gefährlichen Feind bedroht.«

»Und der wäre, Herr Doktor?« fragte sie ungläubig.

»Der Feind ist Erik Truwor.«

Langsam brachte Dr. Glossin die Worte hervor. Und konnte ihre Wirkung Wort für Wort verfolgen.

Lady Diana, eben noch das Bild sarkastischer Überlegenheit und kalt abweisender Ruhe, erblaßte. Ihre Augen weiteten sich bei der Nennung des Namens Truwor, als ob sie ein Gespenst sähe. Ihr Gesicht war sehr bleich. Viel mehr als die heitere Ruhe offenbarte die leidenschaftliche Erregung, deren Spiegel es jetzt war, alle Wunder dieses schönen Antlitzes. In dem prachtvollen Rahmen des reichen dunkelbraunen Haares, mit den halbgeöffneten Lippen und den bebenden Nasenflügeln hatte es etwas Dämonisches. Aus ihren Augen sprühte die Glut eines flammenden Zornes, eines tödlichen Hasses.

»Erik? . . . Erik Truwor . . .?« rief sie heftig.

Sie warf den Kopf zurück und sah Glossin mit durchdringenden Blicken an.

»Wie können Sie einen Namen aussprechen, dessen Nennung allein eine schwere Beleidigung für mich ist?«

»Ich nannte den Namen eines Mannes, der heute unsere beiden Länder schwer bedroht . . . und der vor langen Jahren, Lady Diana, auch einmal in Ihr Leben eingebrochen ist.«

»Was sagen Sie? Erik Truwor bedroht . . . bedroht das große Commonwealth, bedroht das ganze Amerika? . . . Ein einzelner Mann die

mächtigsten Reiche der Welt? Soll das ein Scherz sein, Herr Doktor . . .«, ihre Stimme bekam einen drohenden Klang, »so würde mir Ihre Anwesenheit in Maitland Castle von diesem Augenblick an für immer unerwünscht sein.«

»Ihre Ungnade würde ich in Kauf nehmen, wenn ich die harte Tatsache zu einem leichten Scherz stempeln könnte. Ich nannte Erik Truwor. Zusammen mit zwei Freunden haust er in Schweden an der finnischen Grenze. Der eine seiner Freunde ist Silvester Bursfeld, den ich schon einmal erwähnte. Der Dritte im Bunde ist ein Inder.

Vom Torneaelf droht dem englischen Reiche eine Gefahr, viel schwerer, viel größer, als Cyrus Stonard mit seinem Dreihundertmillionenvolk sie jemals sein könnte. Erik Truwor mit seinen Freunden ist mehr zu fürchten als Cyrus Stonard.«

Lady Diana hatte ruhig zugehört. Nur ihre Blässe verriet ihre innere Erregung.

»Wissen Sie, was Erik Truwor mir antat?«

Dr. Glossin setzte die Worte vorsichtig und langsam.

»Ich weiß, daß er der Verlobte der jungen Komtesse Raszinka war und daß er ihr . . . den Verlobungsring zurücksandte.«

»Sie wissen viel . . . aber vielleicht nicht alles.«

»Ich weiß auch, Lady Diana, daß Sie Erik Truwor hassen. Um so weniger werden Sie sich besinnen, zum Wohle Ihres Vaterlandes zu handeln und Ihren Gemahl auf die Gefahr aufmerksam zu machen, die von Linnais her der Welt droht.

Lady Diana, erfassen Sie den einwandfreien Sinn meiner Mitteilung: Erik Truwor und seine beiden Freunde sind im Besitz eines übermächtigen Geheimnisses.

Noch ist es Zeit! Ein einfacher Handstreich! Gut organisiert! Schnell unternommen und durchgeführt! Hat Ihre Regierung die Sache erst einmal beschlossen, wird sie auch wissen, wie sie durchzuführen ist.«

Lady Diana hatte sich aufgerichtet. Widerstreitende Gefühle kämpften in ihr. Die Erinnerung an die glücklichen Monate in Paris wurden lebendig. Die Gestalt Erik Truwors traf ihr geistiges Auge. Die Zeit nach dem brüsken Bruch, die schrecklichste ihres ganzen Lebens, wachte auf.

Glossin sah ihr Zaudern.

»Hat Diana Raszinka vergessen, was ihr angetan wurde?«

Diana Maitlands Augen flammten auf. Aus fremdem Munde zu hören, was sie im Innersten bewegte . . .

Dr. Glossin fuhr fort: »Ich sagte Ihnen bei unserer ersten Unterredung, daß Sie mir eines Tages die Hand zum Bündnis bieten würden. Der Tag ist gekommen. Zum Bündnis gegen den Feind unserer beiden Länder, der auch Ihr persönlicher Feind ist. Der Ihnen das Schwerste angetan hat, das ein Mann einer Frau antun kann.«

Nachdem Dr. Glossin einige vorsichtige Andeutungen über die Tragweite der Erfindung gemacht hatte, streckte er seine rechte Hand vor. Wenige Sekunden des Schwankens. Dann legte Diana ihre Rechte in die des Doktors.

»Es sei, Herr Doktor. Mein Gewissen bleibt unbelastet. Hegt Erik Truwor keine feindlichen Pläne gegen England, so wird er frei aus dieser Prüfung hervorgehen. Sonst . . . Ich tue nur, was ich gegen jeden Feind meines Landes tun würde.«

Lady Diana erhob sich. Ihre Erregung wich einer tiefen Abspannung. Sie hatte das Bedürfnis aus Glossins Nähe zu kommen, allein zu sein, zu ruhen. Dr. Glossin begleitete sie bis an die Pforte des Schlosses. Dann kehrte er auf die Terrasse zurück. – – –

Lord Horace Maitland war mit seinen Ergebnissen seiner Londoner Reise zufrieden. Seine Mitteilungen hatten ersichtlichen Eindruck auf das Kabinett gemacht. Man sah in London, wie die gefährliche Wetterwolke, die seit vierzehn Tagen dunkel drohend am politischen Himmel hing, allmählich lichter wurde. Während man vor zwei Wochen fast jede Stunde den Ausbruch des Krieges erwartet hatte, schien die Gefahr jetzt von Tag zu Tag geringer zu werden. Man sah in London die Kriegsgefahr weichen und hatte keine Erklärung dafür.

In diesen Stand der Dinge war Lord Horace mit den Anschauungen und Darlegungen getreten, die Dr. Glossin ihm entwickelt hatte.

Lord Horace war zufrieden nach Maitland Castle zurückgekehrt. Er erkannte die Bedeutung und Wichtigkeit seines amerikanischen Gastes. Sein Entschluß, mit ihm auch fernerhin gute Beziehungen zu pflegen, ihn sich zu verpflichten, stand fest. In dieser Stimmung trafen ihn die Mitteilungen Dianas.

Eine Gefahr für das Reich? . . . Eine Erfindung, an der alle bekannten Kriegsmittel zuschanden wurden? . . . Die Sache ging England und Amerika gleichermaßen an.

Ganz dunkel spürte Lord Horace, daß die Union im Grunde selber zufassen und die Gefahr beseitigen könne . . . Aber blitzschnell schoß es dem Luftfahrtminister durch den Kopf . . . diese Gegner unschädlich zu machen . . . aufheben . . . und vielleicht die Erfindung selbst der Wehrmacht Englands dienstbar zu machen.

An diese letzte Möglichkeit dachte Dr. Glossin wohl sicher nicht. Lord Horace zog sie aber in die Berechnung hinein. Ein einzelner konnte sterben, bevor ihm das Geheimnis entrissen war. Drei Mitwisser . . . getrennt voneinander, in den sicheren Verliesen des Towers – es mußte wunderbar zugehen, wenn es dann nicht gelang, in den Besitz des Geheimnisses zu kommen.

Dr. Glossin hatte seine Minen gut gelegt, die Fäden durch Lady Diana geschickt gesponnen. Er hatte eine lange Unterredung mit

seinem englischen Gastfreund. Als er nach zweistündigem Gespräch das Zimmer von Lord Horace verließ, lag die Genugtuung des großen Erfolges unverkennbar auf seinen Zügen. Es war ihm geglückt, was er selbst kaum für möglich gehalten hatte. Es war ihm gelungen, den klugen und weitsichtigen Engländer vor seinen Wagen zu spannen.

Die Engländer hatten sich verpflichtet, die Kastanien für ihn aus dem Feuer zu holen. Sie nahmen ihm das schwerste Stück Arbeit ab. Waren die drei erst einmal gefangen, dann brauchte man nicht mehr zu fürchten, daß das plötzlich verzehrendes Feuer die Welt überfiel. Dann war die Bahn für neue Pläne frei.

Der Sonnenball berührte die stahlblauen Fluten des Tyrrhenischen Meeres und übergoß den Azurspiegel mit einer Flut roter und gelber Tinten. Auf dem Korso von Neapel wogte die Menge, Fremde und Einheimische, in buntem Durcheinander. Die Neapolitaner lachend und schwatzend, sich der Naturschönheiten ihrer Stadt und ihres Landes kaum noch bewußt. Die Fremden entzückt und gefesselt von einer Farbensinfonie, die ihre Töne von Minute zu Minute wandelte.

Aber keiner von den Tausenden, die hier promenierten, genoß die Reize des Abends wohl so wie das Paar, das weitab von der Menge der Prominierenden seinen Platz aus der Straße zum Posilip gefunden hatte, wo das Grabmal Vergils sich neben dem alten Römerweg erhebt.

Schon lange saßen sie dort wortlos, Hand in Hand, bis eine kühle Brise Silvester veranlaßte, das Schweigen zu brechen.

»Wollen wir nicht lieber zurückgehen, Jane? Es weht frisch von der See.«

»Nein, Silvester, laß uns noch bleiben . . .«

Noch fester umschloß sie Silvesters Arm.

»Es ist unser letzter Abend in Italien. Du weißt ja nicht, mit welchem Grauen ich an die kommenden Stunden denke, in denen wir wieder zurück müssen, in denen du mich allein lassen wirst.«

»Jane . . . ich lasse dich doch nur für kurze Zeit, für wenige Tage, höchstens Wochen, allein. Dann komme ich zu dir zurück, und dann sind wir für immer vereint. Noch viele, noch schönere Tage wird uns das Leben bescheren.«

»Noch schönere Tage? . . . Kann es noch Schöneres geben, als was wir jetzt genossen haben?

Wie ein Traum, wie ein unendlich schöner Traum liegen die Tage und letzten Wochen hinter mir . . . Unsere Hochzeit in Linnais. Wie Atma die ganze Gesellschaft betörte und wir ungesehen abreisen konnten . . . der wunderbare Flug über die Eisgipfel der Alpen . . . Dann der erste Gruß der sonnigen Gefilde Italiens . . . das Mittel-

meer, der Nilstrom, die Pyramiden ... Rom ... das hat mir weniger gefallen. Du sprachst viel von der Geschichte und Größe der Stadt. Aber ich ... bedenke nur, daß ich von Kindheit an immer in Trenton in unserem Haus und Garten gelebt habe. Rom, das war mir zuviel ...«

Enger schmiegte sie sich an ihren Gatten.

»Aber am meisten freue ich mich darauf, wenn wir nach dieser Reise erst ruhig in unserem eigenen Heim sitzen werden, wenn ich nicht mehr zu sorgen brauche, daß ... o warum, Silvester ... warum müssen wir uns noch einmal trennen, warum willst du noch einmal von mir gehen ... Laß mich doch nicht zurück ... laß mich nicht allein in der fremden Welt zurück ... Nimm mich mit nach Linnais. Ich will euch nicht stören. Ich will weder dir noch deinen Freunden in den Weg kommen, solange ihr mit eurer Erfindung zu tun habt. Nur laß mich bei dir bleiben.«

Fester umschloß Silvester seine junge Frau.

»Nein, Jane. Das ist unmöglich. Aber es sind ja nur wenige Wochen. Dann ist das große Werk vollendet. Dann bin ich unabhängig. Dann werden wir leben können, wie und wo es uns gefällt. Wo es uns am besten gefällt, da werden wir unser Heim gründen, nach dem ich mich ebenso sehne wie du.«

Nach langem Schweigen hub Jane wieder an. »Ich weiß, Silvester, auch du gehst nur ungern. Erik Truwor ist es, der uns trennt ... Ja, Erik Truwor ...«

Vorwurf und Bitterkeit lagen in den letzten Worten.

»Jane! Du kennst Erik Truwor nicht. Und weil du ihn nicht kennst, kannst du ihn nicht verstehen. Unser Werk ... sein Werk ist größer als Menschenliebe und Menschenleid. Er arbeitet am Schicksal der Menschheit. Sollte das Geschick zweier Menschen ihn hindern dürfen? Nein, Jane. Keinen Vorwurf für Erik Truwor.«

Einen Augenblick saß Jane schweigend in sich zusammengesunken. Plötzlich warf sie die Arme um ihn.

»Wenn du wüßtest, Silvester, was so manchmal bald stärker, bald schwächer mich beunruhigt. Bei Tag und auch bei Nacht, wenn ich in deinen Armen liege ...«

»Jane ... liebe Jane. Was ist es, das dich quält?«

»Wenn ich es sagen könnte ... wenn ich es wüßte, was es ist ... ich würde es dir sagen ... Eine dunkle Wolke ... Wenn mein Auge in der schönen glücklichen Zukunft sucht, quillt es schwer und schwarz vor meinen Blicken auf ... Eine Ahnung ... eine Furcht ... ich weiß nicht, was es ist, aber alle heiteren Bilder verschwinden, ich muß die Augen schließen, muß weinen.«

»Jane ... du liebes, armes Kind! Die letzten Monate haben zu sehr auf dich eingestürmt. Mein Verschwinden, der Tod deiner Mutter, der Streich Glossins ... das war zuviel für dein Herz. Scheuch sie

weg, die trüben Ahnungen, wenn sie wiederkommen! Denke an mich! Denke an das Glück, das uns die Zukunft bringen wird . . .«

Sekunden des Schwankens. Dann legte Jane ihre Arme um Silvesters Hals. Liebevoll hüllte er ihre zarten Schultern in einen Schal und zog sie an seine Brust.

Es war ein wehmütiger und tränenreicher Abschied, als Silvester sich endlich in Düsseldorf von seiner jungen Gattin trennte, um allein nach Linnais zurückzukehren. Nur der Gedanke machte das Auseinandergehen für Silvester und Jane erträglich, daß es nur eine Trennung von wenigen Wochen sein sollte. Nur noch einige Verbesserungen. Die Konstruktion und Ausführung eines neuen, noch viel stärkeren Strahlapparates. Dann, das war der feste Entschluß Silvesters, sollte ihn nichts mehr von seinem Weibe fernhalten. Mit dem festen Versprechen in spätestens vier Wochen zurückzukehren und dann für immer mit ihr zusammenzubleiben, hatte er sich schließlich aus den Armen Janes gerissen.

Er hatte ihr ein kleines Kurzwellen-Funkgerät dagelassen und sie zuletzt noch getröstet.

»Mein Liebling, wenn ich auch noch einmal auf kurze Zeit von dir gehe, werde ich doch immer bei dir sein. Ich werde imstande sein, jeden Augenblick dein Bild lebendig vor mir zu sehen, werde in jedem Augenblick wissen können, was du tust und wie es dir geht. Und dir gibt dieser Apparat die Möglichkeit, wenigstens meine Stimme zu hören. Ich werde keinen Tag vorübergehen lassen, ohne dich zu sehen und mir dir zu sprechen.«

Silvester hatte ihr den Gebrauch des Apparates genau gezeigt. Ein Druck auf einen Knopf, und die Elektrolampen brannten. Den Hörer ans Ohr, und jedes Wort, das er in Linnais ins Mikrofon sprach, wurde deutlich gehört.

So war Silvester gegangen. Jane blieb allein im Hause Termölen zurück. Betreut von den beiden alten Leuten. Wie eine Tochter gehegt und gepflegt von Frau Luise – und doch betrübt und einsam.

Auf den Himmel der vierzehntägigen Hochzeitsreise folgte die Hölle der Trennung. Jane lernte in diesen schmerzvollen Tagen und Wochen kennen, was es für eine Frau bedeutet, ihr Herz an einen Mann zu hängen, der einer großen Idee verschrieben ist. Neben dem leichten Goldreif, der ihn an Jane band, trug Silvester den schweren Ring, der ihn mit Erik Truwor und Soma Atma zu einer Dreiheit zusammenschiedete. Das bittere Schicksal der Frau, die mit ihrer Liebe den Plänen und der Lebensarbeit des Mannes nachstehen muß!

Nur wenig hatte ihr Silvester von seinen Erfindungen und Arbeiten erzählt. Daß die Erfindung in wenigen Wochen abgeschlossen sei. Daß sie ihm solchen Gewinn bringen würde, daß er dann alle Berufsarbeit lassen und sich ganz seinem Eheglück widmen könne.

Das war der Trost, der Jane in diesen Tagen aufrechterhielt. Der Gedanke, daß diese Trennung nur noch eine letzte kurze Prüfung sei. Daß danach Silvester für immer bei ihr bleiben, ihr ganz gehören werde. –

Herr Andreas Termölen schmunzelte, und Frau Luise zeigte ein verständnisvolles Lächeln, wenn Jane des Nachmittags in der vierten Stunde unruhig zu werden begann. Sie sorgte dafür, daß ihre Uhr auf die Sekunde genau die richtige Zeit zeigte. Eine Minute vor vier Uhr drangen die ersten Worte Silvesters aus dem Hörer an ihr Ohr. Worte der Sehnsucht, Versicherungen unerschütterlicher Liebe, Tröstungen, daß wieder ein Tag der Trennung vorbei sei. Mitteilungen, daß die Arbeit gut gefördert würde, daß das Ende in nächste Nähe gerückt sei.

Silvester sprach. Er stand in Linnais in seinem Arbeitsraum. Das Mikrofon vor dem Mund, das Bild seines jungen Weibes lebendig vor sich auf der Bildfläche.

Die Plauderstunde stärkte Jane den Mut bis zum nächsten Tag. Sie war für Silvester die Quelle, aus der er die Kraft schöpfte, sich wieder in seine Arbeit zu stürzen, die Apparate fertigzumachen, deren schnellste Vollendung Erik Truwor so dringend heischte.

Die Nächte in Linnais waren auch in den letzten Julitagen noch hell.

Auf alle Fälle unbequem hell nach der Meinung des englischen Obersten Trotter. Viel zu hell nach dem Geschmack des Dr. Glossin. Zwar ging die Sonne um Mitternacht eine Stunde unter den Horizont. Aber die Dämmerung gestattete es immer noch, einen Mann im freien Felde auf zweihundert Meter zu erkennen. Vollständige Dunkelheit wäre der kleinen Truppe willkommener gewesen, die unter Führung von Oberst Trotter im Walde von Linnais lagerte.

Zwanzig Mann. Ausgesuchte englische Soldaten. In kleinen Trupps zu vier bis fünf, in Zivil, waren sie im Laufe der letzten drei Tage mit den Regierungsmaschinen der Linie Edinburg–Happaranda angekommen. Als harmlose Reisende waren sie den Torneaelf stromaufwärts gezogen. Hier ein wenig Angelsport treibend, dort Mineralien sammelnd. Alles andere, nur keine Soldaten vorstellend.

Zu vorgeschriebener Stunde waren sie alle an dem bestimmten Platze, einer Waldlichtung in der Nähe vom Hause Erik Truwors, und vergnügten sich als sportfreudige Touristen. Sie schlugen Zelte auf, kochtem im Freien ab und machten es sich bequem.

In einem der Zelte saß der Oberst Trotter im Gespräch mit Dr. Glossin und vertrat mit britischer Hartnäckigkeit seinen Standpunkt.

»Mein Befehl lautet, drei Bewohner dieses Hauses, namentlich

angeführt als Erik Truwor, Silvester Bursfeld und Soma Atma, auszuheben und lebendig nach London zu bringen. Es ist bei den englischen Offizieren Sitte, Dienstbefehle genau zu vollziehen. Sie mögen als Zivilist eine andere Anschauung von der Sache haben. Für mich und meine Leute gilt die meinige.«

»Herr Oberst, Sie unterschätzen die Gegner, mit denen Sie es zu tun haben. Ich bin über Ihren Plan erschrocken. Sie wollen das Haus mit zwanzig Mann umstellen, einfach hineingehen und die Gesuchten verhaften?«

»Genau so, wie Sie es sagen, Herr Doktor. Das ist die Art und Weise, wie wir solche Aufträge ausführen. Wenn meine Leute das Haus umstellt haben, kommt keine Maus mehr heraus. Ich würde es freilich bedauern müssen, wenn die Gesuchten zu fliehen beabsichtigen. In diesem Falle sind meine Leute angewiesen zu schießen.«

Dr. Glossin lief wie ein gefanges Raubtier in dem engen Zelt hin und her und rang die Hände.

»Herr Oberst, Sie haben keine Ahnung, mit wem Sie es zu tun haben. Sie mußten mit einem Flugzeug herkommen und eine schwere Luftmine abwerfen. Eine Sekunde nach ihrer Ankunft mußte das ganze Haus bis zum tiefsten Keller pulverisiert sein. Dann bestand einige, ich sage, nicht volle, aber doch wenigstens einige Aussicht, daß die Verschwörer unschädlich gemacht wurden.«

Oberst Trotter lächelte mitleidig.

»Sie scheinen ernstlich Furcht vor den Bewohnern dieses Hauses zu besitzen. Well, Herr Doktor, als Zivilist sind Sie nicht verpflichtet, besonderen Mut zu entwickeln. Aber Sie werden mich diese Angelegenheit auf meine Weise erledigen lassen.«

Der Oberst blickte auf die Uhr.

»Gleich elf. Es wird in dem verdammten Lande nicht dunkel. Ein Sergeant, der gut Schwedisch spricht, ist unterwegs, um sich das Haus und seine Bewohner genauer anzusehen.«

»Auch das noch!«

Dr. Glossin stieß die Worte in einem Übermaß an Unwillen hervor.

»Haben Sie an dieser Maßnahme etwas auszusetzen, Herr Doktor? Es ist bei allem Militär der Welt Sitte, daß man vor dem Angriff aufklärt.«

Während der Oberst seine Ansicht mit der Bestimmtheit des alten Soldaten aussprach, hatte Dr. Glossin sich wieder auf den niedrigen Feldstuhl gesetzt. Ernst und bestimmt kamen die Worte aus seinem Munde.

»Mag das Schicksal Erbarmen mit Ihnen und Ihren Leuten haben. Sie sind in der Lage eines Mannes, der, nur mit einem Spazierstöckchen bewaffnet, einem Tiger entgegentritt.«

Ein Mann trat ins Zelt. Auch im Zivilanzug war der Soldat unverkennbar. Sergeant MacPherson, der von der Aufklärung zurückkam. Ein Schotte mit buschigen Brauen, großen graublauen Augen und ergrautem Vollbart. Er gab seinen Bericht in kurzer, knapper Form. Erst hatte er das Haus von außen vorsichtig umgangen und beobachtet, daß zwei Männer zusammen an einer Maschine im Hause arbeiteten.

Über den dritten konnte er nichts in Erfahrung bringen. Da war er kurz entschlossen in das Haus eingetreten. Die Gartentür stand offen. Ungehindert kam er durch den Garten in das Haus. Eine Treppe führte zur Veranda.

Die Veranda war leer . . . Schien wenigstens im ersten Moment leer zu sein. Als er weiter in das Haus hineindringen wollte, hörte er plötzlich eine Stimme. Auf einem niedrigen Diwan in der Ecke der Veranda saß ein Mensch mit brauner Haut.

Noch ehe er seine Fragen in Schwedisch vorbringen konnte, sprach der Inder ihn englisch an. Nur wenige Worte. Einen Sinn habe er darin nicht entdecken können, so sehr er auch auf dem Rückwege darüber nachgedacht habe.

Wie die Worte hießen, wollte der Oberst wissen.

»Jawohl, Herr Oberst! Der Mensch sagte zu mir: ›Was du suchst, ist nicht hier; was hier ist, suchst du nicht.«

»Nonsens! . . . Humbug! . . . Indische Gaukelei!« . . . Der Oberst stieß es wütend zwischen den Zähnen hervor. Dann wurde er wieder dienstlich und fragte weiter:

»Wenn ich Sie recht verstanden habe, MacPherson, sind die drei gesuchten Personen in dem Hause und stehen auch nicht im Begriff es zu verlassen.«

»Jawohl, Herr Oberst, das ist meine Meldung.«

Auf einen Wink des Obersten verließ der Schotte das Zelt.

Oberst Trotter blickte wieder auf seine Uhr.

»Ich denke, Doktor, in einer Stunde haben wir die Burschen.«

Dr. Glossin beachtete den Obersten gar nicht mehr. Er hatte die Hände über dem rechten Knie gefaltet und wiederholte mechanisch die Worte Atmas: »Was du suchst, ist nicht hier; was hier ist, suchst du nicht.«

Der Oberst wurde ungeduldig.

»Die Geschichte fängt jetzt an, Herr Doktor. Werde ich den Vorzug haben, Sie dabei an meiner Seite zu sehen?«

»Ich ziehe es vor, mir das Abenteuer sehr von weitem anzusehen.«

»Sie werden hier in fünf Minuten allein sein.«

»Ich werde es zu ertragen wissen. Die Einsamkeit birgt keine Gefahr.«

»Wie Sie wollen, Herr Doktor.«

Der Oberst trat auf den Platz, und wie durch Zauberei verschwanden die Zelte. Die Kochgeschirre wurden zusammengepackt. Alles wurde in Taschen und Rucksäcken untergebracht. Es dauerte wirklich nur fünf Minuten, dann stand Dr. Glossin einsam in der Waldlichtung. Eine Kolonne von einundzwanzig Mann bewegte sich vorsichtig und lautlos durch den lichten Wald auf das Truwor-Haus zu.

Oberst Trotter erreichte mit seinen Leuten in einer halben Stunde das Truwor-Haus. In der fahlen Nachtdämmerung lag es deutlich vor ihnen. Er ließ seine Leute in weitem Bogen ausschwärmen, bis die beiden äußersten Flügel vor der Vorderseite des Hauses zusammenstießen. An dieser Stelle des Kreises hielt sich der Oberst selbst auf. Langsam zog sich die Kette bis an den mannshohen, durch Birkenteer braunrot gefärbten Holzzaun zusammen. Oberst Trotter schwang sich auf den Zaun, um als erster in den Garten zu springen.

Da krachte ein Schuß. Er kam aus einer der kleinen Schießscharten zu beiden Seiten der Haustür. Haarscharf pfiff das Geschoß am Kopf des Obersten vorüber und riß ein Stückchen Stoff an der rechten Schulter ab.

Der Oberst gelangte unversehrt in den Garten, und an allen anderen Stellen der Umzäunung folgten ihm seine Leute. Aber dies Eindringen war das Signal für ein Massenfeuer, das aus allen Fenstern und Luken des Hauses begann. Das Truwor-Haus war mit Munition gut versorgt. Es hatte den viertausend Schüssen der Angreifer reichlich die dreifache Zahl entgegenzustellen. In geschlossenen Feuergarben sprühten die Geschosse aus Fenstern und Luken und fegten durch den Garten. Hier und dort verriet ein Aufschrei, daß der eine oder der andere von den Engländern getroffen worden war.

Es gab Verwundete und Tote. Nur dadurch, daß die Angreifer, soweit sie überhaupt noch lebten und bewegungsfähig waren, sich zu Boden warfen, jeden Busch, jede Bodenfalte als Deckung nutzten und alle Künste des Kolonialkrieges anwandten, gelang es ihnen, Meter um Meter näher an das Haus heranzukommen.

In der Deckung eines starken Wacholdergestrüpps lag Oberst Trotter. Die Kugeln umpfiffen ihn. Seine Leute schossen nur noch vereinzelt und zielten dabei sorgfältig auf die Punkte, von denen die Feuerströme der Verteidiger herkamen. Hier und dort hatten sie auch Erfolg. Oberst Trotter stellte trotz seiner recht ungemütlichen Lage fest, wie hier und dort eine Schießscharte nach einem glücklichen Treffer der Angreifer verstummte.

Trotz alledem ... das Rezept dieses Dr. Glossin, den dicksten Lufttorpedo von obenher und unversehens auf den gottverdammten Kasten geworfen ... Oberst Trotter wurde die Empfindung nicht los, daß der Plan recht viel für sich hatte.

Dreihundert Meter bergaufwärts stand Dr. Glossin und beob-

achtete durch ein gutes Glas den Kampf. Er gab für das Leben der Engländer keinen roten Cent mehr. Wenn die Angegriffenen ihr Feuer gut leiteten, mußten sie die wenigen Angreifer bei diesem Munitionsaufwand abwehren, ungeachtet aller Deckungen und Schleichkünste. Um so mehr wunderte sich der Arzt, daß etwa die Hälfte der Engländer immer noch am Leben war, daß sie sogar langsam, aber unaufhaltsam das Feuer der Verteidiger zum Schweigen brachten. Jetzt feuerte die eine Schmalwand des Hauses nicht mehr. Der letzte Treffer von englischer Seite hatte dort eine kräftige Explosion verursacht. Bedeutende Munitionsmengen mußten in die Luft gegangen sein.

Wenige Minuten warteten die Angreifer noch. Dann stürmten sie gegen diese schmale Seite vor. Eine schmale Tür, aus starken Bohlen gefügt, war ihr Ziel. Axthiebe trafen das Holz. Krachend gaben Schloß und Angeln nach. Die Angreifer wollten über die gefallene Tür ins Innere dringen, aber sie kamen nicht dazu.

Es war ganz klar. Dr. Glossin, der den Gang der Dinge als ruhiger Beobachter verfolgte, war sich dessen sicher. Mit der Tür war eine Kontaktvorrichtung verbunden, die im Innern des Hauses eine schwere Explosion hervorrief, sobald die Tür aus den Angeln wich.

Weithin über die Berglehnen zu beiden Seiten des Tornea rollte der dumpfe Donner der Explosion und übertonte das Rauschen des Flußes.

Die Angreifer, eben noch im Begriff, das Haus mit stürmender Hand zu nehmen, taumelten zurück.

Ein Brand war im Innern ausgebrochen. Rotglühend erleuchtet flammte hier und dort ein Fenster auf.

Und dann . . . Dr. Glossin hatte zweifelsohne einen günstigeren Platz gewählt als der Oberst Trotter, der sich erst jetzt hinter seinem Wacholdergebüsch hervorwagen konnte . . . Dr. Glossin sah von seinem dreihundert Meter höher gelegenen Standpunkt, wie das ganze Dach des Hauses sich leicht hob und dann öffnete wie der Krater eines ausbrechenden Vulkans. Eine ungeheure Flammensäule stieg empor und riß viele Tausende von hölzernen Schindeln mit. Brennend stiegen die leichten Holzstückchen hoch in den fahlen Himmel. Brennend fielen sie wieder langsam zu Boden. Das Haus war nach der Explosion nur noch ein einziges wogendes und brandendes Feuermeer. In seinen Kellern mußten bedeutende Mengen brennbarer Öle lagern, mußten durch die Explosion Feuer gefangen haben und sandten nun Flammenberge und schwere Wolken dichten schwarzen Qualms empor. Schon war der obere Fachwerkbau des Hauses bis auf wenige Sparren verzehrt. Reichlich genährt, brodelte das Flammenmeer weiter. Die uralten Zyklopenmauern des unteren Teiles, vor Jahrhunderten gefügt, für die Ewigkeit gebaut, wurden rotglühend.

Dr. Glossin beobachtete das Schauspiel und vergaß vor seiner wilden Schönheit für kurze Zeit seine Sorgen und Pläne.

Die Glut drang von innen nach außen durch. Auf den weiten dunklen Mauerflächen zeigten sich plötzlich rosa Flecke. Wuchsen, wurden immer heller, flossen zusammen, bis schließlich die ganze wohl meterstarke Wand in voller Rotglut dastand. Und dann begann der Mörtel, der diese erratischen Blöcke zum Mauerwerk verband, in der höllischen Hitze zu schmelzen. Flüssig und weißglühend lief er an hundert einzelnen Stellen aus den Mauerfugen.

Dann stürzten die letzten Reste des Truwor-Hauses zusammen. Im Augenblick bildete das Rechteck der Zyklopenmauern nur noch einen wirren Haufen rot- und hellweiß-glühender Blöcke.

Ein glühendes Hünengrab, das unter schmelzenden Felsbrocken die tausendjährige Geschichte eines heldenhaften Geschlechts begrub – – – und mit ihr den Letzten dieses Geschlechts.

Die Engländer hatten sich vor der unerträglichen Glut weit zurückgezogen. Längst war der Aufenthalt innerhalb der Gartenumfriedung unerträglich, der hölzerne Zaun brannte an mehreren Stellen. Erst unten am Fluß machten sie halt. Kühlten die brennenden Gesichter, die verbrannten Hände im frischen Wasser des Elfs. Bemerkten, daß ihnen die Kleidung, von der strahlenden Hitze des Brandes versengt, in Fetzen vom Leibe hing.

Verstört und niedergeschlagen musterte Oberst Trotter das Häuflein der Überlebenden, als eine Stimme hinter ihm ertönte.

»Herr Oberst, Sie haben Sie nicht einmal tot bekommen!«

Es war die Stimme Dr. Glossins.

Der Oberst fuhr sich über den halb versengten Schnurrbart.

»Damn' your eyes, Sir! Sie sind tot! Es ist keine Maus rausgekommen. Sie sind in ihren Schlupfwinkeln gebraten worden. Wenn es Ihnen Spaß macht, suchen Sie die Reste in den Trümmerhaufen da oben. Aber verbrennen Sie sich nicht die Fingerspitzen. Ich weiß, was ich meiner Regierung zu melden habe.«

Oberst Trotter war, von den Flammen angesengt, schmutzig und unansehnlich geworden. Sein Gesicht schmerzte ihn so, daß er sich zum Fluß beugte und frisches Wasser über die gerötete Stirn schüttete.

Nach dem kalten Wasser fühlte er neue Kraft. Er wollte dem Amerikaner gegenüber deutlich werden. Doch als er sich dazu anschickte, war Dr. Glossin verschwunden. Ebenso plötzlich, wie er aus dem Walde herausgetreten war, hatten ihn die Sträucher und Stämme des alten Forstes wieder aufgenommen.

Mr. E. F. Goody, der Führer der Opposition im australischen Parlament, faßte die Hauptpunkte seiner zweistündigen Rede noch einmal im Schlußwort zusammen.

»Die Welt ist fast zu eng geworden. Es scheint, als ob die beiden großen Staaten nicht mehr nebeneinander Platz haben. Wir müssen unsere Stellung zwischen den beiden Parteien wählen. Beide sind Englisch sprechende Völker, jedem von uns durch Bande des Blutes verbunden. Staatsrechtlich steht uns England näher, wir gehören zum Commonwealth. Aber unsere wirtschaftlichen Beziehungen weisen nach Amerika. Politische Klugheit gebietet uns deshalb heute, Anschluß an Amerika zu nehmen . . .«

Laute Beifallsrufe unterbrechen den Sprecher. Es ging sonst ebenso ernsthaft und gesetzt im australischen Parlament zu, wie im Unterhause zu London. Aber hier waren die Leidenschaften auf das höchste erregt.

Die weißbärtigen Farmer aus Queensland und Neusüdwales, die Kaufleute aus Viktoria, die Viehzüchter aus Westaustralien und Alexandraland sprangen von ihren Sitzen auf und machten ihrer Begeisterung im lauten Cheerrufen Luft. Es dauerte Minuten, bis der Redner fortfahren konnte.

». . . Ich stelle fest, daß Regierungspartei und Opposition in diesem Punkt einig sind. Australien muß sich geschlossen an die Seite Amerikas stellen, wie es Kanada vor fünf Jahren getan hat. Die angelsächsische Rasse hat einst die neue Doktrin vom Selbstbestimmungsrecht der Völker verkündet. Diese Lehre ist nie wieder aus der Welt verschwunden. Wir nehmen dieses Recht der Selbstbestimmung für uns in Anspruch und beschließen den Zollbund mit der amerikanischen Union.«

Der Schluß der Rede ging in brausenden Cherrufen unter. Das alte Parlament, welches hier in Sydney tagte, war nicht wiederzuerkennen. Tücher wurden geschwenkt. Händeklatschen mischte sich in die Beifallsrufe. Einzelne Parlamentsmitglieder sprangen auf die Sitze und gestikulierten mit den Armen.

Die bevorstehende Abstimmung war nur noch eine reine Formsache. Der Beschluß fand einstimmige Annahme.

Durch Fernseh- und Rundfunkübertragungen wurde die Bevölkerung laufend vom Stand der Parlamentsberatungen unterrichtet.

Während die Begeisterung duch die Straßen lief, saß der australische Premierminister G. A. Applebee dem Königlich Großbritannischen Sondergesandten Mr. Swift MacNeill gegenüber.

»Ich habe die Ehre, Ihnen mitzuteilen, daß die englische Regierung die Lage als außerordentlich ernst ansieht. Der Beschluß des australischen Parlaments ist ungesetzlich, weil er alte, wohlerworbene Rechte des Mutterlandes verletzt.«

Mr. MacNeill sprach die Worte langsam und unbewegt. So mochten vor zweitausend Jahren Tribunen und Legaten die Weltmacht Roms in die Waagschale geworfen haben: Roma locuta, causa finita!

Mr. Applebee überlegte seine Erwiderung sorgfältig, bevor er antwortete.

»Es ist der einstimmige Beschluß des Parlaments, Sir! Ein Land mit einer Bevölkerung von 40 Millionen steht geschlossen hinter dem Parlament. Dadurch, daß Australien in ein engeres Verhältnis zur amerikanischen Union tritt, hört es nicht auf, ein Freund Englands zu sein.«

»Australien ist ein Teil des Commonwealth.« MacNeill sagte es kurz und schroff.

Mr. Applebee schwieg. Auch der englische Gesandte blieb still. Der Name des Diktators Cyrus Stonard stand unausgesprochen zwischen ihnen. Der Australier fühlte sich der amerikanischen Unterstützung sicher.

»Ich hoffe, daß es der Umsicht der englischen Regierung gelingen wird, die Lage zu entspannen.«

Das waren die Abschiedsworte, mit denen der Premier den Gesandten entließ.

Mr. Applebee kehrte in sein Kabinett zurück. Ein Sekretär meldete ihm, daß Mr. Jones ihn zu sprechen wünsche. Mr. J. F. C. Jones, der Sondergesandte der USA. Allright, der sollte die frohe Botschaft aus erster Quelle vernehmen. Der Australier hielt ihm die Liste mit dem Abstimmungsergebnis entgegen.

»Die Sache ist in Ordnung, Sir! Einstimmiger Beschluß von Oberhaus und Unterhaus. Der erste Fall in der Geschichte Australiens, daß ein Beschluß in beiden Häusern mit allen Stimmen angenommen wird.«

Mr. Jones trocknete sich die hohe Stirn mit einem seidenen Taschentuch.

»Ich sehe leider, daß ich zu spät gekommen bin. Ich wollte Sie bitten, die Abstimmung um vierzehn Tage zu verschieben.«

Mr. Applebee sank sprachlos auf seinen Stuhl und starrte den Amerikaner an.

»Ich verstehe nicht. Ich denke, das amerikanische Volk ersehnt die Vereinigung ebensosehr wie wir?«

»Es ersehnt sie. Nur ein Aufschub von vierzehn Tagen. Aus Gründen der äußeren Politik der Union.«

Mr. Applebee machte eine hilflose Bewegung.

»Wenn ich auch nur mit der Andeutung eines solchen Wunsches vor das Parlament trete, bin ich zwei Minuten später nicht mehr Minister.«

Der Amerikaner betrachtete seine Stiefelspitzen.

»Ich werde mich umgehend mit Washington in Verbindung setzen, den Tatbestand mitteilen, um neue Instruktionen bitten. Die Sache liegt klar. Der Parlamentsbeschluß ist jetzt vielleicht schon in allen Großstädten des Kontinents bekannt. Das Volk auf der Straße

ist in einem Freudenrausch. Wir können nicht daran denken, diese Stimmung zu stören. Aber . . . Sie sind das ausführende Organ für die Beschlüsse. Wenden Sie Ihre ganze Kunst auf, um England hinzuhalten. Beachten Sie wohl, die Sache soll durchaus so vor sich gehen, wie sie verabredet wurde. Sie ist nur aufgeschoben, nicht aufgehoben. Bei dieser Sachlage wird es Ihnen möglich sein, einen Konflikt um vierzehn Tage hinauszuschieben . . . Ich hoffe, es wird Ihrer Kunst gelingen.«

Mr. Applebee versprach, sein möglichstes zu tun. Während von draußen her der Jubel der begeisterten Menge dumpf in den Raum drang, empfahl sich der Amerikaner mit kräftigem Händedruck.

Unter den Passagieren des Flugzeuges Stockholm–Köln befand sich Dr. Glossin. Er hatte es sich in einer Fensterecke bequem gemacht und zog bei sich die Bilanz des Geschehenen.

Die Sache war nicht schlecht gegangen. Erik Truwor und die Seinen waren vernichtet. Der Rundfunk hatte eine kurze Meldung verbreitet, und es war bereits schwarz auf weiß gedruckt zu lesen. Haparandas Dagblad brachte in der Morgenausgabe einen kurzen Bericht über das Unglück in Linnais. Eine rätselhafte Brand- und Explosionskatastrophe, die mehrere schwedische Bürger das Leben gekostet haben sollte. Er hatte einige Exemplare der Zeitung gekauft, bevor er von Haparanda die Reise nach dem Süden antrat.

Dr. Glossin konnte zufrieden sein. Der heikle Auftrag seines Präsidenten war erledigt. Die drei Menschen, die er wirklich fürchtete, waren tot. So, wie er es geplant hatte, war es geschehen. Die Engländer hatten ihm die gefährliche Arbeit besorgt. Daß diese bei dieser Gelegenheit etwas angesengt worden waren, störte ihn wenig. Wenn er an den eingebildeten Trotter dachte, der schließlich seine Brandblasen im Tornea kühlen mußte, empfand er ein gewisses Vergnügen.

Er dachte daran, was geschehen wäre, wenn die Briten die drei und ihr mächtiges Geheimnis in ihre Hände bekommen hätten. Eine Rückkehr für ihn, Glossin, in die USA hätte es dann nicht mehr gegeben. Doch eigentlich – wäre das so schlimm gewesen? Wohl kaum. Die Welt war immer noch groß genug für einen einzelnen. Und schließlich waren ja letztlich noch andere Auftraggeber da. England hätte ihn dann vermutlich auch nicht außer Landes verwiesen, sondern im Gegenteil . . .

Erik Truwor war tot. Der Mann, der im Begriff stand, eine Macht zu gewinnen, an der Weltreiche zerschellen konnten. Der greuliche Inder war verbrannt. Der braune Satan, der ihn, den starken Hypnotiseur, selbst in den Bann der Hypnose gezwungen hatte. Und Silvester Bursfeld war gestorben. Silvester, dessen späte Rache er fürchten mußte. Silvester, der ihm Jane entrissen hatte.

Das Verhältnis des Arztes zu dem Mädchen war immer rätselhafter geworden. Er brauchte sie als Medium von unübertrefflicher Leistung. Als ein Medium, mit dessen Hilfe er räumlich und zeitlich ins Weite zu blicken, die Pläne und Taten seiner Gegner rechtzeitig zu erkennen, entfernte Zusammenhänge aufzudecken vermochte. Das war es, das ihm in den letzten Wochen gefehlt hatte. Alle seine Mißerfolge schrieb er diesem Fehler zu. Jane mußte wieder fest in seiner Hand sein.

Sein Medium, sein Talismann und seine Liebe!

Mit verzweifelter Kraft klammerte sich die vereinsamte Seele des alternden Mannes an den Gedanken, Jane ganz sein eigen zu nennen. Er fühlte unbewußt, daß diese Liebe für ihn die Entsühnung bedeute. Er träumte von einem neuen Leben in Reynolds-Farm an Janes Seite. Jetzt flog er nach Düsseldorf, um sie für sich zurückzuerobern.

Warum mußte auch Jane einen Brief an ihre Nachbarin in Trenton schreiben und sich erkundigen, ob das Grab ihrer Mutter gut gepflegt werde. Es lag auf der Hand, daß dieser Umstand von den Empfängern des Briefes nicht verheimlicht werden würde. So wußte Dr. Glossin, daß Jane im Hause Termölen in Düsseldorf lebte. Es war einfach, beinahe zu einfach gewesen, ihren Aufenthaltsort zu erfahren. Viel schwieriger würde es sein, mit ihr in Verbindung zu treten.

Während das Flugzeug die westfälische Ebene überflog, versuchte der Arzt, sich einen Plan zu machen. Wann hatte er Jane das letztemal gesehen? Damals, als der Inder R. F. c. 2 wie Wachs schmelzen ließ und er, Glossin, um sein Leben laufen mußte.

Das mußte eine Annäherung des Doktors unmöglich machen. Es kam noch dazu, daß Jane doch inzwischen mit Silvester zusammengewesen sein, von ihm erfahren haben mußte, welche Rolle Glossin bei seiner Gefangennahme und Verurteilung gespielt hatte. Es schien bei solcher Sachlage ein unmögliches Unterfangen für den Arzt, Jane vor die Augen zu treten.

Aber schwierige Aufgaben reizten ihn. Er kannte seine eigene hypnotische Macht über Jane. Gelang es ihm, sich ihr zu nähern, seinen Einfluß wirken zu lassen, so mußte es ihm glücken, sie wieder ganz in seinen Bann zu zwingen, alle störenden Erinnerungen wegzusuggerieren. Nur der erste Angriff mußte geschickt ausgeführt werden. Die ersten dreißig Sekunden entschieden alles.

Ruhig und mit voller Nervenkraft an das Werk gehen, darauf kam es an. Er nahm einige winzige Pillen, die ihm eine genau auf die Minute dosierte Nervenentspannung verschafften, und streckte sich in den Sessel zurück. So saß er regungslos, bis die Maschine in Köln landete. Eine knappe halbe Stunde später schritt er durch die Straßen Düsseldorfs auf das Haus Termölen zu.

Sein Plan war einfach. Zu irgendeiner Stunde würde Jane doch einmal die Wohnung verlassen. Sie auf der Straße abzupassen, das Fluidum wirken lassen, sie beeinflussen, sie in seinen Bann zu zwingen. Es war so einfach, daß er wohl gelingen mußte. Wenn nicht ... es gab wohl ein ›Wenn‹, aber Dr. Glossin hatte es gar nicht erst erwogen.

Er schlenderte die Straße entlang, und der Zufall begünstigte ihn. Jane trat aus dem Hause und ging in der Richtung nach dem Ratinger Tor hin. Dr. Glossin verschlang ihre Gestalt mit den Blicken. Sie hatte sich ein wenig verändert, seitdem er sie zuletzt sah. Die beängstigend ätherische Zartheit ihres Gesichts war einer gesünderen Farbe gewichen. Ihre Figur war voller und kräftiger geworden.

Sie ging die Straße entlang, blieb hier und dort vor einem Schaufenster stehen und musterte die Auslagen. Mit der Gewandtheit eines Jägers pirschte sich der Doktor an sie heran. Unbeachtet in ihre nächste Nähe zu kommen, den Einfluß wenige Sekunden wirken lassen, und das Spiel war gewonnen.

Während Jane die Schmuckstücke im Schaufenster eines Juweliers betrachtete, kam er dicht an sie heran, stand unmittelbar hinter ihr und ließ seine ganze Energie spielen.

Jane schien es zu merken. Unangenehm, wie eine fremde körperliche Berührung. Sie drehte sich um und sah ihm unbefangen in die Augen. Dr. Glossin erschrak. Das war das Mädchen nicht mehr, das sich in Trenton und Reynolds-Farm willenlos seinem Blick unterworfen hatte. Er gab das Spiel verloren, erwartete im nächsten Moment eine Flut von Vorwürfen zu hören, sann auf schnellen Rückzug.

Nichts dergleichen geschah.

Jane begrüßte ihn wie einen alten Bekannten. Sie lud ihn ein, mit ins Haus zu kommen, und geleitete ihn dort in das Besuchszimmer. Hier erkundigte sie sich nach allen Bekannten in Trenton.

Dr. Glossin beantwortete ihre Fragen ausführlich und versuchte, dieses eigentümliche Benehmen zu ergründen. Ganz vorsichtig ließ er den Namen Elkington fallen. Jane reagierte nicht darauf. Der Doktor wurde deutlicher. Er sprach von Elkington, wo er sie das letztemal gesehen habe. Jane blickte ihn verwundert an.

»Elkington? ... Elkington? ... Ich bin nie in Elkington gewesen. Soweit ich mich erinnere, haben wir uns das letztemal in Trenton beim Begräbnis meiner Mutter gesehen.«

»Aber, meine liebe Miß Jane, können Sie sich auch nicht an Reynolds-Farm erinnern ...«

Jane schüttelte verneinend das Haupt. Dabei lachte sie vergnügt, lachte den Doktor geradezu aus, bis er seine Neugier nicht mehr meistern konnte.

»Darf ich fragen, Miß Jane, welcher Umstand Ihre Heiterkeit erregt?«

»Gewiß, Herr Doktor, ich amüsiere mich darüber, daß Sie mich noch immer als Miß anreden. Ich glaubte, mein Mann hätte Ihnen meine Vermählung längst mitgeteilt.«

Dr. Glossin sah nicht sehr geistreich aus. Das Erstaunen war zu groß, die Neuigkeit war zu überraschend und kam zu plötzlich.

Jane sah es und brach in ein helles Gelächter aus.

»Sie wissen also nicht, daß ich verheiratet bin? Wissen natürlich auch nicht, wer mein Mann ist?«

»Keine Ahnung, Mrs. . . . Mrs. . . .«

»Mrs. Bursfeld, damit Sie meinen vollen Namen kennenlernen, Herr Doktor.«

»Ich konnte es mir fast denken.«

Dr. Glossin murmelte die Worte unhörbar vor sich hin. Mochte Jane immerhin geheiratet haben, so war sie heute doch schon wieder Witwe. Das sollte ihn nicht stören. Aber er mußte klarsehen, welche Veränderung mit ihr vorgegangen war.

Ihre Erinnerung war lückenhaft. Sie wußte nichts mehr von Reynolds-Farm, wußte vielleicht überhaupt nicht mehr, daß es jemals einen Menschen namens Logg Sar gegeben hatte, obwohl sie heute Mrs. Bursfeld war. Todesurteil, Verrat, alle die Dinge, bei denen Glossin eine so schlimme Rolle gespielt hatte, waren ihrem Gedächtnis entschwunden. Es war dem Doktor klar, daß hier eine suggestive Beeinflussung vorlag. Man hatte Jane diese aufregenden Vorfälle vergessen lassen, um ihr hier ein ruhiges Leben der Erholung und Kräftigung zu ermöglichen. Die guten Wirkungen der Maßnahmen zeigten sich auch unverkennbar an ihrem Aussehen.

Aber noch etwas anderes mußte geschehen sein. Während Dr. Glossin mit Jane sprach, versuchte er die alten Künste. Ganze Ströme magnetischen Fluidums ließ er auf sie wirken, während er im Laufe des Gesprächs ihre Hände ergriff. Mit aller Kraft suchte er sie wieder unter seinen Willen zu zwingen.

Ein Weilchen ließ ihn Jane gewähren. Dann entzog sie ihm ihre Hände.

»Nun ist es genug, Herr Doktor. Sie sehen mich an . . . so . . . Was . . . wollen Sie?«

Bei diesen Worten schaute sie ihm selbst so sicher und unbeeinflußt in die Augen, daß er seine Bemühungen aufgab.

Ein mächtiger Wille hatte Jane gegen alle hypnotischen Beeinflussungen von anderer Seite verriegelt. Wohl konnte er ruhig mit Jane reden. Aber alle Annäherung konnte ihm nichts nutzen. Sie war gegen seinen Einfluß gefeit. Eine Verriegelung, die Atma gelegt hatte . . . Dr. Glossin zweifelte, ob es ihm je gelingen könnte, sie

wieder aufzuheben. Ein einziges Mittel blieb, eine schwere seelische Erschütterung. Wenn sie stark genug war, wenn sie die Seele mit voller Macht traf, dann konnte sie den Riegel vielleicht zerbrechen.

Dr. Glossin lehnte sich in einen Stuhl zurück und holte aus seiner Brusttasche ein zusammengefaltetes Zeitungsblatt hervor.

»Ich bitte Sie um Verzeihung, Mrs. Bursfeld, wenn meine Blicke länger als üblich an den Ihrigen hingen, meine Hände länger als gewöhnlich in den Ihren ruhten. Die überraschende Mitteilung Ihrer Vermählung bringt mich in eine eigenartige Lage, macht eine Nachricht, die sonst nur bedauerlich gewesen wäre, zu einer Trauerbotschaft.«

Jane blickte ihn mit weitgeöffneten Augen an. Überraschung und Bestürzung malten sich auf ihren Zügen.

»Eine schlimme Nachricht aus Linnais.«

Dr. Glossin sagte es, während er Jane das Haparanda Dagblad mit der Nachricht vom Untergange des alten Hauses Truwor hinhielt.

Jane warf einen Blick darauf.

»Herr Doktor, ich verstehe kein Schwedisch. Sie müssen mir das übersetzen.«

Dr. Glossin nahm das Blatt wieder an sich und begann Wort für Wort zu übersetzen. Die Nachricht vom Brande, von den Explosionen. Vom Untergange des ganzen alten Hauses in einer einzigen wabernden Lohe. Vom sicheren Tode aller Insassen.

Während er Zeile für Zeile übersetzte, wurde Jane von Sekunde zu Sekunde blasser. Bei den letzteren Worten sank sie mit einem leisen Schrei ohnmächtig von ihrem Stuhl auf den Teppich.

»Jetzt oder nie . . . vielleicht ist der Riegel gebrochen.«

Dr. Glossin beugte sich über die ohnmächtig Daliegende. Er strich ihr über die Stirn. Alles magnetische Fluidum, über das er verfügte, versuchte er in ihren Körper zu jagen, um sie wieder ganz unter seinen Willen und Einfluß zu zwingen.

Er befahl ihr, sich zu erheben, und Jane führte den Befehl aus. Mit halbgeschlossenen Augen stand sie vor ihm.

Auf einen Dritten hätte die Szene einen wunderbaren Eindruck gemacht . . . Kein Wort wurde gesprochen. Lautlos erteilte Dr. Glossin seine Befehle. Lautlos vollzog sie Jane, solange sein Einfluß noch wirksam war.

Eine Richtung der Pupillen von Jane gefiel dem Doktor nicht. »Sehen Sie mich an. Sehen Sie mir genau in die Augen«, befahl er.

Jane leistete dem Befehl keine Folge. Erst wanderte ihr Blick. Dann drehte sich ihr Haupt und dann der ganze Körper. Sie wandte dem Doktor halb den Rücken zu. Wäre Dr. Glossin über die Himmelsrichtung in dem Zimmer unterrichtet gewesen, so hätte er bemerkt, daß Jane ganz nach Norden blickte.

So stand sie. Minuten hindurch. Dr. Glossin bot seine ganze Kraft auf und hatte keinen Erfolg.

Wenn der Riegel jemals gebrochen war, so war er in diesen Sekunden wieder zusammengeschweißt.

Jetzt wandte sich Jane ruhig dem Doktor wieder zu. Sie zeigte eine heitere Miene. Jede Angst und Unruhe waren wie weggewischt. Sie nahm die Unterhaltung da wieder auf, wo sie vor langen Minuten gestockt hatte.

»Dieser Zeitungsbericht ist doch längst überholt. Ein bedauerlicher Zwischenfall. Ein Brand, der im Laboratorium von Erik Truwor ausbrach. Ich hörte davon. Es ist schade. Er hält die Arbeiten wieder auf. Ich werde meinen Mann ein paar Tage länger entbehren müssen. Aber Sie können beruhigt sein. Er ist unversehrt und arbeitet mit allen Kräften an seiner Erfindung weiter . . .«

Dr. Glossin hatte das Empfinden, als ob alles um sich niederbräche. Eben noch seines Sieges gewiß, im Bewußtsein, drei Gegner vernichtet zu haben, im Begriff, Jane wieder unter seinen Einfluß zu zwingen,

Und nun? Die junge Frau stand sicher und selbstbewußt vor ihm. Sie lachte über die Mitteilungen, die sie niederschlagen sollten.

»Herr Doktor, Ihre Nachrichten sind überholt. Ich habe neue, bessere.«

Mit dieser im Unterhaltungston vorgebrachten Bemerkung schlug sie alle seine Angriffe zurück, vereitelte sie seine Anstrengungen, setzte sie ihn der Gefahr aus, sich lächerlich zu machen, wenn er seinen Besuch noch weiter ausdehnte.

Dr. Glossin empfahl sich. Äußerlich höflich, innerlich zerrissen und wütend.

»Wenn nicht die eine, so die andere! Wir wollen sehen, wie Lady Diana die Nachricht aufnimmt.«

Mit diesem Vorsatz verließ er das Haus.

Vor der Broken-Bai auf der Reede von Port Jackson lagen schwere australische Schlachtschiffe, mehrere Flugzeugträger sowie zahlreiche Torpedo- und U-Boote. Es war der größte Teil der australischen See- und Luftstreitkräfte. Die Einheiten waren weit auseinandergezogen.

Etwa dreißig Seemeilen weiter nördlich standen die englischen Pazifik-Einheiten. Alles in allem rund die doppelte Schiffszahl der australischen Flotte und auch die doppelte Kampfstärke der australischen Luftwaffenverbände.

Nur Kommodore Blain und die Herren von der Admiralität in London wußten, warum ein englisches Geschwader von solcher Stärke plötzlich in Sydney auftauchte. Vielleicht geschah es, um den Vor-

stellungen des englischen Sondergesandten MacNeill ein besonderes Gewicht zu verleihen. Vielleicht war es auch wirklich nur ein Zufall.

Mochte dem sein, wie es wolle. Die Besatzungen der australischen Schiffe und Luftwaffeneinheiten auf den Flugzeugträgern von Admiral Morison bis hinab zu den letzten Midshipmen waren über die Anwesenheit nicht erbaut. Für den Admiral Morison waren zwar die strikten Anweisungen seiner Regierung bindend, die ihm einen nicht nur höflichen, sondern sogar herzlichen Verkehr mit der englischen Flotte zur Pflicht machten.

Mittags um zwölf Uhr wurde der Beschluß des australischen Parlaments auf der Flotte bekannt. Es war Essenszeit. Wer nur irgendwie dienstfrei war, saß beim Mittagsmahl. Die Mannschaften in den großen luftigen Zwischendecks, Offiziere und Ingenieure in ihren Messen. Die Mannschaften zu Hunderten. Die Offiziere zu Dutzenden. Nur der Kapitän allein. Eben jenem alten Brauche folgend, der im Kapitän eines Schiffes einen Halbgott erblickt, den kein anderer Sterblicher essen sehen darf.

Also saß Kapitän George Shufflebotham, der Kommandant der ›Tasmania‹, allein in seiner Kabine und verzehrte ein kräftiges, aber Durst erregendes Mahl. Es lag in seinen persönlichen Gewohnheiten begründet, daß er dabei den Whisky nur wenig mit Soda verdünnte. Gerade als er das letzte Stück Speck mit einem guten Schluck Whisky hinunterspülte, hörte er das tiefe Brummen eines Bombers. Dreißig Sekunden später ertönte eine Detonation, und die ›Tasmania‹ geriet in starke Schaukelbewegungen. Im Nu war Shufflebotham auf der Brücke. Im gleichen Augenblick setzte ein wütendes Flakfeuer aus Hunderten von Rohren ein, und eine unübersehbare Wolke von Düsenjägern erhob sich von den Flugzeugträgern. Und wenige Minuten später stürzten die zerborstenen Teile einer fliegenden Festung ins Meer.

Was war geschehen? Der Erste Offizier meldete, daß ein Bomber mit britischen Hoheitsabzeichen die Einheiten der australischen Flotte in etwa 2500 Meter Höhe ziemlich langsam überflogen habe . . . Plötzlich habe sich eine Bombe aus dem Flugzeug gelöst, sei unmittelbar neben dem australischen Flugzeugträger ›Alexandra‹ ins Wasser gegangen und habe das Schiff erheblich beschädigt. Etwa 20 Jagdmaschinen, die auf der Plattform gestanden haben, wurden ins Wasser gefegt, 27 Personen – in erster Linie von den Flugzeugbesatzungen – seien getötet, zahlreiche schwer verletzt worden.

Unmittelbar darauf hatte Admiral Morison Feuerbefehl für die gesamte australische Flak gegeben. –

Der australische Admiral schritt ausholend durch die Messe des Flaggschiffes ›Melbourne‹. Schweigend saßen die Offiziere seines

Stabes und die des Marine-Luftwaffenbefehlshabers in ihren Sesseln.

»Meine Herren, die Situation, in der wir uns im Augenblick befinden, ist von solcher Tragweite für Australien, wie Sie sie wohl noch nie erlebt haben«, begann der Admiral.

»Captain Parker . . .«, er wandte sich an seinen Adjutanten ». . . lesen noch einmal die Zeilen aus dem Protokoll vor!«

Der Angesprochene erhob sich, das Logbuch in der Hand:

»12.40 Uhr: Ein Kampfflugzeug britischer Nationalität überfliegt die australischen Einheiten.

12.42 Uhr: Von dem britischen Flugzeug löst sich eine Bombe, stürzt neben der ›Alexandria‹ ins Meer und beschädigt diesen Flugzeugträger schwer. 27 Mann sind tot, 45 verletzt.

12.43 Uhr: Der Oberbefehlshaber der australischen Flotte, Admiral Morison, erteilt Feuerbefehl für die gesamte Flak aller australischen Einheiten. Zur gleichen Zeit gibt der Luftwaffenbefehlshaber den Startbefehl für alle Jagdgeschwader auf den Flugzeugträgern. Der Start dauert insgesamt drei Minuten.

12.44 Uhr: Die gesamte Flak aller australischen Einheiten gibt Feuer.

12.45 Uhr: Die ersten australischen Jäger haben Feuerberührung mit dem britischen Kampfflugzeug.

12.46 Uhr: Admiral Morison erhält einen telefonischen Anruf von dem Oberbefehlshaber der 50 Kilometer entfernt liegenden britischen Pazifik-Flotte, Admiral Blain. Admiral Blain teilt darin dem australischen Oberbefehlshaber mit, daß der Kommandant des betreffenden Flugzeuges – das sich auf einem Erprobungsflug befand – ihm um 12.45 Uhr die versehentliche Auslösung der Bombe gerade über australischen Einheiten meldete. Admiral Blain bittet um sofortige Einstellung des Flakfeuers, entschuldigt sich zunächst telefonisch und kündigt sein sofortiges Erscheinen an.

12.47 Uhr: Das britische Kampfflugzeug ist getroffen und stürzt in zahlreiche Teile zerborsten ins Meer. Admiral Morison gibt Befehl zur sofortigen Feuereinstellung der Flak.

12.48 Uhr: Admiral Morison teilt dem britischen Oberbefehlshaber, Admiral Blain, den Abschuß des britischen Kampfflugzeuges und die Uhrzeit mit. Er bittet den britischen Oberbefehlshaber dringend um seinen Besuch zwecks genauer Untersuchung des Falles. Der britische Oberbefehlshaber erklärt, der Abschuß seiner Maschine sei offensichtlich nach der ersten Aufklärung des Falles erfolgt. Eine Minute hätte für den Feuerabbruch genügen müssen. Die Verantwortung habe Admiral Morison zu tragen. Großbritannien sähe den Fall als einen feindlichen Akt Australiens an . . .«

Der Adjutant kam nicht mehr weiter. Der Ruf: »Alles auf Gefechtstation, klar zum Feuer« veränderte die Lage. Eine Wolke von

Kampfflugzeugen brauste aus Norden heran. Admiral Morison begab sich auf die Brücke. Der Befehlshaber der Luftwaffe gab Startbefehl für die eigenen Kampfverbände. Die Jagdverbände, soweit sie nicht schon wieder gelandet waren, stürmten den britischen Bombern entgegen. Eine Luftschlacht von gewaltigem Ausmaß begann.

Eine Anzahl Bomber kam durch bis zu den australischen Einheiten und belegte sie mit Bomben aller Kaliber.

Wenige Minuten später hatten die australischen Großkampfbomber Feuerberührung mit englischen Jägern. Andere erreichten die britische Flotte und warfen dort ihre Bombenlast ab.

Ein bitteres Lächeln umspielte die Züge des Admirals Morison. Um einer kleinen technischen Störung in einem britischen Bomber willen mußte er in schreiendem Gegensatz zu den Befehlen seiner Regierung mit einer Flotte kämpfen, mit der ihm die Pflege freundschaftlicher Beziehungen befohlen war. Es war bitter für einen Mann, dessen Leben bisher strenge Pflichterfüllung gewesen war. Aber Admiral Morison stand unter dem Zwange der Verhältnisse und beschloß auszuharren bis zum Ende.

Eine Meldung ließ ihn aufmerken.

»Englischer Panzer ›Alkyon‹ gekentert. Ohne Treffer von uns.«

Schon kam eine zweite Meldung: »›Amphitrite‹ geht auf Grund. Ohne Treffereinwirkung von uns.«

Die dritte Meldung folgte unmittelbar:

»›Niobe‹ sinkt. Es scheinen U-Boote zu wirken.«

Die folgenden Sekunden brachten noch ein halbes Dutzend gleichartiger Meldungen. Bis Admiral Blain den ungleichen Kampf aufgab und mit dem Rest seiner Schiffe nach Nordosten entfloh.

Admiral Morison sammelte den Rest seines Geschwaders und setzte den Kurs auf den bisherigen Standort der englischen Flotte. Nach beendetem Kampf war es Seemannspflicht, Überlebende zu retten.

Auf halbem Wege, auf der Höhe von Sydney, kamen ihm U-Boote entgegen. Hundert U-Boote. In Kiellinie zogen sie in Überwasserfahrt daher. Große, schwer gepanzerte Kreuzer von einer Art, wie sie Australien nicht besaß. Sie fuhren schnell und waren im Augenblick heran.

Es konnten Feinde sein. Aber keinem Menschen in der australischen Flotte kam dieser Gedanke. Sie alle, vom Schiffskommandanten bis zu den einfachen Kanonieren, erblickten in diesen Booten die Erretter vom sicheren Untergang und begrüßten sie mit brausendem Cheer. Da ging am Heck des ersten Bootes ein rötlicher Ball empor, breitete sich im Winde aus und zeigte das Sternenbanner der amerikanischen Union. Amerikanische U-Boote hatten unter Führung des Admirals Willcox eingegriffen. Unbekannt mit den letzten Entschließungen von Cyrus Stonard, sah Willcoux die australische

Flotte im Kampfe mit der englischen Übermacht. Mochten die Politiker treiben, was sie wollten. Der Seebär Willcoux wußte nur, daß Australien nächstens amerikanisch werden würde. Das hatte ihm genügt.

Die australische Flotte lief in den Hafen von Sydney. Die amerikanische U-Boot-Flotte folgte nach einer plötzlichen Entschließung des Admirals Willcoux. Der meinte, daß es Zeit sei, das warme Eisen zu schmieden, und kümmerte sich den Teufel um diplomatische Gebräuche und Abmachungen.

Die Kunde von dem Gefecht und dem Eingreifen der amerikanischen Hilfe war den Flotten drahtlos vorausgeeilt. Eine bange Stunde hindurch hatten in Sydney die Häuser unter den Detonationen der Bomben in der Ferne gebebt. Dann kam die Erlösung. Hilfe und Sieg durch die Amerikaner. Da schlug die bange Stimmung in das Gegenteil um. Die Amerikaner, die jetzt im Hafen lagen und in einzelnen Trupps an Land kamen, wurden mit hellem Jubel begrüßt. Niemand in ganz Sydney dachte mehr an die Tagesarbeit. Von dichten Scharen waren die Straßen schwarz, während die Häuserfassaden im Flaggenschmuck verschwanden.

Einer der wenigen, die nicht an diesem allgemeinen Jubel teilnahmen, war der australische Premier Mr. Applebee. Der Staatsmann dachte an die Zukunft und fuhr bei MacNeill, dem englischen Gesandten vor. Nicht ohne sich einen bestimmten Plan zurechtgelegt zu haben.

Der Engländer empfing ihn förmlich und kalt. Das Erstaunen zü deutlich zur Schau tragend, als daß es für ganz natürlich gehalten werden konnte.

»Was wünschen Sie, Herr Ministerpräsident? Ich glaube kaum, daß wir uns nach dieser Affäre noch etwas zu sagen haben.«

Mr. Applebee war auf den Empfang gefaßt.

»Gestatten Sie, daß ich anderer Meinung über die Vorfälle bin. Es war der englische Admiral, der die Feindseligkeiten eröffnete. Kein Umstand rechtfertigt das schroffe Vorgehen Ihres Admirals. Was ist dabei herausgekommen? Gerade das, vor dem ich heute vormittag warnen zu müssen glaubte. Ein Eingreifen Amerikas an unserer Seite.

Aber trotz aller dieser höchst bedauerlichen Vorfälle, die uns und Ihnen Menschenleben und gute Schiffe gekostet haben, hoffe ich immer noch, daß sich die Affäre in friedlicher Weise beilegen lassen wird. Ich habe nach Ihrem letzten Besuch auf Mittel und Wege gesonnen, dem Parlamentsbeschluß die Spitze abzubrechen. Ich hoffe, solche gefunden zu haben, und wäre untröstlich, wenn die Verständigung jetzt scheitern sollte.«

MacNeill horchte auf. Eine Möglichkeit, den Parlamentsbeschluß

aufzuheben? Das gab der Sache eine neue Wendung. Er erwiderte, er wolle umgehend drahtlos Instruktionen seiner Regierung einholen.

Mr. Applebee war noch keine Stunde von diesem Besuch zurückgekehrt, als er den Gegenbesuch MacNeills empfing. Die englische Regierung bestehe auf restloser Aufklärung der Vorfälle. Danach würde sie ihre weiteren Schritte einrichten.

Mr. Applebee atmete auf. Das hieß, aus dem Diplomatischen in die tägliche Gebrauchssprache übersetzt, daß auch England die Sache nicht übers Knie brechen wolle. Restlose Aufklärung . . . das waren wenigstens vierzehn Tage. Mehr hatte Cyrus Stonard nicht verlangt.

Die gespannte politische Lage nötigte auch den britischen Luftfahrtminister, seinen Landaufenthalt für unbestimmte Zeit zu unterbrechen. Lord Horace Maitland war mit Familie und Dienerschaft in sein Stadthaus übergesiedelt, ein einfaches, aber geräumiges Palais aus der Zeit des dritten Georg. Kaum zehn Minuten von seinem Ministerium entfernt.

Eine kleine Gesellschaft der nächsten Bekannten saß dort um den Teetisch versammelt. Lord Horace kam aus einer Sitzung. In diesem Kreise durfte er sich ziemlich frei äußern.

»Die Ansichten im Kabinett waren geteilt. Einige meiner Kollegen hoffen immer noch, daß sich ein Krieg vermeiden läßt. Die Entscheidung liegt beim Parlament, das morgen zusammentritt.«

»Eine bange Nacht für alle, die mit ihrem Blute für das Vaterland eintreten müssen.«

Einer der Gäste hatte es gesagt.

»Noch eine lange bange Nacht!«

Lady Diana flüsterte es mit bewegter Stimme. Sie blickte geistesabwesend vor sich hin und rührte mit dem kleinen Silberlöffel mechanisch in der Teetasse.

Lord Horace betrachtete sie mit forschendem Blick. Seit Tagen fiel ihm eine Veränderung an ihr auf, für die er keine Erklärung fand. Was konnte die ruhige, gefestigte Natur seiner Frau so außer Fassung bringen? Der drohende Krieg? . . . Wenig wahrscheinlich! Was sonst?

Lady Diana atmete, wie von einer Last befreit, auf, als die Gäste sich empfahlen. Lord Horace sah, wie gezwungen das Lächeln war, mit dem sie sie verabschiedete.

Vergeblich wartete er auf ihre Rückkehr.

»Die Lady hat sich in ihre Räume zurückgezogen.«

So lautete der Bescheid auf seine Frage. Es war ihm unmöglich, dem Grunde dieser Veränderung näherzukommen; er mußte wohl warten, bis seine Gattin freiwillig sprechen würde.

Er war in Sorge. Seine Heirat war eine Liebesheirat im besten und edelsten Sinne gewesen. Seine Standeserhöhung, die unerwartete Erbschaft des Lordtitels, hatte das innige zarte Verhältnis der Gatten nicht geändert. Die Liebe, die in der Hütte blüht, stirbt leicht im Palast. Hier war das nicht der Fall. Doch seit einigen Tagen fühlte Lord Horace, daß etwas Fremdes zwischen ihm und seiner Frau stand.

Lady Diana schritt rastlos in ihrem Zimmer hin und her, mit fiebrig geröteten Wangen. Die Lippen wie durstig geöffnet.

Die Uhr schlug sechs. Diana Maitland hielt in ihrem Gang inne und starrte auf das Zifferblatt.

»Schon wieder ein Tag vergangen ... ohne Nachricht ... Noch eine Nacht wie die vergangene ertrage ich nicht ... Warum das alles? ... Um eines Mannes willen, dessen Namen ich längst aus meinem Leben gestrichen zu haben glaubte. Ah ...«

Sie warf sich auf den Diwan. Die eine Hand schob ungeduldig die Kissen zurecht, die andere strich das Haar von der Schläfe. Ihre Augen waren geschlossen, aber es zuckte zuweilen in den langen Wimpern.

Eine Welt lag zwischen diesem unruhig sinnenden, gegen Tränen kämpfenden Weib und jener heiteren, strahlenden Schönheit, die noch vor wenigen Tagen den Mittelpunkt der glänzenden Gästeschar in Maitland Castle gebildet hatte.

Ihre Lippen formten Worte.

»Warum lasse ich mich in wachem Zustand von diesen Tränen quälen? Ist es nicht genug in den unruhigen Nächten? ...

Warum diese Angst? ... Was habe ich getan, das ich nicht vor mir selbst, vor aller Welt verantworten könnte?

Ich bin nur feige ... oder vielleicht krank ... und könnte doch gerade so glücklich sein, wie mich die Welt schätzt.«

Lady Diana richtete sich heftig auf.

»Horace beobachtet mich ... meine Aufregung ist ihm nicht entgangen ... Ich bin ihm kein Geständnis schuldig! Nein, nein! Soll ich ein zweites Mal für eine Sünde büßen, die keine war?«

Erschöpft warf sie sich auf die Couch zurück und schlug die großen dunklen Augen zur Zimmerdecke auf. Wie unter einem Zwange sprach sie weiter:

»Der eine liegt auf dem Père Lachaise. Der andere in Linnais ...?«

Ein Pochen an der Tür. Auf silbernem Tablett brachte die Zofe einen Brief. Ein großes graues Kuvert. Deutsche Briefmarken. Die Schrift der Adresse schien ihr wohl bekannt, und doch konnte sie den Schreiber nicht erraten.

»Legen Sie den Brief auf den Tisch. Ich werde ihn später lesen.«

Sie sagte es mit gleichgültiger Stimme. Kaum hatte die Zofe den

Raum verlassen, als sie aufsprang und den Umschlag mit zitternden Fingern zerriß. Ein einfaches Zeitungsblatt bildete den Inhalt. Eine schwedische Zeitung. Ihre Sprachkenntnisse reichten hin, den Inhalt halb zu entziffern, halb zu erraten. An einer Stelle ein roter Strich. Eine fettgedruckte Stichmarke . . . Linnais . . .

Sie ging zur Couch zurück, zwang sich gewaltsam, die wenigen Zeilen Wort für Wort zu lesen:

»Eine Katastrophe, die noch der Aufklärung bedarf, hat gestern das in unserer Nähe liegende Gehöft der Truwors betroffen. Um Mitternacht flog das Herrenhaus unter schweren Explosionen in die Luft. Es wurde von dem erst kürzlich aus dem Auslande zurückgekehrten Besitzer bewohnt, der zwei Freunde als Gäste bei sich hatte. Mit Sicherheit ist anzunehmen, daß alle Insassen den Tod gefunden haben. Über die Ursache der Katastrophe gehen Gerüchte, die wir ihrer Unkontrollierbarkeit wegen vorläufig nicht wiedergeben wollen!«

Mit einem leisen Aufschrei sank Diana Maitland auf die Couch zurück. Wie im Traume sah sie, wie sich die Tür öffnete, Lord Horace in das Zimmer trat, die Tür hinter ihm ins Schloß fiel.

Es war ihr unmöglich, sich zu erheben. Es gelang ihr nur, sich etwas aufzurichten.

»Du hast eine unangenehme Nachricht erhalten?«

»Eine unangenehme Nachricht? Wie kommst du auf die Frage?«

Lord Horace deutete auf das am Boden liegende Zeitungsblatt.

»Wer sandte dir diese Zeitung?«

Die Antwort kam nicht gleich. Endlich kam sie, zögernd und unfrei:

»Doktor Glossin.«

»Von Doktor Glossin?«

Lord Horace trat einen Schritt zurück.

»Von Doktor Glossin . . . Gib mir bitte eine Erklärung. Du bist sie mir schuldig. Was steht in dem Blatt, das dich in eine solche Erregung versetzt?«

Lady Diana zögerte. Erst nach geraumer Weile hatte sie ihre Stimme in der Gewalt.

»Du darfst mir nicht zürnen, Horace. Es überkam mich plötzlich . . . gewiß eine Folge der letzten kritischen Tage. Sie haben Ansprüche an meine Nerven gestellt, denen ich nicht gewachsen war . . . Die Zeitung von Doktor Glossin . . . ah, gewiß! Es wird dich interessieren, welchen Erfolg die Expedition nach Linnais gehabt hat. Doktor Glossin schickte das Zeitungsblatt, das eine Notiz darüber bringt.«

»Warum schickte er die Zeitung an deine Adresse?«

»Nun sehr einfach, ihr Männer seid doch jetzt Feinde.

Sein patriotisches Gewissen erlaubt ihm keinen Verkehr mehr mit

dir . . . Ich werde dir diese Zeilen übersetzen.« Sie las ihm den Inhalt der Notiz vor.

»Ah, sehr gut . . . Der Plan ist also gelungen. Unbegreiflich, daß noch keine Meldung von Oberst Trotter vorliegt . . . Doch du? Du freust dich nicht? Und nahmst doch zuerst so starken Anteil an dem Plan.«

Diana war zurückgesunken. Sie drückte das feine Spitzentuch gegen die Stirn. Ihre Brust bewegte sich heftig.

»Diana, was ist dir?«

»Nichts! Habe Geduld mit mir, Horace. Es wird vorübergehen. Überlasse mich heute mir selbst, ich bitte dich!«

»Schenke mir Vertrauen, Diana. Befreie dich von der Last. Sage mir, was dich quält.«

Lord Maitland näherte sich ihr und legte den Arm beruhigend um ihren Nacken.

Diana zuckte leise zusammen. Ihr Körper erzitterte.

»Laß mich! Laß mich! Ich bin nicht die, die . . .«

Klage und Herausforderung schienen zu gleicher Zeit im Klange dieser Worte zu liegen. Lord Horace zog seine Hände von ihren Schultern zurück. Betroffen sah er das jagende Wechselspiel von Licht und Schatten auf ihren Zügen. Er wagte nicht zu sprechen, wagte nicht, diese Qual, in der ihre Seele sich wand, zu unterbrechen. Endlich, nach langem Schweigen, schien in ihr der Entschluß zu reifen. Ein harter Zug legte sich um ihren Mund.

»Ich will nicht länger schweigen. Nur die Wahrheit kann mir helfen.«

Sie sprach ohne Schwäche.

»Hör mich an als mein Mann, mein Freund . . . als mein Richter.«

Sie wendete sich ihm zu und blickte ihn mit freien Augen an.

»Du weißt, Horace, daß meine Eltern Polen waren. Ich sollte den Sohn einer befreundeten Familie – gleichfalls Polen – heiraten. Raoul war drei Jahre älter als ich. Schon als halbe Kinder galten wir als Verlobte. Die Familien wollten es so haben. Es paßte so schön zusammen. Im Grunde genommen ein Handel, den beide Familien ausgeklügelt hatten. Ich wußte nichts davon. Raoul auch nicht. Wir hatten einander lieb, wie sich Kinder liebhaben. Wir wußten beide nichts vom Leben und von der Liebe.

Raoul wurde Offizier und lernte das Leben kennen. Während mein Herz sich gleichgeblieben war, wurden seine Empfindungen leidenschaftlicher. Noch ein Jahr, und unsere Ehe sollte geschlossen werden . . .

Aber wir liebten uns nicht und trennten uns freundschaftlich, ehe es zu einer engen Bindung kam. Ich liebte einen Ingenieur, und wir verlobten uns, als ich ihm mitteilte, daß Raoul mich freigegeben hatte.

Einige Wochen später kam Raoul noch einmal in die Stadt, in der ich damals lebte. Er lud mich zu einem Abendessen ein. Ich sah keinen Grund, diese Einladung abzulehnen. Es war ein netter Abend, und Raoul erzählte mir, daß auch er in Kürze eine junge Französin zu heiraten gedächte. Am nächsten Tage war ich mit meinem Verlobten verabredet und wollte ihm von Raouls bevorstehender Hochzeit berichten.«

Ein leises, verlorenes Lächeln schwebte wie ein Hauch um Lady Dianas Lippen . . . Dann verdüsterten sich ihre Züge wieder. Ihre Stimme wurde monoton.

»Es war zu spät. Mein Verlobter hatte uns gesehen und überschüttete mich mit einer Flut eifersüchtiger Vorwürfe, ehe ich ihm eine Erklärung geben konnte.

Mein Verlobter beleidigte mich mit fürchterlichen Verdächtigungen und . . . erschießt Raoul in einem Duell . . .

Und ich?! . . . Ich erhalte am nächsten Tag seinen Ring zurück . . . ohne jedes weitere Wort.«

Sie senkte den Kopf und schloß die Lider. Die Erinnerung an jene Vorgänge ließ sie jetzt noch zittern.

»Ich fühlte mich bis auf den Tod gedemütigt. Ich begriff nicht, wie ich noch leben sollte . . . vernichtet, verachtet, mitleidlos beiseite geworfen.

Hundertmal wünschte ich mir damals den Tod. An die Stelle der Liebe trat der Haß. Ich haßte so grausam, wie eine Frau nur hassen kann . . . Was dann kam, weißt du. Ich wurde Sängerin. Im Taumel des Lebens glaubte ich Vergessenheit zu finden, um nur zu bald völliger Enttäuschung zu begegnen.

Ich beschloß, nur noch meiner Kunst zu leben, und widmete ihr mein ganzes Sein . . . Dann kam die kurze Ehe mit Frederic Boyce . . .

Und dann kamst du . . . Du warst edel, warst gut zu mir. Du zeigtest mir deine Bewunderung, deine Achtung, dein Vertrauen. Du warst bereit, dein Schicksal, dein Leben mit dem meinen zu verbinden, deinen Namen einer Frau zu geben, deren Leben du kaum kanntest.«

Mit starrem Gesicht hatte Lord Maitland gelauscht.

Eine qualvolle Pause entstand.

Lord Horace preßte die Zähne zusammen. Widerstreitende Empfindungen ergriffen ihn. Er empfand die rückhaltlose Aufrichtigkeit Dianas als etwas Wohltuendes. Doch eine andere Empfindung kämpfte gegen dieses Gefühl in ihm an. Etwas seinem eigenen Wesen feindseliges tauchte in ihm auf, wollte ihn dazu bringen, all seinen Mut zusammenzuraffen, um seine Liebe und sein Mitleid zu bezwingen, seiner Gattin den Rücken zu kehren.

Diana schien seine Gedanken zu erraten.

»Horace! Horace!« schrie sie mit erstickter Stimme. Alles Blut wich aus ihrem Gesicht.

Der Lord hörte die angsterfüllte Stimme. Er stürzte auf sie zu und schloß ihr den Mund mit zitternden Händen, erschüttert, entsetzt.

Er schloß ihre Augen, die starr und weit geöffnet waren. Seine Wimpern wurden feucht.

Sie fühlte seine Bewegung, sie spürte auf ihren Augen die Finger, die sie berührten, wie nur Liebe und Mitleid zu berühren wissen.

Ihre Arme streckten sich und schlangen sich um den Hals des Mannes.

»Du liebst mich, du glaubst an mich?«

Lord Horace ergriff ihre Hand.

»Laß mir Zeit . . . Seien wir mutig . . . Du hast die Gespenster der Vergangenheit geweckt. Es wird Zeit brauchen, sie wieder zur Ruhe zu bringen.«

»Du fragst nicht nach dem Namen, Horace?«

»Wozu den Namen? Laß ihn begraben sein, Diana.«

»Ich muß ihn nennen, daß du alles verstehst, er ist Erik Truwor.«

Lord Maitland wünschen Euer Exzellenz zu sprechen.«

Der Diener meldete es, und gleich darauf trat Lord Horace in das Kabinett des englischen Premierministers. Die Stimmung war ernst. Vor zwei Stunden war die offizielle Nachricht von dem Gefecht vor Sydney in London eingetroffen. Das Publikum in den Straßen glich einem aufgeregten Bienenschwarm, und Lord Gashford, der britische Premier, fühlte den Druck der schweren Verantwortung mehr denn je. Wohl hatte er durch die letzte Instruktion an den australischen Gesandten MacNeill noch eine Frist für die letzte unwiderrufliche Entscheidung gesichert. Aber er war sich dessen voll bewußt, daß die letzte Entscheidung mit Riesenschritten heranrückte.

Lord Maitland hielt ihm das Zeitungsblatt hin, welches Glossin an Lady Diana gesandt hatte.

»Die Nachricht ist gut, wenn sie wahr ist. Wir wissen es noch nicht. Seit sechsunddreißig Stunden warte ich auf den Bericht des Obersten Trotter, der vom Kriegsministerium mit der Expedition beauftragt wurde.«

»Oberst Trotter??«

»Wie meinten Sie?«

»Nichts von Wichtigkeit. Nur bin ich der Ansicht, daß der Bericht längst dasein müßte. Es ist unerhört, daß wir das Ergebnis einer von uns betriebenen Unternehmung durch ein schwedisches Lokalblatt erfahren müssen.«

Die Züge des Premiers verrieten von neuem Sorge und Ungewißheit über den Ausgang der Expedition.

»Ich fürchte, daß irgend etwas bei der Unternehmung nicht in Ordnung ist. Auf keinen Fall können wir daran denken, eine Entscheidung zu treffen, bevor wir nicht den Bericht Trotters oder noch besser den Oberst selbst hier haben. Ich habe den Heeresminister kurz vor Ihrem Erscheinen um seinen Besuch bitten lassen. Ich denke, das wird er sein.«

Sir John Repington trat ins Zimmer. In seiner Begleitung kam Oberst Trotter. Er machte nicht eben den besten Eindruck. Die Haut seines Gesichtes schälte sich wie Platanenrinde im Frühjahr. Der stattliche Schnurrbart war bis auf einen kurzen Überrest der Schere zum Opfer gefallen. Der erste Eindruck auf alle in diesem Raume Befindlichen war der, daß es nicht gefahrlos sei, mit Erik Truwor und seinen Leuten anzubinden. Waren sie wirklich unter den brennenden Trümmern ihres Hauses begraben, so hatten ihre Flammen und sonstigen Verteidigungsmittel jedenfalls auch dem Gegner reichlich zu schaffen gemacht.

Der Eindruck verstärkte sich, als Oberst Trotter seinen mündlichen Bericht gab. Acht von seinen Leuten tot, zum Teil in den Flammen umgekommen, verschollen. Fünf mehr oder weniger schwer verwundet. Nur mit sieben Leuten war der Oberst nach England zurückgekommen.

Im übrigen bestätigte sein Bericht die Mitteilung des schwedischen Blattes und ergänzte sie. Nach tapferer Gegenwehr war das Feuer der Verteidiger niedergekämpft, das Haus sturmreif geschossen worden. In diesem Moment brachen Explosion und Brand aus, von denen das schwedische Blatt allein berichtete. Sicher waren die Verteidiger, soweit sie das Feuer der Angreifer noch lebend überstanden hatten, durch die Gewalt der Explosionen und in der Hölle der Feuersbrunst umgekommen.

Die englischen Minister spürten eine große Erleichterung.

»Soweit ganz gut«, unterbrach hier Repington. »Aber warum haben Sie nicht sofort nach der Affäre einen Bericht an das Amt geschickt? Sie hatten unser bestes Modell der kleinen KW-Stationen mit. Warum haben Sie nicht sofort gefunkt?«

»Es ging nicht, Sir! Es ging trotz aller Bemühungen nicht. Der Funker war gefallen. Ich selbst verstehe mit Kurzwellengeräten umzugehen, aber – es ist mir selbst völlig rätselhaft – ich konnte das Gerät beim besten Willen nicht in Betrieb bringen.«

Der Kriegsminister runzelte die Stirn.

»Sehr bedauerlich. Der einzige Funker, den Sie bei Ihrer Truppe hatten, durfte nicht exponiert werden, Herr Oberst. Und dann später . . . Sie sind mit einem unserer Flugzeuge zurückgekehrt. Warum haben Sie da nicht gefunkt?«

Oberst Trotter zerrte verzweifelt an den spärlichen Resten seines Schnurrbartes.

»Es ging nicht, Sir! Es ging absolut nicht! Der Funker erklärte, daß sein Apparat in Unordnung sei. Aus unerklärlichen Gründen in Unordnung sei und nicht funktioniere. Es war nichts zu machen.«

Lord Maitland blickte den Premier an und dieser den Heeresminister. Einen Augenblick stieg ein unbestimmter Verdacht in den Hirnen der drei Männer auf.

Oberst Trotter gab seinen schriftlichen Bericht, den er während der Überfahrt verfaßt hatte, in die Hände des Heeresministers und verließ das Kabinett. Lord Horace schaute ihm nachdenklich nach.

»Wenn ich gewußt hätte, daß man gerade diesen Oberst Trotter mit einer so wichtigen Mission betraute, würde ich es kaum unterlassen haben, meine Bedenken geltend zu machen.«

Sir John Repington bekam einen roten Kopf und nahm seinen Offizier in Schutz. Der Premier legte den Zwist bei.

»Lassen wir die Nebensächlichkeiten. Aus dem eben gehörten Bericht geht mit Sicherheit hervor, daß die Expedition ihren Zweck erreicht hat. Den Zweck, Großbritannien von einem unbekannten und unter Umständen unbequemen Gegner zu befreien. Wir können unsere Beschlüsse jetzt ohne Hemmung von dieser Seite her fassen. Nach den Ereignissen des Vormittags ist die Beschlußfassung nicht länger aufzuschieben. Das Parlament ist in London versammelt. Die Parteiführer sind von mir verständigt. Sie können ihre Leute in zwei Stunden zusammenhaben. Auf Wiedersehen in zwei Stunden!«

Sobald ihn seine Kollegen verlassen hatten, gab Lord Gashford den offiziellen Bericht über den Zwischenfall von Sydney an die Nachrichtenagenturen. Im Augenblick wurde er an tausend Stellen Londons bekannt. Die Unruhe wuchs, die Aufregung stieg, und die Stimmung der Bevölkerung Londons näherte sich schnell jenem Siedepunkte, bei dem gefährliche und unvorhergesehene Ausbrüche der Leidenschaften zu fürchten sind.

Das Parlament war das natürliche Ventil, durch das diese Spannung sich entladen mußte. Und das Parlament war vollzählig bis auf den letzten Mann versammelt, war sich seiner Pflichten gegen das Land bewußt, als die Minister ihre Plätze auf der Bank der Regierung einnahmen.

Die Tagesordnung war einfach. Stellungnahme zu der Affäre von Sydney. Ein ausführlicher Bericht über das Vorkommnis lag jedem Mitglied gedruckt vor. Die meisten Abgeordneten lasen ihn kaum noch. Sie waren bereits durch Rundfunk und Presse informiert.

Die Abstimmung war nur noch Formsache.

Das englische Parlament beauftragte die Regierung, den Vereinigten Staaten von Nordamerika den Krieg zu erklären und ihn mit aller Energie zu führen.

Mit diesem Auftrage zog sich das Kabinett zurück. Es hatte mit der Ausführung der Beschlüsse vollauf zu tun: die vorhandenen Streit-

kräfte mobil zu machen, Reserven einzuberufen, die Industrie nach dem großzügigen Plan zu mobilisieren. Jeder einzelne Fachminister hatte sein Pensum. Daneben blieb noch eine Formalität zu erfüllen. Dem amerikanischen Botschafter in London, Mr. Geddes, mußte der Kriegszustand amtlich mitgeteilt werden. Es waren ihm, wie es in der veralteten diplomatischen Sprache noch immer hieß, die Pässe zuzustellen. Zur gleichen Stunde, zu welcher der englische Botschafter in Washington die Kriegserklärung überreichte.

Lord Gashford sah sich forschend um.

»Lord Maitland, Sie sind mit Mister Geddes persönlich bekannt. Wollen Sie ihn besuchen und ihm die Mitteilung machen?«

Lord Horace nickte zustimmend. Er war mit Mr. Geddes seit Jahren befreundet. Er wollte den Auftrag übernehmen, um dem, was unvermeidlich geschehen mußte, wenigstens die versöhnlichste Form zu geben.

»Betonen Sie bei Ihrem Besuch, daß sich unser Kampf nicht gegen das blutsverwandte Volk richtet, sondern nur gegen den Diktator. Daß wir je schneller, desto lieber wieder zu friedlichen Zuständen kommen wollen, sobald eine freiheitliche Regierung in Washington es uns möglich macht.«

Lord Gashford wußte, warum er diese salbungsvolle Mitteilung überbringen ließ. Mr. Geddes war durch seine freiheitliche Gesinnung bekannt. Im Herzen ein Philanthrop und Pazifist. Keineswegs ein überzeugter Anhänger der unbeschränkten Herrschaft des Diktators.

Der Kraftwagen hielt vor der amerikanischen Botschaft. Lord Horace schritt durch das Vestibül und Treppenhaus. Durch die Räume, die er bei Besuchen und Festlichkeiten so oft betreten hatte. Aufgescheuchte Dienerschaft lief umher. Gepackte Koffer standen auf den Fluren. Mr. Geddes hatte der Parlamentssitzung in der Diplomatenloge beigewohnt. Er wußte, daß der Krieg unvermeidlich war, und hatte alle Maßnahmen für eine schnelle Abreise getroffen.

Lord Horace ließ sich durch den zurückhaltenden Empfang nicht abschrecken. Er trat an Mr. Geddes heran und ergriff dessen Rechte mit seinen beiden Händen.

»Mein lieber alter Freund, Sie wissen, ich bringe Ihnen schlechte Botschaft. Es ist ein schwerer Gang für mich. Doch einer mußte sie Ihnen bringen. Da habe ich es übernommen.« Langsam legte Mr. Geddes seine zweite Hand auf die beiden Hände von Lord Horace. Er war zu bewegt, um sprechen zu können.

Eine Minute standen sie so. Dann machte sich Lord Maitland mit sanfter Bewegung frei. Noch eine Verneigung, und er verließ das Haus. Der alte Diener, der ihn so oft bei Festlichkeiten empfangen und geleitet hatte, gab ihm auch jetzt das Geleit bis zur Tür.

Lord Horace atmete tief auf, als das Auto in schneller Fahrt durch die sonnige Straße fuhr. Es war auch für ihn, den gewandten Staatsmann und Diplomaten, ein bitteres Stück Arbeit gewesen, einem Manne wie Geddes die Mitteilung zu überbringen, daß seine Mission hier zu Ende sei.

Die große amerikanische Transradiostation in Sayville war in vollem Betrieb. Um die dritte Morgenstunde stand im Fernschreibsaal keines der großen komplizierten Geheimfernschreibgeräte still. Diese Meisterwerke der Technik, die einen getasteten Text maschinell verschlüsseln, über UKW hinaussenden zu einer anderen Empfangsstation, wo er dann auf Kurzwelle ummoduliert wird. Das Empfangsgerät ist auf den gleichen Schlüssel eingestellt, so daß die Fernschreiber selbst von jeglicher Chiffrierung bzw. Dechiffrierung entlastet sind, und dennoch kein Unberufener die geheimen Berichte entziffern kann.

Dieser Fernschreibsaal war sozusagen die Umschlagzentrale für Nachrichten aus aller Welt. Hier liefen militärische und diplomatische, wirtschaftliche und kulturpolitische Meldungen ein und wurden in ihren Bestimmungsort, der aus den drei Anfangsbuchstaben ersichtlich war, weitergeleitet. Neben der doppelt verschlüsselten geheimsten Staatsdepesche lag eine belanglose Familiennachricht, der Glückwunsch zu einem Hochzeitstag. Hier gab es niemals Stillstand.

Wie alle großen Nachrichten-, Fernseh- und Radiostationen arbeitete auch Sayville unabhängig von Fremdstrom mit eigenen Aggregaten.

Der Chef vom Dienst saß in seinem Glaskasten, von dem aus er einen Überblick über die ganze Station hatte. Vor ihm auf dem Tisch lag das Stationsbuch. Er war beschäftigt, die letzten Telegramme einzutragen.

Da plötzlich . . . Mr. Brown stand auf und lauschte . . . Ein fremder Ton drang aus dem Maschinenraum her. Er kannte seine Station. Jede Unregelmäßigkeit verriet sich seinem geübten Ohr. Er sprang auf, verließ seinen Glaskasten und eilte in den nächsten Saal zu den G-Fernschreibmaschinen. Das gleiche Bild hier. Eine Lähmung hatte alle diese Apparate getroffen, die eben noch im fliegenden Tempo arbeiteten und Depeschen in alle Welt schickten.

Die Maschinen lagen still . . . unerklärlich . . . alle zu gleicher Zeit. Im nächsten Augenblick begannen sie wieder zu arbeiten . . . Aber was war das . . .?

Ein einziger gleichmäßiger Takt schien sie wie mit Geisterhänden zu bewegen . . . sämtliche Fernschreiber nahmen den gleichen Text auf . . . dreimal hintereinander.

»Sayville! An alle! . . . Sayville. An alle! . . . Wer das Schwert

nimmt, wird durch das Schwert umkommen. Die Macht der Drei warnt alle vor dem Kriege.«

Dann begannen mit einem Schlage die Maschinen wieder normal zu arbeiten. Keine zehn Minuten hatte der Spuk gedauert.

Mr. Brown stand in seinem Glaskasten und strich sich die Stirn. Er wußte nicht, ob er wache oder träume. Mit verstörten Mienen blickten die Fernschreiber auf ihren Vorgesetzten. Keiner von ihnen kümmerte sich um die Geräte. Aber die nervenlosen Maschinen taten ihre Schuldigkeit. Sie schrieben die Depeschen auf, die jetzt von allen Seiten her in Sayville einliefen. Anfragen von amerikanischen und überseeischen Stationen, was die Sendung zu bedeuten habe.

Mr. Brown war mit seinen Nerven fertig. Er übergab die Station seinem Vertreter und setzte sich hin, um mit zitternden Händen einen ausführlichen Bericht über das Vorkommnis zu schreiben.

Für die Geschichte jener Zeit ist der Bericht ein wichtiges Dokument geworden. Er gibt noch verhältnismäßig objektiv eine Darstellung der unerklärlichen Beeinflussungen, denen die Großstationen der ganzen Erde in den folgenden Wochen bald hier, bald dort ausgesetzt waren. Eine unbekannte Macht hatte sich des drahtlosen Verkehrs bemächtigt. Sie gab ihre Depeschen »An alle!«, wie es ihr gefiel, unter Benutzung der vorhandenen Stationen ab.

Kapitän H. L. Fagan vom amerikanischen Marinedepartement, der eiserne Fagan, wie ihn seine Kameraden nannten, hatte Vortrag beim Präsidenten. Mit aufmerksamen Blicken folgte Cyrus Stonard den Erklärungen, die Kapitän Fagan anhand umfangreicher, an der Wand befestigter Zeichnungen gab.

Sie stellten die große amerikanische Unterwasserstation dar, die im Laufe des letzten Jahres in aller Stille, vollständig geheim, an der afrikanischen Westküste entstanden war. Durch gründliche Lotungen hatten amerikanische Schiffe eine Stelle ausfindig gemacht, die, fünfhundert Kilometer von der Küste entfernt, mitten im freien Ozean lag und doch nur hundert Meter tief war.

Es war die Spitze irgendeines vor Millionen Jahren in der Tiefe versunkenen Berges. Taucher hatten das Gelände untersucht und die Sprengungen vorbereitet, durch die man eine Plattform von etwa einem Quadratkilometer hunderfünfzig Meter unter dem Seespiegel schuf. Dann kam der Bau.

Zwanzig gewaltige Hallen. Jede einzelne groß genug, die größten Flugzeuge, Flugtaucher und U-Boote aufzunehmen. Jede Halle mit den Maschinen für alle vorkommenden Reparaturen ausgerüstet. Jede Halle mit vielfacher Sicherheit gegen den gewaltigen Wasserdruck erbaut. Darüber hinaus noch durch ein System sinnreicher Sicherheitsschotten gegen Wassereinbrüche geschützt. Unterirdi-

sche, tief in den Fels des Berges gesprengte Gänge verbanden die Hallen miteinander.

Zisternen waren mit Hilfe stärkerer Sprengmittel in den Basalt hineingearbeitet, die Hunderttausende von Tonnen amerikanischen Kriegsmaterials aufnehmen konnten.

Ferner große Luftschleusen. Ein Druck auf einen der vielen Hebel in der Apparatezentrale der Station genügte, und eine riesenhafte hydraulische Plattform hob sich wie eine plötzlich entstehende Insel aus den Fluten des Ozeans, bereit, Flugzeuge aufzunehmen und sicher mit in die Tiefe zu bringen.

Es war ein wahrhaft großartiger unterseeischer Flottenstützpunkt, den ein Befehl Cyrus Stonards hier mitten in der Wasserwüste hatte entstehen lassen. An einer Stelle, von der aus es amerikanischen Streitkräften ein leichtes sein mußte, jede in Mittelafrika sich neu entwickelnde Kriegsindustrie im Entstehen zu zerschmettern.

Als Cyrus Stonard vor dreizehn Monaten den Befehl gegeben hatte, da hatten die Fachleute die Sache für unausführbar erklärt. Bis der eiserne Diktator den eisernen Kapitän gefunden hatte. Cyrus Stonard entsann sich deutlich der ersten Unterredung mit dem Kapitän. Unbedingte Geheimhaltung des Planes und des Baues hatte der Präsident gefordert. Kapitän Fagan hatte damals wenige Minuten überlegt.

»Wir müssen mit fünftausend Mann arbeiten, wenn wir in einem Jahr fertig werden wollen. Ein Geheimnis, um das fünftausend Menschen wissen, ist kein Geheimnis mehr. Also müssen wir Zwangsarbeiter für den Bau nehmen.«

Kapitän Fagan hatte es damals mit einer Ruhe und Selbstverständlichkeit gesagt, die sogar diesen Diktator eine Minute verblüffte. Nur eine Minute. Dann hatte er die Vorzüglichkeit der Idee erfaßt.

Zuchthäusler führten die unterseeische Station aus. Menschen, die von den amerikanischen Gerichten zu langjährigen Freiheitsstrafen verurteilt worden waren. Es kamen Monate, in denen der elektrische Stuhl wenig zu tun hatte, weil der Präsident auffallend häufig begnadigte. Aber nur Menschen, die mit Eisen und Stahl umzugehen verstanden, Menschen, die aus solchen Berufen kamen.

Kapitän Fagan gab dem Präsidenten auf dessen Fragen genauen Bericht.

»Die Hallen eins bis sechzehn sind fertig. Versehen mit Proviant, Brennstoff und Munition. Vier Hallen sind noch im Bau. Die Wohnhallen für das ordentliche Luftwaffen- und Marinepersonal. Die Zuchthäusler haben schlechte Unterkunft in den Verbindungstunnels.«

»Der Endtermin ist um drei Wochen überschritten. Wann werden die Wohnhallen fertig beziehbar dastehen?«

Die Stimme des Präsidenten klang scharf und schneidend, als er die Frage stellte.

»In drei Tagen, Herr Präsident.«

»Sie bürgen dafür?«

»Ich bürge, Herr Präsident.«

»Sind die Verteidigungsanlagen fertig?«

»Sie sind fertig, Herr Präsident. Die Station ist von einem dreifachen Kranz unterseeischer Torpedominensender umgeben. Die Radargeräte sprechen auf jedes Fahrzeug unter und über Wasser an und lenken die Torpedos zu seiner Vernichtung.«

»Wie steht es mit dem Schutz gegen Luftsicht?«

»Seit acht Wochen arbeiten unsere Seefärber. Es war ein glücklicher Gedanke, unsere Station wie einen Tintenfisch mit eigenen Farbdrüsen auszustatten. Das Azoblau, welches die Seefärber Tag und Nacht in gleichmäßigem Strom in die See geben, färbt das Wasser so gleichmäßig, daß die ganze Untiefe vollständig unsichtbar wird. Auch aus zweitausend Meter Höhe konnten unsere eigenen Flugzeuge die Station nicht finden, wenn die Färber arbeiteten. Wir mußten besondere Erkennungsbojen auslegen.«

Cyrus Stonard hatte sich erhoben. Seine Augen leuchteten wild in fanatischem Glanz, während er den Mann betrachtete, der das Riesenwerk in einem Jahr glücklich zum Abschluß gebracht hatte.

»Kurz und gut, Herr Kapitän! Wann sitzt der letzte Niet? Wann kann die Station in den Krieg eintreten?«

»In drei Tagen, Herr Präsident! In drei Tagen sind die Luftwaffen- und Marinemannschaften in ihren Quartieren, die Zwangsarbeiter weggeschafft. In drei Tagen leistet die Station alles, was sie zu leisten hat.«

»Ich danke Ihnen – – – Herr Admiral! Sie haben Ihre Sache gut gemacht. Sie bleiben weiter zu meiner Verfügung.«

Cyrus Stonard sprach mit befehlsgewohnten Lippen. Kapitän Fagan errötete. Ein Zittern ging durch seine bis dahin unbewegliche Gestalt. Ein Lob und zugleich die Ernennung zum Admiral. Das war mehr, als er in diesen zwölf Monaten schwerer Arbeit mit Nächten der Verzweiflung und Tagen des Mißtrauens zu hoffen gewagt hatte.

Er griff die dargebotene Rechte des Präsidenten und stammelte Dankesworte. Cyrus Stonard wehrte ab.

»Lassen Sie, Herr Admiral! Gehen Sie und dienen Sie mir und dem Lande so weiter wie bisher.«

Mit unsicheren Schritten verließ Admiral Fagan das Kabinett.

Ein Adjutant trat ein. Leutnant Greenslade brachte eine Depesche. Einen Bericht über die Vorgänge in Sayville. Legte sie auf den Tisch und erwartete in dienstlicher Haltung die Befehle des Staatschefs.

Cyrus Stonard überflog das Blatt. Die rätselhafte Beeinflussung

der großen Radiostation in Sayville. Das selbsttätige Arbeiten der Fernschreibmaschinen. Schließlich die kurze, wunderbare Depesche: »An alle! . . . Die Macht der Drei warnt vor dem Kriege.«

Und er wußte in demselben Augenblick, daß Glossin gelogen hatte! Daß Erik Truwor und die Seinen am Leben und im Besitze der Macht waren!

In diesen Sekunden erlebte der mächtige Mann einen jähen und schweren Sturz. Eben noch im Gefühl eines unendlichen Machtbesitzes. Und jetzt von einer unbekannten und unangreifbaren Macht bedroht, in seinen Entschlüssen und Befehlen gehemmt.

Wie eben noch Kapitän Fagan durch wenige Worte Cyrus Stonards umgeworfen wurde, so brach jetzt dieser selbst über dem Inhalt der Depesche zusammen. Er saß vor seinem Tisch, ließ das Haupt auf die Arme sinken und verbarg sein Gesicht. Ein Schluchzen erschütterte den hageren, nur der Arbeit gewidmeten Körper.

Leutnant Greenslade stand in vorschriftsmäßiger Haltung. Sah den Präsidenten die Haltung verlieren und begann um sein Leben zu zittern. Leutnant Greenslade hatte nur einen Gedanken. Wehe, wenn Stonard die Augen wieder aufmacht! Wehe, wenn er mich sieht!

In diesem Augenblick erhob Cyrus Stonard den Kopf. Mit Augen, die abwesend und weltentrückt blickten, schaute er um sich.

»Doktor Glossin soll kommen!«

Leutnant Greenslade übermittelte den Befehl und ging dann mit sich selbst zu Rate, ob er es wagen dürfe, in den Staaten zu bleiben. –

Dr. Glossin stand im Kabinett des Präsidenten. Cyrus Stonard erhob sich statuenhaft von seinem Platz. Seine Rechte ergriff die Depesche und ballte sie krampfhaft zusammen. Er sprach kein Wort. Langsam kam er dem Doktor näher, bis er nur noch drei Schritte von ihm entfernt stand. Dann schleuderte er ihm den Papierball mit jähem Ruck ins Gesicht.

Dr. Glossin machte keine Bewegung, den Wurf abzuwehren. Der Ball traf ihn zwischen die Augen und fiel zu Boden. Der Arzt verlor die letzte Spur von Farbe. Er kannte den Inhalt der Depesche, die ihm Cyrus Stonard eben ins Gesicht geschleudert hatte. Seit zwanzig Minuten wußte er, daß all seine Arbeit während der letzten Wochen vergeblich war. Die einzigen Menschen, die er zu fürchten hatte, waren seinen Nachstellungen entgangen. Waren irgendwo in Sicherheit und ließen ihre Macht spielen.

Er war in diesem Augenblick nicht einmal fähig, die Beleidigung zu empfinden, die in dieser Behandlung lag. Der Papierball wirkte wie eine Flintenkugel. Der von ihr Getroffene empfindet den Schuß nicht als Beleidigung, aber er fällt danach um. Dr. Glossin begann auf seinen Füßen zu wanken, tastete mit den Händen nach einem Halt.

Dem Präsidenten hatte der physische Ausbruch Erleichterung verschafft. Die unmittelbare Wirkung des Schlages, der ihn getroffen hatte, ließ nach. Er begann klarer zu sehen. Sah den Menschen vor sich, der im Begriff stand, umzusinken.

Da ließ er sich selbst wieder in den Sessel nieder und winkte dem Doktor.

»Setzen Sie sich! . . . Setzen Sie sich! . . . Nicht dahin . . . hierher! Hier dicht zu mir her . . . ja, hier . . . Halt! Heben Sie das erst auf!«

Er wies mit der Hand auf die zerknüllte Depesche. Er kommandierte den Doktor wie einen Hund, und Dr. Glossin gehorchte wie ein geprügelter Hund. Jetzt saß er auf dem angewiesenen Sessel, dicht neben Cyrus Stonard, und entfaltete ganz mechanisch den Papierball.

»Lesen Sie!«

Dr. Glossin las die Depesche, die er heute schon so oft gelesen hatte.

»Was haben Sie mir gesagt? Und was sagen Sie jetzt?«

Der Arzt war unfähig, eine zusammenhängende Antwort zu geben.

Cyrus Stonard sah, daß er ihm die Möglichkeit zur Sammlung geben müsse. So befahl er weiter:

»Geben Sie mir noch einmal einen genauen Bericht über die Vorgänge in Linnais. Nicht gefärbt, absolut genau!«

Dr. Glossin raffte sich zusammen. Er begann zu sprechen und wurde ruhiger, je weiter er in seinem Bericht kam.

»Die Engländer waren zur selben Zeit am Platze wie ich. Als ich den englischen Führer kennenlernte, war ich über seine Sorglosigkeit erstaunt. Ich wollte ihn zurückrufen lassen, aber die Zeit war zu kurz. Ich hatte keine Möglichkeit mehr, die Expedition zu verhüten . . .«

Cyrus Stonard streifte den Arzt mit einem kalten Blick.

»Das kommt davon, wenn die Werkzeuge anfangen, selbst zu denken. Ihnen hatte ich den Befehl gegeben, die drei zu vernichten. Ihnen! . . . Nicht den Engländern. Ich habe Ihre Eigenmächtigkeit nach Ihrem ersten Bericht nicht gerügt, weil Sie mir einen Erfolg meldeten. Einverstanden war ich nicht damit.

Warum habe ich Sie dazu ausgewählt? . . . Weil ich mir solche bewährte Kraft für manche Geschäfte nicht entgehen lassen durfte. Wenn Ihr Talent nicht ausreicht, drei Menschen vom Erdboden verschwinden zu lassen, wenn Sie dazu die Engländer brauchen . . . Mann, warum haben Sie die Engländer auf die drei gehetzt, anstatt selbst zu gehen? Stellen Sie sich doch vor, die Engländer hätten die drei lebend und damit ihre geheimnisvolle Macht in die Hände bekommen . . .? Sind Sie sich überhaupt der Tragweite Ihrer völlig verfehlten Handlungsweise bewußt . . .?«

Dr. Glossin erbleichte von Neuem. Der Präsident blickte ihm scharf und kalt in die Augen.

»Sie haben Furcht gehabt! Furcht vor den drei Leuten! Darum wollten Sie den Fuchs spielen, andere Leute die Kastanien aus dem Feuer holen zu lassen . . . So ist dies zustande gekommen . . . Merken Sie wohl auf! Sie stehen von heute ab unter Überwachung. Sie wissen, was das heißt. Der Verdacht eines Ungehorsams, und Sie verschwinden. Denken Sie daran, wenn Sie mir jetzt antworten.

Ich wünsche genau Ihre Meinung über diese drei Menschen zu wissen. Ob sie noch am Leben sind . . . oder ob diese Depesche etwa von einer anderen Stelle kommt. Und wenn sie leben, was sind ihre Pläne, wie groß ist ihre Macht, wie weit reicht sie? Werden sie sich in dem kommenden Kampfe auf eine Seite stellen? Überlegen Sie sich genau, bevor Sie antworten. Es geht um Ihren Hals.«

Dr. Glossin wußte, daß der Präsident nicht scherzte. Eine unbefriedigende Antwort . . . ein Druck auf den Klingelknopf am Schreibtisch, und er erlebte den nächsten Stundenschlag nicht mehr. Er sammelte seine Gedanken und sprach, langsam Wort für Wort abwägend:

»Nein! Es ist ausgeschlossen, daß eine dritte Stelle in Betracht kommt. Ich war Augenzeuge der Katastrophe in Linnais, und ich sage doch, es sind die drei, die die Depesche sandten.«

»Wie konnten sie entkommen? Sie mußten doch schließlich fürchten, eines Tages ausgehoben zu werden. Sie konnten sich durch einen unterirdischen Gang sichern, der irgendwo in den Bergen oder am Fluß ins Freie mündet.«

»Ich habe daran gedacht. Aber dann müßte er schon lange bestanden haben. Die drei sind erst seit wenigen Wochen in Linnais. Die Anlage eines Ganges braucht Monate, wenn nicht Jahre. Immerhin bleibt der unterirdische Gang die nächstliegende Erklärung. Es könnte sein, sie hätten ihn mit ihren erstaunlichen Hilfsmitteln in dieser kurzen Zeit geschafft . . . oder . . . sie sind . . .«

Dr. Glossin preßte sich mit beiden Händen die Stirn zusammen, als ob ihm der Schädel unter der Gewalt des neuen Gedankens springen wolle. Er schwieg.

Cyrus Stonard trieb ihn zum Weiterreden ». . . oder sie sind? Sprechen Sie doch!«

»Oder sie haben unsere Augen geblendet und sind unsichtbar durch unsere Reihen gegangen!«

Cyrus Stonard betrachtete den Doktor zweifelnd.

». . . unsichtbar? . . . Das wäre der Teufel selbst! . . . Sich unsichtbar machen? . . . Es geht um Ihren Kopf, Herr Glossin! Tischen Sie mir keine Märchen auf. Sie werden alt. Ich mußte es Ihnen schon einmal sagen.«

Dr. Glossin sah den Präsidenten ruhig an. Ohne Furcht vor der

Gewalt, die jeden Augenblick sein Leben zerstören konnte. Mit weltabgewandten, weltentrückten Blicken. Dann sprach er. Erst leise und stockend. Dann immer bestimmter und mit gehobener Stimme:

»Was Ihnen Kindermärchen scheint, ist für manchen schon längst Wahrheit und Tatsache. Sie sind der Mann der Realitäten. Der Mann, der seine Politik mit Blut und Eisen macht. Es ist Ihre Stärke, aber . . . es wird Ihre Schwäche, wenn Kräfte und Dinge aus einer anderen Sphäre an Sie herantreten. Es gibt Wissende, die über diese Dinge nicht lächeln, sondern . . . ich selbst, Naturwissenschaftler, Skeptiker, ich glaube eher, daß sie aufrecht und unsichtbar durch unsere Reihen gegangen sind, als daß sie sich wie die Maulwürfe in einem unterirdischen Gang verkrochen haben.«

Der Präsident zerknitterte die Sayville-Depesche von neuem.

»Mögen sie gemacht haben, was sie wollen! Ich halte mich an die realen Tatsachen. Die Macht ist da. Sie ruht in den dreien. Sie hat in Sayville angesprochen. Weshalb warnen sie, wenn sie handeln können? Weshalb haben sie dann nicht auch bei der Geschichte von Sydney eingegriffen und das Gefecht verhindert?«

»Das ist meine Hoffnung. Sie haben es nicht gekonnt. Ihre Macht reicht nicht so weit. Noch nicht so weit. Sonst hätten sie es verhindert. Vorläufig bluffen sie nur. Die Warnung war ein Bluff . . .«

»Es geht um den Kopf, Herr Doktor Glossin. Sagen Sie nur, was Sie mit Ihrem Kopf vertreten können.«

»Es ist meine feste Überzeugung, Herr Präsident. In ihrer ganzen Tragweite ist die Erfindung erst im Entstehen begriffen. Nur so finde ich eine Erklärung für das Nichteingreifen in die Affäre vor Sydney. Nur so kann ich es verstehen, daß sie warnen, anstatt zu verbieten. Die Fassung der Depesche ist für mich der unumstößliche Beweis, daß die Entwicklung der Macht irgendwo stockt.«

Der Präsident war den Ausführungen Glossins mit wachsender Spannung gefolgt.

»Ich glaube Ihnen. Die Folgerung ist einfach. Den Engländern an den Leib! So schnell wie möglich! An Stellen, die der Macht heute noch unerreichbar sind. In Südafrika . . . vielleicht . . . jedenfalls so schnell wie möglich, denn eines Tages sind sie doch so weit.«

Cyrus Stonard drückte auf den Knopf. Ein Adjutant kam.

»Die Herren vom Kriegsrat! In einer halben Stunde!«

Er sprach wieder zu Dr. Glossin.

»Unsere Pläne müssen geändert werden. Wir wollten England in England schlagen. Jetzt müssen wir es am Äquator versuchen. Das verdanke ich Ihrer Neigung für unkontrollierbare Privatunternehmungen.«

Cyrus Stonard blickte den Arzt an, wie eine Schlange ihr Opfer betrachtet. Mit kaltem, klarem Blick. Lange Sekunden bewegten sich

die Lider seiner Augen nicht, und Dr. Glossin fühlte das Blut in seinen Adern gefrieren. Dann fuhr der Präsident langsam sprechend fort:

»Es gibt ein Mittel für Sie, um sich vollständig zu rehabilitieren. Fangen Sie mir die drei! Wenn Sie sie mir lebendig bringen, will ich Sie belohnen, wie noch niemals ein Mensch von einem anderen belohnt worden ist. Wenn Sie sie tot bringen, soll Ihr Lohn noch überreich sein. Alle Machtmittel, die ein Land von dreihundert Millionen bieten kann, stehen Ihnen zur Verfügung. Denken Sie immer an das Ziel. Seine Erreichung wird unermeßlich belohnt. Mißlingen ist Verrat.«

». . . Oder sie sind unsichtbar durch unsere Reihen gegangen.« Dr. Glossin hatte die Möglichkeit gegenüber dem Präsidenten ausgesprochen und hatte damit gesagt, wie es geschehen war.

Als Oberst Trotter als erster über den Gartenzaun von Linnais sprang, stand Erik Truwor in Begleitung seiner beiden Freunde unmittelbar neben ihm. Die hypnotische Kraft Atmas blendete den Obersten und schlug seine Leute mit Blindheit.

»Es ist gut, wenn wir einige Zeit für tot gelten.« Erik Truwor hatte damit den Plan für die nächsten Wochen und Monate gegeben. Atma und Silvester übernahmen die Ausführung. Atma verwirrte die Sinne der Gegner. Silvester trug den kleinen Strahler und brachte die Schießwaffen, mit denen die Fenster des Truwor-Hauses gespickt waren, zum Feuern.

Während die Engländer das Haus belagerten, gingen die drei zur Odinshöhle. Dort ließen sie sich nieder. Auf der Bildfläche des Fernsehapparates war das Haus von jeder Seite und in allen Details sichtbar. Silvester Bursfeld ließ den Strahler arbeiten. Er unterhielt das Gewehrfeuer, solange noch eine Patrone vorhanden war. Dann kam das Ende. Erik Truwor hatte sich entschlossen, sein Vaterhaus zu opfern.

Als die Tür unter den Axthieben der Stürmenden einbrach, gab er selbst aus dem großen Strahler die volle Konzentration in das Haus. Zehnmillionen Kilowatt. Das Truwor-Haus wurde in einer Sekunde zum feuerspeienden Berg. Erik Truwor verfolgte das Schauspiel im Fernsehapparat. Sein Gesicht blieb unbeweglich, wie aus Stein gemeißelt. Als die Mauern zusammenstürzten, wandte er den Blick ab.

»Sie wähnen uns dort begraben. Ihr Glaube gibt uns die Ruhe für die letzten Vorbereitungen.«

Der Rapid Flyer stand in der Höhle. Als Dr. Glossin mit dem Obersten sprach, als Oberst Trotter seine Brandwunden im Tornea kühlte, trug R. F. c. 1 die Freunde nordwärts davon. Langsam, in niedrigem Flug. Vorsichtig die Deckung der Berge und Föhren nehmend. Ungesehen und ungehört.

Erst als sie in sicherer Weite waren, stieg die Maschine zu größeren Höhen empor und nahm reinen Nordkurs. Über offene See und schweres Packeis. Über Länder und über weite Eisflächen.

Nach einstündigem Flug senkte sich R. F. c. 1, stieß durch Nebel und Wolken und ruhte auf der Eisfläche, die wie eine ungeheure massive Kuppe den nördlichen Pol unserer Erde umgibt.

Sie landeten inmitten der endlosen Eiswüste und fanden dennoch ein wohnliches Heim. Silvester sah es mit Staunen.

Erik Truwor hatte die Zeit, da Silvester nach seiner Vermählung abwesend war, nicht ungenutzt gelassen.

Er hatte hier ein Schloß geschaffen, einen Eispalast im wahrsten Sinne des Wortes. Aus der flachen verschneiten Eiswüste erhob sich blaugrünlich schimmernd ein Eisberg hundert Meter empor. Ein massiver Eisblock, bis Erik Truwor kam und den Strahler spielen ließ. Da fraß die entfesselte Energie das Eis mit gieriger Zunge. Gänge bildeten sich. Säle und Kammern entstanden, während das Schmelzwasser in Strömen ins Freie lief. Dann waren die Tage gekommen, an denen der alte Schäfer Idegran auf der Torneaheide der Wodanshöhle in immer weiterem Bogen aus dem Wege ging. Es fauchte in der Höhle. Es schwirrte in den Lüften. Erik Truwor hielt seinen Umzug wie der wilde Jäger. Vollgepackt mit Lebensmitteln, Apparaturen und Werkzeugen, flog der Rapid Flyer zwischen dem Eisschloß am Pol und dem Haus am Tornea hin und her. Es war nur noch eine leere Schale, die Oberst Trotter mit seinen Leuten belagerte.

Silvester sah das neue Heim zum erstenmal. Sie traten in das Innere des Berges, und eine wohlige Wärme umfing sie. Ein kleiner Strahler machte gerade soviel Energie frei, daß die Luft in den Räumen gut erwärmt war, aber das Eis der Wände noch nicht schmolz.

Erik Truwor ließ sich im großen Wohngemach auf einen Sessel nieder.

»Hier bin ich, hier bleibe ich! Hier findet uns niemand. Die Flugzeuge, die über den Pol gehen, fliegen hoch. Auch aus nächster Nähe würden sie nur den Eisberg sehen.«

Atma lag bewegungslos auf einem Diwan. Er ruhte und sann, wie er es stets tat, wenn seine Kraft, seine telepathische Willensmacht, nicht verlangt wurde. Silvester brauchte viele Stunden, um durch alle Räume zu schreiten. Er sah das Laboratorium und den neuen großen Strahlapparat. Er versenkte sich in die Verbesserungen, die Erik Truwor während seiner Abwesenheit angebracht hatte, und dann sah er die Teile der Sprechanlage.

Seine Gedanken flogen zu Jane. Sie würde diesen Nachmittag vergeblich auf seinen Anruf warten. Er würde ihr Bild sehen. Der Fernsehapparat gestattete es zu jeder Zeit. Doch er würde nicht mit ihr sprechen können. Sie würde warten . . . würde in Sorge sein. Um so

mehr, wenn ... wenn irgendwoher die Nachricht von Linnais, vom Untergang des Hauses zu ihr käme.

Er erschrak bei dem Gedanken und trat an den großen Strahler, richtete ihn und schaltete die Energie ein. Das Bild erschien auf der Scheibe. Ein Flußlauf. Industriewerke, Häuser. Jetzt die charakteristische Gestalt des Ratinger Tors von Düsseldorf. Nun die Straße, das Termölensche Haus ...

Er verzehnfachte die Vergrößerung und regulierte mit den Knöpfen.

Die Küche ... Frau Luise Termöhlen ... die gute Stube ... dort Jane. Ihr gegenüber eine andere Gestalt.

Silvester Bursfeld brachte die Vergrößerung noch einmal auf das Zehnfache. Jetzt standen die Figuren fast in Lebensgröße vor ihm. Jane blaß, erschreckt, dem Umsinken nahe. Ihr gegenüber Dr. Glossin.

Silvester ließ das Bild stehen und lief in das Gemach, in welchem Atma lag.

Der Inder kam und sah das Bild. Eine Veränderung war eingetreten. Jane lag regungslos am Boden. Ein Zeitungsblatt neben ihr. Dr. Glossin bemühte sich um die Hingesunkene, richtete sie auf, sprach auf sie ein.

Soma Atma stand in kataleptischer Starre. Seine Pupillen verengten sich bis zum Verschwinden. Seine Seele verließ den Körper und ging auf die Wanderung.

Das Bild auf der Scheibe veränderte sich. Silvester sah, wie seinem Weib das Blut in die Wangen zurückkehrte. Sie erhob sich. Aufrecht stand sie da, lächelte spöttisch und deutete mit einer verächtlichen Handbewegung auf das Zeitungsblatt, und dann verließ Dr. Glossin mit allen Zeichen der Enttäuschung und des Mißmuts den Raum.

Es dauerte lange, bis der Inder sich aus dem Krampf löste. Dann sprach er, ruhig und leidenschaftslos wie immer: »Dein Weib weiß, daß du lebst.«

Er kehrte in seinen Raum zurück und versank wieder in das stille Vorsichhinstarren, Ruhen und Sinnen, in dem er Tage und Wochen verbringen konnte. –

Die Arbeit rief. Erik Truwor hatte Verbesserungen vorgeschlagen, die sich auf eine noch genauere Einstellung bezogen. Silvester Bursfeld hatte von seiner Hochzeitsreise eine ganz neue Idee mitgebracht. Eine Zielvorrichtung, die es gestatten mußte, mit dem Strahlapparat auch gegen bewegte Ziele zu operieren, während er volle Energie im Raum auslöste.

Das hielt Silvester jetzt für das wichtigste, und Erik Truwor stimmte ihm bei. Mit den vorhandenen Einrichtungen ließ sich die Energiemenge wohl haarscharf auf jeden Punkt der Erdoberfläche einstellen. Aber es war noch nicht möglich, die Einstellung mit voller

Sicherheit bewegten Zielen folgen zu lassen, während die Energie wirkte. Erik Truwor verlangte, daß man mit dem großen Strahler auch schnellfliegende Ziele fassen könne, während er zehn Millionen Kilowatt brodeln ließ.

Eine Änderung der Schaltung war dazu notwendig. Der Energiestrom, der vom Ziel zurückgeworfen wurde und das Bild in dem Brownschen Rohr erzeugte, mußte von der Hauptenergie abgezweigt werden. Widerstände waren einzubauen, die diesen Nebenstrom automatisch so schwach hielten, daß er das Bild nicht sprengte, das eigene Empfangsgerät nicht fraß. Es bedurfte mancher Tage, um die neuen Ideen praktisch auszuführen.

Erik Truwor war die treibende Kraft. Er stand vor dem Amboß, das Antlitz von der Glut des Feuers gerötet und schmiedete die für den Neubau nötigen Stücke. Die Funken umsprühten ihn, während er den Hammer schwang und das glühende Eisen formte. Als Schlosser, Dreher und Mechaniker in einer Person arbeitete Silvester. Er feilte, schnitt und schliff und hörte dabei die Worte Erik Truwors.

Wie ein Prophet sprach Erik Truwor von der Zukunft, die er nach seinem Willen formen wollte.

»Von Mitternacht kommt die Macht.« Öfter als einmal fiel das Wort von seinen Lippen, während er einem Schmiedestück mit wuchtigen Hieben die letzte Form gab. Machtgefühl klang aus den Schlägen, mit denen er den Hammer auf den Amboß schmetterte, daß es weithin durch die Eishallen dröhnte.

Silvester hörte nur mit halbem Ohr hin. Er war unruhig bei der Arbeit, und seine Gedanken weilten in weiter Ferne. Wohl hatten ihn die Worte Atmas vorübergehend beruhigt. Doch zufrieden würde er erst sein, wenn Ätherschwingungen und Elektronenbewegungen Janes Bild wieder bis an den Pol führten und seine Stimme über Spitzbergen und Skandinavien bis in das stille Gemach in Düsseldorf brächten.

Er lechzte danach, sein junges Weib zu sehen und mit ihr zu sprechen, und arbeitete hastig und freudlos an dem Neubau, zu dessen schneller Ausführung Erik Truwor ihn zwang. Die Ruhestunden während der langen hellen Polnacht benutzte er, um auf dem Gipfel des Berges die Antennenstation für die drahtlose Sprechverbindung zu errichten.

Nur eine schwere seelische Erschütterung kann den Riegel zerbrechen. Dr. Glossin wußte es. Darum hatte er Jane das Zeitungsblatt mit der Nachricht über die Katastrophe von Linnais gegeben. Im letzten Augenblick, als der Riegel wankte, als er brechen wollte, hatte Atma eingegriffen. Seiner Kraft war es gelungen, die Verriegelung noch einmal zu halten und zu schließen. Aber sie hatte durch

den schweren Angriff Glossins eine Beschädigung erlitten. Ein zweiter, unvermuteter Stoß konnte sie leicht sprengen.

Einstweilen war Jane beruhigt. In dem Augenblick, in dem sie unter dem niederschmetternden Eindruck der Nachricht von Linnais halb ohnmächtig in den Armen Glossins hing, war es plötzlich wie eine feste und unumstößliche Gewißheit durch ihre Seele gegangen: Silvester lebt. Er ist mit seinen Freunden geborgen. Ich werde bald von ihm hören. Es war die telepathische Beeinflussung des Inders, die ihr diese Zuversicht gab, die sie instand setzte, die Worte Glossins zu belächeln, ihm ihre andere, bessere Überzeugung entgegenzuhalten.

Dr. Glossin hatte das Haus Termölen verlassen. Niedergeschlagen, innerlich zerrissen. Er hatte gefühlt, wie alle seine Stützen wankend wurden.

Seitdem sich Cyrus Stonard mit dem Gedanken des Krieges gegen das britische Weltreich trug, lag in Glossins Unterbewußtsein das Empfinden, daß der Präsident um seine Herrschaft, vielleicht sogar um seinen Kopf spielte. Es war ihm selbst verborgen und unbewußt geblieben, bis der leidenschaftliche Ausbruch des Diktators es ans Licht gerufen hatte. Jetzt empfand er es von Tag zu Tag und von Stunde zu Stunde deutlicher. Der Stern Cyrus Stonards war im Sinken. Es war Zeit, sich von ihm zu trennen. Für einen Charakter wie Glossin aber war die Trennung gleichbedeutend mit Verrat, mit dem Übergang zur anderen Partei.

Er dachte nicht mehr daran, den Auftrag Cyrus Stonards zu erfüllen. Mochte der Diktator die drei selber fangen, wenn er sie haben wollte. Aber Jane wollte und mußte er unter allen Umständen in seine Gewalt, auf seine Seite bringen, koste es, was es wolle. Es war ihm nicht geglückt, den Riegel im ersten Ansturm zu sprengen. Kein Wunder, wenn eine hypnotische Kraft wie diejenige Atmas ihn gefügt hatte. Aber Dr. Glossin wußte auch, daß jeder Angriff die Verriegelung schwächte, daß sie doch eines Tages brechen mußte, wenn sie nicht ständig erneuert wurde. Er beschloß, vorläufig in Düsseldorf zu bleiben, das Haus, in welchem Jane wohnte, zu beobachten, die nächste Gelegenheit abzupassen und auszunutzen. –

Die vierte Nachmittagsstunde kam heran, die Zeit, zu welcher Silvester mit Jane zu sprechen pflegte. Wie gewöhnlich setzte sie sich an den Apparat und hielt den Hörer erwartungsvoll ans Ohr.

Nur noch Sekunden, dann mußte die Stimme Silvesters zu ihr dringen. Dann würde sie aus seinem eigenen Munde hören, wie der Brand in Linnais verlaufen war und wo er sich jetzt mit seinen Freunden befand.

Jane saß und harrte auf die erlösenden Worte. Wartete, während die Sekunden sich zu Minuten häuften und aus den Minuten Viertelstunden wurden.

Der Apparat blieb stumm. Sie rief selbst ins Mikrofon. Nur das leichte Rauschen der Elektronenverstärker war in dem Hörer zu vernehmen.

Jane saß und wartete. Sie konnte es ja nicht wissen, daß Silvester in diesem Augenblick den Strahler am Pol richtete, ihr Bild auf die Mattscheibe brachte, sie harren sah und hundertmal den Umstand verwünschte, daß die Antennen für die Sprechverbindung noch nicht gespannt waren. Sie wußte nur, daß sie hier vergeblich auf Silvesters Stimme harrte, und Zweifel begannen ihr zum Herzen zu steigen.

Die Worte Glossins kamen ihr in den Sinn. Sollte es doch wahr sein, daß . . .? Sollte die Zeitung nicht gelogen haben, die ihr Glossin damals gab?

Die zweite Erschütterung, die den Riegel sprengen konnte, vielleicht schon sprengen mußte, kam ohne das Zutun Glossins. Kam, weil sechshundert Meilen entfernt in Schnee und Eis ein paar Drähte nicht rechtzeitig gespannt worden waren.

Die Minuten verrannen. Die Uhr hub zum Schlage an und verkündete die fünfte Stunde. Die Zeit, für welche Jane nach der Verabredung die Elektronenlampen brennen, ihren Apparat in der Empfangsstellung stehen lassen sollte, war vorüber.

Es war klar, Silvester war nicht da . . . Es war ihm irgend etwas zugestoßen . . . Er war . . .

Sie dachte das Wort nicht zu Ende. Von einem plötzlichen Impuls getrieben, sprang sie auf und faßte einen Entschluß. Einen übereilten und unsinnigen. Aber sie hatte in diesen Minuten nur noch das eine Gefühl, daß sie fort müsse. Silvester zu suchen, bis sie ihn gefunden habe.

Vorsichtig öffnete sie die Tür zu dem Zimmer der alten Termölen. Die hatten ihr Nachmittagsschläfchen noch nicht beendet. Leise machte sie die Tür wieder zu. Hastig füllten ihre zitternden Hände eine kleine Ledertasche mit dem Notwendigsten. Ein paar Zeilen an die Alten. Daß sie ginge, ihren Mann zu suchen.

An der Tür blieb sie stehen und umfaßte mit einem langen Blick noch einmal den schlichten Raum, in dem sie die letzte glückliche Stunde mit Silvester verlebt hatte. Da stand ja noch der KW-Empfänger, mit dem sie jederzeit und überall seine Stimme hören konnte, wenn er sie rief. Sie eilte darauf zu und hing den unauffälligen Apparat über ihre Schulter. Lautlos und ungesehen verließ sie die Wohnung. Aber nicht ungesehen das Haus.

Dr. Glossin sah sie auf die Straße treten. Er folgte ihr. Erst in die Uferbahn, dann in das Flugzeug. Sorgfältig darauf achtend, daß er selbst nicht von ihr gesehen wurde, eifrig darauf bedacht, sie nicht aus den Augen zu verlieren.

Der telenergetische Strahlapparat Silvesters arbeitete mit einer besonderen, von ihm zum erstenmal in reiner und konzentrierter Form dargestellten Art der Energie, mit der Formenenergie. Sein Apparat enthielt, in besonderer Art gespeichert, einen verhältnismäßig nur geringen Vorrat dieser Energieform.

Um trotzdem die gewaltigen Leistungen des Strahlers zu erklären, muß man sich zwei Umstände vor Augen halten. Erstens die automatische Selbsterneuerung der Formenenergie. Eine keimfähige Eichel besitzt nur unmeßbar geringe Mengen von Formenenergien. Diese winzige Menge reicht aus, um aus vorhandenen Stoffen und einfacher Sonnenstrahlung einen großen Eichenbaum entstehen zu lassen. Damit aber ist die ursprünglich vorhandene Menge der Formenenergie keineswegs erschöpft. Im Gegenteil, sie erfährt automatisch eine Vergrößerung, denn der aus der ersten Eichel erwachsene Baum bringt neue Eicheln in großer Menge hervor.

Nach dem gleichen Grundsatz erfuhr der in dem Strahlapparat gespeicherte Vorrat an Formenenergie durch das Arbeiten des Apparats keine Schwächung, sondern er blieb dauernd auf gleichbleibender Höhe.

Zweitens muß immer wieder betont werden, daß der Strahler auf die überall im Raum vorhandene Energie nur auslösend wirkte, wie etwa der Fingerdruck gegen einen Flintenhahn auf die in der Gewehrpatrone vorhandene chemische Energie. Nur die Größe und Formgebung der strahlenden Elemente begrenzten die Wirkungen, die mit dem Apparat zu erreichen waren. Den letzten großen Strahlapparat hatte Silvester auf eine Höchstleistung von zehn Millionen Kilowatt oder dreizehn Millionen PS bemessen. Das war eine Leistung von gewaltiger Stärke, eine Energiemenge, die sich im Laufe von Stunden und Tagen ins Riesenhafte häufen konnte. Es war geboten, vorsichtig mit Maschinen von solcher Leistungsfähigkeit umzugehen, Sorge zu tragen, daß die Wucht ihres Angriffs sich nicht auf unbeabsichtigte Ziele richtete.

Es konnte nichts passieren, solange der komplizierte Apparat richtig bedient wurde, solange die Vorschriften seiner Handhabung beachtet wurden. Doch um sie zu beachten, mußte man seine Sinne beisammen haben. Man durfte nicht kopflos vor Schreck und Aufregung sein, wie es Silvester war, als er in der sechsten Stunde des vierten Tages, den die drei am Pol zubrachten, vom Strahler forteilte.

Um die vierte Stunde dieses Tages hatte Silvester den Apparat gerichtet, die neue Kurzwellensprechanlage eingeschaltet und wollte Jane von seiner Rettung Mitteilung machen. Er stellte den Strahler auf das bekannte Ziel und brachte das Bild von Janes Zimmer in Düsseldorf auf die Scheibe. Jeder Gegenstand des fernen Raumes wurde sichtbar. Nur Jane konnte er nicht finden, und auch ihr KW-Sprechgerät war nicht da.

Silvester suchte. Er ließ den Strahler Zoll für Zoll vorrücken und verfolgte mit wachsender Aufregung und Sorge das Bild auf der Scheibe, jeden Raum im Hause Termölen. Er sah jedes der ihm so wohlvertrauten Zimmer. Er erblickte den alten Herrn und Frau Luise. Er sah, wie sie bekümmert schienen und eifrig miteinander sprachen. Er verfolgte die Spuren Janes auf der Straße. Die Bilder aller der Wege und Orte, die er während seines Aufenthalts in Düsseldorf mit ihr betreten hatte, zogen auf der Scheibe vorüber. Er suchte in steigender Verwirrung und Angst, bis er nach stundenlangem Bemühen die Nachforschung entmutigt aufgeben mußte.

Atma! war sein Gedanke. Atma mußte ihm helfen. Atma besaß wohl die Mittel und Kräfte, um wiederzufinden, was er selbst mit seiner wunderbaren Entdeckung nicht zu finden vermochte. So ließ er den Strahler und lief durch die Gänge und Höhlen, bis er auf Atma traf. Er fand ihn im Gespräch mit Erik Truwor. Worte und Sätze schlugen an sein Ohr, auf die er in seiner Erregung kaum achtete.

»Zwinge, ohne zu verwunden! Gebrauche die Macht, ohne zu töten!«

»Wenn es geht, Atma. Ich will nicht morden. Doch soll ich die Macht nicht anwenden, weil Widerstrebende zu Tode kommen könnten?«

»Nein! Mit der Macht wurde uns die Pflicht, sie zu gebrauchen. Über den Gebrauch sind wir Rechenschaft schuldig. Die Größe der Macht erlaubt uns, ohne Tötung auszukommen.«

Ein zwingender Wille ging von der Gestalt des Inders aus. Seine ruhige, gleichbleibende Sprache wirkte auch auf Silvester. Bekümmert und aufgeregt war er in das Gemach getreten. Von dem einzigen Gedanken getrieben, von Atma Hilfe zu erbitten. Jetzt vergaß er seine Sorgen und Wünsche und geriet in dessen Bann. Er ließ sich nieder, um das Ende der Erörterungen abzuwarten. Atma betrachtete ihn einen kurzen Augenblick, und der Ausdruck eines tiefen Mitleids flog über sein bronzefarbenes Antlitz.

»Jane ist nicht bedroht.«

Atma sprach mit halblauter Stimme. Erik Truwor schien es kaum zu hören. Silvester empfand die Worte wie lindernden Balsam.

»Jane ist nicht bedroht.« Unhörbar wiederholte er die tröstenden Worte unzählige Male für sich selber und sank dabei immer mehr auf seinem Sessel zusammen. Eine Reaktion kam über ihn. Erst jetzt fühlte er die Anstrengungen der letzten Tage. Während der Tagesstunden in der Werkstatt, des Nachts mit dem Bau der Antenne beschäftigt. Nur wenige spärliche Ruhestunden dazwischen. Sein Herz schlug matter, eine bleierne Müdigkeit überkam ihn, während er automatisch die Worte wiederholte: »Jane ist nicht bedroht.«

Seine Gedanken begannen zu wandern. Was für ein Leben führte er doch! Abenteuerlich, vom Schicksal gekennzeichnet und verfolgt

von Anfang an. Nur einmal war sein Lebensschiff in ruhiges Fahrwasser gekommen. Damals in Trenton, als er friedlich seinem Beruf in den Staatswerken nachgehen konnte. Als ihm das Haus Harte zur zweiten Heimat wurde, als ihm ein zartes Liebesglück erblühte. Welcher Dämon hatte ihn damals getrieben, der Erfindung nachzujagen, dieser Erfindung, die schon seinen Vater Freiheit und Leben gekostet? War nicht Unheil unlösbar mit dem Problem verbunden? Brachte der Versuch, es zu lösen, nicht Tod und Verderben auf jeden, der sich damit abgab?

Wie glücklich hätte sich sein Leben ohne diese Erfindung gestaltet! Jetzt könnte er auch in Trenton mit Jane verbunden sein, dort an ihrer Seite ruhig leben. Gewiß, nur als ein Dutzendmensch, als einfacher Ingenieur der Werke, ein winziges Rädchen in einem riesigen Getriebe.

Den Ehrgeiz hätte er begraben müssen. Aber dafür hätte er ein bescheidenes Glück gewonnen. Das Leben an der Seite Janes. Niemand hätte es dort gewagt, hätte es wagen können, ihn so kurze Zeit nach der Vereinigung wieder von der Seite seines Weibes fortzureißen. Wieviel Schmerzliches wäre ihm erspart geblieben! Die Verhaftung und Verurteilung. Die schweren Tage in Sing-Sing.

Er hob den Kopf, und sein Blick traf sich mit dem von Atma.

Es schien, als ob der Inder jeden Gedanken hinter der Stirn Silvesters gelesen hätte. Er schüttelte verneinend das Haupt, und Silvester ergriff den Sinn.

Es wäre ihm nicht erspart geblieben! Auch wenn er nie an die große, gefährliche Erfindung gedacht hätte, würden feindliche Gewalten ihn aus einem stillen Glück gerissen haben. Dann war es wohl Schickung, der niemand zu entgehen vermag.

Die Lehren von Pankong Tzo wurden wieder in ihm lebendig: Wir sind alle auf das Rad des Lebens gebunden und müssen seinen Drehungen willenlos folgen. Nur um ein geringes können wir in jedem der vielen Leben, zu denen wir verurteilt sind, unsere Stellung auf dem Rade verändern.

Traumartig verschwommen jagten die Gedanken durch sein Gehirn. Wie im Traum hörte er die Stimme Erik Truwors:

»Ich brauche dich, Atma. Wenn ich die Macht anwende, sollst du als mein . . . als unser Botschafter zu den Menschen gehen und ihnen meinen Willen kundtun.«

Der Inder neigte zustimmend das Haupt.

»Ich werde gehen, wenn es an der Zeit ist . . .«

Ein dumpfes Krachen unterbrach die Worte. Ein Schüttern und Beben ging durch die Eishöhlen. Wie wenn die Schollen schweren Packeises im Sturm knirschend gegeneinandergepreßt werden. Der Boden, auf dem sie standen, schwankte.

»Der Strahler . . .!«

Atma sprach es, bevor noch Erik Truwor oder Silvester ein Wort fanden.

Was war passiert?!

Der Inder eilte schon dem unteren Gang zu. Erik Truwor und Silvester folgten ihm. Über die breiten Eisstufen ging der Weg nach dem untersten Gang, der zu den Werkstätten und Laboratoriumsräumen führte. Zu gewöhnlicher Zeit ein leichter und bequemer Weg. Jetzt nur mit Vorsicht zu beschreiten. Der ganze Berg schien sich um etwa dreißig Grad gedreht zu haben, und in dieser schrägen Lage war der Abstieg über die glatten Stufen äußerst beschwerlich.

Von Sekunde zu Sekunde stiegen die gurgelnden Wasser höher, während das Knirschen brechenden Eises den Berg erzittern ließ. Schon fand der Fuß fast keinen Halt mehr auf dem Boden.

Das Wasser stieg. Stufe auf Stufe kam es herauf, Stufe um Stufe mußten die drei Freunde sich zurückziehen. Dabei fühlten sie einen Druck auf der Brust, ein Brausen in den Ohren, ein Ziehen in den Gelenken, Zeichen, daß die Luft sich unter dem Druck des steigenden Wassers verdichtete. Die Erscheinung gab den Beweis, daß der Berg mit den Höhleneingängen unter den Wasserspiegel geraten war und daß die eingeschlossene Luft sich jetzt in den oberen Teilen der ausgeschmolzenen Räume verdichtete.

Zum Glück blieben die oberen Räume, in denen auch der große Strahlapparat stand, vom Wasser verschont.

Jetzt schien der Berg zur Ruhe gekommen zu sein. Noch fünf bis sechs Stufen wurden von dem langsam und immer langsamer steigenden Wasser überschwemmt. Dann stand die Flut.

»Gefangen! Elend gefangen und in der Falle eingeschlossen wie Ratten. Beinahe auch schon ersäuft wie Ratten.«

Erik Truwor stieß die Worte hervor, während er die geballte Faust auf die Tischplatte fallen ließ.

Was war geschehen?

Silvester suchte sich die Vorgänge genau ins Gedächtnis zurückzurufen. Als er den Strahler verließ, wollte er ihn abstellen und den Zielpunkt von Düsseldorf fortnehmen. Die Bedienungsvorschrift war einfach. Erst den Energieschalter in die Ruhestellung, dann den Zielschalter. In seiner Erregung und Verwirrung hatte Silvester zwei Fehler begangen. Er hatten den Zielschalter nicht in die Ruhestellung auf ein unendlich entferntes Ziel gerückt, sondern in der verkehrten Richtung auf das nächstmögliche Ziel. Aus Sicherheitsgründen war die kleinste Zielentfernung des großen Strahlers auf hundert Meter bemessen. Denn wenn es möglich gewesen wäre, den Schalter auf den absoluten Nullpunkt zu bringen, dann mußte ja die Energie sich im Strahler selber konzentrieren, mußte den Apparat und nach menschlicher Voraussicht auch den, der ihn bediente, augenblicklich in Atome auflösen. Silvester hatte beim Fort-

gehen den großen Zielknopf falsch herumgestellt, und er hatte dem ersten Versehen ein zweites hinzugefügt, indem er auch den Energieknopf auf volle Leistung rückte. Der zweite Fehler war eine logische Folge des ersten. Beide Steuerknöpfe waren in der gleichen Richtung auf die Ruhestellung zu bringen. Täuschte man sich bei der Richtung des ersten, war es sehr naheliegend, daß auch der zweite falsch geschaltet wurde.

Der Strahler hatte vom Pol aus die Richtung geradlinig auf Düsseldorf. Die Ziellinie schnitt, als mathematische Gerade schräg nach unten gerichtet, in den Erdball ein. Durch die falsche Bedienung hatten zehn Millionen Kilowatt in Form von Wärmeenergie schräg unterhalb des Eisberges, nur hundert Meter von ihm entfernt, im massiven Poleis gearbeitet. Mit der Wirkung natürlich, daß das Eis zu schmelzen begann, daß sich unter dem Eisberg ein immer größer werdender, mit Wasser gefüllter Raum bildete. Bis die schwache Eisdecke den Berg nicht mehr zu tragen vermochte. Bis sie auf der Seite des Berges, auf die der Strahler gerichtet war, krachend und knirschend zu Bruch ging und der Berg sich bald schräg nach unten in den geschmolzenen Pfuhl wälzte.

Der Berg hatte sich nach dem Brechen des Eises um beinahe dreißig Grad geneigt. Dann war er mit der Unterkante auf den Grund dieses so plötzlich entstandenen Sees aufgestoßen und zur Ruhe gekommen. Alle Eingänge des Baues waren dabei tief unter den Wasserspiegel geraten.

Die blassen, abgespannten Züge Silvesters verrieten seelisches Leiden. Das Bewußtsein, daß er durch seine Unvorsichtigkeit das Unglück verursacht hatte, lastete schwer auf ihm. Mit gedämpfter Stimme erläuterte er die Möglichkeiten und Mittel, durch die man sich befreien, vielleicht sogar die alte Lage des Berges wiederherstellen könne.

Atma lauschte aufmerksam seinen Worten, er saß an seiner Seite und hatte Silvesters Rechte zwischen seinen Händen.

Erik Truwor ließ sich schweigend am Tisch nieder. Er verharrte in seinem Schweigen, aber seine Miene verriet, wie es in ihm kochte. Immer tiefer, immer steiler gruben sich die Falten in seine Stirn. Verachtung und Abweisung umspielten seine Lippen.

Silvester glaubte jetzt, die richtige Lösung gefunden zu haben. Man mußte den Berg so weit ausschmelzen, daß er frei schwamm und schwimmend sich in seine alte Lage zurückhob. Der Einfluß Atmas übte seine Wirkung auf Silvester. Er wurde ruhiger und eifriger. Eine leichte Röte überhauchte sein Antlitz, während er mit Bleistift und Papier die jetzige Lage des Berges skizzierte und entwarf, wie man mit der Ausschmelzung Schritt um Schritt vorgehen müsse.

Dröhnend fielen die Worte Erik Truwors in diese Erklärung: »Wie

lange dauert das? – Wie viele Tage und Wochen gehen uns dadurch verloren? Ich sitze hier in der Falle, abgeschnitten von der Welt ... unfähig, zu erfahren, was draußen vorgeht ... unfähig, meine Macht wirken zu lassen, meinen Befehlen die Ausführung zu erzwingen. Eine schöne Macht, die von Weiberdienst und Weiberlaunen abhängig ist ... Der Welt Befehle geben ... zum Spott der Welt werden wir dabei ...«

Silvester erblaßte. Er zuckte zusammen, als ob jedes einzelne Wort ihn körperlich traf.

»Verzeihe mir, Erik! Es war meine Schuld. Aber ich sehe schon den sicheren Weg zur Rettung.«

»Den Weg zur Rettung? Als ob es sich darum handelte ... Ich weiß, daß wir nicht verloren sind, solange wir auch nur den kleinen Strahler bei der Hand haben. In zehn Minuten können wir uns einen Weg ins Freie brennen. Mag der Eisberg dann stehenbleiben oder noch tiefer fallen. Irgendein Flugzeug können wir uns auch mit dem kleinen Strahler heranholen und bewohntes Gebiet erreichen. Aber unsere Einrichtung ist verloren. Meine Pläne erfahren einen Aufschub von Monaten ...«

Erik Truwor sprang erregt auf.

»In der Zwischenzeit verlernt die Welt die Furcht vor mir ...«

Ein Zucken durchlief den Körper Silvesters.

Atma erhob sich und trat auf Erik Truwor zu. Sein Gesicht suchte den flirrend ins Weite gerichteten Blick Erik Truwors, bis er ihn gefunden hatte.

»Wer gibt dir die Macht?«

Minuten verstrichen, bis die Antwort von den Lippen des Gefragten kam.

»Der Strahlapparat!«

»Wer schuf den Strahler?«

Noch einmal eine lange Pause.

Dann kam zögernd und etwas beschämt die Antwort:

»Silvester ... Du hast recht. Atma. Silvester gab uns die Macht. Wir dürfen ihm nicht zürnen, wenn sie jetzt durch sein Versehen gelähmt wurde.«

»Ich habe ihm nie gezürnt.«

Der Inder sagte es mit seiner ruhigen Weise und fuhr fort, bevor Erik Truwor etwas darauf erwidern konnte: »Es ist nicht Zeit zum Streiten, sondern zum Handeln. Dein Plan, Erik, den Berg einfach zu verlassen, entsprang dem Zorn. Silvester weiß besseren Rat. Den Plan, den Berg zu heben, von hier aus die Mission zu erfüllen.«

Die Worte Atmas trafen das Richtige und Notwendige. Auch Erik Truwor konnte sich ihnen nicht entziehen.

Es galt, die augenblicklichen Lebensmöglichkeiten zu überschlagen.

Der Luftvorrat in den Höhlen mußte nach oberflächlicher Rechnung für wenigstens eine Woche langen. Im obersten Gang befanden sich Lebensmittel für mehrere Wochen. Durch einen glücklichen Zufall war dort auch ein Lager von allerlei Werkzeugen und Hilfsmaschinen untergebracht.

Die Lage war ernst, aber für den Augenblick wenigstens nicht verzweifelt. Doch doppelt und dreifach hatte Atma recht, als er auf die Notwendigkeit eiligen Handelns hinwies. Die Wiederherstellung des alten Zustandes mußte jetzt ihre Hauptsorge sein.

Es war, als ob das Schicksal sie narren wolle. Eben noch Gebieter der Welt, Pläne schmiedend, wie sie der Welt ihren Willen kundtun und aufzwingen könnten. Und jetzt die Mittel für die Rettung des Lebens beratend. Es galt dem Kampf gegen eine Million Kubikmeter Eis. Gegen diese gigantische Frostmasse, in deren Mitte sie eingeschlossen waren wie in einer Grabkammer der pharaonischen Pyramiden.

Jane hatte den Clipper der Linie Köln-Stockholm betreten. Dr. Glossin stand unter der Menge auf dem Flugplatz und hielt sich hinter einem Verkaufsstand für Zeitungen und Erfrischungen verborgen. Das Flugzeug wurde gut besetzt. Es zählte mehr als 200 Passagiere, die über die Aluminiumtreppe den Rumpf betraten. Die Aussichten, während der Reise von Jane nicht erblickt zu werden, waren nicht schlecht. Erst im letzten Augenblick, als die Bedienungsmannschaft schon die Treppe abrücken wollte, trat er aus seinem Schlupfwinkel heraus und eilte als letzter an Bord. Gleich danach wurde die Tür verschraubt, die Turbinen gingen an, und der Clipper verließ den Platz.

Dr. Glossin sah, daß der Gang, der den Rumpf der Länge nach durchzog, beinahe menschenleer war, und eilte in die Raucherkabine. Hier wußte er sich in Sicherheit und konnte bis zur Landung in Stockholm bestimmt ungesehen bleiben.

Erst jetzt kam er dazu, sich sein Abenteuer und die möglichen Folgen in Ruhe zu überlegen. Wie kam Jane dazu, so plötzlich das Haus in Düsseldorf zu verlassen und nach Stockholm zu fliegen? Auf den Gedanken, daß sie kopflos und ohne festes Ziel in die Welt hinausfuhr, kam er nicht.

Silvester mußte sie gerufen haben. Sicherlich hatte sie Nachricht von ihm erhalten und eilte jetzt zu den dreien. Durch diese Annahme gewann das Unternehmen aber plötzlich ein ernstes Gesicht. Silvester würde Jane am Flugplatz bei der Ankunft erwarten. Vielleicht schon in Stockholm. Vielleicht in Haparanda oder sonstwo.

In jedem Fall mußte unvermeidlich irgendwo der Zeitpunkt kommen, in welchem Silvester an das landende Flugzeug herantrat, um Jane in Empfang zu nehmen. Wo Silvester war, da waren sehr wahr-

scheinlich auch die beiden anderen in nächster Nähe. Der Doktor verspürte ein kaltes Gefühl zwischen den Schultern, als er den Gedanken zu Ende dachte. Er zog einen kleinen Handspiegel aus der Tasche und betrachtete sorgfältig sein Antlitz und nickte zufrieden. Die Veränderungen, die er schon in Düsseldorf an seinem Äußeren vorgenommen hatte, erfüllten ihren Zweck. Beruhigt steckte er den Spiegel wieder weg.

Nicht umsonst war er lange Jahre in die Schule politischer Verschwörungen und Intrigen gegangen. Genötigt gewesen, bald unter dieser, bald unter jener Maske aufzutreten. Die Veränderung des Äußeren war meisterhaft. Nicht nach der Art plumper Anfänger mit künstlichen Bärten und Perücken, die jeder Polizeibeamte auf den ersten Blick erkennt. Nur eine leichte Färbung des Haares, eine andere Frisur und eine Garderobe nach europäischem Schnitt, die sich von der amerikanischen Mode unterschied. Dazu seine Fähigkeit, den Ausdruck des Gesichts, das Spiel seiner Züge willkürlich zu verändern. Aus dem Doktor Glossin aus New York war irgendein beliebiger und gleichgültiger europäischer Geschäftsreisender geworden.

Leuten gegenüber, die ihn nur oberflächlich kannten, mußte die Veränderung sicheren Schutz gewähren. Ob sie den prüfenden Blikken Janes standhalten würde, war ihm nicht so außer Zweifel. Daß Silvester, daß Atma sie mit einem Blick durchschauen würden, war ihm gewiß. Aber er rechnete damit, daß sie in der Freude des Wiedersehens auf die Mitreisenden wenig achten würden.

Der Clipper landete im Flughafen von Stockholm. Dr. Glossin blieb an seinem Fenster sitzen. Er beobachtete die Passagiere, die von Bord gingen, die Leute, die sie hier erwarteten. Jane verließ das Flugzeug. Sie wurde von niemandem erwartet, schien auch selbst nichts Derartiges zu erwarten.

Nach einer kurzen Frage an einen Beamten wandte sie sich der Maschine Stockholm-Haparanda zu. Glossin folgte ihr. Er nahm auch hier wieder in der Raucherkabine Platz. Jane flog nach Haparanda. Es war der direkte Weg nach Linnais. Die letzten Zweifel schwanden ihm, daß die drei sich noch in der Nähe von Linnais verborgen hielten, daß Jane auf einen Ruf ihres Gatten an den Torneaelf fuhr. Er sah sie in Haparanda das Flugzeug verlassen und zur Eisenbahn gehen. Es war so, wie er vermutete. Sie nahm eine Karte nach Linnais. Er tat das gleiche und fuhr, nur durch eine Wagenwand von ihr getrennt, weiter nach Norden.

Nun stand Jane auf dem Bahnsteig nach Linnais. Wieder allein! Niemand war hier, um sie in Empfang zu nehmen. Der Doktor wurde in seiner Überzeugung schwankend. Was hielt den Mann ab, seiner jungen Frau wenigstens die paar Kilometer entgegenzufahren, die er jetzt noch höchstens von ihr entfernt sein konnte?

Dr. Glossin sah Jane über den Platz vor dem Bahnhof gehen, mit

dem Fahrer eines Wagens verhandeln, sah sie davonfahren. Sollte Jane ihm im letzten Augenblick entgehen? Sollte der Wagen sie, den Strom entlang, zu irgendeinem neuen unauffindbaren Schlupfwinkel der drei führen? Sollte er hier in Linnais unverrichteter Sache zurückkehren müssen? Nein und abermals nein! Er mußte Jane folgen, mußte erkunden, wo sie hinging, wo sie blieb. Ein zweiter Wagen war schnell gefunden. Er gab dem Fahrer nur den Auftrag, dem ersten Wagen in einigem Abstand zu folgen.

Die Fahrt ging die Uferstrecke, am Torneafluß aufwärts, entlang.

Das landschaftliche Bild war schön, doch Dr. Glossin sah nur die Gegend, in der er seine letzte Niederlage im Kampf gegen die drei erlitten hatte. Und er sah vor sich die schlanke Gestalt Janes, nach der er in sehnender Gier verlangte, der er jetzt zu folgen entschlossen war, auch wenn der Weg ihn in den Bannkreis des Inders und des Feuer und Tod speienden Strahlers bringen sollte.

Der Wagen vor ihm hielt auf der Landstraße. Er sah, wie der Wagen umkehrte und leer nach Linnais zurückfuhr. Jane war ausgestiegen und hatte einen Weg den Bergabhang hinauf eingeschlagen. Er ließ den eigenen Wagen bis dorthin vorfahren, hieß ihn warten, auch wenn es Stunden dauern sollte, und folgte der Entschwundenen den Berg hinauf. Hin und wieder sah er ihr Kleid durch die Büsche schimmern. Der Weg führte in leichten Serpentinen zum Truwor-Haus.

Nun stand er am Waldrand, hatte freien Ausblick auf die Brandstätte. Und sah Jane niedergesunken an der von der Wut des Feuers geschwärzten und verglasten Trümmerstätte knien. Sie hatte die kleine Handtasche und den Kurzwellenapparat fallen lassen und strich mit zitternden Händen über die Steintrümmer.

Das Haus, in dem sie den glücklichsten Tag ihres Lebens, ihren Hochzeitstag, verbracht hatte, eine wüste, brandgeschwärzte Ruine. Die blühenden Gartenanlagen vom Feuer zerfressen. Ihr Gatte verschwunden. Keine Nachricht von ihm.

Die Erschütterung war zu groß. Mit einem Aufschrei fiel sie ohnmächtig nieder. Jetzt brach der Riegel.

Dr. Glossin sah sie fallen und rührte sich nicht von seinem Platz. Jeden Augenblick erwartete er die Gestalt Silvesters, die des Inders auftauchen zu sehen. Vielleicht den gefährlichsten der drei, Erik Truwor.

Minuten verstrichen, nichts regte sich. Da begann er langsam die Wahrheit zu ahnen, zu vermuten und schließlich zu erkennen. Jane war aus eigenem Antrieb von Düsseldorf fortgegangen. Sie war an den Ort gegangen, den sie als das Heim der drei kannte, und war niedergebrochen, als sie es verwüstet und zerstört wiedersah. Niemand erwartete sie hier. Hilflos lag sie hier im Walde, seinem Verlangen schutzlos preisgegeben.

Er trat aus dem Walde und näherte sich dem Trümmerhaufen. Eine ungeheure Glut mußte hier gewirkt haben. Die Granitblöcke, aus denen die Zyklopenmauern des Truwor-Hauses bestanden hatten, waren zu einer zusammenhängenden glasartigen Masse verschmolzen. Kein einfaches Feuer wäre imstande gewesen, das Urgestein zu schmelzen. Hier mußten Atomenergien gewütet haben. Unzählige Tausende von Kilowatt mußten in diesem Gestein zur Entladung gekommen sein.

Dr. Glossin näherte sich Jane. Er wollte sie aufheben, den Berg hinunterbringen, als sein Blick auf den Kurzwellenapparat fiel. Es reizte ihn, die Apparatur zu versuchen. Mit einem Griff schaltete er die Elektronenlampen ein.

Und er vernahm Worte einer wohlbekannten Stimme, Silvesters Stimme.

Es war in der vierten Nachmittagsstunde. Silvester hatte die Antennen am Pol gespannt und suchte Jane. Er suchte sie mit dem Fernsehempfänger und konnte sie nicht finden. Während er mit dem Strahler die Straßen Düsseldorfs absuchte, sprach er Worte der Verzweiflung und der Liebe. Worte, die für Jane bestimmt waren und von Glossin gehört wurden.

»Jane, mein Lieb, wo bist du? Ich kann dich nicht sehen. Dein Zimmer ist leer . . . Ich suche dich . . . Alle Straßen, alle Plätze der Stadt ziehen auf dem Bilde an mir vorüber. Nur du bist nicht da . . .

Ich weiß nicht, wo du bist. Vielleicht hörst du meine Stimme. Ich will dich suchen, bis ich dich gefunden habe. Die ganze Welt will ich durchsuchen . . .«

Glossin erschrak. So weit war die entsetzliche Erfindung also gediehen! Sie konnten die ganze Welt im Bild bei sich betrachten. Silvester suchte in Düsseldorf. Er brauchte nur in Linnais zu suchen, und er sah seinen alten Feind und hatte die Macht – Glossin zweifelte keinen Augenblick daran –, ihn zu Staub und Asche zu verbrennen. Er schleuderte das Gerät weit von sich, als ob er glühendes Eisen ergriffen hätte.

»Weg von hier! So schnell wie möglich weg von diesem Platz, an dem er in der nächsten Sekunde von den dreien gesehen werden konnte.

Er stürzte sich auf Jane. Die hypnotische Verriegelung war gebrochen. Jane war seinem Einfluß wieder preisgegeben. Er ließ seine stärksten Künste spielen. Er strich ihr mit den Händen über Stirn und Schläfen. Mit äußerster Gewalt zwang er sie in seinen Bann. Mit seiner Hilfe und auf seinen Befehl erhob sie sich. Auf seinen Befehl hatte sie alles vergessen, was geschehen war.

In schneller Fahrt brachte das Auto sie nach Linnais. Hier vollendete er die hypnotische Beeinflussung.

Als Jane in Linnais aus dem Wagen stieg, war sie eine ruhige junge

Dame, die mit dem Oheim reiste. Wie weggewischt war die Erinnerung an Silvester, an das Truwor-Haus, an alles Böse, das Glossin ihr jemals zugefügt hatte.

Während die Bahn sie nach Haparanda brachte, während sie im Flugzeug nach Stockholm flogen, faßte Glossin seine letzten Entschlüsse.

Die Erfindung, die gefährliche Erfindung, welche die Macht über die Welt in die Hand eines einzigen Menschen legte, war vollendet. Nach den Worten, die er von Silvester selbst gehört hatte, war kein Zweifel mehr daran erlaubt.

Cyrus Stonard kam mit seinem Entschluß zum Kriege zu spät. Die drei lebten nicht nur, sie besaßen auch die Macht, das Vebanquespiel des Diktators zu durchkreuzen.

Es war Zeit, sich von Cyrus Stonard zu trennen und zu den Engländern überzugehen, wenigstens zunächst. Dazu war es notwendig, nach London zu gehen. Aber England war im Kriege. Aller Luftverkehr war eingestellt. Die Linie Stockholm-London lag still. Nur der Hornissenschwarm von hunderttausend Kriegsflugzeugen schwärmte um die englische Küste, bereit, jedes Flugzeug, das sich England nähern sollte, zu vernichten.

Wer nach England wollte, mußte den Bahntunnel zwischen Calais und Dover benutzen. Die alte Linie Stockholm-London war seit einigen Tagen auf Stockholm-Calais umgelegt worden.

Der Clipper brachte Glossin und Jane in kurzer Zeit nach Calais. Nur ein Drahtgitter trennte den Flugsteig vom Bahnsteig. Aber es war nicht ganz einfach, das Gitter zu durchschreiten. Jenseits desselben, wo der Zug stand, begann praktisch bereits England. England, das sich in einem schweren Kriege befand. Die Paßkontrolle war scharf. Es drängten sich viele zu den Türen, aber mehr als einer wurde zurückgewiesen.

Dr. Glossin hatte Zeit. Er stand, Jane leicht untergefaßt, ruhig auf dem Bahnsteig und betrachtete die Umgebung.

Die See war von hier aus nicht zu erblicken. Sie lag drei Kilometer entfernt. Außerdem versperrten die gewaltigen Hochbassins den Blick in dieser Richtung. Jene Bassins, die stets mit Seewasser gefüllt waren, die sich in gleicher Ausführung auch auf der englischen Seite des Kanals befanden und deren Aufgabe es war, den Tunnel in wenigen Minuten vollaufen zu lassen. Für den Fall nämlich, daß etwa zwischen England und Frankreich kriegerische Verwicklungen entstanden, daß Truppen von der einen oder anderen Seite her durch den Tunnel in das Land des Gegners zu marschieren versuchten.

Dr. Glossin betrachtete die Anlagen, überlegen lächelnd: sie waren veraltet. Man führte den Krieg heute auf andere Weise.

Die Zeit verstrich darüber. Jetzt war es freier an den Toren des Zaunes geworden. Er zog seine Brieftasche heraus und suchte unter

allerlei Papieren. Mit einem Kartenblatt in der Hand, Jane am Arm, schritt er durch die Sperre. Die englischen Beamten warfen nur einen kurzen Blick auf das Papier und gaben ihm in achtungsvoller Haltung den Weg frei. Sie kannten die Unterschrift des Premierministers Lord Gashford.

Fünf Minuten später glitt der Zug aus dem Bahnhof, tauchte in das Dunkel des Tunnels, durchrollte die dreißig Kilometer unter dem Meer in 20 Minuten und eilte dann durch die Fluren von Canterbury auf London zu.

In einem großen Hotel nahm ein älterer Herr in Gesellschaft einer jungen Dame Wohnung. Als Dr. Glossin aus Aberdeen mit Nichte. Die Ausweise über seine eigene Person, die er dem prüfenden Beamten vorlegte, waren so vorzüglich, daß man der Behauptung, seine Nichte habe ihre Papiere verloren, ohne weiteres Glauben schenkte. – – –

Durch die Straßen Londons schwirrten dunkle Gerüchte. Schlechte Nachrichten. In Afrika sollten die neuen englischen Industriestädte von einem amerikanischen Atombomben-Geschwader vernichtet worden sein. Ein Vorstoß auf die Straße von Bab el Mandeb sollte den englischen U-Panzern schwere Verluste durch Luftangriffe gebracht haben. Andere Gerüchte erzählten von englischen Niederlagen in der Australischen See und auf der Reede von Kapstadt.

Im Gebäude des Premierministers hatten sich die Mitglieder der englischen Regierung zu einer Besprechung der Lage versammelt. Dort lagen zuverlässige Meldungen von den verschiedenen Kriegsschauplätzen vor und waren geeignet, dem Kabinett sorgenvolle Stunden zu bereiten.

Es hatte wirklich ein schwerer Angriff amerikanischer Luftstreitkräfte auf die junge angloafrikanische Kriegsindustrie stattgefunden. Flugzeuge in gewaltiger Zahl waren plötzlich von der Westküste her vorgestoßen, hatten die verhältnismäßig schwachen englischen Abwehrlinien durchbrochen und ihre Bomben auf die Industriewerke gesetzt. Derartige Angriffe waren schließlich möglich. Aber unerklärlich blieb es, wo die Flugzeuge so schnell hergekommen waren. Dem Kabinett lagen die Berichte verschiedener englischer Aufklärer vor, die diese, pflichtgetreu bis zum Tode, zum Teil noch abgesandt hatten, während ihre Maschinen bereits brennend in die Tiefe stürzten.

Sir Vincent Rushbrook hielt die letzten Meldungen von A. V. 317 in der Hand und las:

»8 Grad östlicher Länge, 22 Grad südlicher Breite. Amerikanische Maschinen steuern nach Bombenabwurf zur See. Verschwinden plötzlich im Wasser. Verdacht auf unterseeischen Stützpunkt. A. V. 317.«

Eine Depesche war von demselben Flugzeug zehn Minuten später gegeben worden: »Unterwasserstation entdeckt 7 Grad 13 Minuten östlicher Länge . . .«

Hier brach die Depesche ab. Aus den Meldungen anderer Aufklärer wußte man, daß A. V. 317 um diese Zeit brennend abgestürzt war.

Der Premier Lord Gashford versuchte es, die Fragen und Gedanken zu formen, die jedes Mitglied des Kabinetts beschäftigten.

»Warum greift Cyrus Stonard uns nicht in England an? Wir hielten Afrika für den sichersten Teil des Reiches. Unsere Agenten hatten uns einen amerikanischen Angriffsplan besorgt, der einen direkten Angriff auf die Inseln von Westen her vorsah. Der Meridian von Island bildete danach ungefähr die Frontlinie der amerikanischen Kräfte. Was konnte den Diktator veranlassen, diesen so lange vorbereiteten Plan aufzugeben, die britischen Inseln unbehelligt zu lassen und uns in Afrika anzufallen?«

Sir Vincent Rushbrook war, immer noch die beiden Depeschen von A. V. 317 in der Hand, an den Globus getreten.

»Es sieht so aus, als ob die Amerikaner einen uns bisher unbekannten Flottenstützpunkt irgendwo im östlichen Südatlantik angelegt haben. Ist das der Fall, dann meine Herren . . .« der Admiral ergriff einen Zirkel und demonstrierte damit auf dem Globus – ». . . . bedroht er unsere gesamten afrikanischen Industrie-Besitzungen. Die letzte Meldung von A. V. 317 ist leider verstümmelt. Aber wir kennen den Standort der U-Station. Ihre Zerstörung halte ich für das Allernotwendigste. Sie muß allen anderen Kriegshandlungen vorausgehen. Unsere Luftstreitkräfte auf dem Meridian von Island sind dort durch den geänderten amerikanischen Plan größtenteils entbehrlich. Ich möchte ihnen den Befehl geben, den Meridian 8 Grad abzusuchen. Ein Unterwasserstützpunkt ist immer zu finden. Haben sie ihn gefunden, dann ist er auch vernichtet.«

Der Admiral schwieg. Er erwartete die Zustimmung des Kabinetts zu der unter Umständen so folgenschweren Maßnahme, die Verteidigungslinie über dem Meridian von Island durch Abziehen von Geschwadern zu schwächen.

Lord Horace Maitland sprach: »Sie fragen, warum Cyrus Stonard seinen Angriffsplan geändert hat, warum er unsere Inseln meidet und auf der südlichen Halbkugel Krieg führt. Ich will es versuchen, Ihnen den Grund kurz und klar anzugeben. Er tut es, weil das Unternehmen des Obersten Trotter mißglückt ist. Weil der Bericht über den Erfolg seiner Expedition unrichtig ist. Weil die Macht, zu deren Vernichtung England und Amerika sich trafen, noch vorhanden ist und weil Cyrus Stonard diese Macht fürchtet.«

Lord Maitland hatte seine Rede leise und tonlos begonnen. Von Satz zu Satz hatte sich seine Stimme gehoben. Jetzt schwieg er.

Die Wirkung seiner Worte auf die Mitglieder des Kabinetts war körperlich greifbar. Sir Vincent Rushbrook ließ den Unterkiefer hängen und starrte den Sprecher mit offenem Munde an. Lord Gashford verlor die überlegene Ruhe und sprang auf. Der Armeeminister versuchte, den ihm unterstellten Oberst Trotter zu verteidigen.

Lord Horace allein behielt seinen Platz und fuhr mit einer ruhigen, überzeugenden und schließlich alle Hörer zwingenden Stimme fort: »Meine Herren, ich habe bereits einmal meiner Meinung über die wenig glückliche Wahl des Obersten Trotter für die Expedition Ausdruck gegeben. Er ist getäuscht worden, und die Amerikaner haben es wahrscheinlich gewußt. Nach dem, was ich von amerikanischer Seite über die drei in Linnais hörte, halte ich es für ausgeschlossen, daß sie sich von einem alten Troupier wie dem Obersten Trotter einfach in ihrem Hause verbrennen lassen. Sein Bericht klang zwar ganz verständlich. Aber mich hat er nicht überzeugt und Doktor Glossin und Cyrus Stonard wohl auch nicht.«

Sir Vincent Rushbrook hatte während der Worte von Lord Horace Gelegenheit gefunden, seinen Unterkiefer wieder zuzuklappen. Die Färbung seines Gesichts war vom Roten ins Blaurote gestiegen. Jetzt brach er los: »Kann ein Mensch mit fünf gesunden Sinnen nur einen Augenblick glauben, daß drei einzelne schwache Menschen einer Weltmacht gefährlich werden können? Cyrus Stonard sollte mir leid tun, wenn er sich von solchen Hirngespinsten plagen ließe.«

Lord Horace hatte den cholerischen Admiral ruhig ausreden lassen. Nun fuhr er selbst unbewegt fort: »Cyrus Stonard ist besser unterrichtet als wir. Durch den Doktor Glossin. Glossin ist der einzige, der die Erfindung von ihren Anfängen her kennt. Der weiß viel besser als wir, wie weit die drei jetzt mit der Erfindung gekommen sein dürften, wie weit sie damit wirken können und wie weit nicht. Den Beweis dafür gibt mir der veränderte amerikanische Kriegsplan. Die gegen die britischen Inseln gerichteten Streitkräfte sind zurückgezogen. Der Diktator fürchtet, die drei könnten ihm hier in den Arm fallen. Darum verlegt er den Angriff nach der südlichen Halbkugel, wo er sich vor der Macht der Drei sicher fühlt . . .«

Lord Gashford unterbrach ihn. »Wenn Sie recht hätten, so wäre mir das Vorgehen des Diktators erst recht unerklärlich. Wie kann er sich in einen Krieg mit uns einlassen, wenn er die Macht der Drei wirklich fürchtet?«

»Die Erklärung dafür ist in dem Wesen des Diktators zu suchen. Cyrus Stonard ist zweifellos ein großer Staatsmann. Ehrgeiz und Machthunger haben ihn verblendet. Aber er hält das amerikanische Volk, das an eine fast zweihundertjährige Freiheit gewöhnt war, weiter unter einem schrankenlosen Absolutismus. Aber er sitzt auf einem Vulkan. Er braucht ständig neue Erfolge. Bleiben sie aus, so

ist's mit seiner Diktatur vorbei. Die Geschichte lehrte es uns hundertfach. Er spielt va banque und muß va banque spielen. Das amerikanische Freiheitsgefühl hat den Druck nur ertragen, solange die Erinnerung an die russisch-asiatische Bedrohung noch frisch war und solange Cyrus Stonard die Macht und den Reichtum Amerikas ständig gehoben hat. Selbst dann nur widerwillig. Einen Stillstand in seinen äußeren Erfolgen verträgt seine Herrschaft nicht.

Nach der Niederringung des Bolschewismus bleibt das Commonwealth als einziger Rivale übrig. Wer die Persönlichkeit Cyrus Stonards kennt, mußte sich darüber klar sein, daß er es versuchen würde, diesen letzten Rivalen auszuschalten. Dann war der Gipfel erreicht. Amerika beherrschte die Welt. Cyrus Stonard beherrschte Amerika.

Da stellt sich zwischen uns und ihn die geheimnisvolle Macht. Über deren Ziele möchte ich noch schweigen, weil ich nicht klar sehe. Er bringt es fertig, uns als Werkzeug zur Vernichtung dieser Macht zu benutzen. Der Streich ist mißlungen. Zum mindesten nicht sicher gelungen. Aber Cyrus Stonard kann nicht mehr zurück. Er schlägt los, wo er glaubt, nicht gehindert zu sein. Hätte er jetzt, nach monatelanger Kriegsvorbereitung, Frieden gehalten, so wäre es um seine Herrschaft geschehen.

Er ist in den Krieg gegangen wie ein Feldherr, der am Erfolg zweifelt, aber lieber an der Spitze seiner Garden fallen als zurückweichen will. Cyrus Stonard steht auf der Grenze von Genie und Wahnsinn. Er hat die Grenze wohl schon nach der schlimmen Seite hin überschritten.«

Die Worte Lord Maitlands hatten die Mitglieder des Kabinetts in ihren Bann geschlagen. Die Gestalt des Diktators stand in ihrer Größe, aber auch mit ihren Schwächen und Leiden vor ihnen.

Eine Frage des Armeeministers führte die Mitglieder wieder in die reale Welt zurück.

»Was sollen wir jetzt tun? Sollen wir uns nicht wehren? Sollen wir uns auf eine geheimnisvolle Macht verlassen, deren Existenz doch zum mindesten, ich will sagen, persönliche Ansichtssache ist? Es wäre unser unwürdig, wenn wir uns in der unsicheren Hoffnung auf eine übernatürliche Hilfe davon abhalten ließen, alles Notwendige für die Sicherheit des Commonwealth tun.«

Sir Vincent Rushbrook sprach: »Unsere Islandflotte muß sich in geschlossenem Angriff sofort auf New-York stürzen. Wir werden die Fünfzehnmillionenstadt in Asche legen. Das wird dem Diktator seine Gelüste auf Afrika und Australien am schnellsten austreiben.«

Lord Horace nahm noch einmal das Wort: »Ich befinde mich hier in einer eigenartigen Lage. Ich habe mich mit diesen Fragen doch vielleicht mehr beschäftigt als ein anderes Mitglied des Kabinetts. Ich sage Ihnen heute . . . denken Sie an meine Worte, meine Her-

ren ... Wir werden das Eingreifen der Macht in kürzester Zeit zu fühlen bekommen. Ich halte es für richtig, daß wir uns nur auf die Verteidigung beschränken.«

Die Worte Lord Maitlands vermochten das Kabinett nicht umzustimmen. Die bisherigen Erfolge der Amerikaner ließen jede abwartende Haltung als schädlich erscheinen. – – –

Der englische Premier gab seinem Sekretär gemessenen Auftrag. »Ich erwarte den Luftfahrtminister. Jeder andere Besuch hat zu warten.«

Der Sekretär wunderte sich nicht über den Befehl. Lord Maitlands genaue Kenntnisse der amerikanischen Verhältnisse machten ihn zu einem der wichtigsten Mitglieder des Kabinetts. Darüber hinaus fand der alternde Lord Gashford in ihm eine wertvolle Hilfe, eine Persönlichkeit, die Entschlußkraft mit der abgeklärten Ruhe des gereiften Mannes verband, einen Mitarbeiter, der für sich selbst gar nichts erstrebte ... wenigstens nichts zu erstreben schien, und ganz in den Fragen der großen Politik aufging.

Lord Gashford hatte über die Ausführungen Lord Maitlands in der letzten Kabinettssitzung nachgedacht. Als Lord Horace in sein Arbeitszimmer eintrat, ging er ihm entgegen. »Ihre Ansichten über die Beweggründe des amerikanischen Diktators sind richtig. Wenn seine Handlungen überhaupt logischen Gründen entspringen, können sie nur so erklärt werden, wie Sie es neulich taten. Ich möchte in Ihrer Gegenwart einen Besuch empfangen, dessen Absichten mir nicht klar sind. Doktor Glossin hat sich bei mir melden lassen.«

Lord Horace konnte sein Erstaunen nicht verbergen.

»Doktor Glossin hier? Sollte das ein Friedensfühler sein?«

Dr. Glossin wurde von dem Sekretär ins Zimmer geführt. Er kam mit der Unbefangenheit des vielgereisten Weltmannes. Begrüßte Lord Horace herzlich als einen alten Bekannten, ohne sich durch die Gegenwart des Premierministers geniert zu fühlen. Er erkundigte sich eingehend nach dem Befinden der Lady Diana und führte die Unterhaltung mit einer Leichtigkeit, als befände er sich auf einem Fünfuhrtee und nicht bei den leitenden Ministern eines Weltreichs.

Die beiden Engländer gingen auf die Tonart ein, obwohl sie innerlich vor Begierde brannten, dem Zwecke der Unterredung näherzukommen. Lord Horace schob dem Doktor Zigarren und Feuerzeug hin. Glossin bediente sich mit einer Gemächlichkeit, die den englischen Staatsmännern hart an die Nerven ging.

Er hatte zweifellos viel Zeit. Aber schließlich hatten die Engländer noch mehr. Sie warteten ruhig, bis er das Schweigen brach.

»Meine Herren, ich halte den Krieg für einen Wahnsinn. Nur der maßlose Ehrgeiz eines Mannes treibt zwei sprach- und stammgleiche Völker in den Kampf.«

Die Engländer sprachen kein Wort. Nur ein leichtes Nicken verriet ihre Zustimmung. Der Doktor fuhr fort: »Ich möchte die Lage durch den Vergleich erklären. Die Welt gehört einer großen Firma, den Englishspeakers. Die Firma hat zwei Geschäftsinhaber. Es sind heute zwei feindliche Brüder, die zum Schaden des Hauses gegeneinanderarbeiten. Die Firma kann nur gedeihen, wenn ihre Leiter einig sind und einig handeln. Müßte nicht der eine der Inhaber die Führung haben?«

Dr. Glossin schwieg und wandte dem Brande seiner Zigarre sehr eingehende Aufmerksamkeit zu.

»Die feindlichen Brüder sind wohl in diesem Gleichnis England und Amerika?«

Dr. Glossin bejahte die Frage Lord Gashfords durch ein leichtes Nicken.

Der Premier sprach weiter: »Welcher von den beiden wird dem anderen weichen?«

Glossin hatte wieder mit der Zigarre zu tun, bevor er die Antwort formulierte. Langsam, sorgfältig Wort für Wort wägend.

»Im Geschäftsleben würde es der sein, der die geringere Erfahrung hat, der weniger tüchtige, meistens wohl der jüngere.«

Lord Horace unterbrach ihn.

»Glauben Sie, daß Cyrus Stonard jemals freiwillig weichen würde?«

»Wenn nicht freiwillig, dann gezwungen!«

»Das hieße Stonard stürzen! Freiwillig wird er nie nachgeben.«

»Deswegen bin ich hier!««

Das Wort war heraus. Seine Wirkung auf den Premier war unverkennbar. Lord Horace blieb äußerlich unverändert. Nur sein Gehirn arbeitete fieberhaft und schmiedete lange Schlußketten . . . Er weiß, daß die geheimnisvolle Macht wirkt. Daß es vielleicht schon in nächster Zeit, vielleicht schon in wenigen Tagen nur noch eines leisen Anstoßes bedürfen wird, um den Diktator zu stürzen. Er wechselt beizeiten die Fahne . . . Lord Maitland empfand nur Abscheu vor derartigen Subjekten . . . Immerhin, seine Arbeit kann England jetzt nützlich sein . . .

Lord Gashford fragte mit leicht vibrierender Stimme: »Wie sollte es geschehen?«

»Das wird meine Sache sein!«

»Sie wollen das vollbringen? Und wenn es Ihnen gelänge, was hat England dafür zu zahlen?«

»Nichts!«

»Und was verlangen Sie dafür?«

»Englands Freundschaft!«

Lord Gashford reichte dem Doktor die Hand.

»Deren können Sie versichert sein. Für die Ausführung stehen

Ihnen Mittel zur Verfügung. Lord Maitland wird die Einzelheiten mit Ihnen besprechen.«

Sie hatten diese Besprechung im Stadthause von Lord Horace.

Dr. Glossin verlangte von der englischen Regierung für sein Unternehmen keine materiellen Mittel. Nur ein paar Einführungsschreiben an einige amerikanische Vereinigungen. Das war alles. Lord Horace geriet in Zweifel, ob es dem Doktor jemals gelingen könne, mit solchen bescheidenen, fast kindlich anmutenden Hilfsmitteln einem Manne wie Cyrus Stonard gefährlich zu werden.

»Das wäre alles, Herr Doktor?«

»Alles, Mylord.«

»So wünsche ich Ihnen um der anglosächsischen Welt willen den besten Erfolg.«

»Ich danke Ihnen. Noch eine persönliche Bitte. In meiner Begleitung befindet sich hier in London meine Nichte, Miß Jane Harte. Mein Aufenthalt in den Staaten könnte längere Zeit dauern. In der Voraussicht kommender Umwälzungen und Unruhen habe ich sie hierhergebracht. Ich bin ihr einziger Verwandter. Sie hängt an mir, ist meine einzige Freude, hat außer mir niemanden in der Welt. Wenn ich wüßte, daß sie in Ihrem Hause . . . bei Ihnen . . . bei Lady Diana einen Anhalt fände, wäre ich Ihnen mehr zu Dank verpflichtet, als ich es Ihnen in Worten ausdrücken kann.«

»Ich werde die junge Dame als Gast in mein Haus nehmen. Sie soll in sicherer Hut bei uns bleiben, bis Sie, Doktor, aus den Staaten zurück sind.«

»Ich danke Ihnen, Mylord. Ich bedauere es, Lady Diana nicht persönlich meine Empfehlung übermitteln zu können . . .«

Dr. Glossin ging, den Mann zu verraten, durch den er zwanzig Jahre mächtig und reich gewesen war.

Seit jener Stunde, in der Diana die Todesnachricht Erik Truwors empfing, in der sie in der Fülle überströmender Gefühle ihre ganze Vergangenheit vor Lord Horace bloßlegte, war das Verhältnis der beiden ein anderes geworden. Lady Diana zog sich nach Maitland Castle zurück. Lord Horace blieb in London, um sich mit verdoppeltem Eifer den Regierungsgeschäften zu widmen. Nicht nur Sorge um das Land trieb ihn dazu, sondern wohl ebenso stark das Verlangen, sich durch angestrengte Arbeit zu betäuben, durch rastlose Tätigkeit der quälenden Gedanken ledig zu werden, die ihn seit jener Unterredung nicht loslassen wollten.

Unruhe und Qual schuf ihm der Lebende – den Diana noch für tot hielt. Und zu dessen Vernichtung sie doch ihre Hand geboten hatte.

War dieser Haß echt? Konnte solcher Haß echt sein?

War es nicht nur in Haß verkehrte Liebe, die wieder Liebe werden konnte?

Erik Truwor lebte!
Wie würde Diana die Nachricht von seiner Rettung aufnehmen?
Er bangte vor der kommenden Stunde und sehnte sie doch herbei.
Die Nachricht, daß sie nach London kommen solle, erreichte Diana um die vierte Nachmittagsstunde in Maitland Castle. Der Diener, der ihr die Botschaft überbrachte, hatte längst den Raum verlassen. Diana saß immer noch regungslos und hielt das Papier in den Händen. Das Faksimile des chemischen Fernschreibers zeigte die charakterisitischen Schriftzüge ihres Gatten. Nur wenige Worte.
»Ich bitte Dich, umgehend nach London zu kommen.«
Was bedeutet diese Botschaft? Horace rief sie . . . rief sie . . . warum?
Ihre Brust wogte im Widerstreit der anstürmenden Gefühle. Seit jenem Tage der Aussprache hatte sie Horace nicht wieder gesehen. In stillschweigender Übereinkunft hatte sie sich einer freiwilligen Verbannung unterworfen.
Ihre hellsichtigen Frauenaugen erkannten wohl, daß ein Mann, auch wenn er die Großmut Horaces besaß, nicht so leicht und schnell über das hinwegkommen konnte, was sie ihm offenbart hatte. Deshalb hatte sie gewartet. Von Tag zu Tag . . . geduldig. Doch je länger sie warten mußte, desto schlimmer fraß die Pein des Wartens an ihr. Ihre Liebe zu Horace war so stark und rein, daß ihr nicht ein Augenblick der Gedanke kam, ganz andere Ängste und Sorgen könnten ihres Mannes Herz beschweren. Hätte sie gewußt, wie leicht wäre es ihr gewesen, seinen Argwohn zu zerstreuen.
In windender Fahrt trug die schnelle Maschine Diana Maitland mir ihren Zweifeln, Hoffnungen und Wünschen nach London.
Ohne sich erst in ihre eigenen Räume zu begeben, betrat sie das Arbeitszimmer ihres Gatten. Lautlos schlossen sich die schweren Portieren hinter ihr. Der schwellende indische Teppisch dämpfte ihren Schritt.
Lord Horace saß am Schreibtisch, das Gesicht dem Fenster zugewandt.
Diana umfaßte seine Gestalt mit ihren Blicken.
Was dachte er?
Wie wird er ihr entgegentreten?
Der erste Gruß, wie wird er sein?
Tonlos formten ihre Lippen das eine Wort: »Horace!«
Der Hauch drang nicht an sein Ohr.
»Horace!« rauh und gepreßt tönte der Name durch den Raum.
»Diana!« . . . Lord Horace war aufgesprungen. Die Gatten standen sich gegenüber. Ihre Blicke begegneten sich und wichen einander aus.
Dianas Herz krampfte sich zusammen. Was sie erhoffte, was sie ersehnte . . . das war es nicht. Ihre Augen wurden still. Ein konven-

tionelles Lächeln spielte um ihren Mund, als sie sagte: »Du hast mich rufen lassen, Horace.« Ihre Hände berührten sich, und doch verspürte keine den Druck der anderen.

»Ich danke dir für dein Kommen, Diana. Eine Bitte, die uns beide betrifft und mir besonders am Herzen liegt, trieb mich, dich zu rufen. Ich hatte heute vormittag eine Unterredung mit Doktor Glossin.«

Diana horchte auf.

»Doktor Glossin? Wie kommt der hierher? Es ist doch Krieg. Als Friedensunterhändler? . . . In Stonards Auftrag?«

»Nein!«

»Nicht? Weshalb ist er hier?«

»Um Cyrus Stonard zu verraten!«

»Ah . . .!«

Lady Diana hatte in der Erregung des Gesprächs bis jetzt noch nicht die Zeit gefunden, sich zu setzen. Lord Horace rollte ihr einen Sessel herbei.

»Ah! . . . Das versöhnt mich mit ihm. Welches Glück, wenn dieser Bruderkrieg vermieden wird! Dieser sinnlose Kampf, der Hunderttausende englischsprechender Frauen zu Witwen, ihre Kinder zu Waisen macht. Wenn das dem Doktor gelingt, wenn er das schafft, soll ihm vieles, nein, alles verziehen sein.«

Lord Horace wiegte nachdenklich das Haupt.

»Ja, Diana . . . nicht ganz so, wie du denkst.«

»Wie meinst du?«

»Der Krieg würde auch ohne alles in allernächster Zeit beendet sein!«

»Wodurch?«

»Durch die geheimnisvolle Macht der Drei in Linnais!«

Diana Maitland sank in ihren Sessel zurück. Sie erblaßte, während ihre Augen sich zu unnatürlicher Weite öffneten.

»Die drei in Linnais? . . . Sind sie nicht tot?«

»Wir dachten es . . . Wir hofften es.«

»Sie leben?«

»Sie leben! Sie haben es deutlich bewiesen. Unsere Stationen müssen ihre Befehle funken.«

»Und die sind? . . . Die lauten?«

»Wer das Schwert nimmt, soll durch das Schwert umkommen. Die Macht der Drei warnt alle vor dem Kriege.«

Lord Horace unterbrach seine Rede. Er sah, wie die Augen seiner Gattin sich schlossen und ein frohes Lächeln ihren Mund umspielte. In diesem Augenblick sah sie aus wie ein glückliches Kind, dem ein Lieblingswunsch erfüllt wurde. Er sah es und dachte: Erik Truwor!«

Lady Diana sprach wie eine Träumende, wie eine Seherin.

»Ah! . . . Die drei in Linnais . . . Sie leben . . . leben und handeln zum Segen der Welt!«

»Zum Segen?«

»Ist es kein Segen, wenn der Krieg vermieden wird? Sinnloses Morden . . . Totschlag und Raub . . .«

»Auf den ersten Blick vielleicht. Aber die Folgen werden nicht ausbleiben. Wie wird sich das für die Zukunft auswirken?«

»Die Welt wird ein Paradies sein!«

»Glaubst du?«

»Gewiß, selbstverständlich!«

»Ich nicht . . . Ich glaube es nicht . . . kann es nicht glauben . . .«

»Was?«

». . . kann es nicht glauben, daß ein Mann, dem ein Zufall . . . ein Schicksal solche Macht in die Hände gegeben hat, daß der . . .«

»Daß der . . .«

»Daß der die Macht nicht mißbraucht!«

»Mißbrauchen? Mißbraucht?«

»Mißbraucht, um die in seine Hand gegebene Menschheit zu knechten. Um sich zum Herrscher der Welt zu machen.« Lord Horace sprach die letzten Worte trübe und sinnend vor sich hin.

»Du fürchtest, daß . . . daß . . . nein! Erik Truwor? Nein!«

In der Erregung des Zwiegesprächs waren sie aufgesprungen und standen sich hochatmend gegenüber.

»Niemals! Niemals!« Diana wiederholte es mit wachsender Überzeugung.

»Dann wäre er ein Gott!«

Die Erregung Dianas löste sich in einem harten, stolzen Lachen.

»Ein Gott? . . . Nein! Ein Mann ist er! Ein Mann!«

»Und wir?« Entsagung klang aus den beiden kurzen Worten.

Diana legte ihm die Hände auf die Schultern.

»Ihr . . . ihr . . . Horace . . . ihr seid Politiker . . . eure Gedanken gehen nicht über die Grenzen eurer Interessen. Er . . . er überschaut Reiche! Ihr arbeitet für die Zeit. Er denkt an die Ewigkeit!«

»Du kennst ihn, ich kenne ihn nicht. Du standest ihm nahe . . . Du bist ein Weib . . . Wir Männer sehen die Dinge nüchterner. Ich sage dir, es wird kein Paradies auf Erden, aber es wird schweres Unheil für die ganze Welt daraus entstehen.«

»Wenn er ein Mensch wäre wie ihr. Aber er ist der ideale Mensch. Der vollkommene Mann. Er wird die Macht . . . die wunderbare Macht nur zum Wohl der Menschheit, zum Glück der Welt verwenden . . . Ja, ich kenne ihn. Er geht mit reinem Herzen an die große Aufgabe. Er erstrebt nichts für sich, alles für die Menschheit. Er ist Erik Truwor. Das Wort sagt mir alles.«

Lord Horace sprach nicht aus, was er in diesem Augenblick dachte. Daß auch ihm das eine Wort, der eine Name nur allzuviel sagte.

Mit müder Gebärde winkte er ab.

»Laß es gut sein, Diana. Was hilft Streiten? Das Geschick wird sich schneller erfüllen als uns allen lieb ist.

Zurück zu dem Zweck unserer Unterhaltung. Doktor Glossin ließ seine Nichte, Miß Jane Harte bei seiner Abreise allein in London zurück. Ich versprach ihm, sie bei uns aufzunehmen, bis er zurückkommt.

Das junge Mädchen ist hier im Hause. Ich will es holen lassen.«

Erik Truwor faßte das Ergebnis der Untersuchung zusammen. Der Eisberg war mit seiner Basis halb schräg nach unten in das Wasser gefallen und hatte dann wieder Halt gefunden. Es war natürlich auch mit Hilfe des kleinen Strahlers leicht möglich, einen Ausgang aus dem Eise ins Freie zu schmelzen.

Aber sie befanden sich in einer komprimierten Atmosphäre. Die Luft in der Eishöhle war auf das Doppelte des gewöhnlichen Luftdrucks zusammengepreßt. In ihren Lungen hatte der hohe Druck sich ausgeglichen. Schafften sie der Luft plötzlich einen Ausgang ins Freie, so mußte die schnelle Druckverminderung sie töten. Die zusammengepreßte Luft in ihrem Inneren hätte ihre Lungen zerrissen, ihre Leiber zerfetzt.

Doch auch ein langsames Ablassen der Druckluft gewährte keine Sicherheit. Sie wußten ja nicht, bis zu welcher Höhe der Wasserspiegel draußen den Berg umgab. Wie tief der Berg in den geschmolzenen See eingesunken war. Es konnte geschehen, daß das Wasser beim Ablassen der Luft schließlich die Decke des höchsten Raumes erreichte. Dann wurden sie ertränkt wie die Mäuse in der Falle.

Das Mittel, allen diesen Schwierigkeiten zu entgehen, hatte der Geist Silvesters entdeckt.

»Wir müssen den Berg ausschmelzen. Der ganze massive Kern muß als Schmelzwasser in die Tiefe gehen. Nur eine leichte äußere Schale darf stehenbleiben. Leichte Fußböden und Wände, die der Schale Halt geben. Dann wird er sich heben, wird leicht auf dem Wasser schwimmen . . .«

Der Plan war gut, aber die Frage der Luftbeschaffung machte Schwierigkeiten. Die wenige Luft, die in den vorhandenen Gängen eingeschlossen war, würde niemals genügen, das ganze Innere des ausgeschmolzenen Berges zu füllen.

Sie mußten also mit Vorsicht eine Rohrverbindung mit der Außenwelt herstellen, mußten die Luftpumpe mit vieler Mühe aus einem halb überfluteten Gange herbeischaffen und von außen her Luft in das Innere pumpen, sobald das große Schmelzen begann, sobald Tausende von Tonnen Schmelzwasser in die Tiefe flossen und der massive Eisriese von Stunde zu Stunde immer mehr die lockere Struktur einer Bienenwabe annahm.

Aber sie spürten auch den Erfolg. Der Berg hob sich. Sie merkten es daran, daß er wieder in die waagrechte Lage kam und daß die unteren, überfluteten Gänge allmählich vom Wasser frei wurden.

Sie arbeiteten ohne Unterlaß. Silvester war Tag und Nacht tätig. Die Vorwürfe Erik Truwors brannten ihm schwer auf der Seele. Er wollte mit Hingabe seiner ganzen Kraft wieder gutmachen, was durch sein Versehen verdorben war, und mutete sich mehr zu, als sein geschwächter Organismus auf die Dauer aushalten konnte.

Bis die mißhandelte Natur sich rächte. Atma sprang hinzu, als Silvester neben dem Strahler, mit dem er die neuen Höhlen und Zellen in den Berg schnitt, zu Boden taumelte. Es bedurfte aller Künste des Inders, um das auszusetzende Herz des Erschöpften zum Weiterschlagen zu zwingen und die schwere Ohnmacht in einen wohltätigen Schlaf zu verwandeln.

Freilich hatte Silvester Grund zur Eile und Anstrengung. Der Berg mußte gehoben, in seine endgültige Lage gebracht sein, bevor die Polarkälte ihre Wirkung tat, bevor die Oberfläche dieses durch einen so unglücklichen Zufall entstandenen Sees sich wieder mit einer schweren Eiskruste überzog. Denn fror der See, so war der Berg fest eingekittet, alle Versuche, ihn zu heben, wurden vergeblich.

Endlich war es gelungen. In hundert Stunden hatten sie das Werk getan. Nun hieß es warten und sich gedulden, bis das eintrat, was sie vorher so sehr zu fürchten hatten. Erst nachdem der gehobene Berg festgefroren war, konnten sie es wagen, seine Außenwand zu durchbrechen, durften sie die Tür dieses gigantischen Gefängnisses sprengen. Sie rechneten, daß wenigstens noch einmal fünfzig Stunden verstreichen müßten, bevor das frisch gebildete Eis den erleichterten Berg tragen würde.

Die Laune des Schicksals schenkte dem amerikanischen Staatsoberhaupt noch einmal eine Frist. Krieg und Kriegsgeschrei erfüllten die Welt. Von einer sinnlosen und lächerlichen Kleinigkeit hing es ab, wie lange der Vernichtungskampf zweier Weltreiche anhalten sollte. Einfach davon, wie schnell oder wie langsam sich in der arktischen Eiswüste auf einem Tümpel von mäßiger Größe eine tragfähige Eisfläche bilden würde.

Fünfzig Stunden, in denen die Insassen des Berges nichts anderes tun konnten, als tatenlos zu warten. Abgeschnitten von der Welt, ohne Kunde von dem, was draußen vorging.

Atma saß am Lager Silvesters. Er zwang ihn, sich wohltätiger Ruhe hinzugeben, seinem armen mißhandelten Herzen, das immer noch unruhig und unregelmäßig gegen die Rippen pochte, Erholung zu gönnen.

Erik Truwor war allein, eine Beute quälender Gedanken, die sich nicht verjagen ließen.

Was war in den Tagen ihrer Gefangenschaft geschehen? Hatten

die ersten Warnungen der Macht genügt, oder war der Krieg doch ausgebrochen?

Besaß die Menschheit so viel Einsicht, der sinnlosen Zerstörung aus eigener Kraft Einhalt zu gebieten?

War das der Fall, dann würde er das Werk so ausführen können, wie er es geplant hatte.

Aber wenn sie ihm nicht gehorchten? Wenn sie in diesen Tagen seiner erzwungenen Untätigkeit übereinander herfielen?

War das nicht der Beweis dafür, daß sie noch nicht zur Selbstregierung reif waren, daß sie einen Selbstherrscher brauchten, zu ihrem Glücke gezwungen werden mußten?

Wer sollte sie dann zwingen? Die Träger der Macht. Drei Köpfe, drei Sinne!

Nur einer konnte der Herr sein. Wer sollte es sein?

Silvester, der stille Gelehrte, der Forscher?

Oder Atma? Der Schüler des Buddha Gautama?

Nein und nochmals nein! Nur er selbst konnte es sein. Der Nachfahre des alten Herrengeschlechtes, dem eine zweifache Prophezeiung noch einmal die Herrschaft versprach.

Die Wucht der Gedanken riß Erik Truwor empor. Er sprang auf und irrte durch die Eisklüfte des ausgehöhlten Berges.

Er war von der Vorsehung auserwählt. Ihm hatte das Schicksal die unendliche Macht in die Hand gegeben. Er brauchte Gehilfen, treue ergebene Paladine, um sie auszuüben. Dazu hatte das Geschick ihm die Freunde an die Seite gestellt. Dem Herrscher die Macht, seinen Paladinen das Wissen und den Willen.

Das Schicksal rief ihn. Das Schicksal hatte Ungeheures mit ihm vor, wenn . . . wenn in diesen Tagen der Kampf ausgebrochen war. Mit kaum zu bändigender Ungeduld erwartete er die Stunde der Befreiung aus dem eisigen Gefängnis. . . .

Am siebenten Tage nach der Katastrophe wagten es die Eingeschlossenen. Sie ließen die Druckluft aus dem Eisberge langsam ins Freie entweichen. Erik Truwor stand am Ventil, den Blick auf dem Druckzeiger. Im untersten Gange beobachtete Silvester den Wasserspiegel. Das Mikrofon am Munde, bereit, Alarm zu geben, wenn das Frischeis nicht hielt, der Berg sich senkte, das Wasser stieg.

Mit leisen Pfiffen entwich die Luft. Langsam fiel der Zeiger des Manometers. Nur noch wenige Linien stand er über den Nullpunkt. Erik Truwor lehnte sich gegen die Eiswand, drückte das Ohr gegen die Fläche, um jedes Knistern, jedes kommende Brechen des Eises so früh wie möglich zu spüren.

Es blieb ruhig. Nur das schwächer und schwächer werdende Pfeifen der entweichenden Luft. Jetzt nur noch ein leichtes Rauschen. Der Zeiger stand auf dem Nullpunkt. Der Druck war ausgeglichen. Der Berg hielt sich ohne Unterstützung der Preßluft.

Schnell fraß der kleine Strahler einen neuen Ausgang durch die Schale des Berges. Die Antenne in Ordnung bringen, den Verkehr mit der Welt wiederherstellen, das war jetzt das wichtigste. Die Antenne auf dem Abhang des Berges war unversehrt geblieben. Nur die Verbindungen nach den Apparaten hin waren bei der Katastrophe zerrissen. Zehn Minuten genügten, um eine Notleitung zu legen. Kaum war die letzte Verbindung hergestellt, die letzte Schraube angezogen, als auch schon wieder Leben in die Apparate kam, die alle diese Tage hindurch still und tot dagelegen hatten. Die Fernschreiber klapperten, die Laufwerke rollten, und die Streifen, dicht mit Buchstaben bedeckt, quollen hervor. Nachrichten aus Amerika und Europa, aus Australien und Afrika.

Das Schicksal ging seinen Weg. Der Krieg war ausgebrochen. Englische und amerikanische Luftstreitkräfte waren an den verschiedensten Punkten der Welt zusammengeraten. Das Gros der kombinierten englischen See- und Luftstreitkräfte hatte die Häfen verlassen, um die amerikanische Ostküste anzugreifen. Die amerikanische Flotte war den britischen Einheiten entgegengefahren. Nur noch wenige Stunden, und es mußte zu einer gewaltigen Luft- und Seeschlacht mitten im Atlantik kommen.

Die Frage, die sich Erik Truwor in diesen Tagen unfreiwilliger Ruhe so oft vorgelegt hatte, war entschieden. So entschieden, wie er es in unruhigen Nächten gefürchtet hatte. Die Menschheit hörte auf seine Worte. Sie war nicht fähig, sich selbst zu regieren. Sie brauchte den Herrn, der sie zwang.

Er fühlte, wie seine Ideale zusammenbrachen. Sie taten da draußen nichts aus freien Stücken und irgendeinem Ideal zuliebe. Wer die Macht hatte oder zu haben glaubte, benutzte sie rücksichtslos. Seine Warnungen waren unbefolgt verhallt. Sie würden ihm nur gehorchen, wenn er Brand und Mord hinter jeden seiner Befehle setzte.

Die Stunde der Entscheidung war gekommen. Wenn er durchsetzen wollte, was er sich vorgenommen, was er als seine Sendung ansah, dann mußte er als Herr auftreten. Klar hatte er die Notwendigkeit in den Tagen der Gefangenschaft durchdacht und schrak zurück, nun die entscheidende Stunde gekommen war.

Würde man seine Absichten nicht verkennen? Würde die Welt ihm nicht andere Beweggründe unterschieben? Würde sie nicht einer maßlosen Ehrsucht zuschreiben, was nur bittere Notwendigkeit war?

Es duldete ihn nicht länger in der Enge der Berghöhlen. Er stürmte hinaus ins Freie. Er sprang über Schollen und Schneewehen, die in den Strahlen der tiefstehenden Sonne rot glühten. Er lief und fühlte, daß alle die alten Ideen und Ideale vernichtet waren.

Atemlos hielt er im Lauf inne. Ihm graute vor der Entscheidung, vor der Verantwortung, vor dem Entschluß.

Hinter einer Eisklippe hatte der Wind den frischen Schnee zusammengewirbelt. Hier ließ er sich niedersinken, fühlte, daß die weißen Flocken sich wie ein Daunenkissen um seine Glieder schmiegten. Eine tiefe Mutlosigkeit, eine Erschlaffung überkam ihn. Er wurde ganz ruhig.

Wie wäre es, wenn er hier liegenbliebe, wenn er jetzt einschliefe? Der Verantwortung, dem verhaßten Entschluß durch freiwilligen Tod aus dem Wege ginge? Wie lange würde es dauern, bis der arktische Frost den Schlummer in einen ewigen Schlaf verwandelte? Wie schön müßte es sein, hier einzuschlummern, hinüberzugehen in das große Meer der ewigen Ruhe und des Vergessens, in dem alle dunklen Wellen des Lebens verrieseln.

War es der Frost, der schon zu wirken begann, den Körper leicht, die Gedanken träumerisch und sprunghaft machte?

Eine dunkle, fromme Erinnerung überkam ihn. Die Hände falten! Er streifte die schweren Pelzhandschuhe ab und schlug die Finger übereinander.

Da . . . seine Rechte zuckte zurück. Was war das Kalte, das er berührt hatte? Kalt und brennend zugleich. Er hob die Hand zum Gesicht. Vom Mittelfinger der Linken strahlte ihm der Alexandrit entgegen, jetzt auch im Tageslicht hellrot glühend, wie er ihn noch nie gesehen hatte.

Mit einem Sprung stand er auf den Füßen.

Sich von dem eigenen Schicksal wegstehlen? Dem Leben feige den Rücken kehren? Nein, niemals, und wenn der Weg nach Golgatha führen sollte.

Ruhigen und festen Schrittes ging er zum Berge. Er trat hinein und schritt durch die Gänge. Der rote Sonnenschein drang durch die grünlichen Eiswände und erfüllte die Hallen und Gänge mit einem magischen Doppellicht. Die völlige Stille, die hier in den Regionen des ewigen Eises herrschte, wurde nur durch das leise Ticken der Fernschreiber unterbrochen.

In schwirrendem Spiel klapperten die feinen Schreibhebel der Apparate auf und nieder und notierten die Botschaften, die von allen Teilen der Welt her durch den Äther kamen und sich in den Maschen der Antenne fingen . . . Immer neue Nachrichten von den Kriegsschauplätzen.

Mit schweren Schritten ging Erik Truwor auf den mächtigen Strahlapparat los, der jetzt oben auf der Plattform des Berges im Freien stand.

Nur ein einziges Wort kam von seinen Lippen:

»Auf!!!«

Wie Kampfruf klang es! Ein Kampfruf war es auch!

Silvester und Atma folgten ihm. Wie der Herr der Welt saß Erik Truwor vor dem Apparat. Der Bildchirm zeigte eine gewaltige Flotte

schwerster Schlachtschiffe und Flugzeugträger, von zahllosen Jagdbombern abgeschirmt, auf der Fahrt zum Angriff.

Mit eiserner Ruhe bewegte Erik Truwor die großen Steuerknöpfe. Die telenergetisch erzeugten Atomkräfte begannen nach seinem Willen zu wirken.

Die Macht der Drei griff in den Krieg ein und – brachte ihn zum Stillstand – –!

Dr. Rockwell, der Leibarzt des Präsidenten, und Hauptmann Harris, der diensttuende Adjutant, unterhielten sich mit gedämpfter Stimme im Vorzimmer.

»Solange der Herr Präsident meinen ärztlichen Rat nicht wünscht, darf ich mich ihm nicht aufdrängen.«

»Es geht so nicht weiter, Herr Doktor! Dies Leben hält auf die Dauer kein Mensch aus. Seit zwölf Tagen, seit der englischen Kriegserklärung, ist der Präsident nicht mehr aus seinen Kleidern gekommen, hat sein Arbeitszimmer kaum verlassen . . .

Ich gebe zu, daß solche Lebensweise aufreibend ist, namentlich wenn man die Fünfzig überschritten hat. Aber andererseits . . . bedenken Sie die außergewöhnliche Lage. Der Krieg mit einer ebenbürtigen Großmacht. Es geht um das Schicksal der Staaten . . . Es ist schließlich nicht zu verwundern, daß er seine ganze Kraft an die Leitung des Krieges setzt.«

»Kraft! Kraft! Herr Doktor! Wo soll die Kraft herkommen, wenn er so gut wie nichts zu sich nimmt? Eine Tasse Tee, ein paar Scheiben Toast. Das genügt ihm für vierundzwanzig Stunden. Dazu kein Schlaf. Ich habe den Präsidenten während meiner Dienststunden seit zwölf Tagen nicht schlafend gefunden. Meine Kameraden von den anderen Wachen auch nicht.«

»Er wird trotzdem geschlafen haben. Viertelstundenweise, zu Zeiten, in denen niemand in seinem Zimmer war. Zwölf Tage ohne Schlaf hält niemand aus. Das kann ich Ihnen als Arzt versichern. Am dritten Tage machen sich bei vollständiger Schlafentziehung schwere Symptome bemerkbar.«

»Die Symptome sind da, Herr Doktor! Darum bitte ich Sie, zu dem Präsidenten zu gehen. Sein Wesen ist verändert. Sein Blick, früher so ruhig und kalt, ist flackernd und fiebrig geworden.«

»Fieber erkennen wir an der Temperatur des Patienten. Seien Sie überzeugt, daß der Präsident in den zwölf Tagen in seinem Liegestuhl ganz gut geschlafen hat. Die Natur läßt sich nicht betrügen. Am wenigsten um den Schlaf. Die ärztliche Wissenschaft kennt Beispiele, daß Reiter auf ihren Pferden im Zustand der Übermüdung fest geschlafen haben, ohne es zu wissen und ohne . . . das ist besonders wichtig . . . ohne herunterzufallen. Um wieviel mehr müssen wir an-

nehmen, daß der Präsident in seinem bequemen Armstuhl den nötigen Schlummer gefunden hat.«

»Schlummer? Herr Doktor! Sie können so sprechen, weil Sie die Verhältnisse hier noch nicht aus der Nähe gesehen haben. Auf seinem Tisch stehen zwölf Telefonapparate. Jeder Apparat für eine besondere Wellenlänge. Er hat ständige Verbindung mit den Kriegsschauplätzen. Eben spricht er vielleicht mit dem Befehlshaber unserer afrikanischen Fliegergeschwader. Wenige Minuten später mit dem Chef der australischen Flotte. Unter Umständen meldet sich schon während dieses Gesprächs das Atlantik-Geschwader. So geht es Tag und Nacht.«

»Ihre Mitteilungen in Ehren, Herr Hauptmann. Trotzdem kann ich nicht ungerufen meinen Rat aufdrängen. Sollten sich wirklich ernsthafte Symptome zeigen, kann ich in zwei Minuten zur Stelle sein.«

Während dies Gespräch im Vorraum geführt wurde, saß der Präsident in seinem Arbeitszimmer in dem schweren hochlehnigen Armstuhl hinter dem mächtigen Tisch. Hauptmann Harris hatte recht. Das Wesen Cyrus Stonards war verändert. Bald stierte er Minuten hindurch auf irgendeine vor ihm liegende Meldung. Dann blickte er wieder starr gegen die Zimmerdecke. Nervös, unruhig, als erwarte er jeden Augenblick eine bestimmte Nachricht.

Ein Sekretär trat ein. Vorsichtig, auf den Fußspitzen gehend, schritt er über über den schweren Teppich bis an den Tisch heran und legte eine rote Mappe mit neuen Meldungen vor den Präsidenten hin.

Es waren gute Nachrichten. Eine für das Sternenbanner siegreiche Luftschlacht über der Straße von Bab el Mandeb. Auch ein anspruchsvoller Feldherr konnte kaum mehr verlangen. Doch der Präsident las die Nachrichten ohne Freude.

Seit zwölf Tagen wurde sein Gehirn nur von dem einzigen Gedanken beherrscht: Wird das Spiel noch glücken, oder wird die unbekannte Macht sich einmischen? Daß seine Streitkräfte mit den englischen fertig würden, daran hatte er nie gezweifelt.

Aber die Macht! Die unbekannte Macht, die Maschinen sprengte und drahtlose Stationen spielen ließ! Die unbekannte Macht, die über so unheimliche Waffen und Kräfte verfügte.

Telegramm um Telegramm las er und legte sie beiseite. Bis er zu den beiden letzten Schriftstücken der Mappe kam.

Er las und wischte sich mit der Hand über die Augen, wie um besser zu sehen. Las zum zweitenmal, hielt die Depesche in den Händen und ließ den Kopf mit den Augen auf die Papiere sinken.

Zwei Depeschen waren es. Die eine um zwölf Uhr zehn Minuten amerikanischer Zeit von Sayville datiert. Die andere um sechs Uhr zwanzig Minuten westeuropäischer Zeit von der englischen Groß-

station in Cliffden. Berücksichtigte man die verschiedenen Ortszeiten, so waren beiden Depeschen nur mit zehn Minuten Abstand aufgegeben worden. Zwei Depeschen von völlig gleichem Wortlaut: »An alle! Die Macht der Drei verbietet den Krieg. Die Macht der Drei wird jede feindliche Haltung verhindern.«

Was Cyrus Stonard seit zwölf Tagen heimlich befürchtete, was ihn zwölf Tage und Nächte in dieser unnatürlichen Spannung und Aufregung gehalten hatte, war geschehen. Die unbekannte Macht verbot den Krieg, stellte eine gewaltsame Verhinderung aller Operationen in Aussicht.

Der Diktator sprang auf und lief wie ein gefangenes Raubtier im Zimmer hin und her. Jetzt flackerte der helle Wahnsinn in seinen Augen. Seine Lippen murmelten Flüche, während er die Faust ballte.

Hauptmann Harris trat mit einer neuen Depeschenmappe ins Zimmer. Er sah mit Schrecken, wie der Zustand des Präsidenten sich verschlimmert hatte. Cyrus Stonard riß ihm die Mappe aus der Hand, beugte sich über den Schreibtisch und las. Seine Augen weiteten sich, während er den Inhalt einer Meldung verschlang. Dann stieß er die Mappe weit von sich und brach in ein gellendes Gelächter aus. Ein Lachen des Wahnsinns und der Verzweiflung, das immer schriller und krampfartiger wurde. Bis es schließlich mehr Schluchzen als Lachen war. Dann stürzte er auf der Stelle, auf der er stand, nieder und lag regungslos auf dem Teppich.

Jetzt war es Zeit, Dr. Rockwell zu rufen.

Hauptmann Harris bettete den Bewußtlosen auf eine Couch und ging dem Doktor zur Hand, solange er gewünscht wurde.

Eine Viertelstunde nach der Erkrankung waren die Mitglieder des Kabinetts zur Stelle. Sie hörten den Bericht des Arztes. Prüften dann die Schriftstücke, die der Präsident zuletzt bekommen hatte: die beiden Meldungen von Sayville und Cliffden, die noch zerknittert auf der Schreibmappe lagen.

Die Mitglieder des Kabinetts wußten nur wenig von der Existenz der unbekannten Macht. Gerade nur das, was sich nach der ersten warnenden Depesche in Sayville nicht mehr gut verheimlichen ließ. Cyrus Stonard hatte diese Angelegenheit ganz geheim behandelt und nur mit Dr. Glossin besprochen. Mit Dr. Glossin, der schon seit drei Wochen nicht mehr in Washington gesehen worden war.

Der Verteidigungsminister George Crawford las die Depesche vor: *»Die Macht der Drei verbietet den Krieg. Sie wird jede kriegerische Handlung mit allen gebotenen Mitteln verhindern.«*

Er ließ das Blatt verwundert sinken.

»Verdammt noch mal, eine kühne Sprache! Welche Macht kann es sich erlauben, uns den Krieg zu verbieten, zwei Weltreiche zu brüskieren?«

»Die Macht der Drei! Wie das klingt! Geheimnisvoll und anmaßend! Ist es denkbar, daß der Präsident durch diese Meldung so schwer erschüttert sein sollte?«

Sie suchten weiter.

Der Adjutant wies dem Verteidigungsminister die Mappe, bei deren Durchsicht der Präsident zusammenbrach. Die Wirkung auf die Staatsmänner war niederschmetternd.

Sie kam von dem Chef der großen amerikanischen Atlantikflotte. Es war der verzweifelte Ruf der wehrlos gemachten und von einer geheimnisvollen Kraft gepackten Luft- und Seestreitkräfte. Der Anfang der Meldung setzte um 12.30 Uhr ein. Dann war sie bruchstückweise immer weitergegeben worden, wie die Ergebnisse sich abspielten.

Die kombinierten britischen und amerikanischen See- und Luftstreitkräfte haben sich bis auf Gefechtsweite einander genähert ... Schon hat das Geplänkel der Begleitjäger eingesetzt ... Da – der Befehl des amerikanischen Oberbefehlshabers an die Flugzeugträger zum Start und Angriff der Atombomber ... an die Schlachtschiffe zur Eröffnung des Feuers Doch .... keines der schweren Bombenflugzeuge erhebt sich ... Die Ausstoßdüsen versagen ... die Turbinenmotoren bilden eine unförmige zusammengeschmolzene Metallmasse ... Kein Schuß löst sich aus den Geschützrohren ... Die Feuerleitung versagt ... Geschützverschlüsse mit den Rohren verschweißt ... Geschütze unbrauchbar ... Torpedos unbrauchbar ... Englische Flotte feuert auch nicht ... Rudermaschinen blockiert ... Unsere Schiffe nach Osten gezogen ... Hoch über uns brausen die englischen Kampfgeschwader nach Westen ... Unsere Panzer schließen sich dicht zusammen ... Aller Stahl magnetisiert ... Die englische Flotte am Westhorizont verschwunden ... Eine unwiderstehliche Kraft treibt unsere Schiffe mit 60 Seemeilen nach Osten ... Gott sei unseren Seelen gnädig.«

Sie lasen die Meldung öfter als einmal und verstanden das Gelächter, mit dem Cyrus Stonard zusammengebrochen war.

Das war also die Macht der Drei! Die unbekannte geheimnisvolle Macht, die den Krieg nicht wollte. Die Macht, deren erste Warnung man unbeachtet gelassen hatte, und die nun ihre Gewalt zeigte.

Die Katastrophe betraf die große amerikanische Schlachtflotte. Die Ehre des Sternenbanners stand dabei auf dem Spiele. Aber trotzdem konnte sich keiner der Staatsmänner der Wirkung des titanischen Humors entziehen, der in diesem Verfahren lag. Eine Macht, die Geschütze verschweißte und Schlachtkreuzer elektromagnetisch zusammenklebte, eine Macht, die eine ganze Flotte willenlos durch den Ozean zog, wäre auch imstande gewesen, die Schlachtschiffe zu versenken. Sie tat es nicht. Sie lähmte die Waffen und zog die feindlichen Flotten in nächster Nähe aneinander vor-

über, die amerikanische Flotte nach England und die englische Flotte nach Amerika.

Denn so ging die Reise ganz offenbar. Wenn noch irgendein Zweifel darüber bestand, wurde er durch das Telefon beseitigt, das sich auf dem Tisch des Präsidenten meldete. Die drahtlose Verbindung der Atlantikflotte.

Der Verteidigungsminister eilte an den Apparat und erkannte die Stimme des Admirals Nichelson, der sich bei der Atlantikflotte befand. »Habe ich die Ehre, mit Seiner Exzellenz dem Herrn Präsidenten zu sprechen?«

»Nein! Hier ist der Verteidigungsminister. Der Herr Präsident hat sich für kurze Zeit zur Ruhe begeben. Berichten Sie an mich. Ich habe Ihre Meldung über die Katastrophe vor mir liegen.«

»Sie wissen?«

»Ich weiß, daß Ihre Flotte kampfunfähig mit 60 Seemeilen nach Osten treibt.«

»Es sind inzwischen hundert geworden. Unsere Schiffe rasen, halb aus dem Wasser gehoben, ostwärts. Wir besitzen keine Möglichkeit, etwas dagegen zu unternehmen. Wir müssen abwarten, was das Schicksal mit uns vorhat.«

»Wie sieht es auf der Flotte aus? Sind noch weitere Beschädigungen auf den Schiffen eingetreten? Wie ist der Zustand der Besatzung?«

»Beschädigungen? . . . Keine weiter. Jedes Geschütz am Verschluß verschweißt . . . Der Zustand der Mannschaften? . . . Fragen Sie lieber nicht . . . Keine Disziplin mehr. Ein Teil der Leute vom religiösen Wahnsinn befallen. Liegen auf den Knien, singen Psalmen, erwarten das Jüngste Gericht. Einige über Bord gesprungen. Geht die Fahrt so weiter, landen wir morgen in England.«

Der Verteidigungsminister legte den Hörer auf den Apparat. Er trat an den großen Globus, steckte einen Kurs ab und rechnete. Dann wandte er sich zu seinen Kollegen.

»Meine Herren! Ich glaube, wir dürfen die englische Flotte morgen etwa um die neunte Stunde an der mexikanischen Küste erwarten.«

Dr. Glossin saß in seiner New-Yorker Wohnung und überschlug die Ergebnisse seiner politischen Tätigkeit. Seit acht Tagen war er in Amerika und hatte keine Stunde seiner Zeit verloren. Mit den Führern der Sozialisten und mit denen der Plutokraten hatte er verhandelt. Arbeiter und Milliardäre waren der Herrschaft des Diktators gleichmäßig müde. Leise Schwankungen des sonst so festen und zuverlässigen Bodens deuteten auf kommende gewaltsame Ausbrüche.

Noch jetzt wunderte sich Dr. Glossin über die Vertrauensseligkeit, mit der die Parteiführer der Sozialisten und Plutokraten ihm entge-

gengekommen waren. Wer gab ihnen denn den Beweis, daß er wirklich von Cyrus Stonard abgefallen sei? Was wußten die Tölpel von der unbekannten Macht der Drei? Von allem, was noch zu erwarten war?

Dr. Glossin kannte die Pläne der beiden großen Parteien und hatte ihre Aussichten genau erwogen. Beiden Parteien würde die Revolution zweifellos glücken. Aber in beiden Fällen würde der Erfolg kein vollständiger sein, es würde im weiteren Verlauf unbedingt zum Bürgerkriege kommen.

In den Vereinigten Staaten gab es aber noch eine dritte Partei, deren Mitglieder sich einfach als ›Patrioten‹ bezeichneten. Eine Partei, für die Dr. Glossin bis vor kurzem nur ein Achselzucken übrig hatte. Die Patrioten waren so unzeitgemäß, die Politik nur des Vaterlandes und der alten amerikanischen Ideale halber zu treiben. Freiheit des einzelnen und des ganzen Staatswesens. Abschaffung aller Korruption. Innehaltung von Treu und Glauben bei allen, auch bei politischen Abmachungen. Das Programm der Patriotenpartei bestand aus idealen Forderungen. Darum hatte sie Cyrus Stonard auch gewähren lassen, hatte sie ebenso wie Glossin für ungefährliche Schwärmer gehalten.

Erst vor fünf Tagen war der Doktor mit William Baker, dem Führer der Partei, in Verhandlung getreten, weil er mit Gewißheit annahm, daß täglich – stündlich eine Revolution ausbrechen konnte, auf die er keinen Einfluß hatte. Er hatte sich mit Mr. Baker eine lange Nacht hindurch eingeschlossen, einen vollständigen Revolutionsplan mit ihm entworfen und in allen Einzelheiten ausgearbeitet. So raffiniert und wirkungsvoll, daß dem Parteiführer vor der teuflischen Schlauheit des Arztes graute.

Nur über die Behandlung und Beseitigung des Diktators waren sie nicht einig geworden. Glossin war für Lufttorpedos auf das Weiße Haus. Mr. Baker war gegen jedes Blutvergießen. Er verkannte die großen Verdienste des Präsidenten um die Union nicht. Cyrus Stonard sollte weg, sollte der Macht beraubt werden, aber ohne Schaden an Leib und Leben zu nehmen.

Damals . . . jetzt vor fünf Tagen . . . hatte Mr. Baker eine kurze Zeit überlegt, hatte angedeutet, daß er einen Weg finden würde, hatte den Weg selbst verschwiegen. Von Tag zu Tag waren seine Andeutungen zuversichtlicher geworden. Aber die Tage waren auch verstrichen. Die Zeit drängte. Und dieser Ideologe, dieser Baker, spielte immer noch den Geheimnisvollen. – –

Dr. Glossin sprang wütend auf. Er mußte zum Ende kommen. So oder so. Es war um die achte Abendstunde, als er den Broadway erreichte und sich in einem der Wolkenkratzer in die Höhe fahren ließ. Er trat in einen einfachen Büroraum im 32. Stock, einen spärlich und nüchtern ausgestatteten Geschäftsraum. Nur eine Person war darin.

Ein hochgewachsener Fünfziger mit ergrautem Vollbart und Haupthaar, William Baker, der Führer der Patrioten.

»Sie kommen, Herr Doktor . . . Um so besser, da brauche ich nicht nach Ihnen zu schicken.«

»Ich komme, Mr. Baker, weil die Zeit uns auf den Nägeln brennt. Ich bestehe darauf, daß mein alter Vorschlag durchgeführt wird.«

»Es wird nicht nötig sein.«

»Bitte . . . sprechen Sie deutlicher.«

Der Parteiführer schritt schweigend zu einer Tür zum Nebenraum und öffnete sie. Eine dritte Person trat ein. Trotz des Zivils erkannte Dr. Glossin Oberst Cole, den Kommandeur des Leibregiments. Er kannte den Obersten seit Jahren, und der Oberst kannte ihn ebenso.

Glossin war starr. Seine gewohnte Selbstbeherrschung versagte.

»Sie . . . Oberst Cole . . .?«

Baker nickte.

»Sind Sie zufrieden, Herr Doktor?«

Verwirrt drückte der Doktor die Hand, die der Oberst ihm bot. Das war also der Trumpf, den Baker so lange zurückgehalten hatte. So mußte der Plan gelingen.

»Heute abend um 23 Uhr auf die Sekunde wird die Aktion der Partei in allen Städten der Union beginnen. Um 22 Uhr löst das Regiment Cole die alten Wachen im Weißen Hause ab. Alles Weitere besprechen Sie auf der Fahrt. Jetzt fort!«

Ein kurzer Händedruck. Dr. Glossin fuhr mit dem Oberst bis auf das Dach des Wolkenkratzers. Das Flugzeug des Kommandeurs nahm sie auf. Die Dämmerung des Sommerabends lag über der See, als der Hubschrauber den Kurs auf Washington nahm und die Bai von New York überflog. Staten Island, Sandy Hook, die Einfahrt zum New-Yorker Hafen. Dr. Glossin und Oberst Cole standen am Fenster und blickten ostwärts über die See.

Und unten auf der See zog es in einer unendlichen Linie heran. Panzer und Panzerkreuzer, Torpedoboote und Torpedojäger, Flugtaucher und Unterseepanzer. Es rauschte durch die See, deren Wogen sich vor dem Bug der kompakten Masse aufbäumten und in stiebendem Schaum zerflockten. Es kam mit einer Geschwindigkeit von vielen Seemeilen in der Stunde durch die Fluten dahergerast. Die schweren Panzer standen halb schief, den Bug hoch über den Wogen, das Heck tief in der See, daß das Wasser dahinter einen Berg bildete.

Es war ein seltsames und grauenvolles Schauspiel. Diese Schiffe fuhren nicht mit eigener Kraft. Sie fuhren überhaupt nicht, wie Schiffe zu fahren pflegen, in regelmäßigem Abstand und in Formationen.

Die eisernen Schiffskörper hingen zusammen, wie etwa eine

Gruppe von Pfahlmuscheln, die ein Fischer vom Grunde losgerissen hat und durch das Wasser schleift. An den Seitenwänden des ersten schweren Panzers klebten, aus dem Wasser gehoben, drei Torpedoboote wie die jungen Muscheln an den Schalen der alten. Der zweite Panzer haftete, um ein Drittel seiner Länge nach Backbord vorgeschoben, am ersten Schlachtschiff. So brauste die ganze gewaltige englische Schlachtflotte dahin, zu einem einzigen, regellosen Block verquirlt, von einer sichtbaren, unwiderstehlichen Gewalt durch die Fluten gerissen.

Erst auf der Höhe von Sandy Hook mäßigte sich das Tempo der wilden Fahrt. Langsamer, aber immer noch verkettet und verquirlt, zog die gelähmte Flotte durch die Landenge in die Bai von New-York ein.

Dr. Glossin trat einen Schritt vom Fenster zurück und preßte den Arm des Obersten Cole.

So standen sie und starrten auf das Schauspiel da unten, während der Hubschrauber seinen Weg nach Washington verfolgte. Sie sahen die gelähmte Flotte klein und kleiner werden, sahen sie als einen Punkt im unsicheren Licht der wachsenden Dämmerung verschwinden. Sie starrten noch immer auf den Fleck, wo sie verschwand, als längst nichts mehr zu sehen war.

Nach langem Schweigen sprach der Oberst: »Was war das? Habe ich geträumt?«

»Was Sie sahen, war grause Wirklichkeit. Das Wirken der geheimnisvollen Macht, mit der Cyrus Stonard spielen wollte.«

Dr. Glossin sprach. Von Dingen, von denen Oberst Cole bis zu diesem Augenblick keine Ahnung gehabt hatte. Von der unbekannten Macht. Von ihrer Gewalt. Von ihren Drohungen und Verboten. Von der Unmöglichkeit, sich ihr zu widersetzen. Je weiter der Doktor kam, desto mehr sank der Oberst in sich zusammen. Er sprach während der Fahrt kein Wort mehr und zog sich in Washington schweigend in sein Dienstzimmer zurück.

Um zehn Uhr wurden im weißen Hause die Wachen des Regiments Howard durch Offiziere und Mannschaften des Regiments Cole abgelöst. Oberst Cole nahm den Bericht seines Wachoffiziers teilnahmslos entgegen. So blieb er sitzen, bis Glossin, die Uhr in der Hand, zu ihm ins Zimmer trat.

»Herr Oberst, was zeigt die Uhr?«

Langsam, fast schwerfällig zog der Oberst die eigene Uhr. »22 Uhr 10 Minuten«.

Die Uhr in der Hand des Obersten zitterte. Seine Hand bebte. Dr. Glossin blickte spöttisch auf den alten Offizier.

»Oberst Cole!« Die Stimme Glossins drang schneidend durch die Stille.

Der Oberst sprang auf.

»Ich bin bereit.«

Er trat auf den Korridor vor der Zimmerflucht des Präsidenten und führte eine Signalpfeife an den Mund. Noch bevor der letzte Ton verklungen war, strömten von allen Seiten her Mannschaften und Offiziere des Leibregiments Cole herbei und scharten sich um ihren Obersten.

Die beiden Adjutanten des Präsidenten traten auf den Flur, um den Lärm zu verbieten. Sie erschraken vor dem düsteren Ernst und Verbissenheit in den Zügen der Soldaten und Offiziere.

»Was soll das, Herr Oberst?«

»Sie sind verhaftet. In Obhut von Major Stanley.«

Widerstandslos beugten sich die beiden Adjutanten der erdrükkenden Übermacht. Während sie abgeführt wurden, öffnete Cole die Tür zum Zimmer des Staatschefs. Dr. Rockwell trat ihm entgegen.

»Ruhe, meine Herren! Der Präsident bedarf dringend der . . .«

Der Leibarzt sah die entschlossenen Minen der Andrängenden und trat schweigend zur Seite. Der Weg war frei. Oberst Cole trat ins Zimmer und schritt langsam auf den großen Schreibtisch zu. Er hatte von der rechten Seite her den Blick auf den Tisch und den Präsidenten. Cyrus Stonard saß bei der Arbeit, ein Schriftstück in der Hand. Er blieb ruhig sitzen und senkte nur die Hand mit dem Dokument, während ein eigenartiges Lächeln seine hageren Asketenzüge überflog.

Offiziere und Mannschaften strömten hinter ihrem Oberst in den Raum, bildeten an der Türwand einen Halbkreis. Es wurde so still daß man das Ticken der kleinen Standuhr bis in den fernsten Winkel vernehmen konnte.

Cyrus Stonard wandte das Haupt halb nach rechts gegen die Eingetretenen.

»Was wünschen die Sieger von Chabarowsk, von Nikolajewsko und Jakutsk?«

Es waren Schlachtennamen aus dem letzten Kriege gegen das rote Asien. Ehrennamen für Oberst Cole und sein Regiment. In diesem Augenblick aus dem Munde des Präsidenten kommend, wirkten sie lähmend auf die Eingetretenen.

Oberst Cole wich einen Schritt zurück . . . und noch einen und noch mehrere. Wich zurück vor diesem rätselhaften Ausdruck in Cyrus Stonards Augen. Das war nicht der drohende, faszinierende Blick des Gewaltherrschers, sondern der überlegene, abgeklärte eines Mannes, der alles erkannt und alles als eitel befunden hat.

Oberst Cole wich zurück, bis er Widerstand fühlte. Arme umschlangen ihn. Die flüsternde Stimme, der warme Atem Glossins drangen an sein Ohr. Mit sicher werdenden Schritten trat er wieder auf den Präsidenten zu.

»Herr Präsident, das Land verlangt Ihren Rücktritt!«

»Das Land?«

»Das Land, Herr Präsident!«

Cyrus Stonard hörte die feste Stimme des Obersten, blickte ihm in die Augen und sah die Wahrheit. Langsam kamen die Worte von seinen Lippen:

»Der Wille des Landes ist für mich das höchste Gesetz . . . Was habe ich zu tun?«

»Das Land zu verlassen!«

»Wann?«

»Sofort!«

Cyrus Stonard erhob sich mit kurzem Ruck, als gehorche er einem Befehl.

»In wessen Namen handeln Sie?«

»Im Namen aller ihr Vaterland und die Freiheit liebenden amerikanischen Bürger.«

Cyrus Stonard wußte genug. Das war aus dem Programm der Patrioten, die er für harmlos gehalten hatte. Er schaute auf die Versammlung und erblickte, durch die Gestalt des Obersten halb gedeckt, Dr. Glossin.

»Gehört Herr Doktor Glossin auch zu diesen Bürgern?«

Oberst Cole wich zur Seite, als ob die Nähe Glossins ihm peinlich sei.

Der Arzt stand frei vor dem Diktator. Er mußte dessen Blick aushalten, denn die Mauer der Offiziere und Soldaten versperrte ihm den Rückzug. So stand er und wand sich unter den Blicken des Präsidenten, wurde abwechselnd blaß und rot, wäre in diesem Augenblick gern meilenweit weggewesen.

Cyrus Stonard sah ihn erbärmlich und klein werden, drehte ihm den Rücken und wandte sich Oberst Cole zu.

»Kameraden! Ich verlasse das Land in der Überzeugung, daß es sein Wille ist. In der Hoffnung, daß mein Weggehen zu seinem Heil dient. Was ich erstrebte . . . das Schicksal hat es anders gewollt. Eine Macht, größer als ich je geahnt, hat es in Menschenhand gelegt. Ich habe dagegen gekämpft . . . Als ich den Kampf aufnahm, wußte ich, daß sein Ausgang mein Schicksal bedeutet . . . Ich bin unterlegen . . . Wohin soll ich gehen?«

»Wohin Sie wollen, Herr Präsident. Ein Flugzeug steht zu Ihrer Verfügung.«

»Nach Europa . . . nach Nordland. Gehen wir.«

Oberst Cole trat an die Seite des Präsidenten. Auf seinen Wink öffnete sich eine Gasse zur Tür. Still und stumm standen die Offiziere und Mannschaften des Leibregiments und sahen den Mann scheiden, der sie durch zwanzig Jahre zu Ruhm und Ehre geführt hatte.

Oberst Cole wollte vorangehen. Cyrus Stonard ergriff seinen Arm und stützte sich darauf.

»Ich bin müde, alter Freund!«

Der Oberst preßte die Lippen aufeinander. Aus seinen starr blikkenden Augen brachen zwei Tränen, die langsam über sein Gesicht herniederrollten.

Eine Viertelstunde später erhob sich ein Regierungsflugzeug vom Dach des Weißen Hauses. Es steuerte in die Nacht. Kurs nach Osten.

Es ist schwer, die Ereignisse der nächsten Wochen zu schildern. Die unbekannte Macht hatte die gesamten Luft- und Seestreitkräfte des Commonwealth und der amerikanischen Union gelähmt. Die Luftflotten beider Länder waren auf unerklärliche Weise blockiert. Die Atombomber konnten sich nicht mehr vom Boden erheben. Glückte aber gelegentlich wirklich noch ein vereinzelter Start, so versagte die Bombenauslösung, und die Besatzung mußte froh sein, wenn es ihr gelang, das Flugzeug vor dem Absturz zu bewahren und unversehrt zu landen.

In einem magnetischen Wirbelsturm war die britische Flotte in den Hafen von New-York eingeschleppt worden. Zu der gleichen Stunde, in der die amerikanische Flotte die Themse hinauf bis zu den Docks von London gezogen wurde.

Einen Tag später wurde in den Vereinigten Staaten Cyrus Stonard gestürzt und eine neue Regierung gebildet, in welcher Dr. Glossin einstweilen kommissarisch das Außenministerum übernahm.

Zu jeder anderen Zeit hätte dieser Sturz die ganze Welt in Aufruhr versetzt. Jetzt vollzog er sich beinahe geräuschlos. Die unbekannte Macht nahm das allgemeine Interesse zu sehr in Anspruch, als daß die politische Umwälzung in den Vereinigten Staaten besonders aufregend hätte wirken können.

Wo immer noch in irgendeinem Winkel der Welt englische und amerikanische Streitkräfte aneinandergerieten, da trat die Macht sofort handelnd als dritte auf.

Englische Flugtaucher, die einen Angriff auf den Panamakanal versuchten, wurden dicht bei Jamaika von einem magnetischen Zyklon gefaßt und auf den höchsten Gipfeln der Kordilleren abgesetzt. Die Besatzungen brauchten Tage, um aus der Schneewüste zu den nächsten menschlichen Ansiedlungen zu gelangen. Die Macht griff ohne Ansehen der Parteien ein und unterbrach jede Kampfhandlung.

Die Ereignisse dieser Tage wirkten auf die Menschheit wie etwa der Stab eines Wanderers im Ameisenhaufen. Allgemeine Unruhe, Aufregung, ein Brodeln der öffentlichen Meinung, das im Rundfunk und in der Presse aller Kulturländer seinen deutlichsten Ausdruck fand.

Will man den ungeheuren Eindruck der Ereignisse dieser Tage einigermaßen übersichtlich ordnen, so muß man die davon betrof-

fene Menschheit in allen Staaten in drei Gruppen unterscheiden: die Physiker, die Militärs und die breite Volksmenge.

Die Vertreter der physikalischen Wissenschaft versuchten es, stichhaltige Erklärungen für die erstaunlichen Wirkungen zu geben. Aber die Isolierung und Speicherung der Formenenergie, die geniale Entdeckung Silvester Bursfelds, lag weit außerhalb der wissenschaftlichen Erkenntnis. So tappten alle Erklärer, die ihre Wissenschaft über den Rundfunk und in den großen Blättern der fünf Weltteile bekanntgaben, im dunkeln.

Englische Flugtaucher waren fünftausend Meter hoch in den Krodilleren abgesetzt worden. Die Maxwellschen Gleichungen gestatteten es schließlich, die wirksamen Magnetfelder nachzurechnen, durch welche die schweren Flugtaucher gepackt worden waren. So folgerte man dann weiter, daß es der unbekannten Macht auch möglich wäre, alle großen Schlachtflotten auf irgendeinen Berggipfel zu schleudern.

Nachdem die Entwicklung bis zu diesem Punkt gediehen war, häuften sich die Vorträge und Zeitungsartikel, in denen die Grenzen der unbekannten Macht immer kühner und grenzenloser behandelt wurden.

In den Vereinigten Staaten hielt man sich an die wenigen Mitteilungen die der neue Minister des Äußern Dr. Glossin machen konnte. Besonders Professor Curtis arbeitete angestrengt und konnte bereits wenige Tage später einen Versuch auf offener See vornehmen. Um die zehnte Vormittagsstunde dieses Tages fuhr das Schiff mit der Stahlungseinrichtung aus dem Hafen. Curtis hatte eine Anordnung geschaffen, die ein elektromagnetisches Feld ziemlich geschlossen nach einer Richtung auszustrahlen vermochte. Ein ausrangiertes Torpedoboot war als Ziel für die Versuche in Aussicht genommen. Er hoffte, bis auf eine Entfernung von tausend Meter merkliche Magnetisierungen hervorbringen zu können.

Umgeben von seinen Assistenten, stand er neben den gerichteten Antennen, die das elektromagnetische Feld über den Bug des eigenen Schiffes nach dem Torpedoboot hinschleudern sollten. Die Schalthebel wurden eingeschlagen. Hochfrequente elektrische Energie durchbrauste die Antennen.

Professor Curtis wurde von Unruhe ergriffen. Die Wirkungen, die man vom Torpedoboot meldete, gingen erheblich über die von ihm als möglich errechneten hinaus. Er gab den Befehl, die Energie in den Antennen abzustellen.

Darauf ließ er sich mit einem Seufzer in einen Sessel fallen. Denn die Wirkung auf dem Torpedoboot hörte nicht auf. Im Gegenteil. Sie stieg, bis schließlich der elektromagnetische Wirbel das ganze Boot packte, aus dem Wasser hob und auf das sandige Ufer schleuderte, wo es, im Sturz berstend, liegenblieb.

Mit verhaltenem Atem hatte man auf dem Versuchsschiff die Katastrophe beobachtet. Ein Ruf seines ersten Assistenten veranlaßte Professor Curtis aufzublicken, die Vorgänge auf dem eigenen Boot zu verfolgen.

Die gerichteten Antennen lösten sich in Kupferdampf auf. Sie leuchteten einen Augenblick grünlich schillernd und waren dann verschwunden. Spanndrähte und Isolatoren fielen angeschmolzen und zersplittert auf das Schiffsdeck nieder. Dann packte ein Wirbelsturm das ganze Versuchsschiff und warf es neben das Torpedoboot auf das Gestade.

Professor Curtis ließ das Geländer los und rollte über das schrägliegende Verdeck in den weichen Seesand. Das war das Ende der amerikanischen Versuche. Der Bericht, den der Professor noch am selben Nachmittag nach Washington sandte, erklärte es für aussichtslos, gegen die Mittel der bekannten Macht anzukämpfen.

Einen Tag später hielt Professor Raps in der Technischen Hochschule zu Berlin sein Kolleg über theoretische Elektrodynamik. Die Studenten spitzten die Bleistifte, um das Kolleg wie immer mitzuschreiben. An diesem Tag wären die retardierten Potentiale dran gewesen. Aber der deutsche Professor brachte etwas ganz anderes . . .

»Meine Herren, auch ich habe es versucht, mit den Mitteln unserer Wissenschaft das Geheimnis der unbekannten Macht zu ergründen. Die Wirkungen, die zuverlässig berichtet worden sind, lassen sich nur dann erklären, wenn wir annehmen, daß die Macht ein Mittel besitzt, um Atomenergie aus jeder x-beliebigen Entfernung zur freien Entwicklung zu bringen. Die Energie dürfen wir nach Oliver Lodge zu zehn Milliarden Pferdekraftstunden für jedes Kubikzentimeter annehmen.

Unsere Wissenschaft kennt bisher kein Mittel, diese Energie frei zu machen. Sicherlich keins, um sie auf weite Entfernungen und mit absoluter Treffsicherheit zu entfesseln . . .«

Die Studenten schrieben mit. Das Papier knisterte, die Bleistifte rauschten. Professor Raps fuhr in seinen Ausführungen fort. Er ging ins einzelne und entwickelte rechnungsmäßig die Wirkungen, die sich auf diesem Wege erzielen ließen. Er bedeckte die schwarze Wandtafel mit dreißigstelligen Zahlen, die Kilowatt und Kalorien bedeuteten. Dann wurde die Vorlesung wieder allgemeiner . . .

»Wir haben keine Ahnung, durch welche Mittel, durch welche uns jedenfalls noch ganz unbekannte Form der Energie diese Fernwirkungen erzeugt werden, wie die explosive Entfesselung der Atomenergie zustande kommt. Ein Riesengeist, der dem Stande unserer Wissenschaft weit vorauseilte, muß diese Lösung gefunden haben . . .«

Professor Raps fuhr fort:

»Meine Herren, ich wurde von zwiespältigen Gefühlen ergriffen,

als ich die hier eben vorgetragenen Entdeckungen machte. Auf der einen Seite die reine Forscherfreude über die gelungene Entdeckung, die Freude, die Sie alle wohl schon nach einer glücklich gelösten Laboratoriumsaufgabe empfunden haben. Auf der anderen Seite ein tiefes Grauen. Meine Herren, der Gedanke, daß eine übermenschliche Macht in die Hand sterblicher Menschen gelegt wurde, ist entsetzlich. Die Besitzer der Erfindung können der Welt jeden Tort antun. Sie können jede Stadt verbrennen, jedes Menschenleben vernichten. Wir sind wehrlos. Wir müssen widerstandslos über uns ergehen lassen, was die Besitzer der Macht für gut befinden werden. Der Gedanke ist kaum erträglich. Aber es ist die Wahrheit.«

Der Professor schloß seine Vorlesung vor der festgesetzten Zeit. Er war zu ergriffen, um sich jetzt noch dem planmäßigen Lehrstoff zu widmen.

Der Inhalt seines Vortrages erregte erneute Unruhe. Die Vertreter der großen Zeitungen kauften den Studenten ihre Niederschrift für schweres Geld ab. Noch am Abend des gleichen Tages wurde der Vortrag im Rundfunk über die ganze Erde verbreitet. Von Hammerfest bis Kapstadt, von London bis Sydney wurden die Mitteilungen verschlungen und erörtert.

Es war klar, daß der deutsche Gelehrte den Quellen der unbekannten Macht wenigstens theoretisch auf der Spur war. Je länger die Physiker der ganzen Welt sich in die Einzelheiten seiner Ausführungen vertieften, desto mehr mußten sie die Richtigkeit seiner Schlußfolgerungen anerkennen. Es gab in der Tat nur diese eine Erklärung für die ungeheuerlichen Wirkungen der Macht. Man mußte imstande sein, die konstant ruhende Atomenergie an jeder beliebigen Stelle des Erdballs explodieren zu lassen.

Aber die Mittel dazu kannte niemand. Wenn nicht am Ende . . . dieser deutsche Professor noch mehr wußte, als er im Kolleg gesagt hatte.

Der Gedanke, daß ein einzelner Staat das Geheimnis entdecken, sich zum Herrn der übrigen Welt machen könnte, schuf neue Unruhe.

An allen Punkten der Erde wartete man auf die nächsten Äußerungen der Macht. Die Spannung einer dumpfen Erwartung lag über der Welt, soweit sie von denkenden Menschen bewohnt war.

Nur dem Wunsch ihres Mannes folgend, hatte Diana Maitland Jane in ihr Haus in Maitland Castle aufgenommen. Widerstrebend zuerst, hatte sie sie dann liebgewonnen. Wenn dies junge Mädchen eine Verwandte des Doktors Glossin war, so hatte es jedenfalls nichts von den zweifelhaften Eigenschaften ihres Oheims geerbt.

Mochte Dr. Glossin auch tausendmal gelogen haben, diesmal

hatte er die Wahrheit gesprochen, als er sagte, daß Jane einsam und hilfsbedürftig sei. Lady Diana erkannte es mit dem geübten Blick der gereiften und lebenserfahrenen Frau.

Sie nahm sich vor, der Verlassenen eine mütterliche Freundin zu sein. In Maitland Castle während dieser Tage politischer Hochspannung und kriegerischer Verwicklungen selbst vereinsamt, zog sie sie in ihre Gesellschaft und hatte sie den größten Teil des Tages um sich. Dabei aber mußte sie die Entdeckung machen, daß die Seele des jungen Menschenkindes Rätsel barg.

Lady Diana fand, daß in den Erinnerungen Janes Lücken klafften. Was sie erzählte, erzählte sie schlicht und einfach, ohne Widersprüche. Aber plötzlich, an bestimmten Stellen, stockte die Erzählung, brach die Erinnerung ab, und es war Diana nicht möglich, die Lücken zu überbrücken.

Dazu der häufige Wechsel der Stimmung. Eben noch heiter, fast ausgelassen. Dann wieder still, grübelnd, nachdenklich, zerstreut. Wechselnde Stimmungen, schwankende Abneigungen und Sympathien, die sich bei den gemeinschaftlichen Mahlzeiten sogar in der Wahl der Speisen äußerten.

Diana Maitland hatte sich gesprächsweise mit ihrer Beschließerin über Jane unterhalten. Die sonderbaren Andeutungen der Alten gingen ihr nicht aus dem Sinn.

Jane machte sich an einem Tischchen zu schaffen, das in einem der großen erkerartig ausgebauten Bogenfenster stand. Sie hatte den Tischkasten aufgezogen, kramte in verschiedenen Kleinigkeiten, die dort lagen, schien irgend etwas zu suchen. Diana sah, wie sie ein Garnknäuel und ein Buch herausnahm, die Gegenstände zerfahren und unsicher auf den Tisch legte und dann ein Zeitungsblatt aus dem Kasten holte. Ein altes Blatt, mehrfach geknifft, eine Notiz darauf mit Buntstift angestrichen.

Die Sonne fiel durch die Erkerfenster und wob goldenen Schein um die schweren blonden Flechten Janes. In dieser Beleuchtung, die ihre zarte Schönheit noch hob, wirkte sie beinahe überirdisch, wie eine der Gestalten auf den bunten Stichen von Gainsborough. Diana Maitland betrachtete das Bild mit Wohlgefallen.

Jane saß leicht vorgebeugt auf dem Tischchen. Ihre Blicke ruhten auf dem Zeitungsblatt. Der zerstreute, träumerische Zug, den Diana in den letzten Tagen sooft an ihr beobachtet hatte, lag auf ihrem Antlitz. Jetzt straffte sich ihre Miene. Ihr Auge haftete auf einem Punkt des Blattes, während sie angestrengt nachzudenken schien. Als ob sie etwas suche, eine Erinnerung, ein Wort, einen Namen, auf den sie nicht kommen könne. Es sah aus, als ob dies angestrengte Sinnen ihr körperliche Pein bereite.

Diana Maitland sah die Wandlung und rief sie an: »Was ist Ihnen, Jane?«

Wie geistesabwesend ließ Jane das Zeitungsblatt sinken und fuhr sich über die Stirn.

»Linnais . . . Linnais . . .«

»Jane, was haben Sie? Was ist Ihnen Linnais?«

Als Diana das Wort Linnais aussprach, erhob sich Jane wie eine Schlafwandlerin. Suchend, stockend brachte sie einzelne Worte hervor.

»Linnais . . . Brand . . . Ruinen . . . alles tot . . .«

Sekundenlang stand Diana in starrem Staunen.

»Nein, Jane . . . sie leben!«

»Leben . . . Linnais . . . leben . . . Hochzeit . . . meine Hochzeit . . . Kirche . . . Atma . . . Erik Truwor . . .«

Diana Maitland sank schwer atmend in ihren Sessel zurück. Ihre Augen hingen an den Lippen Janes, die weiterflüsterten:

». . . meine Hochzeit . . .«

»Mit Erik Truwor?«

»Nein . . . nein . . . mit . . .«

»Mit . . .«

»Mit . . . mit . . .«

Jane suchte und konnte den Namen ihres Mannes nicht finden. In ängstlichem Grübeln krauste sich ihre Stirn.

»Mit Logg Sar?«

»Silvester . . .!« Wie ein erlösender Aufschrei kam es von Janes Lippen. »Silvester . . . Silvester . . . Wo ist er?«

Diana trat auf die Schwankende zu und geleitete sie zu einem Ruhebett. Ein tiefes Schluchzen erschütterte den zarten Körper Janes. Als sie die Augen aufschlug, war ihr Blick gewandelt. Nicht mehr unsicher und traumverloren. Klar und fest.

»Silvester! Ich habe ihn wieder!«

»Was ist Ihnen Silvester?«

»Er ist mein Mann! Mein geliebter Mann!«

Die Gedanken Dianas jagten sich. Was war das? Was hatte Dr. Glossin getan? Welches Verbrechen war an dem Mädchen begangen worden? Diana Maitland fand die härtesten Ausdrücke für den Arzt. Wie konnte er die Gattin Logg Sars als seine Nichte, als junges Mädchen in ihr Haus einführen? Wie kam die Gattin Logg Sars in die Gewalt Glossins?

Jane richtete sich auf dem Diwan empor und begann zu sprechen. Fließender, endlich ganz frei. Die hypnotische Kraft Dr. Glossins reichte an diejenige Atmas nicht heran. Ein einfaches Zeitungsblatt, jenes schwedische Blatt, welches von Glossins Hand selbst unterstrichen den Namen Linnais trug, hatte genügt, den von ihm gelegten Riegel zu brechen.

Die volle Erinnerung kam Jane wieder. Sie erzählte, wie sie in der Sorge um Silvester von Düsseldorf nach Linnais ging und Brandrui-

nen fand, wo sie einst Hochzeit gehalten. Wie Dr. Glossin, ihr selbst unerklärlich, plötzlich vor ihr stand, wie sie ihm willenlos folgen mußte.

»Dein Silvester lebt, Jane! Er und seine Freunde! Wir wissen es. Lord Horace sagte es mir. Unsere Stationen müssen ihre Befehle funken.«

»Er lebt. Ich höre es. Ich glaube es gern . . . gern . . . Aber er weiß nicht, wo ich bin. Ich habe in törichter Sorge seine Weisung mißachtet, bin fortgelaufen. Er sucht mich vergeblich, kann mir keine Nachricht geben.«

Lady Diana brachte bald heraus, wie diese Benachrichtigungen früher stattgefunden hatten. Aber der kleine Kurzwellenapparat war verschwunden. Irgendwo in Linnais geblieben. Damals, als Dr. Glossin in ihm die Stimme Silvesters vernahm, die Kraft des Strahlers zu fürchten begann und den Apparat wie glühendes Eisen von sich geschleudert hatte. Die Wellenlänge, auf die Silvester den Apparat gestimmt hatte, war damit verloren. Die Möglichkeit einer Verständigung in der früheren Art ausgeschlossen.

Es blieb nur die öffentliche Regierungsstation. Zu gewöhnlichen Zeiten eine einfache Sache. Jetzt, in den Tagen der durch die politische Lage bedingten Nachrichtenüberwachungen, eine schwierige, fast unlösbare Aufgabe. Diana Maitland übernahm es, sie zu lösen.

Der Luftverkehr auf den britischen Inseln war des Krieges halber verboten. In ihrem schnellen Kraftwagen fuhr sie selbst nach Cliffden in die große englische Station. Sie suchte den Stationsleiter auf und hatte eine lange Unterredung mit ihm. Sie bat, beschwor und drohte, bis der Widerstand des Beamten überwunden war. Bis er vom Buchstaben seiner Instruktion abwich und die kurze Depesche zur Absendung entgegennahm. Lady Diana blieb an seiner Seite, bis die ersten Worte

»Jane an Silvester . . .«

auf den Flügeln elektrischer Wellen in den Luftraum strömten. Sie blieb neben dem Stationsleiter stehen, bis der Streifen dreimal durch den Apparat gelaufen war. Dann ging sie zu ihrem Kraftwagen und kehrte nach Maitland Castle zurück.

Bisher hatte die unbekannte Macht ihre Depeschen durch eine unmittelbare Beeinflussung einer der großen europäischen oder amerikanischen Stationen gegeben. Jetzt verkündete die Macht ihre Botschaft über den gesamten Weltrundfunk, über alle Frequenzen.

»*Die Macht der Drei:* Der Krieg ist zu Ende! *Die Macht der Drei* fordert Gehorsam. Sie straft Ungehorsam!«

Die Welt zuckte unter den Worten der Botschaft zusammen. Wie

Peitschenhiebe trafen die knappen Sätze, die ihr den neuen Herrn verkündeten. Wie eine schwere dunkle Wolke legte sich der Druck eines fremden zwingenden Willens über die Menschheit. Die Regierungen und die einzelnen Staatsmänner waren ratlos. Es war nicht möglich, an dem Ernst dieser Depesche zu zweifeln. Dazu waren die Proben der Macht, die man bisher zu kosten bekommen hatte, zu stark und zu beweisend.

Die äußere Politik bot zwar in diesem Augenblick keine Schwierigkeiten. Die Macht der Drei befahl den Frieden, und es gab nur einen Weg: bedingungslos zu gehorchen. Dafür aber zeigten sich Schwierigkeiten im Innern. Die einzelnen Völker wurden gegen ihre Regierungen mehr oder weniger aufsässig. Der einzelne fragte sich, ob es überhaupt noch Zweck hätte, den Anordnungen einer Regierung zu gehorchen, die nur von Gnaden der Macht auf ihrem Stuhle saß und in jeder Minute von dieser selben Macht ausgelöscht werden konnte. Es waren nicht einmal die schlechtesten Elemente, die unter solchem Druck von einer allgemeinen Unlust befallen wurden und in gleicher Weise das Interesse am Staat wie an den eigenen Angelegenheiten verloren. –

Der Krieg war beendet, aber die Welt hatte sich noch keineswegs beruhigt. Die drei hatten ihr ihre Macht kund getan und warteten nun auf die Reaktion.

Unbeweglich saß Silvester vor einer der Fernschreibmaschinen, der ununterbrochen Papierstreifen entquollen, als Erik Truwor hinter ihn trat.

Er warf einen Blick auf die Stelle des Streifens, den Silvester so beharrlich in den Händen hielt und las:

»Jane an Silvester! Ich bin geborgen. In England in Maitland Castle bei guten Freunden.«

Dreimal hintereinander zeigte der Streifen diese kurze Meldung.

Erik Truwor beugte sich zu dem Sitzenden hinab und legte ihm die Hand auf die Schulter. »Freue dich, Silvester! Deine Sorgen sind vorüber. Jetzt weißt du, daß deine Jane in Sicherheit ist.«

Unter dem Druck von Eriks Hand sank die Gestalt Silvesters noch mehr in sich zusammen, fiel nach vorn und wäre ganz zu Boden gesunken, wenn Erik Truwor nicht mit kräftigen Armen zugegriffen hätte. Da fühlte er, daß das Leben aus dem Körper des Freundes gewichen war.

Dem wechselreichen Auf und Ab von Freuden und Leiden, seelischen Erschütterungen und schwerster Forschungsarbeit war der Organismus Silvester Bursfelds nicht gewachsen. Ein Herzschlag hatte sein junges Leben in dem Augenblick beendet, in dem er die Nachricht von Jane empfangen hatte.

Erik Truwor hielt die schon erkalteten Finger des Freundes in sei-

nen Händen, als auch Atma in den Raum trat. Dieser schritt auf Silvester zu und schloß ihm mit sanftem Druck die Augen.

»Er hat gegeben, was das Schicksal von ihm verlangte: das Wissen!«

Erik Truwor nickte und ließ seine Blicke auf den blassen Zügen des Toten ruhen.

»Das Wissen, das mir die Macht schafft!«

In der großen Halle in Maitland Castle saß Jane auf ihrem Lieblingsplatz. In dem Erker, von welchem der Blick auf die Veranda und den Park ging. Ein Nähkörbchen stand vor ihr. Sie hatte an einem Jäckchen gearbeitet. Doch jetzt lag die Arbeit auf dem Tisch, und ihre Augen hafteten an einem Zeitungsblatt mit dem Friedensruf der Macht. Seit zwei Tagen trug sie es bei sich und las es in jeder unbeobachteten Minute wieder und immer wieder.

Ihr Blick hing wie gebannt an den Schriftzeichen. Sie überhörte dabei das Kommen Dianas, die leise hinter sie trat, ihr den Arm auf die Schulter legte.

Jane schrak zusammen. Sie versuchte es, das Papier zwischen die Wäschestücke zu schieben.

»Jane, mein Kind. Schon wieder die Zeitung?«

»Ach . . . Diana . . . Sie wissen nicht, was die Worte auf diesem Papier für mich bedeuten. Immer wieder finde ich Trost in diesen Zeilen. An alle Welt ist die Botschaft gerichtet. Ich aber sehe den vor mir, der sie abgesandt hat.«

Diana hatte sich der jungen Frau gegenüber niedergelassen. Sie sah, wie fliegende Röte über ihre Züge huschte, las in diesem Gesicht wie in einem offenen Buch. Freude, daß der Mann lebte. Stolz, daß die Ideen zu dem großen Werk in der genialen Erfindung ihres Gatten wurzelte. Glück, daß sie nach vollendetem Werk Silvester bald wieder in die Arme schließen könne.

»Kind! Wenn jemand Sie versteht, so bin ich es. Ich bin stolz darauf, die Gattin Silvester Bursfelds meine Freundin nennen zu können.«

Tiefes Rot überflutete Janes Wangen. Ein hilfloses Lächeln zuckte um ihre Lippen.

»Was Sie sagen, sollte mich solz machen. Aber was bin ich Silvester? Was kann ich ihm jetzt noch sein? Je höher Sie meinen Mann und sein Werk stellen, desto kleiner und unwerter komme ich mir selbst vor. Ich fürchte mich vor dem Wiedersehen! Statt meinen Silverster zu umarmen, werde ich vor einem Mann stehen, zu dem die Welt aufblickt. Was werde ich ihm noch sein können?«

Diana richtete sich auf.

»Was sagen Sie, Jane? Sie versündigen sich mit Ihren Worten an der heiligsten Bestimmung der Frau. Sind Sie ihm nicht Gattin? . . .

Erfüllen Sie nicht damit die hehrsten Gesetze, die die Natur dem Weibe vorgeschrieben?«

Mit aufleuchtender Freude lauschte Jane den Worten Dianas.

»Jane! Sie geben ihm den Erben. Sie pflanzen sein Geschlecht fort, in dem der Name und Ruhm Silvester Bursfelds weiterleben wird. Er weiß es nicht. Wie er sich freuen würde, wenn er es wüßte!«

»Glauben Sie . . .?«

»Ganz gewiß!«

»Aber Sie, Diana . . .?!«

»Ich . . .?«

»Warum weiß Lord Horace nicht davon, daß . . .«

Mit einer raschen Bewegung wandte Diana Maitland den Blick dem Park zu. Jane sah, wie ihr eine jähe Röte über den Nacken lief.

Ein drückendes Schweigen. Bis Diana Maitland sich mit einer müden Bewegung Jane wieder zuwandte. Sie vermied es, Janes Frage zu beantworten. Nahm das Zeitungsblatt aus den Händen der jungen Frau.

»Ja . . . die Botschaft . . . Es sind die stolzen Worte einer überlegenen Macht . . . Aber sie künden der Menschheit den Frieden. Ich kenne die Politik . . . ihre Mittel und Wege . . . ich kann mich in die Seelen der Tausende von Frauen und Männern versetzen, denen die Worte dieser Botschaft Schicksal und Leben bedeuten. Dann glaube ich zu träumen und zweifle, ob es wahr ist, was die Worte der geheimnisvollen Macht enthalten . . . ja, Jane . . . ich habe Zweifel, ob es wahr ist . . . Aber . . . nein, es muß wahr sein . . . denn Eriks Worte sind es ja . . . Erik . . . lügt nicht!«

»Erik? . . . Meinen Sie Erik Truwor?«

»Ja, Erik Truwor.«

»Kennen Sie Erik Truwor?«

»Ja . . . ich lernte ihn vor Jahren in Paris kennen.«

»Sie kennen Erik Truwor, den besten Freund meines Mannes?«

»Ja. Ich kenne ihn . . . habe ihn sehr gut gekannt.«

»Aber Sie sprechen nie von ihm. Und doch ist sein Name in unseren Gesprächen schon oft gefallen.«

»Lassen Sie, Jane! . . . Es sind Erinnerungen, die . . . ich . . . begraben . . . vergessen haben möchte. Ich denke jetzt nur noch an sein Werk . . . Wird es ihm glücken? . . . Wird ein idealer Wille im Besitz einer unendlichen Macht imstande sein, der Menschheit den Frieden zu geben, die Dinge der Welt zum Heil der Menschheit neu zu ordnen? Ich denke, es wird ihm gelingen . . . es wird sein Werk vollbringen, nach dem eine neue Zeitrechnung für die Politik und Geschichte Europas . . . nein, der ganzen Welt beginnt . . .«

Lord Horace stand plötzlich in der Halle. Diana fühlte sich unsicher. Sie wußte nicht, wieviel ihr Mann von dem Gespräch gehört

haben mochte, wieviel von diesem Gedankenaustausch an sein Ohr geklungen war.

»Auch hier Politik? Wo ich Ruhe suchte, fand ich immer nur Politik.«

»So muß es wohl sein, Horace. In Schloß und Hütte, in den entlegensten Winkeln der Erde bewegt doch alle dieselbe Frage. Kann es etwas Erhebenderes geben als den Gedanken, daß die Welt endlich zur Ruhe kommen soll? Daß dies sinnlose Morden und Zerfleischen ein Ende habe soll . . .?«

»Du scheinst dich schon ganz als Weltbürgerin zu fühlen. Was aus unserem Lande . . . aus dem Commonwealth wird, ist dir gleichgültig. Freilich . . . du bist keine geborene Britin.«

»Aber ich habe stets als englische Patriotin gefühlt. Ich habe stets empfunden . . .« – Lady Diana sprang auf und trat ihrem Gatten entgegen – ». . . daß ich die Frau Lord Maitlands bin.«

»Als Britin hast du gefühlt?«

»Stets, Horace!«

»Und trotzdem bist du für die Pläne der Macht eingenommen?«

»Ja!«

»Ja . . . verstehst du denn den Sinn dieser Botschaft nicht?«

»Aber ja doch! Es ist die frohe Botschaft vom Frieden . . . die Freudenbotschaft, daß der Krieg zu Ende ist.«

»So . . . so! . . . Weiter nichts?«

»Ja . . . Ist denn das nicht genug? Klingt das nicht wie eine Freudenbotschaft?«

»Freudenbotschaft? . . . Welcher Mann kann das als Freudenbotschaft ansehen, was ihm Sklaverei und Knechtschaft bedeutet.«

»Horace . . . Horace . . . was sprichst du?«

»Soll ich dir den Aufruf ins Gedächtnis zurückrufen . . . soll ich ihn dir noch einmal vorlesen?

›Der Krieg ist zu Ende! . . .
Die Macht der Drei fordert Gehorsam . . .
Ungehorsam wird bestraft!!!‹

Macht dir das als Britin Freude?«

Das klang ganz anders als die Tonart, in der Diana es gelesen hatte. Wie Peitschenhiebe knallten hier die einzelnen Worte, steigerte sich die Drohung von Satz zu Satz, bis sie schließlich brutal herauskam. Bei jedem Worte dieser knappen drei Sätze trat Diana automatisch einen Schritt zurück. Ihre Augen blickten starr und ratlos auf ihren Mann. Aber auch Lord Maitlands Züge hatten die gewohnte Ruhe verloren. Es zuckte in ihnen. Röte der Erregung und des Zornes lag auf seinem Antlitz.

Wie hatte Diana mit Jane zusammen über diese Meldung gejubelt, und wie anders klang sie jetzt. Ein eisiger Schauer überlief Diana. Sie bedeckte ihre Augen mit den Händen. Hatte sie sich so getäuscht?

Wortlos standen die Gatten sich gegenüber. Langsam ließ Diana die Hände sinken und . . . was war das? . . . Irrte sie sich nicht . . . war das nicht ein leises Flimmern eines Triumphes in seinen Augen? . . . Nein! Die Botschaft Erik Truwors klang falsch im Munde ihres Mannes. Sie war anders zu lesen, mußte so gelesen werden, wie Diana und Jane sie gelesen hatten.

»Horace . . . kannst du dich nicht frei machen von einem Namen? . . . Kannst du den Mann nicht von seinem Werke trennen?«

Lord Horace zeigte wieder die ruhige, unbewegliche Haltung des englischen Aristokraten. Keine Spur in seinen Mienen verriet mehr, wie nahe ihm diese Unterredung ging, wie sehr schon der Name Erik Truwors ihn erregte. »Mein Herz ist kühl genug, um den Namen von seinem Werk zu trennen.«

Gelassen, fast müde kamen die Worte von seinen Lippen. Aber er beobachtete scharf und sah, wie Diana von diesen Worten getroffen wurde. Wie sie die Hände gegen die Brust preßte, als müsse sie einen tiefen Schmerz unterdrücken. Er sah, wie sie sich schweigend zum Fenster wandte, und stand selbst unbeweglich auf seinem Platze. War es möglich, daß seine Worte ihr Herz so trafen, daß er ihr doch alles . . . der andere, der verhaßte Name nur ein Schemen war?

Es drängte ihn, vorwärts zu stürzen. Mit Mühe hielt er den Namen Diana auf seinen Lippen zurück. Ein kurzer schwerer Kampf, dann hatte er wieder die volle Herrschaft über sich gewonnen.

»Die Zukunft wird erweisen, wer recht hat. Ich wünschte . . . wünschte von Herzen, du hättest recht . . .«

Als Diana sich umwandte, hatte Lord Maitland die Halle verlassen.

Sie war allein. Ihre Augen starrten auf die Stelle, wo Lord Horace gestanden hatte. Kaum hörbar kam es von ihren Lippen: »Erik Truwor . . . Erik Truwor!«

Ein Götzenbild! Wankte es? . . . Stürzte es? . . . Wo war die Wahrheit? . . .

Der lange, sechs Monate währende Poltag ging seinem Ende zu. Dicht über dem Horizont zog die Sonne ihren vierundzwanzigstündigen Kreis. Immer näher kam sie der Kimme, wo Eisfeld und Himmel zusammenstoßen. Klingender Frost kündete die kommende Polarnacht.

Erik Truwor trat aus dem Berg. Den schweren Eisstock in der Rechten, stieg er über die Stufen und Eisbänder schnell empor, bis er die höchste Zinne erreichte. Da hatte in den vergangenen Tagen die Sonne den Eisberg mit wärmenden Strahlen umkost und seine Formen verändert, hatte aus dem grünlich und bläulich schimmernden Eismassiv ein Gebilde geformt, das an einen hochlehnigen Sessel gemahnte, an einen Königsstuhl aus den Zeiten der Goten oder Merowinger.

Hier blieb er stehen, und sein Auge haftete an der zum Sitz ausgeschmolzenen Gipfelzinne.

»Was ist das? . . . Ein Sitz! . . . Ein Thron! . . . Mein Thron?«

Mit einer Herrschergebärde ließ er sich nieder, den schweren Eisstock wie ein Zepter auf der rechten Seite, die Arme auf den Seitenlehnen dieses seltsamen Thrones. So saß er dort, rot von der Sonne umglüht, einer Statue vergleichbar und sann. Sprunghaft wurden seine Gedanken, kreuzten sich, überstürzten sich.

In der Höhle des Eisberges neben den Schreibapparaten stand Atma. Der Inder ließ die Streifen durch die Finger laufen, zurück bis zu der letzten drohenden Depesche der Macht, die auch hier von den Apparaten mitgeschrieben war.

War die Kluft schon so weit geworden, daß Erik Truwor seine Gedanken und seine Geheimnisse für sich behielt?

Mit wachsender Sorge hatte Atma die Veränderung des Freundes verfolgt. Was würde kommen, was würde das Ende sein? Was stand im Buche des Schicksals über Erik Truwor geschrieben?

Atma sprang auf und verließ den Berg. Er stand auf dem flachen Eis und blickte sich um. Gegen den tiefroten Abendhimmel hoben sich die gigantischen Formen des Eisthrones ab. Wie eine dunkle Silhouette sah er die Gestalt Erik Truwors dort gegen den blutfarbigen Himmel in den Äther ragen. Ein Zepter an der Seite, den Blick in die Ferne gerichtet.

So gewaltig, so zwingend war das Bild, daß es Soma Atma in tiefen Bann schlug, seine Gedanken verzauberte, seine Erkenntnis trübte.

Sollte er sich täuschen? Erhob das Schicksal diesen Mann weit über alle Sterblichen? War ihm die Weltherrschaft, die absolute Gewalt über Tod und Leben aller Geschöpfe bestimmt?

In eisiger Einsamkeit verrann die Zeit, bis der Zauber wich, bis Atma nicht mehr den Schein, sondern das Wesen sah.

Erik Truwor saß dort oben und starrte regungslos in den glühenden Sonnenball. Leise und abgerissen fielen Worte von seinen Lippen.

»Zu meinen Füßen liegt die Welt! Was bin ich? . . . Was bin ich? Bin ich der Herr? . . . Ja . . . ja! Ich bin ihr Herr. Ich habe die Macht, sie zu zwingen! . . . Zwingen . . . zum Guten zwingen. Ein guter, ein gerechter Herr will ich sein. Aber wenn sie mir zu trotzen wagen? . . . Trotzen . . . Wer will mir trotzen? . . . Kein Sterblicher! . . . Auf Erden keiner . . . keiner! . . . Silvester . . . Atma? . . . Auch die nicht . . . Ha! . . . Der eine sicher nicht. Den hat das Schicksal genommen, als er sein Geschick erfüllt . . . Der andere! . . . Atma? . . . Atma! . . . Atma!! . . . Fiel Cäsar nicht durch Brutus' Hand? . . . Atma! . . . Rief ich dich? Da kommst du ja . . .«

Halb aufgerichtet, mit vorgebeugtem Leibe blickte er auf Atma, der

langsam den Pfad emporklomm. Fester umkrampfte seine Hand den schweren Eisstock.

»Hüte dich, Atma!«

Er sank in den Sessel zurück. In seinen Augen lauerte es.

Nun stand Atma dicht bei ihm. Schaute ihn mit der ganzen Kraft seines zwingenden Auges an und sah, wie Erik Truwor kalt und fremd an ihm vorbeiblickte.

»Erik Truwor! Siehst du deinen Freund nicht?«

Erik Truwor wandte leicht das Haupt und streifte den Inder mit einem flüchtigen kalten Blick.

»Was willst du?«

Fremd und leer klang die Frage.

»Fragst du so den Freund?«

Erik Truwor zog die Brauen zusammen, bis sie sich berührten. »Freund . . .?«

Der Ton des Wortes traf das Herz des Inders.

»Erik . . . besinne dich . . . Was willst du tun? . . . Denke an Pankong Tzo, an die Weissagung, an die Ringe! – Es waren drei!«

»Was gilt mir noch Pankong Tzo? . . . Und die drei Ringe . . .«

»Hast du Silvester auch vergessen?«

»Silvester? . . . Silvester . . . Der hat sein Geschick erfüllt . . . Seine Zeit war um . . .« Erik Truwor stieß den schweren Stock in das Eis, daß die Brocken spritzen. »Jetzt geht es um größere Dinge!«

»Dann brauchst du deinen Freund Soma auch nicht mehr? . . . Oh, daß ich bei Silvester im eisigen Grabe läge, statt diese Stunde zu sehen . . . Um größere Dinge geht es, sagst du . . .

Denke an die Worte der greisen Abtes: ›Es mag leichter sein, große Dinge zu vollbringen als gute!‹ Was du sinnst, weiß ich. Unheilig sind deine Gedanken! Aber ich sage dir, nie wird ein Werk bestehen, das auf Gewalt gegründet ist. Hüte dich vor der Rache des Schicksals! . . . Bedenke, daß du nur ein Werkzeug des Schicksals bist.«

Erik Truwor hatte sich erhoben. Jeder Nerv der hageren, hochragenden Gestalt war gespannt. Noch schärfer, eckiger als sonst sprang die gebogene Nase über die schmalen Lippen hervor. Tiefe Falten durchzogen die hohe Stirne. Wie Eisblinken blitzte es lauernd und doch gewaltsam in den tiefen Augenhöhlen. Machtlos glitten Kraft und Wille Atmas an dieser Wandlung ab.

»Ich . . . ein Werkzeug des Schicksals . . . Und wenn ich es verschmähte, ein Werkzeug des Schicksals zu bleiben . . . und wenn ich« – seine Gestalt reckte sich, als ob er über sich selbst hinauswachsen wolle – ». . . wenn ich das Schicksal meistern wollte?«

Vor dem drohenden Blitz aus Erik Truwors Augen wich Atma einen Schritt zurück.

»Jetzt bin ich der Mächtigste auf Erden. Wer wagt es, mir zu trotzen . . .? Das Menschengeschlecht liegt zu meinen Füßen . . . Die

Elemente müssen mir gehorchen ... Ich will die Wogen des Meeres zähmen und dem Sturm gebieten, sich zu legen ... Nie zuvor wurde einem Menschen solche Macht gegeben ... und ich soll sie nicht gebrauchen?«

Atma trat dicht auf Erik Truwor zu. Noch einmal suchte und fand er Worte, um den Freund zu halten.

»Erik, du bist krank. Der Tod Silvesters hat deine Seele erschüttert, die Arbeit deinen Körper geschwächt.«

Erik Truwor schüttelte den Arm des Inders unwillig ab.

»Krank? ... Erschüttert? ... Ha! Mein Körper ist kräftiger, mein Geist klarer und frischer denn je.«

Er ließ den schweren Eisstock wie ein Spielzeug durch die Finger laufen.

»Erik Truwor!« Die Stimme Atmas klang streng. »Du frevelst! ... Du frevelst am Schicksal. Hüte dich!«

»Ich mich hüten? ... Vor wem? ... Vor dir?«

Er hob den Eisstock, als wolle er Atma zu Boden schlagen. Dann stieß er ihn tief in das splitternde Eis hinter sich und reckte die Arme mit geballten Fäusten gegen den Himmel, als wolle er einem unsichtbaren Gegner in den Lüften drohen. Die Fäuste öffneten sich, und wie Krallen bewegten sich die Finger.

Ein heiserer Schrei, halb Drohung, halb Lachen, brach aus seinem Halse.

»Hüten soll ich mich? ... Hüten? Vor wem? ... Vor euch Unsichtbaren da oben? Haha ... Kommt heraus, ihr geheimnisvollen Mächte, aus euren Verstecken. Kommt! ... Ich will mit euch kämpfen! ... Ha ... haha ... Wo seid ihr? Kommt! ... Habt ihr Furcht? ... Haha ... Ich lasse mich von euch nicht äffen. Ha ... ha ... haha ... Ich nicht!«

Ein Wetterleuchten, ein Blitzstrahl weit draußen am Horizont, ließ Atma erschauern.

»Erik Truwor, laß dich warnen. Sahst du das Zeichen, das geschehen?«

»Ha ... ha! Du Blinder, du Abergläubischer. Das harmlose Wetterleuchten soll wohl ein Zeichen von deinem Schicksal sein. Ha ... ha ... Ihr Toren ... Hinter jedem Naturvorgang, den euer kümmerliches Hirn nicht begreift, seht ihr etwas Geheimnisvolles ... Übernatürliches ... und wenn es euch paßt, einen Wink des Schicksals, dem ihr euch beugt ... dem ihr euch fügt ... Ich will mich nicht fügen ... ich nehme den Kampf mit euch auf ... ich forme mein Schicksal nach meinem Willen! ... Wehe, wer mich stört! ... Wehe euch da oben! ... Ich fürchte euch nicht ... hütet euch vor mir ... Hütet euch! Ich komme über euch mit meiner Macht, die größer ist, als die Welt sie je gesehen hat!«

Schauerlich wie ein Kriegsruf hallten die letzten Worte Erik Tru-

wors in die stille Polardämmerung. Und plötzlich eilte er springend und stürzend den steilen Hang des Eisbergs hinunter und verschwand in der Höhle, die den Rapid Flyer barg.

Mit wankenden Knien folgte Atma seiner Spur. Sah, als er auf dem flachen Eise ankam, gerade, wie Erik Truwor das Flugzeug aus seinem Versteck ins Freie brachte. »Wohin, Erik? Wohin?« Atma rief es mit verlöschender Stimme.

»In den Kampf!« Erik Truwors Stimme klang wie einst der jauchzende Kriegsruf der alten Waräger. »In den Kampf! Mit denen da oben! Heißa! . . . Jetzt wehrt euch . . . Erik Truwor kommt . . . der Große kommt.«

Atma sah, wie Erik Truwor mit übermächtigen Kräften den großen Strahlapparat in den Rapid Flyer hob und alle Vorkehrungen traf, die Kabine zu verschließen. Betend faltete der Inder die Hände. Er erhob sich von den Knien und ging mit ausgestreckten Händen auf Erik Truwor zu.

Alle Kräfte seines starken Geistes waren aufs höchste gespannt. Alles, was sie herzugeben vermochten, konzentrierte er mit stärkster Energie auf den Willen, Erik Truwors verwirrten Geist zu zwingen. Die hypnotische Gewalt begann zu wirken.

»Noch einmal hilf mir, du großer Gott. Gib meinem Herzen größere Kraft. Kraft, das kranke Herz zu zwingen und zu heilen. Dann nimm meine Seele dafür hin.«

Erik Truwor hielt in seinen Bewegungen allmählich inne. Seine gestraffte Gestalt sank langsam in sich zusammen. Dann plötzlich schien er sich der fremden Kraft, die über ihn gekommen, bewußt zu werden. Er wandte den Kopf Atma zu. Ihre Blicke vergruben sich ineinander. Bewegungslos standen sich die beiden Männer gegenüber. Ein Zweikampf . . . furchtbar . . . stumm . . . Bebendes Hoffen zog durch Atmas Seele. Der Kampf war angenommen . . . Durchhalten! Sein Gebet war erhört! . . . Da . . . ein Wölkchen schob sich vor den roten Sonnenball und raubte sein Licht. Einen kurzen Augenblick nur . . . Da war es geschehen. In dem plötzlichen Halbdunkel verlor Atmas Blick die Schärfe . . . für einen Moment nur entglitt ihm die eben gewonnene Gewalt.

»Ha . . . ha . . . haha . . .« Da war es wieder, das kurze, abgerissene Lachen des Wahnsinns.

Mit einem Sprung hatte sich Erik Truwor gedreht und den bannenden Blicken Atmas entzogen. Mit schaurigem Hohngelächter sprang er in die Kabine und warf die Tür hinter sich zu.

Zerbrochen, besiegt, geschlagen stand Atma. Der Rapid Flyer verließ den Boden und schoß in die Höhe.

»Erik . . . Erik Truwor!« . . . Der Ruf Atmas verhallte ungehört in der eisigen Luft. Schon ward das Flugzeug klein und immer kleiner. Jetzt nur noch ein Punkt . . . Jetzt nicht mehr sichtbar.

Demütig senkte Atma sein Haupt vor dem Willen des Schicksals. Er ging in den Berg zurück und suchte am dämmernden Himmel, bis das Flugzeug gefaßt war und auf dem Bildschirm erschien. Da ... Einen Kampf sahen seine Augen ... Einen Kampf, wie ihn noch nie ein Sterblicher erschaut ... Einen Kampf gelenkter und gebändigter Naturgewalt gegen die fessellosen Naturkräfte des Firmaments.

Ein Schrei rang sich aus Atmas Brust ... Entsetzen sprach aus seinen Zügen ... Seine Zunge stammelte Gebet ... Hilferuf ... Er barg das Gesicht in den Händen, um das grausige Bild nicht weiter zu sehen.

Die beiden großen amerikanischen Parteien der Sozialisten und der Plutokraten waren durch den Staatsstreich der Patrioten in gleicher Weise überrumpelt worden. Die ersten Tage nach dem Sturz Cyrus Stonards herrschten lähmende Überraschung und Verblüffung in ihren Reihen. Die Revolution war von einer dritten, viel jüngeren und, wie sie meinten, viel schwächeren Partei gemacht worden. Aber sie mußten sehen, daß die Masse des Volkes diese Revolution guthieß, mußten mit der Macht der Tatsachen rechnen.

So waren die Patrioten in der Lage, ihr eigenes Programm ohne nennenswerte Widerstände durchzuführen. Viel glatter, schneller und besser, als es eine der anderen Parteien jemals gekonnt hätte.

Die amerikanische Presse aller Schattierungen erging sich in Erinnerungen an frühere glückliche Zeiten, in denen Amerika das wahre Land der Freiheit gewesen, der Patriotismus allein den Ausschlag für alle politischen Handlungen gegeben hatte. Mit wenigen Ausnahmen wurden auch die Nachrufe für Cyrus Stonard dem gestürzten Diktator gerecht. Sie achteten seine Größe und gaben der Meinung Ausdruck, daß er das Beste des Landes gewollt, wenn auch seine Mittel nicht immer die richtigen waren.

In der neuen Regierung übernahm Dr. Glossin das Ministerium des Äußeren. Er erhielt es wegen seiner Verdienste um die Durchführung der Revolution und seiner genauen Kenntnis der bisher betriebenen äußeren Politik der Vereinigten Staaten. Aber er fühlte vom ersten Tage seiner Amtsführung an, daß er auf unsicherem Boden stand. Die Patrioten hatten Cyrus Stonard stets bekämpft. Dr. Glossin war erst in der zwölften Stunde von ihm abgefallen, nachdem er so lange Jahre sein williges Werkzeug gewesen war. Das brachte ihn in den schlimmen Ruf eines Renegaten, heftete seinem Namen einen schweren Makel an.

Nur ein glänzender Wahlsieg konnte ihn in seiner Stellung festigen. Deshalb hatte er sich in New-York im Trinity Church Distrikt aufstellen lassen. Dort hatte er seine Anhänger, und dort hoffte er durch geschickte Verhandlungen mit den Führern der Sozialisten auch viele Stimmen dieser Partei für sich zu gewinnen.

Es war ein gefährlicher Boden, auf den er sich wagte. Nur die raffinierte Schlauheit eines Dr. Glossin konnte es wagen, die Stimmen einer fremden Partei im geheimen Einverständnis mit deren Führern zu erlisten. Er unternahm es, weil er darin die einzige Möglichkeit sah, sich in der Regierung zu halten. Der allzu Schlaue vergaß, daß es noch eine plutokratische Partei gab, die sich von ihm betrogen fühlte.

Als Dr. Glossin, von einer Besprechung mit den Führern der Linken kommend, in seinem Wagen über den Broadway fuhr, fesselte seine Aufmerksamkeit das Abendblatt der New-Yorker Konservativen. Er sah auf der ersten Seite ein Porträt – sein Porträt – hörte, wie die Zeitungsboys die Schlagzeilen ausriefen: »Aus dem Vorleben unseres Außenministers!«

Er ließ den Wagen halten, kaufte ein Blatt und hörte dabei ununterbrochen das Geschrei der Boys:

»Ausländischer Agent! ... Doppelspiel vom ersten Tage! ... Englischer Abkunft! ... Amerikanischer Staatsbürger! ... Er verrät weiter! ... Wen verrät er? ... Das amerikanische Volk!«

Die Zeitungsboys hatten ihn nach dem Bilde erkannt und machten sich den Spaß, ihm die einzelnen Überschriften des Artikels zuzuschreien, bis der Kraftwagen ihn außer Hörweite brachte. Auf der Fahrt nach dem Flugplatz hatte er Zeit, den Aufsatz ganz zu lesen. Den kleingedruckten Text zwischen den fetten Überschriften.

Der Mann, der das geschrieben hatte, mußte ihn und sein ganzes Vorleben unheimlich genau kennen. Da war keiner seiner schlimmen Streiche vergessen, keine seiner Verrätereien und Meinungsänderungen ausgelassen. In schlichter Sprache legte der Verfasser das Treiben Glossins vom ersten Tage seiner politischen Tätigkeit bis zu seinem letzten Doppelspiel mit England dar. Er deckte den Artikel mit seinem vollen Namen. Der konservative Politiker MacClaß genoß auch in den Kreisen seiner Parteigegner allgemeine Achtung.

Dr. Glossin verließ seinen Wagen auf dem Flugplatz. Was tun? Eine neue Revolution versuchen? Er verwarf den Gedanken so schnell, wie er ihm gekommen war. Jetzt gerade nach Washington und den anderen die eiserne Stirn gezeigt! Hatte er nicht allein die Revolution gemacht? Was waren die anderen ohne ihn? Nie hätten sie zur rechten Zeit losgeschlagen. Nie wäre es ihnen gelungen, zur Macht zu kommen! Ihm verdankten sie alles. Mit ihm mußten sie weiter durch dick und dünn gehen, wenn sie an der Macht bleiben wollten. Was hatte schließlich ein Zeitungsartikel im Wahlkampf zu bedeuten?

Mit festen Schritten betrat er das Sitzungszimmer im Weißen Hause. Kühle Worte und kühle Mienen. Es war klar, daß der Artikel

von MacClaß hier bereits bekannt war. Deshalb zog er das Blatt aus der Tasche und warf es auf den Tisch.

»Den Wisch kaufte ich vor einer Stunde auf dem Broadway. Schwindel natürlich! Alles Schwindel!«

Drückendes Schweigen folgte seinen Worten. Bis William Baker die Frage stellte: »Alles . . .?«

Das war der kritische Augenblick. Mit eiserner Stirn mußte Glossin sofort ein einziges Wort sagen: »Alles!«

Als er den geraden durchdringenden Blick William Bakers auf sich ruhen fühlte, verließen ihn für einen Augenblick Entschlossenheit und Mut. Als sie ihm wiederkamen, war es für diese kurze knappe Antwort zu spät. Er mußte viele Worte machen. Den Gekränkten und Entrüsteten spielen.

»Mr. Baker, ich hoffe, daß Sie diese Unterstellungen nicht für wahr halten. Ich bin bereit, mich von jedem Verdacht zu reinigen.«

»Es wäre im Interesse des Ansehens der Regierung sehr erwünscht, wenn Sie das könnten!«

William Baker sprach die Worte langsam, während er eine Mappe ergriff, aufschlug und vor Glossin hinschob.

Der Doktor warf einen Blick darauf, und der Herzschlag stockte ihm.

Der Schriftwechsel, den er bis in die letzten Tage drahtlos mit England geführt hatte. Chiffriert natürlich. Ein Dechiffreur von Gottes Gnaden hatte den geheimen Schlüssel gefunden und alles entziffert. Hier standen die Depeschen, wie er sie aufgegeben und empfangen hatte. Daneben der wahre Sinn, der vernichtend für ihn war. Dann weiter seine Verhandlungen mit den Sozialisten von Trinity Church.

Dr. Glossin blätterte mechanisch weiter. Ein Bericht eben jenes MacClaß an den Beauftragen des amerikanischen Volkes, William Baker.

Dr. Glossin ließ sich auf dem nächsten Stuhl nieder. Er fühlte, daß sein Spiel verloren war. Wie aus weiter Ferne klangen die Worte William Bakers an sein Ohr:

»Ihre Haltung bestätigt mir die Richtigkeit der Anklagen. Wir wollen nicht handeln, ohne Sie gehört zu haben. Was haben Sie zu sagen?«

Dr. Glossin schwieg.

»Wir haben unsere Maßnahmen getroffen. Sie können aus diesem Zimmer als Untersuchungsgefangener des Staatsgerichtshofs hinausgehen . . . oder . . . als freier Mann, um sofort ein Flugzeug zu besteigen und die Union für immer zu verlassen. Wofür entscheiden Sie sich?«

Dr. Glossin blickte um sich mit den Augen eines gehetzten Tieres. Von irgendeiner Stelle erwartete er Beistand . . . Hilfe . . . zum min-

desten Mitleid. Und fand überall nur starre, abweisende Blicke. Er entschloß sich zur Antwort: »Für das letztere.«

William Baker drückte auf einen Knopf.

»Herr General Cole, lassen Sie Herrn Doktor Glossin zum Flugzeug bringen.«

Der General nahm den Auftrag entgegen. Er winkte dem Arzt. Uniformen wurden sichtbar, als er die Tür zum Vorzimmer öffnete. Die Leute des Generals umringten den Doktor.

General Cole ging zehn Schritte voraus. Er mied die Nähe des Verbannten. Mit schnellen Schritten erreichte er den Flugplatz und stand abseits, während seine Leute den Abflug Glossins überwachten. Anders als die Abreise Carus Stonards vollzog sich die Dr. Glossins.

Als die Tür des Rapid Flyers ins Schloß fiel, ließ Erik Truwor die Turbinen anspringen. In jähem Aufstieg stürmte die Maschine in die Höhe, brachte Kilometer um Kilometer unter sich.

Schon stand der Sonnenball, der dort unten bereits zur Hälfte vom Horizont verdeckt wurde, wieder frei über der Kimme. Schon höhlte sich die weitgestreckte Eiswüste wie eine ungeheure Mulde unter dem Flieger.

Erik Truwor saß am Steuer und sah es, blickte dann wieder nach oben und ballte die Fäuste, als drohe er einem unsichtbaren Feind.

Ein einziger Gedanke beherrschte sein krankes Gehirn: Nach oben . . . immer höher nach oben . . .

Er stieg und stieg. Aber R.F.c. 1 war nur gebaut, eine Höhe von 50 Kilometer zu erreichen, in ihr zu fliegen.

Erik Truwor sah am Höhenmesser, daß die Maschine langsamer stieg, daß die Kraft der Turbinen nachließ. Der Atomantrieb hatte seine Grenze in dieser Höhe erreicht.

»Haha . . . haha . . .« Wieder entquoll jenes dumpfe schaurige Gelächter seinen Lippen.

»Menschenwerk! . . . Tand . . . Sie können nicht weiter. Ihre Macht ist zu Ende . . . Aber ich, ich habe die Macht . . . haha . . . ich steige, bis ich euch unter mir habe . . . ihr da oben . . .«

Mit geschickten Griffen entfernte er die Sperrungen im Strahlapparat. Und konzentrierte dann die Energie in den Druckkammern der großen Turbinen.

Schon war es geschehen, schon war die Wirkung zu merken. Die Turbinen, die bis dahin matt und unregelmäßig gelaufen waren, begannen mit rasender Wucht zu arbeiten.

Der Rapid Flyer stieg unaufhaltsam. Längst hatte er die 50-Kilometer-Höhe überschritten und war tief in die Zone der Polarlichter eingedrungen. Schon strahlte die Sonne wieder gelbweiß, die er so lange Tage nur in blutfarbenem Dämmerschein erblickt hatte.

Schon stand sie hoch über der Kimme. Der Rapid Flyer stieg, und das Land weitete sich. Schon waren hundert Kilometer erklommen. Die nördlichen Küstenstreifen der Kontinente wurden sichtbar, mehr zu ahnen, als zu erblicken.

Höher hinauf! . . . Immer höher! . . . Es war vergeblich, daß er die Turbinen bis zum Bersten mit Energie versah. Die Atmosphäre war in dieser Höhe zu dünn, um den Tragflächen noch Halt zu gegeben. Über hundert Kilometer kam er mit der Maschine nicht hinauf.

Wie hatte er auch hoffen können, mit diesem gebrechlichen Menschenwerk Höhen zu erreichen, aus denen er sein ganzes Reich zu übersehen vermochte. Eine Maschine, die, durch die Gewalt des Strahlers allein getrieben, raketenartig durch den Raum fuhr, die ihn in Sekunden Hunderte von Kilometern über die Erde erhob, die mußte es sein. Ein Himmelswagen, der neuen Macht . . . der neuen Gottheit würdig. Schade, daß Silvester tot war. Der hätte ihm die Maschine sicher und schnell gebaut.

Unter dem rasenden Spiel der Turbinen dröhnte und summte der metallene Rumpf des Rapid Flyers wie eine gespannte Saite. Jäh mischte sich ein scharfer Klang, ein harter Schlag in das Singen des Rumpfes. Erik Truwor trat einen Schritt zurück. Dicht neben ihm zeigte die Aluminiumwand eine schwere Einbuchtung, als ob ein großer Stein sie von außen getroffen hätte. In das Dröhnen des getroffenen Rumpfes mischte sich das schaurige Lachen Erik Truwors.

Ein neues Dröhnen, eine neue Beule im Rumpfe des Rapid Flyers. An der eingebeulten Stelle war das Metall bis zur Rißbildung gereckt. Noch ein wenig mehr, und der Rumpf wurde undicht, die Sauerstoffatmosphäre seines Innern entwich in die luftleere Umgebung . . .

Und dann ein drittes Mal. Eine neue schwere Einbuchtung.

Erik Truwors Geist begriff die fürchterliche Gefahr nicht mehr, in die er sich so mutwillig begeben hatte. Er war aus dem Schutze der dichteren Atmosphäre in jene fast luftleeren Höhen emporgestiegen, in denen der Erde der Schutz des Luftpolsters fehlt.

Er sah nur unsichtbare feindliche Gewalten, die ihm die Macht entreißen wollten. Mit einem Sprunge war er am Strahler und ließ die telenergetische Konzentration nach allen Seiten um das Flugzeug kreisen. Die Turbinen, der Energie beraubt, ohne Kraft, stellten die Arbeit ein. Schwer wie ein Stein fiel die Maschine im luftleeren Raum nach unten.

Mit glühender Stirn und rollenden Augen stand Erik Truwor, die Hand am Strahler, und schleuderte dem Schicksal seine Herausforderung entgegen. Ein Bolide, ein Felsblock, viel größer als das Flugzeug, wurde vom Atomstrahl gepackt, zischte auf und stand als feurige Dampfwolke im Raume.

»Haha . . . birg dich, Schicksal . . . Fliehe, Schicksal, sonst brenn' ich dich!«

Erik Truwor stieß die Worte, mit wahnsinnigem Gelächter vermischt, heraus, während er den energetischen Strahl kreisen ließ.

Doch der freie Fall der Maschine raubte ihm die Sicherheit der Bewegungen, machte die schon so schwierige Aufgabe, mit einem Strahl den halben Raum abzuschirmen, zu einer unlöslichen. Seine Hände vermochten den Strahl nicht mehr sicher zu meistern. Wildzuckend stieß er nach allen Seiten weithin durch den Raum. Jetzt traf er in Kanada einen Wald und fraß ihn in feurigem Wirbel. Jetzt ließ er auf den Gipfeln des Himalaja den Schnee aufkochen. Jetzt dampfte der Ozean, von der Energie durchsetzt.

Das Flugzeug stürzte, während die Sekunden sich zur Minute ballten. Schon wurde die Atmosphäre dichter, die Gefahr geringer.

Da ein scharfer greller Schlag. Ein Meteorit von Faustgröße durchbrach die Decke. Drang weiter vor und traf den Hebel des Strahlers. Erik Truwor hatte zu Beginn seiner wahnsinnigen Fahrt die Sperrungen entfernt. Der Hebel wurde zurückgetrieben. Über den Sperrpunkt hinaus . . . die Energie von zehn Millionen Kilowatt explodierte im Strahler selbst . . . Eine Feuerwolke, wo eben noch das Flugzeug durch den Raum stürzte.

So schnell wie das Feuer am Himmel entstand, verschwand es auch wieder. Machte bläulichem Dampf Platz, der sich ausbreitete, auflöste und zu Nichts wurde. Nur das Nichts blieb übrig. Der leere Raum. Nichts mehr vom Rapid Flyer, von seinem Insassen und vom Strahler.

Die letzten Ausläufer der schweren Explosionen erreichten noch die unteren Schichten der Atmosphäre. Ein Sturm jagte über das Schneefeld und ließ die Flanken des Eisbergs erzittern. Ein Schüttern und Dröhnen ging durch das Eismassiv. Ein Aufruhr aller Elemente begleitete den Untergang dessen, dem das Schicksal eine so unendliche Macht anvertraut hatte.

Ein leuchtend schöner Septembermorgen lag über dem Park von Maitland Castle. Ein feiner blauer Dunst milderte das Sonnenlicht, gab den Wiesen und Baumgruppen eine besondere Tönung und ließ entfernte Dinge unwahrscheinlich nahe erscheinen.

Diana Maitland wanderte rastlos durch die verschlungenen Wege der Anlagen. Heute wollte ihr Mann kommen. Die Nachricht war in der Nacht eingetroffen. Der Friedensvertrag mit den vielen Paragraphen und Anhängen war unterzeichnet. Der Herr von Maitland Castle kehrte in sein Haus zurück.

Diana ging durch den Park, gedachte des letzten Zusammenseins und erwartete mit Unruhe das Kommende.

Wie war es gewesen? Horace konnte sich nicht zu ihrer Meinung

bekehren. Er sah nur Unheil in einer Macht, von der sie den Fortschritt und die Befreiung der Welt erwartete. Horace glaubte nicht an Menschen, die eine ungeheure Macht nur zum Besten der Menschheit anwenden würden. Horace sah im Träger der Macht nicht den vollkommenen sondern einen Rivalen, der ihm das Herz seiner Frau abwendig machte. Horace konnte die Person nicht von der Sache trennen. Horace war eifersüchtig . . . War es heute noch auf einen Mann, der vor Jahren einmal auf kurze Wochen in den Lebenskreis Dianas getreten war. Und Diana wußte nicht, wie sie ihm die Grundlosigkeit dieser Eifersucht beweisen sollte . . . Und fühlte doch in dieser Stunde stärker denn je, daß ihr Lord Horace Maitland alles, jener andere geheimnisvolle Träger einer geheimnisvollen Macht nur ein Schemen war. Nur noch eine Erinnerung an längst vergangene Tage bedeutete. Die Erinnerung an ein kurzes Glück, das unwiederbringlich dahin war. Eine Erinnerung, an die sie jetzt denken konnte wie an ein schönes Bild oder einen schönen Tag, während doch ihr Leben und ihre Liebe Horace gehörten.

Ruhelos durchwanderte sie den Park und wußte selbst nicht, zum wievielten Male sie wieder an dem großen Eingangsportal vorüberkam.

Eine Gestalt fesselte ihre Aufmerksamkeit. Sie sah einen Mann dem Gitter näher kommen. Nun unterschied sie Einzelheiten, erkannte die dunkle bronzefarbene Haut, dachte, das müsse wohl ein Inder sein. Und dann stand die Gestalt an dem Torflügel, der dem Druck seiner Hand nachgab, stand auf dem Parkweg dicht vor Diana Maitland und grüßte sie durch eine tiefe stumme Verbeugung nach indischer Sitte.

Diana blickte in sein Antlitz, sah in den Glanz eines leuchtenden Augenpaares und fühlte, wie ihre Unrast einer wohltätigen Ruhe wich. Wohl eine Minute stand sie so vor ihm, die vornehme Lady, die Herrin von Maitland Castle, vor einem unbekannten braunen Mann, der ohne Erlaubnis in ihren Park kam . . . der . . War denn das Tor nicht verschlossen? Sollte es nicht immer verschlossen gehalten werden? . . . Diana raffte sich zur Frage auf:

»Was suchen Sie hier?«

»Ich suche Jane Bursfeld.«

In jähem Schreck zuckte Diana zusammen.

»Was wollen Sie von Jane Bursfeld?«

»Ich will ihr sagen, daß Silvester Bursfeld tot ist.«

»Tot? . . . Silvester Bursfeld ist tot?«

Ihre Blicke hingen wie gebannt an den glänzenden Augensternen des Inders. Was verbarg sich hinter dieser hohen Stirn?

»Wer sind Sie?«

»Ich bin Soma Atma, Silvester Bursfelds Freund.«

Langsam, schwerfällig wie die Perlen eines Rosenkranzes, fielen

die Worte von den Lippen des Inders, und bei jedem Wort wich Diana einen Schritt weiter von dem Sprechenden zurück, hob abwehrend die Hände, als schreckte sie vor jedem neuen Wort, das Atma sprach.

»Sie sind Soma Atma? . . . Einer von den dreien?«

»Der Letzte!«

»Der Letzte?«

Schweigend neigte sich Atma, die Arme über der Brust gekreuzt.

»Die anderen? . . . Wo sind sie?«

»Tot!«

»Tot . . . beide tot? . . . Auch Erik Truwor tot?«

»Er frevelte und starb . . .«

Mehr taumelnd als gehend erreichte Diana die nahe Bank. Sie hörte nicht das Signal des Autos, das ihren Mann brachte. Sie sah nicht, wie er den Wagen verließ. Sie sah nicht, wie er verwundert . . . erstaunt stehenblieb, wie Atma an seine Seite trat und beide auf dem Wege, der zum Schloß führte, hin und her gingen. Sie gewann die Herrschaft über ihre Stimme erst wieder, als der Ruf ihres Gatten ihr Ohr traf.

»Diana! . . . Diana!«

Hatte die Kunde von dem gewaltsamen sündigen Tod Erik Truwors Diana niedergeworfen, oder war es nur die Wucht aller dieser Ereignisse und Nachrichten, die so plötzlich auf sie einstürmten? Lord Horace wußte es nicht, aber er fühlte, daß die nächsten Minuten ihm völlige Klarheit darüber bringen mußten.

Diana vernahm den Ruf, schrak auf und blickte mit verstörten Augen ihren Gatten an. Wie einen Unbekannten.

»Horace! . . . Horace!«

Das war der Ruf einer Seele aus tiefster Not.

»Horace . . . du! . . . du!«

Lord Maitland legte die Arme um Dianas Schultern. Er fühlte ihr Herz an seiner Brust in wilden Schlägen toben. Er fühlte, wie ihre Glieder zitterten und bebten.

»Diana . . . was . . .«

Behutsam und fürsorglich führte Lord Maitland Diana zu der Bank zurück. Er wollte sprechen und kam nicht dazu. Seine Frau hing an seinem Hals, umschlang ihn mit den Armen, als ob sie ihn erdrücken . . . als ob sie ihn nie wieder lassen wolle.

Ein frohes Lachen kam in seine Augen.

»Diana?« Halb Frage, halb Jubel lag in dem einen Wort. Er versuchte es, die Arme, die ihn so fest umschlungen hielten, sanft zu lösen, ihr Gesicht zu sich zu erheben. Sie widerstand ihm. Nur noch fester umschlangen ihre Arme seinen Nacken, nur noch enger preßte sie ihr Herz an das seine.

Und da wußte Lord Maitland: sie war sein und immer sein gewe-

sen. Mit frohen Augen blickte er zu der strahlenden Morgensonne empor, Diana fest in den Armen.

So saßen sie eng umschlungen, vergaßen die Welt um sich, vergaßen die Zeit, die rastlos verstrich. Bis der Sonnenglanz sich trübte, ein Schatten auf ihre leuchtenden Gestalten fiel. Der Schatten Atmas brachte sie in Raum und Zeit zurück.

»Wo ist Jane Bursfeld?«

Wie ein kaltes Wehen strich es über ihre glühenden Herzen.

»Jane?« Diana sprang auf.

»Arme Jane! Ich will euch zu ihr führen.«

Langsam und zögernden Schrittes ging sie vor den beiden Männern nach der Blutbuche hin, bei der sie Jane wußte. Bei dem Klang der nahenden Schritte blickte Jane empor. Ihre Augen wanderten von dem einen zum anderen. Dann erkannte sie Atma, sprang auf und lief ihm entgegen.

»Atma! Atma! Du hier?«

Glück und Freude strahlten aus ihren Mienen.

»Atma, du bist hier? Wo ist Silvester? Wo hast du Silvester? Wann kommt er . . . Wann holt er mich?«

Atma stand unbeweglich. Mit beiden Armen hatte er die Gestalt Janes umfangen, als sie ihm entgegenlief. Sie hing an seinem Halse. Er hielt sie nur noch mit der Linken umschlungen. Drückte die Linke fest auf ihr Herz, während er mit der Rechten das zarte blonde Haar auf seine Schulter niederzog, ihr langsam über Stirn und Augen strich.

Langsam wie schwere Tropfen fielen die Worte von seinen Lippen: »Silvester . . . dein Mann . . . ist tot.«

Jane zuckte zusammen. Regungslos lag sie da im Arm Atmas und ließ sich von ihm zu der Bank führen.

»Silvester Bursfeld ist tot.«

In der Stille des Herbstmorgens drangen die Worte bis an das Ohr Dianas, die sich an den Arm ihres Mannes klammerte.

Und noch ein drittes Mal wiederholte Atma die traurige Kunde, während seine Linke das stockende Herz Janes zusammenpreßte. »Silvester Bursfeld, dein Gatte, ist tot.«

Jane Bursfeld hörte die Worte, ohne zu weinen, zu klagen. Langsam hob sie ihr blasses Haupt, starrte in den sonnigen Himmel, blickte, sann und hörte, was Atma sprach.

Von der letzten Stunde Silvesters sprach Atma. Wie ihm der letzte große Wurf gelungen. Wie er seine Entdeckung zur höchsten Vollendung gebracht.

Die starre Unbewegtheit Janes wurde durch ein leises Zittern erschüttert.

Weiter sprach Atma. Daß Silvester dahingegangen sei, die letzte Botschaft Janes im Herzen. Wie sie ihn fanden, im Tode noch ein

Lächeln auf den Lippen, den Depeschenstreifen in den erstarrten Händen.

Jane hörte es, und ihr starrer Blick leuchtete auf. Ihre Lippen zuckten noch, ihre Mienen wurden ruhiger.

Atma sprach, und langsam ließ der Druck seiner Hand auf ihr tief und gleichmäßig pochendes Herz nach.

»Sein Name und sein Ruf leben in deinem Schoß fort. Sorge für Silvester, indem du für sein Kind sorgst und lebst . . .«

Er ließ seine Arme sinken. Frei stand Jane vor ihm. Doch sein gewaltiger Einfluß wirkte weiter. All ihr Fühlen, alle ihre Gedanken konzentrierte er auf das keimende Leben in ihrem Schoß.

Ein Lächeln trat auf ihre Züge. Ihr Antlitz gewann die zarte Röte wieder. So schritt sie an Soma Atma, an Lord Horace und an Lady Diana vorüber dem Schloß zu.

In den Armen Atmas hatte sie das Furchtbare des ersten Schmerzes überstanden. Ihr künftiges Leben, ihre ganze Zukunft war dem Erben Silvesters, dem Erben der Macht geweiht.

Diana Maitland sah Jane auf das Haus zugehen. Sie zitterte unter dem Eindruck der Szene. Sie hatte gefürchtet, Jane zusammenbrechen zu sehen. Und sah sie ruhig und gefaßt fortschreiten.

Sie fühlte die eigene Knie wanken und stützte sich fester auf den Arm ihres Gatten.

Atma schritt langsam Jane Bursfeld nach. Er kam an Lady Diana und Lord Horace vorüber. Sein Schritt verzögerte sich. Er blieb stehen.

Sein Blick umfaßte die Gestalt Dianas, wie er vorher auf der Janes geruht hatte. Voll öffneten sich seine Lippen. Glanz strahlte aus seinen Blicken. Langsam sprach er . . . stockend, abgerissen, wie von einer fremden Macht getrieben.

»Gesegnet ist das Haus. Die Erben zweier Geschlechter werden in seinen Mauern geboren . . . Sorgt für sie! . . . Hütet sie . . . Sie tragen die Zukunft . . . das Schicksal bestimmt sie zu . . . Großem . . .!«

Er ging weiter . . .

»Diana! Was sagte der Inder? . . . Was meinte er . . . Zwei Erben!«

Diana Maitland hatte den Blick zu Boden gerichtet. Lord Horace zwang sie mit sanfter Gewalt, den Kopf zu erheben, ihn anzusehen.

»Zwei Erben! Diana! Was meinte Atma?«

»Er sah und sagte, was ist.«

»Diana!«

»Horace!«

Es waren nur zwei Worte, zwei kurze Namen. Aber in ihnen lag ihre Zukunft.

So zärtlich und behutsam führte Lord Horace Lady Diana dem alten Stammschloß der Maitlands zu, als habe er den kostbarsten Schatz im Arm.

Dreifach hatte das Schicksal Glossin getroffen. Ehrlos, machtlos und mittellos mußte er die Staaten verlassen. Zu spät begriff der sonst so Schlaue, daß die Zeit für die Methoden und die Moral der Gewaltherrschaft vorüber war, daß Männer mit anderen Grundsätzen das Regierungssteuer ergriffen hatten.

Aus der Macht war er gestoßen, die zwanzig Jahre sein Element war, ohne die er nicht leben und atmen zu können glaubte. Die Millionen, die er in den Jahren der Macht errafft und an sich gebracht hatte, waren ihm genommen. Gerade so viel blieb ihm nach den Worten und dem Willen William Bakers, daß er bei England nicht zu betteln brauchte, um sein Leben zu fristen.

So kam er nach England zurück. Am Morgen nach jener Sturmnacht, in der die empörten Patrioten ihn aus Washington verjagten. Nur noch ein Gefühl hielt den Willen zum Leben in ihm aufrecht, fesselte ihn an das Leben. Seine Liebe zu Jane Bursfeld.

Jane war im Hause der Maitlands. Sollte er sich jetzt, ein verfemter Flüchtling, dort zeigen? Sollte er vor Lord Horace hintreten, das Mädchen, das er dort als seine Nichte gelassen, zurückverlangen?

Diese Fragen waren heikel. Zuviel war seit dem Tage, an dem er das Versprechen erhielt, geschehen. Die unbekannte Macht war aufgetreten, und ihr Auftreten hätte den Sturz des Diktators wohl auch ohne Glossin bewirkt. Dieser Umstand mußte auf die Größe der englischen Dankbarkeit verringernd wirken.

Eile tat not. An dem gleichen Morgen, an dem Soma Atma in Maitland-Castle war, kam Glossin dort an. Seine Kenntnis der Örtlichkeit ermöglichte es ihm, den Park ungesehen zu betreten, sich auf dicht verwachsenen Seitenwegen dem Schloß zu nähern. Sein Plan war überaus einfach, daß er zu jeder anderen Stunde sicher gelingen mußte. Sich Jane unbeobachtet nähern. Sie wieder voll unter seinen Einfluß zwingen. Mit ihr zusammen den Park verlassen. Und dann schnell fort. Weit fort aus England in irgendein fremdes Land, in dem man Dr. Glossin nicht kannte, in dem er, Jane an der Seite, auch mit den Trümmern seines einstigen Reichtums immer noch leben konnte.

Dr. Glossin kam dem Schloß immer näher. Der schmale sich schlängelnde Weg führte zu einem rechteckigen Pavillon. Von der anderen Seite dieses Gebäudes lief ein breiterer Weg aus dem Park auf eine wiesenartige Lichtung, und dort unter einer großen Blutbuche sah er Jane allein sitzen.

Dr. Glossin verschlang das anmutige Bild mit den Blicken. Er stand am Ziel seiner Wünsche.

Vorsichtig wollte er näher gehen. Den Plan ausführen, Jane in seine Gewalt bringen.

Der Klang von Stimmen, das Geräusch sich nahender Schritte zwangen ihn, stehenzubleiben, Schritt um Schritt zurückzuweichen

und vor den Blicken der Nahenden Deckung hinter den Bäumen am Pavillon zu nehmen.

Er sah Lord Horace den Weg vom Schloß herankommen. An seiner Seite einen Mann mit brauner Hautfarbe. Den Mann, dessen Signalement er seit der Affäre von Sing-Sing kannte, dessen Bild ihm seit dem Untergang von R.F.c. 2 so oft drohend und düster in die Erinnerung gekommen war.

Atma ging allein auf Jane zu.

Glossin drückte gegen die Tür des Pavillons. Sie war nicht verschlossen und gab dem Druck nach. Er schlüpfte hinein und zog die Tür hinter sich wieder zu. Halbdunkel herrschte hier. Die Jalousien an den Fenstern waren herabgelassen. Nur durch die Spalten zwischen den Stäben drang das Tageslicht in den Raum und erfüllte ihn mit einer ungewissen Dämmerung.

Er trat an ein Fenster und beobachtete durch einen Spalt, was im Park vorging.

Er sah, wie Atma Jane fest in die Arme nahm. Er sah sie auf das Schloß zugehen und erkannte mit dem Blicke des Arztes, daß sie gesegneten Leibes war. Er taumelte vom Fenster zurück und ließ sich in dem dämmerigen Raum auf einer Gartenbank niedersinken. Die letzte Hoffnung, die ihn noch an das Leben band, war entschwunden. Jane war ihm verloren. Sie würde dem anderen, dem Verhaßten, den Erben schenken.

Es war Zeit, ein Ende zu machen.

Jahre hindurch hatte Dr. Glossin mit der Möglichkeit, ja mit der Notwendigkeit eines freiwilligen Todes gerechnet, die verschiedenen Todesarten wohl überlegt, die Mittel dafür beschafft.

Gifte, die sofort und schmerzlos wirken. Schlafmittel, die einen angenehmen Schlummer erzeugen, der unmerklich in den Todesschlaf übergeht. Der plötzliche Sturz, die jähe Verbannung und Flucht hatten ihn aller dieser Mittel beraubt. Nur die kleine Schußwaffe blieb ihm, die er immer mit sich führte, die er einst auf Silvester abgedrückt hatte.

Er riß sie heraus und richtete sie mit schnellem Entschluß gegen die eigene Brust.

Der Schuß dröhnte durch den kleinen Raum. Der Körper Glossins sank zusammen, streckte sich, fiel von der Bank auf den Steinboden . . .

In dem gleichen Augenblick, in dem Atma eintrat.

»Die Stunde ist gekommen.«

Atma sprach es mit leiser Stimme, während er den Körper des Sterbenden auf die Bank bettete.

Er strich ihm über die Augen und Schläfen, und das Blut aus der Brustwunde floß langsamer, stockte.

Nur noch in langen Pausen fiel es Tropfen für Tropfen auf den

Boden. Traumhaft, nebelhaft kam dem Verletzten das Bewußtsein zurück. Vor seinen geschlossenen Augen gaukelten Gestalten wirr durcheinander.

Cyrus Stonard, den er verraten, stand vor ihm und blickte ihn mit Verachtung an. Wandelte sich dann in die Gestalt William Bakers und wandte ihm mit der gleichen Verachtung den Rücken.

Immer dichter, immer zahlreicher wurden die Gestalten, Menschen, die er vor langen Jahren bekämpft, verraten, verdorben hatte. Sie tauchten aus dem dämmernden Nebel, blickten ihn an und verschwanden wieder.

Dr. Glossin versuchte der Traumbilder Herr zu werden. Mit verzweifelter Anstrengung zwang er sich zum Denken.

»Ich habe mich schlecht getroffen . . . Stockender Puls . . . Delirium der beginnenden Auflösung . . .«

Seine Gedanken verjagten den Spuk. Alle diese huschenden, blinkenden und anklagenden Gestalten verschwanden. Nur ein matter blasser Nebel blieb ihm vor den Augen.

Die Zeit verrann. Der Sterbende wußte nicht mehr, ob es Sekunden oder Jahrhunderte waren.

Der Nebel begann zu wallen. Eine neue Gestalt bildete sich in ihm.

Glossin sah zwei Augen, die ihn ruhig anblickten, ihm so wohlbekannt schienen, ihn an lange vergangene Zeit erinnerten.

Der wallende Nebel verdichtete sich. Formte Gesichtszüge um die einsamen Augen. Eine hohe Stirn, einen blonden Bart.

So hatte Gerhard Bursfeld vor dreißig Jahren ausgesehen. Jetzt trat auch die ganze Gestalt hervor. Im weißschimmernden Tropenanzug, den er damals im Iran trug.

Glossin suchte sich der Erscheinung zu entziehen. »Ich muß die Augen aufmachen, dann wird alles verschwinden.«

Mit unendlicher Mühe versuchte er die Lider zu heben, glaubte, daß es ihm gelungen sei. Er empfing einen Eindruck des Raumes, der Pfeiler und Fenster. Aber die Gestalt Gerhard Bursfelds verschwand nicht. Sie wurde nur undeutlicher, bald durchsichtig, so daß die Möbel des Raumes hinter der Gestalt wie durch einen Schleier zu erkennen waren.

Und dann eine zweite Gestalt neben der ersten. Die Gesichtszüge bis auf den Bart die gleichen. Die Augen dieselben. Fragend und anklagend.

Silvester Bursfeld, so wie ihn Dr. Glossin das letzte Mal sah, als R. F. c. 2 im Feuer des Strahlers schmolz.

Die Gestalt des Sohnes neben der des Vaters. Deutlicher, weniger durchsichtig. Der Vater an ein altes, schon verblaßtes Bild gemahnend, der Sohn in den frischen Farben des Lebens. Sich umschlingend, standen die beiden Gestalten vor ihm.

Glossin fühlte, wie sein Leben entfloh. Er machte keine Anstrengung, es zu halten. Er sehnte sich fort von allen quälenden Bildern und Erinnerungen in ein Land des Vergessens, des Nichtswissens.

Die beiden Gestalten blieben. Eine dritte trat hinzu. Die braune Figur eines Inders. In dem dunklen Antlitz standen groß und strahlend die Augen, ruhten mit bannender Gewalt auf dem Sterbenden.

Nun war es, als ob Atma, der Inder, alle Gedanken Glossins mitfühlte, als ob beide Gehirne zu einem verschmölzen.

Stärker wurde die Sehnsucht des Sterbenden nach wunschloser Ruhe.

»Du suchst das Nirwana. Du bist ihm fern.«

Kein Wort war im Raum gefallen, und doch hatte Dr. Glossin den deutlichen Eindruck der Worte:

»Die Stunde ist gekommen.«

Laut sprach Atma die Worte.

Das stockende Blut begann wieder zu fließen, und mit dem roten Strom entwich das Leben. Ein Seufzer, ein letztes Zucken. Auch Glossin war in das dunkle Land gegangen, aus dem es keine Wiederkehr gibt.

Professor Raps saß in seinem Arbeitszimmer. Eine Anzahl von Dokumenten und Berichten bedeckte den großen Schreibtisch. Weiße Foliobogen lagen vor ihm. Die Feder ruhte in der schreibenden Hand.

Doch er kam nicht weit mit dem Schreiben. Seine Züge verrieten höchste geistige Anspannung. Seine Rechte bewegte die Feder, warf einige Zeilen in der großen charakteristischen Schrift auf das weiße Papier, um dann wieder mit dem Schreiben zu stocken.

Er legte die Feder beiseite und griff nach einem Schriftstück, nahm ein zweites und drittes dazu. Überflog, las und verglich. Und dann plötzlich wichen die Falten, die seine Stirn furchten. Ein Leuchten der Befriedigung glitt über seine Züge . . . ein leiser Ruf entrang sich seinen Lippen: »So ist's!«

Tiefatmend lehnte er sich in den Sessel zurück und deckte die Hand über die Augen. Noch einmal ließ er die Glieder der Kette, die er in angestrengter Arbeit aneinandergereiht hatte, vor sich vorüberziehen.

Das erste Glied! Ein Bericht der Sternwarte von Halifax, datiert von dem gleichen Tage, an dem der Friedensvertrag zwischen England und Amerika unterzeichnet worden war. Um 18 h 17 m mitteleuropäischer Zeit zwei schnell aufeinanderfolgende starke Explosionen in nördlicher Richtung in der Zone der Polarlichter.

Die erste Explosion zeigte im spektroskopischen Bild die Linien

des Kalziums und der Kieselsäure, die zweite diejenigen von Eisen und Aluminium.

Die Astronomen von Halifax deuteten das Spektrogramm dahin, daß die zweite Explosion einen gewaltigen Brocken kosmischer Tonerde betroffen habe. Aber es fehlten die Sauerstofflinien, es waren nur Linien des reinen Aluminiums vorhanden ...

Professor Raps konnte sich der Meinung der Astronomen nicht anschließen. Nach dem Spektogramm mußte reines Aluminium explodiert sein ... und dann die Regeln der Wahrscheinlichkeitsrechnung. Auch die so oft zitierte Duplizität der Ereignisse konnte hier nicht zur Erklärung herangezogen werden. Vor zwölf Stunden war dem deutschen Gelehrten an diesem toten Punkt der Untersuchungen das erste Mal blitzartig der Gedanke gekommen: Das war ein Werk der Macht! Die Erscheinungen waren von der Macht verursachte Explosionen der Raumenergie. Aber waren sie gewollt? ... Waren sie ungewollt geschehen? ... Waren sie am Ende sogar gegen den Willen der Macht eingetreten? Ebensoviel unlösliche Rätsel wie Fragen.

Die nächsten Glieder! Ein Telegramm eines Frachters aus dem Nordatlantik vom gleichen Tage: 40° 13′ nördlicher Breite, 35° 17′ westlicher Länge. Steuerbord voraus aufkochende See in 10 km Breite und 50 km Länge. Schwere Dampfwolken. Heißer Sprühregen auf Deck.

Die Morgennachrichten hatten den Bericht gebracht und Kommentare wissenschaftlicher Kapazitäten dazu gegeben. Nach den Vermutungen der Gelehrten handelte es sich um einen unterseeischen Vulkanausbruch.

Professor Raps hatte die genaue Zeitangabe vermißt und war deswegen auf die Redaktion der Nachrichtenagentur gegangen. Man hatte sie ihm bereitwillig gegeben. 18 h 13 m. Der Professor hatte das Originaltelegramm lange Zeit in der Hand behalten. Der Zusammenhang war zu frappant, zu augenfällig, um ihn nicht zu erschüttern. Und während er dort sinnend saß, hatte ihm der Redakteur eine andere eben eingelaufene Meldung des Forest Department of Canada vorgelegt. Ein Bericht über einen schweren Waldbrand, bei dem mehrere tausend Hektar Urwald verbrannt waren. Das Merkwürdige war, daß das Feuer sich hier nicht allmählich weitergefressen hatte. Die ganze riesige Waldfläche mußte beinahe zur selben Zeit aufgeflammt und niedergebrannt sein.

Der Rundfunk hatte noch eine Meldung aus Delhi gebracht.

Plötzliche, überraschende Schneeschmelze im Himalaja. Ghangak, Burh Ghandk und Damla werfen Hochwasser in den Ganges. Überschwemmung bei Hajipur.

Die Morgennachrichten des heutigen Tages hatten der Meldung aus Delhi aber eine zweite hinzugefügt. Die Schneeschmelze und das

Hochwasser hatten ebenso plötzlich, wie sie aufgetreten waren, auch wieder nachgelassen.

Das waren die hauptsächlichsten Nachrichten, die wichtigsten Glieder der Kette.

Professor Raps hatte die Nacht keine Ruhe gefunden. Die Gedanken kamen und gingen während der Stunden von Mitternacht bis zum Sonnenaufgang. Sie überfielen ihn, drängten sich ihm auf, zwangen ihn wieder und immer wieder, diese Nachrichten zu überlegen, in Zusammenhang zu bringen. Als er sich am frühen Morgen erhob, hatte er eine Lösung gefunden. Es sind keine zufälligen Naturereignisse, es waren Wirkungen der Macht der Drei. Was war geschehen? ... Atomenergie war an den verschiedensten Stellen der Erde fast gleichzeitig freigeworden ... Warum? ... Weshalb? ... Vor dem Friedensschluß wären diese Auswirkungen erklärlich gewesen ... Warum jetzt? ... Jetzt war eine Probe der Macht nicht mehr nötig.

In der neunten Morgenstunde hatte Professor Raps ein Telegramm aus Hammerfest bekommen. Auch dort waren die beiden Explosionen im Spektroskop beobachtet worden, und diese zweite Beobachtung bestätigte seine Schlußfolgerungen. Die letzte Explosion zeigte die Linien reinen Aluminiums.

Was war der Zweck, was der Sinn aller dieser Erscheinungen ... Hatte es noch Sinn ... war es am Ende auch sinnloser Kampf ... hatte die Macht sich selbst bekämpft? ... Drei waren es doch ... drei sollten es sein? ... Waren die drei Träger der Macht miteinander in Kampf geraten? Oder ... war es eine Selbstvernichtung?

»So ist's!«

Der Ausruf entfuhr dem Gelehrten, als seine Schlußkette bis zu diesem Punkt geschmiedet war. In gewaltsamem Ausbruch hatte sich die Natur von einem Druck befreit, der ihren ewigen Gesetzen entgegenwirkte ... War es das? ... Es mußte so sein.

»So ist's! ... So ist's gewesen.« Die Überzeugung dafür trug er in Kopf und Herz.

Es war Zeit, ins Kolleg zu gehen. Er verließ seine Wohnung und ging in die Hochschule.

Er sprach und war selbst über den Schwung, über das Feuer seines Vortrags erstaunt. Er fühlte es, er merkte es an den Mienen der Zuhörer, daß er sie heute mehr denn je in seinen Bann schlug. Es lebte und wirkte etwas in ihm, das ihn emporhob, das den logischen Schlüssen, den mathematischen Formeln seiner Vorlesung einen höheren Schwung gab.

Und die Hörer fanden ihren Lehrer verändert, sahen, daß das feine ruhige Gelehrtengesicht heute in Entdeckerfreude glühte.

Stille herrschte im Hörsaal. Aber die Hörer sahen das Gesicht ihres Lehrers aufleuchten, sahen eine Verklärung auf seinen Zügen,

und jeder von ihnen fühlte es: Hier hatte ein großer Geist in die weltbewegenden Ereignisse der letzten Tage hineingeschaut.

Die Vorlesung war zu Ende. Professor Raps wollte den Hörsaal verlassen und sah, daß seine Hörer noch etwas von ihm erwarteten, daß hundert Augenpaare fragend an seinen Mienen hingen. Und blieb noch einmal stehen, fühlte, wie seine Lippen sich unter einem inneren Zwang öffneten und wußte nicht, wie es geschah, daß er die Worte sprach:

»Meine Herren, natura non facit saltus – Die Natur macht keine Sprünge!«

DAS ERBE
DER URANIDEN

DAS ERBE DER URANIDEN

erschien ursprünglich als HEYNE-Buch Nr. 06/3395

Seit den ersten Morgenstunden tobte die Schlacht. Der weite Luftraum zwischen den Vogesen und der Ebene von Chalons war erfüllt von den Schwärmen der kämpfenden Geschwader.

Der Angriff der russisch-mandschurischen Luftstreitkräfte stockte. Alles, was sich von der zertrümmerten westeuropäischen Luftmacht hierhergerettet hatte, bot, noch einmal zusammengerafft, dem überlegenen Feind die Stirn.

Das riesige Flugzeug des russischen Oberbefehlshabers stand, umgeben von einigen Reservegeschwadern, über der Rheinebene. Nur noch nach Stunden berechnete man hier den Widerstand der letzten westeuropäischen Kräfte. Die Nachrichten von der Südfront gegen Italien, von der Nordfront gegen Skandinavien meldeten nur unbedeutende Kampfhandlungen.

Die vierte Nachmittagsstunde brach an. Die Kämpfe hatten sich immer mehr auf die Gegend um Chalons konzentriert. Eine Meldung: »Ein Geschwader unserer Luftflotte auf der linken Flanke vernichtet!«

Der Höchstkommandierende empfing mit Erstaunen das Radiogramm ... Ein ganzes Geschwader seines linken Flügels plötzlich vernichtet!? Sollten es spanische Reserven sein, die da eingegriffen hatten? Nach seiner Berechnung konnten sie noch nicht da sein.

Neue Meldungen gingen ein ... Der Kampf wogte überall verlustreich weiter, doch es war aus den Berichten zu ersehen, daß die russisch-mandschurischen Luftstreitkräfte wieder im Vorrücken waren.

Eine neue Nachricht: der linke Flügel stark geschwächt! Mehrere Geschwader kampfunfähig!

Der Höchstkommandierende sprang auf. »Was geht da vor?« schrie er den nächststehenden Adjutanten an. »Woher diese starken neuen Feindkräfte? Fordern Sie sofort näheren Bericht!«

Dieser lautete: Keine Verstärkung der Westeuropäer, aber sie kämpfen plötzlich mit großem Glück, keine Erklärung dafür. Bitte um sofortigen Einsatz von Verstärkungen. Kann die übrigen Teile der Front nicht weiter schwächen.

Aus der Antenne des Riesenschiffes jagte der Befehl des Höchstkommandierenden durch den Äther:

Die Reserven nach vorn! Je fünf Geschwader von der italienischen und skandinavischen Front hierher zu mir!

Wie ein Schwarm hungriger Raben schossen die russisch-mandschurischen Geschwader in der Richtung der Kampffront davon. Es waren die besten der Flotte. Mit Ungeduld erwartete der Höchstkommandierende die Meldung von ihrem Eingreifen.

Währenddessen suchte er mit dem Fernglas den östlichen Horizont ab, von wo die geforderten Verstärkungen kommen sollten. Sie mußten in Kürze eintreffen. Die vorgeschickten Reservegeschwader sollten jetzt schon an der Front sein. Jeden Moment mußte eine Meldung von ihnen kommen. Die Meldung kam:

Sie waren da – und vernichtet!

»Vernichtet?!« Er schrie es, der eiserne russische Marschall. Die Depesche zerfetzte in seinen Händen.

Vernichtet! Seine besten, stärksten Geschwader, von ausgewählten Führern befehligt, aufs beste ausgerüstet, abgeschossen und in rauchende Trümmer verwandelt!

Minutenlang stand er, schwer atmend, die Faust geballt, die Augen stier ins Weite gerichtet. Da, neue Meldung:

Der linke Flügel zurückgedrängt! Nur mit Mühe halten sich noch die anderen Teile der Front. Neue Verstärkungen unbedingt erforderlich!

Der Luftmarschall las es ... Verstärkungen wollen die? Woher nehmen?

Ein Adjutant trat neben ihn. »Die angeforderten Kräfte der Süd- und Nordfront sind im Anflug. Die Südgeschwader schon sichtbar.«

Der Kommandierende raffte sich zusammen. Auf sein graues Gesicht schien die Ruhe zurückzukehren. Nur ein leises Funkeln der Augen verriet die Erregung in ihm. Er öffnete die Lippen, wollte einen Befehl geben. Sein Mund schloß sich wieder.

Der Entschluß schien ihm nicht leicht zu werden. Dann – es mußte sein! Alles stand auf dem Spiel. Der Teufel schien denen drüben zur Seite zu stehen.

»Alle Kräfte der Süd- und Nordfront gegen Paris!«

»Alle?« Eine leise fragende Stimme aus der Umgebung.

»Alle!« Seine Blicke flogen düster drohend über den Kreis.

»Die ersten Geschwader von der Süd- und Nordfront werden in wenigen Minuten zur Stelle sein«, meldete ein Offizier.

Der Luftmarschall nickte. »Sie sollen uns folgen! Wir fliegen voran.«

Zehn Geschwader, an ihrer Spitze das Führerschiff, stießen in rasendem Flug auf die Front im Westen, die bald in Sichtweite kam.

Die Augen des Marschalls blitzten auf. Die Flügel der Nase, die

wie der Schnabel eines Geiers im Gesicht stand, bebten in verhaltener Kampfeslust, bebten, als röchen sie schon Blut und Brand.

Schon konnte man die Linien erkennen ... Nun wogten die Geschwader in wildem Kampf. Jetzt die einen in höchsten Höhen, um den Gegner zu überfliegen, ihn von rückwärts anzugreifen ... Jetzt wieder andere, wie im Spiel sich gegenseitig überholend, dabei aus allen Rohren feuernd ...

Ein ungeheures Gedröhn erfüllte die Lüfte. Wie das Gebrüll rasender Tiere klang es, stürzte ein besiegter Gegner brennend in die Tiefe.

Die weite Front, schmal war sie auf beiden Seiten geworden. Reste nur noch der langen Linien, die am Morgen in den Kampf getreten waren.

Steil gestaffelt übereinander rasten die kämpfenden Geschwader beider Gegner aneinander vorüber. Hier einer in höchsten Höhen, soweit die Düsen die Flugzeuge trieben – hier einer, beinahe, daß die Flügelspitze den Boden streifte. Kaum konnte man bei den hohen Geschwindigkeiten vom Führerschiff Freund und Feind unterscheiden.

Jetzt griffen neue zehn Geschwader ein – der Sieg war sicher!

Kommandos. Voran das Führerflugzeug, bogen die Geschwader nach Süden um. Hier schien der Feind am stärksten, schien er seine letzte Kraft eingesetzt zu haben.

Das Flugzeug des Luftmarschalls drehte rasch ab, um die Front für seine Geschwader freizumachen, stand gleich darauf beobachtend über der Mitte der Front. Jetzt stießen die Verstärkungen auf den schwachen Flankenschutz zu. Dieser floh jedoch nicht, sondern harrte aus.

Minuten später war keine Spur mehr von ihm zu sehen als ein paar Trümmer, die unten am Boden schwelten.

In das Knattern der Maschinengewehre, das Donnern der Geschütze mischte sich Jubelruf der östlichen Sieger. In rasendem Flug ging es weiter auf die jetzt ungedeckten Flanken der Westeuropäer zu. Nur noch Sekunden! Dann würden sie einbrechen, den Gegner überrennen, Tod und Vernichtung bringen.

Ein kurzes Aufblitzen an den Rümpfen der vordersten Geschwader – dann riesige Stichflammen. Die Maschinen neigten sich, als suchten sie den Boden ... Dann ein Krachen ... In alle Winde verstreut die Trümmer ...

Als wäre nichts geschehen, waren schon die nächsten russisch-mandschurischen Geschwader herangekommen. Zu einem breiten

Fächer entfaltet, den linken Flügel weit vorgezogen, trafen sie den Gegner.

Aus tausend Rohren sprühte ihr verderbenbringendes Feuer. Wie lange konnte es noch dauern? Mit heldenmütiger Todesverachtung nahmen die Westeuropäer den Kampf auf.

Ein furchtbares Ringen! Die Reihen der europäischen Geschwader waren dezimiert, doch immer wieder schlossen sie sich zusammen und hielten stand. Die Europäer kämpften offenbar mit unerhörtem Glück. Der russisch-mandschurische Angriff kam zum Stehen.

Mit Entsetzen hatte der Luftmarschall, dessen Flugzeug, von den Hubschrauben getragen, hinter dem Zentrum der Front hielt, die neue Niederlage seines linken Flügels angesehen. Unerklärlich, unfaßbar! Hatten die Europäer neue, unbekannte Kampfmittel?

Als wären die Kämpfer von dem stundenlangen Ringen ermattet, wurde der Kampflärm schwächer. Wie auf Verabredung zogen sich die Flugzeuge aus dem Kampfgewühl – ordneten sich zu neuen Formationen –, bereiteten sich zur letzten Entscheidung vor . . .

Der russische Marschall verfolgte die Bewegung mit stiller Befriedigung. Zehn Minuten noch, dann mußten sie da sein, seine letzten Reserven aus dem Osten. Dorthin gewandt, suchte er mit dem Feldstecher den Horizont ab. – Von den Vogesen kam ein grauer Schwarm. Ein erleichterter Seufzer entrang sich der Brust des Luftmarschalls. Aber auch die Westeuropäer hatten das Herannahen der feindlichen Verstärkung erspäht. Auf ein Kommando ihres Führers warfen sie sich gleichzeitig mit ungeheurer Wut auf den Feind. Die Entscheidung mußte fallen, bevor Hilfe aus dem Osten heran war.

Beide Gegner kämpften mit verzweifelter Energie. Wußte doch jeder, daß dieser Kampf die Entscheidung bringen mußte über die Zukunft Europas – vielleicht der Welt.

Da! Der linke Flügel der russisch-mandschurischen Luftflotte wich. Fast unmittelbar hintereinander waren zwei volle Geschwader brennend zu Boden gestürzt. Ein drittes drehte ab, als wolle es fliehen. Das Führerflugzeug stieß dorthin, in den Kampf einzugreifen. Mit einem Geschwaderflugzeug zusammenstoßend, stürzte es mit ihm zerschmettert ab. –

Die Schlacht war entschieden. Die linke russisch-mandschurische Flanke war entblößt, wurde von den westeuropäischen Kräften umklammert, überflügelt. Immer weiter stießen die westeuropäischen Kräfte nach Norden vor. Jetzt waren sie im Rücken der rus-

sisch-mandschurischen Linie. Diese zog sich immer enger zusammen, wehrte sich mit wütenden Stößen wie ein eingekreister Löwe gegen die blitzenden Speere der Jäger.

Die östlichen Reserven, jetzt kamen sie, doch zu spät! Noch gerade recht, den Untergang der Freunde zu schauen. Zu Haufen stürzten die Reste der Flotte brennend, explodierend zur Erde.

»Zurück!« Das Funkkommando des Führers der herannahenden Reserven. In scharfen Kurven wendeten die Geschwader nach Osten, flohen, verfolgt von den Siegern.

Stark geschwächt erreichten sie die Rheinlinie. Auch die Zahl der Verfolger, ermüdet von den stundenlangen Kämpfen, war kleiner geworden.

Der Rhein war überflogen. Unter ihnen lagen die weiten Trümmerfelder der Industriegebiete.

Doch nun erschienen neue westeuropäische Kräfte, die, von Norden kommend, sich ihnen entgegenwarfen. Nur schwach war der Widerstand der fliehenden Geschwader. Entmutigt sanken sie unter den Flammengarben der Feinde dahin.

Drei nur – drei Raben, die die Kunde nach Osten brachten: Die Schlacht über der Katalaunischen Ebene war verloren. Die große russisch-mandschurische Luftarmada vernichtet.

Es war am Tage vor der großen Schlacht. Der Abend dämmerte bereits über den Ufern des Bosporus. Ein elegantes Reiseflugzeug setzte vom Flughafen in Pera ab. Zwei Insassen waren in der Kabine.

»Ich denke, wir werden morgen früh den Atlantik erreicht haben, Señor Canning. Ihr Flugzeug ist ja sehr schnell. Wäre mein Auftrag nicht so eilig, wäre ich gern damit einverstanden, den Umweg über Europa und die Vereinigten Staaten zu machen. Wir würden dann vielleicht Zeugen der Kämpfe in Frankreich werden.«

»Hm . . . ja, mein lieber Awaloff. Ich muß sagen, den Kämpfen da drüben beizuwohnen hätte auch für mich einen großen Reiz. Zweifellos ein Schauspiel ohnegleichen, mitanzusehen, wie sich die größten Luftflotten der Welt mit den fürchterlichsten Waffen, die je ein Menschengehirn erfand, gegenseitig vernichten.«

Der Sprecher machte eine Pause. »Ihr Auftrag verlangte größte Eile, wenngleich ich die Gründe nicht recht einsehen kann. Die Entscheidung in diesem Weltkampf zwischen Kommunismus und . . .« Er machte eine neue Pause, suchte nach einem Wort . . .

»Vollenden Sie nur, Señor Canning . . . ›und dem Kapitalismus‹.

Dies Wort fällt Ihnen als einem Musterexemplar dieser Gattung wohl etwas schwer?«

»Sie überschätzen meinen Besitz, mein lieber Awaloff.«

»Ich glaube nicht, Señor Canning. Ich bewundere Ihr Finanzgenie. Sie haben Ihre Gelder in Südamerika recht fruchtbar angelegt. Ihre Besitzungen haben einen achtbaren Umfang.«

»Verwechseln Sie Quantität nicht mit Qualität, mein lieber Awaloff; doch lassen wir das. Ich will Ihnen nicht widersprechen, wenn Sie in mir einen Kapitalisten sehen . . .«

»Einen Kapitalisten, der trotz seiner Reichtümer ein überzeugter Kommunist ist.« Awaloff gab sich keine Mühe, die Ironie, die in seinen Worten lag, zu verbergen . . . Er unterdrückte ein leichtes Gähnen. »Wie wäre es, wenn wir uns zur Ruhe legten?«

»Wie Sie wünschen, Awaloff.«

Robert Canning stieß die Tür zu einem Kabinett auf, in dem zwei Bettkojen hergerichtet waren. »Sie machen wohl den Anfang, ich will noch mit dem Chefpiloten sprechen.«

Als Canning wieder in das Kabinett trat, lag sein Begleiter anscheinend schon in tiefem Schlaf. –

Der Morgen graute. Der Russe sprang auf, wollte seinen Schlafgenossen wecken. Dessen Lager war leer. Awaloff kleidete sich an und trat in den Salon. Gerade, als Canning aus dem Pilotenraum dorthin kam.

»Ein bedauerlicher Zwischenfall, Herr Awaloff. Wir sind in der Nacht in die Irre geflogen. Ein Fehler am Kompaß ließ den Piloten den richtigen Weg verfehlen.«

»Und wo befinden wir uns?«

Canning deutete mit der Hand nach unten. »Über den Rhonebergen, wie wir mit Hilfe der Karte festgestellt haben. Doch sind wir im Besitz eines Reservekompasses. Die Fahrt wird von jetzt an ungestört vonstatten gehen.«

»Ah! Der Kompaß! Der Kompaß ist der Schuldige? Schlechtes Fabrikat wahrscheinlich. Der Fabrikant – zürnen wir ihm nicht. Vielleicht – wer weiß? – werden wir ihm später noch dankbar sein.«

Er begleitete seine Worte mit einem unverhohlenen Lachen. Canning stutzte einen Augenblick, dann stimmte er ein.

»Ich konstatiere mit Vergnügen, Herr Awaloff, daß wir uns verstehen . . . und ich hoffe auf Ihre Zustimmung, wenn ich vorschlage, nun auch den weiteren kleinen Umweg nicht zu scheuen und –«

»Richtung Paris zu nehmen«, vollendete Awaloff. »Wenn ich

recht unterrichtet bin, steht ein Kampftag erster Ordnung bevor. Wir werden sehen und lernen.« –

Und dann hatten sie die Maschine höher emporgetrieben, waren nach Norden weitergeflogen, bis ihre scharfen Gläser die ersten Anzeichen des Kampfes faßten. Soweit die Düsen das Flugzeug treiben konnten, schraubten sie sich jetzt in die Höhe.

Schräg unter ihnen lag das Toben der Riesenschlacht. Mit fiebernden Pulsen sahen sie die Schale des Sieges sich bald hierhin, bald dorthin neigen. Hätte die Schlacht tagelang gedauert, sie wären nicht von der Stelle gewichen. –

Die letzten russisch-mandschurischen Kämpfer flohen nach Osten. Da brach der Bann. Die Gläser sanken von den Augen. Sie starrten sich an, als hätten sie die grausigen Bilder der Danteschen Höllenfahrt geschaut.

»Nach Süden!« schrie die heisere Stimme Cannings in das Sprachrohr.

»Nach Westen!« korrigierte Awaloff den Befehl.

Canning blickte ihn erstaunt an.

»Nach Westen ... Warum das?«

»Weil auch in den Staaten da drüben die Entscheidung fällig ist. Ein Sieg dort dürfte vieles wiedergutmachen.«

»Richtig, Awaloff!«

Schon dehnte sich im stumpfen Grau des Abenddämmerns die endlose Fläche des Atlantik unter ihnen. Da brachte das Funkgerät bereits die ersten Meldungen aus den Staaten: Siege der Regierung über die eingedrungenen Feindkräfte! Die Nachrichten häuften sich in den nächsten Stunden. Immer neue Siegesberichte der Regierung.

In dem trügerischen Zwielicht glaubten sie manchmal große dunkle Schatten vorüberhuschen zu sehen. Nach Osten fliegende Geschwader?

Auf der Höhe des Atlantik empfingen sie die Nachrichten von der völligen Niederlage ...

Jetzt war es entschieden! Mochten dort hinten in den gelben Reichen oder da unten im lateinischen Amerika die Kämpfe ausgehen, wie sie wollten, der Sieg der Regierung in den Staaten entschied das Schicksal.

Der kühne Versuch des russisch-mandschurischen Kommunismus, mit den neuen Waffen eine Weltrevolution durchzuführen, war gescheitert ...

Die beiden in der Kabine saßen sich gegenüber, saßen lange so

in nachdenklichem Schweigen. – Awaloff war es, der die Stille brach.

»Was nun? – Meine Aufträge für Südamerika dürften bedeutungslos sein ...« Er schnippte die Asche von seiner Zigarette.

»Wünschen Sie, daß ich Sie irgendwo absetze, damit Sie zurückkehren können zu Ihren Freunden?«

Awaloff schüttelte lächelnd den Kopf. »Freundschaft?« Er blies einen Rauchring von sich, der langsam zerflatterte. »Nein, mein lieber Canning, wer weiß, was sich in Rußland in nächster Zeit abspielen wird. Ich habe vorläufig keinen anderen Wunsch, als mit Ihnen nach Südamerika weiterzufliegen ... Meine Beziehungen zu den Sowjets bitte ich in Anbetracht der veränderten Umstände zur Zeit als gelöst zu betrachten.«

»Wie Sie wünschen, Awaloff. Morgen werden wir die Küste von Venezuela erreichen. Sie sagten soeben vorsichtigerweise ›zur Zeit‹. Warum das? Hatten Sie da die Möglichkeit ins Auge gefaßt, die Niederlage des Bolschewismus sei nicht endgültig?«

»Wer kann in die Zukunft schauen? Für absehbare Zeit dürfte allerdings die Sache hoffnungslos sein. In Rußland steht zweifellos eine Restauration bevor. Nachdem ich jahrelang für die Regierung gearbeitet habe, dürfte ich den neuen Machthabern nicht gerade genehm sein.«

»Haben Sie eigentlich Familienangehörige in Rußland, mein lieber Awaloff? Sie haben mir nie etwas darüber erzählt.«

Awaloff stand auf, ging ein paarmal nachdenklich auf und ab. Trübe Erinnerungen schienen in ihm aufzuleben.

»So hören Sie denn. Ich will mich kurz fassen. Ich heiratete in jungen Jahren, bald nach dem Zweiten Weltkrieg. Meine Frau war Tscherkessin, von großer Schönheit, wie sie den Frauen dieses alten Volkes oft zu eigen ist. Wir hatten ein Töchterchen, Maria, das unser ganzes Glück war. Während ich mit einem politischen Auftrag in Südamerika weilte, brach in Südrußland der große Aufstand aus, der so überaus blutig unterdrückt wurde und zur Verwüstung der betreffenden Gebiete führte.

Lange Zeit blieb ich ohne jede Nachricht über den Verbleib meiner Familie. Als ich endlich an unseren Wohnort im Kaukasus zurückkehrte, fand ich unser Häuschen zerstört. Kein Mensch konnte mir sagen, was aus meiner Frau und meinem Töchterchen geworden war. Alle Nachforschungen blieben ergebnislos. Ich habe nie wieder etwas von ihnen gehört.«

Awaloff fuhr sich über die Augen, als scheuche er trübe Bilder weg, dann trat er an das Fenster der Kabine und schaute lange zu

dem hellen Sternenhimmel. Nur schwach tönte von unten das Rauschen der Ozeanwogen. Canning schritt langsam in den Gang, der zu dem Maschinenraum führte.

Awaloff ließ sich auf einen Sessel fallen, schloß die Augen – bemerkte nicht, wie sich das Flugschiff allmählich während der Fahrt aus seiner großen Höhe senkte ... Er achtete nicht auf Canning, der jetzt wieder in die Kabine zurückkehrte, den rechten Arm hinter dem Rücken verborgen. Wie von ungefähr trat er hinter Awaloff. Da zuckte sein rechter Arm plötzlich in die Höhe. Die Faust, die einen Schraubenschlüssel umspannte, fuhr auf den Kopf des Nichtsahnenden hernieder. Lautlos sank Awaloff zu Boden.

Canning stand neben ihm, starrte auf den Leblosen.

»Auch ich möchte meine Beziehungen zu den Roten lösen«, sprach er hohnlächelnd vor sich hin, »du warst das erste und das letzte Band, das mich an sie knüpfte. Es ist zerrissen.«

Er warf einen scheuen Blick auf die Führerkabine. »Nun zu den Papieren.« Er beugte sich über den Daliegenden, untersuchte sorgfältig seine Taschen ... Nichts. Sein Blick ging zu dem Gepäck Awaloffs. Sollten sie da ... kaum anzunehmen. Er riß die Kleider auf ... Ah, gewiß, so kostbaren Besitz trug man gut versteckt. An einer Schnur um den Hals befestigt ein kleines Paket – er riß es ab. Mit zitternden Händen entfernte er die Umhüllung.

Da waren sie, die Zeugen seines Verrats, die Berechnungen. Ah! Und da war ja auch sogar die Quittung über die drei Millionen, die er als Judaslohn seines Verrats bekommen hatte. Mit zitternden Händen steckte er das umfangreiche Paket in die Brusttasche seines Rockes.

Und jetzt – er eilte zum Höhenmesser – 5000 Meter nur noch über dem Meeresspiegel. Mit ein paar Sprüngen war er an der Kabinentür, löste die Sperrung, öffnete das Schloß. Treibende Wolken um das Schiff herum.

Jetzt stand er wieder bei Awaloff. Seine Arme umschlangen ihn, hoben ihn auf. Die starke, knochige Gestalt des Leblosen war schwer. Nur mit Mühe schleifte er ihn über den Boden zu der offenen Tür, verharrte einen Augenblick schwer atmend ... Da! Awaloff schlug die Augen auf, blickte wirr um sich ... die offene Kabinentür ... Im Bruchteil einer Sekunde war es ihm klargeworden, was Canning beabsichtigte. Mit letzter Willensanstrengung raffte er alle Kräfte zusammen, hob sich in die Knie ...

Canning, fassungslos, er hatte Awaloff tot geglaubt, stutzte einen Moment – dann, mit einem Wutschrei stürzte er sich auf ihn. In der Todesangst krampfte Awaloff seine Finger in den rech-

ten Rockaufschlag seines Gegners. Vergeblich rang Canning mit ihm. Stürzte er ihn hinaus, lief er Gefahr, mitgerissen zu werden ... Er machte seine rechte Hand frei, schlug Awaloff mit voller Kraft gegen die Schläfe. Dieser taumelte, der Griff seiner Hände lockerte sich ... noch ein zweiter Schlag – Awaloff stürzte rücklings aus der offenen Kabinentür ... Und als wolle Canning ihm nach, sprang er auf den Fallenden zu ... »Die Papiere! Die Papiere!« schrie er laut. Beim Loslassen waren sie aus der Tasche gerissen, in Awaloffs Händen geblieben ... Zu spät. Cannings ausgestreckte Hand erreichte sie nicht mehr, mit Mühe bewahrte er sich selbst vor dem Sturz.

Aufatmend trat er in den Raum zurück. Mögen die Papiere auch zum Teufel sein ... So wären denn alle Bande, die mich an diesen Mann fesselten, zerrissen.

Sein Blick fiel auf den Handkoffer Awaloffs ... Zerrissen? ... Halt, noch nicht ganz!

Noch einmal öffnete er die Tür. Der Koffer folgte seinem Herrn in die dunkle Tiefe. Er schlug die Tür ins Schloß. Sein Blick ging zu dem Pilotenraum.

Er stutzte einen Augenblick. Die Besatzung würde sich wundern, wenn Awaloff bei der Landung fehlte.

Einen Ausweg! Er nahm eine Routenkarte zur Hand, blickte auf die Uhr. Der Flugplatz von Quito lag auf seinem Wege. Er würde ihn bei Dunkelheit erreichen.

Ein Befehl durch das Sprachrohr an den Piloten, in Quito zu landen.

Weithin dehnten sich die Pampas der Llanos de Menso im argentinischen Teil des Gran Chaco. Hier in der Nähe des Rio Vermejo lagen die ausgedehnten Besitzungen van der Meulens. Von hier aus wanderten jahraus, jahrein unabsehbare Viehherden in seine Schlachthäuser, um von dort in gefrorenem Zustand in die Welt verfrachtet zu werden.

Am Ufer des Rio Vermejo, in einer landschaftlich unvergleichlich schönen Lage, hatte sich van der Meulen inmitten seiner Besitzungen ein schloßartiges Landhaus errichtet, in dem er einen Teil des Jahres zuzubringen pflegte. Auf einer von hohen Spiegelscheiben umkleideten Veranda, die nach Süden zu auf den Fluß schaute, saß er am Teetisch. Schon berührte die Sonne den Horizont, und schnell wuchsen die Schatten der Dämmerung.

»Wo nur Hortense bleibt, Miß Violet«, wandte er sich an ein junges Mädchen, das ihm gegenübersaß. »Schon steht die Sonne

tief. Diese einsamen späten Spaziergänge«, er schüttelte den Kopf, »selbst Ihre Begleitung, meine liebe Miß Violet, lehnt sie ab, die Sie ihr doch im Laufe der Zeit immer mehr Freundin geworden sind. Ich bin erst seit ein paar Tagen hier. Tat sie das auch schon vorher?«

Das junge Mädchen nickte.

»Unbegreiflich! Dazu ihr schlechtes Aussehen . . ., sie macht mir Sorge. – Sollte sie eine Nachricht von Robert Canning, ihrem Verlobten . . .?«

»Ich glaube kaum«, kam es zögernd aus Violets Munde.

»Seine Reise zu dieser Zeit? Daß seine Geschäfte in Europa so dringend sind . . ., nach Europa, wo es drunter und drüber geht, kein Mensch seines Lebens sicher ist?«

Unter dem forschenden Blick van der Meulens vermochte Violet nur mit Mühe die aufsteigende Verlegenheit zu unterdrücken.

»Sie wird sich vielleicht ängstigen.«

»Hortense sich ängstigen, um Canning? Meinen Sie das ehrlich, Miß Violet, oder sagen Sie das nur, um etwas zu sagen?«

Während das junge Mädchen noch nach einer Antwort suchte, ertönten aus dem Radioapparat die neuesten Nachrichten vom Kriegsschauplatz:

»Teile der geschlagenen roten Streitkräfte in Nordamerika auf der Flucht nach dem Süden . . . stehen kurz vor der Vereinigung mit denen, die von Süden her abgedrängt sich der Panamagegend nähern . . . Aller Voraussicht nach werden die roten Kräfte nach ihrer Vereinigung noch einmal das Schlachtenglück versuchen . . .«

Van der Meulen nickte befriedigt vor sich hin. »Sie werden's vergeblich versuchen. Der Tanz dürfte endgültig ausgespielt sein. Mag auch vielleicht noch manches Blut fließen, manches Gut zerstört werden. Das arme Europa, wie mag's da aussehen . . .«

Die Kämpfe hier in Südamerika waren im Verhältnis zu denen in den anderen Teilen der Welt geringfügig. Sie spielten sich hauptsächlich in den großen Städten der südamerikanischen Küste ab. Im Inneren, besonders hier im Gran Chaco, hatte man nichts davon gespürt. Die Entscheidung des riesenhaften Wettkampfes lag in Europa und in Nordamerika. Zitternd und bangend hatte man überall den dortigen Gang der Ereignisse verfolgt.

Die Nachrichten waren furchtbar . . . Im Verlauf der Schlachten, die mit neuen Kampfmitteln geschlagen wurden, war halb Europa, halb Nordamerika in Asche, in Trümmer gesunken. Unabschätzbar war die Zahl der Menschenopfer. Von Millionen sprachen die Gerüchte. Die Kämpfe waren fast ausschließlich Luftschlachten. Die

Zahl der Truppen auf beiden Seiten war zwar nicht sehr groß, desto größer die Zahl der an den Kämpfen unbeteiligten Opfer.

Terror, das schrecklichste Kampfmittel, rücksichtslos angewandt, um die Zivilbevölkerung zu zermürben, ihre Regierungen gefügig zu machen . . .

Die Höllenbomben, geladen mit Atomenergie, auf große Städte, Landschaften niedergeworfen – kilometerweite Wüsten entstanden. Tag und Nacht wüteten Riesenbrände, in ihren Flammen Millionen verschlingend.

Weltuntergang für das Auge dessen, der die Schreckensbilder schauen konnte, ohne wahnsinnig zu werden.

Die große Luftschlacht! »Die Entscheidungsschlacht über den Katalaunischen Feldern!« Der letzte Bericht der siegreichen Weißen aus Europa fing so an. Verkündete den Millionen, die der Radiobotschaft lauschten, den Gang der Schlacht.

Van der Meulen hatte diesen Bericht mit dem Magnetophon aufgenommen. Seine Ohren hörten immer wieder die schicksalsbedeutenden Worte. Er schüttelte nachdenklich den Kopf.

»Sonderbar! Kaum glaublich, wie man es vermochte, der furchtbaren Übermacht standzuhalten, zu siegen. Unser rechter Flügel – als wäre Sankt Michaels Schwert bei ihm gewesen – Wunder von Heldentaten verrichtete er . . .

Die schärfsten Angriffe der roten Flotte, gegen ihn gerichtet, hatte er immer wieder blutig zurückgewiesen . . . Ein Wunder ist es . . . Ein Wunder bleibt es!«

Die Abendsonne berührte schon die Bergkämme im Westen. Noch eine kleine Weile, dann war sie verschwunden. Wie durch Zauberschlag waren plötzlich die Tausende von Vögeln, die die weiten Parkanlagen der Hazienda bevölkerten, verstummt. Der kalte Wind, der aufkam, brachte der nach Kühlung lechzenden Natur die ersehnte Labung.

Hortense van der Meulen, die auf einer Bank an dem kleinen Parkweiher gesessen, erhob sich. Sie richtete ihre Schritte dem Haus zu. Doch dann besann sie sich und ging tiefer in den Park hinein. Immer eiliger wurden ihre Schritte. Fast lief sie die kleine Anhöhe hinauf, die, am Rande des Parkes gelegen, einen Blick über das Ganze bot. Vor ihr rauschten die breiten Wasser des Rio Vermejo.

Ihre Augen glitten über die dunklen Fluten. Unbewußt, wie mechanisch, bewegten sich ihre Füße immer näher an den Rand des

Wassers, als folge sie den süßen, lockenden Stimmen, die, aus den Strudeln kommend, ihre Sinne umschmeichelten.

Hier wäre Ruhe, Befreiung von all der Qual.

Das glitzernde Mondlicht, das, durch die Zweige fallend, auf den Wassern sein Spiel begann, brach den Bann. Sie schlug die Hände vors Gesicht.

Mutter, Mutter, hätte ich dich noch, zu dir würde ich mich flüchten. Der Vater? Gewiß, er liebt mich, liebt mich abgöttisch. Und doch –

Violet! Ihr harmloser, kindlicher Sinn, ihr einfaches Fühlen und Denken . . ., auch bei ihr würde ich kein Verständnis finden.

Robert Canning . . ., was ist es eigentlich, was mich ihn lieben und hassen läßt? Ist er fern von mir, ist mein Herz kalt . . ., kaum ein freundlicher Gedanke an ihn . . . Und seine Fehler! Ich sehe sie groß . . ., er blieb mir innerlich fremd . . .

Und dann kommt er zu mir – ich sehe seine Gestalt, ich höre seine Stimme . . .

Vergeben, vergessen scheint alles! Der schmeichelnde Ton seiner Worte lullt meine Sinne ein, nimmt mich gefangen. Ich wehre mich innerlich und dulde ihn doch. Warum gab ich ihm unter den vielen, die sich um meine Hand bewarben, mein Wort? – Gewiß, ich duldete seine Bewerbung, aber nahm sie kaum ernster als die anderer.

Die Entscheidung an jenem Frühlingstag, als wir nach langem Ritt, vom Pamperosturm überrascht, in der Strohhütte der Hirten Schutz suchten . . . Ich gab ihm das Jawort . . . Gab ich's ihm? – Er nahm es sich. Willenlos seinem stürmischen Werben gegenüber, vermochte ich nicht, ihn abzuweisen.

Der Vater, zuerst froh, hieß ihn herzlich willkommen. Doch schon längst fühle ich, daß auch er sich gewandelt, fühle, wie ein geheimes Mißtrauen, eine geheime Abneigung in ihm immer größer wird.

Wollte ich heute die Verlobung lösen, ich würde von Vaters Seite keinen Widerstand finden. Doch ich fühle nicht die Kraft zu dem Entschluß, zerbreche an dem Widerstreit in meinem Herzen.

Wie oft hab' ich's versucht . . ., ergriff die Feder, ihm den Absagebrief zu schreiben. Schrieb ihn auch – und zerriß ihn wieder. Wer ist's, bei dem ich Zuflucht suchen könnte?

Den Kopf zurückgeworfen, starrte sie zu dem schimmernden Sternenhimmel.

Oh, könnte ich fliehen – zu euch da oben fliehen, ihr Sterne . . . Weg von hier! Hinaus in die Welt!

Ruhe – Frieden! Vielleicht, daß ich sie fände . . .

Durch die offene Tür trat Hortense. Van der Meulen ließ einen forschenden Blick über sie gleiten. Wortlos nahm sie am Teetisch Platz, so daß ihr Gesicht nicht im Licht der Lampe war.

»Diese späten Spaziergänge, Hortense . . ., die Kühle der Nacht dringt schon hierher . . .«

»Du sorgst dich unnötig, Vater. Der Genuß dieser wunderbaren Natur hier ist in der Abendkühle erst vollkommen.« Während sie die Worte sprach, zog sie wie fröstelnd ihren leichten Schal dichter um die Schultern.

Violet war aufgesprungen.

»Ein Glas heißen Tee, Miß Hortense.« Sie setzte das volle Glas von Hortense auf den Tisch und breitete ein zweites Tuch um sie.

Hortense trank mit vollen Zügen. Unter der Wirkung des heißen Getränkes belebten sich ihre bleichen Züge.

»Danke, liebe Violet.«

Ihr Blick fiel auf das Radiogerät.

»Neue Nachrichten?«

Der Vater berichtete über die letzte Meldung.

»Die roten Kräfte werden von Süden und Norden her zusammengetrieben. Sie sammeln sich über dem Isthmus von Mittelamerika. Es ist ungewiß, zu welchem Zweck. Zu letztem Widerstand, zu gemeinsamer Flucht? Hoffen wir, daß Robert Canning auf seinem Flug nach dem Süden nicht in die streitenden Parteien hineingerät. Und wäre es auch nur, daß er mit Flüchtigen zusammenstieße.«

Als berühre sie das nicht, wandte sich Hortense zu der Landkarte, die auf dem Tisch ausgebreitet war.

»Die Schlacht über dem Isthmus – wenn es dazu kommen sollte – dürfte wohl die letzte dieses schrecklichsten aller Kriege sein. Dann wäre endlich Frieden auf Erden.«

Aus dem Radioapparat ertönten wieder Nachrichten aus aller Welt. Jubel überall, Ausbrüche triumphierender Freude; doch darin mischte sich bereits mehr oder weniger deutlich die Frage: Wer war der Schuldige?

Und immer wieder der Name Gorm, Weland Gorm, der Geheimnisvolle. Es lag ja so nah! War doch aus seinem Hirn die Erfindung entsprossen, aus der verbrecherische Hände diese Waffe geschmiedet hatten, durch die dieser Krieg erst ermöglicht wurde.

Hortense erhob sich, ging zu einem Zeitungsständer, ergriff ein Blatt, setzte sich wieder. Gorm ... Hier war sein Bild. Dieser Mann sei der Schuldige? Ihre Augen hafteten an dem Bild, be-

trachteten es lange. »Dieser Mann? Ich möchte ihn wohl gern einmal sehen.«

»Ob er überhaupt noch lebt?« warf van der Meulen ein. »Schon seit langem hat man nichts von ihm gesehen oder gehört.«

Violet hatte das Blatt ergriffen. »Möglich, daß ich ihn mal gesehen habe. Er war mit meinem Onkel Jonas Lee befreundet, bevor dieser seine Unglücksfahrt zum Mond antrat. Vielleicht kennt ihn mein Bruder.«

»Ah, interessant, Miß Violet. Ihr Bruder ... übrigens, er wollte Sie hier immer einmal besuchen.«

»Oh, ich glaube, das wird so leicht nicht eintreten. Er kennt nichts als seine Arbeit. Tag und Nacht sitzt er in dem Laboratorium an seinen geliebten Apparaten, wenn er nicht gelegentlich zur Erholung tollkühne Flüge mit seiner Maschine unternimmt. Alles ein Erbe des Oheims. Im stillen habe ich nur immer die Befürchtung gehabt, daß er auch an diesen Kämpfen teilnimmt. Verwegen genug ist er dazu.«

»Nun«, hier mischte sich van der Meulen ein, »so müssen wir ihn unbedingt mal herkommen lassen. Ein längerer Erholungsflug wird ihm nicht schaden können.«

Violet reichte das Blatt mit einem leichten Erröten zurück. »Ich möchte beinahe sagen, daß mein Bruder Ronald eine gewisse entfernte Ähnlichkeit mit Gorm hat. Nun, hoffentlich blüht ihm ein besseres Schicksal als diesem. Gorm! Wie ist es möglich, daß man immer wieder die alten Beschuldigungen vorbringt? Alle Welt weiß doch, daß das Staatsgeheimnis der neuen Erfindung durch den Verrat eines hohen Beamten den Roten in die Hände gespielt worden ist ... Welche Schuld kann man da Gorm beimessen?«

»Das ist der Gang der Welt«, warf van der Meulen ein.

»Kaum ein paar Jahre ist es her, da schrien sie Hosianna ...

... und jetzt wollen sie ihn ans Kreuz schlagen ... Das zeigt doch nur, wie recht die hatten, die damals meinten, die Menschheit sei noch nicht reif, nicht wert der großen Tat Gorms.«

»Schon seit Ausbruch des Krieges hetzt man gegen ihn«, sagte van der Meulen. »Daß man jetzt Stimmen hört, die die Einsetzung eines Gerichtshofes verlangen – ich halte es vorläufig nur für einen Bluff –, zeigt, daß das alles doch nicht leicht zu nehmen ist.«

Hortense versuchte zu lachen.

»Einen Gerichtshof! Weltgericht! Weltacht! Ich glaube, die Menschheit ist toll geworden.«

»Toll! Hortense, du sprachst das rechte Wort. Sie ist toll nach diesem Krieg, sie rast, sie will ein Opfer!«

Robert Canning saß in seinem Flugzeug. Vergeblich suchte er sich von der Erinnerung an die Nacht freizumachen. Immer wieder kehrten seine Gedanken zu dem Geschehenen zurück.

Der Sturz Awaloffs in die Tiefe ... Nur wenige Meter weit konnten seine Blicke dem fallenden Körper folgen. Dann verschlang ihn die Finsternis.

Was geschah weiter? Er zweifelte nicht, daß Awaloff, durch seinen Faustschlag betäubt, besinnungslos den Sturz durchfiel ...

Und gerade diese Szene, die er nicht bis zum Schluß erschauen konnte, trat immer wieder vor seine Augen. Er verfolgte den Körper von Meter zu Meter. Minuten mußte es dauern, bis Awaloff auf die Oberfläche des Meeres aufschlug. Im Geiste sah er die Flut unter dem rasenden Anprall des menschlichen Körpers hoch aufspritzen. Zerschlagen und zerrissen mußte dabei werden, was von Awaloff noch lebte.

Gott sei Dank, du warst kein Kind mehr, Awaloff! – Kinder haben zuweilen Schutzengel, die ihre Flügel in der Gefahr um sie breiten; er lachte ein häßliches Lachen. Awaloff ... Der Faustschlag hatte ihn nicht ganz betäubt. Wohl mußte er den Körper seines Gegners, an den er sich klammerte, loslassen und fühlte sich plötzlich ins Leere taumeln, fallen. Der Schrei, den er ausstoßen wollte, erstickte in der Brust.

In Bruchteilen von Sekunden durcheilte sein Geist die letzte Zeit seines Lebens.

Dieser Abschluß! Wie lange noch? Unendlich schien ihm die Zeit ... dann würden sich die Wogen des Ozeans über ihm schließen. Eine Art wohliger Ruhe überkam ihn ... die letzten Sinne schwanden ..., ein Traum nur noch –

Da! Wie ein Schlag ging es durch seinen Körper. Die Hände griffen um sich ... Wasser? Nein! Etwas Festes ... Hartes!

Er hatte ein unbestimmtes Gefühl, als wäre der Fall unterbrochen, als schwebe er, risse ihn etwas vorwärts.

Er fühlte, wie ein rasender Sturmwind an ihm zerrte, ihn wegzufegen drohte. Fester klammerten sich seine Fäuste um den Halt, den sie gegriffen.

Was war das? Wo war er?

Die Überraschung war zu groß, zu ungeheuer! Aufs neue schwanden ihm die Sinne ... Er fühlte kaum, wie die kräftige Faust eines Mannes ihn packte. Dann war er bewußtlos.

Als er wieder erwachte, sah er mit wirren Blicken um sich, wie einer, der schon als tot, begraben, aus dem wieder geöffneten Sarg gehoben wird. Nur langsam begann sein Geist zu arbeiten ...

Aber ... Was war das? Seine Blicke gingen in die Runde ... Er war ja im Flugzeug!

Ein Schrei der Erlösung brach aus seinem Munde ... Ein Traum nur alles, ein fürchterlicher Traum nur. Er war ja gar nicht aus der Maschine gestürzt, war ja noch hier ... Ein Traum, der ihn entsetzlich gemartert hatte.

Der andere da drüben im Halbdunkel ... Canning mußte es ja sein ... Canning, sein Freund!

Tief atmend schloß er die Augen. Er versuchte, das fürchterliche Traumbild aus der Erinnerung zu verscheuchen ... Er wollte Canning rufen. Die Lippen versagten.

»Hier! Nehmen Sie eine Erfrischung, Mann! Sie können's wohl gebrauchen.«

Beim Klang dieser Stimme riß Awaloff die Augen auf, schaute ihm ins Gesicht. Die Lippen, die das Wort Canning bilden wollten, verstummten. Dieser Mann dort war ja nicht Canning ... ein Fremder, eine fremde Stimme, die zu ihm sprach.

Er fühlte nur undeutlich, wie ihm ein Glas Kognak an die Lippen gesetzt wurde. Gierig trank er es leer. Unter den belebenden Geistern des schweren Getränkes fand er sich ganz wieder.

»Wer sind Sie? Wo bin ich? Ich glaubte, ich hätte geträumt ...«

»Leider nicht, mein Lieber! Der Traum war bittere Wirklichkeit. Von Ihres Begleiters Hand betäubt, stürzten Sie aus dem Flugzeug.«

»... Von Cannings Hand betäubt, stürzte ich aus dem Flugzeug ...« Monoton wiederholte Awaloff die Worte, unbewußt den Namen Cannings einfügend. »Ja, es ist wahr ... so war es ... und unter mir das Grab des Ozeans ... Und jetzt! Sagen Sie mir, wo ich bin.« Er schrie es, versuchte aufzuspringen. »Lebe ich oder bin ich tot? ... Bin ich Awaloff? ... Oder wer bin ich ...«

Mit Augen, in denen Wahnsinn stand, starrte er umher. Der andere legte den Arm um ihn, zwang ihn in den Ruhesessel zurück.

»Seien Sie ruhig, Herr Awaloff, wie Sie ja wohl heißen mögen. Nehmen Sie dieses Pulver, es wird Ihnen Schlaf bringen. Wenn Sie wieder bei Kräften sind, werde ich Ihnen Aufklärung geben. Jetzt schlafen Sie ein ... mit dem Gedanken, daß Sie leben und gerettet sind.«

Der Fremde trat zurück, ging zu dem Maschinenraum. Es war kein Pilot darin. Sein Auge ging prüfend über die Karte und die Kompaßscheibe. Dann trat er zur automatischen Steuerung, bewegte ein paar Hebel und nickte vor sich hin. Der Kurs war in Ordnung.

»Canning – der Name aus dem Munde dieses unverhofften Gastes bestätigte meinen Verdacht – ich konnte seine Züge durch die Scheiben der Kabine nicht mit voller Sicherheit erkennen ... Robert Canning! – Was muß da vorgefallen sein, daß du zum Verbrecher, zum Mörder wurdest?«

Seine Gedanken flogen zurück. Seine Studienzeit in Gent. Canning war, wie er, als Hörer an der Universität. Er erinnerte sich seiner genau. Damals machte er viel von sich reden. Von maßlosem Ehrgeiz besessen, strebte er nach den höchsten Zielen der physikalischen Wissenschaft, wobei das Wollen mit dem Können nicht in rechtem Einklang stand. Öfter als einmal hatte Canning geglaubt, eine hochwichtige Entdeckung gemacht zu haben, die zunächst großes Aufsehen erregte, aber einer ernsten Prüfung nicht standhielt.

Er hatte ein gewisses Mitleid mit Canning gehabt. Waren doch die Grundideen seiner Erfindungen und Entdeckungen meistens richtig, nur ihre Weiterführung fehlerhaft oder unmöglich.

Er hatte Canning dann aus den Augen verloren, wußte nur, daß er sich später in Paris als Privatgelehrter niedergelassen hatte. Wie konnte dieser Mann so tief sinken? –

Ein Zufall hatte ihn jetzt in Cannings Bahn geführt. Er hatte dessen Maschine eben in Sicht bekommen, als er sie plötzlich aus der bisherigen Flughöhe abwärtsgehen sah ... Ein Defekt? Ein Unfall? Er war ihr mit abgeblendetem Licht nachgestoßen und sah sie ihren Weg in der geringen Höhe fortsetzen. Schon wollte er wieder nach oben gehen, da wurde er Augenzeuge des Verbrechens.

Was tun? Instinktmäßig trieb er sein Flugzeug näher heran ... Da sah er mit Entsetzen, wie Canning gerade sein Opfer herausschleuderte ...

Nur eine Sekunde, dann stieß er seine Maschine mit voller Energie senkrecht in die Tiefe, unterfuhr noch schneller im Sturz den Stürzenden, fing ihn sanft mit dem Rumpf seines Flugzeuges auf ...

Der leichte Aufprall des Fallenden gab ihm Gewißheit, daß der kühne Versuch geglückt war. –

Er trat wieder in die Kabine ... Da lagen am Boden noch die Papiere, die die starre Faust des sonderbaren Gastes umklammert hielt, als er ihn in sein Flugzeug hereinholte. Er bückte sich, hob sie auf, ließ sich am Tisch damit nieder.

Lange Zahlenreihen, unterbrochen von dazugehörigen Ausführungen ... Die Buchstaben tanzten vor seinem Gesicht. Er legte sich zurück, schloß die Augen, starrte wieder darauf ... Diese Zah-

len, diese Ausführungen ... Als wäre der Blitz neben ihm eingeschlagen, sprang er auf und lief in dem engen Raum ruhelos hin und her.

»Unmöglich! Unmöglich!« Immer wieder schrien seine Lippen das Wort. Immer wieder beugte er sich über diese Blätter, als müßte er sich vergewissern, daß es Tatsache wäre, daß er nicht träume. Die maßlose Erregung übermannte ihn, daß er kraftlos in dem Stuhl zusammensank. Sein Atem ging schwer, er preßte die Fäuste an die Stirn ...

Wie war das möglich?

Die erste Niederschrift dieser Blätter war von seiner eigenen Hand erfolgt. Er sah sich sitzen in dem mit den stärksten Mitteln der Technik geschützten Panzergewölbe der Europa-Bank. Vor ihm ein einfacher Tisch, dabei ein gewöhnlicher Bretterstuhl, Tinte und Feder, ein Stoß weißes Papier.

Die Apparate, die die neue Energie lieferten ... und kein Mensch dieses Zeitalters, der ihre Einrichtung kannte, der sie nachbauen konnte.

Für den Fall – für den unmöglichen Fall, daß sie einmal versagen sollten – in der Europa-Bank sollten dafür die Berechnungen und Konstruktionen in versiegeltem Umschlag deponiert bleiben. Um jede Möglichkeit, daß die Dokumente gestohlen werden könnten, zu vermeiden, hatte er die Aufzeichnungen hier im Tresor eigenhändig geschrieben und gezeichnet. Sie waren von ihm selbst in den Umschlag getan und versiegelt worden. Von seiner Hand waren sie in den stärksten Panzerschrank gelegt worden. Vor seinen Augen war dieser Schrank unter den größten Vorsichtsmaßnahmen im Beisein der Vertreter aller europäischen Staaten geschlossen worden. Die Schlüssel und das Geheimnis, damit die Tür zu öffnen, waren verschiedenen europäischen Regierungen übergeben, die das Anvertraute durch stärkste Sicherheitsmaßregeln zu beschützen hatten. Keiner war ohne die Hilfe aller anderen in der Lage, diesen Tresor zu öffnen.

Und jetzt! – Es mußte doch geschehen sein! Wie wäre es sonst möglich gewesen, daß eine Abschrift jetzt hier vor seinen Augen liegen konnte? Ein Diebstahl, ein gewaltsamer Raub lag gänzlich außer dem Bereich jeder Möglichkeit. –

Und dann – er preßte die Hand aufs Herz –, wie eine böse Ahnung war es schon damals in ihm aufgestiegen, als die Sowjets, im Besitz von Waffen, die nur nach seiner Erfindung gebaut sein konnten, im neuen Weltkrieg kämpften.

Denn die Stimmen der Millionen, die ihm ins Ohr gellten ... du

bist es, der all das Elend verschuldet hat, das über die Welt gekommen ist. Teufelswerk deine Erfindung, mit der du der Welt ein Paradies zu bereiten versprachst ... du, an dessen Hand das Blut unzähliger schuldlos Gemordeter klebt ...

Die Ahnung, sie war wahr geworden. Hier lagen vor ihm die Beweise ... Lüge war alles, was über den verräterischen Verkauf des Apparates durch einen hohen Regierungsbeamten geredet wurde. Lüge war das alles! Vielleicht fand er auch hierfür die Beweise ... Mit bebenden Händen durchblätterte er die Papiere.

Hier ein anderes Blatt! Eine andere Schrift! ›Robert Canning‹ lautete die Unterschrift. Eine Quittung über den Empfang von drei Millionen Rubel für die Übergabe der Berechnungen an Awaloff.

Wie ein rasendes Tier sprang er auf, starrte zu dem Mann hin, der da besinnungslos vor ihm lag. Mit geballten Fäusten stand er über ihm. Er wollte sich auf ihn stürzen ... Du und er! Doch nein, der Hauptschuldige war ja der nicht, das war Canning.

»Canning!« Die Stimme, die den Namen schrie, war die eines gereizten Raubtieres. »Du, Canning, Robert Canning, der größte Schurke, den die Geschichte der Menschen je gekannt.« Er lief in dem Raum hin und her. Hätte er ihn hier gehabt, er hätte ihn erwürgt ...

Die Stunden verstrichen, er wußte nicht, wie viele ... Der Fund hier! Um keinen Schatz der Welt hätte er ihn aus der Hand gegeben — ihm gehörte er, keinem anderen in der Welt!

Diese Papiere als Waffe in der Hand! Wer würde es noch wagen, einen Stein auf ihn zu werfen? —

Canning! Ihn finden, an den Pranger stellen. Kein anderer Gedanke mehr! Er sah sich im Geiste diesem Manne gegenüberstehen, ihm die Beschuldigung ins Gesicht schleudern ... Das glatte Gesicht tauchte vor seinem Auge wieder auf ...

Und dann hielt er plötzlich still. Es war ihm, als stünde Canning vor ihm mit höhnisch lachendem Gesicht und fragte: Die Papiere, Gorm? Liegen sie nicht noch in der Europa-Bank? Sind die Siegel nicht noch unversehrt? — Ich hätte dich bestohlen ...? Fast körperlich hörte er ihn höhnisch lachen ... Deine Arbeit? Nein, meine Arbeit ist das! Du glaubst der einzige unter den Millionen zu sein! Du täuschtest dich! Ich, auch ich habe es erreicht, das Geheimnis ergründet ... Und wenn ich es den anderen gab ..., nun, warum sollt' ich's nicht? Du gabst es den Weißen, ich gab es den Roten. Was geht's dich an?

Hochatmend sank er in den Stuhl. Kein Wort würde er glauben ... und doch, Canning ein Verbrechen beweisen ... wie sollte das

möglich sein? Die Schuld, die ungeheure Schuld, sie klebte fest an seinem Namen. Der Haß der Welt, fortlebend, ihn ächtend, blieb.

Den Beweis von Cannings Schuld, wie sollte er ihn je führen können ... Damals, als der Krieg begann, war auf seine Veranlassung der Tresor geöffnet worden, das Dokument, die Siegel unversehrt gefunden. Doch wie hatte Canning das Geheimnis des Tresors gefunden?! –

Die aufgehende Sonne rief ihn in die Wirklichkeit zurück. Sorgsam glättete er jedes der Blätter, ordnete sie, legte sie zusammen und barg sie an seiner Brust. Keine Macht der Welt sollte sie ihm wieder entreißen.

In den Straßen von Lahore herrschte wieder das gewohnte Leben und Treiben. Wohl hatten sich die blutigen Ereignisse des Krieges auch hier ausgewirkt. Doch war die bolschewistische Bewegung, noch ehe sie sich ganz entfalten konnte, durch die Ereignisse in Europa und Nordamerika erstickt worden. Auf einem kleinen Platz neben der Hauptstraße stand eine Gruppe von Menschen, die interessiert der Vorstellung eines Gauklers folgte.

Dieser, ein älterer Mann, braunhäutig wie ein Hindu, hatte unverkennbar mongolischen Einschlag. Er blies auf einer kleinen Flöte, während zwei Kobras mit aufgeblähtem Hals zischend ihre Körper nach den Klängen der monotonen Musik wie im Tanz hin und her wiegten. Es war das alte Schauspiel, das die Bewohner Lahores schon zu den Zeiten der Mogulkaiser unterhalten hatte und auch heute immer noch hinreichte, Schaulustige heranzuziehen.

Jetzt setzte er die Flöte ab, faßte mit geschickten Griffen die Schlangen und tat sie in den Bastkorb. Dann begann er von neuem zu spielen, und ein junges Mädchen, das mit einem Blechteller umherging, armselige Kupfermünzen einzusammeln, warf hastig ein paar Schleier über und begann zu tanzen. Der Kreis der Zuschauer wurde jetzt größer. Erwartungsvoll sah alles auf den Tanz. Es war keiner von denen, wie sie die Straßengauklerinnen zu zeigen pflegten. Etwas Fremdes, Ungewöhnliches lag darin. Es waren nicht die blitzschnellen, aufgelösten Bewegungen der bekannten Tänze, es war vielmehr ein feierliches Schreiten, bei dem der ganze Körper in ausdrucksvollster Bewegung mitging. Dazu die fast starren Gesichtszüge, die Augen wie die einer Somnambulen traumhaft in die Weite gerichtet.

Den meisten schien diese Art des Tanzes indes wenig zu gefallen. Der Kreis lichtete sich schnell. Noch ehe weitere sich entfernten, hörte der Inder plötzlich mit dem Spiel auf, warf der Tänzerin

den Blechteller zu, um schnell noch ein paar Kupfermünzen einzuheimsen. Dann erhob er sich, schrie dem Mädchen ein paar barsche Worte zu und hieß es ihm folgen.

Das Mädchen belud sich mit den auf der Erde liegenden Gepäckstücken, nahm den Schlangenkorb in die Rechte und folgte ihrem Herrn. Bedrückt von der schweren Last, vermochte sie nicht Schritt mit ihm zu halten und blieb mehr und mehr zurück.

Während die meisten der Zuschauer sich längst zerstreut hatten, war noch ein einziger stehengeblieben. Eine hochgewachsene Gestalt, dem Schnitt der Kleidung, des Gesichtes nach zweifellos kein Eingeborener. Unter dem breitrandigen Strohhut blitzte aus dem gebräunten Gesicht ein Paar graublauer Augen. Das kurzgeschnittene blonde Haar verriet den Westländer.

Mit Verwunderung hatte er das seltsame Paar schon seit geraumer Weile betrachtet. Das Mädchen war trotz der zerschlissenen, verstaubten Hindukleidung unverkennbar eine Europäerin. Wie kam das junge Geschöpf – sie mochte höchstens achtzehn Jahre zählen – in die Gesellschaft dieses widerlichen Alten? Sie schien unter einem unerklärlichen Zwang zu stehen, denn sonst wäre es nicht zu begreifen gewesen, daß sie die brutale Behandlung des Inders widerstandslos erduldete.

Das Mitleid, das er beim ersten Anblick mit ihr empfunden, verstärkte sich, als er sie jetzt so mühsam in dem glühenden Sonnenbrand unter ihrer Last dahinwanken sah.

Er wollte sich ihr nähern. Da kam der Inder, der sich jetzt nach der Zurückbleibenden umgeschaut hatte, mit ärgerlichem Rufen und Schelten zurück. Er schrie ihr ein paar Schimpfworte zu und schritt neben ihr her.

Vergeblich suchte das arme Geschöpf seine Schritte zu beschleunigen. Als sie wieder zurückblieb, versetzte ihr der Inder einen tückischen Stoß in die Seite, der sie taumeln ließ. Im selben Augenblick stand der Fremde neben ihr, nahm die schwere Last von ihren Schultern und fuhr den Inder mit barschen Worten an. Dieser versuchte den Fremden beiseite zu stoßen. Doch da legte sich dessen Hand mit eisernem Griff auf seinen Arm.

»Wer bist du? Wer ist dies Mädchen? Wie kommt es in deine Gesellschaft, du Schurke?«

Vergeblich wand sich der Alte unter dem Griff, zischte unverständliche Worte.

»Ich werde die Polizei zu Hilfe rufen, wenn du mir nicht sofort Auskunft gibst!«

Bei dem Worte Polizei sank der Inder in sich zusammen. Dann

plötzlich – der Griff des Fremden schien nachgelassen zu haben –, machte er sich mit einer schlangengleichen Bewegung frei. Seine Hand griff blitzschnell nach dem Dolchmesser, das in seinem Gürtel steckte. Noch ehe er es gefaßt hatte, traf ihn ein wohlgezielter Schlag, der ihn zu Boden warf.

Das Mädchen war während dieses Streites auf dem Gepäck zusammengesunken und brach in lautes Weinen aus. Die Vorübergehenden nahmen teils für den Inder, teils für den Fremden Partei.

Dieser beugte sich zu der Zusammengesunkenen nieder und sprach in englischer Sprache zu ihr. Er hatte dabei dem Inder den Rücken zugekehrt und sah nicht, wie jener mit wutverzerrtem Gesicht den zur Seite stehenden Schlangenkorb ergriff und ihn von hinten her zu den Füßen des Fremden hinschleuderte. Auf dem Boden aufprallend, öffnete sich der Deckel, und die beiden Kobras fuhren wütend zischend heraus. Die Neugierigen sprangen schreiend zurück. Der Fremde, der es nicht gesehen hatte, blieb stehen. Erst laute Zurufe aus der Menge machten ihn auf die Gefahr aufmerksam.

Er drehte sich um – zu spät –. Eine der Schlangen hatte sich um sein Bein herumgeschlungen. Mit einer heftigen Bewegung versuchte er sie abzuschleudern ... vergeblich ... er fühlte die spitzen Zähne in sein Fleisch dringen. Die Schlange hatte sich festgebissen.

Mit einem raschen Griff packte er sie im Genick, warf sie zu Boden und zertrat sie.

»Folgen Sie mir, wenn Ihnen Ihr Leben lieb ist«, klang es in englischer Sprache an sein Ohr. »Die Schlange war giftig. Das Gift wirkt schnell.«

Der Beschützer des Mädchens sah einen jungen Mann in europäischer Kleidung an seiner Seite, der auf ein unmittelbar hinter ihm haltendes Auto deutete.

»Schnell! Schnell! Ich bin Arzt.«

»Nicht ohne dies Mädchen hier!« Er faßte die Gauklerin um die Hüften und trug sie zu dem Wagen, in den er selbst mit dessen Besitzer stieg. Noch ehe der Inder seine Überraschung überwunden hatte, war der Wagen schon verschwunden.

»Streifen Sie die Hose in die Höhe! Glücklicherweise habe ich eine Ampulle mit einem erprobten Serum bei mir.«

Bei diesen Worten hatte er auch schon eine Spritze gefüllt und wollte sie einstechen. Doch schneller noch war die Tänzerin. In dem Augenblick, als die Wunde bloßlag, hatte sie sich darübergebückt und preßte ihre Lippen darauf.

Der Arzt ließ sie lächelnd einen Augenblick gewähren. Dann

drängte er sie zur Seite und drückte den Inhalt der Spritze unmittelbar neben der Bißwunde in das Bein.

»Sie werden voraussichtlich in kurzer Zeit das Bewußtsein verlieren und es — ich weiß nicht, wie stark das Schlangengift war — vielleicht zwei bis drei Tage nicht wieder zurückgewinnen. Haben Sie vielleicht irgend etwas zu bestellen? Haben Sie Freunde oder Angehörige, denen ich Nachricht geben soll?«

Der Verwundete sah ihn erstaunt an. Zweifel malte sich in seinen Zügen. Der andere fuhr fort:

»Glauben Sie meinen Worten! Mein Name ist Stamford ... Doktor Sidney Stamford aus Amerika, — Arzt, ich halte mich zu Studienzwecken hier auf. Sie können versichert sein, daß Sie mir unbedingtes Vertrauen schenken dürfen.«

Der andere drehte sich ihm voll zu. Sah ihn mit einem langen Blicke forschend an, als wolle er in ihm lesen.

»Noch eine Frage. Wohin führen Sie mich, Mr. Stamford? Ich bin fremd hier, besitze kein Heim.«

»In mein Haus in der westlichen Vorstadt ...«

»Ich will Ihnen meinen Namen nennen. Nur möchte ich Sie bitten, den Namen gegen jedermann zu verschweigen, was auch kommen mag.«

Dr. Stamford drückte ihm schweigend die Hand.

»Ich heiße Gorm!«

Stamford unterdrückte kaum einen Ausruf der Überraschung. »Gorm?! Der Gorm?! Weland Gorm, der berühmte Erfinder ...?«

Der andere nickte.

Stamford wäre fast vom Sitz aufgesprungen, so stark war der Eindruck, den die Nennung dieses Namens auf ihn machte.

»Sie sind Gorm, sind es wirklich! Fast möchte ich den Zufall begrüßen, wären die Umstände nicht so —«, er unterbrach sich, sah, wie Gorm schwer in den Sitz zurücksank, sekundenlang die Augen schloß. Dann öffnete er sie anscheinend mit Mühe wieder. Er suchte nach Worten.

»Noch eins! Ich fühle schon ... Sorg ... sorgen Sie ...« Gorm fuhr sich mit der Hand über die Stirn, als wolle er da etwas wegwischen, das sich schwer auf sein Hirn legte. Sein Blick wurde starr. Er schien einer Ohnmacht nahe.

»... sorgen Sie für das Mädchen!« Er deutete mit der Hand auf die Tänzerin, die mit angstvollem Gesicht vor ihnen kauerte.

»Seien Sie ohne Sorge! Ich werde es tun.«

Cannings Flugzeug berührte den Boden des Flugplatzes in Quito. Noch ehe die Maschine ausgerollt war, war er hinausgesprungen. Er stand schon neben der Tür des Pilotenraumes, als diese sich öffnete.

»Unser Aufenthalt hier wird nur kurz sein. Bleiben Sie an Bord. Ich folge meinem Freund, der schon vorausgegangen ist . . .«, er deutete auf eine Gestalt, die sich, einen Koffer in der Hand, dem Ausgang des Platzes näherte, in der Dunkelheit kaum noch zu erkennen war. Bei den letzten Worten wandte er sich schon um und ging jenem eiligen Schrittes nach.

Eine Stunde war noch nicht vergangen, als er zurückkehrte. »Wir fliegen auf direktem Wege nach Hause. Mein Freund bleibt hier!« –

Gegen Mittag des nächsten Tages überflog die Maschine die Grenzen Boliviens, glitt in geringer Höhe über die weiten Savannen des Gran Chaco hin. Nicht mehr lange, dann mußte der Nordrand seiner Besitzungen erreicht sein.

Canning trat ans Fenster. Sein Auge vermochte schon die großen Herden, die da unten weideten, als die seinen zu erkennen, die Weizenfelder im Westen bis hin zu den letzten Ausläufern der Anden. Die Kanäle, die das Gebiet durchzogen und zum Rio Vermejo führten, alles, so weit er schaute, war sein Besitz.

Die Schatten der Nacht begannen von ihm zu weichen. Sein Herz wurde freier, je weiter das Flugzeug ihn trug. Das kleine Königreich da unten – sein Eigentum war es, sein Werk war es!

Vor Jahren war er hierhergekommen. Die Millionen brannten in seiner Tasche, er suchte die beste, sicherste Anlage. Nach langem Überlegen war er zu dem Entschluß gekommen, das Geld zum größten Teil in Landbesitz anzulegen. Alles Land, das hier käuflich gewesen, hatte er erworben.

Man hatte den Kopf geschüttelt über den europäischen Señor, der Millionen in diese trostlose Einöde steckte, denn er beließ es nicht bei dem Erwerb des wohlfeilen Landes und der hier bisher allein üblichen Vieh- und Weidewirtschaft. Auf eigenen Schiffen brachte er Maschinen und immer neue, andere Maschinen den Rio Vermejo hinauf. Baggermaschinen gruben Kanäle durch die Sümpfe des Geländes, legten sie trocken, verwandelten sie in fruchtbares Ackerland. Kanäle, die gleichzeitig Verkehrswege für den Abtransport der Bodenerzeugnisse zu den Flüssen und zur Küste bildeten.

Es dauerte nicht lange, da schwand das Wundern der Nachbarn. Wie durch Zauberhand entstanden dort in kurzer Zeit fruchtbare Fluren, die in Bälde hundertfältigen Ertrag versprachen. Mitten

darin lag das Wohngebäude, von Parkanlagen umgeben, die unter Benutzung eines Stückes prächtigen Urwaldes entstanden waren.

Die Millionen waren der Ertrag für die Konstruktionen Gormscher Apparate . . . seine eigene Erfindung!

Er sagte es, und man glaubte es ihm – man – das war Awaloff. Dieser war der einzige, mit dem er in persönlichen Verkehr trat, der einzige Zeuge seiner Tat. Zu klug, alles auf eine Karte zu setzen, hatte Canning sich wohl gehütet, sich ganz den Sowjets zu verschreiben, gemeinsame Sache mit ihnen zu machen.

Jahrelang, ein Jahrzehnt wohl, hatte er mit allen seinen Kräften daran gearbeitet, das Problem zu lösen, dessen Lösung Gorm dann glückte.

Der Tag, an dem Gorm der Welt bekanntgab, daß der große Wurf gelungen, war für Canning ein Tag tiefster Verzweiflung, tiefster Enttäuschung, tiefsten Sturzes. Vergeblich hatte er gearbeitet! Zerronnen die Wünsche, Hoffnungen, Träume von Reichtum, Glück und Ruhm.

Er hatte, an allem verzweifelnd, seinem Leben ein Ende machen wollen. In wüsten Träumen schon darüber gesonnen, welche Todesart er wählen solle. Eine neue, unbekannte. Eine, die, noch nie dagewesen, seinen Namen wenigstens im Tode bekanntmachen mußte.

Da war eine kleine Erfindung, die er einmal gemacht hatte, ein Apparat, der, Strahlen größter Durchdringungskraft aussendend, verborgenste Tiefen entschleierte. In einer glücklichen Stunde war ihm die Konstruktion gelungen. Eine technische Spielerei in seinen Augen. Geld, Ruhm, Ehre – das war damit nicht zu erringen!

Damit sich töten! Sich töten? Nein! Die Todesgedanken schwanden, je länger er den Apparat betrachtete.

Diese geheimnisvollen Strahlen, vom Schicksal in glücklicher Stunde geschenkt – nicht den Tod, Glück sollen sie mir bringen zur gegebenen Stunde . . . zu der Stunde, wo das Schicksal dem Glück gebietet, mir die Hand zu reichen.

Warten! Warten . . . der Tag, die Stunde wird kommen. Der Gedanke hatte ihm neue Kraft gegeben, hatte ihn das Leben leichter ertragen lassen.

Fest saß die Hoffnung in seinem Herzen. Als Awaloff zu ihm kam, seine physikalischen Kenntnisse irgendwie nutzbar machen wollte, da zweifelte Canning keinen Augenblick, daß jetzt die Stunde da sei, in der das Schicksal ihn belohnen wolle.

Er hatte Awaloff fortgeschickt, wiederzukommen nach Ablauf

eines Monats. Drei Tage, drei Nächte saß er, den Weg suchend ... und dann wußte er ihn.

Er verließ Paris. Machte tausend Kreuz- und Querfahrten, um die Spur seiner Reise zu verwischen. Erreichte sein Ziel. –

Es gelang; zur verabredeten Zeit war er wieder in Paris.

Das Gesicht dieses Awaloff: unvergeßlich war ihm die Überraschung, die maßlose, fassungslose Überraschung in diesem Gesicht, als er ihm Waffen anbot, Gormsche Apparate als Waffen – Waffen, unbesiegbar, unwiderstehlich –, Waffen, mit denen der Sieg untrennbar verbunden sei; Waffen, so fürchterlich, wie sie noch nie verwendet wurden. Schon die Überraschung mußte den Sieg bringen. Die ganze Welt mußte den Herren dieser Waffen zu Füßen liegen.

Es dauerte lange, bis der andere es begriff. Dann hatte er mit heiserer Stimme geschrien:

»Was ... was verlangen Sie dafür?«

»Drei Millionen!«

Die Zahl, unerhört groß erschien sie Canning damals, kam nur zögernd aus seinem Munde.

Awaloff hatte nur zustimmend genickt, ihm wortlos die Hand gedrückt. – Später – wie oft hatte Canning nicht mit Ärger und Mißbehagen an diese Stunde gedacht ... Mehr! Fünf Millionen! Zehn Millionen! ... Du Tor, hättest du sie gefordert, er hätte sie dir auch gegeben.

Wieder hatte er Paris verlassen, die Arbeit zu beginnen. Die Furcht vor Beobachtung und Verfolgung hatte ihn gehetzt von Ort zu Ort, von Land zu Land. Bis drei Monate später die Modelle fertig waren.

Zwei sich begegnende Hubschrauber in höchster Höhe. Er in dem einen, Awaloff in dem anderen. Eine Laufbrücke von einer zur anderen Maschine gestreckt, so wären die letzten Verhandlungen vor sich gegangen.

Die Probe des Apparates hatte den Beweis seiner Wirksamkeit gegeben, das Geld war echt und gut ...

Jeder flog zurück mit seinem Schatz.

Er kam damit hierher, erschuf sich hier im Gran Chaco sein Reich ...

Die anderen stürzten Throne, zerstörten die halbe Welt. Er blieb kühl und gelassen dabei. Doch als die rote Macht immer weiter wuchs, immer weiter sich dehnte, da ergriff ihn die Angst – die Angst um seinen Besitz.

Sein Glück, sollte es trügerisch ihn verlassen wollen? Die Macht

der Sowjets drohte jetzt auch nach Südamerika überzugreifen. Zusammenbruch? ... Es durfte nicht sein!

Doch was tun, um sich zu retten?

Die lose Verbindung mit dem Bolschewismus ... mit allen Mitteln hatte er sich dagegen gewehrt, sich in die Netze seiner Organisation mitverwickeln zu lassen, jetzt suchte er nach Awaloff, suchte durch ihn Fühlung zu bekommen, wer wußte, wie der Riesenkampf ausgehen würde.

Am Bosporus waren sie zusammengekommen.

Der Ausgang der Schlacht – mit jedem zerstörten roten Geschwader wurde die Last, die Canning drückte, leichter. Tiefster innerlicher Jubel in ihm, als die Niederlage der Roten vollendet schien.

Doch nicht eher glaubte er sich und seinen Besitz sicher, bis Awaloffs Mund stumm war. Denn dieser wußte zuviel ... zuviel, als daß er leben durfte. Und als Awaloff nun gar in seiner Vertrauensseligkeit verriet, daß er die Papiere bei sich trug, da stand Cannings Entschluß fest. Und was war's schließlich? Einer mehr oder weniger. Was kam's jetzt darauf an?

Und als hätte er die letzten Grillen von sich gescheucht, sah er jetzt mit Freude sein herrliches Heim aus der Ebene winken.

Sein Blick ging weiter. Dort drüben, da hinten auf der Flußhöhe lag Buena Vista, das weiße Haus van der Meulens ... Hortense! ... Morgen würde er sie wiedersehen.

Die drückende Mittagshitze, vor der auch die breiten, dichten Blattkronen der Parkbäume nicht zu schützen vermochten, hielt die Bewohner von Buena Vista in den Räumen des Hauses fest. In einem nach Süden gehenden Zimmer, dessen Fenster dicht verhängt waren, ruhten Hortense van der Meulen und Violet Lee in bequemen Liegestühlen.

War's die Schwüle, war's die Stimmung, nur mühsam schleppte sich das Gespräch dahin. Eine Dienerin trat ein, brachte eine Schale eisgekühlter Früchte. Da klang durch die offene Tür des Nebenzimmers das Schrillen des Telefons. Violet sprang auf, eilte hinaus, und war sogleich wieder zurück.

»Mister Canning ist am Apparat!« Hortense war bei der Nennung des Namens kurz zusammengezuckt. Sie beugte sich vor, als wollte sie sich erheben. Sie blieb sekundenlang starr sitzen. Die natürliche Blässe ihres Gesichtes hatte sich verstärkt. Ein nervöses Zittern lief über ihre Gesichtszüge. Dann, als hätte sie sich gefaßt, sprang sie auf und ging zum Telefon.

Der kurze Weg gab ihr die Gewalt über sich wieder.

Violet biß gerade herzhaft in eine saftige Frucht, als ein lautes Surren sie mit offenem Munde aufhorchen ließ.

»Das Postflugzeug!« rief die Dienerin. Da war auch Violet schon hinausgeeilt. Die Maschine schoß eben über den Hof der Hazienda, ließ in geschicktem Wurf die Post in ein aufgespanntes Netz fallen und verschwand über dem Park. Der alte Majordomo ließ das Netz zu Boden und trug den Ledersack ins Haus. Während er den Inhalt umständlich sortierte, hatte Violet schon einen Brief mit ihrer Adresse erspäht. Mit schnellem Griff nahm sie ihn an sich, riß ihn im Weitergehen auf. Schon die Marke hatte ihr den Schreiber verraten.

Während sie langsam die Treppe hinaufstieg, überflog sie den Inhalt. War es der, war es das Treppensteigen? Als sie oben war, lag helle Röte auf ihren Zügen. Doch das Lachen ihrer Augen verschwand, als sie in das Zimmer trat und Hortense sah, die auf einem Diwan lag, das Gesicht in die Hände vergraben. Violet eilte zu ihr hin.

»Miß Hortense! Ich will, ich kann nicht länger schweigen — verzeihen Sie mir —, aber ich selbst leide, wenn ich immer wieder sehen muß, wie Sie unter diesem Verhältnis zu Robert Canning leiden. Ich kenne Ihre Gefühle für ihn nicht. Nur das eine weiß ich, sehe ich täglich, daß Sie niemals das wahre Glück an seiner Seite finden werden. Zur vollen Liebe gehört doch volles Vertrauen, und das . . .«

Hortense ließ die Hände sinken, starrte Violet mit zusammengezogenen Brauen an.

»Miß Violet!«

Der Ton, der Ausdruck ihres Gesichts . . . Violet wandte sich verlegen ab. Tränen rollten über ihre Wangen. Wie sie so dastand in ihrer rührenden Hilflosigkeit, glätteten sich Hortenses Züge. Sie sprang auf, legte den Arm um die Gefährtin.

»Nicht weinen, Kleines! Ich weiß wohl, Sie meinen es gut. Doch ich glaube, Sie sorgen sich unnötig. Es wird schon alles gut werden . . . Robert Canning wird heute noch kommen. Er hat uns viel zu erzählen von den großen Ereignissen in Europa, die er zum Teil mit eigenen Augen gesehen hat. Aber was ist das?«

Sie bückte sich zu Boden, hob den Brief auf, der Violets Hand entglitten war. Sie warf einen Blick darauf, gab ihn lächelnd zurück.

»Sieh da! Die kleine Violet spricht schon aus Erfahrung.«

Sie eilte Violet, die sich errötend zum Tisch flüchtete, nach.

»Erzählen Sie doch! Was schreibt unser gemeinsamer Freund Stamford? In Lahore ist er, wie ich ersah. Kommt er nicht bald mal wieder hierher?«

»Ach nein, Miß Hortense! Denken Sie doch, er schreibt, daß er eine große Reise vorhabe, von der er hoffe, gesund zurückzukehren.«

»Eine große Reise? Nun, ich dächte, größere Reisen als seine jetzigen ...«

»Damit meint er sicher eine gefährliche Reise.«

»Ach! Was heißt heute gefährliche Reise? Die großen Luftkreuzer kennen keine Reisegefahren mehr.«

Van der Meulen trat in das Zimmer.

»Große Reise? Wer denkt an Reisen?«

»Ich, lieber Vater! Reisen möchte ich! Und recht bald ... Die Welt ist wieder ruhig geworden. Violet hat mir so viel von ihrer englischen Heimat erzählt. Ich möchte mit ihr dorthin fliegen. Und am schönsten wäre es, Pa, du kämst mit uns ..., und du wirst es tun, wenn wir dich herzlich bitten.«

Van der Meulen zuckte die Achseln.

»Hm! Von mir aus. Was wird Canning dazu sagen?«

»Ah! Er rief vorhin an. Er ist zurück. Er wird bald kommen.«

»Das ist interessant, Hortense. Er kommt aus Europa. Zweifellos wird er uns Näheres über den Verlauf der Kämpfe, den Umfang der Verwüstungen berichten können. Ich hörte von meinem Korrespondenten, daß ein Lebensmittelmangel droht. Ich habe schon heute morgen große Ladungen nach Europa abgehen lassen. Doch ich denke, wir gehen in den Park. Die Sonne neigt sich schon, die schlimmste Hitze ist vorbei.«

»Geh nur voraus, Pa, wir kommen gleich nach.«

Kaum hatte van der Meulen den Raum verlassen, wandte sich Hortense mit unterdrückter Erregung an Violet.

»Robert Canning wird in Kürze hier sein. Ihr werdet ihm draußen begegnen. Ich bleibe hier. Sie ... werden mich entschuldigen, die Schwüle, die Hitze des Tages, ich habe Kopfschmerzen und kann ihn unmöglich begrüßen.«

Einen Augenblick stand Violet überlegend. Dann glitt ein zufriedenes Lächeln über ihr Gesicht. »Ich glaube auch, es wird schon gut werden.«

Sie traf van der Meulen am Parktor, wo er die Straße nach Norden entlangschaute.

»Die Staubwolke dort hinten wird Canning sein.«

Ein paar Minuten später hielt dessen Auto vor dem Tor. Van der Meulen öffnete, schritt ihm entgegen.

»Ich begrüße Ihre glückliche Rückkunft, mein Lieber. Sie sind ein kühner Geschäftsmann, daß Sie sich in dieser Zeit in den Hexenkessel hineinwagten. Sie werden uns sicher viel erzählen können. Vielleicht waren Sie Zeuge von Kämpfen . . .«

». . . Die große Schlacht über der Katalaunischen Ebene, van der Meulen! Ja, ja! Sie sehen mich staunend an. Ein Zufall ließ mich Zeuge sein. Doch davon später. Wo ist Hortense? Ah, guten Tag, Miß Violet. Hortense? Wo ist sie?«

»Miß Hortense läßt um Entschuldigung bitten, Mr. Canning. Die Schwüle, die Hitze dieses Tages verursachten ihr unerträgliche Kopfschmerzen. Sie . . .«

Canning warf einen schnellen Seitenblick auf van der Meulen, der mit erstauntem Gesicht zu Violet schaute.

»Ah! Ich bedauere sie außerordentlich.« Canning biß sich nervös auf die Lippen. »Ich hoffe, daß . . . das wohl bald vorübergehen wird und ich noch Gelegenheit haben werde, Hortense zu sehen.«

Während van der Meulen und Canning in dem japanischen Lusthaus saßen, das an dem Parkweiher stand, war Violet in das Haus zurückgegangen, für Erfrischungen zu sorgen. Ein paarmal klopfte sie an die verschlossene Tür Hortenses. Umsonst . . .

Als sie zu dem Pavillon zurückkehrte, fühlte sie die dunklen Augen Cannings fragend auf sich gerichtet. Sein Besuch dehnte sich schon über Gebühr aus. Umsonst harrte er auf Hortenses Erscheinen.

Als Canning endlich abfuhr, suchten seine Augen vergeblich die lange Fensterreihe ab.

Das Herannahen starker weißer Streitkräfte aus Nordamerika veranlaßte General Serrato, den Befehlshaber der südamerikanischen Luftstreitkräfte, zum erneuten Eingreifen. War es ihm gelungen, das Land zu säubern, die roten Geschwader bis auf den Isthmus von Panama zu drängen, so bot sich jetzt vielleicht die Gelegenheit, im Zusammenspiel mit den nordamerikanischen Formationen dem Gegner die entscheidende Niederlage beizubringen, die den Krieg auch auf diesem Kontinent beenden konnte.

Immerhin mußte der Kampf schwer werden, da die Roten durch die vom Norden her versprengten Geschwader verstärkt waren.

Trotzdem wollte Serrato es wagen. Noch am selben Abend stieß er vor.

Er hoffte, die rote Luftflotte überraschend angreifen zu können.

Die Meldungen der vorausgeschickten Aufklärungsflugzeuge bekräftigten ihn in seiner Hoffnung.

Ein großer Teil der roten Geschwader war auf Coiba, einer kleinen Insel südlich des Isthmus, niedergegangen. Der rote Führer war dabei, Apparate und Mannschaften der schwerbeschädigten Flugzeuge auf andere zu übernehmen, die leichter beschädigten auszubessern. Ihn dort zu überraschen und vernichtend zu schlagen, mußte das Ziel von General Serrato sein.

Mit abgeblendeten Lichtern, in dichter Formation, stieß seine Luftflotte in weit nach West ausholendem Bogen vor.

Die roten Patrouillenflugzeuge merkten zu spät das Herannahen des Feindes. Noch ehe die auf der Insel sich erhoben und kampfbereit gemacht hatten, war Serrato heran.

Wohl warfen sich die ungeordneten roten Geschwader todesmutig dem Angreifer entgegen. Ein heißer, erbitterter Kampf entstand, und manche Maschine Serratos stürzte brennend ab. Doch auf die Dauer ließ der Widerstand der Roten immer mehr nach. Ihre Verluste wurden größer und größer.

Schon umklammerten die Flügel der südamerikanischen Luftwaffe den Feind, da war auch schon ein mächtiges nordamerikanisches Geschwader heran und schloß den Ring, aus dem es kein Entrinnen mehr gab.

Über Coiba eingekesselt, stürzten die letzten roten Maschinen unter den Salven der amerikanischen Bordgeschütze in die Tiefe, auf den Felsen in feuriger Glut zerschellend. Und der Brand fraß weiter, ergriff alles Brennbare. Ein paar Bomben noch auf die anderen Flugzeuge, die manövrierunfähig auf der Insel lagen, vollendeten die gänzliche Vernichtung.

Die Sieger näherten sich, soweit es möglich war, der Stätte des Todes. Die Riesengluten da unten verhinderten eine Landung.

Der Sieg der vereinigten süd- und nordamerikanischen Luftflotten war vollständig. Die Radioberichte über die Vernichtungsschlacht von Coiba lösten ungeheuren Jubel aus. Besonders wurde General Serrato gefeiert.

Noch lange leuchtete als Siegesfackel das brennende Coiba. Als der Brand erloschen, war, wo einst schönes, grünes Eiland gewesen, eine wüste, schwarze Trümmerfläche, gemieden von Menschen und Tieren.

Sie standen zur Reise bereit.

»Es ist unmöglich, daß das Mädchen noch im Hause ist. Sie ist schon in der ersten Nacht entflohen, wenn es mir auch ein Rätsel

ist, wie sie es bewerkstelligt hat. Wenn das Schicksal es will, werden wir ihr wieder begegnen.«

Dr. Stamford öffnete Gorm die Tür. Doch dieser zögerte. Seine Augen gingen wie suchend durch das Haus, als müsse die Tänzerin noch im letzten Augenblick erscheinen. Dann strich er sich wie abwesend über die Augen.

»Was ist das, was alle meine Gedanken so an dieses Mädchen fesselt? Sind es Schicksalsfäden, die mich an dieses Geschöpf knüpfen? Es muß so sein! Ich fühle es, soviel ich mich auch dagegen wehre. Sie, der Sie so lange hier gelebt, so tief in die Mysterien dieses Landes geschaut haben, müßten es begreifen, mich verstehen . . .«

Stamfords Augen hafteten auf den vom überstandenen Fieber noch bleichen Zügen Gorms. Langsam kam es von seinen Lippen:

»Das Karma nennt es der fromme Buddhajünger hier im Lande, unwandelbar jedem von Anbeginn der Zeiten bestimmt. Es kann auch das Schicksal der einzelnen Menschen untrennbar verknüpfen. Die Bande trotzen dem Wechsel der Jahrtausende. Was auch kommen mag, die das Karma bindet, werden sich immer wieder finden.«

»Ich weiß es! Ich fühle, daß es nicht nur Mitleid ist, das ich für das Schicksal der Ärmsten hege, und finde keine Ruhe. Ich fühle, wie die Last ihres traurigen Schicksals sich auf meine Schultern legt, ich dulde und leide mit ihr.«

Stamford nickte. »Alles, was Sie sagen, verrieten Sie mir schon in Ihren Fieberträumen. Majadevi, die Tänzerin! . . . Immer wieder kam der Name von Ihren Lippen.«

»Ich würde sie suchen über die ganze Welt, wenn mich nicht die andere, die große Aufgabe riefe.«

»Kommen Sie, Freund! Denken Sie immer, daß das Karma nicht trügt. Vergessen Sie aber auch nicht, daß es sich nicht gegen seinen Willen meistern läßt . . . Kommen Sie! Das Kursflugzeug wartet nicht.«

In eiliger Fahrt brachte sie der Wagen zum Flugplatz. Die Maschine stand startbereit. In schnellem Flug überquerten sie die schneeigen Kämme des Himalaja und landeten im oberen Industale in Dargu, bevor noch die Sonne merklich gesunken war.

Auf Saumtieren erreichten sie noch am Spätabend Suru, ein einsames Lamakloster in den Bergen. Nach einer kurzen Begrüßung des Abtes, der Weland Gorm als alten Freund willkommen hieß, begaben sie sich zur Ruhe.

Am nächsten Morgen setzten sie ihre Reise fort. Immer steiler wurde der Pfad, an rauschenden Wassern entlang. Jetzt erblickten

sie ein einsames Seitental, allseitig von schneeigen Gipfeln eingeschlossen.

Da lag sie vor ihnen, die Stätte, an der Gorm, vor der Welt verborgen, seit Monaten schaffte. Sie waren in seiner Flugwerft.

Die Bark *Constanza* lief mit Südkurs durch den Pazifik. Es war der dritte Tag ihrer Reise von San Salvador nach Buenaventura. Auf der Höhe von Coiba meldete der Koch dem Kapitän, daß der erste Süßwassertank leer, der zweite leck und zum größten Teil ausgelaufen sei. El Capitan Miguel Garcia sah den Koch erst eine Weile sprachlos an. Als er die Sprache wiedergefunden hatte, fluchte er eine Viertelstunde lang alle Donnerwetter des Himmels auf das Schiff, den Reeder, die Fässer herunter. Dann begab er sich in die unteren Räume, besah sich den Schaden und fluchte nochmals eine Viertelstunde. Der Koch, der den Vorschlag machte, Coiba anzulaufen, rettete sich nur durch einen Sprung vor dem Schlag, den ihm der Kapitän zugedacht.

Langsam stieg Garcia die Treppe wieder nach oben. An Backbord sah er mit bloßem Auge die Umrisse der Insel. Er überlegte lange. Der nächste Hafen, der in Betracht kam, war zu weit. Der geringe Wasservorrat hielt nicht so lange vor.

»Ruder hart backbord!« brüllte er dem Rudergast zu. Er erinnerte sich dunkel einer Bucht der Insel, wo gut an Land zu kommen war.

Eine Stunde später ließ die Bark eine halbe Seemeile vom Ufer entfernt den Anker fallen. Nur ungern hatte der Kapitän sich zu diesem Manöver entschlossen. Seit der großen Luftschlacht war das kleine Eiland in Verruf gekommen. War auch die ganze Insel durch Feuer vollkommen verwüstet, so konnte er doch hoffen, ein paar Süßwasserbrunnen zu finden, die durch das Feuer nicht versiegt waren.

Ein Boot wurde flottgemacht und stieß an Land. Kapitän Garcia war selbst dabei. Mit einer halben Flasche Rum hatte er seine Bedenken beschwichtigt, den Fuß auf die verrufene Insel zu setzen.

Die kleine Expedition hatte Glück. An der Stelle einer früheren Fischereisiedlung unweit des Strandes fand man einen Brunnen, der genügend gutes Wasser gab. Während das Boot hin- und herfuhr, das Naß an Bord zu bringen, streifte Kapitän Garcia am Strande entlang. Tiefer in das Innere wagte er sich trotz der Rumflasche nicht.

Ein weißschimmernder Fleck zog ihn an. Er ging darauf los, fand große Massen geschmolzenen Aluminiums, das von den roten

Flugzeugen herrührte, die hier in Massen vernichtet waren. Der Gedanke kam ihm, ein Stück des Metalls loszubrechen und als Andenken mitzunehmen. Während er sich bemühte, einen Brocken zu lockern, fühlte er allmählich eine intensive Wärme unter seinen Sohlen, die ihn aufmerken ließ.

Er blickte nach unten. Da war nichts zu sehen. Wo er stand, war steiniger Boden. Nach einer Weile verspürte er die Wärme immer stärker. Verwundert bückte er sich, legte die Hand auf die Erde. Das Gestein war sehr warm.

Er tastete weiter um sich. Der Boden wurde bald wärmer, bald kälter. Endlich glaubte er die Richtung gefunden zu haben. Er machte ein paar Schritte nach vorn, bückte sich wieder, fühlte mit der Hand, zog sie mit einem Schrei zurück und blies sich auf die Finger, als hätte er glühendes Eisen angefaßt. Dann sprang er hastig ein paar Schritte zurück.

Kopfschüttelnd stand er da. Er wußte keinen Rat. Was konnte das sein? Er faßte sich an den Kopf, ob er träume oder wache. So schnell ihn die Füße trugen, lief er zu den Matrosen, die Wasser schöpften. Er hieß sie alles stehen und liegen lassen und mit ihm kommen.

Die Matrosen folgten ihm langsam, schüttelten den Kopf und lachten. Der Brand war wohl eher im Kopf als in den Füßen des ehrenwerten Garcia.

Er führte sie zu der Stelle, wo der Boden am heißesten war, und kommandierte sie, zu gleicher Zeit ihre Hand auf das Gestein zu legen.

Eine Sekunde nur, dann sprangen die Leute mit lautem Wehgeschrei auf, taumelten erschrocken zurück, schlenkerten ihre Hände in der Luft, tanzten, als ständen sie auf glühenden Kohlen.

Don Miguel glaubte, in seinem Leben keinen so guten Spaß vollführt zu haben. Er lachte, daß ihm die Tränen über die runden Backen liefen.

Als endlich Ruhe eingetreten war, standen sie in respektvoller Entfernung und sahen einander ratlos an.

Die Mannschaften des Bootes, das inzwischen wieder gelandet war, kamen auf den Anruf Garcias ebenfalls heran, und zur allgemeinen Freude wiederholte El Capitan denselben Scherz mit den Neuen.

Ein paar Ängstliche fingen an zu flüstern, von bösen Geistern, die auf dieser Insel weilten. Das Wort ging von einem zum andern . . .

Ohne Kommando, Don Miguel an der Spitze, setzte sich die

ganze Gesellschaft in beschleunigtem Schritte nach den Booten hin in Bewegung. Man vergaß in der Eile, die letzten Gefäße zu füllen, stieß ab und ging an Bord.

Dort machte das geheimnisvolle Abenteuer alsbald die Runde durch die Schiffsmannschaft. Die Anker gingen hoch, das Schiff setzte seinen Kurs nach Süden. Erst als die Insel außer Sicht gekommen war, wagte man es, über den Spuk laut zu sprechen.

Drei Tage später lief die *Constanza* in Buenaventura ein. Garcia meldete das Erlebte dem Hafenkapitän, während die Mannschaft dafür sorgte, daß Hafen und Stadt in kurzer Zeit von dem Abenteuer erfuhren.

Die Abendzeitungen brachten schon in großer Aufmachung unter der Überschrift »Das Geheimnis von Coiba« die ersten Nachrichten. Durch Draht und Funk erfuhr es die ganze Welt. Doch nur wenige beachteten es.

Man begann erst interessiert aufzuhorchen, als einen Tag später von dem 50 000-Tonnen-Dampfer *Arkadia* die Funkmeldung in alle Welt ging und den Befund der Mannschaft von der Bark *Constanza* bestätigte.

Die *Arkadia,* auf dem Wege von Panama nach San Francisco, machte auf Bitten des Professors Jefferson von der Universität Chicago unweit der Insel halt. Professor Jefferson wurde an Land gebracht und fand alsbald die Stelle, die durch die Aluminiumtrümmer kenntlich war. Die Entdeckung des Kapitäns Garcia wurde in jeder Weise bestätigt. Da die Dispositionen der *Arkadia* nur einen kurzen Aufenthalt gestatteten, konnte Professor Jefferson eine nähere Untersuchung nicht vornehmen. Der Bericht schloß: »Es steht außer Zweifel, daß eine baldige wissenschaftliche Untersuchung des Phänomens dringend erwünscht ist. Schon jetzt könne gesagt werden, daß irgendwelche vulkanischen Einwirkungen nicht in Frage kämen.«

Der nächste Tag brachte bereits Pressenachrichten in großer Zahl. Alle möglichen gelehrten und ungelehrten Leute äußerten sich zu dem Fall. Die meiste Beachtung fand eine Erklärung des Professors Körte von der Berliner Universität, dessen Gutachten in folgenden Worten gipfelte:

»Wenn es auch ohne Untersuchungen an Ort und Stelle schwer möglich ist, eine bündige Erklärung abzugeben, so liegt der Verdacht doch sehr nahe, daß es sich hier um einen Atombrand handelt. Wie Kapitän Garcia und Professor Jefferson übereinstimmend aussagen, befinden sich dicht bei der heißen Stelle große Mengen von Trümmern zerstörter Flugzeuge. Ich nehme an, daß die Appa-

rate dieser Schiffe, durch Bombenwurf gleichzeitig zerstört, ihre ganze Energie in solchen Mengen entluden, daß die Materie an dieser Stelle in ihrer Atomstruktur erschüttert wurde.«

Doch nur die Wissenschaftler erfaßten den Ernst dieser Worte. Die große Menge ging darüber hinweg.

Auch die Nachricht, daß von dem Physikalischen Institut in San Francisco eine Expedition nach Coiba geplant sei, fand wenig Beachtung.

Erst als einzelne Stimmen auch dies Vorkommnis mit Weland Gorm in Verbindung brachten, begann sich die öffentliche Meinung zu regen. Der tiefe Groll gegen Gorm bekam neue Nahrung.

Wo war er? Warum erschien er nicht vor der Öffentlichkeit, sich zu verteidigen?

Der großen Menge schien sein Schweigen ein Schuldbekenntnis zu sein. Kam er nicht freiwillig, mußte man ihn gewaltsam vor den Richter bringen.

Endlich war der ersehnte Frieden auf Erden eingekehrt.

Jetzt erst fanden die Zeitungen Muße und Gelegenheit, sich mit der berühmten Mondfahrt Jonas Lees zu beschäftigen, deren Tag sich vor einigen Wochen zum drittenmal gejährt hatte. Man brachte in Erinnerung daran in größeren oder kleineren Aufsätzen die Geschichte dieser Expedition.

Jonas Lee, Professor am Physikalischen Institut der Universität Cambridge, hatte damals seinen langjährigen Plan verwirklicht, in einer Wasserstoffrakete zum Mond zu fliegen. Der Flug war mit großer Sorgfalt vorbereitet.

Schon in den Jahren vorher waren mehrfach unbemannte Raketen von verschiedenen wissenschaftlichen Instituten der Welt zum Mond abgeschossen worden. Sie waren dort auch größtenteils gelandet, wie ihre Blitzeinrichtungen zur Erde zurückmeldeten. Lee war der erste gewesen, der auch Raketen konstruiert hatte, die nach ihrer Landung auf dem Monde ein Geschoß zur Erde zurücksandten. Die Ausführung war verhältnismäßig einfach, da ja die Rückrakete nur die Schwerkraft des Mondes zu überwinden hatte, die sechsmal geringer als die Erdschwere ist. Allmählich war es ihm auch gelungen, diese Rückraketen durch Bremsvorrichtungen derartig zu verbessern, daß sie vollkommen unversehrt wieder auf der Erde landeten.

Als diese Experimente wieder und immer wieder glückten, ja sogar Tiere, die in die Rückrakete eingesperrt waren, munter und ge-

sund zurückkamen, glaubte er die Zeit gekommen, zum Bau einer bemannten Rakete schreiten zu dürfen.

Es gab zwar Wissenschaftler, die doch noch starke Zweifel äußerten, aber der kühne Geist Lees überwand alle Bedenken. Die Mittel flossen ihm von allen Seiten reichlich zu.

Der 28. Februar war der schicksalsschwere Tag. Unter der Teilnahme der ganzen Menschheit, vor den Augen einer ungeheuren Zuschauermenge stieg die Rakete, die außer Lee noch vier Gefährten an Bord hatte, zum Mondgestirn empor. Die Flugdauer dorthin war unter Berücksichtigung der geringeren Start- und Landungsgeschwindigkeiten auf zwei Tage errechnet worden.

Die beiden Tage verstrichen unter atemloser Spannung der Welt. Die Riesenrohre aller Sternwarten waren auf den Punkt an der Schattengrenze der Mondsichel gerichtet, an dem Lee planmäßig landen wollte. Der Punkt war derart ausgewählt, daß die dort gelandete Expedition den volle vierzehn Erdentage währenden Mondtag für ihre Forschungen zur Verfügung haben mußte.

In der Tat waren 48 Stunden nach dem Aufstieg Lichtsignale beobachtet worden, die nur von Lee kommen konnten. Ihre Ausgangsstelle lag aber fast 20 Breitengrade nördlicher als der Punkt, an dem die Landung planmäßig vor sich gehen sollte. In einer Zone, wo die Wärme des langen Mondtages kaum noch den Nullpunkt überschreiten konnte. Bis auf diesen Umstand war die erste Hälfte des Fluges offenbar geglückt. Man beobachtete Lees Lichtzeichen, bis seine Landungsstelle in den vollen Sonnenschein trat und weitere Lichtsignale unmöglich wurden.

Doch vergeblich wartete man auf die Rückkehr der kühnen Weltraumfahrer. Auch Lichtsignale wurden später, als die Landungsstelle schon wieder im Dunkel lag, nicht mehr beobachtet. Man wußte, wieviel Vorrat an Lebensmitteln und Atmungsluft die Rakete mitgenommen hatte, und konnte danach mit Sicherheit sagen, wie lange ein Aufenthalt auf dem Monde möglich war.

Nach dem Ablauf einer aufs äußerste bemessenen Frist mußte man es als sicher betrachten, daß die kühnen Weltraumforscher ihr Unternehmen mit dem Leben bezahlt hatten.

Doch es dauerte noch lange, bevor das allgemeine Interesse abflaute. Bestand doch immerhin die Möglichkeit, daß Lee doch glücklich vom Mond abgekommen und auf der Erde gelandet sei. Aber in einer Gegend, die noch fern von jedem Verkehr lag, so daß eine Kunde lange Zeit brauchte, um zu den Menschen zu dringen.

Jetzt war auch diese Hoffnung längst hinfällig geworden. Doch als vor zwei Wochen der Erinnerungstag wiedergekommen war,

hatten die Zeitungen es nicht versäumt, die Erinnerungen an jenen kühnen Versuch wieder wachzurufen, der der einzige dieser Art geblieben war. Wohl hatte man sich auch an anderen Orten der Welt mit gleichen Plänen getragen, die Arbeiten teils schon begonnen. Das Schicksal Lees nahm allen den Mut, kein anderer wagte es, den Flug zu wiederholen.

Am 14. März stand im Morgenblatt der ›Times‹ im lokalen Teil folgender Polizeibericht:

»London, den 14. März. Heute früh in der vierten Morgenstunde wurden auf einer Bank im Hydepark die Leichen von fünf unbekannten männlichen Personen gefunden. Todesursache unbekannt.«

Das Mittagsblatt der Zeitung brachte anknüpfend an diesen Bericht einen neuen:

»London, den 14. März. Der Coroner hat als Todesursache bei den fünf heute früh im Hydepark Gefundenen Tod durch Erfrieren festgestellt. In den Kleidern eines der Toten wurde eine Brieftasche gefunden, die früher einmal im Besitz des Professors Jonas Lee gewesen sein muß.«

Das Abendblatt brachte auf der ersten Seite über den Vorfall unter einer breitgedruckten Überschrift:

»Rätselhafte Mystifikation«

folgenden Bericht:

»Bei einem der Toten wurde ein Tagebuch gefunden. Der Inhalt ist so geschrieben, als ob der Besitzer eine Fahrt zum Mond gemacht und dort nach längerem Aufenthalt den Tod gefunden hätte. Wären die Aufzeichnungen nicht als grobe Mystifikation zu betrachten, so müßte der Tote Professor Jonas Lee selbst sein.«

Diese Meldung, die auch in anderen Zeitungen stand, erregte großes Aufsehen.

Die zehnte Abendstunde war eben angebrochen, als in allen Redaktionen das Telefon schrillte:

»Hier Pressebüro des Polizeipräsidiums. Die fünf Toten aus dem Hydepark sind agnosziert als Professor Jonas Lee und seine Begleiter. Verwandte und Freunde haben sie mit Sicherheit wiedererkannt. Die Autopsie hat den ersten Befund, Kältetod, bestätigt.«

Kaum hatten die Redaktionen die Nachricht für den Druck weitergegeben, schon sausten die Reporter zur Pressekonferenz im Polizeipräsidium. Galt es doch, für die Morgenblätter ausführliche Berichte über dies unglaubliche Ereignis zu bringen.

Zur selben Stunde hatten auch alle Radiostationen die Nachricht über die ganze Welt verbreitet, wo sie bis in die entferntesten Gegenden hinein größtes Aufsehen erregte.

»Meine Herren«, der Polizeipräsident begrüßte die dichtgedrängte Schar der Berichterstatter, die sein Amtszimmer bis auf den letzten Platz füllten. »Meine Herren, ich möchte vermeiden, irgendeine persönliche Erklärung über das außerordentliche Geschehnis abzugeben. Ich will Ihnen den Fall von seiner ersten Meldung an genau erzählen und überlasse es Ihnen, Ihre Schlüsse zu ziehen; vielleicht, daß es irgendeinem von Ihnen gelingt, eine einigermaßen plausible Erklärung zu finden. Ich selbst muß gestehen, daß ich vergeblich die Lösung des Rätsels versucht habe.

Also hören Sie bitte!

Ich kam, wie üblich, heute morgen gegen 8 Uhr hierher, erledigte schnell das Dringlichste und nahm dann die Berichte der einzelnen Polizeiwachen über die Vorfälle der Nacht in die Hand. Ich atmete erleichtert auf, als ich zu Ende war und nichts von Belang entdeckt hatte. Dem Bericht von der Auffindung der fünf Leichen hatte ich wenig Bedeutung beigelegt. Ich fragte, ohne mir viel dabei zu denken, beiläufig meinen Sekretär, ob es in der Nacht sehr kalt gewesen sei. Der verneinte und behauptete, es sei so um null Grad gewesen.

Das machte mich stutzig. Ich las noch einmal den Bericht jener Polizeiwache. Da stand zum Schluß: anscheinend erfroren. Nun, daß fünf erwachsene Männer bei null Grad auf einer Bank erfrieren, erschien mir wenig glaubwürdig. Ich verlangte den Bericht der Wetterwarte. Dieser bestätigte, daß das Thermometer in der Nacht nur einen halben Grad unter Null gesunken war.

Der Fall begann mich zu interessieren. So, daß ich selbst zum Schauhaus fuhr, ihn näher zu untersuchen. Zu meinem Erstaunen bestätigte der Arzt des Schauhauses als Todesursache Kältetod.

Ich wollte mir eben die den Toten abgenommenen Sachen ansehen, da erreichte mich die Nachricht von jenem Vorfall – Sie wissen ja, der Mord an Lord Milligan –, und zwang mich, sofort hinzufahren. Es wurde Nachmittag, bevor ich zum Schauhaus zurückkam. Ich ließ mir die Hinterlassenschaft der fünf Männer bringen.

Wäre nicht der Gedanke, daß man jemals etwas von der Leeschen Expedition wiedersehen würde, absurd gewesen, würde ich selbstverständlich nach diesen Papieren die Toten agnosziert haben. So mußten wir an eine Mystifikation glauben. Doch je länger ich mich mit den Papieren beschäftigte, desto größer wurden meine

Zweifel. Das Nächstliegende war, Verwandte, Freunde der Toten, die Namen waren uns ja bekannt, herbeizurufen. Ich tat das. –

Meine Herren! Sie können versichert sein, daß mich selten etwas so erschüttert hat wie der Augenblick, in dem Lees Witwe an die Leiche ihres Gatten trat, sich mit einem Schrei darüber warf und in Weinkrämpfe verfiel. Nun bestand kein Zweifel mehr. Ähnliche Szenen spielten sich ab, als Freunde und Verwandte in den anderen Toten die Teilnehmer der Expedition wiedererkannten.

Nachdem die grenzenlose Überraschung, die ungeheure Erregung ein wenig gewichen war, begegneten wir uns alle in der Frage: Wie kamen die Toten in den Hydepark?

Meine Herren! Das Rätsel der Leeschen Expedition dürfte mit diesem tragischen Abschluß gelöst sein. Bliebe die neue Frage, das neue, noch größere Rätsel:

Wer brachte die Leichen nach London?

Meine Herren, ich bin gespannt auf Ihren Bericht in den Morgenblättern. Es bleiben Ihnen noch drei Stunden, Ihren Scharfsinn zu versuchen.«

Auf der Terrasse seiner Hazienda saß der alte Stamford im Gespräch mit seinem Neffen Dr. Sidney Stamford.

»Nein, mein lieber Sidney! Santa Marguerita verkaufen? Das muß ich mir noch sehr überlegen! So schnell gibt man einen Besitz nicht auf, den der Urgroßvater gerodet hat. Du weißt doch, Señor Canning bot mir das Doppelte des Wertes, und doch tat ich's nicht, auch auf die Gefahr hin, mir seine bittere Feindschaft zuzuziehen. Der Brand auf Coiba soll auch die Pampas bedrohen? – Nun, ich denke, diese Mär wird wenig Glauben finden, und wenn auch tausend Sachverständige es behaupten. Ich will deinem Freunde Weland nicht zu nahe treten. Wissenschaftliche Irrtümer sind ja schon öfter passiert. Es wäre doch schade um die gute alte Erde, wenn sie ausgerechnet auf ihre alten Tage, statt weiter zu erkalten, wieder glühend werden sollte . . .«

Er lachte aus vollem Halse. Auch die sechs anderen Männer in dem Raum, des alten Stamford Söhne, stimmten ein.

»Übrigens ein merkwürdig schweigsamer, düsterer Geselle, dein Freund Weland! Ist er immer so?«

Sidney Stamford wollte antworten: Nein! Erst seit er den Brand auf Coiba gesehen, hat sich sein Wesen verändert. Doch er hielt seine Worte zurück, wußte er doch, daß die anderen ihn nicht verstehen würden. So sagte er leichthin:

»Er hat viel Schweres erlebt . . . lassen wir ihn! Doch jetzt will

ich nach Buena Vista zu van der Meulen hinüberreiten. Am Abend werde ich wieder hier sein.«

Während Sidney Stamford an der Parkmauer von Buena Vista entlangritt, spähte er angestrengt durch das grüne Gewirr der Blätter. Vielleicht, daß er Violet sehen, sie allein sprechen konnte. Ein Abschied auf längere Zeit stand bevor.

Gorm – er hatte ihn bei seinen Verwandten unter dem Namen Weland eingeführt –, Gorm plante Neues, Unerhörtes. Sein Riesengeist trug sich mit Unternehmungen, vor deren Größe und Kühnheit Sidney Stamford verstummte.

In jenen Tagen von Lahore hatte der Einsame in seinem Lebensretter einen Freund gefunden, dem er sich rückhaltlos offenbarte. Nur langsam faßte es dieser. Und als ihm aufgegangen war, was Gorm gefunden und ersonnen, hatte er sich ihm vorbehaltlos mit Haut und Haar verschrieben.

Und doch – als er um sich schaute und überblickte, was er aufgeben, verlassen mußte, tauchte immer wieder die geliebte Gestalt Violets auf. Sie noch einmal sehen, noch einmal sprechen, war sein Herzenswunsch.

Und es traf sich gut. Die kurze Fahrt zum Mond, von der sie die Opfer der verunglückten Expedition nach London zurückbrachten, war als Probefahrt gedacht. Doch bevor ein neuer Flug unternommen wurde, wollte Gorm selbst nach Amerika fliegen. Die Nachricht von Coiba beunruhigte ihn. Die Reise nach dem Gran Chaco ließ sich damit leicht verbinden.

Der Besuch in Coiba! Gorms Befürchtungen erwiesen sich nur als zu gerechtfertigt ... Er sah den Atombrand, die große Gefahr und fand kein Mittel, sie zu bannen. Erschüttert, entmutigt stand er auf dem verhängnisvollen Eiland.

Sidney Stamford wollte die Gefahr nicht für ganz so groß halten. Sein Glaube an Gorm ließ ihn nicht verzweifeln. Immer wieder versuchte er sich mit dem Gedanken zu trösten, daß dieser doch vielleicht einmal einen Weg finden würde, dies Unheil aus der Welt zu schaffen.

Violet ... Er hielt sein Pferd an. Durch das Laubdach einer Sykomore, deren Äste bis zum Boden niederhingen, schimmerte es weiß.

Violet oder Hortense? Eine der beiden mußte es wohl sein. Er machte sein Pferd fest, sprang auf gut Glück über die Mauer, näherte sich vorsichtig dem Baum. Nichts regte sich. Behutsam bog er

die Zweige auseinander und sah Violet, die in einer Hängematte eingeschlummert war.

Leise trat er auf sie zu, wollte sie wecken. Da übermannte ihn das Gefühl. Er beugte sich zu der Schlafenden hinab und küßte sie auf den Mund.

Das Mädchen richtete sich erschrocken auf, wollte einen Schrei ausstoßen, da schloß er ihr mit einem neuen Kuß den Mund.

»Ich bin's, liebe kleine Violet!« flüsterte er, »Sidney Stamford.«

»Sidney!?« Ohne zu wissen, was sie tat, schlang sie ihre Arme um seinen Hals . . . hörte trunken vor Glück die Worte des geliebten Mannes.

Erst der Ruf »Violet!«, von fernher klingend, riß sie aus ihrem Rausch. Und als käme ihr jetzt erst zum Bewußtsein, was geschehen, wandte sie sich, von dunkler Röte übergossen, zur Seite. Tränen standen in ihren Augen.

»Liebe kleine Violet!« klang's wieder in ihr Ohr. Sein Arm legte sich um ihre Schulter. Doch da riß sie sich los, lief wie gehetzt auf das Haus zu.

Langsam folgte ihr Stamford.

»Hallo, Doktor Stamford! Hallo!«

Er wandte sich um, sah Hortense auf sich zukommen. Schnell war er bei ihr, begrüßte sie mit herzlichem Händedruck.

»Wo kommen Sie her, Doktor? Wir glaubten Sie tief in Indien.«

»Es traf sich, daß ich mit einem Freund nach den Staaten fahren mußte. Nun, ich benutzte die Gelegenheit, meine Verwandten in Santa Marguerita zu besuchen.«

»Und erinnerten sich auch Ihrer alten Freunde hier. Das ist nett von Ihnen. Die kleine Patientin von damals wird sich freuen, den Freund Doktor wiederzusehen. Wir anderen, Violet und ich – mein Vater ist zur Zeit nicht hier –, natürlich ebenfalls. Doch wie kamen Sie in den Park? War das Tor auf?«

Stamford geriet in schwere Verlegenheit.

»Nein!« sagte er so harmlos wie möglich, »ich sprang über die Mauer, den Weg abzukürzen.«

»Ah! Dann müßten Sie eigentlich Violet begegnet sein. Haben Sie sie nicht gesehen?«

Einen Augenblick suchte Stamford nach Worten. Dann schob er den Gedanken an eine Ausflucht beiseite.

»Ja, Miß Hortense! Ich gestehe es, ich traf Violet.«

»Und . . .?« fragte Hortense mit verstecktem Lächeln.

»Ja . . . und dann . . . lief sie plötzlich fort.«

»Sie lief fort?« Hortense weidete sich an der Verlegenheit Stam-

fords. »Das finde ich merkwürdig, einen lieben Besuch so schlecht zu behandeln . . . Oder sollte sie Gründe haben? Ich sehe, mein lieber Doktor, Ihre Verlegenheit deutlich auf Ihrem Gesicht, nun, wir werden sehen. Doch jetzt erzählen Sie von Ihren Reisen. Sie werden manches Interessante gesehen, erlebt haben.«

Stamford, froh, auf ein anderes Thema zu kommen, erzählte in seiner frischen Weise von seinem indischen Aufenthalt, während sie auf das Haus zuschritten. Als sie es betraten, war es Stamford nicht ganz wohl ums Herz.

Violet! Wie würde sie . . .

Hortense mochte wohl seine Gedanken erraten haben. Sie ließ Stamford durch einen Diener in den Gartensaal geleiten, schickte dann Violet mit einem Auftrag dorthin.

Als sie dann eine Zeitlang später anklopfte, erscholl ihr ein doppelt froher Gruß entgegen. Sie konnte zwei Glücklichen die Hand schütteln.

An der Spitze des Waldes, der sich wie ein Keil in die Canningsche Besitzung einschob, stand Gorm. Er hatte zu Pferd die weiten Fluren Santa Margueritas in stundenlangem Ritt durchstreift, um loszukommen von den peinigenden Gedanken an Coiba . . . Vergeblich! Der Druck lastete unvermindert auf ihm.

Auch das würde man ihm als Schuld anrechnen! Er kannte die Welt nur zu gut. Geächtet, verfemt, mußte er sich unter fremdem Namen im Freundeshaus verbergen, während der wahre Schuldige hier vor ihm in ungestörtem Reichtum und Glück lebte.

Wie war Canning in den Besitz seiner Berechnungen gekommen? Ein Teufel mußte ihm das Mittel gegeben haben! Er fand, solange er auch schon darüber grübelte, keine Erklärung. Und er mußte sie finden, sonst würde es ihm nie gelingen, den wahren Schuldigen zu entlarven.

Er hatte sein Pferd angebunden. Lange stand er an einen Baum gelehnt.

Der Anblick der lachenden, reichen Fluren, die Canning mit dem Judaslohn erworben, ließ ihn sich verzehren vor Bitterkeit und Haß. Immer wieder der Gedanke: Wo finde ich den Schlüssel, der diesem Schurken mein Geheimnis erschloß?

Der blutrote Glanz der untergehenden Sonne mahnte ihn zum Aufbruch. Er war, ohne auf den Weg zu achten, durch die Pampa geritten. Trat jetzt die Dunkelheit ein, mußte es schwer sein, den Rückweg zu finden. Er stieg aufs Pferd und wandte sich nach Süden. War er erst einmal aus dem dichten Walde, konnte er die

Richtung leichter einhalten. Eine kurze Zeitlang würde ihm die Sonne die Himmelsrichtung noch weisen.

Als er den Wald hinter sich gelassen hatte, war das Tagesgestirn verschwunden. Schnell wachsende Dunkelheit umfing ihn. Auf der offenen Pampa setzte er sein Pferd in schnellere Gangart, ritt auf gut Glück in südliche Richtung.

Er war schon lange geritten. Nach seiner Berechnung mußte er die Häuser von Santa Marguerita längst erreicht haben. Doch nichts war zu sehen.

Er mußte sich verritten haben. Darum hielt er an, überlegte und sah nach dem Himmel. Vielleicht, daß die Sterne ihm die Richtung geben konnten. Doch die waren von dichten Wolken bedeckt.

Beim Umschauen glaubte er zu seiner Rechten weit in der Ferne einen Lichtschein zu sehen. Vielleicht ein Hirtenfeuer dort? Er wandte das Pferd ab, ritt darauf zu.

Eine halbe Stunde war er geritten, da sah er auf einer leichten Bodenerhebung deutlich das Feuer, sah auch im Hintergrund die dunklen Massen weidenden Viehs. Vaqueros! Kein Zweifel, nun war er aller Sorge enthoben.

Jetzt war er so nahe herangekommen, daß er schon die Stimmen der um das Feuer Lagernden zu verstehen glaubte. Da ließ er ein lautes Hallo erschallen, ritt näher heran.

Bei dem Anruf waren ein paar wilde Gestalten, die sich um das Feuer gelagert hatten, aufgesprungen und starrten verwundert den Reiter an.

Er sprang vom Perd.

Einer kam ihm entgegengelaufen, bestürmte den Ankommenden mit einer Flut von Fragen.

Gorm stand Rede und Antwort. Man lud ihn ein, am Feuer niederzusitzen. Doch er lehnte ab. In Santa Marguerita würde man ihn schon vermissen . . .

»Unmöglich für Sie, Herr Weland, wenn ich Ihnen den Weg auch noch so gut beschreibe. Ich reite mit und bringe Sie bis ans Haus. Wäre noch schöner, wenn Tim Bröker einen Fremden in den Pampas sitzen ließe. Zwei Stunden hin, eine Stunde zurück, vor Mitternacht bin ich wieder hier.« –

Sie trieben ihre Pferde an.

»Warum nehmen wir hinzu den weiteren Weg?« fragte Gorm.

»Weiter ist der Weg nicht. Es ist ja hin und her derselbe . . . Ah so! Jetzt verstehe ich Sie . . . Sie denken an zwei Stunden und eine Stunde! Nun, das ist sehr einfach. Hinzu reiten wir im Schritt. Da können wir um so länger plaudern. Rückzu geht's im Galopp.«

Gorm mußte lachen. Die unbefangene Unterhaltung mit dem Vaquero tat ihm wohl, verscheuchte die finsteren Gedanken. Sie kamen nach Santa Marguerita, ehe er es dachte.

Aus dem etwas verworrenen Gespräch hatte Gorm so viel entnommen, daß sein Begleiter mancherlei Schicksale durchgemacht hatte. Ein Allerweltskerl! Halb Mechaniker, Schlosser, Techniker, Seemann, Luftfahrer. Bald hier, bald dort. Zuletzt von einem deutschen Schiff in Buenos Aires weggelaufen. Er hatte einem Maat eine handgreifliche Antwort gegeben ... Keine Papiere für die Heimfahrt. In Buenos Aires in allen denkbaren Stellungen, war er schließlich als Vaquero gelandet ...

Sie waren an der Umzäunung der Hazienda angekommen. Tim Bröker donnerte gegen das Tor. Die Hunde schlugen an, Schritte näherten sich.

Es war einer der Söhne Stamfords, der den verspäteten Gast einließ. Man hatte sich wegen seines langen Ausbleibens schon Sorge gemacht. Mit ein paar herzlichen Worten verabschiedete sich Gorm von Tim Bröker und versprach, ihn, bevor er fortfuhr, noch einmal wiederzusehen. –

Die anderen hatten sich schon zur Ruhe begeben. Gorm und Sidney Stamford saßen allein. Jeder hatte seine Erlebnisse erzählt. Jetzt wollten sie auch zur Ruhe gehen. Zerstreut griff Sidney Stamford nach der Zeitung.

Da! Seine Faust fiel schwer auf den Tisch. War's möglich? Gorm schaute verwundert auf den Freund, der in sichtlicher Erregung war.

»Was ist Ihnen, Stamford?«

Der ließ die Zeitung sinken. Erstaunen, Betroffenheit kämpfte in seinen Zügen.

»Eine sonderbare Nachricht, Gorm. Majadevi ...«

»Majadevi? Was ist mit ihr?« Erregt unterbrach er ihn.

»Hören Sie, was hier steht:

Buenos Aires. In der Psychologischen Vereinigung tritt seit einigen Tagen der indische Jogi Sarata mit seinem Medium Majadevi auf. Die Vorstellungen, die vor einem großen Kreis hervorragender Personen stattfinden, erregen das größte Aufsehen, die Leistungen des Mediums grenzen an das Wunderbare ...«

»Wär's möglich?« Gorm ergriff die Zeitung, las selbst die Nachricht, strich sich über die Stirn, schloß die Augen.

»Karma! Das Karma ...«, hörte er die Stimme des Freundes, »es läßt sie nicht auseinanderkommen, die seinen Ruf vernommen haben. Hören sie ihn noch klingen, dann folgen sie dem Gebot.«

Gorm war aufgesprungen.

»Ich fühle die Last stärker als je ... dieses Mädchen Majadevi ... wo immer ich auch bin, meine Gedanken kommen nicht los von ihr.«

»So werden wir morgen nach Buenos Aires fahren. Wir werden einer Sitzung beiwohnen. Was dann weiter geschehen wird .. nur das Karma weiß es.«

England war stolz darauf, die erste Hubschraubersternwarte der Welt zu besitzen. Über dem Meridian von Greenwich stand sie in fünfzehn Kilometer Höhe bewegungslos im Äther, von Hubschraubern gehalten und getragen. Ein gewaltiger Bau aus Aluminium und Glas, der ein vollkommenes Observatorium mit den stärksten Teleskopen enthielt. Im Wetteifer mit anderen Ländern hatte England ein solches Wunderwerk zuerst fertiggestellt. Die amerikanische und die deutsche Hubschrauberstation konnten erst einige Zeit später in Betrieb genommen werden.

Für die astronomische Forschung bedeuteten diese Stationen einen ungeheuren Fortschritt. Hier oben, jenseits von Wind und Wetter, über atmosphärische Störungen erhaben, in dünnster, schlierenfreier Luft, konnte man bei den teleskopischen Beobachtungen Vergrößerungen stärksten Ausmaßes benutzen. Das Auge des Beobachters sah hier die Objekte der Sternenwelt zwanzigtausendmal näher, als sie wirklich waren. So manche Erscheinung, so lange ein Streitobjekt, mußte jetzt ihre Klärung finden.

In der großen Kuppelhalle der Greenwicher Hubschrauberwarte trat Professor Moore vom Okular des großen Refraktors zurück.

»Nun, mein lieber Lee, sind wir in der Lage, ziemlich genau die Stelle zu sehen, an der Ihr Oheim Jonas Lee scheiterte.«

Während der Professor sich entfernte, begab sich der junge Gelehrte an das Okular. Er hatte die Tagebuchaufzeichnungen seines Oheims wohl im Gedächtnis. Dort an jener Stelle, wo eine steile Kraterwand zackige Schatten warf, mußte der Ort der Katastrophe sein. Doch vergeblich spähte er nach Überresten der verunglückten Rakete.

Ein Stück mangelhaften Materials an einer der seitlichen Steuerdüsen war die Ursache der Katastrophe gewesen. Das Schiff war durch das unregelmäßige Arbeiten der Düsen aus der planmäßigen Richtung weit nach Norden getrieben. Ferner entsprang daraus ein übermäßig hartes Aufsetzen bei der Landung.

Die Insassen waren aber noch mit heilen Gliedern davongekommen. Voll böser Ahnungen hatten sie sich an die Untersuchung der

Rakete gemacht. Schon glaubte man, daß die Einrichtungen unversehrt seien, gab der Welt durch Lichtsignale von der glücklichen Ankunft Kunde, da entdeckte Jonas Lee, daß die Wasserstoffbehälter leck geschlagen waren.

Über das, was da oben weiter geschehen, schwieg das Tagebuch. Die letzten Aufzeichnungen, die Lee mit zitternder Hand geschrieben hatte, lauteten:

»Alle meine Gefährten tot ... ich der letzte Überlebende ... Noch Sauerstoff für eine Stunde –«

Die Zeit von der Landung bis zum Tode – wie furchtbar, wie schrecklich mußte sie für Jonas Lee und seine Gefährten gewesen sein!

Und dennoch! Ronald Lee trat zur Seite, blickte in das schimmernde Firmament – und dennoch ... Wenn auch hundertfältiger Tod auf dem Wege zu euch lauert, keine Gefahr wollte ich scheuen, zu euch zu gelangen, den Schleier des Geheimnisses, der euch umgibt, zu lüften ...

Wie einen Gott beneide ich diesen Unbekannten, der eine Macht besitzt, die ihn hin und her trägt. Den Unbekannten, der die fünf Todesopfer zurück zur Heimat brachte.

War's überhaupt ein Bewohner dieser Erde? War's einer, der aus Weltenfernen kam? –

Sein Dienst war zu Ende. Das Verbindungsflugzeug brachte Ronald Lee nach London zurück. Hier rief ihn ein Brief der Witwe von Jonas Lee nach deren Heim.

Er saß ihr gegenüber. Vor ihm ein verschnürtes Bündel von Dokumenten mit der Aufschrift: »Nach meinem Tode meinem Neffen Ronald Lee zu übergeben.«

Erst nachdem sie die Leiche ihres Gatten mit eigenen Augen gesehen, waren die letzten Hoffnungen der Witwe geschwunden. Jetzt erst hatte sie die Kraft gefunden, den Schreibtisch des Verstorbenen zu öffnen, in dem, wie er ihr gesagt hatte, sein Nachlaß verschlossen war. Unter anderem hatte sie auch dieses Bündel gefunden, hatte Ronald Lee zu sich gerufen. –

Und dann saß er allein in dem Zimmer, knüpfte mit zagen Händen das Band auf, das das Bündel umschlang ...

Saß und las ... Der Abend brach herein, als er das letzte Blatt aus der Hand legte.

Welche seelische Not, welche furchtbaren Zweifel mußten Jonas Lee die letzten Wochen vor seinem Flug gequält haben! Diese Blätter hier erzählten viel mehr, als die nackten Worte sagten. –

Auch das war jetzt klar. Der Unbekannte, der zum Mond geflo-

gen und dabei auf der Rückreise die Toten mitgenommen hatte – kein anderer als Weland Gorm konnte es sein . . . Wieder eine Tat dieses Genies! Und dieser Mann, allen Ruhm verschmähend, verschwieg sie, hielt seinen Namen im dunkeln.

Unbegreiflich! Nur so zu erklären, daß Gorm, verbittert, angeekelt durch das Geheul der Meute, die ihn als Schuldigen ächten wollte, es verschmähte, der Menschheit Kunde zu geben von seinem neuen Erfolg . . .

Kurze Zeit vor dem Tag der Abfahrt war Weland Gorm, der alte Freund Lees, zu ihm gekommen, ihn zu warnen vor dem gefährlichen Weg und ihm den gefahrloseren zu zeigen. Ein Raumschiff, getrieben durch Elektronenenergie, ein sichereres, besseres Mittel, die Fahrt zu unternehmen. Gorm hatte bei der Weiterentwicklung seiner Erfindung diesen Weg entdeckt. Er selbst – mit andere Plänen im Kopf – wollte das Problem erst später verwirklichen. In Sorge um den Freund war er zu ihm geeilt, hatte ihm selbstlos seine Ideen und Berechnungen zur Verfügung gestellt, in der Hoffnung, Lee von dem gefährlichen Flug mit einer Wasserstoffrakete abzuhalten.

Lee hatte staunend den Freund beglückwünscht. Der Gormsche Weg war die Lösung des Problems! So klar, so einleuchtend! Gewiß, ein Raumschiff, nach diesem Prinzip konstruiert, mußte viel schneller, viel sicherer seinen Weg zurücklegen und bot auch Aussichten auf viel längere, weitere Fahrten.

Er hatte Gorm allein gelassen, war mit sich selbst zu Rat gegangen . . . Die eigenen Pläne verwerfen? In letzter Stunde vom Flug zurücktreten?

Das Lachen der Welt! Es klang ihm schon in den Ohren. Er als Feigling verspottet! Andere, Kühnere, die an seiner Statt das Wagnis unternahmen, mochten das Ziel vor ihm erreichen . . .

Dann war er zu Gorm zurückgekehrt.

»Ich fliege doch! Mag's kommen, wie es wolle!«

Vergeblich hatte Gorm nochmals versucht, den Freund umzustimmen, doch dieser war fest geblieben.

Gorm war geschieden. Hatte seine Formeln dagelassen. Vielleicht daß Lee doch noch anderen Sinnes wurde, wenn er in ihrem Besitz blieb. –

Diese Berechnungen – ihm vom Oheim überkommen –, er durfte frei über sie verfügen. Stand es doch da ausdrücklich geschrieben:

»Es ist Gorms Idee, die ich in den Nächten vor meinem Flug durchgerechnet und bis zur Konstruktion geformt habe. Komme

ich nicht zurück, gehören sie dir! Du wirst derjenige sein, der den Namen Lee besser, glücklicher zu Ruhm und Erfolg führt . . .«

Fassungslos starrte Ronald Lee in die Weite.

Die Idee, die er schon lange in sich getragen hatte, hier wurde ihm die Möglichkeit einer Verwirklichung geboten ... Und Gorm? –

Trotz seiner Beziehungen in Buenos Aires war es Dr. Stamford nicht möglich gewesen, Zutritt zu den Darbietungen des Inders zu erlangen. Alle Karten zu den letzten Vorstellungen waren im voraus vergriffen. Erst in letzter Stunde glückte es ihm noch, zwei Bekannte zu veranlassen, ihm ihre Karten abzulassen.

Sie waren unter den letzten, die in den kleinen Saal traten. Sie hatten gehofft, daß die Vorstellungen bei abgeschwächtem Licht vor sich gehen würden, denn sie wollten es unbedingt vermeiden, von Sarata und Majadevi erkannt zu werden. Für alle Fälle hatten sie sich jedoch so gut wie möglich unkenntlich gemacht, wenngleich dies nicht genügte, einen, der sie gut kannte, auf die Dauer zu täuschen. Leider war der Saal beleuchtet wie immer und würde es auch, wie sie hörten, während der Vorstellung bleiben. Es gelang ihnen jedoch, weit zurückliegende Plätze zu bekommen. Es waren ungefähr dreißig bis vierzig Personen in dem Raum.

Mit dem Glockenschlag öffnete sich eine im Hintergrund gelegene Tür. Sarata trat ein, hielt in schlechtem Englisch eine kurze Ansprache. Die beiden Freunde hätten den Alten kaum wiedererkannt, wenn sie nicht genau gewußt hätten, daß er es war. Wo war das Lumpenkleid geblieben, das er in Lahore trug? Der hagere Körper war in fantastisch prächtige Gewänder gehüllt. Den Kopf zierte ein weißer Turban von kolossaler Größe.

Als er seine Ansprache geendet, trat das Medium in den Saal, Majadevi. Auch sie war kaum wiederzuerkennen in den prunkvollen Seidengewändern. Kaum war sie in den Raum getreten, verzögerte sich ihr Schritt, als wolle sie stehenbleiben, die Augen wie in Trance starr geradeaus gerichtet. Ein sensibles Zucken lief über die Muskeln ihres Gesichtes, als suche sie etwas zu fühlen, was ihren Blicken verborgen war.

Im gleichen Augenblick legte Stamford seine Hand schwer auf Gorms Arm.

»Raffen Sie sich zusammen!« flüsterte er ihm zu. »Leisten Sie heftigsten Widerstand! Sie müssen Ihre Gedanken aufs stärkste nach anderer Richtung konzentrieren, sonst . . . verderben Sie alles.

Unsere Fahrt! Denken Sie daran ... Denken Sie! Ich werden Ihnen helfen.«

Gorm gelang es nur schwer, dem Rat zu folgen. Doch unter dem Druck der Hand Stamfords fühlte er nach und nach, wie die Spannung in ihm schwächer wurde.

Majadevi war langsam neben den Inder getreten, der ihr Zögern nicht bemerkt hatte.

Die Vorführung begann mit telepathischen Tricks, wie sie die großen Taschenspieler zu bringen pflegen. Sarata und sein Medium bedienten sich dabei der englischen Sprache, die Majadevi geläufig zu beherrschen schien. Die Zuschauer konnten sich nicht allzusehr für diese Darbietung erwärmen.

Nach einer kleinen Pause begannen Experimente mit Personen aus dem Publikum. Alsbald wurden lebhafte Ausrufe der Verwunderung, des Staunens laut. Hier, wo jeder schwindelhafte Trick ausgeschlossen war, zeigte das Medium Gaben, die an das Übernatürliche grenzten.

Das Medium hatte während dieser Zeit mit verbundenen Augen auf einem Stuhl neben dem Tisch des Inders gesessen. Jetzt erklärte dieser, er werde zu einigen besonders schwierigen Versuchen übergehen.

Ein Ruhebett wurde in den Raum gerollt. Von Sarata geleitet, legte sich das Mädchen darauf. Dieser entfernte die Binde von ihren Augen und blieb eine Weile über sie gebeugt. Es war klar, daß er sie jetzt in den Tiefschlaf versetzte. Ehe er nun begann, bat er, nur wenige Fragen zu stellen, um die Kräfte des Mediums nicht allzusehr anzustrengen.

Einer aus dem Publikum rief:

»Was wird mit Coiba?«

Sekundenlange Stille ... dann kam es eintönig, in abgebrochenen Sätzen von den Lippen des Mädchens:

»Alles Menschenwerk, den Brand zu löschen, wird vergeblich sein. Ein großer Schrecken wird durch die Welt gehen ... Ich sehe, wie gar mancher sich rüstet, zu fliehen ... und dann ... ein Gott kommt vom Himmel herab zur Erde ... der senkt sich nieder über Coiba ... die Flügel rauschen um seine Schultern ... er streckt die Hand aus ... der Brand erlischt ... Die Menschen knien vor ihm ... ihre Dankgesänge steigen zu ihm empor ... doch er wendet sich ab ... ich sehe ihn nicht mehr ...«

Ihre Arme hatten sich erhoben, bewegten sich, als griffen sie nach einem Gegenstand. Man sah, wie es in ihrem Gesicht zuckte

wie in Angst und Not ... Dann schlossen sich plötzlich die Hände, ein frohes, glückliches Lächeln trat in ihr Gesicht.

Der eintönige Klang der Stimme war verschwunden. Fast schrie sie die Worte:

»Jetzt sehe ich ihn wieder. Er kommt zu mir ... nimmt mich mit sich ...«

Die Zuhörer sahen sich fragend an. Man sah die Zweifel in vielen Mienen. Und doch schienen sie alle unter einem unerklärlichen Bann zu stehen. Jeder fühlte das Außergewöhnliche dieser Worte.

Der Inder hatte sich unmerklich näher und näher an das Medium herangeschoben. Man sah, wie es in seinem Gesicht trotz aller Selbstbeherrschung arbeitete. Auch ihn schienen die Worte tief erregt zu haben. Jetzt streckte er die Hand aus und strich dem Medium, das wieder zurückgesunken war, über die Stirn. Er flüsterte in fremder Sprache eine Weile, bis die tiefen Atemzüge des Mädchens zeigten, daß sie wieder in voller Trance war.

»Nur noch eine Frage«, wandte sich Sarata jetzt zum Publikum, »kann ich den Herrschaften gestatten. Irgend etwas muß auf das Medium außerordentlich störend wirken. Eine große Anstrengung würde von nachteiligen Folgen für ihre Gesundheit sein.«

Ein Dutzend Fragen scholl ihm entgegen. Der Inder zuckte die Achseln.

»Meine Herrschaften, ich möchte nicht den Verdacht erwecken, daß ich mir eine besonders genehme Frage herausnehme. Ich bitte Sie, sich selbst darüber zu einigen, welche von den gestellten Fragen ich an das Medium richten soll.«

Geraume Zeit herrschte lautes Stimmengewirr in dem Raum. Endlich hatte man sich auf die Frage geeinigt: »Wo ist Gorm?«

»Wo ist Gorm?« wiederholte der Inder, innerlich lächelnd. Die Frage war ihm auf seinen Reisen schon mehr als einmal vorgelegt worden. Er wandte sich zu dem Mädchen und stellte in englischer Sprache die Frage.

Alles starrte gespannt auf Majadevi.

Diese lag wie tot, die Lippen geschlossen. Über die Augen Saratas lief ein nervöses Zucken. Er trat ein paar Schritte näher an Majadevi heran, wiederholte die Frage.

Wiederum keine Antwort. Nur der Inder sah an den leichten Bewegungen der Stirnhärchen, daß es dahinter arbeitete. Woher dieser Widerstand, fragte er sich. Er wandte sich mit ein paar entschuldigenden Worten an das Publikum und ließ dabei seine Blicke scharf über die Gesichter gleiten. Als er über die hinterste Reihe blickte, durchzuckte ihn ein heftiger Schreck.

Die beiden Augen, in die er da schaute ... nie wieder im Leben würde er den harten Blick vergessen. Seine Hand glitt in die Tasche, umklammerte eine kleine Elfenbeinkugel ... Er wandte sich um, schloß sekundenlang die Augen. Alle Gedanken auf diese Kugel gerichtet, machte er sich mit heftiger Anstrengung frei von dem Bann.

Ein Wettkampf zweier stärkster Kräfte.

Er trat dicht neben das Medium, ergriff ihre Hand, hielt sie lange in der seinen. Fragte dann, jedes Wort betonend, die alte Frage:

»Wo ist Gorm?«

Da war es, als wenn das Medium von stärksten Fieberschauern überfallen wäre. Die Glieder schlugen zuckend hin und her. Die Lippen öffneten sich und schlossen sich wieder. Ein grauenhafter Kampf, in dem alle Nerven des Mädchens hin und her gerissen wurden.

Auch der Zuschauer bemächtigte sich große Erregung.

»Genug! Genug!« schrie es von allen Seiten. Einige der Vordersten sprangen auf, eilten auf den Inder zu.

Der ließ die Hand des Mediums fallen, stand tief atmend. Der Vorderste, der in seine Augen blickte, fuhr erschrocken zurück, als hätte ihn der Blick eines rasenden Tieres getroffen.

In dem allgemeinen Durcheinander fiel es nicht auf, daß die beiden Freunde sich durch eine Seitentür entfernten. Nur der Inder hatte ihr Verschwinden bemerkt. Schnell hatte er sich wieder in der Gewalt.

»Meine Herrschaften! Ich bedaure sehr, daß eine stärkere Indisposition des Mediums mich zum Abbruch der Vorstellung zwingt. Doch zum Beweis, daß dem Medium nichts Ernstliches zugestoßen ist, sehen Sie hierher!«

Es beugte sich zu Majadevi, strich ihr ein paarmal leise über die Schläfen. Sie schlug die Augen auf, sah sich um, stand auf. Verneigte sich vor den Umstehenden und schritt durch die Tür, durch die sie eingetreten war, wieder hinaus.

Ronald Lee saß in seiner Werkstatt. Jede freie Minute, die ihm der Dienst im Observatorium ließ, hatte er seit jenen Tagen, an denen er die Papiere seines Oheims in die Hände bekommen hatte, dazu benutzt, sich in dessen Gedankengänge einzuleben.

Immer wieder hatte er die Berechnungen und Konstruktionen durchgearbeitet und war dann selbst zur zeichnerischen Konstruktion eines Raumschiffes geschritten. Dies hatte er in verschiedenen

Typen variiert. Rechnung und Konstruktion stimmten stets überein.

In einem billigen Mietsraum hatte er sich mit notdürftigen Mitteln eine Werkstatt geschaffen, den Bau eines Modells unter Aufopferung des letzten Shilling durchgesetzt. Er stand davor, betrachtete seine Schöpfung. Er sah, wie die Strahlen der Frühlingssonne um die blanken Metallteile spielten, und fuhr liebkosend über sein Werk.

Und wenn keiner an dich glaubt, so tue ich es. Einmal wird doch der Tag kommen, wo dein starker Bruder den Flug ins All antritt. Den Namen »Jonas Lee« in blanken Lettern an seinem Bug ... den Namen des ersten Pioniers der Raumschiffahrt soll er zu neuem Ruhme führen ...

Wer gewußt hätte, mit welchen Fehlschlägen, Enttäuschungen Ronald Lee ununterbrochen kämpfte, hätte dessen erfolgbewußte Miene, dessen siegesgewisse Worte schwer begriffen.

Es war Sonntag. Den Tag der Ruhe wollte er benutzen, an Violet, seine Schwester, zu schreiben. Von Kindheit an in engster geschwisterlicher Liebe mit ihr verbunden, war er gewohnt, all das, was ihn bewegte, ihr anzuvertrauen. Sie wußte bereits vom Erbe des Oheims, doch hatte er sie gebeten, darüber zu schweigen. Jetzt schrieb er ihr nach langer Zeit all das, was er inzwischen getan hatte, und verschwieg ihr nichts von den Enttäuschungen ... Er ließ aber klar durchblicken, daß auch nichts ihm die Hoffnungen auf ein glückliches Zuendebringen seiner Pläne rauben könne.

Er bat sie scherzend, ihm doch dort unten ein Konsortium von mammonbeschwerten Interessenten zusammenzubringen. Billig sei der Spaß nicht, weshalb es unbedingt ein Konsortium sein müsse. So einige hunderttausend Pfund dürften nötig sein. Der Brief schloß: »Indem ich Dich vor mir sehe, mit dem Klingelbeutel die Hauptavenuen von Buenos Aires abwandelnd, verbleibe ich in alter Liebe Dein Ronald.«

»Der arme Ronald!« sagte Violet in betrübtem Tone, als sie den Brief zu Ende gelesen hatte.

»Warum, Miß Violet? Was ist mit Ihrem Bruder?« Hortense neigte sich zu ihr und schaute sie fragend an.

»Ach! Der dumme Junge! Diese Idee, nach den Sternen zu fliegen. Ist es nicht genug, daß unser Oheim elendiglich zugrunde gehen mußte. Und nun will er auch ... und ich soll ihm noch das Geld zusammenbetteln. Ich werde ihm aber einen Brief schreiben ...«

»Wie? Was?« Hortense lächelte. »Ihr Bruder Ronald, auch er? Das ist ja, als wenn das eine Krankheit in Ihrer Familie wäre.

Fehlte nur noch, daß auch Sie mir entflögen . . . hinauf zu den Sternen.«

»Ach, liebe Miß Hortense, Sie spotten! Und wissen doch gar nicht, daß es dem Jungen so bitter ernst ist. Hier, lesen Sie doch selbst.«

Hortense las. Und je weiter sie las, desto ernster wurde ihr Gesicht. Als sie zu Ende gelesen, sah sie Violet mit unverhohlenem Interesse an.

»Miß Violet, entschuldigen Sie. Ich hielt das alles mehr für Scherz. Die Arbeiten Ihres Bruders interessieren mich sehr. Doch verstehe ich manches nicht. Vielleicht haben Sie noch den vorigen Brief, an den er hier anknüpft. Wenn es Ihnen nicht unangenehm ist, möchte ich Sie bitten, mir auch den zum Lesen zu geben.«

»Ach, Miß Hortense! Nun machen Sie auch noch solche Sachen. Ich will ihn ja gern holen. Aber es ist und bleibt doch schrecklich, daß Ronald nun vielleicht gar auch dasselbe Schicksal haben könnte wie mein Oheim Jonas.«

Nach kurzer Zeit war sie wieder da, brachte Hortense den Brief.

Während die beiden Mädchen heftig disputierend die Briefe besprachen, ließ van der Meulen plötzlich die Zeitung sinken. Eine kurze Notiz da unten ganz zum Schluß:

»Professor van de Vrient aus Leiden, von einer Reise nach Batavia den Rückweg über Osten nehmend, besuchte Coiba. Er äußerte die stärksten Bedenken über die Gefahr, die zunächst den amerikanischen Kontinenten, später vielleicht der ganzen Erde drohen könnte . . .«

Bei dem Namen ›van de Vrient‹ hatte van der Meulen aufgemerkt. Er kannte ihn von der Heimat her sehr gut und wußte, daß dieser, ein ernster Wissenschaftler, kein Wort sprach, das er nicht voll vertreten konnte. Van der Meulen sann angestrengt nach. Plötzlich, als wäre ihm eine Idee gekommen, sprang er auf.

»Die Briefe!«

Die beiden Mädchen schauten ihn halb erschrocken, halb erstaunt an. Violet erhob sich, reichte ihm die beiden Schriftstücke. Van der Meulen ging an seinen Platz zurück, las und las. Die beiden Mädchen waren verstummt, schauten sich an und wußten nicht, was dieser plötzliche Wechsel in van der Meulens Stimmung zu bedeuten hatte. Sie sahen, wie er immer wieder von neuem die Briefe las –

Endlich wandte er sich um.

»Miß Violet! Sie würden mir einen Dienst leisten, wenn Sie Ih-

ren Bruder Ronald bitten wollten, hierherzukommen und unser Gast zu sein.«

»Mr. van der Meulen ...«, stotterte Violet, »ich verstehe nicht, ich begreife nicht. Ich glaube, Sie scherzen ...«

»Warum sollte ich scherzen, Miß Violet? Schreiben Sie, wie ich es Ihnen sagte.«

»Oh, das wäre ja köstlich ... Ronald hier! Ihn wiedersehen nach so langer Zeit, wie würde ich mich freuen ...« Violet tanzte und sprang vor Freude im Zimmer auf und ab.

»Und Sie, Miß Hortense, auch Sie werden sich freuen, wenn Sie ihn sehen. Wenn er nur erst hier wäre, der liebe, dumme Junge ...«

Ein Diener trat mit einem Brief in der Hand ein, schritt auf Hortense van der Meulen zu. Sie sah schon von weitem an der Form des Umschlages, woher der Brief kam, und deutete auf ihren Vater, der ihn öffnete und las.

»Liebe Hortense! ... Ah, Verzeihung, Hortense, der Brief ist ja an dich ...«

»Oh, bitte, lieber Vater, Geheimnisse stehen sicher nicht darin. Lies nur weiter ... Was ist's denn, eine Einladung?«

Van der Meulen nickte.

»Ja! Eine interessante Sache. Hört mal, ihr Mädchen! Wir lasen doch in der Zeitung von dem Auftreten dieses rätselhaften indischen Paares in Buenos Aires. Die Leistungen des Mediums sind ja phänomenal ...«

»Und?« unterbrach ihn Hortense. »Und? Was schreibt Robert Canning darüber?«

»Denkt euch nur, er hat, wie er schreibt, es mit größter Mühe vermocht, den Inder dahin zu bringen, daß er mit seinem Medium hier in Cannings Haus eine Privatséance geben wird. Morgen abend um acht Uhr wird die Vorstellung stattfinden. Wir sind allesamt eingeladen.«

»Oh, wie nett von Mr. Canning!« Violet klatschte in die Hände. »Wie habe ich mir immer gewünscht, einer solchen Sitzung beizuwohnen.«

»Nun, da wird uns ja wohl nichts anderes übrigbleiben, als der Einladung zu folgen«, erwiderte Hortense lachend.

»Abgemacht«, sagte van der Meulen. »Ich werde dem Boten Bescheid mitgeben.«

Es war am Spätnachmittag des folgenden Tages. Auf dem weiten Hof von Santa Marguerita waren die Familienmitglieder versam-

melt. Sidney Stamford und sein Freund Weland drückten jedem noch einmal die Hand und stiegen in ihr Flugzeug.

Der Abschied war etwas schnell gekommen. Gegen Mittag waren die beiden aus der Stadt zurückgekehrt und hatten erklärt, schleunigst abreisen zu müssen.

Eine Stunde später hatte Sidney Stamford in dem Maschinenschuppen eine ziemlich lange Unterredung mit Tim Bröker gehabt. Als sie sich trennten, hatte Tim eiligen Schrittes den Weg zu der Pferdekoppel eingeschlagen. In einem wirren Gemisch von Spanisch und friesischem Platt murmelte er verrücktes Zeug ...

»Ist mir's doch wie dem Akkumulator, dem ich mal hundert statt zwanzig Ampere in den Bauch jagte, der ging aus allen Fugen ... und ich ... ich platze ...

Großartig! ... Junge, das gibt ein Ding!«

Mit einem Jubelruf warf er seinen Riesensombrero in die Luft.

»Endlich mal ein Grund, wo Tim Bröker mit Anstand den Anker fallen lassen kann! ...«

An der Koppel angelangt, wählte er mit Bedacht den besten Renner aus, fing ihn, schwang sich darauf. In voller Karriere jagte er nach Norden. Nach zwanzig Kilometern war der Gaul über und über mit Schweiß bedeckt. Jetzt ritt er dem Walde zu. Durch eine breite Schneise sah er eine weite Lichtung, eine ebene Waldwiese.

Tim Bröker hielt an, sprang zur Erde.

Möchte wissen, wo man auf der Welt einen schöneren versteckten Landungsplatz für ein Flugzeug hätte, als diese Lichtung hier ... Pferde muß ich noch haben ... Ja, da draußen weiden ja genug. Aber die Sättel, wo kriege ich die her? Ich brauche keinen Sattel, aber die anderen Herrschaften ... Nun, dazu habe ich noch Zeit ... bis die Nacht kommt, werde ich auch die Sättel haben.

Er warf sich ins Gras und schaute unverwandt nach Süden. –

Ah! Da sind sie schon! Er sprang auf, brach einen Ast ab, befestigte seinen Poncho daran und winkte damit heftig nach oben.

Ein kurzes Manöver des Flugzeugs zeigte ihm, daß er verstanden war. Die Sonne sank unter den Horizont. Der Hubschrauber ging tief hinunter, folgte der Schneise und setzte in der Lichtung auf.

»Schönes Plätzchen hier, meine Herren!« begrüßte Bröker Gorm und Stamford. »Selbst der schlimmste Pamperosturm würde den Apparat nicht losreißen.«

»Und die Pferde?« unterbrach ihn Stamford.

Bröker machte eine wegwerfende Bewegung.

»Pferde gibt's hier überall. Mit dem hier ...«, er zeigte auf seinen Lasso, »... fange ich, soviel Sie haben wollen.«

»Gut, lieber Tim! Vergessen Sie nicht, daß wir uns unbedingt auf Sie verlassen. Es blieb alles so, wie ich's Ihnen heute mittag sagte.«

Tim Bröker nickte.

»Der Teufel soll mich holen, wenn's an mir liegen sollte.«

Die Schatten der Dämmerung lagen bereits über Buena Vista, als van der Meulen mit Hortense und Violet nach Cannings Hazienda fuhr. Mit einem geheimen Unbehagen hatte Hortense die Nachricht von der Einladung empfangen.

Sie hatten den Tee in Cannings Park genommen und gingen jetzt ins Haus. Van der Meulen schaltete den Radioapparat ein, um die letzten Börsenberichte zu hören. Canning bat Hortense, mit ihm in die Bibliothek zu gehen, die kürzlich angekommene Büchersendung zu besichtigen.

Interessiert betrachtete sie die schönen Werke, die auf dem Tisch aufgestapelt waren.

Canning kam zu ihr und legte den Arm um ihre Schulter. Sein Mund flüsterte Liebesworte in ihr Ohr. Sie suchte sich freizumachen. Das alte Gefühl von Freude und Schreck, das sie stets empfand, wenn sie mit ihm allein war, wurde wieder in ihr wach. Wehrlos, schwach stand sie da. Mit einer verzweifelten Bewegung entwand sie sich ihm. »Nein! Lassen Sie mich, Roberto –«

Sie trat zum Fenster, sog tief atmend die kühle Abendluft ein. Die Leere, die Angst, der ganze schmachvolle Jammer der vergangenen Tage und Wochen überfiel sie.

»Hortense, seien Sie nicht grausam!« Canning suchte ihre Hand zu fassen. Sie entzog sie ihm.

»Hortense!« Cannings Stimme klang weich. »Ihre Kälte kränkt mich. Womit habe ich das verdient?«

Hortense fühlte, wie seine Lippen ihr Haar streiften. In ihrem Ohr klangen die schmeichelnden Töne, deren Zauber sie immer wieder erlag.

»Um meiner Seelenruhe willen lassen Sie mich ... Etwas Unerklärliches ist in mir vorgegangen, etwas Fremdes ist zwischen uns getreten, etwas, was mir Entsetzen einflößt, wenn ich ...«

»Entsetzen?« Cannings Stimme zitterte. Er war erblaßt.

»Ja, Entsetzen!« wiederholte sie deutlicher, unerbittlich gegen sich selbst. »Was es ist? Ich weiß es nicht, weiß nur, daß ich darunter leide wie unter einer Marter.«

»Hortense, Sie müssen mir eine Erklärung geben, Sie sind es mir schuldig. Schenken Sie mir ein wenig Vertrauen, lassen Sie mich teilnehmen ...« Canning wollte auf sie zutreten, doch sie streckte ihm abwehrend die Hand entgegen.

»Verzeihen Sie mir, Hortense, wenn mein Wunsch, Ihnen zu helfen ... ich will mich bezwingen ... Sie äußerten doch mehrfach, Sie möchten gern reisen. Wenn Sie nicht warten wollen, bis wir verheiratet sind, ich wüßte nichts Schöneres, als mit Ihnen ...«

»Verzeihung, Mr. Canning, Mr. van der Meulen wünscht Sie zu sprechen.« Violet hatte den Vorhang weit zur Seite geschoben.

»Wir kommen sofort«, rief Hortense wie erlöst. Ein dankbarer Blick streifte Violet, als sie an ihr vorüberschritt.

Van der Meulen stellte das Radio ab, als Canning eintrat. »Denken Sie sich, Don Roberto, die letzten Nachrichten vom Isthmus brachten wieder längere Berichte über den Preissturz am Grundstücksmarkt da oben.«

»Wieso? – Warum?« fragte Canning. »Ist etwas Neues, Wichtiges auf Coiba vorgegangen? Der Brand gefährlicher ...«

»Nein, durchaus nicht. – Aber irgendein paar Hasenfüße auf dem Festland Coiba gegenüber, haben Hals über Kopf ihren Besitz verkauft, verwirren auch anderen den Kopf. Man will auch festgestellt haben, daß Agenten aus der Union diese Beunruhigung durch Ausstreuung schlimmer Gerüchte geflissentlich steigern. Die verkauften Besitzungen sind fast ausnahmslos für ein Butterbrot in die Hände von Nordamerikanern übergegangen.«

»Man scheint danach in den Staaten die Gefahr von Coiba nicht sehr tragisch zu nehmen«, erwiderte Canning.

»Scheint mir auch so, Don Roberto. Man verläßt sich anscheinend darauf, daß, wenn die sogenannte Gefahr wirklich zu groß ist, der Brand mit den einfachsten natürlichen Mitteln gelöscht werden muß, nämlich mit Wasser.«

»Aber Vater!« mischte sich Hortense ein, »das wenigstens ist mir aus dem Bericht deines Freundes van de Vrient klar geworden, daß ein Atombrand nicht mit Wasser zu löschen ist, und wäre es auch der ganze Pazifik.«

»Hortense hat recht, Mr. van der Meulen. Handelt es sich tatsächlich um einen Atombrand auf Coiba, so würde ihm mit Wasser nicht beizukommen sein. Die Idee ist absurd«, warf Canning ein.

»Denkt, wie ihr wollt«, sagte van der Meulen. – »Doch halt ... vielleicht erfahren wir noch heute abend die Lösung des Rätsels ...«

»Wie meinen Sie, Mr. van der Meulen?«

»Nun, wir werden einfach das allwissende Medium Majadevi befragen. Bin neugierig, wie sie sich zu der Frage stellen wird. Als kluge Pythia wird sie wohl etwas delphisch antworten.«

»Die Frage ist nicht nötig.« Canning zog ein Zeitungsblatt aus der Tasche, reichte es van der Meulen. »In der letzten Sitzung in Buenos Aires wurde diese Frage bereits an das Medium gerichtet. Ein Teilnehmer hat die Antworten des Mediums mitgeschrieben und in der Zeitung veröffentlicht.«

Van der Meulen nahm das Blatt und las den Zeitungsbericht vor. Lachte dann laut los. »Nun, da wären wir ja ein ganzes Stück klüger. – Gott schickt einen Engel, der mit seinen Flügeln den Brand ausweht. Ja, ja! Schade, Don Roberto! Die gespannte Neugierde, mit der ich diese Majadevi erwartete, ist durch diese etwas reichlich kindliche Antwort um einige Grade gesunken.«

»Mag sein, Mr. van der Meulen, daß die Worte des Mediums sich gedruckt etwas naiv ausnehmen. Wenn Sie aber weiterlesen, werden Sie finden, daß der Eindruck der gesprochenen Worte auf die Teilnehmer der Sitzung sehr stark gewesen ist. Wie überhaupt . . .«

»Lassen wir den Streit, Don Roberto, wir werden ja gleich mit eigenen Augen und Ohren das Wundermädchen kennenlernen.«

»Gewiß, ich denke, der Inder wird bald anfangen können. Gehen wir!«

Canning wandte sich lachend zu den Damen. »Der Kerl ist von einer exemplarischen Häßlichkeit. Wie der zu der schönen Enkelin kommt, erscheint mir reichlich dunkel. Denn diese Majadevi ist ein hervorragend schönes Geschöpf. Der Alte ist übrigens sehr besorgt um sie. Mein Majordomo wollte ihn in der oberen Etage installieren, die Enkelin im Erdgeschoß. Der Inder protestierte aber so lange, daß ich mich schließlich ins Mittel legen mußte. Nun sind sie beide im Erdgeschoß einlogiert. Wie schon gesagt, Sarata hütet das Mädchen wie seinen Augapfel, wie's scheint. Gehen wir gleich in den großen Speisesaal!«

Dort fanden sie zu ihrem Erstaunen das Medium allein auf einem Stuhle sitzend.

Beim Eintritt der Gesellschaft erhob sich das Mädchen, ging ein paar Schritte auf sie zu und erklärte in ziemlich geläufigem Englisch, ihr Großvater sei nach unten gegangen, noch etwas zu holen.

Hortense trat mit Violet auf die Fremde zu und reichte ihr die Hand. Vergebens suchte sie nach passenden Worten, um eine Unterhaltung anzuknüpfen. Sie, die Weltgewandte, wußte dem seltsamen Gast gegenüber nur ein paar banale Redensarten zu finden.

Die Fremde sprach nur wenige Worte, zeigte überhaupt eine seltsame Zurückhaltung. Das blasse Oval des schönen Gesichtes blieb starr. Die Augen, jetzt teilnahmslos, fast leer der Blick, jetzt unruhig umhersuchend wie in Erwartung oder – Furcht. Und doch lag über der schlanken, fast kindlichen Gestalt ein seltsamer Liebreiz.

Violet in ihrer impulsiven Art glaubte den Bann brechen zu können. Sie schob ihren Arm unter den Majadevis, zog sie in mutwilliger Gangart der Glasveranda zu, wo der Radioapparat gerade noch die letzten Takte eines Tanzes hören ließ. Dabei sprudelte sie über von lustigem Geplauder. Die Fremde folgte nur schwach widerstrebend. Ihre leichtgebräunten Wangen röteten sich, als ob sie eine schamhafte Schüchternheit überwinden müsse. In ihren Augen leuchtete es hell auf, ein Schein von Freude zuckte über ihre Züge.

Dann blieb das Mädchen plötzlich stehen. Seine Augen blickten in zögernder, wortloser Angst zu dem gegenüberliegenden Saaleingang, durch den eben Sarata trat.

Der Inder trat zu dem Mädchen und sprach ein paar Worte in indischer Sprache zu ihr. Majadevi nickte und schritt aus dem Saal.

»Während meine Enkelin sich umkleidet, darf ich den Herrschaften vielleicht ein paar Worte über ihr Schicksal sagen.

Ich hatte eine einzige Tochter, mit der ich eine Zeitlang in Peschawar lebte. Ein russischer Kaufmann, der öfters nach Peschawar kam, heiratete sie und nahm sie mit sich nach Andijan. In dem großen Aufstand sind die beiden ums Leben gekommen. Ich befand mich auf der Reise zu ihnen. Als ich nach Andijan kam, fand ich Majadevi bei mitleidigen Leuten, die sich des verwaisten, hungrigen Geschöpfes angenommen hatten.

Das arme Kind, es war damals vierzehn Jahre alt, kannte mich nicht wieder und folgte mir nur widerstrebend. Es war durch die schrecklichen Ereignisse halb wahnsinnig geworden. Man hatte Majadevi bewußtlos in den Armen der toten Mutter gefunden. Ich begab mich mit ihr nach Lahore. –

Natürlich hörten auch wir in Lahore von dem aufsehenerregenden Flug Jonas Lees zum Mond und der Wahrscheinlichkeit, daß er dort umgekommen sei.

Es war am Abend vor jenem Tage, an dem die Leichen Lees und seiner Gefährten im Hydepark in London gefunden wurden. Ein paar Bekannte waren bei mir. Wir sprachen über allerlei, aber ganz bestimmt nicht über Lee, der doch stark in Vergessenheit geraten war. Majadevi saß in einer Ecke und schlief anscheinend. Plötzlich fing sie an zu sprechen. Ihre Worte, wie im Schlaf gesprochen, erschienen uns als wirre Träume. Sie redete von einem Mann, der im

feurigen Wagen zum Himmel fuhr ... auf dem großen, blanken Stern haltmachte ... fünf tote Männer, die dort begraben lagen, mit sich in seinen Wagen nahm, sie zur Erde zurückbrachte, zur Heimat. –

Wir lachten, denn das, was ich Ihnen so kurz sagte, erzählte sie in langen, weitschweifigen Sätzen. Nachdem sie geendet, trat ich zu ihr, wollte sie wecken. Sie schlug die Augen auf, sah mich verständnislos an, als ich sie fragte, was ihr Kauderwelsch zu bedeuten habe. Sie behauptete, von all dem Gesagten nichts zu wissen. Als am nächsten Abend die Radiostationen uns die Nachricht von dem Fund im Hydepark brachten, kam uns allen sofort das sonderbare Benehmen Majadevis in Erinnerung.«

Der Inder hielt inne und wandte sich zur Tür, durch die Majadevi eintrat. Sie schritt bis zur Mitte des Saales, blieb dann stehen. Die Arme hatte sie über der Brust gekreuzt, den Kopf leicht geneigt.

»Haben die Herrschaften irgendwelche besonderen Wünsche?«

Canning blickte fragend um sich. »Nein – doch verfolgen Sie vielleicht ein ähnliches Programm wie in Buenos Aires. Ich meine, fangen Sie mit den telepathischen Tricks, oder wie Sie es nennen wollen, an.«

Der Inder verbeugte sich, trat zu Majadevi, legte kurz die Hand auf ihre Stirn. Dann zeigte er in allerdings verblüffender Art telepathische Experimente schwierigster Art.

»Goddam«, brummte van der Meulen gedankenverloren vor sich hin. »Verflucht feine Tricks! Der Teufel weiß, wie sie es machen. Hokuspokus bleibt's doch! Aber jetzt werde ich mal das Orakel fragen.« Er zwinkerte den anderen vertraulich zu.

Alte Jugenderinnerungen waren in ihm aufgetaucht. Seine Heimat, ein kleines holländisches Fischerdörfchen ... seine Geschwister ... seine Eltern.

Er fragte durch den Mund des Inders. Die anderen konnten die Richtigkeit der Beantwortung nicht nachprüfen, da ihnen diese kleinen Jugenderinnerungen van der Meulens nicht bekannt waren. Doch sahen sie mit einer leichten Schadenfreude, wie bei den Antworten des Mediums Erstaunen, Verwunderung sich immer stärker auf van der Meulens Gesicht ausprägten.

»Kinder, ist so was möglich?! – Es stimmt! Stimmt alles, was das Mädchen sagt. Wie kann einer das erklären?« Seine Stirn zog sich in Falten, vielleicht, daß der schlaue Alte sich vorher erkundigt hätte? Nein, ausgeschlossen, das meiste wußte außer ihm kein Mensch.

»Doch jetzt noch eine Frage, über die wir alle Bescheid wissen. – Wo war ...«, er legte die Hand auf Cannings Schulter, »dieser Herr hier vor drei Wochen?«

Der Inder wiederholte die Frage an das Medium. Ein unmerkliches nervöses Zucken ging über Cannings Gesicht. Er schloß die Augen, konzentrierte mit stärkster Willensanstrengung seine Sinne auf Amsterdam und London. Zwang die wohlbekannten Städtebilder, Straßen, Hotels, Bekannte vor sein geistiges Auge. Er biß die Zähne aufeinander, flüsterte unhörbar – »Der Osten ... ich kenne ihn nicht ... er ist verschwunden ... ein graues Nebelmeer dort ... nichts zu sehen für mich ... für sie ... keine Stadt dort, die ich kenne –« Seine Reise, so wie er sie den anderen erzählt hatte, er zwang sich, sie körperlich zu erleben ... Er landete in Amsterdam, besuchte die bekannten Geschäftshäuser, fuhr dann über den Kanal nach London. Nichts existierte in seiner Einbildung als diese beiden Städte, die Geschäfte, die er in den Handelshäusern abschloß – die Theaterbesuche –, er saß in der Oper, hörte die Musik, glaubte sie so deutlich zu vernehmen, daß sein Ohr in dem Genuß schwelgte – keinen Orient gab's, keine Stadt, die er dort besucht hätte.

Canning achtete nicht darauf, daß Sarata zu dem Mädchen getreten war, als dessen Antwort ausblieb. Der wiederholte die Frage leise, eindringlich. Er warf Canning einen mißtrauischen Blick zu. Das nervöse Arbeiten in den Zügen des Mediums machte ihn stutzig. Er ergriff ihre Hand, fühlte, wie Majadevi einen schweren Kampf mit einem fremden, starken Willen kämpfte. Er wandte sich voll zu Canning. Durch die halbgeschlossenen Augenlider schickte er einen langen, durchdringenden Blick auf ihn.

Die anderen merkten nichts von diesem versteckten Ringen. Sie warteten mit Ungeduld auf die Antwort des Mediums. –

Endlich öffnete Majadevi die Lippen. »Ein Flugschiff, darin ein Mann ... Es ist der Herr, dem es gehört, dem dies Haus gehört – das Schiff fliegt nach Norden über ein großes Wasser – der nächste Tag – die Sonne geht auf, das Schiff wendet nach Osten, der Sonne entgegen – eine Stadt am Meer – goldene Minarette – das Schiff landet – ein Mann kommt ... der Mann, ich ... wer ist's, ich ...« Das Gesicht, der ganze Körper des Mediums bebte in heftigster Erregung.

»Goldene Minarette in London!? Ha, ha!« Van der Meulen konnte sich nicht halten. Er wandte sich mit triumphierendem Lachen an Canning. »Diesmal hat aber die Pythia gründlich danebengeraten. Allerdings, Konstantinopel – London, ihre Lage hat

eine entfernte Ähnlichkeit ... Nur die Minarette! Ha, ha, Don Roberto, Minarette in London!«

Canning wandte sich van der Meulen zu. Mit einer gewissen Anstrengung öffnete er die fest aufeinandergepreßten Kiefer, zwang sich zu einem Lächeln. Hortense allein war es, der die starke innere Erregung Cannings auffiel, die die kleinen Schweißtropfen auf seiner Stirn bemerkte. Ihr Blick ging zu dem Inder, sie sah das versteckte hämische Lächeln, mit dem er auf Canning schielte. Eine tiefe innere Unruhe ergriff sie. Was war das? –

Jetzt stand Canning auf, trat zu Sarata.

»Ein kleiner Irrtum ... nun, es schadet nichts, ein Irrtum ...« Er sah den Inder bedeutungsvoll an. Der schien protestieren zu wollen. Da stand Canning vor ihm. »Ein Irrtum Majadevis! Doch Frage und Antwort sind bedeutungslos, die Verwechslung ... nun, ich denke, Majadevi wird durch den Tanz stark ermüdet sein. Doch eine Frage noch, die ich selbst gern gestellt hätte.«

Der Inder verbeugte sich, trat zu dem Mädchen.

»Wie sah der Mann aus, der zum Mond fuhr und von dort die Leiche von Jonas Lee zur Erde brachte?«

Alle horchten interessiert auf. Der Inder wiederholte die Frage an das Medium. Kaum, daß das letzte Wort verklungen war, begann sie zu sprechen. Ein froher, glücklicher Zug war auf ihr Gesicht getreten, halb singend kamen die Worte: »Der große Held – sein mächtiges Haupt überragt die andern – die hageren Wangen sind bleich – über der breiten Stirn blondes Haar – der stolze Mund ist fest geschlossen, er hütet die tiefen Geheimnisse des Herzens. – Er schreitet daher, ein Kämpfer –« Ihre Stimme wurde schwächer, leise, fast flüsternd sprach sie weiter, doch in anderer Zunge. Die Zuhörer schauten den Inder fragend an, das Medium sprach unverkennbar in russischer Sprache.

Jetzt stellte Canning einzelne genaue Fragen nach dem Äußern des Mannes, wie sie ungefähr ein Steckbrief enthält. Je mehr Fragen gestellt wurden, desto schärfer horchte der Inder auf. Die aus Frage und Antwort gezeichnete Beschreibung weckte Erinnerungen an eine Person, die er von ganzer Seele haßte. Die übrigen erwarteten mit unverhohlener Neugierde und Spannung die Aufklärung dieses seltsamen Spieles. Endlich gab Canning dem Inder ein Zeichen, daß er genug gehört hatte, daß die Vorstellung beendet sei.

Sarata trat an das Medium heran, strich leise über dessen Stirn. Das Mädchen schlug die Augen auf. Hortense und Violet wollten auf sie zutreten, der Inder streckte ihnen abwehrend die Hand entgegen und hielt, wie um eine Anrede zu verhüten, den Finger auf

die Lippen. Er legte den Arm Majadevis in den seinen und schritt mit ihr zur Tür. Violet stellte sich in den Weg, wollte doch ein Wort an das Mädchen richten. Ihr freundlicher, mitleidsvoller Blick traf auf das alte teilnahmslose Gesicht, sah in leere, glanzlose Augen, die wesenlos an ihr vorbeischauten. Violet sah das Gesicht des Alten, sah das versteckte spöttische Lächeln des verhaßten Menschen ... ein Zittern ging durch ihren Körper, wie angewurzelt blieb sie stehen.

Van der Meulen und Hortense hatten sich neugierig zu Canning gewandt.

»Wer ist der Mann, den Sie in diesem geheimnisvollen Mondfahrer vermuten, Don Roberto? Aus Ihren Fragen war doch zu schließen, daß Sie eine bestimmte Person im Auge hatten. Dürfen wir wissen ...?«

»Der Mann ist Weland Gorm.«

»Gorm? Wie? Gorm hatten Sie im Auge? Weshalb ihn? Wie kommen Sie auf den?«

Canning zuckte die Achseln. »Ich glaube, für den Physiker dürfte diese Ansicht nicht sehr fern liegen ... Daß dieser unbekannte Weltenfahrer mit einer Rakete, wie sie Lee benutzt hat, geflogen sein sollte, war mir von vornherein zweifelhaft. Derartige Unternehmungen sind und bleiben mit einem großen Risiko verbunden. Das Projekt der Zukunft ist doch, ein Raumschiff zu bauen, das durch Elektronen getrieben wird.«

»Und Sie glaubten, Gorm hätte auch dies Problem gelöst?«

Canning nickte. »Dieses Rätsel ... wer brachte die Leiche Lees zur Erde? Immer wieder habe ich darüber nachgedacht. Ein Verdacht, ich kann, ich will ihn nicht weiter erklären oder begründen, wies auf Gorm. Ich erinnere nur an die mystischen Umstände, unter denen dies rätselhafte Ereignis vonstatten ging ... Nun, einerlei, die Gelegenheit heute ... Die doch mehrfach bewiesenen starken Gaben des Mediums forderten mich direkt heraus dazu, mir in irgendeiner Weise Gewißheit zu verschaffen. Gewißheit? Ja, wer wüßte, was an den rätselhaften Leistungen dieses Mediums echt und was unecht ist?«

»Aber wie stimmte denn die Beschreibung des Mediums mit dem Aussehen Gorms überein?« fragte Hortense.

Canning wiegte den Kopf.

»Für mich, der in Gorm den Weltraumfahrer vermutet, ist er's. Die Beschreibung stimmt ziemlich genau mit dem Bild überein, das ich von ihm in meiner Erinnerung habe.«

Noch lange sprach man über Majadevi und Gorm. Dann mahnte

van der Meulen zum Aufbruch. »Ich fliege bei Tagesanbruch nach Buenos Aires und möchte nicht den Schlaf entbehren.«

Eine Viertelstunde später rollte das Auto van der Meulens Buena Vista zu.

Der Brand auf Coiba war jetzt das Tagesgespräch der Welt! Hatte man die Angelegenheit zunächst nur für einen müßigen Gelehrtenstreit gehalten, so war doch allmählich der ungeheure Ernst der Sache zutage getreten. Kaum noch einer, der sich der drohenden Gefahr verschloß.

Ein Atombrand war auf dem Felseneiland im Gange. Kein Zweifel daran war mehr möglich. Ihn löschen!? Das war die Frage, die alle Gemüter bewegte.

Die breiten ungebildeten Massen hielten trotz aller Gegenbeweise unbeirrbar an dem nach ihrer Meinung besten Mittel fest: Feuer muß mit Wasser gelöscht werden! Den Ozean in den Brandherd geleitet! Wo gäb's einen Brand, den der Ozean nicht löschen könnte? Löschte er doch die größten, stärksten Vulkane, die aus dem Seeboden emporbrachen.

Die Gelehrten wehrten sich aufs äußerste gegen diesen naiven Vorschlag. Da tauchte in der Presse die Nachricht auf, jener Professor Körte in Berlin, der zuerst den Charakter des Brandes richtig erkannte, habe sich dahin geäußert, daß hier nur eine Operation helfen könne. Er hatte diesen Brand auf Coiba mit einem Krebsgeschwür in einem sonst noch gesunden Organismus verglichen.

Kaum, daß die Nachricht bekannt, war er in seinem Hause von den Berichterstattern überrannt worden. Unmöglich, sich des Ansturms zu erwehren. So teilte er diesen seine Ansicht mit.

Ein Mittel, über dessen radikale Wirkung er jedoch seine Zweifel nicht verhehlte. Seine Meinung war: Wenn möglich, den Brandherd aus dem Felsen der Insel herauszuarbeiten, den infizierten Boden en bloc – hier hielt er inne und machte lächelnd mit der Rechten eine Bewegung zum Zenit.

Die Berichterstatter starrten ihn ratlos fragend an.

»Nun ja!« fuhr Professor Körte fort, »wenn ein Krebsgeschwür herausgeschnitten ist, vernichtet man es. Den herausgearbeiteten Feuerblock vernichten ... ja, könnten wir das, so brauchten wir die ganze Operation nicht. Also, da auf der Erde seines Bleibens keine Statt ist, hinweg mit ihm! Natürlich! Hinweg! Wohin? Nun ... am besten zu der großen Feuerkugel über uns, zur Sonne! Dort kann er sicherlich kein Unheil anrichten ...«

Ob das möglich wäre? Oh, das wäre möglich. »Stellen Sie sich

ein Raketenschiff größten Ausmaßes vor. An ihm befestigt der gefährliche Felsblock ... die Rakete wird zur Sonne abgeschossen ... die Sache wäre erledigt ...«

Seinen Worten folgte ein wirres, aufgeregtes Durcheinander. Einige stürzten schon zur Tür, die Nachricht brühwarm ihren Blättern mitzuteilen. Da hielt sie ein Zuruf Körtes zurück.

»Meine Herren!« Das Gesicht des Gelehrten war tiefernst geworden. »Ich habe Ihnen diese Unterredung gewährt, weil ich einfach keine Möglichkeit sah, sie zu vermeiden. Was ich Ihnen soeben sagte, wäre allerdings eine Lösung, die uns von der Sorge befreien könnte. Doch – und ich bitte Sie, das in Ihren Berichten nicht zu verheimlichen – erkläre ich Ihnen ausdrücklich, daß meine Hoffnungen, ein solcher Plan könne gelingen, sehr gering sind. Ich habe starke Zweifel, ob eine solche Operation überhaupt noch möglich ist ... ob nicht vielleicht der Boden auf Coiba auch schon auf größere Entfernungen von dem Brandherde aus derart infiziert ist, daß das Herausarbeiten der kranken Stellen unmöglich ist. Weiter dürfte es wohl kaum möglich sein, eine Rakete zu bauen, und zwar so schnell zu bauen, die geeignet wäre, bis zur Sonne zu fliegen ...«

»Aber zum Mond!« hatte da einer der Berichterstatter dazwischengerufen.

»Zum Mond? Ja, ja, mein Herr, der Gedanke liegt nahe. Doch vergessen Sie nicht die eventuellen Folgen. Nehmen wir an, die Rakete käme mit ihrer Last auf dem Mondgestirn an. Es wäre ja nicht ausgeschlossen, daß vielleicht der Atombrand in der Weltraumkälte erlöschen würde. Doch ich habe da starke Zweifel. Gesetzt nun den Fall, die Weltraumkälte hätte keinen Einfluß, der Felsbrocken käme glühend zum Mond ... da bestände doch die große Wahrscheinlichkeit, daß dort oben der Brand auf das Mondmassiv übergriffe, und unseren früheren oder späteren Nachkommen würde eine zweite Sonne am Himmel leuchten. Die Folgen, meine Herren ...«

Einige der zuhinterst Stehenden hatten bereits den Raum verlassen. Kaum merkten es die anderen, stürzten sie denen nach. Jeder wollte der erste sein. Im Augenblick war der Raum leer, der Professor stand allein.

Ein paar Stunden später waren seine Worte in der ganzen Welt bekannt. Und wieder einige Stunden später kam die Nachricht, daß der südafrikanische Milliardär William Harrod in Johannesburg, der sein riesiges Vermögen aus Diamanten- und Goldminen ge-

wonnen hatte, den Bau eines Raketenschiffes im Sinne Körtes in Angriff genommen habe.

Alle Welt horchte auf. Man wußte, daß Harrod in dem neuentstandenen afrikanischen Industriezentrum schon früher den Bau eines riesenhaften Raketenschiffes beabsichtigt hatte. Ja, es war sogar schon mit dem Bau begonnen worden, als Jonas Lee seine Fahrt unternahm. Der unglückliche Ausgang von dessen Expedition nahm Harrod und vielen anderen, die sich mit ähnlichen Plänen trugen, die Lust. Es war klar, daß diese Idee noch starker Verbesserungen bedurfte.

Wer jedoch glaubte, daß Harrod, ebenso wie die übrigen, den Plan gänzlich aufgegeben habe, irrte. Ohne daß die Welt etwas davon erfuhr, arbeiteten in seinen Versuchswerkstätten unaufhörlich geschickte Konstrukteure an dem Problem weiter. Und doch hätte auch er es eines Tages beinahe aufgegeben.

Auf einer Reise war er mit Robert Canning zusammengetroffen. Die beiden wurden schnell näher bekannt. Im Vertrauen machte Harrod Canning, in dem er zu seinem Erstaunen einen äußerst tüchtigen Physiker erkannte, mit seinen Plänen bekannt. Der zeigte jedoch für die Idee Harrods merkwürdig wenig Interesse. Immerhin folgte er einer Einladung nach Johannesburg, besichtigte dort die Werft, hielt auch mit seiner Anerkennung für die zweifellos tüchtige Arbeit nicht zurück. Als sie beide dann allein waren, offenbarte er Harrod, was ihn selbst schon seit langem bewegte. Ein Raumschiff, getrieben durch Elektronenenergie! Nur so könne man gefahrlos die kühnsten, weitesten Fahrten in die Sternenwelt unternehmen. Hingerissen von seinen eigenen Worten, entwickelte Canning die fantastischsten Pläne.

Harrod schaute ihn stumm an. Dieser Mann! Das Feuer, das hinter diesen kalten Zügen verborgen gewesen, jetzt war es durchgebrochen. Er stürmte in dem weiten Gemach hin und her. Schrie immer wieder: »Nur das ist der Weg! Kein anderer! Oh, wer den fände! ... Ich ...« Da hielt er ein, starrte um sich. Als seine Blicke auf Harrod trafen, schien er zusammenzuschrecken; er zwang sich zur Ruhe. Schwer atmend ließ er sich in einen Sessel fallen.

»Ja, Mr. Harrod, ich glaubte lange, den Weg finden zu können. Doch ...«, hier drehte er sich mit einem resignierten Blick zur Seite, »meine Kraft reichte nicht aus. Und doch ...«, er schlug mit der Faust auf den Tisch, »noch gebe ich die Hoffnung nicht auf. Vielleicht, daß doch noch einmal die glückliche Stunde kommt, die mir den rechten Weg offenbart.«

Als sie schieden, bat Canning Harrod, die Arbeiten unbedingt fortzusetzen. »Vielleicht, daß . . .«

Als jetzt die Nachricht von dem geplanten Bau Harrods in die Welt drang, schüttelte man den Kopf. Wie lange sollte das dauern, bis Harrod eine Rakete gebaut hatte, die fähig wäre, den Pestbrocken bis zum Monde zu tragen. Ohne Rücksicht auf die vielen Warnungen, die man gegenüber dem Plan, den gefährlichen Brocken zum Monde zu schießen, äußerte – im Anschluß an jenes berühmte Interview mit Körte waren die Folgen eines Mondbrandes überall des langen und breiten erörtert worden –, hatte man sich in der südafrikanischen Union entschlossen, den Plan durchzuführen. Die Gefahr eines glühenden Mondes war jedenfalls geringer als die einer glühenden Erde.

Einige Wochen waren vergangen, da kam die Nachricht, daß Harrods Raumschiff sich der Vollendung nähere. Jedermann faßte sich an den Kopf. Wie war das möglich? Die Welt wollte es nicht glauben. Da brachten die Fernsehsender zum Beweise Ansichten von Harrods Werft. Von der Riesenrakete, die da äußerlich fertig stand.

Eine ungeheure Spannung ergriff die ganze Welt. Man begann die Tage zu zählen, bis zu jenem, an dem, wie Harrold versprochen, der Bau fertig sein und die Rakete mit ihrer verderblichen Ladung von der Erde abgeschickt werden sollte. Schon strömten aus aller Welt die Neugierigen nach Coiba. Auch die Arbeiten dort erregten das größte Interesse. Zwar brachten Presse und Fernsehen täglich Bildberichte von den Vorgängen auf der Insel. Aber das genügte doch vielen nicht, die selbst an Ort und Stelle den geheimnisvollen Brand sehen wollten.

Das wurde ihnen jedoch keineswegs leicht gemacht. Die Absperrung wurde streng gehandhabt. Immer wieder schoben die Wachmannschaften die Neugierigen zurück. Den wenigsten aus dieser Menge gelang es, hin und wieder einen flüchtigen Blick auf die Brandstelle zu werfen. Diese lag dicht am Meer, war bei Springflut kaum 50 Meter vom Wasser entfernt.

Ein Gewirr von Maschinen und Menschen. Bunt durcheinander die blauen Kittel der Arbeiter und die weißen Mäntel der Physiker. Unaufhörlich schnitten und schrämmten die diamantbewehrten Stähle der Maschinen um den infizierten Fleck herum einen Spalt in das Gestein. Ständig kontrollierten die Physiker mit Thermometern empfindlichster Art die Temperaturen zu beiden Seiten der Schrämmspalte. Gaben danach ihre Anweisungen, den Schnitt nach dieser oder jener Richtung abzulenken.

Denn darum ging es ja, und darum drehte sich alles. Man hatte den Umfang des Atomzerfalles, der Temperaturerhöhung zwar auf der Oberfläche vor Beginn der Arbeiten genau ermittelt. Aber man wußte nicht, wie die Infektion weiter in der Tiefe verlief. Wurde der Brandherd dort breiter oder schmäler? Das war die Frage, die von Beginn der Arbeiten an alle Herzen bewegte. Wurde er schmäler, dann war Hoffnung vorhanden, den ganzen Brandherd in Form eines transportablen Felsblocks aus dem Gestein herauszuholen. Wurde er breiter – fast hoffnungslos waren dann die Aussichten.

Man war bereits ein Meter in das Gestein eingedrungen, und bis jetzt war alles über Erwarten gut gegangen. Zweifellos wurde der Brandherd nach unten hin schnell schmäler. Die Meinung einiger Gelehrter, daß er sich von oben her halbkugelig in das Gestein hineingefressen habe, schien sich zu bewahrheiten. Traf das auch weiter zu, dann würde man den ganzen Brandflecken in spätestens zwei Tagen freigelegt haben einen Block von etwa acht Kubikmeter Inhalt, mit dessen Entfernung von der Erde das Unheil gebannt wäre.

Im Arbeitszimmer Cannings saßen der Hausherr und Sarata schon seit geraumer Zeit im Gespräch.

»Ihre Majadevi sprach von diesem Mondfahrer wie ein Backfisch von einem Filmhelden. Ich bleibe dabei, sie muß ihn irgendmal wirklich gesehen oder gar kennengelernt haben.« Der Alte wollte verneinen, doch Canning ließ ihn nicht zu Worte kommen.

»Und Sie auch, mein lieber Freund! Ich sah nur zu gut, wie Ihre Aufmerksamkeit stärker wurde, je mehr sich das Bild des Mannes aus meinen Fragen und Majadevis Antworten herausschälte. Decken Sie Ihre Karten ruhig auf . . . Sie kennen Gorm!«

Vergeblich suchte der Inder nach einer ausweichenden Antwort. Cannings Blick haftete fest in seinem Gesicht.

»Es wäre möglich, doch ich versichere Ihnen, der Name des Mannes, an den ich dachte, war mir bis jetzt unbekannt. Daß es Gorm sei, wenn Sie es sagen . . . ich will nicht bestreiten, daß . . .«

»Wie und wo sind Sie und Majadevi mit Gorm zusammengetroffen? Erzählen Sie ruhig. Was es auch ist, es wird bei mir Geheimnis bleiben, wenn Sie es wünschen. Mein Wort darauf!«

Der Inder gab nach. Er erzählte von jenem Zusammentreffen in Lahore, wobei er alles verschwieg, was für ihn ungünstig war.

Dann sprach er von der Sitzung in Buenos Aires.

»Wie? Was? Gorm war in Buenos Aires?« Canning starrte den Alten erstaunt an. »In Begleitung eines anderen Mannes? Wer war

das? Derselbe wie der in Lahore? Merkwürdig! Aber es war doch eine Kleinigkeit, den Namen dieses Mannes in Lahore festzustellen, Sie sagten doch, daß er dort ansässig gewesen sei, daß er in einem Haus in der Vorstadt eine Wohnung gehabt habe.«

Der Inder griff in seine Tasche, suchte unter den Papieren, die er herausgenommen hatte, und entfaltete einen kleinen Zettel.

»Der Mann, so sagte man mir, als ich mich erkundigte, heißt Dr. Sydney Stamford.«

»Stamford?« Canning war aufgesprungen, ging erregt hin und her. »Stamford? Ein Nachbar von mir, ein Haziendabesitzer, mit dem ich auf schlechtem Fuß stehe, heißt Stamford ... Ah, ich erinnere mich, ein Verwandter von ihm ist Arzt. Er war, wie ich zufällig hörte, öfters Gast bei dem alten Stamford, und der sollte mit Gorm in Buenos Aires gewesen sein? Ah, jetzt verstehe ich, die werden auf der Durchreise nach Santa Marguerita über Buenos Aires gekommen sein. Sie sind vielleicht jetzt drüben bei dem alten Stamford.«

Sarata erhob sich jäh.

»Es ist, verzeihen Sie, Señor Canning, eine unerklärliche Unruhe, die mich plötzlich befallen hat. Gestatten Sie, daß ich mich auf kurze Zeit entferne.«

Canning sah dem Wegeilenden verwundert nach. Was ist mit ihm? Was hat er?

Noch dachte er nach, da wurde die Tür aufgerissen, der Inder stürzte herein. Der Turban war ihm vom Kopf gefallen, die Haare zerrauft, das pockennarbige Gesicht grün und gelb vor Wut.

»Sie ist fort! – Sie ist geraubt – Majadevi!« schrie er. Der Schaum stand ihm auf den Lippen. Wie ein Rasender rannte er in dem Raum hin und her, stieß in allen möglichen Sprachen die heftigsten Verwünschungen aus.

»Sind Sie des Teufels? Das Mädchen geraubt? Aus meinem Hause geraubt? Undenkbar! Wie kommen Sie auf ...«

»Sie sagten es ja selbst, ... Stamford, Gorm, sie sind hier in der Nähe. Schon einmal in Lahore ... niemand anders als ...«

»Ah!« Canning war aufgesprungen. »Bei Gott, ich glaube, ich tat Ihnen unrecht. Nach dem, was Sie mir vorher erzählten ... doch jetzt auf! Ist es so, dann können sie nicht weit sein.« Canning eilte, von dem Alten begleitet, hinaus. In kurzer Zeit war die Dienerschaft versammelt. Ein paar aufklärende Worte, dann begann man, von der Hundemeute unterstützt, den Park und die Umgebung des Hauses abzusuchen. Das helle Mondlicht erleichterte die Arbeit. Auch Canning und der Inder beteiligten sich aufs eifrigste.

Vom nördlichen Parktor erscholl plötzlich lautes Rufen. Canning eilte dahin.

»Hufspuren!« riefen ihm die Diener entgegen. »Die Spuren kommen von Norden her, führen auch wieder dahin zurück.«

»Zwei Autos herbei!« schrie Canning.

»Fremde Pferde, Señor Canning«, redete ihn der Majordomo an, »von unseren Tieren können es keine gewesen sein.« Die Wagen kamen. Canning mit einem Dutzend seiner Leute sprang in den ersten.

»Den Spuren nach«, rief Canning. Die Wagen setzten sich in Bewegung. Die Hufspuren waren im hellen Mondlicht leicht zu erkennen. Da hielt der erste Wagen an. Die Spuren der drei Pferde, die man bisher verfolgt hatte, waren plötzlich in die einer großen Pferdeherde eingemündet, die ihren Weg, von Westen kommend, nach Osten, dem Flusse zu, nahm.

Doch nur ein kurzes Stück. Dann, als seien die Tiere in Schrecken oder Verwirrung gesetzt, gingen die Spuren nach allen Seiten auseinander. Unmöglich, aus der Unzahl der Pferdetritte die Spuren der Verfolgten herauszufinden. Weiteres Suchen wäre nutzlos gewesen. Der Inder beschwor trotzdem Canning, die Suche fortzusetzen, doch der lehnte ab, schüttelte mißmutig den Kopf. »Es wäre ein blinder Zufall, wenn wir unter den vielen Hunderten die rechte Spur fänden.

Er gedachte die Sache anders anzufassen. Zu Hause angelangt, schickte er einige seiner gewandtesten Leute aus, die Santa Marguerita beobachten und melden sollten, ob Sidney Stamford dort weile. Im Laufe des Morgens kamen die Boten zurück. Dr. Stamford war allerdings mit einem Freunde in Santa Marguerita gewesen, doch waren sie schon am Mittag des vergangenen Tages in einem Flugzeug fortgeflogen.

»Wer hätte gedacht, Mr. Harrod, daß sich schon so bald die Gelegenheit finden würde, die Früchte Ihrer Arbeiten praktisch zu verwerten. Ich habe keinen Zweifel, daß Ihre Rakete den Pestbrocken zum Mond bringt.«

»Ohne Zweifel, Mr. Canning. Man hätte ruhig ein schwereres Stück aus dem Boden herausarbeiten können. Die Tragkraft der Rakete ist groß genug.«

»So würde, vorausgesetzt, daß auch alles andere gut geht, Ihnen, Mr. Harrod, für ewige Zeiten der Ruhm gebühren, die Welt vor dem größten Unheil rechtzeitig bewahrt zu haben.«

»Immer noch etwas pessimistisch, Mr. Canning?« Er zuckte die Achseln.

»Gewiß«, sagte er, »die Messungen ergeben allerdings nicht den geringsten Anhalt, daß weitere Teile des Bodens infiziert sind, aber ...«

»Ihr ›Aber‹ hin, Ihr ›Aber‹ her! Ich denke zuversichtlicher als Sie. Doch die Mittagsstunde bricht an. Das Transportflugzeug muß jeden Augenblick seine Ankunft melden. Ich muß zum Arbeitsplatz, wo die verschiedenen Kommissionen, Presseabordnungen — Gott weiß, was alles hier zu diesem Tage herbeigeströmt ist — schon versammelt sind. Nach Hunderttausenden zählen die Neugierigen zu Wasser, Luft und Land.«

Er deutete mit dem Arm auf das Hinterland der Insel, das sie von ihrem erhöhten Stand gut überschauen konnten. Seine Hand schlug einen Kreis nach der Wasserfläche des Atlantiks hin. Ein Anblick, wie wenn Riesenscharen von Seevögeln sich da niedergelassen hätten. Wohin man schaute, ein Gewimmel von Land- und Wasserflugzeugen.

Noch hatten sie den Strand nicht erreicht, da erscholl lauter Lärm. Aufgeregt liefen die Menschen hin und her.

Canning hob sein Glas und entdeckte im blauen Äther ein schimmerndes Pünktchen ...

»Die Rakete! Die Rakete ... da kommt sie schon ...« hörte er die Leute am Strand rufen.

Jetzt war der Punkt im Äther auch mit bloßem Auge sichtbar, wurde schnell größer. Canning nahm das Glas wieder vor die Augen.

Ein Flugzeug. Dem Umriß nach eine große Transportmaschine. Unter ihr ein schimmerndes Etwas von unbestimmten Formen. Schnell kam es näher, stand jetzt senkrecht über dem Strand und senkte sich langsam.

Ein Transportflugzeug der größten und kräftigsten Art war es, wie sie erst seit kurzer Zeit gebaut wurden. Unter ihm, an schweren Stahltrossen hängend, ein schimmernder Aluminiumkörper von der Gestalt einer Granate. Während die Maschine sich tief und immer tiefer senkte, wuchsen auch die Umrisse der unter ihr hängenden Last. Meter um Meter kam sie herab. Immer langsamer wurde der Abstieg. Ein Knistern in den Balken und Trägern. Jetzt setzte sie auf einer Plattform auf — ein wuchtiger Bau, wohl 20 Meter breit und doppelt so hoch. Prasselnd fielen die vom Transporter abgeworfenen Trossen zur Erde.

Canning kletterte auf die Plattform, trat an den Flugkörper her-

an. Wie prüfend glitt seine Hand über die starken Aluminiumplatten. Er klopfte mit den Knöcheln dagegen. In dumpfem Glockenton erklang die Metallwand. Da stand sie vor ihm, die Riesenrakete, die die Kraft besaß, den Block zum Mond zu tragen.

Den Block. Der lag, umklammert von starken Ketten, so wie ihn der Kran aus seiner Grube gehoben hatte. Seit mehreren Stunden schon lag er so, das Ziel von tausend Kameraobjektiven. In allen Siedlungen, wo Menschen lebten, zeigte der Fernsehschirm jetzt den unheilschwangeren Brocken. Wie roter Rost schien es hier und da auf seiner Oberfläche zu liegen ... Rostflecken? Glutflecken? An einzelnen Stellen erstrahlten sie bereits in tiefer Rotglut. Hohe Zeit, den verderblichen Brandherd von der Erde fortzuschaffen.

Wieder hörte man Motorengeräusch vom Strande her. Ein zweites Transportflugzeug, vom gleichen Typ wie das erste, sank auf die Meeresfläche hinab und machte neben dem ersten am Strande fest. Eine Laufbrücke wurde zum Ufer geschoben. Passagiere kamen an Land. Monteure, Techniker, Arbeiter, die sogleich mit der Ausladung begannen. Sie schafften die gewaltigen Behälter an Land, die den flüssigen Wasserstoff und Sauerstoff für den Antrieb der Rakete enthielten. Dann setzten sie die Monteure im Innern des Flugkörpers an Ort und Stelle ein und verbanden sie mit den Rohrleitungen zu den Treibdüsen.

Die Sonne sank ins Meer. Im blendenden Licht mächtiger Scheinwerfer ging die Arbeit ununterbrochen weiter. –

Die Mitternacht kam näher. Um 23.30 Uhr war die letzte Probe. Hähne wurden geöffnet. Zischend entwich das Gas aus den Düsen. Alles in Ordnung. Die Rakete war startbereit.

William Harrod verfolgte die Arbeiten mit der Uhr in der Hand. Er gab seine Befehle, die nicht nur von seinen Leuten gehört wurden. Von den Mikrofonen der Radiosender aufgenommen, erklangen sie auch gleichzeitig über die ganze Erde. Zusammen mit den Sendungen des Bildfunks verfolgten Millionen von Menschen, was hier auf Coiba vorging.

23.45 Uhr ...

»Den Block einsetzen!« kam das Kommando von Harrods Lippen.

Der schwere Baukran rollte heran, umklammerte mit stählernen Fingern den Block, schob ihn durch die weitgeöffneten Ladeluken in den Mittelraum der Rakete.

23.55 Uhr.

»Alle Mann von Bord!« schrie die Stimme Harrods. Die letzten

Monteure kletterten aus dem Bauch der Rakete. Sorgfältig wurden alle Luken verschlossen und verschraubt.

Alle Scheinwerfer richteten ihre Lichtkegel auf die schimmernde Riesengranate. Jeder Niet, jede Naht ihres Baues war in allen Einzelheiten zu erkennen, wurde durch den Bildfunk über Meere und Länder weitergegeben.

In schimmernder Sternenpracht wölbte sich der Tropenhimmel. Am Firmament stand die leuchtende Scheibe des fast vollen Mondes.

24 Uhr.

In der Linken hielt Harrod das Chronometer. Mit der Rechten betätigte er den Kontakt, der die Treibdüsen in Gang setzte.

Ein kurzes Klicken und Knacken . . . Ein Aufblitzen von Funken. Im gleichen Moment schossen Feuerströme aus den Düsen der Rakete nach unten und beleckten das Fachwerk der Plattform.

Ein Schüttern ging durch den mächtigen Flugkörper, ein Rucken. Genau in der Richtung, welche die Schräge der Plattform ihm gab, stieg er majestätisch empor, einen sprudelnden, brausenden Feuerschein hinter sich herziehend.

Die Menschen standen und starrten. Verfolgten mit heißen Blicken das immer schneller emporeilende Geschoß. Sie starrten, bis auch dem schärfsten Glas die rote Lohe der arbeitenden Treibdüsen entschwand . . .

Dann brach es los. Die Hunderttausende, die in atemloser Spannung den Vorgängen gefolgt waren, schienen wie außer sich geraten. Die Luft erhebte von dem Schreien und Rufen der erregten Massen. Immer wieder erklang der Name Harrods.

William Harrod ließ das Chronometer in die Tasche gleiten. Mit unverhohlenem Stolz erwehrte er sich der Beglückwünschungen, die ihm von allen Seiten entgegengebracht wurden. Auch Canning trat zu ihm, reichte ihm die Hand.

»Höchste Zeit, Mr. Harrod, daß wir den Block loswurden. Wenige Wochen später hätten wir ihn keiner Rakete mehr anvertrauen können. Jetzt, in spätestens achtundvierzig Stunden, wird der neutrale Punkt zwischen Erde und Mond erreicht sein, dann mag die Rakete zum Teufel gehen. Die Erde ist die Sorge los. Der Mond mag sehen, wie er sich mit dem Geschenk abfindet. Die großen Sternwarten werden uns nicht lange im ungewissen lassen.«

Die alten Bedenken, die er hegte, hielt er zurück, als er das freudestrahlende Gesicht Harrods sah.

Die Refraktoren der Sternwarten und besonders der neuen schwebenden Weltraumstationen beobachteten den Flug der Rakete ununterbrochen. Dann kam die Meldung, daß die Rakete den neutralen Punkt überschritten habe, daß jetzt ihr Absturz zum Monde begänne. Eine Rückkehr zur Erde war ausgeschlossen! Nach wie vor blieben die Riesenrohre auf den dunklen Teil des Trabanten gerichtet, waren die Fernrohrkameras bereit, jedes Lichtsignal aufzuzeichnen.

Sechs Stunden später kam die neue Meldung der Sternwarten. Die Rakete war auf dem Mond gelandet, das Signal ihrer Blitzlichtladung hatte ihre Ankunft am Nordrande des Mare serenum deutlich gemeldet.

Millionen von Menschen atmeten auf, ledig der furchtbaren Last. Nur ein geringer Teil war es, der die pessimistischen Bedenken achtete, die hie und da laut wurden.

Die Kommission auf Coiba, die dort ständig weitere Untersuchungen anstellte, gab in der letzten Zeit nur beruhigende Berichte: »Keine neue Temperaturerhöhung!« lautete ihr tägliches Bulletin.

Ungeteilt wandte sich das öffentliche Interesse den Vorgängen auf dem Monde zu. Die Frage beschäftigte alle Geister: Wird der Brand auf das Mondmassiv übergreifen oder nicht ... oder ist er auf der Fahrt unter dem Einfluß der Weltraumkälte erloschen? Ein heftiger Gelehrtenstreit entspann sich darüber.

»Der Mond eine zweite Sonne«, »Tropenklima an den Polen«, »Der Unterschied von Tag und Nacht hört auf«, »Kein Wechsel der Jahreszeiten mehr« ... das waren einige der alarmierenden Überschriften, unter denen die Weltpresse den Lesern die Zukunft schilderte.

Kam das ganze Mondmassiv wirklich im Laufe der nächsten Zeit auf solche Glut, das heißt bis auf eine Temperatur gleich der Sonnentemperatur, dann waren auf der Erde mit Sicherheit einschneidende klimatische Veränderungen zu erwarten. Dann war in der Tat die Weltordnung, die so viele hundert Millionen Jahre auf der Erde herrschte, ernstlich bedroht, und alles Leben würde sich auf ganz veränderte Verhältnisse einstellen müssen. Tag und Nacht waren die größten Fernrohre der Erde auf jenen Punkt der Mondscheibe gerichtet, von dem die Rakete ihre Ankunft durch Blitzlicht gemeldet hatte.

Jetzt, eine Woche nach der Landung der Rakete, ließ sich noch nichts feststellen. Das gab eine gewisse Beruhigung, denn wäre der Block inzwischen schon auf helle Weißglut gekommen, hätte man

Zwischendurch: [redacted] Der verhängnisvolle Brocken ist auf dem Mond, die Erde fürs erste gerettet. Der Menschheit wird eine Atempause gegönnt. [redacted] Doch manche Prognosen über die Folgen stimmen eher nachdenklich. Gönnen wir uns deshalb lieber zwischendurch eine kleine Pause und unserem Magen eine Stärkung. Greifen wir also zum kochenden Wasser, legen einen Löffel bereit und natürlich die ... [redacted]

ihn sehen müssen. Aber die Landungsstelle blieb nach wie vor dunkel.

Immer mehr gewann die Meinung an Boden, daß der Brand im Block durch die Weltraumkälte und die veränderten physikalischen Verhältnisse am Ersticken, daß alle Gefahr endgültig gebannt sei.

Das Postflugzeug, von Buenos Aires kommend, das die Niederlassungen im nördlichen Gran Chaco versorgte, senkte sich auf dem Außenhof von Buena Vista zur Erde. Ein einzelner Passagier sprang heraus. Der Steward reichte ihm sein Gepäck ... adelante! Das Flugzeug stieß wieder nach oben.

Hortense, die mit Violet von einem Morgenritt in die Pampas zurückkehrte, hatte die Landung des Flugzeuges gesehen ... Menschen? Sonst hielt ja das Flugzeug nicht, sondern warf die Post in das Netz ab.

»Sehen Sie doch einmal nach, Miß Violet!«

Das Mädchen sprang vom Pferd, trat durch das kleine Mauertor in den Hof. Kaum daß sie auf den Hof gelangt war, hörte Hortense einen lauten Schrei.

»Ronald, du bist es? Wo kommst du her? Wir erwarteten dich ja erst morgen, wie ist das möglich?«

Hortense stieg ebenfalls ab und trat in den Torweg. Sie sah, wie Violet am Halse eines hochgewachsenen Mannes hing, ihn immer wieder küßte, lachte und weinte.

Hortense verhielt unwillkürlich den Schritt, blickte mit einem gewissen Neidgefühl auf die Gruppe.

Die Glückliche! Alles liebt sie, alle Herzen fliegen ihr zu. Sidney Stamford, ihr Bruder, ich und der Vater, die Dienerschaft, alles ...

Und ich? Ist mein Herz so liebeleer, daß es auch keine Liebe wecken kann?

Robert Canning, er liebt mich, er sagt es ...

Ich, liebe ich ihn nicht? Nein, die Tage seiner Abwesenheit haben mir vollkommene Klarheit gegeben.

Der Zauber, der von ihm ausging, wenn er in meiner Nähe war, auch der ist geschwunden. Ich fühlte mich fast krank, fürchte jede Berührung mit ihm. Ich kann es, so sehr ich mich beherrsche, nicht verbergen.

Ich weiß, er leidet darunter ... Und ich vermag doch nicht das geringste Mitleid mit ihm zu fühlen. –

»Ah! Miß Hortense! Mein Bruder Ronald ist gekommen.«

Violet stand mit ausgestreckten Händen zwischen Hortense und dem Bruder und wußte nicht, zu wem sie zuerst gehen sollte. Die

beiden anderen lachten über die heitere Situation, beschleunigten ihre Schritte, ihre Hände fanden sich zur Begrüßung. Violet in ihrer freudigen Zerstreutheit legte ihre Hände noch darauf, wurde erst durch das Lachen der anderen darauf aufmerksam. Dann lachte sie selbst, daß es weit über den Hof schallte.

»Ach, Miß Hortense! Diese Überraschung! Aber ich sagte Ihnen ja schon, bei Ronald muß man sich auf alles gefaßt machen. Er kommt einfach vierundzwanzig Stunden früher. Wenn er später gekommen wäre, wär's zu begreifen. Aber vierundzwanzig Stunden früher?«

Ihr Bruder wollte noch etwas sagen. Sie fiel ihm in die Rede. »Schweig nur! Ich weiß, du findest für alles eine Ausrede.«

»Doch jetzt ins Haus, Violet! Unser Gast wird sich nach einer Erfrischung sehnen, und dann wird er erzählen.«

»Aber natürlich! Gott, wie ich das vergessen konnte, du Ärmster.« Sie ergriff den Arm ihres Bruders und wollte ihn mit sich ziehen.

»Einen Augenblick, Violet! Dies eine Gepäckstück nehme ich lieber selbst mit.«

»Das große Stück? Warum?« fragte sie.

»Nun, das ist mein Raumschiff.«

»Was? Wie? Dein Raumschiff ist da drin? Damit willst du . . .?«

»Damit will ich zum Mond fliegen! Jawohl, Violet.« Ronald Lee brach in ein schallendes Gelächter aus.

»Ronald! Ich sehe, du bist der alte geblieben«, schmollte Violet, »was soll das nun wieder . . .?«

»Ah!« wandte Hortense sich an Ronald Lee, »Sie meinen das Modell, nicht wahr, ist es nicht so?«

»Gewiß, mein gnädiges Fräulein! Das Modell. Ich möchte mich auf keinen Fall davon trennen.«

»Ah, das ist interessant.« Hortense richtete ihre Augen auf den großen Holzkoffer. »Natürlich . . . ich verstehe. Das ist strengstes Geheimnis. Wir werden schützend den Transport geleiten. Kommen Sie, Miß Violet!«

Und dann saßen sie in dem kühlen Frühstücksraum in langer, lebhafter Unterhaltung. Es war, als ob ein neuer Geist mit dem Eintritt Ronalds seinen Einzug in das Haus gehalten hätte. Selbst der ernste alte van der Meulen, angeregt von dem frohen Geplauder, lachte des öfteren sein stilles Lachen. Nach beendeter Mahlzeit war Ronald der Einladung van der Meulens gefolgt und mit ihm in sein Arbeitszimmer getreten. –

Schon stundenlang dauerte die Unterredung darin. Violet strich

immer wieder mit klopfendem Herzen an der Tür vorbei, konnte sich nur mit Mühe bezwingen, das Ohr nicht an das Schlüsselloch zu halten und zu horchen. Auch Hortense war von einer seltsamen Unruhe ergriffen.

Endlich, eine Ewigkeit schien schon vergangen, öffnete sich die Tür. Ronald Lee trat heraus, sein Gesicht war bleich, doch die Augen leuchteten in heller Siegerfreude.

Hortense ging unwillkürlich ein paar Schritte auf ihn zu, in ihren Augen drängte die stumme Frage: Wie ist's geworden?

Ronald Lee streckte ihr die Hände entgegen.

»Die große Güte Ihres Vaters wird es mir erlauben, meine Pläne in die Tat umzusetzen, Miß van der Meulen.«

Hortense drückte impulsiv seine Hände stärker.

»Ich freue mich, Mr. Lee, freue mich mit Ihnen auf die Zeit, die jetzt kommen wird.«

»Ich taxiere, Hortense, daß du Schülerin von Mr. Lee werden willst«, lachte van der Meulen, der in die Tür getreten war. »Hüten Sie Ihr Geheimnis, Mr. Lee!« –

Der Bau war beschlossen. Ein Raumschiff sollte es werden, den älteren, bisher bekannten und benutzten Wasserstoffraketen in seinen Leistungen unendlich überlegen. Nicht mehr die auspuffenden Verbrennungsgase sollten dies neue Schiff durch den Raum treiben. Elektronen, die, durch die Gormsche Energie frei gemacht, beinahe mit Lichtgeschwindigkeit von den Triebflächen ausgestoßen wurden, sollte die Energie für den Flug liefern.

In der Unterredung der beiden Männer war es Lee gelungen, durch die Kraft der Überzeugung, die aus seinen Worten klang, den skeptischen Alten ganz für sich zu gewinnen.

Als die Kostenfrage zur Sprache gekommen war, hatte Ronald Lee nur zögernd die hohe Summe genannt, im stillen gefürchtet, daß daran zu guter Letzt vielleicht noch alles scheitern könne. Doch van der Meulen hatte nur stillschweigend genickt.

Noch in der Nacht waren Angestellte van der Meulens in Buenos Aires fieberhaft beschäftigt, nach seinen telefonischen Direktiven die Bestellungen auszuführen, die für den Bau einer Werft in Buena Vista notwendig waren. Im Laufe der nächsten Tage kamen schon die ersten Transportflugschiffe an.

Am Nachmittag kam Canning nach Buena Vista. Er wußte, daß Ronald Lee erwartet wurde. Er hatte jedoch von vornherein stärkste Bedenken geäußert.

Als er auf dem Außenhof landete, sah er zu seinem Erstaunen Hortense und van der Meulen mit einem Fremden in lebhaftem

Gespräch vor großen Stapeln von Baumaterialien aller Art stehen. Eine größere Anzahl von Arbeitern war auf dem Platz beschäftigt. Sie schleppten Balken, Bretter, Träger und dergleichen zu verschiedenen Stellen hin.

Er trat auf die Gruppe zu, küßte Hortense die Hand und begrüßte van der Meulen.

»Mr. Ronald Lee«, stellte van der Meulen den Fremden vor. »Sie sehen uns schon in bester Arbeit, Don Roberto.«

»Ah! Wär's möglich! Sie haben sich so schnell entschlossen?« Er deutete auf die Arbeiter. »Sie bauen gar schon?«

Wie mißtrauisch gingen seine Augen von einem zum anderen.

»Nun!« lachte van der Meulen, »Mr. Lee kam schon gestern. Wir hatten eine Unterredung, und ... hier sehen Sie das Ergebnis. Wir bauen das neueste Raumschiff, das heißt zunächst die Werft.«

»Also doch!« Canning zuckte die Achseln, wandte sich dann zu Lee. »Verzeihen Sie, mein Herr, wenn ich offen rede. Ich habe, freilich ohne Ihre Pläne zu kennen, Mr. van der Meulen gewarnt. Ich bin selbst Physiker und halte nach dem jetzigen Stand der Wissenschaft ein derartiges Unternehmen für verfrüht. Aber vielleicht werde ich meine Meinung ändern, wenn ich mit Ihren Plänen genauer bekannt sein werde – das heißt, ich will keineswegs in Ihr Geheimnis eindringen. Selbstverständlich müssen Sie die größte Zurückhaltung üben ...«

Ronald Lee warf einen fragenden Seitenblick auf van der Meulen. Dieser zögerte einen Augenblick, sprach dann:

»Nun, die Grundzüge Ihrer Erfindung sind wohl kein Geheimnis. Man beschäftigt sich ja schon lange mit diesen Theorien. Nur eins – aber schließlich auch das mag die Welt erfahren – das eine, zweifellos Interessanteste – das alles beruht auf Gormschen Ideen. Das gab für mich den Ausschlag.«

»Wie? Ich verstehe nicht ... Gorm? Was hat der hiermit zu tun?« Cannings Gesicht war von einer unnatürlichen Blässe überzogen. Er stotterte, war fassungslos.

Die anderen sahen ihn erstaunt an. Er fühlte die unausgesprochenen Fragen, die in ihren Blicken lagen, und vermochte doch nicht, seine Selbstbeherrschung so schnell wiederzugewinnen. Er wandte sich an Lee.

»Das ist allerdings ein äußerst interessantes Faktum. So interessant und verblüffend, daß Sie als Physiker meine große Überraschung verstehen werden. Vielleicht haben Sie später einmal die Güte, mir etwas, und wäre es nur andeutungsweise, davon zu erzählen. Schon allein interessant, daß Sie Gorm kennen! Wo ist er?

Wie geht es ihm, dem Weltflüchtling? Ich kenne ihn aus meinen Jugendjahren von Leiden her.«

»Gorm? Ich kenne ihn nicht! Ich weiß nicht, wo er ist.«

»Ein neues Rätsel. Sie kennen ihn gar nicht und haben doch Gormsche Ideen? . . . Aber hier ist nicht der Platz, wir werden darüber viel zu sprechen haben . . .«

Die Dinnerglocke rief zu Tisch. Canning bot Hortense den Arm, schritt mit ihr vor den anderen dem Hause zu. –

Mitternacht war schon herbeigekommen, als Canning sein Flugzeug bestieg. In den Ledersessel zurückgelehnt, überdachte er die Erlebnisse dieses Nachmittags. Nur mit Mühe gelang es ihm, seine Gedanken zu ordnen.

Gorm! Er schrie den Namen laut hinaus. Wieder Gorm, aus dessen Genie der große Gedanke geboren war.

Lee allein? Gewiß, er hatte zweifellos Großes geleistet, die Gormschen Formeln bis zur Konstruktion weiterentwickelt, doch allein wäre der nie auf diesen kühnen Gedanken gekommen.

Er selbst! Wie oft hatte er das Problem, das ja in der Luft lag, in schlaflosen Nächten durchdacht. Niemals war es ihm möglich gewesen, auch nur den Weg, der zu einer Formel führen konnte, zu sehen.

Es war ihm gelungen, mit van der Meulen allein zu sprechen. Er hatte ihn unmerklich auszuhorchen versucht und auch bald herausgebracht, was der wußte. Aber gerade das, worauf es ankam, das hatte van der Meulen auch nicht gewußt.

Die Gormsche Formel! Hätte er die! Was Lee konnte, würde auch er können . . . Der Gedanke ließ ihn nicht los.

Als der Morgen kam, sprang er auf. Wie mechanisch lenkten seine Schritte zu den Kellerräumen. Dort lag ein kleines, aber wohlausgestattetes Laboratorium. Wenn ihn auch die Verwaltung seiner ausgedehnten Besitzungen stark in Anspruch nahm, so fand er doch noch immer Zeit, sich in großen und kleinen Experimenten mit allen möglichen Problemen zu beschäftigen. Die Gormsche Idee in erster Linie war es, die ihn hier festschmiedete.

Hinter dessen Geheimnis zu kommen, war sein höchstes Ziel! Die Formeln und Konstruktionen für die Verwertung der Elektronenenergie . . . Wohl hundertmal hatte er geglaubt, alle Zusammenhänge ergründet zu haben, immer wieder war es ein Trugschluß gewesen. Dann hatte er mit dem grausamen Schicksal gehadert, das ihm wohl den Geist, aber nicht die Kraft gab, Großes zu leisten.

Diese Gormsche Formel, auf die Lee sein Werk gründete. Er

brach in ein verzweifeltes Lachen aus. Die ganze Nacht hatte er davon geträumt, im Traume immer wieder gesprochen ... Was Lee kann, kann ich auch.

Ja! War das so sicher? Würde das Schicksal ihn nicht wieder narren? Er schloß die Tür eines schweren Panzerschrankes auf, öffnete ein Kästchen, entnahm ihm einen kleinen Metallapparat.

Ah! Das eine gab mir doch das Schicksal, eine Erfindung, die kein anderer nachzuahmen vermag. Dies Geschenk, ein Wink des Schicksals! Ich will ihm folgen! Wieder folgen, wie schon einmal ... und ganze Arbeit soll dann gemacht werden.

Die Gormsche Formel, Lees Berechnungen und Konstruktionen, sie sollen mein werden!

Mit liebevollen Blicken betrachtete er alle Einzelheiten des kleinen Apparates, wie etwa ein Meisterdieb seine aus erlesenem Material gefertigten Einbruchswerkzeuge, wie einen zuverlässigen Freund.

Er barg ihn in seiner Tasche, verschloß sorgfältig die Tür des Kellers und ging nach oben.

In der Nähe des Hauses in der Vorstadt von Lahore, in dem Stamford eine Zeitlang gewohnt, hatte sich ein alter Bettler niedergelassen, der die Vorbeigehenden mit kriecherischen Bitten um Gaben ansprach.

Als der Abend kam, erhob er sich und schlich langsam die Straße hinunter. Draußen vor dem Tore schien er alle Gebrechen von sich zu werfen, schritt rüstig weiter.

Ein kostbarer Tag war verloren. Er hatte im stillen gehofft, daß Doktor Stamford wieder hier wohnen würde. Dann hätte er ihn nicht aus den Augen verloren, wäre ihm Tag und Nacht auf den Fersen geblieben, um so vielleicht die Spur zu Majadevis Aufenthalt zu finden.

Unter einem Baume schlug er sein Nachtlager auf. Noch einmal machte er die Probe. Majadevi war wieder hier im Lande, weit oben im Norden – der telepathische Konnex, der ihn seit langem mit ihr verband, hatte es ihn sicher erfühlen lassen.

Noch ehe die Sonne sich erhob, sprang er auf, warf das Bettlergewand ab, holte aus seinem Bündel einen Anzug, wie ihn die Händler trugen. Er wollte bei seinem Suchen nach Majadevi in der Rolle eines Wollkäufers auftreten ...

Da stand er auf dem Flugplatz, bestieg das erste Kursflugzeug, das nach Norden ging.

Während des Fluges kam ihm ein Gedanke. Er wandte sich an

den Steward und fragte ihn nach drei Personen, die vor kurzem ebenfalls mit dieser Linie nach Norden geflogen seien. Er beschrieb dem Steward genau das Aussehen von Gorm, Stamford und Majadevi. Ob der Steward sie vielleicht gesehen habe und sich ihrer erinnern könne.

Der Steward verneinte und wollte weitergehen. Dann, als fiele ihm etwas ein, drehte er sich nochmals um.

»Wann wären die Leute geflogen? Vor einigen Tagen? Nein! Ich erinnere mich aber, daß vor einigen Wochen zwei Passagiere an Bord waren, auf die die Beschreibung wohl paßt. Es waren Westländer, die mir durch ihre Größe auffielen. Sie waren selbst für Westländer große Männer.«

Im Augenblick hatte Sarata die Lage erfaßt. »Sie waren damals ohne das Mädchen? Nicht wahr?«

Der Steward nickte. »Gewiß!«

»Ah! Wissen Sie noch, wie weit sie flogen? Wo sie ausgestiegen sind?«

»Gewiß! In Dargu.«

»Nun, das genügt mir.« Er drückte dem Steward ein Geldstück in die Hand und ging in die Kabine. Hier atmete er erleichtert auf. Ein großer Teil seiner Arbeit war ihm abgenommen. Von Dargu aus würde ihm die Suche leichter werden. Westländer hielten sich nicht häufig in diesem Hochgebirge auf. –

In Dargu verließ er das Flugzeug.

Schon am Abend wußte er, daß der eine der beiden Fremden bisweilen in das Kloster Suru kam. Unverzüglich machte er sich auf den Weg dorthin.

Kaum, daß der nächste Morgen anbrach, umschlich er das Kloster und den Garten, die von einer gemeinsamen Mauer umgeben waren. Alle Türen waren verschlossen. Nur auf Klopfen wurden sie durch den Pförtner geöffnet. Er überlegte lange. Sollte er klopfen, sich erkundigen, sollte er hier auf gut Glück warten in der Hoffnung, daß Gorm wieder einmal hierherkäme?

Eine leichte Staubwolke dort hinten auf dem Weg nach Osten ließ ihn aufmerken. Er suchte sich zu verbergen, sprang über die Mauer, die teilweise verfallen und niedrig war, und versteckte sich im Gebüsch. – Durch die schattigen Gänge des Gartens bewegte sich die Gestalt eines Mannes. Die hageren Glieder umschloß das gelbe Mönchsgewand. Häufig blieb er stehen, murmelte wirre Worte vor sich hin. Die Arme, zum Himmel erhoben, gestikulierten wild durch die Luft. Er ging ein paar Schritte weiter, dasselbe Schauspiel wiederholte sich . . .

Jetzt schoß er plötzlich wie ein Blitz hinter die hinabhängenden Zweige eines Baumes und blieb verschwunden. Nach einer Weile bogen sich die Zweige weit auseinander ... der Irre starrte mit weitgeöffneten Augen, in denen tödliches Entsetzen stand, nach Sarata, der eben über die Mauer gesprungen und in dem dichten Gebüsch verschwunden war.

Das Gesicht des Mannes schien wie erstarrt in hilfloser Angst. Vergeblich sah er sich nach allen Seiten um, wohin er flüchten könne. Er wollte schreien, öffnete den Mund, schlug sich mit der Hand darauf, wagte es nicht. Seine Hände umklammerten den Stamm des Baumes, als trügen ihn die zitternden Knie nicht länger ...

Da horchte er plötzlich auf. Die Tür, die zum Kloster führte, hatte sich geöffnet. Der Abt, an seiner Seite ein Westländer, trat in den Garten.

Der Mann hinter dem Baume sah, wie der Inder jetzt die Zweige auseinanderbog, mit haßerfüllten Blicken nach den beiden schaute. Sah, wie er die Fäuste ballte, sich bückte, als setzte er zu einem Sprung an. Der Mann hinter dem Baum fuhr sich über die Augen. Der irre Blick darin verlor sein Flackern.

Jetzt reichte der Abt dem Fremden die Hände, als wolle er sich verabschieden, sprach noch ein paar Worte, machte das heilige Zeichen über ihn und ging ins Kloster zurück. Der andere schritt auf dem Wege weiter, der zu einem Tor der Umzäunung führte.

Kaum war er in die Nähe des Gebüsches gekommen, in dem Sarata sich versteckt hatte, als die Zweige sich öffneten. Der Inder sprang heraus, stürzte mit hocherhobenem Arm auf den Fremden los. Doch schneller war der Mann hinter dem Baum hervorgestürmt. In dem Augenblick, als der Inder die Faust mit dem Dolch nach unten stoßen wollte, umklammerten zwei Hände seinen Hals.

»Canning! Mörder! Ich habe dich! Jetzt ist die Reihe an dir, Canning! Jetzt mußt du hinab in die Tiefe ...«

Der Irre hob den Inder wie eine leichte Feder empor und schleuderte ihn in großem Bogen von sich. Dann brach er in ein gräßliches Lachen aus. »Ha, ha! Jetzt magst du da unten schwimmen ..., ein Jahr schwamm ich in dem großen Ozean ... bis ich hierherkam ... Schwimme auch, Canning ... schwimme! ... Jetzt bist du dran! Schwimme, Canning! ... Schwimme, Canning ... Du darfst noch nicht ertrinken ... Schwimme!«

Der Fremde stand sprachlos, schien nicht zu wissen, was das zu bedeuten hatte.

»Zurück, Awaloff!« Er schob den Irren zur Seite, trat an den Inder heran und beugte sich über ihn.

»Ah! Du bist's, du Schurke! Jetzt verstehe ich's.«

Sarata, nur leicht betäubt, wandte den Kopf, richtete sich langsam auf.

Mit einem Satz war Awaloff neben ihm, entriß ihm den Dolch und wollte zustoßen. Da fiel ihm Gorm in den Arm. Ein wütendes Ringen entspann sich. Die Kräfte des Irren schienen sich verdreifacht zu haben. Schaum stand ihm vor dem Mund. Mit aller Gewalt suchte er sich von Gorm loszumachen.

»Canning! Canning! Er muß sterben!« Immer wieder schrie er.

Endlich war es Gorm gelungen, seine rechte Hand zu erfassen, ihm den Dolch zu entwinden. Er schleuderte die Waffe von sich, ergriff Awaloffs Arm. Redete beruhigend auf ihn ein. Nur langsam fügte er sich. Dann gaben seine überspannten Nerven plötzlich nach; mit einem leisen Wimmern sank er zu Boden.

Auf den Lärm hin eilten einige Mönche aus dem Kloster herbei. Gorm übergab ihnen Awaloff, wollte sich zu Sarata wenden ... Da sprang dieser auf und war, ehe man ihn ergreifen konnte, verschwunden.

»Hallo! Achtung da unten!« brüllte die Stimme des Vorarbeiters von dem hohen Gerüst. Ronald Lee, in eine Zeichnung vertieft, schaute hoch. Das Blatt fiel zur Erde. In wilden Sprüngen eilte er vorwärts. Er wollte »Hortense!« schreien, doch die Stimme versagte ihm. Die Last der eisernen Träger da oben, auf den einzelnen Balken vom Kran falsch aufgesetzt ... der Balken knisterte und brach ... Die Eisenlast, von der Kette schon gelöst, begann zu stürzen.

Hortense stand ahnungslos unweit des Gerüstes.

Sie stieß einen lauten Schrei aus. Zwei Arme hatten sie umschlungen, trugen sie wie ein leichtes Bündel hinweg, noch ehe sie wußte, was geschah.

Ein donnerartiges Krachen ertönte, die Masse der einzelnen Träger löste sich, hart auf das Mauerwerk schlagend. In hohem Bogen sprangen die Eisenstücke mit zermalmender Wucht nach allen Seiten und schlugen, was da stand an Geräten und Werkzeugen, in tausend Stücke ...

Durch die Überraschung, das furchtbare Krachen verlor Hortense einen Augenblick die Besinnung. Als sie wieder zu sich kam, starrte sie in ein Gesicht, das unter der Sonnenbräunung tief erblaßt war.

»Mr. Lee! Was ist geschehen? Ich bin ...« Sie wollte sich freimachen, sank wieder zurück. Der Mann drückte sie fester an sich,

strich ihr mit der freien Hand das Haar zurück, das ihr ins Gesicht gefallen war.

»Beruhigen Sie sich«, mit Gewalt gab er seiner Stimme einen ruhigen Klang, »beruhigen Sie sich, Miß Hortense. Ein kleiner Unfall da oben, ein Balken brach. Sie hörten den Warnungsruf nicht. Ich sprang hinzu, riß Sie zur Seite. Ich griff wohl zu unsanft zu. Verzeihen Sie mein Ungestüm!«

Unter seinen Worten hatte sie sich aufgerichtet, machte sich langsam frei. Ihr Blick ging von oben nach unten. Da, wo sie eben noch gestanden hatte, neben der Karre, lag ein Gewirr schwerer Eisenstücke, die Karre war zertrümmert. Ein Schauer lief durch ihren Körper. Langsam wandte sie sich um, reichte Lee die Hand und verließ den Platz.

Die Arbeiter der Werft hatten ihren Chef noch niemals so erregt gesehen wie jetzt. Die Ruhe Ronald Lees war beinahe sprichwörtlich geworden. Jetzt erlebten sie etwas, was sie wohl niemals für möglich gehalten hätten. Das Donnerwetter, das auf den Kranführer herunterprasselte, überstieg alles, was sie in einem solchen Fall bisher mit angehört hatten.

Trotz der großen Beschleunigung, mit der gearbeitet wurde, war dies der erste ernstliche Unfall. Wie ein Pilz wuchs die Werft aus der Erde. Van der Meulen drängte selbst auf größtmögliche Beschleunigung. Seine großen Geldmittel kannten kein Hindernis, doch nichts von dem allen hätte Lee zu diesen übermenschlichen Anstrengungen veranlassen können. Das, was ihn immer wieder in seiner Tätigkeit anspornte, war das Interesse, das Hortense seinen Arbeiten zuwandte.

Van der Meulen hatte recht gehabt. Sie war seine Schülerin, seine Gehilfin geworden. Vom Morgen bis zum Abend, trotz glühenden Sonnenbrandes, war sie fast ständig beim Bau. Die Abende sahen fast regelmäßig die Bewohner der Hazienda um den großen Tisch versammelt, auf dem die Pläne ausgebreitet waren.

An diesem Morgen kam Hortense nicht wieder. Ronald Lee wurde immer unruhiger, immer zerstreuter, je länger die Stunden sich hinzogen. Kaum, daß er noch die vielen Fragen beantworten konnte, die seine Bauleute an ihn richteten. Wie eine Erlösung begrüßte er den Klang der Mittagsglocke.

Als er in das Speisezimmer trat, sah er Hortense hinter ihrem Vater stehen. Sie legte mit einer stummen Bewegung den Finger auf den Mund, deutete mit der anderen Hand auf ihren Vater.

Ronald Lee verbeugte sich kurz. Die Mahlzeit verlief außergewöhnlich schweigsam. Vergeblich bemühte sich der alte van der

Meulen, das Gespräch in Fluß zu bringen. Endlich riß ihm die Geduld.

»Hallo, Kinder! Ich sehe, ihr arbeitet zuviel. Heute nachmittag wird gefeiert. Ruhig, Hortense! Ich wünsche es. Eure Gesichter zeigen mir, daß ihr abgespannt, überarbeitet seid. Wir werden, wenn die schlimmste Hitze vorbei ist, einen Ritt in die Pampas machen und vielleicht auch bei Canning vorsprechen.« –

Van der Meulen war mit den anderen kaum fortgeritten, als Cannings Auto vorfuhr. Der Hausmeister trat ihm entgegen, hob bedauernd die Hände hoch.

»Vor einer halben Stunde sind sämtliche Herrschaften in die Pampas geritten.«

»Wohin?«

Der Majordomo zuckte die Achseln. »Ein Ziel haben sie nicht angegeben. Mr. van der Meulen sagte nur, daß man vielleicht Mr. Canning besuchen werde.«

»Das ist sehr bedauerlich, José. Sie zu suchen, hat wohl keinen Zweck. Ich werde nach Hause zurückkehren und warten, bis sie kommen. Doch eilt das nicht. Laß mir ein Glas Eiswasser in das Speisezimmer bringen.«

Während der Alte ging, den Auftrag weiterzugeben, begab sich Canning in das Speisezimmer, warf sich in einen Stuhl, griff nach den Zeitungen. Nicht lange, und eine Dienerin brachte den kühlen Trank. Kaum hatte sie den Raum verlassen, erhob sich Canning, schritt durch das angrenzende Gemach in das Eckzimmer, wo die Pläne lagen. Mit ein paar raschen Blicken hatte er sich informiert. Sie betrafen ausschließlich den Bau der Werft, enthielten für ihn nichts von Wichtigkeit.

Nebenan lag das Zimmer Ronald Lees. Canning drückte auf den Türknopf. Die Tür war verschlossen. Hastig griff er in die Tasche, öffnete sein Taschenmesser. Ein dietrichartiger Haken war daran. Er führte ihn ins Schloß. Ein leises Knacken, die Tür ging auf.

Seine Augen spähten gierig in die Runde. Wo?

Ein paar Truhen, ein großer Wandschrank, sie waren verschlossen. Was sollte er tun? Wo hatte Lee sein Geheimnis verwahrt?

Eine eiserne Kassette sollte es sein. Das hatte er von van der Meulen gesprächsweise erfahren.

Er trat neben den Wandschrank. Sein Fuß stieß gegen ein Hindernis. Er bückte sich, jubelte innerlich auf. Da stand die Kassette, fest mit dem Boden verschraubt.

Er griff in die Tasche, zog den kleinen, blitzenden Apparat heraus. Die Gelegenheit war günstig. Von oben, von der Seite, mochte

die Lage sein, wie sie wollte, sein Strahlapparat konnte die Dokumente auf den Film bannen.

In einem Augenblick war es getan.

Er verließ das Zimmer, versperrte das Schloß und ging langsam, ein Lied vor sich hinpfeifend, durch die Zimmerflucht zu seinem Platz zurück.

Er konnte gewiß sein, daß niemand in der Zwischenzeit das Zimmer betreten hatte. Hastig stürzte er den kühlen Trank hinab. Unten an der Haustür begegnete er wieder dem alten José, winkte ihm zu und sprang in seinen Wagen.

Er mochte wohl eine Stunde wieder zu Hause sein, als van der Meulen mit seiner Gesellschaft angeritten kam. In Erwartung der Gäste hatte Canning eine festlich geschmückte Tafel herrichten lassen. Er selbst war in glänzender Stimmung. Bei dem Mahl riß seine übermütig sprühende Laune auch die anderen mit.

Nach der Mahlzeit saßen sie auf der Glasveranda. Durch die offenen Fenster drang die kühle Abendluft.

»Eine Frage, Don Roberto!« wandte sich van der Meulen an Canning. »Ich sprach heute morgen mit Mr. Lee über die Möglichkeit, daß das Mondgestirn durch das üble Geschenk, das wir ihm mit der Rakete zuschickten, infiziert werden und auch in Brand geraten könnte. Die Frage wird von allen Gelehrten sehr vorsichtig behandelt. Die Ansichten widersprechen sich. Auch Mr. Lee wollte sich auf keine der beiden Ansichten festlegen.«

Canning zuckte die Achseln. »Wer kann das wissen? Doch gedulden wir uns noch eine Zeit. Wenn Mr. Lee sein Schiff fertig hat, wird wohl die erste Fahrt zum Mond gehen. Dann werden wir die Antwort auf diese Frage hören. Mir erscheint die andere viel wichtiger, ob die Kur auf Coiba von bleibendem Erfolg sein wird. Die Gelehrten, die sich dort dauernd zur Beobachtung aufhalten, scheinen verschiedener Meinung zu sein. Ich weiß nicht, ob die Gefahr für Coiba und für unsere alte Erde behoben ist.«

»Nun«, erwiderte van der Meulen, »da denkt Mr. Lee ähnlich.«

»Ah! Sie halten die Operation für verfehlt?« wandte sich Canning an Lee.

»Ja, Mr. Canning! Meiner Meinung nach ist der Boden dort auf weite Strecken infiziert. Der Atomzerfall mag jetzt noch nicht bemerkbar sein. Er wird sich aber bemerkbar machen. Früher oder später.«

Canning wiegte den Kopf. »So steht also das Ende unserer schönen Welt unweigerlich fest?«

Lee antwortete zögernd.

»Das erscheint mir theoretisch als sicher. Ich hoffe nur, ich möchte sogar sagen, ich habe die feste Hoffnung, daß die Natur selbst ein Heilmittel geben wird.«

»Wie soll ich das verstehen?« fragte Canning.

»Ich denke«, versetzte Lee nach einigem Überlegen, »daß es dem ewig gerechten Walten der Natur widerstrebt, den Menschen ein Mittel zu geben, das ihre Existenz vernichtet. Sie wird, wenn die Zeit gekommen ist, der Menschheit auch das Gegenmittel geben. Nur ist die Frage, wie lange das noch dauern wird. Die Natur schafft nicht sprunghaft, ihre Entwicklung geht langsam. Generationen mögen vergehen, ehe die Rettung kommt.«

»Das heißt also, die amerikanischen Kontinente könnten auf einer späteren ›geretteten‹ Welt von der Landkarte verschwunden sein?«

»Es könnte sein, Mr. Canning, wenn ich es auch nicht hoffen möchte.«

»Pfui, Mr. Lee! Sagen Sie das nicht zu laut. Sonst würden ja unsere Haziendas hier demnächst keinen Pfennig mehr wert sein«, erwiderte van der Meulen.

»Nun, mag es sein, wie es wolle«, entgegnete Canning, »es dürfte sich empfehlen, sich rechtzeitig nach einem anderen Unterkommen umzusehen. Suchen wir also als moderne Konquistadoren nach Neuland. Da wäre der Mond. Dieser kommt jedoch nicht in Frage, weil er ohne Atmosphäre und Wasser ist. Vom Mars wissen wir jetzt durch die Beobachtung der Hubschraubersternwarten, daß er nur im äußersten Notfall als Siedlungsgebiet in Betracht käme. Unsere Vorfahren machten freilich gern fantastische Fahrten dorthin. Das Nächstliegende in doppeltem Sinne ist die Venus.«

»Gewiß!« versetzte Lee. »Sie allein kommt zunächst in Betracht. Die Lebensbedingungen dort entsprechen ungefähr denen auf der Erde. Wasser, Atmosphäre, Wärme. Es ist alles da, was wir brauchen, und, das Wichtigste, es sind keine Menschen da.«

»Das ist auch meine Meinung!« fiel van der Meulen ein. »Und es kann für mich keinem Zweifel unterliegen, daß wir die Venus als Ziel unserer großen Fahrt wählen.«

»Unserer? Mr. van der Meulen, wollen Sie etwa selbst in Ihren alten Tagen noch Konquistador werden?« fragte Canning.

»Warum nicht, Don Roberto? Wer zuerst kommt, mahlt zuerst. Ich denke, wenn Gott will, da oben eine Hazienda zu gründen, die ausgedehntere Grenzen haben soll als unser ganzer Gran Chaco.«

Canning lachte. »Wollen Sie da oben Saurier züchten, van der Meulen, oder wie stellen Sie sich die Sache vor?«

»Wenn ihr Fleisch ein gutes Beefsteak gibt, warum nicht?« erwiderte van der Meulen halb im Ernst, halb im Scherz. »Ich taxiere aber, daß da, wo Menschen leben können, auch Viehherden existieren können . . . gibt's die da oben, um so besser. Gibt's die nicht, werde ich sie dahin exportieren.«

Sehr spät brachen die Gäste auf.

Lange noch stand Canning in seinem Laboratorium und studierte die entwickelten Filme. Dann verschloß er seinen kleinen Zauberapparat sorgfältig in dem Panzerschrank. —

Diesmal hast du ganze Arbeit gemacht . . .

Am nächsten Morgen saß Canning am Teetisch. Der Lautsprecher im Hintergrunde des Gemaches brachte die Tagesneuigkeiten. Er las die Zeitung, hörte nur zerstreut hin . . .

Coiba! — Die Hand, die mit dem Teelöffel in der Tasse rührte, hielt an. Die Augen gingen erwartungsvoll zu dem Apparat.

»Im Laufe des gestrigen Nachmittags wurde an einer Stelle, die unweit der alten Brandstätte liegt, ein neuer Brandherd gefunden.«

Auf Cannings Gesicht war eine leichte Blässe getreten. Der Löffel fiel klirrend aus seiner Hand.

Ich ahnte es, sprach er vor sich hin.

Der Radiosprecher meldete weiter:

»Wenn die schlimme Meldung, die wir jetzt bringen, spät kommt, so findet das seine Begründung darin, daß man sich zunächst über den Charakter des Brandes nicht klar war. Die Leitung der Kommission zögerte, eine Meldung in der Welt zu verbreiten, bevor die Natur des Phänomens klar erkannt war . . .«

In das Weitere, was Coiba meldete, schrillte ein Telefonanruf Harrods aus Coiba. Canning riß den Hörer ans Ohr und lauschte. Es waren nur wenige Worte, die Harrod sprach.

»Well, Mr. Harrod! Ich komme, fliege sofort ab.«

Auf die Welt wirkte die Meldung aus Coiba wie ein Donnerschlag. In erster Linie waren es die amerikanischen Kontinente, der mittelamerikanische Isthmus im besonderen, die in größte Unruhe gestürzt wurden. Ein Heer von Reportern begab sich nach Coiba.

Die Frage bewegte alle: War es ein neuer Brand, der, ähnlich entstanden wie der erste, bisher unbemerkt geblieben war, oder war es ein neues Pestgeschwür, gebildet aus dem verseuchten Organismus des Bodens? Man klammerte sich an die erste Auffassung. Denn traf das zweite zu, war der Boden vergiftet, dann war alles hoffnungslos, dann mußte das Weltenende kommen . . .

Die Kommission auf Coiba gab auf diesbezügliche Anfragen

keine klare Auskunft. Bis in die entlegensten Teile der Welt drang die verhängnisvolle Kunde. –

Gorm . . . der Name tauchte wieder auf. Wieder und wieder die alten Verwünschungen gegen den Schuldigen –

»Nein! Nein, mein lieber Sohn! Nichts sollst du fürchten. Nichts darf dein Herz beschweren. Verachte das häßliche Geschrei der Massen. Du wärest frei von Schuld und Fehl, wenn der Brand auch die ganze Welt verschlänge. Unsere heiligen Offenbarungen, denen nichts verborgen ist, wissen hiervon. Millionen Geschlechter werden vergehen, ehe das Erdgestirn, in feuriger Lohe geläutert, in neuer, verjüngter Gestalt seine Wiedergeburt erlebt. Was jetzt geschieht, ist nicht das Ende. Ein sterblicher Mensch – du bist es – wird der Retter sein!«

Gorm schüttelte den Kopf. Die Worte des greisen Abtes vermochten nicht die schwere Last, die ihn drückte, zu mindern. Auch ihn hatte die Nachricht von dem neuen Brand aufs tiefste erschüttert. Auch er hatte sich der vagen Hoffnung hingegeben, daß die Gefahr durch die Operation behoben sei, hatte die quälenden Gedanken trotz schwerster Bedenken damit zu bannen gesucht.

»Deine Worte, ehrwürdiger Vater, bringen mir keinen Trost. Vergeblich habe ich Tag und Nacht gegrübelt. Die Kräfte, die das Schicksal mir gab, sind zu schwach, diese Aufgabe zu lösen. Ich scheide schweren Herzens von dir. Auch unser Schützling – Awaloff –, daß die Verwirrung seines Geistes nicht weichen will! Sein Leben ist kostbar für mich! Ist er doch der einzige lebende Zeuge des schlimmsten aller Verbrechen, das an der Menschheit jemals begangen wurde.«

»Wenn auch sein Geist noch verdunkelt ist, das Unstete, Wilde ist von ihm gewichen. Er ist ruhiger geworden. Ein harmloser Kranker. Vielleicht, daß die Zeit ihm Genesung bringt. Die Zeit, das große Heilmittel der Natur. Auch für Coiba wird sie den Tag bringen, an dem der Brand erlischt, und dir wird sie den Tag heraufführen, der dich entsühnt von dem Haß der Welt . . .«

Gorm war geschieden. Er eilte, zur Werft zu kommen, ungeduldig neuer Nachrichten von Coiba harrend.

»Gut, daß Sie kommen, Mr. Canning!« begrüßte Harrod den eben seinem Flugzeug Entsteigenden.

»Gehen wir sofort zu der neuen Brandstelle. Ihr Urteil ist mir mehr wert als das der ganzen Kommission. So viele Köpfe, so viele Meinungen. Unterwegs werde ich Ihnen erzählen, wie man zu dem

Fund kam. Zwei junge Arbeiter badeten gestern morgen im Meer. Als die Flut kam, gingen sie höher am Strand hinauf, legten sich hin, um sich an der Sonne zu trocknen. Plötzlich springt der eine auf, schimpft, flucht, sein Rücken ist verbrannt. Er denkt zunächst, daß im Sand ein Stück Eisen lag, das durch die Sonne stark erhitzt war, beugt sich, scharrt den Sand weg ... Da schreit er wieder auf, bläst sich die Finger. Der andere lacht, kniet auch nieder, greift in den Sand – tanzt im selben Augenblick wie der erste, die verbrannten Finger in der Luft schlenkernd. Sie werfen die Kleider über, laufen zu Dr. Goldwin, dem Leiter der Kommission.

Man begibt sich sofort zu dem angegebenen Ort, stellt Untersuchungen an, konstatiert einen neuen Brand. Man will zunächst nicht daran glauben, daß es Atombrand sei. Denkt an irgendwelche vulkanischen Erscheinungen, die hier zutage treten. Schließlich kann man sich aber doch nicht der Tatsache verschließen, daß zweifellos ein Atombrand vorliegen müsse.

Die erste Frage: Wie ist der Brand entstanden? Die zweite Frage: Kann man ihm in ähnlicher Weise beikommen wie dem ersten? Von Ihrem Urteil erwarte ich die Entscheidung, Mr. Canning.«

Unwillkürlich war Harrod stehengeblieben und schaute Canning an. Der schüttelte den Kopf.

»Die Antwort will ich Ihnen jetzt schon geben. Meine erste Diagnose bewahrheitet sich. Der Brand ist unlöschbar. Der Atomzerfall hat so weit gegriffen, daß ihm mit bekannten menschlichen Mitteln nicht mehr beizukommen ist.«

Die scharfen, kräftigen Züge Harrods erbleichten.

»Das wäre ...?«

»Der Beginn des Weltenbrands!«

Schweigend legten sie den Rest des Weges zurück. An der Stelle des neuen Brandes hatte man, soweit möglich, ein Loch gegraben. Der Boden war hier nicht Felsen, sondern bestand aus Erde, mit Steingeröll gemischt. Canning beugte sich zu dem Erdhaufen am Rande der Grube, ergriff einen Klumpen, wog ihn in der Hand, nahm dann noch ein paar andere, verglich sie.

»Eine Metallader, Mr. Harrod! Gehen wir in das Laboratorium, wo ich ihren Charakter feststellen will.«

Als sie an der alten Brandstelle vorbeikamen, blieb Canning stehen. Er stieg in die Grube hinab und begann, den Boden systematisch Stückchen für Stückchen abzusuchen.

»Nichts zu finden hier!« murmelte er. »Die Messungen der Kommission scheinen richtig zu sein ...«

Er wollte eben wieder nach oben steigen, da wandte er sich noch

einmal zur Sohle der Grube. Der Boden bestand aus gewachsenem Stein. Er ließ sich einen Meißel geben, trat zu einer Stelle, wo das rötliche Gestein einen grauen Schimmer zeigte. Mit kräftigen Hieben schlug er ein paar Brocken ab, zog ein Vergrößerungsglas aus der Tasche und betrachtete aufs schärfste die Vertiefung.

Da! Ein graues, unendlich feines Äderchen. Mit dem Meißel brach er ein paar Stückchen ab, wickelte sie sorgfältig in ein Tuch und stieg nach oben.

»Was haben Sie da? Was ist das?« fragte ihn Harrod neugierig. »War die Stelle warm?«

Canning schüttelte den Kopf. »Nein! Und doch vermute ich, daß von hier aus die Infektion weitergegriffen hat.«

Unbekümmert um die Mitglieder der Kommission schritt er, von Harrod begleitet, zum Laboratorium. Schnell war das spezifische Gewicht der Brocken festgestellt. Kein Zweifel mehr. Es handelte sich um ein hochwertiges Bleierz.

»Ich nehme an, Doktor«, wandte er sich an den Kommissionsleiter, »daß Sie ein Metallsuchgerät hier haben.«

Dieser besann sich einen Augenblick, was ein leises Lächeln auf Cannings Züge lockte. Ein Angestellter brachte das Gewünschte, Canning nahm das Instrument zur Hand, schritt zu dem ersten Brandherd und stellte es ein.

»Wie Sie sehen, Mr. Harrod, zeigt der Apparat Metall an. Doch jetzt weiter!« Er beugte sich zum Boden, bewegte sich, den Blick starr auf den Zeiger des Instrumentes gerichtet, bald nach rechts, bald nach links ausweichend der Stelle des neuen Brandherdes zu.

»Die Sache ist klar, Mr. Harrod. Eine Metallader zieht sich von der alten zur neuen Brandstelle hin und darüber hinaus. Die Infektion folgt ihr. Wer weiß, wie weit sie schon fortgeschritten ist. Hier Abhilfe zu schaffen, sind menschliche Kräfte zu schwach.«

Während die Radiowellen das niederschmetternde Resultat der Untersuchungen in alle Welt trugen, saßen Canning und Harrod an Bord der Yacht des letzteren, die sie in den Golf hinaustrug. Canning, in einen Sessel zurückgelehnt, blies äußerlich scheinbar ruhig den Rauch seiner Zigarre in die Luft. Harrod durchmaß den engen Raum mit hastigen Schritten. Sein Atem ging heftig. Hin und wieder blieb er stehen, starrte halb ungläubig, halb ratlos in Cannings gleichmütiges Gesicht. Der sprach, sprach lange. –

»Jeden anderen, der mir so etwas sagte, würde ich mit eigenen Händen zur Tür hinauswerfen. Sie? Sie wollen die Gormsche Kraft weitergeführt haben! So weit, daß der Traum der Zukunft, Raumschiffe damit zu treiben, Wirklichkeit geworden wäre?«

»Es ist so, wie ich Ihnen sagte, Mr. Harrod!«

»Und warum sagen Sie das erst jetzt?«

»Nun«, sagte Canning, »ich dachte, der Augenblick wäre recht glücklich gewählt. Im Bewußtsein, daß die Erde in absehbarer Zeit ein Feuerball wird, dürfte es ein tröstlicher Gedanke sein, das Mittel zur Flucht zu wissen. Doch lassen wir den Scherz. Ich sage es heute, einfach, weil ich erst seit kurzem das Problem vollständig gelöst habe.«

»Wie kam das? Ein glücklicher Zufall? Gewiß, Sie arbeiteten ja schon lange daran. Wie kamen Sie hinter das Geheimnis?«

Canning schaute an Harrod vorbei. Sein Blick ging über die weite Wasserfläche des Ozeans.

»Wie ich dazu kam, Mr. Harrod? Es war vor wenigen Wochen. Ich stand vor der Frage ...«, seine Stimme verlor ihren Klang, fast murmelnd kamen die Worte aus seinem Munde, »... allem ein Ende zu machen ... Ich sah ... mußte sehen, daß ein anderer das Problem des Raumschiffes, getrieben von Gormscher Kraft — die Idee, die mich Tag und Nacht schon seit Jahren bewegte —, daß ein anderer dieses Problem gelöst hat.«

Als wäre der Blitz neben ihm eingeschlagen, sprang Harrod zurück und starrte Canning an.

»Was«, stammelten seine Lippen, »ein anderer? Und der lebt? Was tut er?«

»Er baut.«

»Und Sie kennen ihn? Wer ist er? Spannen Sie mich nicht auf die Folter! Seinen Namen?!«

»Es ist der Engländer Ronald Lee, ein Neffe jenes Jonas Lee. Van der Meulen, Ihr ›Freund‹, hat ihn zu sich kommen lassen. Auf seinem Besitztum Buena Vista im Gran Chao wird die Werft errichtet.«

»Und kein Mensch weiß etwas davon? Ahnt es?«

»Nein, Mr. Harrod, niemand weiß es bisher außer den engsten Angehörigen van der Meulens. Man will das Geheimnis so lange wie möglich wahren.«

»Zuviel! Zuviel, was Sie da sagen! Ich weiß nicht, was ich zuerst fragen soll ... Erzählen Sie weiter!«

»Der Tag, an dem mich van der Meulen in das Geheimnis einweihte, ich werde ihn nie vergessen. Nur mit Mühe vermochte ich meine Fassung zu bewahren. Ich entfernte mich bald, innerlich zerschlagen ... Ich kam zu Hause an, ging in mein Laboratorium. Zwei Tage, zwei Nächte saß ich. Ich aß nicht, ich schlief nicht, künstlich hielt ich mich aufrecht. Da, in letzter Stunde, als Körper

und Geist zusammenzubrechen drohten, fand ich die Spur, den Weg, der zum Ziele führte. Ich hatte noch eben die Kraft, ein paar Formeln zu Papier zu bringen. Dann fiel ich zusammen. Kaum erwacht, stürzte ich mich wieder in die Arbeit, fürchtend, es sei ein Traum gewesen. Mit ausgeruhten Sinnen überprüfte ich alles. Es war kein Trug, der rechte Weg war gefunden.«

»Jetzt?« Harrod drängte näher zu ihm heran, sah ihm voll ins Gesicht. Canning gab den Blick ruhig zurück.

»Jetzt werde ich vielleicht auch bauen.«

»Ah!« Harrod trat einen Schritt zurück. »Und die Leute in Buena Vista?«

Canning kniff die Augen zusammen. Sein Blick ging unverwandt über die Wellen des Ozeans, die an dem Saum des Strandes hinaufleckten. Immer wieder ausholend, als wollten sie die Insel überströmen, hinwegreißen, immer wieder ohnmächtig zurückrollend. Ein Bild des Lebens, seiner Liebe . . .

Lange wartete Harrod vergeblich auf Antwort.

»Und die in Buena Vista?« wiederholte er die Frage.

»Buena Vista . . . Ja! Ja, hätte ich es nie gesehen, es wäre wohl besser für mich. Doch einerlei! Wie es auch kommen mag . . .« Canning sprang auf, »es muß ein Ende haben!«

»Und dann, Mr. Canning?« Drängend kam die Frage aus Harrods Mund.

»Dann werde ich wissen, ob ich mit Ihnen, Mr. Harrod, das Raumschiff baue, das uns hinwegführt zu einer neuen Welt.«

Harrod streckte ihm die Rechte entgegen. »Möge es so kommen! Dann soll der Ruhm, vor allen anderen zuerst in dem neuen Raumschiff zu fliegen, Ihnen sicher sein. Mein Wort darauf! Meine Werft steht von heute an in Erwartung ihres neuen Herrn.«

»Allerdings, Mr. Lee, jetzt beuge ich mich Ihrem Urteil. Was uns da eben Mr. Canning erzählte, dürfte wohl überzeugend für jedermann sein. Und doch sehe ich die Gefahr des Weltbrandes nicht so groß wie ihr gelehrten Köpfe. Das wäre ja noch schöner, wenn unsere schöne Welt verbrennen sollte, weil da ein paar Flugzeuge mit ihren Waffen explodierten.«

»Du denkst wohl da wieder an das Löschen mit dem Ozean, Vater«, wandte sich Hortense lachend ihm zu.

»Das nicht, Hortense! Unser Herr Lehrer . . .«, er deutete lächelnd auf Ronald Lee, »hat es fertiggebracht, den dunklen Kopf zu erleuchten. Aber so wahr ich hier sitze, gemacht wird das Expe-

riment doch! Dafür wird die blinde Menschheit schon sorgen ... zumal es ja gar nicht so große Schwierigkeiten machen wird.«

»Nun, mögen sie! Es wird jedenfalls ein schönes Schauspiel werden«, sagte Hortense und wandte sich dann zu Lee.

Sie erhob sich, nickte den anderen leicht zu und ging mit Lee aus dem Zimmer. Canning sandte dem Paar einen finsteren Blick nach.

»Ja, ja, Mr. Canning!« lachte van der Meulen, »Hortense entwickelt sich zu einem perfekten Ingenieur. Keine anderen Gedanken hat sie als die Werft, den Bau des Schiffes.«

»Ich sehe ... Leider! Kaum, daß Hortense mir einen Blick, ein paar Worte gönnt.« Er sah kurz nach Violet hinüber, die sich verlegen erhob und hinausging.

»Ein Wort unter uns Männern, Mr. van der Meulen! Sie selbst hatten das Glück, eine geliebte Gattin zu besitzen. Sie werden sich der schönen Zeit Ihres Brautstandes erinnern. Vergleichen Sie, und Sie werden einsehen, daß das Verhältnis zwischen Hortense und mir sich in einer Weise entwickelt hat ...«

Van der Meulen strich sich den Bart und nickte nur stumm vor sich hin.

»Ihr Schweigen sagt mir genug —«, Canning ging erregt im Raum auf und ab. »Wäre meine Liebe zu Hortense nicht so groß, schon längst hätte ich dem allen ein Ende gemacht.

»Ich sehe es ein. Sie haben recht, Don Roberto. Doch ich kann und will mich nicht einmengen. Hortense ist mein einziges Kind. Sie muß allein entscheiden. Sprechen Sie mit ihr. Ich will hoffen, daß sich alles zum Guten wenden wird. Doch wenn sie ihre Liebe gewandelt hat — ein Zwang von meiner Seite ist ausgeschlossen.«

»Gut, Mr. van der Meulen. Vielleicht, daß Hortense sich herabläßt, mir eine Unterredung zu gewähren, daß sie die Gesellschaft dieses Lee auf kurze Zeit entbehren kann«, setzte er in halbem Tone hinzu.

»Don Roberto! Den Vorwurf, der in Ihren Worten lag, muß ich zurückweisen. Hortense van der Meulen vergißt sich nicht! Ich werde selbst gehen, sie hierherschicken.«

Zu einer Ewigkeit dehnte sich die Zeit für Violet, die in Hortenses Zimmer saß und sie erwartete. Van der Meulen hatte ein Pferd bestiegen und war fortgeritten.

Schon seit einer halben Stunde waren die beiden allein in dem Teeraum. Unerträglich war die Spannung! Violets Herz war bei Hortense. Sie wußte, welch schweren Kampf sie kämpfte.

Hortense ... Würde sie dem alten Zauber wieder unterliegen?

Violets Hände falteten sich, als müsse sie den Himmel bitten, der geliebten Freundin beizustehen.

Ein polterndes Geräusch drinnen riß sie auf. Mit zitternden Knien eilte sie zu der Tür. Da sprang diese auf. Canning stürmte heraus. Fast hätte er sie umgerissen. Mit ein paar Sprüngen war sie in dem Zimmer.

»Hortense! Liebe Hortense!« Violet kniete neben ihr.

»Alles wird gut werden«, flüsterte sie ihr ins Ohr. »Er ist fort, dieser Mann! Nie werden Sie ihn wiedersehen.«

In dieser Stunde erreichte Harrod in Johannesburg das Radiogramm Cannings:

»Wir bauen!«

Gorm und Sidney Stamford saßen in der Abendkühle vor der Wellblechhütte. An der Ecke des Hauses hinter einer Schutzwand ruhte Majadevi auf einem Liegestuhl. Die beiden unterhielten sich in deutscher Sprache, die Majadevi nicht beherrschte.

»Woher der plötzliche Rückfall?« fragte Gorm mit einem besorgten Blick zu der Schläferin. »Seit zwei Tagen ist ihr Zustand wieder schlechter geworden. Ich stehe vor einem Rätsel.«

»Der Arzt findet das erklärlich. Sie dürfen nicht vergessen, Gorm, daß Majadevi erst kurze Zeit bei uns in Sicherheit ist. Mit Rückfällen muß man rechnen. Man weiß ja nicht, wie lange die Ärmste in den Händen dieses alten Halunken gewesen ist. Es wäre mir sehr wertvoll, das zu wissen. Aber wie schon immer gesagt, muß ich warnen, allzusehr in sie zu dringen. Ich bin überzeugt, hätten wir sie nicht dem Inder weggenommen, würde sie bald ein trauriges Ende gefunden haben. Die Bande, mit denen sie der Alte an sich gekettet hatte, sind so stark, daß es noch langer Zeit bedarf, ehe ich die letzten Hemmungen bei ihr überwinden werde. Meine Kraft reicht nur aus, sie durch unausgesetztes Beeinflussen ihres Willens vor heimlichem Entfernen zu bewahren. Ihre Seelenkraft ist durch die jahrelange Hörigkeit, in der sie der Inder gehalten hat, so geschwächt, daß ihr mit nachhaltiger Wirkung noch nicht beizukommen ist.«

»Unerklärlich!« erwiderte Gorm, den Kopf schüttelnd. »Der Inder muß über gewaltige Kräfte verfügen.«

»Zugegeben, Gorm! Doch dürfen Sie nicht vergessen, daß junge Menschen in dem Alter Majadevis sehr leicht telepathisch zu beeinflussen sind. Zumal ganz offensichtlich Majadevi, bevor sie in die Hände des Inders kam, schon schwere Erschütterungen, veranlaßt

durch irgendwelche besonderen Ereignisse, durchgemacht haben muß.«

»Ich will Ihnen nicht widersprechen, Stamford. Sie sind Spezialist in diesen Dingen. Sie sind ja auch während Ihrer langen Studienjahre hier in Indien so tief in die Mysterien indischer Jogikünste eingedrungen, daß in Ihnen selbst übernatürliche Kräfte wach geworden sind.«

»Übernatürlich höchstens vom Standpunkt des Westländers, Gorm. Noch immer steckt im Abendland die metaphysische Wissenschaft in den Kinderschuhen. Wer wie ich Gelegenheit hatte, seine Studien an den Quellen zu treiben, findet für all diese Wunder eine natürliche Erklärung.«

Gorm wandte sich mit einem Ruck nach Majadevi um. Sie erhob sich, als wolle sie fortgehen. Stamford streckte seine Rechte nach ihr aus, verharrte eine Zeitlang so. Da wandte sich das Mädchen, sank auf ihr Lager zurück.

»Die Meinung, die ich Ihnen vorhin entwickelte, ist vom ärztlichen Standpunkt aus durchaus gerechtfertigt. Ich möchte aber annehmen, daß hier noch andere Gründe vorliegen. Majadevi steht erneut unter dem Einfluß des Inders! Es ist unzweifelhaft, daß er irgendwo hier in der Nähe steckt. Ihr Zusammentreffen mit ihm in dem Klostergarten beweist es. Es wird ihm nicht schwergefallen sein, von dort aus unseren Aufenthaltsort zu ermitteln.«

»Allerdings, Stamford. Das ist durchaus möglich. Ich bewundere nur die Frechheit dieses Kerls, sich in unsere Nähe zu wagen.«

»Nun«, sagte Stamford, »für Sarata bedeutet Majadevi einen kostbaren Besitz. Ihn aufzugeben wird ihm nicht leichtfallen.«

Gorm trat zu dem Lager des Mädchens, setzte sich neben sie. Er ergriff ihre Hand und strich ihr leise über das blasse Gesicht. Majadevi schlug die Augen auf. Eine Weile schaute sie ihn starr an. Dann, als hätte sie ihn erkannt, belebte sich ihr Blick. Es zuckte um ihren Mund. Ihre Hände umklammerten seine Rechte, drückten sie . . . doch kurz nur, dann fiel sie langsam in ihren apathischen Zustand zurück.

Stamford winkte Gorm zu sich.

»Ich habe mir einen Plan ausgedacht, der vielleicht einen Ausweg bietet.« Mit gedämpfter Stimme sprach er auf Gorm ein. Dieser schien Bedenken zu haben, fügte sich dann.

Während Stamford an seinem Platz sitzen blieb, ging Gorm in das Haus. Hier traf er Tim Bröker, der in der kurzen Zeit ein unentbehrliches Faktotum geworden war. Es schien nichts zu geben, was er nicht verstand, dabei war er zu jeder Zeit dienstbereit.

Doch was Gorm ihm jetzt erzählte, schien nur schwer in seinen Schädel einzugehen. Immer wieder griff er sich an den Kopf. Das eine war ihm jedenfalls klar, daß seine Aufgabe Geschicklichkeit und Mut erforderte und seine Fäuste voraussichtlich gute Arbeit bekamen. Das war ihm genug, um mit Freuden auf alle Weisungen Gorms einzugehen.

»Wir gehen zum Raumschiff. Denke daran, daß wir dir wahrscheinlich nicht zu Hilfe kommen können.« Gorm nahm ein paar Instrumente, verließ die Hütte und ging mit Stamford zur Werft. Diese lag hinter einem Felsvorsprung, so daß es unmöglich war, von hier aus das Wellblechhaus und die Vorgänge dort im Auge zu behalten.

Zum Schein hantierten sie emsig an der Rudereinrichtung des mächtigen Aluminiumkörpers, der fast fertig auf dem Stapel lag.

Immer wieder hielt Gorm inne. Die Ungewißheit peinigte ihn. Seine Gedanken kamen nicht los von dem, was sich vielleicht dort hinten abspielte. Immer wieder mahnte Stamford: »Wir werden vielleicht von ihm gesehen – wahrscheinlich sogar. Bemeistern Sie Ihre Ungeduld! Ich hoffe, es wird gut ausgehen.« –

Kaum, daß Gorm die Hütte verlassen hatte, eilte Tim Bröker in den anschließenden Geräteschuppen und holte sich eine lange Leine, die er kunstgerecht zu einem Lasso schlang.

»Lebendig soll der Kerl bleiben«, brummte er vor sich hin. »Da ist mir der Strick das liebste . . .« Dann war er am Fenster und starrte auf das Mädchen, das auf seinem Lager ruhte. Geduld war nicht Tims stärkste Seite.

Er mußte lange warten.

Wäre es nicht der Herr selbst, der mir das alles erzählte, ich würde ja glauben, man wolle mich zum besten haben . . . »Du mußt dir denken, es riefe jemand mit der Seele«, hatte der Herr gesagt. Na! Das soll der Deubel begreifen!

Da, wahrhaftig! Er preßte sein Gesicht an die Fensterscheibe. Majadevi hatte sich erhoben. Sie stand einen Augenblick, streckte wie abweisend die Hände aus. Dann . . . die Arme sanken hernieder. Den Kopf gebeugt, schritt sie langsam, als zwinge sie eine äußere Gewalt, um das Haus herum. Nun begann sie dem Abhang nach den Felswänden hin zuzuschreiten.

Vom Hinterfenster des Hauses konnte Tim Bröker den Weg ein großes Stück verfolgen.

Kaum war das Mädchen am Fuß der Klippen angekommen, kroch Tim mit der Geschwindigkeit eines Wiesels den Weg hinan und hielt sich dabei immer im Schatten des dichten Gestrüpps zur

Seite. Am Fuß der Felswand sah er das Mädchen wieder, wie es wie eine Schlafwandelnde einen halsbrecherischen steinigen Pfad emporklomm, der nur für Schwindelfreie gangbar war.

Der Schein des schwindenden Tageslichtes fiel voll auf die Felswand. Wollte er nicht gesehen werden, mußte er hier liegenbleiben und warten, bis Majadevi oben angekommen war. —

Tage und Nächte, ununterbrochen, ohne Schlaf, kaum daß seine Lippen Speise berührten — lag Sarata hinter dem Felsgrat auf der Lauer. Ununterbrochen sandte sein Gehirn stärkste Wellen aus, arbeitete, die gelockerten Fesseln Majadevis fester zu knüpfen. Als er jetzt endlich — schon wollte er verzweifeln — Majadevi auf sich zukommen sah, vergaß er alle Vorsicht. Die ungeheure Anstrengung hatte ihn stark ermüdet. Sein Auge sah nichts als das Mädchen. Nur daß er ab und zu durch das Glas einen Blick nach der Werft sandte, wo Stamford und Gorm emsig arbeiteten. Er vergaß die Vorsicht so weit, daß er Majadevi die letzten Schritte entgegeneilte, sie an sich riß und zu dem Pfad führte, der sich am Hang entlangzog.

An einer Stelle angekommen, wo der Weg so schmal wurde, daß nur einer bequem gehen konnte, zwang er Majadevi, vor sich herzugehen, sie zur schärfsten Eile anspornend.

Da plötzlich sah er etwas Dunkles über seinem Kopf schweben. Noch ehe er begriff, was es war, schlang sich ein Strick um seinen Hals und riß ihn zu Boden. Der starke Aufprall auf den Felsboden betäubte ihn vollends. Er fühlte nicht, wie geschickte Hände ihm Arme und Füße zusammenschnürten.

»Ging ja tadellos!« brummte Tim Bröker vor sich hin. »Der läuft nicht weg. Leben tut er auch — hoffentlich —, aber jetzt?!«

»Miß Majadevi!« Tim bemühte sich, seiner Stimme einen gewissen Schmelz zu verleihen.

Sie hörte nicht und schritt weiter. Noch einmal derselbe Ruf, etwas lauter, aus Tims Munde. Doch wieder ohne Erfolg.

Tim Bröker beschleunigte seine Schritte. Er brummte vor sich hin: »Was soll ich jetzt machen? Sie will nicht, wie's scheint ... der Herr hat von so was nichts erzählt ... ist aber doch ausgeschlossen, daß ich das arme Ding allein da weiterlaufen lasse ... Mit Gewalt festhalten?«

Ratlos schritt er hinter ihr her. Ein Stückchen weiter vor ihnen verbreiterte der Pfad sich wieder. Er dachte, so kann's gelingen. An der breiten Stelle angekommen, sprang er an Majadevi vorbei, stellte sich ihr mit ausgebreiteten Armen in den Weg.

Mit klopfendem Herzen sah er, wie sie weiterschritt, als wäre er

nicht da. Jetzt! Sie stieß ihn an, schreckte zusammen. Ein lauter Schrei aus ihrem Munde. Wimmernd sank sie nieder. Fast zitterten Tim die Glieder. Was hatte er da getan?

Da, in seiner höchsten Not, fiel ihm der Vaqueropfiff der Pampas ein. Er schob die Finger zwischen die Lippen, stieß einen schrillen Pfiff aus, der in vielfachem Widerhall von den Felswänden zurückgeworfen wurde. Noch ein paarmal denselben Pfiff.

Der Doktor müßte ihn kennen, flüsterte er vor sich hin, er müßte wissen, daß ein Mann in Not ist . . .

Eine Weile verharrte er, wollte eben wieder pfeifen, da sah er den Herrn im schnellen Lauf den Weg entlangeilen, Dr. Stamford dicht hinter ihm. Dieser blieb bei dem Inder stehen, während Gorm auf Majadevi zuschritt.

»Was ist's?« kam es keuchend von seinen Lippen. Tim stotterte ein paar unverständliche Worte. Gorm beugte sich zu der Liegenden. Wie eine Feder hob er sie auf und trug sie den Weg hinab.

»Soweit wäre alles gelungen«, sagte Stamford, als sie in dem Wellblechhaus wieder zusammensaßen. »Tim hat seine Aufgabe gelöst. Jetzt wäre die Reihe an mir. Was dann mit diesem Halunken zu tun ist, weiß ich im Augenblick nicht. Jedenfalls reizt mich meine Aufgabe aufs höchste. Ich hatte noch nie Gelegenheit, meine Kräfte an einem so starken Gegner zu versuchen. Sarata war sicher früher in seinem Leben Jogi. Ein anderer könnte solche Kräfte nicht haben. Er ist dann wegen irgendwelchen schlechten Handlungen aus dem Stande ausgestoßen worden. Doch versuchen wir es! Tim, nimm ihm die Fesseln ab. Wach ist er, wenn er auch die Augen schließt. Nun hebe ihn auf und setze ihn hier auf den Stuhl mir gegenüber.«

Als Sarata seiner Fesseln ledig war, schlug er die Augen auf und schaute alle mit haßerfüllten Blicken an.

»Laßt mich allein!« sagte Stamford.

»Allein mit dem?« fragte Gorm.

»Ja! Es muß sein. Eure Anwesenheit würde mich stören. Er hat keine Waffe bei sich. Seine Fäuste fürchte ich nicht.«

Während Tim Bröker an der Tür Wache hielt, ging Gorm vor dem Hause erregt auf und ab.

Die beiden da drinnen kämpften. Ein Zweikampf unerhörter Art. Stumm, wortlos, regungslos standen die beiden Kämpfer sich gegenüber. Nur die Augen, in denen sich die Waffen der Seele spiegelten, waren ineinander verfangen. Jede Phase des Kampfes, jeder Angriff, jede Deckung kam in ihrem Spiel zum Ausdruck.

Ein langer, ein schwerer Kampf. Je länger er dauerte, desto grö-

ßer waren die Ungeduld, desto stärker die Zweifel in Gorm. Wer von den beiden würde siegen, wessen Kraft würde erlahmen?

Endlich! Gorm hörte die Tür des Zimmers gehen. Er eilte ins Haus. Stamford trat ihm entgegen, hochaufgerichtet, die bleiche Stirn naß von der übergroßen Anstrengung, das Lächeln des Siegers um die Lippen. Hastig ergriff Gorm dessen Hand und drückte sie. »Es ist gelungen, ich sehe es!«

Stamford nickte, trat ins Freie, seine Brust hob sich in tiefen Atemzügen. Gierig sog er die eiskalte Nachtluft ein, die von den Schneegipfeln der Berge hinunterstrich. Gorm ließ ihn gewähren. Er ging, von Tim Bröker gefolgt, ins Zimmer. Der Inder lag in den Stuhl zurückgelehnt. Die Augen starr, teilnahmslos zur Decke gerichtet. Auch auf seinem Gesicht lag tiefe Erschöpfung.

Stamford trat ein.

»Von ihm ist vorläufig nichts mehr zu befürchten. Wir könnten ihn vielleicht hier lassen. Doch seine Gegenwart dürfte für Majadevi nicht günstig sein. Deshalb bleiben wir bei unserem Plan. Sagen Sie Tim Bescheid.«

Tim hörte mit gespannter Aufmerksamkeit zu. Er sollte den Alten zum nächsten Flughafen bringen, ihm einen Flugschein für die nordamerikanische Linie besorgen, ihn an Bord begleiten und dann zurückkehren. Der Alte würde ihm willenlos folgen, würde keinen Versuch machen, zu fliehen ...

Nach so vielen wunderbaren Dingen, die er bei seinem neuen Herrn schon erlebt, hatte Tim sich vorgenommen, sich über nichts mehr zu wundern. Jetzt kam er mit seinem Vorsatz ins Wanken. Er hatte an der Tür scharf gelauscht. Kein Wort war zwischen den beiden da drinnen gewechselt worden — und doch war der alte Schurke jetzt friedlich wie ein Lamm. Wie war das zugegangen? Was hatte Stamford mit ihm gemacht? Kopfschüttelnd ging er hinaus, sich zur Reise vorzubereiten.

»Fühlen Sie sich wieder stark, lieber Freund?« wandte sich Gorm an Stamford.

Der nickte. »Ah ... Sie meinen?«

»Ja! Wer weiß, wie das Schicksal dieses Menschen noch sein wird. Es wäre zu wünschen, daß wir ihm nie wieder begegnen. Die Gelegenheit, Näheres über Majadevis Schicksal durch ihn zu erfahren, dürfte so günstig nicht wiederkehren.«

»Selbstverständlich! Wie gut, daß Sie daran denken, Gorm. Gewiß, es wäre vielleicht im Laufe der Zeit möglich gewesen, von Majadevi selbst ihr Schicksal zu erfahren, doch so ist es besser.«

Er trat zu dem Inder, strich ihm leise über Stirn und Augen. Die

schlossen sich. Dann stellte er an ihn die Fragen, die Gorm ihm zuflüsterte.

Sarata schwieg . . .

»Oho! Noch hat er Kraft, sich zu wehren!« murmelte Stamford vor sich hin. »Interessant! Irgendwo in seinem Bewußtsein gibt es noch versteckte Hemmungen . . .«

Er legte seine Linke auf die Stirn Saratas und ergriff mit seiner Rechten dessen Hand.

»Diese letzten Barrikaden werden schnell beseitigt sein.«

Nach einer Weile begann er wieder zu fragen. Die Lippen des Alten öffneten sich. Tonlos kam die Antwort aus seinem Mund. Gorm horchte gespannt. Je weiter das Frage-und-Antwort-Spiel ging, desto finsterer wurde seine Miene. –

Tim Bröker trat ein, zur Reise fertig. Gorm nickte Stamford zu. »Es ist genug! Er kann gehen!«

Jetzt beugte sich Stamford zu dem Alten hinab und sprach zu ihm, leise, eindringlich.

»Du wirst deinem Begleiter folgen und wirst alles tun, was er sagt. Du wirst an Bord des Flugzeuges gehen, das nach den Staaten fliegt. In Frisco wirst du aussteigen, dich in die indische Kolonie begeben und dort wohnen! Die Mittel zu deinem Unterhalt stecken in deinem Kleid. Du hast mich verstanden und wirst alles tun, wie ich es befohlen habe. Steh auf!« Stamford deutete auf Tim Bröker. »Hier ist der Mann, der dich begleiten wird.«

Der Alte trat zu Tim und verließ mit ihm das Haus.

Shelby, der Assistent des Professors Moore, trat in den Observationsraum der Greenwicher Hubschraubersternwarte. Er ging zu dem Okular des Refraktors. Zu seinem Erstaunen saß Professor Moore nicht davor. Sein Auge ging suchend umher und entdeckte im dunklen Hintergrund den Professor an der Radioempfangsstation.

»Was ist, Mr. Moore? Eine wichtige Nachricht? Sie sind so . . .«

»Ein Rätsel, Shelby, das mich schon seit einer halben Stunde hier festhält. Ich empfing Lissabon. Nach Beendigung des Gesprächs wollte ich unsere Londoner Welle einstellen. Da, plötzlich, ein neuer, jedoch unverständlicher Empfang im Apparat: Offenbar ein ständig sich wiederholendes Rufzeichen. Woher mag es nur kommen?«

Interessiert trat Shelby an den Apparat und prüfte die Einstellung. Nach der Wellenlänge zu urteilen, konnten die Rufzeichen nur aus Lissabon stammen. Augenblicklich herrschte Stille.

Doch plötzlich ... Shelbys Hand hielt inne. Wieder klangen Zeichen aus dem Lautsprecher des Empfängers.

»Hören Sie?« flüsterte Moore seinem Assistenten zu, »wieder dieselben Töne ...« Und erst jetzt merkte er, daß inzwischen eine ganz andere Wellenlänge eingestellt war. Er sprang auf und starrte den Assistenten an.

»Was ist das? Wo sind wir? Dieselben Zeichen auch auf anderen Wellen?«

Er hielt inne und sah, wie Shelby den Einstellknopf weiterdrehte, weiter, immer weiter – und trotzdem klangen die Töne fort ... Jetzt wieder Stille.

Shelby griff sich an den Kopf. »Eine Störung in der Anlage? Unmöglich! Woher diese Wellen?«

Moore warf den Kopf zurück, schaute zum Himmel, streckte die Hand empor.

»Wäre alles in Ordnung, müßten sie von da oben kommen, senkrecht! Sonst wäre es nicht möglich, daß wir sie bei jeder Einstellung des Geräts vernähmen.«

Der Assistent nickte stumm. Auch sein Blick ging nach oben.

»Senkrecht?« murmelte er vor sich hin. »Senkrecht? Vom Zenit her? Die Sonne neigt sich schon nach Westen ... Im Zenit die Venus? Nein, es kann nicht sein! Unmöglich! Es muß doch ein Fehler in der Anlage sein! Rufen wir Berlin an!«

Moore nickte. »Guter Gedanke! Die Berliner Luftsternwarte hat die gleichen Instrumente, die gleiche Einrichtung wie wir.« Er stellte Sendung und Empfang auf Berlin, rief an.

Professor Franke war selbst am Apparat. Mit hastigen Worten erklärten ihm Moore seine und Shelbys Beobachtungen und gab ihm die Wellenlängen, auf denen Greenwich die rätselhaften Zeichen empfangen hatte.

»Beobachten Sie! In einer Viertelstunde rufe ich wieder an.«

Professor Moore stellte den Empfänger wieder auf jene Welle. Kaum war der Apparat eingestellt, wurden die rätselhaften Rufzeichen von neuem vernehmbar. Shelby schaltete die Magnetophonanlage ein und nahm die Rufzeichen auf das Tonband auf, um sie jederzeit wiedergeben zu können. Eine Pause trat ein.

Sie riefen Berlin an. Dieselben Beobachtungen auch dort. Professor Franke, um eine Erklärung gefragt, gab seine Meinung dahin, daß die Rufsignale anscheinend aus dem Weltraum kämen, und zwar von jener Stelle, wo die Venus stand.

Schon eine Stunde später brachten Hubschrauber Reserveapparate zu den beiden Sternwarten von London und Berlin, so daß es

möglich wurde, die merkwürdigen Zeichen ununterbrochen zu verfolgen und dabei doch die Verständigung untereinander aufrechtzuerhalten.

Was die beiden Gelehrten im Radio-Meinungsaustausch über das Phänomen harmlos untereinander besprochen hatten, als säßen sie einander in einem Zimmer gegenüber, hatten nicht eine, sondern Dutzende von anderen Empfangsstationen aufgenommen und mehr oder weniger mißverstanden.

Die Abendblätter überboten sich in den übertriebensten Nachrichten. Sie überholten dabei weit die Tatsachen.

»Der Rufzeichenverkehr mit den Venusbewohnern!« ... »Bedeutsame Nachrichten von Bewohnern eines fernen Gestirns!« ... »Der Besuch von Bewohnern anderer Sterne zu erwarten!« ... Diese und ähnliche Überschriften brachten das Publikum in wilden Taumel. Man wurde kaum etwas ernüchtert, als die offiziellen Meldungen der Greenwicher und Berliner Station mitteilten, was wirklich geschehen war.

Als die Signale für Moore und Franke nicht mehr zu vernehmen waren, hatten sie sorgfältig ihre Magnetophonaufnahmen verglichen. Mit größter Spannung erwarteten sie den nächsten Tag, der sie wieder in den Strahlungsbereich jenes Gestirns bringen mußte.

Sie beendeten die Unterhaltung in der festen Überzeugung, daß diese Rufzeichen von Menschen, den Bewohnern eines anderen Weltkörpers, herrühren mußten, die eine Verständigung mit den Bewohnern der Erde suchten. Das war auch der Inhalt ihrer Mitteilung an die übrigen Sternwarten der Welt, die nun ihrerseits, soweit es die Stellung der Gestirne zuließ, die Beobachtungen aufzunehmen versuchten.

Nach vielen überraschenden Ereignissen der letzten Zeit ein neuer Alarm, der die Welt in Atem hielt, bis wieder schlimme Nachrichten von Coiba die Aufmerksamkeit dorthin lenkten.

In der mittelamerikanischen Union war die Zahl der Stimmen, die den von jedem Gelehrten als absurd erklärten Gedanken, Coiba mit Wasser zu löschen, trotz alledem verfochten, immer mehr angeschwollen. Im Bundesparlament häufte sich die Zahl der Interpellationen, die die Regierung drängten, diesen Plan auszuführen. Schließlich gab die Regierung in Panama nach in der Erwägung, wenn auch dieser Versuch wenig erfolgreich sei, so diene er doch zur Beruhigung der erregten Öffentlichkeit.

Keine warnende Stimme wurde gehört. In Verfolgung des Beschlusses wurde ein Expeditionsschiff ausgerüstet, das alles mit sich

führte, um den Bau eines Kanals von der See zu der Brandstelle in Angriff zu nehmen. Die Zustimmung aus aller Welt zeigte, daß der weitaus größte Teil des Publikums diesem Plan vollen Beifall zollte. Unter größtem allgemeinem Interesse wurde auf Coiba der erste Spatenstich getan.

Da knallte in die schon genügend verwirrten Köpfe eine Nachricht aus Johannesburg.

Der ›Witwaters Advertiser‹, ein kleinstes Lokalblättchen des Minengebiets, brachte unter seiner Rubrik »Neuestes aus der Umgebung« die in ihrer lakonischen Kürze fast erheiternd wirkende verblüffende Notiz:

»Auf der Werft Mr. William Harrods wurde gestern der Kiel zu einem Raumschiff gelegt, das zur Venus fliegen soll.«

Ein Reporter des ›Pretoria Herald‹, den der Zufall in diese Gegend verschlagen hatte, las die Nachricht und faßte sich an den Kopf. Er dachte bei sich, der Redakteur des ›Witwaters Advertiser‹ habe wohl einen Sonnenstich erlitten, beschloß aber aus einer plötzlichen Laune heraus, bei der Redaktion persönlich anzufragen.

Dort spielte sich gerade eine etwas erregte Szene ab. William Harrod stand vor dem Redakteur, der bleich und zitternd den Zornesausbruch des Gefürchteten über sich ergehen ließ.

Am Morgen des Tages war ein Bote der Redaktion, der im Büro Harrods eine Besorgung zu erledigen hatte, in dem Gebäude umhergeirrt. Er war zufällig in ein Zimmer geraten, das an Harrods Arbeitszimmer stieß und hatte dort in der Hoffnung, daß einer käme, gewartet und dabei eine Unterhaltung zwischen Harrod und Canning mit angehört.

Doch allmählich war ihm der Boden zu heiß geworden. Als da drinnen die Stimmen verstummten, war er hinausgeschlichen, war in die Kneipe geeilt, wo der Redakteur des ›Witwaters Advertiser‹ seinen Whisky zu trinken pflegte, und hatte dem brühwarm alles erzählt.

Zur Belohnung hatte ihm der Redakteur eine mächtige Maulschelle versetzt und ihn väterlich ermahnt, nie wieder zu lauschen. Außerdem sei alles Unsinn, was er gehört haben wolle. Doch unter der Einwirkung weiterer Whiskys hatte er die Nachricht in den ›Advertiser‹ gebracht.

»Einen Widerruf! Sofort in der nächsten Ausgabe, sonst wirst du mich kennenlernen.« Harrods Stimme überschlug sich vor Wut. Unter Tränen versicherte der Redakteur, daß er das tun würde.

Mit einigen Flüchen verließ Harrod die Redaktionsstube. Draußen an der Tür prallte er beinahe gegen einen Fremden, der schnell

ein Notizbuch in der Tasche verschwinden ließ, sich mit einer Entschuldigung umwandte und vor Harrod das Haus verließ.

Ein Lauscher? schoß es Harrod durch den Sinn. Verteufelt! Dann wäre alles umsonst.

»Hallo, Sir! Wohin der Weg? Was suchen Sie hier?«

»Oh, Mr. Harrod«, erwiderte der, indem er auf einen Hubschrauber zuschritt, der am Wege hielt. »Nichts Besonderes. Ich kam in Geschäften und fahre jetzt wieder ab.«

»Geschäfte, Sir? Was für Geschäfte?«

»Oh!« Der Fremde schwang sich in sein Flugzeug.

»Halt, Sir!« Die Stimme Harrods klang drohend. »Sie standen vor der Tür der Redaktionsstube. Ich habe Verdacht, daß Ihre Geschäfte . . .«

Statt einer Antwort rückte der Fremde den Starthebel an. Die Hubschraube fiel an, und der Apparat erhob sich.

»Das Geschäft, Mr. Harrod, war das beste, das ich je gemacht habe. Eine Million ist es mir wert, das Geheimnis von Harrods Werft. Ha, ha . . .« Seine weiteren Worte verklangen im Rauschen der Motoren.

Es dauerte eine ganze Weile, ehe Harrod den Vorrat seiner Flüche erschöpfte. Schließlich wurde er ruhiger.

Mögen sie es denn wissen, die Narren! Früher oder später erfahren sie's ja doch. Ich möchte dabei sein, wenn die Bombe in Buena Vista einschlägt.

Er stieß den unglücklichen Redakteur des ›Advertiser‹, den sein Mißgeschick in seine Nähe führte, zur Seite, daß die Wand der Wellblechbude dröhnte.

»Sie können sich den Widerruf sparen! Nicht mehr notwendig! Aber wir sprechen uns noch.« –

Zwei Stunden später riß man sich in Pretoria die Extrablätter des ›Pretoria Herald‹ aus den Händen. Überall auf den Straßen bildeten sich Gruppen und besprachen die neueste Nachricht. Harrods Name war in aller Mund.

»Three cheers for Mr. Harrod!« . . . »Das Banner der Südafrikanischen Union auf der Venus aufgepflanzt«, lautete die Überschrift der nächsten Ausgabe der Zeitungen. Ein Taumel in der Stadt, der sich über die ganze Union hin fortpflanzte. Harrod war der Held des Tages. Unumwunden hatte er auf die Tausende von Anfragen alles zugegeben. Der Redakteur des ›Witwaters Advertiser‹ machte in diesen Tagen sein Glück. Wochenlang druckte er noch die Zeitungsnummer nach, worin jene erste Nachricht gestanden hatte,

um dem Ansturm derer zu genügen, die um jeden Preis diesen historischen Erstdruck erwerben wollten.

Drei Sensationen innerhalb kurzer Zeit: Coiba – die rätselhaften Zeichen von der Venus – der Plan Harrods ... Man vergaß fast die folgenschwerste, Coiba, in dem Gedanken an die beiden anderen. Die Zeitungen brauchten sich in diesen Tagen um Stoff nicht zu sorgen –

Es war der Tag, an dem der ›Pretoria Herald‹ seine Nachricht brachte. Ronald Lee kam durch den Park von Buena Vista und wollte nach kurzer Ruhe wieder zu der Werft gehen. Wenn er den Gang der bisherigen Arbeiten überschaute, so kam ihm alles wie ein Märchen vor.

Als wären Zauberhände am Werk, ging der Bau vorwärts. Märchenhaftes Glück für ihn war die Reise hierher. Von Sonnenaufgang bis Sonnenuntergang arbeitete er auf der Werft. Dann kamen die schönen Stunden im Hause van der Meulens. Unvergeßlich würde ihm stets die Erinnerung an diese reizvollen Abende im Kreise der Familie bleiben.

Hortense – ihr Bild, wie er es damals bei seiner Ankunft in dem Torbogen zuerst gesehen – anders hatte er es sich aus Violets Briefen gemalt. Das Zusammensein am ersten Abend hatte den ersten Eindruck vertieft. Das war nicht die glückliche Braut, das war nicht die stolze Weltdame. Das nervöse Spiel ihrer Mienen, ihr sprunghaftes Wesen, ihre wechselnden Stimmungen ... Wo waren die Gründe für diesen Zwiespalt ihrer Natur?

Nicht lange, dann glaubte er sie zu erraten. Jener erste Besuch Cannings hatte ihm einen Blick in das Dunkel gestattet, das über ihrem Wesen lag. Er staunte. Er begriff es nicht, was dieses schöne, junge Geschöpf abhielt, die Last, unter der ihre Seele litt, mit kräftigem Entschluß von sich zu werfen.

Er litt mit ihr. Wie eine Last drückte das Leid ihrer Seele auch ihn. Es drängte ihn innerlich, ihr zu helfen. –

Wie jubelte sein Herz, als Violet ihm den Bruch Hortenses mit Canning mitteilte.

Jetzt erst, befreit von drückender Fessel, bot sie das Bild, wie er sich's geträumt hatte.

Nicht genug, daß sie sich fast ständig auf dem Werftplatz aufhielt. Jetzt verlangte sie auch von ihm, in die physikalischen Geheimnisse, in alle technischen Einzelheiten seiner Pläne eingeweiht zu werden. Als sie ihm die Bitte vortrug, hatte er gelächelt und es für eine gute Laune genommen. Doch er hatte sich geirrt.

Die abendliche gemütliche Unterhaltung wurde tatsächlich ern-

ster Unterricht. Die überraschenden Fortschritte, die sie machte, zeigten ihm, welch energischer Geist, welch scharfer Verstand in ihr wohnten. –

Als er sich dem Werftplatz näherte, sah ihn Hortense von weitem. Sie kam ihm, eine Zeichnung in der Hand, eilig entgegengeschritten.

»Es stimmt nicht! Es stimmt nicht, Mr. Lee! Die Maße der unteren Aluminiumplatten entsprechen nicht der Bestellung.«

»Sind sie stärker oder schwächer?« fragte Lee halb belustigt, halb ernst.

»Stärker! Beinahe einen Millimeter stärker!«

Lees Blick hing an ihren Zügen. Wie sie da vor ihm stand, in dem weißen Kittel, das Gesicht gerötet von der inneren Erregung, die Augen blitzend – es kostete Lee Mühe, den angenommenen Ernst zu bewahren.

»Der Schaden ist nicht schlimm. Die Differenz in dem Eigengewicht des Schiffes ist zu geringfügig.«

Sie schritten auf den Stapel Platten zu, die hier frisch ausgeladen waren.

»Miß Hortense! Mr. Lee! Señor van der Meulen wünscht Sie sofort zu sprechen.« Der Majordomo stand vor ihnen.

»Hallo, José! Was ist's?« fragte Hortense.

Der wiegte den grauen Kopf. »Señor van der Meulen war sehr erregt.«

»Nun, eilen wir! Kommen Sie, Mr. Lee!«

Am Eingang des Hauses trafen sie auf Violet, die sich ihnen anschloß. Sie traten in das Arbeitszimmer van der Meulens. Der, als sähe er sie nicht, lief wie ein Rasender auf und ab. Seine Brust ging stürmisch. Sein Gesicht war blaß, die Stirnadern geschwollen.

»Vater!« Hortense eilte zu ihm und legte ihre Hand auf seinen Arm. Dieser, als käme ihm ihre Gegenwart erst jetzt zum Bewußtsein, starrte sie mit wirren Blicken an. Dann wandte er sich zu Lee und schaute ihn an, als wolle er in seinem Innersten lesen.

»Was ist? . . .« Er schrie es, öffnete seine Faust. Ein zerknülltes Papier. Er glättete es.

»Hier! Da lest! Das Unmögliche, das Unglaubliche!« – Hortense las die Worte, die der Magnetograph aufgezeichnet, die Meldung des ›Pretoria Herald‹. Bei den letzten Worten entsank ihr das Blatt. Ihre Augen gingen zu Lee. Ratlos, wie hilfesuchend blickte sie ihn an. Er schien äußerlich ruhig. Nur seine Augen verrieten, wie die Worte auf ihn gewirkt hatten. Ruhig sprach er:

»Ich würde es für eine Tatarennachricht halten, wäre nicht der Name Harrod damit verbunden.«

»Sie haben recht, Mr. Lee! Harrod! Sein Name! Ich zweifle nicht an dem Ernst der Nachricht. Ich habe nur eine Erklärung. Er hat irgendwie herausbekommen, was hier vorgeht. Er tut's mir zum Trotz. Er will die Schlappe, die ich ihm vor Jahren versetzte, wieder wettmachen ...«

Er stöhnte auf und begann mit großen Schritten hin- und herzulaufen. »Ist's wahr, William Harrod, dann hast du's mir mit Zinsen vergolten!«

Lee schüttelte den Kopf. »Unmöglich, Mr. van der Meulen. Bauten wir eine Wasserstoffrakete, würde ich Ihre Erklärung für Harrods Handeln begreifen.«

»Sie haben recht, Mr. Lee! Unmöglich, Vater, daß Harrod oder seine Mitarbeiter die Elektronenenergie in irgendeiner Form beherrschen. Nehmen wir an, die Nachricht wäre in allen Stücken wahr, so gibt's nur eine Erklärung. Ein anderer, ein Großer muß es sein ... einer, dem es in glücklicher Stunde gelang, das Problem zu lösen, hat sich mit Harrod zu diesem Plan verbündet.«

Lee schüttelte den Kopf. »Es muß so sein, wie Sie sagen, Miß Hortense. Keine andere Erklärung ... Und doch! Ich kann nicht daran glauben. Keiner, außer Gorm, ist bei dem heutigen Stand der Wissenschaft fähig, das Problem zu lösen ...«

Mit einem Ruck blieb van der Meulen stehen. »Gorm ...«

»Gorm und Harrod, Mr. van der Meulen – nein!«

»Nein? Nun, wenn nicht Gorm selbst, irgendein anderer, der seine Berechnungen kennt. Wie Gorm sie Ihrem Onkel Jonas gab, könnte er sie doch auch einem anderen mitgeteilt haben.«

Lee stand einen Augenblick überlegend.

»Die Möglichkeit besteht. Ich kenne Gorm nicht. Und doch ... das kann ich nicht glauben!«

Van der Meulen machte eine fragende Bewegung. Lee, wie um sich der drängenden, fragenden Blicke, die auf ihm hafteten, zu erwehren, schloß die Augen. Ein tiefer Atemzug. Die graublauen Augen gingen scharf in die Runde. Dann kamen die Worte schroff, hart aus seinem Munde.

»Wer Harrod das Geheimnis der Elektronenkraft gab, hat's gestohlen!«

»Gestohlen?« schrie Hortense.

»Ja! Gorm oder mir!«

Als hätte ein Peitschenhieb sie getroffen, zuckte Hortense zusammen. Sie starrte Lee an. Der sah zur Seite, wandte sich an Vio-

let, die weinend, hilflos zu ihm drängte und strich ihr leise über das Haar.

Dann sprach van der Meulen:

»Von morgen an arbeiten wir in drei Schichten!«

Lees Augen blitzten auf, kräftig erwiderte er den Handschlag, den ihm van der Meulen bot.

Am nächsten Morgen brachte das offizielle Büro der Regierung der Vereinigten Staaten von Südamerika folgende Meldung:

Infolge der gestrigen Nachrichten aus Südafrika hält die Regierung der Vereinigten Staaten von Südamerika den Zeitpunkt für gekommen, den Bürgern der Südamerikanischen Union die Mitteilung zu machen, daß die Arbeiten Señor van der Meulens, ein mit Elektronenenergie getriebenes Raumschiff zu bauen, so weit vorgeschritten sind, daß das Flugschiff in absehbarer Zeit einen Probeflug antreten wird.

Die Welt verhielt den Atem. Das gestrige unerhörte Ereignis war überholt, übertrumpft. In der Südafrikanischen Union war die Erregung auf Siedehitze gesteigert und überschlug sich fast.

Schwindel! Bluff! Gestohlen! Die Ehre der jungen Nation berührt! Selbst die Gemäßigten sprachen von Anmaßung, verlangten schnelle Untersuchung.

Die Meldungen der offiziellen Büros schienen bestrebt, die Gemüter zu besänftigen, gossen jedoch nur Öl in die Flammen. Sie schlossen mit der Erklärung, daß auf jeden Fall die Priorität auf seiten der Südafrika-Union wäre und wiesen darauf hin, daß die, die es wagten, ein ähnliches Unternehmen ins Werk zu setzen, die volle Verantwortung dafür zu tragen hätten.

Die Heere von Berichterstattern rannten hier und dort gegen undurchdringliche Mauern ... Das war die erste Folge. Die Werft in Johannesburg, die Werft in Buena Vista waren durch stärkste Sicherungsmaßregeln geschützt, im weiten Umkreis zu Luft und Land abgesperrt und von todbringenden Hindernissen umgeben.

Zwei kleinste Lokalzeitungen, in Transvaal der ›Witwaters Advertiser‹, in Gran Chaco der ›Monitore del Vermejo‹, erhoben sich in wenigen Tagen zu Blättern von Weltbedeutung.

Ebenso wie der Botschafter der Südamerikanischen Union in Kapstadt hatte der der Südafrikanischen Union in Buenos Aires einen längeren Besuch im Auswärtigen Amt gemacht. Die Folge davon war, daß die offiziellen Blätter der beiden Regierungen sich über alles, was den Bau der Raumschiffe betraf, ausschwiegen. Die beiden kleinen Lokalblätter waren die Organe der beiden um die

Wette bauenden Werften geworden. Sie wurden die Herolde, welche die Taten Harrods und van der Meulens der Welt verkündeten, wobei es häufig geschah, daß die Herolde selbst in argen Streit gerieten und sich mit schärfsten Waffen bekämpften.

Während sich die Welt in den mannigfachsten Vermutungen erging, wie das Wettbauen der beiden Konkurrenten Harrod und van der Meulen enden würde, wer zuerst den Flug zur Venus antreten würde und wer das Rätsel dieser mystischen Nachrichten von dem Nachtgestirn lösen würde, brachte der Berliner Funkdienst folgende überraschende Mitteilung:

»Es ist durch genaue Rahmenpeilungen festgestellt, daß die rätselhaften Zeichen, die von den schwebenden Sternwarten von Greenwich und Berlin aufgenommen wurden, zweifellos von der Venus kommen. Ferner ist es gelungen, den Sinn dieser Zeichen zu ermitteln. Es sind Bildtelegramme in Kartesischen Koordinaten.«

Kopfschüttelnd, ungläubig hörte jedermann diese Kunde. Nur wenige gab es, die überhaupt verstanden, was die Erklärung bedeuten solle. Da kam am nächsten Tag die Radiomeldung aus Berlin, daß in Abänderung des Abendprogramms Professor Franke von der Berliner Warte einen Vortrag über seine Beobachtungen halten werde.

Kaum war jemals ein Vortrag des Rundfunks mit größerer Spannung, größerem Interesse erwartet worden. Es waren Millionen, die in der Abenstunde am Lautsprecher saßen.

»Meine Herrschaften! Die Presse hat sich in der letzten Zeit schon genügend darüber ausgelassen, mit welchen Schwierigkeiten es verknüpft ist, wenn zwei Menschen, die verschiedene Sprachen sprechen, einander gegenübersitzen und sich verständigen wollen. Es ist das eine tatsächliche Unmöglichkeit. Und doch gibt es Menschen, die imstande sind, diese Unmöglichkeit zu überwinden. Das sind die Leute der den meisten von Ihnen so unsympathischen Wissenschaft, der Mathematik.

Wenn ich die Behauptung aufgestellt habe, daß es uns möglich geworden ist, die Zeichen von der Venus zu entziffern, so werde ich bei dem Versuch, es Ihnen zu beweisen, wohl von vielen schlecht verstanden werden. Doch auf die Gefahr hin, Mißverständnis oder Unglauben zu begegnen, werde ich doch kurz erzählen, wie wir zu der Entdeckung gekommen sind.

Jener Lehrsatz des Pythagoras, den wohl die meisten von Ihnen in Erinnerung haben, gab den Schlüssel, das Geheimnis zu lösen. Die Wesen dort oben – ich möchte hier die bestimmte Vermutung

aussprechen, daß sie uns technisch weit voraus sind –, gaben mit ihren Signalen zunächst pythagoreische Zahlen ...

Ich gestehe, es dauerte lange, bis wir hinter den Sinn ihrer Botschaft kamen. Doch dann, als wir sie begriffen, sahen wir auch schon den Weg, der zur Verständigung führen mußte. Es gelang uns, auf Wellen von zehn Zentimetern Länge Rücksignale zu geben, die dort oben verstanden und sinngemäß erwidert wurden.

Ich betone, meine Herrschaften, mathematische Zeichen! Für jeden, der damit Bescheid weiß, mußte die zwingende Folge sein, weiterhin Formeln der Kegelschnitte, der Hyperbel, der Parabel zu gehen, und danach diese Kurven Punkt für Punkt in einer Koordinatendarstellung zu senden.

Damit hatten wir die Fundamente, das Material, um in Bildern unsere Gedanken auszutauschen. Ich erinnere Sie an viele in der Kultur hochentwickelte Völker, die ebenfalls nur Bilderschriften hatten.

Eine Verständigung in Bildern! ... Ja, da sehe ich bei vielen ein bedenkliches Kopfschütteln. Eine solche Verständigung muß doch im höchsten Grade beschränkt sein. Das ist richtig. Ein Gedankenaustausch, wie er zwischen zwei gebildeten Menschen gleicher Sprache sonst üblich, ist auf diese Weise ausgeschlossen. Jahre würden vergehen, ehe die Verständigung solche Fortschritte machte, daß ein Meinungsaustausch von beiden Seiten möglich wäre.

Und doch erkläre ich, daß es uns zu einer besonderen Genugtuung gereicht, wenn es den Beamten der Berliner Warte gelungen ist, den Schlüssel zu finden, die ersten gegenseitigen Verlautbarungen zu fixieren!

›Wenig!‹ werden viele von Ihnen sagen. Und doch, ich sage es mit Stolz, es ist unendlich viel! Sie alle haben natürlich den lebhaften Wunsch, etwas von dem Inhalt unserer Bildunterhaltung zu hören. Nun, unser Gespräch drehte sich hauptsächlich um Dinge der Technik. Ist doch der Stand der Technik ein Gradmesser für den Stand der Kultur.

Sehr bald war es uns klar, daß die Technik und damit die Kultur bei jenen viel höher entwickelt ist als bei uns. Ich würde zu weit gehen, wenn ich Ihnen das im einzelnen erklären wollte. Wie unendlich sie uns technisch überlegen sind, wird Ihnen klar sein, wenn ich Ihnen folgendes sage:

Die Wesen da oben, ich bezeichnete sie als Menschen wie wir, sind nicht etwa Bewohner der Venus – es sind Menschen, die aus einem anderen Sonnensystem dorthin gekommen sind. Verstehen

Sie wohl, nicht von einem anderen unserer Planeten, sondern von einem Planeten eines anderen Sonnensystems.

Denken Sie an unsere jetzigen ersten Versuche, in die Sternenwelt zu fahren. Zum Mond – zur Venus – zum Mars. Fahrten, die nach Lichtsekunden, nach Lichtminuten rechneten ... Und jene: wie viele Lichtjahre weit war ihre Fahrt! *Uraniden!* Menschen, die unter anderem Himmel gewohnt haben. Solche Fahrt hat ein Ziel, das für uns noch in grauer Ferne liegt.

Ich weiß, wie sich jetzt Ihnen allen die Frage aufdrängt: Weshalb kommen sie, wenn sie schon einmal so weit geflogen sind, nicht zur Erde? Hierauf kann ich Ihnen nur unbestimmte Auskunft geben. Die Versuche jener Menschen, uns ihr Schicksal durch Bildtelegramme verständlich zu machen, sind naturgemäß durch die Art dieses Ausdrucksmittels sehr behindert. Was ich Ihnen jetzt sage, beruht nur auf Vermutungen, ein zwingender Beweis dafür ist nicht möglich. Doch glaube ich mit unseren Annahmen nicht fehlzugehen. Zeigte sich doch bei jenen schwer verständlichen Bildern eine gute Übereinstimmung zwischen unseren Deutungen und denen der Kollegen von der englischen Warte. Von beiden Seiten wurden die Zeichen folgendermaßen gedeutet:

Jene Weltenfahrer hatten wohl die Absicht, Gestirne anderer Sonnensysteme zu Forschungszwecken aufzusuchen. Dabei kamen sie zur Venus. Nirgends bisher hatten sie Menschen gefunden. Da, auf der Erde – ihre wunderbar entwickelten optischen Hilfsmittel zeigten es ihnen sicher an –, stellten sie ihnen wesensähnliche Geschöpfe fest ... Und da, das Ziel vor Augen, ereignete sich irgendein Unheil ... Ich selbst deute die Zeichen dafür als körperliches Versagen der Weltraumfahrer, die englischen Kollegen für eine Beschädigung ihres Raumschiffes.

Das eine oder das andere, vielleicht auch beides zusammen war der Grund, weshalb sie ihre Fahrt nicht fortsetzen konnten.

Vermutungen, meine Hörer! Vermutungen nur! Aber sie erfahren eine gewisse Unterstützung durch den Umstand, daß jene Weltenfahrer ihre Reise tatsächlich nicht fortsetzen. In dieser, wie Sie verstehen werden, prekären Situation muß die Menschheit es aufs lebhafteste begrüßen, daß man jetzt an zwei Stellen der Erde Raumschiffe baut, mit denen sich die Venus erreichen lassen wird.

Wir dürfen also hoffen, in absehbarer Zeit mit diesen uns so überlegenen Wesen in unmittelbare Berührung zu kommen. Unsterblicher Ruhm gebührt dem, dem das als erstem gelingt.

Über die weiteren Folgen will ich schweigen. Jeder von Ihnen

kann sich wohl ausmalen, von welch ungeheurem Vorteil sie für uns sein müssen.«

Die Morgenpresse brachte die Ausführungen des Professors Franke mit zahlreichen Kommentaren versehen. Die eine Frage stand in allen Blättern:

Die Uraniden – ihr Wissen, ihre Schätze, wer würde sie gewinnen?

Canning hatte seine Geschäfte in Pretoria erledigt. Die neuen Arbeiter, die er angeworben hatte, waren schon unterwegs nach Johannesburg. Langsam schlenderte er durch die Vorstadt dem Flugplatz zu. Als er an dem Viertel vorbeikam, in dem die Exoten wohnten, sah er an einer Straßenecke eine kleine Menschenansammlung.

Neugierig schritt er darauf zu. Ah! In einem Kreis von braunen, schwarzen, gelben Zuschauern hockte ein Inder, ein Schlangenbeschwörer. Erinnerungen an Bilder, die er in Indien gesehen hatte, tauchten in ihm auf.

Ein alter Mann, den Kopf vom Turban umhüllt, saß mit gekreuzten Beinen auf der Erde. Vor ihm tanzten nach dem Klange der Flöte, die der Alte spielte, zwei kleine Schlangen. Canning wollte weitergehen, da – er verhielt seinen Schritt –, der Alte hatte die Flöte abgesetzt und hielt bettelnd einen Teller den Zuschauern hin.

Das Gesicht! Canning überlegte. Wo hatte er das schon gesehen ... Es war ihm doch bekannt? Er ging ein paar Schritte zur Seite und stand wartend. Nach einer Weile erhob sich der Inder. Die Umstehenden zerstreuten sich. Der Alte hängte sich den Schlangenkorb um und ging.

Sarata?! In dieser Situation? Noch vor kurzem war es ganz anders. Wo war das Mädchen? Dieser Wechsel, dieses Hinabsinken zum Straßengaukler ... Und doch! Er mußte es sein!

Er folgte ihm. An einem menschenleeren Platz trat er neben ihm.

»Sarata?«

Der Alte wandte sich mit einem Ruck um, starrte Canning an.

»Sarata! Sind Sie es? Erkennen Sie mich nicht wieder?«

Der Alte schloß die Augen. Canning sah, wie er angestrengt nachdachte.

»Sie waren doch in meinem Hause. Sie gaben dort eine Vorstellung ...«

Der Inder ließ die Hand sinken, schaute prüfend in Cannings

Gesicht. Der Ausdruck seiner Augen verriet, daß die Erinnerung zurückzukehren begann.

»Mr. Canning! Ah! Ich weiß, Sie waren bei mir in der großen Stadt, die am Meere lag. Luden mich ein, zu Ihnen zu kommen. Ja! Ich weiß, weiß alles.«

»Aber warum sind Sie jetzt allein? Wo ist Majadevi, Ihre Enkelin?«

»Majadevi? ... Enkelin?« Der Inder machte eine lächelnde Grimasse. »Sarata hatte nie eine Enkelin. Majadevi? Ich kenne sie nicht, habe sie nie gekannt.«

Der Alte ist betrunken, dachte Canning im stillen. Suchte nach einem Wort, sich zu verabschieden. Sarata, als errate er seine Gedanken, drängte näher an ihn heran.

»Wir saßen in dem schönen, hellen Gemach. Sprachen ... wissen Sie noch ...« Er hob den Finger. Sein Lachen klang halb verschmitzt, halb blöd. Fast wie ein Irrer sprach er und sah sich dabei scheu um, als fürchte er, belauscht zu werden. »Der Mann ... wissen Sie ... der Mann ...«, seine Stimme klang heiser gedämpft, er deutete zum Himmel, »der da oben war ... Sie wollten wissen, wie er aussah ... wo er war. Ich kenne ihn auch, Sie wissen es«, setzte er mit wichtigtuender Miene hinzu.

»Ja, ja. Ich weiß! Doch es ist gut.« Er griff in die Tasche nach einem Geldstück, wollte es dem Alten geben und fortgehen. Der hielt das Geldstück in der Hand, betrachtete es und schüttelte den Kopf.

»Zu wenig, Señor! Zu wenig! Sie müssen mir mehr geben, viel mehr ... Sarata weiß es jetzt, weiß, wo der wohnt ... Sarata war bei ihm ...«

Das rätselhafte Benehmen des Alten! Sein Geist mußte stark verwirrt sein. Alles törichtes Gerede! Canning griff nochmals in die Tasche. Er hatte nur den einen Wunsch, den Alten loszuwerden.

Da fing der wieder an. »... Sarata weiß auch, was er jetzt macht ... Saratas Augen haben gesehen das schöne, große Schiff ...« Er reckte sich auf, deutete zum Himmel. »Dorthin will er ... alles ist fertig.«

Cannings Augen bohrten sich in die des Alten und suchten darin zu lesen, was wahr, was leere Worte seien.

»So sagen Sie es doch! Wo ist Gorm? Was tut er?«

Der Inder zuckte bei dem Namen zusammen. In seinen Augen blitzte es auf. Seine Stirn zog sich kraus.

»Ja! Ja!« stieß er heiser heraus. »Gorm? Ja! So hieß er ... Und der andere, der immer bei ihm ist ...?«

»Sie meinen Stamford?«

»Ja, ja, Stamford! So heißt er, ein schönes Schiff haben sie sich gebaut. Sie wollen weg! Weg von der Erde. Weit geht ihre Fahrt ...«

Canning überlegte kurz. Die Mitteilungen des Alten, so unsinnig sie ihm auch vorkamen, erregten sein Interesse. Länger hier zu bleiben, gestattete ihm seine Zeit nicht. Was tun? Sarata mitnehmen? Wenn sich herausstellte, daß mit dem Alten nichts anzufangen war, konnte er ihm ja immer wieder den Laufpaß geben.

»Ist Majadevi auch hier?« fragte er.

»Majadevi?« Sarata schaute ihn fragend an. »Wer ist Majadevi?«

»Willst du mich zum besten haben? Du bist betrunken. Majadevi, deine Enkelin ... das Medium, mit dem du umherzogst. Sie war doch mit in meinem Hause. Sie entfloh oder wurde geraubt ...«

»Majadevi? Majadevi?« Der Inder schüttelte den Kopf. »Ich weiß es nicht ... weiß nur ... in Ihrem Hause ... Ich hatte etwas ... es war ein kostbarer Schatz. Ich verlor ihn, er wurde mir gestohlen, zwei Männer raubten ihn mir ...«

»Sarata! Was ist Ihnen? Wissen Sie das alles nicht mehr? Wissen Sie nicht mehr, daß Gorm und Stamford Majadevi mit sich nahmen?«

Durch die Gestalt des Alten ging ein Zittern. Er faßte Cannings Arm, klammerte sich daran.

»Der Schatz, der mir geraubt ... Majadevi! ... Das Mädchen ...«

Seine Augen begannen plötzlich zu rollen. Ein unheimliches Feuer glühte darin. Die Fäuste geballt, die Zähne aufeinandergebissen, stand er da, als wollte er sich auf irgend jemand stürzen. Zischend kamen die Worte von seinen Lippen. »Ja! Gorm ... Stamford, sie raubten mir den Schatz ... Majadevi. Ah, jetzt weiß ich's wieder ... jetzt weiß ich's wieder. Dieser Mensch ... Stamford! ... Ah, ich weiß nicht, ob ich den mehr hassen muß oder den anderen. Und jetzt, jetzt weiß ich auch wieder das andere. Gorm raubte mir Majadevi – und Stamford raubte mir das Gedächtnis, er störte meine Sinne ... er verriegelte die Erinnerung, als ich, bezwungen von ihm, wehrlos dalag. Er bezwang mich, der Blonde bezwang mich, Sarata, den Jogi ...«

Canning stand ratlos. Was war das alles? Was sprach der für unverständliche Dinge? Ein paar Vorübergehende, denen das sonderbare Benehmen des Inders auffiel, blieben stehen und schauten spöttisch lächelnd auf die Gruppe.

Der Szene muß ein Ende werden, sagte sich Canning. Ich nehme

ihn mit! Er ergriff Saratas Arm und rief einen vorüberfahrenden Wagen an: »Zum Flugplatz!«

Wieder lag Coiba im Brennpunkt des Interesses. Wieder waren aus allen Zonen Scharen von Berichterstattern und Neugierigen dorthin gekommen. In der Voraussicht dieses Zustromes hatte man die umfassendsten Vorsichtsmaßregeln getroffen.

Der Kanal vom Meer zu dem Brandherd war vollendet. Ein schmaler Betondamm hielt die Wogen des Ozeans noch zurück.

Der Kanalbau! Ein kleines Stück nur vom Wasser zum Feuer. Man hatte allgemein geglaubt, in kurzer Zeit würde er fertiggestellt sein. Zehn Meter breit, zehn Meter tief, kaum hundert Meter lang. Die Arbeiten, mit den modernsten Maschinen ausgeführt, schienen ein Kinderspiel! Auch die Bauleitung hatte mit einer knappen Spanne gerechnet.

Doch da kam die Überraschung. Kaum war man einige Meter in die Tiefe vorgestoßen, da wurde die Temperatur immer höher, schließlich unerträglich. Es zeigte sich, daß der Boden stark metallisch durchsetzt war. In den Erzadern hatte sich der Brand wie in einer Lunte fortgepflanzt.

Das Betreten der Baugrube wurde für Menschen trotz aller Schutzmaßnahmen, wie Bleimäntel und dergleichen, unmöglich. Der Boden war an den heißen Stellen im höchsten Grade radioaktiv. Die Strahlungen riefen schwerste Gesundheitsschädigungen, ja Todesfälle hervor. Die Arbeitsweise mußte daraufhin vollkommen geändert werden. Selbst wenn man in dieses brennende, strahlende Gestein Bohrlöcher in der üblichen Weise hätte treiben können, wäre es doch unmöglich gewesen, sie mit Sprengstoffen zu laden. Jeder bekannte Explosivstoff detonierte von selbst, sowie er in den Bereich dieser Strahlung kam.

Die Arbeiten wurden ausgesetzt, bis neue Maschinen und Hilfsmittel zur Stelle waren. Das dauerte geraume Zeit. Der Plan war, von niedrigstehenden Hubschraubern aus die Kanalsohle mit starken Sprengstoffbomben zu bearbeiten. War eine genügende Bodenmenge zertrümmert, griffen elektrische Baggermaschinen, die an den Hubschraubern hingen, die Geröllmassen und transportierten sie sofort ins Meer ab.

Fast die ganze Gelehrtenwelt stand kopf, als dies Verfahren bekannt wurde. Nach ihrer Meinung wurde gerade das Gegenteil von dem erreicht, was man beabsichtigte. Der infizierte Boden, an andere Stellen transportiert, mußte auch dort seine verderbliche Wir-

kung ausüben. Doch vergeblich waren ihre Mahnrufe. Alle Welt klammerte sich an das alte Gesetz: Feuer wird mit Wasser gelöscht.

Die Bauleitung selbst erlebte auch bald eine unangenehme Überraschung. Sorglos hatte man das ausgebaggerte Material nicht weit von der Küste in das Meer versenkt. Je mehr es wurde, desto stärker wurde auch der Wasserdampf, der Nebel, der sich an der Oberfläche des Wassers bildete.

Man transportierte das Material weiter in den Ozean hinein, suchte tiefste Stellen für seine Versenkung. Nicht lange, und auch dort gab es dasselbe Resultat. Es wurde der Bauleitung einigermaßen bedenklich zumute. Das zuerst versenkte Material schien keineswegs durch den Ozean gelöscht zu werden. In unverminderter Stärke lagen die Wasserdämpfe über jener Stelle.

Dabei gingen die Arbeiten nur langsam voran. Das Material der Baggergreifer nutzte sich auffallend schnell ab. Ganze Schiffsladungen von Ersatzteilen mußten herbeibeordert werden.

In die Presse war von alledem nicht allzuviel gedrungen. Man hatte, angeblich aus Sicherheitsgründen, die Arbeitsstellen nach allen Seiten hin in weitem Kreise abgesperrt.

Endlich war es gelungen, den Kanal so, wie er projektiert war, fertigzustellen. Einladungen an alle möglichen Regierungen waren ergangen. Doch nur wenige hatten einen Vertreter gesandt. Wirklich vollzählig waren nur die der Bundesstaaten des Isthmus. Vollzählig war natürlich auch die Schar der Vertreter der Presse und der Radioagenturen. Die Sendestationen befanden sich in hoch im Äther stehenden Hubschraubern, da in geringen Höhen die radioaktive Strahlung des Brandherdes die Kurzwellen der Sender unwirksam gemacht hätte. –

Ein klarer, heller Sommertag. Weithin war die Sicht nach allen Seiten. Nur da, wo die Geröllmassen im Ozean versenkt waren, lagerten dichte Nebelschwaden über der Oberfläche.

Die elfte Morgenstunde. Ein Zeichen der Bauleitung, daß der Luftraum für die Flugzeuge freigegeben werde. Wenige Minuten vergingen, und wie Heuschrecken schossen die Flugzeuge von allen Seiten herzu. Kaum, daß sie zur Ruhe gekommen waren, erfolgte ein zweites Zeichen. Alle Augen waren auf den Damm gerichtet, an dem sich die Wasser des Pazifik im Höchststand der Flut brachen.

Ein Schüttern, ein Zittern. Die starke Betonwand geriet ins Wanken, stürzte, von der Sprengladung zerrissen, zusammen. Über die Trümmer hinweg brachen die Wogen des Ozeans in den Kanal. Das ganze Schauspiel währte nur Sekunden.

Vergeblich suchte das Auge noch etwas zu erhaschen. Riesige Mengen von Wasserdampf entströmten dem Erdboden, wurden dichter und dichter, ballten sich zu Nebeln, stiegen in die Höhe, breiteten sich aus. Nach ein paar Stunden waren der Ozean, die Insel unter einer undurchdringlichen Dampfwolke verborgen.

Die Phalanx der Beobachtungsflugzeuge bröckelte immer mehr ab. Der Blick auf die beiden Nebelbänke im Pazifik gab zu denken. Wie lange konnte es dauern, bis der Brand gelöscht, die Nebel verschwunden waren? Nur die Zeit konnte die Antwort darauf geben. Doch je länger es dauerte, desto größer wurde die Zahl der Stimmen, die begannen, das Unternehmen in Grund und Boden zu verdammen. Die Ansicht der Gelehrten bekam von Tag zu Tag mehr Anhänger.

Der Brandherd wurde der Herd ungeheurer Wolkenbildungen. Der Wind trieb sie zum Festland, wo sie ihre Wassermassen in katastrophalen Regengüssen entluden. Es traf alles ein, wie es die Wissenschaft vorausgesagt hatte. Die Existenz der Staaten des mittelamerikanischen Isthmus schien aufs ernsteste bedroht.

Wie immer suchte man nach einem, auf den man die Schuld abwälzen konnte. Keiner, die Bauleitung eingeschlossen, wollte die Verantwortung auf sich nehmen. Das Drama wurde zur Tragikomödie, als sophistische Ankläger auftraten, die auch hierfür Gorm verantwortlich machten.

»Da ist er schon wieder . . . der Kerl!« Tim Bröker holte ein Fernglas aus dem Haus und trat hinter einen Schuppen, wo er nicht gesehen werden konnte. Das Glas auf die nördliche Felswand gerichtet, murmelte er vor sich hin.

»Er nimmt immer denselben Weg, den der alte Inder benutzte, ich dachte auch zuerst, er wäre es wieder . . . doch er ist es nicht. Dieser hier ist viel größer . . . Dreimal war ich schon hinter ihm her, konnte ihn aber nicht einholen. Wäre vielleicht doch besser gewesen, ich hätte ihm eine Kugel nachgeschickt. Gutes hat der Kerl sicher nicht im Sinn.«

»Hallo, Tim!« Stamford war neben ihn getreten, klopfte ihm auf die Schulter. »Was suchst du so eifrig?«

Statt einer Antwort ergriff Bröker Stamfords Arm und zog ihn hinter die Schuppenwand.

»Gut, daß Sie kommen, Doktor. Hier mein Feldstecher. Nehmen Sie ihn schnell, sehen Sie auf den Weg an der Felswand . . . Nehmen Sie ungefähr die Stelle, wo ich den alten Inder damals mit dem Lasso fing.«

»Ein Mann? Ich sehe ihn. Was hat er vor? Was denkst du? Der Pfad wird selten begangen, aber Hirten, die zu ihren Herden gehen, benutzen ihn zuweilen.«

»Es ist jetzt schon der zweite Tag, daß ich den da oben umherstreifen sehe. Das erstemal begegnete ich ihm gestern morgen, als ich selbst auf dem Weg ging. Da fiel er mir nicht besonders auf. Als ich ihn aber nachmittags wieder da oben sah, hatte ich Verdacht ... Ich stieg nach oben. Als ich ankam, war er verschwunden. Auch heute morgen sah ich ihn. Er war schon den steilen Richtweg, der hier zur Werft führt, ein gutes Stück heruntergeklettert. Ich pirschte mich vorsichtig an ihn heran und war schon auf kurze Entfernung bei ihm, da sah er mich und nahm Reißaus. Seitdem habe ich den Weg an der Wand ständig beobachtet ... Sehen Sie, jetzt ist er am Richtweg und klettert herunter.«

Stamford eilte in das Haus und holte ein scharfes Fernglas. Kaum hatte er es auf den Mann gerichtet, stieß er einen Ausruf der Überraschung aus.

»Wär's möglich? Awaloff? Er müßte heimlich aus Suru entwichen sein. Aber wie hat er den Weg zu uns entdeckt? Was will er hier? Doch einerlei! Wir müssen ihn festhalten. Ich werde den Felsenpfad vom unteren Tal her überwachen. Du wartest eine Weile, bis ich ungefähr dort sein kann. Dann steigst du den Richtweg hinauf. Bleibt er stehen, nimmst du ihn mit herunter zur Werft. Läuft er fort, muß er mir begegnen.« –

Stamford war auf seinem Platz angekommen und ging langsam den Felspfad hinab. Als er um eine Ecke bog, sah er Awaloff eiligen Schrittes auf sich zukommen. Stamford überschaute die Lage. Sie war nicht ganz ungefährlich. Leistete Awaloff Widerstand, so war es leicht möglich, daß einer den steilen Hang hinunterstürzte. Er wollte es mit einer Überraschung versuchen. Schnell trat er zurück und wartete, bis er Awaloffs Schritte hörte. Dann trat er hervor und tat, als begrüße er einen Bekannten. Er zog den Hut, verbeugte sich.

»Ah, guten Tag, Herr Awaloff. Ich begrüße Sie. Sie wollen, wie ich vermute, Herrn Gorm besuchen ...«

Der andere hatte ihn bei den ersten Worten angestarrt wie ein gehetztes Tier. Er hatte sich zurückwenden wollen, um zu fliehen. Doch je länger Stamford sprach, desto ruhiger wurde er. Als er sagte, Gorm erwarte ihn mit Freuden, lief ein heller Schimmer über sein Gesicht. Harmlos ergriff er Stamfords Hand, die er ihm entgegenstreckte, und trat zu ihm.

»Kommen Sie, Herr Awaloff! Dieser Weg ist bequemer.« Stam-

ford schob im Vorwärtsschreiten seinen Arm unter den Awaloffs und ging mit ihm auf den Felsweg zu. Er hatte wohl bemerkt, wie Awaloffs Gesicht sich bei dem Namen Gorm verklärte. Danach richtete Stamford sein Verhalten. Während er mit Awaloff plauderte, fiel immer wieder der Name Gorm von seinen Lippen.

So kamen sie zur Werft. Gorm trat eben aus dem Haus, als sie anlangten. Kaum hatte Awaloff ihn gesehen, stürmte er auf ihn zu und sprudelte eine Menge von Worten heraus, die unverständlich blieben. Es war ein Durcheinander von englischen und russischen Lauten.

Gorm runzelte die Brauen und schaute unwillig auf Awaloff.

»Was soll das?« fragte er, »wie kommt der hierher?«

Stamford erzählte ihm die Beobachtungen Tims, wie er dann durch das Glas Awaloff erkannt und ihn hierhergebracht hatte. Gorm bedeutete Awaloff, sich auf die Bank vor der Tür zu setzen, und ging mit Stamford abseits.

»Er muß aus Suru entwichen sein. Schon gestern, sagte Tim, habe er ihn gesehen? Ich wundere mich, daß noch keine Nachricht aus Suru da ist.«

Stamford nickte.

»Unmöglich, daß er hierbleiben kann. Wir müssen ihn wieder zurückbringen. Nicht allein, daß wir uns unnötige Schwierigkeiten auf den Hals laden, sein krankhafter Zustand dürfte auch auf Majadevi ungünstige Wirkungen haben. Ich fürchte nur, es wird nicht leicht sein. Der einzige, der irgendwelchen Einfluß auf ihn hat, sind Sie, Gorm. Versuchen Sie's zunächst mit Güte.«

Sie wandten sich um und gingen auf Awaloff zu. Der, als ahne er schon, was sie beschlossen, kam ihnen entgegen, die Hände bittend ausgestreckt.

»Hierbleiben, hierbleiben, bei dir bleiben! Bei dir ist es gut ... die bösen Geister, sie fürchten dich ... sie können nicht zu mir kommen ... können mich nicht quälen ... Ich soll immer schwimmen ...« Er machte mit ausgebreiteten Armen heftige Bewegungen. »... Immer muß ich schwimmen in dem großen Meer, nicht zurück! Hierbleiben ... bei dir bleiben!«

Gorm wandte sich zu Awaloff und sprach langsam.

»Sie müssen sich gedulden, Freund Awaloff. Hier oben können Sie nicht bleiben. Sie müssen noch warten. Später werden Sie zu uns kommen. Jetzt müssen Sie zurück zu den frommen Männern.«

Von der Werft her kam Majadevi und ging dem Hause zu. Gorm verstummte, wechselte einen Blick mit Stamford. Sie schauten beide zu dem Mädchen, wollten warten, bis sie ins Haus getre-

ten sei. Doch sie hielt an, ließ sich auf der Bank nieder, auf der Awaloff eben gesessen.

»Kommen Sie, Awaloff!« Gorm sprach es mit strenger Stimme. »Sie müssen jetzt gehen.«

»Nein! Nein!« schrie der, hob verzweifelt die Arme empor, »nicht von dir fort! Du bist der Starke. Bei dir ist es gut!«

Flehend gingen seine Blicke von Gorm zu Stamford. Der schüttelte den Kopf.

»Unmöglich, Gorm! Er kann nicht hierbleiben.« Er tat einen Schritt vor, als wolle er ihn am Arm ergreifen. Awaloff sprang zurück. Seine Augen gingen umher, als suche er ein Versteck, einen Zufluchtsort. Da sah er Majadevi. Mit ein paar wilden Sprüngen eilte er zu ihr hin.

Die beiden anderen erschraken ... Was würde jetzt kommen? Sie wollten ihm nach. Da war Awaloff schon bei ihr, sank zu Boden, umklammerte Majadevis Knie. Wirre, stammelnde Bitten kamen aus seinem Munde.

Gorm glaubte schon den Aufschrei der Erschreckten zu hören. Doch ihre Hände hoben sich, strichen Awaloff das wirre Haupthaar aus der Stirn. Die verzerrten, schrecklichen Züge des Mannes glätteten sich, der angstvolle Blick wurde ruhiger. Er begann zu sprechen ... leise, zart. Russische Worte kamen von seinen Lippen. Majadevi hob den Kopf, das Ohr geneigt, als sauge es wohlig die vertrauten Laute der Muttersprache ein.

Die beiden anderen waren stehengeblieben. Was sollten sie tun? Awaloff wegreißen? Sie hatten das Herz nicht dazu –

Jetzt sprach das Mädchen zu Awaloff, auch in russischer Sprache. Awaloff hob den Kopf, ein unendlich glückliches Lächeln lag in den verwüsteten Zügen. Tränen rollten aus seinen Augen. Er küßte ihre Hände immer wieder und sank zu Boden. Wie ein Hund legte er sich zu Füßen Majadevis nieder.

»Warum wollt ihr den armen Mann fortjagen? Er ist kein böser Mann. Ich fürchte mich nicht vor ihm. Er ist gut und lieb. Ich habe viel Mitleid mit ihm ...«

Sie sah Gorm bittend an. »Sie werden ihn nicht fortschicken, nicht wahr, Sie werden es nicht tun. Auch Sie nicht, Mister Stamford. Lassen Sie ihn hierbleiben. Er ist groß und stark. Er wird euch helfen und mich beschützen, wenn ihr fortgeht.«

Gorm und Stamford tauschten einen nachdenklichen Blick.

»Wer wird dich allein lassen, Majadevi?« Gorm trat näher an sie heran, ergriff ihre Hand. »Ich? Nein! Wo ich bin, wirst du sein. Ich werde dein Beschützer sein.«

Sie streckte ihm beide Arme entgegen, nahm seine Hände, legte ihr Gesicht daran. »Ich soll immer bei Ihnen bleiben? Oh, das ist schön, ich bin glücklich, immer bei Ihnen bleiben . . .«

»Bei Ihnen bleiben . . .« Awaloff richtete sich hoch. »Ich will auch bei Ihnen bleiben . . .« Er ergriff Majadevis Hand.

Die Augen des Arztes waren keinen Moment von Majadevi gewichen. Vielleicht war dies ein Weg, der schneller, leichter zum Ziel führte, Majadevi gesunden zu lassen. »Ich glaube, Gorm, es dürfte in der Tat das beste sein, wenn wir Awaloff hier lassen, wenigstens für die nächste Zeit. Es hat den Anschein, als könne er . . .«, seine Augen deuteten auf Majadevi, ». . . hier günstig wirken. Irgendeine Beschäftigung wird es ja für ihn geben. Sie kann auch für ihn gute Folgen haben.«

»Aber später?« fragte Gorm, zur Seite gewandt.

Stamford zuckte die Achseln. »Das wollen wir der Zeit überlassen.«

Der Schrecken wütete in Mittelamerika. Das Land war von Regengüssen überschwemmt. Jeder Betrieb stockte. Die Felder waren in morastige Sümpfe verwandelt, die Ernten vernichtet. Krankheiten und Hungersnot herrschten. Das waren die Folgen jenes verhängnisvollen Experimentes. Ein großer Teil der Bewohner hatte schon die Hoffnung aufgegeben, daß es dort jemals wieder anders werden könnte und war ausgewandert.

Nicht besser, sondern schlechter wurde es von Tag zu Tag. Nur unter dem Licht stärkster Scheinwerfer konnten die Schiffe noch die Kanäle von Panama und Nicaragua passieren . . . Auswandern! Noch gab es Platz genug in der Welt. Aber wie, wenn der Brand sich immer weiter ausdehnte, die beiden Kontinente ergriff? –

Der Bau der beiden Raumschiffe in Transvaal und im Gran Chaco ging weiter. Ihr Flug, eine interessante Studienfahrt bisher, konnte jetzt das Mittel werden, die Erdbewohner zu neuen, sicheren Wohnstätten zu bringen, wenn wirklich einmal das Ende der Erde kommen sollte. Mit doppeltem Interesse blickten aller Augen jetzt auf jene beiden Werften, auf denen die Raumschiffe gebaut wurden. Doch nur wenig von den Fortschritten der Bauten drang in die Öffentlichkeit. Kühne Reporter überflogen wohl die Werften und fotografierten, was sich mit Fernlinsen erraffen ließ.

Doch die Ausbeute war karg. Man sah nur immer wieder die Granatenform der Schiffskörper, mehr nicht. Auf alle erdenkliche Weise versuchte man Spione einzuschmuggeln, die mit verborgenen Miniaturapparaten interessante Bilder aufnehmen sollten. Die

Abwehrsysteme auf beiden Werften funktionierten so tadellos, daß jeder Versuch scheiterte. In der Hauptsache gegen eine Spionage der Konkurrenzwerft eingerichtet, fand diese Organisation ihre stärkste Betätigung gegen die neugierigen Pressevertreter. –

Canning kam von der Werft und schritt dem Verwaltungsgebäude zu. Oben am Fenster stand Harrod und winkte ihm. »Schnell, Mr. Canning! Ich habe etwas für Sie.«

Er eilte die Treppe hinauf. Da stand Harrod.

»Was ist's? Etwas Neues aus Buena Vista?«

Harrod nickte und deutete auf das Nebenzimmer. Seine Stimme sank zum Flüsterton.

»Shelton ist zurück. Eben werden die Aufnahmen von seinem Körper da drin gemacht. Glänzend, Ihre Idee! Das Fotografieren auf dem Körper. Das Resultat seiner Reise übersteigt alle meine Erwartungen. Sein Bericht ist so günstig wie möglich. Ich beschäftige Shelton schon jahrelang. Er ist unbedingt zuverlässig. Ein tüchtiger Techniker nebenbei. Wir haben den Vorsprung drüben nicht nur eingeholt, wir sind ihnen schon voraus. Wenn nicht etwas Besonderes eintritt, werden wir zuerst starten.«

Triumphierendes Lachen in Cannings Gesicht. »Das wäre ja wirklich über alle Maßen erfreulich, ich bin auf die Fotos gespannt.«

Ein Diener trat ein und brachte einen Stoß Briefe. Ein großes Kuvert mit dem Staatssiegel war dabei. Harrod öffnete es zuerst.

Er lachte. »In Kapstadt beginnt man endlich zu begreifen, daß unser Werk mehr bedeutet als einen wissenschaftlichen Sport.« Er las weiter. »Und hier ... Hören Sie, Mr. Canning! Man stellt die Unterstützung der Regierung in pekuniärer und moralischer Form in Aussicht. Hält es für wünschenswert, wenn wir die Vorbereitungen für den Bau weiterer Schiffe treffen. Nun, ihre Ratschläge kommen post festum. Immerhin ist es nicht von der Hand zu weisen, daß sich die Regierung hinter uns stellt. Man weiß ja nicht, was die Zeit noch bringen wird.«

»Weiter nichts?« fragte Canning.

»Doch! Hier! Eine private Mitteilung des Staatssekretärs, daß Ihrer Aufnahme als Staatsbürger der Südafrikanischen Union nichts im Wege stehe, der Bürgerbrief Ihnen demnächst zugehen werde. Mein Gedanke, daß Sie südafrikanischer Bürger werden müßten, ist unbedingt richtig. Unser ganzes Unternehmen bekommt einen anderen, für die Volksmeinung besseren Anstrich, wenn alles als reine Leistung südafrikanischen Geistes und südafrikanischer Arbeit erscheint. Warten wir deshalb noch die kurze

Zeit, bevor wir Ihren Namen als den des Erfinders der Öffentlichkeit bekanntgeben.« –

»Endlich!« fuhr es Canning heraus. »Diese ewige Plackerei mit Kleinigkeiten! Die drei Tage Urlaub mußten schwer erkämpft werden. Harrods Vertrauen zu seinen Konstrukteuren scheint doch nicht so groß zu sein. Er möchte mich am liebsten hier festketten. Und dabei ist alles so gut im Fluß, daß es auch ohne mich geht.«

Er begab sich in den oberen Teil des Hauses.

»Fertig, Sarata?« rief er in das halbdunkle Gemach.

Der Inder sprang auf.

»Fertig, Mr. Canning. Schon lange. Ich fürchtete schon, wir kämen zu spät. Ich fragte sie, rief nach ihr, und sie . . .« Er richtete sich hoch auf, Stolz auf dem häßlichen Gesicht. »Sie hörte meine Stimme über Meere und Länder hinweg. Majadevi ist noch auf der Erde. Wo sie ist, ist Gorm.«

»Erfuhrst du mehr? Deine wunderbare Kraft, vermochte sie nicht mehr?«

Sarata schüttelte den Kopf. »Nein! Nur kurz war die Spanne. Stamfords Riegel verschloß sie wieder . . .«

Ein paar Minuten später saßen sie in Cannings Privatflugzeug. Auf dem Flughafen von Bombay landeten sie. Canning entließ den Piloten. Allein mit Sarata setzte er den Flug fort. –

Der nächste Abend. Die Sonne war hinter den Schneegipfeln des Himalaja versunken. Schon seit zwei Stunden kreuzten sie in Höhen, die das Geräusch der Turbinen nicht zur Erde dringen ließen. Sie waren selbst für schärfste Gläser nicht sichtbar.

»Es wird Zeit, Mr. Canning, herunterzugehen. Den letzten Rest des Tageslichts müssen wir ausnutzen.«

In kurzen Spiralen senkte sich das Flugzeug langsam herunter. Der Inder saß am Boden neben dem Auswurfsloch. Canning, ein scharfes Nachtglas vor den Augen, starrte auf die im Dämmer liegende Landschaft. Mit Hilfe des Glases konnte er alle Einzelheiten unten erkennen.

Da stand das Wellblechhaus, in Bungalowart errichtet. Ein paar Schuppen daneben. In einer kleinen Senke lag die Werft und das Raumschiff. Deutlich erblickte er die Formen des Baues. Sie unterschieden sich kaum von denen in Harrods Werft.

Verflucht, daß das alles so eng zusammengedrängt war. Unmöglich, das Haus zu vernichten und die Werft zu schonen. Was hätte er darum gegeben, das Schiff von der Erde aus zu sehen, seine Einzelheiten zu studieren.

»Es ist Zeit, Mr. Canning!« zischte ihm der Inder mit heiserer Stimme zu. »Sonst sehen sie uns, entrinnen zu guter Letzt noch. Noch sind sie alle im Hause. Wir sahen sie doch genau.«

Canning zögerte immer noch. Die Werft betreten, das Raumschiff sehen . . . Wie hatte Gorm die Energie gemeistert? Wie hatte er die strahlenden, das Schiff treibenden Flächen angeordnet?

»Es tritt einer aus dem Hause!« schrie der Inder, »zu spät, wenn nicht . . .«

Mit einem Sprung war Canning bei ihm, schob einen Sicherungsflügel zurück. Vom Kiel der Maschine löste sich ein großes, dunkles Gebilde, mit der anderen Hand riß er am Hebel der Vertikalsteuerung. Jäh schoß das Schiff nach oben.

Da! Die Riesenbombe schlug am Boden auf. Eine riesige Feuersäule stieg hoch, die nach allen Seiten hin ihre Flammen warf. Dunkle Brocken dazwischen. Schwere, dicke Qualmwolken, die nach allen Seiten auseinandergetrieben wurden, sich mit rasender Schnelligkeit ausdehnten, alle Sicht verbargen.

»Die Bombe saß.« Frohlockend rief es der Inder, sprang zum Fenster, starrte hinaus. Ein heftiger Stoß warf ihn zurück. Er taumelte, stürzte. Canning, der sich festhalten wollte, fiel über ihn.

Das Flugzeug, von einem Orkan ergriffen, kam aus dem Gleichgewicht, schwankte heftig . . . Eine Bö, die es von der Seite her packte, warf es in rasenden Wirbeln auf die eisbedeckten Felsgipfel zu.

Im letzten Augenblick raffte sich Canning auf, stürzte zur Steuerung . . . ein paar Griffe. Allmählich gehorchte das Flugzeug dem Steuer, hob sich langsam. Schon waren die drohenden Felszacken vor ihm, da riß eine letzte verzweifelte Anstrengung seiner Hubschraube es noch eben über den Felskamm hinweg.

»Gerettet!« Die blutleeren Lippen Cannings flüsterten das Wort. »Gerettet! Und die andern?«

Ein Schauer überrieselte ihn. Das Bild seiner Fahrt über den Atlantik tauchte vor ihm auf. Der Name Awaloff drängte sich auf seine Lippen. Sein starker Wille hatte es vermocht, die Erinnerung auszulöschen. Zum ersten Male seit langem, erschüttert von dem Erlebten, war sein Geist schwach geworden, ließ die alten Bilder wieder über die Schwelle der Erinnerung treten.

Sein Blick ging zu Sarata, der, noch halb betäubt von dem Sturz, fragend um sich starrte.

»Wo sind wir? Was ist?«

»Wir fliegen nach Südafrika. Morgen abend werden wir in Johannesburg sein.«

Der Inder rieb sich die Stirn. »Und die da unten?« fragte er.

»Sind tot!« sagte Canning. Er hatte sich wieder vollständig in der Gewalt.

Professor Franke saß mit seinem Mitarbeiterstab zu einer Konferenz versammelt. Ein Stapel Blätter war vor ihnen, der von Hand zu Hand ging.

»Sie sehen, meine Herren, daß Greenwich, von Kleinigkeiten abgesehen, dieselben Resultate in der Verständigung mit den Uraniden hat. Das ist ein außerordentlicher Vorteil. Das Zusammenarbeiten der beiden Warten wird uns bei den neuen Versuchen einer Verständigung von großem Nutzen sein. Nur eines ist, was mir Sorge macht. Die Zeichen kamen in der letzten Zeit so spärlich, daß ich fürchte, irgend etwas ist nicht in Ordnung. Es wäre doch jammerschade, wenn unsere Verständigung gerade jetzt, wo wir sie mit dem viel vollkommeneren Bildfunk betreiben wollen, ins Stocken käme.

Sie wissen ja, wie wir von hier aus zuerst den Gedanken der synchron laufenden Bildwalzen in unserer Zeichenunterhaltung vorbrachten, wie die ihn da oben überraschend schnell erfaßten. Der Gedanke war allerdings schneller gefaßt als ausgeführt. Es dauerte acht Tage, bis die Zylinder hier und dort synchron liefen.«

Er wies auf ein Bild an der Wand. Eine Landschaft im Sonnenschein. Im Hintergrunde der Riesenbau eines Raumschiffes. Daneben eine leichte Hütte.

Im Vordergrunde ein einzelner, breit ausladender Baum, in dessen Schatten einige Menschen auf Ruhebänken lagen. Das Bild erweckte den Eindruck, als ob es sich hier nicht um Ruhende, sondern um Kranke handle.

Zu Füßen des Baumes auf der Erde sitzend ein Mann, der aus verschiedenen Gefäßen anscheinend eine Medizin mischte. Zwar waren die Züge des Mannes im Schatten des Baumes nicht scharf erkennbar, doch schienen sie keine wesentlichen Unterschiede von den Zügen irdischer Menschen aufzuweisen. Der leichtbekleidete Oberkörper ließ erkennen, daß es ein sehr kräftig entwickelter, großer Mensch sein müsse. Der Schnitt des Gesichts wurde durch das starke Haupthaar, den Bartwuchs etwas verdeckt.

»Sie tun gut, Herr Professor, dies historische Dokument in sicheren Verschluß zu nehmen. Wenn es ja auch in der ganzen Welt durch das Rundfunkbild jedem vor Augen gekommen ist, so könnte es doch einem der unzähligen Liebhaber, die das Bild zu jedem

Preis von uns erwerben wollen, einfallen, es ohne Geld zu kaufen.«

Ein anderes Bild. Eine tiefe Felsschlucht bei Sonnenuntergang. An der Berglehne eine Reihe Erhöhungen. Es konnten Erdhügel, konnten Steine sein. Die Form der Hügel war etwas länglich. Verglich man den Stand der Sonne mit der Anordnung, so lag der Gedanke sehr nahe, daß es sich um Gräber handelte; Gräber von Leuten der Expedition. Die Form der Gräber, an der einen Seite etwas höher als der anderen, ihre Richtung legte den Schluß nahe, daß man die Toten mit dem Gesicht nach Sonnenaufgang begraben hatte.

Das dritte, letzte Bild! Ein offenes Zelt. In der Öffnung eine hohe Männergestalt in weißem Kittel. Hinter ihm ein Tischchen mit Instrumenten. Vor ihm, von der Sonne grell beleuchtet, ein Mann, ein Riese von Gestalt. Das mächtige Haupt umgeben von dichtem, hellem Haarwuchs. Der Körper wie in Schmerzen zusammengekrümmt. Das Gesicht leicht verzerrt. Seine Rechte deutete auf einen Korb, der mit Früchten gefüllt war. Seine Linke trug eine Frucht in Form eines Apfels. Die Augen des Mannes im Zelteingang schauten finster darauf hin.

»Meine Herren! Dieses Bild kann nur mit Absicht so dargestellt sein. Ich finde hierfür, mag auch Greenwich abweichender Meinung sein, nur eine Deutung. Die Weltenfahrer haben ahnungslos von den Früchten, die sie auf der Venus fanden, gegessen. Eine dieser Früchte – es muß die sein, die der Mann in seiner Linken hält – ist giftig. Der Zusammenhang mit den anderen Kranken, vielleicht gar mit den Toten, ist nicht völlig klar zu erkennen. Die Vermutung ist jedenfalls nicht von der Hand zu weisen, daß eine solche Verbindung besteht.

Derjenige, der uns die Bilder gab – ich will nur hoffen, daß er nicht auch erkrankt ist –, wollte uns damit eine Erklärung, eine Warnung geben.

Die paar Landschaftsbilder, die er uns übermittelte, zeigen uns eigentlich nichts Besonderes. Die Weltenfahrer leben dort auf dem gemeldeten Breitengrad in der nördlichen gemäßigten Zone der Venus. Für den Längengrad hätte ein Erdenbewohner, der dahin käme, nur die so auffällig gezackten Kämme des großen Meridiangebirges dort zum Anhalt.

Was wir weiter im Bildfunk erwarten, ich möchte sagen, selbstverständlich erwarten, irgendein schlimmer Zufall muß den Mann am Sender gestört haben – das ist ausgeblieben. Einen Film! Daß die Uraniden bei dem Stande ihrer Technik den plastischen

Farbfilm in Vollendung beherrschen, ist wohl selbstverständlich. Daß sie auf ihrer Fahrt Filme mitgenommen, auch unterwegs aufgenommen haben, ist kaum zu bezweifeln.

Es wäre der stärkste Schlag für mich, wenn weitere Zeichen so spät kämen, daß infolge der Venusdrehung wir sie nicht empfangen könnten, sondern die schwebenden Sternwarten der amerikanischen Ostküste die Glücklichen wären. Doch vergeblich hatte ich darüber nachgesonnen, wie wir in unserer Bildersprache diesen Uraniden unseren Wunsch klarmachen könnten.«

Ein Assistent stand auf.

»Wie wäre es, wenn wir ihnen einen unserer neuesten Lehrfilme über den Stand unserer Metallurgie zeigten. Ich halte diesen Zweig unserer Technik deshalb für besonders geeignet, weil wir gerade an der Schwelle zwischen der Stahlzeit und der kommenden Zeit des Leichtmetalls stehen. In einer solchen Sendung von unserer Seite liegt nach meiner Meinung eine ausgesprochene Frage dahin: auf welchem Stand der Metallurgie seid ihr?«

»Gut!« rief Professor Franke, »der Vorschlag läßt sich hören. Ein passender Film wird sich beschaffen lassen. Warten wir indes auf weitere Zeichen.«

Doch die Zeit verrann. Schweigen da oben. Eine Stunde später brachte ein Botenschiff den verlangten Film. Der Assistent stellte die Sendestation ein, ließ den Film rollen. –

Der Film war abgelaufen. Gespannt wartete alles auf die Antwort. Es dauerte eine geraume Weile. Die Fluoreszenzscheibe blieb dunkel.

Endlich blitzte es auf dem Schirm auf. Alles war aufgesprungen, drängte herzu. Ein bedrucktes oder beschriebenes Blatt. Eine Menge kleiner Zeichen, die wohl als Schriftzeichen anzusehen waren.

Der Aufnahmeapparat der Warte filmte alles, was auf der Fluoreszenzscheibe erschien. Vielleicht, daß später einmal der Schlüssel für diese Zeichen gefunden würde.

Ein paar Minuten waren vergangen. Das Blatt verschwand. Das lebende Bild begann zu rollen.

Die Zuschauer, alle Wissenschaftler von Rang, zitterten vor Erregung. Ihre Nerven waren aufs höchste gespannt, ihre Augen gruben sich in die Bilder . . . Träume von zukünftigen Tagen irdischer Technik . . . hier mußten sie verwirklicht sein, mußten als Teile oder gar nur als Bausteine einer unendlich hohen Technik bildhaft werden.

Was zu sehen war, übertraf alle Erwartung. Kaum daß das Auge die Wunder dieser Höchstleistung denkenden Geistes zu fassen

vermochte. Vieles, für das die Begriffe fehlten, blieb unverständlich.

In atemloser Spannung verharrte alles, blieb in stummer, staunender Bewunderung noch lange, als längst das letzte Bild des Filmes erloschen war. –

Ein Räuspern hier und da. Bewegung kam in die Menschen. Einige erhoben sich. Da! Die Fluoreszenzscheibe leuchtete wieder auf. Aller Augen wandten sich dahin.

Ein neuer Film?

Nein! Eine Direktübertragung!

In einen Liegestuhl zurückgelehnt sah man die Gestalt eines älteren Mannes. Die klugen Augen unter der hohen Stirn, die durchgeistigten Züge verrieten den Gelehrten. Neben ihm auf einem Tischchen lag ein umfangreiches Buch.

Er blätterte darin langsam. Man sah Bilder, ohne Einzelheiten zu erkennen. Blätter, anscheinend mit mathematischen Zeichen bedeckt. Die Augen des Mannes waren in weite Fernen gerichtet, als blicke er zu denen, die das Buch sehen sollten.

Nach einer Weile ließ die Hand das Buch los und sank schlaff herunter. Er schloß die Augen. Seine Züge verzogen sich schmerzhaft. Die Decke über seiner Brust hob sich unter schweren, stoßweisen Atemzügen.

Nach einer Weile schlug er die Augen wieder auf. Der Blick ging wie in fernste Fernen. Die Hand tastete sich nach einer Schale mit Früchten. Die Finger ergriffen einen schönen Apfel. Er hob ihn hoch, warf ihn von sich. Seine Blicke drückten Abscheu, Widerwillen aus . . . Dann fiel er in den lethargischen Zustand zurück.

Plötzlich war das Bild verschwunden. Noch lange verharrten die Versammelten um Professor Franke regungslos in Erwartung neuer Zeichen. Die Scheibe blieb dunkel.

Schrilles Glockensignal. Verbindung mit Greenwich! Professor Moore rief Franke an. Der ergriff den Hörer. Ein lebhaftes Zwiegespräch. Die anderen verstanden nur bruchstückweise den Inhalt der Unterhaltung, warteten neugierig auf das Ende.

Endlich legte Professor Franke den Hörer fort.

»Nun, meine Herren, diesmal gehen unsere Meinungen über das Gesehene nicht auseinander. Die Zeichen und Bilder waren so deutlich, daß ein Mißverständnis nicht aufkommen konnte. Trotzdem sind wir dahin übereingekommen, unsere Berichte vollkommen unabhängig voneinander abzufassen und bekanntzugeben.«

Am nächsten Abend brachten Presse- und Radioagenturen die Berichte der Berliner und Greenwicher Luftsternwarten.

Die Welt stürzte sich darauf. Nach langem Harren war die Neugierde aufs höchste gestiegen. Man verschlang die Berichte. Den einen wie den anderen. Nur geringe Abweichungen in der Fassung gab es. Der Inhalt, die Auslegung der Zeichen, war vollkommen übereinstimmend.

Am nächsten Tage waren alle großen Stationen auf die Berliner Welle eingestellt. Berlin gab die Kopien des Uranidenfilmes, der Venusbilder an die anderen Stationen, die sie wiederum aufnahmen und ihrerseits durch den lokalen Bildfunk und die Kinos verbreiteten.

Millionen Köpfe – Millionen Kritiker! Die Auslegung der Warten von Greenwich und Berlin, daß die Uraniden, durch den Genuß unbekannter Früchte vergiftet, dem Tode verfallen seien, unterlagen der scharfen Prüfung jedes einzelnen. Die Folge war ein heftiger Meinungsstreit – das Resultat dieser Debatten schließlich in der Hauptsache doch die vollkommene Anerkennung dieser Deutung.

Doch war der Streit hierüber beendet, entflammte er sofort von neuem über die Deutung des Uranidenfilmes.

Es war klar, daß hier Technik gezeigt wurde, die ganz andere als irdische Metalle zum Gegenstand hatte. Auch der nicht technisch Gebildete konnte aus den Filmbildern sehen, daß es sich nicht um Stahl, sondern um eine neue, auf der Erde unbekannte Metallegierung handelte. Woraus die bestand, darüber gab der Film keine direkte Auskunft. Doch aus einigen Bildern von den Einrichtungen der Laboratorien und Fabrikräume war zu erkennen, daß das Ausgangsmaterial nicht aus Metallgestein, sondern direkt aus der Atmosphäre gewonnen wurde.

Die eine Meinung ging dahin, daß es sich hier um eine Atmosphäre handle, die ein auf der Erde unbekanntes Gas als Beimengung enthalten müsse. Die andere griff die von der Theorie schon längst aufgestellte Behauptung auf, daß auch die Erdatmosphäre den Grundstoff für diese neue Metallurgie enthalte. Zweifellos würde man ihn auch eines Tages finden. Die Uraniden wären eben weiter und hätten ihn schon aus ihrer Atmosphäre, die der Erde glich, isoliert.

Darüber war man sich einig, daß der zweite wichtige Bestandteil dieser Legierung der Wasserstoff sei, dessen Metallcharakter ja schon seit langem erkannt war. Jedenfalls beruhte die Metallurgie der Uraniden auf der chemischen Verbindung oder Legierung zweier Gase, die bei ihrer Vereinigung eine solche Verdichtung erfuh-

ren, daß das Ergebnis eben ein geradezu ideales Baumetall von kaum glaublichen Eigenschaften war.

Daraus entsprangen die verblüffenden technischen Leistungen, die der Film zeigte. Leistungen, die die modernste irdische Technik in ihren kühnsten Plänen nicht erträumte.

Fabrikanlagen mit größter Produktion waren auf kleinstem Raum errichtet, die Maschinen fast nur Miniaturgebilde. Kaum ein Mensch, der sie bediente. Hier war der Mensch nicht mehr der Sklave, sondern der Herr der Maschinen.

In allen Lebenslagen waren sie dienstbar. Das neue Leichtmetall gab die Möglichkeit, den Menschen so ziemlich jede Handbetätigung zu ersparen. Für alle kleinsten wie größten Arbeiten sprangen Heinzelmännchen, Zwerggebilde von Maschinen, ein.

Vieles von dem, was der Film zeigte, war für die Beschauer kaum begreiflich. Vieles blieb unverständlich. Erst die Schlußbilder brachten eine gewisse Aufklärung. Man bekam einen Begriff, wie die gänzlich veränderte Technik auch die Lebenshaltung der Menschen geändert und verbessert hatte. Man sah, wie die Erzeugnisse der Fabrik, wie die in der Fabrik Beschäftigten die Räume verließen. Man sah den Transport der Produkte nach anderen Stätten, die Beschäftigten bei der Heimkehr.

Flugzeuge von geringer Größe transportierten Riesenlasten nach allen Seiten. Die Straßen schienen ohne jedes Verkehrsmittel. Es sei denn, daß man die in bewegliche Bahnen zerlegte Straßenfläche als Verkehrsmittel ansprechen wollte. Flugschiffe von den größten bis zu den kleinsten Typen beförderten die Menschenmassen, die die Stadt aufsuchten, sie verließen. Überwunden war hier schon die Zeit der Massentransportmittel. Frei wie der Vogel bewegte sich der einzelne durch die Luft seinem Ziele zu. Kaum zu erkennen waren auf den Filmbildern die Treibmittel, die das ermöglichten.

Die Geschäfte konzentriert auf wenige große Blocks, umgeben von einem Kranz von Bürohäusern und Vergnügungsstätten. Keine Riesenstadt mehr wie früher. Nur ein verhältnismäßig kleines Zentrum, drumherum weit ausgedehnte Gartenstädte. Die Entwicklung war hier bereits weit über das hinausgediehen, was man auf der Erde erst anstrebte.

Alles war nur ein durch Zufall gegebener Umriß der Lebensführung der Uraniden. Einen tieferen Einblick in ihre Kultur, ihre Lebensgewohnheiten, ihre soziale Schichtung gaben die Filmbilder nicht.

Würde man nicht später weitere Bilder, die darüber Aufschluß

gaben, erwarten können? Mit Ungeduld harrte man auf neue Mitteilungen aus Greenwich und Berlin.

Alles hing davon ab, ob die Ansicht derer richtig war, die die letzte Sendung von der Venus dahin deuteten, daß die Uraniden bis auf den einen tot und dieser letzte schwer erkrankt sei. Starb er, dann hoffte man vergeblich. Doch hier regte sich schon eine neue Hoffnung. Wie lange konnte es dauern, dann traten die ersten, von Elektronen getriebenen Raumschiffe der Erde ihren kühnen Flug an. Schon sprang die Fantasie weiter. Die Fahrten der beiden Rivalen gewannen jetzt ein ganz besonderes Interesse.

Wer würde der erste sein, der auf die Venus käme? – Wer würde das Erbe der Uraniden heben?

Die hermetische Absperrung auf Buena Vista war von Tag zu Tag undurchdringlicher geworden. Nicht allein die Gegenspionage befürchtete man. Der Wettbewerb der beiden Werften hatte so scharfe Formen angenommen, die Öffentlichkeit so erregt, daß man sich gegen Attentatsversuche sichern zu müssen glaubte. Konnte man solche auch nicht von den Konkurrenten selbst erwarten, so gab es doch Wirrköpfe genug, denen so etwas zuzutrauen war.

Der Geist des alten van der Meulen arbeitete unablässig daran, neueste, raffinierteste Sicherungsmaßregeln zu erdenken. Sein alter Haß gegen Harrod, den Urheber dieses unsinnigen Wettbauens, stieg von Tag zu Tag. Schon längst war keine Rede mehr davon, Probeflüge zu veranstalten. Bedeuteten sie doch nur Zeitverlust. Sobald der letzte Hammerschlag getan war, sollte die große Fahrt angetreten werden.

Der letzte Hammerschlag! Nach Tagen nur zählte man die Zeit bis dahin. Die Stunde wußten nur van der Meulen – Ronald Lee – Hortense. Selbst der Regierung in Buenos Aires hatte man sie verschwiegen. Die hatte, um nicht gegen die Regierung in Kapstadt zurückzustehen, das Unternehmen für ein nationales erklärt und sich mit ihrer ganzen Macht dahinter gestellt, sogar besondere Verfügungen getroffen, die den Bau in Buena Vista fördern und sichern sollten. Der Kampf der Presse in den beiden Ländern nahm Formen an, die schon mehrmals diplomatisches Einschreiten nötig gemacht hatten. Ein Fremder hätte den Eindruck bekommen können, Südamerika und Südafrika wären im Kriegszustand. –

»So wäre denn alles in Ordnung, Mr. Canning. Hier überreiche ich Ihnen den Bürgerbrief. Eben brachte ihn ein Kurier hierher. Sie

sind jetzt Bürger der Südafrika-Union. Der nationale Charakter unseres Unternehmens ist jetzt außer allem Zweifel.«

Canning stand sekundenlang stumm. Langsam streckte er die Hand aus, nahm das Dokument.

Harrod kam auf ihn zugeschritten, klopfte ihm auf die Schulter: »Die nächste Ausgabe des Advertiser wird wie ganz nebensächlich im lokalen Teil die kurze Nachricht bringen, daß Mr. Robert Canning, nach dessen Plänen das Raumschiff *Stern von Südafrika* gebaut wird, Bürger der Union ist.« –

Die Nachrichten über Canning, die in Südafrika volle Befriedigung auslösten, erregten in Südamerika peinliches Aufsehen. Der Name Cannings war durch seine Unternehmungen im Gran Chaco weithin bekannt. Man wunderte sich, verstand seinen Schritt nicht.

Buena Vista! Man saß gerade bei der Mittagstafel, als der Radioapparat die Meldung brachte. Wäre ein Blitz zwischen ihnen eingeschlagen, die Wirkung hätte kaum größer sein können. Van der Meulen sprang auf.

»Undenkbar! Unmöglich! Canning . . . er . . .« Hochrot im Gesicht, schwer atmend riß er den Kragen auf, als wäre er am Ersticken.

Hortense war in ihren Stuhl zurückgesunken, das Gesicht tief erblaßt, die Augen geschlossen. Violet war mit einem Schrei aufgesprungen, zu Hortense geeilt und schlug die Arme um sie.

Ronald Lee blieb als einziger äußerlich ruhig. Sein Gesicht war unverändert. Nur ein leichtes Zucken, Funkeln lag in den Augen.

»Das ist also die Erklärung!« schrie van der Meulen. Die Worte kamen abgehackt, stoßweise von seinen Lippen. »Ich wußte ja schon lange, daß er mit Harrod in enger Verbindung steht. Doch daß dieser Mann so weit gehen konnte, sich mit meinem Feind zu verbünden, in heimlichem, verstecktem Kampfe unser Werk anzugreifen . . .

Er, Robert Canning, hat auch das Problem gelöst, aus eigener Kraft gelöst. Gerade jetzt! Wie lange muß er schon daran gearbeitet haben. Und doch sprach er nie ein Wort davon.

Weshalb dieses Mißtrauen? Diese Heimlichkeit? Oder kam ihm der Erfolg so überraschend?

»Ja, Mr. van der Meulen!« rief Lee mit starker Stimme. »Er kam ihm, nachdem er mir's gestohlen!«

Der Ruf, der sich jedem auf die Lippen drängen wollte, stockte . . . bei Lees Worten war Hortense, die eben aus der Tür schritt, mit einem Schrei zusammengebrochen . . .

Drei Tage später. In allen Zeitungen der Welt unter fettgedruckten Überschriften:

Der ›Witwaters Advertiser‹ meldet, der *Stern von Südafrika,* das Raumschiff William Harrods, wird am Sonnabend, mittags um 12 Uhr, seinen Flug nach der Venus antreten.

Die Meldung bildete das Signal für eine Völkerwanderung Abertausender von Neugierigen nach Johannesburg. Es war, als ob die Union mobilisiert wäre. Die Transportgesellschaften konnten trotz umfangreichster Vorbereitungen den Ansturm der Massen kaum bewältigen.

Tag für Tag landeten in Johannesburg Tausende von Flugschiffen, die, kaum ihrer Last ledig, sofort zurückflogen, um neue Gäste zu holen. Man rechnete aus, daß, wenn es die drei Tage in der bisherigen Art weiterging, eine Million Menschen hier zusammenkommen würde.

Das Ausland schaute mit einem gewissen Mitleid nach Buena Vista, das doch zuerst den Bau begonnen hatte und durch die Schnelligkeit der Südafrikaner geschlagen war. Die öffentliche Meinung in den Staaten griff die Nachricht mit unverhohlener Genugtuung, mit Stolz auf. Man hielt es für selbstverständlich, daß das Banner der Union Sieger in dem Wettstreit blieb.

Die südamerikanischen Zeitungen hatten einen schweren Stand. Sie mußten Spott und Hohn ihrer südafrikanischen Kollegen über sich ergehen lassen, gleichzeitig sich der unwilligen, tadelnden Zuschriften aus ihrem Leserkreise erwehren. Man wußte zwar nicht, wann das Schiff van der Meulens starten würde, doch stand fest, es würde später fliegen. –

Über der Werft von Buena Vista hingen trübe Wolken. Man sah die Unmöglichkeit, früher zu starten, sah, daß auch die stärkste Anstrengung daran nichts mehr ändern konnte. Das Gefühl der Niederlage schien die Kräfte zu lähmen. Der einzige, der mit ungebrochener Kraft weiterkämpfte, Lee, zwang auch alle anderen mit eiserner Energie zu unverminderter Arbeit.

Vergeblich drang van der Meulen in ihn.

»Wozu die nutzlosen Anstrengungen?«

Lee biß die Zähne aufeinander, um die Worte, die auf seine Lippen drängten, zurückzuhalten.

»Sieger ist, wer zuerst die Venus erreicht. Noch habe ich den Gedanken an den Sieg nicht aufgegeben.«

»Sie täuschen sich nicht, Mr. Lee?«

»Nein, Mr. van der Meulen! Ich täusche mich nicht.«

Die große Hornbrille vor den Augen, las der alte Stamford immer wieder den anderen Brief aus Indien, den Brief Sidneys. Sein grauer Kopf bewegte sich zweifelnd hin und her. Die Sache verträgt keinen großen Aufschub, muß aber doch überlegt werden ...

Dieser Globetrotter Sidney, heute hier, morgen da, ich weiß nicht, was das bedeutet. Die drei besten meiner Jungen ...?

Carlo, zur Zeit in Buenos Aires, Ricardo ist hier, Juan ist eben in Valparaiso gelandet, die kämen dafür vielleicht in Betracht. Die drei älteren? Nein! Louis heiratet bald, Francesco und Paolo sind so gut wie verlobt, also nur die drei Jüngsten würde ich entbehren können ...

Daß sie wollen? Ich brauche sie nicht zu fragen ... Auf diesen Köder beißen sie sofort an, diese Jungen!

Aber wozu lange überlegen? Erst muß ich wissen, ob van der Meulen damit einverstanden ist. Die haben doch sicher ihre Dispositionen schon getroffen ...

Er klingelte. »Mein Pferd! Ich reite nach Buena Vista.«

Möchte nur wissen, warum Sidney mir das so ans Herz legt? Warum er so großen Wert darauf legt?

Als er zwei Stunden später von van der Meulen zurück war, gingen zwei Depeschen, an Carlo in Buenos Aires und Juan in Valparaiso, ab.

Ricardo, das Riesenkind, wie er in der Familie genannt wurde – er maß reichlich sechs Fuß –, tanzte in seiner Stube einen wilden Indianertanz, daß das solide Haus in seinen Grundfesten erzitterte.

»Wir fliegen zur Venus! Hurra!« Immer wieder brach es jubelnd aus seinem Munde.

Der Morgen des Sonnabends war angebrochen, und strahlender Sonnenschein lag über Transvaal. Die Werft des Raumschiffes am Witwaters Rand lag in einem großen Talkessel eingebettet. Die Berghänge waren schwarz von Menschen. Wie ein riesiges römisches Amphitheater wirkte das Ganze.

Die Ordnungspolizei hatte wenig zu tun. Die Sehgelegenheit war so günstig, daß alle die Hunderttausende, die hier zusammengeströmt waren, auf ihre Kosten kamen.

Die Stunden dehnten sich endlos für die harrende Menge. Auf der Werft ereignete sich nichts Interessantes. Das Raumschiff war ein schimmernder Aluminiumkörper in den Formen einer Riesengranate. Es unterschied sich von dem Raketenschiff, das auf Coiba gestartet war, äußerlich nur durch seine Größe.

Endlich! Die Uhren in der Runde schlugen halb zwölf. Aus dem

Verwaltungsgebäude traten acht Personen, die außer Canning den Flug mitmachten. Canning war der Führer. Den Inder Sarata nahm er zu seiner persönlichen Bedienung mit. Cannings Stellvertreter war der Chefingenieur Bruce. Der bekannte Naturforscher James Harding vom Smithsonian Institute in Kapstadt begleitete die Expedition als Arzt. Oberst Robartson, ein bekannter Jäger und Geologe, war der vierte. Die anderen waren geschickte, ausgewählte Leute der Werft, die den Bau des *Stern von Südafrika* genau kannten und für die Bedienung der Apparate ausersehen waren.

Im Nu waren sie von einem Schwarm von Männern und Frauen umdrängt. Verwandte, Freunde, die Abschied nehmen wollten. Ein paar Angestellte brachten das Gepäck der Passagiere in das Schiff.

Jetzt trat der Gouverneur von Transvaal, gefolgt von Harrod und Canning, zu dem Raumschiff und sprach . . .

Millionen Augen hier und vor den Fernsehapparaten aus aller Welt verfolgten die Zeremonie. Lautsprecher verkündeten seine Ansprache der lauschenden Menge, als er nun den Taufakt vollzog.

Der Gouverneur hatte seine Rede beendet, da fiel das Tuch, das die goldenen Buchstaben am Bug verhüllte, zur Erde. Weithin leuchtete im Sonnenschein der Name *Stern von Südafrika.*

Der Jubel der Massen dröhnte wie ein Orkan durch das Tal. »Three cheers for the *Star of South Africa*!« rollte es die Hänge entlang.

Der Gouverneur trat auf Canning zu, gab ihm einen länglichen Gegenstand in die Hand. Der schwang ihn um den Kopf. Eine Flagge entrollte sich.

»Three cheers for the Banner of South Africa!« Nun tauchten überall in der riesigen Zuschauermenge kleine und große Unionsbanner auf. Hüte wurden geschwenkt.

Wußte doch jeder, was diese Szene zu bedeuten hatte. Die Presse hatte am Tage vorher in tönenden Worten darauf hingewiesen. Diese Flagge, von Cannings Hand auf der Venus aufgepflanzt, war das Symbol, daß das neue Land südafrikanischer Boden sei.

Den Sieg vor Augen, hatte man schon die Beute verteilt. Man erinnerte an jene ersten europäischen Konquistadoren, die vor einem halben Jahrtausend die Welt eroberten, indem sie überall, wohin sie kamen, die Flagge ihres Landes aufpflanzten. Man wies mehr oder weniger versteckt darauf hin, daß es mit den modernen Raumschiffen möglich sei, alle Gebiete der neuen Welt – der Venuswelt – in kürzester Zeit zu durchstreifen, daß man also sofort Gelegenheit hätte, durch Abwerfen von Flaggen seine Hoheitsrechte zu dokumentieren.

Der Zeiger der Uhr stand nur wenige Minuten vor zwölf. Ein Trupp Polizeibeamter machte den Platz um das Schiff frei. Noch ein letztes Abschiedswinken der Passagiere. Dann verschwanden sie in dem Bauch des *Stern von Südafrika,* als letzter Canning.

Mit einem Händedruck nahm er von Harrod Abschied. Kaum war er verschwunden, heulte eine Sirene auf. Die eiserne Plattform, auf der das Schiff stand, begann sich unter dem Elektronenhagel rot zu färben und glühte auf. Da, ganz langsam, wie von unsichtbaren Händen gehoben, stieg der *Stern von Südafrika* in die Luft.

Als würden die Kräfte, die an ihm zerrten, immer stärker, beschleunigte sich immer mehr sein Flug! Noch konnte das Auge alle Einzelheiten des Schiffes erkennen. Doch immer höher stieg es. Die Geschwindigkeit, von Meter zu Meter immer stärker werdend, trieb es zu immer schnellerem Flug, zu immer höheren Höhen.

Nur ein schimmernder, heller Streifen, jetzt nur noch ein kleiner, gleißender Punkt wurde es, eben noch mit scharfem Glase sichtbar, jetzt verschwunden. –

Da löste sich der Bann, der minutenlang die Massen gefesselt hatte. Das ganze Tal glich einem brodelnden Kessel. Schreien, Jubeln, Winken; man umarmte sich. Jeder schätzte sich glücklich, diesen historischen Moment miterlebt zu haben ... War er nicht ebenso groß, ja größer als jener, da Christoph Kolumbus an Bord der *Santa Maria* den Hafen Palos verließ, um eine neue Welt für Spanien zu erobern?

Die unzähligen Radioempfänger sorgten dafür, daß diese glorreiche Stunde gleichzeitig in den entlegensten Winkeln der Erde miterlebt wurde.

Zweimal vierundzwanzig Stunden! Vielen der Millionen, die mit aufs höchste gesteigerter Spannung warteten, eine fast zu lange Zeit.

Zweimal vierundzwanzig Stunden sollte die Fahrt des *Stern von Südafrika* dauern.

Unter Zugrundelegung einer absoluten Normalbeschleunigung von elf Metern in der Sekunde hatte man diese Fahrzeit errechnet. Dabei war Voraussetzung, daß über die halbe Weglänge unaufhörlich diese Beschleunigung wirken sollte, so daß der *Stern von Südafrika* die Wegscheide mit einer Sekundengeschwindigkeit von etwa 600 Kilometern erreichen mußte. Von hier aus würde dann die Verzögerung in der gleichen Stärke einsetzen wie bisher die

Beschleunigung. Immer langsamer würde die Jagd durch den Weltraum werden, bis das Schiff stoßfrei auf seinem Ziel aufsetzte.

Der *Stern von Südafrika* war mit stärksten Kurzwellensendern ausgerüstet, deren gerichtete Strahlung die Heavyside-Schicht der irdischen Atmosphäre, jene in etwa 100 Kilometer Höhe liegende leitende Luftschicht, die für alle langen Wellen ein unüberwindliches Hindernis bildet, sicher durchdringen konnte ...

Nach glücklicher Landung würde man sofort Nachrichten zur Erde geben, die von den schwebenden Sternwarten in Newport und Bahia aufgefangen werden sollten.

Seit jenen letzten Zeichen der Uraniden war die Erde so weit abgedreht, daß die europäischen Hubschrauberwarten Nachrichten von jener Stelle der Venus, die für die Landung in Betracht kam, nicht mehr empfangen konnten, da ja eine Verbindung nur mit gerichteten Wellen möglich war.

Jetzt kamen nur die Warten an der Ostküste der amerikanischen Kontinente in Betracht. An den Okularen ihrer Refraktoren, die ständig auf die Venus eingestellt waren, saßen die Beamten der Warten von Newport und Bahia. Die Apparate der Kurzwellenempfänger waren auf die verabredeten Acht- bzw. Zehn-Zentimeter-Wellen eingestellt.

Sechs Uhr abends! Sechs Stunden waren verstrichen, seit der *Stern von Südafrika* gestartet war. Die Gedanken der Millionen begleiteten die Insassen auf ihrem Flug.

Wer gedachte noch der Männer in Buena Vista? –

Auf van der Meulens Werft zeigte sich das unveränderte Bild regen Schaffens. Es war kurz vor der sechsten Abendstunde. Unter Leitung van der Meulens trugen ein paar Arbeiter einige Kisten aus dem Hause in den *Jonas Lee*.

Gegen Mittag waren Gäste aus Buenos Aires gekommen. Zwei unbekannte Herren. Etwas später Federico Stamford mit seinen drei jüngsten Söhnen Ricardo, Carlo und Juan.

Die letzten Kisten waren verstaut. Aus dem Hause trat van der Meulen mit seinen Gästen. Auf der Werft angelangt, nahm der eine der Herren, die aus Buenos Aires gekommen waren, aus einer Tasche ein Dokument und überreichte es Ronald Lee. Der andere entfernte von einem länglichen Gegenstand eine Hülle. Die Flagge der Vereinigten Staaten von Südamerika wurde sichtbar. Lee ergriff sie und gab sie an Ricardo Stamford weiter.

Die Arbeiter und Angestellten der Werft gerieten in Erstaunen. Was sollte das bedeuten? Ohne Zweifel wurde hier ein feierlicher

Akt vollzogen. Aber zu welchem Zweck? Warum gerade zu dieser späten Stunde?

Da trat der eine der Gäste ein paar Schritte zurück und begann zu sprechen. Man sah sich gegenseitig verwundert an. Was sprach der da? »Jetzt, wo der *Jonas Lee* startbereit ist . . .« Wie kam der dazu? Tage, viele Tage würden vergehen, ehe das Raumschiff fertig war.

Je länger er sprach, desto größer wurde die Verwunderung, desto größer das grenzenlose Staunen auf den Gesichtern. Man schaute auf Ronald Lee, auf van der Meulen. Die blickten ernst, mit undurchdringlichen Mienen, zu dem Redner hin. –

Was sprach er jetzt?

»Auf ein gutes Gelingen der Fahrt, auf einen glücklichen Sieg . . .!« Die Augen der Leute flogen zwischen dem Redner und Ronald Lee hin und her. Der Start – jetzt – sofort . . . und Lee schwieg dazu? Mechanisch, wie im Traum, stimmten sie in das Hoch auf das südamerikanische Vaterland ein, mit dem der Sprecher seine Rede schloß.

Erst die lauten Kommandorufe van der Meulens brachten die Leute in die Wirklichkeit zurück.

»Hallo! Fix, Jungen! Jeder an seinen Platz! In zehn Minuten startet der *Jonas Lee!*«

Im Nu gab es in dem weiten Hof ein wirres Durcheinander, ein Sausen und Brausen wie in einem Bienenstock . . . Rufe der Überraschung, der Freude. Kaum einer, der es fassen konnte. Die Blicke gingen immer wieder zu van der Meulen, der, die Uhr in der Hand, dastand. War es wirklich Ernst?

»Noch fünf Minuten«, schrie er jetzt. »An Bord!« – »Gut, daß das Abschiednehmen schon im Hause erfolgt ist«, brummte er vor sich hin. »Ah! Violet . . . Natürlich, sie hat noch nicht genug, hängt dem Bruder wieder am Halse.« Er trat zu ihr, löste ihre Arme. »Genug jetzt, Miß Violet.«

Selbstvergessen reichte er noch einmal Ronald die Hand. Als er in dessen Augen sah, übermannte ihn das Gefühl. Er legte beide Hände auf seine Schultern. »Glückauf! – Auf frohes Wiedersehen, Ronald!«

»Auf frohes Wiedersehen, Ronald!« Hortenses Stimme klang neben ihnen.

Wie um seine innere Ergriffenheit zu verbergen, schob van der Meulen Lee mit einer raschen, starken Bewegung von sich, daß dieser fast taumelte. Ronald fühlte seine ausgestreckten Hände von Hortense ergriffen; die preßte sie an ihre Brust.

»Auf frohes Wiedersehen, Hortense!« Dann riß er sich los, schritt rasch zum Schiff und trat als erster ein. Ihm nach die anderen – die beiden Ingenieure Hierra und Cruzado, der eine der beiden Gäste aus Buenos Aires, Señor Enrique Royas, Professor der Geologie an der Universität Valparaiso, dann Ricardo, Juan und Carlo Stamford, jeder der Brüder mit einem Arsenal von Waffen umhängt –, als letzter Felipe Teja, der Sohn des alten José. Er war zur Bedienung der anderen bestimmt.

Kaum waren sie eingetreten, schlossen sich die Türen.

Unter dem Schiff sah man ein leichtes Glimmen des Stapels, ein sekundenlanges Schwanken des Riesenbaues, dann hob sich der *Jonas Lee* wie von Flügeln getragen in die Luft. Langsam – dann immer schneller werdend –, zuletzt nur wie eine riesige Sternschnuppe, die glänzende Aluminiumhaut in den Strahlen der untergehenden Sonne wie im Feuer glühend.

Zur selben Zeit meldeten die Radiostationen aus Buenos Aires: »Der ›Monitore del Vermejo‹ berichtet, daß das Raumschiff *Jonas Lee* soeben, das heißt sechs Stunden nach dem Abflug des *Stern von Südafrika*, glücklich gestartet ist.«

Im ersten Augenblick horchte die Welt auf. Nach den bisherigen Nachrichten war der Start erheblich später zu erwarten gewesen. Dann wandte sich das Interesse wieder ganz dem Flug des *Stern von Südafrika* zu. Würde er doch bedeutend früher sein Ziel erreichen – die Venus –, und den kostbaren Schatz, den sie barg, das Erbe der Uraniden. –

Ronald Lee trat vom Fenster des Schiffes zurück. Buena Vista war aus dem Sehkreis verschwunden.

Ein Schaben und Prasseln an den Außenwänden des *Jonas Lee* verriet, daß das Schiff die letzte, aus gefrorenem Stickstoff und Wasserstoff bestehende Schicht der irdischen Atmosphäre durchstieß. Vor ihnen lag der leere Weltraum.

»Lassen Sie die Steuerborddüsen stärker arbeiten, Hierra.«

Der gehorchte erstaunt dem Befehl. »Wir verlängern uns den Weg«, schwebte es ihm auf den Lippen. Und als hätte Lee in seinen Zügen gelesen, nickte er ihm lachend zu.

»Gewiß, Sie haben recht, Hierra. Und doch! Mögen Sie mich eitel nennen, ich bin nun einmal auch nur ein sterblicher Mensch. Den Triumph kann und will ich mir nicht entgehen lassen, den Gegner im Höchstgefühl seines Sieges demütigen, indem ich ihn in ehrlichem Kampf schlage, ihm die Siegespalme aus der Hand reiße.«

In den Augen Hierras blitzte es auf. »Ah! Sie wollen? . . .«

Ricardo Stamford, der aufmerksam zugehört hatte, trat neben sie. »Ein Wettrennen, ein Wettfliegen? Verstehe ich recht? Auge in Auge mit ihm? Glänzender Gedanke! Ah! Ihre Gesichter! Wir werden ganz ranfahren, werden sie sehen ... Bravo, großartig!«

Im Nu wußte die ganze Besatzung, um was es ging.

Die Flugbahnen der beiden Raumschiffe ließen sich genau errechnen. Sechs Stunden nach dem *Stern von Südafrika* war der *Jonas Lee* von der Erde gestartet. Um 650 000 Kilometer war der Erdball in diesen Stunden auf seiner Wanderung um die Sonne weitergekommen. Die Führer der beiden Schiffe hatten ihre Bahnen unter Berücksichtigung der Bewegungen beider Gestirne so berechnet und angesetzt, daß sie auf kürzestem Wege zu ihrem Ziele kommen mußten.

Um zu erreichen, was er wollte — den Gegner im unendlichen Äther zu finden —, mußte Ronald Lee seine Bahn nach Backbord hin verlassen. Eine Abweichung von zwei Bogenminuten nach Nordwest war bei der bekanntgewordenen Geschwindigkeit des *Stern von Südafrika* für den *Jonas Lee* notwendig, um den Kollisionspunkt beider Schiffe anzusteuern.

Die Messungen der Gestirnshöhen mußten sehr genau erfolgen, um die schwierige Aufgabe zu lösen ... das Stäubchen zu finden, das der *Stern von Südafrika* im Weltraum bildete. Ein zeitraubendes Suchen war ausgeschlossen. Den Rest mußte die Radarpeilung besorgen. Die längst vorbereiteten Rechnungen und Messungen in der Hand, begab sich Lee mit Hierra zum Steuer.

Die Elektronenstrahler des *Jonas Lee* arbeiteten mit voller Kraft und gaben dem Schiff eine Sekundenbeschleunigung von zwanzig Metern. Rechnungsmäßig mußte es danach den Weg von der Erde zur Venus in 36 Stunden zurücklegen.

»Unser Plan wird uns gleichzeitig eine gute Gelegenheit bieten, die Manövrierfähigkeit des Schiffes auszuprobieren«, wandte sich Lee an Hierra. »Wir müssen die Beschleunigung aufheben, allmählich sogar zur Verzögerung übergehen und dabei das Schiff wenden.«

Hierra nickte. »Es wird ein interessanter Versuch.«

»Was sprachen Sie da?« Ricardo war's, der mit seinen Brüdern in die Schiffszentrale trat.

Lee ließ seine Augen über die Riesengestalt Ricardos gehen und lachte. »Die zwei Zentner, die Sie augenblicklich über Ihr Erdengewicht hinaus noch mit sich schleppen müssen, mein lieber Don Ricardo, werden Sie bei dieser Gelegenheit vorübergehend loswerden.«

»Das wäre!« sagte der und ließ sich schwerfällig auf ein niedriges Tischchen nieder, sprang aber schnell wieder auf, als das Knistern der Tischbeine ihm den nahenden Bruch verriet.

»Ja, ja, mein Lieber«, lachte Lee, »für vier Zentner Gewicht ist das Tischchen nicht konstruiert.«

»Vier Zentner?« fragte der erstaunt. »Um Gottes willen, ich trage an meinen zwei schon genug. Wie kommen Sie dazu, mich auf vier Zentner zu schätzen?«

»Es müßte Ihnen doch aufgefallen sein«, antwortete Lee, »daß Ihre Knochen und Muskeln hier schon längst nicht mehr so wollen wie auf der Erde.«

Ricardo sah zu seinen Brüdern. Diese nickten. »Weiß der Teufel«, sagte er endlich, »wir alle haben schon seit Stunden eine bleierne Schwere in unseren Gliedern.«

So geht es allen hier im Schiff. Die Sekundenbeschleunigung des *Jonas Lee* ist ziemlich genau doppelt so groß wie die Beschleunigung an der Erdoberfläche durch die irdische Schwere. Natürlich wiegen infolgedessen auch alle Körper im *Jonas Lee* jetzt doppelt soviel, als sie im Ruhezustand an der Erdoberfläche wiegen würden.«

Ricardo schlug die Hände klatschend zusammen. »Ah, Gott sei Dank, jetzt verstehe ich, warum mir alles so schwer vorkam, was ich in die Hand nahm. – Und diesen Zustand können Sie ändern, mir die zwei Zentimeter abnehmen?« Er schüttelte den Kopf.

»Ja«, versetzte Lee, »Sie werden es im Verlaufe der nächsten Stunden deutlich verspüren. Ich will, um unseren Triumph, unseren Sieg möglichst auszukosten, unsere Fahrt derartig gestalten, daß wir ganz dicht an dem *Stern von Südafrika* vorbeigehen und im Augenblick des Überholens ungefähr die gleiche Geschwindigkeit haben wie Mr. Canning.«

»Und die Venus?« warf Ricardo ein.

Lee zuckte die Achseln. »Erreichen wir allerdings durch diesen freiwilligen Aufenthalt ein paar Stunden später . . . aber selbstverständlich noch vor Canning.«

»Dann ist's recht«, riefen die Stamfords. »Die paar Stunden wollen wir gern verschmerzen, wenn wir den *Stern von Südafrika* so recht behaglich Aug' in Aug' abwürgen.«

Hierra, der an den Meßinstrumenten gearbeitet hatte, wandte sich jetzt zu Lee.

»Dürfte Zeit sein, Mr. Lee.«

»Gut, stellen wir zunächst einmal die Beschleunigung ab.«

»Und dann«, Ricardo schaute fragend Lee an, »bleiben wir dann nicht allmählich stehen?«

Lee lachte laut. »Stehen im Äther, Don Ricardo? Vergessen Sie denn, daß es im Weltraum keine Hemmungen gibt, daß ein Körper, der einmal mit einer gewissen Geschwindigkeit fliegt, diese auch ohne weiteren Antrieb stets beibehält – sofern ihn nicht Schwerefelder der Gestirne beeinflussen?«

Ricardo schlug sich mit der Hand vor die Stirn. »Sie haben recht, lachen Sie über mich, das war eine dumme Frage.«

Hierra winkte Lee unbemerkt zu, deutete auf den Krafthebel und zog ihn langsam auf Nullstellung. Er umklammerte im selben Augenblick ebenso wie Lee eins der am Boden festgeschraubten Möbelstücke.

Die Brüder Stamford achteten nicht darauf. »Ah!« Juan hob die Hände. »Wie wird mir, ich fühle mich so leicht.« Mit einem frohen Ausruf sprang er auf. Doch da! Die anderen starrten ihn entgeistert an. Sein Sprung, war er so heftig gewesen? Juan war so hochgeschnellt, daß sein Kopf die Decke streifte, mit verzweifelten Armbewegungen suchte er nach einem Halt. Ricardo und Carlo wollten hinzuspringen, um ihm zu helfen. Da, Lee und Hierra lachten, daß es in der Kabine schallte. Die drei Enakskinder ruderten hilflos wie Goldfische in einem Bassin in der Luft des Raumes umher.

»Bleiben Sie nur«, rief Lee, immer noch lachend, »gleich werden Sie wieder auf festem Boden stehen.« Er winkte Hierra zu, der das Schiff inzwischen so gedreht hatte, daß es den Bug wieder der Erde zuwandte. Der stellte die Elektronenkraft wieder an.

»Langsam«, schrie ihm Lee zu. Doch der, um den Scherz ganz auszunutzen, gab den Hebeln einen kurzen, scharfen Ruck. Im selben Augenblick fielen die drei Riesenvögel mit lautem Gepolter auf den Fußboden zurück.

»Die Freude war nur kurz, mein lieber Ricardo, die vier Zentner haben Sie leider wieder.«

Der schüttelte den Kopf. »Vier Zentner, Mr. Lee, wiegt allein mein Schädel.« Er hielt die Hand an die Stirn und rieb sich die Augen. »Teufelskram, den Sie mit ehrlichen Christenmenschen da machen, Mr. Lee. Weshalb sind Sie nicht auch?« Er deutete vorsichtig mit der Hand zur Decke.

»Nun, sehr einfach, Don Ricardo, wir hielten uns eben fest.«

»Ah, dann ist's gut, dann bin ich befriedigt. Ich glaubte schon, es läge an uns, daß wir da so hilflos wie halbflügge Vögel in der Luft rumgondelten. Aber einerlei, der Spaß war nicht übel. Schade nur, daß unser Alter nicht dabei ist.« Er brach in ein helles Gelächter aus, in das seine Brüder laut einstimmten.

»Und der *Stern von Südafrika,* wann werden wir ihn haben?«

Lee zuckte die Achseln. »Ein paar Stunden mag es noch dauern!« Er reichte ihm ein scharfes Glas. »Übernehmen Sie den Ausguck, Don Ricardo, Sie sind Jäger und haben scharfe Augen.«

»Wir nähern uns der Wegscheide zwischen Erde und Venus. – In einer Stunde müssen wir von der Beschleunigung zur Verzögerung übergehen, Oberst Robartson. Wir werden dann wieder eine Radiomeldung nach Newport senden.«

»Gut, Mr. Canning. Da unten wird mancher vor Neugierde vergehen. Die Ängstlichen, die darauf bestanden, der *Stern von Südafrika* dürfe ohne Probeflug nicht starten, werden sich allmählich beruhigen. Zweifellos war es ein großes Risiko, mit einer solchen ganz neuen und noch nicht erprobten Konstruktion sofort eine so weite Fahrt zu unternehmen. Ich denke, in Buena Vista wird man jetzt nicht mehr darauf verzichten. Denn was verschlägt's denen, ob der *Jonas Lee* ein paar Tage früher oder später ankommt . . .«

Buena Vista – Cannings Gedanken flogen dahin. Seit dem Start hatte ihn der Flug des *Stern von Südafrika* voll in Anspruch genommen. Unaufhörlich hatte er den Gang der Maschinen, die Steuerung, die Meßinstrumente sorgfältig beobachtet. Es war für jeden einigermaßen technisch gebildeten Menschen ein überaus gewagtes Unterfangen, ohne vorhergehende Probefahrten den Flug zu unternehmen. Nur die Furcht, der *Jonas Lee* könnte früher starten, hatte ihn veranlaßt, dies Risiko auf sich zu nehmen.

Ein Versagen der Maschinen war die einzige Gefahr in seinen Augen. Was sonst Gelehrte und Laien gefabelt hatten – der Äther in weiter Ferne von Boliden verseucht . . . die Gefahr, daß das Raumschiff mit einem dieser Weltenwanderer zusammenstieß –, Canning hatte darüber gelächelt . . . Die Chance eines Zusammenstoßes war so undenkbar klein, und verglich man die durchschnittlichen Geschwindigkeiten der Boliden mit der des *Stern von Südafrika,* schwand die Gefahr gänzlich, wenn nicht gerade der Bolide in direkter Richtung auf das Schiff zuflog. Denn sonst war jederzeit die Möglichkeit gegeben, durch seitliches Ausweichen die Gefahr zu meiden. Bedingung dafür war freilich, daß schärfster Ausguck gerade in der Fahrtrichtung gehalten wurde.

Buena Vista – Hortense – Immer wieder jene Gedankengänge, wie er sie zwingen wollte durch große Taten. Was galt ihm alles, wenn er sie nicht erränge, Hortense –

Noch sann er, da trat der Oberst zu ihm. Seine Mienen verrieten Überraschung und Besorgnis.

»Ah, Mr. Canning, Sie behandelten stets die Frage als nebensächlich ... die Frage, auf unserer Fahrt eine unangenehme Begegnung mit Boliden, größeren oder kleineren Bruchstücken gewesener Gestirne, von denen das Weltall durchrast wird, zu haben. Fast möchte ich annehmen ...«

»Wie!? Was sagen Sie, Colonel? Ein Bolide etwa?«

»Nehmen Sie ein Glas, Mr. Canning, und schauen Sie zu dem Steuerbordfenster hinaus. Dort unten rechts ... sehen Sie nicht auch da ein glitzerndes funkelndes Etwas, das sich mit anscheinend großer Schnelligkeit schräg auf uns zu bewegt?«

Canning sah lange, setzte mehrere Male das Glas ab.

»Es ist, wie Sie sagten, Oberst Robartson – und Sie vermuten einen Boliden oder dergleichen?«

»Gewiß! Natürlich, was kann es sonst sein!?«

Canning nickte, überlegte. »Sie können recht haben, Oberst. Etwas anderes kann es nicht sein ... Doch sehe ich keine Gefahr. Sobald wir merken, daß die Begegnung uns gefährlich werden könnte, werden wir die Flugrichtung ändern und ausweichen. Bleiben Sie hier zur Beobachtung, ich werde Bruce am Steuer aufmerksam machen.«

»Könnten wir nicht im Notfall die Beschleunigung steigern, Mr. Canning?«

Canning wiegte den Kopf. »Die Elektronenstrahlung arbeitet im Optimum. Eine stärkere Inanspruchnahme ihrer Leistungen dürfte nicht ungefährlich sein wegen des späteren Nachlassens ihrer Wirkung. Nur im äußersten Notfall, wenn ein Zusammenstoß mit dem Boliden unvermeidlich ist, würde ich mich dazu verstehen. Doch wir haben Zeit. In einer Viertelstunde bin ich wieder zurück.«

Oberst Robartson, jetzt allein, nahm einige Meßinstrumente, peilte die eigene Flugbahn und die des verdächtigen Körpers sorgfältig an.

»Merkwürdig, wie sich das Auge täuschen kann. Je länger ich messe, desto deutlicher sehe ich, daß der Bolide unsere Fahrt kaum kreuzen wird ... er fliegt ja fast parallel mit uns.«

Er wollte zu Canning eilen, da kam der gerade zurück.

»Nun, was macht unser Freund?« rief er Robartson zu.

»Eine Frage zunächst, Mr. Canning. Hatten Sie nicht vorher auch den Eindruck, daß der Bolide schräg auf uns zukäme, unsere Bahn schneiden müßte?«

»Gewiß, unzweifelhaft! Sonst hätten wir ja keinen Grund zur Besorgnis gehabt.«

Der Oberst schüttelte den Kopf. »Und doch irrten wir uns beide.

Vergleichen Sie bitte meine Messungen, und sehen Sie zu dem Boliden, der uns inzwischen ein ganzes Stück nähergerückt ist.«

Canning warf einen kurzen Blick auf die Messungen und richtete dann ein großes Fernrohr, das er mitgebracht hatte, ein. Robartsons Augen hafteten an Cannings Gesicht. Der hatte jetzt scharf eingestellt und schaute unverwandt durch das Okular.

»Nun, was sehen Sie jetzt, Mr. Canning? Fliegt der Bolide nicht fast parallel mit uns?«

Canning schwieg. Der andere wartete ungeduldig auf Antwort, wiederholte die Frage. Canning rührte sich nicht. Erstaunt sah der Oberst schärfer auf dessen Gesicht. Was war mit ihm? Das Antlitz blaß, die Lippen bebten . . .

»Mr. Canning! Was ist Ihnen?!«

Der gab keine Antwort. Das Auge war wie angeschmiedet an dem Okular . . . Jetzt ging ein Zittern durch seinen Körper, er taumelte und wäre gestürzt, wenn Robartson ihm nicht beigesprungen wäre.

»Mr. Canning! Um Gottes willen, was ist Ihnen? Eine Gefahr?«

Der schüttelte den Kopf, setzte mehrmals zum Sprechen an. Sein Gesicht war grau, die Augen erloschen, die Brust bebte in wilden Atemzügen.

»Der *Jonas Lee!* Er ist es . . .« Er schlug die Hände vors Gesicht, schritt schwankend zu einer Bank, saß kurz nieder, sprang dann wieder auf, stürzte zum Fenster, schaute mit irren Augen hinaus und schrie »Er wird uns überholen . . . er fliegt schneller . . . unser Ziel . . . der Sieg . . . er raubt uns alles.«

Oberst Robartson trat neben ihn, hielt den Schwankenden, der wie ein zu Tod Getroffener zusammenzusinken drohte . . .

Dann, als hätte er die Schwäche überwunden, richtete er sich auf, wandte sich um und sprang mit einem wütenden Satz zu dem Fenster. Die Arme stießen drohend nach dem nahenden Feind . . . Wilde Verwünschungen, Flüche gellten aus seinem Munde.

Der Oberst stand starr. Der Ausbruch Cannings ließ ihn verstummen, da kamen von allen Seiten die anderen herbeigeeilt. Sie hatten Cannings Schreie gehört.

»Was ist? Was gibt's?« scholl es wirr aus dem Haufen.

Robartson wollte sprechen. Da drehte sich Canning um.

»Was ist?!« schrie er. Ein tolles Lachen folgte den Worten. »Da schaut!« Er stieß mit der Faust gegen das Fenster »Da kommt her! Seht doch auch . . . der *Jonas Lee* . . . er ist hinter uns! Eine halbe Stunde, dann hat er uns erreicht, überholt . . . unser Ziel, die Venus?« Er brüllte auf, wie ein zu Tod getroffenes Tier.

Dann, als wäre ihm ein Einfall gekommen, schlug er die geballte Hand vor die Stirn, seine Züge verwandelten sich plötzlich.

»Alle Mann an ihre Plätze!« rief er laut, stürmte in die Zentrale. Ebenso schnell folgte ihm der Chefingenieur Bruce. Eine dunkle Ahnung sagte ihm, was Canning vorhabe.

Der stand vor der Schalttafel. Die Rechte am Heizhebel, die Linke am Spannungsregulator. Ein Blick auf die Meßinstrumente bestätigte Bruce seine Befürchtung. Die Zeiger der beiden Instrumente lagen weit über dem roten Strich. Die Strahlungseinrichtungen des *Stern von Südafrika* waren bis zum äußersten angestrengt.

»Unmöglich, Sir!« Bruce legte seine Hand auf Cannings Arm, als wolle er ihn wegreißen. Der starrte ihn mit wild rollenden Augen an und stieß ihn brüsk zur Seite.

»Ich allein habe hier zu befehlen ... Vergessen Sie das nicht, Mr. Bruce!«

»Wären wir beide allein, Mr. Canning, würde ich keine Einwendungen machen. Man kann nur einmal sterben. – Aber das Leben unserer Fahrtgenossen frevelhaft aufs Spiel setzen, um den Ehrgeiz des Kommandanten zu befriedigen? Nein, und tausendmal nein.«

»Hände weg vom Hebel«, brüllte Canning. »Ich allein trage die Verantwortung.«

»Hallo! Was ist das, Mr. Lee? Der *Stern von Südafrika* wird schneller und schneller. Den Peilungen nach hat er jetzt ungefähr die gleiche Geschwindigkeit wie wir.«

Ronald Lee schaute auf. »Keine Angst, Don Ricardo, das hatte ich fast erwartet. Mr. Canning tut das, was früher wahnwitzige Kapitäne mit ihren Schiffsmaschinen machten ... die Sicherheitsventile beschweren, mit unvernünftigem Druck das Rennen zu machen ... Damals riskierte man eine kleine Kesselexplosion. Jetzt ...«, Lee zuckte die Achseln, »ruiniert er die Maschine ... Mag der *Südafrikanische Stern* zum Teufel gehen ... Leid täte es mir nur um die anderen, die darin sind. – Doch vielleicht läßt er seinen Wahnwitz, wenn er sieht, was jetzt der *Jonas Lee* tut ... er tut's ohne Gefahr.«

Er rückte an Hebeln. Ein Stoß traf das Schiff, daß beide taumelten.

»Bravo, Mr. Lee! So hat der wackere *Jonas* noch einige Kraftreserven zu vergeben.« Ricardo stürzte zum Beobachtungsrohr. »Der Teufel soll mich holen, wenn wir den *Stern* nicht in fünf Minuten haben.«

»Näher ran!« schrie Ricardo vom Fenster her. »Ich will ihn sehen, den Burschen!«

Lee ließ die Düsen an Steuerbord sekundenlang stärker arbeiten und eilte dann selbst zum Fenster. Kaum hundert Meter voneinander entfernt rasten die Schiffe wie zwei edle Renner Flanke an Flanke durch den weiten Weltraum dahin. Der *Jonas Lee* war nur noch ein kurzes Stück zurück. Ein brausendes Hurra der Gefährten Lees begrüßte den nahen Sieg.

Da ... Lee stürzte hin zur Maschine, riß den Krafthebel vorwärts, ließ die Backborddüsen mit äußerster Kraft arbeiten.

Die anderen ... ein Schrei des Entsetzens aus ihrem Munde. Der *Stern von Südafrika* da drüben, plötzlich herumgerissen, schoß mit ungeheurer Schnelligkeit schräg auf den *Jonas Lee* zu ... Sekunden, dann wurde der *Jonas Lee* gerammt ...

Ein furchtbarer Ruck, der das Schiff erzittern ließ und alle Insassen plötzlich mit ungeheurer Gewalt zur Seite schleuderte. Der *Jonas Lee,* der starken Steuerkraft gehorchend, suchte dem verderblichen Stoß nach Steuerbord auszuweichen. Jedem stockte das Herzblut. Bruchteile von Sekunden ... die Entscheidung, ob Rettung oder Vernichtung ...

Schon glaubte jeder, das Ineinanderprasseln der Schiffskörper zu hören. »Da«, Lee schrie auf, deutete mit dem Arm nach den Steuerbordfenstern und sank dann im selben Augenblick halb bewußtlos zum Boden zurück.

»Gerettet«, flüsterten seine Lippen.

»Gerettet!« Einer nach dem anderen sprach's. Sie starrten durch die Heckfenster, wo der *Stern von Südafrika* schräg ab von ihnen in den Äther weiterschoß.

Lee erhob sich schwerfällig, reiche Cruzado die Hand und half ihm empor. Sie taumelten zu der Schalttafel. Langsam, wie mechanisch griffen ihre Hände zu den Hebeln, um das Schiff wieder auf alten Kurs und normale Beschleunigung zu bringen.

Dann erst sahen sie sich gegenseitig an. Blasse Gesichter, verstörte Augen. Lee atmete tief auf.

»Wenn dich die Niederlage nicht wahnsinnig gemacht hat, Canning ... dein Gedanke – fast muß ich ihn bewundern – lieber mit dem Gegner sterben, als ihm den Sieg überlassen.«

Einer nach dem anderen im Schiff hatte sich erhoben ... Sie standen stumm, befühlten ihre Glieder.

»Hoffentlich alles heil, wie beim *Jonas Lee*«, rief Ronald. Ein hartes Lachen begleitete seine Worte. Dann überließ er Hierra die Führung des Schiffes, begab sich mit Cruzado, ohne dem *Stern von*

Südafrika, der schon weit hinter ihnen lag, noch einen Blick zu schenken, an eine genaue Untersuchung des Schiffes in allen seinen Teilen. Die ungeheure Inanspruchnahme durch das schnelle Wenden ... es wäre kein Wunder gewesen, wenn irgend etwas dabei zu Bruch gegangen wäre.

Eine halbe Stunde später gab die Luftsternwarte in Bahia ein chiffriertes Telegramm nach Buena Vista weiter:

»Auf halbem Weg den *Stern von Südafrika* überholt, R. L.«

Drei glückliche Menschen lagen sich wortlos in den Armen. Hortense war die erste, die sich von dem freudigen Banne frei machte. Sie legte den Finger auf den Mund. »Kein Mensch erfährt etwas ... bevor der *Jonas Lee* glücklich auf der Venus gelandet ist!«

So waren sie wahr geworden, die Worte jener glücklichen Stunde. Krank, mutlos, verzweifelt hatte sie in ihrem Zimmer gelegen. Die Nachricht aus Johannesburg: Der *Stern von Südafrika* startet in drei Tagen, hatte mit einem Schlage alle die Hoffnungen und Wünsche langer Monate zertrümmert. Nicht allein die Zerstörung des gemeinsamen Werkes, sie fühlte selbst fast körperlich den Schlag, der ihn, Ronald, damit getroffen hatte.

Jene Worte – sein tiefstes Geheimnis, das er selbst ihr und dem Vater gegenüber verschwieg ... ich fliege ja schneller als Canning, beschleunige mit zwanzig Metern in der Sekunde, während er nur mit elf Metern beschleunigen kann ... Seinen Vorsprung, ich hole ihn ein, komme früher zum Ziele ... mein wird der Sieg sein!

Hemmungslos war ihr überströmendes Empfinden. Sie hatte die Arme um ihn geschlungen, hatte an seiner Brust gelegen, geweint ...

Das Telegramm! Auf halbem Wege hatte er ihn schon geschlagen. Immer wieder murmelten ihre Lippen die frohe Botschaft.

Wie lange? Sie würde ihn wiedersehen.

Ihre Gedanken waren nur bei ihm. Mit Ungeduld hatte sie in schlafloser Nacht den Morgen, den Beginn der Arbeit, erwartet. Sie suchte in rastloser Tätigkeit vor ihren Gedanken zu fliehen ...

Sie hatte dem Vater die Erlaubnis abgerungen, an dem Flug der *Buena Vista* teilzunehmen – falls Ronald Lee gute Nachrichten senden würde.

Kaum, daß van der Meulen hörte, daß William Harrod sich mit dem Gedanken trüge, ein weiteres Schiff zu bauen, hatte er schon den Bau des Schwesterschiffes mit allen Mitteln beschleunigt, sogar schon Teile für einen dritten Bau bereitstellen lassen ...

Jetzt hatte der *Jonas Lee* die Wegscheide passiert. Der nächste Morgen mußte die zweite glückliche Nachricht bringen.

»Ungefähr sechs Stunden, Dr. Gamba, dann dürfte die erste Meldung des *Stern von Südafrika* zu erwarten sein, wenn alles glücklich verläuft.«

»Und weitere sechs Stunden, dann dürfte auch der *Jonas Lee* sein Ziel erreicht haben, Herr Professor. Ein übles Spiel des Schicksals, daß es William Harrod gelang, den *Stern* sechs Stunden früher starten zu lassen.«

Professor Lopez, der Leiter der Luftsternwarte in Bahia, ging zu den Empfangsapparaten. Der eine war auf die Welle des *Stern von Südafrika,* der andere auf die des *Jonas Lee* eingestellt.

»Möchte wissen, was Mr. Lee in Chiffre an van der Meulen meldete? Geheimnisse kann es doch bei dem Fluge nicht geben. Die paar Worte für uns: ›An Bord alles wohl, die Fahrt verläuft gut‹, besagen doch wohl alles Nötige«, brummte Professor Lopez vor sich hin und wandte sich einem Meßtisch zu.

»Ah!« Er machte schnell kehrt und eilte zu dem Empfangsapparat für Lee. Auch Dr. Gamba lief sofort herbei. »Das Ankündigungszeichen Lees«, flüsterte er gespannt. »Wird's wieder eine Chiffrenachricht sein?«

Der *Jonas Lee* fing an, die nächsten Worte kamen. Was war das?!

Die beiden Männer sahen sich sprachlos, fast verstört an. Die Hand des Assistenten, der die weiteren Worte aufgezeichnet hatte, blieb reglos . . . Eine Mystifikation? Oder hatten sie falsch verstanden? Eine lange Pause . . .

»Wie waren doch die Worte, Gamba?« kam es mühsam von Lopez' Lippen. Dr. Gamba las die aufgezeichneten Worte: »Der *Jonas Lee* um 10.37 Uhr auf der Venus gelandet!« — —

»Ich denke, wir geben die Nachricht lieber dreimal, sonst glauben sie es da unten nicht«, hatte Ricardo Stamford gesagt, und hatte recht dabei. — —

»Es kann nicht sein, unmöglich!« murmelte Professor Lopez vor sich hin. »Irgendein Teilnehmer, der sich einen schlechten Scherz erlaubt hat!«

»Wir dürfen sie nicht weitergeben«, setzte Gamba hinzu. »Wir wären für ewig blamiert, wenn . . .«

»Der *Jonas Lee* um 10.37 Uhr auf der Venus gelandet.« Und noch einmal, zum drittenmal, die Worte im Empfangsapparat.

Professor Lopez hielt sich die Ohren zu, lief wie ein Irrer im Raum auf und ab. »Was ist das? Was soll das . . . ich werde verrückt . . . Was sollen wir tun?«

Dr. Gamba stürzte zu dem Sender, der mit Buena Vista korrespondierte. »Ich setze mich mit van der Meulen in Verbindung.«

»Gut, mein lieber Gamba!« Professor Lopez stieß einen Seufzer der Erleichterung aus.

Da scholl es schon aus dem Apparat:

»Jawohl, hier van der Meulen. Wie? Die Worte noch einmal! Bravo! Hurra! Wie? Aber selbstverständlich! ... sofort raus mit der Siegesbotschaft, alle Welt ... Wie? Was? Sie halten die Nachricht für verfrüht, für falsch? Was sagen Sie, es wäre unmöglich?! Aber keineswegs. Es ist sogar selbstverständlich. Ich erwarte sie schon seit einer Viertelstunde.«

Lopez und Gamba sahen sich unsicher an. Lopez schüttelte immer noch den Kopf. »Ich kann es nicht fassen ... Dann wäre ja der *Jonas Lee* viel schneller geflogen.« Er eilte zum Apparat, schrie es hinein.

»Ist er auch, warum denn auch nicht, bei seinen zwanzig Metern Beschleunigung pro Sekunde. Also nochmals, raus mit der Siegesbotschaft! Natürlich zuerst an die Regierung in Buenos Aires.«

Und so machte die Meldung wenige Minuten später ihren Weg über die Erde. Unter den Millionen, die sie vernahmen, war die Masse der Zweifler, der Ungläubigen viel größer als die der Glaubenden.

In den Staaten der Südafrikanischen Union überschlugen sich die chauvinistischen Schreie ... Bluff, Lüge ... Schwindel!

Doch nicht lange, dann kam die Bestätigung von einer Stelle, deren Glaubwürdigkeit außer allem Zweifel stand. Der ›Witwaters Advertiser‹ brachte folgende Nachricht: »Der *Jonas Lee* hat den *Stern von Südafrika* auf halbem Wege überholt.«

William Harrod saß in seinem Arbeitszimmer, die Tür verschlossen. Die Nachricht vom Sieg des *Jonas Lee* ... auch er hatte sie im ersten Augenblick für Bluff, für Schwindel gehalten. Doch dann hatte er sich erinnert, wie er damals auf Cannings Rat seine Spione beauftragt hatte, herauszubekommen, ob in den Beschleunigungsziffern für die Fahrt des *Jonas Lee* eine Änderung vorgenommen wurde. Die hatten nur gemeldet, daß eine Beschleunigung von elf Metern pro Sekunde geplant sei. Und doch, als der Bau des *Stern von Südafrika* sich der Vollendung näherte, immer wieder hatte Canning gedrängt, durch fortgesetzte Spionage die Arbeiten an den Apparaten für die Elektronenstrahlung zu überwachen.

Doch stets nur das alte Ergebnis. Elf Meter pro Sekunde Beschleunigung, wie sie auch der *Stern* hielt.

Jetzt, da lag es vor ihm. Umsonst alles Forschen, Spionieren — schätzungsweise zwanzig Meter pro Sekunde Beschleunigung, so

stand es in der Chiffremeldung Bruces'. Harrod knirschte in stummer Wut mit den Zähnen. Wieder geschlagen, van der Meulen. Er stöhnte laut auf.

Canning ... was der da gedacht, getan hatte, er verstand ihn wohl. Und wär's ihm gelungen, den Feind zu rammen, ihm im letzten Augenblick den Sieg zu entreißen, mit dem Sieger zusammen sterben ... Unauslöschliche Dankbarkeit bis an sein Lebensende würde er ihm bewahrt haben. – Die anderen Männer, sie hatten ihn hindern wollen. Er nahm das Telegramm. Zwischen den Zeilen war es zu lesen, was sich da oben abgespielt hatte. Vielleicht, daß Cannings Plan gelungen wäre, wenn die anderen nicht im letzten Augenblick eingegriffen hätten. Canning war dann niedergebrochen, in wilden Tobsuchtsanfällen hatte er gerast, die Führung hatte Bruce übernommen. Ein Tag, eine halbe Nacht waren vergangen seit dieser Nachricht; er hatte sich in sein Zimmer eingeschlossen, nicht Schlaf gefunden, keine Speise und Trank angerührt. Vielleicht, daß irgendein glücklicher Zufall dem *Stern* zu Hilfe käme –

Nein, vollständig geschlagen. Zu Ende war der Kampf. Der *Jonas Lee* war viele Stunden früher gelandet, ihm gebührte die Ehre, der Ruhm, der Preis, das Erbe der Uraniden.

»Nein ... halt!« Ricardo Stamford rief es laut. Er stand auf der Treppe, die, vom *Jonas Lee* ausgeworfen, den Boden der Venus berührte.

»Kein anderer als unser Meister, der, dem es gebührt, darf zuerst den Fuß auf den jungfräulichen Boden der Venus setzen. Voran, Mr. Lee!«

Dieser stieg langsam die Stufen hinab, trat auf den Boden. Einen Augenblick war es ihm, als schwanke er unter seinen Füßen, seine Arme gingen tastend nach vorn. Der Siegespreis, hier lag er greifbar vor ihm. Wie im Taumel beugte er sich, kniete nieder. Seine Hände griffen in die dichten Grasbüschel und zerrten an der Beute.

»Hier die Flagge!« Ricardo sprang neben Lee, reichte ihm das Banner. Der nahm es und stieß den Stock kraftvoll in die Erde. Ein leichter Windstoß entfaltete die Farben.

Sie waren am sanft abfallenden Rand eines Hochplateaus gelandet. Unter ihnen lag eine weite, baumlose, mit Gras bewachsene Ebene, durch die sich ein schmaler Wasserlauf schlängelte.

Nach Osten stieg die Landschaft zu einem steilen Höhenrücken

auf, einem Ausläufer der großen Hochgebirgskette, die sich von Norden nach Süden zog.

In weiter Ferne stieß unvermittelt ein steiler, spitzer Felskegel empor, aus dessen Gipfel dünner, schwarzer Rauch quoll. Südlich davon, am Rande des Plateaus, war eine Stelle, als ständen dort die Ruinen von alten Schlössern, hier und da noch von einem von der Zeit verschonten Turm, einer übriggebliebenen Zinne überragt. Dazwischen standen einzelne gerade Säulen, wie von Menschenhand aufgerichtet. Und doch war alles nur ein Spiel der Natur – ein gewaltiges Erdbeben hatte wohl die riesigen Steinmassen umhergeschleudert, und der Zufall hatte ihnen die verschiedenen Stellungen und Lagen gegeben. Über alledem lag ein bewölkter Himmel. Nur wenige blaue Flecken waren zwischen den Wolkenhängen. Gedämpftes Sonnenlicht hing über dem Ganzen.

Minutenlang starrten alle mit neugierigen Augen auf das Bild. Die neue Welt! Und doch, solange man auch nach Neuem, Ungekanntem spähte – die Landschaft, im ganzen genommen, schien nicht anders als ein Geländeausschnitt der alten Erde. Dazu die Bäume, Sträucher und die Vogelwelt, soweit sie der Blick fassen konnte, kaum verschieden von denen der Erde.

Plötzlich riß Ricardo Stamford sein Fernglas vor die Augen und spähte in die weite Grasebene. Er schrie laut: »Ich will nicht meines Vaters Sohn sein, wenn da unten nicht eine große Büffelherde heranzieht.« Er reichte das Glas Hierra.

»Richtig«, erwiderte der. – »Nun, dann wären ja wohl Perspektiven auf eine Hazienda à la Marguerita gegeben.«

»Das erste Ziel ist erreicht, nun nicht länger säumen, jetzt gilt's das zweite: Den Platz finden, wo die Uraniden gelandet sind. Vergessen wir nicht, in spätestens vier Stunden wird auch der *Stern von Südafrika* landen. Nach dem Stand der Sonne zu urteilen, dürfte nach Venusortszeit die dritte Mittagsstunde überschritten sein. Der *Stern* wird kurz vor Sonnenuntergang kommen. Daß er ebenfalls die nördliche Halbkugel der Venus ansteuern wird, ist selbstverständlich. Ebenso, daß er, wie wir, westlich jener Gebirgszüge zu landen suchen wird. Nach den Beobachtungen der Berliner und Londoner Warten muß sich das Lager der Uraniden westlich dieser Höhenketten befinden. Hat der *Stern* Glück, landet er dieser Stelle vielleicht näher als wir. Sie sehen, Eile ist geboten. Alles an Bord!«

Ein paar Minuten später hob sich der *Jonas Lee* in die Luft.

In langsamer Fahrt trieb das Raumschiff in geringer Höhe über das Land. Das Hochgebirge zur Rechten, suchte man aufmerksam

nach jener Stelle, die die Filmbilder als Lagerplatz der Uraniden gezeigt hatte. Alle, außer Hierra, der das Schiff führte, spähten mit scharfen Gläsern das unter ihnen liegende Gelände ab, jeder ein Foto der Uranidenbilder vor sich.

Doch die Zeit verrann. Immer weiter trieb das Raumschiff nach Norden. Nichts war zu sehen.

»Vielleicht, daß eine andere Gebirgskette, die ähnlich läuft, die richtige ist, Mr. Lee«, flüsterte Ricardo ihm zu.

Ronald Lee schüttelte den Kopf. »Es kann nicht sein. Diese charakteristische Gipfelhäufung im Süden stimmt unbedingt mit den Filmbildern überein. Ich glaube nur, daß wir aus übertriebener Vorsicht zu weit westlich jenes Gebirgsmassivs suchen. Wir werden umwenden, wieder nach Süden fliegen und dabei näher östlich an das Gebirge herangehen. Jener Vulkan ist leider nicht auf dem Filmbild zu sehen, doch ich vermute fast, daß in seiner Nähe die gesuchte Stelle liegt.«

Er rief Hierra durch das Sprachrohr den Befehl zu, das Schiff zu wenden. Dann begab er sich mit Ricardo nach der Backbordseite und übernahm dort die Beobachtung.

Das Schiff trieb nach Süden und näherte sich dabei den Höhenzügen, in welche das Massiv auslief.

»Langsam fliegen!« schrie Ricardo Stamford plötzlich in das Sprachrohr, stieß Lee an.

»Da unten! Süd zu Südost! Die hohe Baumgruppe hart an der Bergnase . . . dahinter ein kleines Plateau . . . mitten darauf . . . sehen Sie nicht auch?«

»Das Uranidenschiff! Bei Gott, Don Ricardo, Sie haben recht! Es ist's!«

Lee stürzte zum Sprachrohr.

»Kurs Süd zu Südost! Schneller die Fahrt!«

Jetzt kamen auch die anderen von allen Seiten herbeigestürzt. Sie hatten ebenfalls das ersehnte Ziel erspäht. Immer größer wurde die Erregung, immer ungezügelter die Spannung. Laute Rufe schwirrten durch den Raum. Kaum konnte man's erwarten, daß die letzte kurze Strecke zurückgelegt würde. Noch lief das Raumschiff stark gebremst auf die Baumgruppe zu, da stießen schon einige die Türen auf und hielten die Treppen bereit, sie auf den Boden zu werfen.

Und dann stand das Schiff still. Ein Drängen, ein Schieben. Man vergaß Lee. Alles stürmte die Stufen hinab, eilte zu der Baumgruppe, dem Uranidenschiff.

Keiner wußte, wohin zuerst. Da stand das Zelt. Da waren noch

die Lagerstätten, wo die Kranken geruht hatten. Da der Baum, in dessen Schatten der Sendeapparat jener Weltenfahrer stand.

Lee, der als letzter das Schiff verließ, blieb am Fuße der Treppe stehen. Sein Blick umfaßte die historische Stätte.

Hier also waren andere Menschen, von anderen Sternen, aus anderen Sonnensystemen gekommen, gelandet. Menschliche Wesen im Besitz weit vorgeschrittener Technik. Welche unendlichen Mittel mußten ihnen zur Verfügung gestanden haben, eine solche Fahrt zu unternehmen.

Die nächste Sonne, der Stern Alpha im Sternbild des Stiers, war mehr als vier Lichtjahre von der Erde entfernt ... Was bedeutete dagegen die Fahrt des *Jonas Lee* von der Erde zur Venus über eine Strecke von kaum fünf Lichtminuten! Wie lange waren die Uraniden durch den Weltraum getrieben? Mit welchen Beschleunigungen, mit welchen Geschwindigkeiten hatten sie die unendliche Entfernung überwunden? Welch unvergleichliche Leistung! Welch unerhörter Wagemut!

Und hier angekommen, ihr Ziel, eine andere Erde, von Menschen bewohnt, vor den Augen ... fast mit den Händen zu greifen ... hier mußten sie scheitern, sterben?

Langsam näherte Ronald Lee sich der Baumgruppe. Sein Auge glitt prüfend über die Gegenstände, die da lagen. Wie lange war es her, daß lebendige Wesen hier weilten.

Waren sie gestorben? Wo waren ihre Leichen? Mochte der letzte die Toten noch begraben haben ... wo war er? Wo war sein Leichnam?

Allmählich hatte sich die Erregung seiner Gefährten gelegt. Einer nach dem anderen kam herbei, berichtete, was er gesehen, zeigte einzelne Gegenstände, die er gefunden hatte. Lee schüttelte den Kopf, wies sie zurück.

»Nicht diese unwichtigen Dinge! Suchen wir nach Menschen, mögen sie lebendig oder mögen sie tot sein.«

Er zog die vergrößerten Filmbilder aus der Tasche, sah lange auf eines und suchte mit dem Glase die Gegend im Osten ab.

Hier war die Schlucht, dort der Hang mit den kleinen Hügeln. Da, etwa einen halben Kilometer entfernt, mußte die Stelle liegen.

Er winkte Professor Royas und Ricardo Stamford zu sich und schritt mit ihnen in der Richtung nach der Schlucht. Er hörte nur mit halbem Ohr auf das unaufhaltsame Plaudern Ricardos. Seine Augen waren unverwandt auf den Hang gerichtet.

»Zwölf kleine Hügel, von Osten nach Westen geschüttet.« Je näher er kam, je schneller wurde sein Schritt. Fast lief er das letzte

Stück, stand dann an dem letzten der Hügel. Mechanisch ging seine Hand nach oben. Er entblößte sein Haupt und verharrte einen Augenblick. Seine Hände strichen über die Erde und zerrieben sie zwischen den Fingern.

Regen war nicht gefallen. Die Gegenstände unter dem Baum bewiesen es. Und doch, der Boden hier war feucht, frisch, wie erst vor kurzem aufgeworfen . . .

Der letzte hier begraben? Nein! Einer noch mußte leben, oder war er irgendwo zusammengesunken, an einem versteckten Ort? Dann mußte sein Leichnam noch da sein . . .

Das Bild jenes letzten – er riß es aus seiner Tasche. Hier war es, das wunderbare Antlitz. Immer wieder hatte er sich in die Züge dieses edlen Kopfes versenkt. Diese hohe Stirn mit dem hellen Haar. Dieses breite, energische Kinn, von starkem Haarwuchs umwuchert. Diese großen, ausdrucksvollen Augen . . . Waren sie geschlossen? Ruhten sie hier unter diesen Erdschollen?

Nein! Es war nicht möglich. Es konnte ja nicht sein. Der Mann hätte sich ja selbst begraben müssen, wenn er tatsächlich der letzte war.

Und doch! Es war etwas in Ronald Lee, das ihn nicht loskommen ließ von dem Gedanken: hier ist das Grab des letzten der zwölf! Hier ist das Grab des Mannes, den das Bild in seiner Hand darstellte.

Er wandte sich zurück zu Ricardo.

»Lassen Sie die anderen nicht näher herankommen. Es genügt, wenn Sie beide als Zeugen dienen . . . wenn ich jetzt die Ruhe dieses Mannes störe.«

Mit Royas' Hilfe räumte er die Erde des Hügels zur Seite. Ricardo wollte ein paar Werkzeuge holen, doch Lee winkte ihm unwillig ab.

Und dann schreckten ihre Hände plötzlich zurück. Durch die letzte leichte Erddecke schimmerte es hell. Ein weißer Kittel. Vorsichtig, behutsam schob Lee die Erdkrumen zur Seite. Da, wo das Grab erhöht war, ein Tuch, er zog es sacht zurück . . . in andächtigen Schauern starrten sie in das Antlitz des Toten.

Lee murmelte wirre Worte.

»Er ist's! Er muß es sein!« Mit zitternden Händen nahm er das Bild und legte es neben den Kopf des stillen Schläfers. Alles stimmte überein: die Stirn, das Kinn, der Mund.

Nur Stunden konnten vergangen sein, seitdem er hier begraben wurde. Unverändert, so wie er gestorben war, lag er hier. Lange

standen sie vor dem Toten. Dann deckten sie das Grab schweigend wieder zu. Royas deutete auf den Grabhügel.

»Die anderen müssen zum Teil schon vor langen Tagen gestorben sein. Unverkennbar sind Regen und Tau schon öfter als einmal auf die ersten Gräber gefallen. Wer den hier begrub, der muß noch leben. Hatte er die Kraft, dieses Grab zu schaufeln, den Leichnam hierherzubringen, ihn in die Erde zu betten, er kann nicht so krank gewesen sein, daß er nicht noch am Leben sein müßte. Wir müssen ihn suchen, finden. Vielleicht, daß wir ihm helfen können.«

Lee nickte stumm. Ricardo antwortete:

»Ja, wir müssen nach ihm suchen, vielleicht sind es noch mehrere. Wo sie sind, wird auch alles sein, was wir auf dem Lagerplatz vergeblich gesucht haben. Und schnell müssen wir handeln, ehe Canning kommt.«

»Sie haben recht, Don Ricardo. Ich denke, das Suchen übernehmen Sie und Ihre Brüder als geübte Jäger. Hierra wird mit Cruzado und den übrigen den *Jonas Lee* zu einem Fluge über den Kontient klarmachen und überall gemäß den Bestimmungen des Völkerrechts Flaggen werfen. Unser Besitzrecht muß unanfechtbar kenntlich gemacht sein, bevor die Leute der Südafrikanischen Union kommen.«

Während die drei Brüder Stamford sich auf die Suche begaben, trat Lee in das Raumschiff der Uraniden. Das Schiff war von gewaltigen Ausmaßen, reichlich doppelt so groß wie der *Jonas Lee.* Langsam durchforschte er die einzelnen Räume. Er verweilte am längsten in der Zentrale. Trotz der Größe des Schiffes waren die Maschinenanlagen bedeutend kleiner als die des *Jonas Lee,* der Mechanismus von einer unendlichen Einfachheit.

Staunend betrachtete Ronald Lee die einfache und doch so überaus sinnreiche Konstruktion. Aber das war alles nur möglich, wenn man einen so idealen Baustoff hatte, wie ihn die Uraniden besaßen. Er löste ein paar Schrauben, prüfte die losen Teile. Fast gewichtslos waren diese Stücke gegenüber dem Stahl, aus dem viele Teile der Maschinerie seines eigenen Schiffes bestanden. Nach welchem Verfahren wurde dieser Baustoff gewonnen? Die chemische Analyse würde kaum viel helfen. Gewiß, es mußte eine Legierung zweier Gase sein. Darüber hatte der Film keinen Zweifel gelassen. Aber auf welchem Wege wurden sie zu dieser Verbindung als starres Metall gezwungen?

Alles, die Hülle des Schiffes, die innere Einrichtung, die Gebrauchsgegenstände, bestand aus dem gleichen grauschimmernden

Leichtmetall. Die Formen zeigten hochentwickelte, künstlerische Linien.

In einem Raume, der anscheinend als Messe gedient hatte, stand noch Geschirr mit Speiseresten. Es waren offensichtlich synthetische Lebensmittel. In einem Raum, der daran stieß, lagen noch Vorräte solcher Speisen.

Wie lange waren die Uraniden geflogen? Mehr als vier Lichtjahre, länger als vierzig Billionen Kilometer war ihr Weg ... Die Streitfrage, um die es noch immer auf der Erde ging: war es möglich, durch fortwährende Beschleunigung die Fahrtgeschwindigkeit über die des Lichtes hinaus zu steigern ... oder die andere Meinung, daß ein Raumschiff trotz aller Beschleunigungen nie die Lichtgeschwindigkeit erreichte, daß aber die Zeit für die Weltenfahrer stillstand, diese Streitfrage war für die Uraniden durch ihre Fahrt gelöst. War sie in dem letzten Sinne entschieden, so waren sie ja nur wenige Tage unterwegs gewesen, während auf ihrem Heimatstern gleichzeitig viele Jahre verflossen. Aber wo war ein Anhaltspunkt, wie war die Frage gelöst? Aus den noch vorhandenen Lebensmitteln war zunächst kein sicherer Schluß zu ziehen. Erst durch eine chemische Untersuchung konnte man der Frage näherkommen.

Eine Überraschung bot eine kleine Kabine, anscheinend der Wohnraum des Kommandanten. Einige Bilder hingen an den Wänden. Familienangehörige vermutlich. Zwei Frauenköpfe, ein paar Kinderfiguren. Gewisse Ähnlichkeiten in den Zügen der Kinder ließen auf Verwandtschaft mit dem Führer schließen. Die natürlichen Farben der Bilder zeigten eine Bevorzugung der bläulichen und violetten Töne und brachten etwas Fremdartiges in die Figuren, obwohl die Gesichtsbildung durchaus derjenigen irdischer Menschen entsprach.

Lee staunte und überlegte. Aber freilich, es mußte so sein. Die Uraniden wohnten ja im Schein einer viel heißeren Sonne. Viel weiter nach der blauen Seite des Farbenspektrums hin lag das Strahlungsmaximum jenes Feuerballes, der ihren Planeten beleuchtete. Ebenso wie das Menschenauge sich in unendlich langer Entwicklung der Sonnenstrahlung angepaßt hatte, deren Höchstwert im Grüngelb liegt, so das Auge dieser Uraniden an die stärkere blaue Strahlung ihrer Sonne.

Auch ihre Körpergröße unterschied sich von der irdischer Menschen. Wohl um Haupteslänge mußten sie diese durchschnittlich überragen. Untrüglich ging das aus den Abmessungen der Möbelstücke hervor. Die im allgemeinen verblüffende Übereinstimmung

dieser Sternenmenschen mit den Erdbewohnern war nur so zu erklären, daß ihr Heimatstern ganz ähnliche physikalische Verhältnisse und Lebensbedingungen bieten mußte wie die Erde. Nur dann konnten dort nach dem Grundsatz von der Universalität der Naturgesetze menschengleiche Wesen entstehen.

Lange stand Lee vor den Bildern dieser Uraniden. Wie mochten diese jetzt des kühnen Mannes gedenken, des Vaters, des Gatten. War es den Weltraumfahrern möglich gewesen, in Radioverbindung mit dem Heimatstern zu bleiben? Wußten die Angehörigen, welch trauriges Schicksal ihre Lieben ereilte? Unüberbrückbar für irdische Technik blieb diese Riesenentfernung.

Wie wohlig war das Gefühl für ihn und seine Genossen, mit den Angehörigen auf der Erde jederzeit Nachrichten austauschen zu können ... Hortense! Seine Gedanken flogen zu ihr. Mit zärtlicher Ungeduld erwartete er schon längst Antwort auf seine Siegesmeldung. Seine Gedanken gingen weiter. Wie lange würde es dauern, und sie kam mit van der Meulen und Violet hierher. Sein Glück wäre dann vollkommen.

Er durchsuchte noch einmal das ganze Schiff. All sein Interesse war darauf gerichtet, die Ursache zu entdecken, die jene zur Notlandung hier auf der Venus genötigt hatte. Eine Notlandung mußte es gewesen sein, denn sonst hätten sie die im Verhältnis zu ihrer Riesenfahrt winzig kleine Strecke bis zur Erde auch noch zurückgelegt. Sorgfältig prüfte er jeden Teil, jeden Hebel der Apparatur ... und wurde an sich selber irre. Da mußten doch wichtige Teile des Triebwerkes fehlen ... Hatte man sie herausgenommen, um sie zu reparieren? Oder wo waren sie geblieben? Vergeblich suchte er die Lösung des Rätsels. Er trat jetzt in die Öffnung der Außentür. Sein Blick ging zu dem zweiten Empfangsapparat aus dem *Jonas Lee*, den Hierra hier aufgestellt hatte. Er sah schärfer hin. Der Fernschreiber arbeitete. Er eilte hinzu, nahm das Papierband in die Hand und las ...

Der Glückwunsch aus Buena Vista ... die Namen van der Meulen, Hortense, Violet ... die *Buena Vista* startbereit. Das war das wichtigste. In 36 Stunden würde sie landen. Seine Gedanken verwoben sich mit dem Schiff. Es war in allen seinen Teilen gebaut wie der *Jonas Lee*. Sein Kapitän Juan Urdaneda war ein unbedingt zuverlässiger, tüchtiger Ingenieur. Er würde seine Leute sicher hierherführen ...

Doch vorher würde Canning kommen. Dies Zusammentreffen von Menschen, die gemeinsames Schicksal zu verbinden und nicht loszulassen schien – ein Konflikt mit den Männern des *Stern von*

Südafrika –, er konnte ihm ruhiger entgegensehen. Die Verstärkung seiner Macht durch das zweite Schiff war in jeder Beziehung wertvoll, da weitere Schiffe aus der Südafrikanischen Union vorläufig nicht zu erwarten waren.

Sein Auge ging zur Sonne. Sie neigte sich dem Saume der riesigen Ebene im Westen zu. Bevor das Tageslicht schwand, mußten sie wieder da sein, seine Gefährten.

Ob Ricardo und seine Brüder etwas gefunden hatten? Die Frage war so wichtig! Und doch gab es in seinem Innern kaum einen stärkeren Grad der Spannung. Alles, was sein Hirn aus dem hier Geschehenen kombinierte, ließ ihn nur wenig hoffen.

Vielleicht ist es besser so, murmelte er resigniert. Er ist der Größere. Er weiß, was der Menschheit gebührt. Die Erfahrung steht auf seiner Seite.

Ronald Lee schritt zu dem einzelnen Baum, unter dem die Kranken gelegen hatten. Unter einer Glasglocke lag ein Apfel. Er nahm ihn in die Hand. Eine köstliche Frucht dem Äußeren nach und doch die Bilder, dies warnende Weisen und Deuten auf die Frucht. Ein Erdbewohner hätte vielleicht ein Kreuz dabei gemacht.

Von diesen Früchten hatten die Uraniden gegessen. Ahnungslos, getäuscht durch das prächtige Aussehen, den würzigen Duft. Jeder seiner Gefährten hatte den Apfel gesehen, jeder den anderen gewarnt. Gedankenverloren steckte er ihn in die Tasche. Wenn der *Jonas Lee* zurückkam, wollte er die Frucht für eine spätere chemische Untersuchung konservieren ...

Der *Jonas Lee*! Da kam er von Süden herangeflogen, schwebte wenige Sekunden später über seinem Kopf und landete. Ein paar tausend Flaggen in den Farben der Südamerikanischen Union hatte man über Nova America abgeworfen, völkerrechtlich das Land dadurch in Besitz genommen.

Hierra gab einen kurzen Bericht, doch nicht viel Neues konnte er erzählen. Der Flug des *Jonas Lee* war in geringer Höhe mit solcher Schnelligkeit vor sich gegangen, daß sie kaum mehr als bei ihrer ersten Landung festgestellt hatten. Das eine war sicher, daß es sich hier um einen auf allen Seiten von breiten Weltmeeren umgebenen Venusteil von etwa der Größe Afrikas handelte, dessen schmale Südspitze eben noch in die Äquatorialzone hineinreichte. Das Land war von großen Wäldern und Grasebenen bedeckt, die von zahlreichen Flüssen durchzogen waren. Die Hochgebirgskette verflachte sich nach Süden zu.

Während Hierra noch sprach, näherten sich vom südlichen Waldrande her Ricardo und seine Brüder. Näherkommend

schwenkte Ricardo die Hand und wies auf die Brüder, die unter der Last einer geschossenen Antilope keuchten.

»Die einzige Beute! Sonst nichts. Keine Spur, kein Zeichen, daß, wo wir gesucht hatten, Uraniden gewesen wären.«

Während Lee mit Hierra in das Raumschiff zurückging, um die formelle Besitzergreifung von Nova America der Regierung in Buenos Aires zu melden, zündeten die Brüder ein Feuer an. Wenige Minuten später drehte sich ein großes Stück Fleisch am Spieß über den Flammen.

Die Nacht brach herein . . . die erste Nacht auf der Venus.

»Der *Stern von Südafrika* kann nicht mehr weit sein, Mr. Lee«, sagte Professor Royas und trat mit ihm ins Freie. »Es wäre vielleicht besser, das Feuer zu löschen. Denn warum sollen wir jenen die Landung erleichtern. Sie werden bei dieser Beleuchtung große Schwierigkeiten haben, den Lagerplatz der Uraniden anzusteuern.«

Lee überlegte einen Augenblick und wollte dann den Befehl geben, das Feuer zu löschen. Da brach ein heller Blitz aus den Wolken. Alles sprang auf und schaute nach oben.

»Ein Scheinwerfer des *Stern von Südafrika*!« rief Hierra, »nichts anderes kann es sein!« Er brummte vor sich hin: »Der Braten kann uns vielleicht teuer zu stehen kommen.«

Ein paar erwartungsvolle Sekunden, dann senkte es sich schwarz und massig aus den Wolken herab. Nur etwa zwei Kilometer nach Norden von dem *Jonas Lee* entfernt setzte der *Stern von Südafrika* auf den Venusboden auf.

Auch der *Stern* landete glücklich. Durch die offene Tür betraten die Insassen den Venusboden. Doch hier gab es kein frohes Jubeln und Hurrarufen. Wohl steckte Canning den Flaggenstock in den Boden und brachte drei Hochrufe auf das Unionbanner aus. Doch das Echo seiner Genossen war nur schwach. Alle hatten, als das Schiff die Wolkenwand durchstieß, den Feuerschein am Venusboden gesehen. Das helle Licht ihrer Scheinwerfer hatte ihnen gezeigt, daß es wahr geworden: der *Jonas Lee* war am Lagerplatz der Uraniden gelandet.

Die Dunkelheit verbot ein Besichtigen der Umgebung. Bedrückt, mit verdrossenen Gesichtern begab sich einer nach dem anderen von der Mannschaft des *Stern von Südafrika* zur Ruhe.

Canning stand am Sendeapparat. Seine Gedanken weilten bei William Harrod, dem er soeben die Nachricht von der Landung übermittelt hatte. Im stillen hatte er gehofft, daß Lee vielleicht den Platz, an dem das Uranidenschiff gelandet war, noch nicht gefun-

den hätte. Daß er selbst vielleicht doch noch das Glück haben könnte, wenigstens dies Ziel als erster zu erreichen, das Erbe der Uraniden.

Wieder die harte Hand des Schicksals, wie er sie in seinem Leben schon so oft gespürt hatte. Diese technischen Meisterwerke, diese für Menschengeist noch unerreichbaren technischen Leistungen ... Sicher noch viel mehr, als der Film gezeigt hatte, bot die Hinterlassenschaft der Uraniden ... Und der, der ihm schon so viel raubte, Ronald Lee, war in ihrem Besitz.

Seine Gedanken gingen zu seinem kostbaren Schatz, seinem treuen Diener, dem Strahler. Er hatte ihn bei sich. Doch wie ihn hier verwenden? Unmöglich! ... Halt! Er sprang auf. Der andere Diener ... Auch er war bisher treu und gut. Sarata ... Vielleicht, daß er ...

Er ging in seine Kabine, wo der Inder in einer Ecke am Boden sein Lager aufgesucht hatte, und sprach mit ihm.

Dieser nickte und verließ das Schiff. Er schritt in der Richtung des Uranidenlagers in die dunkle Nacht. –

»Hallo! Hallo, Juan! ... Wahrhaftig, der Kerl schläft.«

Ricardo beugte sich zu Boden, rüttelte den Bruder. »Du bist mir ein schöner Wachtposten. Den *Jonas Lee* mit seinen sämtlichen Insassen hätten die stehlen können. Ich will hoffen, daß du noch nicht lange eingeschlafen bist. Schweig nur um Gottes willen still, daß die anderen nichts erfahren. Marsch ins Schiff! Ich löse dich ab ... Juan! Hörst du denn nicht? Verstehst du mich denn nicht?«

Er trat erstaunt einen Schritt zurück. Der Bruder schien in einem bleiernen Schlaf gelegen zu haben und schien mit Mühe das Bewußtsein wiederzuerlangen. Jetzt reckte er sich, erhob sich halb und sank dann, wie der Ermüdung nachgebend, wieder zurück.

»Juan! Was soll das? Ich kenne dich nicht wieder ... Oder bist du krank?«.

Er griff seinem Bruder unter die Arme und hob ihn empor. Der taumelte, stützte sich schwer gegen einen Baum.

»Juan, du bist krank?«

Der Bruder schüttelte den Kopf, strich sich mit der Hand schwer über die Stirn.

»Krank? Nein, Ricardo ... Ich bin nur sehr müde ... mein Kopf ... er ist so schwer ...«

»Hast du Fieber?« unterbrach ihn Ricardo. Er nahm seine Hand, fühlte den Puls und schüttelte dann den Kopf.

»Nein, der Puls ist durchaus in Ordnung. Doch komm! Setze

dich hier an den Baumstamm ... Die kühle Nachtluft wird dir besser tun als der Aufenthalt im Schiff. Und nun berichte! Wie hast du dein Übelbefinden zuerst verspürt? Wie kam das über dich?«

Juan Stamford besann sich eine Weile, dann sagte er:

»Ich mochte wohl seit einer Stunde hier den Wachtposten übernommen haben. In der Richtung nach Norden glaubte ich ein paarmal ein leises Geräusch zu hören, als nähere sich irgendein Tier. Doch dann war es wieder still. Ich hörte nichts mehr ... und dann wieder ...« Er sann lange, sprach dann mit abgerissenen Worten, »dann war mir's, als lege sich etwas Dunkles, Schweres über mich. Meine Sinne begannen zu schwinden ... ich wehrte mich vergeblich ..., und dann ... war's ein Traum ... war's Wirklichkeit? ... Noch hatte ich Spuren von Bewußtsein, dann sprach eine fremde Stimme zu mir. Fragte mich ... ich antwortete ...«

»Du hast geträumt, Juan. Die Fülle der Ereignisse der letzten Stunden hat deinen Geist übermüdet.«

Juan schüttelte den Kopf. »Immer mehr sagte ich, es war kein Traum ... war Wirklichkeit ... Aber nein, es kann ja nicht sein ...«

»Gewiß! Du hast geträumt! Nichts anderes. Geh jetzt in das Schiff, schlafe! Der morgige Tag wird vielleicht einige Überraschungen bringen.«

Ricardo schaute dem Bruder, der langsam dem Raumschiff zuschritt, nachdenklich nach. Seine Augen gingen ein paarmal mißtrauisch nach Norden.

Ich werde das doch morgen früh Mr. Lee mitteilen. –

»Die andern haben nichts gefunden, Mr. Canning.«

»Nichts?« stieß dieser mit heiserer Stimme heraus. »Unmöglich! Da steht ja noch das Uranidenschiff.«

Sarata zuckte die Achseln. »Ich kann nur sagen, was jener Tölpel mir im Tiefschlaf verriet. Gewiß. Man hat allerlei Gegenstände gefunden, aber nichts von Belang ...«

»Belang! Was willst du damit sagen? Von Belang ist alles, was die da zurückgelassen haben.«

»Nein! Ich meinte das, worauf die Welt so gespannt, so neugierig ist. Die Filme! Die Dokumente! Dinge, die von besonderem technischem Wert sind.«

Canning schaute den Inder mißtrauisch an.

»Wie willst du das festgestellt haben?«

»Nun«, sagte Sarata, »man hat schon stundenlang danach gesucht und nichts gefunden.«

»Ah!« Canning trat erstaunt einen Schritt auf den Inder zu. »Dann leben also noch einer oder mehrere von der Besatzung des Uranidenschiffes, die diese Dinge mitgenommen haben?«

»Es muß so sein, Mr. Canning. Denn wohin wären sie sonst verschwunden?«

»Gut! Gut!« murmelte Canning vor sich hin. »Noch bietet das Schicksal eine Chance. Auch wir werden suchen, sobald der Tag anbricht. Vielleicht, daß wir glücklicher sind . . . Halt, Sarata!«

Ein plötzlicher Gedanke war in Canning aufgeblitzt. Er ergriff den Inder heftig an der Schulter.

»Deine Kunst, warum sollen wir sie hier nicht versuchen? Vielleicht, daß sie uns hilft, uns einen Fingerzeig gibt . . .«

Der Inder zögerte einen Augenblick. »Sarata ist müde, später . . .«

»Nein! Sofort! Jetzt sofort! Ich lasse dich nicht. Wo befindet sich der Schatz der Uraniden? Die Frage, du wirst, du mußt sie beantworten können.«

Unter den zwingenden Blicken Cannings gab der Inder nach. Er setzte sich mit gekreuzten Beinen auf die Erde. Seine Rechte umklammerte die Elfenbeinkugel.

Minuten verstrichen. Seine Pupillen wurden starr. Der Atem ging kaum merkbar. Er lag im magnetischen Schlaf. Da plötzlich, der Körper bebte in konvulsivischen Zuckungen. Die weit geöffneten Augen verrieten Schrecken und Entsetzen. Der Mund stammelte wirre Rufe.

Canning sah besorgt den eigentümlichen Zustand des Inders und suchte vergeblich den Grund dafür zu erraten. Dann plötzlich, als wolle er flüchten vor einer Gefahr, sprang der Inder auf und klammerte sich an Cannings Schultern.

Der entsann sich früherer hypnotischer Experimente. Ein Versuch . . . vielleicht, daß es gelänge, den Inder zu wecken. Er nahm dessen rechten Arm. Seine Linke strich über die Stirn Saratas, die, wie von Angstschweiß bedeckt, kalt und naß war.

»Wach auf! Wach auf!« gab er im Geist den Befehl. Endlich . . . es war gelungen. Sarata wurde ruhiger. Die Starre seines Körpers löste sich. Er sank zu Boden. Canning kniete neben ihm nieder.

»Sage mir, was du sahst. Der Schatz der Uraniden! Wo ist er? Wer hat ihn?«

Da! Kaum, daß die Frage an sein Ohr gedrungen, fing Sarata wieder an zu zittern. Seine Augen füllten sich mit Entsetzen, Schrecken. Seine Hände gingen abwehrend zu Canning.

»Niemals fragen Sie wieder! Niemals! Ich müßte sterben, wenn ich das Bild noch einmal sähe . . .«

»Sarata! Bist du ein Kind? Diese Frage, wie kann sie dich so erregen? Was sahst du? Sprich!«

»Niemals wirst du's erfahren!« Der Inder sprang auf. Wie von Furien gehetzt, lief er davon und verschwand im Raumschiff.

Ronald Lee saß in seiner Kabine. Vergeblich hatte er Schlaf gesucht.

Der Schatz der Uraniden! Schon längst hatte er die Nachricht zur Erde gegeben von dem Verschwinden der wichtigsten, kostbarsten Teile des Schatzes, von dem vergeblichen Suchen nach ihrem Verbleib.

Er verwarf die Grübeleien, die sich ihm aufdrängten, ihn wieder martern wollten! Trotz allen Zweifeln, der kleine Funke Hoffnung, daß er sie doch noch fände . . .

Wenn nicht morgen, übermorgen . . . Lebte noch einer der Uraniden, konnte er nicht allzuweit sein. Der kleine Funke Hoffnung war in ihm . . . Jetzt war Canning da. Sollte er vielleicht der Glückliche sein?

Alles in ihm wallte auf, sträubte sich gegen den Gedanken . . . Diesem Canning das Suchen verbieten! War es nicht Lees Recht? Stand es nicht in seiner Macht? Zwar war er Engländer geblieben. Aber die südamerikanische Regierung hatte ihm weitgehende Vollmacht gegeben. Doch was tun, wenn jener sich weigerte?

Er ging zur Kabine Hierras, weckte ihn und sprach lange mit ihm. Dann begaben sie sich zu dem Radiosender, schickten einen chiffrierten Ruf an die Regierung in Buenos Aires. Die Verhandlung dauerte lange. Je länger sie dauerte, desto deutlicher fühlte Lee, wie man einer strikten Beantwortung seiner Frage, erforderlichenfalls mit Waffengewalt den lästigen Gegner fernzuhalten, auswich.

»Lassen wir's genug sein, Señor Hierra. Wir werden nicht klüger dabei. Man will die Verantwortung nicht tragen, das ist deutlich zu erkennen. Man will uns keinen direkten Auftrag geben, hier notfalls Gewalt anzuwenden. Mir selbst, Sie werden mir's glauben, wäre es natürlich auch in höchstem Grade unerwünscht, mit den anderen, mögen sie auch unsere Nebenbuhler sein, in blutigen Streit zu geraten. Haben sie doch ebenso wie wir ein so kühnes, gefährliches Unternehmen vollendet . . . Und doch! Es wäre nicht ausgeschlossen, daß es die Lage verlangte . . . Gewalt . . . Jedenfalls will ich insofern nach der Weisung der Regierung handeln

und morgen früh Professor Royas zu Mr. Canning schicken. Es trifft sich gut, daß Royas ein Bekannter von Oberst Robartson ist. Robartson ist ein vernünftiger, anständiger Charakter. Vielleicht, daß sich durch seine Vermittlung alles zum Guten wendet . . .«

»Ah! Sie wollen uns besuchen, Mr. Royas. Welche Ehre! Ich hatte Sie trotz unserer alten Bekanntschaft kaum erwartet.«

»Oh!« erwiderte der Professor lachend, schüttelte dem Oberst kräftig die Hand. »Der Wirt muß doch seine Gäste begrüßen.«

Oberst Robartson verzog ein wenig das Gesicht, die eine Hälfte wie lachend, die andere wie ernst.

»Wirt? Gäste? Mein lieber Royas, Sie betrachten uns als Ihre Gäste?«

»Nun, gewiß, Mr. Robartson. Wir sind die Herren des Landes. Es ist von uns in formeller Weise in Besitz genommen . . .«

»Und wir sind ungebetene, unerwünschte Gäste in Ihrem neuen Reich?«

»Nun, mein lieber Oberst, nicht ganz. Unerwünscht, ungebeten . . . wie man's nimmt.«

»Es hängt von unserem Verhalten ab, wollten Sie sagen«, vollendete Robartson dessen Worte.

»Das trifft wohl zu, Colonel. Und Ihrem Kommandanten, Mr. Canning, das zu sagen, bin ich hierhergekommen.«

Oberst Robartson machte ein bedenkliches Gesicht.

»Ich will mich mit Ihnen, lieber Royas, nicht in einen Streit einlassen, ob Ihr Standpunkt richtig ist oder nicht. Ich möchte Ihnen nur sagen, daß Sie bei Mr. Canning unbedingt auf Widerstand stoßen werden. Er hat mit uns den Fall schon besprochen. Er ist entschlossen, keinen Fußbreit von hier zu weichen.«

»Sie wissen vielleicht nicht, daß wir diesen ganzen Venusteil überall mit Flaggen beworfen haben. In einer Weise, die nach völkerrechtlichen Begriffen der Erde einen unangreifbaren Besitztitel gibt.«

Der Oberst runzelte die Stirn. »Ah! Das hätten Sie schon getan? Allerdings! Das wäre . . . Doch einerlei! Meine persönliche Meinung ist ja nicht maßgebend. Mr. Canning, ich versichere es Ihnen nochmals, wird sich durch nichts bewegen lassen, hier fortzugehen oder gar — nun, ich denke, so weit werden Ihre Ansprüche nicht gehen, die ganze Venus okkupiert zu haben —, also die Venus überhaupt zu verlassen. Doch kommen Sie! Da tritt eben Mr. Canning aus dem Zelt. Wir wollen ihm entgegengehen. Er beabsichtigt, eine größere Streife in die Umgegend zu machen.« —

Mit gleichmütiger Miene hatte Canning Professor Royas sprechen lassen. Kein Zug in seinem bleichen Gesicht veränderte sich, als er jetzt kurz die Antwort gab.

»Wollen Sie Ihrem Auftraggeber, Mr. Lee, bestellen, daß ich das Besitzrecht der Südamerikanischen Union über diesen Venusteil nicht anerkenne.«

»Vergessen Sie nicht die etwaigen Konsequenzen, Mr. Canning. Die Okkupation ist unserer Regierung mitgeteilt. Diese hat unsere Handlung für gültig, bindend erklärt. Bedenken Sie also, daß hinter meinen Worten auch die Regierung der Südamerikanischen Union steht.«

»Sie sprechen von möglichen Konsequenzen, Mr. Royas ... So bestellen Sie auch weiter, daß ich alle Konsequenzen zu tragen wissen werde ...« Mit einer leichten Verbeugung verabschiedete er sich, ging zu einer Gruppe von fünf seiner Gefährten, die bewaffnet auf ihn warteten.

»Vorwärts! Unser erstes Ziel ist jene Schlucht dort im Osten hinter dem Uranidenlager ...«

»Mr. Robartson«, Royas wandte sich erregt an diesen, »in der Schlucht sind die Gräber der Uraniden ... Lee wird auf keinen Fall dulden, daß Ihre Leute vielleicht mit gierigen Händen sie durchwühlen. Ein Unglück würde entstehen, ich warne Sie. Versuchen Sie, Canning zurückzuhalten!«

Robartson schüttelte den Kopf.

»Ich würde es vergeblich versuchen. Sie kennen Canning nicht. Und wenn Sie ihn kennten, würden Sie ihn jetzt kaum wiedererkennen. Der Zusammenbruch all seiner Hoffnungen hat ihn verwandelt. Dieser nur durch ein Wunder vermiedene Zusammenstoß der beiden Schiffe, ob ein Versehen oder Schuld, wir wollen darüber nicht sprechen – seine Nerven sind zum äußersten gespannt. Er ist zu allem fähig.«

»So möge es kommen, wie es wolle! Ich habe alles getan, was in meinen Kräften stand.« Royas verabschiedete sich mit einem kurzen Händedruck und schritt eilig seinem Lager zu. Dort traf er alles in höchster Erregung. Die drei Brüder Stamford hatten ihre Waffen geholt, drangen in Lee, der bleich, mit zusammengebissenen Zähnen dastand und überlegte.

Schon hatte sich Canning mit seinen Gefährten auf dreihundert Schritte dem Eingang der Schlucht genähert ...

Da! Als hätte eine unsichtbare Hand sie zu Boden geschleudert, stürzten die Männer zur Erde. Auch Lee selbst und die um ihn standen, hielten sich kaum auf den Füßen.

Ein rasender, wirbelnder Stoß, dem ein nachhallendes Donnern und Krachen folgte. Wie gebannt starrten alle nach der Schlucht hin, von der das Dröhnen kam. Wo war die jetzt?

Die ungeheuren Staubwolken, die darüber lagerten, jetzt vom Wind weggerissen wie die Schleier von einem Bild – die Schlucht war verschwunden, die steilen Hänge wie die Kulissen einer Dekoration zusammengebrochen, im Sturz mit ihren Massen die Schlucht füllend. Ein einziges großes Grab der Natur für jene toten Weltenfahrer. Keine menschliche Hand, die es wagen könnte, diese Massen wegzuschaffen, die Ruhe der Toten zu stören.

Das plötzliche, unerwartete Ereignis hatte alle in Schrecken und Staunen versetzt. Ein Erdbeben? Unwillkürlich gingen alle Blicke zu dem Vulkankegel. Warf der stärkere Rauchwolken aus? Nein! Unverändert, so wie sie sie zuerst gesehen hatten, hing die dünne, dunkle Säule über seiner Spitze.

Ein Erdbeben, so lokal begrenzt, daß sie nicht die starken, wellenartigen Bodenerschütterungen verspürten, wie war das möglich?

»Sie bestehen also darauf, mitzufahren, Miß Violet?«

»Aber natürlich, Mr. van der Meulen. Immer wieder diese Frage!«

»Ja, liebe Violet, ich sehe keinen triftigen Grund, daß Sie die immerhin nicht ungefährliche Fahrt mitmachen wollen. Ihre Liebe, Ihre Anhänglichkeit an Hortense in Ehren. Aber Sie dürften sich vielleicht nicht ganz klar darüber sein, wie zunächst unser Leben auf der Venus sein wird. Sie werden dort viele der Bequemlichkeiten und Annehmlichkeiten von Buena Vista vermissen.«

»Und daß ich meinen Bruder Ronald gern wiedersehen möchte, ist für Sie auch kein triftiger Grund, Mr. van der Meulen?«

»Oh, das wäre schon ein Grund, wenn nicht die Trennung erst einige Tage alt wäre.«

»Mögen Sie sagen, was Sie wollen! Ich will doch mitfahren. Ein Traum versprach mir, ich würde etwas Schönes erleben.«

Van der Meulen lachte laut.

»Allerdings! Dann, Miß Violet, will ich kein Wort mehr sagen. Der schöne Traum schlägt alle anderen Gründe. Möge er wahr werden! Hortense jedenfalls wird sich freuen. Ah, da kommt sie mit General Serrato.«

In Begleitung des Siegers von Coiba kam Hortense auf das Haus zugeschritten. Als sie eintraten, schritt van der Meulen ihnen entgegen.

»Ein neues Telegramm, Herr General. Das erste Zusammentreffen der beiden Parteien ergab schon gleich einen Zusammen-

stoß. Ich begrüße Ihre Mitfahrt jetzt doppelt. So oder so! Mr. Canning wird sich der Autorität unserer Regierung, die sich in Ihrer Person verkörpert, nicht entziehen können. Lesen Sie das Telegramm.«

Die Brauen des Generals zogen sich beim Lesen zusammen.

»Ein glücklicher Zufall, so muß ich's nennen, hat diesmal noch den offenen Streit verhindert. Ich lese zwischen den Zeilen, daß Lee auf keinen Fall ein Öffnen der Gräber geduldet haben würde.«

»Ich verstehe nicht, Herr General, daß sich die südafrikanische Regierung weigert, Canning gemäß der veränderten Situation Instruktionen zu geben. Einerseits erkennt sie, wenn auch mit starken Einschränkungen, ein vorläufiges Besitzrecht der Südamerikanischen Union auf den Venusteil Nova America an. Andererseits weigert sie sich, ihrem Mann entsprechende Order zu geben.«

»Sie sagen, Señor van der Meulen, die südafrikanische Regierung habe unseren Besitz anerkannt, wenn auch unter Vorbehalt ... Ja, die Einschränkungen sind derartig, daß man von einer Anerkennung kaum sprechen kann. Ihre Erklärung zu den Pressestimmen vor dem Flug des *Stern von Südafrika* ist schon bezeichnend genug.

Damals, als jedermann fest überzeugt war, der *Stern* würde zuerst auf der Venus landen, überschlugen sich die südafrikanischen Zeitungen. Einstimmig waren sie alle der Meinung, daß der Venusteil, der von dem *Stern* angesteuert und zuerst erreicht würde, zweifellos südafrikanisches Eigentum sei. Schon allein das Aufpflanzen der Flagge kennzeichne die gültige Besitznahme. Ein Auswerfen von weiteren Flaggen erübrige sich, da ja schon vor der Landung der Venusteil in seiner ganzen Ausdehnung von den Raumfahrern gesehen, festgestellt werden könne, ein Zweifel über die Ausdehnung und Größe des Gebietes bei der Aufpflanzung der einen Flagge daher nicht möglich sei.

Jetzt erklärt die südafrikanische Regierung all diese Presseäußerungen – es waren darunter auch offiziöse – für nicht verpflichtend, für unmaßgebliche Privatäußerungen, und behauptet, daß durch die Landung eines Schiffes mit so geringer Besatzung unmöglich ein Gebiet dieser Größe in Besitz genommen werden könne.

Es fehle für die Besatzung die Möglichkeit, ihre Hoheitsrechte erforderlichenfalls überall ausüben zu können, wobei es ohne Bedeutung sei, daß bei der Landung auf der Venus andere Menschen nicht vorhanden waren. Wie sich die Verhältnisse weiter gestalten werden, wird viel davon abhängen, ob und von wem die Hinterlassenschaft der Uraniden gefunden wird.«

Van der Meulen nickte.

»Ja, ja! Und da lese ich aus Lees Telegrammen eine auffällige Resignation heraus. Er hat doch in seinen Meldungen an Worten nicht gespart. Aber nichts zeigt an, daß er über das bisherige Nichtfinden des Schatzes besonders deprimiert wäre. Ich muß fast annehmen, anders kann ich das nicht verstehen, daß er wenig Hoffnung hat, ihn je zu finden.«

»Dann müßte er ja wohlbegründeten Anlaß zu der Vermutung haben, daß jene Hinterlassenschaft der Uraniden in der Schlucht verborgen war und durch das Erdbeben mit verschüttet wurde.«

»Gewiß, Herr General, Ihre Annahme ist durchaus berechtigt. Und doch besteht eine kleine Lücke. Es steht keineswegs fest, daß sämtliche Uraniden tot sind. Allerdings spricht Lees Bericht von dem Grabe des zwölften, letzten Uraniden. Doch das ist mir unbegreiflich. Der den letzten, will sagen: den zwölften, begraben hat, der muß jedenfalls noch da sein. Allerdings, er kann inzwischen auch gestorben sein. Aber solange man seine Leiche nicht hat, besteht doch immer noch die Hoffnung, ihn zu finden ... und mit ihm den Schatz.«

»Vergeblich ist das Grübeln und Raten, Señor van der Meulen. In anderthalb Erdentagen werden wir bei ihnen sein und werden selbst an Ort und Stelle des Rätsels Lösung zu ergründen suchen.«

»Ich verlasse mich auf Sie, Señor Fontana.« Van der Meulen drückte dem Chefingenieur, der seit Lees Abwesenheit die Werft leitete, die Hand. »Der Bau des *Bolivar* muß in derselben Zeit beendet sein wie der der *Buena Vista.* Wir müssen den glücklich wiedergewonnenen Vorsprung ausnutzen. Die Regierung steht mit allen ihren Kräften hinter uns. Wenden Sie sich getrost nach Buenos Aires, wenn irgendwelche Schwierigkeiten entstehen sollten. Die Bauleute, Handwerker, die von der Werft mitfliegen, müssen Sie möglichst bald ersetzen. Doch Vorsicht bei ihrer Auswahl!«

Ein letzter Händedruck. Die Türen der *Buena Vista* schlossen sich. Der Kapitän Urdaneda rückte den Fahrhebel an. Sekunden, dann folgte die *Buena Vista* ihrem Schwesterschiff *Jonas Lee.* —

General Serrato beobachtete durch das eingebaute Fernrohr den näherkommenden Mond.

»Mr. van der Meulen, bitte, kommen Sie schnell hierher. Die günstige Konstellation des Mondes mit unserer Fahrtrichtung gibt uns Gelegenheit, jene Stelle, an der die Rakete aus Coiba landete, aus günstiger Nähe genau zu betrachten.«

In der Tat schoß die *Buena Vista* in diesem Augenblick in kaum 10 000 Kilometer Entfernung an dem Trabanten der Erde vorbei.

Es war erst zwei Tage nach Neumond. Nur eine schmale Sichel der in dieser Nähe gewaltig großen Scheibe strahlte in hellem Sonnenlicht. Der übrige Teil lag in der sehr viel schwächeren, ungewissen Beleuchtung des von der Erde reflektierten Lichtes.

»Dort drüben das Mare serenum!« rief van der Meulen. Serrato nickte über das Glas hinweg und trat dann plötzlich vom Okular zurück. Seine Mienen verrieten Überraschung, Erschrecken.

»Jene helle Stelle am nördlichen Rand des Mare serenum. Sehen Sie die auch?«

Van der Meulen verneinte, ging selbst an das Okular und sprach nach kurzer Weile, die Augen immer noch am Okular:

»Ja, ja. Sie haben recht. Eine helle Stelle ... zwar winzig klein, aber doch ... der rötlich glühende Schein ... Vermuten Sie etwa ...?«

»Es kann nicht anders sein«, erwiderte der General. »Es ist die Stelle, an der die Rakete aufschlug. Ihre Fracht, der Pestbrocken, ist in voller Glut.«

»Er allein ... das wäre nicht das Schlimmste«, murmelte van der Meulen vor sich hin. »Doch die Sache ist so wichtig, wir dürfen einen kleinen Umweg nicht scheuen.«

Er eilte ans Sprachrohr, gab in die Zentrale den Befehl: »Beschleunigung abstellen! Ruder hart Backbord!«

Mit einer Eigengeschwindigkeit von etwa vier Kilometern in der Sekunde trieb die *Buena Vista* näher an die Mondscheibe heran. Van der Meulen stand wieder neben Serrato, der durch das Fernrohr beobachtete. Ungeduldig erwartete er das Ergebnis. Da, endlich! Der General trat zurück. Sein Gesicht war tiefernst.

»Der Brand hat um sich gefressen. Das Mondmassiv ist angegriffen und brennt mit.«

»Kein Zweifel«, murmelte van der Meulen, der an das Okular getreten war. »So sind die schlimmen Befürchtungen doch wahr geworden. Die Folgen ... doch einerlei; ehe wir nicht wissen, ob jemals der Brand von Coiba zum Erlöschen kommt, können wir uns nicht besonders beunruhigen. Auf alle Fälle müssen wir unsere Beobachtungen denen auf der Erde mitteilen.«

Während die *Buena Vista* wieder ihren alten Kurs auf die Venus nahm, begann ihr Sender zu arbeiten.

Die Nachrichten wurden auf der Erde mit starken Zweifeln aufgenommen. Solange die Hubschrauberwarten trotz Anwendung ihrer stärksten Vergrößerungen nichts davon konstatieren konnten, wollte man nicht an dieses neue Unheil glauben.

Einer oder mehrere Uraniden mußten leben. Bei ihnen mußten sich die Schätze befinden! Die Mannschaften der beiden Expeditionen suchten im Wetteifer die weitere Umgebung des Uranidenlagers ab. Lees Gefährten waren in ihn gedrungen, den Leuten des *Stern von Südafrika* das Suchen, den Aufenthalt zu verbieten.

Lee hatte stets abgelehnt. Er sah deutlich genug, wie die anderen sich über seine Nachsicht – fast konnte man es Gleichgültigkeit nennen – wunderten. Er beteiligte sich kaum an dem Suchen.

Die Mittagsstunde kam heran. Alle waren schon zurückgekehrt. Als letzter kam jetzt Ricardo Stamford. Mißmutig stellte er sein Gewehr beiseite.

»Wo man hinkommt, überall sind die Burschen von da drüben schon gewesen. Ich machte heute einen weiten Marsch den kleinen Wasserlauf, der nach Süden geht, entlang. Fand da eine Feuerstelle. Die Asche war noch warm. Daneben lag dies Zeitungsblatt.«

Er zog das abgerissene, zusammengefaltete Stück einer Zeitung aus der Tasche, reichte es Lee. Der warf einen kurzen Blick darauf. Der Titelkopf war zum Teil verbrannt, doch erkannte man noch deutlich die Überschrift ›Daily Mail‹. Seine Augen glitten über die wenigen vom Feuer verschonten Zeilen.

Er wandte sich zur Seite. Seine Augen preßten sich wie nachsinnend zusammen, wandten sich dann wieder zu Ricardo. »Würden Sie die Stelle wiederfinden, wo Sie das Blatt entdeckten?«

»Aber selbstverständlich, Mr. Lee. Ich wäre ein schlechter Jäger, wenn mir das nicht gelingen sollte.«

»Nun, so möchte ich Sie bitten, mich nach dem Essen dorthin zu begleiten.« –

Zwei Stunden später stand Lee mit Ricardo Stamford an der Feuerstelle. Vorsichtig durchwühlte er die teilweise noch warme Asche. Da, ein größeres Stück schwarzverkohlten Papiers. Da es nicht zerbröckelte, war die Schrift mit einiger Mühe noch lesbar. Lee beugte sich darüber, las und las.

»Hallo, Mr. Lee! Was interessiert Sie so?«

»Oh . . .« erwiderte dieser. Seine Hand fiel wie unabsichtlich auf den verkohlten Fetzen, der sofort zerstäubte. »Mir ist zufällig die Kopfschrift der Londoner ›Daily Mail‹ in Erinnerung. Die Schrift hier ist anders. Das interessierte mich. Der Inhalt des Textes auf dem verkohlten Papier bestätigte meine Vermutung. Die Zeitung ist nicht in England gedruckt . . .«

»Irgendwo in den Staaten?« vollendete Ricardo.

Statt einer Antwort erhob sich Lee, setzte das Fernglas an die Augen und untersuchte lange und genau die weitere Umgebung.

»Da wir einmal den weiten Marsch gemacht haben, wollen wir die Gelegenheit benutzen, diese Gegend genauer zu durchsuchen. Teilen wir uns. Ich wende mich dorthin nach Norden, Sie weiter nach Süden. In einem Bogen kehren wir dann zum Lager zurück.«

Wohl eine Stunde war Ronald Lee gewandert. Vergeblich suchte er nach Spuren menschlicher Anwesenheit.

Dieses Zeitungsblatt ... es schloß die Kette seiner Ahnungen und Vermutungen. Wo waren sie, die er suchte? Wieder nahm er das Glas und durchforschte genau die Landschaft vor sich. Das breite Wiesental stieg nach Osten hin zu leichtbewaldeten Höhen an.

Da! Durch eine breite Lücke der Baumkronen, doch weit dahinter, sah er eine leichte Rauchwolke. Mit beschleunigten Schritten ging er dem Lauf des Baches entgegen, stieg die Anhöhe empor. Er lief die letzte Strecke, als könne er nicht erwarten, die Stätte zu finden, von wo jener Rauch aufstieg.

Endlich hatte er die Höhe erreicht ..., doch welche Enttäuschung. Dichtes Gestrüpp zog sich den Hang hinab. Kaum möglich, da durchzudringen. Und der Rauch? Trotz angestrengten Suchens war keine Spur mehr zu sehen. Er warf einen Blick zur Sonne. Die neigte sich schon dem westlichen Horizont zu.

Zu spät für heute murmelte er, doch morgen in aller Frühe werde ich's noch einmal versuchen. Mißmutig wandte er sich um und schritt in der Richtung, die ihn zum Lager führen mußte. Ein paar Stücke undurchdringlichen Unterholzes zwangen ihn, den Bogen nach Norden größer zu nehmen, als er es vorgehabt hatte. Er mußte sich beeilen, wenn er noch vor Sonnenuntergang den Lagerplatz erreichen wollte.

Auf einer kleinen Höhe angelangt, suchte er mit dem Glas den Standort des Lagers zu erspähen. Der schimmernde Riesenbau des Uranidenschiffes gab ihm einen guten Anhaltspunkt. Eben setzte er den Fuß an, seinen Marsch fortzusetzen ... da spürte er einen Schlag, als hätte ein starker Ast seinen Kopf gestreift.

Noch glaubte sein Ohr den nachhallenden Knall eines Schusses zu hören ... dann schwanden ihm die Sinne. Er stürzte zu Boden.

»Unmöglich, daß Lee den Weg verfehlt hat!« sagte Ricardo, der schon längst zum Lager zurückgekehrt war. »So viele Anhaltspunkte in der Gegend zeigen ihm die rechte Richtung. Er muß irgendwie verunglückt sein.«

Auch die anderen mußten jetzt die Wahrscheinlichkeit seiner Mutmaßung zugeben. In drei Kolonnen zu je zwei Mann begab

man sich auf die Suche. Doch nicht lange, dann mußte man sie abbrechen. Die Dunkelheit machte weiteres Nachforschen unmöglich.

Das Ungewöhnliche ihres Tuns war in Cannings Lager bemerkt worden. Man zeigte ungeheuchelte Teilnahme. Oberst Robartson und ein paar andere schlossen sich den Suchenden an. Die Nacht verging unter bangem Harren.

Kaum, daß der Morgen graute, ging man erneut auf die Suche. Schon bald war es den Brüdern Stamford als geübten Jägern gelungen, Lees Spuren zu finden. Und dann dauerte es auch nicht lange, so fanden sie ihn.

Sie fanden ihn ... Doch wie fanden sie ihn? Er lag da, auf weichem Moos gebettet, den Kopf umhüllt von weißen Binden. Neben ihm eine Flasche mit einer Medizin.

Lee war anscheinend in tiefem Schlaf. Seine Brust hob sich in gleichmäßigen Atemzügen.

Was war mit Lee geschehen? Wer hatte ihn hier verbunden, niedergelegt? Die Arznei, von wem war sie?

Sie sahen einander an. Ratlos, fragend ... sie wagten nicht, näher heranzutreten. Die Brüder schauten sich scheu um. Unheimlich war alles, so jeder Erklärung spottend. Uraniden? schwebte es jedem auf den Lippen, doch keiner sprach es aus.

Von der anderen Seite her näherte sich die Kolonne, der sich Oberst Robartson angeschlossen hatte. Dieser rief ihnen zu. Sie wagten nicht zu antworten. Ricardo Stamford zog behutsam das Tuch aus der Tasche und winkte den Männern der anderen Gruppe kurz zu. Sie kamen näher und riefen. Keine Antwort. Die anderen beschleunigten ihre Schritte. Robartson kam als erster die Anhöhe hinangeeilt.

»Mr. Stamford!« rang es sich endlich von seinen Lippen, »was ist mit Ihnen? Was ist mit Lee passiert?«

Ricardo schüttelte den Kopf, flüsterte leise. »So fanden wir ihn. Er ist verwundet. Wodurch, wissen wir nicht ... Jemand hat ihn gefunden, hat ihn verbunden und die Arznei gegeben ... die Flasche ist halb leer. Er ist wohl lange bei ihm gewesen und hat bei ihm gewacht. Niemand von uns war hier in der Nacht ... Und Sie ...« Er sah Robartson fragend an.

»Wir waren auch alle zusammen im Lager. Keiner hat es verlassen.«

»Uraniden!« Von den Lippen des jüngsten der Brüder kam das Wort.

»Uraniden?« Der Oberst sprach das Wort mechanisch nach. »Wenn es kein Gott war, nur Uraniden können es gewesen sein.

Aber warum sind sie fortgegangen? Weshalb fliehen sie uns? Sie müssen doch wissen, daß wir hier sind. Furcht? Nein, das kann es nicht sein. Rätsel über Rätsel.«

»Wir müssen Lee ins Lager bringen«, sagte jetzt Ricardo Stamford. »Die Sonne steigt, der Tag verspricht heiß zu werden. Der Verwundete wird Fieber haben. Eilen wir! Professor Royas wird die Pflege übernehmen.«

Schnell hatten sie aus starken Zweigen eine Bahre geflochten, legten den Verwundeten behutsam darauf und trugen ihn ins Lager.

Groß war die Aufregung, als alle von dem sonderbaren Vorgang erfuhren. Professor Royas betrachtete lange die Arzneiflasche. Er hatte den Inhalt nach Geschmack und Geruch geprüft. Es war ein bekanntes Fiebermittel. Doch kein Zeichen daran. Nichts verriet seinen Ursprung.

Gegen Mittag wachte Lee aus seinem Schlaf auf, doch das Bewußtsein war noch nicht zurückgekehrt. Royas glaubte den Verband erneuern zu müssen. Er entfernte die Binde und staunte. Es war offenkundig, daß der Verband von den geübten Händen eines Arztes angelegt war. Der Charakter der Wunde war nicht mit Sicherheit festzustellen. Er flößte Lee etwas von der Medizin ein, worauf dieser wieder in Schlaf versank.

Da kam Hierra aus dem Raumschiff gestürzt.

»Eine gute Nachricht! Vielleicht, daß wir sie ihm sagen können.«

Royas winkte zu schweigen. »Still! Er schläft. Nichts darf ihn stören. Was ist's?« Er trat näher zu Hierra.

»Ein Radiogramm der *Buena Vista*. Noch vor Einbruch der Nacht wird sie hier sein. Sie haben einen kleinen Umweg gemacht und den Mond angesteuert. Der Pestbrocken von Coiba . . . hat Unheil angerichtet.« –

Die nahe Ankunft der *Buena Vista* war im Nu überall bekannt. Auch in Cannings Lager erfuhr man durch Oberst Robartson, der mit Rücksicht auf den Unfall Lees ab und zu in das Uranidenlager kam, davon. Hier löste sie starkes Mißbehagen aus. Besonders bei Canning. Dessen Laune schien von Tag zu Tag schlechter zu werden. Eine auffällige Gereiztheit, eine überstarke Nervosität schien ihn befallen zu haben. In der vergangenen Nacht war es besonders schlimm mit ihm gewesen.

Ruhelos war er in dem engen Zelt hin und her gewandert. Er hatte fast die ganze Nacht keinen Schlaf gefunden. Man schob es darauf, daß durch die Verstärkung der Leeschen Expedition die Lage sich zu seinen Ungunsten ändern würde. Die Mitfahrt des Generals Serrato, der zweifellos im Auftrage seiner Regierung

kam, machte unter Umständen Zwangsmaßregeln gegen ihn möglich.

»Der Mond in Brand!« Die Hubschraubersternwarte von Berlin bestätigte die Meldung der *Buena Vista*.

Coiba! Die Nachricht aus Berlin lenkte die Aufmerksamkeit der Menschheit wieder voll auf das Unheil, das sich dort vollzog, auf die furchtbaren Kräfte, die bei dem Atombrand unaufhaltsam die Zerstörung der Materie verursachten, jeder menschlichen Abwehr spottend. Sie mußten, von Coiba weiterwirkend, den mittelamerikanischen Isthmus, die beiden nächstliegenden Kontinente, schließlich die ganze Erde ergreifen.

Wenn je, so war jetzt auf die neuen Nachrichten hin der Flug der Raumschiffe, die Eroberung des neuen Weltteils so aktuell wie möglich. Wenn auch viele Jahrzehnte vielleicht vergehen mochten, ehe die ganze Erde vom Feuer ergriffen war, einmal mußte der Tag kommen, wo keines Menschen Fuß mehr auf ihr weilen konnte.

Daß die Venus vorläufig die einzige Zuflucht sein würde, stand außer Zeifel. Wer aber würde ihr Herr sein? Wer hatte die Macht, das Recht, den besten Teil als Beute zu beanspruchen?

Die allgemeine Meinung hatte sich bisher überwiegend auf die Seite der Südamerikanischen Union gestellt.

Doch jetzt, wo die Gefahr des Weltbrandes, des Zwanges für die Menschheit, nach neuen Stätten zu suchen, so klar, so dringend vor Augen geführt wurde . . ., jetzt erhoben sich immer mehr Stimmen, die eine Konferenz der Weltstaaten befürworteten und eine gerechte, den bisherigen Wohnstätten der Menschheit entsprechende Siedlungsmöglichkeit verlangten.

Inzwischen schien sich hinter den Kulissen ein lebhaftes Diplomatenspiel zu entwickeln. Man erfuhr, daß die Geschäftsträger der beiden großen Staatengruppen Südamerikas und Südafrikas häufige Besuche in den betreffenden Auswärtigen Ämtern machten. Auch aus der immer heftiger werdenden Sprache der offiziösen Blätter war zu entnehmen, daß die Lage sich bedrohlich zuspitzte. Die Südafrikanische Union schien gewillt, ihre Aspirationen auf jenen Nova America getauften Venusteil erneut mit allen Kräften durchzusetzen. Zum wenigsten, was den nördlichen Teil von Nova America betraf. Überängstliche Gemüte sahen schon in jeder harmlosen Truppenverlegung die ersten Schritte der militärischen Mobilisation.

Der schnelle Start der *Buena Vista* hatte in der Südafrikanischen Union ungemein verblüfft. Gewiß wurden die Besitzverhältnisse

des neuentdeckten Landes nicht auf der Venus selbst entschieden, doch sah man der Verstärkung der südamerikanischen Expedition durch die Mannschaft der *Buena Vista* – es hieß, Serrato sei mit ausgewählten Leuten und stärkster Bewaffnung geflogen – mit steigender Erregung zu. Vergeblich suchte man die südafrikanische Regierung darüber auszuholen, welche Instruktionen Canning nachgesandt wären.

Da lag es vor ihnen, Nova America! Der dichte Wolkenhimmel, wie zu ihrer Begrüßung von freundlicher Hand weggewischt, gestattete dem Auge ein umfassendes Bild des neuen Landes.

Aus dem breiten Silbergürtel der Meere hob sich, von den Sonnenstrahlen überflutet, in zauberischer Schönheit der paradiesische Boden. Wechselnd Wälder und Grasflächen, von unzähligen Flußläufen durchzogen. Der leichtgewellte Boden nur an dem Meridiangebirge zu höheren Höhen emporsteigend.

Da war das Uranidenlager! Deutlich hob sich das bekannte Bild ab. Schon sah man die beiden Raumschiffe und das große Raumschiff der Uraniden. –

Auch Oberst Robartson stimmte in das jubelnde Hurra der Gefährten Lees mit ein, die der aufsetzenden *Buena Vista* die Hände entgegenstreckten ...

Die Türen öffneten sich. Heraus kamen die Freunde. Umarmen, Jauchzen, das plötzlich verstummte, als eine Stimme fragend rief:

»Wo ist Ronald Lee?«

Sekundenlang währte das Schweigen und doch eine Ewigkeit für die aus der *Buena Vista*.

»Ronald! Mein Bruder! Wo ist er?« Die Stimme Violets unterbrach die lastende Stille.

»Ein kleiner Unfall, Señor van der Meulen. Ich werde Sie zu ihm führen. Vielleicht ist er morgen schon wieder wohlauf.«

»Seien Sie ruhig, Señoritas!« Professor Royas trat zu den beiden erschreckten Mädchen. »Er schläft. Versprechen Sie mir, ruhig zu bleiben. Wir werden zu ihm gehen.«

Im Weiterschreiten machte Hierra van der Meulen auf Oberst Robartson aufmerksam und stellte ihn vor.

»Oberst Robartson, der uns bei der Suche nach Lee tatkräftige Hilfe geleistet und auch sonst redlich bemüht gewesen ist, die Kluft zwischen den Parteien nach Möglichkeit zu überbrücken.«

Van der Meulen drückte ihm stumm die Hand und begrüßte auch Ricardo und dessen Brüder. Ihnen in erster Linie war es ja zu verdanken, daß man den Verwundeten so schnell gefunden hatte.

Und dann standen sie an dem Lager Lees im Zelt der Uraniden. Noch ehe sich ihre Augen an das Halbdunkel im Zelt gewöhnt hatten, klang ihnen aus dem Hintergrunde die Stimme Lees entgegen.

»Hortense! Violet!«

Diese riefen in der Überraschung, in der Freude: »Ronald!« Sie eilten zu ihm, ihre Augen hingen in freudiger Rührung an dem Bild, das das Dunkel des Raumes wie hinter einem leisen Schleier verbarg. Lee sah nur zwei Frauenköpfe, die sich über ihn beugten. Er hörte wirre Worte der Freude, des Glückes . . .

Bis van der Meulens Stimme den Zauber des Augenblicks brach.

»Guten Tag, Ronald Lee! Was die Radiowellen Ihnen nur unvollkommen sagen konnten, von Mund zu Mund will ich's Ihnen wiederholen. Ihnen will ich danken für all das Große, was Sie geleistet, für uns getan haben. Ihr Unfall . . . Gott sei Dank, ich sehe, es steht gut mit Ihnen.«

Irgendeiner schaltete das Licht ein. Lee hatte sich aufgerichtet, von Violets und Hortenses Armen gehalten. Alle traten zu ihm heran und reichten ihm die Hand. Von der Meulen hielt sie so fest, als wolle er sie gar nicht wieder loslassen.

»Ronald Lee!« Immer wieder kamen die Worte von seinen Lippen. »Ronald Lee, Dank für alles, was Sie getan haben!«

General Serrato hatte sich währenddessen mit Professor Royas besprochen. Sie traten jetzt an Lee heran.

»Fühlen Sie sich kräftig genug, Mr. Lee, uns jetzt eine kurze Aufklärung zu geben, wie Ihnen der Unfall zustieß? Fast drängt sich die Vermutung auf, daß . . . doch nein! Erst mögen Sie Ihre Wahrnehmungen schildern.«

Lee sann einen Augenblick, als hätten die Worte Serratos seine Gedanken auf einem Weg weitergeführt, den zu gehen er sich immer gescheut hatte.

»Sie wissen«, begann er, »daß ich mit Ricardo Stamford in der Richtung nach Südosten ging, um, dem Lauf des kleinen Flüßchens folgend, die Umgebung zu durchsuchen. Wir trennten uns an der Feuerstelle, die Don Ricardo gefunden hatte. Weiterwandernd glaubte ich über dem Höhenrücken im Osten eine leichte Rauchsäule zu sehen. Ich schritt darauf zu, doch als ich näher kam, war sie verschwunden. Ich ging dann, da es dunkel zu werden drohte, in weitem Bogen auf unser Lager zurück. Auf einer kleinen Höhe hielt ich Umschau. Da traf mich etwas an der Stirn. Ich verlor das Bewußtsein und fiel zu Boden. Im Sturze glaubte ich noch den Knall eines Schusses zu hören. Ich muß mich auch getäuscht haben, denn wer sollte . . .«

»Und wenn Sie glauben, Mr. Lee, Sie hätten sich getäuscht«, unterbrach ihn Professor Royas, »könnten Sie eine andere Ursache für Ihre Verletzung angeben?«

»Es könnte sein, daß ein Ast gestürzt ist und mich getroffen hat.«

Royas nickte zögernd. »Ganz ausgeschlossen wäre das nicht. Die Art Ihrer Wunde, ich sah's beim Wechseln des Verbandes, läßt die Möglichkeit zu . . . immerhin. . .«

»Könnten Sie sich erinnern, Mr. Lee, zu welcher Zeit Ihnen das wohl zustieß?« wandte sich Oberst Robartson an Lee.

Lee sah Robartson aufmerksam an. »Genau kann ich es nicht sagen. Es kann wohl die sechste Nachmittagsstunde gewesen sein.«

»Gut, Mr. Lee! Ihre Worte geben mir eine gewisse Erleichterung. Ich weiß genau, daß zu Anfang der siebenten Nachmittagsstunde in unserem Lager alles versammelt war. Ich lege Wert auf diese Feststellung, um nicht den Gedanken aufkommen zu lassen, irgend jemand unserer Expedition könnte mit dem Unglücksfall in Verbindung gebracht werden.« –

War es die Freude des Wiedersehens, war es Gleichgültigkeit . . . Lee zeigte wenig Lust, das Gespräch in dieser Richtung fortzusetzen. Er wandte sich zu Hortense, Violet und van der Meulen.

Eine Menge Fragen hatte jeder auf dem Herzen. Die anderen zogen sich aus dem Zelt zurück. Bis Professor Royas sein energisches Veto einlegte, saßen die vier Glücklichen zusammen.

»Schlaf ist das beste Mittel, Mr. van der Meulen. Lassen wir ihn jetzt ruhen. Will's Gott, wird ihn der morgige Tag frisch und munter sehen. Vielleicht kann er sogar aufstehen. Die Verwundung ist ohne Bedeutung. Der Knochen ist kaum verletzt. Nur der starke Blutverlust hat ihn so geschwächt.«

Sie traten beide vor das Zelt. »Allerdings, Mr. van der Meulen . . . ich wollte das nicht in Gegenwart der jungen Damen sagen: Wäre nicht rechtzeitig Hilfe hinzugekommen, würde er sich vielleicht verblutet haben. Die Stirnschlagader ist verletzt.«

»Und wie erklären Sie diese, ich möchte sagen, unglaubliche Tatsache, die den Vorfall noch rätselhafter macht, daß irgend jemand, ein Fremder, dazugekommen ist, ihn verbunden und gepflegt hat?«

»Von den vielen Rätseln, die uns hier oben schon begegnet sind, ist das das größte. Die Häufung der Ereignisse hat mir noch nicht Zeit gelassen, viel darüber zu grübeln. Und doch ist es natürlich von größter Wichtigkeit, zu wissen, wer das gewesen ist. Doch wer es auch sei, wenn er sich im verborgenen halten will, ist es unnütz, nach ihm zu suchen. In diesen riesigen unbekannten Gebieten ist ein Forschen aussichtslos.« –

Die Mitternachtsstunde war gekommen. Hortense und Violet saßen am Lager Lees und wachten über seinen Schlaf. Professor Royas und van der Meulen, die eine lange Besprechung mit General Serrato gehabt hatten, traten ein. Professor Royas ging an das Lager Lees heran. Die leichte Fieberröte machte ihm im stillen etwas Besorgnis. Er wollte ihm einen kühlen Trank einflößen, da schlug Lee die Augen auf. Mit Mühe schien er die, die um ihn saßen, zu erkennen.

Royas reichte ihm das Glas. Er trank es gierig leer. Sein Blick wurde klarer, er nickte allen freundlich zu und sank dann wieder zurück. Im Glauben, Lee, der völlig wach lag, eine angenehme, belebende Nachricht zu geben, begann van der Meulen zu erzählen ... von dem umgeheuren Aufsehen, das Lees Fahrt auf der Erde gemacht hatte, von dem großen Rätselraten über den Verbleib der Hinterlassenschaft der Uraniden ...

Lee nickte lächelnd. Dann plötzlich krauste sich seine Stirn. Die Augenlider zogen sich zusammen. Man sah, er dachte angestrengt über etwas nach. Dann begann er zu sprechen.

»Uraniden ... das Rätsel ihres Endes ... ich weiß alles ... Einer hat es mir gesagt, hat mir alles erzählt ...«

Alle Blicke gingen zu Royas, sahen diesen ängstlich forschend an. Lee schien in starkem Fiebertraum zu sprechen. Der Professor fühlte seinen Puls und schüttelte den Kopf. Seine Mienen deuteten an, daß das Fieber nicht gestiegen sei. Lee sprach weiter.

»... Als ich da lag, wo man mich fand ... in der Nacht ... die Kühle der Nachtluft hatte mich erweckt ... ich habe es nicht geträumt ... Ein Mann kniete neben mir. Er reichte mir die Arznei, legte die Hand auf meine Stirn und sprach zu mir. Er wußte, wer ich war. Er wußte von dem Schicksal unserer Fahrt, wußte auch von den anderen ...

Dein Suchen ist vergeblich ... Du suchst die Uraniden ... suchst ihren Schatz ... die Welt ... einmal schon lohnte sie ein großes Geschenk der Natur mit Undank. Verwandelte in Fluch, was zum Segen bestimmt war. Der Uranidenhort in Menschenhand ... das Unheil wäre noch größer geworden ...

Ein anderer hat ihn gehoben. Er ist unerreichbar für dich und für euch alle. Einer Menschheit, die würdiger ist als ihre Vorfahren, wird einst in eigener Arbeit das hohe Ziel zufallen. Und daß du nie zweifelst an dem, was dein Ohr gehört hat, wird dein Auge schauen, was geschehen ist.

Da stand plötzlich das Lager der Uraniden vor meinen Blicken. Vor dem Zelt, in dem ich hier liege, steht eine Ruhebank. Darauf

liegt ein Mann. Seine Züge, sein Bild – ich sah es schon, als wir in der Schlucht das zwölfte Grab öffneten –, der lebte noch. Doch lagen schon die Todesschatten auf seinen Zügen ...

Aus dem Äther senkt sich ein Schiff wie unseres. Es landet neben dem Uranidenschiff. Zwei Männer steigen heraus und gehen auf das Zelt zu.

Der da liegt, richtet sich auf. Seine Arme strecken sich den Ankömmlingen entgegen. Von seinen Lippen fließen Worte. Die Männer legen ihn sanft zurück. Der eine öffnet ein Buch und schreibt ... Der Uranide nickt, lächelt ... er verlangt das Buch. Mit müder Hand schreibt auch er ... die beiden anderen nicken. Sie verstehen, was ihre Herzen sich sagen wollen.

Der Kranke deutet auf ein Tischchen, worauf ein schöner Apfel liegt. Seine Miene drückt Abscheu, Furcht aus. Warnend hebt er die Hand ... Der eine der beiden zieht ein Fläschchen aus seiner Tasche, will dem Kranken davon einflößen. Der winkt traurig ab. Er will sagen, daß nichts ihn retten könne ...

Der andere ist indessen zu dem Tisch gegangen, hebt den Apfel auf, betrachtet ihn lange. Dann legt er ihn wieder hin, deckt ein Glas darüber. Er taucht den Finger in eine Flüssigkeit, macht ein Kreuz auf das Glas.

Der Kranke greift in sein Gewand. Er entnimmt einem Kästchen ein paar Pillen, führt sie zum Munde ... Eine kleine Weile ... seine Züge beleben sich. Das Auge wird heller, klarer. Sein Arm deutet auf das Uranidenschiff, auf die Gegenstände, die außerhalb des Schiffes lagern ...

Die beiden verstehen seinen Wunsch. Sie gehen in das Schiff, bringen daraus viele Dinge. Ihre Mienen deuten an, sie wissen nicht den Zweck, den Gebrauch ...

Der Kranke nimmt das Buch und schreibt ... die beiden verstehen.

Jetzt kommt der eine der beiden, bringt ein großes Buch. Die Augen des Uraniden leuchten bei seinem Anblick. Ein kostbarer Schatz muß es sein ...

Wieder beginnt er zu schreiben. Die beiden Fremden, über ihn gebeugt mit glänzenden Blicken ... die Mienen aufs äußerste gespannt, verfolgen sie die Erklärungen des Uraniden. Doch das Buch ist groß, umfangreich sein Inhalt.

Die Mittagsstunde kommt heran. Immer wieder bedarf der Kranke der Arznei. Endlich, schon neigt sich die Sonne zum Untergang, ist die Kraft des Kranken erschöpft. Er schließt die Augen ...

Da, als die Sonne eben noch ihre letzten Strahlen über den Hori-

zont sendet, wacht er noch einmal auf. Seine Hand deutet mit schwacher Gebärde zu der Schlucht. Sie sinkt zurück ... streckt sich noch einmal den Ankömmlingen entgegen, drückt deren Hände ... dann fällt sie matt zur Seite. Der Sonnenball taucht in die Fluten des Westmeeres unter, da kommt der letzte Hauch von seinen Lippen. Er ist tot.

Der nächste Tag ... wieder steht die Sonne am Himmel. Das Lager vor dem Zelt ist leer. Die beiden Fremden kommen von der Schlucht her geschritten. Ihr Schiff erhebt sich, fährt fort nach Osten, der Sonne zu ...«

Lee schwieg. Mit verhaltenem Atem warteten alle darauf, daß er weitersprechen würde. Doch nicht lange, dann verrieten seine tiefe Atemzüge, daß er eingeschlafen sei.

Hortenses Hand glitt sanft über sein Gesicht. Sie nickte stumm, erhob sich dann, stand einen Augenblick sinnend da, die Augen wie in weite Fernen gerichtet. Ihre Lippen flüsterten leise: »Ja! Alles, was er sagte, war kein Traum. So war es. Unser Suchen ist vergeblich. Größere, Stärkere waren vor uns hier. Von der Erde sind sie gekommen. Das Kreuz, das Symbol des Todes für die Erdenmenschen, sagt es. Sie haben den Hort gehoben.«

Der Rauch im Osten! Dort mußten die Uraniden sein!

Canning schritt allein im Tale jenes Baches der aufgehenden Sonne zu. Als am gestrigen Abend Oberst Robartson, ins Lager zurückgekehrt, ihm die Worte Lees mitgeteilt hatte, was der von einer Rauchsäule über den Osthügeln sah, war sein Entschluß gefaßt. Eine letzte Möglichkeit war es, den Aufenthalt der Uraniden zu entdecken.

Schon weit über eine Stunde war er unterwegs. Immer wieder schaute er sich um, ängstlich, ob nicht andere ihm folgten. Endlich hatte er den Höhenrücken erreicht. Mit seinem Glase suchte er den Horizont weithin nach Osten ab. Doch vergeblich ... Enttäuscht ließ er das Glas sinken. Da, sein bloßes Auge verriet es ihm – weiter nördlich, nicht allzu weit hing ein dünner Rauchschleier.

Er nahm sein Glas zu Hilfe, geriet in Zweifel. Die Morgensonne, eben über den Horizont gestiegen, mochte wohl die nächtlichen Nebel aus einer feuchten Stelle emporziehen. Doch jetzt, das scharfe Glas zeigte es deutlich. Ein paar dunkle Streifen in dem hellen Dunst. Kein Zweifel, das war der Rauch eines Feuers!

Suchend ging sein Blick über die Landschaft vor ihm. Das dichte Gestrüpp machte ein Durchschreiten unmöglich. Nur weiter nach Norden, wo das Buschwerk in hohen, lichten Wald überging, be-

stand die Möglichkeit, dorthin zu gelangen. Er warf das Gewehr über die Schulter und schritt rüstig aus. In einer Stunde, überschlug er, konnte er jene Stelle erreicht haben.

Auf einer kleinen Anhöhe, die ihm einen weiteren Überblick bot, schaute er nochmals scharf hin. Der Rauch war verschwunden, doch unentwegt schritt er weiter –

Die Stunde war längst vergangen. Immer wieder hatten ihn die Unebenheiten des Bodens zu Umwegen genötigt, doch konnte er nach seiner Berechnung nicht mehr weit von der Stelle sein, wo er den Rauch gesehen hatte. Jetzt wurde der Wald lichter. Eilig, fast laufend schritt er voran.

Ein paarmal blieb er lauschend stehen. Es war ihm, als ob der Ton menschlicher Stimmen an sein Ohr gedrungen wäre. Endlich lag der Rand des Waldes vor ihm. Noch ein paar Schritte, dann hatte er freien Ausblick . . .

Da blieb er mit einem Ruck stehen. Ein Schrei des Entsetzens brach aus seinem Munde. Er wollte sich zur Flucht wenden. Doch die Füße, wie festgewurzelt, versagten den Dienst. Seine Hände streckten sich abwehrend einer Gestalt entgegen, die sich bei seinem Nahen hinter einem Riesenstamm des Waldsaumes erhoben hatte und jetzt vor ihm stand.

Der Mann, der da plötzlich auftauchte, stand ebenfalls reglos. Sein Gesicht war bleich wie der Tod, die Augen weit aufgerissen, die Lippen wie in Fieberkrämpfen bebend, stammelten. Jetzt hob sich dessen Arm, die Finger ausgestreckt wie Krallen. Ein Blick der Verzweiflung lag in seinen Augen. Seine Füße bewegten sich langsam auf Canning zu.

Da schrie er auf.

»Hinweg! Hinweg, Awaloff! Fort aus meinen Augen! Fort, du Schemen, aus meinen Augen! Du bist ja tot . . . auf dem Grunde des Meeres liegst du . . .«

Bei dem Namen Awaloff war die Gestalt zusammengezuckt. Ein irres Lächeln ging über das Gesicht.

»Es ist nicht wahr, was du sagst, Canning! Ich sank nicht unter in die Fluten des Ozeans . . . ich schwamm . . . schwamm immerzu . . . lange bin ich geschwommen . . . und dann kam ich an Land! Hier ist das Land, wohin ich kam . . .«

Canning schlug die geballten Fäuste vors Gesicht, schloß die Augen . . .

Ein Trugbild . . . mein Geist ist krank . . . ein Gespenst, das mich narren will . . . Ha! Gespenster! Auf der Erde gab's die nicht . . . ist hier der Ort, wo sie weilen? Gleich will ich's sehen . . .

Da schrie das Phantom laut auf, wandte sich um, stürzte fort.

Canning eilte ihm nach. Er rief laut: »Bist du's, Awaloff? Steh! Stehe!« Doch der lief weiter. Er verschwand jetzt hinter einem dichten Gebüsch. Canning riß das Gewehr von der Schulter und schoß. Mit jagenden Pulsen, die Lippen schäumend in rasendem, sinnlosem Schreien, folgte er Awaloff.

Er lief schneller als jener ... Jetzt um das Gebüsch herum! Dann mußte er ihn haben ...

Jetzt sah er ihn wieder wenige Schritte vor sich ... Er streckte die Arme aus ... Da! Der Mund, der schreien wollte, versagte. Seine Augen starrten auf eine Gruppe von Menschen, die da am Boden lagerten. Er wollte halten, stürzte nieder und stützte die Hände auf den Boden.

»Sie suchten uns, Mr. Canning?«

Einer, der da lag, rief es ihm zu. Canning starrte ihn an.

Der Mann! Die anderen! Im Tale des Himalaja bleichten ihre Gebeine, von der Bombe zerrissen. Er bog sich weit zurück. Die Gesichter aller waren ihm zugewandt. Hinter den andern Awaloff, zitternd, bebend. Das Gesicht weggewandt, als fürchte er Cannings Anblick.

Keiner sprach ein Wort. Nur die Augen waren wie anklagend, wie fragend, auf ihn gerichtet.

Ein gräßlicher Schrei brach aus seinem Munde.

»Die Toten! Hier stehen sie wieder auf! Und mich ... du schrecklichster Gott ... sandtest du hierher ... vor ihr Gericht ...«

Sein Körper bäumte sich auf, stand zitternd, stürzte dann wie ein gefällter Baum zu Boden.

»Karma! Die die Schicksalsfäden gebunden, nie werden sie der Fessel ledig. Immer führt sie das Schicksal zusammen.«

Sidney Stamford beugte sich über den Zusammengesunkenen. »Wäre sein Geist für ewig krank geworden? Es kann, es darf nicht sein. Das Schicksal ist's uns schuldig, daß er lebt, als Zeuge seiner Taten der Welt kündet, was er an uns und an der Menschheit verbrach. Er soll schlafen ... in ruhigem, traumlosem Schlaf. Die Ruhe wird ihn erfrischen und erstarken lassen, daß er weiterlebt ... bis der Tag des Gerichtes gekommen.«

Er beugte sich über ihn. Die Hohlnadel drang in Cannings Arm.

»In drei Stunden wird er erwachen. Körperlich frisch, sein Geist erstarkt. Doch unauslöschlich darin die Erinnerung an das, was er hier gesehen hat.«

Noch stand er, den Blick auf den am Boden Liegenden gerichtet, da riß ihn ein Schrei auf ...

Awaloff, der bisher den Vorgängen mit den irren Augen des unheilbar Kranken folgte, war plötzlich wie leblos zu Boden gesunken. Noch ehe Stamford bei ihm war, kam Majadevi zu ihm geeilt. Sie kniete neben ihm, hob sein Haupt empor, legte es in ihren Schoß und streichelte leise weinend die starren Züge.

Ihre Augen gingen ängstlich zu Stamford.

»Ist er tot, der Gute? Er liebte mich so sehr. Helfen Sie ihm, retten Sie ihn!«

Sekundenlang ging Stamfords Blick zwischen dem Gesicht des Mädchens und dem des Mannes. Er kniete nieder, öffnete mit leisem Zwang die Lippen Awaloffs und flößte ihm ein paar Tropfen aus einer kleinen Phiole ein.

Bald schlug er die Augen auf. Sein erster Blick traf das Mädchen. Er schaute in ihre Augen. Stamford betrachtete sie mit ängstlicher Spannung.

Awaloff wandte die Blicke nicht von dem Mädchen. Es war, als tränken sich seine Augen satt an ihrem Anblick.

»Majadevi nennen sie dich ...«, flüsterte er leise vor sich hin. »Du bist Majadevi ... wüßte ich's nicht, würde ich dich jetzt anders nennen, einen anderen Namen ... Wie lange ist's her, daß ich ihn rief ... Den Namen meines Kindes ... Maria ... Maria ... So rief ich sie, daß sie jubelnd in meine Arme eilte, ihre Arme um mich schlang, mich küßte ... Mein großes, liebes Väterchen nannte sie mich und streichelte mein Gesicht, wie du es tust ...«

Seine Augen, plötzlich wie in bangem Erschrecken, füllten sich mit Tränen.

»Maria! Maria!« rief er laut. Sie zuckte zusammen, wie aus tiefstem Schlaf erweckt. Der Ton von unendlicher Liebe und Zärtlichkeit drang in tiefste Herzenskammern. Ihre Hände hoben sich ausgebreitet in die Luft. Ihr Blick war erwartungsvoll in die Ferne gerichtet.

Noch einmal: »Maria! Maria!«

Da schlug sie die Hände um seinen Hals.

»Väterchen! Väterchen!«

Keiner der anderen wagte sich zu rühren, das ergreifende Bild eines solchen Wiederfindens zu stören. Stamford hatte die Augen geschlossen. Um seinen Mund zuckte es. So ähnlich war das Bild, das ihm traumhaft so oft erschienen, wenn er das sonderbare, vom ersten Tage an fast innige Verhältnis zwischen den beiden betrachtete.

Die Enthüllungen, die ihm Sarata in der Trance gezwungen gemacht hatte, schlossen die Kette ... Majadevi, bewußtlos in den

Armen der toten Mutter gefunden, ein schlimmes Schicksal hatte sie dem Inder in die Hände gespielt ...

Awaloff ... Gorm ... auch deren Schicksal verflochten.

Der eine mußte arbeiten an dem Verderben des anderen ... dann mußte er ihn retten vor dem Stahl des Inders. Gorm befreite Awaloffs Blut aus des Inders Händen ... Karma!

Durch wilden Wald, über baumlose Fluren, über Hügel, durch Täler rast ein Mann. Kein Hindernis hemmt seinen wilden Lauf. Die Kleider zerrissen von dornigem Gestrüpp, die Haare wirr um das bleiche Gesicht flatternd. Immer wieder wollen die Füße, die Lunge den Dienst versagen. Doch er peitscht sie mit äußerster Willenskraft zu erneuter Anstrengung. Die wilden Tiere fliehen bei seinem Herannahen erschreckt zur Seite ...

Jetzt stürmt er eine Höhe hinab. Ein dunkles Tal tut sich vor ihm auf. In seinem wüsten Gehirn leuchtet der Gedanke des Geborgenseins auf. Er will den Schritt verlangsamen ... da stolpert er, stürzt. Er liegt einen Augenblick tief atmend in dem Schatten eines Baumes, über dessen Wurzeln er fiel. Er will sich wieder aufraffen, erheben ... und sinkt mit einem Schmerzenslaut zusammen. Der eine Fuß versagt den Dienst. Mit angstvoll geöffneten Augen betastet er das Glied ... Ist der Fuß gebrochen? Oder nur verrenkt? Doch einerlei ... der Schmerz ist so groß ... unmöglich auch bei stärkster Selbstüberwindung, den Fuß zu gebrauchen ...

Seine Augen gehen suchend in die Runde. Einen Stock, einen Ast, aus dem er eine Krücke brechen könnte. Er kann, darf hier nicht bleiben, er muß weiter. Wer weiß, ob sie nicht hinter ihm her sind, die Gespenster ... Mit furchtsamen, angstvollen Augen sieht er sich um. Doch vergeblich sucht er einen Stock.

Noch einmal versucht er mit letzter Willensanstrengung, sich zu erheben. Vergeblich ... die Knie versagen den Dienst.

Auch die Kräfte des Geistes sind erlahmt. Widerstandslos, gefühllos überläßt er sich dem tiefen Schlaf, der über ihn fällt. —

Die Sonne steht im Scheitelpunkt. Glühend brennen ihre Strahlen auf den Venusboden. Eine Lücke ist im Geäst des Baumes. Die Strahlen treffen das Gesicht des Schläfers. Er wacht auf und blickt wirr um sich. Er kann zuerst nicht fassen, wie er hierhergekommen und was mit ihm los ist. Er will aufstehen. Doch der Schmerz im Fuß bannt ihn an den Boden. Das weckt auch die Erinnerung ...

Die Erinnerung, was mit ihm geschehen war. Seine Augen gehen in grauenhafter Angst in die Richtung, aus der er kam. Waren das

Gespenster? Waren das die Seelen der Toten, die er gemordet hatte? Nein! Nein! Alle Vernunft bäumt sich in ihm auf ... Die waren lebendig.

Und doch! Wie wäre das möglich, daß sie noch lebten! Der eine versank in den Fluten des Ozeans. Die anderen zerschmetterte vor seinen Augen die Bombe.

Er kroch mühsam näher an den Stamm des Baumes heran und lehnte den Rücken dagegen. Die Hände vor die Augen gepreßt, sann er und versuchte sich zu logischem Denken zu zwingen ...

Sie leben ... kein Zweifel! Kein Trugbild war es, was seine Augen gesehen hatten. Doch weshalb hatten sie nicht sein Leben genommen? Hatte er nicht den Tod um sie verdient? Warum schonten sie ihn, ließen ihm sogar die Freiheit?

Er hatte sich vorsichtig aufgerichtet ... Spielten sie mit ihm? Wollten sie ihn? Doch nichts! Kein Laut. Sie waren weg. Er war allein. Er war davongestürzt ... zurück zum Lager! Das Schiff wollte er besteigen. Fort von hier! Fliehen ... zurück zur Erde. Der Weltraum zwischen ihm und jenen, auf daß er die Ruhe wiederfinden würde.

Der Fuß. Sorgfältig untersuchte er ihn. Es schien kein Bruch, nur eine Verstauchung. Doch einerlei! Tage mochten vergehen, ehe er ihn wieder voll gebrauchen konnte, Tage, die er nicht fortkonnte, hier liegen mußte, ohne Speise und Trank, den wilden Tieren preisgegeben. Ein Zufall, wenn ihn die Gefährten, die ihn vermissen mußten, hier fänden.

Der Gedanke an Speise und Trank weckte seine Sinne. Durst, ein unendlicher Durst – jetzt fühlte er ihn erst. Der rasende Lauf, die glühende Sonnenhitze – seine vertrockneten Lippen lechzten nach einem kühlen Trank. Seine Augen wanderten gierig umher. Vielleicht war ein Quell hier, zu dem er sich schleppen konnte. Doch nichts! Trocken, öde alles.

Doch auf der Erde lagen Früchte. Fast konnte er sie mit ausgestrecktem Arm erreichen. Äpfel, die von dem Baum, unter dem er saß, herabgefallen waren. Das tiefe Rot ihrer Schale leuchtete so einladend aus dem grünen Gras. Er konnte sie greifen. Gierig nahm er einen in die Hand. Er führte ihn zum Munde und wollte seine Zähne in das rote Fleisch pressen ... Da war blitzartig ein Gefühl des Schreckens, des Abscheus in ihm.

Gift! Soll ich mich mit sehenden Augen töten? Vielleicht, daß die Gefährten ein glücklicher Zufall schon bald hierherbringt und ich doch noch gerettet werde.

Lange lag er so. Der Fieberbrand in ihm loderte immer stärker

auf. Es war ihm, als kochte das Blut in seinen Adern. Mit gewaltsamer Anstrengung riß er sich in die Höhe. Seine Augen stierten auf die Früchte.

Ich Tor! lallte er. Vor mir die Rettung, der höchste Genuß ... und ich scheue zurück in grundloser Angst.

Mit wütender Gebärde riß er die Früchte an sich heran, daß sie sich um ihn häuften. Dann schloß er die Augen, biß hinein, aß und trank zugleich. Der köstliche Saft befeuchtete die vertrockneten Lippen, die verdorrte Kehle ...

Immer wieder aß er, bis seine Hand keinen Apfel mehr ertasten konnte. Er legte sich dann wieder am Stamm zurück, einen Blick unendlicher Dankbarkeit in die breite Krone sendend ...

Er fühlte, wie die Spannung in Hirn und Körper nachließ. Ein unendliches Wohlsein umfing ihn. Langsam neigte sich sein Oberkörper zur Seite. Seine Glieder reckten und streckten sich, wie von neuem Leben durchströmt. Dann sank er in tiefen, ruhigen Schlaf.

Der Schein der Morgensonne des nächsten Tages leuchtete über vier glückliche Gesichter. Vor dem Uranidenzelt saßen van der Meulen, Hortense und Violet. In ihrer Mitte Lee. Das Wiedersehen der Teuren hatte Lee schneller die Kräfte zurückgegeben, als jede Arznei es gekonnt hätte. Es war, wie Royas lächelnd sagte, die beste Arznei gewesen. Hortense und Violet wetteiferten, ihm mit sanftestem, liebevollem Zwang die besten Bissen zum Munde zu führen.

»Unmöglich!« Mit komischer Gebärde wies er Violets Hand zurück, die ihm noch eine saftige Frucht aufdrängen wollte.

»Keine Angst, Ronald! Es sind keine Venusäpfel. Mitgebracht aus Buena Vista. Du aßest sie doch immer so gern. Hortense dachte daran, als wir fortflogen.«

Lees Auge ging zärtlich zu der Geliebten, die den Blick leicht errötend zurückgab. Da konnte er nicht länger widerstehen. Er nahm die Frucht und biß hinein. Verstohlen fanden sich ihre Hände.

Van der Meulen saß in tiefem Nachdenken. Schon am Nachmittag des gestrigen Tages war die Nachricht vom Lager des *Stern von Südafrika* zu ihm gedrungen, daß Canning am Morgen das Lager verlassen habe und noch nicht zurückgekehrt sei. Eben war Oberst Robartson bei ihnen gewesen und hatte ihm mitgeteilt, daß Canning immer noch nicht zurück sei und daß die ausgesandten Gefährten ihn trotz eifrigen Suchens noch nicht gefunden hätten. Er hatte um Unterstützung gebeten. Van der Meulen hatte ihm bereitwillig ein paar der Leute, die mit General Serrato gekommen waren, mitgegeben.

Wo war Canning? War ihm was zugestoßen? Vielleicht gar etwas Ähnliches wie Ronald Lee ... Die Rätsel der Venus, immer dunkler, undurchdringlicher wurden sie.

Der Blick auf Lee, der in die Frucht biß, lenkte seine Gedanken zu dem Gespräch.

»Das wäre ja noch schöner, wenn die Venus nicht auch solche ähnlichen köstlichen Früchte hervorbrächte«, fiel er in das Gespräch ein. »Natürlich nicht hier. Weiter im Süden, wo die Sonne stärker wirkt. Und sollte wirklich die Natur versagen, so sollen schon die nächsten Schiffe als Gastgeschenk die ersten Bäume mitbringen. Wir selbst würden sie pflanzen ... Doch kann ich nicht glauben, daß dieses wundervolle, fruchtbare Land nicht auch an eßbaren Früchten reich sein sollte. Ah, kaum kann ich den morgigen Tag erwarten, wo wir eine Erkundungsfahrt machen wollen. Ich brenne darauf, die Fauna und Flora einer neuen Welt kennenzulernen.«

Lee nickte freudig.

»Gewiß! Auch ich kann es kaum erwarten, die Schönheiten, den Reichtum von Nova America kennenzulernen.« Seine Arme machten ein paar kräftige Bewegungen, sein Körper straffte sich.

»Doch warum erst morgen? Heute! Und wenn wir auch nicht gleich den ganzen Erdteil erkunden wollen ... Warum den Genuß so schnell genießen ... Wenn wir vorerst die nördlichen Breiten erkunden? Eine Rundfahrt ... Der Nachmittag wäre vollauf genügend! Wir fliegen selbstverständlich!«

»Ronald!« Von beiden Seiten legten sich zwei Frauenhände auf seine Schultern. »Das wäre leichtsinnig! Du bist noch zu schwach. Ein Rückschlag ...«

»Ich schwach? Riesenkräfte fühle ich in mir! Und wenn sie doch versagen sollten, zwei treue Stützen hätte ich.« Er legte die Arme um die Schultern der Mädchen, zog sie an sich.

»Herr General!« Seine Stimme rief laut über den Platz hinweg. »Wir fliegen heute mittag. Die erste Patrouillenfahrt in unser neues Reich, wo überall die Flaggen der Heimat wehen.«

Serrato kam eilig dahergeschritten. »Mr. Lee, Sie fühlen sich schon stark genug, heute zu fahren?«

»Gewiß, Herr General. Es ist ja nur ein Vergnügungsflug des *Jonas Lee*. Hierra wird ihn führen.«

Als dann auch der Widerstand Royas' überwunden war, wurden die Vorbereitungen getroffen. Noch hatte die Sonne den Scheitelpunkt nicht erreicht, als sich alle in das startbereite Raumschiff begaben. Hierra, der mit dem Glas die Wolkenbildung des Himmels untersuchte, wandte sich jetzt zu Lee.

»Ich fürchte, wir müssen in geringer Höhe fliegen. Allem Anschein nach werden die Wolkenbänke sich mit dem Fortschreiten der Sonne dichter über den Venusboden ziehen. Wir müssen, um Sicht zu haben, tief fliegen. Die Folge ist, daß wir auch langsam fliegen müssen, um dem Blick Zeit zu geben, das Gesehene zu erfassen.«

»Das schadet nichts«, fiel van der Meulen ein, »mir liegt gerade daran, die Bodenbeschaffenheit und die Tierwelt genauer zu beobachten.«

Gleich darauf erhob sich der *Jonas Lee* in die Luft und flog in der Richtung nach Osten. Beim Einsteigen war Lee der Gedanke gekommen, zunächst das Meridiangebirge anzufliegen, um dann seinen Verlauf nach Norden zu verfolgen. Dabei sollte der Versuch gemacht werden, einen Meridian durch möglichst markante Berggipfel festzulegen; denn es gab Gründe genug, eine baldige trigonometrische Vermessung von Nova America in die Wege zu leiten.

Alle standen an den Fenstern und schauten mit höchstem Interesse auf die wechselvollen Bilder der unter ihnen dahinziehenden Landschaft. Je mehr man sich dem Hochgebirge näherte, desto schärfer spähte Lee durch sein Glas.

Der Rauch! War's eine Täuschung seiner Augen gewesen? Er kannte die Stelle wieder, wo ihn der Unfall getroffen hatte. Der Schlag, der Schuß? Absichtlich hatte er es vermieden, über das Ereignis viel zu sprechen. Und doch! Die Gedanken daran ließen ihn nicht los. Was war da geschehen mit ihm? Die anderen hatten wohl gemerkt, daß er nicht gern über den Vorfall sprach, und unterließen infolgedessen Fragen darüber . . .

Lees Auge haftete unverwandt an der kleinen Höhe, wo sie ihn gefunden hatten, und untersuchte dann näher die Umgebung. Da! Er stieß einen lauten Ruf der Überraschung aus. Nicht weit von der Höhe lag ein schmales Wiesental. Am östlichen Ende stand ein großer Baum, über und über bedeckt mit Früchten.

»Ein Apfelbaum!« rief er laut.

Die anderen kamen zu ihm geeilt.

»Wo ist er? Äpfel? Äpfel, von denen die Uraniden gegessen haben?«

Die Spannung, die Neugierde war bei allen übergroß. Hierra hatte das Schiff angehalten. Es stand jetzt in geringer Höhe fast senkrecht über dem Baum.

»Merken wir uns die Stelle!« rief General Serrato, »sie ist nicht weit vom Lager. Sobald wir zurück sind, werden wir den Baum, und die Früchte untersuchen.«

»Nein! Nein! Nicht später! Jetzt!« Lee trat zu Hierra heran. In seinen Augen glänzte es wie leichtes Fieber. »Ich kenne die Frucht nur zu genau. Ich will und muß diese hier sehen, vergleichen. Der Tod dieser kühnen Männer kam durch dieses tückische Gewächs. Hat es jemals in der Geschichte der Menschen eine größere Tragik gegeben? Wie konnte die Natur unter der Gestalt einer prächtigen Frucht, die durch ihre Schönheit, ihren Duft jedes Menschen Mund zum Genuß verführen muß, heimlichen Tod verbergen? Die Natur ist doch die allgütige, allsorgende Mutter der Menschen.«

Auf seinen Befehl senkte sich der *Jonas Lee* langsam in das Tal hinab und setzte auf. An Serratos Arm ging Lee auf den Baum zu. Schon in seinem Umkreis lagen ein paar Früchte im Gras. Lee hob sie auf und roch daran. Die Erregung ließ ihn blässer werden.

»Es sind die Äpfel der Uraniden!« Beide steckten ein paar von den Früchten in die Tasche. Sie wollten sich wieder abwenden. Da hielt Lee an. Er bog den Kopf zur Seite. Sein Auge glitt suchend über den Boden.

Da, im hohen Grase halb verborgen . . . lag da nicht ein Mensch?

Der letzte Uranide! Sein Mund wollte es schreien, doch die Lippen versagten den Dienst. Stumm deutete sein Arm dahin. Serratos Blick folgte ihm. Auch er schrak zusammen.

»Ein Mann?« sprach er flüsternd, heiser. »Ein Uranide?«

Vorsichtig schritten sie näher. Serrato ließ Ronald Lees Arm los. Der stützte sich gegen den Stamm. Der General beugte sich zu der liegenden Gestalt. Lees Augen, weit geöffnet, starrten auf das Bild. Furchtbar! Neben dem Mann die Reste vieler Früchte . . . Ein Uranide, der sich selbst gemordet? Denn anders . . .

Da hob Serrato den Körper des Mannes in die Höhe und wendete das Gesicht, das dem Boden zugeneigt war, um.

»Canning!« Ein Schrei des Entsetzens gellte durch das Tal.

Keiner, der nicht erblaßt und bis in die innerste Tiefe erschreckt war. Es war wahr, was Lee gesagt hatte. Da lag Canning. Anscheinend in tiefem Schlaf. Um ihn herum lagen die Früchte, von denen er gegessen hatte.

»Wir müssen ihn sofort ins Lager bringen«, sagte Royas. »Vielleicht, daß doch irdische Arzneikunst ihn retten kann. Dr. James Harding, der ihre Expedition als Arzt begleitet, genießt am Smithsonian Institute den Ruf eines tüchtigen Toxikologen. Wenn eine Rettung möglich ist, dann nur durch ihn.«

Die Insassen beider Lager wunderten sich, daß der *Jonas Lee* nach so kurzer Zeit schon wieder zurückkehrte. Noch größer war ihr Staunen, als er unmittelbar neben dem *Stern* aufsetzte.

Anwesend waren nur Oberst Robartson und Dr. Harding. Schnell waren sie aufgeklärt. Noch immer lag Canning in tiefem Schlaf. War es der Vorläufer des Todes ... War es nur der Schlaf übergroßer Ermüdung? Seine Kleider, seine Schuhe verrieten, daß er einen langen, schweren Marsch hinter sich gehabt hatte ...

Behutsam wurde Canning in sein Zelt gebracht. Der *Jonas Lee* kehrte zu seinem Liegeplatz zurück. Man hatte für diesen Tag die geplante Erkundungsfahrt aufgegeben.

Van der Meulen, Serrato und Robartson standen im Gespräch vor dem Zelt. Dr. Harding und Professor Royas untersuchten währenddessen den Zustand Cannings. Während sich Royas noch mit dem Kranken beschäftigte, hatte Harding den Saft eines Apfels, den Royas mitbrachte, flüchtig untersucht. Schon die rohe Analyse erweckte den Verdacht, daß man es hier mit einem dem Pilzgift Muskarin ähnlichen Stoff zu tun habe, der das Zentralnervensystem unter wechselnden Erregungszuständen zerstörte.

Als Royas ihm mitteilte, daß Canning eine große Menge dieser Früchte gegessen habe, erschrak Dr. Harding.

»Dann«, er schüttelte den Kopf, »ist jeder Versuch, ihn zu retten, aussichtslos. Hätte er nur eine Frucht gegessen, würde ich zu hoffen wagen. Doch so sehe ich keine Möglichkeit! Meine Mittel sind nicht wirksam genug. Wo Uranidenkunst versagte, muß auch irdische Kunst versagen. Versuchen will ich natürlich alles.«

Er eilte in das Raumschiff, wo er sich ein kleines Laboratorium eingerichtet hatte. Als Professor Royas den dreien vor dem Zelt die Worte Hardings mitteilte, bestätigten sie ihnen nur, was sie eben schon im Gespräch untereinander geäußert hatten.

»Ein Unheil schwebt über unserer Expedition«, unterbrach Oberst Robartson das Schweigen. »Ich wäre froh, wenn die Regierung in Kapstadt endlich die Konsequenzen zöge. Bald! Sie zögert wohl nur mit Rücksicht auf die Stimmung der Massen, die es nicht verstehen und verschmerzen können, daß in diesem Falle das südafrikanische Banner auf der ganzen Linie geschlagen ist.«

Er hatte nur zu recht. Die Nachricht von Cannings Erkrankung, von seinem unabwendbaren Tod, dem Tod, wie ihn die Uraniden erlitten hatten, verursachte in den Unionsstaaten eine ungeheure Erregung. Die Stimmung in den Staatsämtern in Kapstadt war geteilt. Man hatte sich dahin geeinigt, daß vorläufig Oberst Robartson das Kommando über die Expedition übernehmen solle. Die einen, doch ihre Zahl war gering, wünschten, daß der Oberst sofort mit dem Raumschiff startete, um andere, möglichst gutgelegene Teile der Venus in Besitz zu nehmen. Das Erbe der Uraniden war

ja so oder so verloren. Doch die anderen wagten es nicht, sich mit einer solchen Maßnahme einverstanden zu erklären.

Noch unterhielt man sich vor dem Zelt, da kam die Nachricht von der Erde: Oberst Robartson ist Führer der Expedition.

Robartson hielt das Telegramm, das ihm der Funkgast übergab, in den Händen.

»Nichts weiter? Keine Instruktionen?« Der Funker verneinte.

»So wären wir«, er wandte sich zu Serrato, »gerade so weit wie vorher ... Es ist, wie ich es ahnte. Man vermeidet es, die Konsequenzen zu ziehen. Man begnügt sich damit, mich zum Expeditionsführer zu ernennen. Alles, was ich Ihnen bisher im Gespräch gesagt hatte, ist meine persönliche Meinung ... betrachten Sie es als nicht gesprochen ... Noch bin ich an die alten Instruktionen, wie sie Canning bekam, gebunden.«

Stumm schritten van der Meulen und General Serrato Lees Lager zu. Das schreckensvolle Ende Cannings war der Schlußstein eines Unternehmens, das mit so großen Hoffnungen begonnen hatte. Im Lager Lees angekommen, fanden sie dort gleichfalls bedrücktes Schweigen. Lees Nerven waren durch den Vorfall des Tages stark erschüttert. War es auch der Feind, dieses tragische Ende konnte auch auf seinen Gegner seinen Eindruck nicht verfehlen.

Van der Meulen und Serrato boten alles auf, Lees Gedanken zu zerstreuen. Als Royas bei einbrechender Nacht zurückkam, fand er Lee bereits eingeschlafen. Sorgfältig untersuchte er den Daliegenden. Dann nickte er befriedigt.

»Eine gesund verschlafene Nacht, und er wird den Schock überwunden haben. Der morgige Tag mit seiner Fahrt, die so viel Abwechslung und Interessantes bietet, wird ihm eine gesunde Zerstreuung sein ... Zwei liebevolle weibliche Herzen werden alle finsteren Gedanken verscheuchen.«

Lee verbrachte die Nacht in tiefem, festem Schlaf, Violet und Hortense wachten abwechselnd neben ihm.

Als am nächsten Morgen der *Jonas Lee* sich in die Luft erhob und in der Richtung nach Osten die Hochgebirgskette ansteuerte, schien Lee wieder in alter Frische zu sein. Die wechselvollen Bilder der Fahrt erzeugten bei allen das größte Interesse. Je näher man dem Gebirgsmassiv kam, desto höher stieg das Schiff. Es galt, unter den vielen gewaltigen Gipfeln, die zum Teil mit ewigem Schnee bedeckt waren, einige besonders markante herauszusuchen, nach denen man in genauer Nord-Süd-Richtung den Venus-Null-Meridian

legen wollte. Die Arbeit nahm lange Zeit in Anspruch. Weit nach Norden, weit nach Süden mußte man gehen, bis man endlich zwei geeignete Spitzen gefunden hatte.

Lee selbst war unaufhörlich mit der fotogrammetrischen Aufnahme des überflogenen Gebietes beschäftigt. Die Sonne näherte sich inzwischen ihrem Scheitelpunkt. Jetzt war es an der Zeit, die mitgebrachten astronomischen Uhren, deren Werk bereits auf die Länge des Venustages, durch irdische Beobachtungen bis auf Bruchteile von Sekunden bekannt, eingerichtet war, auf die Ortszeit des Venus-Null-Meridians einzustellen.

»Zwölf Uhr eine Minute jetzt nach Venuszeit des Leeschen Meridians«, rief van der Meulen und hielt seine Uhr lachend den anderen entgegen. »Kein besseres Monument für Ronald Lee als der Lee-Meridian.«

Von allen Seiten regnete es Glückwünsche. Ein Radiotelegramm ging zur Erde und brachte die Kunde zu den Menschen, daß die Normalzeit für Nova America feststand, daß demgemäß alle weiteren Mitteilungen zur Erde danach datiert würden.

Inzwischen war die Zeit so weit vorgeschritten, daß es sich nicht mehr lohnte, eine Durchforschung des Kontinents in Angriff zu nehmen, die man wegen der niederen Wolkenschicht nur in geringer Höhe und entsprechend langsamer Fahrt hätte vornehmen können. Dazu reichten die Stunden der Helligkeit nicht mehr aus.

»Vielleicht, daß wir bei einer Fahrt, dem Meridian folgend, am nördlichen Pol bessere Wetterverhältnisse haben«, wandte Serrato ein. »Wir kennen ja alle die Erdpole zur Genüge. Es dürfte interessant sein, die Venuspole zu besuchen, bei denen doch infolge der Stellung der Venus ähnliche klimatische Verhältnisse herrschen müssen.«

Der Vorschlag fand allgemeinen Beifall. Die Maschinen wurden zu stärkerer Fahrt angestellt. In schnellem Fluge eilte der *Jonas Lee* der nördlichen Polarzone zu.

Das unter ihnen liegende Land zeigte entsprechend den anderen klimatischen Verhältnissen ganz andere Bilder als auf der Erde. Hier machte sich die größere Sonnennähe geltend. Fast bis zum achtzigsten Breitengrad etwa erstreckten sich grasbewachsene Steppen, die von einer reichen Fauna belebt waren. Erst dann begann der Übergang zum arktischen Gebiet. Verschneite Ebenen, offenes Meer, Treibeis, Gletscher.

Lee stand mit Royas am Meßtisch. Der Pol war in nächster Nähe. Die Erwartung war entsprechend gespannt. Auch Hierra verließ für einen Augenblick den Führerstand und kam zum Meßtisch.

»Nur noch einen Grad!« rief Lee, »dann sind wir über dem Pol.« Er warf einen Blick zum Boden. »Hallo, was ist das?« rief er, »unser Flug geht stark abwärts.«

Mit Hierra lief er zum Führerstand, schaltete, stellte den Hebel auf stärkere Beschleunigung, um dem Fall zur Venus hin entgegenzuwirken. Doch nur für kurze Zeit trieb das Schiff in gleichbleibender Höhenlage. Dann begann es wieder zu fallen.

Sekundenlang starrten sie sich erschreckt an. Ein Defekt in dem Triebwerk? Bei dieser Hebelstellung hätte der *Jonas Lee* stark nach oben steigen müssen. Mit Hierra und den anderen Technikern begab sich Lee unverzüglich an die Untersuchung der Anlage. Jetzt mußte man ungefähr den Pol erreicht haben, der Fall des Schiffes wurde schneller.

Doch trotz alles Suchens war kein Fehler zu finden. Lee sprang auf. »Später ... Jetzt keine Zeit mehr ... Wir müssen uns damit abfinden, daß der *Jonas Lee* aufsetzen wird. Unser ganzes Bestreben muß sein, die Landung an einem günstigen Punkt ohne Schaden für das Schiff zu bewerkstelligen.«

Ein großes Eisfeld vor ihnen schien zum Landen günstig. Ein paar Minuten später setzte der *Jonas Lee* in der Mitte der Eisfläche auf.

»Für alle Fälle wollen wir der *Buena Vista* Nachricht geben. Sie soll sich sofort hierher begeben. Unser Landungsplatz, der Pol, ist leicht zu finden.«

Während Royas sich zum Sender begab, traten van der Meulen und Serrato in die Zentrale.

»Wollen wir dem Pol einen persönlichen Besuch abstatten?« fragte van der Meulen. »Ein längerer Aufenthalt verzögert unsere Rückfahrt ...« Er wollte weitersprechen, verstummte aber, als er die Gesichter Lees und Hierras sah.

»Was ist? Weshalb diese Bestürzung? Ist etwas passiert? Mußten Sie landen, weil ...?«

»Ich kann keine Verbindung mit der *Buena Vista* bekommen«, rief Royas aus dem Hintergrund. »Vergeblich habe ich alles versucht.«

Sofort eilten Lee und Hierra dort hin, untersuchten die Anlage. Alles in Ordnung. Die Antenne führte vollen Strom ... Warum gab es keine Verbindung mit der *Buena Vista*? Wo war die Fehlerquelle? Dort oder hier?

»Ich möchte fast wünschen, daß hier der Fehler steckt, daß im Lager alles in Ordnung ist. Es wäre im höchsten Grade unangenehm, wenn sich im Lager während unserer Abwesenheit irgend

etwas Gefährliches ereignet hätte. Wenn wir hier einen Defekt haben und können ihn nicht selbst in Ordnung bringen, wird die *Buena Vista* uns zu Hilfe kommen. Allerdings . . .«, er machte ein nachdenkliches Gesicht, »müssen wir uns darauf gefaßt machen, die Nacht hier zu verbringen.«

»Sehr wahrscheinlich sogar«, warf Royas ein. »Ehe denen im Lager zum Bewußtsein gekommen ist, daß uns etwas zugestoßen sein könnte, wird die Dunkelheit eintreten. Nun, ein kleines Abenteuer, das ja nicht weiter bedenklich ist. Vielleicht übernehmen Sie es, Mr. van der Meulen, den jungen Mädchen die Nachricht zu überbringen. Ich muß mich unverzüglich mit Hierra an die Untersuchung der Apparatur machen.« –

Stunden waren vergangen. Das Gespräch in der Kabine zwischen van der Meulen und den übrigen wurde immer schwächer und drohte ganz einzuschlafen. Keiner, der mit ganzem Interesse dabei war. Das lange Ausbleiben Lees . . ., irgend etwas Schlimmes mußte passiert sein. Aller Gedanken waren bei ihm. Die Unsicherheit erhöhte die innere Erregung immer mehr. Endich konnte van der Meulen die Ungeduld nicht länger meistern. »Muß doch mal selbst nachsehen . . . komme gleich wieder.«

Er trat in den Führerstand und hielt erschrocken inne. Die beiden Männer, die er in emsiger Arbeit geglaubt hatte, saßen da, stumm und tatenlos.

Das Gesicht Lees war grau, verfallen . . . nach vorn zum Boden geneigt. Der ganze Mann machte den Eindruck, als hätte ihn ein furchtbarer Schicksalsschlag getroffen.

»Ronald!« Van der Meulen unterdrückte nur mit Mühe einen Schrei und eilte zu ihm. Er legte die Hand auf seine Schulter. »Ronald! Was ist Ihnen? Was ist vorgefallen?«

Er richtete dessen Kopf in die Höhe. Sah ihm in die Augen, erschrak bis in sein tiefstes Innerstes.

Lees Augen starrten ihn wie geistesabwesend an. Er führte ihn zu einer Ruhebank, legte ihn behutsam nieder.

Professor Royas trat ein, in seiner Hand ein Fläschchen. Er flößte jedem der beiden etwas von der Arznei ein. Auch er war bleich und doch weit gefaßter als Lee und Hierra.

»Was ist's, Royas?« Van der Meulen ergriff ihn am Arm. »Um Gottes willen, nicht länger diese Ungewißheit. Wenn etwas Schreckliches passiert ist, sagen Sie es mir. Lieber der Gefahr ins Auge schauen, als sie fürchten.«

»Kommen Sie mit mir, van der Meulen. Wir lassen die beiden hier kurze Zeit allein. Ich habe ihnen ein beruhigendes Mittel ein-

gegeben. Vielleicht, daß sie schlafen.« Er zog ihn durch die Hintertür, die zu seiner Kabine führte, mit sich.

»Machen Sie sich auf das Schlimmste gefaßt, van der Meulen. Ich will unumwunden mit Ihnen sprechen.«

Van der Meulen zuckte zusammen. Der Gedanke an Hortense, die anderen, ließ ihn erbleichen.

»Das Schlimmste wäre der Tod, Señor Royas«, sprach er langsam, mit schwerer Stimme. »Wie soll ich Ihre Worte verstehen? Wir hier müßten sterben . . . in dieser Eiswüste? Es ist doch unmöglich! Die Freunde werden uns retten!«

Royas schüttelte den Kopf.

»Keiner kann uns retten, van der Meulen. Wir selbst können es nicht – unsere Freunde können es nicht . . . Wollten sie es, sie würden mit uns zugrunde gehen.«

Van der Meulen wollte ihn ungeduldig unterbrechen, doch Royas winkte ihm, zu schweigen.

»Erst lassen Sie sich nüchtern erzählen, wie alles gekommen, wie unsere Lage hier ist. Wir haben den Pol gesucht und gefunden. Anders wie auf der Erde decken sich auf der Venus ungefähr geographischer und magnetischer Pol. Die starken magnetischen Felder, die wir ahnungslos durchfuhren und in deren Bereich wir unentrinnbar festliegen, machen die Elektronenausstrahlung des *Jonas Lee* wirkungslos. Jedes andere von derselben Kraft getriebene Schiff, das uns retten wollte, würde dem gleichen Schicksal verfallen.

Es zu warnen, ist unmöglich, da ja natürlich auch die Sendeenergie von dem magnetischen Feld aufgesogen wird. Wenn es das Schicksal will, wird morgen die *Buena Vista* kommen und uns finden . . . um mit uns unterzugehen.

Oberst Robartson, der jetzt den *Stern von Südafrika* befehligt, wird, wie ich ihn kenne, uns auch zu Hilfe kommen wollen und wird unser Los teilen . . .

Und sehe ich noch weiter, sehe ich auch den *Bolivar* kommen. Auch der wird uns suchen und dasselbe Schicksal erfahren. Möglich, daß später noch Schiffe kommen. Suchen wird jedes nach uns. Alle werden dabei zugrunde gehen. Vielleicht, daß dann die Menschen auf der Erde den unheilvollen Stern für immer meiden werden.«

Van der Meulen hielt nur mit Mühe der Wucht der furchtbaren Tatsachen, deren Kette Royas logisch entwickelte, stand. Waren ihm auch die physikalischen Vorgänge nicht ganz klar, das Bild der Männer im Nebenraum mußte jeden Zweifel unterdrücken. Doch

der Gedanke an Hortense und Violet ließ noch einmal allen Lebensmut in ihm aufflammen. Mit Royas zusammen besprach er alle Möglichkeiten der Rettung.

Vergeblich, einen Augenblick war in ihm der Gedanke aufgeschossen, den Versuch zu wagen, zu Fuß nach Süden zu wandern. Vielleicht, daß man abwechselnd auf Eis und festem Land eine Gegend erreichte, wo man das Leben notdürftig fristen konnte. Doch ebenso schnell war der Gedanke wieder verworfen. Dazu fehlten die notwendigsten Ausrüstungsgegenstände, die unentbehrlichsten Lebensmittel.

Der Tod schien unabwendbar! Wie sollte er das Herz finden, Hortense und Violet die furchtbare Nachricht zu bringen? –

Und doch war die *Buena Vista* schon am Nachmittag aufgestiegen, den *Jonas Lee* zu suchen. Der Führer Urdaneda hatte um dieselbe Zeit, als der *Jonas Lee* am Pol niederging, Funkverbindung mit van der Meulen gesucht, um diesem über die Vorgänge im Lager zu berichten.

Am Nachmittag war Oberst Robartson gekommen und hatte Urdaneda die Mitteilung gemacht, daß das Befinden Cannings sehr schlecht sei und daß er zeitweise in hohem Fieber die Namen von bekannten Menschen riefe. Darunter auch Ronald Lee und Hortense van der Meulen.

Kaum war Robertson gegangen, hatte ein Bote die Nachricht gebracht, daß Cannings Diener, der Inder Sarata, von einer giftigen Schlange gebissen, in den letzten Zügen läge. Urdaneda hatte Juan Stamford in Cannings Lager geschickt. Dieser kam zurück und berichtete, daß sich Cannings Zustand durch die Medizin Hardings etwas gebessert habe, daß das Fieber zurückgegangen sei. Der Kranke sei bei vollem Bewußtsein, der Inder inzwischen gestorben.

Sarata hatte am Tage vorher bei dem Suchen nach Canning ein Schlangennest entdeckt. Er hatte zwei Schlangen gefangen und mit ins Lager gebracht, ohne daß die übrigen etwas davon erfuhren. Am Mittag hatte er die Schlangen Harding gezeigt, der sofort Interesse zeigte und sie auf ihre Giftigkeit untersuchen wollte.

»Es sind Kobras wie bei uns zu Haus«, hatte der Inder zu Harding gesagt, »kluge Tiere. Ich werde sie tanzen lehren.«

Harding war geneigt, dem Inder zu befehlen, die Schlangen zu töten und fortzuschaffen. Er ließ sich aber durch die starke Zuversicht, die Sarata äußerte, davon abbringen.

Der Inder zog seine Flöte aus der Tasche und zeigte lächelnd, zu Harding gewandt, auf das Instrument.

»Saratas Musik macht böse Schlangen sanft. Sie werden sehen.«

Er stellte den Korb auf den Boden, kniete davor und setzte die Flöte an seine Lippen. Kaum, daß er ein paar Töne gespielt hatte, hob sich der Deckel. Die beiden Schlangen krochen heraus. Sekundenlang wanden sich die schillernen Leiber hin und her.

Da, die eine! Ihr Auge hatte Saratas Blick gefühlt. Sie blieb regungslos liegen. Die andere kroch näher an den Inder heran, der unbeirrt weiterspielte. Jetzt hatte auch sie der Blick des Inders getroffen. Ebenso wie die andere verharrte sie regungslos am Boden. Ein triumphierendes Lächeln ging über Saratas Gesicht. Die Musik seiner Flöte brach plötzlich ab, begann sofort in einer anderen Melodie. Und als empfänden die Schlangen wohltätig die sanften schmeichelnden Töne, erhoben sie sich langsam. Die Töne der Flöte wurden schneller und gingen in einen wiegenden Rhythmus über Die Schlangen folgten und bewegten sich zum Erstaunen aller in hüpfendem, wiegendem Tanz.

Saratas Augen glänzten. Nur sekundenlang streifte sein Blick die verdutzten Gesichter der Zuschauer, kehrte aber sofort wieder zu den Tieren zurück.

Ein furchtbarer Schrei, der weit über den Platz gellte, kam aus dem Zelt, in dem Canning lag.

»Gorm! Gorm! Wo bist du? Komme zu mir! Rette mich aus dieser Qual. Du bist der einzige, der den Brand meiner Seele löschen kann! Gorm! Gorm!«

Bei dem Namen Gorm war der Inder zusammengezuckt. Die Worte Cannings wühlten in ihm . . . Wie achtlos ließ er die Flöte sinken. Seine Augen glitten von den Schlangen weg, gingen in unbestimmte Ferne. Er schauerte zusammen wie in Angst und Grauen. Auch die Aufmerksamkeit der anderen hatte der Schrei Cannings abgelenkt. Keiner, auch Sarata nicht, achtete auf die eine der Schlangen, die sich um seinen Fuß ringelte.

Robartson war der erste, der sich wieder zu dem Inder wandte. Sein Auge vermißte eine der Schlangen, sah sie am Bein Saratas. Mit einem Schrei eilte er auf diesen zu. Sarata, noch immer wie im Traum, starrte ihn geistesabwesend an. Robartson faßte mit einem schnell Griff das Reptil, warf es zu Boden und zertrat es.

»Sarata«, rief er laut, »schnell, streifen Sie das Kleid ab. Vielleicht sind Sie gebissen.« Er deutete auf das getötete Tier. Da endlich schien der Inder zu sich zu kommen. Er beugte sich vor, streifte die Hose in die Höhe. Die roten Eindrücke der Schlangenzähne wurden sichtbar . . .

Der Inder sah es, nickte. »Der Gott der Gerechtigkeit straft mit den Waffen, mit denen der Mensch gesündigt hat.«

Auf die Rufe der anderen kam Dr. Harding herbeigeeilt. Schnell war er aufgeklärt. Er sah die Bißwunde und wollte beispringen. Sarata winkte ab.

»Der Gott hat es gewollt. Es wäre schwere Sünde, gegen seinen Willen zu handeln. Sarata muß sterben. Seine Zeit ist erfüllt.«

Vergeblich drang Harding in ihn, einen Versuch zu machen, durch eine Einspritzung das Schlangengift zu paralysieren. Der Inder lehnte jede Hilfe ab. Er wandte sich um, daß das Gesicht nach Osten zeigte, beugte das Haupt und saß in regungsloser Starre.

Dr. Harding zuckte die Schultern.

»Er sucht den Tod. Sein Fatalismus sieht in ihm keinen Feind, nur einen Weg zum nächsten neuen Leben.«

Als der Erdstern klar und schimmernd am Horizont aufstieg, starb Sarata. –

Vergeblich hatte Urdaneda Verbindung mit dem *Jonas Lee* gesucht, um ihm die Vorgänge im Lager zu berichten. Schon eine Stunde war vergangen. Immer wieder war der Versuch einer Verbindung fehlgeschlagen.

»Ein ereignisreicher Tag«, brummte er vor sich hin. »Sollte da irgend etwas vorgefallen sein? Sollten hier atmosphärische Störungen unbekannter Art auftreten, die die Verständigung verhindern?«

Er bat Oberst Robartson zu sich, teilte ihm kurz seine Befürchtungen und seine Absicht mit, die *Buena Vista* startbereit zu machen und auf die Suche zu gehen. Er bat Robartson, auf einem seiner Empfangsapparate die Leesche Welle einzustellen, um jederzeit Nachrichten von ihm oder von Lee empfangen zu können. Kurz darauf flog die *Buena Vista* in beschleunigter Fahrt nach Norden und suchte in der ungefähren Richtung, die der *Jonas Lee* genommen haben mußte, sorgfältig das unter ihr liegende Land ab. Die bald einbrechende Dunkelheit zwang Urdaneda, die Suche abzubrechen und zum Lagerplatz zurückzufliegen.

Eine Riesenschlucht in den östlichen Gebirgszügen des Meridiangebirges. Ein schmaler Grat an der westlichen Felswand führt in gähnende Tiefe. Ein Mann bewegt sich vorsichtig kletternd den Pfad hinab. Die Hälfte des Abgrundes hat er überwunden. Plötzlich tut sich zu seiner Linken ein gewaltiges Felsentor auf. Die gigantischen Ausmaße geben das Bild der Halle eines Riesendomes. Im Hintergrund der Höhle steht ein Raumschiff.

Als der Ankömmling in die Höhle trat, kamen ihm aus einer Nische zwei Männer entgegen.

»Wie steht's, Tim? Hast du Erfolg gehabt?«

Dieser bejahte, das Gesicht halb ernst, halb von einer versteckten Freude zu einer Grimasse verzogen.

»Sarata ist von einer giftigen Schlange, die er zähmen wollte, gebissen worden. Wie das passiert ist, konnte ich leider nicht feststellen. Er scheint rettungslos verloren.«

»Ah! Also doch. – Sarata.« Stamford wandte sich ab und schritt in tiefem Nachdenken lange Zeit hin und her. »Unendlich kunstvoll sind die feinen Fäden vom Karma zu einem unzerreißbaren Gewebe versponnen. Alles ist mir jetzt klar. Meine Ahnung trog mich nicht. Auch damals nicht, als ich vor unserer Abfahrt mich auf Majadevis Seite stellte, die Gorm bat, Awaloff mitzunehmen. Auch hier findet sich das Walten des Karma. Es mußte sein, damit hier die wirren Knoten ihre Lösung fänden.«

Indessen berichtete Tim Bröker Gorm, wie es ihm gelungen war, sich unbemerkt an Cannings Lager heranzuschleichen und aus dem Gespräch der Leute das Wesentliche zu erlauschen.

Jetzt wandte sich Stamford zu Gorm und trat mit ihm in die Nische. Auf einem Lager ausgestreckt ruhte Majadevi. Das nervöse Arbeiten ihrer Gesichtsmuskeln, das unruhige Umhertasten ihrer Hände, das Zucken, das hin und wieder durch ihre Glieder ging, zeigten, daß der Schlaf, in dem sie lag, nicht natürlich war, daß Stamford sie bannte, festhielt.

»Sarata stirbt«, sprach Stamford flüsternd zu Gorm. »In dem nahenden Dunkel des Todes tastet seine Seele noch einmal nach dem besten Besitz und Glück seiner Erdentage. Die schattenden Wellen seiner Seele trafen mit stärkster Inbrunst Majadevi. Noch sind mir die tiefsten Geheimnisse der indischen Mystik nicht erschlossen ... ob er noch sterbend sie uns entreißen wollte ... ihre Seele mitnehmen in das neue, geträumte Leben? Ich hörte wohl von solcher ungeheurer Kraft Sterbender. Doch es soll ihm nicht gelingen. Setzen Sie sich wieder zu ihr. Ergreifen Sie wieder ihre Hände. Das Fluidum Ihrer Seele ist die beste Abwehr – ist stärker als meine Kunst.«

Stamford nickte Awaloff, der zu Füßen des Lagers saß, freundlich zu. Die bekümmerten Züge des Mannes, dessen Augen wie hilflos an Stamford hingen, hellten sich auf.

Welch tiefe Wandlung war mit Awaloff vorgegangen. Das eingefallene Gesicht war von den ausgestandenen Leiden gefurcht, der Rücken gebeugt. Der hagere Mann wich nicht von dem Lager Majadevis, wie um sie zu schützen ... wie um selbst Schutz zu suchen. Der einzige kostbare Besitz, der ihm noch verblieb.

Die Augen, glanzlos, trugen die Spuren der furchtbaren Seelenkämpfe, zeigten, wie unauslöschlich in seiner Erinnerung das Entsetzliche, das er erlitten hatte, fortlebte. Wie eingemeißelt war ihm das Bewußtsein der schweren, nie wieder gutzumachenden Schuld an der Menschheit.

Nur wenn sein Blick Majadevi traf, veränderte sich der Ausdruck. Der Schimmer unsäglicher Liebe verschleierte dann alles Dunkle, Trübe. Seit jener Stunde, wo die Nacht des Wahnsinns von ihm gewichen war, wo er in Majadevi sein Kind wiederfand, hatte er sich mit allen Fasern seines Seins an sie geklammert. Sie war das einzige Band, das ihn noch mit dem Leben verknüpfte. Vor Gorm zeigte er eine unüberwindliche Scheu. Er wich ihm aus, wo er nur ging. Wenn Gorm mit ihm sprach, senkte er die Augen und wurde ängstlich.

Wohl hatte keiner mit ihm über die Zusammenhänge zwischen seiner Tat und Gorms Schicksal gesprochen. Doch hatte er sie wohl durchschaut. Stamford, der für kurze Zeit hinausgegangen war, kam jetzt wieder und wandte sich zu Gorm.

»Noch immer senden die Leute der *Buena Vista* Rufe in den Äther, die keine Antwort finden. Wüßte man nicht aus den gestrigen Funksprüchen, daß der *Jonas Lee* eine Fahrt um das neue Land machen wollte, möchte man annehmen, daß Ihre Befürchtungen, Gorm, wahr geworden sind. Gewiß, es wäre ja nicht ausgeschlossen, daß der *Jonas Lee* seine Pläne geändert und den Pol angesteuert hätte . . . daß er das Schicksal des Uranidenschiffes erlitte.«

»Es muß so sein«, erwiderte Gorm. »Die Einrichtungen des *Jonas Lee* sind so vortreffliche, daß an einen Unglücksfall gewöhnlicher Art nicht zu denken ist. Und wenn ihm auch sonst etwas zugestoßen wäre, die Sendeanlage müßte ihm jedenfalls zur Verfügung stehen. Doch die Nacht bricht herein. Das Schiff im Licht der Scheinwerfer zu suchen, wäre kaum möglich. Doch was es auch sei, ich weiche nicht von Majadevi. Weiche nicht, bis mir ihre Seele wieder voll geschenkt ist. Sarata tot? Majadevi ist befreit von den schweren Fesseln, mit denen der Inder sie an sich gekettet hatte, dies schimmernde Kleinod, dessen Licht meine Augen so glückverheißend traf, als ich in der tiefen Nacht des Menschenhasses wandelte . . . Vollendet ist mein Glück, wenn die zarte Blüte, von meinen Händen vor allen Lebensstürmen geschützt, sich zur schönsten Blume entfaltet.« –

Stunden verrannen. Die drei wichen nicht von dem Lager.

»Hallo! Sie ist wieder da, die alte Erde. Der Teufel, daß ich die mal als blitzenden Stern am Himmel sehen sollte.« Tim Brökers

Stimme schallte von dem Ausgang her zu ihnen. »Ich freue mich jeden Tag, wenn ich dich wiedersehe, alte Heimat.«

Stamford hatte sich erhoben und wollte dem Mann unwillig zurufen, still zu sein. Da hielt ihn Gorms Hand zurück.

Er deutete auf Majadevi. Was war mit ihr? Sie hatte sich langsam emporgerichtet. Die Augen glitten in ruhigem, liebevollem Blick von einem zum anderen. Man sah, wie ihre Brust sich unter dem leichten Gewande in ruhigen, befreienden Atemstößen hob und senkte. Ihre Hände hoben sich hoch, streckten sich den Gefährten entgegen.

»Mir ist so leicht. Ich bin so glücklich. Der schwere Traum . . . er ist fort . . . die dunklen Schatten, die finsteren Gestalten, die um mich woben, sind verschwunden. – Väterchen – Weland Gorm –«

Wie betäubt von dem Glücksgefühl schlang sie die Arme um den Mann, der neben ihr saß. »Weland Gorm, du liebst mich. Du wirst nie von Majadevi gehen, die auch dich so liebt.«

Es war die Stunde, als Sarata starb.

In dem klaren, hellen Sternenlicht wanderten zwei Männer über die Eisfelder. Hin und wieder verdunkelten schwarze Wolken das geringe Licht. Dann schalteten sie ihre starken Lampen ein, um ihren Weg zu erhellen. Hin und wieder vergewisserten sie sich mit dem Kompaß, daß sie die rechte Richtung beibehielten.

Nach Süden! Stundenlang, fast die ganze Nacht waren sie schon gewandert. Eine breite Eisspalte sperrte ihnen den Weg. Der eine nach rechts, der andere nach links, suchten sie eine Möglichkeit, das Hindernis zu umgehen. Die Zeit verrann. Endlich hatte der eine eine schmale Eisbrücke gefunden, die auf das andere Feld führte. Durch die hohle Hand schrie er es dem Gefährten zu. Dieser kam. Der andere schaute inzwischen auf die Uhr.

Acht Stunden waren sie schon gewandert. 35 Kilometer hatten sie zurückgelegt. Viel weiter wären sie schon, wenn nicht immer wieder die Hindernisse ihren Weg verlängert hätten. Eine Zeitlang war ihnen das Glück hold. Keiner schien Ermüdung zu verspüren. Unaufhaltsam, indem bald der eine, bald der andere Schrittmacher war, wanderten sie weiter. Im Schutze einer riesigen Eiswand, die sie umgehen mußten, machten sie einen kurzen Halt. Das Sternenlicht begann langsam zu verblassen.

»Wenn wir noch 20 Kilometer zurücklegten, Mr. Lee, wären wenigstens geringe Aussichten, daß wir die *Buena Vista* vor dem Eintritt in das magnetische Feld warnen könnten.«

Lee nickte, innerlich verzweifelt, ob seine Kräfte noch ausreich-

ten, den beschwerlichen Marsch so viele Stunden lang fortzusetzen. Gestern erst vom Krankenlager aufgestanden, heute diese Riesenanstrengung. Selbst sein stählerner Körper war solchen Strapazen nicht gewachsen.

»Ich will's versuchen, Señor Serrato. Wenn ich nicht mehr kann, müssen Sie allein weiterwandern. Das Geschick aller unserer Gefährten hängt davon ab, daß wenigstens einer das Ziel erreicht. Vielleicht, daß unser Sender schon früher arbeitet, wenn auch schwach.«

Eine Stunde wohl waren sie weitergewandert. Der Weg war günstig gewesen. Da, ein neuer, breiter Eisspalt. So weit ihre Augen bei dem immer heller werdenden Morgenlicht reichten, gab es keine Möglichkeit, ihn zu überschreiten oder zu umgehen.

»Wir dürfen uns nicht trennen, Mr. Lee. Die vielen kleinen Spalten, die das Eis durchziehen, sind tückische Fallen. Stürzte einer hinein, wäre er verloren, ehe der andere herbeikäme. Wandern wir aufs Geratewohl nach rechts. Vielleicht haben wir Glück.«

Doch nirgends war eine Übergangsmöglichkeit. Schon wollten sie verzweifelt umkehren, nach der anderen Seite suchen, da sah Serrato eine kleine, schwimmende Eisscholle in dem offenen Wasser. Der Spalt war hier verhältnismäßig schmal. Serrato deutete darauf.

»Hier wäre eine Gelegenheit. Der Zwischenraum bis zur Eisscholle ist nicht groß. Springen wir gleichzeitig darauf, wird die Scholle durch unseren Anprall zweifellos nach der anderen Seite getrieben werden, daß wir wieder mit einem Sprung das jenseitige Ufer erreichen können.«

»Sie haben recht, Señor Serrato. Wir müssen's wagen.«

Beide nahmen einen Anlauf und sprangen auf die Scholle. Wie Serrato vermutet hatte, trieb sie der Anprall weiter . . .

Jetzt der zweite Sprung. Die Entfernung war bedeutend größer, doch es blieb nichts anderes übrig. Sie mußten's wagen. Gleichzeitig schnellten sie von der Scholle ab und kamen glücklich am Rand des Eisfeldes an.

Serrato war hingestürzt. Lee wollte ihm aufhelfen. Da stöhnte der General laut auf.

»Sie haben sich verletzt, Serrato?« fragte Lee in jähem Erschrecken. Der General preßte die Zähne zusammen und nickte nur. Er schöpfte ein paarmal tief Atem.

»Ich kann nicht weiter. Unmöglich! Lassen Sie mich hier. Der Tag kommt immer schneller herauf. Sie müssen weiter, sonst ist's zu spät, alles umsonst gewesen.«

Lee stand ratlos. Was sollte er tun? Den Gefährten hier in der eisigen Einöde allein zurücklassen? Seine Gedanken gingen zu dem *Jonas Lee*. Er sah, wie die da zitternd und bangend sie auf ihrem Weg verfolgten.

Gelang ihr Plan nicht, war es ein Abschied für die Ewigkeit ... denn zurückkehren, denselben Weg zu Fuß zum *Jonas Lee*, war unmöglich. Und kämen sie selbst zurück, zu lange würde es dauern, wo jetzt schon seine Kräfte vollkommen erschöpft waren, dann würden die anderen tot sein, verhungert, erfroren. Doch gelang sein Plan, konnte man auch Serrato retten. Er drückte dem General stumm die Hand und schritt weiter nach Süden. Doch noch war er nicht weit gekommen, da sperrte erneut Wasser seinen Weg.

Das Tageslicht war so weit vorgeschritten, daß er weithin die Gegend überschauen konnte. Doch wohin er auch spähte, nirgends sah er eine Möglichkeit. Verzweifelt schritt er aufs Geratewohl an dem Wasserspalt entlang, wanderte ... wanderte ... schrak plötzlich zusammen.

Was war das? Er schritt schneller, da war Serrato wieder. Lee schaute sich nach allen Seiten um. Wie war das möglich? Er mußte im Kreise gegangen sein. Sie befanden sich also auf einer rings von Wasser umgebenen Eisscholle.

Jetzt hatte ihn auch Serrato bemerkt. Er mühte sich empor.

»Lee, sind Sie hier? Warum? Lassen Sie mich. Weiter! Weiter nach Süden, sonst sind wir alle verloren.«

Lee trat an Serrato heran und ließ sich schwer zu Boden fallen.

»Alles umsonst, Serrato. Es ist zu Ende. Wir schwimmen auf einer größeren Scholle. Rund um uns ist offenes Wasser ... der Weg nach vorn, der Weg zurück ist abgeschnitten.«

Serrato vergrub den Kopf in die Hände.

»Das wäre das Ende. Ja! Dann ist alles vergeblich.«

Lee, als hätte ihn der Schlag getroffen, hatte sich lang ausgestreckt. Kein Wort kam über seine Lippen. Widerstandslos wollte der übermüdete Körper dem Schlaf nachgeben. Doch Serrato rüttelte ihn auf.

»Sie dürfen nicht schlafen, Lee. Schlaf bedeutet hier Tod.«

»Tod!« sprach er. »Wozu der Hohn? Wir sind verloren so oder so. Doch nein! Sie haben recht. Stellen wir unseren Sender auf. Ich habe zwar kaum Hoffnung. Aber möglich wär's, daß seine Wellen, wenn auch stark geschwächt, doch den Empfänger der *Buena Vista* träfen.«

Noch arbeitete er an der Aufstellung des Senders, da schrie Serrato laut auf:

»Ein Schiff im Süden!« Er hatte sich emporgerichtet, seine Arme deuteten dorthin.

»Wo? Wo?« schrie Lee. »Ah! Jetzt sehe ich's auch. Die *Buena Vista* ... o Gott, hilf!«

Mit zitternden Händen schaltete er den Sender ein, schrie seinen Warnungsruf hinein.

»Zurück! Nicht weiterfliegen! Die Elektronen versagen!«

Immer wieder dieselben Worte rief er. Sein Herz ging in wilden Schlägen. Sein Körper zitterte, bebte wie in Fieberschauern.

Würden sie seine Warnung hören?

Noch immer flog das Schiff weiter. Wie ein Wahnsinniger rief er immer wieder in den Sender: »Zurück! Zurück! Hier Lee! Zurück, sonst seid ihr verloren!«

»Sie hören uns nicht«, schrie Serrato und fiel mit einer verzweifelten Bewegung zurück. »Sie müssen schon den letzten Grad angeflogen haben, wo wir unsere Kraft verloren.«

Lee starrte mit aufgerissenen Augen dem Schiff entgegen.

»Vielleicht, daß sie es selber merken, wenn ihre Kraft schwächer wird. Vielleicht, daß sie noch wenden können, wenn sie die Gefahr merken.«

Doch nein. Näher, immer näher kam es heran. Jetzt senkte es sich, flog tiefer ... immer tiefer ...

Mit einem Schrei stürzte er zusammen.

»Verloren wie wir! Ich wußte es. Umsonst, umsonst, alles!« —

»Sie sind nicht tot. Sind nur übermüdet von den Anstrengungen hier zusammengesunken. Wir müssen sie in das Schiff nehmen, sonst fallen sie der Kälte zum Opfer, Gorm.«

Gorm stand eine Weile überlegend.

»Es ist wahr, Stamford. Ehe wir zurückkämen, wären sie vielleicht den Kältetod gestorben.« —

Unter der Wirkung des belebenden Trankes, den ihnen der Arzt gereicht hatte, gewann Lee zuerst das Bewußtsein wieder, richtete sich auf und starrte um sich.

Neben ihm lag Serrato — und der andere, der sich über den General beugte, ihm den Fuß verband? Wer war das? Waren sie nicht in der *Buena Vista*? Wer war der Mann? Ein Fremder ...

Sie waren in einem Raumschiff — der *Stern von Südafrika*? Nein! Und das Schiff flog, flog weiter ... Voller Entsetzen hob er die Arme empor, wollte schreien: »Nicht weiter! Nicht weiter!«

Da trat der Fremde zu ihm.

»Seien Sie ruhig, Mr. Lee. Die Gefahr, die Sie fürchten, trifft uns

nicht. Wir werden die Leute im *Jonas Lee* retten, wie wir Sie gerettet haben, und Sie zurückbringen zu Ihrem Lager.«

Lee schloß die Augen und drückte die Hand an die Stirn. War's ein Traum? War's Wirklichkeit? Ein anderes Raumschiff war hier oben, das sie gerettet hatte. Wer war das? Er riß die Hände vom Gesicht.

»Gorm?«

Der andere nickte.

»Sie sind in Gorms Schiff, Mr. Lee.«

»Ah, Gorm! Sein Werk! Unüberwindlich ist seine Macht. Wir sind gerettet ... Hortense ...«

Er schloß die Augen. Tiefe Ohnmacht umfing sie.

Wieder schlug Lee die Augen auf und schloß sie ebenso schnell. Das Bild, das er gesehen hatte ... noch träumte er den schönen Traum weiter. Nicht anders konnte es sein. Doch nein! Da klang die Stimme an sein Ohr.

»Ronald!«

Ängstlich, fast zag hob er ein wenig die Lider. Das Bild! War's Wirklichkeit? Hortense stand neben ihm. Ihre Stimme war es, die sprach. Ihre Hand, die er umklammerte. Ihre Tränen, die auf sein Gesicht fielen.

Er riß die Augen weit auf.

»Hortense, du bist bei mir? Gerettet?!«

»Gerettet, Ronald ... Weland Gorm hat uns gerettet ...«

Ein glückliches Lächeln ging über Lees Züge.

»Gorm! Ich wußte es schon immer. Er ist hier ... Er, unser Freund ... er behütet uns. Alles ist sein Werk ...«

»Ronald!«

Die Stimme Violets. Seine Schwester trat an der Hand eines Mannes an seine Seite. Eines Fremden ... und doch ein bekanntes Gesicht? Er hatte es schon gesehen. Doch wann? Wo? War's nicht eben erst, in dem Schiff Gorms?

»Ronald! Dies ist Sidney Stamford, der Freund Gorms. Er hat dich gerettet. Er hat dich zu uns gebracht ...«

Noch hatte Lee kaum begriffen, da schlang das Mädchen die Arme um den Mann, der küßte sie, küßte Violet, seine Schwester.

Er wollte fragen, sprechen. Hortenses Hand schloß seinen Mund. »Ruhe, Ronald! Dein Körper und Geist sind so ruhebedürftig. Zuviel Freude nach so viel Leid ist auch für dich schwer zu ertragen. Du mußt ruhen!«

»Wir wollen den Umweg über das Hochgebirge nicht scheuen. Vielleicht ist der Unfall schon früher, schon hier passiert. Wir müssen Schritt für Schritt ihrer Bahn folgen.«

»Tun Sie, wie Sie denken, Mr. Urdaneda«, erwiderte Robartson. »Ich hege zwar starke Zweifel. Ich glaube vielmehr, daß der *Jonas Lee* weit oben im Norden, vielleicht gar in der Polgegend verunglückt ist, aber immerhin . . . und vergessen Sie nicht, ständig mit mir in Verbindung zu bleiben und mir stets über das, was Sie tun, Nachricht zu geben.«

Urdaneda trat in die Tür und wollte eben den Starthebel rücken. Da ließ ein lautes Geschrei von draußen ihn die Hand zurückziehen. Er eilte zur Tür. Oberst Robartson und die anderen, die bei ihm waren, deuteten erregt nach Norden.

»Ein Raumschiff! Der *Jonas Lee!* Er kommt!«

»Ein Raumschiff«, sprach Urdaneda leise vor sich hin und riß das Glas vor die Augen. »Nein, zwei Schiffe, das eine im Schlepptau des anderen.«

Jetzt riefen auch die übrigen: »Gewiß! Es sind zwei Schiffe. Das eine zieht das andere nach sich.«

»Und das zweite ist der *Jonas Lee«*, vollendete Urdaneda tonlos. Oberst Robartson stürmte die Treppe zu ihm empor, als ob er da besser sehen könnte.

»Mr. Urdaneda! Was ist das? Was soll das? Zwei Schiffe . . . das zweite ist der *Jonas Lee.* Die Form zeigt es deutlich. Doch das erste . . . was ist das? Ein Uranidenschiff?!«

Die anderen hatten wohl das Wort gehört.

»Uraniden! Uraniden!« schrien sie und schwenkten die Arme, Hände, wie im Taumel. »Uraniden! Wir werden sie sehen.«

Unbeschreiblich war die Erregung. Manche stürzten den rasch sich nähernden Raumschiffen entgegen, als könnten sie damit die Zeit verkürzen, um zu sehen, wie die Fremdlinge niederstiegen, wie sie landeten, die Uraniden.

Jetzt überflogen die Schiffe Cannings Lager und gingen immer tiefer. Kaum ein paar Meter über dem Boden glitt der *Jonas Lee* langsam daher. Kurz vor dem Lager setzte er sanft auf. In demselben Moment fiel die Trosse, die ihn mit dem anderen Schiff verband, zur Erde. Das erhob sich sofort wieder in größere Höhen und flog nach Osten weiter.

Erstaunt, enttäuscht starrten alle dem enteilenden Schiff nach. Warum landeten sie nicht? Warum blieben sie nicht hier? Sie hatten doch den *Jonas Lee* gerettet. Wie hatten sie ihn gefunden? Fragen über Fragen, die alle Herzen bewegten . . .

Doch die Geretteten im Schiff mußten ja Auskunft geben können. Alles eilte dorthin. Auch aus Cannings Lager kamen die Leute herbeigelaufen. Ein lautes Gewirr von Glückwünschen und Fragen empfing van der Meulen und seine Begleiter, als sich die Türen des *Jonas Lee* öffneten. Das Rufen wurde jedoch schwächer, als man die ernsten Gesichter der Ankömmlinge sah. Nur verhalten war die Freude in deren Zügen. Die Schatten eines schweren Erlebnisses lagen noch auf ihren Mienen.

Da übertönte ein dreifacher Ausruf freudigster Überraschung das Ganze.

»Vetter Sidney! Du! Du hier auf der Venus? Wie bist du hierhergekommen? Du warst in jenem Schiff?«

Mit Mühe machte sich Stamford aus den Umarmungen der Brüder frei.

»Gewiß, Ricardo, ich bin hier. Ich war auch früher hier als ihr.«

»Aha!« unterbrach er ihn, »jetzt verstehe ich so manches. Das also ist des Rätsels Lösung. Und kein Wort hast du uns verraten. Du warst doch noch kurz vorher bei uns. Und dein Freund . . . der Weland . . .«

Stamfords Hand deutete nach Osten.

»Dort fliegt er . . . Weland Gorm, Ricardo.«

Er mußte lachen, als er die Gesichter der Brüder sah. Mit offenem Mund, sprachlos, standen sie da und schüttelten die Köpfe.

»Weland Gorm, dein Freund!« schrie Ricardo. »Er war bei uns. Wir haben ihn gesehen, mit ihm gegessen, getrunken und wußten nicht, daß er es war. Weland Gorm, dein Freund! Ihr wart früher hier als wir? Ihr habt alles das getan, worüber wir uns den Kopf zerbrachen?«

Die lauten Rufe Ricardos, die Worte »Gorm, dein Freund« hatten alle hierhergelockt. Umringt von der ganzen Menge der Zurückgebliebenen stand Stamford. Er wußte sich der Frager nicht zu erwehren, die auf ihn einstürmten – bis zwei Mädchenarme den Kreis teilten und Violet zu ihm drang.

»Zu mir gehörst du, Sidney! Du Böser! Nie werde ich's vergessen, daß du tagelang hier warst, ohne mir ein Zeichen zu geben.«

Und dann saßen alle in Gruppen verteilt im Schatten der Bäume, fragten und erzählten. Vor dem Uranidenzelt standen van der Meulen und Oberst Robartson an Serratos Lager, der noch immer seinen Fuß nicht gebrauchen konnte. Van der Meulens Augen gingen immer wieder nach dem Südabhang. Zwei glückliche Paare waren dort . . .

»Wie werden wir der Welt Nachricht geben«, sprach Oberst Ro-

bartson. »Noch weiß sie kaum etwas von den vielen geheimnisvollen Ereignissen hier. Und jetzt die Lösung. Man wird sie kaum verstehen. Glücklich der Reporter, der hier wäre und alles melden dürfte.«

Canning war erwacht. Das laute Rufen und Schreien hatte ihn aus dem Schlaf gerissen. War irgend etwas geschehen? Er griff nach der Schelle, die neben seinem Lager stand, und klingelte heftig, doch niemand kam.

Mißmutig warf er sich zur Seite. Niemand war hier, niemand kümmerte sich um seine Person. War er nicht der Kommandant des *Stern von Südafrika*? Mußte ihm nicht alles gehorchen? Wie konnten sie es wagen, ihn hier allein zu lassen — oder betrachtete man ihn schon als tot?

Er wußte es, er mußte sterben. Und doch! Immer wieder sträubte er sich gegen den Gedanken, alles zu verlassen. Er war noch jung. Vielleicht würde das Leben ihm doch noch Glück, Erfolg bescheren, um das er ein Menschenalter gerungen hatte. Wozu hätte ihm das Schicksal seine Gaben und Fähigkeiten verliehen? Sollten sie sich nur unfruchtbar abmühen in erfolgverheißenden Anfängen, ohne je ein großes Ziel zu erreichen?

Der Schlaf hatte ihn gestärkt. Ein Glück, daß Harding hier war. Vielleicht würde es seiner Kunst doch gelingen, dieses tückische Gift zu bannen.

Ein neues, besseres Leben würde er beginnen. Das neugewonnene Land hier bot seinen Kräften ein unendliches Betätigungsfeld. Was war dagegen sein Wirken in Gran Chaco? Und war's nicht hier in Nova America, wie die da drüben es nannten — noch andere reiche Venusteile standen zur Verfügung. Mochten die mit Lee Nova America behalten. Die Schätze der Uraniden? Noch hatten die andern sie nicht gefunden. Würden sie sie je finden? Er schüttelte den Kopf. Sein Ohr lauschte der leisen Stimme, die schon immer zu ihm gesagt: Keiner wird sie finden, die Schätze der Uraniden. Diese Stimme — in seinem Unterbewußtsein hatte sie, ohne daß er eine Erklärung dafür wußte, geklungen ... bis zu dem Augenblick, wo es ihm zur unumstößlichen Gewißheit geworden war, daß Gorm lebte, hier auf der Venus war. Gorm lebte! Welches unerhörte Wunder. War nicht die Bombe, von seiner Hand geschleudert, mitten in die Werft im Himalaja eingeschlagen? Die Bombe, von ihm selbst konstruiert, war von einer ungeheuren Zerstörungskraft, auf weite Strecken, nach allen Seiten mußte alles vernichtet, alles Lebende tot sein. Und doch, jener lebte, kein Zwei-

fel. Er nicht allein, auch die anderen, die mit ihm waren, lebten, waren hier. Ein Wunder, ein unerhörtes Wunder mußte da passiert sein, oder ... war Gorms Kraft und Macht so groß, daß ihm menschliche Waffen, auch der furchtbarsten Art, nicht beikommen konnten? Er war vor ihnen hierhergekommen, er war der Erbe der Uraniden.

Gorm! Seine Werke, seine Taten wurden immer größer, gewaltiger! Unmöglich für ihn, für jeden anderen Menschen der Erde war es, sich mit jenem zu messen. Alles, was Gorm wollte, alles, was er begann, führte zum Sieg. Seine Größe war übermenschlich! Was würde ihn das Geheul der verblendeten Menschen berühren? — Und doch! Wie ein Siegeslächeln ging es über seine Züge. Eins hatte er nicht: den Strahler ...

Ob Gorm jemals dahinterkommen würde, hinter sein Geheimnis? Ob er jemals erfahren würde, wie er das Unmögliche möglich gemacht hatte, alle die so klug ersonnenen unüberwindlichen Sicherungen zu durchbrechen?

Er versetzte sich in Gorms Gedanken. Er ahnte schon lange, daß Gorm Verdacht auf ihn hatte. Und doch, weder er noch ein anderer sterblicher Mensch konnte beweisen, wie es geschehen war. Und mußte er wirklich sterben, sein Name würde doch in der Geschichte der großen Erfinder glänzen. Der *Stern von Südafrika!* War er nicht sein Werk?

Ein hämisches Lächeln umzog seinen Mund. Der Raub der Leeschen Pläne? Was war's? Gerechte Vergeltung. Hatte Lee ihm nicht Hortense geraubt? Seitdem dessen Fuß Buena Vista betrat, hatte es begonnen, war Hortense ihm entglitten.

Hortense! Fast hörbar klang ihr Name von seinen Lippen. Sein Auge sah sie in Lees Armen. Seine Züge verzerrten sich. Knirschend biß er die Zähne aufeinander. Ihr Bild stand wie greifbar vor seinen Augen.

Mit einem ächzenden Wehlaut warf er den Oberkörper in die Höhe, streckte die Arme aus, als könne er Hortense erreichen, wegreißen von jenem.

Alles gäbe er hin, würde der Traum Wahrheit.

»Gorm ... Lee ... van der Meulen ...«

Ein Gewirr von Stimmen hörte er plötzlich, diese Namen klangen daraus. Er lauschte angestrengt.

Gorm? Lee? Wie kamen die zusammen? Weshalb rief man ihre Namen? Er nahm die Schelle und schwang sie wütend.

Oberst Robartson und darauf Harding traten in das Zelt.

»Was ging da vor?« schrie er sie an. »Man läßt mich allein. Es

ist etwas passiert! Sagen Sie schnell, was ist es? Ich hörte die Namen Gorm ... Lee ...«

Harding drückte ihn mit sanftem Zwang in die Kissen zurück. Ahnungslos begann Robartson von den wunderbaren Vorfällen zu erzählen. Er schwieg, als ihm Harding erschreckt abwinkte.

Canning hatte die Augen geschlossen. Seine Brust ging in wilden Atemzügen. Seine Hände waren zu Fäusten geballt.

»Gorm! ... Lee! ... Hortense!«

Wirre Worte, wilde Verwünschungen brachen von seinen schäumenden Lippen. Seine Glieder zitterten wie in heftigsten Fieberschauern. Immer wieder wollte er sich emporrichten und das Lager verlassen. Kaum reichte die Kraft der beiden Männer aus, den Tobenden festzuhalten, bis es Harding gelang, ihm einen Schlaftrunk einzuflößen.

»Sie mögen da unten die Köpfe schütteln«, wandte sich Professor Royas an van der Meulen. »Soviel Neues auf einmal erfuhren sie von hier. Man wird es kaum begreifen.«

»Und doch habe ich fast ein ganzes Buch nach Bahia gefunkt.«

Royas lachte.

»Offen gestanden, mir ist auch noch manchmal so, als wäre das alles ein Traum gewesen. Jedenfalls – das Wundern hat man hier wohl verlernt. Die Erklärung liegt in Gorm. Wir glaubten, die ersten zu sein, doch er war schon längst vor uns auf der Venus. Auch unsere Ansprüche auf Nova America werden dadurch stark berührt. Der Streit zwischen Südamerika und Südafrika wird durch eine ebenso klare wie überraschende Lösung entschieden. Zwecklos ist auch das Suchen nach den Schätzen der Uraniden, er hat sie längst gehoben ...«

Van der Meulen nickte zerstreut. Auch seine Gedanken kamen nicht los von dieser geheimnisvollen Persönlichkeit. Wo war Gorm jetzt? Er hatte versucht, darüber etwas von Stamford zu erfahren. Doch hatte er bald gemerkt, daß der ihm auswich.

Eine wertvolle Gabe jedoch hatte Stamford gebracht. Wohl hatte Lee erkannt, wie das Unglück am Pol entstanden war. Die kosmischen Elektronenflüsse, die sich gerade am Venuspol so ungewöhnlich stark bemerkbar machten, hatten die strahlenden Flächen des *Jonas Lee* teils blockiert, teils vorzeitig erschöpft. Doch einen Weg, diese Einflüsse unschädlich zu machen, sah er nicht. Gorm sandte ihm durch Stamford das Mittel. Es war ein Teil des Uranidenerbes.

Als Stamford erzählte, horchte Lee auf. Auch den Uraniden war das gleiche geschehen, als sie die Venus am Pol ansteuerten. Doch

hatten sie, da sie in größerer Höhe flogen, noch die Kraft besessen, das Schiff weiterzutreiben, bis es hier am Uranidenlager landete. Sie hatten sich auch sofort daran gemacht, die Ursache ihres Unfalles zu ergründen.

Während sie saßen und daran arbeiteten, die Apparatur ihres Raumschiffes wieder in Ordnung zu bringen, waren einige von ihnen auf Kundschaft gegangen. Sie brachten frische Lebensmittel und Früchte, herrliche, wohlschmeckende Äpfel. Alle hatten davon arglos gegessen ...

Schon war ihr Schiff wieder startbereit, da zeigten sich die Krankheitserscheinungen durch das Apfelgift. Vergeblich blieben alle ihre Bemühungen, mit ihrer ärztlichen Kunst die Wirkung des Giftes zu bannen. Einer nach dem andern war gestorben. Dem letzten, zwölften, hatte Gorm die Augen zugedrückt und ihn bei seinen Gefährten in der Schlucht begraben. Dann hatte er durch energetische Einwirkungen die Hänge der Schlucht zum Einsturz gebracht, um die Ruhe der Toten vor jeder Störung und unberufenen Neugierde zu schützen.

Doch – und hier hatten alle, die bei Stamfords Erzählung zugegen waren, aufgehorcht – hatte der letzte Uranide noch die Kraft besessen, Gorm in das Wichtigste der Uranidentechnik einzuweihen. Da, wo das Verständnis nicht ausreichte, alles zu begreifen, waren doch wertvolle Fingerzeige gewonnen.

Was würde Gorm damit tun? Keiner hatte es gewagt, die Frage an Stamford zu richten. Die Erinnerung an den furchtbaren Fehlschlag mit Gorms energetischer Erfindung schwebte jedem vor Augen. Vielleicht aber, daß doch das eine oder andere aus dem Schatz der Uraniden der Menschheit geschenkt würde. Das eine schien klar, daß Stamford sich von Gorm getrennt hatte, daß er jetzt allein seinen unbekannten Plänen nachging? Allein? Waren nicht noch andere Menschen bei ihm im Raumschiff? Wer waren diese?

Der einzige, der das Dunkel, das um Gorms Person schwebte, hätte lichten können, Sidney Stamford, schwieg. Er bestätigte nur Ronald Lees Vermutung, daß Gorm und Stamford es gewesen waren, die die Leichen Jonas Lees und seiner Gefährten vom Mond nach dem Hydepark gebracht hatten. Doch auch Stamfords Pläne und Absichten waren eine große Überraschung für die meisten. Stamford und Violet ein Paar! Die kleine Violet seine Verlobte? Hortense war die einzige, die darum gewußt hatte.

Der Rest des Tages verging in frohen Gesprächen. Die unerwartete Rettung aus Todesnot, die Lösung so vieler Rätsel ... alles

war ein unerschöpflicher Stoff für lange, frohe Stunden. Der einzige Schatten ... Canning. –

Der Venustag war der Nacht gewichen. Eben wollte man sich in Lees Lager zur Ruhe begeben, da kam ein Bote von Oberst Robartson und überbrachte ein Schreiben.

Canning, den Tod vor Augen, bei voller Besinnung, bittet um den Besuch Lees.

In Begleitung van der Meulens folgte dieser sofort dem Ruf. Canning stirbt ... Schweigend legten die Männer den Weg durch die Venusnacht zu dessen Lager zurück. Als sie in das Zelt traten, fanden sie Oberst Robartson und Dr. Harding an Cannings Bett. Beim Geräusch der Eintretenden wandte Canning sein Haupt und nickte befriedigt, als er Lee erblickte.

Lee setzte sich neben Canning nieder. Dieser begann zu erzählen. Er erzählte von seiner Jugend, von seinen Studien, von seinem Streben nach höchsten Zielen. Von seiner unermüdlichen Arbeit, von seinen Mißerfolgen. Seine Erzählung, in schlichten und einfachen Worten gesprochen, verfehlte nicht, den tiefsten Eindruck auf alle zu machen.

Welche Tragik! Und dieser Mann, von unbezähmbarem Ehrgeiz getrieben, mußte er nicht zum Verbrechen schreiten?

Innerlich zitternd erwarteten sie das Ende von Cannings Beichte. Canning hatte eine Weile geschwiegen, den Kopf zur Wand gekehrt, daß keiner sein Gesicht sehen konnte, in dem es wühlte und arbeitete. Mehrmals setzte er zum Sprechen an. Die Blicke der anderen hingen in banger Erwartung des Kommenden an ihm. Harding flößte ihm einige Tropfen ein. Canning blickte ihn dankbar an ... und dann kam es.

Lug und Trug war seine Erfindung des Raumschiffes. Gestohlen mit dem teuflischen Geschenk, das ihm das Schicksal in die Hand gegeben. Gestohlen aus Ronald Lees Aufzeichnungen ...

Lee sah den anderen mit starrem Gesicht an. Kein Muskel rührte sich. Er wußte es längst. Nur den Weg, den jener beschritten hatte, den hatte er vergeblich zu ergründen gesucht.

Canning sprach weiter. Die Fahrt ... die niederschmetternde Enttäuschung, als der *Jonas Lee* ihn zu überholen im Begriff stand. Sein wahnwitziger Versuch, das Raumschiff des Rivalen zu rammen, mit ihm zugrunde zu gehen ... vergeblich auch das Suchen nach dem Schatz der Uraniden. Sein Körper war durch die unerhörten Anstrengungen geschwächt, sein Geist durch die vollständige Niederlage, die ihm alles nahm, auch alle Hoffnungen auf Hortense. Ein unseliges Geschick ließ ihn Lee begegnen. Bei dessen An-

blick verlor er die Besinnung. Er legte das Gewehr an, schoß auf den Gegner . . .

Die Gesichter der Umstehenden erbleichten. Mit Mühe bewahrten sie die Ruhe. Van der Meulen wandte sich ab, um Canning nicht zu sehen. Er hätte ihm zuschreien mögen: Mörder, du! Das war deine Tat?!

Canning hatte die Augen geschlossen. Tiefe Schatten lagen darum. Sein Atem ging nur schwach . . . War es der Tod, der sein Opfer holen wollte?

Nach einer Weile schlug der Kranke die Augen auf. Sein Blick ging zu Lee. Seine Hand bewegte sich kraftlos, zögernd. Lee ergriff sie, hielt sie einen Augenblick fest, ließ sie sinken.

»Ich wußte alles«, sprach er leise. »Ich fühlte innerlich längst, was Sie getan haben, was Sie dazu bewog.«

Canning preßte die Hand aufs Herz.

»Ich bin froh, daß ein Teil der Last von mir genommen ist. Doch der andere, größere – ich muß sterben mit der Last auf meiner Seele! Gorm! Wärest du hier, an dem ich am schlimmsten gefrevelt, könnte ich deine Verzeihung erlangen, würde mir das Sterben leichter.«

Tiefe Stille herrschte in dem Raum. Keiner wagte, sie zu unterbrechen. Alle Gedanken waren bei Gorm. Was hatte Canning mit ihm getan? Würde in das Dunkel, das um jene Schreckenszeit sich wob, als die Sowjets plötzlich im Besitz Gormscher Waffen waren, ein Licht fallen? Wäre hier die rätselhafte, unheimliche Kraft Cannings, verborgenste Dinge zu lesen, zu rauben, auch schon tätig gewesen?

Keiner sprach etwas. Und doch las ein jeder dem anderen den Gedanken an den Augen ab. Den furchtbaren Verdacht, daß dies gräßliche Unheil, das über die Menschen gekommen war, Cannings Werk gewesen sei. Mit Entsetzen schauten sie den Mann an. Das Blut erstarrte ihnen in den Adern. So viele, so furchtbare Verbrechen hatte er verübt! Wie hatte dieser Mensch leben können mit solcher Schuld auf der Seele?

Canning richtete sich plötzlich auf. Harding wollte zu ihm springen. Er wehrte mit den Händen ab.

»Er kommt! Gorm kommt! Ich höre seine Schritte.« Er machte eine Bewegung, als wolle er aufstehen, dem anderen entgegeneilen. Harding hielt ihn fest.

»Das Fieber kommt wieder, Mr. Canning. Seien Sie ruhig.«

»Nein! Nein. Da kommt Gorm!« Canning schrie es mit gellender Stimme.

Unwillkürlich starrten alle nach dem Zelteingang.

»Da ist er!« schrie Canning. Der Vorhang wurde zurückgeschoben, ein Mann trat in das Zelt.

»Hier bin ich, Canning.« Mit einem Schrei fiel dieser zurück in die Kissen.

»O Gott, ich danke dir. Er ist da! Er hat meinen Ruf gehört, Gorm!«

Lee war aufgesprungen und spähte in das Gesicht des Fremden. Ja, es war Gorm. Der setzte sich jetzt auf den verlassenen Platz und nahm Cannings Hand.

»Möge Gott dir vergeben – ich verzeihe dir.«

Canning wollte sprechen. Gorm hieß ihn schweigen.

»Ich weiß alles, Canning. Weiß es längst.«

Canning atmete immer ruhiger, hielt die Augen geschlossen und sprach dann mit leiser, fast flüsternder Stimme:

»Dank, Dank, Gorm! Und alles weißt du? Weißt, was ich an dir, an der Menschheit verbrochen habe, alles?«

Er schlug die Augen auf, sah Gorm an. Dieser nickte.

»Auch wie ich's tat?«

Wie Stolz spielte es sekundenlang um seinen Mund. Der schwindende Geist, noch einmal raffte er sich auf, dem anderen gegenüber groß zu erscheinen. Der brennende Ehrgeiz, der ihn sein Leben lang verzehrt hatte, schien über das Sterben des Körpers triumphieren zu wollen.

»Auch das weiß ich, Canning. Das Schicksal gab dir ein schlimmes Geschenk. Du bautest einen Strahler, mit dem du die Sicherungen, die nach menschlichem Ermessen undurchdringlich waren, durchbrachst. Du raubtest die Berechnungen und Konstruktionen meines Apparates aus dem Tresor.«

Ein Schatten der Enttäuschung ging über Cannings Gesicht.

»Auch mein tiefstes Geheimnis kennst du?«

»Ich kenne es, doch habe ich den Weg nicht allein gefunden. Uranidenkunst zeigte ihn mir.«

Und als wollte er ihm auf den letzten Weg noch einen Trost geben, sprach er weiter: »Kein Mensch, auch ich nicht, hätte dein Geheimnis gefunden ... Auch Awaloff verzeiht dir. Das Schicksal wollte es wohl mit ihm, mit dir ... daß du nicht zum Mörder wurdest. Ich sah deine Tat von meinem Flugzeug aus und fing den Stürzenden auf. Der Schutzengel Awaloffs, noch einmal in Gestalt seines Kindes, half ihm und uns. Sie sah, was kommen würde ... wieder behütete dich das Schicksal vor frevelhaftem Mord. Um dich zu täuschen, warf ich das Scheinbild unserer Werft in den Ber-

HEYNE SCIENCE FICTION

Als Kinder schon erlangten sie die Unsterblichkeit, doch es gab einige, die wiesen diese unschätzbare Gabe zurück, um als Künstler unsterblich zu werden.

Erdenkind
Deutsche Erstausgabe
06/4606

Deutsche Erstausgabe
06/4608

Erdenlied
Deutsche Erstausgabe
06/4607

Wilhelm Heyne Verlag
München

Bucht, mündete der größte Strom des Venusteiles. Seine Mündung bildete einen natürlichen Hafen von vorzüglicher Beschaffenheit. Das Land zu beiden Seiten war die fruchtbarste Ebene. Hier sollten die ersten Siedlungen entstehen.

Sidney Stamford war schon am Tage nach der Landung in Buena Vista weitergeflogen. Nur Violet und seine nächsten Freunde wußten um das Ziel seiner Reise. Gegen Mittag des nächsten Tages erreichte er Suru. Ein paar Stunden später kam Gorm.

Stamford eilte ihm entgegen. Höchste Spannung lag in seinen Zügen.

»Ist es gelungen?«

Gorm nickte. Die Freude der Genugtuung, der Stolz des Sieges war auf seinen Zügen.

»Was Menschenkraft, auch meine, nie vermocht hätte, der unerschöpfliche Quell des Uranidenwissens ließ mich das Mittel schaffen ... Was ich früher nicht zu träumen wagte – die Uranidenwaffen in der Hand, ist es mir gelungen. Der Atombrand ist gelöscht. Nur mit bangem Zagen ging ich ans Werk. Dieser Naturkraft in den Arm zu fallen, erschien mir mehr als vermessen. Ich traute selbst dem hohen Können der Uraniden nicht. Der Mondbrand war mein erstes Ziel. Hier waren die Wirkungen am besten zu ersehen. Die Glut war so groß, daß ich nur in weiter Entfernung arbeiten konnte. Und doch! Wie brennender Wald unter tropischem Regensturz verglomm der Brand. Dann, als hier kein Zweifel mehr war, das nächste Ziel – Coiba. Auch da ist jetzt der Brand erloschen. Wohl wird es noch lange dauern, bis die Nebelwolken schwinden, bis die Welt begreift, daß die Gefahr von ihr genommen ist.«

Stamfords Arme schlangen sich um den Freund.

»Mögen sie's auch nicht um dich verdient haben – ihren Dank wirst du verschmähen –, so nimm den meinen für die kommenden Geschlechter, denen du das alte Heim, die Mutter Erde, gerettet hast.«

Der nächste Morgen kam. Stamford stand mit Awaloff, zwischen ihnen der greise Abt. Ihre Augen hingen an einem schimmernden Punkt im Äther, der immer kleiner und kleiner wurde ... das Raumschiff Gorms, das ihn und Majadevi trug auf der Fahrt in jenes andere Sonnensystem, aus dem die Uraniden gekommen waren ...

gen weithin in ein anderes Tal. Deine Bombe traf nur ein Phantom, wir blieben unverletzt. Doch die anderen, die der Tod traf durch dein Verbrechen?«

Canning schauerte zusammen. Seine Augen sahen in weite Fernen. »Die anderen ... die Tausende ... die Millionen ... ja, ja! Sie werden meine Richter sein. Gnade! Gnade!«

Das war sein letzter Schrei.

Mit Grauen und Entsetzen blickte die Welt auf das Bild, von dem jetzt jeder Schleier gerissen war. Die Nachrichten von der Venus trafen wie Keulenschläge die Menschheit.

Gorm, der Geächtete, von der Welt Gehaßte, war frei von jeder Schuld! Kein Makel haftete an seinem Werk, seinem Namen. Ein anderer war der Alleinschuldige. Zu spät kamen die Millionen von Flüchen, Verwünschungen. Sie erreichten ihren Urheber nicht mehr. Er war, kaum daß er gestanden hatte, gestorben.

Die große Entscheidungsschlacht westlich der Vogesen gegen die rote Streitmacht, das unerhörte, unbegreifliche Glück, mit dem die weißen Kräfte gefochten hatten, auch hier waltete die Hand Gorms. Unsichtbar aus Ätherhöhen lieh er den weißen Kräften seinen Beistand, daß die rote Flut sich brach, zerschellte.

Die Scham war bei allen groß. Keiner wagte es, ihm zuzujubeln. Nur leise, scheu, nannten sie seinen Namen.

Der Uranidenschatz war in seiner Hand. Keiner neidete ihm den. Ein Aufatmen bei allen. Kein Unheil konnte dann geschehen. Er war der rechte Hüter des Hortes –

Der Erdenbrand ... eine leise Hoffnung regte sich ... Würde Gorms Macht hinreichen, ihn zu löschen? Aller Hoffnungen klammerten sich an ihn ...

Die Umgebung von Bueana Vista glich einem Heerlager. Riesig war der Ansturm der Massen von Neugierigen und Reportern, die die zurückgekommene *Buena Vista* sehen und, wenn möglich, mit ihren Insassen sprechen wollten. Der Besitztitel der Südamerikanischen Union stand jetzt unbestritten fest. Nach den Geständnissen Cannings konnte die Regierung in Kapstadt ihre vagen Ansprüche nicht länger aufrechterhalten. Tausende, auch aus anderen Ländern der Welt, gab es, die sich für neue Fahrten anboten.

Ehe van der Meulen zur Erde zurückflog, hatte er in tagelangen Fahrten das neue Land genau erkundet. Seine Veröffentlichungen erregten einen Taumel von Begeisterung. An der Westküste von Nova America, im Hintergrunde einer tief ins Land schneidenden